Victoria Holt hat mit fast zwanzig Bestsellern internationalen Ruhm erlangt. Mit weit über 50 Millionen verkauften Exemplaren ihrer Werke zählt sie zu den populärsten und beliebtesten Autorinnen der Welt. Die Schriftstellerin wurde als Tochter eines Londoner Geschäftsmannes geboren, dessen Leidenschaft für die Literatur stärker war als für den Kommerz. In einer Wohnung über den Dächern der Londoner City entstehen ihre spannenden, geheimnisumwitterten Geschichten aus historisch interessanten Zeiten.

Von Victoria Holt sind außerdem als Knaur-Taschenbücher erschienen:

»Der Teufel zu Pferde« (Band 679)
»Tanz der Masken« (Band 1328)
»Verlorene Spur« (Band 1403)
»Die Lady und der Dämon« (Band 1455)
»Unter dem Herbstmond« (Band 1510)
»Das Vermächtnis des Landowers« (Band 1583)

Vollständige Taschenbuchausgaben 1989
Droemersche Verlagsanstalt Th. Knaur Nachf., München
Umschlaggestaltung Manfred Waller
Umschlagillustration Albert Maier
Druck und Bindung May & Co., Darmstadt
Printed in Germany 5 4 3 2 1
ISBN 3-426-02924-3

Victoria Holt:

Die Ashington-Perlen

*

Meine Feindin, die Königin

*

Der Schloßherr

Drei Romane in einem Band

Die Ashington-Perlen

Sarah Ashington, die Tochter einer gefeierten Londoner Schauspielerin, lernt ihren Vater erst spät kennen. Er lebt von seiner Frau getrennt auf Ceylon, wo er eine florierende Teeplantage besitzt, und kehrt erst kurz vor seinem Tod nach London zurück. In seiner Begleitung befindet sich Clinton, der faszinierend-herrische Plantagennachbar. Er hat Sarah, die nur widerstrebend in eine Ehe einwilligt, längst in seine ehrgeizigen Pläne miteinbezogen. In Ceylon, wo Sarah von ihrer Halbschwester und deren Familie erwartet wird, tritt sie das väterliche Erbe an, und Clinton beschafft ihr die sagenumwobenen Perlen der Ashingtons, die ihrer Trägerin jedoch kein Glück verheißen.

In der Hitze der tropischen Sonne, in einer fremden, exotischen Umgebung sieht sich Sarah tödlich bedroht – bedroht aus einer Richtung, aus der sie es nie erwartet hätte...

Inhalt

In England

Am Denton Square

Wenn ich auf all jene Ereignisse zurückblicke, die mich in dieses Haus mit seinen drückenden Geheimnissen, seiner unheimlichen Bedrohung, den gespenstischen Echos und der allgegenwärtigen Gefahr brachten, so staune ich noch heute über die Naivität jugendlicher Unerfahrenheit und frage mich, wieso es mir, einem Mädchen aus einem ganz anderen, in der Nachbarschaft der Theater gelegenen Hause, nie in den Sinn kam, den unkonventionellen Lebensstil, den ich von Geburt an gewöhnt war, in Frage zu stellen.

Ich erinnere mich, wie ich in der Dämmerung an meinem Fenster auf den Laternenanzünder wartete, der die Lichter auf dem Platz ansteckte, und wie ich morgens von den Geräuschen auf der Straße erwachte: dem Klappern der Pferdehufe auf dem Pflaster oder dem plötzlichen Auflachen eines Dienstmädchens, das mit dem Milchmann schäkerte, während die Kannen gefüllt wurden. Das Schrubben der Eingangsstufen und das Polieren der Messingknöpfe hatte dagegen leise und diskret zu geschehen, damit die feinen Leute sich in dem Glauben wiegen konnten – falls sie überhaupt darüber nachdachten –, alles, was zu ihrer Bequemlichkeit vonnöten sei, geschehe durch Zauberei.

In unserem Haus am Denton Square mußten wir uns meiner Mutter wegen morgens besonders still verhalten. Sie stand selten vor Mittag auf, weil sie erst in den frühen Morgenstunden zu Bett ging. Ihre Ruhe war heilig, denn meine Mutter war der Mittelpunkt unseres Haushalts. Unsere Existenz hing von ihr ab, und ihre Laune bestimmte die Atmosphäre im Haus. War sie fröhlich, so waren wir sehr fröhlich; und wenn sie kränkelte oder deprimiert war, was zuweilen vorkam, so schlichen wir auf Zehenspitzen umher, unterhielten uns flüsternd und ängstlich angespannt; ähnlich jenen Leuten, sagte ich zu Meg Marlow, die am

9

Fuß eines Vulkans leben und auf den Ausbruch warten. Ich verschlang damals ein Buch nach dem anderen und hatte kurz zuvor etwas über den Untergang Pompejis gelesen.

Meg erwiderte: »Wir müssen nachsichtig sein. Ihre Kunst ist schuld daran.« Tatsächlich rief sie nämlich, wenn sie nicht »ruhte«, ihre Kunst allabendlich und manchmal auch nachmittags ins Theater. Ihre Ruhepausen aber waren es, die ich als Zeiten drohender Ausbrüche betrachtete – obwohl wir ihren Zorn weniger fürchteten als ihre Depressionen. Es war ein Segen, daß keine ihrer Stimmungen lange anhielt.

»Ich muß dich wohl daran erinnern, wer sie ist«, sagte Meg jedesmal, wenn einer von uns in seiner Bewunderung nachließ.

Meine Mutter war Irene Rushton – so lautete jedenfalls ihr Künstlername. Eigentlich hieß sie Irene Ashington; sie war die Gattin von Ralph Ashington, den sie verlassen hatte, als ich zwei Jahre alt war.

Meg – sie war die Garderobiere meiner Mutter, ihre Zofe, zeitweilige Köchin und ergebene Sklavin – machte mich stolz und glücklich, als sie mir erzählte, wie meine Mutter auf und davon gegangen war: »Sie hat's nicht mehr ausgehalten. Und, o Wunder, sie hatte dich dabei. Das war vielleicht 'n Ding! Ein kleines Kind war nicht gerade günstig für ihre Karriere, oder? Und sie hatte dich dabei.«

Das wurde der Kernsatz meiner Jugend: »Sie hatte dich dabei.«

»Laß dir das gesagt sein«, erklärte Meg einmal, »anders wäre es vielleicht besser gewesen.«

Ich war verwirrt und wollte wissen, wo ich denn geblieben wäre, wenn sie mich zurückgelassen hätte.

»Irgendwo im Ausland«, ließ Meg mich wissen, als ich sie bedrängte. »Sie hätte nie weggehen sollen. Das war kein Leben für eine wie sie, also wirklich. Heiß... und gar nicht wie in England. Überall Krabbeltiere. Spinnen. I gitt!«

Meg hatte eine panische Angst vor Spinnen. Einmal hatte sie auf dem Land übernachtet, als meine Mutter auf Tournee war, und dort war eine Spinne in ihrem Bett gewesen. Meg wurde nie müde, ihren Schrecken zu schildern. »Es geht nichts über London«, schloß sie jedesmal, als gebe es ein Gesetz, das Spinnen aus der Hauptstadt verbannte.

»Dann kam sie nach Hause und hatte dich dabei. Sie war freilich schon berühmt, bevor sie wegging, und die Agenten empfingen sie mit offenen Armen, als sie wieder da war.«

»Und sie hatte mich dabei!«

»Ich weiß, daß sie's nie bereut hat. Einmal hat sie zu mir gesagt: ›Ich komme immer so gern nach Hause. Ich habe wirklich das Gefühl, heimzukehren, weil ich zu meiner kleinen Siddons heimkommen kann.‹« Mein Name war tatsächlich Sarah Siddons Ashington, denn sie hatte mich nach jener Berufskollegin benannt, die sie für die größte Zierde dieser Profession hielt: nach Sarah Siddons.

Wenn sie guter Laune war, rief sie mich Little Siddons. Das weckte in mir zuweilen böse Vorahnungen, fürchtete ich doch, sie wolle aus mir ihre Nachfolgerin im Rampenlicht machen, in einem Gewerbe, für das ich, dessen war ich sicher, nicht die geringste Eignung besaß.

Meg konnte mir wenig über das Eheleben meiner Mutter erzählen, denn sie war damals nicht bei ihr. Meg war ihre Garderobiere gewesen, bevor sie heiratete, und als meine Mutter nach England zurückkehrte, trat Meg ihre alte Stelle wieder an. Dazwischen aber lagen drei Jahre.

»Ich bleib' dabei, sie hätte nicht weggehen sollen«, sagte Meg. »Heiraten: ja... aber doch nicht so einen. Ich hab' immer auf einen mit 'nem Landsitz und 'nem hübschen Haus in der Stadt getippt, und womöglich noch mit 'nem Titel. Na, das wäre doch was gewesen. Aber dann fliegt sie auf diesen Ralph Ashington... Gute Familie, das schon. Großes Landgut, allerdings kein Stadthaus... bloß dieses Dingsda im Ausland. Sie spricht nicht viel darüber, und das will was heißen. ›Und das ist Irene Rushton‹, hab' ich zu mir gesagt. Also, wenn man bedenkt, wie's hätte kommen können... Ich wäre nicht im geringsten überrascht gewesen, wenn sie 'nen Herzog genommen hätte... und dann kommt dieser Mister Ralph Ashington, ich bitte dich, Teepflanzer oder so was am Ende der Welt.«

»Mein Vater.«

»Nun ja, er ist dein Vater, na wenn schon.« Sie blickte mich angewidert an. »Und nicht etwa ein junger Mann. Witwer. Also wirklich, wie konnte sie nur!«

»Hast du ihn gesehen, Meg? Hast du meinen Vater gesehen?«

»Zweimal. Einmal am Bühnenausgang, einmal in ihrer Garderobe. Sie hatte 'n regelrechtes Gefolge. Der war der letzte, auf den ich mein Geld gesetzt hätte. Aber sie hat's nun mal so gewollt... fix... basta... einfach so. Du kennst sie ja. ›Es bleibt dabei‹, sagt sie und geht durch wie 'n wildes Pferd... rennt los und guckt nicht, wo's lang geht.«

»Er muß sehr nett gewesen sein, wenn sie ihm vor all den Herzögen und so den Vorrang gegeben hat.«

»Das hab' ich nie begriffen. Bis zum heutigen Tag nicht. Na, sie hat ihren Fehler ja bald eingesehen. ›Ich bedauere nichts‹, sagte sie immer, ›schließlich hat er mir Little Siddons geschenkt.‹«

Ich bedrängte Meg wieder und wieder, mir die Geschichte zu erzählen, nur um den letzten Satz zu hören.

Dann gehörte noch Janet zu unserem Haushalt. Sie war Megs Schwester. Janet wäre nie bei uns geblieben, hätte es Meg nicht gegeben. Sie war das Gegenteil ihrer Schwester: mürrisch, aber äußerst tüchtig. Sie konnte sich mit unserem Haushalt nicht abfinden. Sie war gute Stellungen gewöhnt, gab sie uns zu verstehen, wo man einen Butler, einen Lakaien und eine Schar Dienstmädchen hatte – und selbstverständlich eine eigene Kutsche. Eines Tages, beteuerte sie, würde sie mit Meg zu ihrer Schwester Ethel ziehen, die ein hübsches kleines Anwesen auf dem Land besaß, wo sie Hühner hielt und frische Eier, Obst und Gemüse verkaufte. Ethel wollte in ihrem Haus eine Pension für Reisende einrichten, doch dazu brauchte sie die Hilfe ihrer Schwestern.

»Janet wäre weg wie der Blitz«, sagte Meg, »aber ich könnte es nie über mich bringen, meine Lady zu verlassen, und Janet bringt es nicht fertig, mich zu verlassen. Drum bleiben wir hier.«

Das war also unser Haushalt: nur wir vier, Janet, Meg, meine Mutter und ich. Natürlich gab es da noch Onkel Everard, aber der wohnte eigentlich nicht bei uns. Er hielt sich ab und zu bei uns auf, und meine Mutter und er liebten sich sehr.

»Eigentlich sollten sie heiraten«, bemerkte Meg, »und sie würden es gewiß tun, wenn *er* und *sie* nicht wären.«

Er war mein Vater, der noch mit meiner Mutter verheiratet war, und *sie* war Everards Gattin, von der er noch immer nicht geschieden war. Diese zwei verschwommenen Gestalten standen zwischen uns und einem ordentlichen Haushalt, den Janet vielleicht gebilligt hätte, wenn er nicht viel zu bescheiden gewesen wäre, um sie voll und ganz zufriedenzustellen. Meg war da weniger konventionell.

»Wir sind nun mal bei Irene Rushton«, sagte sie. »Bei Theaterleuten ist es eben anders. Das mußt du halt verstehen... wenn einer fürs Theater lebt.«

Meine Mutter wollte nicht, daß ich eine Schule besuchte. Dann hätte sie ja keine Little Siddons gehabt, zu der sie heimkommen konnte. Aber ich mußte natürlich etwas lernen, und deshalb gehörte gewissermaßen noch eine weitere Person zu unserem Haushalt, nämlich Toby Mander, ein junger Mann, der soeben sein Examen in Oxford gemacht hatte und Schauspieler geworden wäre, wenn er auch nur ein bißchen Talent gehabt hätte. »Einer der vielen«, sagte meine Mutter. »Liebe Little Siddons, sie sind Legion. Sie haben eine Leidenschaft fürs Theater. Sie sind die Nicht-ganz-Brigade. Sie können fast spielen, aber nicht ganz. Sie können beinahe Stücke schreiben, aber nicht ganz. Mit dem entsprechenden Talent könnten sie Regie führen oder eine Inszenierung ausstatten, aber sie haben keins... nicht ganz.« Zu denen also gehörte Toby. Er war in meine Mutter verliebt. »Und das«, bemerkte Meg, »ist ein Leiden, so verbreitet wie die Masern. Sie kommen ihr zu nahe und stecken sich an, könnte man sagen. So stark wie deine Mutter haben's nicht viele.«

»Du meinst die Fähigkeit, jemanden anzustecken?«

»Genau. Ich hab' nie jemanden gekannt, der's so dicke hat wie deine Mutter, und ich hab' mein ganzes Leben beim Theater verbracht.«

»Man könnte die Krankheit als beim Theater endemisch bezeichnen«, sagte ich, denn ich hatte zu dieser Zeit eine Vorliebe für hochtrabende Worte und las beständig im Lexikon, um neue Ausdrücke zu finden, die ich dann ausprobierte. »Wie Beriberi in Afrika«, fügte ich hinzu.

»Du und deine großen Worte«, schnaubte Meg. »Ich weiß gar nicht, wo du die her hast. Von deiner Mutter jedenfalls nicht.«

Das war ein Vorwurf. Was nicht von meiner Mutter ererbt war, das war nichts wert.

Toby – Tobias Mander – war also der ergebene Sklave meiner Mutter. Sie hatte ihm zu einer oder zwei Statistenrollen verholfen, und er konnte seine Dankbarkeit gar nicht genug zeigen. Er tat dies unter anderem, indem er jeden Vormittag ihre Tochter unterrichtete. Wegen meiner Liebe zum Wort war ich eine begabte Schülerin und freute mich auf unsere gemeinsamen Sitzungen. Wir bildeten ein Verschwörerpaar, das darauf aus war, meine Mutter zu überraschen. Wir hätten jedoch wissen müssen, daß kein noch so hoher akademischer Grad, den ich erwarb, ihr imponieren würde. Denn obwohl sie an den Tafeln der Elite, wo sie ganz lässig auftrat, sehr begehrt war, stellte sie doch kein großes Licht dar. Im Grunde wünschte sie, daß Toby mich nach ihrem

Ebenbild formte. Sie war ehrlich um mein Wohl besorgt, und ich glaube, ich bedeutete ihr mehr als alle anderen – Everard natürlich ausgenommen. Und manchmal dachte ich, wir beide lieferten uns ein Kopf-an-Kopf-Rennen.

Die Tage am Denton Square vergingen angenehm. Es war eine beschauliche Welt: behaglich dank Toby Manders und Meg Marlows Gesellschaft sowie Janets Tüchtigkeit und verklärt von der strahlenden Gegenwart meiner Mutter.

Ich sammelte alle Auskünfte, die ich von Meg ergattern konnte, und das versetzte mich in ständige Erregung. Die Vergangenheit war wie ein Puzzlespiel mit großen Lücken, die zur Vervollständigung des Bildes unbedingt geschlossen werden mußten.

Onkel Everard war eine gütige, schemenhafte Gestalt im Hintergrund. Er war etwas Bedeutendes im »House«, das, wie ich im Lauf der Zeit erfuhr, das Parlament war. Vom obersten Mansardenfenster aus konnten wir die Vorderseite des Big Ben sehen, und wir schauten nach, ob das Licht auf der Spitze brannte, denn das bedeutete, daß im Parlament eine Sitzung stattfand und Onkel Everard beschäftigt war. Er besaß, erfuhr ich, ein kleines Haus in Westminster und ein Gut auf dem Lande. Er brachte mir ständig mit vielen bunten Bändern verzierte Pralinenschachteln mit. Die Bänder durfte ich behalten, doch die Pralinen wurden meistens mit dem Hinweis konfisziert, sie seien schlecht für meine Zähne.

Mit ungefähr acht Jahren muß mir klar geworden sein, daß ein Komplott geschmiedet wurde, um mich meiner Mutter gleich zu machen. Meine Zähne, bisher durch einen Apfelschnitz, der am Abend als letztes gegessen werden mußte, auf Anordnung meiner Mutter gepflegt, wurden mit einer Spange gebändigt, weil die vorderen sich zu weit nach vorn wagten. »Wir wollen doch nicht, daß sich Little Siddons in ein Kaninchen verwandelt, nicht wahr?« sagte meine Mutter, und eine Zeitlang wurde ich deshalb Little Rabbit oder einfach Bunny gerufen. Meine Mutter besaß einen reichen Vorrat an Spitznamen. Ich haßte die Zahnspange. Und dann war da noch mein Haar. »Glatt wie 'n Strang Kerzen«, nörgelte Meg. Die Haare meiner Mutter fielen in lockigen Wellen auf ihren Rücken und waren so lang, daß sie sich darauf setzen konnte. Daß mein Haar so anders war, schmerzte meine Mutter, und während der Ruhepausen wickelte es Meg vor dem Zubettgehen um kleine Stofffläppchen. Die blieben selten an Ort und Stelle, und weil sie mich störten, zog ich sie heraus, und am Morgen bot ich, halb glatt und halb gelockt, einen sonderbaren Anblick. »Aus dir wird nie eine Schönheit«, lamentierte Meg, worauf ich erwiderte, daß ich mich schön bedanke, wenn man dafür die nächtliche Tortur, auf Stoffknäueln zu liegen, erdulden müsse. Dann bliebe ich eben lieber häßlich.

»Dafür brauchst du dich dann bei niemandem zu bedanken«, sagte Meg beleidigt.

Ich hatte Spaß an Streitgesprächen. Das verdankte ich Toby. Er war überzeugt vom geistigen Training, und eine unserer Übungen bestand darin, uns ein Thema vorzunehmen, mit dem wir gar nicht einverstanden waren, um gegen das, was wir wirklich glaubten, zu argumentieren. Eine seiner Theorien lautete, daß nichts vollkommen schwarz oder weiß sei. Jedes Problem habe viele Seiten, und wenn man etwas rückhaltlos ablehne, so solle man dennoch versuchen, ihm ein paar Pluspunkte abzugewinnen.

»Das ist gut für den Geist«, meinte Toby.

Er begleitete mich zum Reiten. Meine Mutter hatte gesagt, ich müsse lernen, mit einem Pferd umzugehen, weshalb ich auf eine Reitschule geschickt wurde, wo ich auf zahmen alten Kleppern ausritt und mit einer Gruppe junger Leute in meinem Alter meine Runden drehte, bis man mir genügend Sicherheit zutraute. Darauf folgten die Ausritte mit Toby. Die machten mir viel Spaß. Toby konnte sehr ulkig sein, wenn er nicht gerade darüber nachgrübelte, daß seine Fähigkeiten für die Bühne nicht ganz reichten. Mit seinen Lobeshymnen auf meine Mutter war ich einverstanden, weil ich darin mit ihm übereinstimmte.

Die friedlichsten und glücklichsten Stunden jener Jahre verbrachte ich in Tobys Gesellschaft.

Wir lasen viel gemeinsam, und war mein Verständnis für Mathematik auch gleich Null, so besaß ich doch gute Grundkenntnisse in der französischen, deutschen und englischen Literatur.

Toby lehrte mich, das Leben zu genießen. Ihm zufolge war Anpassung das einzig richtige. »Wenn du etwas nicht haben kannst, mußt du lernen, ohne es auszukommen, und dir etwas suchen, das du haben kannst«, sagte er immer.

Ich widersprach, dies sei ein schwacher Standpunkt, und wenn man etwas wolle, so solle man hingehen und es sich nehmen.

»Dadurch würdest du andere behelligen«, erklärte er. »Du darfst aber niemals rücksichtslos gegen andere sein.«

Er war damals fürwahr mein Schulmeister.

Ich bemühte mich, seine Theorien auf mein Leben anzuwenden. Wenn nach Ablauf der Spielzeit eine Pause eintrat, war meine Mutter, während sie darauf wartete, daß ihr eine neue Rolle angeboten wurde, ziemlich oft zu Hause. Anfangs war es himmlisch, sie häufiger zu sehen, doch dann merkte ich, daß sie nicht ganz dieselbe Persönlichkeit war wie jene, von der man in seltenen Momenten nur einen flüchtigen Blick erhaschen konnte. Die Launen setzten ein. Manchmal hörte ich, wie sie Meg anschrie und Meg zurückschrie: »Wenn das so weiter geht, hau' ich ab.« Meg muckte immer gegen sie auf, aber sie nahm das Gezänke nicht ernst. »Sturmwarnung«, sagte sie augenzwinkernd zu mir, und dann wußte ich, daß es das Beste war, meiner Mutter aus dem Weg zu gehen.

Man brachte ihr Stücke ins Haus, die sie lesen sollte, um zu sehen, ob ihr eine Rolle zusagte. Tom Mellor, der Agent, ging ständig ein und aus. Zuweilen wurde sie wütend, weil ihr die angebotene Rolle nicht gut genug war. Abgebrühte Produzenten, verstörte Autoren, Schauspieler mit unterschiedlichem Erfolg – sie alle kamen ins Haus. Es war eine turbulente Zeit.

Und dann war alles vorbei, und sie arbeitete wieder. Im Haus wurde es still und leer. Das konnte bedrückend sein.

Toby ging mit mir aus, und wir schlenderten die Shaftesbury Avenue entlang, an den Theatern vorüber, bis wir zu demjenigen kamen, in dem sie spielte. Wir lasen verzückt ihren Namen – sehr groß, und immer obenan. Sie bestand darauf. Irene Rushton in »Das blonde Mädchen« von Dion Boucicault.

Der Gedanke, daß Irene Rushton meine Mutter war, erfüllte mich mit glühendem Stolz.

Einmal führte mich Toby zum Lunch ins Café Royal, und unter der scharlachroten und goldenen Dekoration machte er mich auf berühmte Leute aufmerksam. Dies war eines der denkwürdigsten Ereignisse in meinem damaligen Leben, das jedoch durch das plötzliche Auftauchen meiner Mutter in Begleitung eines bläßlichen Herrn mit geblümter Krawatte und Monokel beträchtlich gestört wurde. (»Einer vom Hochadel«, erklärte mir Meg später, als ich ihn beschrieb. »Lord Lummy oder so ähnlich. Wenn ich bedenke, wen sie sich hätte angeln können, und sie geht hin und heiratet diesen Ralph Ashington!«)

Toby lief rot an und stotterte: »Ich ... ich dachte, es würde Sarah amüsieren.«

»Das ist kaum der richtige Ort für ein ... Kind.«

Dann rauschte sie unter den neugierigen Blicken der Leute hinaus. »Das ist Irene Rushton.« – »Was, *die* Irene Rushton?« – »Ja, natürlich. Sie spielt im ›Blonden Mädchen‹. Fabelhaft, wie man hört.«

Toby fühlte sich miserabel – unser Ausflug war verdorben, weil er ihr mißfallen hatte.

Mir wollte nicht einleuchten, was sie dagegen haben konnte. Toby hatte mich so gründlich in der Kunst, den Dingen auf den Grund zu gehen, unterwiesen, daß ich es herausfinden mußte. Zwei unbefriedigende Lösungen kamen mir in den Sinn. Die eine lautete, daß Toby mich offensichtlich gern hatte; bei meinem ersten Versuch, Champagner zu kosten, mußten wir furchtbar lachen, und da schneite sie herein, und es paßte ihr nicht, daß er in Gesellschaft einer anderen – und sei es ihrer Tochter – so ausgelassen war. Die andere Lösung lautete, daß ihr womöglich die Vorstellung nicht behagte, daß ich erwachsen wurde und alt genug war, ins Café Royal zum Lunch ausgeführt zu werden. Sie war sich ihres Alters sehr wohl bewußt und gab sich seit etlichen Jahren für sechsundzwanzig aus.

Dies warf ein neues Licht auf das Verhältnis zwischen ihr und mir. Es sah ganz so aus, als könnte ich ein Hindernis für sie werden.

Toby war sehr zerknirscht, und als er sie das nächste Mal sah, entschuldigte er sich. Doch wir hatten sie anscheinend mißverstanden. Sie lachte nur.

»Es ist so lieb von Ihnen, daß Sie sich um sie kümmern, Toby«, sagte sie. »Ich hoffe, Sie fanden es nicht allzu langweilig.«

Toby versicherte ihr überschwenglich, es sei alles andere als langweilig gewesen. Es war sein vergnüglichster Lunch, seit ... seit ... Seit sie von ihren Höhen herabgestiegen war und an seinem Tisch gesessen hatte. Hinterher sagte sie zu mir: »Du trittst also in die Welt hinaus, was, Siddons? Na ja, unser gutmütiger kleiner Toby ist ein harmloser Begleiter.«

Gutmütig! Das klang verächtlich. Als gutmütig hätte ich ihn schwerlich bezeichnet. Und klein! Er war einen Meter dreiundachtzig groß.

Wir haben uns über seine Länge lustig gemacht. »Sieh mal zu, daß du noch ein paar Zentimeter wächst«, sagte er immer. »Ich bekomme Rückenschmerzen, weil ich mich dauernd zu dir hinunterbeugen muß.«

Das Glück jener Tage erfaßte ich erst, als sie vorüber waren. Ich sollte mich künftig oft an Tobys Lehren erinnern und mich fragen, warum man immer erst merkt, wie gut man es hatte, wenn es vorbei ist. Das gehört wohl zu den Absonderlichkeiten der menschlichen Natur, vermutete ich. Oder erscheint etwas im Rückblick oft in jenem rosigen Licht, das nur die glücklichen Zeiten erhellt?

Ja, es waren zweifellos glückliche Zeiten. Alles machte Spaß: das aufregend geschäftige Leben meiner Mutter und die Seligkeit, wenn sie ein bißchen Zeit für mich hatte; Megs deftige Cockney-Bemerkungen über das Leben im allgemeinen und meine Mutter im besonderen. Sogar Janets verschrobene Äußerungen über gewisse »Vorgänge« im Haus belustigten mich, ebenso ihre düsteren Prophezeiungen über Leute, die es noch einmal bitter bereuen würden, daß sie herumtändelten, während Rom schon in Flammen stand, und ihre Andeutungen, daß dies zu nichts Gutem führen werde. In Janets beschränkter Ausdrucksweise schien »nichts Gutes« das schlimmste Unheil zu bedeuten. Und immer war Toby da – als selbstverständlich hingenommen, fürchte ich –, mein nachsichtiger Hauslehrer, der diese Tätigkeit aus bloßer Liebe zu meiner Mutter und, wie mir später klar wurde, auch zu mir, verrichtete.

Sein Vater war das, was man einen Industriellen nennt – ein Mann, der ein Vermögen gemacht hat und nicht aufhören kann, es zu vermehren.

»Aufgestiegen aus dem Nichts«, sagte Meg verächtlich.

Natürlich verteidigte ich ihn. »Um so beachtlicher«, erklärte ich. »Es gehört schon Tüchtigkeit dazu, es zu etwas zu bringen, wenn man aus dem Nichts kommt.«

»Das kann nicht gutgehen«, beharrte Meg.

Und auch Janet lieferte ihren knappen Kommentar. »Von Pantinen zu Reichtum, vom Reichtum zu Pantinen.«

»Sie meint«, erklärte Meg, »seine Nachkommen verlieren, was er zusammengerafft hat, und laufen wieder in Pantinen herum.«

»Ich kann mir Toby nicht in Pantinen vorstellen«, sagte ich kichernd.

»Außerdem hat auch Mister Mander nie welche angehabt. Er hat früher Zeitungen am Piccadilly Circus verkauft. Das hat Toby erzählt.«

»Es ist ein Sprichwort«, erläuterte Janet würdevoll. »Und glaube mir, es wird einmal soweit kommen.«

Toby lachte, als ich es ihm erzählte. »Eine Rückkehr zu den Pantinen kommt nicht in Frage, zumindest nicht für unsere Familie«, sagte er. »Mein Vater legt alles sicher an. In finanziellen Dingen ist er ein Hexenmeister.«

»Du bist aber nicht so, Toby.«

»Oh, ich bin gar nicht so übel; zwar kein Hexenmeister – eher ein lebhafter Kobold.«

Wir lachten viel, Toby und ich, aber über unseren Büchern konnten wir sehr ernst sein. Er schilderte mir seine Familie. Er war der einzige Sohn – und für den alten Herrn gewissermaßen eine Enttäuschung. Ich tröstete Toby. »Der Hexenmeister wäre nur mit einem Hexenmeister zufrieden, der noch gerissener ist als er selbst«, versicherte ich ihm.

Von da an hieß sein Vater der »Hexenmeister«. Er war ein bärbeißiger alter Herr, ein ungeschliffener Diamant, meinte Toby. Danach nannte ich ihn »Diamant«.

»Er scheint ein Genie im Sammeln zu sein«, stellte ich fest, »erst von Reichtum, jetzt von Spitznamen: ›Hexenmeister‹, ›Diamant‹. Und was kommt dann?«

»Die Arbeit wurde bei ihm zur Manie«, erklärte Toby. »Meine Mutter wäre mit weniger zufrieden gewesen, aber als er einmal angefangen hatte, mußte er weitermachen.«

»Und so schuf er ein unermeßliches Vermögen. Ich schätze, er ist Millionär.«

»Das glaube ich auch.«

»Eines Tages wirst du reich sein, Toby.«

»Alles in Wertpapieren und so angelegt, gebündelt für meine Kinder und deren Kinder und so fort für die nächsten tausend Jahre.«

Ich fand das ungeheuer komisch. Ich war damals leicht zum Lachen zu bringen. Ich stellte mir vor, wie das ganze Vermögen fest in Säcke gebündelt war und nach und nach Toby, seinen Kindern und seinen Enkelkindern ausgehändigt wurde. Der Gedanke, daß Toby einmal Kinder haben würde, war allerdings noch lustiger als die Vorstellung von den Säcken.

Er war ein bißchen beleidigt, als ich ihm das sagte. Ich hatte ihn noch nie so verstimmt gesehen.

Der »Hexenmeister« schien doch nicht so übel zu sein. Er hieß ebenfalls Toby, wurde aber immer Tobias genannt, was auch gut zu ihm paßte. Während er kaum über etwas anderes nachdenken oder reden konnte als über Geld und wie es sich vermehren ließ, sprach Toby gern über das griechische Drama, über die Philosophen und über die einmalige Begabung Shakespeares. Die beiden verstanden sich deshalb nicht besonders, weshalb Tobias der »Hexenmeister« und Toby der Sohn sich nicht so häufig sahen, wie es in einer harmonischeren Beziehung wünschenswert gewesen wäre; doch ich erfuhr, daß sie, wenn sie sich trafen, einander mit Höflichkeit, Respekt und Sympathie begegneten, wobei der »Hexenmeister« seine Enttäuschung verbarg und Toby sich bemühte, seine Unkenntnis und sein mangelndes Interesse an der Kunst des Reichwerdens nicht zu zeigen.

Im Schulzimmer sitzen, im Park reiten, die Plakate aus der Welt des Theaters betrachten, endlose Gespräche führen – ein Tag glich dem anderen so sehr, daß sie unbemerkt dahinglitten.

»Das blonde Mädchen« wurde nach einer aufreibenden Spielzeit abgesetzt. Die Zeitungen hatten zu melden gewußt, daß Irene Rushton noch nie so hinreißend und so gut gewesen war.

Die letzte Vorstellung war ein großer Erfolg gewesen, und es hatte Glückwünsche, Blumen und ein Abschiedsdiner gegeben. Das war nun vorbei, und es herrschte wieder Ruhepause.

Sie verlief nach bewährtem Muster, und die ersten Tage waren herrlich. Am Tag nach dem Diner bat ich um die Erlaubnis, meiner Mutter mittags Kaffee und Brötchen bringen zu dürfen.

Sie schlief noch, und ich stellte das Tablett auf den Tisch und blickte auf sie hinunter. Sie war sehr schön. Ihr braunes Haar hatte einen kastanienroten Schimmer; sie hatte ein schmales, herzförmiges Gesicht, und wenn sie die Augen schloß, lagen ihre Wimpern wie Fächer auf ihrer blassen Haut. Im Schlaf sah sie sehr jung aus – fast wie ein Kind.

Ich hatte einen ähnlichen Teint wie sie, aber nicht die delikaten Züge. Mein Gesicht neigte, wie Meg es ausdrückte, zur Plumpheit. Meine Nase war zu lang, mein Mund zu groß, und dann war da natürlich dieses nicht zu bändigende Haar. Allerdings hatte ich ihre dichten Wimpern und Augenbrauen geerbt. Meine waren sogar voller als ihre, was wohl ein Vorzug war, denn sie benutzte einen Stift, um die ihren voller und dunkler erscheinen zu lassen.

Sie öffnete die Augen und lachte mich an.

»Was machst du da, Little Siddons?«

»Dich bewundern. Du siehst so hübsch aus und so... jung.«

Sie war über alle Maßen entzückt. Sie liebte Komplimente und wurde ihrer nie überdrüssig, obwohl sie gewiß unzählige bekam. Ich muß das richtige Wort getroffen haben, als ich sagte, sie sehe jung aus. Ich hatte den Eindruck, daß ihr Leben ein ständiger Kampf gegen das Altern war, ich aber hielt es für falsch, so viele Geschütze aufzufahren, um gegen einen einzigen Feind zu kämpfen, der noch kaum in Erscheinung getreten war – und der, sobald er sich zeigte, zwangsläufig Sieger sein würde.

»Kaffee!« sagte sie. »Ah, du bist ein Engel.«

»Soll ich dir einschenken?«

»O ja, bitte.« Sie reckte sich. »Ach, welch ein Luxus! War das ein Abend! Hast du die Blumen gesehen?«

»Man kann vor lauter Blumen das Wohnzimmer nicht sehen. Das sind ja ganze Wälder.«

»Himmlisch!«

»Janet sagt, die Blätter fallen auf den Teppich, und Meg ist überzeugt, daß sich in den Blüten Insekten verstecken.«

»Sag ihr, ich hoffe, sie sind voller Spinnen oder Taranteln, die sich nachts in ihr Bett schleichen.«

»So schön und so grausam«, spottete ich.

»Tom Mellor sagt, ich muß mindestens ein halbes Dutzend Texte durchsehen. Mir scheint, meine Ruhepause wird diesmal nur kurz.« Sie lächelte zufrieden. »Ich glaube, diesmal würde mir eine hübsche tragische Rolle gefallen.«

Sie plauderte eine Weile über Rollen und ihre Erfolge. Dann schien sie mich plötzlich zum erstenmal richtig wahrzunehmen. »Du hast dein Haar aufgesteckt«, sagte sie. Ihre Miene verfinsterte sich.

»Gefällt es dir nicht?«

»Nein Sarah, überhaupt nicht.«

Wenn sie mich Sarah nannte, war sie wirklich verstimmt.

Ich nahm die Spangen aus meinem Haar und schüttelte es.

»So ist's besser. Du bist viel zu jung, um dein Haar aufzustecken. Das hast du frühestens in fünf Jahren nötig.«

Meine Haare hatten sie aufrichtig betrübt. Das glückliche Leuchten, welches beim Geplauder über ihre Erfolge ihr Gesicht umspielt hatte, war verschwunden. Sie sah verängstigt aus, als blicke sie in eine Zukunft, in der eine Tochter mit aufgestecktem Haar der Welt verkündete, daß Irene Rushton alt wurde.

»Dann bin ich neunzehn«, eröffnete ich ihr, denn ich hatte die ärgerliche Angewohnheit, alles, was mir in den Sinn kam, laut zu äußern. Ich solle doch versuchen, mir das abzugewöhnen, hatte Meg mich gewarnt.

Es war töricht von mir gewesen, das zu sagen. Sie wollte, daß ich ewig vierzehn bliebe. Eine Woge der Zärtlichkeit überkam mich; denn sie hätte mich ja ebensogut bei diesem zwielichtigen Ralph Ashington lassen können, und dann wäre ich mit zunehmendem Alter kein Hindernis für sie gewesen.

Einen Augenblick lang wurde sie nachdenklich. Dann sagte sie ernst: »Ist das wahr? Neunzehn.« Sie sprach die Worte, als sei die Tatsache, daß ich einmal dieses Alter erreiche, ein großes Unglück wie der Krimkrieg oder der Aufstand in Indien. Ich überlegte, womit ich sie trösten könnte, und versuchte, mich auf eine von Tobys oder gar Megs oder Janets Moralpredigten zu besinnen.

Hatte nicht jemand mal gesagt, Erfahrung sei der Lohn des Alters oder so ähnlich? Doch ich spürte, daß eine solche Bemerkung kaum den erforderlichen Trost spenden würde.

Dann sagte sie langsam: »Also vierzehn Jahre sind es her...« Ihre Augen bekamen einen verträumten Glanz, und ich sah, daß ihre Erinnerung zum Tag meiner Geburt zurückgekehrt war. Wie oft hatte ich sie mir ausgemalt, meine Geburt in der Fremde, wo es von Insekten wimmelte, wo Mr. Ralph Ashington residierte, und wo meine Mutter es nicht ausgehalten hatte, so daß sie, als ich zwei Jahre alt war, auf und davon ging.

Vielleicht vermittelte ihr der Umstand, daß ich mit aufgestecktem Haar erschienen war – bloß, damit es mir nicht in die Augen fiel –, das Gefühl, es sei an der Zeit, mir mehr über meine Herkunft zu erzählen. Oder aber sie war wieder in dieser pessimistischen Stimmung, die in ihr jedesmal den Wunsch erweckte, ihren Mißmut durch die Erinnerung an jene Zeit noch zu steigern. Ich war mir nicht sicher; jedenfalls fing sie zu erzählen an, und an diesem Morgen erfuhr ich mehr über meinen Ursprung als je zuvor.

»Vierzehn Jahre«, grübelte sie. »Dann habe ich deinen Vater also vor fünfzehn Jahren kennengelernt.«

Sie schlürfte versonnen ihren Kaffee, und ich verhielt mich mucks-mäuschenstill, um sie nur ja nicht von ihren Gedanken abzulenken.

»Ich war noch nicht ganz siebzehn«, fuhr sie wie in einem Selbstge-spräch fort. Das war ein Zeichen, daß sie nicht auf der Hut war. Wenn meine mathematischen Kenntnisse auch nicht gut waren, so wußte ich doch, daß fünfzehn plus siebzehn nicht sechsundzwanzig ergab, das Alter also, zu dem sie sich bekannte.

»Das war eine aufregende Zeit«, sagte sie. »Ich fiel überall auf. Kein Mädchen hatte mehr Verehrer als ich.«

»Natürlich nicht«, meinte ich aufmunternd.

»Ich war jung und frivol. Wenn ich bedenke, was für eine Partie ich hätte machen können...«

Lord Lummy, dachte ich. Der Herzog von Denton Square, der Graf von Edmonton, der Prinz von Putney... Ja, sie hatte gewiß recht.

»Andere Mädchen haben jemanden vom Hochadel geheiratet«, sagte sie. »Ich nicht. Ich frage mich, warum.«

Und ich fragte mich, wie ich wohl gewesen wäre, wenn ich einen Aris-tokraten anstatt Mr. Ralph Ashington zum Vater gehabt hätte.

»Es ging alles so schnell«, erzählte sie weiter. Ich beugte mich vor. Ich wollte kein einziges Wort verpassen. Wollte ich doch schon immer, so lange ich denken konnte, dies alles ergründen.

Sie schwieg, und ich stieß sanft nach: »Wie war er denn... mein Va-ter?«

»Anders«, erwiderte sie. »Gar nicht wie die anderen. Er hatte etwas Trauriges an sich... so einen tragischen Blick, der mich faszinierte.«

»Hast du herausgefunden, warum er so tragisch dreinblickte?«

»Seine Frau war erst kurz zuvor gestorben. Er war nach England ge-kommen, um seinen Kummer zu überwinden. Eines Abends nahm ein Freund ihn mit ins Theater. Er ist mir im Parkett aufgefallen. Seine Augen waren die ganze Zeit auf mich gerichtet. Am nächsten Abend war er wieder da... und am folgenden auch.«

Daran war nichts Ungewöhnliches. Ich hörte oft von diesen Männern, die Abend für Abend ins Theater gingen, um die Angebetete anzustar-ren. Das gehörte zum Klischee der Theater-Johnnys, wie Meg sie titu-lierte.

»Aber er hatte etwas, das anders war«, half ich nach.

»O ja, ganz anders. Er sah sehr fremdartig aus. Seine Haut war gebräunt, sein Haar von der Sonne gebleicht. Das machte ihn...«

»Außergewöhnlich«, ergänzte ich, »und sehr attraktiv.«

Sie schien die Unterbrechung nicht gehört zu haben. »Wir soupierten zusammen.«

»Im Café Royal«, stieß ich hervor.

Sie nickte. »Und er redete. Er war ein blendender Unterhalter, wenn er aus sich herausging, und es lag ihm viel daran, mit mir zu reden. Seine Familie hatte Besitzungen in der Nähe von Epping Forest, doch er war selten dort. Er hatte eine Teeplantage in Ceylon und hielt sich nur kurze Zeit in England auf. Er erzählte viel von der Plantage und... nach zwei Wochen machte er mir einen Heiratsantrag.«

»Sehr romantisch«, sagte ich.

»Romantisch? Kein Mensch fand das romantisch. Meg war richtig gehässig. Sie war ganz und gar dagegen. Sie war erst seit einem Jahr meine Garderobiere, man hätte aber meinen können, sie habe mich geschaffen... und besessen. Sie machte mir bittere Vorwürfe. ›Alle meine Gnädigen haben in den Hochadel eingeheiratet‹, hielt sie mir fortwährend vor.« Meine Mutter lachte, und ich stimmte ein. Sie fuhr fort: »Ich sagte zu ihr: ›Tut mir leid, Meg, selbst wenn dein Ruf darunter leidet, ich heirate, wen ich will.‹ Manchmal glaube ich, ich habe mich bloß Meg zum Trotz da hineingestürzt.«

»Bestimmt nicht. Du mußt ihn innig geliebt haben.«

»Wie sentimental du bist, Siddons! *Ich* bin überhaupt nicht sentimental, mein Kind. Ich habe mich da hineingestürzt, ohne richtig nachzudenken. Ich war fasziniert von dem heißen, dumpfigen Land, von dem er soviel erzählte. Ich wollte es mit eigenen Augen sehen. Die prächtigen Farben, das türkisblaue Meer, die Korallenriffe und die wogenden Palmen. Er verstand sich auf Worte. Manchmal glaube ich, das hast du von ihm geerbt. Alle sagten, ich würde mich wegwerfen. Aber ich wollte in dieses Land. Ich erinnere mich noch ganz deutlich... die Aufregung bei den Vorbereitungen, das Schiff, das uns forttrug. Dunkle Nächte mit Sternen, wie Gold auf mitternachtsblauem Samt... genau wie mein Samtkleid, du weißt schon, das eine. Wenn ich es trage, denke ich immer an das Schiff, mit dem wir damals reisten. Das war alles so romantisch und aufregend. Und dann... war ich da. Ich weiß noch, wie ich das Haus das erste Mal sah. Als ich eintrat, schauderte ich trotz der tropischen Hitze. Wir kamen um sieben Uhr abends an, und die Sonne war untergegangen... ganz plötzlich. Die Dunkelheit kommt schnell... nicht so wie hier. Es gibt keine Dämmerung. In der einen Minute ist noch Tag, und in der nächsten... Nacht. Zu beiden Seiten der Tür brannten Laternen. Die Luft war vom Summen der Insekten erfüllt. Das Haus leuchtete weiß hinter den Büschen und Bäumen. Alles wächst dort viel schneller als hier. Ein dumpfer Geruch steigt von der Erde auf. Wie eine heiße, feuchte Decke.«

»Es muß überwältigend gewesen sein«, flüsterte ich.

Sie schwieg ein paar Sekunden, dann sagte sie heftig: »Ich hab's bald gehaßt. Ich dachte an Dinge, aus denen ich mir zu Hause nie viel gemacht hatte. Der Regen... der sanfte Regen, nicht diese plötzlichen Güsse. Ich wollte die Droschken vorbeirattern hören, ich wollte die Pferdebahnen sehen, die Blumenfrauen und die Obstbuden. Ich wollte die Läden und den Lärm und den Verkehr... selbst einen Erbsensuppennebel hätte ich freudig begrüßt. Ich wollte heim. Ich fühlte mich gefangen... das war es... wie in einer Falle. Ach, warum erzähle ich dir das alles, Siddons?«

»Weil ich es wissen muß«, sagte ich. »Es gehört zu meinem Leben. Ich bin dort in diesem Haus geboren, in dieser Luft, die wie eine heiße, feuchte Decke ist.«

»Ich habe einen großen Fehler gemacht«, fuhr sie fort, »einen schrecklichen Fehler. Als ich merkte, daß ich ein Kind bekam. wußte ich nicht, was ich tun sollte. Wenn das nicht gewesen wäre, hätte ich fortgehen können. Drei Monate dort waren genug.«

»Tut mir leid. Es war meine Schuld.«

Sie lachte. »Nun, du wurdest in dieser Sache nicht viel gefragt. Du warst ein braves Kind, als du erst einmal da warst. Die alte Sheba hatte prophezeit, es würde gutgehen, und du würdest mir keine großen Schwierigkeiten machen.«

»Es freut mich, daß ich so rücksichtsvoll war.«

»Das war nicht dein Verdienst, mein Kind.«

»Wer war die alte Sheba?«

»Ein boshaftes altes Weib. Ich haßte sie. Sie führte den Haushalt. Ich wäre sie gern losgeworden, aber sie war recht nützlich. Sie schlich leise herum... Die waren dort alle so leise und immer auf der Lauer. Wenn man aufblickte, stand sie da. ›Missie hat gerufen?‹ fragte sie dann. Es überlief mich eiskalt. Aber sie war nützlich. *Ich* hätte den Haushalt nicht bewältigen können. Ich bin sicher, sie hat in meinen Sachen herumgeschnüffelt und was gesucht... ich weiß nicht was. Irgendwas Nachteiliges, dessen bin ich sicher. Ich spürte, daß ich verrückt würde, wenn ich nicht zum Theater zurück könnte. Ralph war häufig außer Haus. Die Plantage ging über alles. In Kandy gab es einen Club und auch ein paar Engländer, aber nicht von der Sorte, mit der ich mich verstand. Siddons, ich hatte das Gefühl, daß ich verrückt würde. Ich hab' jeden Abend gebetet. Du kannst dir vorstellen, wie verzweifelt ich war. Ich und beten! Laß etwas geschehen, flehte ich. Und dann geschah etwas. Du!«

»Na, immerhin etwas.«

»Schließ die Schublade auf, Siddons. Da drüben liegt ein Schlüsselbund. Hast du ihn? Der da ist es, der kleine. Komm, gib her! Der hier. Mach die obere Schublade auf, da liegt ein Päckchen drin, in Seidenpapier eingewickelt. Bring's mir her!«

Das war eine atemberaubende Enthüllung. Nie hatte ich sie so ausführlich über die Vergangenheit sprechen hören. Zu Beginn der Ruhepausen war sie mir immer nahe, und das währte eine Woche, zuweilen auch länger, bis sie sich wieder nach ihrer Arbeit sehnte und mich vergaß. Jetzt aber enthüllte sie mehr als je zuvor. Es war, als habe mein Anblick mit aufgestecktem Haar in ihr den Wunsch geweckt, sich mir mitzuteilen.

Ich brachte ihr das eingewickelte Päckchen, und sie machte es langsam auf. Ich saß auf dem Bett und sah zu. Aus dem Seidenpapier kam ein Bild von ihr zum Vorschein. Es war nicht groß, aber wunderschön. Die Farben waren ausgezeichnet, und obwohl die Miniatur nur bis zur Taille ging, erkannte ich, daß meine Mutter einen Sari trug. Eine Schulter war nackt, und über die andere fielen Kaskaden von lavendelfarbenem, mit kleinen silbernen Sternen übersätem Tüll. Ich kannte viele Bilder von ihr – sie wurde unentwegt fotografiert –, aber ein schöneres als dieses hatte ich nie gesehen.

»Drei Monate nachdem ich dich empfing«, sagte sie. »Siehst du die mütterliche Innigkeit in meinen Augen?«

»Nein«, erwiderte ich.

»Die stellte sich erst später ein. In diesem Stadium wurdest du mir unbequem und hinderlich. Du warst ein richtiges kleines Scheusal. Es schien Jahre zu dauern, bis du dich bequemen wolltest, in Erscheinung zu treten und mich von meinem Übel zu erlösen.«

»Ich mußte allerdings die vorgeschriebene Frist einhalten.«

Plötzlich lachte sie. »Als ich dich sah, dachte ich, du seist bestimmt das häßlichste Baby der Welt. Ganz rot im Gesicht, zappelig... eine kleine Kröte warst du.«

»Du hättest doch einen Seraphim verdient«, sagte ich. »Einen kleinen goldgelockten Engel.«

»Du hast dich ganz gut entwickelt, wenn auch nicht nach seraphischen Maßstäben. Weißt du, mit der Zeit vernarrte ich mich richtig in dich.«

»Das war das Wunder der Mutterschaft«, sagte ich. Ich nahm das Bild in die Hand und betrachtete es. »Die Perlen stehen dir gut. Heute trägst du nie Perlen.«

»Perlen? Das sind die Ashington-Perlen.«

»Kostbar?« fragte ich leichthin.

»Das kann man wohl sagen.«

»Wo sind sie? Ich hab' sie nie gesehen.«

»Sie gehörten mir nicht. Ich durfte sie nur tragen. Sie gehören zu einer ganzen Familiensage. Ich wollte sie nicht haben, das darfst du mir glauben. Eine Zeitlang, ja, da wollte ich sie, aber dann...«

»Erzähl mir mehr über die Perlen!«

»Das ist eine lange Geschichte. Du hast keine Ahnung, wie stolz diese Ashingtons sind. Die tun gerade so, als stammten sie in direkter Linie vom Königshaus ab. Ralph war nicht so... aber die anderen. Die Geschichte der Perlen kannte ich bald. Bevor dein Vater und ich nach Ceylon gingen, verbrachte ich drei Wochen auf Ashington Grange, dem Familiensitz bei Epping Forest. Ich kann dir sagen, das waren nicht gerade die drei angenehmsten Wochen meines Lebens. Ich hatte nur den einen Wunsch, wegzukommen von der stickigen Atmosphäre aus Tugendhaftigkeit und Familienstolz, und von den unaufhörlichen Andeutungen, welch ein Glück es für mich sei, eine Ashington zu werden. Dort habe ich zum erstenmal die Geschichte von den Perlen gehört. Meine ältere Schwägerin – die schrecklichere von beiden – hat sie mir feierlich erzählt. Man hätte meinen können, ich legte eine Art frommes Gelübde ab. Die Perlen sind das Heiligtum der Ashingtons. Sie waren seit hundert Jahren in Familienbesitz. Ein Colonel Ashington hatte in Ceylon gedient, als zwischen England und Holland Streit ausbrach und es in Ceylon zu Kämpfen kam. Martha Ashington sagte ihren Spruch auf, als habe sie ihn gut geübt. Und so war es auch. Sie muß diese Szene hundertmal gespielt haben. Alles drehte sich um die Tugenden der Briten, insbesondere um die Verdienste Colonel Ashingtons. Es ging irgendwie darum, daß die Könige von Kandy despotisch und so entsetzlich grausam waren, daß die Singhalesen sich danach sehnten, unter die britische Flagge zu kommen, und eben das hat dieser tapfere Colonel getan... Er brachte die Singhalesen unter die britische Flagge, um sie zu retten. Ich habe an dieser Stelle nicht richtig zugehört. Mich interessierten nur die Perlen.«

»Das hört sich wie ein Theaterstück an.«

»Es kam mir auch wie ein Stück vor, als ich in diesem Dschungel in der Falle saß. Allerdings wie eine Tragödie... und ich wünschte mir eine Komödie. Ich entnahm der Schilderung, daß die von dem Colonel angeführten tapferen Soldaten den Tyrannen von Kandy gefangengenommen und für den Rest seines Lebens ins Exil geschickt hatten. Seine Familie war zweitausend Jahre lang an der Regierung gewesen. An diesen Teil der Geschichte erinnere ich mich gut. Er ist sozusagen die letzte Zeile des zweiten Aktes, bevor der Vorhang fällt. Und nun tritt der Colonel auf. Er verstand viel von Medizin. Das war auch nötig, denn viel gefährlicher als die Gefolgsleute des bösen Königs von Kandy waren die Krankheiten, von denen die Fremden in diesem Land heimgesucht wurden. Nun, einer von den mächtigen Nabobs hatte einen Sohn, der von einer Kobra gebissen wurde. Der Colonel erschien genau im richtigen Augenblick und tötete die Kobra, doch alle dachten, das Kind müsse sterben. Zum Glück rettete eines der Kräuter aus des Colonels Arzneikiste dem Kind das Leben. Ja, ich glaube, man sollte wirklich ein Stück darüber schreiben. Die Ashington-Perlen! Das wäre ein guter Titel. Perlen, Diamanten, Rubine, die haben schon ihren Reiz, findest du nicht?«

Ich pflichtete ihr bei und wartete ungeduldig darauf, mehr zu erfahren.

»Wie dem auch sei«, fuhr sie fort, »die Geschichte nahm den üblichen Verlauf. Du ahnst sicher schon, wie sie ausgeht. Der dankbare, mächtige Nabob fragt sich, was als Entgelt für das Leben seines Sohnes in Frage kommt. Nichts ist ihm so wertvoll wie dieses, und es würde den

Göttern gar nicht gefallen, wenn er ihnen nicht seine Dankbarkeit erwiese, weil sie den Colonel im rechten Augenblick geschickt haben. Er ringt mit sich. Welcher Gegenstand ist ihm, abgesehen von seinen Söhnen und Töchtern, am teuersten? Die Perlen. Also schenkte er deinem Ururur... – ich weiß nicht genau, wie viele Urs – ...großvater die Perlen. Das ist die ganze Geschichte, und das auf dem Bild hier sind die Perlen. Es gab da gewisse Bedingungen. Die Perlen waren unschätzbar, ein Vermögen wert. Die Ashingtons waren nicht nur tapfere Soldaten, sondern auch tüchtige Geschäftsleute. Sie versuchten, die Perlen schätzen zu lassen. Jede einzelne war vollkommen und von beachtlicher Größe, und der Verschluß mit Diamanten und Smaragden ist ein künstlerisches Meisterwerk. Dieser Nabob von Kandy hielt eine Rede, wie sie bei derartigen Übereignungszeremonien wohl angemessen ist. Die Perlen würden Unglück bringen, wenn sie in die falschen Hände gerieten. Nur das Blut eines ältesten Sohnes sei mit ihrem Wert zu vergleichen. Der Nabob hatte gezögert, sich von ihnen zu trennen; denn er fürchtete, er könne sich dadurch ins Verderben stürzen... Doch die unvergleichlichen Perlen waren der einzige Gegenstand, der ihm kostbar genug schien, als Lohn für das Leben seines Sohnes zu gelten.«
»Wie wundervoll«, sagte ich begeistert.
Sie lächelte mich an. »Liebe Little Siddons, was bist du doch für ein Kind.«
Meiner Mutter zuliebe war ich bereit, dies unwidersprochen hinzunehmen, da es sie in die richtige Stimmung versetzte, um fortzufahren.
»Ich durfte die Perlen eine Zeitlang haben. Die erste Frau deines Vaters hatte sie getragen, und dann bekam ich sie... aber nicht für immer. Niemand darf die Perlen behalten. Das gehört zu den Bestimmungen. Ich trug sie, wie du siehst, während mein Porträt gemalt wurde.« Sie schloß die Augen. »Es gab dort ein Zimmer, in dem das Licht genau richtig war. Es war nämlich ein dunkles Haus. Die Büsche und Bäume rundherum wuchsen so dicht. Bevor ich fortging, träumte ich immer, daß sie sich nachts, während ich schlief, vermehrten und mich einschlossen, so daß ich dort auf ewig gefangen war. Daran siehst du, welche Wirkung der Ort auf mich hatte.«
»Aber du bist geflohen und hast mich mitgenommen. Erzähl mir mehr über die Perlen!«

»Sobald sie meine Haut berührten, verspürte ich eine gewisse Faszination. Ich mußte an diesen Edelmann aus Kandy und an all die Frauen denken, die das Halsband vor mir getragen hatten. Der Künstler, der mich malte, war ein netter junger Engländer. Er verliebte sich in mich. Er sagte, die Perlen seien wie meine Haut: makellos. Er malte mich vortrefflich, aber mit den Perlen war er nie zufrieden. Er behauptete, sie veränderten sich, wechselten sogar ihre Schattierung, während er sie zu malen versuchte. Als das Bild fertig war, fuhr er mit einem Boot über den Mahaweli Ganga aufs Meer. Das Boot kam zurück, aber ohne ihn. Sheba sagte, die Perlen hätten ihm Unglück gebracht. Oder ich. Ich hatte ihn nie richtig ernst genommen, wenn er von seiner Liebe zu mir sprach.«

»Und danach hast du die Perlen nicht mehr gemocht?«

»Nein, nie mehr.«

»Wo sind sie jetzt?«

»Clytie hat sie vermutlich. Sie fallen ihr zu, es sei denn, dein Vater heiratet wieder und bekommt einen Sohn... aber wie sollte er, wenn ich noch lebe? Eine Scheidung kommt nicht in Frage. Das würden die Ashingtons nie zulassen. Also ist Clytie jetzt wohl die Auserwählte... obwohl das irgendwie gegen die Regeln verstößt. Sie ist eine Ashington, und wenn sie heiratet und einen Sohn hat, dann bekommt die Frau ihres Sohnes die Perlen.«

»Das ist ja hochinteressant. Wer ist Clytie?«

»Meine Stieftochter, die Tochter der ersten Frau deines Vaters. Als ich dorthin kam, war sie ein Jahr alt.«

»Erzähl mir mehr von Clytie! Wie ist sie?«

»Sie war vier, als ich fortging. Ich habe sie selten gesehen. Sie war die ganze Zeit bei ihrem Kindermädchen. Als du geboren wurdest, hattet ihr das Kinderzimmer gemeinsam. Sheba hat sich um euch beide gekümmert.«

»Irene Rushton«, sagte ich feierlich, »ist dir eigentlich klar, daß ich soeben erfahren habe, daß ich eine Schwester habe?«

»Eine Halbschwester.«

»Ich habe mir immer eine Schwester gewünscht. Clytie! Ein ungewöhnlicher Name.«

»Dein Vater sagte, als sie geboren wurde, war sie wie eine Sonnenblume.«

»Ich weiß. Clytie war eine Wassernymphe, und Apollo verliebte sich in sie. Er verwandelte sie in eine Sonnenblume, damit sie ihm bei seiner täglichen Reise über das Firmament stets zugewandt war.«

»So ein Unsinn«, sagte meine Mutter.

»Er hat sie bestimmt zärtlich geliebt«, erwiderte ich leise.

»Du bist ein romantischer Dummkopf.«

»Im Augenblick komme ich mir eher ein bißchen verwirrt vor. Ich bin so aufgeregt. Ich habe eine Schwester. Wenn ich sie doch nur sehen könnte!«

Das hätte ich nicht sagen sollen. Es war meiner Mutter deutlich anzusehen, daß sie bedauerte, mir soviel erzählt zu haben. Ihr Mund war grimmig verkniffen. Sie wickelte das Bild wieder ein und gab mir den Schlüssel. »Sperr es weg«, sagte sie. Das hörte sich sehr endgültig an.

Das Bild war ein Symbol. Sie hatte an diesem Vormittag zuviel aus den verborgenen Schubladen der Erinnerung hervorgeholt. Sie würde nicht noch einmal so unbesonnen sein.

Ich hatte recht: Sie war nie wieder so unbesonnen.

Es kam, wie es kommen mußte. Die Depressionen setzten ein, dann kamen die Launen. »Sie ist wie 'n Bär mit 'nem Brummschädel«, sagte Meg. »Mit zwei Brummschädeln«, ergänzte Janet und fügte hintergründig hinzu: »Ich schätze, wir könnten aus der Pension schon was Feines machen, Meg.«

Dann kam Tom Mellor mit einem Stück, und diesmal war es das richtige. Die Proben begannen; Wutanfälle begleiteten das lästige Auswendiglernen der Texte, während die Persönlichkeit meiner Mutter sich allmählich in den Charakter verwandelte, den sie zu spielen hatte.

»Eines Tages spielt sie eine Mörderin«, sagte Meg, »und wir müssen uns alle vorsehen.«

»Dann siehst du mich aber wie der Blitz aus diesem Haus flitzen«, bemerkte Janet, und ich hatte den Eindruck, daß es ihr gar nicht ungelegen gewesen wäre, wenn meine Mutter eine solche Rolle übernommen hätte.

Aber sie spielte die verführerische Sirene, was vorzüglich zu ihr paßte, und nach ein paar Wochen, nach den Aufregungen der Premiere und der qualvollen Lektüre der Rezensionen am nächsten Tag – voller Angst, daß irgendeine Kritik sie verletzen könnte –, vergingen die Tage wie eh und je.

Das normale Leben war wieder eingekehrt, und über Clytie wurde kein weiteres Wort gesprochen.

Aber ich konnte sie nicht vergessen.

Ich dachte viel über meine Familie nach und hätte gern mehr über sie erfahren. Aber außer meiner Mutter gab es niemanden, den ich fragen konnte, und wenn ich gelegentlich darauf zu sprechen kam, zeigte sie mir deutlich, daß sie nicht die Absicht hatte, mir mehr zu erzählen. Obendrein ließ sie es sich anmerken, wie sehr sie es bereute, so viel verraten zu haben, so daß mir nichts anderes übrigblieb, als auf einen günstigen Augenblick zu warten.

Ich versuchte Meg auszufragen. Ich war sicher, daß sie reden würde, falls sie etwas wußte. Sie konnte mir aber nur erzählen, was mir ohnehin bekannt war: Meine Mutter hatte alle Welt in Erstaunen versetzt, als sie einen Teepflanzer ehelichte und nach Ceylon ging, von wo sie drei Jahre später mit einem Kind – nämlich mit mir – zurückkehrte.

»Die Leute hatten sie nicht vergessen. Dafür waren drei Jahre zu kurz. Sie wurde mit offenen Armen empfangen, wie man so sagt. Sie sei reifer geworden, hieß es. Dieser Ausdruck gefiel ihr aber nicht. Zur Vollkommenheit erblüht, das klang besser. Nun, sie hat dieses ... wie man's auch nennt ... was die Leute in Scharen anlockt, weil sie sie sehen wollen. Wenn sie auf der Bühne ist, guckt keiner jemand anderen an. Ob das den anderen Darstellern gefällt? Ich glaube kaum. Aber sie ist eben vom Scheitel bis zur Sohle Schauspielerin. So eine kommt spielend durchs Leben, jawohl.«

Alles, was ich von Meg über sie erfahren konnte, war die Geschichte ihrer Triumphe und der verpaßten Chancen. Ich wollte mit Toby über sie sprechen, doch der wußte nichts. Er hatte sie vor achtzehn Monaten zum erstenmal gesehen und war ihrem Zauber verfallen – so sehr, daß er sich ihr auf die einzige ihm mögliche Art unentbehrlich machte: indem er ihre Tochter unterrichtete.

Ich war sehr viel mit ihm zusammen, auch außerhalb der morgendlichen Unterrichtsstunden. Er zeigte mir London. Einmal schlichen wir frühmorgens aus dem Haus zum Covent Garden. Es war alles so aufregend: das Obst und die Blumen und die geschäftigen Händler. In den Kensington Gardens beobachteten wir, wie die Kinder – und auch ein paar Erwachsene – ihre Schiffchen schwimmen ließen; wir gingen in die Orangerie und wanderten durch die Allee mit ihren verflochtenen Bäumen; wir spazierten durch die Kensington Gardens, den Hyde Park, Green Park und St. James – überall Rasen inmitten der City, so daß uns nur der angenehm gedämpfte Verkehrslärm daran erinnerte, daß wir uns im Herzen einer Großstadt befanden. Wir schlenderten die Pall Mall entlang, wo Charles II. das Spiel gespielt hatte, welches der Straße ihren Namen gab, und wir zollten Whitehall unseren Respekt, wo sein Vater, Charles I., enthauptet worden war. Auf der Themse fuhren wir nach Hampton Court und Windsor.

Wir spielten gern selbsterfundene Spiele. Einer von uns summte ein paar Takte, und der andere mußte die Melodie erraten. Wir hatten uns ein Sprichwörterspiel ausgedacht, bei dem wir zu einem bestimmten Stichwort einen Reim oder einen Spruch finden mußten. Die mit den Tieren gefielen mir am besten. Wenn einer von uns »Esel« rief, antwortete der andere: »Das Gesetz ist ein Esel.« Oder »Bär«, und die Antwort lautete: »Man muß den Bären fangen, bevor man sein Fell verkauft.« Ein großer Teil dieser Sprüche stammte aus der Literatur, in der Toby bestens bewandert war; wir gaben uns Punkte für richtige Antworten und durften dasselbe Sprichwort nicht zweimal verwenden. Auf »Tiger« fiel uns anfangs immer nur »Tiger, Tiger steht in Flammen« ein, bis Toby mit einem Zitat kam, das mir im Gedächtnis haften blieb und auf das ich mich später wieder besinnen sollte:

> Und ihre Rach' ist wie des Tigers Satz,
> Schnell, tödlich und zermalmend...

»Wessen Rache?« wollte ich wissen, und er zitierte die Verse aus Byrons »Don Juan«:

> O Weibes Liebe! Seligkeit und Pein!
> Du schöner, aber unheilschwangrer Schatz!
> Sie setzt auf einen Wurf ihr Alles ein,
> Und, wenn der fehlschlägt, gibt es nie Ersatz:
> Dann beut die Welt ihr nichts als leeren Schein,
> Und ihre Rach' ist wie des Tigers Satz,
> Schnell, tödlich und zermalmend – dennoch wühlt sie
> Im eignen Fleisch; was sie verhängt, das fühlt sie.

Ich war sehr beeindruckt, und wir lasen nun oft Byron.

Ich nahm ihn einfach hin, jenen lieblichen Sommer, der aber das Schlußkapitel eines Lebensabschnittes bildete. In den folgenden Jahren sollte ich mich schmerzlich an ihn erinnern.

Ich war im Grunde meines Herzens ein Kind, ob ich nun mein Haar aufsteckte oder nicht, und es kam mir nie in den Sinn, daß die Wende auf mich lauerte wie ein Tiger auf dem Sprung. Ich dachte – sofern ich überhaupt dachte –, daß diese Sommertage ewig dauern und wir unsere Lektionen auch in den kommenden Jahren fortsetzen würden.

Das neue Stück hatte eine außergewöhnlich lange Spielzeit. Sie würde ein Rekord werden, sagten alle. Wäre sie kürzer gewesen, hätte sich meine Mutter vielleicht wegen meines häufigen Zusammenseins mit Toby Gedanken gemacht. Sie hatte es gern, wenn ihre Bewunderer stets auf Abruf zur Verfügung standen. Nicht, daß Toby sie weniger verehrte. Er hatte nur entdeckt, daß er ihr auf eine Weise dienen konnte, die sich als sehr vergnüglich erwies.

Einmal – es war höchst gewagt – nahm Toby mich mit ins Theater. Wir sagten meiner Mutter nichts davon. Es war die Abendvorstellung, weil Toby fand, am Abend habe das Theater etwas Gewisses, das am Nachmittag fehle. Ich zog ein Kleid meiner Mutter an. Ich war ebenso groß wie sie. »Du wirst 'ne richtige Bohnenstange, ehrlich«, sagte Meg. »Nichts als Haut und Knochen«, fügte Janet hinzu.

»Unsinn«, widersprach Toby. »Du wirst groß und elegant.«

Welch ein Trost war Toby doch!

Es war ein schlichtes blaues Kleid – meine Mutter hatte es in einer Naivenrolle getragen –, das meinen grüngrauen Augen einen bläulichen Schimmer verlieh. Ich steckte mein Haar auf – o schreckliche Sünde –, und wir nahmen eine Droschke.

Welch ein Abend! Wie haben wir uns gefreut! Wir faßten uns an den Händen, wenn meine Mutter auf der Bühne erschien, und waren beide bei ihrem Anblick von Rührung übermannt.

Sie war eine großartige Schauspielerin. Es wunderte mich nicht, daß so viele Leute kamen, um sie zu sehen, und daß man sie bei ihrer Rückkehr »mit offenen Armen« empfangen hatte. Wir entdeckten Everard im Parkett. Er mußte achtgeben, daß er kein Aufsehen erregte, denn er war aufgrund seiner Stellung im Parlament sehr bekannt. Sicher wird er meine Mutter heimbringen und dort bleiben, mutmaßte ich.

Ich fand das Stück hinreißend. Ich weinte, wenn Tränen angebracht waren, und Toby reichte mir sein Taschentuch, damit ich mir die Augen trocknen konnte. Es war bezeichnend für mich, daß ich keines mitgenommen hatte. Sobald das Stück zu Ende war und die Darsteller sich verbeugten, drängte Toby mich hinaus.

»Ich würde dich ja gern zum Essen ausführen, um den Abend abzurunden«, sagte er. »Aber wir kommen dann ein bißchen unter Zeitdruck.«

Ich pflichtete ihm bei. Ich malte mir aus, wie wir nach Hause kommen würden, wenn meine Mutter bereits dort wäre. Ich wußte, ihr Zorn würde fürchterlich sein, denn ich hatte nicht nur mein Haar aufgesteckt, sondern sah wirklich wie eine Siebzehnjährige aus.

Es war aufregend, inmitten der Menge hinauszugehen. Wir sahen sogar den Prinzen von Wales in der königlichen Equipage.

»Diesmal hat er die Prinzessin bei sich«, bemerkte Toby. »Keine aus seinem Harem.«

Ich lachte und kam mir überaus weltklug vor, als wir, über unser Erlebnis kichernd, in der Droschke davonfuhren.

Janet sah uns heimkommen. Sie enthielt sich eines Kommentars, doch ich bemerkte das grimmig-zufriedene Lächeln auf ihren Lippen und wußte, daß sie an meine Mutter dachte, der sie, wie mir inzwischen klar geworden war, keine besondere Sympathie entgegenbrachte. Sie verübelte ihr Megs »Knechtschaft« und stellte unaufhörlich Vergleiche an zwischen dem von ihr so betitelten »verpesteten London«, dem sie und ihre Schwester unnötigerweise ausgeliefert waren, und der frischen Landluft, die sie, wären sie nur ein bißchen vernünftig, genießen könnten.

Ich konnte an diesem Abend nicht einschlafen. Ich lag in meinem Bett und dachte, wie aufregend das Leben war und wie herrlich es war, erwachsen zu werden.

Ich hörte meine Mutter nach Hause kommen. Everard war bei ihr. Ich lag immer noch wach und stellte mir vor, wie sie meinen Vater kennenlernte und in dieses seltsame Haus in Ceylon zog, das ihr, wie ich annahm, ziemlich Angst eingeflößt hatte. Ich dachte an Colonel Ashington und die Perlen, und am allermeisten dachte ich an Clytie. Ich fragte mich, ob ich ihr wohl eines Tages begegnen würde. Aber selbst jetzt dachte ich nicht an eine Wende in meinem Leben.

Wenige Tage nach jenem Theaterbesuch bemerkte ich die Frau in dem schwarzen Umhang. Ich blickte aus meinem Schlafzimmerfenster, und da sah ich sie. Sie fiel mir auf, weil sie das Haus zu beobachten schien. Ich konnte ihr Gesicht nicht gut erkennen, da es von der weit vorgezogenen Kapuze des Umhangs zum großen Teil verdeckt war.

Ich wandte mich vom Fenster ab, räumte meine Kleider weg und war so etwa zehn Minuten beschäftigt. Danach ging ich wieder ans Fenster. Die Frau war noch immer da.

Ich verspürte einen unwiderstehlichen Drang, hinunterzugehen und sie zu fragen, ob sie etwas wünsche. Dann wurde mir bewußt, wie kindisch das wäre. Sie war vermutlich mit jemandem verabredet, oder sie wollte irgendwohin und war zu früh gekommen.

»Du bist 'n richtiger Draufgänger«, hatte Meg einmal gesagt. »Du überlegst nicht lange. Was dir in den Sinn kommt, das sagst du oder tust du. Dann ist es gesagt und getan, und es gibt kein Zurück.«

Am Denton Square waren viele Menschen unterwegs. Es war nicht gerade eine abgelegene Gegend. Dann kam ich drauf: Die Frau war natürlich eine Verehrerin meiner Mutter. Das war die Lösung. Eine, die ehrfürchtig das Haus anstarrte, in dem *sie* wohnte.

Während ich die Frau beobachtete, sah ich Meg heimwärts eilen. Sie kramte ihren Schlüssel hervor, und da überquerte die Frau die Straße und sprach sie an. Meg nickte und wechselte ein paar Worte mit ihr, dann kam sie herein.

Ich blieb am Fenster stehen, nachdem sich die Tür hinter Meg geschlossen hatte. Die Frau war wieder auf die andere Straßenseite gegangen und betrachtete noch eine Weile das Haus. Dann muß sie mich wohl hinter den Spitzengardinen bemerkt haben, denn ihre Augen schienen auf das Fenster gerichtet zu sein.

Ich wußte nicht warum, aber plötzlich rieselte mir ein Schauer das Rückgrat hinab, und während ich dort stand, überkam mich eine unerklärliche Furcht. Janet hätte gesagt, es sei, als ob »jemand über dein Grab schreitet«.

Es kam mir wie eine Ewigkeit vor – dabei konnte es sich nur um Sekunden handeln –, bis die Frau sich umwandte und rasch davonging. Mein Herz hämmerte wild, als ich ihr nachblickte. Ich spürte, daß irgend etwas mit ihr nicht stimmte. Ich spürte es so heftig, daß ich mich augenblicklich auf die Suche nach Meg begab.

Sie war in der Küche und packte ein paar Schönheitsmittel und etliche Bänder aus, die sie für meine Mutter gekauft hatte.

»Guck dir das an«, sagte sie und hielt ein zartmauvefarbenes Band in die Höhe. »Was Passenderes konnte ich nicht kriegen. Ich glaube nicht, daß es der Gnädigen gefällt. Ich hab' die ganze Bond Street abgeklappert und nichts Besseres gefunden.«

»Es ist wunderhübsch, Meg«, sagte ich. »Wer war denn die Frau da draußen?«

»Frau?«

Meg war völlig auf Bänder eingestellt und auf die Schwierigkeit, in der ganzen Bond Street nach der richtigen Farbe zu suchen.

»Frau?« wiederholte sie. »Nein, ich glaube nicht, daß es ihr gefällt. Zuviel Rot in dem Mauve. Der hübsche bläuliche Ton ist ihr lieber. Wie bitte?«

»Die Frau«, sagte ich. »Wer war denn die Frau?«

»Ach die ... Wollte wissen, ob Irene Rushton hier wohnt. Schon wieder so eine. Die geraten schon in Verzückung, wenn sie bloß die gleiche Straße entlanglatschen, auf der *ihre* zierlichen Füßchen hergeschritten sind.«

»Sie sah ... anders aus.«

»Die kommen in allen Ausgaben und Größen vor, Herzchen. Du würdest dich wundern über manche Gestalten, die ich an den Bühneneingängen rumlungern sah. Millionäre, die wie Landstreicher aussahen, und bettelarme Jünglinge, die man für die vornehmsten Herren im ganzen Land halten konnte. Nach dem Aussehen darfst du nicht gehen.«

»Ja«, sagte ich nachdenklich. »Dann war's also bloß eine von Irene Rushtons Bewunderinnen.«

»Jawohl«, bestätigte Meg.

Ich konnte aber die Frau nicht so bald vergessen. Ihr Bild kam mir immer wieder in den Sinn. Dann jedoch vergaß ich sie völlig, weil sich etwas überaus Erschütterndes ereignete.

Ich saß mit Toby im Schulzimmer am Arbeitstisch, als er plötzlich sagte: »Ich verlasse England, Sarah.«

Es war, als sei die Uhr auf dem Kaminsims stehengeblieben; jemand hatte dem Puzzle meines Lebens, das ich so mühevoll zusammenfügte, einen Fußtritt versetzt. Bis zu diesem Augenblick hatte ich nicht gewußt, welch eine große Rolle Toby darin spielte. Es war wie das Ende meiner Welt.

Er lächelte beinahe entschuldigend. »Je nun«, meinte er, »es hätte ja nicht immer so weiter gehen können. Ich muß... etwas *tun*... als Sohn meines Vaters und so. Natürlich erwartete er von mir, daß ich irgendwann etwas tun würde. Für ihn befand ich mich sozusagen in der Probezeit, bis sich etwas Geeignetes fand.«

»Toby! Du kannst doch nicht einfach weggehen! Und was wird aus mir? Wer wird mir Unterricht geben?«

Er lächelte, doch es war ein trauriges Lächeln. »Du wirst eine tüchtige Gouvernante oder einen richtigen Hauslehrer bekommen. Es wird höchste Zeit. Ich war doch nur ein Notbehelf, oder? Das war nichts Ernstes...«

»Nichts Ernstes! Ich hab' von dir mehr gelernt als von sonst jemandem. Ach Toby, du darfst nicht fortgehen!«

Er schüttelte den Kopf. »Ich muß. Mein Vater hat sehr ernst mit mir gesprochen. ›Tobias‹, hat er gesagt. Er nennt mich nämlich immer Tobias. Ich glaube, er wurde als junger Mann Bias gerufen. Ein seltsamer Name. Bias! Vielleicht bildet er sich deswegen so viel auf seine gerechte Gesinnung ein. Er betrachtet nämlich jede Sache von zwei Seiten.« Er plapperte drauflos, als wolle er mich von dem Schock ablenken, den ich, wie er gewiß wußte, empfinden mußte.

»Wohin?« fragte ich.

»Nach Indien... Zu einer unserer Firmen dort.«

»*Unserer* Firmen? Du meinst, die von deinem Vater.«

Das gab er bescheiden zu, und da erkannte ich, daß Toby einen vielschichtigen Charakter besaß. Wie ich bereits sagte, diskutierte er mit Vorliebe über das Thema, daß nichts ganz so ist, wie es scheint. Ich hatte in ihm einen der weniger bedeutenden Verehrer meiner Mutter gesehen – nicht ganz geeignet für die Bühne, nicht ganz so gut, als daß er sie hätte begleiten dürfen, nicht ganz im richtigen Alter... Mister Nichtganz, wie sie ihn einmal genannt hatte. Ich war wütend, weil ich so blind gewesen war. Toby mit seiner leidenschaftlichen Liebe zur Literatur, der beste Kamerad der Welt, mit dem ich lachen und reden konnte wie mit niemandem sonst, er war mehr wert als alle ihre anderen Verehrer zusammen – einschließlich Everard. Und dabei war er die ganze Zeit von solcher Wichtigkeit gewesen; er war der Sohn des reichen Tobias (in seiner Jugend Bias genannt), der seine Hand bei allen möglichen finanziellen Transaktionen im Spiel hatte und dessen Lebensziel – das Geldverdienen stand erst an zweiter Stelle – es war, Toby zu seinem Ebenbild zu machen.

Ich kam mir lächerlich kindisch vor und fand, daß es sehr lange dauert, bis man erwachsen wird.

»Er hat den richtigen Zeitpunkt abgewartet«, erklärte Toby. »Jetzt ist es soweit.«

»Toby«, sagte ich traurig, »wann?«

»In drei Wochen.«

Ich warf mich in seine Arme und klammerte mich an ihn.

»Beruhige dich«, sagte er und klopfte mir unbeholfen auf den Rücken, als hätte ich mich verschluckt. »Komm, beruhige dich, Sarah!«

»Geh nicht fort«, flehte ich.

»Ich muß, Sarah. Ich muß etwas *tun*. Ich kann nicht mein Leben lang so weitermachen wie bisher.«

»Warum nicht?«

»Als Sohn meines Vaters ... Es geht eben nicht. Ich muß seiner würdig werden.«

»Damit du 'nen Haufen Geld verdienen und es für deine Söhne und Enkelkinder fest anlegen kannst.«

»Es geht um mehr als das. Für den alten Herrn ist es wie ein Spiel. Es kommt nicht darauf an, reicher und reicher zu werden. Geld bringt Verantwortung. Das hier war für mich nur eine Wartezeit ... eine Art Spielplatz.«

Ich war nicht fähig, mehr zu ertragen, das fühlte ich. Ich wagte nicht, mir vorzustellen, wie es sein würde, wenn Toby nicht mehr da war.

Die Neuigkeit von seiner bevorstehenden Abreise wurde unterschiedlich aufgenommen. Meine Mutter war verärgert. Toby war recht brauchbar gewesen, und sie haßte es, einen Verehrer zu verlieren.

»Dieser blöde alte Kerl«, sagte sie. »Eltern sollten sich nicht einmischen!« Sie übertrug ihre Verachtung auf Toby. »Ich fürchte, seine Kühnheit reicht *nicht ganz*, um zu tun, was er vorhat.«

Meg sagte: »Es wird Zeit, daß er geht. Immer um sie herumtändeln ... kein Leben für 'nen jungen Mann. Aber traurig ist es doch, nichts für ungut. Ich hatte ihn wirklich gern.«

Janet schnaubte vor Befriedigung. »Hat die sich etwa eingebildet, er tanzt zeit seines Lebens nach ihrer Pfeife? Da war sie aber auf dem Holzweg.«

Ich war untröstlich.

Während der letzten Wochen dachte er sich alle möglichen Belustigungen für mich aus, aber das machte es nur noch schlimmer. Die Flüstergalerie von St. Paul, die Grabmäler der Westminsterabtei oder das Entenfüttern im St. James Park bereiteten kein Vergnügen, wenn man wußte, daß man zum letztenmal zusammen dort war. Eines Abends ging er mit mir ins Theater – nicht in das Stück, in dem meine Mutter auftrat, sondern in ein großes Melodrama mit dem Titel »Der Silberkönig«, das mich in Verzückung versetzte; doch die konnte nur wenige selige Sekunden anhalten, und schon besann ich mich, daß ich nie wieder mit Toby ins Theater gehen würde.

Auch er war traurig. Ich vermutete, er dachte an die Trennung von meiner Mutter. Wir fuhren in unserer Droschke heim, und es war uns einerlei, ob wir rechtzeitig zu Hause waren.

Meg ließ uns wie eine Verschwörerin ein.

»Sie sind noch nicht zurück. Marsch, rauf mit dir.«

Ich ging in mein Zimmer, trat ans Fenster und blickte der Droschke nach, die Toby davontrug.

In dieser Nacht konnte ich nicht schlafen. Es war beinahe Vollmond, doch schwere Wolken und ein ziemlich heftiger Wind ließen nur ab und an ein Licht in mein Zimmer fallen. Mir war entsetzlich jämmerlich zumute. Wegen Toby.

Meine Mutter war noch nicht heimgekommen. Es war eine halbe Stunde nach Mitternacht. Sie war wohl nach der Vorstellung mit Everard irgendwohin zum Essen gegangen.

Was hatte es für einen Sinn, dazuliegen, wenn man nicht schlafen konnte? Ich stand auf, zog meinen Morgenmantel an und ging zum Fenster. Da hielt ich in plötzlichem Schrecken den Atem an. Auf der anderen Straßenseite stand ein Mann, genau an derselben Stelle, an der ich die Frau gesehen hatte. Ich konnte sein Gesicht nicht deutlich erkennen, schätzte aber, daß er in den mittleren Jahren war. Harrte er darauf, einen Blick auf die Göttin zu werfen, fragte ich mich. Er sah aber nicht aus wie einer, der an Bühneneingängen wartete.

Ich trat von den Spitzengardinen, die vor dem Fenster hingen, zurück und zog die Samtvorhänge zu. Der Mann konnte mich natürlich nicht sehen, weil im Schlafzimmer kein Licht brannte, dafür sah ich ihn im Schein der Straßenlaterne.

Er wartete wohl, um einen Blick auf meine Mutter werfen zu können.

Ich legte mich wieder ins Bett, konnte aber nicht schlafen. Ich dachte fortwährend daran, wie es in Zukunft ohne Toby sein mochte. Meine Mutter würde wohl eine Gouvernante engagieren. Der Gedanke, mich auf eine Schule zu schicken, lag ihr fern, verspürte sie doch zuweilen – wenn auch selten genug – den Wunsch, zu ihrer Little Siddons heimzukommen.

Hufeklappern. Die Droschke kam die Straße entlang. Im Nu war ich am Fenster. Meine Mutter und Everard stiegen aus. Sie gingen ins Haus, und die Tür schloß sich hinter ihnen. Die Droschke entfernte sich. Der Mann stand immer noch auf der anderen Straßenseite. Ich fragte mich, was er wohl empfunden haben mochte, als er meine Mutter mit einem anderen Mann ins Haus gehen sah.

Ich weiß nicht, warum mich dieser wartende Mann und die Frau, die gewartet hatte, mit bösen Vorahnungen erfüllten, aber dieses Gefühl war nun einmal da. Sie waren auch nicht anders, redete ich mir ein, als die Leute, die am Bühneneingang ausharrten, um einen Blick auf meine Mutter werfen zu können.

Immer noch lag ich schlaflos im Bett. Meine Phantasie begann mich zu quälen. Ich bildete mir ein, der Mann da unten sei wahnsinnig in Irene Rushton verliebt und habe sich vorgenommen, sie oder Everard zu erschießen, wenn sie aus dem Haus kamen. Ich befand mich in einem Zustand solcher Beklemmung, daß ich am liebsten zu Meg gegangen wäre, um bei ihr Zuflucht zu suchen. Ich hätte es vielleicht getan, wenn sie nicht mit Janet ein Zimmer geteilt hätte. Ich war sicher, daß die beiden mit ihrer schlagfertigen Cockney-Art meine fiebrigen Phantasien bald mit einer Dusche aus gesundem Menschenverstand abgekühlt hätten.

Ungefähr eine Stunde, nachdem Everard und meine Mutter gekommen waren, lag ich immer noch wach. Was half es da, daß ich ans Fenster trat und sah, daß der Mann immer noch da war?

Was macht er denn da?, fragte ich mich. Ich wollte es Meg am Morgen erzählen.

Ich döste ein wenig. In der Dämmerung wachte ich auf, weil die Tür geräuschvoll ins Schloß fiel, als Everard das Haus verließ.

Ich trat ans Fenster und sah ihm nach. Er ging die Straße entlang; groß, wie er war, sah er sehr distinguiert aus. Meg hatte einmal gesagt: »Ich schätze, der wird eines Tages Premierminister. Jammerschade, daß er *sie* hat. Obwohl ich nicht weiß, ob unsere Gnädigste die geeignete Gattin für einen Premierminister wäre. Schauspielerinnen heiraten normalerweise in den Hochadel, und das ist ein ganz anderes Leben, wenn du mich fragst.«

Dann sah ich den Mann aus dem Schatten der Bäume hervortreten. Er mußte die ganze Nacht dort gestanden haben. Langsam ging er in der entgegengesetzten Richtung, welche Everard eingeschlagen hatte, davon.

Ich war unendlich erleichtert, weil er fort war, fragte mich jedoch, warum er so lange gewartet hatte. Ich schlief auf der Stelle ein.

Meg kam um halb neun und wollte wissen, ob ich beschlossen hätte, den Tag im Bett zu verbringen.

Die Sonne flutete durchs Fenster. Wie Tageslicht doch alles verändert! Es war, als schließe eine liebevolle alte Amme die bösen Schatten in eine Schublade, aus der sie nicht wieder hervorkamen, bevor die Dunkelheit hereinbrach.

Ich wollte Meg schon von dem Mann berichten, doch dann besann ich mich anders.

Er war sicher nur einer von den Bewunderern, denen es Vergnügen bereitete, das Haus zu betrachten, in welchem die Angebetete wohnte. Dies alles gehörte eben zum Leben, wenn man die Tochter einer berühmten Schauspielerin war.

Der Skandal

Zwei Wochen später reiste Toby ab. Er kam nicht, um mir Lebewohl zu sagen. Er hatte erklärt, daß Abschiedsszenen unerträglich seien und daß alte Freunde wie wir es nicht nötig hätten, sich ewiger Freundschaft zu versichern.

Ich fühlte mich entsetzlich einsam.

Meg versuchte, mich zu trösten. »Es mußte so kommen. Ein junger Mann wie er kann nicht sein Leben lang nur spielen, weißt du. Es war für ihn wie ein Urlaub... ein langer Urlaub... aber es gibt ernsthaftere Dinge im Leben. Er hat ja nur gespielt, daß er Lehrer war. Jetzt fängt der Ernst des Lebens an. Du brauchst einen richtigen Lehrer.«

Janet sagte: »Ich halte nichts von diesen hochnäsigen Gouvernanten, das kann ich dir sagen. Die speisen auf ihrem Zimmer... sind zu hoch und erhaben, um mit unsereins zu essen. Dieser Haushalt ist für so was nicht geeignet. In so 'nem kleinen Haus ist kein Platz für eine Gouvernante.«

»Das einzig Wahre wäre eine Schule«, meinte Meg, »aber das würde unserer kleinen Sarah nicht gefallen und *ihr* auch nicht.«

»Ich sage dir, das Haus ist nicht groß genug, und in Null Komma nix wäre ich weg. Ich hab' heute morgen einen langen Brief von Ethel bekommen...«

Meg lauschte dem Loblied auf die Freuden des Landlebens, nickte weise – und war nach wie vor fest entschlossen, bei meiner Mutter zu bleiben.

»Ach Meg«, jammerte ich, »ich könnte es nicht ertragen, auch dich noch zu verlieren.« Das freute Meg natürlich, wenn sie auch murrte: »Je nun, du mußt dich eben zusammennehmen, kapiert?«

Janet verdrehte die Augen zur Decke, als stünde sie mit dem Allerhöchsten in Verbindung, und murmelte dann in den Teig, den sie gerade anrührte, daß gewisse Leute – womit, vermute ich, meine Mutter, aber auch ich und Meg gemeint waren – ihr unbegreiflich seien.

Dann brach der Sturm los.

Everards Frau wollte sich scheiden lassen. Ein zu diesem Zweck angestellter Detektiv hatte Everards Kommen und Gehen bei uns beobachtet. Infolgedessen sollte meine Mutter vorgeladen werden, und aufgrund der Berühmtheit meiner Mutter und Everards Stellung im Parlament stand ein Skandal bevor.

Everard war mir immer als ein Mann erschienen, der keine Gefühlsregungen zeigte, gleichgültig, in welcher Situation er sich befand. Toby und ich hatten uns darüber lustig gemacht. Ich sagte, wenn Everard erführe, daß sein Haus in Flammen stehe, würde er lediglich ein wenig überrascht dreinblicken und äußern: »Du liebe Güte, wie unangenehm.« Wir stellten uns Everard in dramatischen Lebenslagen vor und malten uns aus, wie er reagieren werde. Das war sicherlich recht kindisch, aber es bereitete ungeheures Vergnügen. Meg hörte uns zu, und ihre Lippen verzogen sich zu einem schwachen Lächeln. »Ihr zwei!« sagte sie. »Ich sollte euch vielleicht 'n paar Bauklötze zum Spielen besorgen.« Doch ich weiß, daß sie uns gern lachen hörte, und auch sie amüsierte sich über Everards Gleichmut. Eines Tages meinte sie: »Es ist mir unbegreiflich, wie so ein Mann da hineingeraten konnte.« Dann fügte sie düster hinzu: »Männer! Es gibt nicht viel, das ich nicht über sie wüßte. Persönlich hatte ich nicht viel mit ihnen zu schaffen. Aber ich hab' 'ne Menge zu sehen gekriegt, jawohl... und es heißt doch, der Zuschauer sieht das Beste vom Spiel, oder?«

Everard war also in diese schreckliche Situation geraten. Bloßgestellt! Die Welt der Politik würde von der Liaison mit einer berühmten Schauspielerin erfahren, und solches Treiben (Megs Worte) war nicht das, was die Leute von ihrem zukünftigen Premierminister erwarteten. »Ich wette ein Pfund gegen einen Penny«, prophezeite Janet, »daß dies sein Ende im Unterhaus bedeutet.«

Ich wünschte, Toby wäre hier gewesen, um mit mir darüber zu diskutieren und mir zu erklären, welche Folgen die Sache haben würde.

Ich erfuhr, daß es Beweise gab... unwiderlegbare Beweise, beigebracht von einem Detektiv, der Everard das Haus um halb eins betreten und um sechs verlassen sah... nicht einmal, sondern mehrmals.

Meine Mutter reagierte, wie zu erwarten war, dramatisch. Sie schritt in ihrem Schlafzimmer auf und ab – diesmal eine Tragödin. »Und wie wird sich das auf den Theaterbesuch auswirken?« wollte sie wissen. »Ich schätze, es treibt die Massen nur so herein«, meinte Meg. »Die wollen doch alle 'nen Blick auf die anstößige Person werfen.«

Meine Mutter war wütend. Es gehe nicht um ihren Ruf, sagte sie. Oh, wie sie die Frau haßte, die das alles angezettelt hatte. Jemand mußte sie dazu angestiftet haben. Darauf konnte man Gift nehmen. *Die* war nicht selbst auf die Idee gekommen, dazu war sie nicht schlau genug.

Everard tat mir wirklich leid. Ich konnte mir vorstellen, was ein Skandal für ihn bedeutete. Erst kurz zuvor war Sir Charles Dilke zum Ergötzen seiner Feinde und zum Schrecken seiner Freunde in einen anrüchigen Scheidungsfall verwickelt gewesen, und auch für ihn hatte der Sessel des Premierministers auf dem Spiel gestanden. Der Fall hatte seine Karriere ruiniert.

Everard kam nicht mehr zum Denton Square. Meine Mutter war verdrießlich, reizbar und nervös.

Eines Abends kam sie allein vom Theater nach Hause. Das war, bevor die Geschichte erst richtig losging. Meg war im Theater, und Janet nörgelte die ganze Zeit nicht ohne eine gewisse Befriedigung und deutete an, daß unser Haushalt nun wohl aufgelöst werde. Meine Mutter müsse ein normaleres Leben führen, rieb sie mir hin, ein bißchen zur Ruhe kommen. Vielleicht sollte sie zu ihrem Gatten zurückkehren. Da gehöre sie schließlich hin. Das würde natürlich bedeuten, daß Janet mit Meg an ihrer Seite jenen Hafen erreichte, den man als Mekka, Walhalla oder die elysischen Gefilde bezeichnen konnte, je nachdem, wie man sich den Idealzustand vorstellte.

Meine Mutter begab sich geradewegs in ihr Zimmer im ersten Stock, und bald darauf kam sie zu mir. Noch nie hatte ich sie so erregt gesehen.

Ich lag bereits im Bett. Sie setzte sich in einen Sessel und sah zu mir herüber. Sie musterte mich eine Weile, und schließlich sagte sie: »Wir sind in einen bösen Schlamassel geraten, Siddons.«

Ich nickte.

»Das wird ziemlich ekelhaft. Die Leute können so gemein sein. Gut, daß du nicht zur Schule gehst. Kinder sind manchmal schrecklich grausam untereinander. Aber du hast nichts zu befürchten. Nur diejenigen, die in der Öffentlichkeit stehen, trifft das ganze Ausmaß der Gehässigkeit.«

Ich wartete.

»Es wird sich alles anders anhören, als es in Wirklichkeit ist. Ich liebe Everard, mußt du wissen.«

Ich glaube, sie liebte ihn wirklich. Er war nicht so wie die anderen Verehrer. Er bildete den ruhigen Pol in ihrem Dasein, den sie, wie sie in ernsteren Momenten eingestand, brauchte.

»Natürlich«, fuhr sie fort, »war er immer besorgt wegen dieser Situation. Er legte so großen Wert darauf, ein geregeltes und konventionelles Leben zu führen. Er *ist* konventionell. Es war ihm zuwider, daß unsere Beziehung so sein mußte. Aber siehst du, wir liebten uns. Ich weiß, wie verschieden wir waren – im Charakter und so –, aber wir paßten zusammen. Verstehst du?«

»Ja, natürlich.«

»Man wird scheußliche Sachen sagen. Ich weiß nicht, wie sich das im einzelnen auswirkt. Es ist das Ende seiner Karriere. Was glaubst du wohl, wie mir zumute ist... Ich bin dafür verantwortlich!«

»Jeder ist für alles, was er tut, selbst verantwortlich, niemand anderes«, sagte ich, Toby zitierend.

Sie blickte mich nachdenklich an. »Little Siddons«, meinte sie versonnen, »so klein bist du gar nicht mehr... wirst schnell erwachsen. Lernst das Leben kennen. Wer hat dir das gesagt? Toby vermutlich.«

»Ich habe so viel von ihm gelernt«, gab ich zu.

Sie ballte zornig ihre Hand zur Faust. »Er hätte nicht fortgehen sollen. Hätte er nur den Mumm gehabt, sich gegen seinen Vater aufzulehnen. Er besaß eine gewisse Courage, aber die hat nie ganz gereicht.«

»Wie kannst du so etwas sagen!« rief ich empört. »Vielleicht brauchte er mehr Mut zum Weggehen als zum Bleiben. Er konnte schließlich nicht ewig seine Zeit vertrödeln. Außerdem hat er seinen Vater sehr gern. Niemand sollte über die Handlungen anderer urteilen, wenn er nicht alle Beweggründe kennt.«

Sie sah mich erstaunt an, dann lächelte sie schwach. »Du sprichst ein wahres Wort, mein liebes Kind. Du wirst in den kommenden Wochen noch daran denken. Ich möchte dir alles erklären. Wir reden nicht gerade viel miteinander, nicht wahr?«

Darin konnte ich ihr widerspruchslos zustimmen.

»Everard war der einzige Mann, aus dem ich mir wirklich etwas machte«, sagte sie.

Ich mußte an meinen Vater denken, und sie spürte es.

»Das«, fuhr sie fort, »war nur eine momentane Verwirrung. Was weiß ein siebzehnjähriges Mädchen schon von Liebe? Ich gebe zu, daß ich Liebhaber hatte, aber Everard war anders. Wir haben uns immer wieder ausgemalt, wie es wäre, wenn *sie* stirbt. Wir wollten heiraten und uns auf seinem Landsitz niederlassen, und in Westminster hätten wir ein Stadthaus gehabt. Ich hätte eine gute Parlamentariergattin abgegeben. Du guckst so skeptisch. Es war jedenfalls schön, darüber zu reden, und Everard glaubte, daß es in Erfüllung gehen würde... irgendwann. Sie war schließlich da... Sie war immer da. Er war an sie gefesselt.«

»Er hat sie geheiratet. Er muß sie irgendwann geliebt haben.«

»Es war mehr oder weniger eine abgesprochene Partie. Zwei Familien aus der Politik... reicher Landadel. Du weißt, wie das vor sich geht. Er war damals sehr jung und wußte nichts von dieser Veranlagung zum Wahnsinn in ihrer Familie. Die machte sich kurz nach den Flitterwochen bemerkbar. Sie brauchte oft eine Pflegerin, und zeitweise mußte man sie in eine Anstalt bringen. Stell dir vor, ein Mann wie Everard... zu Höherem berufen, parlamentarischer Ehren sicher, und dann an so eine Frau gefesselt.«

»Armer Everard. Ich fand oft, daß er traurig aussah.«

»Seine Traurigkeit war es, die mich anfangs so anzog. Merkwürdig. Bei deinem Vater war es auch die Traurigkeit, die mich auf ihn aufmerksam machte. Vielleicht zieht mich Traurigkeit an. Ja, tatsächlich. Ich wollte die Ärmsten zum Lachen bringen und fröhlich machen. Und dann erkannte ich, was für ein vortrefflicher Mensch Everard war. Intelligent, anders als die anderen. Vielleicht lag es daran, daß Gegensätze sich anziehen... Jedenfalls war es da... ein starkes eisernes Band, das uns zusammenhielt. Wir lieben uns so sehr, Siddons, daß wir trotz dieser Bedrohung nichts bereuen.«

»Und was wird nun passieren?«

»Sie werden es mächtig aufbauschen, mit Schlagzeilen in den Zeitungen. Neulich war da die Sache mit Sir Charles Dilke. Du weißt nichts davon.«

»Doch.«

»Nun, dann weißt du auch, daß er danach erledigt war. Und das hier wird Everard erledigen. Er hat Feinde im Parlament. Das ist doch klar. Ein angesehener Mann hat immer Feinde. Seine politischen Gegner werden eine Verfolgungsjagd in Gang setzen. Und weißt du, auch ich habe Feinde. Unseren Feinden steht ein Festtag bevor.«

Ich versuchte, sie zu trösten, und meinte, mit der Zeit werde alles wieder gut. »Nein«, widersprach sie. »Es wird sich einiges ändern. Irgend jemand steckt dahinter ... der treibt sie dazu. Sie hätte es nie aus eigener Kraft tun können. Sie ist bloß ein Werkzeug. Das macht alles noch schlimmer, glaub' mir.«

Ich bemerkte, es sei ihr gar nicht ähnlich, so schwarz zu sehen. Vielleicht komme es am Ende gar nicht soweit. Vielleicht ließe sich alles rückgängig machen. Das kam doch bei solchen Dingen zuweilen vor, nicht wahr?

Ich brachte sie zu Bett und deckte sie zu. Ich gab ihr heiße Milch mit einem Schlafmittel von Meg, die sich auf dergleichen verstand, und wartete, bis sie eingeschlummert war.

Als ich wieder ins Bett ging, fragte ich mich, wohin das alles führen mochte. Eines wußte ich sicher: Es würde eine Wende eintreten.

Am Anfang waren es nur eine oder zwei Zeilen in den Zeitungen – ziemlich zurückhaltend. Die Gattin eines bekannten Politikers wollte sich scheiden lassen. »Man munkelt, daß eine berühmte Schauspielerin beteiligt ist.«

Nach ein paar Tagen aber brach es dann über die Welt herein. Ich hörte die Zeitungsjungen auf den Straßen rufen: ›Irene Rushton in Scheidungsfall verwickelt. Prominenter Politiker beteiligt.«

Meine Mutter schloß sich in ihrem Zimmer ein und las die Zeitungen. Janet triumphierte. »So! Da siehst du, was dabei herauskommt, wenn man für eine Schauspielerin arbeitet«, hielt sie ihrer Schwester vor. Meg kniff die Lippen zusammen. Ihre anderen Damen hatten alle wohlanständig geheiratet, und keine hatte sich mit weniger als einem Ritter abgefunden. Und nun das! »Eine schöne Bescherung«, bemerkte sie.

Zeitungsreporter lauerten meiner Mutter auf. Sie warteten vor dem Haus, bis sie heimkam. Sie stürmten das Theater. Wie Meg gesagt hatte: Es war gut für das Stück. Die Leute strömten ins Theater, um sie zu sehen.

Sie machte weiter, als sei nichts geschehen. Sie war eben die geborene Schauspielerin und fand sogar eine gewisse Befriedigung in der Rolle, die sie nun verkörperte. An einem Tag war sie die verworfene Hure, am nächsten die gekränkte Unschuld, dann wieder die von den Umständen überwältigte tapfere Frau. Sie fand durchaus Genuß daran. Ich war der Meinung, sie hätte in jeder Rolle, in die sie sich hineinversetzte, eine gewisse Befriedigung gefunden.

Sie sprach viel mehr mit mir als früher. Ich weiß nicht, ob sie meinte, da ich nun erwachsen wurde, sollte ich auch erfahren, was vorging, oder ob sie einfach Everards Gesellschaft vermißte und jemanden brauchte, dem sie sich anvertrauen konnte.

Everard hatte ihr geschrieben. Wenn dieser Alptraum vorüber und er frei sei, würden sie zusammen fortgehen, teilte er ihr mit. Natürlich könnten sie, meines Vaters wegen, nicht heiraten, aber er frage sich, ob man mit ihm nicht zu einer Übereinkunft kommen könne.

»Armer Everard«, seufzte sie. »Er ist die Anständigkeit in Person. Stell dir vor, was das hier für ihn bedeutet. Es beweist, wie sehr er mich liebt, sonst hätte er sich nie auf eine solche Beziehung eingelassen. Lieber, lieber Everard! Vielleicht wird eines Tages alles gut. Aber zunächst steht uns diese schreckliche Prüfung bevor. Wir müssen uns darauf gefaßt machen, daß man in unserer Vergangenheit herumwühlt, und zwar auf ganz gehässige Weise. Ach Siddons, das wird für uns alle eine schlimme Prüfung.«

»Am schlimmsten wird's für Everard«, bemerkte ich. »Mit seiner Karriere ist es vorbei.«

Sie nickte heftig. »Er muß zurücktreten, das ist klar. Er hatte sein Leben lang mit Politik zu tun. Das hier ist sein Ende.«

Ich dachte: Ein Weltuntergang aus Liebe! Und ich fragte mich, wie ihm wohl jetzt zumute war. Daß er meine Mutter von Herzen liebte, daran zweifelte ich nicht; doch solange die Liebesaffäre geheimgehalten wurde, konnte er seiner Karriere nachstreben – er hatte zwar gefährlich gelebt, aber nun hatte die Gefahr ihn eingeholt.

Eine schwermütige Stimmung hatte sich über das Haus gesenkt. Alles war so anders geworden. Nur Janet war zufrieden, gewahrte sie doch eine günstige Chance, daß Megs Dienste nicht mehr benötigt würden, und dann könnten sie auf schnellstem Wege zu Ethels ländlichem Paradies aufbrechen.

Meine Mutter spielte vor überfüllten Häusern, doch als sie eines Abends das Theater verließ, erhoben sich etliche feindselige Stimmen gegen sie, und man bezeichnete sie mit unmißverständlichen Ausdrücken als sittenloses Weibsbild. Sie, so sehr an Bewunderung gewöhnt, war ganz außer sich.

Sie weinte, als sie heimkam; Meg braute einen Schlaftrunk, und ich bürstete ihr Haar und band es mit rosa Bändern hoch, ehe ich sie zu Bett brachte.

Sie fügte sich in die unterschiedlichen Rollen, die im Augenblick von ihr verlangt wurden: die Frau, die sich gegen die Gesellschaft versündigt hatte, die Maria Magdalena mit einem Herzen aus Gold, die Unschuld, die ins grelle Licht der Öffentlichkeit geraten war und sich wunderte, was das alles sollte; die Büßerin, die fortan ein Leben in Frömmigkeit führen wollte... Sie probierte sie alle. Doch nun waren die nüchternen Tatsachen nicht mehr zu übersehen, und als sie sich mit der Realität konfrontiert sah, befiel sie eine tiefe Niedergeschlagenheit. Sie tat mir leid, denn ich erkannte, daß dieses von der Natur verwöhnte Kind nicht begriff, warum das Leben so grausam sein und sich völlig verändern konnte.

»Der Ärger geht erst richtig los, wenn die Verhandlung kommt«, prophezeite Meg.

Janet hob die Augen zur Decke. »Die Zeitungsleute werden nicht zu halten sein. Alles kommt ans Licht. Die machen einen richtigen Pfingstmontag daraus, das kann ich euch flüstern. Wie nett für uns alle... in einem Haus zu leben, wo *so was* passiert ist.«

»Solche Reden bringen uns auch nicht weiter«, gab Meg zurück. »Unsere Gnädige kommt ungeschoren davon, du wirst es sehen.«

»Vielleicht nimmt sie Reißaus«, vermutete Janet. »Das hat sie ja schon mal gemacht.«

»Gar keine schlechte Idee«, bemerkte Meg.

Die Zeit verging. In einer Woche sollte die Verhandlung eröffnet werden. Meine Mutter büßte ein wenig von ihrer Ruhe ein. Ihr wurde bange bei dem Gedanken, was bei Gericht alles herauskommen mochte. Ich hörte Janet mit Meg darüber reden.

»Sie werden alles ans Licht zerren«, sagte Janet. »Ihre Ehe. Warum sie ihren Mann verließ. Es sollte mich nicht wundern, wenn vor der Öffentlichkeit ein Berg schmutziger Wäsche gewaschen würde.«

»Meine Güte! Was da alles rauskommt! Diese Leute halten's mit der Wahrheit nicht immer so genau.«

»Oh, die geben sich schon mit der Wahrheit zufrieden. Ist ja auch kein Wunder«, erwiderte Janet mit einem grimmigen Lachen.

Meine Mutter bekam nun wirklich Angst. Seit einer Woche fühlte sie sich nicht wohl, so daß sie nicht auftreten konnte. Das Stück mußte abgesetzt werden. Die Spannung im Haus war unerträglich. Wir versuchten alle, uns für das, was auf uns zukam, zu wappnen.

Dann kam der Schlag. Ich hörte, wie die Zeitungsjungen es ausriefen, und als ich eine Zeitung kaufte, tanzte mir die schwarze Schlagzeile vor den Augen. Mir wurde übel. Die Szenerie hatte sich dramatisch gewandelt. Ein böser Traum war zum Alpdruck geworden.

Sir Everard Herringford war tot.

Er hatte sich im Arbeitszimmer seines Hauses in Westminster erschossen.

In den ersten Tagen herrschte eine gewisse morbide Erregung. Meg kaufte sämtliche Zeitungen, und wir sahen sie durch, bevor wir sie meiner Mutter brachten.

Zunächst waren die Titelseiten voll mit Meldungen und Bildern von Everard. Die Zeitungen berichteten über seine Zukunftsaussichten, wobei ich mich des Gefühls nicht erwehren konnte, daß diese durch seinen Tod verklärt und glänzender dargestellt wurden, als sie es im Leben waren. Die Möglichkeit, Premierminister zu werden, wurde zur Gewißheit; man zitierte seine witzigen und spitzen Zwischenrufe bei den Debatten. »Alles verloren durch die Liebe zu einer Frau«, lautete eine Schlagzeile; und als feststand, daß diese Frau Irene Rushton war, verfügte man über um so schärfere Munition, um beim Leser Abscheu oder Mitleid zu erwecken, je nachdem, was gerade angemessener schien. In einer Zeitung wurde Everard gar fast wie ein Märtyrer hingestellt: »...im Fieber der Leidenschaft gefangen, der Ehemann, der jahrelang eine kränkelnde Frau umsorgte und sich sodann in eine verliebte, deren Ausstrahlung hinlänglich bekannt ist.« Am gleichen Tag war er aber auch der schurkische Verführer, der seinen Kollegen vorgetäuscht hatte, ein Ehrenmann zu sein.

Ich glaube, damals schlich sich ein gewisser Zynismus in mein Naturell, den ich nie mehr ganz verlor. Ich war erst vierzehn, doch war ich nicht so unerfahren, um daran zu glauben, daß jene Kollegen, die sich nun durch die Enthüllungen so erschüttert zeigten, von dem Verhältnis zwischen Everard und meiner Mutter die ganze Zeit nichts gewußt hatten. Sie war viel zu bekannt, als daß dergleichen unbemerkt geblieben wäre. Zudem war er so oft im Theater gewesen. Schockierend wurde das erst, als seine Frau sich entschloß, die Scheidung einzureichen.

Es galt eine Lektion daraus zu lernen: Es ist zwar in den Augen der Welt bedauerlich, wenn einer sündigt; doch unverzeihlich wird die Sünde erst, wenn sie ans Licht gelangt. Mit anderen Worten, die Sünde selbst ist nicht tadelnswert; daß sie der Öffentlichkeit preisgegeben wird, das erst macht sie so schockierend.

Everard hatte wohl angenommen, es sei für alle das Beste, wenn er aus dem Leben scheide. Meine Mutter weinte und sagte, er habe es getan, um sie zu retten. Ich vernahm etwas von ein paar pikanten Briefen, die sie ihm geschrieben und die er aufbewahrt hatte, und die nun den Anwälten in die Hände gefallen waren. So wie ich ihn kannte, war es für ihn wohl Ehrensache gewesen, sich das Leben zu nehmen.

Man brachte Bilder von Herringford Manor, Everards Landsitz in Mittelengland, bei trübem Licht aufgenommen; es sah aus, als würde es jeden Augenblick zu regnen anfangen. Der Wohnsitz, auf dem die kränkelnde Frau lebte, mußte eben düster wirken – und darum wurde er so fotografiert – ein großes, graues steinernes Gebäude, unheimlich und bedrohlich. Ich aber konnte mir blühende Sträucher auf den Rasenflächen und Sonnenschein auf dem grauen Stein vorstellen – ein gänzlich anderes Bild. Doch dies war das Haus der Tragödie, und so hatte es auch auszusehen.

Solche Geschichten sind freilich Eintagsfliegen. Der Lauf der Welt wird kurz unterbrochen, und die Menschen müssen mit den Folgen leben; doch das öffentliche Interesse daran schwindet glücklicherweise schnell dahin.

Nach ungefähr einer Woche wurde die sogenannte Herringford-Rushton-Affäre in den Zeitungen nicht mehr erwähnt. Everard war tot; er konnte die Unterhausabgeordneten nicht mehr mit seinem beißenden Witz ergötzen oder verärgern; er würde nicht mehr ins Theater gehen und mit meiner Mutter heimkommen, würde sie nicht mehr in finanziellen Angelegenheiten beraten oder sie ganz allgemein von seiner Klugheit profitieren lassen. Dessen war sie nun beraubt. Dank Everard war sie nicht ganz mittellos. Er hatte ihr weniges Geld klug angelegt, doch es reichte nicht, um ohne Gage gut leben zu können.

Sie müsse sehr bald wieder arbeiten, sagte sie; und ihr wurde unbehaglich bei dem Gedanken, wie die Leute sie wohl aufnehmen würden. Sie ertrug es nicht, wenn man sie nicht anhimmelte. Ich wußte, daß sie bei einem feindlich gesinnten Publikum die Nerven verlieren würde. Die Zuschauer bei ihrem Auftritt seufzen zu hören, ehe der Applaus losbrach, und den glücklichen Ausdruck auf ihrem Gesicht dabei zu beobachten – das hatte mich jedesmal gerührt, wenn ich meine Mutter auf der Bühne sah. Ich fragte mich, was geschehen würde, wenn diese Anerkennung ausblieb – oder, schlimmer noch, wenn ihr Feindseligkeit entgegenschlug. Ich glaube, das war es, wovor sie sich fürchtete.

Sie hatte eine lange Unterredung mit Tom Mellor. Ich fand, daß er, als Janet ihn hereinführte, nicht sein gewöhnliches Selbstvertrauen an den Tag legte. Er rief nicht wie sonst: »Ich hab's, Reeny. Das ist *das* Stück!« Toby und ich hatten darüber gelacht, und der Satz war für uns zu einer stehenden Redensart geworden. Diesmal war Tom ganz ernst. Er blieb lange bei meiner Mutter im Wohnzimmer. Daß es keine sehr erfolgreiche Besprechung war, erfuhr ich, als er fort war.

Meine Mutter schimpfte, als ich zu ihr hineinkam: »Die Provinz! Kannst du dir das vorstellen, *ich* in der Provinz! Das hat dieser Idiot vorgeschlagen. ›Laß sie sich erst mal beruhigen, Reeny‹, sagt er. ›Sie brauchen ein bißchen… Erholung.‹ Erholung von *mir*. Hat man je so einen Unsinn gehört?«

Ein paar Tage lang wetterte sie gegen Tom. Was war der bloß für ein Agent? Er wollte sie daran hindern, im Westend aufzutreten.

Wir – Meg und ich – beruhigten sie, so gut wir konnten. Mir wurde klar, daß dies für Meg ein fast ebensolcher Schlag war wie für meine Mutter. Wenn Meg an jene Damen dachte, die sie betreut hatte, und die nun stolz ihre Diademe und Herzoginnenkronen zur Schau trugen, so war sie entsetzt über die Vorstellung, daß sie die besten Jahre ihres Lebens einer Schauspielerin gewidmet hatte, deren Agent die Provinz vorschlug.

Wie dem auch sei, für meine Mutter war nichts anderes in Aussicht, und die Düsternis hing so drückend über dem Haus am Denton Square wie ein Erbsensuppennebel.

Dann traten die Tanten in Erscheinung.

Der Brief war an meine Mutter gerichtet, und ich brachte ihn ihr mit dem Frühstückstablett. Die Adresse war mit einer steifen und großen Handschrift geschrieben, und ich hoffte, man biete ihr ein neues Stück an, und zwar genau das, das sie sich wünschte.

Ich sortierte die Rechnungen aus, die mit der gleichen Post gekommen waren, und ging zu meiner Mutter hinein.

Sie schlief; sie war in den letzten Wochen ein wenig gealtert, doch im Schlaf glich sie noch immer einem Kind. Ich stellte das Tablett hin und küßte sie flüchtig. Sie öffnete die Augen und lächelte matt. Ich stopfte Kissen um sie herum und stellte das Tablett, den Brief obenauf plaziert, vor sie hin. Sie griff sogleich nach ihm.

»Wer um alles in der Welt...« Sie schlitzte den Umschlag auf, und während sie las, umspielte ein grimmiges Lächeln ihre Lippen. Plötzlich brach sie in Lachen aus. »Hier, hör dir das an:

> Liebe Irene,
> wir haben natürlich von den erschütternden Ereignissen gehört, und haben wir uns auch lange nicht gesehen, so vergessen wir doch nicht, daß Du zur Familie gehörst. Wir würden Dich gern am dreiundzwanzigsten um vier Uhr aufsuchen...«

Sie zog eine Grimasse und sagte: »Du lieber Himmel, das ist ja heute!«

> »...Wir wohnen für ein paar Tage im Hotel Brown und können uns vorstellen, daß Du angesichts dessen, was geschehen ist, Rat und Hilfe brauchst. Man muß ja auch an das Kind denken.«

Meine Mutter sah mich an und nickte. »An dich!« sagte sie. »Der Brief ist von Martha Ashington unterschrieben. Das ist deine Tante. Das ›Wir‹ ist nicht majestätisch gemeint. Sie sind zu zweit: Martha und Mabel, und Mabel lebt in Marthas Schatten.«

Sie wandte sich wieder dem Brief zu. »Da steht noch ein Postskript:

> Wir haben Dir einen Vorschlag zu unterbreiten und werden darüber reden, wenn wir Dich besuchen.«

Ich war erregt über die Aussicht, meine Verwandten kennenzulernen, doch meine Mutter seufzte resigniert.

»Das sieht denen ähnlich«, sagte sie. »Ziemlich anmaßend, findest du nicht? ›Wir würden Dich gern um vier Uhr aufsuchen.‹ Woher wissen die denn, daß ich dann zu Hause bin? Ich hätte große Lust, einfach nicht da zu sein. Das wäre doch spaßig. Stell dir vor, Meg würde zu ihnen sagen: ›Sie hätten sich eher anmelden müssen, um Miss Rushton anzutreffen.‹«

»Aber willst du dir ihren Vorschlag denn nicht anhören?«

»Ich bin sicher, nichts, was von denen kommt, würde mir zusagen.«

»Es muß Jahre her sein, seit du sie gesehen hast. Vielleicht haben sie sich verändert.«

»Die nicht. Die Damen Ashington auf dieser Welt bleiben Säulen der Tugend von neun bis neunzig.«

»Sie sind immerhin die Schwestern meines Vaters.«

Sie blickte mich sinnend an. »Vielleicht ist es doch besser, wenn ich hier bin. Ich sollte dein Haar flechten, dann sieht es ordentlicher aus. Ich weiß nicht, was die von dir halten werden.« Der Gedanke erheiterte sie, und ich war froh, sie lachen zu sehen wie schon lange nicht mehr.

Wir bereiteten uns den halben Tag auf den Empfang der Tanten vor. Janet buk Teegebäck und Kuchen. Meg kleidete gutgelaunt meine Mutter wieder einmal für eine Rolle an, denn es war klar, daß sie die bevorstehende Begegnung wie eine Szene aus einem Stück empfand. Sie erzählte an diesem Morgen eine ganze Menge von den Tanten und beschrieb sie: Martha, die dominierende, sei wie ein Kriegsschiff, das in die Schlacht zieht, und Mabel sei zwar nicht ganz so furchterregend, doch nichtsdestoweniger eine Macht, mit der man rechnen mußte.

»Die Wochen, die ich auf dem Gut der Ashingtons verbrachte, bevor wir nach Ceylon gingen, kamen mir wie Jahre vor«, sagte sie. »Du lieber Himmel, waren die etepetete. Alles, was sie taten, entsprach irgendwelchen Regeln. Es war ein Witz Gottes, ihnen Ralph als Bruder zu geben. Ralph tat immer genau das Gegenteil von dem, was die Regeln verlangen. Aus Rebellion gegen seine Schwestern und diesen gräßlichen alten Landsitz.«

Ich konnte es kaum erwarten, die Tanten zu sehen. Ich trug ein dunkelblaues Sergekleid mit Kragen und Manschetten aus weißem Piqué, und mein Haar war, so gut es ging, in zwei Zöpfen mit marineblauen Schleifen gebändigt.

Punkt vier Uhr fuhr die Droschke vor dem Haus vor, und die beiden Tanten stiegen aus. Sie waren schwarzgekleidet (wie zwei schwarze Krähen, sagte meine Mutter später), groß, und hielten sich sehr aufrecht. Sie kamen mir uralt vor, doch das lag vermutlich an meiner Jugend. Sie mußten damals um die fünfzig gewesen sein. Martha war zwei Jahre älter als Mabel.

Martha – ich erkannte sie sofort – marschierte (anders läßt sich ihr militärisches Auftreten nicht beschreiben) auf die Haustür zu, Mabel folgte ihr dicht auf den Fersen. Selbst das Klopfen an der Tür war wie ein herrisches Kommando. Sie wurden von Meg ins Wohnzimmer geführt, und ich harrte auf den Befehl, zu erscheinen, der, wie ich wußte, bald erfolgen würde. Und so war es auch.

Als ich eintrat, war mir sogleich klar, daß dies der Augenblick war, auf den sie gewartet hatten. Ich spürte, wie zwei Paar lebhafte dunkle Augen mich musterten – und dabei gewahrte ich ihren pompösen schwarzen Schmuck. Perlen hoben und senkten sich über ihren beachtlichen Busen und baumelten an ihren Ohren, und große Kameen prangten an ihrem Hals. Die langen schwarzen Röcke schleiften über den Boden.

»Das ist also das Kind... Sarah, glaube ich.«

Tapfer begegnete ich dem kritischen Blick aus den durchdringenden dunkelbraunen Augen.

»Ja«, erwiderte ich, »und Sie sind meine Tante Martha, nehme ich an.« Ich wandte mich der anderen zu. »Und Sie sind meine Tante Mabel.«

Tante Martha schien mit meiner prompten Antwort leidlich zufrieden und fuhr fort: »Es ist höchst bedauerlich, daß die Umstände eine frühere Begegnung verhindert haben.«

Mit den »Umständen« war natürlich meine Mutter gemeint, die auf dem Sofa saß und hinreißend aussah – für die Rolle herausstaffiert in einem lavendelfarbenen Nachmittagskleid, das sie in irgendeinem Stück getragen hatte. Die Kostüme, die sie mochte, behielt sie, und ich glaube, wenn sie eines anzog, so nahm sie auch die Rolle an, die sie früher darin gespielt hatte. Dies hier, erinnere ich mich, gehörte zu einem schönen Mädchen einfacher Herkunft, das einen wohlhabenden Mann ehelicht und seiner Familie vorgestellt werden soll. Ich hatte das Stück mehrmals gesehen und wußte, wie sie sich verhalten würde: Charmant, verträumt, unverdorben und ein wenig schelmisch gegenüber unsympathischen Verwandten.

Diese ignorierten sie, und Martha sagte zu mir: »Nun, wir dachten, das Kriegsbeil sollte begraben werden. Wir wissen, was hier vorgefallen ist« – Mabel schüttelte ganz leicht den Kopf, eine Geste, die unschwer als Ausdruck von Abscheu und Mißbilligung zu erkennen war –, »und wir hielten es für unsere Pflicht, vorbeizukommen. Wir haben einen Vorschlag zu machen.«

»Meine Mutter und ich werden ihn mit Interesse vernehmen«, sagte ich. »Und es ist nett von Ihnen, daß Sie gekommen sind.«

Tante Martha sah tatsächlich aus, als trage sie einen Heiligenschein, für meine Augen unsichtbar, weil ich eben so und nicht anders aufgewachsen war. »Es war unsere Pflicht«, sagte sie leise.

Janet brachte den Tee ziemlich mißmutig herein.

»Bediene du unsere Gäste, liebes Kind«, sagte meine Mutter.

Die Augen der Tanten ruhten auf mir, und ich verspürte den Drang, ihnen zu zeigen, daß wir uns trotz unseres Theaterhaushalts und trotz der Tatsache, daß wir jüngst in einen großen Skandal verwickelt waren, zu benehmen wußten. Auch ich spielte eine Rolle. Das half mir in einer Situation, die sich als unangenehm erweisen konnte.

»Sahne? Zucker?« fragte ich – zuerst Tante Martha, dann Tante Mabel, zuletzt meine Mutter.

Meine Mutter schnitt eine Grimasse, als ich ihr die Tasse reichte.

»Du hast dich kaum verändert, Irene«, bemerkte Tante Martha.

»Vielen Dank, Miss Ashington. Sie auch nicht.«

»Wir waren sehr betrübt«, warf Mabel ein. »Wir haben die Zeitungen von den Dienstboten ferngehalten... ein Segen, daß der Name Ashington kaum erwähnt wurde.«

»Das ist einer der Vorteile meines Berufes«, sagte meine Mutter leichthin.

»Eigentlich sind wir gekommen«, ergriff Tante Martha rasch wieder das Wort, »um festzustellen, wie du *situiert* bist.«

»Situiert?« fragte meine Mutter.

»Ich vermute, du kannst deinen... hm... Beruf nun nicht mehr ausüben.«

»Wie kommen Sie auf diese Idee?«

»Die Leute müssen doch empört sein, und deine Geschichte mit diesem... hm... Politiker...«

»Die Leute sind ausgesprochen gern empört, Miss Ashington.«

»Ich bin sicher, das ist bei den wenigsten der Fall. Du bist die Gattin unseres Bruders.« Es hörte sich an, als sei dies eine furchtbare Katastrophe. »Und Sarah ist unsere Nichte. Wir sind gekommen, um ihr ein Heim zu bieten. Wir werden dafür sorgen, daß sie eine Bildung erhält, wie sie der Tochter unseres Bruders zukommt, und daß sie so erzogen wird, wie es sich für sie schickt.«

Ich wollte lauthals protestieren. Ich blickte meine Mutter flehend an.

»Meine Tochter und ich sind immer zusammen gewesen«, sagte sie, »und so soll es auch bleiben... bis daß der Tod uns scheidet.«

Nicht ganz der richtige Text für diese Rolle, dachte ich und unterdrückte ein Kichern. Ich stellte mir vor, wie sie aus jenem düsteren Haus im dumpfigen Dschungel schritt und mich in den Armen hielt. Ich konnte Megs Stimme hören: »Es war bestimmt nicht gut für ihre Karriere, aber sie hatte dich dabei.«

»Was kannst du dem Kind hier schon bieten?« fragte Tante Martha.

»Mutterliebe«, erwiderte meine Mutter gefühlvoll.

»Schade, daß du nicht daran gedacht hast, bevor... bevor...«, begann Tante Mabel, doch ein Blick von Tante Martha brachte sie zum Schweigen.

»Du solltest es dir überlegen«, sagte sie. »Sie ist Ralphs Tochter. Wir haben eine gewisse Verantwortung.«

»Ich hätte gedacht, die haben er und ich wohl eher als Sie.«

»Es könnte sein, daß du nicht in der Lage bist, deiner Verantwortung nachzukommen«, sagte die respektable Martha. »Und Ralph neigte von jeher zur Leichtfertigkeit. Außerdem ist er weit weg. Seine Tochter sollte auf jeden Fall in England erzogen werden. Wie steht es mit ihrer Bildung? Sie sollte eine Schule besuchen. Hat sie eine Gouvernante? Wenn ja, würden wir sie gern sprechen.«

»Sie wurde von einem... Hauslehrer unterrichtet.«

»Einem Hauslehrer! Einem Mann! Nicht gerade schicklich für ein junges Mädchen, aber vielleicht... in einem Haushalt, wo...« Mabel hatte anscheinend die Gewohnheit, ihre Sätze unvollendet zu lassen, sobald Marthas Blick sie traf.

»Wir sind soeben dabei, eine Gouvernante zu engagieren«, sagte meine Mutter, mehr schuldbewußt als wahrheitsgemäß.

»Gouvernanten sind in einigen Familien durchaus am Platze, aber in einer Situation wie dieser würde ich eine Schule empfehlen. Das heißt, falls Sarah hier bleibt.«

»Falls sie hier bleibt? Dies ist ihr Zuhause!«

»Ja, ja, aber unter diesen Umständen...«, begann Mabel.

»Eine Gouvernante dürfte in Ashington Grange durchaus ihren Zweck erfüllen«, fiel ihr Martha ins Wort. »Ein junges Mädchen gehört in einen ordentlichen Haushalt und in anständige Gesellschaft.«

»Wir führen einen ordentlichen Haushalt«, warf meine Mutter ein. Tante Martha seufzte. »Es stand so viel in den Zeitungen. Ich versichere dir, Irene, es tut dem Kind nicht gut, wenn es hier bleibt.«

»Ich bleibe bei meiner Mutter«, sagte ich.

Beide Tanten sahen mich an. Tante Martha nickte. »Lobenswert«, meinte sie, »aber unklug. Wir sind gekommen, um unsere Pflicht zu tun. Ich kenne deine finanziellen Verhältnisse nicht, Irene, aber ich nehme an, es steht nicht allzugut damit. Ralph kann dir nicht helfen. Er ist ständig in Geldnot. Ich denke, daß du augenblicklich pausierst... falls man es so nennen will..., und selbst ein Haushalt wie dieser kann kostspielig sein. Du hast diese beiden Frauen... deine ganze Dienerschaft, vermute ich. Sehr einfach und unzureichend, aber trotzdem kostspielig, wenn das Einkommen nicht groß ist.«

»Ich werde bald wieder arbeiten«, sagte meine Mutter. Ich fand, sie sah ein wenig traurig aus, als sie aus ihrer Rolle in die Wirklichkeit schlüpfte. Sie wandte sich an mich. »Sarah, komm her, mein Kind.« Ich ging zu ihr, und sie ergriff meine Hand.

»Deine Tanten bieten dir ein Heim in Ashington Grange – ein schönes altes Anwesen mitten im Wald. Dort könntest du leben, wie es der Tochter deines Vaters zukommt.« Wir befanden uns wieder im Spiel. Ich sah es deutlich. Dies war die Entsagungsszene, in der das Kind um seines Wohles willen den reichen Verwandten übergeben wird und die schöne Mutter das große Opfer ihres Lebens bringt. »Ja, mein Liebling. Es ist besser für dich. Du wirst ein respektables Leben führen; du wirst erzogen, wie es sich für ein Mitglied der Familie Ashington gehört. Du brauchst mir nur noch Lebewohl zu sagen.«

Sie erwartete, daß ich meine Arme um ihren Hals schlang und jammerte: »Mutter, liebste Mutter, ich werde dich nie verlassen.« Sie hatte sich bereits in Positur gesetzt. Die Tanten blickten mich an, und ich schaute über das Rampenlicht ins Publikum. Fast konnte ich das Wort »Vorhang!« hören.

Ich sagte mit kühler, sachlicher Stimme: »Es ist lieb von Ihnen, Tante Martha und Tante Mabel, mir ein Heim zu bieten, aber ich könnte meine Mutter nie verlassen.«

Meine Mutter machte eine leicht ungeduldige Geste, und die Tanten tranken ihren Tee.

»Du solltest es dir überlegen«, sagte Tante Martha. »Wir sind bis Ende der Woche im Hotel Brown zu erreichen.«

Als sie fort waren, unterhielten wir uns lange miteinander. Meine Mutter sagte: »Ich war ja so stolz auf dich. Wie du sie in ihre Schranken verwiesen hast, das war großartig.«

»Selbstverständlich würde ich dich nie verlassen«, erwiderte ich.

Sie tätschelte meine Hand. »Die waren wie zwei alte Krähen...«

»Und du warst ein Paradiesvogel«, ergänzte ich, »und da wir schon mal im Vogelkäfig sind – was war ich? Vielleicht eine kleine Pfauhenne? Ganz bescheidene Vögel sind das, die ihrem prachtvollen Männchen immer auf dem Fuße folgen. Aber das ist vielleicht nicht ganz passend. Eher ein Zaunkönig.«

»Sie würden dir schon einen Ehemann verschaffen, dessen bin ich sicher. Irgendeinen Adelssprößling, vielleicht eine Säule der Kirche. Oh, ihre Lebensart wäre dir zuwider, Siddons, und doch... und doch...«

Ihre Leichtfertigkeit schien einen Augenblick lang von ihr abzufallen.

»Es wäre vielleicht das beste.«

»Wie meinst du das?«

»Ich meine, du würdest wirklich die Erziehung genießen, die der Tochter deines Vaters angemessen ist. Du bekämst einen erstklassigen Unterricht, würdest auf den Eintritt in die Gesellschaft vorbereitet und könntest diesen Pfuhl hinter dir lassen.«

Ich starrte sie an. Sie meinte es wirklich ernst.

»Ich denke nur an dich«, fuhr sie fort. »An dein Bestes.« Plötzlich umklammerte sie meine Hand ganz fest. »Tom«, sprach sie weiter, »sieht nicht gerade optimistisch in die Zukunft.«

Kälte beschlich mein Herz. Deutete sie an, daß es kein Engagement für sie gab, daß das Publikum, das ihr neulich noch tosenden Beifall spendete, ihr den Rücken kehrte?

Sie sagte langsam: »Ich könnte ein paar Rollen haben... aber das sind nicht die richtigen. Weißt du, was vorgefallen ist, das war alles nicht gut für meinen... Leumund.«

»Schauspielerinnen sollten ihren Leumund einfach vergessen und spielen«, sagte ich.

»Ach, welch weise Worte«, gab sie zurück. Sie schien eine andere geworden. Ja, da waren Falten um ihre Mundwinkel. Die hatte ich vorher nie bemerkt. Everards Tod war ihr doch sehr nahegegangen. Er hatte seinen Preis gezahlt, und sie glaubte, daß sie nun ihren zahlen müsse. Sie fuhr fort: »Vielleicht bin ich verschwenderisch. Ich habe sehr wenig gespart. Everard hat mir ab und an etwas geschenkt, und das wurde vernünftig angelegt. Immerhin etwas. Ich brauche Kleider... gute Kleider. Ich muß dieses Haus unterhalten. Die Kosten sind hoch, und dann noch Janet und Meg. Weißt du, wenn man nichts verdient...«

Mir schwindelte. Ich hatte bis dahin wenig über Geld nachgedacht.

»Du siehst also«, sagte sie langsam, »man darf die Tanten nicht vor den Kopf stoßen.«

Ich nahm sie in die Arme und drückte sie fest an mich. Das schien sie einigermaßen zu trösten. »Als ob ich dich verlassen könnte!« sagte ich.

Damals waren wir uns sehr nahe.

Am nächsten Tag suchte sie Tom auf und ging zu Fuß zurück. Ich glaube, die Unterredung war niederschmetternd, und sie wollte über die Zukunft nachdenken. Sie wurde von einem Regenschauer überrascht und kam durchnäßt nach Hause. Nach ein paar Tagen hatte sie die erste jener starken Erkältungen, die sie von da an häufig befielen. Ihr Gesundheitszustand war angegriffen, denn Everards Tod war ihr weit nähergegangen, als wir anfangs angenommen hatten.

Die Tanten besuchten uns abermals, und da meine Mutter das Bett hütete und ziemlich krank war, redeten sie mit mir allein im Wohnzimmer und gaben mir zu verstehen, daß sie zwar meine Zuneigung und meine Anhänglichkeit gegenüber meiner Mutter würdigten, es jedoch für töricht hielten, wenn ich es ablehnte, zu ihnen zu ziehen.

Ich dankte ihnen, beharrte jedoch darauf, daß mein Platz bei meiner Mutter sei.

»Wir haben deinem Vater geschrieben und ihn über die Vorfälle hier unterrichtet«, sagte Tante Martha. »Er wird sich zweifellos dazu äußern und gewiß wünschen, daß du zu uns kommst.«

»Ich weiß so wenig von meinem Vater«, erwiderte ich. »Ich kann mich überhaupt nicht an ihn erinnern.«

»Wie betrüblich und schandbar ist das doch alles, wenn man bedenkt, wie...« begann Tante Mabel.

»Wenn dergleichen geschieht«, unterbrach sie Tante Martha, »ist es immer das beste, diese Ereignisse hinter sich zu lassen und durch beispielhaftes Betragen zu beweisen, daß man sich bemühen will, die angerichtete Verwüstung wiedergutzumachen.«

Da ich mich in keiner Weise dafür verantwortlich fühlte, daß meine Mutter meinen Vater verlassen hatte, noch für das, was zwischen ihr und Everard vorgefallen war, verspürte ich einen leichten Groll; doch ich war sehr besorgt, denn was vor ein paar Tagen noch ganz undenkbar erschien, das rückte nun in den Bereich des Möglichen.

Tante Martha sagte: »Wir reisen Ende der Woche ab. Wenn du uns brauchst, kannst du uns in Ashington Grange erreichen. Mabel, gib ihr unsere Karte.« Mabel reichte mir eine Visitenkarte, die sie ihrer Handtasche entnahm. »Außerdem«, fuhr Tante Martha fort, »kommen wir in ein oder zwei Monaten wieder nach London. Vielleicht kannst du uns bis dahin eine Antwort geben. Wir wohnen dann wieder im Hotel Brown. Doch falls du dich früher mit uns in Verbindung setzen möchtest, erreichst du uns in Ashington Grange.«

Als sie wiederkamen, hatte sich die Lage nicht sehr verändert, außer daß es hieß, meine Mutter solle in einem Ausstattungsstück auftreten – in einer ihrer alten Rollen. Sie war natürlich hocherfreut, und wenn es auch nicht mehr ganz so wie früher sein konnte, so sah es doch so aus, als würden wir jenen entsetzlichen Depressionen entkommen, die uns beschlichen hatten, als sich das Schicksal gegen uns zu wenden schien.

Ich versicherte den Tanten abermals, daß ich meine Mutter niemals verlassen würde. Sie mißbilligten dies und verlangten zu wissen, was für meine Bildung getan werde. Meine Mutter antwortete ausweichend, und Tante Martha sagte, es gehe sie durchaus etwas an, denn es sei undenkbar, daß eine Ashington nicht gebildet sei. Meine Mutter wies darauf hin, daß ich mir im Alter von vier Jahren selbst das Lesen beigebracht hätte und seither mit meiner Nase ständig in einem Buch stecke. Sie glaube, es lasse sich schwerlich ein Mädchen in meinem Alter finden, daß in englischer Literatur so bewandert sei wie ich.

»Es gibt noch andere Fächer«, murmelte Tante Mabel, und Tante Martha stimmte ihr zu. Sie verließen mich ziemlich bekümmert, fand ich.

»Ich glaube, sie möchten mich wirklich gern bei sich haben«, sagte ich.

»Sie wollen dich nach dem Vorbild formen, das sie für richtig halten«, erwiderte meine Mutter. »Sie wollen eine kleine Ashington aus dir machen, das heißt, eine wie sie. Sie haben Ralph immer gesagt, daß er dies und das tun solle. Das war einer der Gründe, warum er froh war, ihnen zu entkommen.«

Ein paar Wochen später sagte sie zu mir: »Weißt du, wegen deiner Bildung haben sie eigentlich recht. Du solltest in eine Schule.«

Ich war verblüfft.

»Ja«, sagte sie, »es muß sein. Es gibt eine sehr gute Schule in der Nähe von York. Die Ashington-Mädchen waren alle dort. Das ist eine Art Familientradition.«

»Du willst mich auf den Arm nehmen.«

»Du gehst im September.«

»Aber das Geld. Ist das nicht furchtbar teuer?«

»Notgroschen«, murmelte sie. »Und das neue Stück. Das wird ein Bombenerfolg. Ich bin wieder da, Siddons. Jetzt brauchen wir uns keine Sorgen mehr zu machen.«

Ich fand mich allmählich mit dem Gedanken an die Schule ab, und als ich schließlich tatsächlich dort war, zog sie mich ganz in ihren Bann. War ich in einigen Fächern auch zurück, so war ich in anderen weit voraus, und zur Freude meiner Lehrer lernte ich mit Begeisterung. Daneben war ich stets für aufregende Abenteuer und Späße zu haben, und das machte mich bei meinen Mitschülerinnen nicht gerade unbeliebt. Es war neu für mich, mit Gleichaltrigen zusammenzusein, und ich war von meinem neuen Leben entzückt. Die Flucht vor den tragischen Ereignissen, die auf dem Haus am Denton Square lasteten, war mir vollkommen geglückt. Die Schule nahm mich so sehr gefangen, daß ich tagelang nicht an den Denton Square dachte. Das Drama, welche Note ich für meinen Aufsatz bekam und wie es mir in dem bevorstehenden Hockeyspiel ergehen würde, war mir entschieden wichtiger.

Eine ganz alte Lehrerin erinnerte sich an meine Tanten und war erfreut, wieder eine Ashington in der Schule zu haben. »Sie waren sehr gewissenhafte, strebsame Mädchen, und sie haben ein ehrbares Leben geführt«, bemerkte sie. »Laß uns hoffen und beten, Sarah, daß du wie sie wirst!« Das war das letzte, das mir für die Zukunft vorschwebte.

In den Weihnachtsferien kam ich nach Hause. Es wurde kein glücklicher Aufenthalt. Das Stück war nur einen Monat gelaufen – ein finanzieller Reinfall für die Geldgeber.

Ich erfuhr es von Meg. »Sie haben deiner Mutter die Schuld gegeben. Sie brauchen ja immer 'nen Sündenbock. Das Stück war schlecht. Das hätte ich denen von Anfang an sagen können. Dann war da noch dieser gemeine Kerl... Kritiker nennt er sich. Der Star der Herringford-Affäre sei wohl nicht ganz die richtige Besetzung für die Unschuldige in diesem Stück, hat er gesagt. So ein Biest! Du siehst, die sind durchaus nicht bereit, die Sache zu vergessen.«

»Und wie hat sie's aufgenommen?«

»Schlecht. Es hat sich auf ihr Spiel ausgewirkt, denke ich. Jemand hat ein Ei auf sie geworfen, als sie zum Bühneneingang herauskam; es hat ihren Samtumhang verdorben. Das Zeug bringe ich nie wieder raus. Das bleibt für immer drin. Ich muß den Umhang wegschmeißen, wenn ich den Eierfleck loswerden will. Und 'ne schöne Stange Geld hat er gekostet, der Umhang.«

»Meg«, sagte ich ernst, »und was wird nun?«

»Das kann ich dir ebensowenig sagen wie du mir.«

Meine Mutter wollte von nun an klüger sein. Das nächste Mal würde sie sich ihre Stücke bestimmt sorgfältiger aussuchen, das gelobte sie sich.

Ich blieb einen Monat lang zu Hause. Wir schmückten das Wohnzimmer, wie wir es immer getan hatten. Früher waren die Leute in Scharen ein- und ausgegangen. An den Weihnachtstagen kamen ein paar Freunde, unter ihnen Tom Mellor, doch die Beziehung zwischen ihm und meiner Mutter hatte sich merklich abgekühlt. Sie machten sich gegenseitig für den Mißerfolg verantwortlich.

Ich war froh, wieder zur Schule zu kommen, und das Leben dort nahm mich abermals so gefangen, daß ich mich damit zufrieden gab, nur gelegentlich einen Brief von meiner Mutter zu bekommen. Ich dagegen mußte ihr freilich jede Woche schreiben. Das gehörte zu den Gepflogenheiten der Schule. Später fragte ich mich oft, was meine Mutter sich wohl bei den Berichten über die Hockeymannschaft, über Tennis, Korbball und über meine guten Englischnoten gedacht hat.

Im Sommer stellte ich fest, daß sich zu Hause viel verändert hatte. Meine Mutter war gealtert. Ich erfuhr, daß sie ein paar kleine Rollen bekommen hatte. Die eine sei ein ziemlicher Erfolg gewesen, erzählte sie mir. Janet war verschlossener denn je, und doch konnte sie gleichzeitig eine innere Genugtuung nicht verbergen. Meg und meine Mutter stritten sich unentwegt. Ich war auch diesmal froh, als die Ferien vorüber waren und ich wieder zur Schule konnte.

In der darauffolgenden Weihnachtszeit wurde mir klar, daß etwas nicht stimmte. Meine Mutter sollte die gute Fee in einer Pantomime spielen.

»Pantomime!« sagte Janet mit verächtlichem Grinsen.

Meg sprach wenig.

Es wurde ein stilles Weihnachtsfest, denn meine Mutter mußte am zweiten Feiertag mit der Arbeit beginnen. Sie war erkältet und fühlte sich schlaff. Ich brachte ihr das Frühstück, wie ich es früher des öfteren getan hatte.

Sie gab sich fröhlich, doch nach so langer Abwesenheit konnte mir ihre Veränderung nicht verborgen bleiben. Sie sah zehn Jahre älter aus; sie hatte tiefe Falten der Verbitterung um den Mund. Während sie in der Pantomime auftrat, flackerte der Skandal wieder auf. Lady Herringford, Everards Gattin, war auf Gut Herringford tot aufgefunden worden, mit dem Gesicht nach unten in einem seichten Fluß. Sie war lange krank gewesen, und es bestand kein Verdacht, daß etwas nicht mit rechten Dingen zugegangen sein könnte. »Ihr Tod ruft uns den unglücklichen Sir Everard in Erinnerung, der seiner Karriere und seinem Leben ein Ende setzte, als er in einen Skandal mit einer Schauspielerin verwickelt war...«

Meine Mutter las den Artikel – er stand nicht auf der Titelseite – und regte sich auf, weil von ihr lediglich als von »einer Schauspielerin« die Rede war.

»Nun, es wäre dir doch nicht recht, wenn man deinen Namen erwähnt hätte«, besänftigte ich sie.

Sie geriet plötzlich ganz außer sich. »Siehst du nicht, was das bedeutet? Sie erwähnen mich nicht, weil ich nicht mehr wichtig bin! ›Eine Schauspielerin!‹ Als würde ich in einem Repertoiretheater auftreten oder... oder...«, sie lachte hysterisch, »...in einer Pantomime!«

Es waren auch diesmal unerfreuliche Ferien, und ich war abermals froh, als ich wieder in der Schule war; doch es dauerte über eine Woche, bis ich die Erinnerungen verdrängt hatte.

Der Sommer kam. Mein sechzehnter Geburtstag war vorüber, und noch ehe das Jahr endete, stand mein siebzehnter bevor. Ich war kaum länger als eine Stunde zu Hause, als mir klar wurde, daß das Leben, das ich auf dem Blessington-Lyzeum für junge Damen genoß, vorbei war.

Meine Mutter hatte sich noch mehr verändert. Unter ihren Augen lagen dunkle Schatten.

Meg eröffnete es mir als erste: »Ich gehe. Ich habe bloß abgewartet, bis du nach Hause kommst. Mir reicht's. Ich halte ihre schlechte Laune nicht mehr aus.«

Janet war obenauf. »In zwei Wochen fahren wir zu Ethel«, triumphierte sie. »Sie«, dabei wies sie auf ihre Schwester, »wollte dir Zeit lassen, um irgendwas in die Wege zu leiten.«

»Und meine Mutter?« fragte ich. »Sie sieht nicht gut aus.«

»Sie hat's auf der Brust. Sie kriegt eine Erkältung nach der anderen, aber sie nimmt sie nicht ernst.«

»Die kriegt sie immer, wenn sie mies gelaunt ist«, bemerkte Janet.

»Ja«, bestätigte Meg. »Wenn sie bloß eine richtige Chance bekäme, ich wette, dann wäre ihr ein Comeback sicher.«

Das ‚war an Janet gerichtet, die über den Mißerfolg meiner Mutter frohlockte. Als wir allein waren, sagte Meg zu mir: »Schauspielerinnen wie sie sind oft nur kurze Zeit erfolgreich. Das weiß ich. Ich hab's gesehen. Sie haben einen besonderen Charme. Sie sind jung und hübsch wie Schmetterlinge. Sie flattern über die Bühne, und die Leute lieben sie... Aber das vergeht. Jugend vergeht, verstehst du? Eine glänzende Partie, das wäre das beste für diese Sorte. Sie verlassen die Bühnenbretter und werden Ehefrauen und Mütter. Aber bei ihr ist es von Anfang an schiefgelaufen. Sie hätte nicht heiraten und nach Ceylon gehen sollen. Sie ist aus der Reihe getanzt, wie man so sagt, und dafür muß sie eben büßen.«

»Und deshalb verläßt du sie, Meg«, sagte ich vorwurfsvoll.

»Da ist nichts zu machen. Sie kann uns unseren Lohn nicht zahlen... mir und Janet. Sie kriegt immer weniger Angebote. Bald wird sie dankbar für 'ne Statistenrolle sein.«

»Alles wegen dieser Affäre...«

»Nein, nein, das ist es nicht. Wäre sie eine große Schauspielerin gewesen, so hätte sie den Sturm kinderleicht überstanden. Aber sie ist keine große Schauspielerin. Ihr Erfolg hätte ihre Jugend nicht überdauert. Sie ist durch die Geschichte bloß früher gealtert. Ich hab' ihr damals gesagt, es sei dumm von ihr, daß sie heiratet... aber sie wollte nicht hören.

O nein! Sie wußte alles besser. Nun, sie hat sich verrechnet, basta. Ich
ziehe zu Ethel. Dann gibt Janet endlich Ruhe. Ich hab' die Nase voll
vom Theater, nach allem, was passiert ist.«
Ich führte ein ernstes Gespräch mit meiner Mutter. Sie lag zu Bett. Ich
hatte darauf bestanden, weil sie so blaß aussah.
»Ich weiß nicht, was jetzt werden soll«, sagte sie. »Ich konnte Meg und
Janet nicht mehr entlohnen. Wir müssen das Haus aufgeben.«
»Mein Schulgeld muß eine ungeheure Belastung gewesen sein!« rief
ich aus.
Sie lachte leise. »Nicht für mich. Das haben deine Tanten bezahlt.«
Ich starrte sie an. Dann verdankte ich also ihnen diese zwei Jahre, in
denen ich neben meiner Ausbildung ein sorgenfreies Leben genoß! Ich
fühlte mich tief in ihrer Schuld und ein wenig beschämt. Ich sagte: »Ich
gehe nicht zurück. Wie könnte ich? Wir müssen etwas unternehmen.«
»Was?« fragte meine Mutter.
Was sollte ein Mädchen in meiner Lage tun? War sie allein, wurde sie
gewöhnlich Gouvernante oder Gesellschafterin – beides ziemlich unerfreuliche Aussichten, denn gewöhnlich waren die Kinder widerspenstig
und die alten Damen unleidlich.
Aber *ich* war nicht allein. Ich mußte meine Mutter unterstützen. Ich
sagte: »Als erstes muß ich Tante Martha und Tante Mabel schreiben,
daß ich die Schule aufgebe. Ich werde ihnen die Lage erklären.«
»Ich kann mir ihre Genugtuung lebhaft vorstellen«, grollte meine
Mutter.
Ich schrieb ihnen noch am gleichen Tag.

Es war nicht nötig, daß mich die Tanten auf unsere schwierige Lage
hinwiesen. Ich kannte sie zur Genüge, und nach einer mehrstündigen
Unterredung in ihrer Suite im Hotel Brown stimmten meine Mutter
und ich der einzigen Lösung unserer Probleme zu.
»Es sei, wie es wolle«, sagte Tante Martha, »Irene ist Mistress Ashington, und du, Sarah, bist die Tochter unseres Bruders.«
Ashington Grange war der Wohnsitz der Familie, und dort hätte mein
Vater gelebt, wenn er die Teeplantage nicht gehabt hätte. Das Haus,
erklärten sie, gehöre zwar ihnen, dafür habe ihr Vater gesorgt, doch
wenn Ralph einen Sohn hätte, so würde es natürlich diesem zufallen.

Irene müsse nach Ashington Grange kommen, wo sie gut versorgt würde, und ich solle wieder zur Schule gehen.

Meine Mutter sah schließlich ein, daß ihr keine andere Wahl blieb. Sie litt unter heftigen Depressionen. Es war schwer für sie, ohne die Verehrung und Bewunderung zu leben, die sie stets als rechtmäßigen Anspruch betrachtet hatte. Davon würde auf Ashington Grange sicher wenig zu spüren sein. Sie sagte, ohne mich wäre sie nicht imstande, das auszuhalten, und das glaubte ich gern. Die Tanten verachteten sie, und sie konnte die Tanten nicht leiden. Von deren Mildtätigkeit zu leben, war ihr zuwider – aber nicht so sehr wie die Aussicht, in einer Dachstube zu verhungern. Außerdem, sagte sie, müsse sie an mich denken. Die Vorstellung, daß ich arbeitete, war mehr, als sie ertragen konnte. Überdies gab es auch gar keine Arbeit, die ich hätte verrichten können. Wie wir es auch betrachteten: Es gab nur einen Ausweg, nämlich den, nach Ashington Grange zu ziehen.

Ich entdeckte bald, daß ich es war, der die Sorge der Tanten galt. Ich glaube, sie fanden die Aussicht, eine junge Verwandte im Haus zu haben, höchst aufregend. Sie schmiedeten Pläne für mich, denn Pläneschmieden war etwas, das Tante Martha leidenschaftlich gern tat. Ich merkte ihnen an, daß sie die Zukunft einer Nichte weit interessanter fanden als den Wohltätigkeitsbasar der Kirche oder das Gartenfest, das alljährlich zugunsten des Kirchturmbaus veranstaltet wurde.

Ich bestand darauf, nicht zur Schule zurückkehren zu müssen.

»Lächerlich!« rief Tante Martha. »Die Töchter der Ashingtons haben stets bis zum achtzehnten Lebensjahr die Schule besucht.«

»Ich muß bei meiner Mutter bleiben«, beharrte ich. »Es geht ihr nicht gut.«

»Papperlapapp! Trübsinnig ist sie, weiter nichts.«

»Sie hat ein schweres Unglück erlitten«, gab ich zu bedenken.

»Das ist die Strafe«, murmelte Tante Mabel, »nach allem, was...«

»Sie müssen wissen«, entgegnete ich, »daß ich nur nach Ashington Grange kommen kann, wenn auch meine Mutter dort gern gesehen ist.«

Ich staunte über mich selbst, daß ich diesen beiden respektheischenden Damen Bedingungen stellte, und ich verspürte eine leise Zärtlichkeit für sie, weil sie so sehr wünschten, mich bei sich zu haben, daß sie sogar auf meine Forderungen eingingen.

»Dann ist es allerdings vonnöten«, meinte Tante Martha, »eine Gouvernante zu engagieren.«

»Dafür bin ich zu alt«, protestierte ich.

»Deine Ausbildung wurde abgebrochen wegen einer... Marotte!« sagte Tante Martha. »Eine Gouvernante muß sein. Unsere Schwester Margaret war zu zart für die Schule und hatte auch eine Gouvernante... genauer gesagt, eine ganze Menge. Sie ist gestorben.«

»Hoffentlich nicht aus Überdruß an Gouvernanten«, bemerkte ich kichernd, denn ich verspürte ein unbezähmbares Verlangen, diese Tanten zu necken, was ich aber, wie mir klar wurde, unterdrücken mußte.

»Du bist allzu übermütig, Sarah, und das hier ist eine ernste Angelegenheit.«

Niemand wußte das besser als ich. Immerhin gaben sie nach. Wir wurden uns einig. Meine Mutter kündigte das Mietshaus am Denton Square, und wir zogen nach Ashington Grange.

Schritte im Dunkeln

Ungeachtet der Umstände, die mich nach Ashington Grange führten, empfand ich eine ungeheure Erregung, als ich das Anwesen vor mir erblickte.

Wir hatten den Zug in Epleigh verlassen, wo ein Kutscher uns dienstfertig erwartete. Er werde uns im Brougham zum Haus fahren, erklärte er, und unser Gepäck komme mit dem Lastfuhrwerk nach.

Epleigh war ein von Wäldern umgebenes Dorf – typisch englisch: Eine normannische Kirche, davor ein Rasen und rund herum ein paar verstreute Häuser. Wir kamen die Straße, die durch den Wald führte, entlang, und plötzlich tat sich die bezaubernde Oase vor uns auf, die an diesem lieblichen Septembernachmittag so friedlich dalag. Die Gärten prunkten voll goldener Herbstastern, bronzefarbener Chrysanthemen und prächtig bunter Dahlien. Inmitten der Rasenfläche war ein Teich, daneben stand eine hölzerne Bank, auf der zwei Männer saßen und sich unterhielten. Sie blickten neugierig auf, als die Kutsche vorüberfuhr. Wir kamen am Friedhof vorbei; einige Grabsteine waren neu, andere alt und windschief. Und dann sahen wir einen Gemischtwarenladen, der zugleich das Postamt beherbergte. Auf einer Abzweigung, die von der Rasenfläche wegführte, gelangten wir alsbald zu den Toren von Ashington Grange. Sie standen weit offen, und an der Tür des Pförtnerhauses knickste eine Frau, als wir an ihr vorbeifuhren. Etwa eine Viertelmeile ging es eine Auffahrt entlang, und nach einer Biegung lag das Wohnhaus vor uns.

Es war schön – aus grauem Stein, alt und ehrwürdig. In der Mitte öffnete sich ein überwölbter Torbogen, und am Ende des Westflügels erhob sich ein Turm mit Zinnen und hohen schmalen Fensterschlitzen, der neben dem Haus, das eindeutig aus einer späteren Epoche stammte, ausgesprochen fehl am Platze wirkte. Später erfuhr ich, daß von der normannischen Festung, die einst an dieser Stelle stand, nur dieser Turm übriggeblieben war. Das Haus selbst war während der Herrschaft Charles' I. erbaut worden und hatte wunderbarerweise die Verwüstungen des Bürgerkrieges überstanden. Tante Mabel war sehr stolz auf das Haus und erzählte mir dies alles, als sie merkte, wie sehr es mich interessierte.

Ich war beeindruckt von der Anmut, die der mit Schnecken und klassischen Figuren verzierte symmetrische Renaissancegiebel ausstrahlte. Das Haus war nicht sehr groß, aber wirklich schön. Es war im frühen siebzehnten Jahrhundert entstanden, als die englischen Baumeister gerade erst anfingen, selbständig zu arbeiten, und wies das traditionelle Grundschema mit Giebelfenstern, hölzernen Pfosten und Bleigittern auf.

Ich war plötzlich von Stolz erfüllt, weil ich denselben Namen trug wie dieses noble Bauwerk.

Wir fuhren unter dem Torbogen hindurch in einen Innenhof. Hier stiegen wir aus und traten geradewegs in die Halle, wo die Tanten uns erwarteten; in ihrer eigenen Umgebung wirkten sie noch ehrfurchtgebietender als am Denton Square oder im Hotel Brown.

»Willkommen zu Hause, Sarah«, begrüßte mich Tante Martha, indem sie meine Hand ergriff und mir einen kalten, flüchtigen Kuß auf die Wange drückte.

»Wie schön, dich endlich hier zu...«, setzte Mabel an.

Zu meiner Mutter waren sie weniger herzlich.

Ich sagte: »Das Haus ist bezaubernd.«

Nichts hätte ihnen mehr schmeicheln können. Vor lauter Freude errötete Tante Mabel ein wenig. »Wir hängen an dem Haus«, sagte sie. »Seit mehr als zweihundert Jahren gehört es der Familie.«

»Ihr seid gewiß erschöpft von der Reise«, ließ sich Tante Martha vernehmen. »Jennings soll ihnen ihre Zimmer zeigen, Mabel. Würdest du sie bitte rufen? Eure Sachen müssen jeden Augenblick eintreffen. Dann könnt ihr euch waschen und umziehen, und anschließend wollen wir uns unterhalten.«

Das Gehabe der beiden Tanten verriet einen gewissen Triumph. Sie hießen mich betont freundlich willkommen, und es war klar, daß meine Mutter hier nur geduldet war. Ich fragte mich, wie lange eine so verhätschelte und verwöhnte Frau das ertragen konnte. Glücklicherweise war sie im Augenblick ziemlich geistesabwesend, so daß sie nichts bemerkte.

Jennings erschien und führte uns die hölzerne Treppe mit der kunstvoll geschnitzten Balustrade hinauf.

In der ersten Etage befand sich eine lange Galerie, die sich über die ganze Breite des Hauses erstreckte. Hier hingen die Bilder der Ashingtons. Ich nahm mir vor, sie später eingehend zu betrachten. Meine Vorfahren! Es war aufregend, ihnen von Angesicht zu Angesicht zu begegnen, nachdem ich mein ganzes Leben lang bis zu diesem Tag nichts von ihnen gewußt hatte. An einem Ende der Galerie war eine Empore, wo vermutlich die Musikanten aufspielten, wenn ein Ball stattfand. Ich mußte lächeln, als ich versuchte, mir meine Tanten auf einem Ball vorzustellen.

Mein Zimmer befand sich im nächsten Stockwerk. Es war sehr geräumig; die hohe Decke war mit Putten bemalt und mit Blumenornamenten verziert. Es hatte ein mit blauem Stoff drapiertes Himmelbett, und passende blaue Teppiche bedeckten den Boden. Schwere blaue Vorhänge hingen am Fenster, unter dem sich eine eingemauerte Sitzbank befand. Ich stieß einen freudigen Schrei aus, als ich hinausblickte. Unter mir lagen gepflegte Rasenflächen mit Blumenbeeten, die in herbstlichen Farben glühten. Ich sah Sträucher und einen umzäunten Garten, in dem noch Rosen blühten; ich sah den Küchengarten und in der Ferne den Wald. So einen schönen Ausblick hatte ich noch nie erlebt. Ashington! Die Heimat meiner Familie, dachte ich, und ich war von ungeheurer Erregung erfüllt, bis ich mich zu meiner Mutter umwandte. Sie war bleich, und mit ihrer Munterkeit war auch viel von ihrem Zauber geschwunden. Sie schien eine andere Person zu sein als die Irene Rushton vom Denton Square, die der Mittelpunkt unseres Lebens gewesen war.

Wie selbstsüchtig war ich doch! Natürlich hatte die Erinnerung sie überwältigt. Sie war kurz nach ihrer Hochzeit mit meinem Vater hier gewesen.

»Laß uns dein Zimmer besichtigen«, schlug ich vor.

Es lag eine Etage höher und war viel kleiner als meines. Es enthielt ein schmales Bett mit einem Halbbaldachin. Ich fand das Zimmer bezaubernd, wenn auch weniger vornehm als dasjenige, das man mir zugewiesen hatte. Ich zürnte den Tanten. Sie hätten mir dieses Zimmer und meiner Mutter das andere geben sollen. Vielleicht sollte ich ihnen vorschlagen, die Zimmer zu tauschen.

»Danke«, sagte ich zu Jennings, denn ich verspürte den dringenden Wunsch, mit meiner Mutter allein zu sein. »Ich finde selbst in mein Zimmer zurück.«

Als Jennings gegangen war, warf sich meine Mutter in meine Arme.

»Nicht weinen«, sagte ich, »das sieht man doch.«

Das half. Es erinnerte sie an ihr Aussehen, und ihre Züge beruhigten sich.

»Es ist abscheulich!« rief sie aus. »Die zwei sind abscheulich. Ach, Siddons, ich halte es hier nicht aus! Alles... alles andere wäre besser.«

»Aber du hast doch eingesehen, daß wir am Denton Square nicht bleiben konnten, und wo hätten wir sonst hingehen sollen?«

»Sie hassen mich«, sagte sie. »Sie haben mich immer gehaßt. Ich hab's von Anfang an gespürt. Dieses Haus war mir zuwider. Es macht mich schaudern. Fühlst du's, Siddons?«

»Nein«, erwiderte ich. »Es ist nicht gruseliger als andere alte Häuser. Und falls es hier irgendwelche Gespenster gibt, so sind's Verwandte. Ein beruhigender Gedanke.«

»Nicht für mich. Ich bin mit ihnen nur verschwägert.« Sie lachte matt. »Es ist ja nicht für immer«, fuhr sie fort, »nur für eine Ruhepause. Ich werde eine Rolle bekommen. Wenn Tom merkt, daß ich wirklich weg bin, rennt er mir nach. Das ist der Lauf der Welt.«

Ihre Augen glänzten. Sie war ganz euphorisch und sah Tom bereits, die Taschen von Kontrakten ausgebeult, in Ashington Grange eintreffen. In Gedanken ließ sie sich umwerben. Ihr Publikum tobte und verlangte nach ihr. Sollte es nur toben. *Sie* hatte ihm noch nicht verziehen.

Ich ließ sie allein, und als ich mein Zimmer betrat, war ein Teil meines Gepäcks schon angekommen. Jennings fragte, ob sie mir auspacken helfen solle. Ich lehnte ihre Hilfe ab und schickte sie zu meiner Mutter.

Tante Martha war, wie sie von sich selbst sagte, keine Frau, die gern Zeit verlor. Schon am nächsten Tag kam sie auf die Gouvernante zu sprechen.

»Wirklich, Tante Martha«, protestierte ich, »ich bin viel zu alt für eine Gouvernante. Ende November werde ich siebzehn.«

»Und nur zwei von diesen siebzehn Jahren hast du auf der Schule verbracht!«

»Vorher hatte ich einen Hauslehrer.« Ich lächelte, während ich mit einem Anflug von Traurigkeit an Toby dachte. Ich vermißte ihn schmerzlich. »Er war sehr gut«, fügte ich versonnen hinzu.

»Ein Hauslehrer schickt sich nicht für ein junges Mädchen. Margaret, unsere älteste Schwester, hatte eine Gouvernante, weil sie zu zart war, um eine Schule zu besuchen. Sie starb, als sie achtzehn Jahre alt war.«

»Wie traurig, so jung zu sterben.«

»Sie hatte eine schwache Gesundheit, und es war, wie du sagst, traurig. Hör nicht auf die Dienstboten! Sie werden dir erzählen, daß sie in bestimmten Nächten durch die Galerie wandelt und nach ihrem Geliebten Ausschau hält. Das ist ein höchst romantischer Unsinn.«

»Hat sie ihren Geliebten verloren?«

»Sie stand kurz vor der Hochzeit. Es war natürlich der Tod, der sie trennte. Wie ich schon sagte, sie hatte eine Gouvernante. Ich würde dich lieber wieder zur Schule schicken, aber ich habe mit Mabel darüber gesprochen, und wir sind der Meinung, solange deine Mutter hier ist, solltest du vielleicht auch hier sein. Sie bedarf einer gewissen... Beaufsichtigung. Dafür bist du am besten geeignet.«

»Beaufsichtigung! Sie sprechen, als könnte sie einen Tobsuchtsanfall bekommen und eine Zwangsjacke benötigen.«

»Sie war immer leichtsinnig, und das Leben, das sie führte, hat ihren Charakter nicht gefestigt. Vom Standpunkt meines Bruders war es eine unglückselige Ehe. Aber wir wollen nicht vom Thema abweichen. Ich werde mich unverzüglich auf die Suche nach einer Gouvernante begeben. Du kannst dich darauf verlassen, daß ich sie mit der allergrößten Sorgfalt auswählen werde.«

Wie gern wäre ich wieder zur Schule gegangen, aber ich wußte, ich würde dort nicht glücklich werden, wenn ich meine Mutter bei den Tanten zurückließ.

Mabel zeigte mir das Haus. Sie schien verändert, wenn Tante Martha nicht zugegen war, und manchmal vollendete sie sogar ihre Sätze. Die ältere Schwester war eindeutig die dominierende Persönlichkeit.

Mabel war von meinem Interesse für das Haus entzückt. Sie zeigte mir das Wohnzimmer, den Salon, das Speisezimmer, den Wintergarten und sämtliche Schlafzimmer, außerdem die entfernter gelegenen Wirtschaftsräume mit einer weitläufigen Küche, in der eine Köchin mit zahlreichen Untergebenen residierte. Wie sollte ich nur all die Namen behalten, fragte ich mich.

Die Dienerschaft begegnete mir mit großer Neugier. Das war nur natürlich. Ich war eine Ashington, die im fortgeschrittenen Alter von siebzehn Jahren eben erst am Schauplatz erschienen war. Viele von ihnen – es waren nämlich nur wenige junge darunter – erinnerten sich an die überstürzte Heirat Ralph Ashingtons mit einer Londoner Schauspielerin, eine Verbindung, die seinen Schwestern großen Kummer bereitet hatte. Ich fragte mich, wie viele von ihnen wohl von dem Herringford-Skandal gehört haben mochten. Mabel führte mich durch die Waschküche mit Kupferkesseln voll dampfendem Wasser, wo es nach feuchter Wäsche roch; sie zeigte mir die Vorratskammern und das Brauhaus. Es war ein beachtliches Anwesen, größer, als es zunächst den Anschein hatte.

Am meisten interessierte mich die Galerie mit den Porträts der Ashingtons. Ich bemerkte etliche Damen mit Perlen, die denen auf der Miniatur, die meine Mutter mir gezeigt hatte, auffallend glichen.

»Was für herrliche Perlen«, bemerkte ich. »Sie haben einen ganz eigentümlichen Schimmer.«

»Die Ashington-Perlen«, erklärte Mabel. »Sie gehören zur Geschichte der Familie.«

Darauf erzählte sie mir, wie die Perlen in den Besitz der Familie gelangt waren, und alles entsprach genau dem, was ich schon von meiner Mutter gehört hatte.

»Sie müssen in der Familie bleiben, oder sie wird ausgelöscht«, sagte sie. »Es gibt eine Legende, die sich um die Perlen rankt. Einer unserer Vorfahren, der hier«, sie wies auf einen Herrn mit Régencehalsbinde, geschnürtem Rock und paspelierter Weste. Das Gemälde zeigte ihn in voller Größe. Er trug gestreifte Kniehosen und kostbare Schnallen an den Schuhen. »Er hat gespielt, geriet in Schulden und überließ die Perlen einem Geldverleiher. Die Familie mußte sie zurückerwerben.«

»Sie gehören fest zur Familie, nehme ich an.«

»Sie dürfen niemals in fremde Hände geraten. Die Gattin des jeweils ältesten Sohnes behält sie, bis ihr ältester Sohn heiratet. Dann bekommt seine Frau die Perlen, bis ihr Sohn heiratet. Sie sind stets im Besitz einer Ashington.«

»Und wenn kein Sohn da ist?«

»Das war bisher nie der Fall. Es ist jetzt das erste Mal. Das ist sehr betrüblich. Sonst ist immer ein Sohn dagewesen.«

»Was wird denn jetzt aus den Perlen?«

»Martha glaubt, irgend etwas wird noch geschehen.«

Ich war verwirrt. Falls meinem Vater ein Sohn beschieden sein sollte, der sich dann eine Frau nimmt und so für eine rechtmäßige, wenn auch vorübergehende, Besitzerin der Perlen sorgt – da müßte allerdings eine Menge geschehen. Meine Mutter müßte entweder zu ihm zurückkehren oder sterben, damit er sich eine andere Frau nehmen konnte. So geschickt war auch Tante Martha nicht, um das zu arrangieren.

»Eine höchst unglückliche Entwicklung«, sagte Tante Mabel.

»Das Schicksal hat es nicht sehr gut mit uns gemeint«, seufzte ich. »Wäre ein Knabe aus mir geworden, dann sähe alles ganz anders aus.«

»Du wirst deine vorlauten Redensarten im Zaume halten müssen, Sarah. Die gefallen Martha ganz und gar nicht.«

»Es tut mir leid, Tante Mabel«, sagte ich folgsam.

Ich wandte mich dem Porträt meines Vaters zu. Er sah gut aus und hatte einen verwegenen Blick.

»Er war zu abenteuerlustig«, bemerkte Mabel, wobei sie die Hände faltete und mit dem Kopf auf das Porträt wies. »Wäre er nicht so ... eigensinnig, so impulsiv gewesen ... hätte er die Ehe ernster genommen, so wäre dies alles vielleicht nicht geschehen.«

»Was war mit seiner ersten Frau?«

»Wir haben sie nie zu Gesicht bekommen. Als sie starb, kehrte er nach England zurück, und wir glaubten, Gott gebe ihm noch einmal eine Chance. Dann heiratete er deine Mutter. Er war ein Spieler. Dieses Laster liegt in der Familie. Deswegen duldet Martha keinerlei Spiele im Haus. Ich bin mit ihr einer Meinung. Wer von den Dienstboten beim Kartenspiel ertappt wird, muß seine Sachen packen.«

»Hatte mein Vater Glück im Spiel?«

»Kein Mensch hat jemals Glück im Spiel«, sagte Martha. »Unser Vater war ein überaus frommer Mann. Er mißbilligte Ralphs Neigungen. Deshalb hat er das Gut unserer Obhut übergeben, aber wenn Ralph einen Sohn hätte, dann würde der es natürlich bekommen. Traurig – der Name wird aussterben, es sei denn, Ralph bekommt noch einen Sohn. So eine Enttäuschung. Zwei Töchter! Martha hätte sich so gefreut, wenn du ein Knabe geworden wärst... und ich auch.«

»Das tut mir leid«, sagte ich kleinmütig, »aber ich kann's nicht ändern, fürchte ich.«

»Martha findet, du hast von deinem Vater den Mangel an Ernsthaftigkeit geerbt.«

»Tante Martha will immer alles so einrichten, wie sie es wünscht«, sagte ich, »und sie möchte, daß sich jedermann in das Charakterbild einfügt, das sie für angemessen hält. So läßt sich das Leben nicht gängeln, Tante Mabel, außer in einem Theaterstück, wo der Verfasser seine Figuren so prägt, wie er sie haben will.«

»An deiner Stelle würde ich nicht soviel über Theaterstücke reden, nachdem du diesen Abschnitt deines Lebens hinter dir hast. Martha gefällt das nicht... und mir auch nicht.«

»Du liebe Güte, womöglich werden wir Ihnen noch lästig.«

»So weit dürfen wir es nicht kommen lassen.«

Weil ich mehr über die Porträts erfahren wollte, ließ ich es dabei bewenden.

Ich blieb vor einem Bildnis stehen, das, wie ich erfuhr, Margaret, die Schwester der Tanten, darstellte. Sie unterschied sich sehr von den beiden, und ich hielt es für undenkbar, daß eine von ihnen ihr auch nur im entferntesten ähnelte – selbst in ihrer Jugend nicht. Sie hatte etwas Zierliches an sich, einen Hauch von Zerbrechlichkeit. Sie war in einem Abendkleid, offenbar aus blauem Chiffon, gemalt; sie hatte sehr helle Haut, fast bernsteinfarbene Augen und hellbraunes, feines lockiges Haar.

»Es wurde kurz nach ihrer Verlobung gemalt«, erklärte Mabel.

»Sie sieht glücklich aus, und doch... als sei sie ein wenig unsicher... gespannt. Ein eigenartiges Bild.«

»Die Dienstboten sind so töricht. Sie behaupten, sie steigt nachts aus dem Rahmen und wandelt durch die Galerie, um nach Edward Sanderton, dem Mann, der sie heiraten wollte, Ausschau zu halten. Ein Mädchen hat beschworen, es habe sie wandeln gesehen, ganz in blauem Chiffon, und der Rahmen war leer. Welch ein Unsinn! Wir haben das Mädchen auf der Stelle entlassen. Niemand hat Margaret in blauem Chiffon und den Rahmen leer gesehen, seit...«

»Wann ist sie gestorben?«

»Vor fünfundzwanzig Jahren.«

»Ein sehr junges Gespenst. Gewöhnlich sind sie ein paar hundert Jahre alt.«

»Das Volk liebt solche Geschichten. In meiner Kindheit sagten die Leute, daß es im Turm spukt: geheimnisvolle Lichter, singende Stimmen und eine graugekleidete Nonne.«

»Und später haben sie dann das Gespenst in blauem Chiffon bevorzugt?«

Mabel zuckte die Achseln. »Du weißt ja, wie Dienstboten sind. Sie lieben Schauergeschichten. Sie trauen sich nur paarweise zum Saubermachen in die Galerie, und keiner wagt es, sie nach Einbruch der Dunkelheit zu betreten. Martha lacht sie aus, dabei würde das Gespenst, wenn überhaupt jemanden, Martha heimsuchen.«

»So? Und warum wäre sie die Auserwählte?«

Tante Mabel sah mich sekundenlang zögernd an, dann schien sie sich zu sagen, daß ich als Mitglied der Familie in die Geheimnisse eingeweiht werden dürfe.

»Nun«, fuhr sie fort, »Martha war es, die Edward Sanderton ins Haus brachte. Sie hatte ihn bei einem Fest auf einem benachbarten Landgut kennengelernt, und sie wurden gute Freunde. Besser gesagt, sie...«

Ich starrte sie ungläubig an. Martha als Verliebte, das überstieg mein Vorstellungsvermögen.

Mabel blickte ein wenig verschämt drein. »Er sah Margaret, und von Stund an hatte er nur noch Augen für sie.«

Arme Martha, dachte ich. Eine kurzlebige Romanze. Kein Wunder, daß sie ein etwas herbes Naturell hatte.

»Selbstverständlich waren er und Martha nicht versprochen, und binnen kurzem war er mit Margaret verlobt. Die Brautzeit sollte sechs Monate dauern, dann wollten sie heiraten. Martha und ich sollten die Brautjungfern sein. War das eine Aufregung, als die Kleider genäht und die Vorbereitungen getroffen wurden. Margaret war so glücklich. Freilich, sie war immer zart, weswegen sie ja auch nicht mit uns die Schule besuchte. Und hübsch war sie. Ich glaube, ein hübscheres Mädchen als meine Schwester Margaret ist mir nie begegnet.«

»Und dann? Warum fand die Hochzeit nicht statt?«

»Eine Wolke überschattete ihr Glück. Ich glaube, sie konnte nicht vergessen, was sie getan hatte.«

»Was hatte sie denn getan?«

»Sie hat Martha Edward Sanderton weggenommen.«

»Aber er war doch nicht Marthas Bräutigam, oder?«

»Er hätte sich sicher mit ihr verlobt, wenn Margaret nicht gewesen wäre. Er hatte Martha gern. Sie konnten sich über alles unterhalten. Martha hatte immer sehr entschiedene Ansichten... auch damals schon. Unsere Eltern meinten, daß sie deswegen keinen Mann bekommt. Männer mögen keine Frauen, die allzuviel wissen. Sie wollen die Überlegenen sein. Doch Edward mochte sie. Ihre Ansichten interessierten ihn. Aber dann kam alles ganz anders, weil er sich Hals über Kopf in Margaret verliebte, und ihr wurde plötzlich bewußt, was sie angerichtet hatte. Weißt du, Margaret hatte auch noch andere Verehrer. Martha hatte keinen außer Edward. Er wäre genau der richtige für Martha gewesen... und dann hat ihn Margaret ihr weggeschnappt.«

»Erzählen Sie mir, was ihr zugestoßen ist.«

»Sie hatte Kummer. Sie fürchtete, eine ewig kränkelnde Ehefrau zu werden. Sie wurde krank vor Kummer. Sie war oft krank, aber diesmal wollte und wollte es nicht besser werden. Sie starb eine Woche vor ihrem Hochzeitstag, und statt fröhlichem Geläute grüßten sie die dumpfen Totenglocken.«

»Was für eine furchtbar traurige Geschichte!«

»Aus solchen Geschichten entstehen Legenden. Also, Sarah, wenn du die Dienstboten reden hörst, so hoffe ich, daß du ihrem Geschwätz sofort ein Ende machst.« Sie wechselte abrupt das Thema. »Wir wollen dich malen lassen, Sarah«, sagte sie. »Martha hat gestern abend davon gesprochen.«

»Mein Vater hatte schon eine Frau, bevor er meine Mutter heiratete. Ich erfuhr erst kürzlich, daß ich eine Halbschwester habe.«

Mabels Mundwinkel strafften sich.

»Haben Sie sie kennengelernt?«

»Nein.« Mabels Lippen schlossen sich noch fester, als dürfe ihnen unter keinen Umständen etwas entschlüpfen.

»Vielleicht sollten Sie auch ein Porträt meiner Halbschwester hier aufhängen«, wagte ich mich vor.

»Ganz bestimmt nicht«, sagte sie, und etwas wie Widerwille sprach aus ihrem Blick. Dann rückte sie näher an mich heran, fast verschwörerisch. »Vielleicht ließe sich deine Mutter überreden, zu ihm zurückzukehren.«

»Das glaube ich kaum.«

»Es ist noch nicht zu spät. Sie sind beide noch jung genug, hat Martha gesagt...«

Ich hätte gern hitzig erwidert, daß es zu spät sei. Es war fünfzehn Jahre her, seit sie auseinandergegangen waren. Während der ganzen Zeit hatten sie getrennt gelebt. Man konnte nicht erwarten, daß sie sich wieder vereinten, nur weil die Ashington-Tanten einen männlichen Erben wollten.

Ich konnte meine Augen nicht von Margarets Bildnis abwenden. Ich dachte an die Furcht der Dienstboten und malte mir aus, wie sich das liebliche Gesicht belebte und Margaret aus dem Rahmen trat, um nach Edward Sanderton Ausschau zu halten.

»Was ist aus ihm geworden?« wollte ich wissen.

»Aus wem?« fragte Tante Mabel.

»Aus Edward Sanderton.«

»Oh... er ist fortgegangen. Hat in Indien Tiger geschossen. Danach haben wir nie wieder von ihm gehört. Ein paar Jahre hat er noch eine Weihnachtskarte geschickt... Aber das hörte dann auch auf.«

Als wir die Galerie verließen, blickte ich über die Schulter zurück. Der Ort hatte etwas Unheimliches. Ich konnte mir vorstellen, daß hier eine Legende entstanden war.

Meine Mutter und ich gingen im Wald spazieren. Die Blätter färbten sich langsam gelb. Viele waren schon gefallen und bildeten einen goldbraunen Teppich unter unseren Füßen. Meine Mutter hatte sich nie viel aus den Schönheiten der Natur gemacht, doch im Wald schien sie glücklicher zu sein als anderswo. Als ich dies erwähnte, sagte sie: »Das liegt daran, daß ich dann dem Haus entronnen bin. Von hier aus kann ich es nicht sehen... und das bedeutet schon viel. Ach Siddons, wenn du wüßtest, wie ich es hasse.«

»Wahrscheinlich bleiben wir ja nicht für immer.«

»Nein. Tom kommt mich holen, das weiß ich.«

»Ich vermute, du nimmst dann auch, was er dir anbietet, selbst wenn...«

Sie wich zurück. »Oh, es ist bestimmt eine gute Rolle. Ich war nicht so unbedeutend, daß mich die Leute vollkommen vergessen können.«

Ein Gefühl rührender Zärtlichkeit befiel mich. Das Publikum hatte sie einst zweifellos geliebt, doch das Publikum war wankelmütig. Sogar *ich* wußte das. Und ich wußte auch, daß sie die Rolle, auf die sie hoffte, nie bekommen würde.

»Ich kann die zwei nicht ausstehen«, sagte sie. »Besonders Martha. Offen gestanden, Siddons, ich fürchte sie richtig.«

»Sie ist furchterregend. Aber was könnte sie dir antun?«

»Es liegt an der Art, wie sie mich anguckt. Wenn ich plötzlich aufschaue, merke ich, daß sie mich beobachtet. Es ist, als ob sie was im Schilde führt.«

»Das bildest du dir ein.«

»Ich hab's früher schon gespürt . . . als ich mit deinem Vater hierher kam. Er sagte immer: ›Martha macht unentwegt Pläne. Sie entscheidet, was zu geschehen hat, und sie ruht nicht eher, bis sie die Leute so weit gebracht hat, daß sie es tun.‹ Ich antwortete daraufhin, ich wüßte, daß sie unsere Ehe mißbillige und deswegen sicher etwas zu unternehmen gedenke. Ich glaube, sie hatte vor, mich zu ermorden.«

»Irene Rushton«, rief ich, »du spielst ja Theater! Es ist dir doch wohl klar, daß Tante Martha stets rechtschaffen handeln würde, und Mord ist kaum ein rechtschaffenes Mittel.«

»Sie macht mir eine Gänsehaut. Oh, wie sehne ich mich fort aus diesem Haus. Du dagegen scheinst es allmählich liebzugewinnen.«

Das stimmte. Ich liebte das Altertümliche und das Wissen, daß meine Vorfahren seit zweihundert Jahren hier gelebt hatten. Mir gefiel das wohlgeordnete Hauswesen, und ich genoß es, von Personal umgeben zu sein, das mich bediente, ohne den geringsten Zweifel aufkommen zu lassen, daß dies seine Pflicht sei. Ich war es weiß Gott leid, auf Janets Gunst angewiesen zu sein. Ich mochte die regelmäßigen Mahlzeiten, das Morgengebet vor dem Frühstück, und ich gestand mir widerstrebend – was ich meine Mutter allerdings nicht merken ließ – eine gewisse Bewunderung für die Tanten ein. Ich genoß es sogar, mit ihnen zur Kirche zu gehen und in einer Bank der Ashingtons Platz zu nehmen – die ersten beiden Reihen waren, als Reverenz gegenüber der angesehenen Familie, für uns reserviert. Ich bewunderte die bunten Glasfenster, die ein frohlockender Ashington, dessen Wohnsitz Cromwells

Vandalen entgangen war und der die Rückkehr zum guten Leben jubelnd begrüßte, während der Restauration hatte einsetzen lassen. Ich liebte die Gedächtnistafeln für verschiedene Familienangehörige und die pompösen Grabstätten in dem Bereich des Kirchhofs, der den Ashingtons vorbehalten war.

Es war ein Gefühl des Dazugehörens, das meine Mutter begreiflicherweise nicht teilen konnte. Sie gehörte nicht so wie ich zur Familie. Man betrachtete sie vielmehr als störenden Eindringling.

Ich wurde der Pfarrersfamilie vorgestellt: Pastor Peter Cannon und seinen drei großen, hageren Töchtern, alle in den Dreißigern; Jungfern, die über das Heiratsalter hinaus waren und sich nun der Arbeit in der Pfarrei widmeten. Ich mochte Pastor Cannons überraschend hübsche und temperamentvolle Frau, die sich angesichts ihrer Töchter leicht verwundert zu fragen schien, wie sie eine ihr so unähnliche Nachkommenschaft hatte zur Welt bringen können. Die Cannons kamen jeden zweiten Sonntag zu uns zum Mittagessen. Sie interessierten sich für mich und wollten mich für gewisse Tätigkeiten in der Gemeinde gewinnen. Meiner Mutter begegneten sie ausgesucht höflich, doch mit einer gewissen Reserviertheit, als seien sie der Meinung, sie könne sich möglicherweise seltsam aufführen. Sie spürten auf Anhieb, daß sie von ganz anderer Wesensart war, doch sie ließen sich nicht anmerken, ob sie von ihrer Beziehung zu Everard wußten; ob dies ihren ausnehmend guten Manieren oder ihrer Unwissenheit zu verdanken war, vermochte ich jedoch nicht zu sagen.

Zuweilen amüsierte ich mich über die Tanten. Ihre Leidenschaft für Nebensächliches setzte mich in Erstaunen. Tante Martha konnte es nicht ertragen, wenn etwas nicht an seinem Platz war. Wenn sie feststellte, daß ein Ziergegenstand sich nicht exakt dort befand, wo er hingehörte, so ruhte sie nicht, bis sie ihn zurechtgerückt hatte. Ordnung war ihr Lebensinhalt. Sie arrangierte Blumen so, daß sie wie Soldaten bei einer Parade aussahen. Die Mahlzeiten wurden genau zum angesagten Zeitpunkt serviert, und wer sich nur um eine Minute verspätete, galt als unpünktlich. Das Gut wurde innen wie außen in peinlicher Ordnung gehalten, und ich erkannte bald, daß ihre größte Sorge war, ob es nach ihrem und Mabels Tod auch in die richtigen Hände geriet. Es war offensichtlich, daß sie wünschte, meine Mutter solle zu meinem Vater zurückkehren und einen Sohn zur Welt bringen. Das war das einzige, was sie zufriedengestellt hätte. Eine Scheidung kam nicht in Frage, denn Martha glaubte an die Unverletzlichkeit der Ehe, und hatte ein Mann eine Frau geheiratet, so blieben sie vermählt, bis der Tod sie schied.

Ich wußte, was meine Mutter meinte, als sie erzählte, immer, wenn sie aufblicke, finde sie Marthas Augen forschend auf sich gerichtet. Ich hatte ein gewisses Blitzen in Marthas Augen entdeckt. Es hatte wirklich den Anschein, als habe sie mit meiner Mutter etwas vor.

Was aber konnte das anderes sein, außer sie für meinen Vater zurückzugewinnen? Entweder das, oder sie starb...

Ein entsetzlicher Gedanke! Die Bemerkung meiner Mutter, Martha mache ihr ›eine Gänsehaut‹, hatte diesen Gedanken ausgelöst.

»Wir sind nun einmal hier«, gab ich ihr zur Antwort, »und sollten das beste daraus machen.«

»Ich glaube, du möchtest hierbleiben. Wenn Tom kommt, muß ich in die Stadt ziehen. Vielleicht ist es dann besser, wenn du nicht mitkommst.«

»Du kennst ja dieses ganze Gerede wegen einer Gouvernante.«

»Ja. Alles Unsinn.«

»Nicht unbedingt. Ich mag nicht ungebildet sein. Wenn du eine Rolle bekommst, sollte ich womöglich wirklich besser hierbleiben.«

»Ich würde mir in London eine Unterkunft besorgen oder in einem Hotel wohnen.«

»Ich besuche dich dann dort und komme zur Premiere...«

»Ach, wäre das nicht wundervoll? Vielleicht schauen wir nächstes Jahr um dieselbe Zeit auf dies alles zurück wie auf einen kurzen bösen Traum.«

Wir wanderten Arm in Arm, und die Blätter raschelten unter unseren Füßen.

»Es ist schön im Wald«, sagte meine Mutter. »Was ist das für ein merkwürdiger Duft?«

»Das sind die Kiefern, glaube ich.«

»Ein angenehmer Geruch«, fand meine Mutter.

Es war schön, sie so guter Laune zu sehen.

Als wir ins Haus zurückkehrten, kam Tante Mabel uns in der Halle entgegen. »Wir haben die Gouvernante engagiert«, sagte sie.

Sie hieß Celia Hansen. Sie war aus Mittelengland gekommen, um sich vorzustellen, und in der darauffolgenden Woche sollte sie ihren Dienst antreten.

Die beiden Tanten waren von der Gouvernante sehr angetan. Sie war eine Frau aus gutem Hause. Sie hatte ausgezeichnete Referenzen – von einer adeligen Dame, welche, wie Celia freimütig bekannte, mit ihr befreundet war; denn es war nicht möglich, eine Empfehlung von ehemaligen Dienstherren beizubringen, da es keine ehemaligen Dienstherren gab. Celia Hansens Geschichte war nicht außergewöhnlich. Ihre Erziehung war von der Voraussetzung geprägt, daß sie es niemals nötig haben werde, ihren Lebensunterhalt selbst zu verdienen. Aber ihre Eltern waren plötzlich gestorben, und sie stand allein auf der Welt. Als die Schulden der Familie beglichen waren, blieb ihr nur ein unzulängliches Einkommen, und das Haus, in dem sie gewohnt hatte, war einem Vetter zugefallen. Sie hätte dort das Dasein einer armen Verwandten fristen können, doch als Frau von Verstand zog sie es vor, von anderen unabhängig zu leben.

»Sehr lobenswert«, meinte Tante Martha.

»Zeugt von einem starken Charakter«, echote Tante Mabel.

Beide waren mit ihr zufrieden.

Ich war sehr neugierig auf sie, und am folgenden Montagnachmittag beobachtete ich ihre Ankunft von meinem Fenster aus. Der Brougham war zum Bahnhof geschickt worden, um sie abzuholen, und das Lastfuhrwerk sollte später ihr Gepäck bringen.

Sie stieg aus dem Brougham, blieb einen Moment stehen und blickte zum Haus hinauf. Ich wollte nicht auf dem Ausguck ertappt werden und trat einen Schritt zurück, aber nicht, ohne zuvor ein längliches blasses Gesicht und braunes, zu beiden Seiten glatt zurückgekämmtes und in einem Nackenknoten zusammengefaßtes Haar erspäht zu haben. Sie war schwarz gekleidet – adrett, ohne besondere Zugeständnisse an die Mode.

Ich wußte, daß ich bald herbeigerufen würde, um ihr vorgestellt zu werden, und wenig später war es soweit.

Ich ging ins Wohnzimmer. Sie saß auf einem der hochlehnigen Stühle, sehr aufrecht, die behandschuhten Hände im Schoß gefaltet.

Tante Martha lächelte äußerst liebenswürdig, und Tante Mabel tat es ihr gleich.

»Sarah, das ist Miss Hansen. Miss Hansen, Ihre Schülerin.«
Sie stand auf und trat auf mich zu. Sie war von durchschnittlicher Größe. Das Wort »durchschnittlich« paßte zu ihr. In diesem Augenblick schoß es mir durch den Kopf, daß es überall in England Tausende verarmter Damen jenseits der ersten Jugend gab, die alle so aussahen wie Celia Hansen.
Ich ergriff ihre ausgestreckte Hand.
»Ich freue mich, Sie kennenzulernen.« Sie hatte eine angenehm tiefe Stimme. Ich konnte verstehen, warum sie einen solchen Eindruck auf meine Tanten gemacht hatte. »Eine Dame!« wie sie anerkennend sagten.
»Ich hoffe, daß Sie in mir eine fleißige Schülerin finden und daß wir gut zusammenarbeiten«, erwiderte ich.
Sie lächelte – ein halbes Lächeln, ein Anheben der Lippen, doch die Augen blieben unbeteiligt. Es waren merkwürdige Augen: groß, hellbraun und ein wenig vorstehend, mit einem starren Blick. Später fiel mir auf, daß sie völlig ausdruckslos waren; sie verliehen Celias Gesicht einen eigentümlichen Zug, der das einzig wirklich Ungewöhnliche an ihr war. »Dessen bin ich sicher«, gab sie zurück.
»Jennings wird Ihnen Ihr Zimmer zeigen«, sagte Tante Martha, »und wenn Sie sich ausgeruht haben... oder möchten Sie sich gar nicht ausruhen?«
Miss Hansen sagte, sie wolle sich nicht ausruhen; wenn sie sich vielleicht nur die Hände waschen und sich umziehen könne, um aus ihren Reisekleidern...
Tante Martha war einverstanden. »Dann«, sagte sie, »kann Sarah in – sagen wir – einer Stunde zu Ihnen kommen? Sie wird Ihnen das Zimmer zeigen, wo Sie arbeiten werden.«
Jennings wurde herbeibefohlen, und Fräulein Hansen folgte ihr hinaus.
»Wo ist ihr Zimmer?« fragte ich, als sie die Tür hinter sich geschlossen hatte.
»Im dritten Stockwerk... am Ende des Flurs, wo das Zimmer deiner Mutter liegt. Es ist gleich neben dem Schulzimmer. Ich bin überzeugt, wir haben eine gute Wahl getroffen.«
»Sie ist zweifellos ein wohlerzogener Mensch«, sagte Mabel. »Es gibt viele wie sie... heutzutage. Sie wachsen in der Erwartung eines sor-

genfreien Daseins auf, und dann sehen sie sich gezwungen, ihren Lebensunterhalt zu verdienen...«

Tante Martha machte ein Gesicht, als beglückwünsche sie sich selbst. Ich hatte diesen Ausdruck schon früher bemerkt, wenn etwas, das sie plante, gelungen war.

Bevor ich Celia Hansen abholte, begab ich mich ins Schulzimmer. Ein schwacher Geruch von Möbelpolitur hing in der Luft. Es sah aus wie alle Schulzimmer. An einem Ende befand sich ein großes Fenster mit schweren dunkelroten Vorhängen; auf dem Marmorsims des Kamins stand eine schlichte eckige Uhr. An den Wänden waren Bibelszenen dargestellt. Moses im Dornbusch, Moses schlägt Wasser aus dem Felsen, Rachel am Brunnen, Jakobs Traum, Lots Frau blickt zurück und erstarrt zur Salzsäule. Auf der einen Seite des Zimmers das Alte, auf der anderen das Neue Testament: Die Tempelaustreibung, Jesus am Brunnen. Jesus wandelt auf dem Wasser und speist die Fünftausend.

Etliche Schränke waren da und ein langer Tisch, ziemlich verkratzt und voller Tintenflecken, mit einer Bank auf der einen Seite und einem hohen, altertümlichen Stuhl am Kopfende, vermutlich für den Lehrer. Dazu mehrere hochlehnige Stühle im Raum verstreut. Ein typisches Schulzimmer, dachte ich. Hier war Margaret unterrichtet worden, während ihre Schwestern die Schule besuchten. Ich fragte mich, wie ihre Gouvernante wohl gewesen sein mochte, und ob sie ihr vertraut hatte.

Sie war gewiß maßlos glücklich, als Edward Sanderton ins Haus kam; allerdings war ihr Glück von einem Anflug von Traurigkeit getrübt, hatte sie es doch auf Kosten ihrer Schwester errungen. Und was für einer Schwester! Ich war sicher, daß Martha als junge Frau beinahe ebenso ehrfurchtgebietend war wie heute, ein wahres Schreckgespenst für ein zartbesaitetes junges Mädchen.

Ich stellte mir vor, wie Margaret an diesem Tisch – das schöne Haar fiel ihr auf die Schultern herab – ihrer Gouvernante anvertraute, daß sie sich verliebt hatte. Ich sah ihr Gesicht ganz deutlich; blauer Chiffon fiel von den schmalen Schultern. Ich dachte an die Galerie bei Einbruch der Dunkelheit, wenn Schatten durch die hohen Fenster fielen und Margaret aus ihrem Rahmen trat, um nach ihrem Geliebten Ausschau zu halten. Ein liebliches Hirngespinst. Ich fragte mich, ob sie im Schulzimmer ebenso spukte wie in der Galerie.

Ich stand neben den wuchtigen roten Vorhängen, als ich Schritte die Treppe herauf- und den Flur entlangkommen hörte. Daß mein Herz wie wild gegen mein Mieder zu hämmern begann, kam wohl daher, weil ich gerade an Margaret gedacht hatte. Ein merkwürdiges Gefühl beschlich mich. Die Schritte waren langsam, schwerfällig, als mache das Gehen Mühe. Ich starrte zur Tür. Die Klinke bewegte sich. Die Tür schwang auf, aber niemand kam herein. Ich drückte mich instinktiv gegen die Vorhänge. Dann mußte ich über mich selbst lachen. Ellen, eines der Dienstmädchen, war hereingetreten, und sie war so langsam gegangen, weil sie eine große braune Schale mit Chrysanthemen trug. Die war sicher sehr schwer, denn sie war aus Steingut.

Als Ellen sie zum Tisch schleppte, trat ich zwischen den Vorhängen hervor. Ellen drehte sich mit einem Schrei um, und die Schale entglitt ihren Händen. Ihr Gesicht war bleich, die Augen weiteten sich vor Schreck.

»Ellen!« rief ich. »Was ist denn?«

Sie starrte mich an, und als sie mich erkannte, kehrte die Farbe in ihr Gesicht zurück, und sie wurde dunkelrot. »Ich dachte...«, stammelte sie. »Ach du liebe Güte, ich dachte, Sie sind das Gespenst, Miss Sarah.«

Ich lachte, besann mich jedoch, daß ich mich wenige Sekunden zuvor ängstlich in die Vorhänge gedrückt hatte.

»Die Köchin sagt, sie kommt vielleicht hierher... Sie hat sie nämlich schon mal im Schulzimmer gesehen... sagt die Köchin. Ich weiß nicht, Miss Sarah, aber Sie hätten sie ja sein können. Sie sehen ihr ähnlich, sagt die Köchin...«

»Das ist nicht verwunderlich«, meinte ich. »Wenn du von Miss Margaret sprichst, das war meine Tante. Komm, Ellen, wir sollten das hier lieber aufputzen!«

»Das gibt Ärger, Miss. Schauen Sie. Ich hab' die Schale kaputtgemacht.«

»Ich sage, es war meine Schuld.«

»Das wollen Sie wirklich tun, Miss? Na ja, schließlich haben *Sie* mich ja erschreckt.«

Ich legte ihr meine Hand auf die Schulter. Sie zitterte immer noch.

»Ich komm' nicht gern allein hierher«, gestand sie. »Ist ja auch 'n komischer Tag heute... So düster, als ob's 'nen Sturm gibt. Aber ich geh' immer noch lieber hierher als in die Galerie... Obwohl ich hier auch nicht gern herkomme.«

»Lauf, und hol eine Kehrschaufel«, sagte ich, »und irgendwas, um das Wasser aufzuputzen. Bring eine Vase für die Blumen mit. Die sollten wohl das Zimmer für die neue Gouvernante ein bißchen freundlicher machen.«

»Miss Martha sagte, ich soll sie hier reinstellen. Die neue Gouvernante ist eine richtige Dame, sagt sie. Viele Gouvernanten sind Damen, Miss. Die haben alle mal bessere Tage gesehen.«

»Da hast du recht. Jetzt hol die Sachen, damit wir das Zimmer schnell saubermachen und für den Empfang der Dame vorbereiten können.«

Sie ging davon, erleichtert, weil ich kein Gespenst war, und weil ich die Schuld für die zerbrochene Schale auf mich nehmen wollte.

Während ich auf sie wartete, dachte ich, wie merkwürdig es doch sei, daß die Erinnerung an Margaret nach so vielen Jahren noch fortlebte. Es war beinahe, als sei etwas Geheimnisvolles mit ihrem Tod verbunden.

Ellen war bald zurück. Während sie saubermachte, arrangierte ich die Blumen. Ich stellte sie mitten auf den Tisch. »So«, sagte ich. »Sieht das nicht freundlicher aus?«

Ellen blickte sich im Zimmer um. Ich sah ihr an, daß es für sie ein verhexter Raum war. Daran konnten auch noch so viele Blumen nichts ändern.

Celia Hansen war sichtlich bestrebt, jedermann zufriedenzustellen. Sie benahm sich so tadellos, daß ich zuweilen glaubte, sie müsse alles, was sie sagte und tat, geprobt haben. Sie bemühte sich, die Dienstboten nicht zu verstimmen, und brachte es zustande, ihnen freundlich zu begegnen, ohne vertraulich zu sein, was nicht immer einfach war. Die Stellung einer Gouvernante innerhalb eines Haushalts könne sehr heikel sein, bedeutete sie mir später. Man gehöre nicht zur Dienerschaft; andererseits könne man aufgrund des Arbeitsverhältnisses nicht erwarten, wie ein Mitglied der Familie behandelt zu werden. Sie hatte jedoch keinen Grund zur Sorge. Tante Martha war ihr aufrichtig gewogen. *Sie* hatte die Idee gehabt, eine Gouvernante einzustellen, und *sie* hatte sich für Celia Hansen entschieden. Folglich konnte es nur gut sein, daß Celia ins Haus kam. Es sprach viel für eine solche Philosophie

Allerdings war es damals, als sie Edward Sanderton ins Haus gebracht hatte, etwas anders gewesen. Aber das lag weit zurück, und es entsprach nicht Tante Marthas Naturell, lange über Mißerfolge nachzugrübeln. Mabel fand natürlich ebenfalls, daß Celia ein Gewinn für den Haushalt war; sie löste das Problem meiner Ausbildung und trat zurückhaltend und liebenswürdig auf – sie verkörperte alles, was unter diesen Umständen bewundernswert war.

Die größte Überraschung für mich war Celias gutes Verhältnis zu meiner Mutter. Sie fühlten sich zweifellos zueinander hingezogen. Celia erwies sich, was das Theater betraf, als sehr bewandert, und sie erzählte meiner Mutter, daß sie einmal die unvergeßliche Gelegenheit gehabt hatte, eine Vorstellung zu besuchen, bei der meine Mutter auftrat. Celia konnte das Stück und die Rolle meiner Mutter in allen Einzelheiten schildern. Meine Mutter war hingerissen. Ich hatte sie lange nicht so glücklich gesehen.

Ich dagegen verhielt mich reserviert. Ich war ein wenig verstimmt, weil ich in meinem Alter eine Gouvernante hatte. Die unvergleichlichen Lektionen bei Toby kamen mir wieder in den Sinn, die so vergnüglich gewesen waren. Die Erziehung durch Celia Hansen stellte keine solchen Höhenflüge in Aussicht.

Wir begegneten einander ein wenig argwöhnisch. Sie muß über dreißig gewesen sein, was mir ziemlich alt vorkam. Ich fand, manchmal sah sie älter aus, manchmal jünger. Sie war ganz anders als ich. Ich war impulsiv, dagegen hatte ich den Eindruck, daß sie ihre Worte sorgfältig abwägte, bevor sie sprach, und daß sie darauf achtete, wie ihre Äußerungen auf die Leute wirkten. Ich bildete mir ein, ihre Persönlichkeit änderte sich immer ein wenig, je nachdem, mit welchen Menschen sie zusammen war. Bei den Tanten war sie ein Musterbeispiel an Schicklichkeit; sie zeigte gerade soviel Dankbarkeit, um sie wissen zu lassen, daß sie nie vergaß, wie froh sie war, in ihrem Haus zu sein, doch nie verhehlte sie dabei die Tatsache, daß sie ebenso aufgewachsen war wie die Tanten. Nichts hätte Tante Martha mehr ergötzen können. Ich horchte die Dienstboten aus, was sie von Celia hielten. »Eine Dame... o ja, eine Dame«, sagte Ellen. »Die geht einem nicht auf die Nerven. Die Köchin sagt, manche Gouvernanten machen so'n vornehmes Getue. Je nun, vornehm ist Miss Hansen ja,... aber dabei so natürlich, falls Sie verstehen, was ich meine. O ja, die ist richtig beliebt.«

Sie war also ein Erfolg. Ich hätte sie mir weniger zurückhaltend gewünscht. Mir wäre lieber gewesen, sie wäre nicht immer so leise ins Zimmer gekommen, so daß ich sie nicht eher bemerkte, bis ich aufblickte und sie sah. Außerdem verwirrten mich ihre eigenartigen Kulleraugen. Sie hatten eine gewisse Leere, so daß man unmöglich ergründen konnte, was dahinter lag. Sie schienen nie zu lächeln. Sie paßten zu ihrem Auftreten. Dann erfuhr ich, daß sie sich vor mir fürchtete, und das änderte meine Einstellung zu ihr.

Wir saßen im Schulzimmer und lasen den »Hamlet«. Sie hatte eine Art Stundenplan ausgearbeitet, denn sie war sehr gewissenhaft. Sie sollte mich in Mathematik sowie französischer und englischer Grammatik unterrichten, und wir studierten englische Literatur. Sie unterwies mich außerdem in Handarbeit und erteilte mir eine Art Kunstunterricht, der sich im Malen mit Wasserfarben erschöpfte – meist eine Blumenvase oder eine Schale mit Früchten. Celia verstand sich ausgezeichnet auf den Umgang mit der Nadel, und sie malte viel besser als ich. Sie war hervorragend in Mathematik und löste die Aufgaben spielend, bei denen es um Züge ging, die in verschiedene Richtungen fuhren, oder darum, das Alter von Kindern zu bestimmen, wenn sie zusammen so und so alt waren und das eine um so und so viele Jahre älter war als das andere. Ich hatte solche Aufgaben immer gehaßt und mochte mich nicht mit der Geschwindigkeit von Zügen oder dem Alter nicht existierender Kinder befassen. Doch was Englisch und Französisch betraf – vor allem die Literatur –, so wäre ich eher in der Lage gewesen, Celia zu unterrichten als umgekehrt.

Das stellte sich sehr bald heraus, und es trat besonders klar zutage, als wir den »Hamlet« studierten. Ich hatte ihn immer geliebt. Ich kannte ganze Passagen auswendig. Toby und ich hatten ausgiebig darüber debattiert.

Ich vertiefte mich immer mehr in die Diskussion mit Celia, und sie war ganz offensichtlich verunsichert. Ihre Hände lagen auf dem Tisch, und ich bemerkte, daß sie zitterten. Sie verbarg sie in ihrem Schoß und schien einen Entschluß zu fassen.

»Ich bin nicht geeignet, Sie zu unterrichten«, sagte sie. »Ich hatte nur eine ganz gewöhnliche Ausbildung. Ich vermag kleineren Kindern etwas beizubringen...« Die Kulleraugen blickten mich an, ohne zu blinzeln, doch die Lippen zuckten. Sie war regelrecht verängstigt.

Sie fuhr fort: »Ich dachte, ich hätte es gut getroffen. Alles schien sich bestens zu entwickeln. Ihre Tanten waren so nett zu mir, und ich war stolz, Ihre Mutter kennenzulernen. Doch ich merke, daß Sie mich nicht für geeignet halten, Sie zu unterrichten. Sie werden gewiß mit Ihren Tanten darüber sprechen, und dann...«

Ich schwieg einen Augenblick. Ich war vom plötzlichen Einstürzen dieser ruhigen Fassade betroffen. Diese stille, zurückhaltende, ausgeglichene Dame war in Wirklichkeit eine verängstigte Frau, die in eine trostlose Zukunft blickte. Die großen Augen musterten mich, ausdruckslos wie immer.

»Können Sie sich in meine Lage versetzen?« fuhr sie fort. »Ich bin aufgewachsen in einem Haus... wie diesem hier. Es kam mir nie in den Sinn, daß sich mein Leben so verändern könnte. Es ging alles so plötzlich. Als meine Eltern starben, mußte ich sämtliche Schulden begleichen, was ich pflichtschuldigst tat, obwohl ich danach ohne einen Penny dastand. Da schien mir dies hier das einzige, was ich tun konnte. Ich las die Anzeige, ich schrieb, und Ihre Tanten waren so gütig; und alle anderen hier auch. Ich dachte, dies sei ein Übergang, und ich könnte ein paar Jahre hierbleiben und vielleicht etwas für die Zukunft ins Auge fassen. Aber ich eigne mich nicht zum Unterrichten. Ich werde etwas anderes versuchen müssen... in einem Haus mit Kindern. Das wäre wohl eher etwas für mich. Es sieht aus, als sei ich unter Vorspiegelung falscher Tatsachen hierher gekommen.«

»Hören Sie auf!« rief ich. »Sie vermuten viel zuviel. Wer sagt denn, daß ich Tante Martha erzähle, Sie seien nicht geeignet, mich in Französisch und Englisch zu unterrichten? *Ich* nicht. Das haben *Sie* unterstellt. Sicher, ich bin nach wie vor der Ansicht, daß ich zu alt für eine Gouvernante bin...«

»Das weiß ich, und deswegen lehnen Sie meine Anwesenheit ab.«

»Ich habe nichts gegen Sie persönlich. Ich wehre mich nur gegen die Vorstellung, daß ich ein Kind bin, das eine Gouvernante braucht. Ich kann verstehen, wie Ihnen zumute ist. Es hätte mir leicht genauso ergehen können. Hätten die Tanten uns nicht hierher geholt, wo würde ich jetzt wahrscheinlich versuchen, mir irgendwo meinen Lebensunterhalt zu verdienen. Daher verstehe ich Sie. Sie sind gut im Rechnen und noch besser im Handarbeiten und Zeichnen. Ich sehe nicht ein, warum Sie mich in diesen Fächern nicht unterrichten sollten. Und

Französisch machen wir eben gemeinsam, so gut es geht; im übrigen freue ich mich immer, wenn ich jemanden habe, mit dem ich über Literatur diskutieren kann. Ich sehe also nichts, was uns hindern könnte, zusammen zu lernen. Kopf hoch, Miss Hansen! Seien Sie unbesorgt! Bleiben Sie hier, bis Sie eine Möglichkeit sehen, was Sie sonst tun können! Tante Martha schätzt Sie, und ich kann Ihnen versichern, daß es eine außerordentliche Leistung ist, sich die Wertschätzung einer solchen Dame zu erobern.«

Die Lippen lächelten; die Augen kamen mir leuchtender vor, doch ihr Ausdruck blieb unverändert.

Von da an wurden wir Freundinnen. Sie war mir dankbar, weil ich sie nicht bloßgestellt hatte, und ich konnte mich eines Anflugs von Selbstgerechtigkeit nicht erwehren. Ich mochte Celia gern, so wie man Menschen mag, denen man einen Gefallen erwiesen hat.

Wir kamen also recht gut miteinander aus, und innerhalb eines Monats gehörte Celia zur Familie.

Tante Martha verfügte, daß Celia ihre Mahlzeiten mit uns einnahm, da es absurd sei, daß ihr das Essen auf einem Tablett in ihr Zimmer gebracht wurde und sie andererseits wohl kaum in die Gesindestube gehen könne. Wir nannten sie nun beim Vornamen, und sie ging mit uns zur Kirche. Die Cannon-Töchter überredeten sie, sich an Gemeindeaktivitäten zu beteiligen, und sie war ausgesprochen tüchtig. Sie bestickte ein Tablettdeckchen und fertigte Teewärmer für den Basar, bei dem sie sich sehr nützlich machte, indem sie aus der großen Teemaschine den Tee zu einem Penny die Tasse ausschenkte.

Gelegentlich spürte ich eine gewisse Beklommenheit im Haus, und dann ging ich in die Galerie und betrachtete Margarets Bildnis und die Porträts der Damen mit den Perlen.

Ich hätte gern gewußt, was nun mit den Ashington-Perlen geschehen würde. Sie waren vermutlich im Besitz meines Vaters. Sie sollten an den Sohn der Familie und von ihm an seine Frau weitergegeben werden, dann an die Frau ihres ältesten Sohnes. Aber wenn kein Sohn da war? Ich wollte mich erkundigen, was jetzt aus den Perlen wurde. Vielleicht würde Tante Mabel es mir erzählen.

Was war es nur, das mich so beunruhigte? Möglicherweise Tante Martha. Sie hatte etwas Zielstrebiges an sich, als ob sie etwas plante. Und dann meine Mutter. Sie wartete noch immer auf den Tag, da Tom Mel-

lor mit dem Stück kommen würde, das sie mit einem Mal wieder auf
die Höhe ihrer Laufbahn befördern sollte. Celias Anwesenheit hatte sie
in dieser Überzeugung bestärkt. Manchmal dachte ich, das sei gut so,
dann wiederum war ich dessen nicht so sicher. Celia unterhielt sich sehr
oft mit ihr. Sie pflegten den Tee im Zimmer meiner Mutter einzunehmen. Sie besaß einen Spirituskocher, den sie im Theater benutzt hatte,
denn sie hatte die Angewohnheit, auch zu den ausgefallensten Zeiten
eine Tasse Tee zu trinken. Meg hatte sich darüber beklagt: »Tee! Tee!
Mitten in der Nacht kriegt sie Gelüste auf 'ne Tasse Tee.« O ja, ich erinnere mich gut an diesen Spirituskocher.

Manchmal leistete ich ihnen Gesellschaft. Ich hatte meine Mutter recht
angeregt erlebt, wenn sie Celia von ihren verschiedenen Rollen erzählte
und ihr oft auch die eine oder andere vorspielte. Es war gut, sie so vergnügt zu sehen, doch hinterher verfiel sie jedesmal in Depressionen,
die nach dem kurzlebigen Überschwang besonders tief waren.

Ich fragte mich, ob Celia von der Beziehung zwischen meiner Mutter
und Everard Herringford und von der nachfolgenden Tragödie gehört
hatte. Ich fühlte ihr eines Tages auf den Zahn, als wir im Wald spazie-
rengingen.

Ich begann damit, daß ich ihr erzählte, meine Mutter sei entzückt, weil
sie sich so sehr für das Theater interessiere. Ich fragte vorsichtig: »Haben Sie etwas über ihr letztes Stück gehört?«

»Meinen Sie das, welches nur so kurze Zeit gelaufen ist?«

Sie wußte es also.

»Das war ein Jammer«, sagte sie. »Ich finde es schrecklich, daß sie
hier... Ihr großes Talent liegt brach.«

»Es war ziemlich schwer für sie...« Ich brach ab.

Celia war ein Stück vorausgegangen. Sie schien nervös. Dann drehte
sie sich zu mir um und sagte: »Ich habe in den Zeitungen darüber gelesen... über den Mann, der sich umgebracht hat... dieser Politiker. Es
muß entsetzlich für sie gewesen sein. Sie tat mir so leid.«

»Sie wußten es also.«

»Nicht genau. Es wurde in unserem Lokalblatt erwähnt, und da ich sie
auf der Bühne gesehen hatte, erinnerte ich mich an sie. Ist es wahr, daß
dieser Vorfall ihre Karriere ruiniert hat?«

»Ja, das stimmt.«

»Wie tragisch!«

»Sie waren gewiß sehr überrascht, sie hier anzutreffen. Oder haben Sie sich an den Namen erinnert...«

»Den Namen?« Ein Zucken ihrer Lippen kündete von Überraschung. »Ach so... Ashington. Ich glaube nicht, daß ich den Namen schon gehört hatte. Sie nannte sich doch Irene Rushton, nicht wahr? Nein, der Name Ashington war mir nicht bekannt, daher war es eine große Überraschung für mich, ihr hier zu begegnen. Ich konnte es zuerst gar nicht glauben.«

»Sie sind eine Wohltat für sie«, sagte ich. »Sie ist immer so umschwärmt gewesen... und es ist wunderbar für sie, eine ihrer Verehrerinnen hier zu haben.«

»Ich unterhalte mich gern mit ihr über das Theater. Es ist sehr interessant.«

Ich hatte recht gehabt. Tante Martha plante etwas. Was, das erfuhr ich von meiner Mutter. Es war Ende November, recht warm noch, aber feucht und neblig, und meine Mutter hatte wieder einmal eine jener Erkältungen, die sie immer häufiger heimsuchten.

Eines Tages blieb sie im Bett, und ich ging in ihr Zimmer, um auf dem Spirituskocher Tee zu machen. Celia war in der Kirche zu einer Besprechung über die Weihnachtsfeier für die Kinder, die zwar erst am zwanzigsten des folgenden Monats stattfinden sollte, die jedoch wochenlanger Vorbereitungen bedurfte.

Meine Mutter war deprimiert. »Ich hasse dieses Haus mit jedem Tag mehr«, sagte sie, als ich ihr den Tee reichte.

Ich setzte mich ans Bett und nippte an meiner Tasse. An der Bemerkung war nichts Außergewöhnliches. Ich hatte sie schon hundertmal gehört.

»Martha hat einen Plan«, fuhr meine Mutter fort. »Ich sage dir, Siddons, sie macht mir wirklich eine Gänsehaut.«

»Das sagst du immer.«

»Ich erinnere mich noch genau, wie ich mit deinem Vater hierher kam. Sie wollte immer wissen, ob ich schwanger sei. Wärst du ein Junge, dann wäre jetzt alles gut. Du bekämst ihre verflixten Perlen samt einer Frau, die sie dann trägt. Die beiden würden dich jetzt schon verheiraten, und dann würden sie achtgeben, daß ein Sohn heranwächst. Aber dein Vater hat sie hereingelegt. Er hat die Familie betrogen. Zwei geschei-

94

terte Ehen, und aus keiner ging ein Ashington hervor. Martha ist regelrecht besessen. Wer bekommt aber die Perlen? Wohl keiner mit dem Namen Ashington, so wie es jetzt aussieht. Es ist die reinste Komödie. Aber Martha paßt nicht in eine Komödie.« Sie reichte mir ihre Tasse, und als ich diese abgestellt hatte und ans Bett zurückgekehrt war, ergriff sie meine Hand. »Es braut sich was zusammen, Siddons. Sie hat Pläne.«

»Was für Pläne?«

»Sie betreffen mich. Das weiß ich. Sie starrt mich immer so an. Sie hat vor, deinen Vater und mich irgendwie wieder zusammenzubringen. Er muß entweder nach Hause kommen, oder ich muß zu ihm. Sie möchte uns zusammenbringen, damit wir das tun können, was sie diskret als ›unsere Pflicht‹ bezeichnet. Wir müssen einen Sohn bekommen, damit der die Perlen erben kann. Wie will sie das nur anstellen?«

»Vielleicht kommt mein Vater nach Hause.« Ich war gerührt bei diesem Gedanken. Die Ankunft in diesem Haus, wo ich mit meiner Familie bekannt gemacht wurde (wenn auch vornehmlich in einer Gemäldegalerie), hatte eine erregende Wirkung auf mich. Mehr als alles andere wünschte ich mir sehnlichst, meinen Vater kennenzulernen.

»Er würde sich niemals von seinen Schwestern Vorschriften machen lassen. Er kommt bestimmt nicht. Er ist in all den Jahren nicht hier gewesen. Warum sollte er ausgerechnet jetzt kommen? Ich glaube, Martha ist sich klargeworden, daß sie ihn nicht herbefehlen kann, und nun versucht sie, mich dorthin zu verfrachten. Das ist ihr Plan. Sie will mich loswerden.«

»Würdest du ... gehen?«

»Ich habe das Haus dort gehaßt. Noch mehr als dieses hier. Hier bin ich wenigstens nicht weit weg von London, und Tom weiß, wo er mich finden kann.«

Ich wurde von Mitleid übermannt. Sie hoffte immer noch, Tom Mellor würde mit *dem* Stück kommen. Sie war dünn geworden, ungewöhnlich dünn; und der einst so reizvolle natürliche Perlschimmer ihrer Haut war nun künstlich aufgebessert und sah längst nicht mehr so makellos aus wie früher.

»Hat sie dir vorgeschlagen, daß du gehen sollst?« fragte ich.

»Angedeutet. Wir sollten ein, wie sie es nennt, normales Eheleben führen. Sie will einen Ashington-Erben, koste es, was es wolle. Sie vergißt, daß selbst eine Begegnung zwischen deinem Vater und mir ihre Pläne nicht weiterbringt. Man kann ein Pferd zur Tränke führen, aber man kann es nicht zum Saufen zwingen.«

»Nun gut, du gehst nicht nach Ceylon, und er kommt nicht nach England – also kann Tante Martha nichts machen.«

»Manchmal, wenn sie mich so ansieht, denke ich, sie fragt sich womöglich, ob man mich nicht auf irgendeine Art verschwinden lassen kann.«

»Verschwinden?«

»Wie vom Erdboden verschluckt.«

»Du übertreibst wieder mal.«

Sie sah mich ernsthaft an. »Nein, Siddons. Ich bin ein Hindernis, und Martha duldet keine Hindernisse. Wenn welche auftreten, so findet sie einen Weg, sie zu beseitigen.«

»Ich weiß nicht, wie du das meinst.«

»Ich mag dieses Haus nicht. Manchmal glaube ich, ich werde irgendwie gewarnt. Es ist unheimlich. Spürst du das nicht?«

»Das kommt von dem vielen Gerede über Gespenster. Margaret in der Galerie und dergleichen.«

»Auch die Gedanken der Menschen können einem so ein Gefühl vermitteln. Wenn jemand etwas im Schilde führt...«

»Du hast zuviel Theater gespielt. Das gerät bei dir mit der Wirklichkeit durcheinander.«

»Tatsache bleibt«, sagte meine Mutter, »wenn ich aus dem Weg wäre, so könnte dein Vater wieder heiraten, stimmt's? Vielleicht wäre ihm dann ein Sohn beschieden.«

»Rede nicht solchen Unsinn! Du bist nicht im Weg, wie du es nennst. Zudem hast du mich, und ich kann auf dich aufpassen, oder?«

Sie lächelte mich zärtlich an. »Liebe Siddons. Du bist mein Trost. Ich kann dir gar nicht sagen, welche Erleichterung es ist, daß du bei mir bist hier in diesem seltsamen Haus voller Schatten.«

Ich stand auf und goß frischen Tee ein; ich wollte verhindern, daß sie rührselig wurde, aber gleichzeitig hatte ich ein unbehagliches Gefühl. Es *war* etwas im Haus, etwas Unheimliches, Warnendes.

Weihnachten rückte näher, und auf meinen Vorschlag hin schmückten wir das Haus mit Stechpalmenzweigen und Efeu. Ich war neugierig, wie das Weihnachtsfest in Ashington Grange verlaufen würde. So war mir neu, daß es seit Jahren Sitte war, jede Familie im Dorf mit zwei Decken und einer Gans zu beschenken. Man belehrte mich, daß wir am Heiligen Abend der Mitternachtsmette und am Weihnachtsmorgen einem weiteren Gottesdienst beiwohnen würden, daß die Sternsinger uns am Heiligen Abend besuchen und die Pfarrersfamilie sowie der Arzt mit seiner Frau am Weihnachtsabend zu uns zum Essen kommen würden. Das Mittagsmahl wurde um zwölf Uhr serviert, damit die Dienstboten am Nachmittag frei hatten. Ich nahm an, daß die Weihnachtsfeste seit Jahren so verlaufen waren.

Celia und ich ritten neuerdings hin und wieder zusammen aus. Die Tanten hatten ihr großzügig gestattet, eines der Pferde aus den Stallungen zu benutzen, was bewies, welch hohe Meinung sie von ihr hatten. Ich war schon immer gern geritten, und es war angenehm, eine Gefährtin zu haben. Wir schmückten die Kirche für Weihnachten, ebenso unsere Halle, wo das Fest für die Kinder stattfand. Es wurde sehr kalt, und die Cannon-Töchter hofften auf eine weiße Weihnacht. Im Vorjahr waren sie auf den Teichen Schlittschuh gelaufen, erzählten sie uns.

Meine Mutter wurde noch gereizter; sie sprach von früheren Weihnachtsfesten und erwähnte bitter jenes eine, als Tom sie überredet hatte, in einer Pantomime aufzutreten. Das war ein großer Fehler gewesen.

Der Schnee ließ bis zum Dreikönigsfest auf sich warten; es wehte ein starker Ostwind, und es war bitterkalt. Meine Mutter hatte Frostwetter immer gehaßt, und sie bekam wieder eine Erkältung. Celia und ich redeten ihr zu, im Bett zu bleiben, was sie nur zu bereitwillig tat.

Von ihrer Erkältung blieb ein Husten zurück, der den ganzen Januar hindurch anhielt. Schnee war gefallen, und die Landschaft lag unter einer weißen Decke. Der Wald war wie verzaubert und sah wie ein Ort aus Grimms Märchen aus. Ich zog schwere Stiefel an und unternahm lange Spaziergänge. Celia kam mit. Es machte uns Spaß, im Gasthaus Zum Förster einzukehren, wo wir heiße Pastete aßen und einen Krug Apfelmost tranken.

Ich erinnere mich noch gut an den Tag, als Celia über meine Mutter sprach. Sie machte ein sehr ernstes Gesicht, als sie sagte: »Ich glaube, sie ist kränker als Sie ahnen. Sie bekommt schon wieder eine Erkältung, so kurz nach der letzten.«

»Sie neigt eben zu diesen schlimmen Erkältungen«, gab ich zurück.

»Sie ist hier so unglücklich«, erwiderte Celia.

»In London war sie auch unglücklich. Nach der Tragödie ging alles schief. Hätte sie weiterspielen können, so wäre sie vielleicht genesen.« Celia nickte. »Meinen Sie nicht, daß sie einen Arzt braucht?«

»Sie will keinen. Ich denke, wir sollten noch eine Weile warten. Sie hat ja nur eine Erkältung.«

»Sie müssen es am besten wissen«, sagte Celia.

Sie war nachdenklicher als sonst, als wir zum Haus zurückkehrten. Ich dachte, wie gut sie doch war, denn es bestand kein Zweifel, daß sie zutiefst um meine Mutter besorgt war. Ich war ihr dankbar; denn ich mied meine Mutter immer häufiger, wenn Celia bei ihr war. »Meiden« mag ein merkwürdiges Wort sein, doch ich muß gestehen, daß ich ihrer ständigen Sehnsucht nach der Vergangenheit und ihrer Unfähigkeit, das Beste aus der Gegenwart zu machen, ein wenig überdrüssig war. Ich fand ihre Gesellschaft von Mal zu Mal bedrückender und stellte erleichtert fest, daß Celia sie besser zu trösten vermochte als ich. Celia bewunderte sie aufrichtig und brachte ihr ein wenig von der Verehrung entgegen, nach der sie sich so verzehrte. So konnte ich mich guten Gewissens in die Bibliothek begeben und stundenlang lesen; und manchmal ging ich mit einem Buch in die Galerie. Ich weilte gern hier inmitten meiner Vorfahren; ich betrachtete die gemalten Perlen und dachte mir Geschichten dazu aus. Diese Stunden in der Galerie verschafften mir eine gewisse Befriedigung. Wir waren eine abenteuerliche Familie – allen voran mein Vater und meine geheimnisvolle Halbschwester, die ich nie gesehen hatte.

Es war der letzte Tag im Januar. Noch lange danach blieb mir folgende Begebenheit im Gedächtnis haften. Meiner Mutter ging es nicht besser, und auf Celias Rat hatte ich veranlaßt, den Arzt zu holen. Doktor Berryman, ein Freund der Familie, der mit seiner Gattin häufig bei uns zu Gast war, stellte eine leichte Bronchitis fest und sagte, meine Mutter solle das Bett hüten. Sie müsse endlich von dem hartnäckigen Husten genesen.

»Bleiben Sie im Bett, bis der Husten vorüber ist«, lautete sein Rat. »Und halten Sie sich vor allem warm.« Er blickte auf das Feuer, das Ellen entfacht hatte, und nickte beifällig.

Tante Martha sagte: »Das Kreuz mit ihr ist, daß sie sich selbst über-

haupt keine Mühe gibt. Bringt sie ans Rampenlicht, und sie tanzt vor
Freude und vergißt die ganze Krankheit.«
Das war nicht ganz von der Hand zu weisen, doch zuerst mußte meine
Mutter von ihrer Bronchitis genesen.
Am nächsten Morgen traf ein Brief von meinem Vater ein, und Tante
Martha rief mich mit ernster Miene ins Wohnzimmer, um mit mir
über das Schreiben zu sprechen.
»Eine große Enttäuschung«, sagte sie. »Er kommt nicht nach Hause.
Dabei wäre das höchst wünschenswert. Möglicherweise käme es zu ei-
ner Versöhnung.«
»Aber Tante Martha, das ist doch viel zu lange her! Man kann nicht
nach fünfzehn Jahren eine Versöhnung erreichen, nur weil sie gelegen
erscheint.«
»Ich bin sicher, sie ließe sich bewerkstelligen«, sagte Tante Martha,
womit sie andeutete, daß für sie alles möglich war. »Wenn wir ihn nur
veranlassen könnten, nach Hause zu kommen!«
»Das würde für die beiden auch nichts ändern«, gab ich zu bedenken.
Tante Marthas Lippen waren fest zusammengekniffen. Es mußte sie
arg verdrießen, dachte ich, genau zu wissen, was zu geschehen hätte
und dann zu erfahren, daß all ihre Anstrengungen vergeblich waren.
Und angesichts der Tatsache, daß es dabei hauptsächlich um zwei Rei-
hen Perlen ging, hätte ich am liebsten laut darüber gelacht, daß der
Stolz die Menschen zu solchen Absurditäten führt.
»Er äußert seine Freude darüber, daß du hier in unserer Obhut bist«,
fuhr sie fort. »Ich habe ihm mitgeteilt, daß er nach Hause kommen
sollte, um dich kennenzulernen.«
»Hat er wirklich geschrieben, er freue sich, daß ich hier bin?«
»O ja. Er weiß, daß du gut aufgehoben bist. Er hat dir auch geschrieben.
Hier ist der Brief.«
Ich nahm ihn ihr begierig aus der Hand. Ich konnte es kaum erwarten,
ihn zu lesen, wollte es aber nicht unter Tante Marthas Augen tun. Mich
durchfuhr der Gedanke, daß sie den Brief vielleicht über Dampf geöffnet und gelesen haben könnte, da er mir nicht sogleich ausgehändigt
wurde. Doch ich war nicht sicher. Für manche Menschen bedeutet
Rechtschaffenheit eine Eigenschaft, an der es strikt festzuhalten gilt;
doch ein Mensch mit festen Absichten kann den Kodex ein wenig für
seine Zwecke zurechtbiegen. Ich machte mir allmählich meine eigenen

Gedanken über Tante Martha, Gedanken, die mir der Widerwille meiner Mutter, der sich beinahe zur Angst gesteigert hatte, in den Kopf setzte.

Endlich konnte ich entwischen, und ich begab mich mit dem Brief in mein Zimmer. Meine Hände zitterten, als ich ihn öffnete. Er war in einer großen, zügigen Handschrift geschrieben, die nicht ganz einfach zu entziffern war.

Meine liebe Tochter Sarah,

es ist mir ein großes Vergnügen, Dir endlich zu schreiben. Ich bezweifle, daß Du Dich an mich erinnerst. Ich erinnere mich jedenfalls lebhaft an Dich. Es brach mir das Herz, als Deine Mutter Dich mit fort nahm. Doch es ist nun mal geschehen, und da sie sich an das Leben hier nicht gewöhnen konnte, tat sie vielleicht recht daran, es aufzugeben. Ich habe von meinen Schwestern erfahren, daß Du jetzt bei ihnen lebst – und Deine Mutter auch. Ich bin sicher, daß Du in Ashington Grange glücklich wirst. Schließlich ist es der Sitz der Familie. Ich pflanze hier Tee. Das ist eine Arbeit, die ständiger Aufsicht bedarf. Deswegen bin ich hier unabkömmlich. Deine Tanten wünschen, daß ich zurückkehre, doch das ist gerade jetzt unmöglich. Vielleicht kommst Du mich eines Tages besuchen. In der Zwischenzeit würde ich mich freuen, von Dir zu hören, Sarah. Schreib mir und laß mich wissen, daß Dir Dein Vater nicht ganz gleichgültig ist!

Ralph Ashington

Ich war erregt. Ich war kein vaterloses Kind mehr. Ich wollte ihm schreiben, damit wir uns durch unsere Briefe kennenlernen konnten. Ich wollte mich auch nach meiner Halbschwester erkundigen.

Als ich mit dem Brief in der Hand dasaß, klopfte es an die Tür, und Tante Martha kam herein. Ihre stechenden Augen musterten mich eindringlich.

»Nun?« sagte sie.

Ich spürte, wie mir die Röte in die Wangen schoß. Ich wollte ihr den Brief meines Vaters nicht zeigen. Im übrigen hegte ich nach wie vor den Verdacht, daß sie ihn bereits gelesen hatte.

»Er hat dir also endlich geschrieben«, sagte sie. »Das hätte er schon früher tun können.«

»Es ist ein ausgesprochen liebenswürdiger Brief.«

Sie stieß ein schrilles, höhnisches Lachen aus. »Man darf wohl noch erwarten, daß ein Vater sich seiner Tochter gegenüber liebenswürdig zeigt. Er sollte nach Hause kommen. Wie oft habe ich ihm das schon nahegelegt!«

»Er hat die Plantage.«

»Er sollte ein normales Leben führen.«

»Tante Martha, ich mache mir Sorgen um meine Mutter.«

»Ich glaube, da brauchst du nicht allzu besorgt zu sein. Deine Mutter ist eine Frau, die ihr schlechtes Befinden genießt.«

»Das glaube ich nicht. Sie hätten sie sehen sollen, als sie noch gearbeitet hat. Sie war immer so munter. Krank zu sein, war das letzte, was sie sich wünschte.«

»Das meine ich ja. Dort stand sie im Brennpunkt der Aufmerksamkeit, hier aber muß sie die Aufmerksamkeit auf sich lenken, und das tut sie, indem sie dafür sorgt, daß alle um sie herumtanzen.«

»Sie hat einen schlimmen Husten.«

»Frische Luft würde ihr guttun. Es ist unfaßbar, daß Ralph nicht nach Hause kommt.«

Ich fand, mit den zusammengekniffenen Lippen sah sie aus wie eine dieser mächtigen Frauen aus alter Zeit. Boadicea reitet den Römern entgegen, Elizabeth in Tilbury; Frauen, die sagen: »Es sei!« und dafür sorgen, daß es so ist.

»Vielleicht kommt er eines Tages«, sagte ich.

Tante Martha schüttelte den Kopf. »Ich kenne ihn. Ich kann aus seinen Briefen einiges herauslesen. Er will nicht zurückkommen, das wäre zu kompliziert. Er würde dann deine Mutter wiedersehen und müßte zu einer Entscheidung gelangen. Es war deinem Vater immer zuwider, Entscheidungen zu treffen. Er hat sich stets treiben lassen.« Ihr Blick wurde zornig. »Alles treibt dahin, bis es zu spät ist.«

»Zu spät wofür, Tante Martha?« fragte ich.

Sie antwortete nicht, sondern schüttelte unwillig den Kopf.

»Ich glaube wirklich, meine Mutter ist kränker, als wir ahnen«, sagte ich ernst. »Sie hat sich in letzter Zeit sehr verändert.«

Darauf äußerte Tante Martha etwas Sonderbares, was ich erst später als Hinweis darauf erkannte, in welcher Richtung sich ihre Gedanken bewegten: »Knarrende Türen halten am längsten.«

Ich hatte danach den Eindruck, sie dachte, wenn meine Mutter stirbt, kann mein Vater wieder heiraten und vielleicht einen Sohn bekommen. Ich verwarf diesen Gedanken aber sogleich. Es war unmöglich, die Vorstellung zu ertragen, daß meine Mutter... tot sein könnte.

Beim Abendessen sprachen wir – die Tanten, Celia und ich – über das Wetter, das wenig Hoffnung auf eine Besserung erlaubte, und über die Auswirkungen dieser Witterung; wir unterhielten uns über den Hilfsgeistlichen, der bald eintreffen sollte, um den Pfarrer zu entlasten, und bei dieser Vorstellung zog Tante Martha belustigt die Nase kraus.

»Die Cannon-Mädchen sind schon ganz aus dem Häuschen«, bemerkte sie. »Wer weiß, vielleicht gelingt es einer von ihnen, ihn zu erobern. Ein Hilfsgeistlicher. Kein großer Fang. Aber was können sich diese armen Dinger schon erhoffen?«

»Es dürfte interessant werden, den Wettstreit zu beobachten«, flocht Mabel ein.

Celia schwieg dazu mit niedergeschlagenen Augen. Ich fragte mich, ob sie je ans Heiraten gedacht hatte und wie sie sich wohl verhalten würde, wenn sich ihr die Gelegenheit böte.

Hin und wieder sprach sie ganz freimütig über sich. So erfuhr ich von dem Haus auf dem Land – einem Herrschaftshaus ähnlich Ashington Grange –, von ihrem Vater, der bei einem Jagdunfall ums Leben kam, von der Mutter, die bald darauf starb, und von dem Vetter, der den Besitz erbte. Von ihm sprach sie allerdings selten; vermutlich war ihr das Thema peinlich. Sie schilderte mir ihre Gouvernante, die sie mit nach London genommen hatte, damit sie meine Mutter auf der Bühne sehen konnte. Sie beschrieb diese Gouvernante liebevoll; offenbar war sie ihre beste Freundin gewesen. Man durfte Celia aber nicht zu sehr bedrängen, daher mußte ich warten, bis sie mir dies alles von selbst erzählte.

Tante Martha sagte plötzlich: »Und wie geht es unserer Kranken?« Sie hatte sich in den letzten Tagen angewöhnt, meine Mutter als »unsere Kranke« zu bezeichnen.

»Es geht ihr ein bißchen besser«, erwiderte ich.

»Aber offensichtlich nicht gut genug, um uns bei Tisch Gesellschaft zu leisten«, meinte Mabel.

»Nein, sie ist noch schwach. Dieser Anfall hat sie sehr mitgenommen.«

»Ich lasse ihr zum Essen ein Glas von meinem Holunderwein hinauf-schicken«, verkündete Tante Martha. »Wer trägt das Tablett nach oben?«

»Ich«, antwortete Celia. »Oder möchten Sie es ihr bringen, Sarah?«

»Sie hat es aber gern, wenn Sie das machen und sich mit ihr übers Theater unterhalten, während sie ißt«, erwiderte ich.

»Der Wein ist in diesem Jahr sehr gut, Martha«, meinte Mabel. »Kräf-tiger als sonst. Er macht mich ziemlich schläfrig.«

»Es wird unserer Kranken guttun«, entgegnete Tante Martha.

Celia brachte meiner Mutter das Tablett hinauf; ich ging zu ihr hinein, während sie aß, und wir drei unterhielten uns. Ich hatte meiner Mutter noch nicht erzählt, daß mir mein Vater geschrieben hatte, weil ich fürchtete, das könne sie aufregen.

Sie schlief bald ein; wir nahmen das Tablett und gingen hinaus.

Am nächsten Morgen fühlte sie sich gar nicht wohl. Der Husten war schlimmer geworden, und sie hatte leichtes Fieber. Der Arzt kam und empfahl, sie unbedingt warm zu halten. Wir sollten sie auf Kissen stüt-zen, um ihr das Atmen zu erleichtern; er verschrieb eine Hustenmix-tur, die Celia besorgte, und im Laufe des Nachmittags trat eine merkli-che Besserung ein. Meine Mutter schlief sehr lange, doch am nächsten Morgen hatte sich ihr Zustand wieder verschlechtert, und das Fieber war gestiegen.

Celia war äußerst besorgt und meinte, wir dürften sie nicht allzu lange allein lassen, daher blieben wir abwechselnd bei ihr.

Als ich mit ihr allein war, schlug sie plötzlich die Augen auf und blickte mich ziemlich benommen an.

»Bist du's, Siddons?« fragte sie. »Ich hab' schreckliche Angst.«

»Ist doch gut«, besänftigte ich sie, »ich bin ja bei dir. Du brauchst keine Angst zu haben.«

»Da *ist* was ... jemand ... in der Nacht. Es war da ... Ich hab's gesehen. Es war ... unnatürlich. Ich machte die Augen auf ... Es war nicht ganz dunkel. Der Mond schien herein ... Ich hab's gesehen. Es war am Bett. Es hat mich beobachtet ... Eine graue Gestalt. Dann ist es wegge-schwebt ... verblaßt. Es war kalt ... so kalt ...«

»Das war ein Traum«, sagte ich.

Sie nickte. »Ja, ein Traum ... Wie in der Szene damals in ›Das Gespenst im Ostflügel‹. Erinnerst du dich, Siddons? Ich spielte die Dame des

Hauses, und das Gespenst war in Wirklichkeit jemand, der mich ermorden wollte.«

Ich strich ihr das Haar aus der Stirn.

»Du hast nur von früher geträumt«, sagte ich. »Hier sind keine Gespenster. Ich bin nicht weit weg, und Celia ist gleich gegenüber am Flur.«

»Celia ist ein liebes Mädchen«, murmelte sie. »Ja, ich bin froh, daß sie in der Nähe ist. Siddons, ich kann Martha nicht leiden. Ich habe Angst vor ihr. Ich habe das Gefühl, sie will mich aus dem Weg räumen.«

»Das bildest du dir ein. Celia bringt dir gleich eine leckere Hafergrütze, und eine von uns bleibt bei dir. Du brauchst nur Ruhe und Wärme, und dann bist du im Nu wieder gesund.«

Sie aß ihre Grütze und schlief bald ein. Am Morgen kam der Arzt, und ich erzählte ihm von dem Traum oder was immer das gewesen war.

»Das kommt vom Fieber«, erklärte er. »Sie hat viel zu hohe Temperatur. Sie müssen sie nur warm halten, und mit kräftiger Kost ist sie in ungefähr einer Woche wieder auf den Beinen. Sie war zu oft erkältet, und diesmal ist es besonders schlimm.«

Celia ging an diesem Nachmittag eine neue Arznei holen, und als sie zurückkam, teilte sie uns mit, der Doktor habe angeordnet, meine Mutter müsse am Abend als letztes eine Dosis von dieser Medizin erhalten, weil sie darauf besser schlafen könne, und weil sie mehr als alles andere einen ruhigen Schlaf benötige.

Ich war sehr beunruhigt. Meine Mutter war so verändert – sie hatte etwas Wildes im Blick... Furcht. Sie hatte wirklich Angst. Diese graue Gestalt in ihrem Zimmer mochte zwar ein Hirngespinst sein, aber die Erscheinung hatte ihren Ursprung in der Furcht. Die Gespenstergeschichten, die man sich hier wie in allen alten Häusern erzählte, hatten sich wohl in ihrem Kopf festgesetzt und waren in dieser Version wieder zum Vorschein gekommen. Ihre Angst war echt. Wenn ich bedachte, welch ein lebensprühendes Geschöpf meine Mutter einst gewesen war, so befiel mich eine tiefe Niedergeschlagenheit.

Ich konnte in dieser Nacht nicht schlafen. Ich wünschte, mein Zimmer wäre auf ihrem Flur gelegen. Allerdings war Celia dort, und sie hatte versprochen, sie im Auge zu behalten. Das war ein Trost. Ich nahm mir aber vor, wenn keine Besserung eintreten sollte, im Zimmer meiner Mutter zu schlafen.

So lag ich denn wach. Das Mondlicht war so hell, daß man die Umrisse der Möbel in meinem Zimmer erkennen konnte, und da ich nicht schlafen konnte, schweiften meine Gedanken in die Vergangenheit, zu den Aufregungen des Theaterlebens und zu Toby, wie er mich ins Café Royal führte, wo wir meiner Mutter mit einem ihrer zahllosen Verehrer begegneten. Welch ein Unterschied zu der bedauernswerten, trübsinnigen Frau da oben im Bett! Wer hätte je geglaubt, daß jemand sich so verändern konnte. Veränderungen überall! Everard, der vornehme, geachtete, stattliche Everard: tot durch eigene Hand. Meine Mutter, die schöne, begehrte Schauspielerin: eine verängstigte Frau, auf die Verwandten ihres Ehemannes angewiesen. Welch grausame Wende! Und Veränderungen auch bei mir: Ich lebte hier im Haus meiner Vorfahren, und mein Vater war durch einen Brief zu einer lebendigen Person geworden; wir konnten uns schreiben und uns kennenlernen. Vielleicht durfte ich ihn eines Tages sehen. Er würde herkommen, oder ich würde ihn auf dieser Teeplantage besuchen...

Plötzlich ein Geräusch über mir! Wirklich? Oder hatte ich es mir nur eingebildet? In alten Häusern knarrten die Dielen zuweilen beängstigend. Ich setzte mich im Bett auf und horchte. Stille. Ich konnte mein Herz klopfen hören. Schlaf doch endlich, redete ich mir beschwichtigend zu. Deine Phantasie geht wieder mal mit dir durch.

Ich lag still da und lauschte. Ein Geräusch, ja, ein undefinierbares Geräusch... Und da oben schlief meine Mutter.

Ich stieg aus dem Bett und zog Hausschuhe und Morgenmantel an. Dann öffnete ich meine Tür und horchte. Konnte das wirklich das Geräusch vorsichtig tappender Schritte sein?

Ich blickte auf die Uhr neben dem Bett. Die Zeiger waren schwach zu erkennen: halb drei. Ich mußte geschlafen haben, ohne es zu merken. Leise schloß ich die Tür und eilte nach oben. Ich hatte keine Kerze mitgenommen, doch das Licht reichte aus, um mir den Weg zu weisen, den ich ohnehin gut kannte.

Als ich den Flur erreichte, war mir, als schließe sich die Tür zum Schulzimmer. Die Schulzimmertür! Mir fiel ein, wie Ellen die Blumenvase hatte fallen lassen. Die Dienstboten fürchteten das Schulzimmer fast ebenso wie die Galerie.

Ich ging schnell zum Zimmer meiner Mutter, und als ich die Tür öffnete, schlug mir ein kalter Windstoß so heftig ins Gesicht, daß mir der

Atem stockte. Das Fenster stand weit offen, und der Wind traf mich messerscharf; das Feuer war erloschen, und auf der Kaminplatte waren verräterische Wassertropfen zu sehen.

Meine Mutter lag auf dem Bett, sämtliche Zudecken waren zurückgeschlagen. Sie war eiskalt. Ich rannte zum Fenster und machte es zu. Ich zog die Bettdecken hoch und breitete sie über meine Mutter. Ihre Haut fühlte sich kalt an wie bei einer Leiche. Sie schlug die Augen auf und fragte: »Wo bin ich?«

»Es ist alles gut«, erwiderte ich. »Ich bin bei dir.«

Jemand war an der Tür. Sie ging langsam auf, und es überlief mich eisig. In diesem Bruchteil einer Sekunde war ich vor Angst wie gelähmt. Mein Verstand war betäubt, und ich vermochte mir nicht auszudenken, welches Grauen auf mich zukam.

Ich atmete erleichtert auf. Da stand Celia, die Füße in Pantoffeln, einen Morgenmantel offenbar hastig übergeworfen.

»Sarah?« fragte sie erstaunt.

»Schauen Sie«, rief ich, »was ich hier vorgefunden habe!«

Celia schauderte und starrte mich verständnislos an.

»Das Fenster war weit offen«, sagte ich, »die Bettdecken weggezogen. Ich glaube, sogar das Feuer ist ausgelöscht worden.«

Sie konnte mich nur ungläubig anstarren. Dann sagte sie: »Wir müssen etwas tun. Decken Sie sie gut zu! Nehmen Sie den Fellteppich! Sie muß ganz schnell warm werden. Wir brauchen Wärmflaschen. Ich hole sie aus der Küche. Machen Sie Feuer! O Sarah, wir müssen sie wärmen!«

Sie lief zu einem Schrank im Flur, in dem Wolldecken aufbewahrt wurden. Sie warf sie mir zu, und ich breitete sie über meine Mutter. Ich hielt sie in meinen Armen, und als ich sie mit meinem Körper wärmte, ließ ihr Zittern nach. Dann versuchte ich, das Feuer anzuschüren, doch es war zu weit niedergebrannt. Deshalb warf ich Holz und Kohle darauf und fachte es neu an. Celia kam zurück und packte die Wärmflaschen ins Bett.

Innerhalb von einer halben Stunde war die Temperatur im Zimmer gestiegen, und wir nahmen den Fellteppich vom Bett; meine Mutter war jetzt warm. Sie murmelte im Schlaf.

Ich versuchte zu verstehen, was sie sagte. »Kalt«, hörte ich. »Hart wie Stein ... kalt wie der Tod ...« Ich hielt es für eine Zeile aus einem Theaterstück.

Celias Gesicht sah ganz verfroren aus und meines gewiß auch.

»Ich habe fast kein Gefühl mehr in den Händen«, sagte ich.

»Ich auch nicht.«

»Glauben Sie, ihr geht's jetzt wieder gut?«

»Sie schläft ganz ruhig.«

»Celia... was hat das zu bedeuten?«

»Darüber versuche ich gerade nachzudenken. Soll ich auf dem Spirituskocher Tee machen? Wir brauchen etwas, um uns aufzuwärmen.«

Wir wußten, daß keine von uns Schlaf finden würde, deshalb schien
ihr Vorschlag vernünftig. Sie bereitete den Tee, und wir wickelten uns
in Decken und gingen ins Schulzimmer, um ihn dort zu trinken.

»Celia«, sagte ich. »Das hat jemand mit Absicht getan. Warum?«

Ich sagte nicht »Tante Martha«, aber sie war es, an die ich dachte. Tante
Martha wollte meine Mutter aus dem Weg haben. Hatte sie auch Margaret umgebracht, ihre Schwester, die ihr den Liebhaber weggenommen hatte? Ich konnte mir vorstellen, wie sie sich vor Gott rechtfer-
tigte. Es ist das beste, wenn dieses unnütze Weib stirbt, damit Ralph
wieder heiraten und einen Erben bekommen kann. Und wie argumen-
tierte sie, als es um Margaret ging? Ich werde ihm eine bessere Frau
sein als sie. Es geht um eine gerechte Sache.

Nein, das war lächerlich! Tante Martha, die jeden Sonntag in der Kirche
auf der Familienbank Platz nahm, die mit ihrer tiefen männlichen
Stimme in die Litaneien einstimmte und inbrünstig die Choräle sang:
»Vorwärts, ihr Streiter Christi!« Ja, Tante Martha focht einen Kampf
für das Wohl der Menschheit im allgemeinen und für die Ashingtons
im besonderen. Sie mußte wahnsinnig sein.

Ja, in dieser Nacht lag Wahnsinn über dem Haus.

Celia sagte: »Gottlob sind Sie rechtzeitig hier gewesen. Warum sind
Sie gekommen?«

»Ich konnte nicht schlafen. Vielleicht war es eine Art Instinkt. Dann
glaubte ich, Geräusche zu hören. Deshalb kam ich, um nachzusehen.«

»Gottlob«, murmelte Celia abermals leise. »Wenn das länger gedauert
hätte... das Fenster weit offen, und der scharfe kalte Wind... das wäre
ihr Ende gewesen.«

»Es ist Mord!« schrie ich. »Das ist genauso schlimm, wie jemanden mit
einem Gewehr zu erschießen oder ihm ein Messer ins Herz zu stoßen.«

»Mord!« Celia setzte ihre Tasse ab und starrte mich an. »Sarah, wie soll ich das verstehen?«

»Irgendwer hat das Fenster geöffnet... Irgendwer hat das Feuer gelöscht... Irgendwer hat sie aufgedeckt.«

»Irgendwer... ja«, flüsterte Celia.

»Als ich die Treppe heraufkam, habe ich, glaube ich, gesehen, wie die Tür zum Schulzimmer zuging. Wer immer es war, er muß sich hier versteckt haben... Und dann... ist er fortgeschlichen. Ich hätte gleich nachsehen sollen. Doch mein erster Gedanke galt meiner Mutter, und als mir klar wurde, was sich da abspielte...«

Celia sah mich fassungslos an.

»Sarah, aber was... warum... wer hätte...?«

Ich sagte beinahe flüsternd: »Meine Tante...«

»Ihre Tante?« Celias Stimme überschlug sich in ungläubigem Staunen. »O nein, Sarah, das kann nicht Ihr Ernst sein. Es war sicher Ihre Mutter! Sie hat es selbst getan.«

»Aber warum... warum...? Sie zitterte vor Kälte.«

»Es war das Fieber. Stellen Sie sich vor, wie sie aufwacht. Ihr ist glühend heiß. Sie wirft die Bettdecken von sich... öffnet dann das Fenster und löscht vielleicht das Feuer...«

»Sie hat mir erzählt, sie hat eine Gestalt im Zimmer gesehen... Jemand war hereingeschlichen und schaute sie an. Sie hatte Angst, Celia, entsetzliche Angst.«

»Das hat sie geträumt. Es war sicher ein Hirngespinst. Sie war halb wach und halb im Schlaf und hatte hohes Fieber.«

Das überzeugte mich. Natürlich war Tante Martha nicht ins Zimmer geschlichen, um das Fenster zu öffnen und sich dann, als ich heraufkam, im Schulzimmer zu verstecken, bis sie sich unbemerkt nach unten stehlen konnte. Aber warum eigentlich nicht? Es wäre doch eine Möglichkeit gewesen, den Tod meiner Mutter auf scheinbar natürliche Weise herbeizuführen. Nein, das war Unsinn. Jeder würde sagen, daß es Unsinn war. Celias Erklärung war die einzig logische.

Sie sprach weiter über die Krankheit meiner Mutter. Sie hatte so viele Rollen gespielt und versetzte sich oft in eines ihrer Stücke. Das wußten wir. Das Dramatische lag ihr im Blut, und so war es verständlich, daß sie sich merkwürdig aufführte, wenn sie Fieber hatte. Möglicherweise hatte sie so etwas nicht zum erstenmal gemacht.

»Ich werde in Zukunft in ihrem Zimmer schlafen«, sagte ich.

»Ja, eine von uns sollte bei ihr bleiben«, erwiderte Celia.

Ich lächelte. »Sie sind uns eine gute Freundin, Celia«, sagte ich anerkennend.

»Ich bin Ihnen dankbar«, gab sie zurück. »Ich vergesse nicht, daß Sie mir über eine schwere Zeit hinweggeholfen haben. Sie dürfen gewiß sein, daß ich alles tun werde, um Ihnen und Ihrer Mutter zu helfen.«

Allerdings gab es nichts mehr, was sie hätte tun können. In dieser Nacht war das Band gerissen, das meine Mutter am Leben festhielt. Sie bekam eine Lungenentzündung, und da sie ohnehin nicht mehr bei Kräften war, bestand kaum Hoffnung, daß sie überlebte. Wenige Tage später war sie tot. Sie wurde in jenem Teil des Friedhofs, der den Ashingtons vorbehalten war, zur letzten Ruhe gebettet. Ihr Grab lag neben dem von Margaret.

Wie traurig war das Haus ohne meine Mutter! Ich machte mir Vorwürfe, weil ich so ungeduldig mit ihr war, wenn sie der Vergangenheit nachhing und jammernd in die Zukunft blickte. In meiner Erinnerung blieb sie die erfolgreiche Schauspielerin, die ein fröhliches und glanzvolles Leben geführt hatte.

Veränderungen! Zuerst ist es nur eine einzelne Begebenheit, dann kommt noch eine dazu, und binnen kurzem hat sich das ganze Bild gewandelt. Keine Menschenseele aus meiner Vergangenheit war mir geblieben. Meg und Janet hatten uns Weihnachten eine Karte geschickt und uns mitgeteilt, daß ihr Unternehmen prächtig gedeihe. »Sie wollen uns nur beweisen, wie gut sie ohne mich auskommen«, hatte meine Mutter gesagt. »Arme Meg, ich bin sicher, daß sie das Theater vermißt.«

Ich bezweifelte, daß ich je wieder von ihnen hören würde. Ein seltsames Gefühl der Verlassenheit überkam mich. Am meisten fehlte mir aber Toby. Doch ich war jung. Im November würde ich neunzehn, und ein neues Leben lag vor mir.

Keine der Tanten trauerte sonderlich um meine Mutter. Sie taten alles, was sie unter diesen Umständen für richtig und schicklich hielten, und damit war die Sache abgetan. Tante Martha, das muß ich erwähnen, hatte etwas von dem Gebaren eines Generals, der die erste Schlacht gewonnen hat und sich für die nächste rüstet. Doch wenn ich mit ihr zusammen war, dachte ich, wie unsinnig mein Verdacht und um wie vieles vernünftiger Celias Erklärung der Geschehnisse gewesen war.

Celia und ich ritten zusammen aus und gingen spazieren. Wir besuchten die Kirche; wir absolvierten unsere Schulstunden, und allmählich beherrschte ich sogar die Mathematik, allerdings mehr Celias wegen als aus Interesse, da ich meiner Lehrerin das Gefühl geben wollte, daß sie gebraucht wurde. Doch selbst ihr zuliebe mochte ich mich nicht fürs Handarbeiten erwärmen. Wir lernten John Bonnington kennen, den neuen Hilfsgeistlichen, der – wie Tante Martha ziemlich schadenfroh äußerte – von den Cannon-Mädchen bei lebendigem Leibe gefressen wurde. Wir schmückten die Kirche für das Osterfest und besuchten den dreistündigen Gottesdienst am Karfreitag; wir bereiteten die Feier vor, die am Ostermontag stattfinden sollte, und Celia bewies wieder einmal, wie gut sie sich für die Arbeit in der Kirche eignete.

Im Laufe der Zeit gehörte Celia immer mehr zur Familie. Tante Martha erzählte ihr ständig von der Geschichte und dem Ruhm der Ashingtons, bis sie über die Familie ebensogut Bescheid wußte wie deren Mitglieder. Langsam dämmerte es mir: Celia war leicht zu beeinflussen; sie verstand sich auf die Tätigkeiten, auf welche Tante Martha Wert legte, und sie war jung genug, um Kinder zu bekommen. Konnte es möglich sein, daß Tante Martha sie als Gattin für meinen Vater erkoren hatte? Welch eine Idee! Ich hatte eben doch eine überspannte Phantasie.

Dann schien es mir, als kapselte sich Celia ab. Eines Tages eröffnete sie mir: »Es gibt keinen Grund für mich, noch länger hierzubleiben. Ich bin nicht gebildet genug, um es wagen zu können, Sie weiter zu unterrichten. Ich glaube, ich sollte gehen.«

»Wo wollen Sie denn hin?« fragte ich.

»Ich suche mir eine andere Stellung.«

»Wir haben Sie gern hier, Celia.«

Sie lächelte geschmeichelt und sagte nichts mehr.

Jeden Sonntag brachten wir Blumen ans Grab meiner Mutter. Celia tat dies ebenso eifrig wie ich, und eigentlich war es sogar ihr Vorschlag gewesen.

Dann schrieb mir mein Vater wieder:

> Du hast versprochen, mir zu schreiben. Ich weiß, Deine Mutter sah es nicht gern, daß wir miteinander in Verbindung standen.

Doch sie ist nicht mehr, und eine Familie sollte zusammenhalten. Ich hege die Hoffnung, daß ich Dich eines baldigen Tages sehen werde. Vielleicht komme ich nach England, oder Du kommst mich hier besuchen. Ceylon ist ein sehr schönes Land. Es ist meine Heimat geworden. Der alte Sanskrit-Name für Ceylon ist Sri Lanka, das bedeutet »Prächtiges Land«, und das ist es wirklich. Ich habe auf der Plantage ein gemütliches Haus mit einem hübschen Garten. Du weißt ja, wir Engländer legen uns immer einen Garten an, wohin es uns auch verschlägt. Nun, vielleicht werde ich ihn Dir eines Tages zeigen. Bitte, schreib mir, Sarah!

Ralph Ashington

PS: Du mußt auch Deine Schwester Clytie kennenlernen. Sie ist schon sehr gespannt auf Dich.

Ich war von dem Brief so begeistert, daß ich ihn umgehend beantwortete, und während der folgenden Wochen entspann sich eine regelmäßige Korrespondenz zwischen uns.

Ich lernte eine Menge über Ceylon. Ich betrachtete es auf der Landkarte – eine birnenförmige Insel vor der indischen Küste. Ich fand die Stelle, irgendwo zwischen der Hauptstadt Colombo und der Provinzstadt Kandy, wo die Plantage lag. Ich konnte mir das Land anhand der Beschreibungen meines Vaters genau vorstellen. Die heiße Sonne, die heftigen Regenfälle, die, wie mein Vater erklärte, dreimal so stark waren wie in London. »Wir sind nämlich hier«, schrieb er, »genau im Durchzugsgebiet zweier Monsunregen. Der Regen schenkt uns unseren Tee... der Regen und die heiße Sonne.«

Ich konnte mir ein klares Bild machen.

Kokosnüsse an der Küste, Gummibäume auf den Hügeln und im Hochland das Wichtigste von allem: Tee. Er ist der Lebenssaft des Landes, Sarah. Er hat Arbeitsplätze und Wohlstand gebracht, und das brauchte das Land nach der Kaffeekatastrophe, als eine unbesiegbare Blattkrankheit die Ernten vernichtete. Natürlich haben wir unsere Probleme mit dem Tee, doch es ist uns Gott sei Dank gelungen, sie weitgehend zu bewältigen. Wir haben auch noch andere Gewerbezweige, zum Beispiel unsere Perlenfischerei. Einige der schönsten Perlen der Welt wurden in unseren Gewässern gefunden. Ich bin sicher, daß Du von den Ashington-Perlen gehört hast. Die Tanten haben Dir gewiß davon erzählt. Diese Perlen stammen aus Ceylon. Es gibt auch Smaragde und Saphire bei uns, und sie gehören ebenfalls zu den schönsten der Welt. Doch der Wohlstand des Landes hängt vom Tee ab...

Entweder schrieb mein Vater ausgesprochen gern Briefe, oder er freute sich, daß er endlich Kontakt mit seiner Tochter hatte. Er führte mir das Land, von dem er mir so begeistert erzählte, lebendig vor Augen. Ich sah die Küstenebenen, die Palmenstrände, das mächtige Gebirge im Landesinneren mit dem ehrfurchterweckenden Gipfel, dem Adam's Peak, zu welchem einst die frommen Pilger gereist waren.

Die Berge sind dem Volk heilig, weil sie Ceylon fruchtbar gemacht haben. Von den Bergen wälzen sich die Flüsse und bewässern das Land, und der Regen schenkt uns das kostbare Wasser. Alle Fruchtbarkeit ist auf den westlichen Teil konzentriert, weil wir uns hier im Regengebiet befinden. Das ganze übrige Land – die Niederungen im Norden und Osten – ist der unbarmherzigen Sonne ausgeliefert, während wir im strömenden Regen schwelgen. Merkwürdig, nicht wahr, diese Unterschiede in einem so kleinen Land, das nur 270 Kilometer lang und 220 Kilometer breit ist, kleiner als England, wie Du siehst. Aber, mein liebes Kind, das kannst Du alles in Deinen Geographiebüchern nachlesen. Ich möchte nur versuchen, Dich zu bewegen, nach Ceylon zu kommen...

Ich erfuhr von ihm, daß meine Schwester Clytie verheiratet und Mutter eines dreijährigen Sohnes war. Da sie nur ein Jahr älter war als ich, muß sie sehr jung geheiratet haben. Mein Vater berichtete mir, daß sie seinen Geschäftsführer Seth Blandford geehelicht hatte und daß der kleine Junge Ralph hieß wie sein Großvater.

»Stellen Sie sich vor«, sagte ich zu Celia, »ich bin Tante! Erstaunlich, wie meine Familie größer wird.«

Inzwischen war es Mai geworden. Wir ritten auf einem Waldweg. Es war herrlich. Hin und wieder stießen wir auf Büschel von Glockenblumen, die zu tanzen schienen, wenn der Wind sie zauste, wobei ihr tiefer, anmutiger Blauschimmer ständig wechselte. Die Bäume belaubten sich allmählich, und dann und wann rief ein Kuckuck, als wolle er uns daran erinnern, daß der Frühling gekommen war.

»Sarah«, sagte Celia plötzlich. »Ich kann wirklich nicht mehr hierbleiben. Ich bin eigentlich überflüssig. Das habe ich Ihrer Tante gestern zu erklären versucht, aber sie wollte nichts davon wissen.«

»Hören Sie auf! Sie brauchen sich keine Sorgen zu machen. Weshalb wollen Sie fort?«

Sie zögerte. Dann sagte sie: »Möglicherweise werde ich etwas Geld erben. Oh, keine große Summe, aber genug, um ein Auskommen zu finden.«

»Das ist ja wundervoll! Und wenn es soweit ist, möchten Sie natürlich gehen.«

»Es sieht aus, als hätte ich Sie ausgenutzt. Als ich ein Zuhause brauchte...«

»Unsinn. Sie sind hergekommen, um zu arbeiten. Wir waren alle zufrieden. O Celia, wir werden Sie vermissen.«

»Ihre Tante hat mir nahezu verboten, davon zu sprechen. Es war fast, als hätte sie mit mir etwas vor.«

Ich blickte sie unsicher an. Dachte sie etwa dasselbe wie ich? »Tante Martha heckt für jedermann Pläne aus«, sagte ich. »Das Unangenehme an ihr ist, daß sie sich einbildet, sie könne alles besser als irgend jemand sonst zustande bringen... selbst dann, wenn es um die persönlichen Belange der Menschen geht.«

Ich wies Celia auf die Glockenblumen hin und sagte, wie gern ich sie pflücken würde, doch sie hielten nicht lange, und daher sähen sie nirgendwo schöner aus als dort, wo sie wüchsen.

Celia stimmte mir zu, und wir ritten eine Weile schweigend weiter. Ich fragte mich, was aus mir werden würde, wenn sie fortging. Vielleicht sollte ich meinen Vater in Ceylon besuchen. Ich konnte mich nicht enthalten, Celia von ihm zu erzählen. Ich berichtete ihr von seinen Briefen, und sie hörte aufmerksam zu.

Als wir zurückkehrten, erwartete mich ein Brief, und ich ging sogleich in mein Zimmer, um ihn zu lesen.

Er sei entzückt, teilte mir mein Vater mit, daß ich mich so für die Plantage interessierte. Seine Schwestern wünschten, ich solle meine Ausbildung beenden, bevor ich zu ihm käme. »Sie bedrängen mich, nach Hause zu reisen, und möglicherweise werde ich es tun.« Ich war von der Aussicht begeistert.

Es ließe sich schon einrichten. Seth könnte die Leitung der Plantage übernehmen, und Clinton Shaw würde im Notfall jederzeit aushelfen. Habe ich Dir schon von Clinton Shaw erzählt? Ihm gehört die benachbarte Plantage. Das Land ist klein, und es gibt nur ein fruchtbares Gebiet. Deshalb müssen wir den guten Boden nach Kräften ausnutzen. In Notfällen stehen wir uns gegenseitig bei. Clinton ist ein richtiges Original. Manche Leute nennen ihn den König von Kandy. Menschen wie er machen es möglich, daß ein Broterwerb wie unserer funktioniert. Freilich, er ist rücksichtslos. Er hat viele Gegner, aber ich verstehe mich gut mit ihm. Ich trage mich wirklich mit dem Gedanken, für eine Weile nach Hause zu kommen. Hier redet man mir zu, ich solle... einen Arzt aufsuchen. Doch in erster Linie möchte ich meine Tochter sehen. Ich schätze, Du hast Dich sehr verändert, seit Du zwei Jahre alt warst.

Ich war sehr aufgeregt. Ich wollte mit jemandem darüber sprechen – natürlich mit Celia.

Ich konnte sie im Haus nicht finden, daher schlenderte ich über die Einfahrt und zum Tor hinaus. Am Friedhofsgatter blieb ich stehen, dann ging ich auf den Kirchhof. Celia kniete am Grab meiner Mutter.

Flink und leise trat ich zu ihr. Sie blickte überrascht auf. Sie hielt eine kleine Schere in der Hand und hatte von dem Strauch, den sie gepflanzt hatte, einen Zweig abgeknipst.

»Was ist das?« fragte ich.

Sie richtete ihre ausdruckslosen Augen auf mich und sagte: »Wissen Sie das nicht? Sie verstehen aber wenig von Pflanzen, Sarah. Vielleicht hätte ich Ihnen das beibringen können. Es ist Rosmarin.«

»Rosmarin«, zitierte ich, »für die Erinnerung.«

Sie lächelte. »In der Poesie kennen Sie sich entschieden besser aus als in der Botanik.«

Sie steckte die Schere in die Tasche und stand auf; den Rosmarinzweig hielt sie fest in der Hand.

Zusammen gingen wir nach Hause.

»Sie hatten meine Mutter sehr gern«, sagte ich.

»Sie hat mich sehr beeindruckt«, erwiderte sie. »Ich werde sie nie vergessen.«

Am nächsten Morgen erwartete uns ein Schock.

Celia erschien nicht zum Frühstück, der einzigen Mahlzeit, die nicht zu festen Zeiten serviert wurde. Man bediente sich zwischen halb acht und neun Uhr am Buffet. Die Tanten frühstückten fast immer gemeinsam um acht Uhr. Celia und ich hatten uns angewöhnt, unser Frühstück eine halbe Stunde früher einzunehmen. Ich war sicher, daß Celia nicht von dieser Gepflogenheit abgewichen wäre, wenn sich nicht etwas Außergewöhnliches ereignet hätte. Ich aß etwas Toast, trank ein wenig Kaffee und ging in ihr Zimmer.

Das Bett war ordentlich gemacht, und ich stellte fest, daß es nicht benutzt war und daß Celias Koffer fehlte. Ich öffnete den Kleiderschrank: Leer. Dann entdeckte ich die Briefe auf dem Tisch. Einer war für mich, der andere für Tante Martha.

Ich schlitzte den Umschlag auf.

Liebe Sarah,

ich verlasse Sie. Ich hielt es für das beste, auf diese Art fortzugehen, weil ich weiß, daß Sie alle mich liebevoll zum Bleiben überreden würden. Aber das ist nicht möglich. Sie waren alle so gut zu mir, als ich Hilfe brauchte. Das ist nun nicht mehr der Fall, und darum gehe ich. Ich danke Ihnen für Ihre Geduld. Sobald ich eine ständige Anschrift habe, teile ich sie Ihnen mit, falls Sie wünschen, daß wir in Verbindung bleiben.

Herzlichst Celia

Ich konnte es nicht fassen. Einfach zu verschwinden! Warum nur? Ich wußte zwar, daß Tante Martha ihr ständig zuredete, zu bleiben, doch selbst Tante Martha hätte sie nicht dazu bewegen können, wenn Celia nicht gewollt hätte. Es widerstrebte Celia, jemandem einen Wunsch abzuschlagen. Es fiel ihr schwer, nein zu sagen, und deshalb hatte sie diesen Weg gewählt.

Ich dachte daran, wie sie am Grab meiner Mutter gekniet hatte. Sie war ihr wirklich zugetan, und in ihren letzten Tagen hatte sie ihr jene Verehrung entgegengebracht, nach der meine Mutter sich so sehnte. Celia war sicherlich ihretwegen geblieben, und nun, da sie tot war, gab es keinen Grund mehr, noch länger zu verweilen.

Tante Martha war wie betäubt. Ich hatte sie noch nie so erschüttert gesehen. Jetzt wurde deutlich, daß sie angesichts der Möglichkeit, daß mein Vater zurückkehrte, Pläne mit Celia gehabt hatte.

»Und ohne eine Adresse zu hinterlassen...«, bemerkte Tante Mabel.

»Wir können nicht mit ihr in Verbindung treten... selbst wenn wir es wollten. Und ich hielt sie für eine verständige junge Dame!«

Tante Martha konnte es nicht leiden, wenn ihre Pläne durchkreuzt wurden, und zum erstenmal, seit sie Celia kannte, war sie richtig böse auf sie.

Ich versuchte, Celia zu verteidigen: »Es war nichts weiter als eine Stellung für sie, Tante Martha, ein Mittel, um sich ihren Lebensunterhalt zu verdienen. Und als sie zu Geld kam, hatte sie das nicht mehr nötig.«

»Wir haben sie wie ein Mitglied der Familie behandelt und rechneten damit, daß...«

Ich wandte mich ab, da ich mich eines Lächelns nicht enthalten konnte. Sie hatte also wirklich vorgehabt, Celia mit meinem Vater zu vermählen! Nahmen ihre Pläne denn nie ein Ende? Dann dachte ich an jene Nacht, als im Zimmer meiner Mutter das Feuer gelöscht und die Fenster geöffnet worden waren.

Nein, sagte ich mir, unmöglich!

Es war ein seltsamer Sommer. Celia fehlte mir sehr, und ich befand mich immer häufiger in Gesellschaft der Cannon-Töchter, die unermüdlich zum Wohle der Kirche wirkten. Der Hilfsgeistliche war noch nicht ins Netz gegangen, jedoch seien, sagte Tante Martha, die Tage seiner Freiheit gezählt; und *sie* wisse nicht, wie er es anstellen wolle, eine Frau zu ernähren.

Ich wies sie darauf hin, daß dies nur ihn und die erwählte Cannon-Tochter etwas angehe.

»Effie, die jüngste, ist gar nicht so übel«, grübelte sie laut, und mir schien, als könne Effie sehr wohl auserkoren werden, den Platz einzunehmen, der durch Celias Abtrünnigkeit vakant geworden war. Mein Vater kam nämlich tatsächlich nach Hause.

Er hatte geschrieben, er würde im Oktober kommen. Bis dahin sei der Sommermonsun, der von Mai bis September anhalte, vorüber, und die Pflanzarbeit sei zum größten Teil abgeschlossen. Möglicherweise reise er zusammen mit seinem Nachbarn Clinton Shaw, der, wie er auch, zu geschäftlichen Verhandlungen mit den Überseekaufleuten nach London müsse. Bei dieser Gelegenheit wolle er sich einer speziellen Untersuchung unterziehen, wie es ihm der Arzt in Kandy empfohlen hatte. Doch in erster Linie wolle er mich sehen.

Es tat gut, etwas zu haben, dem ich voller Aufregung entgegenblicken konnte. Es half mir, über den Verlust meiner Mutter und Celias hinwegzukommen.

Die Art und Weise, wie Effie Cannon nun ins Haus eingeladen wurde, amüsierte mich. Es war beinahe, als locke man sie an. Sie kam zum Essen, und wir sprachen über Ceylon und die Plantage meines Vaters.

»Zuerst waren wir Kaffeepflanzer«, erklärte Tante Martha, »und dann gingen wir zu Tee über. Es ist ein schönes Land, glaube ich, und es ist unsere Pflicht, es zu erschließen, ist es doch ein Juwel in der Krone des englischen Königreichs.«

Effie war sichtlich beeindruckt, doch sie hatte keine Ahnung, was in Tante Marthas Kopf vorging, und als die Vorbereitungen für das Erntedankfest begannen, verkündete sie ihre Verlobung mit dem Hilfsgeistlichen. Tante Martha war wütend.

»So ein dummes Mädchen«, sagte sie. »Ich weiß nicht, wie sie vom Gehalt eines Hilfsgeistlichen leben wollen.«

»Solange sie es schaffen, sollte das nicht unsere Sorge sein, Tante«, sagte ich.

»Du bist vorlaut, Sarah, und das schickt sich nicht. Du bist immer so gewesen... auch als du jünger warst. Wenn dein Vater heimkommt, müssen wir für ein wenig Zerstreuung sorgen. In Kandy leben ein paar annehmbare Familien, ehemalige Bekannte von uns.« Es war mir klar, daß sie an eine Frau für meinen Vater dachte, und daß auch ich früher oder später Gegenstand ihrer Pläne werden würde.

Zuweilen fragte ich mich, wie es wohl wäre, wenn man sein ganzes Leben in Ashington Grange verbringen würde. Ob ich so würde wie die Tanten, denen Nebensächliches wie Manieren und Konventionen so wichtig waren? Würde ich auch Pläne für andere Menschen schmieden und mich so inbrünstig um Dinge wie die Ashington-Perlen sorgen? Niemals! Im Grunde meines Herzens war ich überzeugt, daß ich mit meinem Vater gehen werde, wenn er nach Ceylon zurückkehrt.

Die Nacht im Wald

Mein Vater hatte sich auf der »Bristol Star« eingeschifft, die im Laufe der ersten Novemberwoche in Tilbury einlaufen sollte. In diesem Monat würde ich neunzehn Jahre alt. Mein Vater wollte vom Hafen aus gleich mit dem Zug nach Ashington Grange kommen, und da er die genaue Ankunftszeit nicht wußte, wollte er vom Bahnhof aus eine Droschke nehmen.

Clinton Shaw sollte ihn begleiten. Clinton Shaw hatte sich entschlossen, entschieden früher zu kommen, als er beabsichtigt hatte, damit sie zusammen reisen konnten. Der Arzt hatte dies für eine gute Idee gehalten.

Die häufige Erwähnung des Arztes beunruhigte mich ein wenig. Ich sprach mit Tante Martha darüber. Sie sagte: »Früher hat er sich nie Gedanken über seine Gesundheit gemacht. Die Menschen verändern sich. Ich bin neugierig, wie dieser Mann ist ... dieser Clinton Shaw. Ich habe von der Shaw-Plantage gehört. Ich hatte immer den Eindruck, die Shaws seien Gauner.«

»Mein Vater und Mister Shaw müssen gute Freunde sein, sonst würden sie nicht zusammen reisen«, bemerkte ich.

»Ich habe Ellen angewiesen, zwei Zimmer für die beiden herzurichten. Das große mit den Erkerfenstern hat dein Vater bewohnt, als er mit deiner Mutter hier war. Ich bezweifle, daß er dort wieder einziehen möchte. Es war das Brautgemach. Das soll sie Herrn Shaw geben, habe ich zu Ellen gesagt. Es ist eines der feinsten Zimmer im Haus, und er ist schließlich für ein oder zwei Tage unser Gast. Er wird nicht lange bleiben. Er hat geschäftlich in London zu tun. Dein Vater kann entweder das Zimmer daneben haben oder eins in der Etage darüber.«

Die Vorbereitungen nahmen ihren Lauf. Beide Tanten waren aufgeregt, und ich vermutete, daß Tante Martha entschlossen war, meinen Vater zu verheiraten, bevor er nach Ceylon zurückkehrte. Sie stellte Listen von Leuten auf, die nicht allzu weit entfernt wohnten und uns besuchen konnten.

»Es ist lange her, seit wir eine Gesellschaft gegeben haben«, sagte sie, »aber es kommt eben alles zu seiner Zeit.«

Unter Anleitung der Wirtschafterin, Mrs. Lamb, machten sich die Mädchen an eine Art herbstlichen Frühjahrsputz. Zwar hatte Tante Martha ein richtiges Großreinemachen außerhalb der dafür festgesetzten Zeit nicht geduldet, doch ließ sie neue Kissen anfertigen und für einen Raum sogar neue Vorhänge. »Damit es ein bißchen heller und freundlicher wirkt«, bemerkte sie. »Die Merridews haben zwei Töchter«, hörte ich sie zu Tante Mabel sagen, und sie fügte versonnen hinzu: »Und einen Sohn.«

Nach meinem Vater würde sicher ich an die Reihe kommen. Ich fragte mich, warum Mabel verschont geblieben war. Ich vermutete, daß sich Tante Martha, nachdem Edward Sanderton sich Margaret zuwandte, zu einem Jungferndasein entschlossen hatte, wozu sie eine Gefährtin brauchte. Ich malte mir aus, wie jeder Freier, der für Tante Mabel in Frage kam, ebenso entschieden fortgescheucht wurde, wie die Bewerber für andere angelockt wurden.

Endlich war der Tag der Ankunft meines Vaters gekommen. Im Haus herrschte eine gespannte Atmosphäre, und ich raste jedesmal zum Fenster, wenn ich Wagenräder sich nähern zu hören glaubte. Es war schon vor fünf Uhr dunkel, und er war immer noch nicht da. Die Lampen in der Halle und die Laternen auf beiden Seiten der Terrasse wurden angezündet. Ich wanderte ständig zwischen der Halle und meinem Zimmer hin und her. »Wie eine Katze auf heißen Backsteinen«, sagte Tante Martha. Doch auch sie war nicht so gleichmütig wie sonst und hatte sich von der Erregung anstecken lassen, die das ganze Haus erfüllte. Aus der Küche strömten appetitliche Düfte, und die älteren Dienstboten erzählten den anderen, was ihnen von Ralph Ashington in Erinnerung geblieben war.

Es war halb sechs, als die Mietdroschke die Einfahrt heraufkam. Wir standen an der Tür, ich mit Tante Martha und Tante Mabel, und ich wußte, daß ein Teil der Dienerschaft durch die Fenster spähte, während andere in der Halle herumlungerten.

Mein Herz klopfte heftig, als ein Mann aus der Droschke stieg. Er war sehr groß und trug einen schwarzen Homburg und einen schwarzen Mantel mit einer kurzen Pelerine. Er blickte nicht zum Haus, sondern zurück zur Droschke und half einem Mann heraus – meinem Vater! Neben dem anderen Herrn wirkte er sehr schmächtig, und eine große Welle der Zärtlichkeit durchflutete mich.

Ich lief hinaus und rief: »Ich bin Sarah, Vater. Ich bin Sarah.«

Mir wurde ganz schwach vor Rührung. Er sah so gebrechlich aus, ein eingefallenes Abbild des Mannes, den ich von dem Porträt in der Galerie kannte.

Der andere Herr sagte in ziemlich gebieterischem Ton: »Sehen wir zu, daß wir ihn hineinbringen, ja? Diese Feuchtigkeit tut ihm nicht gut.«

»Ralph!« kam es von Tante Martha.

»Ich bin zu Hause«, sagte mein Vater. »Ja, endlich bin ich nach Hause gekommen. Sarah!« Er betrachtete mich mit verzücktem Blick.

Sein Begleiter sprach im Befehlston: »Ich sagte doch, wir müssen ihn hineinbringen.«

Ich verspürte von Anfang an eine Abneigung gegen diesen Gast, der uns vorschreiben wollte, was zu tun sei. Es war nicht kalt. Es war sogar recht schwül, und es war doch wohl an *uns*, ihn hereinzubitten.

Wie dem auch war, wir gingen hinein.

Die Augen meines Vaters wichen nicht von mir. »Sarah«, sagte er. »Genau, wie ich dich mir vorgestellt habe. Oh, fast hätte ich es vergessen: Das hier ist Mister Clinton Shaw, der sich freundlicherweise bereit fand, mit mir zu reisen.«

»Willkommen auf Ashington Grange, Mister Shaw«, begrüßte ihn Tante Martha. »Wir haben Sie erwartet.«

Er hatte seinen Hut abgenommen, unter dem dichtes blondes Haar zum Vorschein kam, was mich verblüffte, weil sein Gesicht so dunkel war.

»Danke, Miss Ashington«, sagte er. »Ich freue mich, daß ich hier bin.«

Ich bemerkte, daß mein Vater schwer atmete. »Die Reise war gewiß anstrengend«, sagte ich. »Ist dir kalt? Komm an den Kamin!«

»Sarah, ich möchte dir Clinton vorstellen.«

»Guten Tag«, sagte ich kurz, die Augen noch immer auf meinen Vater gerichtet.

»Ich war sehr gespannt auf Sie, Miss Sarah«, antwortete er.

Ich geleitete meinen Vater ans Feuer.

»Er ist ein ganz anderes Klima gewöhnt«, erklärte Mr. Shaw. »Die Umstellung ist nicht so einfach.«

»O gewiß«, ließ sich Tante Mabel vernehmen. »Wir haben Mrs. Lamb angewiesen, in Ihren Zimmern Feuer machen zu lassen.«

»Die gute alte Lamb!« sagte mein Vater. »Sie ist also immer noch da?«

»Hier hat sich wenig verändert, Ralph«, erklärte Tante Martha.

Er lächelte mich schüchtern an. »Wir werden uns eine Menge zu erzählen haben, Sarah.«

»Ich kann es kaum erwarten«, erwiderte ich.

»Mister Shaw, möchten Sie Ihr Zimmer sehen?« fragte Tante Martha.

Er bejahte und meinte, es sei sehr liebenswürdig, ihm die Gastfreundschaft anzubieten.

»Es ist uns ein Vergnügen«, erwiderte Tante Martha. »Sarah, du gehst mit Mister Shaw, Mabel geht mit Ralph ... falls er jemanden braucht, der mit ihm geht. Du kennst dich doch noch in Ashington Grange aus, Ralph?«

»Ich erinnere mich an jede Ecke und jeden Winkel, Martha.«

»Ihr seid bestimmt hungrig«, meinte Mabel. »Oder nicht?«

Mister Shaw antwortete für beide. »Sehr«, sagte er.

»Das Essen wird bald serviert«, verkündete Tante Martha.

»Wenn Sie mir bitte folgen wollen, ich zeige Ihnen Ihr Zimmer«, wandte ich mich förmlich an Mister Shaw.

Ich ging voraus. Shaws Augen ruhten auf mir, als wir die Treppen hinaufstiegen und die Galerie durchquerten.

»Ah«, sagte er, »die Familie!« Er hielt inne und blickte mich an. »Sie sehen denen aber sehr ähnlich«, fügte er hinzu.

»Das ist wohl zu erwarten; schließlich bin ich eine von ihnen.«

Er blieb vor den Bildern stehen, und die Höflichkeit verbot es mir, weiter zu eilen. »Wo hat man Sie aufgehängt?«

»Ich bin nicht hier. Ich bin sozusagen eine Neuerwerbung.«

»Sie meinen, eine neu *anerkannte* Erwerbung.«

»Richtig.«

»Ich weiß. Ihr Vater hat mich ins Vertrauen gezogen. Sie würden sich zwischen diesen feinen Damen ausgesprochen gut ausnehmen.«

»Zu gütig von Ihnen.«

»Ich meine es ehrlich. Sonst würde ich es nicht sagen. Ich schmeichle selten, nur, wenn es dumm wäre, es nicht zu tun.«

Ich blickte ihn eindringlich an. Ich konnte nicht anders. Es war beinahe, als zwinge er mich dazu. Seine Größe und seine breiten Schultern waren beeindruckend. Sein blondes Haar und die dunklen Augen mit den schweren Lidern bildeten einen solch verblüffenden Kontrast, daß er einfach auffallen mußte. Er war sonnengebräunt, was sich vermutlich dort, wo er lebte, nicht vermeiden ließ. Ich bemerkte seine weißen Zähne und die recht sinnlichen Lippen. Er war mir von Anfang an unsympathisch, weil er Befehle erteilt hatte, und ich beschloß, ihn nicht zu mögen. Einem Mann wie ihm war ich noch nie begegnet – aber welche Männer kannte ich denn schon? Jene, die meiner Mutter den Hof machten? Everard, der stets wie das Musterbeispiel eines englischen Gentleman aussah. Toby, ebenfalls ein Gentleman, wenn auch von etwas anderer Art. All die vielen Verehrer. Dieser Mann hatte einen großen Teil seines Lebens im Ausland verbracht, und das unterschied ihn zweifellos von anderen. Er war mir von dem Augenblick an, als er aus der Kutsche stieg, gegenwärtig gewesen, und das war verwirrend. Er gehörte zu den Männern, die Aufmerksamkeit erregten. Mein Interesse hätte einzig und allein meinem Vater gelten sollen, doch dieser Mensch drängte sich dazwischen.

»Ah!« Er war vor dem Porträt einer Ashington stehengeblieben. »Die berühmten Perlen! Eine ganze Anzahl Damen tragen sie, wie ich sehe. Sie müssen zugeben, sie wirken sehr edel.«

»Ich habe nicht die Absicht, das abzustreiten«, sagte ich schnippisch.

»Sie wollen sich gewiß waschen und vielleicht auch umkleiden, bevor wir essen.« Damit gemahnte ich ihn, daß wir lange genug in der Galerie verweilt hatten.

Er neigte den Kopf, und wir stiegen die Treppe zum nächsten Stockwerk hinauf. Hier lag mein Zimmer, und am anderen Ende des Flurs war dasjenige, das man ihm zugewiesen hatte. Ich führte ihn.

»Ein sehr vornehmes Haus«, bemerkte er.

»Es gehört der Familie seit Generationen.«

»Sehr lobenswert.«

»Meinen Sie das Haus oder die Familie?«

»Beide. Das Haus, weil es die vielen Jahre überdauert hat, und die Familie, weil sie es so lange im Besitz behielt.«

»Hier ist Ihr Zimmer.« Ich öffnete die Tür.

»Bezaubernd«, sagte er; und es sah wirklich bezaubernd aus. Das Feuer spiegelte sich flackernd an den polierten Möbeln, und eine Öllampe mit geriffeltem Schirm stand angezündet auf dem Ankleidetisch.

»Wir haben kein Gaslicht auf Ashington Grange«, klärte ich ihn auf.

»Das wäre auch nahezu ein Frevel. In meinem Haus gibt es auch nur Lampen und Kerzen. Gaslicht haben wir nicht bei uns.«

»Dann brauche ich mich ja nicht zu entschuldigen.«

»Meine liebe Sarah, warum sollten Sie sich bei mir entschuldigen!«
Ich trat einen Schritt zurück und bedachte ihn mit einem kühlen Blick. Ich war nicht darauf gefaßt, daß er mich mit meinem Vornamen anreden würde.

Er begriff sofort. Er war schlagfertig und gewiß selten um eine Antwort verlegen. Er sagte: »Sie müssen mir diese rauhen Manieren verzeihen, die man sich in den Kolonien angewöhnt. Ihr Vater hat so viel von Ihnen gesprochen, und immer hieß es ›Sarah‹. Sie können kaum von ihm erwarten, daß er Sie mit dem recht eindrucksvollen Titel ›Miss Ashington‹ bezeichnet hat, nicht wahr?«

»Von meinem Vater gewiß nicht, aber von Fremden darf man es wohl verlangen.«

»Von Fremden schon. Aber Sie sind mir nicht fremd. Lassen Sie das als Entschuldigung für meine Dreistigkeit gelten.«

Ich wandte mich zur Tür. »Falls Sie etwas brauchen, dort ist die Klingel. Das Essen wird bald serviert.«

»Gut. Wir sehen uns später.«

Er blickte mir mit einem leicht überheblichen Lächeln nach, als ich ihn verließ.

Der gefällt mir nicht, sagte ich zu mir, während ich in mein Zimmer ging. Zu schade, daß mein Vater ausgerechnet ihn mitbringen mußte. Ich trat in mein Zimmer, und ehe ich die Tür schloß, blickte ich mich um. Clinton Shaw stand in seiner offenen Tür und beobachtete mich. Ich schlug meine Tür krachend zu. Hastig zündete ich die Lampe an und betrachtete mein Spiegelbild. Mein Gesicht war puterrot.

»Nein«, sagte ich laut, »der gefällt mir ganz und gar nicht.«
Ich dachte immer noch an ihn, als ich hinunterging.

Ich erinnere mich an jede Einzelheit bei dieser Mahlzeit: an das Speisezimmer mit den blauen Posterstühlen, die ein Ashington in der georgianischen Stilepoche hatte fertigen lassen; an die Gobelins an den

Wänden, die älter waren als das Haus selbst; an das glänzende Silber, das seit den Tagen Königin Annes im Familienbesitz war; an die Kerzen in den Leuchtern – an alles, das mir doch so vertraut war und an diesem Abend ganz anders aussah. Tante Martha saß am Kopfende der Tafel, Clinton Shaw zu ihrer Rechten; am anderen Ende saß mein Vater, zu seiner Rechten ich; mit Tante Mabel waren wir nur zu fünft, und die Abstände zwischen uns waren ziemlich groß.

Ich dachte, da wir eine so kleine Gesellschaft waren, hätten wir im Wintergarten speisen sollen, doch Tante Martha war offenbar der Meinung, es handle sich um einen feierlichen Anlaß.

Mein Vater sah jetzt besser aus als bei der Ankunft. Sein Gesicht hatte etwas mehr Farbe, und seine Augen leuchteten. Er war mager, fand ich, und er wirkte sehr bewegt. Er war sichtlich gerührt, weil er sich wieder im Haus seiner Väter befand.

Er sprach viel über die Vergangenheit und bemerkte, daß sich im Haus nichts verändert hatte. Seine Augen aber wichen kaum von mir. Danach erzählten er und Clinton Shaw von der Plantage. Sie redeten vom Pflanzen und Pflücken und von den Schwierigkeiten, die ihnen Blattkrankheiten und Schädlinge bereiteten. Im letzten Jahr war es der Nesselfraß, im Jahr davor waren es Blattläuse gewesen.

»So geht das eben, Miss Ashington«, sagte Clinton Shaw. »Mit dem Tee ist es wie im Leben. Wir haben unsere Freuden und unsere Leiden, und letztere scheinen häufiger zu sein als erstere.«

Ich wollte mehr über das häusliche Leben erfahren. Ich hätte mich zu gern nach meiner Schwester erkundigt, doch ich hatte das Gefühl, daß ich damit warten mußte, bis ich mit meinem Vater allein war.

»Hast du gutes Hauspersonal?« wollte Tante Mabel wissen.

»Da gibt es nie Schwierigkeiten«, erwiderte mein Vater. »Es gibt immer genügend Leute, die sich ihren Lebensunterhalt verdienen möchten.«

Er liebte Ceylon, das konnte ich ihm deutlich anmerken; er kannte sich in seiner Geschichte aus und erzählte begeistert davon. Ich hatte den Eindruck, daß er in mir Interesse und Liebe für dieses Land wecken wollte und daß er vorhatte, mich mitzunehmen, wenn er zurückkehrte. Ich hörte gebannt zu.

»Die Dichter nennen Ceylon die Perle auf der Stirn Indiens«, sagte er.

»Andere nannten es die Perle, die ins Meer geworfen wurde«, ergänzte Clinton Shaw. »Sie werden bemerken, welche Rolle die Perlen spielen.

Die sind ein gutes Geschäft. Wir haben etliche florierende Perlen-fischereien.«

»Clinton ist ein Zyniker«, sagte mein Vater lächelnd. »Man erzählt sich, daß König Salomon einst die Juwelen von Sri Lanka – wie es damals genannt wurde – auserkor, um sich und die Königin von Saba damit zu schmücken. Es gibt Tausende von Legenden und eine Menge Aberglauben. Ich könnte euch Geschichten von den großen Dynastien erzählen und von den ehemaligen Königen…«

»Wir würden lieber etwas von *deinem* Leben dort erfahren, Ralph«, unterbrach ihn Tante Martha unsanft.

»Das Leben des einen Teepflanzers ist ziemlich das gleiche wie das des anderen, nicht wahr, Clinton?«

»Falsch«, erwiderte Clinton. »Dein Leben, mein Bester, ist nicht im mindesten wie meines. Aber das, meine Damen, sollte für Sie Grund zur Freude sein.«

»Wie meinen Sie das, Mister Shaw?« fragte Mabel.

»Ich meine, daß Ihr Bruder ein Musterbeispiel an Rechtschaffenheit ist, was man von mir kaum behaupten kann.«

»Sie scherzen natürlich«, sagte Tante Martha so, als sei dies eine unumstößliche Tatsache. Ich dachte, dieser unmögliche Mensch würde ihr nun widersprechen und uns dann eine Schilderung seines Daseins liefern, das, wie ich mir vorstellen konnte, recht anrüchig war. Ich vermutete, daß er eine eingeborene Geliebte hatte, vielleicht auch zwei. Er gehörte ganz bestimmt zu dieser Sorte von Männern. Das schloß ich aus der Art, wie er alle Frauen ansah… Jedenfalls hoffte ich, daß er alle Frauen so anschaute und nicht etwa nur mich. Das wäre ja noch beleidigender gewesen. Er mißfiel mir immer mehr, je weiter der Abend fortschritt. So unbehaglich war mir noch nie zumute gewesen.

Meine Halbschwester wurde nicht erwähnt, ebensowenig die erste Frau meines Vaters. Diese Themen eigneten sich wohl nur für die Ohren der Familienmitglieder. Ich nahm mir vor, mich nach meiner Schwester zu erkundigen, sobald ich konnte.

Statt dessen hörten wir Geschichten von den Königen von Ceylon; wir erfuhren, wie der König von Kandy um die Hilfe der Briten gegen die Holländer ersucht hatte; doch die Briten waren damals nicht gewillt, sich neue Verantwortung aufzuladen. Später war das anders.

»England war zur führenden Weltmacht aufgestiegen«, sagte mein

Vater. »Die Schlacht von Trafalgar war gewonnen, und wir entwickelten uns zu einer Weltmacht. Die Revolution hatte die Franzosen gelähmt. Indien war das strahlendste Juwel in der Krone des britischen Weltreiches, und die Ostindische Kompanie war im Begriff, auf Ceylon Fuß zu fassen. Die Holländer hatten kaum Widerstand geleistet und konnten vertrieben werden; die Könige von Kandy waren hart und grausam, und das Volk von Ceylon hieß die Engländer willkommen. So kam Ceylon unter die Schirmherrschaft der britischen Krone.«

Er wandte sich an mich. »Wenn du das Land siehst, Sarah, wirst du hingerissen sein. Meinst du nicht auch, Clinton?«

»Ich hoffe, ich werde Zeuge ihres Entzückens sein«, erwiderte er.

Ich beachtete ihn nicht, und mein Vater fuhr fort: »Stell dir vor, bambusgesäumte Ströme... Ströme, die sich durch die Reisfelder winden! Die Berge sind herrlich, Sarah. Es gibt dort eine Landschaft, die mich an unser Seengebiet erinnert. Die Szenerie wechselt ständig... ähnlich wie hier zu Hause. Doch dort ist alles dramatischer. Von den Reisfeldern geht es in die Berge und in die Sandel- und Ebenholzwälder. Die Bäume sind riesig. Und oben im Nordwesten, wo es trocken ist, gibt es nichts als dürres Gestrüpp. Man muß die Schönheiten des Landes sehen, um sie sich vorstellen zu können.«

»Eigentlich«, sagte Clinton Shaw, »ist jede Landschaft faszinierend; abstoßend ist nur der Mensch.«

»Vielleicht nicht alle Menschen«, gab ich zurück.

»Nicht alle... aber eine ganze Menge, fürchte ich.«

Den Kaffee nahmen wir im Wintergarten, und ich sah, daß mein Vater beinahe einschlief.

Clinton Shaw beugte sich zu mir und raunte: »Ich denke, Ihr Vater sollte sich zurückziehen. Er hat einen anstrengenden Tag hinter sich.«

Tante Martha hörte es und stand auf. »Ich hoffe, Sie werden sich hier wohl fühlen«, sagte sie.

Wir wünschten einander gute Nacht und gingen in unsere Zimmer.

Ich wußte, daß ich keinen Schlaf finden würde. Ich zog mein Kleid aus, schlüpfte in einen bequemen Morgenmantel und bürstete mein Haar. Ich betrachtete mich dabei prüfend im Spiegel. Es gab zwar nur eine Lampe in meinem Zimmer, doch ich hatte Kerzen auf dem Ankleidetisch stehen.

Mein Spiegelbild blickte mir entgegen. Ich hätte gern gewußt, was mein Vater von mir dachte. Und was hielt Clinton Shaw von mir? Seit ich ihn kannte, hatte ich versucht, ihn aus meinen Gedanken zu verbannen, doch er mogelte sich immer wieder hinein. So war er eben. Er würde sich ständig aufdrängen, wo er nicht erwünscht war. Er war einfach zu beherrschend, zu direkt. Everard und Toby waren ganz anders gewesen. Sie waren so ritterlich, sie hatten einem das Gefühl gegeben, geborgen zu sein. Bei diesem Mann dagegen hatte man das Gefühl, man müsse dauernd auf der Hut... und darauf gefaßt sein, sich gegen diese überwältigende Männlichkeit zur Wehr zu setzen.

Ich interessierte ihn. Das hatte er deutlich gezeigt. Wäre es nicht der Fall gewesen, so hätte er sich gewiß nicht die Mühe gemacht, mir etwas vorzugaukeln. Er hatte mich oft auf seine unverschämte Art angesehen, und wenn ich ihm meine Mißbilligung zu verstehen gab, blieb er völlig ungerührt.

Eigenartigerweise fand ich mich an diesem Abend ausgesprochen hübsch. Mein dichtes braunes Haar war ebensowenig zu bändigen wie damals, als Meg, in der Hoffnung, es bis zum nächsten Morgen zu Korkenzieherlocken zu kräuseln, Strähne um Strähne um Stoffröllchen gewickelt hatte. Doch diesmal stand mir die hartnäckige Glätte gut zu Gesicht. Meine Augen, die weder richtig grün noch grau noch braun waren, sondern von jeder Farbe etwas hatten, kamen mir sonst immer matt vor; jetzt aber glitzerten sie und schienen einen Hauch von dem Blau meines Morgenmantels angenommen zu haben. Das einzig wirklich Schöne an mir, das ich von meiner Mutter geerbt hatte, waren meine langen Wimpern. Ansonsten hatte ich die gerade, ein wenig zu lange Nase der Ashingtons, die bei Tante Martha besonders stark ausgeprägt war. Es gab zwei Mundformen bei den Ashingtons – die schmallippige Variante, welche die Tanten hatten, und die ziemlich sinnliche, die ich von meinem Vater geerbt hatte. Meine sonst recht blassen Wangen waren nun von frischer Farbe. Diesem Umstand hatte ich es nicht zuletzt zu verdanken, daß meine Erscheinung reizvoller als üblich wirkte.

Dies ist die Aufregung, weil mein Vater hier ist, redete ich mir ein. Doch ich wußte, daß da noch etwas anderes war.

Dieser Mann würde nicht lange bei uns bleiben. Ein paar Nächte nur, und dann ginge er nach London, um seine Geschäfte zu erledigen, und

mein Vater ebenso. Ich fragte mich, warum sich mein Vater mit einem
solchen Menschen zusammengetan hatte. Ein idealer Gefährte war er
kaum, doch waren sie schließlich Nachbarn, deren Plantagen aneinan-
dergrenzten.

Ich bürstete mein Haar in gleichmäßigen Strichen, als ein Geräusch vor
meiner Tür mich aufschreckte. Schritte. Sie hielten vor meiner Tür. Es
klopfte.

Ich stand auf. »Wer ist da?« wollte ich wissen.

Die Tür öffnete sich. »Darf ich hereinkommen?« fragte Clinton Shaw.
»Ich habe Ihnen so vieles zu sagen.«

»Was? Um diese Zeit!« schrie ich, und meine Stimme klang schrill. »In
meinem Schlafzimmer!«

Er blickte sich lächelnd um. »Ich könnte mir keinen Ort denken, wo
wir weniger Gefahr liefen, gestört zu werden.«

»Mister Shaw...«

»Bitte sagen Sie Clinton zu mir. Da ich Sie Sarah nenne, wäre das passender. Meine Freunde rufen mich Clint. Komischer Name, finden Sie
nicht? Er stammt von einem Ort, wo meine Familie früher lebte, und
so hat sich der Name Clinton über Generationen gehalten. Würden Sie
mich lieber Clint nennen?«

»Wenn ich die Wahl habe, ziehe ich Mister Shaw vor.«

»Solange Sie mich in irgendeiner Form vorziehen, wird das vorläufig
genügen müssen.«

»Mister Shaw«, sagte ich, »ich bezweifle nicht, daß Sie sich für sehr
geistreich und unwiderstehlich halten...«

»Wer hat Ihnen denn das in den Kopf gesetzt! Das kann wohl nur Ihrer
eigenen Meinung entsprungen sein.«

»Ich bin sicher, was Sie zu sagen haben, kann morgen und an einem
anderen Ort auch gesagt werden. Sie sind in diesem Haus zu Gast, und
es ist untragbar, daß Sie nachts in mein Schlafzimmer kommen... un-
gebeten.«

»Wie entzückend, wenn ich gebeten worden wäre«, meinte er bedauernd.

»Ich finde Sie unverschämt und beleidigend. Würden Sie bitte gehen,
oder muß ich läuten?«

»Ich habe Ihnen so viel zu sagen. Es betrifft Ihren Vater. Ich glaubte,
Sie wollten es so bald wie möglich erfahren.«

»Was ist mit meinem Vater?«

»Darf ich mich setzen? Das wäre für uns beide bequemer.« Er wartete meine Antwort nicht ab und sah sich um. Zuerst glaubte ich, er wolle sich auf mein Bett setzen. Doch er ging weiter und nahm im Lehnstuhl Platz.

Ich war wütend, aber ich wußte mir nicht zu helfen. Ihn hinauszuweisen, wäre wohl übertrieben dramatisch gewesen, aber vielleicht hätte ich es dennoch tun sollen. Zu läuten und um Hilfe zu bitten, wäre gar noch übertriebener gewesen. Doch hier war ein Mann, den ich erst seit ein paar Stunden kannte, in mein Schlafzimmer eingedrungen... Er blickte mich ironisch an, als könne er meine Gedanken lesen, die ihn zu amüsieren schienen.

Ich haßte ihn, weil er mich in diese Lage gebracht hatte. Was würde Tante Martha sagen, wenn sie jetzt hereinschaute! Gewiß würde sie ihm empört befehlen, das Haus zu verlassen, und das wäre auch gut so.

Er faltete die Hände und betrachtete seine Fingerspitzen mit einer Miene, die ich nur als fromm bezeichnen konnte, und die doch voller Spott zu sein schien. Gerade als ich ihn hinausweisen wollte, sagte er: »Ich weiß, wie sehr Sie um Ihren Vater besorgt sind. Deswegen wollte ich mit Ihnen sprechen. Er ist sehr krank.«

Meine Wut schwand dahin. Ich empfand nur noch Angst um meinen Vater. »Sind Sie... sicher?« stammelte ich.

»Ich habe mit unserem Arzt gesprochen. Von ihm stammt der Vorschlag, daß Ihr Vater sich zu Hause behandeln lassen soll. Ich konnte nicht zulassen, daß er allein reist.«

Jetzt rückte er sich in ein anderes Licht, doch obgleich ich wußte, daß er, was meinen Vater betraf, die Wahrheit sagte, traute ich ihm nicht.

»Das war nett von Ihnen«, räumte ich widerwillig ein.

»Ich hatte ohnehin vor, irgendwann wegen meiner eigenen Angelegenheiten herzukommen. Ich brauchte die ganze Sache lediglich vorzuverlegen.«

»Was fehlt ihm?«

»Es ist vor allem die Lunge. Ich dachte, Sie sollten es wissen.«

»Danke. Meine Tanten müssen es wohl auch erfahren.«

»Nicht unbedingt. Sehen Sie, Ihr Vater weiß nicht genau, was ihm fehlt, und ich hatte irgendwie das Gefühl, mit Ihnen ungezwungener reden zu können. Deswegen habe ich Sie hier auf diese etwas unförmliche Art aufgesucht. Er hat mir viel von Ihnen erzählt ... mir Ihre Briefe gezeigt. Auf die ist er sehr stolz. Ich bin froh, daß Sie sich begegnet sind ... rechtzeitig.«

»Was können wir nun tun?«

»Machen Sie ihn so glücklich, wie Sie können, ehe er sterben muß.«

»Sie meinen, ich ...«

»Sie mehr als irgend jemand sonst.«

»Ich werde mein Bestes tun.«

»Das war's, was ich Ihnen sagen wollte.«

»Danke.« Ich stand auf, um ihm zu bedeuten, daß er gehen solle, aber er rührte sich nicht. Er saß nur da und sah mich abwartend an, und er lächelte auf eine Art, die ich verwirrend, ja sogar ein wenig beängstigend fand.

»Gute Nacht«, sagte ich.

Jetzt stand er auf und trat auf mich zu. Ich war ja nicht klein von Gestalt, sondern sogar überdurchschnittlich groß, doch mir schien nun, er wollte mir zeigen, daß er mich turmhoch überragte.

Ich trat zur Seite, um ihn vorbeizulassen. Er ignorierte diese Bewegung und sagte: »Wenn ich Ihren Vater zum Spezialisten begleite, möchte ich, daß Sie mitkommen. Würden Sie das tun? Es wäre bestimmt von Nutzen.«

»Selbstverständlich werde ich alles tun, um meinem Vater zu helfen.«

Er berührte meine Schulter mit einer Hand. »Danke«, sagte er.

Ich trat einen Schritt zurück, so daß seine Hand herunterfiel. Wieder sah ich dieses Lächeln über seine Lippen huschen. »Gute Nacht, Mister Shaw«, sagte ich noch einmal. »Und danke, daß Sie meinem Vater helfen.«

»Ich bin auch meinetwegen hier«, entgegnete er. »Ich habe hier sehr dringende Geschäfte zu erledigen. Alle paar Jahre müssen wir die Händler in London aufsuchen ... oder sollten es zumindest. Das gehört alles zum Geschäft. Außerdem habe ich einen noch wichtigeren Grund, aus dem ich hier bin.«

Er blickte mich herausfordernd an, als erwarte er, daß ich ihn frage, worum es sich handelt. Diesen Gefallen tat ich ihm nicht.

Er kam einen Schritt auf mich zu. »Ich halte Ausschau nach einer Frau«, sagte er.

Ich spürte, wie die verräterische Röte wieder in mir aufstieg. Ich brachte ein leises »Wirklich?« zustande.

»O ja, für einen Mann kommt einmal die Zeit, da er eine Frau braucht, jemanden, der für ihn sorgt und ihn zur Vernunft bringt. Das ist bei einem Dasein, wie ich es führe, sehr wichtig, und dort, wo ich lebe, gibt es wenig Auswahl. Es ist eine löbliche Sitte, nach Hause zu kommen, um sich eine Frau zu suchen.«

»Gewiß«, sagte ich und wandte mich ab. Da er nicht ging, fuhr ich fort: »Ich wünsche Ihnen viel Glück bei Ihrer Suche.«

»Ich sehe da keinerlei Schwierigkeiten«, erwiderte er.

»Hoffen wir, daß der Gegenstand Ihrer Suche die hohe Meinung, die Sie von sich haben, teilt«, sagte ich.

Er lächelte mich an, während ich zur Tür ging und sie aufhielt. Ich schloß die Tür hinter ihm und drehte den Schlüssel herum.

Dann setzte ich mich vor meinen Spiegel. Seit dem Tod meiner Mutter war ich nicht so aufgewühlt gewesen. Mein Vater schwer erkrankt... vielleicht nur heimgekehrt, um zu sterben, und dann dieser Mann, der mir nicht aus dem Sinn ging. Er schien mir irgendwie bedrohlich.

Ich verstand selbst nicht, was während der folgenden Wochen mit mir geschah. Ich war ganz gewiß nicht in Clinton Shaw verliebt. Jedenfalls war es nicht das, was ich mir bis dahin unter Liebe vorgestellt hatte: zärtliche Zuwendung, wie Everard sie meiner Mutter entgegenbrachte; die dienstfertige Ergebenheit Tobys; die Blumen und zuweilen auch Juwelen, mit denen die Männer am Bühneneingang meine Mutter beehrt hatten. Nein, so war es ganz und gar nicht. Clinton drängte sich einfach in meine Gedanken. Er hatte von meinem Verstand Besitz ergriffen und war, wie er deutlich zu erkennen gab, entschlossen, sich auch meines Körpers zu bemächtigen – wenn die Zeit reif war. Jemandem wie ihm war ich noch nie begegnet. Wenn er einen Raum betrat, änderte sich die Atmosphäre; sie wurde von ihm beherrscht. Die Aufmerksamkeit konzentrierte sich auf ihn; ihm wurde vergeben, was bei anderen als unverzeihliche Grobheit verurteilt worden wäre. Es war eine gewisse Macht seiner Persönlichkeit – eine ausgesprochen männliche Eigenschaft –, ganz anders als jene Anziehungskraft meiner Mutter, die sich auf so tragische Weise verflüchtigt hatte. Er besaß eine Männlichkeit, welche die Menschen widerstrebend anerkannten, weil sie gar nicht anders konnten. Selbst die Tanten spürten sie. Tante Martha nickte mit dem Kopf, und ihre Lippen zitterten vor unterdrückter Belustigung über seine ungehobelten Manieren, und Tante Mabel ging dazu über, rüschenbesetzte Kragen zu tragen. Mrs. Lamb entdeckte, daß er gern Curry-Gerichte aß, und gab sich alle Mühe, sie nach seinem Geschmack zuzubereiten; dabei handelte es sich um Gerichte, die bisher bei uns nie aufgetischt wurden. Die Dienstboten wetteiferten miteinander, ihm seine Wünsche zu erfüllen. Ellen meinte kichernd: »Das is'n Mann und noch ein halber dazu, jawohl!« Ein Mann und ein halber dazu! Das paßte zu ihm. Er hatte etwas Außergewöhnliches, diesen puren Egoismus, diese Entschlossenheit, alles zu bekommen, was er haben wollte. Ich war anscheinend die einzige, die sich bemühte, sich seiner überwältigenden Männlichkeit zu entziehen. Vielleicht war das der Grund, weshalb er es auf mich abgesehen hatte. Doch nein, dahinter steckte mehr als das.

Ich nahm mit Bestürzung wahr, wie sehr sich mein Vater auf ihn verließ. Clinton Shaw traf alle Entscheidungen, und mein Vater fügte sich willig. Daß er schwer krank war, wurde am Morgen nach ihrer Ankunft klar ersichtlich. Das helle Tageslicht offenbarte seine ungesunde, gelbliche Blässe, die eingesunkenen Augen, seine Gebrechlichkeit.

An diesem Morgen verfügte Clinton, mein Vater solle in seinem Zimmer ruhen, da er sich am nächsten Tag den anstrengenden Untersuchungen durch den Spezialisten unterziehen müsse. Ich blieb den ganzen Vormittag bei meinem Vater, und er sprach mit mir, während er im Bett lag.

Nun, da wir allein waren, erzählte er mir, wie gern er mich immer besuchen gekommen wäre, daß aber meine Mutter dagegen war.

»Sie haßte das Leben auf Ceylon«, sagte er. »Man kann es eben nur lieben oder hassen. Sie liebte die Welt des Theaters: Glanz, Rampenlicht, Bewunderung. Unsere Ehe war von Anfang an ein Fehlschlag. Ich hatte kein Glück mit dem Heiraten, Sarah. Ich hoffe, daß deine Ehe einmal glücklich wird.«

»Ich habe nie ans Heiraten gedacht«, erklärte ich ihm. »Ich lerne hier so wenige Leute kennen.«

»Du mußt nach Ceylon kommen.«

»Gern.«

Dann sprach er wieder – wie schon beim Abendessen – mit einer Inbrunst von der Plantage, als wolle er sie mit aller Macht seiner Erinnerung einprägen und mir ihre Bedeutung vor Augen führen. Er erzählte mir, daß dort viele Leute beschäftigt seien. Die Plantage war ihr Leben. Wenn diesem Betrieb etwas zustieße, wie es einst mit den Kaffeepflanzungen geschehen war, so hätte das für viele verheerende Folgen. Ich bedrängte ihn, mir mehr von meiner Familie zu erzählen, von meiner Schwester, ob sie von mir wüßte und mich gern kennenlernen möchte.

»Clytie ist ein zartes Geschöpf, Sarah. Ihre Schönheit ist atemberaubend, finde ich. Sie ist nicht so groß wie du. Sie ist klein und zierlich, eine richtige Elfe. Seth Blandford kam zum Arbeiten auf die Plantage, und sie verliebten sich. Und jetzt haben sie diesen wonnigen Jungen... meinen Namensvetter. Ich kann dir leider kein Bild zeigen. Doch du wirst eines Tages ohnedies kommen. Du kommst mit mir, wenn ich...«

Ich sagte fest: »Ich muß unbedingt mit dir kommen.«

»Ich weiß nicht, wie lange Clinton hierbleibt, und ich weiß nicht, was ich ohne ihn angefangen hätte, Sarah. Du magst ihn doch, nicht wahr?« Das klang sehr besorgt, und er ergriff meine Hand.

Ich zögerte. »Ich kenne ihn doch gar nicht. Er ist anscheinend ein sehr starker Charakter.«

»Stark, ja, das ist er. Genau der Richtige für die Plantage. Die Eingeborenen fürchten sich vor ihm. Ich glaube, sie schreiben ihm eine übernatürliche Kraft zu. O ja, er kann sich durchsetzen. Am Ende wird ihm ganz Ceylon gehören. Er wird einmal sehr reich sein, Sarah. Er war so hilfreich, und ich habe gehofft, daß du ihn magst.«

»Ich finde ihn nur etwas arrogant, und seine Manieren könnten besser sein.«

»Er ist doch nur natürlich. Viele Leute sehen in ihm ihren Herrn, und auf Ceylon kann man sich nicht immer nach dem strikten Verhaltenskodex richten, wie er für ein englisches Landhaus gelten mag.«

»Trotzdem...«

Er tätschelte mir die Hand.

Ich unterhielt mich gern mit ihm. Ich erfuhr von seiner ersten Frau, die er über alles geliebt hatte; sie hatte ihm die vergötterte Clytie geschenkt und war dann verschieden. Darauf ging er nach England, wo er von dieser bezaubernden Schauspielerin fasziniert war, die seltsamerweise einwilligte, ihn zu ehelichen. Das hatte ihn selbst am allermeisten überrascht. Die Ehe war gescheitert, und ich war der Asche dieser Leidenschaft entstiegen.

Mittags nahmen wir das Essen im Wintergarten ein: Suppe und danach das Wildbret, das uns am Abend zuvor warm serviert worden war, kalt mit in der Schale gebackenen Kartoffeln. Mein Vater aß spärlich, Clinton Shaw unmäßig.

Nach dem Mahl ordnete er an, daß mein Vater den Rest des Tages ruhen solle, da er am folgenden Tag mit ihm nach London fahren werde. Clintons Augen waren auf mich gerichtet und erinnerten mich an mein Versprechen, die beiden zu begleiten. »Ich würde gern durch den Wald reiten«, erklärte er dann, ohne den Blick von mir zu wenden.

Tante Martha sagte sogleich: »Sarah wird Sie begleiten. Es wird ihr ein Vergnügen sein, Ihnen den Wald zu zeigen. Sie fühlt sich dort sehr wohl, nicht wahr, Sarah? Sie liebt es, im Wald spazierenzugehen und auszureiten.«

»Mir gefällt die Einsamkeit«, erwiderte ich spitz.

»Wir werden die Einsamkeit gemeinsam genießen«, gab Clinton Shaw zurück.

Ich konnte mich kaum weigern, ihn zu begleiten, ohne es zu einer Auseinandersetzung kommen zu lassen. Er war immerhin ein Gast.

Ich ging mit meinem Vater in sein Zimmer, zog ihm die Schuhe aus und half ihm aus seinem Jackett. Als er auf dem Bett lag, sagte ich: »Du bist sehr müde.«

Er nickte. »Es ist schön, bei dir zu sein, Sarah. Ich wußte, daß wir uns verstehen werden. Ich will mich nie mehr von dir trennen.«

Ich küßte ihn auf die Stirn. »Das sollst du auch nie wieder machen«, sagte ich leidenschaftlich und impulsiv.

Danach begab ich mich in mein Zimmer und zog mein Reitkostüm an. Ich sah recht gut darin aus. Es brachte meine schlanke – vielleicht zu schlanke – Figur zur Geltung. Ich band mein Haar im Nacken zusammen und setzte den dunkelgrauen steifen Hut auf. Wäre mein Haar nicht gewesen, man hätte mich für einen Knaben halten können, und zwar, dachte ich mit Genugtuung, für einen ziemlich hübschen.

Ich mußte mir eingestehen, daß mich die Aussichten, die sich mir eröffneten, erregten. Ich hatte das Leben bisher als eintönig empfunden. Ich war zwar mit am Schauplatz, aber im Hintergrund. Die Hauptrollen hatten andere übernommen; ich dagegen gehörte zum Chor, zur

Masse. Mit der Ankunft von Clinton Shaw hatte sich das geändert. Ich wurde zur Hauptdarstellerin, und das fand ich durchaus vergnüglich. Gemischte Gefühle beherrschten mich. Ich war auf der Hut, und doch kam ich mir verwegen vor. Ich verspürte ein starkes Verlangen, mit Clinton zu streiten. Vielleicht war einem General so zumute, wenn er in den Krieg zog und sich über die Stärke der feindlichen Kräfte nicht ganz klar war, sondern nur wußte, daß sie ungeheuer waren.

Clinton Shaw wartete im Stall, und als er mich sah, erhellte ein Lächeln seine dunklen Züge.

»Wie nett, daß Sie gekommen sind. Ich dachte schon, Sie würden mich versetzen.«

»Wenn ich die Absicht gehabt hätte, nicht zu kommen, so hätte ich das gesagt«, gab ich zurück.

Er machte Anstalten, mir beim Aufsteigen zu helfen.

»Ich brauche keine Hilfe, wie Sie sehen«, sagte ich.

»Aber ich möchte wenigstens so galant sein, sie anzubieten.«

»Es überrascht mich, daß Sie ein derartiges Bedürfnis verspüren.«

»Ich dachte, nach meinem Betragen gestern abend müßte ich einen guten Eindruck machen«, sagte er, während wir aus dem Stall ritten. »Mir den Zugang zum Schlafzimmer einer jungen Dame zu erzwingen, die ich erst seit wenigen Stunden kannte, das war wohl nicht das, was man unter schicklichem Benehmen versteht.«

»Das haben Sie also eingesehen. Ein guter Anfang.«

»Wissen Sie, dort, wo ich herkomme, haben wir kaum Umgang mit wohlerzogenen jungen Engländerinnen. Das führt zu einer gewissen Grobheit. Gelegentlich treffen wir mit Damen aus der Heimat zusammen – Ehefrauen anderer Plantagenbesitzer und so weiter. Es gibt einen Club in Kandy und einen in Colombo, dort mischen wir uns ab und zu unter die feine Gesellschaft. Doch wir arbeiten hart und finden nicht oft Zeit, in die Stadt zu gehen. Und es mangelt an *jungen* englischen Damen. Daher müssen diejenigen unter uns, die welche kennenlernen möchten, in die Heimat reisen.«

»Und Sie sind also auf der Suche.«

»Ich habe das Gefühl, sie ist bereits zu Ende.«

»Gratuliere! Soviel ich weiß, hat sie gestern erst angefangen.«

»Sie hätte schon viel früher beginnen können. Wissen Sie, wenn das Schiff von Colombo ausläuft, sind lauter Leute an Bord, die nach Hause zurückkehren. Eine Schiffsreise durch tropische Gewässer ist ein Vergnügen... ausgesprochen geeignet für eine Romanze.«

»Aha. Auf der Heimreise haben Sie also Ihre Frau gefunden.«

»Sagen wir, ich fand die Frau, die ich mir wünsche.«

»Und ich spreche Ihnen meine Gratulation aus, denn ich vermute, Sie brauchten Ihre Wahl nur bekanntzugeben, und schon sank sie Ihnen in ohnmächtiger Dankbarkeit zu Füßen.«

»Ein hübsches Bild«, meinte er munter. »Dankbar ist sie sicher. Aber ohnmächtig? Nein. Sie ist nicht der Typ, der in Ohnmacht fällt. Ich bin froh darüber. Ich fände das entsetzlich albern.«

»Hirschhorn soll sehr gut dagegen sein. Vielleicht schenke ich Ihnen eins zur Hochzeit.«

»Da wünsche ich mir schon etwas Besseres... von Ihnen.«

Ich gab meinem Pferd die Sporen und ritt voraus. Ich brauchte ein wenig Erholung von ihm und seinen Anzüglichkeiten.

Er hatte mich bald eingeholt. »Was machen Sie so auf dem alten Landsitz?«

»Was ich hier mache? Wie meinen Sie das? Ich lebe hier.«

»Und wie verläuft das Leben bei den ehrenwerten Tanten?«

»Wie überall auf solchen Besitztümern, dessen bin ich sicher. Da gibt es bestimmte Gutsangelegenheiten zu regeln. Tante Martha versteht sich bestens auf dergleichen, und ein Verwalter ist auch da. Dann die lokalen Wohltätigkeitsaufgaben. Unsere Kirche ist wie alle Kirchen ständig reparaturbedürftig, und es ist die Aufgabe der Dorfgemeinde, sie zu erhalten.«

»Ich verstehe vollkommen. Ich bin auch in so einem Haus aufgewachsen. Ich hatte drei Brüder, und ich bin der jüngste. Daher können Sie mir kaum etwas über das dörfliche Leben berichten, worüber ich nicht Bescheid wüßte.«

»Ich glaube, es gibt kaum etwas, das man Ihnen erzählen könnte, von dem Sie nichts wissen... jedenfalls nach Ihrer Meinung. Daher ist es pure Zeitverschwendung, Ihnen etwas zu erzählen.«

»Es gibt etliche Themen, über die ich nicht alles weiß, und ich lasse mich da gern berichtigen. Zum Beispiel Sie: Ich weiß natürlich, wer Sie sind. Ich kann mich sogar noch vage an Ihre Mutter erinnern. Ich war damals zu Besuch bei meinem Onkel auf der Plantage, die ich später geerbt habe. Ich zog endgültig dorthin, als ich zwanzig war. Unter der

Dienerschaft kursierten eine Menge Gerüchte, als Ihre Mutter fortging. Ich war seinerzeit ungefähr zwölf. Mit zwölf ist man recht aufgeweckt.«

»Das kann ich mir vorstellen, Sie waren von Geburt an... aufgeweckt.«

»Nicht ganz, aber ich wurde es bald. An Schlüssellöchern horchen, Dienstboten zum Ausplaudern von Geheimnissen verleiten...«

»Sehr unangenehme Züge...«

»Was haben Sie denn erwartet, hm?«

Ich antwortete nicht, und er fuhr fort: »Sie können sich das Gerede vorstellen. ›Ich hab's ja gleich gesagt!‹ hieß es überall, vom Sekretär des Clubs bis zum einfachsten Pflücker. Ihr Vater ist nicht immer der Klügste gewesen. Er war sehr traurig, als Ihre Mutter ihn verließ, und er hat die Dinge treiben lassen. Das kann man sich bei Tee nicht leisten. Zum Glück war mein Onkel bei der Hand – und später ich, nachdem ich die Erbschaft angetreten hatte. Aber das ist eine alte Geschichte. Zurückblicken hat keinen Sinn. Nur was vor uns liegt, ist von Belang.«

»Erzählen Sie mir von seiner Krankheit.«

»Sie haben selbst gesehen, wie es um ihn steht. Auf Ceylon kann er nicht richtig behandelt werden. Deswegen ist er nach Hause gekommen. Ich weiß nicht, wie das Ergebnis der Untersuchung lauten wird, aber gut wird es nicht sein. Soviel habe ich von dem Arzt in Ceylon erfahren.«

»Wir müssen abwarten. Es war nett von Ihnen, sich so um ihn zu kümmern«, sagte ich widerwillig.

»Wir sind Nachbarn. Außerdem...« Er zuckte die Achseln, und ich wartete; doch er nahm den Faden nicht wieder auf.

Schweigend ritten wir ein paar Minuten Seite an Seite. Wir waren ins Dickicht gelangt. Es war neblig, und das verlieh dem Wald eine geheimnisvolle Atmosphäre. Wie eine dünne Wolke umhüllte der Nebel die oberen Äste der Bäume, die nun, ihrer Blätter beraubt, seltsame, phantastische Formen annahmen. Ich glaube, die Bäume waren mir im Winter sogar lieber als im Sommer. Ihre sonderbaren Formen regten mich zu allerlei Hirngespinsten an.

»Schön ist es hier«, sagte Clinton plötzlich. »Wissen Sie, wenn ich in der Hitze schmachte und wenn der Regen unaufhörlich strömt, träume ich oft von England. Meistens allerdings vom Frühling. Aber jetzt glaube ich, daß es nichts Schöneres gibt, als durch die herbstlichen Wälder zu reiten.«

»Das höre ich mit Freuden.«

»Und es gibt niemanden, mit dem ich lieber reite als mit Ihnen. Hören Sie das auch mit Freuden?«

»Mehr mit Überraschung als mit Freuden.«

»Kommen Sie, Sarah, Sie wollen ja nur, daß man Ihnen Komplimente macht.«

»Ich meine, es überrascht mich, daß Sie sich zu Schmeicheleien herablassen. Sie haben in mir den Glauben geweckt, daß sich dergleichen nicht mit Ihren Grundsätzen verträgt.«

»Das stimmt. Ich meine es aber ernst. Ich bin sehr froh, daß Sie genau so sind, wie ich Sie mir gewünscht habe.«

Wir waren zu einer Lichtung gelangt, die mir vertraut war, und ich ließ mein Pferd in einen leichten Galopp fallen. Er war sofort an meiner Seite. Ich war ihm gegenüber im Vorteil, weil ich mich im Wald auskannte. Ich hatte große Lust, ihm zu entwischen. Es wäre amüsant gewesen, wenn er sich im Wald verirrt hätte. Ich bog in einen Pfad ein und wußte, daß ich bald auf freies Feld kommen würde. Dann wollte ich richtig galoppieren.

Der Wald, von Wilhelm dem Eroberer als Jagdrevier benützt, war teilweise noch genauso wie in den Tagen jenes Regenten; doch einige Stellen waren im Laufe der Jahrhunderte gerodet worden, und wie Oasen in der Wüste waren hier kleine Dörfer entstanden. Der Wald erstreckte sich alles in allem über 80 Kilometer. »Man kann sich im Nu darin verirren«, hatte Tante Martha mich gleich zu Anfang meines Hierseins gewarnt. Das Gebiet in der Nähe des Wohnhauses kannte ich recht gut, doch war ich überrascht, wie leicht ich an nebligen Tagen den rechten Weg verfehlen konnte. Für Leute ohne sicheren Orientierungssinn sieht ein Baum wie der andere aus, und ehe sie sich versehen, sind sie im Kreis herumgewandert. Sich im Wald zu verirren, das wäre für Clinton die erste Lektion in Bescheidenheit gewesen.

Ich ritt im Galopp. Wir erreichten das Dorf: ein Labyrinth kleiner Seitenwege. Ich bog um eine Ecke. Vor mir lag ein dichtes Tannenwäldchen, hoch genug, um einen Reiter zu verbergen. Ich war darin verschwunden, bevor Clinton um die Ecke kam; also hatte er mich nicht gesehen. Ich versteckte mich und mein Pferd zwischen den Bäumen, gerade zur rechten Zeit, denn wenige Sekunden darauf hörte ich ihn vorüberpreschen.

Ich lachte innerlich. »Komm, Cherrybim«, sagte ich zu meinem Pferd, »den sind wir los.« Still ritt ich den Weg zurück, den wir gekommen waren.

Doch der Triumph währte nicht lange. Ich hätte wissen müssen, daß Clinton Shaw nicht so leicht hinters Licht zu führen war. Er hatte meine List bald entdeckt und war umgekehrt. Bevor ich mich abermals verstecken konnte, war er an meiner Seite.

»Ich habe schon immer gern Verstecken gespielt«, sagte er.

»Ich wollte mir die Tannen anschauen«, erklärte ich ihm. »Die sind in diesem Jahr besonders grün und glänzend. Ich glaube, das bedeutet einen strengen Winter.«

Er bemerkte nichts dazu, aber ein Zug um seinen Mund sagte mir, daß es mir schwerfallen würde, ihn noch einmal zu überlisten.

Wir ritten etwa eine Stunde lang durch den Wald. Dann meinte ich, wir sollten uns heimwärts begeben. Es würde vor fünf Uhr dunkel, und da es neblig war, sogar noch etwas früher.

Wir kamen am Bahnhof vorüber, der etwa einen Kilometer von Ashington Grange entfernt lag, und ich schlug vor, die Abkürzung durch den Wald zu nehmen.

»Es ist noch nicht dunkel«, sagte Shaw, »und es bleibt gewiß noch eine Stunde hell. Lassen Sie uns noch etwas tiefer in den Wald hineinreiten.«

Nach meinem gründlich mißlungenen Versuch, ihn abzuschütteln, was ziemlich ungehörig war, da er immerhin ein Gast war und ich mich nicht unbedingt hätte so unmanierlich benehmen müssen, nur weil er es auch tat, kam ich mir ziemlich albern vor. Deswegen stimmte ich zu.

Nach einer kurzen Strecke kamen wir zu einer Hütte. Sie wirkte recht anheimelnd so mitten im Wald.

»Wer wohnt hier?« fragte Shaw.

»Im Augenblick steht sie leer«, erwiderte ich. »Sie gehört zum Gut. Für die Dienstboten liegt sie zu weit vom Wohnhaus entfernt. Im Sommer war sie vermietet, und die Leute wollen sie im nächsten Sommer wieder haben.«

»Sie sieht gemütlich aus. Werfen wir einen Blick hinein!«
Es war eine hübsche kleine Hütte. Wilder Wein rankte an den Wänden
empor, und die Blätter leuchteten in herbstlichem Rot.
»Wie still es hier ist!« sagte Clinton Shaw. »Horchen Sie nur!«
Wir standen beisammen, und ich verspürte plötzlich eine genüßliche
Erregung. Ich war gespannt, was er als nächstes tun würde.
»Wollen wir nachsehen, ob jemand drinnen ist?« fragte er.
»Da ist niemand drinnen. Ich habe Tante Martha die Hütte einmal er-
wähnen hören. Sie heißt Papageienhütte. Früher hat hier jemand mit
einem Papagei gehaust, ein alter Seemann. Sein Papagei hat komische
Sachen gerufen, und das Echo erscholl durch den Wald.«
Clinton spähte durch das Fenster. »Ja, sie ist leer«, sagte er. Er ging ums
Haus herum. »Sarah«, rief er, »hier ist ein offenes Fenster. Ich steige
hinein. Kommen Sie!«
Zu meiner eigenen Überraschung folgte ich ihm, obwohl mir sein her-
rischer Befehlston mißfiel.
»Soll ich Ihnen die Haustür aufmachen, mein anständiges und schickli-
ches Fräulein? Dann brauchen Sie nicht hereinzuklettern.«
»Ja«, sagte ich, »machen Sie die Tür auf.«
»Ihr Wunsch ist mir Befehl«, erwiderte er spöttisch.
Ich ging zur Vorderfront der Hütte, und kurz darauf befand ich mich
im Innern. Sie war sehr klein. Unten lagen zwei Zimmer mit einer winzigen Küche, von der aus eine Stiege nach oben in einen Raum führte,
der von einem Ende des Gebäudes bis zum anderen reichte. Das Dach
war schräg, und jede Seite hatte ein kleines Fenster.
»Der alte Seebär und sein Papagei waren bestimmt glücklich hier«,
meinte Clinton Shaw.
Ich stieg die Treppe wieder hinunter. Ich wollte nicht mit ihm hierbleiben. Die Hütte war so eng. Sie brachte uns einander zu nahe.
»Geben Sie acht, Sarah«, sagte er, »die Stufen könnten gefährlich
sein.«
Er hatte meinen Arm ergriffen, und mein Unbehagen wuchs. Ich befreite mich, sobald wir unten angelangt waren.
»Ich denke, die Treppe ist stabil«, sagte ich. »Und sie wird gewiß in je-
dem Fall überholt, bevor die Hütte wieder vermietet wird.«
»Sicher«, erwiderte er. »Mir macht dieses Abenteuer Spaß.«
»Abenteuer? So aufregend ist es nun auch wieder nicht.«

»Ich finde schon«, beharrte er. »Stellen Sie sich vor, was diese Wände alles erlebt haben. Wie lange steht die Hütte schon? Zweihundert Jahre, schätze ich. Denken Sie nur, was sich in zweihundert Jahren alles ereignet haben kann.« Er rückte näher an mich heran. »Denken Sie nur, was in den nächsten Jahren alles geschehen wird.«

»Dasselbe wie in jedem anderen Haus.«

»Ich habe das Gefühl, mit diesem hier hat es etwas Besonderes auf sich, finden Sie nicht?«

»Nein.«

»Das ist nicht wahr. Ihre Augen verraten es mir. Ich weiß, was es ist. Sie und ich besichtigen das Haus gemeinsam. Kommt Ihnen das nicht bedeutungsvoll vor?«

»Nicht im geringsten! Für mich bedeutet es nichts weiter, als daß Sie und ich in den Wald ritten, eine leere Hütte entdeckten und beschlossen, sie uns anzuschauen.« Ich wandte mich zur Tür.

Er legte seine Hand auf meinen Arm. »Noch einen kurzen Blick. Da draußen ist ein Holzschuppen. Nur einmal schnell hineinschauen... Danach gehen wir.«

Er entriegelte die Hintertür und ging zum Schuppen. Dort lagen Holzscheite, offensichtlich vom letzten Bewohner aufgestapelt und nicht für wert befunden, entfernt zu werden.

»Umsichtige Leute«, bemerkte Clinton Shaw. »Wollten es schön warm haben. Gemütlich ist es hier. Windgeschützt hinter den Bäumen. Aber feucht... entschieden zu feucht.«

Ich mußte lachen. »Sie hören sich an wie ein zukünftiger Mieter.«

Er stimmte in mein Lachen ein. »Wissen Sie, ich finde Gefallen an diesem Fleckchen.«

»Es wird immer dunkler«, sagte ich und verspürte einen plötzlichen Drang, fortzukommen. Die Hütte war mir auf einmal unheimlich. Er stand zwischen mir und der Tür und beobachtete mich. In diesem Augenblick wäre ich um ein Haar in Panik geraten. Das war töricht von mir, denn als ich auf die Tür zuschritt, machte er keinerlei Anstalten, mich zurückzuhalten. Ich trat in den Wald hinaus. Clinton verriegelte die Tür von innen und kletterte aus dem Fenster.

»Wir verlassen alles so, wie wir es vorgefunden haben«, bemerkte er.

»Sollten Sie dann nicht auch das Fenster schließen?«

»Der Riegel ist abgebrochen. Deshalb stand es offen. Außerdem möchte ich vielleicht gelegentlich noch einmal hineinschauen. Man kann nie wissen.«

»Es scheint Ihnen hier zu gefallen.«

»Ich sehe, welche Möglichkeiten das Haus bietet. Ja, ich habe Geschmack daran gefunden... Der Garten ist verwildert«, fuhr er fort. Es eilte ihm nicht mit dem Aufbruch. Er ging um die Hütte herum. Dort erstreckte sich etwa ein Viertelmorgen wild wucherndes Gestrüpp, das allmählich in den Wald überging.

»Überall Fingerhut«, sagte er. »Schauen Sie!« Er blieb stehen und pflückte einen Stengel mit Blättern. »Wunderschön, wenn er blüht. Schön und tödlich. Wissen Sie, daß er auch Totenglocke heißt?«

»Nein. Aber ich wußte, daß er giftig ist.«

»Solche Pflanzen werden als Heilkräuter genutzt und haben der Medizin gute Dienste geleistet. Seltsam, daß sie lebenspendend – und tödlich sind. Aber Sie sind sicher mit mir einer Meinung, meine liebe Sarah, daß nichts im Leben gänzlich schlecht ist... oder gänzlich gut. Sehen Sie die Eiben da drüben. Ich schätze, sie stehen seit Hunderten von Jahren dort. Schön sind sie, finden Sie nicht? Doch ich möchte wissen, wie viele Tote sie auf dem Gewissen haben. Wußten Sie, daß die nadelförmigen Blätter und Samen Toxin, eines der tödlichsten Gifte, enthalten?«

»Sie haben die Gifte anscheinend gründlich studiert.«

»Ja, das kann man wohl sagen. Als ich sehr jung war, hatte ich einen Hauslehrer, und Gifte waren seine Leidenschaft. Wir beschäftigten uns mehr mit Botanik als mit anderen Fächern. Ich lernte, daß die schönsten Pflanzen die giftigsten sind. Rittersporn zum Beispiel. Was für eine schöne Blume! Doch Samen und Blätter können töten. Sie enthalten Delphinin – ebenfalls ein tödliches Gift.«

»Ein sehr nützliches Wissen.«

»O ja. In Ceylon gibt es natürlich andere Pflanzen... ebenso giftig, wenn nicht gar noch gefährlicher. Die Könige von Kandy verstanden sich früher bestens darauf, Mixturen aus den tödlichen Giften zu bereiten. Sie präparierten Handschuhe und Stiefel damit... alle möglichen Kleidungsstücke. Ein kleiner Spritzer auf die Haut konnte den Tod bedeuten. Das ist hochinteressant, kann ich Ihnen versichern.«

»Aber das ist kein Wissen, das sich auf das normale Leben anwenden läßt, es sei denn...«

Wir standen ziemlich dicht beieinander in dem Garten, und die Stille, die uns umgab, drang tief in mein Bewußtsein. Ich verspürte plötzlich Angst. Später wurde mir klar, daß es eine Vorahnung war. Ich schauderte fast unmerklich, aber er nahm es dennoch wahr.

»Ihnen ist kalt«, sagte er.

Seine Stimme hatte sich verändert. Sie klang beinahe zärtlich, und auf eine eigentümliche Art rührte sie mich. Es war, als verhänge er einen Zauber über mich.

»Kommen Sie«, sagte er. »Wir müssen aufbrechen. Es wird bald dunkel sein. Wollen Sie sich im Wald verirren?«

»Das könnte mir kaum passieren«, erwiderte ich. »Ich kenne den Weg.«

»Es ist immer gut, wenn man seinen Weg weiß«, gab er zurück. Er legte seinen Arm um mich, und als ich zurückwich, lachte er.

Ich beschleunigte meine Schritte, und wir gelangten zu den Pferden. Wir stiegen auf und ritten zum Gut zurück.

Am nächsten Tag brachte uns der Brougham zum Bahnhof, und wir fuhren mit dem Zug zur Station Liverpool Street, wo wir eine Droschke zur Harley Street nahmen.

Clinton Shaw und ich saßen zwei Stunden im Wartezimmer. Ich dachte, mein Vater komme nie wieder heraus. Wir sprachen nicht viel. Clinton merkte wohl, daß mir nicht nach Unterhaltung zumute war. Er schien jetzt ein ganz anderer zu sein als der unverschämte und arrogante Mensch, der einen so nachhaltigen Eindruck auf mich gemacht hatte, daß er mir nicht mehr aus dem Sinn ging.

Endlich wurden wir ins Sprechzimmer gebeten. Mein Vater war nicht da.

»Er liegt nebenan«, sagte der Arzt. »Die Untersuchung hat ihn sehr angestrengt.«

Der Arzt kannte Clinton Shaw, der, wie es schien, diese Konsultation in die Wege geleitet hatte und mich jetzt als die Tochter des Patienten vorstellte.

»Ich fürchte, es ist etwas sehr Ernstes«, sagte der Spezialist. »Seine Lunge ist sehr angegriffen. Er hat vielleicht noch sechs Wochen zu leben... höchstens zwei Monate.«

Mir stockte der Atem. Ich wurde vom Jammer übermannt. So hatte ich denn meinen Vater nur gefunden, um ihn gleich wieder zu verlieren.

Clinton Shaw, der dicht neben mir saß, drückte meine Hand. Ich war zum erstenmal dankbar, daß er da war.

»Er braucht eine Spezialbehandlung, die man ihm in einem Privathaushalt unmöglich bieten kann«, fuhr der Arzt fort. »Deshalb schicke ich ihn in meine Klinik, wo ich ihn unter Beobachtung halten kann. Ich muß Ihnen allerdings sagen, daß wenig Hoffnung auf Besserung besteht. Doch wir werden unser Bestes tun. In letzter Zeit sind ja ein paar Entdeckungen gemacht worden. Wer weiß ... Doch Sie sollten sich darauf einstellen, Miss Ashington, daß wir sehr wenig für ihn tun können außer dafür zu sorgen, daß er keine großen Schmerzen hat und ihm die letzten Tage so angenehm wie möglich zu machen.«

Ich senkte den Kopf. »Können wir ihn besuchen?«

»So oft Sie wollen. Die Klinik ist nicht weit von hier. Ich versichere Ihnen, er ist dort bestens aufgehoben und würde nirgends eine bessere Pflege erhalten. Er trägt es gelassen. Ich glaube, er weiß seit einiger Zeit, daß er nicht mehr lange zu leben hat.«

Ich stand auf. Clinton Shaw war an meiner Seite. Er nahm meinen Arm, und wir gingen zusammen zu meinem Vater. Es war bei weitem nicht so schwer, wie ich befürchtet hatte, und das lag wohl daran, daß Clinton Shaw dabei war. Vor ihm mußte ich tapfer sein. Mein Kummer hatte mich verwundbar gemacht, und das wollte ich ihm nicht zeigen.

Mein Vater lächelte. Er würde in die Klinik gehen, ließ er uns wissen. Auch ich hatte den Eindruck, daß er mit dergleichen gerechnet hatte.

»Ich komme dich oft besuchen«, sagte ich.

»Liebe Sarah, das macht mich sehr glücklich.«

Nicht lange danach kam die Kutsche, die ihn abholte. Wir begleiteten ihn und überzeugten uns, daß er in einem freundlichen Zimmer bequem untergebracht war. Clinton Shaw ließ uns eine Weile allein, und mein Vater und ich unterhielten uns so heiter wie möglich. Er war, dachte ich, mehr um meine Aufmunterung besorgt als um seinen eigenen Zustand.

Clinton Shaw kehrte bald mit einem Stapel von Büchern und Zeitungen zurück, und dann war es für uns Zeit zum Aufbruch.

Ich schwieg während der Fahrt; Clinton Shaw saß mir gegenüber und blickte mich mitfühlend an. Wir hatten das Abteil für uns allein, und ich war froh darüber. Als wir in den Bahnhof von Epleigh einfuhren, beugte Clinton sich vor und berührte meine Hand.

»Sie waren großartig«, sagte er.
Ich spürte, wie meine Lippen zitterten, und wandte mich ab.

Es ist erstaunlich, wie schnell man sich an eine neue Lage gewöhnt und wie bald man eine Veränderung als normal empfindet.
Ich reiste häufig nach London, um meinen Vater zu besuchen – beinahe jeden zweiten Tag. Hin und wieder begleitete mich eine der Tanten – manchmal kamen auch beide mit –, und zuweilen fuhr Clinton Shaw mit mir. Er wohnte nicht ständig auf Ashington Grange, doch das Zimmer wurde für ihn bereitgehalten, falls er hier zu übernachten wünschte. Er hatte eine Suite in einem Hotel in London bezogen, um seinen Geschäften nachzugehen. Dann und wann traf ich mich mit ihm, nachdem ich meinen Vater besucht hatte, und wir fuhren zusammen zurück.
Die Tanten waren von der Krankheit meines Vaters erschüttert. Tante Martha schien es als persönlichen Affront zu empfinden, daß ihre Pläne durchkreuzt wurden. Sie hatte davon geträumt, glanzvolle Gesellschaften zu geben, die Familien aus der Umgebung mit geeigneten Töchtern einzuladen. Alle ihre Pläne wurden vereitelt. Meine Mutter war zwar zu gelegener Zeit gestorben und hatte den Weg geebnet, doch dann war Celia so mir nichts dir nichts verschwunden. Sie hatte aus einem Hotel in Southampton geschrieben, daß sie für eine Weile mit einer Cousine ins Ausland reise und, sobald sie nach England zurückkehre, wieder schreiben werde, um uns ihre Anschrift mitzuteilen. Unsere Freundschaft sei zu tief gewesen, als daß wir uns verlieren könnten wie Schiffe, die sich bei Nacht begegnen. Doch Tante Martha war von ihr enttäuscht. Schließlich mein Vater: endlich zu Hause, in ihrer Gewalt! Da Celia sich ihr entzogen hatte, war sie entschlossen, ein heiratsfähiges Mädchen für ihn zu finden. Und was geschah? Er wurde krank – so krank, daß er bestimmt nicht wieder heiraten, geschweige denn einen Sohn zeugen konnte, dessen Gattin die Ashington-Perlen tragen würde. Das alles hätte einer Komödie entstammen können und war zum Lachen, wenn mir nur danach zumute gewesen wäre.
Meine Pläne waren ebenso zunichte wie die von Tante Martha. Sobald ich erfahren hatte, daß mein Vater nach Hause kam, hatte ich es mir in den Kopf gesetzt, mit ihm nach Ceylon zu gehen. Und nun schien es, daß er wohl nie mehr zurückkehren würde.

Doch wie konnte man über das schreckliche Verhängnis hinausdenken, das sich allmählich auf uns niedersenkte. Eigentlich hätte ich zutiefst betrübt und unglücklich sein müssen, doch da war Clinton Shaw. Gerade in meiner Feindseligkeit ihm gegenüber lag etwas, das meine Lebenslust beflügelte. Ich konnte mir nicht helfen – wenn ich ihn in unseren Wortgefechten besiegte, verspürte ich Freude und Stolz. Das lenkte meine Gedanken von dem Jammer ab, meinen Vater langsam dahinsiechen zu sehen.

Manchmal reiste ich allein nach London, obwohl Tante Martha das nicht für ganz schicklich hielt; doch die Fahrt mit dem Zug war nur kurz, und der Brougham wartete stets auf mich, wenn ich wieder in Epleigh ankam. Tante Martha schätzte es allerdings sehr, wenn Clinton Shaw mit mir fuhr. »Er ist ein Freund deines Vaters und daher eine passende Begleitung«, sagte sie. Ich fragte mich, wie ihr Urteil wohl lauten würde, wenn sie wüßte, wie er wirklich war.

Ich begegnete ihm stets mit leicht mißmutiger Miene. Ich wollte nicht zugeben, daß ich ein wenig enttäuscht war, wenn er mir nicht Gesellschaft leistete. Allerdings habe ich den Verdacht, daß er mich längst durchschaute.

Dann kam jener schicksalhafte Tag, der mein Leben verändern sollte. Es war Dezember, und es hatte in diesem Jahr früh geschneit. Jedermann sagte, es würde ein strenger Winter werden. Mrs. Lamb wies darauf hin, daß die Sträucher dreimal mehr Beeren trugen als sonst: die Vorsorge der Natur für die Vögel, damit sie einen langen, harten Winter überstehen konnten.

Als ich in festen Stiefeln und meiner Seehundjacke mit passendem Muff und Hut aufbrach, war Tante Mabel in der Halle, wo ein mächtiges Feuer knisterte.

»Ich rate dir, von London etwas früher als gewöhnlich zurückzufahren«, sagte sie. »Martha findet, du solltest lieber gar nicht gehen, weil das Wetter so schlecht ist.«

»Das macht mir nichts aus«, erwiderte ich rasch. »Er wäre so enttäuscht, wenn ich nicht käme. Es schneit nicht mehr. Es wird sicher bald tauen.«

Dann eilte ich hinaus, um einem Scharmützel mit Tante Martha zu entgehen.

In London war das Wetter besser. Die Bürgersteige waren gefegt, und der Verkehr befreite die Straßen vom Schnee, von dem außer kleinen Haufen an den Bordsteinkanten nichts zu sehen war.

Meinem Vater schien es etwas besser zu gehen, und ich faßte neuen Mut. Vielleicht hatte sich der Arzt geirrt, und er hatte ja auch angedeutet, daß man möglicherweise eine neue Entdeckung zur Heilung meines Vaters heranziehen könne.

Mein Vater war hocherfreut, mich zu sehen. Er hatte befürchtet, das Wetter könne mich abhalten, doch ich erklärte ihm – nicht ganz wahrheitsgemäß –, daß es in Epleigh nicht so schlimm gewesen sei.

»Die Bäume bilden einen Schutz gegen den Wind«, meinte er.

Auch Clinton Shaw kam an diesem Nachmittag in die Klinik. »Ich denke, ich fahre mit Ihnen zurück«, sagte er, »um sicher zu gehen, daß Ihnen nichts zustößt. Es überrascht mich, daß Ihre Tanten Sie an so einem Tag fortließen.«

»Tante Mabel hat versucht, mich zurückzuhalten. Ich stahl mich davon, ehe Tante Martha erschien.«

»Kluge Taktik. Das wird eine schlimme Nacht. Sie sollten heilfroh sein, daß ich auf Sie aufpasse.«

»Der Brougham holt mich am Bahnhof ab.«

»Falls er es bis dorthin schafft.«

»Was wollen Sie damit sagen?«

»Ach nichts... bloß, daß es eine stürmische Nacht wird.«

Wegen des Wetters fuhr der Zug mit Verspätung ab, und als wir aus London hinausdampften, fiel der Schnee in dichten Flocken. Die Dunkelheit war längst hereingebrochen, denn es war inzwischen fast sieben Uhr. Wir würden sehr spät ankommen. Ich fragte mich, ob sich die Tanten wohl Sorgen machten. Sie würden gewiß annehmen, daß ich wegen des schlechten Wetters in der Klinik übernachtete, was ich auch durchaus hätte tun können.

»Ein richtiger Schneesturm«, sagte Clinton Shaw. Er war anscheinend überhaupt nicht beunruhigt, im Gegenteil, es machte ihm sogar Spaß. Nachdem wir eine halbe Stunde gefahren waren, blieb der Zug stehen.

»Wahrscheinlich ist die Strecke blockiert«, meinte Clinton Shaw. Er öffnete ein Fenster, um nachzusehen, doch der Schnee drang sogleich ins Abteil, und Clinton schloß geschwind das Fenster und nahm seinen Platz wieder ein. »Wir kommen reichlich spät«, sagte er. »Was werden die Tanten denken?«

»Tante Mabel wird als erstes bemerken: ›Ich hab's ja gleich gesagt.‹ Sie wollte mich doch nicht gehen lassen. Dann werden sie annehmen, daß ich die Nacht in der Klinik verbringe.«

»Als verständige Damen werden sie sich ohne viel Aufhebens in das Unvermeidliche fügen.«

»Das glaube ich auch.«

»Ein Glück, daß ich beschlossen habe, Sie zu begleiten.«

»Ich bin überzeugt, daß ich auch allein zurechtgekommen wäre. Es bleibt schließlich nichts übrig, als hier zu sitzen und abzuwarten. Der Brougham holt mich am Bahnhof ab… und wenn ich noch so spät komme. Es ist doch alles in Ordnung.«

»Trotzdem müssen Sie zugeben, daß in einer solchen Lage ein bißchen Gesellschaft ganz angenehm ist.«

Sein Lächeln war beinahe verschwörerisch. Man hätte meinen können, der Schnee sei ganz allein sein Werk. Lächerliche Hirngespinste schwirrten mir durch den Kopf. Es hieß, Hexen ließen Stürme auf dem Meer entstehen. Vielleicht war Clinton ein Zauberer, der einen Schneesturm hervorbringen konnte. Warum? Zu welchem Zweck? Er sah wahrlich wie ein Zauberer aus.

Er musterte mich eindringlich. Ich hatte das Gefühl, daß er meine Gedanken zu lesen versuchte. Er fing an, von Ceylon zu erzählen, von dem Leben dort, und er fand es aufregend, von einem Schneesturm überrascht zu werden. Die Erinnerung daran werde er mit nach Ceylon nehmen. Ich fragte ihn, wie lange er zu bleiben gedenke.

»Bis meine Geschäfte abgeschlossen sind«, erwiderte er unbestimmt.

»Haben Sie vor, hier zu heiraten?«

»O ja, ich nehme meine Frau mit, wenn ich zurückkehre.«

»Fällt es ihr leicht, England zu verlassen?«

»Ich glaube, sie kann es kaum erwarten.«

»Meinen Sie, daß sie dort glücklich wird?«

»Natürlich. Sie hat ja mich.«

»Das dürfte sie selbstverständlich für alles entschädigen, was sie zurückläßt.«

»Wie scharfsichtig Sie sind! Das freut mich.«

»Ich schätze, Sie sehen sie recht oft.«

Er nickte lächelnd.

»Ist sie in London?«

»Häufig.«

»Dann lerne ich sie ja vielleicht kennen.«

Wieder nickte er. Der Zug setzte sich mit einem Ruck in Bewegung.

»Es geht weiter«, sagte Clinton.

Es war ungefähr neun Uhr, als wir in Epleigh ankamen. Es hatte aufgehört zu schneien.

Wir zwei waren die einzigen, die aus dem Zug stiegen. Jack Wall, der Dienstmann, war auf dem Bahnsteig. Er machte ein überraschtes Gesicht, als er uns erblickte. »Nanu, Miss Ashington«, sagte er. »Man hat Sie nicht erwartet.«

»Wie bitte? Werde ich nicht abgeholt?«

»Nein. Dies ist der letzte Zug heute abend. Ich geh' jetzt nach Hause. Zum Glück hab' ich es nicht weit.«

»Der Brougham...«

»...hat's nicht bis hierher geschafft, Miss. Auf den Straßen ist die Hölle los. Der Kutscher ist zu Fuß gekommen und hat sich nach den Zügen erkundigt. Ich hab' ihm gesagt, daß eine Menge ausgefallen sind, und er sagte: ›Schätze, daß Miss Ashington in der Klinik übernachtet.‹ Nicht mal 'n Hund würde an so 'nem Tag vor die Tür gehen, wenn er nicht muß.«

Ich mußte mir jetzt eingestehen, daß ich wirklich froh war, Clinton Shaw bei mir zu haben. »Was sollen wir tun?« fragte ich.

»Wir schaffen es schon bis zum Gut«, meinte er. »Es ist ja nicht so weit.«

»Bleibt Ihnen auch nichts anderes übrig«, sagte der Dienstmann. »Ich mach' Schluß. Hab' bloß noch auf den Zug gewartet. Der kommt jetzt aufs Abstellgleis... bis sich die Lage bessert.«

»Kommen Sie«, sagte Clinton Shaw, »ziehen wir los!«

Wir wünschten Jack Wall eine gute Nacht. »Seien Sie vorsichtig auf der Straße«, mahnte er uns. »An manchen Stellen ist es glatt. Und geben Sie auf die Schneewehen acht.«

Clinton Shaw ergriff meinen Arm. »Wir nehmen die Abkürzung durch den Wald«, sagte er. »Da geht es sich leichter. Er bietet Schutz vor dem stürmischen Wind, und der Weg ist nicht so riskant. Gut, daß ich meinen Spazierstock bei mir habe. Der ist in einer solchen Lage ganz nützlich.«

Der Stock war lang und sah sehr stabil aus, ziemlich dick und sicher recht praktisch. Das Oberteil war mit Silber beschlagen, und er leistete Clinton beim Gehen gute Dienste. Die kalte Luft wirkte belebend, und die Szenerie war wunderschön; hin und wieder wurde der Halbmond sichtbar, während der Wind die Schneewolken am Himmel entlangjagte. Wir schritten auf den Wald zu, und als wir ihn erreichten, fing es wieder zu schneien an.

Meine Seehundjacke schützte mich vor dem Wind, und mein Muff wärmte meine Hände. Clinton Shaw hielt meinen Arm mit festem Griff, und wir stapften voran. Es war still im Wald, abgesehen von gelegentlichen Windböen. Dieses intensive, hin und wieder vom Mond bestrahlte Weiß war unheimlich.

Wie anders war jetzt der Wald, der mir doch so vertraut war – wie eine fremde Gegend. Welch eine gute Idee, den Schutz der Bäume aufzusuchen! Nun waren wir vor dem beißenden Wind geborgen und hatten überdies nicht mit Schneewehen zu kämpfen.

Von Baum zu Baum stolpernd, gaben wir sorgfältig acht, wohin wir traten, und kamen nur langsam voran. Es schien eine Ewigkeit zu dauern, und noch immer war das Haus nicht in Sicht.

Plötzlich blieb Clinton Shaw stehen.

»Wo sind wir?« fragte er.

Ich sah mich um. Ich hatte keine Ahnung. Nie wäre ich auf den Gedanken gekommen, daß ich mich in dem Bereich des Waldes, der so nahe beim Gut lag, verirren könnte. Ich hätte gern gewußt, wie lange wir schon unterwegs waren, aber ich konnte nicht an meine Uhr gelangen, da sie an meinem Mieder befestigt war. Ich blickte ratlos um mich. »Es sieht alles so anders aus«, sagte ich. »Aber wir müssen ziemlich nahe beim Haus sein.«

»Nehmen wir diesen Weg«, schlug Clinton Shaw vor. »Die Bäume lichten sich hier etwas.«

Ich stolperte, und er fing mich auf. Einen Augenblick drückte er mich fest an sich.

»Ich danke Gott«, sagte er, »daß ich beschlossen habe, heute mit Ihnen zu kommen. Was hätten Sie ohne mich gemacht?«

»Ich wäre allein nach Hause gegangen. Oder ich hätte Jack Wall hinschicken und ausrichten lassen können, daß ich da sei.«

»Ich bin sicher, Sie hätten sich zu helfen gewußt. Trotzdem bin ich froh. Aha, das da vorn dürfte das Haus sein.«

Es war nicht Ashington Grange, aber das Gebäude kam mir bekannt vor. Wir schlugen den Weg ein, der dorthin führte, und vor uns lag, das Dach mit Schnee bedeckt, die Papageienhütte.

Clinton Shaw lachte triumphierend auf. »Jetzt wissen wir wenigstens, wo wir sind.«

»Ziemlich weit von zu Haus entfernt.«

»Ich denke, wir sollten hierbleiben.«

»Was! Hier?«

»Zum Ausrasten. Damit wir uns wieder zurechtfinden. Wir sind im Kreis herumgelaufen. Ist Ihnen klar, daß wir jetzt weiter vom Gut entfernt sind als vorhin, ehe wir in den Wald hineingingen? Hier bietet sich uns ein Dach. Ich klettere durchs Fenster.«

Ich wußte, sein Vorschlag war vernünftig, und doch war mir, als liege eine Warnung in der eisigen Luft. Wenn ich in die Hütte ging, würde etwas geschehen. Das Schicksal packte mich am Ellbogen und zwang mich zu einer Entscheidung. Ich schalt mich wegen meiner Torheit. Was konnte es schon schaden, eine Weile auszuruhen? Mir war kalt, und ich war müde... müder, als mir bis dahin bewußt war.

Clinton stand in der Hüttentür und zog mich hinein. Die Entscheidung war mir abgenommen. Er warf die Tür krachend zu und schüttelte den Schnee von sich ab.

»Hier drinnen ist's ein bißchen wärmer. War das ein Marsch! Alles in Ordnung?« Er befühlte meine Wange. »Sie sind eiskalt! Ich sage Ihnen, was ich tun werde. Ich hole ein paar Holzscheite und mache Feuer.«

»Feuer machen! Wir bleiben doch nur, bis wir uns ausgeruht haben. Wir dürfen uns nicht zu lange aufhalten. Wir kommen ohnehin schon reichlich spät.«

»Meine liebe Sarah«, sagte er, »ist Ihnen klar, daß da draußen ein Schneesturm tobt? Ist Ihnen klar, daß wir im Wald den Weg verfehlt haben? Wir sind immerzu gegangen – und jetzt haben wir genug. Wir haben Schutz gefunden. Wir wären verrückt, wenn wir diese Chance nicht nützen würden. Wenn wir hier weggehen und weiter durch den Wald stolpern, werden wir uns verlaufen. Wir müßten ausrasten, der Schnee würde uns zudecken, und wir würden erfrieren. Es gibt da eine rührende Geschichte, ›Die Kleinen im Walde‹ heißt sie. Erinnern Sie mich daran, daß ich sie Ihnen erzähle, wenn wir mehr Zeit haben. Und nun denken Sie nur, wie schön jetzt ein Feuer wäre. Da draußen liegt

Holz, wie wir neulich festgestellt haben. Wer weiß, vielleicht sind auch Kerzen da. Ich gehe mal nachsehen.«

Ich folgte ihm zum Schuppen. Das Holz war noch da.

»Schauen Sie!« rief er. »Die Götter sind mit uns. Da, eine Laterne mit einer Kerze.« Er zog eine Schachtel Zündhölzer aus seiner Tasche, und schon hatten wir Licht. »Gut! Hier ist eine Kiste. Ich bin gespannt, was darin ist. Heureka! Wolldecken. Mehrere. Meine liebe Sarah, wenn das kein Erlebnis ist. Nicht herausnehmen! Sie machen sie naß. Erst brauchen wir ein Feuer, um uns zu trocknen.«

Er trug Holz in die Hütte, und ich war erstaunt, wie rasch er ein Feuer in Gang gebracht hatte. Ich war von Erregung gepackt. Es war hübsch, die Flammen aus dem alten Kamin auflodern zu sehen, und mir wurde wärmer. Jetzt erst wurde mir bewußt, wie anstrengend der Marsch gewesen war. Clinton hatte recht; es wäre töricht, gleich zu versuchen, nach Hause zu gelangen. Wir brauchten eine Rast.

Wir setzten uns auf den Fußboden vor den Kamin. Clinton war dicht neben mir, und ich bemerkte, wie seine Augen im Feuerschein glänzten und daß seine ohnehin braune Haut noch dunkler schimmerte. Ich zog meine Wollhandschuhe aus und hielt meine Hände ans Feuer. Er tat es mir nach, und ich betrachtete unsere vier Hände; die seinen waren groß, schwer und tüchtig. Er war ein ausgesprochen tüchtiger Mensch. Er wußte genau, wie man mit einer Situation wie dieser fertigwurde.

»Wenn wir einigermaßen trocken sind, holen wir die Decken«, sagte er. »Bin neugierig, wie viele es sind.«

»Ich möchte wissen, warum man sie hiergelassen hat. Sie sind bestimmt feucht.«

»Das ist nicht gesagt. Die Kiste sieht stabil und wasserdicht aus. Sind Sie soweit? Holen wir sie herein.«

Es waren vier ordentlich zusammengerollte Wolldecken. Wir holten sie herein.

»Sie sind tatsächlich trocken«, stellte er fest. »Ziehen Sie Ihre Jacke aus, und die Stiefel auch, die müssen ja völlig durchnäßt sein.«

Ich gehorchte und hüllte mich in eine Decke. Er hatte recht: Meine Stiefel waren tropfnaß; obwohl sie sehr fest waren, war der Schnee durchgedrungen. Ich zog auch meine nassen Strümpfe aus. Clinton hatte ebenfalls Mantel und Stiefel ausgezogen und sich eine Decke über die Schultern gelegt. So hockten wir auf dem Fußboden.

»Wie zwei Rothäute«, sagte er. »So ähnlich muß es am Lagerfeuer zugegangen sein. Haben Sie Hunger?«

»Nein«, erwiderte ich. »Ich könnte jetzt nichts essen. Ehe ich die Klinik verließ, hatte ich Kuchen zum Tee, und vorher hatte ich ausgiebig zu Mittag gegessen.«

»Gut. Ich kann Ihnen nämlich nichts zu essen anbieten. Aber ich habe etwas anderes.« Er langte nach seinem Spazierstock, der neben ihm auf dem Boden lag. Ich sah interessiert zu, wie er den Griff abschraubte und ihn mir reichte. Er sah wie ein kleiner Becher aus. Dann drehte er den Stock um, und eine goldfarbene Flüssigkeit tropfte heraus.

»Das wird Sie wärmen«, sagte er.

»Was ist das?«

»Whisky. Der Stock ist hohl; ein praktischer Behälter und sehr nützlich in Notfällen.«

»Vielen Dank. Ich mache mir nichts aus Whisky.«

»Sie brauchen ihn zum Aufwärmen. Er bewahrt Sie vor dem Schüttelfrost, der Sie ganz bestimmt befällt, wenn Sie nicht vorbeugen.«

Ich nahm den Becher und schluckte den Inhalt hinunter. Der Whisky brannte mir in der Kehle.

Clinton sah mich unverwandt an. »So«, sagte er. »Jetzt fühlen Sie sich besser.«

Ich hustete ein bißchen. »Das brennt«, sagte ich.

»Kommen Sie! Sie brauchen noch einen. Der Becher faßt kaum mehr als ein Schlückchen.«

»Vielen Dank, lieber nicht.«

»Nur zu, Sarah, es ist reine Medizin.« Er hielt mir den vollen Becher hin. »Das wird Sie wärmen. Sie müssen warm werden. Eigentlich bräuchten Sie jetzt ein heißes Bad und dann ein warmes Bett. Ich fürchte, solche Annehmlichkeiten kann die Papageienhütte nicht bieten. Macht nichts. Das hier ist der nächstbeste Ersatz.«

Ich nahm den Becher, und mir war, als sei ich hypnotisiert. Ich spürte, wie mich die Wärme durchflutete. Das tat gut nach der Kälte, und ich leerte auch den zweiten Becher.

Clinton lächelte mich an. Er trank mehrere Becher von dem Gebräu.

»So ist's besser«, sagte er. »Fühlen Sie sich jetzt etwas wohler, Sarah?«

»Mir ist ein bißchen komisch.«

»Natürlich«, sagte er besänftigend. »Das ist aber auch ein Abend – und er fängt gerade erst an.«

»Was?« rief ich. Meine Stimme klang fremd, weit weg. Etwas in mir sagte, da ich mich nun aufgewärmt hatte, sollte ich gehen. Ich stand auf. Der Raum schien sich langsam zu drehen. Einen Augenblick lang glaubte ich zu fallen. Gleich war Clinton Shaw zur Stelle. Er fing mich auf, drückte mich an sich und lachte. »Das ist der Whisky«, sagte ich.

Er hielt mich ganz fest. Mein Kopf wurde zurückgebogen, und seine Lippen lagen auf den meinen; sie küßten mich, wie, so dachte ich, noch nie zuvor ein Mensch geküßt worden ist. Ich versuchte mich zu befreien, doch es gelang mir nicht. Dann hielt ich still, und das schien ihm zu gefallen.

Wieder stammelte ich: »Das ist der Whisky.«

»Nein«, sagte er. »Es ist Liebe.«

Es fällt mir schwer, mich zu besinnen, was dann geschah. Erst später fand ich eine Erklärung für mein Verhalten. Im nachhinein schien es mir, als hätte ich immer gewußt, daß so etwas geschehen würde, ja, als hätte ich es sogar halbwegs herbeigewünscht. In den folgenden Wochen war ich von Scham erfüllt; ich weigerte mich, klar zu erkennen, was geschehen war, und ich sah nur das, was ich glauben wollte.

Es war alles wie ein Traum. Der Whisky, den ich nie zuvor gekostet hatte, tat seine Wirkung. Ich kam mir vor, als stünde ich als Zuschauer außerhalb der Szene, und dieses Mädchen, das da von einem Mann verführt wurde, den sie, wie sie sich einredete, von Herzen verabscheute, das konnte nicht ich sein.

Er war äußerst durchtrieben und verstand es genau, meine Sinne auszunutzen. Er hatte den Augenblick geschickt gewählt, und das Schicksal schien sich mit ihm verbündet zu haben.

Als er sagte, es sei Liebe, murmelte ich etwas von dem Mädchen, das er doch heiraten wolle. Ich hörte ihn lachen, und irgendwie erregte mich dieses Lachen.

»Sie ist hier, bei mir«, sagte er: »Miss Sarah Ashington. Sie war die Auserwählte, seit meine Augen sie erblickten.«

Ich kannte mich selbst nicht mehr. Vielleicht, weil ich mich bewußt dagegen sträubte. Er hatte die Decken auf dem Fußboden ausgebreitet und eine zu einem Kopfkissen zusammengerollt.

»Trotz des Feuers«, sagte er, »ist es bitterkalt. Wußten Sie, daß die

Wärme eines menschlichen Körpers in kalten Nächten der erquickend-
ste Wärmespender ist?«

Meine Seehundjacke lag zum Trocknen auf dem Boden.

»Wenn sie trocken ist, decke ich Sie damit zu«, sagte er zärtlich. »Die
Jacke und ich werden Sie warmhalten.«

Ich wiederholte unentwegt: »Wir müssen jetzt gehen.« Meine Stimme
klang immer noch, als käme sie von weit her. Er nahm mich in seine
Arme, hob mich hoch und legte mich auf die Decken. Ich befand mich
in einer Art ängstlichem Traumzustand, ängstlich und doch in wilder
Erregung. Mein Herz schlug wie eine Trommel. Er kniete neben mir
nieder und küßte meine Stirn, meine Augen und meinen Hals. Ich
spürte seine Hände auf mir, und dann war er neben mir, streichelnd,
flüsternd, und ich machte die bestürzende Entdeckung, daß ich
wünschte, er möge so fortfahren. Er war natürlich ein Meister in den
Künsten der Liebe, und er schien mich besser zu kennen als ich mich
selbst. Ich glaubte zu träumen. Es mußte ein Traum sein. So etwas
konnte mir nicht widerfahren. »Ich muß gehen«, murmelte ich, doch
ich versuchte nicht, ihn abzuwehren.

»Sarah, meine Liebste«, flüsterte er. »Hast du es denn nicht gewußt?
Es mußte so kommen.«

Ich erwachte, kalt und steif. Ich wußte nicht sofort, wo ich war. Ich lag
auf einem kalten Boden, meine Jacke über mir. Dann überkam mich
die Erkenntnis: Nichts konnte mehr so sein wie es war, nie mehr.

Ich setzte mich auf. Clinton kniete am Kamin und versuchte, das Feuer
anzufachen.

»Was ist geschehen?« rief ich.

»Glückseligkeit!« sagte er und schmunzelte. »Unendliche Glückseligkeit!«

»Waren wir... die ganze Nacht hier?«

»Es ist acht Uhr.«

»Acht Uhr... morgens?«

»Es schneit immer noch. Den Weg zum Gut werden wir trotzdem finden. Bei Tageslicht ist es leichter.«

Ich bedeckte meine Augen mit den Händen. Vage erinnerte ich mich.
Er kniete sich neben mich und zog mir die Hände vom Gesicht. Er küßte
mich.

»Du darfst mir jetzt nicht sagen, daß du mich haßt.«

»Ich weiß nicht. Ich kann mir nicht vorstellen, was...«

»Das war alles ganz natürlich. Früher oder später mußte es schließlich geschehen. Keine Sorge. Wir heiraten, sobald es geht. Ich nehme dich mit mir. Du weißt, daß ich das von vornherein vorhatte.«

»Heiraten! *Sie?*«

»Du schaust so überrascht. Ich hoffe, es ist nicht deine Gewohnheit, einfach mit Männern zu schlafen, und dann Lebewohl zu sagen.«

»Sie... Sie haben das hier arrangiert!«

»Aber ja. Ich habe einen Pakt mit den himmlischen Mächten geschlossen. Ich will ein Mädchen verführen, also sage ich: Bitte, schickt einen Schneesturm, und stellt mir für meine Zwecke eine Hütte im Wald bereit!«

»Wenn Sie ein Gentleman wären, so hätten Sie die Situation nicht ausgenutzt.«

»Ich bin aber kein Gentleman. Ich bin ein Kerl, der es gelernt hat, jeden Vorteil zu nutzen, der sich ihm bietet.«

»Ich denke, wir vergessen am besten, was geschehen ist.«

»Das ist unmöglich. Du bist nicht mehr die unschuldige Sarah, die du warst, als du gestern abend in diese Hütte kamst. Übrigens, was ist, wenn das... Folgen hat... was ja immerhin möglich wäre.«

»Das ist der reinste Alptraum.«

»Gestern abend schien es dir aber zu gefallen.«

»Sie haben mir den Whisky nur gegeben, um meine Sinne zu betäuben.«

»Er schien deine Sinne eher zu beleben. Du bist nicht die widerspenstige, zaudernde junge Dame, für die du dich gehalten hast. Du bist dir der Tatsache bewußt geworden, daß das Leben aus mehr besteht als darin, Spenden für das Kirchendach aufzubringen. Ich sage dir: Du bist nicht für ein einsames Jungferndasein geschaffen. Du darfst nicht ungesehen erröten und deinen Liebreiz an die öde Luft verschwenden.«

»Solche poetischen Gedankenflüge hätte ich Ihnen gar nicht zugetraut.«

»Ich habe noch mehr davon auf Lager.« Plötzlich riß er mich an sich und küßte mich auf den Mund – ein langer, verwirrender Kuß, der mich benommen machte. »Hör zu, Sarah! Ich möchte dich heiraten. Gestern abend, das war nur der Anfang. Du warst nicht auf der Hut. Du hast deine Verstellung abgelegt. Heute nacht warst du endlich du selbst. Die Kälte, der Marsch durch den Wald, der Whisky ... die haben dich verraten. Du bist für die Liebe geschaffen, mein Liebling, und ich will dein Lehrer sein in dieser wundersamen Kunst. Jetzt hör zu, was wir tun werden: Wir müssen jetzt nach Ashington Grange. Wir werden genau berichten, was vorgefallen ist, ausgenommen natürlich die Schilderung der delikaten Vertraulichkeit, die nur uns allein angeht. Deine Tanten werden ein wenig aus der Fassung geraten. Ein junges Mädchen verbringt eine Nacht allein mit einem Mann in einer Hütte! Ich werde andeuten – ohne es auszusprechen, denn das wäre unfein und entspräche kaum der Wahrheit –, daß ich ein Ehrenmann war. Ich hatte zwar kein Schwert bei mir, um es zwischen uns zu legen, als wir uns auf die Dekken betteten, aber ich hatte einen Spazierstock, der den gleichen Zweck erfüllte. Ich werde nicht erwähnen, daß er jenen Göttertrank enthielt, der uns beide wärmte und deine Hemmungen hinwegschwemmte, so daß die wahre Sarah zum Vorschein kam. Hab keine Angst! Überlaß alles mir! In ein paar Tagen werde ich bei deinen Tanten um deine Hand anhalten.«

»Hören Sie auf! Das hier ist kein Scherz. Ich bin schrecklich wütend.«

»Aber, meine Liebste, nachdem du deine Unschuld verloren hast, wird es dir nichts nützen, auch noch die Beherrschung zu verlieren. Du mußt aus dem, was geschehen ist, das Beste machen. Bedenke doch, daß du meine Annäherungsversuche nicht zurückgewiesen hast. Wärest du das Mädchen, das zu sein du vorgegeben hast, so wärst du halbnackt in den Schnee hinausgelaufen. Du hast nichts dergleichen getan. Du hast dich verführen lassen, und ich glaube nicht, daß du gänzlich abgeneigt warst. Sei du selbst, Sarah! Es ist ganz natürlich, zu lieben und geliebt zu werden. Wir werden glücklich sein, du und ich. Komm, zieh deine Jacke und die Stiefel an! Sie sind jetzt trocken. Auf nach Ashington Grange!« Er trat die restliche Glut aus. »Wir wollen doch nicht, daß die Hütte abbrennt«, sagte er. »Papageienhütte! Das wird für immer einer meiner Lieblingsplätze sein. Solange ich lebe, werde ich die Nacht nicht vergessen, die ich in der Papageienhütte verbracht habe. Bist du soweit? Laß dich anschauen! Ja, du siehst anders aus, lieblicher denn je. Ein geheimes Wissen ist in deinen Augen. Es wird etwa drei Wochen dauern, denke ich. Wir müssen das Aufgebot bestellen.«

Ich erwiderte nichts, als er die Hüttentür öffnete und wir in den Wald hinaustraten. Ich hatte das Gefühl, mich noch immer in einem Traum zu befinden, aus dem ich erst erwachen würde.

Es war fast Mittag, als wir in Ashington Grange ankamen. Tante Mabel kam in die Halle, nachdem wir das Haus betreten hatten.

»Meine liebe Sarah«, rief sie. »Du hast also die Nacht in der Klinik verbracht. Das war das Klügste, was du tun konntest – genau, wie wir vermutet haben.«

Ich zögerte ungefähr eine Sekunde; ich fragte mich, ob es uns nicht eine Menge Erklärungen ersparte, wenn wir sie in diesem Glauben ließen; dann fiel mir ein, daß Jack Wall uns am Bahnhof gesehen hatte und dies erwähnen konnte. Ich sah mich bereits in einem Gewirr von Ausreden verstrickt.

»Nein«, sagte ich deshalb. »Wir sind schon gestern abend gekommen.«

Clinton ergriff das Wort. »Es war kein Fahrzeug da, deshalb gingen wir zu Fuß. Wir verirrten uns im Wald, doch wir fanden einen Unterschlupf und warteten dort, bis wir weitergehen konnten.«

Ich sah die Bestürzung in Tante Mabels Augen. Die ganze Nacht... mit einem Mann unter einem Dach! Ich spürte, wie mir die Röte in die Wangen schoß. Tante Mabel machte mir die Ungeheuerlichkeit der Situation erst richtig bewußt. Was, wenn sie die ganze Wahrheit wüßte?

Da erschien Tante Martha.

»Sie sind da«, verkündete Tante Mabel überflüssigerweise. »Sie sind schon gestern abend angekommen.«

»Gestern abend... aber wo...?«

Clinton sagte: »Wie gütig von Ihnen, Miss Ashington, daß Sie so besorgt sind. Der Zug hatte Verspätung. Auf der ganzen Strecke gab es Verzögerungen. Wir versuchten, nach Ashington Grange zu gelangen, doch der Schneesturm war so heftig, daß wir nicht dagegen ankamen. Wir fanden einen Unterschlupf und waren gezwungen, dort zu bleiben, bis wir den Heimweg antreten konnten.«

Er verstand sich auf den Umgang mit Frauen. Selbst Tante Martha konnte sich dem nicht entziehen.

Er fuhr fort: »Jetzt ist alles überstanden. Seien Sie versichert, Miss Ashington, daß ich alles getan habe, um Ihrer Nichte beizustehen.«

Tante Martha gab sich praktisch. »Ihr braucht etwas Warmes zu essen.

In der Küche ist noch ein wenig Ochsenschwanzragout. Mabel, sage Mrs. Lamb, sie möchte es auf der Stelle servieren. Ihr wollt gewiß eure nassen Sachen ausziehen. Seid in zehn Minuten wieder hier. Danach wollt ihr euch sicher ausruhen.«

»Das haben wir dringend nötig«, sagte Clinton und schenkte Tante Martha einen bewundernden Blick.

Ich war froh, ihnen zu entkommen. Ich zog mich aus und schlüpfte in ein warmes Wollkleid. Als ich in den Wintergarten kam, war Clinton schon dort. Ich redete mir ein, ich sei zu aufgewühlt, um essen zu können, doch bald merkte ich, wie hungrig ich war. Clinton schien meine Gedanken zu erraten und sich darüber lustig zu machen. Anschließend begaben wir uns in unsere Zimmer. Man hatte heißes Wasser hinaufbringen lassen. Ich wusch mich, hüllte mich in einen Morgenmantel und legte mich aufs Bett. Kurz darauf kam Tante Martha herein.

Der Himmel war von Schneewolken verhangen, und ich war froh, daß kaum Licht ins Zimmer fiel. Ich wandte mein Gesicht vom Fenster ab aus Angst, sie könne eine Veränderung an mir wahrnehmen. Sie setzte sich in den Lehnstuhl.

»Dies«, sagte sie, »ist eine höchst unangenehme Situation. Es wäre mir lieb, wenn die Dienstboten annähmen, du seist mit dem Frühzug gekommen und hättest die Nacht in der Klinik verbracht.«

»Jack Wall hat uns aber ankommen sehen«, erklärte ich.

»Wie furchtbar!« rief Tante Martha. »Du wirst ins Gerede kommen.«

»Tante Martha, wir hatten uns auf den Heimweg gemacht. Es war unmöglich, hierher zu gelangen. Wir haben uns im Wald verlaufen. Was hätten wir denn tun sollen?«

»Die Leute werden reden«, sagte sie.

»Lassen Sie sie doch!« erwiderte ich zornig.

»Es ist aber auch zu dumm. Alles, was ich plane, mißlingt. Ich dachte, du würdest heiraten und hier deinen Hausstand gründen. Ich habe, um ehrlich zu sein, einer guten Freundin im Norden geschrieben. Sie hat drei Söhne... liebenswürdige junge Männer. Ausgezeichnete Familie, die allerdings in letzter Zeit schwere Zeiten durchmachte. Ich hegte die Hoffnung, daß du und einer dieser jungen Männer aneinander Gefallen finden würdet. Ihr könntet heiraten, und er ließe sich vielleicht überreden, seinen Namen in Ashington zu ändern. Wenn ihr dann einen Sohn hättet...«

Ich verfiel in eine leichte Hysterie. »Um Himmels willen, Tante Martha«, rief ich. »Hören Sie auf! Hören Sie auf! Ich kann's nicht ertragen. Ich werde Ihren jungen Mann nicht heiraten. Wenn ich heirate, dann einen, den *ich* will.«

»Was ist nur in dich gefahren, Sarah? Du bist nicht ganz bei dir. Du stehst in unserer Schuld, wie du weißt. Haben wir dich nicht aufgenommen? Was wäre sonst aus dir geworden? Du bist es uns schuldig... der Familie... Doch vielleicht ist jetzt nicht die richtige Zeit, um von diesen Dingen zu sprechen. Es wird auf alle Fälle Klatsch geben. Die Leute werden sagen, ihr habt euch absichtlich verlaufen. Dergleichen ist dem guten Ruf eines jungen Mädchens nicht zuträglich.«

»Tante Martha, Sie haben mich aufgenommen, das ist wahr. Ich dachte, Sie haben es getan, weil ich Ihre Nichte bin, weil ich hierher gehöre. Ich wußte nicht, daß man mir die Rechnung präsentieren und von mir erwarten würde, daß ich für die mir erwiesenen Wohltaten bezahle.«

»Du bist vulgär. Ich lehne es ab, weiter darüber zu diskutieren.« Tante Martha erhob sich. »Du scheinst deiner Sinne nicht mehr mächtig. Jack Wall wird klatschen. Die Dienstboten werden erfahren, um welche Zeit ihr angekommen seid, und die werden es anderen Dienstboten erzählen. Du kannst sicher sein, bevor die Woche um ist, weiß die ganze Nachbarschaft, daß du die Nacht mit einem Mann verbracht hast.«

»Das verleiht ihrem meist faden Geschwätz wenigstens etwas Würze.«

»Es wird aber deine Chancen verringern, das darfst du mir glauben.«

»Tante Martha«, sagte ich, indem ich mich auf einen Arm gestützt aufrichtete und ihr geradewegs ins Gesicht blickte, »das ist mir egal. Es ist mir einfach ganz egal.«

»Wir sprechen später darüber. Du bist jetzt hysterisch, doch ich hoffe, du bist dir über die Folgen des Vorfalls im klaren.«

Sie stolzierte zur Tür, und als sie fort war, legte ich mich wieder hin und hätte über die Konventionen der Gesellschaft, in der wir lebten, am liebsten laut gelacht. Von einer jungen Dame wurde erwartet, daß sie lieber in einem Schneesturm umkam, als allein mit einem Mann Schutz zu suchen. Doch in Wahrheit war ich wirklich die ganze Nacht ausgeblieben. Ich war verführt worden und hatte es geschehen lassen. Meine Ausrede war nur, daß er mich mit Whisky, den ich nicht gewöhnt war, gefügig gemacht hatte. Doch es gab keine Entschuldigung. Mein Ruf war befleckt.

Ich dachte immerzu an das, was geschehen war. Flüchtige Bilder, die ich lieber vergessen hätte, drängten sich in meine Erinnerung. Er hatte mich verändert. Er hatte mir eine unbekannte Seite meines Selbst vor Augen geführt. Ein Teil von mir wollte mit ihm zusammensein, in Liebe mit ihm vereint, selbst wenn ich ihn haßte, und dieser Haß machte die Erregung beinahe unerträglich.

Ich hätte wissen müssen, daß er seinen Willen durchsetzte. Teils bewunderte ich seine Hartnäckigkeit, teils mißbilligte ich sie. Er hatte eine lange Unterredung mit Tante Martha und berichtete mir anschließend darüber. Er bat sie um ein Gespräch unter vier Augen. Dann erklärte er ihr: »Sarah ist jung und unschuldig. Sie hat die Bedeutung dessen, was geschehen ist, nicht erfaßt. Liebe Miss Ashington, Sie sind eine Frau von Welt und werden verstehen, wie tief ich bedaure, daß wir in eine solche Lage geraten sind – wenn auch nicht durch unsere Schuld, das müssen Sie mir glauben, Miss Ashington. Der Versuch, bei diesem Schneesturm durch den Wald zu gehen, hätte für uns beide den Tod bedeuten können. Es blieb uns keine andere Wahl, als einen Unterschlupf zu suchen. Oh, ich verstehe Ihre Bedenken. Nun hat es sich aber so gefügt, daß ich seit meiner Ankunft in England von tiefer Liebe zu Ihrer Nichte erfüllt bin und mich danach sehne, sie zu meiner Frau zu machen. Einer Dame mit Ihren vernünftigen Grundsätzen mag dies übereilt erscheinen, doch Sie dürfen nicht vergessen, daß ich Ihrem Bruder sehr nahestehe. Ich habe die Briefe gelesen, die Sarah ihm schrieb. Ich hatte das Gefühl, sie zu kennen, bevor ich hierher kam. Ich weiß, *Sie* haben dafür bestimmt Verständnis, Miss Ashington.«
Sie hatte bedächtig genickt. Zwei weltgewandte Menschen berieten darüber, wie man das Gerede zum Verstummen bringen und das Unheil zurechtrücken könne, das über uns hereingebrochen war.
»›Habe ich Ihre Einwilligung, Sarah zu bitten, meine Frau zu werden?‹ fragte ich sie«, erzählte er mir weiter. »Glaub mir, mein Liebling, die Einwilligung wurde gnädigst gewährt. Sodann erklärte sie mir, daß Ashington seit Jahrhunderten ein ehrenwerter Name sei. Sie schien anzunehmen, ich könne ihn so großartig finden, daß ich bereit sei, das Gesetz umzukehren, wonach eine Frau den Namen ihres Mannes annimmt. Ich gab vor, es in Erwägung zu ziehen. Was meinst du dazu?«

»Ich meine, daß Sie sich glänzend auf die Kunst verstehen, andere hinters Licht zu führen.«

»Wenn ich etwas will, setze ich alles daran, um es zu bekommen. Nichts stellt sich mir in den Weg, wenn ich es verhindern kann.«

»Sie sind sehr rücksichtslos.«

»Schon möglich. Und nun sinke ich dank Tante Marthas Einwilligung auf die Knie, liebe Sarah, und frage: ›Willst du meine Frau werden?‹«

»Sparen Sie sich die Mühe«, gab ich zurück.

Er bedachte mich mit seinem zärtlichen Lächeln, und wenn ich auch wußte, daß es nicht echt war, so rührte es mich doch zutiefst.

Der Schnee hielt eine Woche an, dann setzte Tauwetter ein. Clinton war nach London abgereist, doch das Wetter war so schlecht, daß ich meinen Vater nicht besuchen konnte.

»Wir wünschen keine Wiederholung deines letzten Ausflugs«, sagte Tante Martha mißmutig.

Ich merkte an den verstohlenen Blicken der Dienstboten, daß sie über die Geschichte redeten. Die Cannon-Töchter gaben sich übertrieben munter und erwähnten die Sache mit keinem Wort. Am liebsten hätte ich sie alle ausgelacht, und ich erkannte, wie langweilig es wäre, wenn ich mein ganzes Leben in dieser engstirnigen Atmosphäre verbringen müßte. Mit der Zeit würde ich den Tanten immer ähnlicher. Aber sie hatten nie ein solches Abenteuer gehabt wie ich. Wie konnte ich das so genau wissen? Ob vielleicht... Tante Martha und der Liebhaber, der ihre Schwester heiraten wollte...?

Ich konnte mir ausmalen, was mir bevorstand. Die drei in Frage kommenden Gentlemen würden mir vorgestellt: gute Familie, aber verarmt... so verarmt, daß einer bereit wäre, mich zu heiraten und den Namen Ashington anzunehmen, auf daß ich einen Sohn dieses Namens zur Welt bringen könnte.

Das war einfach lächerlich, überspannt, unmöglich!

Mein Vater würde sterben. Mein Traum, bei ihm zu leben, war zerronnen. Da bot sich mir eine andere Möglichkeit – so erregend, daß der Gedanke daran mein Herz hüpfen ließ.

Ich vermißte Clinton. Die Tage waren lang ohne ihn – lang und öde. Wenn er im Haus war, versperrte ich meine Schlafzimmertür, denn ich traute ihm zu, daß er hereingestürmt kam. Doch er kam nicht. Ich hatte den spöttischen Ausdruck in seinen Augen bemerkt. Ich spürte, daß er in mir Geheimnisse entdeckt hatte, die mir selbst unbekannt waren. Er hatte mich zu Vertraulichkeiten genötigt, die nicht nur ihm, sondern auch mir vieles offenbarten. Ich harrte auf seine Rückkehr... wartete auf ihn.

Im Grunde meines Herzens wußte ich, wohin ich trieb. Konnte man einen Mann heiraten, den man nicht liebte? War es möglich, die überwältigende körperliche Anziehungskraft eines Mannes zu spüren, an dessen Ehrenhaftigkeit man zweifelte, eines Mannes, in dem man einen Freibeuter sah, der sich nahm, was er begehrte, und der ausgesprochen rücksichtslos war? Ich war überzeugt, er war schon Liebhaber vieler Frauen gewesen.

Sobald der Schnee geschmolzen war, besuchte ich meinen Vater. Er hatte mich sehr vermißt, und ich stellte fest, daß er noch schwächer geworden war. Nach der langen Abwesenheit fiel das besonders auf. Er erzählte mir, daß Clinton bei ihm gewesen sei. Er habe ihm anvertraut, was er für mich empfinde. »Ich bin so froh, Sarah. Er sagt, er ist sicher, daß auch du ihn liebst. Das habest du ihm zu verstehen gegeben.«

Ich kochte innerlich. Wie konnte er es wagen!

»Meine liebe Sarah«, fuhr mein Vater fort, »ich könnte glücklich sterben, wenn ich wüßte, daß ihr heiratet.«

»Würdest du dir einen solchen Mann zum Schwiegersohn wünschen?«

»Er ist tüchtig. Er ist klug. Er hat die Shaw-Plantage zur ertragreichsten Plantage von ganz Ceylon gemacht. Er war mir eine große Hilfe. Ich hatte Schwierigkeiten, Sarah, und es war gut, ihn zum Nachbarn zu haben. Ich bin ihm eine Menge schuldig. Ich habe mich oft gefragt, warum er nicht heiratet. Ich schätze, die Engländerinnen bei uns waren nicht nach seinem Geschmack. Die Frauen fühlten sich immer zu ihm hingezogen, und er liebt die Frauen. Ich glaube, er ist bestimmt mit der Absicht zu heiraten nach England gekommen.«

»Ich finde das ziemlich abgeschmackt, Vater.«

»Oh, es ist nicht so, als würde man ein Haus aussuchen oder einen Anzug, weißt du. Er hoffte einfach, eine Frau zu finden. Ich hatte soviel von dir erzählt. Ich ließ ihn sogar deine Briefe lesen. Ich weiß noch, wie er zu mir sagte: ›Sarah gefällt mir. Ich kann es kaum erwarten, sie kennenzulernen.‹ Er fühlte sich zu dir hingezogen, bevor er dich überhaupt sah. Du bist sehr reizvoll, Sarah, auf recht ungewöhnliche Art.

Ach, ich würde mich ja so freuen. Ich hatte dir gegenüber immer ein Schuldgefühl. Du warst schon als Baby so ein reizendes Geschöpf. Dann nahm deine Mutter dich mit fort, und mir war jede Verbindung mit dir verwehrt. Es war eine solche Freude, dich wiederzusehen!«

»Du wirst bald gesund«, sagte ich mit fester Stimme, »und ich begleite dich dann nach Ceylon. Ich werde dich pflegen, und das wird mich so ausfüllen, daß ans Heiraten gar nicht zu denken ist.«

Er schüttelte den Kopf. »Wir wissen alle, wie es mit mir steht, Sarah. Laß uns den Tatsachen ins Auge blicken! Ich werde nie mehr zurückkehren. Aber du mußt nach Ceylon gehen... mit Clinton.«

Clinton kam in die Klinik. Er wolle einen Tag auf Ashington Grange verbringen, sagte er. Er sei in der glücklichen Lage, sich nach den anstrengenden Verhandlungen mit den Kaufleuten bei guten Freunden auf dem Lande erholen zu können.

»Die Händler sind wohl so hart wie eh und je, nehme ich an«, sagte mein Vater.

»Sie werden immer schlimmer. Sie versuchen jeglichen Profit aus dem Teegeschäft an sich zu reißen.«

Als wir im Eisenbahnabteil allein waren, setzte Clinton sich zu mir und legte seinen Arm um meine Schultern. »Du hast mir gefehlt«, sagte er. »Wollen wir, wenn wir nach Ashington Grange kommen, unsere Heirat ankündigen?«

Ich antwortete nicht. Ich konnte nicht antworten, weil er mich an sich gezogen hatte und mich mit seinen wilden Küssen bedeckte, die mir das Sprechen unmöglich machten.

»Es wird wunderbar«, sagte er schließlich. »Das gelobe ich dir, und legal wird es auch... denk doch nur!«

»Ich habe nicht eingewilligt.«

»Du wirst einwilligen... heute abend.«

»Wenn man heiratet, sollte man sich da nicht lieben?«

»Das kommt darauf an, was man unter Liebe versteht.«

»Ich dachte, der Begriff sei eindeutig.«

»Liebe!« sagte er versonnen. »Das verlockendste Unterfangen der Welt. Körperliche Liebe... seelische Liebe... profane und geistige Liebe. Du kennst und liebst meinen Körper, teure Sarah. Meine Seele ist ein Geheimnis, das du erst nach und nach ergründen wirst. Es gibt kaum etwas Aufregenderes als eine Entdeckungsreise... noch dazu, wenn es sich um eine Liebe handelt, wie wir sie erfahren haben ... du und ich vereint.«

»Sie haben eine ungewöhnliche Situation ausgenutzt.«

»Das ist der Schlüssel zum Leben, Sarah. Ungewöhnliche Situationen muß man immer ausnutzen. Wie das wohl werden wird ... das verlockende Leben mit mir, diese Entdeckungsreise? Oder willst du etwa hierbleiben? Du würdest den Cannon-Damen hilfreich zur Seite stehen, was dem Kirchendach zweifellos zugute käme. Vielleicht findest du einen, der dich heiratet. Aber du wirst das Geheimnis hüten müssen, daß du die aufregendste Nacht deines Lebens mit deinem wahren Geliebten in der Papageienhütte verbracht hast.«

»Ich weigere mich, mir einen solchen Unsinn anzuhören.«

»Und ich verkünde Tante Martha, daß wir heiraten, und ich suche noch heute abend Pastor Cannon auf, um das Aufgebot zu bestellen.«

Ich antwortete nicht. Ich rückte von ihm ab und saß mit verkrampften Händen da. Ich zitterte vor Erregung und lauschte auf den Rhythmus des Zuges: Du heiratest ihn. Du heiratest ihn. Ja, ja, ja, du heiratest ihn. Ich dachte: Ja. O ja. Ich weiß, daß es falsch ist, aber ich heirate ihn.

Ich glaube, Tante Martha war ziemlich erleichtert. Für Tante Mabel traf das ganz gewiß zu. In ihren Augen war es die einzig geziemende Lösung, und Tante Martha gab sich der Illusion hin, sie könne Clinton überreden, den Namen Ashington anzunehmen. Ehe ein Jahr vergangen war, würde ich einen Sohn haben, und bevor die Tanten das Zeitliche segneten, würden sie diesem Sohn eine Frau besorgen, die sich mit den Ashington-Perlen porträtieren lassen konnte. Damit wäre die Mission der Tanten vollbracht, und sie könnten in Frieden scheiden. Sie übersahen aber die Tatsache, daß Clytie, meines Vaters ältere Tochter, einen Sohn hatte, und daß dieser Sohn ältere Ansprüche hatte als meiner. Doch sein Name lautete nicht Ashington, und Tante Martha war fest überzeugt, daß sie in meinem Falle dieses Hindernis beiseite räumen könne.

Ich war neugierig auf das legendäre Erbstück. Im Trubel der Ereignisse hatte ich meinen Vater nicht nach den Ashington-Perlen gefragt. Ich vermutete, daß sie sich in Ceylon befanden, da meine Mutter dort mit dem Halsband gemalt worden war.

Das Aufgebot wurde bestellt, und ich war sicher, daß ein Seufzer der Erleichterung durch das Pfarrhaus ging, da der anstößige Umstand meiner Nacht im Wald ein schickliches Ende fand. Effie Cannon, die selbst kurz vor der Vermählung stand, sollte meine Brautjungfer sein, und der Arzt sollte mich zum Altar führen. Es war nur an eine schlichte Zeremonie gedacht, und ich war froh darüber, denn als der Tag näherrückte, plagten mich böse Ahnungen. Immer wieder stellte ich mir die Frage, auf was ich mich da einließ. Es war, als fochten meine Sinne einen Kampf mit meinem gesunden Menschenverstand aus. Am Abend vor meiner Hochzeit war mir ausgesprochen ängstlich zumute.

Was weißt du von ihm, fragte ich mich. Sehr wenig. Aber warum dann das alles, *warum*?

Ich wußte nur das eine: Er besaß Macht über mich, und diese Macht erweckte in mir Leidenschaften, die alles andere bezwangen. So war es, wenn er bei mir war; doch wenn er nicht da war, verstand ich mich selbst nicht mehr. Nur wegen dieser einen Nacht in der Hütte! Immerhin hatte ich dabei erkannt, daß ich, falls er ohne mich nach Ceylon zurückkehrte, mein Leben lang von Reue und Sehnsucht verzehrt würde. Sollte ich hierbleiben und so werden wie die Cannon-Mädchen? Vielleicht war ich ebenso konventionell wie meine Tanten und glaubte im tiefsten Winkel meines Herzens, daß ich aufgrund dessen, was zwischen uns geschehen war, zu ihm gehörte, und daß dieses Erlebnis mein ganzes zukünftiges Leben bestimmen müsse. Das hatte auch er mich fühlen lassen, denn es gehörte zu seiner Taktik.

So weit war es also mit mir gekommen.

Mein Hochzeitstag kam. Noch als ich am Altar stand, war mir, als vernehme ich in meinem Innern eine warnende Stimme. »Willst du diesen Mann als deinen Ehemann erkennen…?« fragte Pastor Cannon, und ich hätte am liebsten herausgeschrien: Nein. Es ist ein Irrtum. Laßt mich hier heraus! Laßt mich noch einmal darüber nachdenken!

Und doch – wäre es möglich gewesen, die Zeremonie abzubrechen, ich hätte es nicht getan.

Wir trugen uns in das Kirchenbuch ein und schritten durch den Mittelgang, ich an seinem Arm. Ich nahm die Gesichter in den Bänken wahr. Die ganze Nachbarschaft hatte sich eingefunden, um bei meiner Hochzeit zugegen zu sein. Die Dienstboten waren ganz hinten in der Kirche. Ich sah Mrs. Lamb neben Ellen, und ich konnte mir denken, was sie sagten: »Also, das ist nur recht und anständig, nach allem, was passiert ist...«

Irgendwo, weit hinten in meinem Bewußtsein, hatte ich denselben Gedanken: recht und anständig.

Auf Ashington Grange gab es einen Empfang. Den hatte Clinton arrangiert. »Sie sind so gut zu uns«, sagte er zu Tante Martha. »Bitte, überlassen Sie das mir!«

Tante Martha wandte ein, es sei Aufgabe der Familie der Braut, den Empfang auszurichten.

»Sie sind doch zu welterfahren, um nur das nachzuahmen, was andere in der Vergangenheit getan haben«, gab er ihr zu verstehen, und mit einem beifälligen Zucken auf den Lippen hatte sie sich abgewandt.

So gab es denn Champagner und Delikatessen, die er von Fortnum & Mason hatte kommen lassen. Ich wußte, daß dies den Dienstboten mißfiel. »Wir sind also nicht gut genug«, würde es heißen. »Das Zeug muß eigens aus London herangeschafft werden, wie?«

Bald würde mich das alles nichts mehr angehen.

Als die Gäste fort waren, gingen Clinton und ich im Wald spazieren. Er hatte sich verändert. Er war zärtlich und liebevoll. Ich würde es nie bereuen, ihn geheiratet zu haben, sagte er, und es klang so überzeugend, daß ich ihm eine Zeitlang glaubte.

Wir schlenderten zum Haus zurück. Tante Martha hatte uns das sogenannte Brautgemach zur Verfügung gestellt, welches seit zweihundert Jahren neuvermählten Ashingtons zur Verfügung stand. Meine Mutter hatte es mir geschildert: »Ein großer, düsterer Raum«, sagte sie, »voller Gespenster. Alles Bräute, die höchstwahrscheinlich zur Ehe gezwungen wurden. Eine soll sich in dem Augenblick, als der Bräutigam das Schlafgemach betrat, aus dem Fenster gestürzt und dabei den Tod gefunden haben.«

Clinton schloß die Tür. Er hob mich auf und trug mich zum Bett. »Das dürfte mehr nach deinem Geschmack sein, meine Liebste, als der harte Boden in der Papageienhütte.«

»Und gewiß auch nach deinem, nehme ich an!«

»Die Papageienhütte war in jener Nacht ein Paradies.«

»Du bist in dieser Art von Paradies kein Fremder, denke ich.«

Er schmiegte sein Gesicht an das meine und lachte. »Liebe Sarah, du bist doch nicht etwa eifersüchtig?«

»Eifersüchtig... wegen dir? Auf gar keinen Fall.«

»Das ist gut. Eifersüchtige Frauen sind eine Plage.«

»Eifersüchtige Männer vermutlich ebenso.«

Er küßte mich. »Du darfst dich nie verändern, Sarah. Du mußt mich immerzu mit deiner scharfen Zunge geißeln. Zuckerbrot und Peitsche. Von dieser Mischung kann ich nie genug bekommen.« Er fing an, mein Kleid aufzuknöpfen.

»Das mache ich selbst«, sagte ich.

»Aber beeile dich, sonst muß ich dir helfen.«

Es gab keinen Zweifel an meinen Gefühlen für ihn. Als ich in seinen Armen lag, erklärte er, daß er mich liebe, daß ich ihn mehr befriedige als alle anderen Frauen, und wenn ich auch fand, daß es für einen frischvermählten Ehemann sehr unpassend war, seine Braut in der Hochzeitsnacht mit anderen Frauen zu vergleichen, sagte ich es dennoch nicht. Ich nahm es hin. Ich nahm ihn, wie er war. Wenn wir so beisammen waren, konnte ich alles vergessen. Ich konnte mich beinahe der Illusion hingeben, ihn zu lieben.

Am nächsten Tag besuchten wir meinen Vater. Er war überglücklich, daß wir nun verheiratet waren. »Jetzt brauche ich mir deinetwegen keine Sorgen mehr zu machen, Sarah.«

»Hast du dir wirklich Sorgen gemacht?«

»Ich kann mir vorstellen, wie das Leben mit deinen Tanten aussah. Wenig Vergnügen für ein junges Mädchen. Clinton wird dich mit nach Ceylon nehmen. Wie gern wäre ich jetzt dort!«

Wir tranken in seinem Zimmer Champagner. Ich befürchtete, das bekomme ihm nicht, und als die Schwester mir erklärte, es könne ihm nicht schaden, wurde ich traurig, denn ich wußte, sie wollte damit nur sagen, daß ihm jetzt überhaupt nichts mehr schaden oder nützen könne.

Wir saßen an seinem Bett und unterhielten uns, danach kehrten Clinton und ich nach Ashington Grange zurück.

Am nächsten Tag ritten wir in den Wald, und Clinton wollte gern noch einmal bei der Papageienhütte vorbeischauen. Wir banden die Pferde an, und er kletterte zum Fenster hinein. Er öffnete mir die Tür. Als ich eintrat, nahm er mich auf die Arme und wirbelte mich herum.

»Teure, teure Hütte«, sagte er. »Das war eine denkwürdige Nacht, was, Sarah?«

»Sie hat jedenfalls unser Leben verändert.«

»Du meinst also, wenn das hier nicht passiert wäre, hättest du nie eingewilligt, mich zu heiraten. Es war wie der Kuß des Prinzen, mit dem er das schlafende Dornröschen zum Leben erweckte. Die meisten Märchen sind symbolisch, weißt du?«

»Du wolltest mir doch die Geschichte von den Kleinen im Wald erzählen. Ist dein literarischer Geschmack nicht ein bißchen infantil?«

»Mein Geschmack kennt jedenfalls keine Vorurteile.« Er trat an den Kamin. »Die Asche ist noch da. Ist es dir nie in den Sinn gekommen, welch ein Glück wir hatten? Holz im Schuppen, Kerzen, Laternen, Decken...« Er brach in Lachen aus. »Du schaust so erstaunt, meine Liebste. Weißt du eigentlich, daß wir in jener Nacht die Lieblinge der Götter waren?«

»Es war immerhin ein glücklicher Zufall.«

»Es gibt ein altes Sprichwort: Hilf dir selbst, so hilft dir Gott. Ich vermute, das gilt auch für die Götter des Zufalls.«

»Was soll die Anspielung?«

»Du hast einmal gesagt, ich sei einfallsreich. Ich würde meine Chancen nutzen. Aber ist dir auch bewußt, *wie* einfallsreich ich bin, wie ich mir meine Chancen *schaffe*? Man darf sich nämlich nicht auf das Schicksal verlassen. Wenn der Berg nicht zum Propheten kommen will, muß der Prophet zum Berge gehen.«

»Du sprichst gern in Gleichnissen«, sagte ich. »Den Schnee konntest du aber nicht herbeischaffen. Das würdest selbst du nicht zustande bringen.«

Er schmunzelte. »Der Schnee war weiß Gott echt. Was für eine Nacht! Das Wetter war schon seit einer Weile schlecht, und es wurde immer schlimmer. Die Papageienhütte hatte mir auf Anhieb gefallen. Ich stellte es mir sehr vergnüglich vor, mir dort ein wenig die Zeit zu vertreiben, nur mit dir.«

Ich starrte ihn fassungslos an.

»Ich möchte, daß du merkst, was für einen einfallsreichen Mann du hast. Du weißt gewiß noch, wie neblig es war, als wir die Hütte zum erstenmal sahen. Da kam mir der Gedanke, wie leicht man im Wald den Weg verfehlen kann. Du und ich... verirrt, Hand in Hand im Kreis herum wandernd... Wir kommen zur Hütte. Wir sind müde. Wir beschließen, uns auszuruhen. Draußen ist es dunkel und kalt. Im Schuppen gibt es Holz und, Wunder über Wunder, warme Decken. Du siehst, welch romantische Gedanken mich beflügelten.«

»Wahrhaftig. Aber das Holz war schon da.«

»Ja, das hat mich auf die Idee gebracht.«

»Die Decken, die Laterne?«

»Wohlüberlegt von mir herbeigeschafft, für alle Fälle.«

»Aber wie konntest du wissen...«

»Ich wußte gar nichts. Es hätte sich vielleicht nie ergeben können. Aber falls sich die Gelegenheit bieten sollte, war die Bühne gerüstet. Das ist die erste Lektion auf der Straße zum Erfolg. Man schafft sich seine Chance, und wenn die Zeit kommt – *falls* sie kommt –, ist man bereit. Wer weiß, vielleicht kommt diese Zeit nie. Ich wappnete mich mit Geduld. Und dann der gesegnete Schnee... die Fahrt nach London... kein Brougham am Bahnhof. Siehst du, das nennt man Glück. So hilft Gott denen, die sich selbst helfen.«

»Du hast... das alles arrangiert?«

»Komm. Gratuliere mir. Ich war ziemlich schlau, nicht wahr?«

»Aber wir haben uns im Wald verirrt.«

»*Ich* nicht. Liebe Sarah, ich begehrte dich. Ich wußte, daß sich hinter deiner grimmigen Widerborstigkeit eine leidenschaftliche junge Frau verbarg, eine Frau, die lieben und geliebt werden wollte. Es war meine Pflicht, dir zu beweisen, wer du bist... dich davor zu bewahren, so zu werden wie die Tanten oder die Cannon-Mädchen... O ja, ich gebe zu, das kann sehr erstrebenswert sein, aber nicht für *dich*, Sarah. O nein, ganz bestimmt nicht für dich! Du bist für die Liebe geschaffen, und das weißt du auch. Als das Schicksal den Schnee sandte, die Zugverspätung, keinen Brougham... nun, da mußte ich nur noch mein Teil dazu beitragen. Ich kannte den Weg zur Hütte genau. Ich hätte ihn sogar blind gefunden. Siehst du, Sarah, ich habe dich in deinem eigenen Wald überlistet, so ein Mensch bin ich.«

»Du bist ein Teufel[1]«

»Gib zu, daß ich dir so gefalle.«

Ich erwiderte nichts. Ich dachte nur daran, was er alles getan hatte: die Decken herbeigeschafft, dafür gesorgt, daß er Feuer machen konnte. Ich mußte mit ihm lachen.

»Der Wald ist verzaubert«, sagte er. »Wenn es dunkel wird, nehmen die Bäume die Gestalt von Ungeheuern an. Die alten Götter sind im Wald. Odin, Thor und die anderen. Spürst du sie? Sie sind auf der Seite der Abenteurer. Sie kommen denen zu Hilfe, die sich selbst helfen.«

»Dann sind sie zweifellos auf deiner Seite.«

»Was hältst du von meinem kleinen Bühnenarrangement?«

»Ich wiederhole, du bist ein Teufel. Du hast deine Rolle gut gespielt. Nicht einen Augenblick nahm ich an...«

»Wenn du etwas geahnt hättest, wäre das Spiel verdorben gewesen. Ich bin ein zu guter Spieler, um es so weit kommen zu lassen.«

»Ich bin neugierig, wie gut du bist. Ich bin neugierig, wie du bist, wenn du nicht spielst und einfach du selbst bist.«

»Das ist ein hübsches kleines Rätsel, das dich in den kommenden Jahren beschäftigen wird.«

»Wie soll ich wissen, wann ich dir trauen kann?«

Er nahm mein Gesicht in seine Hände und küßte mich. »Das wird dir dein Herz sagen.«

Ich riß mich unwillig los. »Wenn du dich romantisch und sentimental gibst, weiß ich, daß du unehrlich bist.«

»Sei dessen nicht allzu sicher, Sarah. Auf mich darfst du dich nie verlassen.«

Er lachte, ließ mich stehen und ging zur Hintertür hinaus.

»Wo gehst du hin?« fragte ich.

»Die Decken holen.«

»Nein!« rief ich.

Er kam mit den Decken zurück. Er breitete sie auf dem Boden aus und nahm mich in seine Arme.

Während der folgenden Wochen hielt ich mich beständig bei meinem Vater auf. Sein Ende war nahe, und ich hatte wenig Zeit, an mich selbst oder an die Zukunft zu denken. Clinton meinte, wir könnten England nicht verlassen, solange mein Vater lebte; wenn er aber tot sei, wollten wir unverzüglich nach Ceylon aufbrechen.

Es war Februar geworden; die Krokusse kamen zum Vorschein – malvenfarbig, weiß und goldgelb. Sie verkündeten, daß der Frühling bald nahte, obwohl wir noch Winter hatten. An den Ufern des Teiches zeigte sich gelber Huflattich neben purpurnem Hahnenfuß. An geschützten Plätzen war schon das gelbe Schöllkraut zu sehen; der Holunder hatte grüne Schößlinge, und an den Haselnußsträuchern sprossen die gelben Quasten, die wir Lämmerschwänzchen nannten. Die hohen Eichen im Wald trugen noch ihr Winterkleid, und es würde noch ein paar Wochen dauern, bis an ihnen eine Veränderung sichtbar wurde. Ich lauschte den Paarungsrufen der Kiebitze. Celia hatte mich den Gesang der Vögel zu unterscheiden gelehrt. Es war ein melancholischer Ruf – piii-wit... piiit...will-o-wit –, kein sehr fröhlicher Balzruf.

Jemand hat einmal den Frühling die Pforte zum Jahr genannt. Dieser Frühling war die Pforte zu meinem neuen Leben.

Meine Gedanken kreisten meist um meinen Vater. Er würde bald sterben, und dann würde es ernst mit meinem neuen Leben. Ceylon! Das Land, von dem ich so viel gehört hatte. Ich hatte davon geträumt, dorthin zu ziehen, und nie wäre es mir in den Sinn gekommen, daß ich an der Seite eines Ehemannes reisen würde.

Mein Vater starb friedlich, Anfang März, und sein Leichnam wurde nach Ashington Grange gebracht und inmitten der Vorfahren beigesetzt. Es war ein kalter und stürmischer, aber sonniger Tag. Das Begräbnis wurde auf herkömmliche Weise begangen, und die Trauernden sollten anschließend im Haus mit Sherry und Schinkenbroten bewirtet werden.

Die Zeremonie war ergreifend, und als ich an meines Vaters Grab stand und auf den Sarg hinunterblickte, gedachte ich meiner Mutter, die auch hier begraben lag. Wie traurig war ihrer beider Leben doch verlaufen, weil ihr Temperament unvereinbar war. Doch ich hatte meine Eltern beide geliebt. Ich versuchte, mir auszumalen, wie es gewesen wäre, wenn sie ein ganz normales Eheleben geführt hätten.

Das Leben war sonderbar. Bei meinen Eltern war es stürmisch verlaufen. Und bei mir? Wie würde mein Leben sein? Clinton war neben mir und hielt meinen Arm, während wir zum Haus zurückgingen.

In der Halle wurden den Trauergästen Erfrischungen serviert, und als ich plötzlich Toby sah, glaubte ich zu träumen. Er stand vor mir, ein wenig älter als damals, als ich ihn in London zum letztenmal gesehen hatte, aber es war unverkennbar Toby. Ich war bei seinem Anblick von Freude überwältigt.

»Toby!« rief ich.

Er nahm meine Hände in die seinen. »Sarah... du bist erwachsen geworden!«

»Es ist lange her...«

»Es ist schön, dich zu sehen. Ich habe euch am Denton Square gesucht.
Niemand wußte, wohin ihr gezogen seid. Ich ging zu Tom Mellor. Er
sagte, deine Mutter trete nicht mehr auf und lebe bei der Familie ihres
Mannes. Dann sah ich die Todesanzeige für deinen Vater und kam
gleich her. Ich erzählte deiner Tante, daß ich ein alter Freund sei, und
sie bat mich ins Haus.«

Ich war ganz schwach vor Rührung. Ich wollte mich an ihn klammern
und weinen. Er brachte mir alles wieder so deutlich in Erinnerung –
den Lunch im Café Royal ... unsere gemeinsame Verschwörung gegen
meine Mutter, die wir beide verehrten. »Was machst du in England?«

»Ich bin seit einem Monat hier. Ich kehre demnächst nach Neu-Delhi
zurück.«

»Gefällt es dir dort?«

Er nickte. »Aber es ist schön, wieder in England zu sein.«

Mir fiel ein, daß Clinton in die Heimat gekommen war, um eine Frau
zu suchen, und fragte deshalb: »Toby, bist du verheiratet?«

»Nein.«

»Aber alt genug wärst du.«

»Ich fürchte, ich war schon immer ein Spätentwickler.«

Ich lächelte. Wie liebte ich diesen Blick, mit dem er um Vergebung zu
bitten schien. Toby hatte nichts Arrogantes an sich. Das fiel mir besonders auf, als ich ihn unwillkürlich mit Clinton verglich.

»Wann fährst du zurück?«

»Ich wollte eigentlich zwei Monate bleiben. Vielleicht kann ich meinen
Aufenthalt noch ein bißchen verlängern.« Seine dunkelblauen Augen
leuchteten. »Ich habe viel an dich gedacht«, fuhr er fort. »Ich fragte
mich, wie es euch wohl ergehe. Es war ein Schock für mich, als ich erfuhr, daß deine Mutter gestorben ist.«

»Dann weißt du es also.«

»Ja, ich hörte es, als ich bei einem Freund zum Abendessen war. Man
unterhielt sich übers Theater, und jemand sagte, daß Irene Rushton
sich nach der Herringford-Affäre aufs Land zurückgezogen habe und
gestorben sei. Ich war tief betroffen und fragte mich, was wohl aus dir
geworden sein mag.«

»Ich lebe bei meinen Tanten, wie du siehst.«

»Du... hier... in dieser altmodischen Umgebung. Ich finde, du paßt nicht hierher, Sarah. Ich habe mich gestern abend im Gasthaus einquartiert, Zum Förster, kennst du es?«

»Ja.«

»Ich bleibe eine Weile hier. Wir haben uns gewiß eine Menge zu erzählen.«

»Es ist viel geschehen, seit wir uns das letzte Mal sahen, Toby. Ich bin seit ein paar Wochen verheiratet.«

Auf sein erschrockenes Gesicht war ich nicht gefaßt. Er starrte mich an, bestürzt, ungläubig. Es war wie eine Spiegelung meiner eigenen Empfindungen. Ich verstand genau, was er fühlte, denn ich fühlte es auch.

»Es geschah alles ziemlich überstürzt«, sagte ich schnell. »Mein Vater kam aus Ceylon, und Clinton Shaw war bei ihm. Ich gehe bald mit Clinton nach Ceylon…« Was redete ich, was plapperte ich da? Was hatte ich getan? Toby war nach Hause gekommen, um mich zu suchen, und ich hatte Clinton Shaw geheiratet!

»Also«, sagte Toby, »dann wünsche ich dir viel Glück. Wann… gehst du nach Ceylon?«

»Bald. Wir sind meines Vaters wegen hiergeblieben. Er war lange Zeit schwer krank. Wir wußten, daß er sterben würde.« Tobys jämmerliche Miene tat mir weh.

»Ich würde dich gern noch einmal sehen, bevor ich abreise«, sagte er. »Es gibt noch so vieles, das ich wissen möchte.«

»Morgen«, erwiderte ich. »Laß uns im Wald spazieren gehen!«

Ich wußte, daß Clinton am nächsten Morgen früh nach London fahren wollte. Es eilte ihm mit den Vorbereitungen für unsere Abreise.

Noch am Tag des Begräbnisses kam der Notar, um das Testament meines Vaters zu verlesen. Wir versammelten uns in der Bibliothek: meine Tanten, Clinton und ich.

Das Testament war klar und einfach. Der Verwalter meines Vaters und ein paar Plantagenarbeiter erhielten Legate. Die zwei Haupterben waren meine Halbschwester Clytie und ich. Die Ashington-Perlen sollten in Clyties Besitz bleiben, bis sie der Gattin ihres Sohnes übergeben werden konnten. Mein Vater hatte Clytie sein Haus in Ceylon und etliche Vermögensgegenstände vermacht, die Plantage aber hatte ich geerbt.

Ich blickte zu den Tanten und sah die Röte in Tante Marthas Gesicht, die von unterdrücktem Zorn kündete. Was hatte sie denn erwartet, was mit den Perlen geschehen würde? Sie fielen traditionsgemäß dem Sohn zu, doch wenn kein Sohn da war, blieben sie natürlich vorläufig im Besitz der ältesten Tochter. *Die* hatte ja einen Sohn, und später würde dessen Frau die Perlen bekommen. Ich war von meiner Erbschaft zu überwältigt, um mir über Clyties Erbe viele Gedanken zu machen: Die Plantage gehörte mir!

Clinton musterte mich eindringlich. Er hatte ein warmes Leuchten in den Augen.

Clinton war zweifellos hocherfreut. Er steckte voller Pläne. »Wir können die Plantagen zusammenlegen«, sagte er, »und wie eine einzige bewirtschaften.«

»Ich finde es absurd, eine Plantage zu besitzen, ohne eine Ahnung von der Landwirtschaft zu haben«, sagte ich.

»Meine Liebe, du hast einen Ehemann, der eine Menge davon versteht.«

Seine Genugtuung war eindeutig. Ich war von alledem verwirrt, von dem überwältigenden Schmerz über den Tod meines Vaters, aber auch von einem vagen Gefühl, das ich nicht allzu genau ergründen mochte. Es hing mit Tobys Rückkehr zusammen und mit den Empfindungen, die sich dadurch in mir geregt hatten. Bei seinem Anblick entsann ich mich wieder des Vergnügens, das ich stets verspürt hatte, wenn er zu uns kam, wenn wir unsere sogenannten Unterrichtsstunden absolvierten oder uns zu unseren Streifzügen aus dem Haus stahlen. Das hatte mich stets freudig erregt und mir ungeheuren Spaß bereitet.

Warum mußte er ausgerechnet jetzt zurückkommen? Der Gedanke an die Zukunft erfüllte mich mit bangen Ahnungen.

Wir machten einen Waldspaziergang. Toby war sehr sachlich. So hatte ich ihn noch nie erlebt.

»Erzähl mir alles, Sarah«, sagte er.

Ich berichtete ihm, was mit Everard geschehen war; wie meine Mutter keine Rollen mehr bekam, die ihr zusagten; wie Meg sich am Ende überreden ließ, aufs Land zu ziehen; und wie uns schließlich keine andere Wahl blieb, als nach Ashington Grange zu kommen.

»Sie haßte dieses Haus, Toby. Es war alles so traurig. Ich glaube, es wurde mir erst hinterher richtig klar, was sie empfunden haben muß. Die Tanten engagierten eine Gouvernante für mich, Celia Hansen. Nach dem Tod meiner Mutter ist sie verschwunden. Sie kam zu Geld und ging mit einer Cousine ins Ausland. Wir waren gute Freundinnen, aber ich habe sie seitdem nicht mehr gesehen.«

Es fiel mir ja so leicht, mich Toby anzuvertrauen. Ich schilderte ihm, wie meine Mutter gestorben war; ich erzählte ihm von der entsetzlichen Nacht, als ich sie mit hohem Fieber gefunden hatte und das Fenster trotz der bitteren Kälte weit geöffnet war.

»Sie war sehr schön«, sagte Toby.

»Du hast sie bewundert. Aber du warst nicht wie die anderen... du warst es zufrieden, sie aus der Ferne zu verehren und ihr zu dienen, indem du ihr die Last der Erziehung ihrer Tochter von den Schultern nahmst.«

»Das war mir das größte Vergnügen«, erwiderte er ernst. »Denk doch nur, wieviel Spaß wir hatten!«

Wir schwelgten in Erinnerungen, besannen uns auf kleine Zwischenfälle und riefen uns unsere Scherze und unser Lachen zurück.

»Glückliche Tage«, sagte er. »Erst als ich fortging, wurde mir klar, was sie mir bedeuteten.«

»Wie geht es dir als Geschäftsmann, Toby?«

»Eigentlich ganz gut. Ich habe anscheinend Talent. Mein Vater ist angenehm überrascht.«

»Du selbst nicht minder, schätze ich.«

»Ich hätte nie gedacht, daß ich zum Geschäftsmann tauge.«

»Warst du nicht begeistert, als du entdecktest, wie tüchtig du bist?«

»Leidlich tüchtig«, meinte er lachend.

»Und jetzt bist zu zum erstenmal wieder in England?«

»Es ist eine weite Reise, weißt du, und es gibt dort in Neu-Delhi immer so viel zu tun.«

»Bist du nach Hause gekommen... wie es bei den Männern so üblich ist... um eine Frau zu finden?«

Das war eine törichte Frage; das merkte ich, sobald ich sie ausgesprochen hatte. Sein Gesicht nahm einen betroffenen Ausdruck an, und plötzlich sagte er wie zerstreut: »Warum warst du bloß noch so jung, Sarah, als ich fortging?«

Ich schwieg. Diese wenigen Worte hatten mir genug verraten. Ich hätte es wissen müssen.

Eine Weile wanderten wir schweigend weiter. Ich nahm die Düfte des Waldes in mich auf, die mich, wie ich glaubte, immer an diesen Augenblick erinnern würden: die feuchte Erde, das Moos, die Kiefern; unter dem Gras lugten die ersten Buschwindröschen hervor. Vorboten der Schwalben wurden sie genannt, hatte Celia mir erzählt: »Die Waldfeen schlafen nachts in den Blumen. Die rollen ihre Blütenblätter zusammen, damit die Feen es behaglich haben.« Seltsame Gedanken in einem solchen Augenblick!

Ich sagte: »Du hast mir nie geschrieben, Toby.«

»Ich bin kein großer Briefeschreiber. Ich habe trotzdem zweimal geschrieben, aber es kam keine Antwort.«

»Die Briefe sind bestimmt an die Adresse am Denton Square gegangen.«

Er nickte. »Bist du glücklich?« fragte er.

Ich sagte zögernd: »Hm... ja.«

»Er sieht... achtbar aus.«

»Das läßt sich wohl von ihm sagen, denke ich. Ihm gehört die Plantage neben der meines Vaters... das ist jetzt die meine.«

»Dein Leben hier verlief ganz bestimmt anders als in den alten Zeiten.«

Wir kamen zu dem Weg, der zur Papageienhütte führte. Ich wollte die Hütte nicht sehen. Ich dachte, daß sich Toby in einer solchen Lage ganz anders verhalten hätte. Ritterlich, selbstlos, zuverlässig... so war Toby. Ich sagte deshalb: »Ich denke, wir sollten umkehren.«

Er machte keine Einwendungen, und wir gingen zurück.

»Wir werden nicht sehr weit voneinander entfernt sein«, meinte er, als das Gut in Sicht kam. »Ich in Indien, du auf Ceylon.«

»Es sieht nahe aus... auf der Landkarte.«

»Werde glücklich, Sarah!«

»Ich will's versuchen. Und du auch, Toby.«

Er kam nicht mit ins Haus. Er ergriff meine Hand, drückte sie zum Abschied und sprach nur zweimal meinen Namen. Mich erfaßte plötzlich großer Zorn auf das Schicksal, und ich rief laut heraus: »Warum hast du so lange gewartet, bis du gekommen bist? Deine Liebe gehörte meiner Mutter. Ich war nur das Kind.«

»Dir gehörte sie«, erwiderte er. »Das habe ich bald begriffen. Sie gehörte dir ... damals ... und immer. Lebwohl, Sarah!« Er küßte mir zaudernd die Hand.

Ich verspürte ein wildes Verlangen, ihm zu erzählen, daß ich den Mann, den ich geheiratet hatte, nicht liebte, daß er mich überrumpelt und eine gewisse Leidenschaft in mir erweckt hatte, die ich unwiderstehlich fand.

Ich liebe ihn nicht, wollte ich schreien. Du bist es, den ich liebe, Toby, nur du. Das weiß ich jetzt. Seit ich seine Frau bin, weiß ich es ganz deutlich. Ich brauche liebevolle Aufmerksamkeit und Zärtlichkeit, nicht diese wahnsinnige Wildheit, die er in mir erregt.

Toby schien zu verstehen. Er sagte: »Wir sind dort nicht weit auseinander. Solltest du mich irgendwann brauchen ...«

Ich ging in mein Zimmer und schloß mich ein. Dabei sagte ich zu mir: »Toby, ach Toby, warum bist du zu spät zurückgekommen!«

Im verlockenden Land

Der Fächer aus Pfauenfedern

Meine Abreise aus England bereitete ich mit fieberhaftem Eifer vor. Ich mußte das Leben, für das ich mich entschieden hatte, hinnehmen. Ich mußte lernen, meinen Mann zu lieben, meine sinnlichen Wonnen mit edleren Empfindungen zu vereinen. Clinton Shaw war in vieler Hinsicht bewundernswert. Mein Vater war glücklich, daß ich ihn geheiratet hatte; er glaubte, dies sei das Beste, was mir widerfahren konnte. Clinton strahlte eine Kraft aus, eine unwiderstehliche männliche Vitalität. Er verstand es, die Gunst der Frauen mühelos zu erobern. Er war tüchtig und auf tröstliche Weise fürsorglich. Er war ungemein ehrlich und versuchte nie, anders zu scheinen als er war, es sei denn, er bediente sich einer List, etwa um mich zur Papageienhütte zu locken. Ich mußte meine Augen vor seinen Fehlern verschließen und auf seine Tugenden bauen. Als Toby wieder in mein Leben getreten war, ist mir bewußt geworden, wie verwundbar ich war. Ich hatte mich blindlings in Clintons Arme gestürzt und gewisse Abgründe in meinem Innern entdeckt, die ich lieber nicht gekannt hätte oder nur, das muß ich ehrlich hinzufügen, wenn Sinnlichkeit im Spiel war. Mein leidenschaftliches Naturell machte mich für Versuchungen anfällig, und ich sah ein, daß ich mich in der Papageienhütte zu bereitwillig hingegeben hatte. Toby sagte, ich sei noch ein Kind gewesen, als er fortging. Ich glaube, ich bin zu lange ein Kind geblieben. Ich hatte am Denton Square, von unechter Kultiviertheit umgeben, ein gekünsteltes Leben geführt. Danach verschlug es mich aufs Land – welch krasser Gegensatz zu meinem früheren Dasein: diese Stille und das Regiment zweier Tanten im mittleren Alter. Ich fing gerade erst an, erwachsen zu werden, als Clinton erschien. Ich war bereits eine Ehefrau, bevor ich auf das Leben richtig vorbereitet war. Nun mußte ich behutsam ans Werk gehen. Zunächst mußte ich versuchen, meinen Mann zu lieben. Körperlich liebte ich ihn ja bereits, doch ich war klug genug, um zu wissen, daß dies nicht genügte, wenn ich eine erfolgreiche Ehe führen wollte

So stürzte ich mich denn mit Eifer auf die Reisevorbereitungen. Ich erkundigte mich nach der Plantage, und es gab nichts, worüber Clinton lieber sprach. Er freute sich auf die Rückkehr, das merkte ich ihm an. Zwar trauerte er um meinen Vater, doch die Zukunft war ihm wichtiger als die Vergangenheit.

Endlich kam der Tag unserer Abreise. Wir schifften uns in Tilbury auf der »Aremethea« ein, und ich, die ich außer als Kind, das kaum etwas davon bemerkte, noch nie eine Reise gemacht hatte, fand alles höchst interessant; es sei das beste Mittel, meinte Clinton, um mir über den Verlust meines Vaters hinwegzuhelfen. »Wenn man unglücklich ist«, sagte er, »ist ein Szenenwechsel die beste Medizin. Und die wird dir nun zuteil.«

Der Kapitän und die Schiffsoffiziere kannten ihn, und man begegnete ihm mit einer gewissen Hochachtung, was er sichtlich genoß. Er war mir gegenüber aufmerksam und weihte mich in die Geheimnisse einer Seereise ebenso gründlich ein wie zuvor in die Kunst der Liebe. Er gefiel sich außerordentlich in der Rolle des Lehrmeisters. Als ich ihn darauf hinwies, räumte er ein, dies treffe wohl zu, aber nur, weil er eine so interessierte Schülerin habe. Ich glaube, ich war sanfter geworden, weil ich Clinton gegenüber ein leichtes Schuldgefühl hatte, das mit Toby zusammenhing. Ich hatte mein Ehegelöbnis abgelegt und mußte versuchen, es zu erfüllen. Es war erstaunlich, welche Wirkung meine veränderte Haltung auf ihn ausübte. Er wurde beinahe zärtlich; unsere Streitgespräche wurden seltener, und er schien geradezu entzückt, daß wir verheiratet waren.

Auf der Reise gab es viel zu sehen. Wir besichtigten die Wunder von Pompeji und die Suks von Port Said; wir passierten den Suezkanal, vorbei an den Seen und den goldenen Sandbänken, auf denen Schäfer mit ihren Herden entlangwanderten; es war, als beobachteten wir Szenen aus der Bibel, die an uns vorüberglitten. Wir saßen Seite an Seite an Deck, und ich redete mir ein, ich würde Toby und das, was hätte sein können, vergessen. Es lag einzig und allein an mir. Janet hätte gesagt: Wie man sich bettet, so liegt man.

Wir verbrachten noch einen Tag in Mombasa, wo wir farbenprächtige

Stoffe, Schmuck und ein kunstvoll geschnitztes Rinderhorn erstanden. Nun würden wir bald in Ceylon sein.

Wir kamen im Laufe des Vormittags an, und sobald die Insel in Sicht war, ging ich mit Clinton an Deck.

Es war ein herrlicher Anblick – dieses grüne, fruchtbare Eiland, das sich aus dem Indischen Ozean erhob. Clinton wies mich auf den Adam's Peak hin, den berühmtesten Gipfel im Innern des Landes. Er ragte weit über die ihn umgebenden Hügel hinaus.

»Einst diente er den Seeleuten als Orientierungspunkt«, erklärte Clinton. »Die Leute sind zu ihm gepilgert. Sie haben ihn immer verehrt. Das Volk von Ceylon vergißt nicht, daß es den Bergen sein Auskommen verdankt. Wenn der Monsun einsetzt – Mitte Mai und Ende Oktober –, treiben die Wolken auf die Berge zu, und es regnet und regnet... aber nur auf der einen Seite der Bergkette. Auf der anderen Seite ist nichts als trockene Wüste. Daher siedelte sich die Bevölkerung diesseits der Berge an, und hier gewinnen wir unsere Güter in Form von Kaffee, Kokosnüssen, Zimtrinde, Kautschuk und seit einigen Jahren das einträglichste von allem: Tee!«

Ich starrte staunend auf die Schönheit der Landschaft. Die Palmenhaine sahen aus, als wüchsen sie aus dem Meer, und überall dehnte sich üppiges Grün.

»Bald«, sagte Clinton, »sehen wir die Stadt.«

Ich stand wie verzückt da, während wir der Insel immer näher kamen. Clinton ergriff meine Hand. »Endlich«, sagte er, und seine Stimme hatte einen triumphierenden Klang.

Am Kai herrschte ein lebhaftes Gewimmel. Männer in weiten Hosen – meist von schmuddeligem Weiß – und losen Jacken aus demselben Baumwollstoff rannten schreiend und gestikulierend umher, um sich des Gepäcks und anderer Dinge zu bemächtigen.

Clinton rief etwas auf singhalesisch, und im Nu war er umringt. Mit einem Lächeln, das ihre braunen Gesichter erhellte, hießen ihn die Männer willkommen. Er war offenkundig wohlbekannt und sehr bedeutend. Ich lauschte den Begrüßungsworten, von Neugier überwältigt und von dem Wunsch beseelt, alles auf einmal zu sehen. Kurz darauf saßen wir in einem von Pferden gezogenen Gefährt.

»Wir fahren zum Bahnhof«, sagte Clinton. »Da staunst du, hm? Ja, wir haben eine Eisenbahnlinie von Colombo nach Kandy. Wir fahren nicht die ganze Strecke. Wir wohnen fast hundert Kilometer von Colombo und knapp zwanzig Kilometer von Kandy entfernt. Um das Gepäck brauchst du dich nicht zu sorgen. Das wird gebracht.«

Ich kletterte in das Fahrzeug, und wir fuhren klappernd durch die malerischen Straßen. Ich wandte mich unentwegt nach rechts und links, aus Angst, mir könne etwas entgehen. Clinton lächelte: »Dir sieht man gleich an, daß du ein Neuling bist.«

Hier war alles so ganz anders, als ich es gewohnt war. Die Straßen quollen über von Fahrzeugen aller Art: Kutschen, Ochsenkarren und Rikschas, die von Männern gezogen wurden, deren schmutzige nackte Füße und magere Körper mein Mitleid erregten. Die Leute riefen einander unaufhörlich zu, und die Luft war von ihrem Lärm erfüllt. Sie liefen direkt vor den Pferden über die Straße, und ich fürchtete mehrmals, daß jemand überrannt würde; doch mit viel Geschrei und großem Geschick gelang es den Lenkern der verschiedenen Gefährte immer wieder, einem Unglück auszuweichen. Ab und zu rief jemand Clinton einen Gruß zu.

»Du bist anscheinend recht beliebt«, bemerkte ich.

»Das ist nicht verwunderlich«, erwiderte er in seiner zynischen Art. »Ich sorge für ihren Lebensunterhalt.«

Ich zog meinen Mantel aus, da ich für dieses Klima viel zu warm angezogen war.

»Du mußt deine Haut sorgfältig schützen«, mahnte Clinton. »Die ist nicht für diese heiße Sonne geschaffen. Und denke daran, auch wenn die Sonne nicht scheint, ist sie gefährlich. Sie ist da, auch wenn man sie nicht sieht.«

Ich hängte mir den Mantel um die Schultern. Auf diese Weise war er wenigstens nicht ganz so warm. Dann langten wir am Bahnhof an, wo ein ähnliches Gewimmel herrschte wie am Kai. Lärm und Hitze waren die vorherrschenden Eindrücke.

»Bald sind wir zu Hause«, verkündete Clinton, »auf deiner und meiner Plantage.«

Wir stiegen in den Zug. Er war nicht so komfortabel wie die Eisenbahnen daheim, doch das machte mir nicht viel aus, da mich die Landschaft völlig gefangen nahm. Sie war von atemberaubender Schönheit. Die kurze Fahrt führte an Wäldern mit Ebenholz-, Ambra-, vor allem aber Cashewnußbäumen vorüber und an Reisfeldern, auf denen das Hauptnahrungsmittel des Landes angebaut wurde. Ich sah träge dahinströmende Flüsse, darauf Boote mit Baumstämmen im Schlepptau, und in dem Wasser, das ans Ufer spülte, plantschten nackte Kinder. Ich hielt staunend den Atem an, als ich zum erstenmal einen Elefanten sah. Ein Mann saß darauf, und das gewaltige Tier zog eine Ladung Holz. Dann erblickte ich mehr und mehr davon.

Clinton erklärte gutgelaunt: »Wir haben mehr Elefanten in Ceylon als alle anderen Tiere zusammen. Wir machen sie uns dienstbar, wie du siehst. Sie sind hervorragende Arbeitstiere – stark und willig. Lobenswerte Eigenschaften bei Hilfskräften, das wirst du zugeben. Und gelehrig sind sie. Was kann man mehr verlangen?«

»Seltsam, daß diese mächtigen Geschöpfe sich zur Arbeit zwingen lassen.«

»Das ist eben die Überlegenheit des Menschen, meine liebe Sarah. Wir zähmen sie. Solange sie wild sind, können sie verheerenden Schaden anrichten. Sie überfallen die Plantagen, trampeln die Ernte nieder und hinterlassen große Verwüstungen. Aber wenn man sie einfängt und dressiert, leisten sie gute Dienste.«

»Dir würde das Dressieren gewiß Spaß machen.«

»Es lohnt sich, das kann ich dir versichern.«

Schließlich hielt der Zug in dem kleinen Bahnhof, wo wir aussteigen mußten. Clinton nahm meine Reisetasche und seinen Koffer, die einzigen Gepäckstücke, die wir bei uns behalten hatten, und wir kletterten aus dem Waggon. Auch hier Stimmen und Geplapper; Männer, die sich vor uns verbeugten.

Clinton sagte: »Endlich zurück. Mit meiner Frau.«

Die Männer lachten, es war wohl eine Art Willkommensgruß, und murmelten etwas, das sich wie *mem-sahib* anhörte.

Clinton ergriff meinen Ellbogen. Ein Wagen, ähnlich dem, der uns vom Hafen zum Bahnhof gebracht hatte, stand bereit. Wir schienen von einem Meer brauner Gesichter umgeben.

»Es ist nur eine kurze Strecke«, sagte Clinton. »Wir fahren sehr viel mit der Eisenbahn. Wir haben sie zu einem der wichtigsten Verkehrswege im ganzen Land ausgebaut.«

Die Fahrt ging durch unvorstellbar grünes Land. Dampfende Hitze lag in der Luft. Zu beiden Seiten der Straße erhoben sich Baumfarne, einige waren wohl an die acht Meter hoch; dazwischen wild wuchernder scharlachroter Rhododendron. Ich gewahrte Pflanzen, die ich noch nie gesehen hatte, und später erfuhr ich, daß es sie nur auf Ceylon gab. Wir gelangten ans Ende eines dunklen Weges, der durch dichtes Laubwerk gehauen war, und ich erhaschte einen ersten Anblick der Plantage. Grünglänzende Sträucher bedeckten die Terrassen, die sich über unendliche Weiten zu erstrecken schienen.

Clinton genoß die Szenerie mit zufriedener Miene. Wir fuhren weiter, und dann sah ich an einem Abhang eine Häusergruppe. Mein Herz sank. War das mein neues Heim? Die meisten Gebäude waren ebenerdig.

»Fast alles Arbeiterwohnungen«, erklärte Clinton, »und ein paar Lagerhäuser. Das Anwesen deines Vaters – ich meine deines – liegt über einen Kilometer entfernt. Gleich wirst du mein Haus sehen. Das Dschungelgelände da vorn trennt die beiden Grundstücke. Zudem ist es ein hübscher Anblick. Immer nur Tee, das wäre auf die Dauer doch ein wenig ermüdend.«

Wir waren zu einer Art Wäldchen inmitten der Teeterrassen gekommen und durchquerten es auf einem Pfad. Wenige Augenblicke später gelangten wir zum Haus.

Es war von einem Garten mit üppigen grünen Sträuchern umgeben; einige waren von farbenprächtigen Blüten übersät, wie ich sie noch nie gesehen hatte. Das Haus leuchtete weiß zwischen dem Grün, und dichte Kletterpflanzen rankten an den Mauern empor. Es war ein langgestreckter l-förmiger Bau mit zwei Geschossen und zahlreichen Nebengebäuden.

Eine junge Frau kam aufgeregt plappernd und sich überschwenglich verbeugend herausgelaufen. Sie trug einen dunkelblauen Baumwollsari, und wenn sie lächelte, entblößte sie wunderschöne Zähne. Sie blickte mich neugierig an.

»Das ist Leila«, stellte sie mir Clinton vor. »Du wirst sehen, sie ist überaus tüchtig.«

Leila lächelte, kreuzte die Hände über der Brust und neigte den Kopf.

»Als erstes Tee, Leila«, sagte Clinton.

»Ja, Herr.« Ihre großen Augen wandten sich höchst widerstrebend von mir ab. »Ich gleich bringen«, fügte sie hinzu.

»Danke, das ist sehr nett«, sagte ich.

Ich war tief bewegt. So wurde ich also in mein neues Heim eingeführt, und meine vorherrschende Empfindung war Beklommenheit. Das kommt davon, daß alles so fremdartig ist, sagte ich mir, und von der Erkenntnis, daß die Vergangenheit, zu der auch Toby gehört, endgültig hinter mir liegt. Jetzt war ich dem Ungewissen ausgeliefert.

Wir traten in ein Vestibül, und unsere Schritte hallten auf dem Fußboden mit einem verschlungenen Mosaik aus lapislazulifarbenen und karneolroten Steinen. Ein graziöser Tisch und zwei Stühle – aus Bambus, vermutete ich – standen im Vestibül.

»Willkommen daheim«, sagte Clinton. »Später zeige ich dir alles. Doch zuerst müssen wir uns stärken. Du wirst einen Tee bekommen, wie du ihn noch nie zuvor gekostet hast. Frisch aus meinem Lagerhaus.«

Er hatte seinen Arm durch den meinen geschoben, zog mich an sich und küßte mich.

»O Sarah«, sagte er, »ein Traum ist wahr geworden. Du hier bei mir, das war mein Wunsch von dem Augenblick an, als ich dich zum erstenmal sah. Gleich nach dem Tee führe ich dich durchs Haus. Es ist größer, als es aussieht. Ich habe mir viel Mühe gegeben, es nach meinem Geschmack einzurichten. Mein Onkel hat es gebaut, als sich herausstellte, daß Kaffee kein profitables Geschäft, sondern eine einzige Katastrophe war und er sich entschloß, auf Tee zu setzen. Das war damals ein Risiko, das darfst du mir glauben. Aber die Arbeitskräfte waren billig, und er baute das Haus. Ich habe es später vergrößert, es ist zwar nicht mit Ashington Grange oder dem Sitz meiner Familie zu vergleichen, aber es paßt hierher und gilt hier als ausgesprochen vornehm.«

Er hatte mich in einen großen Raum mit Steinboden und zierlichen Möbeln geführt: Stühle, ein Tisch und ein Korbsofa mit vielen bunten Kissen; Teakholz, Rattan und chinesische Lackarbeiten herrschten vor.

»Das Wohnzimmer«, sagte er. »Die Falttüren führen in einen etwa gleich großen Raum: unser Speisezimmer. Wenn wir Gesellschaften geben, werden die Türen geöffnet, und wir haben einen Raum von beachtlicher Größe – sozusagen einen Ballsaal.«

»Finden viele Gesellschaften statt?«

»Nur ab und zu. Die Clubs in Kandy und Colombo sind ein bißchen zu weit weg. Ah, der Tee.«

Zwei Boys hatten ihn hereingebracht. Ihre großen dunklen Augen musterten mich neugierig. Clinton stellte mich als »eure Herrin« vor. Sie setzten das Tablett ab und verbeugten sich feierlich. Sie waren barfuß und trugen die üblichen weißen Hemden und Hosen. Die junge Frau namens Leila war ihnen gefolgt.

»Alles recht so, Master?« fragte sie.

Clinton nickte. »Ich möchte, daß du deiner Herrin hilfst, Leila«, sagte er.

»O ja, ja.« Sie nickte und lächelte, als sei es ihr größtes Vergnügen, mir zu Diensten zu sein.

Clinton berührte meinen Arm. »Leila wird sich um alles kümmern. Sie ist eine Art Verbindungsoffizier zwischen dir und den anderen... wenigstens am Anfang.«

»Das ist gut«, sagte ich.

Leila verneigte sich abermals und ging hinaus.

»Sie ist eine gute Wirtschafterin«, erklärte Clinton, »und wie viele Singhalesen genießt sie es, ein bißchen Verantwortung zu haben. Nankeen, ihr Vater, ist mein Aufseher, und ihr Bruder Ashraf arbeitet auf deiner Plantage. Eine interessante Familie. Komm, setz dich! Ich schenke dir deinen Tee ein.«

Als wir nebeneinander auf dem Sofa saßen, legte er seinen Arm um mich. »Es ist alles sehr fremd für dich, nicht wahr?« sagte er. »Und du bist unsicher. Das vergeht. Du wirst sehen, es wird alles gut.«

Er sprach, als sei er allmächtig und als könne er die Zukunft nach seinen Wünschen gestalten. Ich hatte das Gefühl, daß dies auf eine gewisse Art zutraf. Seit unserer Ankunft in diesem Land hatte ich bereits mehrmals einen Eindruck von seiner Macht bekommen.

Er nahm seine Tasse und kostete das Aroma. »Du wirst die Teeschmekker bei der Arbeit sehen«, sagte er. »Du hast noch eine Menge über deine Plantage zu lernen, Sarah. Nun, merkst du, was für ein Aroma dieser Tee ausströmt? Köstlich, nicht wahr?«

Ich stimmte ihm zu. Dieser Tee schmeckte wahrlich anders als jeder Tee, den ich bisher getrunken hatte.

Als wir fertig waren, wollte Clinton mir das Haus zeigen, und ich war natürlich sehr neugierig darauf, es zu sehen.

Im Erdgeschoß gab es außer dem Vestibül mit den beiden angrenzenden Zimmern große Küchenräume mit Steinböden und großen weißen

Schränken. Alles war frisch gestrichen und geputzt. Ich sah mehrere Dienstboten: Boys gleich denen, die den Tee gebracht hatten, sowie zwei Männer und zwei Frauen. Alle verbeugten sich ehrfürchtig, als Clinton sie mir vorstellte, und ich war sicher, daß ich die vielen Namen nie behalten und mir nie merken würde, welcher Name zu wem gehörte. Sie musterten mich mit großer Neugier und hatten ganz offensichtlich schreckliche Angst, daß Clinton irgend etwas mißfallen könne.

Er ist wahrhaftig der Herr, dachte ich, und dies hier ist sein Reich.

Es gab eine Waschküche und einen Kühlraum mit Eisschränken, die in diesem Klima zur Aufbewahrung von Lebensmitteln gewiß vonnöten waren. Hinter den Küchenräumen lagen die Unterkünfte für das Personal. Sie waren blitzsauber und vermutlich eigens für diese Inspektion hergerichtet worden.

Wir gingen nach oben, wo sich mehrere Schlafräume befanden.

»Das hier ist unser Schlafzimmer«, sagte Clinton stolz. Meine Augen schweiften zu dem großen Bett, über das eine bestickte seidene Steppdecke gebreitet war. Vom Baldachin hingen Moskitonetze herab, und ich bemerkte feinen Maschendraht vor sämtlichen Fenstern. Auf dem Holzfußboden lagen blaugrüne Matten, die mit der Stickerei auf der Steppdecke harmonierten. Das Zimmer sah nicht so aus, als sei es für einen Junggesellen entworfen, und ich fragte mich, ob Clinton wohl vor seiner Abreise Anweisungen für die Ausstattung gegeben hatte. Auf einem Tisch stand die etwa 30 Zentimeter hohe bronzene Figur eines Buddha im Lotussitz. Das Gesicht war lebensecht, und die Augen schienen mich zynisch zu mustern.

Clinton bemerkte, wie ich den Buddha anstarrte. »Er gefällt dir wohl nicht?«

»Er sieht irgendwie bösartig aus.«

»Bösartig? Buddha! Ganz bestimmt nicht. Ich hoffe, er mißfällt dir nicht allzusehr. Ein Freund hat ihn mir geschenkt. Die Dienstboten glauben, es bringt dem Haus Unglück, wenn ich ihn entferne.«

Es war ziemlich albern von mir, mich wegen einer Bronzefigur aufzuregen. Ich entschuldigte mich. Ich war einfach überempfindlich. Ich dachte an früher, an meine Ausflüge mit Toby, und ich verspürte schon jetzt Heimweh. An einem Ende des Zimmers führten zwei Stufen zu einer Empore mit einem Vorhang. Dahinter verbargen sich zwei Sitzwannen, und die drei Wände waren mit hohen Spiegeln verkleidet. Auf einem Tisch standen eine Waschschüssel und eine Wasserkanne.

»Sie haben meine Anordnungen befolgt«, sagte Clinton. »Gut gemacht. Gefällt es dir, Sarah? Ich habe es für dich einrichten lassen.«

»Es ist hübsch«, erwiderte ich, »aber ich kann mir nicht vorstellen, daß du etwas für eine Frau einrichten läßt, die du noch gar nicht kennst.«

»Ich wußte, daß es du sein würdest.«

Er hakte mich unter und führte mich zu den anderen Schlafräumen in diesem Stockwerk. Sämtliche Betten hatten Baldachine mit Moskitonetzen, und alle Fenster waren mit dem feinen Maschendraht bespannt.

»Wir haben gelegentlich Gäste«, erklärte Clinton. »Meistens dann, wenn wir einen Ball geben – einen bescheidenen natürlich. Überwiegend Plantagenbesitzer mit Frauen und Familie. Die englische Gemeinde. Da manche von weither kommen, müssen sie über Nacht bleiben. Kautschuk-, Kokosnuß- und Reispflanzer, Transport- und Eisenbahnunternehmer und Beamte. Ceylon ist eine blühende Insel, seit es Kronkolonie wurde. Du wirst noch eine Menge über das Land erfahren.«

»Ich möchte bald meine Plantage besichtigen.«

»O ja, du mußt eine Menge lernen. Keine Angst, ich stehe dir bei. Ich kümmere mich um deine Angelegenheiten. Seth Blandford ist ein ganz guter Verwalter, und er ist schließlich dein Schwager, aber...«

»Vor allem«, unterbrach ich ihn, »möchte ich Clytie sehen.«

»Sobald du dich ausgeruht hast, fahre ich dich hin. Es ist nur eineinhalb Kilometer weit, und wenn man die Abkürzung durch den Dschungel nimmt, ist es sogar noch näher. Wir sagen Wald dazu, aber eigentlich ist es ein Dschungel, wie früher ein großer Teil dieses Landes, als es noch nicht gerodet und kultiviert war. Wir können auch heute noch nicht durch den Wald reiten, weil das Blätterwerk zu dicht ist, aber es gibt einen Fußpfad. Ich fahre dich in unserem kleinen Einspänner hinüber. Der ist einfach zu handhaben. Du wirst ihn gewiß selbst benutzen wollen. Du kannst auch hinüberreiten, aber manchmal ist der Einspänner bequemer.«

Da ich darauf brannte, endlich meine Halbschwester zu sehen, erklärte ich, daß ich nicht im geringsten müde sei. Ich vertauschte mein Reisekostüm mit einem leichten sandfarbenen Seidenkleid und einem dünnen Umhang, damit ich der Sonne nicht allzusehr ausgeliefert war; dazu setzte ich einen von den Strohhüten auf, die ich mitgebracht hatte.

Ich erkannte sogleich, daß der Einspänner leicht zu handhaben war und mir gewiß gute Dienste leisten würde. Wir durchquerten die Plantage und gelangten bald zu dem Haus, das meinem Vater gehört hatte. Es war demjenigen, von dem wir soeben aufgebrochen waren, sehr ähnlich. Ein Diener eilte herbei, um sich um Pferd und Wagen zu kümmern, und Clinton sprang ab und war mir beim Aussteigen behilflich. Mein Herz klopfte heftig, weil ich nun endlich meine Halbschwester kennenlernen sollte.

Ich blickte zum Haus. Eine zierliche Gestalt stand im Eingang, ein zartes Geschöpf, einen Kopf kleiner als ich. Eine so bezaubernde Erscheinung hatte ich noch nie gesehen. Sie trug einen Sari aus zart lavendelfarbener, von Silberfäden durchzogener Seide und schritt mir mit solcher Grazie entgegen, daß ich mir ganz ungelenk vorkam. Ihr schwarzes Haar war nach hinten gekämmt und in einem Knoten zusammengefaßt; wenn es lose herabhing, reichte es ihr vermutlich bis zu den Knien. Sie streckte ihre kleinen Hände aus. An den Handgelenken klimperten ungefähr zwanzig schmale silberne Armreifen.

Als sie sprach, war ich maßlos überrascht. »Ich bin Clytie«, sagte sie. Einen Augenblick lang fand ich keine Worte. Das erste, was mir einfiel, blieb ungesagt: Du kannst nicht die Tochter meines Vaters sein. Du bist keine Engländerin. Ich stammelte: »Meine... meine Schwester. Ich habe mich so danach gesehnt, dich kennenzulernen.«

Sie hatte eine angenehme Stimme, und ihr Englisch war so perfekt, daß niemand an ihrer Sprache gemerkt hätte, daß sie keine Engländerin war. »Ich freue mich. O ja, wir müssen uns kennenlernen. Wir sind Geschwister... wenn auch nur halb. Wir haben unseren lieben Vater verloren. Das sollte uns einander nahebringen. Unser Haus war voller Trauer, doch das soll sich nun ändern, da du gekommen bist.«

Wir betrachteten uns gegenseitig voller Verwunderung. Ich muß ihr ebenso fremdartig erschienen sein wie sie mir. Doch sie hatte immerhin damit gerechnet, daß ich Engländerin war.

»Clinton«, sagte sie. »Herzlichen Glückwunsch. Du hast eine reizende Frau.«

»Danke, Clytie. Ich bin ganz deiner Meinung. Zuerst wollte sie nichts von mir wissen, aber dann habe ich sie überzeugt.«

»Deine Überredungskünste sind uns allen bekannt«, erwiderte sie.

»Bitte, komm mit mir, Sarah! Ich möchte dich mit meinem Sohn bekannt machen. Unser kleiner Ralph kann es gar nicht erwarten, dich zu sehen.«

»Ihr Stolz und ihre Freude«, erklärte mir Clinton.

»Das wäre er für jeden, der das Glück hätte, ihn zum Sohn zu haben«, erwiderte Clytie.

Ihre Stimme klang fröhlich. Ich war von meiner Schwester wie gebannt. Es gab nur eine Erklärung: Die erste Frau meines Vaters war Singhalesin. Deshalb hatte Tante Martha sie nie erwähnt.

Als hätte ich laut gedacht, machte mich Clytie auf ein Porträt an der Wand aufmerksam. Es zeigte eine schöne, zierliche Frau, das schwarze Haar mit Blumen geschmückt.

»Meine Mutter«, erklärte Clytie. »Sie starb, als ich noch ganz klein war. Ich kenne sie nur von diesem Bild. Wir haben uns gewiß viel zu erzählen, du und ich, Sarah. Aber komm, zuerst mußt du meinen Sohn sehen.«

Wir stiegen die Treppe zur Kinderstube empor – einem Raum mit leichten Möbeln, ebenso zierlich wie Clytie selbst.

»Sheba!« rief sie. »Sheba! Ralph! Wo seid ihr?«

Eine Tür flog auf, und mit einem Freudenschrei stürzte ein Junge herbei. Er umfaßte Clyties Knie, und ich fand, sie sah so zerbrechlich aus, daß er sie mühelos hätte umstoßen können.

»Das ist mein Ralph!« rief sie. »Ralph, wie findest du das, daß deine Tante dich besuchen gekommen ist?«

Ralph besaß zweifellos englisches Blut. Sein Haar war zwar dunkel, hatte aber nicht diesen blauschwarzen Ton, der in England nicht vorkommt; auch seine Augen waren dunkel, aber eindeutig braun. Er hatte einen leicht olivfarbenen Teint, doch die Wangen schimmerten rosig. Er war ein hübsches Kind, kräftig und gesund. Ich schätzte ihn auf etwa vier Jahre.

»Ich hab' nie eine Tante gehabt«, sagte er und musterte mich mißtrauisch.

»Aber jetzt hast du eine«, erklärte ich ihm, und darauf schüttelte er mir die Hand.

»Bist du aus England gekommen?« fragte er.

»Ja.«

»Mein Großvater ist nach England gegangen und nicht wiedergekommen. Dafür ist er jetzt im Himmel.«

»Ja«, sagte ich langsam. »Aber nun bin ich gekommen, und ich freue mich, daß ich hier einen Neffen gefunden habe.«

»Bin ich ein Neffe?« Das Wort schien ihm zu gefallen, und er lachte vor sich hin.

Ich spürte, daß ich unverwandt beobachtet wurde. Eine Frau stand in der Tür. Ich konnte ihr Alter nicht schätzen, aber sie war keinesfalls jung. Sie trug einen grünen Sari und hatte schwarzes, streng zurückgekämmtes und zu einem Nackenknoten zusammengeschlungenes Haar. Ihre Augen waren groß, schwarz und geheimnisvoll.

»Das ist Sheba«, sagte Clytie. »Sie war schon meine Kinderfrau, und nun paßt sie auf Ralph auf. Sheba, das ist meine Schwester. Sheba kann sich noch an dich erinnern, Sarah.« Shebas Sari raschelte, als sie herankam. Ihre Bewegungen waren flink und geschmeidig wie die einer Katze.

»O ja«, murmelte sie, »erinnere mich gut. Kleine Sarah. So winzig waren Sie«, sie hielt ihre Hand etwa einen halben Meter über den Fußboden, »als Sie fortgingen.«

So gern ich es auch wollte, es war mir nicht möglich, mich an sie zu erinnern.

»Sheba weiß, wie glücklich ich bin, daß du jetzt bei uns bleibst«, sagte Clytie. Sie lächelte mich liebevoll an. Ich fand sie bezaubernd, spürte aber instinktiv, daß ich vor Sheba auf der Hut sein mußte. Zwar erwies sie mir allen Respekt, doch etwas in ihrem Gebaren verriet mir, daß ihr mein Kommen nicht behagte.

»Sheba«, sagte Clytie, »sie bleiben zum Essen. Sag in der Küche Bescheid!« Clytie sah mich beinahe schüchtern an. »Wir haben gehofft, daß ihr heute kommen würdet, aber so genau kann man das ja nie wissen. Wir haben auf alle Fälle etwas vorbereitet. Ich möchte, daß du deine erste Mahlzeit in diesem Haus einnimmst. Du bist hier geboren, in diesem Zimmer, nicht wahr, Sheba? Ich wurde auch hier geboren. Wir sind wahrhaftig Schwestern. Ich hoffe, Clinton nimmt es mir nicht übel, wenn ich dich so einfach in Beschlag nehme.«

»Meine liebe Clytie«, sagte Clinton, »du weißt, ich tu dir jeden Gefallen.« Er schenkte ihr ein Lächeln mit dem Ausdruck der Bewunderung, wie sie wohl die meisten Männer in Gegenwart einer Frau empfinden, die so schön ist wie meine Halbschwester.

Ralph hatte sich an mich herangemacht und ergriff meine Hand. »Du bist *meine* Tante«, sprudelte er übermütig hervor.

»Ich möchte ihr den Garten zeigen«, sagte Clytie.

»Missie Clytie und ihre Pflanzen!« murmelte Sheba. »Sie würde sie im ganzen Haus züchten, wenn Master Seth sie nicht zurückhielte. Wir hätten das Haus voller Kriechgewächse.« Ihre Stimme hatte den melodischen Singsang, in den die Singhalesen fallen, wenn sie englisch sprechen.

»Clytie ist so aufgeregt, weil du da bist, Sarah«, sagte Clinton. »Zugegeben, es ist ein sehr bedeutender Augenblick, liebe Clytie. Wir haben aber eine weite Reise hinter uns. Wir sind erst heute angekommen. Sarah hat sich kaum umgeschaut. Es war ihr dringendster Wunsch, dich zu sehen. Laß uns also zusammen essen, wie du vorgeschlagen hast, und dann bringe ich Sarah heim. Morgen ist auch noch ein Tag. Da kannst du ihr deinen Garten zeigen, und ihr könnt euch heiser schwätzen, doch heute müssen wir früh zu Bett. Nach einer solchen Reise braucht man unbedingt Erholung.«

Ich hatte das Bedürfnis, mich ihm zu widersetzen, daher sagte ich zu Clytie: »Ich möchte den Garten sehen und vor allem mit dir reden.«

Sie trat auf mich zu. Sie ging nicht, und sie lief nicht, es war, als gleite sie. Diese unglaubliche Grazie beeindruckte mich zutiefst. Sie ergriff meine Hand und lächelte.

»Verzeih mir«, sagte sie mit ihrer leisen, etwas rauhen Stimme. »Clinton hat sicher recht. Die Freude, dich zu sehen, hat mich überwältigt. Sie macht mich selbstsüchtig. Morgen ist auch noch ein Tag. Dann können wir genügend plaudern...«

»Ich bin überhaupt nicht müde«, protestierte ich.

»Doch, meine Liebe«, entgegnete Clinton streng. »Vor lauter Aufregung merkst du es nur nicht. Wir fahren gleich nach dem Essen zurück. Clytie gibt mir recht.«

Sheba schien aufmerksam zuzuhören. Sie hob den Jungen auf den Arm. »Geht meine Tante jetzt in den Himmel?« fragte er.

Ein betretenes Schweigen breitete sich im Raum aus; vielleicht bildete ich es mir auch nur ein. Ich bemerkte Clyties bestürzten Blick und spürte, wie Shebas dunkle Augen mich anstarrten. Es ging sogleich vorüber, aber eine halbe Sekunde lang war mir, als rieselte mir ein eiskalter Wassertropfen den Rücken hinunter.

»Wie kommst du denn darauf?« fragte Clytie.

»Weil Großpapa in den Himmel eingegangen ist.«

Clinton sagte: »Nein, junger Mann. Deine Tante bleibt hier.«

Clytie trat zu ihrem Sohn und zerzauste ihm das Haar. »Höchste Zeit, daß du ins Bett kommst«, sagte sie.

»Ich will aufbleiben und Tante Sarah angucken.«

»Das kannst du morgen machen.«

»Ich will aber *jetzt*.«

»Geh mit Sheba, Liebling, und nachher komme ich zu dir und decke dich zu.«

»Singst du mir was vor?«

»Ja.«

»Und liest du mir auch was vor?«

»Vielleicht.«

Das schien ihn zu versöhnen.

»Sag schön gute Nacht«, redete Clytie ihm zu.

»Gute Nacht«, sagte er. »Morgen spreche ich mit Tante Sarah. Sie geht nicht in den Himmel.«

Wir stiegen die Stufen hinunter. Im Speisezimmer, das wie unseres durch eine Falttür mit dem Wohnzimmer verbunden war, deckten die Dienstboten den Tisch.

Es war noch nicht dunkel. Clinton hatte mir erklärt, daß aufgrund der Nähe des Äquators die Tageslänge auf der Insel innerhalb eines Jahres nie um mehr als eine Stunde variiert. Gegen sieben würde es dunkel, und bis dahin war es nicht mehr lange hin. An der Decke hingen mehrere Öllampen, deren Licht durch Kerzen in Messingleuchtern ergänzt wurde. Die Lampen ähnelten denen, die ich in Clintons Haus gesehen hatte.

Gerade als das Essen serviert werden sollte, gesellte sich Seth Blandford zu uns. An *seiner* Nationalität gab es keinen Zweifel. Sein Haar schimmerte rötlich, und seine Augenbrauen und Wimpern waren so hell, daß sie kaum sichtbar waren. Er hatte ausgeprägte Gesichtszüge und eine sehr blasse Haut. Alles in allem sah er gut aus. Er war mittelgroß, aber neben Clinton wirkte er klein.

»Ah, Clinton«, sagte er. »Endlich wieder da. Und du hast Sarah mitgebracht.«

Er packte meine Hand mit einem Griff, den man wohl als ehrlich bezeichnet, den ich allerdings als unangenehm empfand; denn er war so fest, daß es mir schwerfiel, ein schmerzliches Wimmern zu unterdrücken, als mein Ehering in meinen Finger schnitt.

»Fein, daß du da bist«, sagte er. »Du siehst deinem Vater ähnlich. So ein Unglück. Er hätte die Reise nicht machen dürfen.«

»Er bestand darauf«, sagte Clinton.

»Und nun ist er tot... und Sarah ist hier.«

Clytie schaute mich liebevoll an. »Ich bin so glücklich, daß sie gekommen ist.«

»Gut, trinken wir etwas, auf daß wir uns kennenlernen.«

»Ich denke«, erwiderte Clinton, »bis auf Sarah kennen wir uns doch alle.«

Clytie klatschte in die Hände, und auf leisen Sohlen huschten zwei Diener mit einem Tablett mit Gläsern, Gin, Sodawasser sowie Limonen und Fruchtsaft herein.

Clytie schenkte die Getränke ein. Dann erhob Clinton sein Glas und sagte: »Auf die Heimkehr!«

Seth Blandford meinte ruhig: »Das Testament war eine Überraschung. Man hätte doch annehmen sollen...«

»Der alte Ralph war immer unberechenbar«, bestätigte Clinton. »Er schien nur so konventionell, tat aber immer, was man am wenigsten erwartete.«

»Nun, Sarah«, wandte sich Seth an mich, »wie fühlt man sich, wenn man Besitzer einer Plantage ist?«

»Konfus«, erwiderte ich, »zumal ich doch absolut nichts davon verstehe.«

»Da habt ihr's!« rief Seth. »Warum?«

»Sie ist seine Tochter, und Clytie hat die Perlen«, sagte Clinton.

Clytie griff sich an den Hals und senkte den Blick; ihre kleine Hand zitterte.

»Vorübergehend«, erwiderte Seth mit einem Anflug von Bitterkeit.

»Ich hoffe, es wird dir schmecken, was ich auftischen werde«, warf Clytie rasch ein. »Wir essen sehr viel Curry hier. Das ist das Nationalgericht. Nichts kochen die Eingeborenen so gut wie Curry.«

Es war ihr gelungen, das Thema zu wechseln, das mir Unbehagen bereitet hatte; sie plauderte vom nächsten Tag, an dem ich zu ihr kommen und ihren Garten besichtigen sollte. Ich müsse meine Bekanntschaft mit Ralph vertiefen, der sich so auf mich gefreut habe. Wir müßten uns über so vieles unterhalten. Über Kleider zum Beispiel. Ob ich die richtige Garderobe hätte?

»Clinton hat mir das Klima beschrieben, und ich habe mich einigermaßen darauf vorbereitet.«

»Es gibt etwas, wovon Clinton überhaupt nichts versteht: Damenkleidung.«

»Dennoch weiß er sie zu schätzen«, fügte Seth hinzu.

»Sarah braucht Rat, und den bekommt sie von mir. Ich zeige dir, wo man die schönsten Stoffe kaufen kann. Fünf Meter ergeben einen Sari, und man braucht gar nichts zu nähen.«

»Meine liebe Clytie«, rief ich aus, »kannst du dir vorstellen, wie ich in einem Sari aussehe? Ich bin viel zu groß dafür.«

»Er würde dir vorzüglich stehen«, versicherte sie mir.

Ich schüttelte den Kopf. »Es würde linkisch wirken. So ein erlesenes Kleidungsstück paßt nicht zu mir. Nein. Ich halte mich lieber an meinen heimischen Stil.«

»Gut, dann sage ich dir, wo man schöne Seidenstoffe kaufen kann.«

»Das ist reizend.«

Es seien knapp 20 Kilometer bis Kandy, erfuhr ich, doch Manganiya, wo wir aus dem Zug gestiegen waren, liege ziemlich nahe. Es sei zwar nicht mit Kandy oder Colombo zu vergleichen, doch die Geschäfte dort seien recht gut.

»Ich freue mich so, daß du mir Gesellschaft leistest«, meinte Clytie.

»Wir müssen bald Sarah zu Ehren einen Ball geben, Seth. Alle Welt möchte sie kennenlernen.«

Es war dunkel geworden, als wir uns ins Speisezimmer begaben.

»Wir hatten ganz schöne Probleme hier, während du fort warst«, sagte Seth beim Essen. »Unter anderem Nesselfraß.«

»Ich bin sicher, du bist damit fertiggeworden«, erwiderte Clinton.

»Na klar. Die Ernte ist erstklassig wie immer.«

»Was würden wir ohne dich anfangen, Seth?«

Diese Bemerkung schien Seth zu freuen.

Ich war hungrig, und der Curry schmeckte vorzüglich. Ich hörte aufmerksam zu, wenn von der Plantage die Rede war, und dachte immer wieder: Sie gehört mir. Unglaublich! Ich begriff meinen Vater nicht. Clytie hätte die Plantage erben sollen. Ich konnte Seths Verstimmung verstehen, die er mich bereits hatte spüren lassen. Sicher, Clytie hatte die Perlen für die Frau ihres Sohnes in Verwahrung...

Merkwürdig, gerade in diesem Augenblick sprachen sie über Perlen. Seth sagte etwas von den Perlenfischern in der Bucht von Tambalgam.

»Einen von deinen Männern hat ein Hai erwischt. Da war es aus mit ihm.«

»Wen?« rief Clinton.

»Karam.«

»Karam!« wiederholte Clinton. »Er war einer meiner besten Taucher. Er hätte besser aufpassen sollen.«

»Na hör mal! Denkst du vielleicht, die Männer passen nicht auf! Das Boot war ja da, und der Haibeschwörer war auch drin. Dein Mann ging runter, und da lag das Biest auf der Lauer.«

»Karam! Ein guter Mann, einer der besten.«

»Wie ich höre, war die Ausbeute reichlich in dieser Saison.«

»Das ist eine erfreulichere Nachricht«, sagte Clinton. »Aber Karam!«

»Von welchen Perlenfischern sprecht ihr eigentlich?« erkundigte ich mich. »Von denen habe ich noch nie etwas gehört.«

Seth warf Clinton einen, wie ich fand, verschlagenen Blick zu. »Es sieht Clinton gar nicht ähnlich, sein Licht unter den Scheffel zu stellen«, sagte er.

»Habe ich dir das nicht erzählt?« fragte Clinton mich. »Ich besitze eine Perlenfischerei oben im Nordwesten. Ich nehme dich mal mit und zeige sie dir. Du möchtest dir bestimmt gern anschauen, wenn die Austern gefangen werden. Das beginnt etwa in der ersten Märzwoche, und die Saison dauert nur vier bis sechs Wochen.«

»Perlen?« sagte ich. »Du handelst mit Perlen?«

»Ein Nebenerwerb«, meinte Clinton.

Seth beugte sich vor. »Clinton besitzt praktisch ganz Ceylon«, sagte er. »Hier hat er Tee, im Nordwesten Perlen, in den Wäldern Kautschuk. Die Hälfte der Schiffe, die du im Hafen von Colombo gesehen hast, waren mit Clintons Gütern beladen.«

»Wir müssen aus dem Land herausholen, soviel wir können«, erklärte Clinton. »Diese Produkte sind der Lebensunterhalt des Volkes.«

»Und der Reichtum derer, die das alles ermöglichen«, fügte Seth hinzu.

»Denen steht ja wohl eine Entschädigung für ihre Investitionen und ihre Arbeit zu«, hielt Clinton ihm entgegen.

»Diese Perlenfischereien interessieren mich«, sagte ich.

»Weibergeschwätz!« erwiderte Clinton. »Wenn ihr wüßtet, wie mühsam es ist, an die Dinger ranzukommen, so würdet ihr gewiß ein wenig nachdenklich, wenn ihr euch mit den schönen Perlen schmückt.«

»Ich muß sagen, daran habe ich noch nie gedacht«, gab ich zu.

»Hör dir das an, Clytie!« ereiferte sich Seth. »Daß du ja daran denkst, wenn du deine berühmten Perlen trägst!«

»Natürlich«, erwiderte Clytie schlicht.

Clinton wandte sich an mich und fuhr fort: »Die Frauen und Bräute der Perlenfischer nennen die Perlen ›Männerleben‹.«

»Ist das Tauchen denn so gefährlich?«

»Du hast soeben gehört, daß einer meiner besten Leute von einem Hai erwischt wurde. Stell dir vor, die Boote laufen um Mitternacht aus, um bei Sonnenaufgang an den Austernbänken zu sein. Auf jedem Boot sind etwa zehn Taucher. Sie arbeiten paarweise und trauen sich nur nach unten, wenn die Haibeschwörer im Boot sind. Die singen eine eigenartige Melodie, von der die Haie angeblich so betört sind, daß sie die Fremdlinge nicht bemerken, die in ihre Gewässer eindringen. Trotzdem haben die Taucher Spieße aus Hartholz bei sich, um jeden Hai abzuwehren, der sich nicht betören lassen will.«

»Es wundert mich, daß sich überhaupt Leute für so eine Arbeit finden.«

»Sie müssen arbeiten oder verhungern«, sagte Clytie.

Clinton blickte mich eindringlich an. »Das stimmt. Sie haben keine andere Wahl. Aber so ist das Leben, nicht wahr?«

In diesem Augenblick wurde mir zutiefst bewußt, wie fremdartig das alles war: die Hitze; das plötzliche Aufprallen eines Insekts an dem Gitter vor den Fenstern; ich inmitten von Menschen, von denen ich kaum mehr wußte, als daß sie mit mir verwandt waren; die spürbare Spannung zwischen Seth und Clinton.

Sie redeten wieder über die Plantage, und Clytie versprach, mich am nächsten Morgen mit ihrem Einspänner abzuholen; dann könnten wir uns endlich unterhalten, und sie würde mir alles zeigen.

Es muß etwa halb zehn gewesen sein, als wir aufbrachen. Seth und Clytie kamen mit hinaus und winkten uns zum Abschied nach.

»Hat es dir gefallen?« fragte Clinton, als der kleine Wagen mit uns davonfuhr.

»Sehr. Ich hatte mich so danach gesehnt, Clytie kennenzulernen.«

»Und wie findest du sie?«

»Sie ist schön und charmant. Ich war zunächst richtig erschrocken. Ich hatte eine Engländerin erwartet. Du hättest es mir ruhig vorher sagen können.«

Clinton zuckte die Achseln. »Sie artet ihrer Mutter nach. Ich habe gehört, sie sei ihr Ebenbild.«

»Mir hat niemand gesagt, daß mein Vater mit einer Singhalesin verheiratet war.«

»Das kommt vor... hin und wieder. Viele Männer haben eingeborene Mätressen. Die eine oder andere bekommt ein Kind. Ab und zu gibt es eine Hochzeit. Clytie wurde wie eine Engländerin erzogen. Dein Vater hatte jahrelang eine englische Gouvernante hier. Ein richtiger Drachen war das, alles was recht ist. Dann kam Seth als Verwalter her; sie verliebten sich, und im Nu waren sie verheiratet.«

»Ist Seth ein guter Verwalter?«

»Er ist nicht schlecht. Er hat natürlich gehofft, daß Clytie die Plantage erbt.«

»Das war ja eigentlich auch zu erwarten, denke ich.«

»Nun, man darf sich im Leben eben auf nichts verlassen.«

Wir sprachen nichts mehr, bis die Fahrt zu Ende war. Im Stall nahm sich ein Mann des Wagens an, und Clinton schob seinen Arm durch den meinen und führte mich zum Haus, das weiß in der Dunkelheit leuchtete. Über der Tür hing eine Laterne, und ich vernahm das stetige Summen der Insekten. Wir traten ins Vestibül.

»Endlich daheim«, sagte Clinton und küßte mich. Als er mich losließ, bemerkte ich, daß ein Diener uns beobachtete.

»Brauchen Sie etwas, Master?«

»Nein danke«, erwiderte Clinton.

Wir gingen ins Schlafzimmer hinauf. Zwei Lampen waren angezündet; das Moskitonetz war an seinem Platz, und ich sah mehrere tote Insekten, die in der Hoffnung, zum Licht zu gelangen, gegen das Gitter geprallt waren.

Ich dachte flüchtig an mein Schlafzimmer auf Ashington Grange: kalte Winterabende, an denen ich mich hastig ausgezogen hatte und ins Bett gesprungen war, um schnell warm zu werden; oder im Sommer, wenn die reine, frische Luft durch die weit geöffneten Fenster drang.

»Das ist schon ein Unterschied, nicht wahr?« sagte Clinton und bewies einmal mehr diese unheimliche Fähigkeit, meine Gedanken zu lesen. »Mach dir nichts draus! Du wirst dich daran gewöhnen. Bald wirst du dich hier zu Hause fühlen. Und eines Tages machen wir eine Urlaubsreise nach England, wenn du willst.«

Ich nickte, und er machte sich daran, mein Kleid aufzuknöpfen.

»Clinton, ist es wahr, daß dir fast ganz Ceylon gehört?«

Er lachte. »Seth neigt zur Übertreibung, meine Liebe. Ceylon ist ein großes Land. Unter der richtigen Führung wird es immer wohlhabender. Einige von uns verstehen es eben, das meiste aus dem Land herauszuholen. Ich bin nur einer von vielen.«

»Es sieht so aus, als gehörte dir alles; die Perlenfischereien zum Beispiel.«

»Die haben es dir angetan, nicht wahr? Das kommt von all dem Gerede über die Ashington-Perlen, das du dein Leben lang gehört hast.«

»Die meisten Menschen sind von Perlen fasziniert. Es ist also wahr; du besitzt tatsächlich Perlenfischereien?«

»Sie interessieren mich – wie andere Dinge auch. Man muß seine Interessen streuen, weißt du. Denk doch nur an das Desaster mit dem Kaffee. Wir haben uns gerade erst davon erholt. Es gab eine Zeit, da glaubten die meisten, mit dem Anbau von Kaffee würden sie reich. Und was geschah? Der Markt brach zusammen. Wie ich dir bereits erzählte, hat eine Krankheit, der Kaffeebrand, die Ernte im ganzen Land vernichtet. Innerhalb weniger Jahre war die Branche ausgelöscht. Ein Unternehmer muß auf andere Möglichkeiten ausweichen können. Deshalb ist es klug, mehrere Eisen im Feuer zu haben.«

»Ich vermute, du bist sehr schlau.«

»Eine nette Bemerkung aus dem Munde meiner Frau.«

»Du verstehst es wohl immer, deinen Vorteil wahrzunehmen«, fuhr ich fort.

»Das will ich meinen.«

»Also du hast – was war das noch alles? – Perlen, Kautschuk, Kokosnüsse und Tee.«

»Das sind die wichtigsten Erzeugnisse dieses Landes. Die Plantage hat mir nie genügt. Sie war mir nicht groß genug. Ich wollte sie immer vergrößern. Nun aber, obwohl es zwei sind, werden beide Plantagen wie eine sein. Sie gehören mir ... alle beide.«

»Ich dachte, die eine gehört mir.«

»Liebste Sarah, was dein ist, ist auch mein.«

»Und was dein ist, ist mein?«

»Selbstverständlich.«

»Also habe ich einen Anteil an den Perlenfischereien und allen anderen Betrieben?«

Er zog mich lachend an sich. »Ich habe Pläne«, sagte er. »Es ist gut, daß ich wieder hier bin. Es ist viel einfacher, die beiden Plantagen wie eine einzige zu bewirtschaften. Seth kann drüben als Verwalter bleiben. Aber ich werde dafür sorgen, daß der Betrieb leistungsfähiger wird; daran hat es nämlich bisher gefehlt. Das hatte ich schon lange vor.«

»Schon lange?« wiederholte ich. »Woher wüßtest du denn, daß ich die Plantage erben würde?«

»Du bist die Tochter deines Vaters.«

»Aber der Mann meiner Schwester hat die Plantage für meinen Vater geführt.«

»Nicht sehr erfolgreich.«

»Clinton«, sagte ich langsam, »du hast *gewußt*, daß ich die Plantage bekommen würde.«

Er blickte mir geradewegs ins Gesicht. »Und wenn es so wäre?«

»Woher?«

»Dein Vater hat es mir gesagt. Seth hatte nicht ganz die richtigen Vorstellungen. Er konnte nicht mit den Arbeitern umgehen. Dein Vater hat mit mir darüber gesprochen.«

»Du hast wirklich gewußt, daß er mir die Plantage vermachen wollte, nicht wahr?«

»Ja.«

»Und das brachte dich auf die Idee, mich zu heiraten und die Plantage zu übernehmen.«

»So ungefähr.«

»Also deswegen...«

»Komm, Sarah, es ist doch mehr als das. Habe ich dir nicht gezeigt, wie sehr ich es genieße, mit dir zusammen zu sein?«

»Du genießt das Wissen, daß du durch mich an die Plantage kommen kannst.«

»Ich hätte sie früher oder später sowieso übernommen. Ich wollte sie kaufen, wenn die Zeit reif war. So wie die Dinge liegen, hätte ich nicht mehr lange warten müssen. Jetzt habe ich sie eben einfacher bekommen.«

Ich sah ihm ins Gesicht, und meine Augen funkelten vor Zorn. »So... deswegen hast du dich an mich herangemacht; ihr habt das abgesprochen. Du und Vater...«

»Natürlich war es sein Wunsch. Ein Mann erträgt es nicht, zusehen zu müssen, wie es mit einer Plantage, die er jahrelang geführt hat, bergab geht, nur weil er gesundheitlich nicht mehr auf der Höhe und auf einen Verwalter angewiesen ist. Er wußte, was nötig war, um den Betrieb wieder flottzumachen, und daß ich der richtige Mann dafür war. Er wußte, daß ich die Plantage so oder so in ein paar Jahren übernommen hätte. Und du brauchtest einen Beschützer. Da hielt ich es für eine gute Idee, dich zu heiraten, damit die Plantage in der Familie blieb.«

»Du bist berechnend und abscheulich.«

»Ja«, erwiderte er, »ich weiß.«

Dann hob er mich auf seine Arme und lachte. »So ist's recht«, sagte er. »Wehr dich! Kämpfe! So gefällst du mir.«

Ich erwachte am frühen Morgen. Ich lag im Bett, von Netzen umschlossen. Clinton schlief an meiner Seite. Ich fühlte mich gefangen. Ich saß in einem Netz, das er aus seinen Intrigen gesponnen hatte.

Er hatte mich nicht wirklich geliebt. Ich war nur eine Frau mehr für ihn, und ich wußte, er hatte viele gehabt und würde vermutlich noch viel mehr haben. Ich lag still. Bald würde es Tag sein. Mein erster Tag in einem fremden Land.

Ich dachte an Toby und fragte mich, wo er jetzt wohl sei. Er war gewiß inzwischen nach Indien zurückgekehrt. Angenommen, ich wäre bei ihm. Vielleicht läge ich in einem ähnlichen Bett. Maschendraht an den Fenstern, ein Netz über mir – und doch wäre es ganz anders.

Das Zimmer schien um mich herum immer enger zu werden, und seltsamerweise meinte ich aus den nebligen Tiefen meiner Erinnerung eine kindliche Stimme zu vernehmen: »Geht meine Tante jetzt in den Himmel?«

Ich dachte wieder an das stechende Gefühl in meinem Rücken, das ich verspürte, als das Kind diese Worte sprach. Mir war, als liege eine Warnung in der Luft.

Am späteren Vormittag kam Clytie in einem Einspänner, ähnlich dem, den wir am Abend zuvor benutzt hatten, herüber, um mich, wie versprochen, zur Ashington-Plantage zu fahren. Seth meinte, nachdem ich die Besitzerin sei, sollte ich einiges darüber wissen.
Clinton war guter Laune. Seine Entlarvung schien ihn gänzlich ungerührt gelassen zu haben; er nahm wohl an, er könne jede Beleidigung, die er mir zufügte, durch seine Liebeskünste wettmachen. Ich war zutiefst verletzt und nahm mir vor, soviel ich konnte über den Teeanbau zu lernen, um Clinton zu zeigen, daß ich mir die Plantage, wegen der er mich geheiratet hatte, nicht wegnehmen ließ.
Mein Stimmung besserte sich etwas, als ich mit Clytie davonfuhr. Irgendwie paßte es nicht zu ihr, einen Wagen zu kutschieren, obwohl sie dazu keinen Sari trug, sondern ein hellblaues Seidenkleid. Ihre Erscheinung gemahnte an eine niedliche Puppe, die zu nichts anderem geschaffen war, als jedermann mit ihrer zierlichen Grazie zu betören.
»Du verstehst gut, mit einem Pferd umzugehen«, sagte ich.
»Ach so... den Wagen meinst du. Das ist ganz einfach. Du mußt bedenken, daß ich halb Engländerin bin. Ich bin anders erzogen als die einheimischen Mädchen, obwohl ich genauso aussehe wie sie, findest du nicht? Doch ich bin kräftig, Sarah, du wirst sehen. Du mußt mir von England erzählen. Ich möchte so vieles wissen. Ich kann mich schwach an deine Mutter erinnern. Eine sanfte Stimme, der ich gern zuhörte. Ich besinne mich nicht mehr auf ihr Aussehen, aber ich weiß, daß sie sehr schön war.«
»Ja, sie war schön.«
»Und als sie fortging... Das weiß ich auch noch. Die Stille im Haus... mein Vater tagelang eingeschlossen. Doch das ist lange her. Sheba hat mir davon erzählt. Sie sagte, deine Mutter paßte einfach nicht hierher, und sie hätte nie kommen sollen. Doch Sheba hat meine Mutter geliebt, und es war ihr nicht recht, daß unser Vater wieder heiratete. Dabei war es ein Segen – denn sonst wärst du ja nicht hier, Sarah.«
Wir fuhren den gleichen Weg, den ich am Abend zuvor mit Clinton gekommen war.

»Auf dem Rückweg zeige ich dir die Abkürzung durch den Wald«, sagte Clytie. »Ich bin froh, daß man dieses Stück Wald stehenließ. Eigentlich ist es ein Dschungel. Ich glaube, Clinton hat vor, ihn ganz abzuholzen, um mehr Platz für die Teepflanzen zu schaffen.«

»Wem gehört der Grund?« fragte ich.

»Halb den Shaws, halb den Ashingtons.«

»Gut«, sagte ich, »der Teil der Ashingtons wird nicht abgeholzt.«

»Wenn es Clinton aber beschließt...«

»Wenn jemand hier etwas beschließt, dann ich.«

»Ich sehe, Sarah, du bist eine energische Frau.«

Wir waren beim Haus angelangt. Clytie lenkte den Einspänner in den Hof, und als wir ausstiegen, erschienen zwei Diener, um sich des Wagens anzunehmen. Es machte mich ein bißchen nervös, wie diese leichtfüßigen Dienstboten aus dem Nichts auftauchten, wenn sie gebraucht wurden. Ich hatte den Eindruck, daß sie uns ständig beobachteten, um unseren Wünschen zuvorzukommen; und mochte dies auch recht bequem sein, so mußte ich doch zugeben, daß ich dabei ein unbehagliches Gefühl hatte.

Es tat wohl, ins Haus zu gehen, wo es viel kühler war als draußen. Clytie fragte mich: »Was möchtest du zuerst tun? Soll ich dir das Haus zeigen? Es ist ganz ähnlich wie eures. Kein Vergleich mit Ashington Grange. Mein Vater hat mir des öfteren davon erzählt, und ich war neugierig, ob ich es wohl jemals zu sehen bekommen würde. Ich stellte mir vor, daß zwei Drachen namens Martha und Mabel es bewachten und mich nicht hineinließen.«

»Das sind die Tanten. Martha ist ein bißchen fanatisch, eine Frau, die ihren Willen durchsetzt, koste es, was es wolle.« Das schreckliche Bild, wie ich in jener bitterkalten Nacht ins Schlafzimmer meiner Mutter kam, tauchte in meiner Erinnerung auf. Komisch, ich dachte jetzt nur noch selten daran. Es war wohl eine Verirrung meiner Phantasie gewesen, vom Schmerz über den Tod meiner Mutter hervorgerufen. »Mabel«, fuhr ich fort, »ist nicht so streng. Sie bewegt sich aber in Marthas Schatten.«

»Und du hast eine Zeitlang bei ihnen gelebt. Das muß ganz anders gewesen sein als hier. Du bist eine von ihnen, Sarah.«

»Sie konnten meine Mutter nicht leiden.«

»Die schöne Schauspielerin? Ach, könnte ich mich nur besser an sie erinnern. Manchmal, wenn ich im Bett liege, versuche ich zurückzudenken, doch ich kann mich nur noch erinnern, wie Sheba eines Morgens sagte: ›Sie ist weg.‹ Und dabei strahlten ihre Augen, als sei dies ein Grund zum Jubeln.«

»Erzähle mir mehr über Sheba. Sie interessiert mich.«

»Soll ich etwas Kaltes zu trinken kommen lassen? Es gibt natürlich auch Tee... den gibt es immer. Ich nehme an, daß wir hier sogar mehr Tee trinken als ihr in England. Das macht die Hitze...«

Sie hatte kaum ausgesprochen, als ein Diener erschien und Limonade in hohen Gläsern servierte. Als wir wieder allein waren, sagte Clytie: »Du hast dich nach Sheba erkundigt. Sie stammt aus einer interessanten Familie. Ihr Bruder Nankeen ist Clintons Aufseher. Ein kluger Mann. Clinton hält sehr viel von ihm. Nankeen war, was sehr ungewöhnlich ist, mit einer Portugiesin verheiratet. Die Portugiesen hatten sich hier früher angesiedelt, wie du sicher weißt. Sie und die Niederländer, die ebenfalls auf der Insel herrschten, saßen vornehmlich in den höheren Ämtern. Nankeen ist ein stattlicher Mann, und er gewann die Zuneigung eines hübschen Mädchens aus guter Familie. Er hat sie geheiratet. Eure Leila ist ein Kind aus dieser Ehe. Dann ist da noch Ashraf, der auf unserer Plantage arbeitet, und... noch eine Tochter.«

»Was macht die?«

Clytie zögerte. »Anula ist ziemlich sonderbar. Sie bewohnt ein eigenes Haus. Sie gilt als große Schönheit, und man behauptet von ihr, sie habe übernatürliche Kräfte.«

»Wirklich interessant. Ich werde sie hoffentlich kennenlernen.«

»Nun, hm... schon möglich.«

»Hat es etwas Geheimnisvolles mit dieser Anula auf sich?«

»O nein, nein... eigentlich nicht. Ihre Familie empfindet eine gewisse Ehrfurcht vor ihr. Sheba spricht von ihr, als sei sie eine Göttin. Familienstolz, weiter nichts. Du wolltest etwas über Sheba erfahren. Sie kam als Dienerin meiner Mutter ins Haus, und dann wurde sie meine Kinderfrau. Sie hängt an mir... und an Ralph. Ich weiß, daß er bei ihr gut aufgehoben ist. Später wollen wir einen Hauslehrer für ihn engagieren... einen englischen. Möglicherweise wird Ralph in England zur Schule gehen. Seth möchte es gern.«

»Es muß wundervoll sein, so einen reizenden kleinen Jungen zu haben.«

»Er ist mein Alles. Ich liebe ihn mehr als irgend etwas sonst auf der Welt.«

»Und Seth?«

»Seth liebe ich auch. Aber anders. Wenn du selbst ein Kind hast, wirst du das verstehen.«

Wir hatten unsere Limonade ausgetrunken und standen auf.

»Soll ich dir jetzt das Haus zeigen?«

Ich war einverstanden, und sie führte mich herum. Es war ein geräumiges Haus, ganz ähnlich wie das von Clinton.

Ralph sei draußen, sagte Clytie. Er lerne gerade reiten. »Hier bei uns muß man mit Pferden umzugehen verstehen. Wir können zwar mit der Eisenbahn nach Kandy oder Colombo fahren, aber für alle anderen Wege ist man auf die Pferde angewiesen. Komm, wir gehen in den Garten.«

Wir stiegen die Stufen hinab. Das Haus stand wie das unsere auf Pfählen über dem Erdboden. Zum Schutz vor den Termiten, erklärte mir Clytie, als ich sie danach fragte. »Hier wimmelt es von Termiten«, sagte sie. »Sie treten zu Tausenden auf ... vielleicht gar zu Millionen. Sie fressen sich durch ein Haus hindurch, bis nichts mehr übrig ist als das Gerüst. Daher diese Bauweise. Die Pfähle sind speziell behandelt, um die Termiten fernzuhalten.«

»Wie gräßlich. Da geht man fort, und wenn man zurückkommt, ist vom Haus bloß noch das Gerippe übrig.«

»Das ist schon vorgekommen. Wir müssen hier mit Gefahren rechnen, Sarah, an die du nicht im Traum gedacht hast. Du mußt dich vor den Insekten in acht nehmen. Wer hier lebt, ist einigermaßen immun, aber du mußt dich erst langsam eingewöhnen. Hüte dich vor den Moskitos. Die sind die größte Plage, und gefährlich sind sie auch.«

»Mir scheint, es gibt hier eine Menge, wovor ich mich in acht nehmen muß.«

Ihr Garten erinnerte mich ein wenig an England, und als ich sie darauf hinwies, sagte sie: »Ja, unser Vater wollte ihn so. Wir können hier etliche Pflanzen kultivieren, die auch in England wachsen.«

Wahrhaftig. Inmitten der exotischen Blüten entdeckte ich Hortensien, Geranien und Geißblatt. »Die werden mich stets an die Heimat erinnern«, sagte ich.

Ich verbrachte eine angenehme Stunde mit Clytie im Garten. Je länger ich mit ihr zusammen war, desto stärker fühlte ich mich zu ihr hingezogen. Die Tatsache, daß sie nicht ganz der gleichen Abstammung war wie ich, verlieh ihr einen pikanten fremdartigen Reiz.

Was mich am meisten beeindruckte, als ich zwischen den prächtigen Blumen herumging, war das überall gegenwärtige üppige Leben. Die Luft war vom Surren und Brummen der Insekten erfüllt. Clytie sagte, sie bemerke es gar nicht, und ich würde mich mit der Zeit daran gewöhnen. Dank der schweren Regenfälle und der heißen Sonne gab es Leben und Wachstum im Überfluß. Einmal fuhr ich erschrocken zurück, als der Zweig an einem Strauch, den ich berührte, lebendig wurde und davonkrabbelte. Ich starrte ihn entsetzt an.

Clytie lachte. »Eine Stabheuschrecke. Sie sieht wie ein kleiner Zweig aus. Das ist ihre Tarnung.«

»Sie sieht unheimlich aus.«

»Du wirst dich daran gewöhnen. Anfangs kommt dir sicher alles fremd vor, aber bald empfindest du es als ganz normal. Ich hoffe, daß wir uns oft sehen, und dann hast du ja auch Clinton...« Sie blickte mich auffordernd an, als wolle sie mich zu Vertraulichkeiten ermuntern.

»Ach ja«, sagte ich. »Clinton.«

»Wir waren überrascht, als wir hörten, daß er geheiratet hat.«

»Wirklich? Er ist schließlich nicht mehr ganz jung.«

»Aber er schien nie die Absicht zu haben...«

»Er kam doch sicher nach England, um sich eine Frau zu suchen«, sagte ich und bemühte mich um einen unbeschwerten Tonfall.

»Und er hat eine gefunden, und alles hat sich gut angelassen. Sarah, Seth ist ein wenig besorgt... wegen seines Postens.«

»Wieso?«

»Was hat Clinton vor?«

»Es kommt nicht darauf an, was Clinton vorhat, sondern darauf, was ich zu tun gedenke. Ich verstehe nichts von der Plantage, aber ich will alles darüber lernen. Ich werde Seth bitten, mich einzuweihen.«

»Ich glaube, Clinton schätzt Seth nicht besonders. Er hat ständig etwas an ihm auszusetzen.«

»Clinton erwartet vielleicht zuviel von den Leuten.«

Clytie sah mich sonderbar an. »Ja«, sagte sie, »vielleicht. Als unser Vater noch lebte, ging alles gut. Er war mit Seth zufrieden. Du darfst uns nicht böse sein, daß wir annahmen...«

»Du kannst offen mit mir reden, Clytie. Ihr habt geglaubt, du würdest die Plantage erben. Das war doch ganz natürlich.«

»Umgekehrt wäre es bestimmt besser gewesen.«

»Wie meinst du das – umgekehrt?«

»Du die Perlen, ich die Plantage. Doch ich war die ältere, und man mußte sich der Tradition beugen. Ich hasse die Dinger. Ich glaube, sie bringen Unglück.«

»Hast du sie hier, Clytie?«

»Ja. Seth meint, sie sollten im Banksafe aufbewahrt werden. Dort sind sie auch manchmal. Aber ich muß sie hin und wieder tragen, sonst verlieren sie ihren Glanz. Unser Vater hat darauf geachtet, daß ich sie trage. Wir geben doch demnächst einen Ball, um deine Ankunft zu feiern. Man erwartet von mir, daß ich sie bei dieser Gelegenheit trage.«

»Ich würde sie mir gern anschauen. Ich habe soviel von ihnen gehört. Sind sie wirklich so wundervoll, wie man behauptet?«

»Du wirst es ja sehen.«

»Man spricht richtig ehrfürchtig von ihnen. Sie müssen ein Vermögen wert sein.«

»O ja, viel mehr als die Plantage. Aber die Plantage wäre uns lieber gewesen. Clinton will sie nun übernehmen. Davor hat Seth Angst. Sarah, was wird, wenn Clinton Seth entlassen will?«

»Das kann er gar nicht. Ich würde es nicht dulden.«

»Mir ist noch nie ein Mensch begegnet, der sich Clinton widersetzt hat.«

»Nun, du kennst mich noch nicht richtig, Clytie.«

Plötzlich war ich in Hochstimmung. Ich würde mich nicht von Clinton unterdrücken lassen. Er irrte sich, wenn er glaubte, er habe leichtes Spiel mit mir und bekomme aufgrund meiner Einfältigkeit, wonach er strebte: die Ashington-Plantage.

Die gehört mir, Clinton Shaw, sagte ich in dem duftenden Garten zu mir. Du wirst mich noch kennenlernen.

Mit einem Freudenschrei kam Ralph in den Garten gestürmt. Er sah bezaubernd aus. Er trug einen Anzug aus Schantungseide, sein dunkles Haar glänzte, seine Augen leuchteten vor Aufregung und seine Wangen schimmerten rosig.

»Mama!« rief er. Dann erblickte er mich und wurde ein wenig unschlüssig.

»Das ist Tante Sarah«, sagte Clytie. »Du kennst sie doch. Sie war gestern hier.«

Er nickte. »Mama, ich hab' eine Kobra gesehen. Sie war hinter uns her. Sie wollte mich beißen. Ich hab draufgetreten, da hat sie sich aufgerichtet. Sie war so groß...« Der Junge hob die Hände so hoch er konnte. »Sie hat mich angezischt.«

Clytie war vor Schreck ganz bleich geworden.

Ein Singhalese kam herbei, die Hände über der Brust gekreuzt, den Kopf leicht gesenkt. »Nein, Missie«, sagte er. »Keine Kobra. Keine Gefahr für jungen Master.«

»Es war *schon* eine Kobra«, schrie Ralph, und sein Gesicht wurde puterrot. »Es war eine Kobra... ganz bestimmt.«

»Und was dann?« fragte Clytie ruhig. »Komm, erzähl Tante Sarah und mir, was passiert ist.«

»Wir sind durch den Wald geritten. Wir haben die Pferde angebunden und sind ein Stück gelaufen. Dann kam die Kobra angeschlichen.«

»Und wie hast du sie vertrieben?

»Ich hab' sie totgeschossen.«

»Womit?«

»Mit Pfeil und Bogen.«

»Aber du hast deinen Bogen doch gar nicht dabei gehabt.«

»Ich hab' mir einen gemacht.«

Clytie streichelte ihm übers Haar. »Ralph hat eine lebhafte Phantasie«, sagte sie.

»Was ist Phantasie?«

»Erfinden.«

»Was ist erfinden?«

»Was du machst, mein Engel.«

»Ist das schön?«

»Ja, wenn du's nicht zu bunt treibst.«

»Ist es schwer?«

»Du bist mir einer!« sagte Clytie entzückt. »Du hast übrigens Tante Sarah noch immer nicht guten Tag gesagt.«

»Tag, Tante Sarah. Magst du Schlangen?«

»Ich glaube, nicht. Ich bin noch nie einer begegnet.«

»Warum nicht?«

»Weil es dort, wo ich herkomme, keine gibt – oder nur ganz wenige.«

»Bist du deswegen weggegangen?«

»Nein, eigentlich nicht.«

»Komm, ich zeige dir Cobbler. Mama, ich will Tante Sarah Cobbler zeigen.«

»Wo ist sie?«

»Ich weiß es, ich weiß es.« Und schon war er fort.

Clytie sagte lachend: »Du mußt so tun, als ob du dich schrecklich fürchtest. Cobbler ist eine lebensgroße Spielzeugkobra, ein scheußliches Ding. Ralph liebt sie heiß und innig. Er hat sie schon ein paar Monate, aber sie steht bei ihm noch immer hoch im Kurs. Damals konnte er Kobra nicht aussprechen, und er sagte Cobbler zu dem Vieh. So ist es zu seinem Namen gekommen.«

Ralph erschien wieder und zog etwas hinter sich her, was wirklich wie eine gräßliche Schlange aussah. »Das ist Cobbler«, sagte er. »Fürchtest du dich vor ihr?«

»Sie kann einem schon Angst machen.«

Das stimmte. Das Ding sah so echt aus. Ich begutachtete die gelben Glasaugen.

»Ich kann machen, daß sie die Zunge rausstreckt«, sagte Ralph. »Man muß hier drücken. Schau! Sie will dich beißen, Tante Sarah. Cobbler ist böse und ungezogen. Aber sie darf dich nicht beißen. Wenn sie dich beißt, schieße ich sie mit Pfeil und Bogen tot.«

»So, jetzt haben wir Cobbler gesehen. Was machst du nun mit ihr, Ralph?«

»Ich stecke sie ins Gebüsch. Da ist sie gern.«

Wir sahen ihm zu. Er war wirklich ein hübsches Kind. Als er zurückkam, nahm seine Mutter ihn bei der einen Hand und ich bei der anderen, und so gingen wir zum Haus zurück.

»Sleepy Sam hat mir guten Tag gesagt.«

»Du bist hoffentlich nicht zu nahe an ihn herangegangen«, erwiderte seine Mutter. »Sleepy Sam ist ein harmloses altes Krokodil. Im Wald fließt ein träger Fluß. Die Ufer sind sumpfig. Wenn du dort entlanggehst, mußt du auf Krokodile achtgeben.«

»Was ist träge?« wollte Ralph wissen.

»Faul.«

»Wie Sleepy Sam?«

»Hast du ihn wirklich gesehen?«

»Ja. Er hat gesagt, er ist müde und will mich nicht beißen.«

Sheba kam, um Ralph zu holen. Sie nickte mir widerwillig einen Gruß zu. Ralph lief zu ihr und umfing ihre Knie. Er erzählte ihr sogleich, wie er mit Pfeil und Bogen eine Kobra erlegt hatte.

»Es ist Zeit zum Essen, du tapferer Held«, sagte sie. »Und danach machen wir ein Schläfchen, hm?«

»Ach Sheba, ich mag nicht schlafen. Ich mag... ich mag...«, er blickte uns schelmisch an, »ich mag eine Kobra schießen.«

»Du wirst einen großen Bogen um diese gemeinen ollen Viecher machen, Master Ralphie, oder die alte Sheba gerbt dir das Fell.«

Ralph gab seiner Mutter einen Kuß und dann – ein wenig schüchtern – auch mir. Sheba brachte ihn fort.

»Sie grollt jedem, für den er schwärmt. Er ist in seinen Reitlehrer vernarrt«, sagte Clytie. »Sheba wird sich beklagen, weil er sich schmutzig machen darf und in Gefahr geraten kann. Sie erträgt es einfach nicht, daß sich noch jemand mit ihm beschäftigt. Bei mir war sie genauso. Jetzt hat sie ihre ganze Zuneigung auf Ralph übertragen. Du weißt ja, wie Kinderfrauen sind.«

Ich hatte keine Ahnung. Vielleicht würde ich ihr eines Tages erzählen, wie ich am Denton Square aufgewachsen war.

Der Lunch wurde im Speisezimmer serviert; es gab Fisch, eine Makrelenart, wie Clytie erklärte. »Ich habe ihn eigens für dich bestellt, weil ich annehme, daß du alles probieren möchtest. Wir haben auch Karpfen, Barben und Hechte hier – lauter Fische, die es auch bei euch in England gibt. Siehst du, als halbe Engländerin war ich immer bemüht, soviel wie möglich über England zu erfahren, daher weiß ich ein wenig Bescheid.«

Wir aßen Mangos und winzige süße Bananen, die köstlich schmeckten. Wir plauderten ein wenig, und ich sagte zu Clytie: »Du wolltest mir doch das Halsband zeigen.«

»Stimmt. Komm mit nach oben! Es ist im Geldschrank.«

Wir begaben uns in das Schlafzimmer des Ehepaares. Sie schloß eine Tür auf, und wir traten in eine Art Ankleidekammer, einen kleinen Raum mit einem Tisch, zwei Stühlen und einem Geldschrank. Clytie machte die Tür hinter uns zu.

»Die Dienstboten kommen hier nicht herein«, sagte sie. »Das Staubwischen erledige ich selbst. Das Halsband ist hier in dem Geldschrank. Es ist so wertvoll, daß eine Menge Legenden mit ihm verbunden sind. Es soll Unglück bringen, wenn es an jemanden gerät, der nicht zur Familie gehört. Ich bin sicher, diese Geschichte wurde nur erfunden, um Diebe abzuschrecken. Wenn soviel Wert in einem einzigen Gegenstand steckt, würden manche Leute alles wagen, um ihn in ihren Besitz zu bringen. Die Dienstboten würden auch nicht hier hereinkommen, wenn ich sie darum bitten würde. Die Legende erfüllt ihren Zweck.«

»Was für ein Getue wegen ein paar Perlen!«

»Liebe Sarah, es sind die Ashington-Perlen«, sagte sie. »Eines der kostbarsten Kolliers der Welt. Du wirst sehen: Jede einzelne Perle ist vollkommen. Verstehst du etwas von Perlen?«

»Ich weiß, wie sie aussehen.«

Clytie lachte. »Auch wenn du nicht viel davon verstehst, wirst du erkennen, wie wundervoll sie sind.« Sie machte sich daran, den Geldschrank zu öffnen. »Das ist ganz einfach, wenn man die Kombination kennt.«

Die Tür öffnete sich. Clytie nahm ein großes Etui aus Krokodilleder heraus.

Sie stellte es andächtig auf den Tisch. Sie drückte auf den Verschluß, und der Deckel sprang auf. Da lagen sie: die Ashington-Perlen.

Ich hielt staunend den Atem an, denn sie waren in der Tat wundervoll. Sie lagen auf mitternachtsblauem Samt ... zwei Reihen, die eine etwa sechzig Zentimeter lang, die andere etwas kürzer. Sie hatten einen lebendig schimmernden Glanz. Jede einzelne Perle war von beachtlicher Größe und vollkommen gerundet, und eine jede paßte genau zu allen anderen. Ich war von ihrer reinen, tiefen Leuchtkraft fasziniert und verspürte den unwiderstehlichen Wunsch, sie zu berühren.

»Nur zu«, sagte Clytie. »Nimm sie in die Hand! Schau sie dir genau an!«

Ich streckte meine Hand aus, berührte aber die Perlen nicht. Irgend etwas in mir sträubte sich plötzlich.

Der Verschluß war verblüffend. Er bestand aus Smaragden und Diamanten. Was auf den ersten Blick wie eine aufgerollte Schnur aus Diamanten aussah, entpuppte sich bei näherem Hinsehen als eine Schlange auf nadelförmigen Eibenblättern. Das Auge der Schlange war ein Smaragd, und die Blätter sowie der Schlangenkörper bestanden aus Diamanten.

»Immer, wenn ich etwas von Schlangen höre, denke ich an den Verschluß hier«, sagte Clytie. »Auch heute morgen, als Ralph uns seine Phantasiegeschichte von der Kobra auftischte. Eine merkwürdige Arbeit. Unser Vater erzählte mir einmal, im Innern sei ein Behälter versteckt. Schau, die Zunge der Schlange hat ein kleines Loch. Man erzählt sich, daß einer der Gebieter von Kandy, der sich seiner Gattin entledigen wollte, diesen Behälter mit einem tödlichen Gift füllte; er ritzte ihre Haut auf, und das Gift aus der Schlange drang in ihren Körper ein und tötete sie.«

»Grauenhaft«, sagte ich. »Kein Wunder, daß du dich von dem Ding abgestoßen fühlst.«

»Gefällt es dir nicht? Findest du es nicht schön?«

»Die Perlen sind phantastisch. Aber die Schlange gefällt mir nicht besonders. Wenn ich auch wenig von Perlen verstehe, so kann ich doch behaupten, daß ich solche wie die noch nie gesehen habe.«

»Solche Perlen hat auch noch niemand gesehen. Sie sind einmalig, und es bedeutet eine große Verantwortung, wenn man sie in Verwahrung hat.«

Sie legte sie mir um den Hals. Die kalten Steine des Verschlusses ließen mich zusammenzucken.

»Sie stehen dir gut, Sarah«, sagte Clytie. »An dir sehen sie besser aus als an mir. Sie verändern irgendwie deine Persönlichkeit.«

»Laß sehen«, sagte ich.

Auf dem Tisch lag ein kleiner Spiegel mit einem Rahmen aus blauem Amethyst und türkisfarbenen Steinen. Ich nahm ihn in die Hand und betrachtete das Halsband. Es war prachtvoll. Die Perlen schienen sich auf meiner Haut zu erwärmen und sich an mich zu schmiegen, als seien sie lebendig, während sich das Schloß kalt in meinen Nacken grub. Ich faßte es an. »Es sticht«, sagte ich.

»Du hast es falsch herum an«, stellte Clytie fest. »Aber es ist ja heute kein Gift darin«, fügte sie lachend hinzu.

»Mach's wieder ab, Clytie.«

Sie gehorchte.

»Laß sehen, wie es an dir aussieht.«

Sie legte es sich um den Hals und blickte mich an.

»Es ist zu schwer für dich«, bemerkte ich. »Du brauchst einen ausgesprochen zierlichen Schmuck.«

»Ja«, pflichtete sie mir bei, »es ist zu schwer für mich.«

Sie nahm das Halsband ab, legte es behutsam in das Etui und legte dieses wieder in den Geldschrank.

Den ganzen Tag ging mir das Ding nicht aus dem Sinn. Es hatte sich zwischen mich und meine Freude an der Gesellschaft meiner Schwester geschoben.

Am späten Nachmittag begleitete mich Clytie zu Fuß durch den Wald zurück; der Weg führte an Palmen, Ebenholz- und Ambrabäumen vorüber.

»Die Kokosnüsse behalten wir für unseren eigenen Bedarf«, erklärte Clytie. »Allerdings glaube ich, daß Clinton beabsichtigt, sie zu verkaufen. Die Leute auf der Plantage essen die grünen Früchte, und aus den reifen gewinnen sie Öl. Aus den Blüten machen sie Arrak, und aus den Fasern flechten sie Matten. Die leeren Schalen verwenden sie als Trinkgefäße. Es gibt wohl nichts in der Natur, was sich so vielfältig verwerten läßt wie die Kokosnuß. Sogar die Blätter werden geflochten. Mit ihnen decken die Leute ihre Hütten, und zuweilen werden sie auch als Teller benutzt.«

Stellenweise wucherte undurchdringliches Gestrüpp.

»Du mußt hier auf Schlangen achtgeben«, warnte mich Clytie. »Ich war sehr erschrocken, als Ralph sagte, er habe eine Kobra gesehen. Das wäre durchaus möglich gewesen. Wir haben ihn gewarnt. Das erklärt den Unsinn von Pfeil und Bogen.«

Wir kamen zum Fluß mit seinen sumpfigen Ufern. »Ich glaube, da liegt der alte Sleepy Sam. Pst! Schau! Gleich neben Sam steht ein Silberreiher... ganz unbeweglich.«

Ich stand eine Weile da und schaute. Ich hatte das Gefühl, sehr weit von zu Hause entfernt zu sein.

»Geh jetzt noch nicht allein durch den Wald, wenn dich niemand begleitet. Warte, bis du ihn besser kennst. Du könntest dich verirren.«

»Ja, ich weiß, und es wird so schnell dunkel hier, weil es keine Dämmerung gibt wie zu Hause.«

»Die Dämmerung muß etwas sehr Tröstliches sein«, meinte Clytie. »Eine sanfte Vorwarnung, daß die Nacht naht.«

Wir gingen weiter, und bald sah ich zwischen den Bäumen die weißen Mauern unseres Hauses. Clinton kam heraus. Er schien sehr erfreut, als er mich sah.

»Hattest du einen schönen Tag?« fragte er.

Ich erwiderte, es sei sehr vergnüglich gewesen. »Wir lernen einander kennen«, fügte ich hinzu.

»Wie schön. Komm herein, Clytie, und trink etwas!«

»Ich möchte lieber zurück, bevor es dunkel ist.«

»Ich schicke jemanden mit, der dich begleitet«, sagte Clinton.

»Das ist nicht nötig.«

»Doch, ich schicke jemanden mit«, wiederholte Clinton.

Ich wünschte eigentlich, daß sie ablehnte und darauf bestand, das zu tun, was *sie* wollte, doch andererseits war mir nicht wohl bei dem Gedanken, daß dieses zarte, zierliche Geschöpf allein durch den finsteren Dschungel ging.

Clinton setzte natürlich seinen Willen durch. Als wir auf das Haus zuschritten, sah ich etwas an der Mauer hinaufflitzen. Ich stieß einen leisen Schrei aus und sprang zurück.

Clinton lachte laut. »Nur ein harmloser kleiner Gecko«, sagte er. »Eine Eidechse. Von denen wirst du noch eine Menge zu sehen bekommen.«

O ja, ich war mir bewußt, daß ich einen weiten Weg von daheim zurückgelegt hatte.

Im Laufe der nächsten zwei oder drei Wochen gewöhnte ich mich allmählich an meine neue Umgebung. Ich erschrak nicht mehr, wenn ich aufwachte und mich von einem Moskitonetz umschlossen fand. Ich hatte mich mit der Erkenntnis abgefunden, daß unsere Ehe von Clintons Standpunkt aus eine Vernunftehe war. Zwar begehrte er mich leidenschaftlich, aber er war schließlich ein Mann, der schon viele Frauen leidenschaftlich begehrt hatte. Ich stellte täglich von neuem fest, daß er weit rücksichtsloser war, als es in England den Anschein hatte. Ich wollte mich gegen ihn auflehnen, und doch konnte diese Leidenschaft zwischen uns immer wieder alle anderen Gefühle auslöschen. Ich wußte, daß eine solche Empfindung von ihrer Natur her vergänglich war. Es war unmöglich, sich eine beschauliche Zukunft an Clintons Seite vorzustellen. Die Träume wohl jeder Frau, nämlich Kinder aufzuziehen und gemeinsam mit dem Vater Pläne für sie zu schmieden, paßten nicht zu dem Leben, das ich mit Clinton führte. Er hatte erwähnt, daß er sich einen Sohn wünsche – einen, der sein Ebenbild sei und den er so erziehen wolle, daß er ebenso rücksichtslos werde wie er.

Clinton besaß, wie ich bereits sagte, Macht und Einfluß, und das wurde mit jedem Tag deutlicher. Sämtliche Arbeiter auf der Plantage hatten Angst vor ihm. Sein Aufseher Nankeen schien in ihm gar eine Art Gott zu sehen. Clinton hielt große Stücke auf Nankeen. »Der ist zweimal soviel wert wie Seth Blandford«, behauptete er. »Auf ihn kann ich mich verlassen.« Nankeen bewohnte auf der Plantage ein Haus, das stattlicher war als die Unterkünfte der übrigen Arbeiter. Er besaß die richtigen Eigenschaften für einen Aufseher: Energie, Unbestechlichkeit und vor allem, wie Clinton sagte, Loyalität. »Eine Eigenschaft, mein liebes Weib«, fügte er hinzu, »die wünschenswerter ist als alle anderen.«

In unserem Wohnzimmer befand sich ein Bücherschrank voller Werke über Ceylon, und viele befaßten sich mit dem Anbau und der Verarbeitung von Tee. Ich nahm mir vor, sie gründlich zu studieren.

Clinton lachte.

»Was amüsiert dich daran so?« wollte ich wissen. »Es ist doch wohl selbstverständlich, daß ich alles darüber lernen möchte. Ich besitze schließlich eine Plantage. Hast du das vergessen?«

»Ich glaube gar, du willst mir Konkurrenz machen.«

»Was für eine pikante Situation!«

»An der du, mein Liebling, freilich dein Vergnügen hättest. Ich hielte es für eine gute Idee, die beiden Plantagen zusammenzulegen. Das würde uns Kosten ersparen.«

»*Ich* halte das nicht für eine gute Idee.«

Er lächelte wehmütig. »Ich habe das mit deinem Vater besprochen. Um ehrlich zu sein, Sarah, die Ashington-Plantage ist schon lange nicht mehr so ertragreich, wie sie sein sollte.«

»Du meinst, nicht so ertragreich wie deine?«

»Richtig. Ich habe mit der Ashington-Plantage einiges vor.«

»Das könnte ich mir ja vielleicht einmal durch den Kopf gehen lassen.«

Er hob mich auf, wirbelte mich herum und drückte mich an sich.

»Laß mich los«, sagte ich. »Du wirst schon noch einsehen, daß deine List, dich in den Besitz der Ashington-Plantage zu bringen, vielleicht doch nicht so schlau war, wie du dachtest.«

»Teures, geliebtes Weib«, spottete er, »was drohst du mir da an? Ashington will mit Shaw konkurrieren? Und uns nach und nach aufkaufen – das sollte mich nicht wundern. Laß dir das gesagt sein: Tee rentabel anzubauen, das läßt sich nicht innerhalb von drei Wochen erlernen, indem man Bücher liest. Das ist mit Strapazen und Fehlschlägen verbunden, mit Krisen und Erfolgen. Diese Arbeit bringt mehr Probleme mit sich, als du sie dir mit deinen Theorien jemals träumen ließest, meine Liebste. Komm, sei eine brave Ehefrau! Laß dich von deinem Mann leiten, der dich dein Leben lang liebevoll hegen will.«

»Ich weiß nur, daß er meine Plantage hegen und pflegen will.«

»Das hat die Plantage auch dringend nötig.«

Je mehr er spottete, um so entschlossener war ich, mich ihm zu widersetzen. Ich mußte zugeben, daß dies dem alltäglichen Leben einen gewissen Reiz verlieh und ich unsere Auseinandersetzungen regelrecht herbeisehnte. Ich stellte mit Genugtuung fest, daß es ihm ebenso erging.

Tagsüber bekam ich ihn kaum zu sehen. Die Plantage dehnte sich meilenweit aus, und oftmals ging er bei Sonnenaufgang fort und kam erst bei Sonnenuntergang zurück. Ich verbrachte die Tage meist auf der Ashington-Plantage; bei Clytie war ich stets willkommen, und Seth freute sich über mein Interesse. Falls er einen Groll gegen mich hegte, weil ich geerbt hatte, was eigentlich seiner Frau und damit ihm hätte zufallen sollen, so zeigte er es nicht. Ich glaube, er ahnte meinen Widerstand gegen Clinton, und das machte ihn froh.

Ich ritt mit ihm über die Plantage. Manchmal kam Clytie mit. Sie sah auch in westlicher Kleidung schön aus, doch am besten standen ihr die duftigen Saris, die oftmals von glitzernden Gold- und Silberfäden durchzogen oder prächtig bestickt waren. Sie besaß sie in allen Farben – hauptsächlich in Pastelltönen, die ihrer dunklen, delikaten Schönheit schmeichelten. Zuweilen hatte ich nur den Wunsch, sie voll Bewunderung anzuschauen.

Von Seth erfuhr ich, welche Arbeiten während der verschiedenen Jahreszeiten auf der Plantage verrichtet wurden. Er erklärte mir, die günstigste Zeit zum Pflanzen sei während des Südwestmonsuns, obwohl dies dank der ganzjährigen Regenfälle grundsätzlich zu jeder Jahreszeit möglich war. Er belehrte mich, wie wichtig das Schneiden war, das die Sträucher hinderte, zu hoch zu wachsen, und das Pflücken erleichterte. Ich schlenderte mit ihm über die Plantage und beobachtete die Frauen bei der Arbeit. Sie musterten mich neugierig, und ich merkte, daß ihre Blicke nicht nur der Tochter meines Vaters und der Besitzerin der Plantage galten, sondern auch der Gattin von Clinton Shaw.

Sie waren wohl ein wenig unsicher, weil sie nicht wußten, was die Zukunft ihnen bringen würde, und viele glaubten, daß Clinton bald Herr über die Ashington-Plantage sein würde. Die Arbeiter, die ich gewissermaßen als die meinen betrachtete, verhielten sich anders als diejenigen, die bei Clinton beschäftigt waren. Seine arbeiteten stetiger. Sie hatten eine Scheu vor ihm, die meines Vaters Arbeiter wohl nie vor ihrem Herrn empfunden hatten. Und wenn sie Seth auch respektierten, so war ihnen doch anzumerken, daß sie sich nicht vor ihm fürchteten.

Ich glaube, Clinton war zwar gerecht, aber seine eingefleischte Rücksichtslosigkeit war allgemein bekannt. Verstieß ein Mann oder eine Frau gegen eine von ihm aufgestellte Regel, so wurde er oder sie unverzüglich entlassen, und jeglicher Gnadenappell war zwecklos. War ein Gesetz erst einmal aufgestellt, so mußte es rigoros befolgt werden, sonst hätte es seinen Sinn verfehlt.

Es war nicht zu übersehen, daß er eine florierende Plantage besaß, während die der Ashingtons dahinsiechte und zu wenig Gewinn abwarf, daß man hätte genügend in das Geschäft investieren und notwendige Verbesserungen vornehmen können.

Ich fand Seth nicht uninteressant. Wie die meisten Menschen, die über ein bestimmtes Wissen verfügen, gab er dieses gern an jemanden weiter, der von der Sache nichts verstand. Er schilderte mir die Krisen, die ein Teepflanzer zu bewältigen hat, und brachte mir bei, auf was man besonders achten muß.

Ich beobachtete mit ihm, wie die Pflanzen mit Zinksulfat besprüht wurden, weil der Boden, wie Seth erklärte, zu wenig Zink enthielt, und dabei erzählte er mir von der Katastrophe, als die Wurzeln von einem Brand befallen wurden, der erst erkennbar wurde, als es zu spät war, die Pflanzen zu retten, so daß sie zu einer feuchten breiigen Masse verkümmerten.

Wie genoß ich es, mit Clinton dann über Wurzelbrand und Strunkfäule zu sprechen! Er hörte mir mit überlegenem Schmunzeln zu, ließ mich reden und reden, bis er mir eine Frage hinwarf, die meine Unwissenheit ans Licht brachte. Dann küßte er mich und erklärte, daß er mich anbete, und daß die angehende Teepflanzerin ebenso reizvoll sei wie das Mädchen, mit dem er jene Nacht in der Papageienhütte verbracht habe.

So vergingen die ersten Tage. Ich fühlte mich auf dem Anwesen der Ashingtons heimischer als auf der Shaw-Plantage. Ich ging jeden Tag hinüber und teilte meine Zeit zwischen Seth und Clytie, die es nicht zuließ, daß ich mich den ganzen Tag im Freien aufhielt.

»Du kennst das Klima nicht«, meinte sie. »Du darfst auf keinen Fall mittags hinausgehen, und niemals ohne Hut.«

Ich sah ein, daß sie recht hatte. Ich freute mich auf die Vormittage mit Seth und auf die Stunden, die ich anschließend mit meiner Halbschwester im Haus verbrachte.

Ralph hatte sich inzwischen mit mir angefreundet. Er schilderte mir mit Vorliebe seine phantastischen Abenteuer mit Schlangen und Elefanten. In seiner Einbildung gab es einen Elefanten namens Jumbo; denn er hatte einmal gehört, daß ein Elefant nach England ausgewandert war, um dort in einem Zoo zu leben, und dieser Elefant war so riesig, daß er Jumbo genannt wurde. Ralphs dunkle Augen leuchteten vor Aufregung, wenn er seine Geschichten erzählte. Clytie und ich gingen mit ihm im Garten und im Wald spazieren, und der Dschungel bildete meist den Hintergrund für seine Erzählungen. Er zeigte mir eine hohe Palme, in die der Buchstabe R eingeritzt war.

»Das ist mein Baum«, sagte Ralph. »Wenn niemand es sieht, wird er lebendig und spricht mit mir. Das R ist mein Name. Das hat Ashraf gemacht, damit der Baum nicht vergißt, daß er mir gehört.«

Ich konnte mir vorstellen, daß Sheba über seine Freundschaft mit mir verstimmt war. In ihrer Nähe fühlte ich mich äußerst unbehaglich. Ich vermutete, daß es sie verdroß, daß ich die Plantage geerbt hatte, die ihrer geliebten Clytie hätte zufallen sollen. Sie war meiner Schwester ebenso ergeben wie Ralph.

Ich glaubte, daß sie Clytie und mich belauschte, wenn wir uns unterhielten. Einmal war ich ganz sicher.

Als wir nach dem Lunch beieinander saßen und Tee tranken, der stets anstelle des Kaffees serviert wurde, den wir zu Hause nach dem Essen zu uns zu nehmen pflegten, sagte Clytie zu mir: »Clinton spricht doch gewiß mit dir über die Plantage?«

»Oh, er macht sich über mein Interesse lustig. Er denkt wohl, daß mir früher oder später die Lust daran vergeht.«

»Seth ist immer noch ein bißchen besorgt. Er wüßte gern, was Clinton vorhat.«

»Ich habe dir doch gesagt, Clytie, daß *ich* diejenige bin, die hier die Entscheidungen trifft.«

»Wie ich Clinton kenne...«

»Mich mußt du eben auch kennen.«

»Weißt du, Sarah, Seth liebt die Plantage. Sie ist sein Leben. Als er sich mit unserem Vater zusammentat und wir dann heirateten, da schien es, als ob...«

»Ich verstehe. Ihr braucht euch keine Sorgen zu machen. Auf der Ashington-Plantage wird sich nichts verändern. Das verspreche ich dir.« Sie lächelte dankbar, und in diesem Augenblick sagte mir eine seltsame Ahnung, daß noch jemand bei dieser Unterhaltung zugegen war. Ich drehte mich geschwind um. Die Tür war nur angelehnt. Bildete ich es mir ein, oder bewegte sie sich ganz leicht?

»Was ist?« fragte Clytie.

»Ach nichts.«

Ich wandte mich wieder um, und Clytie sagte: »Ich habe viel über den Ball nachgedacht. Alle wollen dich kennenlernen. Deines Vaters Tochter und Clintons Frau! Eine doppelte Ehre. Was wirst du anziehen?«

»Auf Ashington Grange hatte ich kaum Gelegenheit, Ballkleider zu tragen. Ich glaube, die Tanten hatten eine Art Kampagne vor, um mich unter die Haube zu bringen, aber dann kam Clinton...«

»Und du warst hingerissen. Wollen wir nach Kandy fahren und Stoff für dein Kleid kaufen? Leila ist eine vorzügliche Näherin. Sie schneidert alles nach deinen Wünschen.«

»Das ist ja fabelhaft.«

»Unsere Bälle sind sehr beliebt. Ball ist vielleicht ein zu pompöser Ausdruck für unsere bescheidenen Gesellschaften. Eigentlich eignen sich unsere Räumlichkeiten nicht dafür, aber wenn die Falttür aufgeklappt wird, haben wir einen einigermaßen großen Saal. So ein Ball ist immer eine große Aufregung.«

Wir sprachen über die Vorbereitungen und verbrachten so eine unterhaltsame halbe Stunde. Als ich aufstand, besann ich mich wieder, daß ich geglaubt hatte, wir seien belauscht worden. Ich bemerkte, daß die Tür geschlossen war. Sheba, dachte ich. Wir hatten darüber gesprochen, daß ich die Plantage geerbt hatte. Arme Sheba! Sie war der Familie so ergeben, daß sie natürlich wissen wollte, wieweit meine Pläne die Blandfords berührten. Trotzdem war mir unbehaglich zumute, wenn ich an die glänzenden schwarzen Augen dachte, die mich neugierig belauert hatten.

Das ist doch lächerlich, versuchte ich mir einzureden. Ich war eine Fremde in einem fremden Land, und da war es nur natürlich, daß man mir mit Mißtrauen begegnete, so wie auch ich vielleicht manche Leute hier mißtrauisch betrachtete.

Unsere Fahrt nach Kandy wurde ein amüsantes Erlebnis. Ein Diener kutschierte uns in einer Art Brougham zum Bahnhof Manganiya, und auf dem ganzen Weg fuhr ein etwa vierzehnjähriger Junge auf den hinteren Stufen mit und kam sich bestimmt sehr wichtig vor. Dann stiegen wir in den Zug nach Kandy.

Es war eine hübsche Stadt – malerisch und altmodisch, die letzte Hochburg der Könige von Ceylon. Sie lag am Fuße des großen Gebirgsmassivs im Landesinnern, etwa 500 Meter über dem Meeresspiegel. Ich war vom Tempel des Zahns und von dem künstlichen See bezaubert. Die Straßen waren voller Menschen, und zum erstenmal wurde ich gewahr, wie gemischt die Bevölkerung hier war. Bisher hatte ich fast nur Singhalesen zu Gesicht bekommen, doch in der Stadt gab es Menschen von dunklerer Hautfarbe. Das waren Tamilen, erklärte Clytie. Auch Moors sah ich, die so hießen, weil einst maurische Kaufleute auf die Insel gekommen waren und Beweise ihrer Anwesenheit zurückgelassen hatten. Diese betrieben noch heute viele Geschäfte. Andere Bewohner stammten von den holländischen oder portugiesischen Siedlern ab – sie waren meist Rechtsanwälte, Ärzte oder Lehrer.

Wir erregten kein Aufsehen, denn es gab hier viele Leute in europäischer Kleidung; allerdings trugen die meisten Frauen Saris.

Kandy war jetzt eine bürgerliche Stadt, aber man konnte sich unschwer vorstellen, daß sie einst das Zentrum des singhalesischen Königreiches war, von wo aus die ganze Insel beherrscht wurde.

Es gab Geschäfte aller Art. In einigen dieser Läden mit ihrem dunklen Interieur waren wundervolle Edelsteine ausgestellt: Saphire, Smaragde, Rubine – aber auch Perlen. Doch wir waren gekommen, um Stoff zu kaufen, und Clytie führte mich zu einem Laden, wo uns ein schon beinahe peinlich unterwürfiger Araber begrüßte und uns Ballen erlesenster Seiden vorlegte.

Ich entschied mich für eine Buchara-Seide, dunkelblau, mit feinen Silberfäden durchzogen, die mich gewiß gut kleiden würde.

Als wir unsere Einkäufe erledigt hatten, begaben wir uns in ein Hotel,

wo Clytie Tee bestellte. Dazu aßen wir kleine harte Plätzchen, die Englische Brötchen hießen, weil das Rezept aus England stammte. Während wir Tee tranken, rief eine große Frau mit angegrautem Haar und
einer Haut, die auf einen längeren Aufenthalt in den Tropen schließen
ließ: »Sieh mal an, Mrs. Blandford! Welch eine freudige Überraschung!«
Ihre Stimme tönte sehr laut, und während sie zielstrebig auf uns zu-
steuerte, waren ihre hellblauen Augen auf mich geheftet.
»Und das ist doch sicher...«
»Meine Schwester, Mrs. Shaw«, stellte Clytie vor. »Sarah, das ist Mrs.
Glendenning. Ihrem Gatten untersteht die Eisenbahn in Kandy.«
»Wir können es alle kaum erwarten, Sie kennenzulernen. Ich freue
mich ja so, daß ich die erste bin... ich bin doch die erste?«
»Ja. Wir haben noch niemanden eingeladen, seit meine Schwester hier
ist«, sagte Clytie. »Sie muß sich erst einmal an alles gewöhnen. Auf
dem Ball allerdings...«
»Ah, der Ball! Wir freuen uns schon darauf. Wie gefällt Ihnen Ceylon,
Mrs. Shaw?«
»Ich finde alles sehr aufregend, aber wie meine Schwester schon sagte,
ich bin erst vor kurzem angekommen, und alles ist ganz anders als zu
Hause.«
»Zu Hause!« seufzte Mrs. Glendenning. »Ach, dieses Heimweh! Wir
fahren alle fünf Jahre hin, aber das ist zu wenig. Mein Mann hat soviel
mit der Eisenbahn zu tun. Als Stationsvorsteher und Maschineninge-
nieur ist er heute hier, morgen in Colombo und am nächsten Tag wie-
der anderswo. Hier gibt es so viele Pannen wie ...Tee!«
»Seine Stellung ist gewiß sehr wichtig«, meinte ich.
»Meine liebe Mrs. Shaw, ich wäre glücklicher, wenn sie weniger wich-
tig wäre. Sie wissen ja selbst, was es heißt, einen vielbeschäftigten
Mann zu haben. Wie geht es Ihrem Gatten?«
»Sehr gut, danke.«
»Wir waren alle überzeugt, daß er mit einer Frau zurückkommen
würde. Wie traurig, daß das mit Ihrem Vater passierte. Doch wir dürfen
nicht Trübsal blasen, nicht wahr? Und dann kam alles so, wie wir es
erwartet hatten. Im Club haben sie sogar darauf gewettet.«
»Gewettet?« staunte ich.
»Auf Sie und Clinton. Die wetten auf alles, was sich ihnen bietet. Es

war bestimmt die *richtige* Entscheidung. Ihr armer Vater! Aber jetzt ist er gewiß glücklich, wenn er herabschaut und sieht, daß alles so *günstig* gelöst ist. Clinton hat sich sicher geändert... ist häuslich geworden...«

Sie war eine äußerst unangenehme Person, und die ganze Zeit, während sie mich angaffte, hatte ich das Gefühl, sie versuche, meine Beziehung zu Clinton abzuschätzen. Ich war froh, als sie von dannen zog.

»Das Schlimme an diesen Leuten ist«, sagte Clytie, »daß sie sich immer in die Angelegenheiten anderer einmischen. In den Kreisen der Europäer spielt sich das Leben nach einem bestimmten Muster ab. Sie geben Gesellschaften, besuchen den Club, reden unentwegt von England und fahren gelegentlich hin. Wenn dann ein Neuling ankommt...«

»Dazu noch Clinton Shaws Frau...« unterbrach ich.

»Ja«, gab sie zu, »Clinton hat immer zu Geschwätz Anlaß gegeben. Er war so lange Junggeselle, und so manche Mutter mit heiratsfähigen Töchtern hatte es auf ihn abgesehen... bis sich schließlich alle einig waren, daß er nie heiraten würde... Doch als sie hörten, daß unser Vater nach England ging und Clinton ihn begleitete, änderten sie ihre Meinung.«

»Aha.«

»Du brauchst dich nicht aufzuregen. Du weißt doch, die Leute lieben nun einmal den Klatsch.«

»Ist über Clinton viel... geklatscht worden?«

»Nun ja, das läßt sich nicht vermeiden.«

»Das kann ich mir denken.«

»Jetzt ist es vorbei«, sagte Clytie beschwichtigend, und ich fragte sie nicht, was denn vorbei sei. Ich empfand es als demütigend, so über meinen Mann zu reden.

Am späten Nachmittag fuhren wir zurück, vorbei an grünen Reisfeldern, die aus den dicht bewaldeten Hügeln aufzusteigen schienen, an Elefanten, die im Fluß badeten oder am Ufer ihre schweren Lasten schleppten, an Wasserbüffeln und Ochsen, die schwerfällig dahinzockelten und Karren hinter sich herzogen.

Am Bahnhof wartete der Brougham auf uns.

»Du wirst von Leilas Nähkünsten begeistert sein«, versicherte mir Clytie. »Sie ist eine begabte Schneiderin und würde es in Paris oder London bestimmt zu etwas bringen.«

Leila schuf ein wahres Wunderwerk aus meiner Buchara-Seide. Ich beobachtete fasziniert ihre geschickten Finger, als sie den Stoff um mich drapierte und feststeckte, und als sie das Ergebnis begutachtete, glänzten ihre großen dunklen Augen vor Bewunderung.

»Sie werden schön sein«, sagte sie.

»Du machst mich schön«, gab ich zurück.

»Ich mache auch die Kleider für meine Schwester Anula«, erzählte sie mir in ehrfürchtigem Ton, als sei Anula eine Königin. Diese Anula machte mich ziemlich neugierig.

»Deine Schwester ist wohl sehr schön«, sagte ich.

»Die schönste Frau von Ceylon. Jeder sagt das.«

»Dann muß sie allerdings sehr schön sein.«

»Aber Missie, sie hat mehr als Schönheit. Verstehen Sie?« fragte Leila geheimnisvoll.

»Nein.«

Leila rückte näher und warf einen Blick über ihre Schulter. Dann flüsterte sie: »Sie hat Kräfte.«

»Welche Kräfte?«

»Anula war einst eine große Königin.«

»Ist das lange her?«

»Viele hundert Jahre. Sie ist wiedergeboren. Eines Tages wird sie wieder große Königin. Sie kann sagen, was kommt. Sie weiß viel über uns alle.«

»Das könnte für uns ziemlich unangenehm sein«, sagte ich leichthin.

Ich begriff, daß Leila eine tiefe Ehrfurcht vor ihrer Schwester empfand und fest an die Kräfte glaubte, von denen sie sprach. Ich hätte gern mehr über diese erstaunliche Frau erfahren, doch mir war klar, daß ich aus Leila nicht viel Vernünftiges herausbekommen würde, und befragte daher Clytie zu dem Thema.

»Eine ungewöhnliche Familie«, erklärte Clytie. »Anula ist die unbestrittene Schönheit, der führende Kopf. Nankeen war doch mit dieser Portugiesin aus gutem Hause verheiratet. Von den drei Kindern ist Anula die älteste; sie sieht unbeschreiblich gut aus; Leila kennst du, und Ashraf ist der jüngste. Er arbeitet auf unserer Plantage und wird wie sein Vater: stattlich, klug und tüchtig. Anula hat einen gewissen Mythos um sich geschaffen. Sie glaubt, in einem früheren Leben einst Königin von Ceylon gewesen zu sein. Ihr Auftreten hat tatsächlich etwas Königliches, und wenn dieser Eindruck auch zweifellos durch ihre Erscheinung begünstigt wird, so ist er doch unleugbar vorhanden.«

»Ist sie verheiratet?«

»N–nein. Vermutlich ist ihr keiner gut genug. Oder der richtige ist ihr noch nicht begegnet.«

»Sie wartet wohl auf einen Prinzen, der ebenfalls auf eine uralte königliche Abkunft zurückblicken kann.«

»Oh, diese Dinge werden hier sehr ernst genommen. Viele glauben, daß sie schon einmal gelebt haben und wiedergeboren werden. Man behauptet, Anula besitze sogenannte Kräfte, sie beschwöre Schlangen, so daß sie ihr zu Willen seien, und sie kann angeblich Menschen von ihren Leiden heilen; ich habe auch schon gehört, daß sie durchaus nicht immer heilt, wenn ihr etwas anderes lieber ist... Aber das ist natürlich nur dummes Geschwätz.«

»Ich finde es interessant. Erzähl mir mehr von dieser erstaunlichen Anula!«

Clytie zog die Schultern hoch. »Ich weiß nicht viel mehr, als ich dir schon erzählt habe.« Sie wirkte ein wenig unentschlossen. Dann sagte sie munter: »Ich bin froh, daß du die Buchara-Seide gekauft hast. Die steht dir bestimmt gut.«

Ich hatte den Eindruck, daß es ihr aus irgendeinem Grunde peinlich war, über Anula zu sprechen.

Der Tag für den Ball wurde bestimmt. An diesem Morgen ging ich nicht zu den Ashingtons hinüber. Clytie hatte mein Angebot, ihr bei den Vorbereitungen zu helfen, ausgeschlagen. Ich war aufgeregt, weil angeblich alle Leute darauf erpicht waren, mich kennenzulernen. Einige würden im Haus der Ashingtons übernachten, andere bei uns; wieder andere wollten gleich nach dem Fest den Heimweg antreten, um am frühen Morgen zu Hause zu sein.

Im Haus herrschte Festtagsstimmung. Die sonst so schweigsamen Dienstboten tuschelten und kicherten miteinander. Sie warfen mir neugierige Blicke zu, weil das Ganze mir zu Ehren veranstaltet wurde.

Clinton wollte uns nicht eigenhändig hinüberfahren. Ein Diener sollte uns in der zweisitzigen Kutsche hinbringen; er sollte auf dem Bock sitzen, Clinton und ich unter dem Verdeck.

Meine Aufregung steigerte sich, als ich mein Kleid anzog. Es war schön.

Es fiel in Falten und Kaskaden, mit Spitzen und Borten besetzt von den Schultern herab. Ich hatte eine schmale Taille und war dankbar dafür; denn so konnte ich auf das enge Schnüren verzichten, das in diesem Klima unerträglich gewesen wäre. Mein Mieder lag dennoch knapp an, und von der Taille abwärts wippte der volantbesetzte Rock. Ich mußte zugeben: Das Kleid war ein Meisterwerk.

Ein Problem war mein widerspenstiges Haar. Ich beschloß, es aufzutürmen und festzustecken, damit sich keine Strähne lösen konnte. Es war zwar dicht, aber ganz glatt, und daher so schwierig zu frisieren. Das Dunkelblau der Buchara-Seide spiegelte sich in meinen Augen und ließ sie bläulich schimmern. Ja, ich hatte eine glückliche Wahl getroffen.

»Oh«, sagte Clinton, als er mich sah, »du bist wahrhaftig eine Schönheit.«

»Es freut mich, daß du zu dieser Überzeugung gelangt bist.«

»Ich teile bloß deine Meinung. Ist es nicht schön, daß wir ausnahmsweise übereinstimmen? Schau dich an! Du kannst deine Zufriedenheit nicht verhehlen.«

»Leila ist eine ausgezeichnete Schneiderin.«

»Die ganze Familie ist geschickt. Lediglich dein Hals ist ein bißchen nackt.«

Während ich meinen Hals betrachtete, trat Clinton rasch hinter mich. Er hielt etwas in den Händen. Ich stieß einen erstickten Laut aus, als ich meine Kehle umschlungen fühlte. Clinton befestigte ein Samtband von der Farbe meines Kleides in meinem Nacken.

»Was machst du da?« rief ich.

»Wie nervös du bist. Hast du geglaubt, ich will dich erwürgen? Noch bin ich meines teuren Weibes nicht überdrüssig.«

Ich starrte auf mein Spiegelbild. Die Vorderseite des Bandes funkelte und glitzerte.

»Was ist das?« fragte ich.

»Saphire. Gefallen sie dir?«

»Sie sind schön, aber...«

»Es war an der Zeit, dir ein Geschenk zu machen, findest du nicht? Und gibt es etwas Passenderes?«

»Du schenkst mir die Saphire?«

»Warum so erstaunt? Ich wußte von dem Kleid. Ich habe Leila ausgefragt. Ich habe diese juwelenbesetzten Halsbänder an anderen Frauen gesehen und dachte mir: Das ist es! Ich lege meinem Liebling ein Halfter um den Hals und zeige somit aller Welt, daß sie mein ist.«

»Den Ausdruck Halfter mag ich nicht. Das klingt, als ob ich ein Pferd wäre.«

Ich trat ganz dicht an den Spiegel. Es waren drei Saphire: ein großer in der Mitte und daneben zwei etwas kleinere.

»Sie sind ziemlich rein«, sagte Clinton. »Du wirst noch einiges über die Steine hinzulernen, die wir hier finden, dessen bin ich sicher. Bald wirst du davon – und natürlich auch von den Perlen – ebensoviel verstehen wie von Tee.«

»Danke«, sagte ich. »Das ist lieb von dir.«

»Eine kleine Anerkennung, weiter nichts. Ich möchte dir zeigen, wie froh ich bin, daß du hier bist.«

Ich war gerührt, weil er sich die Mühe gemacht hatte, ein so passendes Geschenk auszusuchen. Das Halsband mit den kostbaren Saphiren verlieh meiner Erscheinung einen Hauch von Eleganz.

Clinton ergriff meine Hände und küßte sie. Ich zog sie etwas verlegen zurück. Seine Beweise von Zärtlichkeit machten mich jedesmal verwirrt.

»Sie gefallen mir sehr«, sagte ich. »Sie vervollständigen meine Garderobe.«

»Laß uns gehen! Heute abend werde ich von allen Männern beneidet, und ich werde mich daran ergötzen.«

Ein Glücksgefühl durchströmte mich, als ich in den warmen Abend hinaustrat. Kündigte sich eine Veränderung unserer Beziehung an? Sie hatte, was ihn betraf, mit Kalkül begonnen – war *er* nun etwa in *mich* vernarrt?

Wir saßen unter dem Verdeck der Kutsche dicht beieinander, und während ich dem Klappern der Hufe auf der Straße lauschte, tastete ich nach den Saphiren an meinem Hals und sagte mir: Am Ende kommt unsere Ehe doch noch in Ordnung.

Clytie empfing die Gäste. Die Falttür war zurückgeklappt, und der Ballsaal war mit farbenprächtigen Blumen aus dem Garten geschmückt. Im gedämpften Kerzenlicht leuchteten die Kleider der Damen in sanftem Glanz. Clytie sah wie eine Märchenprinzessin aus. Sie trug einen blaßgrünen Sari aus schmeichelndem weichem Chiffon, durch den es silbern hindurchschimmerte. Ihr seidiges Haar war hochgesteckt und mit einem Smaragd verziert.

Mein Blick fiel sogleich auf die Perlen. Auf Clyties olivfarbener Haut erwachten diese zwei Reihen glanzvoller Schönheit zu wahrer Vollkommenheit, und als Clytie sich umwandte, traf mich ein grünlicher Blitz aus den Schlangenaugen an ihrem wohlgeformten Nacken.

»Clytie«, flüsterte ich, »du hast sie an!«

»Das ist bei solchen Gelegenheiten unumgänglich«, erwiderte sie. »Komm an meine Seite! Jedermann möchte dir vorgestellt werden. Du siehst bezaubernd aus. Diese Saphire...«

»Die hat Clinton mir vorhin geschenkt.«

»Sie sind vollkommen.«

Ich trat an ihre Seite, und die Gäste kamen einer nach dem anderen zu mir.

Clytie stellte mich vor, graziös wie alles, was sie tat; sie erklärte mir, wer die Leute waren und was sie in Ceylon machten. Ein paar Kautschukpflanzer waren darunter und einige, die ihre Geschäfte mit Kokosnüssen machten; die meisten aber waren in der Verwaltung der Insel tätig. Die einen waren schon seit Jahren im Land, andere waren Neulinge. Viele lebten in Kandy, doch etliche waren eigens aus Colombo gekommen. Fast die ganze englische Gemeinde, die sich fern der Heimat eng zusammenschloß, war hier versammelt. Sir William Carstairs, der Gerichtsrat, war mit einem oder zwei Herren aus seinem Bezirk anwesend. Mrs. Glendenning, die Dame, die wir beim Tee in Kandy getroffen hatten, begrüßte mich lautstark und erklärte mir, wie entzückt sie alle seien, mich auf Ceylon willkommen zu heißen. Ich müsse den Club in Kandy besuchen und unbedingt Mitglied werden. Ihre wachsamen Augen musterten mich und blieben auf den Saphiren haften. »Was für himmlische Steine!« rief sie aus. »Ein Geschenk des verliebten Ehemannes, dafür verwette ich mein Leben.«

»Sie sollten Ihr Leben nicht so leichtfertig verwetten, Mrs. Glendenning«, bemerkte ich.

»Erzählen Sie mir nicht, daß es nicht stimmt! Wer sonst dürfte es wagen! Lassen Sie es sich gesagt sein, meine liebe Mrs. Shaw, Ihr Gatte ist ein Mann, mit dem man sich nicht anlegt.« Sie rückte näher an mich heran. »Niemand würde es darauf ankommen lassen, ihn zu beleidigen. Ich möchte derjenige jedenfalls nicht sein. Höchstens ein mutiger

Mann ... Diese Männer! Ein Gesetz für sie, ein anderes für uns. Das würde ihnen so passen. Ah, Ihre Schwester trägt die berühmten Perlen. Mein Mann interessiert sich sehr dafür.«

Clytie hörte das, und ich sah, wie sie die Perlen nervös befühlte.

»Reggie will Sie bitten, sie sich genau anschauen zu dürfen, Mrs. Blandford«, fuhr Frau Glendenning fort. »Wir haben soviel von ihnen gehört.«

»Es wird immer viel geredet, wenn ich sie trage«, erwiderte Clytie.

»So ein kostbares Erbe«, plapperte Mrs. Glendenning weiter. »Sie sind gewiß soviel wert wie sämtliche anderen Juwelen in diesem Raum zusammen.«

Clytie hatte sich abgewandt. Die Erwähnung der Perlen war ihr unangenehm, und Mrs. Glendenning wurde mir immer unsympathischer. Ich suchte den Blick des Gerichtsrates und lächelte. Er kam zu mir herüber, und ich trat einen Schritt vor. So gelang es mir, Mrs. Glendenning abzuschütteln.

Er war ein charmanter Herr. Vor zwanzig Jahren sei er hergekommen, erzählte er mir, und die Insel sei nun sein Zuhause. Etwa alle fünf Jahre besuche er die alte Heimat. Seine Familie freue sich jedesmal darauf, und er natürlich auch.

»Sie sehen hier heute abend auch ein paar Singhalesen«, bemerkte er, »aber die meisten Anwesenden sind Engländer. Viele dieser Singhalesen arbeiten bei der Regierung, und einige stammen aus alteingesessenen Familien.«

»Die Damen sind so schön in ihren Saris«, sagte ich. »Ich hoffe, daß ich heute abend allen vorgestellt werde. Meine Schwester hat das Fest eigens zu diesem Zweck arrangiert.«

»Ich bin überzeugt, daß jedermann Ihre Bekanntschaft machen möchte. Ah, hier kommt Reggie Glendenning, Stationsvorsteher und Maschineningenieur; er trägt hier die Verantwortung für die Eisenbahn. Die Linie zwischen Colombo und Kandy ist für uns von größter Bedeutung.«

Ich wurde mit Reggie bekannt gemacht, einem unscheinbaren kleinen Herrn, der eine solche Frau vermutlich brauchte. Er langweilte mich mit einer weitschweifigen Schilderung seiner Aufgaben, und ich hörte nur mit halbem Ohr zu; als er aber auf die Perlen zu sprechen kam, merkte ich auf.

Die Ashington-Perlen hätten ihn schon immer fasziniert, erklärte er. Als er einmal bei den Ashingtons zu Besuch weilte, habe mein Vater die Perlen aus ihrem Krokodilledertui genommen, um sie ihm zu zeigen.

»Solche Perlen hatte ich noch nie gesehen«, sagte er. »Dieser Glanz. Ich bezweifle, daß es auf der ganzen Welt ein schöneres Kollier gibt. Es war das Geschenk eines Königs von Kandy an seine Frau, soviel ich weiß. Sie kamen in den Ruf, Unglück zu bringen, weil die Frau im Kindbett starb. Dann kamen sie in den Besitz der Ashingtons und wurden als die Ashington-Perlen berühmt. Ich werde Mrs. Blandford bitten, sie mich noch einmal genau anschauen zu lassen. Ich habe mich schon immer für Perlen interessiert. Ich hätte gern eine eigene Perlenfischerei, aber Ingenieure sind nun einmal keine Perlenfischer, nicht wahr?«

Ich dachte: Nicht, wenn sie von Ehefrauen beherrscht werden, die wünschen, daß sie Stationsvorsteher sind.

»Ich werde Mrs. Blandford jedenfalls ersuchen, daß ich einmal herkommen und die Perlen bei Tageslicht betrachten darf.«

»Sie wird sie Ihnen gewiß gern zeigen.«

»Sie ist eine schöne Frau«, sagte er, und ich stimmte ihm zu.

Clytie erlöste mich. »Wir wollen bald tanzen, und man erwartet von dir, daß du mit jedem tanzt, Sarah.«

Als der Tanz begann, war Clinton an meiner Seite. »Der erste Tanz gehört uns«, sagte er.

»Ich bin sehr ungeschickt«, erklärte ich ihm. »Auf Ashington Grange wurde nie getanzt. Celia Hansen hat mich allerdings ein wenig unterwiesen, und wir beide sind im Schulzimmer herumgehopst.«

»Wir müssen uns gegenseitig beistehen. Ich bin nämlich ungefähr so graziös wie ein Elefant.«

Er legte seinen Arm um mich und versuchte einen Walzerschritt. Ich war froh, daß wenigstens ich ein gewisses rhythmisches Gefühl besaß, woran es ihm deutlich mangelte.

»Du bist glücklich heute abend«, bemerkte er. »Du scheinst Gefallen an großen Gesellschaften zu finden.«

»Du nicht?«

»Ich ziehe es vor, mit dir allein zu sein.« Ich lachte, und er fuhr fort: »Manche Menschen finden an den seltsamsten Dingen Vergnügen. Du amüsierst dich zum Beispiel, indem du über diesen Boden walzt und deine armen Füße malträtieren läßt.«

»Von einem Elefanten«, ergänzte ich.

Er drückte mich fest an sich. »Auch das geht mal zu Ende. Dann fahren wir Seite an Seite in der Kutsche durch die duftende Nacht nach Hause...«

»Bei solchen Anlässen kommt der sentimentale Mensch in dir zum Vorschein.«

»Der ist immer da, weißt du; er schlummert unter dem versteinerten Äußeren und wartet auf den Kuß, der ihn zum Leben erweckt... wie das schlafende Dornröschen auf seinen Prinzen.«

»Ich hätte nie gedacht, daß du dich in der Rolle des schlafenden Dornröschens wohlfühlst.«

»Ich bin offenbar in die falsche Geschichte geraten. Wir sind wie die Schöne und das Untier.«

Ich lachte lauf auf. »Angefangen haben wir bei den Kleinen im Wald.«

»Ach ja, als wir uns verirrten.«

»Wir hätten auch Hänsel und Gretel sein können. Die haben das Knusperhäuschen entdeckt, und ihnen drohten schreckliche Gefahren. Du hättest dann die Rollen tauschen und die Hexe spielen können. Du hast mich schließlich aus Habsucht dorthin gelockt. Gott, das ist ja alles lächerlich!«

»Wir stehen, wie man so sagt, im Mittelpunkt der Bewunderung. Weißt du, die fragen sich jetzt alle: ›Wer hätte gedacht, daß Clinton Shaw so in *eine* Frau verliebt sein kann, und dazu noch in seine eigene!‹«

»Ich weiß, du stehst in dem Ruf, ein Freund flüchtiger Abenteuer zu sein.«

»Du hast eine Menge gelernt, nicht nur über Tee.«

Der Walzer war zu Ende, und wir kehrten an unsere Plätze zurück.

Ich tanzte eine beschwingte Polka mit Sir William, und bei der Quadrille war Reggie mein Partner. Clintons Dame war eine außerordentlich schöne Frau, schwarzhaarig, in einem leuchtendroten Sari mit einer Mäanderborte aus Goldfäden. Ihr glattes üppiges Haar war hochgesteckt und mit einem Rubin geschmückt. Sie sah anders aus als die Singhalesinnen, die ich kannte, und ich vermutete, daß sie wie Clytie auch europäisches Blut in den Adern hatte. Dadurch fiel sie auf – wie eben auch Clytie hervorstach. Diese Frau war groß, wenn auch nicht so groß wie ich. Sie war überaus graziös und besaß dazu eine Vornehmheit, die auf den ersten Blick offensichtlich wurde. Sie war die auffallendste Erscheinung im Raum.

Clinton schien sie gut zu kennen, und mir wurde bewußt, daß sie zu den wenigen Leuten gehörte, die mir nicht vorgestellt worden waren. Bei der nächsten Gelegenheit erkundigte ich mich bei Clytie nach ihr.

»Das ist Nankeens Tochter Anula.«

»Ah«, rief ich aus, »die berühmte Anula! O ja, sie ist wahrhaft ungewöhnlich. Du hast mir gar nicht erzählt, daß du sie eingeladen hast.«

»Nun, eigentlich hatte ich sie auch nicht...«

»Soll das heißen, daß sie uneingeladen kam?«

Clytie machte ein verlegenes Gesicht. »Ja, weißt du, sie kommt öfter zu solchen Veranstaltungen. Jemand bringt sie mit und...«

»Clytie, was redest du da?«

»Anula ist eben anders als ihre Angehörigen. Die arbeiten für uns; Anula hat nie für jemanden gearbeitet. Sie hat ihr eigenes Haus am äußeren Rand der Plantage. Sie hat ihre eigene Kutsche...«

»Dann ist sie also reich?«

»Oh, hm... ja. Sie ist zu Geld gekommen. Sie ist eine Dame und hat es nicht nötig zu arbeiten.«

»Und sie braucht auch nicht eingeladen zu werden. Sie kommt einfach so...«

Das war alles recht merkwürdig. Ich konnte Clytie jetzt nicht weiter ausfragen. Morgen würde ich sie bitten, mir mehr zu erzählen.

Durch die Hitze im Ballsaal und die Anstrengung beim Tanzen war meine Frisur in Unordnung geraten, und ich beschloß, mein Haar oben in Clyties Schlafzimmer, das den Damen als Garderobe diente, neu aufzustecken. Ich stieg leise die Treppe hinauf und betrachtete mein Spiegelbild. Ich zog die Nadeln heraus, und mein Haar fiel mir auf die Schultern. Es blieb mir nichts übrig, als es von Grund auf neu zu frisieren.

Ich war so in mein Tun vertieft, daß ich nicht hörte, wie die Tür aufging. Als ich aufblickte, stellte ich erschrocken fest, daß ich nicht allein war. Mein Herz fing lächerlich heftig zu klopfen an, als ich im Spiegel eine rotgewandete Frau hinter mir stehen sah: Es war Anula.

Ich wandte mich um – mein Haar halb hochgesteckt, halb offen, weshalb ich mich gegenüber diesem grazilen und anmutigen Wesen im Nachteil fühlte. »Ich habe Sie nicht hereinkommen hören«, sagte ich.

»Nein?« Die tiefe melodische Stimme paßte zu ihr.

»Ich wollte mein Haar feststecken«, erklärte ich, als müsse ich meine Anwesenheit entschuldigen.

»Das kommt vom Tanzen... und von der Hitze. Sie sind mit diesen Temperaturen nicht vertraut.«

»Ich denke, ich werde mich daran gewöhnen.« Ich befaßte mich wieder mit meinem Haar, und sie sah mir schweigend zu.

»Ich wollte Sie unbedingt kennenlernen«, sagte sie.

»Ich vermute, ein Neuankömmling ist immer interessant.«

»Vor allem, wenn es sich um Clinton Shaws Gattin handelt. Darf ich Ihnen behilflich sein? Diese Strähne hier sitzt noch nicht richtig. Bei der Polka würde sie sich bestimmt lösen.« Sie ordnete mein Haar mit großem Geschick. »So! Ich denke, das wird halten.«

»Danke«, sagte ich. »Es sitzt nie so, wie ich es haben möchte.«

»Sie haben feines Haar«, sagte sie.

Ich stand auf. Diese Frau war irgendwie beunruhigend. Ich spürte, daß ihre sanften dunklen Augen etwas verbargen, daß sie versuchte, meine Gedanken zu ergründen, um auf gewisse Fragen eine Antwort zu finden.

»Ich habe ein kleines Geschenk für Sie«, sagte sie. »Ich hoffe, Sie nehmen es mir nicht übel.«

»Ein Geschenk? Oh, das ist sehr liebenswürdig.«

»Meine Schwester hat mir ein Stückchen von der blauen Seide für Ihr Kleid abgeschnitten; so hatte ich etwas, woran ich mich halten konnte. Die Damen hierzulande benötigen häufig einen Fächer. Ich habe Ihnen einen mitgebracht, der zu Ihrem Kleid paßt. Bitte, nehmen Sie ihn.«

»Vielen Dank. Darf ich aufmachen?«

»Bitte. Ich möchte wissen, ob er Ihnen gefällt.«

Er war in Seidenpapier eingewickelt. Als ich es entfernte, kam ein wunderschöner Fächer aus Pfauenfedern zum Vorschein. Dieses tiefe Blau war meine Lieblingsfarbe.

»Wie hübsch«, rief ich aus. »So schöne Farben!«

Anula neigte den Kopf. »Ich bin glücklich, daß er Ihnen Freude macht.«

»Ich werde ihn aber heute abend noch nicht benutzen, weil er beim Tanzen stört. Ich packe ihn wieder ein und nehme ihn mit nach Hause. Haben Sie vielen Dank!«

»Ich wollte Ihnen ein Geschenk machen, weil Sie jetzt hier bei uns leben und weil Sie Clinton Shaws Gattin sind.«

»Das ist wirklich lieb von Ihnen.«

Wir kehrten nicht zusammen in den Ballsaal zurück. Sie blieb in Clyties Schlafzimmer, und ich ging die Treppe hinunter, weil ich die Klänge des Kotillons hörte und unten ein Partner auf mich wartete.

Eine halbe Stunde später schlug Sir William Carstairs, nachdem er mit mir getanzt hatte, vor, in den Garten zu gehen.

»Zur Erfrischung«, sagte er. »Es ist so heiß hier im Saal.«

Draußen setzten wir uns auf eine Bambusbank unter den Rhododendronsträuchern, die mir viel höher erschienen als in England. Sir William erzählte mir von seiner Arbeit. Er hatte in England eine Anwaltspraxis gehabt, ehe er nach Ceylon kam. In seiner Freizeit beobachtete er Vögel, und er erforschte die Vogelwelt der Insel. Er erzählte von einer Eulenart, deren Schrei so unheimlich war, daß die Eingeborenen sie Teufelsvogel nannten.

»Eisvögel und Nektarvögel, Pirole und alle möglichen Sittiche kommen auf Ceylon in Massen vor«, sagte er, »aber besonders zahlreich sind hier die Stelzvögel. Sie müssen die Störche und Reiher beachten, vor allem die Silber- und Löffelreiher.«

Das versprach ich ihm, und dann vernahm ich flüsternde Stimmen. Es mußte, von dem Rhododendron verdeckt, noch eine Bank in der Nähe stehen.

Jemand sagte schrill und vernehmlich: »Sie hätte heute abend nicht kommen dürfen. Glaubst du etwa, daß Clytie Blandford sie eingeladen hat? Nie und nimmer!« Ich erkannte die Stimme von Mrs. Glendenning. Ihre Gesprächspartnerin murmelte etwas, und die schrille Stimme fuhr fort: »O ja, sie ist ganz bestimmt uneingeladen gekommen. Schließlich hat er es erzwungen, daß sie gesellschaftlich anerkannt wird, und nun glaubt sie wohl, daß sie auch jetzt noch, obwohl er mit seiner Frau hergekommen ist, gewisse Vorrechte genießt.«

»Am Sandstrand können Sie Flamingos beobachten«, sagte Sir Williams jetzt lauter, und ich dachte, er sei so in seine Vögel vertieft, daß er diese Gesprächsfetzen nicht gehört hatte.

»Ich fand es immer geschmacklos, wie er mit seinen Mätressen herumstolzierte«, fuhr Mrs. Glendenning fort. »Aber *sie* stand ja hoch über allen anderen... die *maîtresse en titre*, wie die Franzosen zu sagen pflegen. Aber wir sind keine Franzosen, meine liebe Emma. Clinton Shaw mit seinem ganzen Einfluß bildet sich freilich ein, er kann sich aufführen, wie er will. Na ja, nachdem er nun seine Frau mitgebracht hat, dürfen wir wohl eine Wandlung zur Ehrbarkeit erwarten.«

»Im Landesinnern«, sagte Sir William, »finden Sie Tauch- und Krickenten.«

Ich hielt es nicht mehr aus. Ich stand auf, und ein Blick von Sir William verriet mir, daß er die Unterhaltung ebenfalls gehört hatte und nur aus Anstand so tat, als habe er nichts bemerkt.

Hinterher kam es mir so vor, als ob jedermann Anula beobachtete, Clintons ehemalige Geliebte. Sie besaß ein Haus auf der Plantage und eigenes Geld. Natürlich von Clinton. Und während ich hier als seine Frau eingeführt wurde, war sie ebenfalls anwesend. Er hätte ihr Kommen verhindern können, aber er hatte es nicht getan. Im Gegenteil, er hatte mit ihr getanzt und sie höchstwahrscheinlich freudig begrüßt.

Was war ich nur für eine Närrin gewesen, als ich glaubte, unsere Ehe würde doch noch in Ordnung kommen.

Wir kehrten in den Ballsaal zurück. Ich bewegte mich ganz mechanisch zur Musik. Ich sah Clinton mit Anula tanzen. Mir wurde übel vor Zorn und Kummer.

Clytie flüsterte: »Ist dir nicht wohl?«

Ich fragte: »Warum hast du die Frau eingeladen?«

Sie wußte sogleich, wen ich meinte. »Ich habe sie doch nicht eingeladen«, sagte sie. »Sie ist einfach gekommen.«

»Du empfängst also Leute, die du nicht einlädst.«

»Was sollte ich sonst tun?«

Es war nach Mitternacht, als wir aufbrachen. Jetzt war mir neben Clinton in der Kutsche erheblich anders zumute als auf dem Hinweg.

»Du bist müde«, sagte er mit dieser Zärtlichkeit in der Stimme, die in mir aber nur noch rasenden Haß erweckte. Ich mußte meinen Zorn zurückhalten, bis wir allein waren. Dann wollte ich Clinton klarmachen, daß ich nicht gewillt sei, mich demütigen zu lassen.

Vier Gäste sollten die Nacht in unserem Haus verbringen, weil der Heimweg zu weit für sie war. Früh am Morgen wollten sie aufbrechen.

Als wir ankamen, mußte ich ihnen ihre Zimmer zeigen, und ich war eine Weile beschäftigt, bevor ich mit Clinton allein war.

Ich blickte ihm ganz ruhig ins Gesicht und sagte: »Ich will die Wahrheit wissen.«

»Was ist denn in dich gefahren?« fragte er.

»Diese Anula, wie stehst du mit ihr?«

»Sie ist eine sehr gute Freundin von mir.«

»Du meinst... deine Geliebte?«

»Eine ganz besondere.«

»Sie hat den ruhmreichen Titel einer *maîtresse en titre*. So habe ich sie heute abend nennen hören.«

»Wirklich? Das klingt großartig. Ich bin sicher, das würde ihr gefallen.«

»*Mir* aber nicht.«

»Meine Liebe, du wirst doch nicht Anula ein bißchen Ruhm mißgönnen!«

»Ruhm nennst du das?«

»Davon hast du gesprochen.«

»Ich will alles wissen.«

»Du bist vom Wissensdrang besessen. Wenn's nicht Tee ist, dann sind es Edelsteine, und nun meine vorehelichen Beziehungen. Du verschwendest deine Kräfte, mein Liebling. Was vorbei ist, ist vorbei. Anula war einige Jahre meine Geliebte. Es war ein recht angenehmes Verhältnis. Sie war angesehen. Eine Zeitlang dachte ich daran, sie zu heiraten. Aber ich halte nicht viel von solchen Mischehen. Man muß an die Kinder denken. Für mich kam nur eine Engländerin in Frage.«

»Mit einer Plantage. Ich schätze, damit konnte Anula trotz all ihrer Vorzüge nicht aufwarten.«

»Da hast du recht. Das war ein Punkt zu deinen Gunsten.«

»Ich hasse dich«, sagte ich heftig. »Du bist so... kalt berechnend.«

»Man muß kühl und berechnend sein, wenn man zur richtigen Lösung gelangen will.«

»Du machst mich rasend.«

»Ich weiß. Ich mag dich, wenn du rasend bist.«

»Ich mag dich überhaupt nicht.«

»Liebe Sarah, sei nicht eifersüchtig. Anula ist ein hinreißendes Geschöpf, aber...«

»Du kannst zu ihr gehen, so oft du willst, und ich kehre nach England zurück.«

»Was? Zu Tante Martha? *Die* ist kein solcher Ausbund an Tugend, dafür möchte ich mich verbürgen. Da bin ich womöglich doch vorzuziehen.«

Plötzlich verspürte ich das Bedürfnis, meiner Verzweiflung freien Lauf zu lassen. Als wir zu dem Ball aufbrachen, war ich von seinem Saphirgeschenk gerührt und richtig glücklich gewesen. Doch was ich an diesem Abend erfahren hatte, war so demütigend, daß ich es nicht ertragen konnte. Ich dachte fortwährend an all den Klatsch, der in einer solchen Gesellschaft entstehen mußte. Die Leute würden uns beobachten: mich, Clinton und Anula. Es ging mir nicht aus dem Kopf, wie sie leise, einem Panther gleich in das Schlafzimmer geschlichen war und mich betrachtet hatte.

Ich riß das saphirbesetzte Samtband herunter und warf es auf den Ankleidetisch. »Vielleicht schenkst du es lieber Anula«, sagte ich.

»Es würde ihr nicht stehen. Zu ihr passen Rubine... Rubine und Smaragde.«

»Dann schenk es vielleicht einer, die weniger hoch in deiner Gunst steht?«

Er lachte und nahm mich in seine Arme. »Liebste Sarah«, sagte er, »du hast überhaupt keinen Grund zur Eifersucht. Du bist hier, und du bist die einzige. Du bist meine Frau. Solange du mich glücklich machst, warum sollte ich da eine andere begehren?«

»Das ist eine Art Ultimatum, wie?«

»Gute Idee. Du hast eine Aufgabe. Sieh zu, daß du mich so bezauberst, daß ich keine andere Frau anschauen kann.«

»Nimm bitte deine Hände weg.«

Daraufhin hielt er mich nur noch fester. Ich versuchte vergebens, ihn wegzustoßen. Das gefiel ihm. Er genoß es, seine Überlegenheit zu beweisen.

»Hör zu«, schrie ich, »ich ertrage es nicht, von anderen Leuten bemitleidet zu werden.«

»Bemitleidet? Sie beneiden dich doch alle. Hast du das nicht gemerkt?«

»Ich spreche nicht von deinen verflossenen Geliebten. Ich habe im Garten eine Unterhaltung mitangehört. Mrs. Glendenning...«

»Dieses Weib. Die ist giftiger als eine Kobra! Ich sage dir, in ihrem Umkreis gibt es niemanden, dem nicht irgend etwas angelastet wird.«

»Trotzdem. Ich mag das nicht.«

»Du hättest eben nicht im Garten herumstreunen sollen. Habe ich dir nicht gesagt, daß du dich vor Schlangen hüten sollst?« Er nahm mein Gesicht in seine Hände und sagte ernst: »Meine liebe, liebe Sarah. Ich habe viele Frauen gekannt. Was hast du denn erwartet? Anula paßte gut zu mir. Ich war oft in ihrem Haus...«

»Das du ihr geschenkt hast...«

»Das ich ihr geschenkt habe.«

»Wie den Schmuck, den sie trug?«

»Wie den Schmuck, den sie trug. Du weißt ja, wie großzügig ich bin.«

Ich sagte: »Jetzt hör mir mal zu! Ich bleibe nicht hier, oder erwartest du, daß ich deine Seitensprünge hinnehme? Nicht, daß es mir persönlich etwas ausmacht...«

»Wirklich nicht, Sarah? Ich finde das ziemlich unmoralisch von dir.«

»Kannst du wohl *einmal* ernst sein? Ich will kein Mitleid. Ich lasse mich nicht demütigen, und wenn du erwartest, daß ich dich mit anderen Frauen teile, dann gehe ich.«

»Ich könnte den Gedanken nicht ertragen, daß du zu diesen garstigen Tanten zurückkehrst.«

»Ich kann mich ja auf meiner Plantage niederlassen. Ist dir das schon mal in den Sinn gekommen?«

»Ich hole dich zurück, wohin du auch gehst. Du hast mich geheiratet, mein Liebling, ›im Glück wie im Unglück‹, denk daran!«

»Es darf aber nicht zuviel Unglück geben.«

Er drückte mich an sich, und ich spürte, wie die Leidenschaft zwischen uns aufflammte. Im Nu änderte sich seine Stimmung. Er war jetzt nicht mehr überheblich. Er sagte: »Liebste Sarah, ich liebe dich... dich allein. Laß es dabei bewenden! Es kann das Wunderbarste sein, das je einem von uns widerfahren ist.«

In solchen Augenblicken physischer Harmonie brachte er es zuwege, daß ich ihm glaubte.

Unsere Gäste brachen früh am nächsten Morgen auf, und als sie fort waren, ging ich zu Clytie hinüber. Sie erwartete mich ungeduldig, um mit mir über den Ball zu sprechen.

»Ich glaube, es war ein Erfolg«, sagte sie. »Die Leute, die bei uns übernachtet haben, sind schon abgereist. Sie brechen immer früh auf – gleich bei Sonnenaufgang. Eure Gäste sind vermutlich auch schon weg. Alle waren von dir entzückt. Einige wirst du von nun an häufiger sehen. – Du schaust so nachdenklich aus, Sarah.«

Als wir es uns bequem gemacht hatten und aus hohen grünen Gläsern Limonade schlürften, blickte sie mich zweifelnd an und fragte, ob mir der Ball wirklich gefallen habe.

»Liebe Clytie«, sagte ich, »du hast dir meinetwegen so viele Umstände gemacht. Niemand hätte eine bessere Gastgeberin sein oder mehr Mühen auf sich nehmen können, um mich in die Gesellschaft einzuführen.« Ich blickte in ihr besorgtes Gesicht, und plötzlich entschloß ich mich, ihr den Grund meiner Beklommenheit anzuvertrauen: »Ich habe im Garten eine Unterhaltung über Clinton und Anula mit angehört.«

»Du liebe Güte!« Sie sah betroffen aus. »Ich wollte, sie wäre nicht gekommen. Sie ist noch nie eingeladen worden, aber wenn sie wollte, erschien sie einfach. Clinton hat sie manchmal mitgebracht, und niemand wagte etwas gegen ihre Anwesenheit einzuwenden aus Furcht, ihm zu nahe zu treten... oder ihr. Sie steht in dem Ruf, eine Art Zauberin zu sein.«

»Mrs. Glendenning war es, die ich über sie reden hörte.«

»Das ist ein boshaftes Weib mit einer gehässigen Zunge«, versuchte mich Clytie zu beruhigen.

»Sie sprach darüber, wie schockiert sie sei, weil Anula da war, und ich ahnte sogleich, in was für einer Beziehung Anula zu Clinton stand. Ich bin mit ihm deswegen gestern abend aneinandergeraten.«

»O Sarah!«

»Mach nicht so ein erschrockenes Gesicht! Clinton und ich verstehen einander. Ich habe ihm klargemacht, daß ich die Fortsetzung seines Verhältnisses mit ihr nicht dulden würde.«

»Ich bin sicher, daß er es nicht fortzusetzen gedenkt.«

Die gute Clytie! Ich begriff, daß ihre Beziehung zu Seth weniger aufreibend war.

Sie fuhr fort: »Es war ein unglücklicher Zufall, daß du gehört hast, was diese Frau sagte.«

»In deinem Schlafzimmer habe ich Anula getroffen. Sie brachte mir ein Geschenk. Ich habe es gestern abend hier vergessen. Anula kam ins

Zimmer, als ich meine Frisur in Ordnung brachte. Sie war sehr freundlich.«

Clytie runzelte die Stirn.

»Beunruhigt dich das?« fragte ich.

Clytie zögerte. »Anula ist eine sehr leidenschaftliche Frau. Sie und Clinton haben sich oft heftig gestritten. Sie war schrecklich eifersüchtig. Einmal hat sie versucht, ihn umzubringen. Sie stach mit einem Messer auf ihn ein. Er hatte eine Wunde im Arm. Es wurde vertuscht, aber ich habe es nie vergessen. Du weißt, Sheba ist Anulas Tante. Sie hat mir erzählt, Anula sei eine wiedergeborene Königin von Ceylon. Es hat tatsächlich eine Königin Anula gegeben. Sie war die allererste Königin der Insel. Sie hatte unersättlichen Hunger nach Männern und hat fünf Liebhaber vergiftet. Ihr Stiefsohn hat sie bei lebendigem Leibe verbrannt. Sie wollte auch ihn vergiften, um ihren leiblichen Sohn auf den Thron zu bringen.«

»Und das glauben die Leute wirklich?«

»Ja. Sheba sagt, Anula habe besondere Kräfte. Die hat sie angewandt, um Clinton zu umgarnen. Sheba hat nicht geglaubt, daß Clinton mit einer Frau zurückkehren würde.«

»Mir scheint, ich bin in ein Intrigengespinst geraten.«

»Das ist doch alles Unsinn. Anula ist lediglich eine Frau, die ihre eigenen Wege gehen möchte, und das ist ihr bisher durchaus gelungen.«

Ich stand auf. »Ich zeige dir ihr Geschenk. Es ist sehr hübsch, und sie hat sich offensichtlich Mühe gegeben, um etwas Passendes zu meinem Kleid zu finden.«

Wir gingen ins Schlafzimmer. Mein in Seidenpapier eingewickelter Fächer lag auf einem Tisch.

Ich packte ihn aus und entfaltete die prächtigen Pfauenfedern.

Clytie warf nur einen Blick darauf und schlug die Hand vor den Mund. »*Den* hat sie dir geschenkt?«

»Ja. Ist er nicht hübsch?«

»Sarah, du darfst ihn nicht behalten. Du darfst ihn nicht im Haus haben. Solche Fächer benutzen wir hier nie: Pfauenfedern bringen Unglück.«

Ich starrte sie an. »Du glaubst wirklich...«

»Diese Fächer werden gelegentlich für Fremde hergestellt. Hier trägt sie niemand. Es bringt Unglück. Pfauenfedern bedeuten den Tod.«

Clytie schnappte mir den Fächer weg und rannte mit ihm nach unten. Im Garten hielt sie ein Zündholz an die Federn. Ich sah zu, wie sie in Flammen aufgingen.

»Clytie«, sagte ich. »Sie waren so hübsch...«

»Sie hat dir Böses gewünscht«, erklärte Clytie leise. »Sarah, du mußt sehr vorsichtig sein!«

Das Lösegeld

Gegen Ende der folgenden Woche eröffnete mir Clinton, er müsse zu verschiedenen Besprechungen mit den Schiffsmaklern nach Colombo, anschließend in den Süden nach Galle und dann in den Norden zu den Perlenfischern. Er bleibe etwa zwei Wochen fort, und da er nicht wünsche, daß ich allein mit den Dienstboten im Hause sei, schlage er vor, daß ich solange zu meiner Schwester ziehen sollte.

Clytie war begeistert. Sie meinte, das erspare mir das Hin und Her zwischen den beiden Häusern; so verabschiedete ich mich denn von Clinton, und Clytie holte mich samt ein paar Kleidern und anderen Sachen, die ich benötigte, mit der Kutsche ab.

Von meinem Zimmer im Ashington-Haus überblickte ich den Garten und die angrenzenden Wälder. Clytie hatte als Willkommensgruß Geißblattblüten in einer großen Vase arrangiert. Sie versicherte mir unentwegt, wie glücklich sie sei, daß ich nun mit ihr unter einem Dach weilte.

Ich fragte mich fortwährend, ob Clinton sich nach wie vor mit Anula oder anderen Frauen traf. Ich würde seiner niemals sicher sein. Ungewißheit war das Grundelement unserer Beziehung: Es gab keine Sicherheit, kein Vertrauen.

Für kurze Zeit wollte ich nun versuchen, ihn zu vergessen. Ich würde mit Seth zusammensein, um mehr über die Plantage zu erfahren, und mit Clytie, die bald meine liebste Freundin wurde. Es war wundervoll, eine Schwester gefunden zu haben, mit der ich, obwohl sie mir in mancher Hinsicht fremd war, so harmonierte.

Ich begutachtete mein Zimmer mit den cremefarbenen Vorhängen aus Madras-Baumwolle, den unvermeidlichen Moskitonetzen über dem Bett sowie dem feinen Maschendraht an den Fenstern und fand es hübsch und anheimelnd. Ich war entschlossen, meinen Aufenthalt zu genießen. Ich wollte nicht beständig an Clinton denken, mich nicht fortwährend fragen, wie er wohl unterwegs die Zeit verbrachte. Nachdem ich Anula von Angesicht zu Angesicht begegnet war, und weil ich Clinton kannte, hielt ich es durchaus für möglich, daß sie ihre frühere Beziehung bedenkenlos wieder aufnahmen.

Jetzt wollte ich erst einmal Abstand gewinnen. Wenn diese Ruhepause vorüber war, würde ich vielleicht zu einem Entschluß gelangen, wie ich mich am besten verhalten sollte.

Die Vormittage verbrachte ich mit Seth; ich ritt mit ihm über die Plantage und betrachtete stolz die üppig bewachsenen grünen Hänge, die uns so viel bedeuteten. Es war ein Vergnügen, den Pflückern mit ihren über die Schulter geschlungenen Körben bei der Arbeit zuzusehen. Es waren meist Frauen, nur von der Taille aufwärts zu sehen, mit farbenfrohen Kopftüchern, die sie vor der Sonne schützten. Alles andere war von den Pflanzen verdeckt.

Am kurzweiligsten waren die Nachmittage mit Clytie, wenn der kleine Ralph sich zu uns gesellte und wir durch den Garten und den Dschungel streiften. Ralph stellte sich gern unter den Baum mit dem eingeritzten Buchstaben und sprach mit ihm. Der Junge war äußerst lebhaft und konnte eine Menge Pflanzen mit dem richtigen Namen nennen. Er pflückte sie jedoch nie. »Das tut ihnen weh«, erklärte er. »In der Erde gefällt es ihnen am besten, da wollen sie wachsen.«

Er war ein Junge, auf den man stolz sein konnte, und Clyties Liebe zu ihm kam in jedem Blick, in jeder Gebärde zum Ausdruck. Er war jedoch recht selbständig und mochte es gar nicht, wenn man ihm allzuviel Zärtlichkeit entgegenbrachte. Er schien älter als seine vier Jahre zu sein; er konnte bereits etwas lesen und ließ sich gern Geschichten erzählen, wurde aber ungeduldig, wenn sie zu lange dauerten; oftmals gefiel ihm der Schluß nicht, und er beendete sie auf seine Weise.

Sheba hielt sich ständig in seiner Nähe auf, und mir fiel auf, daß sie mich aufmerksam beobachtete. Jetzt, da ich von ihrer Verwandtschaft mit Anula und von Anulas Beziehung zu meinem Mann wußte, war mir ihr Interesse klar. Ich fragte mich, ob sie wohl gehofft hatte, daß Clinton Anula heiraten würde. Es war vielleicht ganz natürlich, daß sie mir grollte; denn Gründe dafür gab es genug. Sie hatte gewiß angenommen, daß die Plantage an Clytie und Seth fallen würde, und dann hatte ich sie geerbt. So nahm es nicht wunder, daß Sheba über meine Anwesenheit wenig erfreut war. Das sagten mir die finsteren Blicke, mit denen sie mich bedachte. Wenn die Lampen angezündet waren und ich diesen Blicken begegnete, lief mir zuweilen ein Schauder über den Rücken.

Ein paar Tage nach meiner Ankunft bei Clytie erfuhr ich, daß in Manganiya ein Festzug stattfinden sollte. Das war eine glückliche Fügung. Ursprünglich wurde dieses Fest nur in Kandy begangen, und Clytie hatte erwogen, sich die Prozession dort anzuschauen. Doch die Veranstaltung fing erst abends an, und man hätte mit der Eisenbahn fahren müssen. Ralph hätte den Umzug liebend gern gesehen, doch Clytie meinte, sie könnte ihn unmöglich auf eine so weite Fahrt mitnehmen. Daher traf es sich gut, daß nun auch in der Nähe eine Prozession stattfinden sollte.

Die gesamte Plantage befand sich in heller Aufregung. Alle wollten nach Manganiya. Der Umzug fand anläßlich des Esala-Perahera-Festes statt und wurde von Fackelträgern begleitet.

»Wir gehen alle zusammen«, schlug Clytie vor.

Sheba meinte kopfschüttelnd, es werde zu spät für den Jungen, doch Clytie zerstreute ihre Bedenken, indem sie sagte: »Er würde es dir nie verzeihen, Sheba, wenn er wüßte, daß du dagegen warst. Schon aus diesem Grund müssen wir gehen. Es wird ihm doch nicht schaden, wenn er einmal länger aufbleibt.«

Den ganzen Tag über herrschte wie auch schon tags zuvor im Haus und auf der Plantage große Aufregung. Eine riesige Menschenmenge würde sich an diesem Abend in Manganiya versammeln. Um acht Uhr, bald nach dem Dunkelwerden, sollte der Festzug beginnen. Die Teilnehmer waren seit dem Morgen eingetroffen. Wir fuhren vor dem Lunch hin, um sie uns anzuschauen. Ralph konnte vor Aufregung nicht stillsitzen. Er hopste auf dem Sitz der Kutsche auf und ab und machte uns auf die Elefanten aufmerksam.

»Ich werde auf einem Elefanten reiten«, erklärte er. »Ich habe einen Elefanten. Der gehört mir ganz allein. Er läßt keinen anderen auf seinem Rücken reiten.«

Wir lächelten uns über seinen Kopf hinweg zu, und seine Mutter sagte: »Wenn du heute abend lange aufbleiben willst, mußt du heute nachmittag schlafen.«

»Ich will aber heute nachmittag nicht schlafen.«

»Aber dann schläfst du heute abend ein und versäumst den Festzug.«

»Bestimmt nicht«, sagte er, ohne sehr überzeugt zu wirken.

Als wir wieder zu Hause waren, trug Sheba ihn in sein Zimmer. Clytie und ich tranken zusammen Tee, und ich spürte, daß sie besorgt war. Ich fragte sie, was sie bedrücke. Sie zögerte einen Augenblick, dann sagte sie: »Ich weiß nicht, ob es richtig ist, ihn so lange aufzulassen. Er regt sich so auf.«

»Ach, einmal wird es ihm nicht schaden«, versicherte ich ihr. »Außerdem kannst du ihn jetzt nicht enttäuschen.«

Das leuchtete ihr ein, und sie erzählte mir von anderen Festen, die sie erlebt hatte. Als Ralph noch nicht auf der Welt war, hatte sie mit unserem Vater und später mit Seth die Darbietungen der Kandy-Tänzer besucht. Diese jahrhundertealten Tänze, die meist eine Legende ausdrückten, waren hochinteressant.

»Wir müssen sie uns eines Tages anschauen«, sagte sie. Sie beschrieb die Kostüme und die Tänze, doch ich merkte, daß sie mit den Gedanken woanders war.

Auf dem Weg zu meinem Zimmer schaute ich zu Ralph hinein. Er saß mit jammervoller Miene im Bett.

»Was ist denn, Ralph?« fragte ich. »Fehlt dir was?«

Er verzog das Gesicht und brach in Tränen aus. Es war das erste Mal, daß ich ihn weinen sah. Ich trat an sein Bett und nahm ihn in meine Arme.

»Sag doch, Liebling«, bat ich, »was fehlt dir?«

»Ich kann nicht einschlafen«, schluchzte er.

»Und warum ist das zum Weinen?«

»Weil ich dann heute abend einschlafe, wenn die Elefanten kommen und die Tänzer. Mama hat gesagt, wenn ich jetzt nicht schlafe, schlafe ich heute abend ein. Und dann ist alles vorbei, und ich kann's nicht sehen.«

Ich lachte erleichtert. »Unsinn«, sagte ich. »Du schläfst heute abend nicht ein. Du bist viel zu aufgeregt. Jetzt wisch dir die Tränen ab, und wenn du still liegen bleibst und dich ausruhst, bleibst du heute abend sicher wach.«

»Ganz bestimmt?« Seine Stimmung hatte sich gewandelt. Ein glückliches Lächeln huschte über sein hübsches Gesicht. Ich konnte nicht anders, ich mußte ihn küssen, obwohl ich wußte, daß er das nicht mochte; doch diesmal ließ er mich gewähren, weil ich ihn beruhigt hatte.

»Es genügt, wenn du stilliegst«, sagte ich. »Ruh dich einfach aus! Du darfst nur nicht daran denken, daß du einschlafen mußt. Wenn wir nach Manganiya fahren, bist du ganz munter und versäumst gar nichts.«

»Tante Sarah, tanzen die Elefanten auch?«

»Hm, das weiß ich nicht. Wir müssen's abwarten, nicht wahr?«

»Mein Elefant kann tanzen. Er tanzt besser als alle Elefanten von Kandy.«

Ich lächelte und deckte ihn zu. Ich legte meinen Finger an die Lippen.

»Nicht vergessen«, flüsterte ich. »Bleib still liegen, und sei unbesorgt! Ruhen ist genausogut wie schlafen.«

Er nickte verschwörerisch, und ich ging auf Zehenspitzen hinaus. Fünf Minuten später schaute ich abermals hinein. Er war fest eingeschlafen.

Wir fuhren in einer offenen Kutsche: Ich, Clytie, Seth, Sheba und Ralph. Die Straßen waren voll von allen möglichen Fahrzeugen: Ochsenkarren, Kutschen in allen Variationen und Rikschas. Um uns herum war ein ungeheurer Lärm, da jedermann sehr aufgeregt war.

Ralph konnte sich nicht stillhalten. Er plapperte unentwegt auf mich ein; unsere Freundschaft hatte sich merklich gefestigt, seit ich ihm versichert hatte, daß ruhen ebensogut sei wie schlafen.

Wir ließen den Wagen beim Gasthaus stehen und gingen zum Platz, wo wir die Darbietungen gut überblicken konnten. Ich hielt Ralph an der Hand, und er hüpfte neben mir her. Es herrschte ein großes Gedränge. Wir erspähten Ashraf in der Menge, und Ralph rief ihm etwas zu. Ashraf war sein besonderer Freund. Ich hätte gern gewußt, ob Anula auch da war.

Das Spektakel nahm seinen Lauf. Fackeln wurden emporgehalten, um die Szenerie zu beleuchten. Verschiedene Wagen waren mit Blumen geschmückt, und ich erblickte Leute in farbenprächtigen Kostümen. Die Saris der Damen waren wunderschön, die meisten Männer trugen dagegen die üblichen weißen Hemden, die lose über den weißen Hosen hingen. Die Aufregung zog auch mich in ihren Bann.

Als die Elefanten erschienen, zappelte Ralph vor Übermut. Sie waren prächtig herausgeputzt, mit Tausenden von Juwelen geschmückt, und oben auf ihrem Rücken saßen auf einem von einem Baldachin bedeckten Thron die Priester der verschiedenen Bezirke.

Vor den Tänzern schritten Trommler einher, und in der Mitte des Platzes bewegten sich die berühmten Kandy-Tänzer nach uralten Rhythmen. Der Schwerpunkt ihres Ausdrucks lag in den Händen, weniger in den Füßen. Dann folgten die Dämonentänzer; ihre groteske und unheimliche Aufmachung rief bei den Zuschauern furchtsames Staunen hervor, und die Menge verharrte in ehrfürchtigem Schweigen.

Es war atemberaubend. Dergleichen hatte ich noch nie erlebt. Alles war so fremdartig, und ich hatte mich noch nicht an die eigentümliche Musik gewöhnt. Ich war entzückt von den langsamen, graziösen Bewegungen der Tänzer, den Farben der Kostüme, dem Duft der Blumen und dem Licht der Fackeln, das sich auf den Gesichtern um mich herum spiegelte.

Ralph hatte meine Hand losgelassen. Er klatschte im Takt zur Musik. Die Tänzer kamen dicht an uns vorbei. Schweigen senkte sich über die riesige Menschenmenge. Dann stimmten sie einen Gesang an, eine fremdartige Melodie, die mich seltsam berührte. Ich konnte meine Augen nicht von diesen tanzenden Körpern wenden.

Schließlich war es vorüber. Die Tänzer schritten gemessen über den Platz. Die Elefanten stampften davon, und die Menschen drängten vorwärts.

Plötzlich hörte ich Clyties Stimme, schrill vor Schrecken: »Wo ist Ralph?«

Bei mir war er nicht.

»Er ist sicher bei Sheba«, meinte Seth.

»Wo ist Sheba?« schrie Clytie.

Wir blickten uns um. Sie war nirgends zu erspähen. Clytie war sehr unruhig, und sie steckte mich mit ihrer Besorgnis an. Ich redete mir ein, daß Ralph gewiß bei Sheba sei. Sie hatte den Jungen während der ganzen Zeit bestimmt nicht aus den Augen gelassen. Es war sinnlos, sie in dem Gedränge zu suchen.

Seth sagte: »Gehen wir zum Wagen! Sie sind sicher dort.«

Clytie schaute herum. »Ich habe sie nicht weggehen sehen; du vielleicht?«

»Nein. Ich dachte, Ralph sei bei uns. Wir waren alle so in den Tanz versunken.«

»Ich dachte, du hältst ihn an der Hand.«

»Zuerst schon. Aber er ließ mich los, um zu klatschen. Er stand ganz dicht neben dir.«

Clytie biß sich auf die Lippen und erwiderte nichts.

Ich sagte: »Seth hat recht. Wir sollten zum Wagen gehen. Bestimmt sind sie dort.«

Wir brauchten eine Weile, bis wir uns einen Weg durch die Menge gebahnt hatten. Wir erreichten das Gasthaus und gingen in den Hof. Sheba schoß vom Wagen auf uns zu. »Jetzt muß der Junge aber nach Hause«, sagte sie. »Er war viel zu lange auf.«

»Da wir nun alle beisammen sind, können wir ja fahren«, meinte daraufhin Seth.

Die folgenden Worte Shebas ließen mich vor Angst erzittern: »Und wo ist der Junge?«

»Sheba!« schrie Clytie entsetzt. »Ist er nicht bei dir?«

»Bei mir? Er stand doch bei Ihnen.«

»O Gott!« murmelte Clytie.

Jetzt stand fest, daß wir Ralph verloren hatten.

Ein paar Sekunden lang waren wir alle vom Schreck gelähmt. Dann sagte ich: »Wir müssen etwas tun. Er muß irgendwo in der Menge sein. Er ist vermutlich hinter einem Elefanten hergelaufen.«

»Was können wir tun?« schrie Clytie außer sich. Sie zitterte am ganzen Leib.

»Zunächst müssen wir überall suchen«, sagte Seth. »Clytie und Sarah gehen zusammen. Ich gehe mit Sheba.«

»Und wenn wir ihn nicht finden…« Clytie war verzweifelt.

»Wir finden ihn«, versicherte Seth. »Wir müssen ihn finden.«

Wir durchstreiften die Straßen. Das Gedränge löste sich jetzt rasch auf, doch es waren immer noch eine Menge Leute unterwegs. Wir durchsuchten jeden Winkel. Wir sprachen kaum. Eine entsetzliche Furcht hatte mich ergriffen. Doch ich beruhigte mich, daß wir es längst wüßten, wenn es einen Unfall gegeben hätte. Der Schlingel hielt sich gewiß irgendwo versteckt. Wir fragten einen Elefantentreiber, ob er einen kleinen Jungen gesehen habe. Der Mann hatte mehrere kleine Jungen gesehen, aber keinen ohne Begleitung. Wir befragten die Leute. Einige beteiligten sich an der Suche. Schließlich kehrten wir zum Wagen zurück.

Wenige Minuten später erschienen auch Seth und Sheba. Ralph war nicht bei ihnen.

»Jetzt müssen wir etwas unternehmen«, sagte Seth. Er war ganz ruhig, und die gute Meinung, die ich von ihm hatte, verstärkte sich an diesem Abend noch. Ich war froh, daß er bei uns war. Es sei möglich, meinte er, daß Ralph, von der Aufregung überwältigt, davongelaufen und irgendwo in einer Ecke eingeschlafen war. Zu Hause mache er das oft. Wir sollten nach Hause zurückkehren, und Seth wollte Suchtrupps organisieren. Er war überzeugt, daß sie das Kind sehr schnell finden würden.

Er legte seinen Arm um Clytie. »Mein Liebes, du mußt heimfahren und warten. Mehr kannst du nicht tun. Sarah, du bleibst bei ihr, nicht wahr?«

Die Rückfahrt durch die Nacht werde ich nie vergessen. Ich malte mir aus, was einem Kind alles zustoßen kann. Ich dachte an den Fluß im Wald, die sumpfigen Ufer, das Krokodil Sleepy Sam und die Schlangen, die im Gras lauerten. Was würde Ralph tun, wenn er merkte, daß er sich verirrt hatte? Würde er sich zu helfen wissen? Würde er versuchen, uns zu finden, vielleicht gar nach Hause zu gelangen?

Ich durfte diesen unerträglichen Gedanken nicht nachhängen. Ich mußte versuchen, Clytie zu trösten.

Seth hatte Suchtrupps organisiert und brach mit ihnen auf. Clytie und ich saßen in dem Zimmer beisammen, wo wir so oft gemütlich Tee und Limonade getrunken hatten.

»Wo kann er nur sein?« fragte Clytie immer wieder. »Warum ist er bloß weggelaufen!«

Wir saßen still da und warteten. »Sie *müssen* ihn finden«, sagte ich zum zwanzigsten Mal. Mir fiel einfach nichts ein, womit ich sie hätte trösten können. Langsam verrannen die Stunden. Mitternacht... ein Uhr, zwei Uhr. Ich dachte an den kleinen Jungen, der um diese Zeit allein draußen war. Ich erinnerte mich, wie er an diesem Nachmittag bekümmert in seinem Bett gelegen hatte, weil er glaubte, am Abend einschlafen zu müssen, wenn er mittags nicht schlief. Ob er jetzt wohl schlummerte – irgendwo an einem sicheren Ort? Es wäre ein tröstlicher Gedanke gewesen.

Clytie saß schweigend da, ihre Finger zerknüllten die Seide ihres Saris. Bei jedem Laut sprangen wir hoffnungsvoll auf. Es wäre das Wundervollste auf der Welt gewesen, wenn wir Ralphs Stimme nach uns rufen gehört hätten.

Ich dachte, wenn Clinton hier wäre ... Ja, wäre er hier, er hätte den Jungen längst gefunden. Was für ein törichter Gedanke! Als täten die anderen nicht auch alles, um ihn zu finden. Was hätte Clinton mehr tun können? Er strahlte eben eine Kraft aus, die ihn unbesiegbar scheinen ließ. Wenn er doch nur hier wäre ...

»Was war das?« Ich sprang auf. Ich hatte etwas gehört. Leise Schritte ... Jemand an der Tür. Ich rannte hinaus, Clytie dicht hinter mir her. Nichts. Aber raschelte es da nicht in den Blättern? Ich spürte instinktiv, daß jemand in der Nähe war ... lauernd. Dann entdeckte ich das Papier zu meinen Füßen. Ich hob es auf.

»Was ist das?« rief Clytie.

»Das hat jemand hergelegt.«

Sie riß mir das Blatt aus der Hand und trug es ans Licht. Wir sahen ausgeschnittene Druckbuchstaben, die aufgeklebt waren.

> Wir haben den Jungen. Es wird ihm nichts geschehen, wenn Sie Lösegeld zahlen. Wir melden uns wieder. Tun Sie genau, was man Ihnen sagt, oder er stirbt.

Ich glaubte, Clytie würde ohnmächtig. Ich führte sie zu einem Stuhl und hieß sie sich setzen. Dann sagte ich: »Er ist in Sicherheit. Das wissen wir jetzt wenigstens.«

»Was soll das heißen? Zeig es mir noch mal, Sarah. Was *bedeutet* das?«

Es war klar, was es bedeutete. Ralph war entführt worden, und seine Entführer wollten Geld, ehe sie ihn freiließen.

Ich wiederholte immerfort: »Aber er ist in Sicherheit, Clytie. Er ist in Sicherheit.«

»Warum kommt Seth nicht? Was sollen wir tun?«

»Ruhig, ganz ruhig«, redete ich ihr zu. »Laß uns überlegen, was das heißt. Sie fordern ein Lösegeld. Das bedeutet, daß der Junge in Sicherheit ist. Sie haben ihn. Sie werden ihm nichts tun. Sonst würden sie ja ihr Lösegeld nicht bekommen, nicht wahr?«

»O Sarah, was glaubst du, werden sie mit ihm machen?«

»Ich bin sicher, er schläft jetzt fest und weiß nichts von unseren Sorgen.«

»O mein Baby!« murmelte sie. »Sarah, du ahnst ja nicht, was er für mich bedeutet.«

»Doch«, sagte ich. »Aber wir dürfen nicht verzweifeln. Wir müssen vernünftig sein. Wir müssen ihn wiederhaben.«

»Wenn nur Seth zurückkäme!«

Es dämmerte bereits, als Seth endlich kam – bleich, mit rotunterlaufenen Augen und verzweifelt. Als er den Zettel sah, machte er ein betroffenes Gesicht und sagte, wir müßten uns mit der Polizei in Verbindung setzen.

Eine bange Vorahnung hatte das Haus ergriffen. Seth war nach Kandy gefahren, um Sir William Carstairs aufzusuchen und sich mit ihm zu beraten. Clytie wollte das Haus nicht verlassen. Sie wartete ungeduldig auf Nachricht von den Leuten, die ihren Sohn in der Gewalt hatten. Sie war überzeugt, daß sie bald von sich hören ließen.

Die Nachricht kam kurz nach Mittag, als es wegen der Hitze ganz still im Haus war. Wir bemerkten nichts. Die Botschaft lag, mit einem Stein beschwert, vor der Tür. Man hatte dieselbe Methode angewandt wie zuvor: auf einen Zettel aufgeklebte Druckbuchstaben.

> An Mutter des Jungen. Keine Polizei. Sonst stirbt Junge. Sie bekommen Kind zurück, wenn Sie Ashington-Perlen um sieben Uhr unter Baum mit R bringen. Dann erhalten Sie Jungen. Tun Sie das nicht, stirbt er. Niemandem etwas sagen, Mutter des Jungen! Behalten Sie das für sich. Wenn Sie etwas erzählen, stirbt Junge.

Clytie ließ das Papier fallen, hob es wieder auf und las es noch einmal.

»Die Perlen«, flüsterte sie. »Die wollen die Perlen... Unglücksperlen. Immer wenn ich sie trage, passiert etwas. Ich hasse sie. Ich hasse sie. Wann muß ich gehen... heute abend... um sieben. O Gott, Sarah. Glaubst du, sie warten dort mit ihm?«

Ich hatte entsetzliche Angst. Ich sagte: »Clytie, das müssen wir Seth zeigen. Wir müssen die Polizei verständigen. Sie müssen versuchen, diese Leute zu fassen.«

»Sie sagen aber, ich darf es der Polizei nicht zeigen.«

»Natürlich, das müssen sie doch sagen.«

»Sarah, sie bringen Ralph um, wenn wir die Polizei einschalten.«

»Das würden sie nicht wagen.«

»Aber sie sagen es.«

»Ich finde, du solltest das auf keinen Fall allein in die Hand nehmen.«

»Aber sie sagen, daß sie ihn sonst umbringen.«

»Diese Schurken wollen die Perlen, weiter nichts.«

»Die können sie haben. Glaubst du etwa, zwei Reihen Perlen sind mir wichtiger als das Leben meines Kindes?«

»Natürlich nicht. Aber können wir ihnen trauen?«

Clytie hatte meinen Arm ergriffen und sah mich an. Ihr trauriges Gesicht, ihre wilden Augen verrieten ihre Qual. »Ich muß ihnen trauen, Sarah. Ich muß alles tun, um meinen Jungen wiederzubekommen.«

»Sir William Carstairs würde bestimmt raten...«

»Wenn wir ihn einschalten, töten sie meinen Sohn.«

»Woher wissen wir das?«

»Dürfen wir es darauf ankommen lassen? Nein, nein. Sie sollen die Perlen haben. Ich will mein Baby zurück.«

»Versuche, ganz ruhig zu sein, Clytie. Angenommen...«

Ich sprach nicht zu Ende. Es wäre zu grausam gewesen, ihr klarzumachen, daß sie ihnen vielleicht die Perlen gab, ohne ihren Sohn zurückzubekommen.

»Sarah, laß uns hinausgehen und sehen, wie lange man bis zu dem Baum braucht.«

Es blieb mir nichts übrig, als ihr nachzugeben. Wir traten hinaus in die Hitze. Ich war wie betäubt vor Angst und Kummer. Wir gelangten zu dem Baum mit dem eingeritzten R. Ich dachte an den Tag, als Ralph ihn mir voller Stolz gezeigt hatte.

»Die Zeit vergeht so schrecklich langsam, bis es dunkel wird«, sagte Clytie.

Mir erging es ebenso. Es schien mindestens eine Woche her zu sein, seit wir uns so erwartungsvoll zu dem Festzug begeben hatten, und dabei war es erst am Vortag.

Als hätte sie meine Gedanken lesen können, sagte Clytie: »Gestern um diese Zeit war er noch mit uns dort. Keiner ahnte etwas von einer Gefahr – ach, wären wir bloß nicht hingegangen! Hätte ich ihn nur die ganze Zeit an der Hand gehalten. Wie ist es nur passiert, Sarah? Wie konnte das alles geschehen?«

Ich schlug vor, zum Haus zurückzugehen. Ob sie versuchen könne, ein wenig zu ruhen? Sollte ich Tee machen?

Sie starrte mich verständnislos an, als wisse sie nicht, wovon ich sprach.

So saßen wir den ganzen Nachmittag bei zum Schutz vor der Sonne geschlossenen Blenden. Seth war in Kandy. Ich fragte mich, was er dort mache. Wir hätten ihn von dieser letzten Nachricht verständigen sollen. Clytie hatte versprochen, sobald sie etwas hörte, einen Boten zu Sir Williams Büro zu schicken. Aber jetzt weigerte sie sich.

Sheba setzte sich zu uns. Sie starrte stumm vor sich hin. Ich empfand erstmals eine leise Zuneigung zu ihr. Ihre Verehrung für Clytie und ihre Liebe zu dem Jungen waren ergreifend. Sie sagte: »Missie Clytie, er kommt heute abend zurück in meine Arme. Ich weiß es.«

»Hast du eine Vision gehabt?« fragte Clytie erregt.

Sheba nickte. »Ich sehe ihn im Wald. Er lacht. Er erzählt eine komische Geschichte. Heute abend ist er da.«

Darauf zeigte ihr Clytie den Zettel, und da wußte ich, daß sie ihr bedingungslos vertraute.

Sheba sagte: »Was steht da? Sagen Sie es mir, Missie!«

Clytie erklärte es ihr.

»Perlen... dann haben wir unseren Jungen. Die bekommen Perlen... wir bekommen den Jungen.«

»Heute abend«, sagte Clytie atemlos. »Gleich wenn es dunkel ist. Unter dem Baum mit dem R. Er liebt diesen Baum, mein Goldkind. Ich gebe ihnen die Perlen, und sie geben ihn mir zurück.«

Sheba klatschte in die Hände. »Er kommt zu uns zurück, unser Junge.«

Ich wünschte, ich hätte ihren Optimismus teilen können. Ralph befand sich in der Gewalt skrupelloser Menschen. Sie waren darauf aus, ein Vermögen an sich zu bringen, denn die Perlen waren unschätzbar. Ein höheres Lösegeld hätten sie nicht fordern können. Und sie wußten, daß Clytie besaß, was sie begehrten. Wenn sie die Perlen erst einmal hatten, wie konnten wir gewiß sein, daß sie auch den Jungen lebend zurückgaben?

Ich fand, Clytie und Sheba behandelten den Fall nicht mit der gebotenen Umsicht. Clytie war hysterisch vor Qual und Angst – und Sheba nicht minder. Sie wollten nur eines: das Kind. Sie bedachten nicht, daß die skrupellosen Verbrecher sie unter Umständen täuschen würden, daß sie die Perlen nehmen und den Jungen dennoch nicht herausgeben konnten. Clytie und Sheba hätten es nie ertragen, diese Möglichkeit in Betracht zu ziehen.

Wenn doch Clinton hier wäre, dachte ich abermals. Er hätte einen klaren Kopf behalten und gewußt, was am besten zu tun sei. Ich versuchte, mir vorzustellen, wie er an die Sache herangehen würde. Er würde keinesfalls zulassen, daß die Perlen im Wald hinterlegt wurden. Aber Clinton wäre sich schließlich des unermeßlichen Wertes der Perlen bewußt gewesen. Für Clytie waren sie nichts weiter als das Mittel, mit dem sie ihren Sohn auslösen konnte.

Wie langsam die Zeit verstrich! Der Nachmittag zog sich hin. Sechs Uhr. Noch eine Stunde. Clytie saß gespannt und lauschte. Sie befürchtete wohl, Seth könne mit einem Justizbeamten zurückkehren. Sie wollte, daß wir allein blieben... sie, ich und Sheba, damit sie in den Wald hinausschlüpfen konnte.

Es war kurz nach sechs, als wir den nächsten Zettel fanden. Es hatte an die Tür geklopft, und wir waren hinausgestürzt. Da war aber niemand. Doch unter einem Stein steckte ein Stück Papier.

> Mutter des Jungen, bringen Sie Kinderfrau mit! Sie werden beobachtet. Legen Sie Perlen unter den Baum. Kinderfrau geht nach rechts. Folgen Sie ihr, sobald Sie Perlen hingelegt haben. Sie bekommen Jungen. Wenn Sie jemand anderen mitbringen, wird Junge getötet.

Clytie ging in ihr Schlafzimmer. Ich folgte ihr. Sie öffnete den Geldschrank in der Ankleidekammer und nahm das Schmucketui heraus. Ihre Finger zitterten, als sie es öffnete. »Unser letzter Blick auf die Ashington-Perlen, Sarah«, sagte sie mit hysterisch angespannter Stimme.

Sie lagen auf ihrem mitternachtsblauen Samt: erlesen, vollkommen. Das Smaragdauge der Schlange glitzerte boshaft, bildete ich mir ein. Clytie betrachtete die Perlen wie gebannt, so als hielten sie ihren Blick gegen ihren Willen fest. Ich dachte an all die Jahre, die sie im Besitz der Familie gewesen waren, an die Frauen, die sie getragen hatten, an Tante Martha, die wollte, daß mein Vater wieder heiratet und einen Sohn bekommt, damit dessen Frau diese verfluchten Perlen tragen kann. Sie hatten etwas Böses an sich, das die Menschen zur Gemeinheit treiben konnte. Ihretwegen war Ralph in den Händen grausamer, niedertächtiger Menschen. Die Perlen waren Legende und Tradition und sollten heute abend an diese Räuber ausgeliefert werden. Dazu war Clytie fest entschlossen.

Sie ließ das Etui zuschnappen. »Was bedeuten sie schon?« sagte sie weinend. »Nichts auf der Welt ist kostbarer als das Leben meines Jungen.«

Dieser Meinung war ich auch. Ich fürchtete nur, daß es nicht richtig war, aus einem gefühlsmäßigen Impuls zu handeln. Doch ich wußte, daß ich Clytie nicht überzeugen konnte. Sie sah nur die Chance, ihren Sohn zurückzubekommen, und sie war bereit, alles dafür zu wagen. Für sie war dies die einzige Möglichkeit. Sie traute den Beamten nicht, die sich um eine Lösung bemühten. Während die sich überlegten, wie sie vorgehen sollten, konnte Ralph getötet werden. Die Gefühle einer Mutter galten mehr als alle Pläne des Gerichtsrates und seiner Polizei.

Clytie wurde ungehalten, als ich versuchte, ihr abzuraten. Ich wußte, es war zwecklos. Sie hatte sich entschlossen, mit Sheba in den Wald zu gehen und die Anweisungen genau zu befolgen.

In fünf Minuten würde es dunkel sein. Clytie war von fieberhafter Ungeduld ergriffen. Die Hände, die das Krokodillederetui hielten, zitterten mitleiderregend.

»Du mußt hierbleiben, Sarah«, sagte sie. »Niemand anderer darf dabeisein, haben sie verlangt. Du *mußt* im Haus bleiben. Wenn du dich sehen läßt, wer weiß, was sie dann tun.«

Sheba nickte. »Missie Sarah müssen bleiben.«

Ich schwieg. Es gab nichts, was ich hätte sagen können. Clytie sah so zerbrechlich aus in ihrem blaßrosa Sari, mit den klirrenden Silberreifen an den Armen, den vor Übermüdung geweiteten Augen und dem angespannten Gesicht.

Sheba dagegen wirkte ruhig und zuversichtlich. Sie hatte in einer Vision alles vorausgesehen und wußte, daß sie mit dem Jungen zurückkehren würden.

»Er ist bestimmt dort«, flüsterte Clytie. »Er ist im Wald. O mein Liebling. Ich hoffe, er ängstigt sich nicht.«

»Er ängstigt sich gewiß nicht«, sagte ich. »Für ihn ist es ein neuartiges Abenteuer.«

»Ja«, murmelte Clytie. »Nur ein Abenteuer... weiter nichts.«

Gleich würde es sieben sein. Die Dunkelheit brach ganz plötzlich herein. Ich hatte immer wieder darüber gestaunt: In einem Augenblick strahlte die Sonne noch, dann versank sie plötzlich am Horizont, und schon war das Licht verschwunden, als falle eine Jalousie herab.

»Bleib hier, Sarah«, bat Clytie. »Versprich mir, daß du hierbleibst! Schwöre es!«

Ich schwor.

Es schien Stunden zu dauern, bis sie zurückkamen. Ich hörte sie im Garten und rannte hinunter. Clytie trug Ralph auf den Armen, und Tränen rannen über ihre Wangen. Sheba murmelte etwas, das sich wie eine Beschwörung anhörte.

»Sarah!« Clytie hatte mich erspäht.

»Ich habe euch gehört. Da mußte ich einfach herauskommen.«

»Hier ist er. Wir haben ihn wieder. Sarah... Sarah... ist das nicht wundervoll!«

Ralph blickte von einer zu anderen, als ich ihn erleichtert umarmte.

»Ich war bei meinem Elefanten«, sagte er. »Er ist der größte und beste Elefant der Welt.«

»Wir müssen hineingehen.« Clyties Stimme vibrierte vor Glück. »Es wird höchste Zeit, daß du ins Bett kommst.«

Ralph fuhr fort: »Das war ein herrlicher Elefant. Er hatte Edelsteine auf dem Rücken, und ich saß auf einem Thron, und über mir war ein Schirm. Ich war der Chef. Und ich hab' in einem komischen Bett geschlafen...«

»Laßt uns hineingehen«, sagte Sheba. »Morgen kann der Junge uns alles erzählen.«

So hatten wir den Jungen um den Preis der Ashington-Perlen zurückbekommen. Wenigstens war Ralphie nichts geschehen, und das war das einzige, das wirklich zählte.

Auf meinen Vorschlag schickte Clytie sogleich einen Boten nach Kandy, um Seth mitzuteilen, daß wir den Jungen wiederhatten.

Ralph war sichtlich müde. Er schlief ein, bevor er ausgezogen war. Clytie wich nicht von seiner Seite. Sie saß mit Sheba an seinem Bett. Ich war wie ausgehöhlt und zu keiner Gemütsregung mehr fähig. Ein Glück nur, daß alles so schnell gegangen war. Ich fragte mich, wie es Clytie ergangen wäre, wenn die Spannung mehrere Tage angehalten hätte.

Seth kam mit Sir William Carstairs zurück. Sie gingen nach oben und betrachteten den fest schlafenden Jungen. Clytie war noch zu aufgewühlt, um die Männer wirklich wahrzunehmen. Sheba wiederholte unentwegt, sie habe gewußt, daß es so kommen würde. Ihre Visionen hatten es ihr gesagt. Die beiden Männer unterhielten sich mit mir. Ich zeigte ihnen die Zettel und berichtete, daß Clytie die Perlen zu dem Baum gebracht hatte.

»Guter Gott!« sagte Seth. »Sie hat sich von den Perlen getrennt.«

»Das war es ihr wert, um das Kind heil zurückzubekommen.«

Seth nickte. Sir William meinte: »Sie hätte das uns überlassen sollen.«

»Sie fürchtete um das Leben des Kindes.«

»Die meisten Mütter hätten wohl genauso gehandelt.«

Davon war ich überzeugt.

Ich sagte: »Es dürfte für die Leute nicht ganz einfach sein, die Perlen zu veräußern, nicht wahr?«

»Wir haben eine vollständige Beschreibung der Perlen«, erwiderte Sir William. »Sie werden das Kollier natürlich nicht ganz lassen. Jedes einzelne Stück ist eine Rarität. Unter Umständen können wir ihre Spur verfolgen, aber das ist sehr unwahrscheinlich. Vermutlich wurden sie bereits außer Landes gebracht. Ich fürchte, wir müssen uns damit abfinden, daß sie für immer verloren sind.«

Seth sagte zu mir: »Geh doch zu Bett, Sarah! Das alles war für dich sicher eine ebensolche Tortur wie für Clytie.«

Ich wünschte gute Nacht und ging zu Bett.

Zuvor schaute ich zu Clytie hinein. Sie saß immer noch an Ralphs Bett und wollte zweifellos die ganze Nacht dort bleiben.

Ich ging in mein Zimmer und fühlte mich benommen. Ich hatte nicht geschlafen, seit die Sache passierte.

Ich entkleidete mich und schlüpfte unter das Moskitonetz. Trotz meiner Erschöpfung konnte ich nicht schlafen. Ich lag wach und dachte über die Ereignisse nochmals nach, über das Papier mit den ausgeschnittenen und aufgeklebten Druckbuchstaben. Es war alles so melodramatisch... irgendwie unwirklich. Die Art und Weise, wie es geschehen war, wie wir Ralph verloren und wiederbekommen hatten... Ich wußte nicht, wie ich es beschreiben sollte. Zu glatt, raffiniert... wie ein Theaterstück. Nicht ganz echt. Die Gedanken kreisten in meinem Kopf.

Dem Ganzen haftete etwas sehr Merkwürdiges und Unheilvolles an. Seit meiner Ankunft und der Entdeckung, daß meine Ehe von einem berechnenden Mann eingefädelt worden war, hatte mein Leben etwas nebelhaft Bedrohliches bekommen. Eine Warnung schien in der Finsternis der Nacht zu liegen, im Summen der Insekten, im gelegentlichen Aufklatschen, wenn eines gegen den Maschendraht prallte. Irgend etwas gab es hier, das ich nicht ergründen konnte. Und ich war mitten darin gefangen.

Sei auf der Hut, warnte mich die Nacht.

Die Aufregung hatte Clytie so mitgenommen, daß sie einen Tag lang unfähig war, das Bett zu verlassen. Erst jetzt, nachdem wir alles überstanden hatten, wurde uns bewußt, wie stark die Anspannung gewesen war.

Am nächsten Morgen benahm sich Ralph, als sei nichts Außergewöhnliches geschehen und als sei es die natürlichste Sache der Welt, entführt worden zu sein. Er plapperte fortwährend von den Elefanten, auf denen er geritten war, und das klang alles so unglaublich, daß es eigentlich nur seiner Phantasie entsprungen sein konnte. Aber ein paar Bemerkungen lieferten doch schwache Hinweise.

Er hatte in einem komischen Bett geschlafen. Er hatte Reis gegessen. Und Zucker. Mehr Zucker, als Sheba ihm gewöhnlich gab.

»Von wem hast du Reis und Zucker bekommen, Ralph?« fragte ich.

Er zog die Schultern hoch und lachte. »Von *ihm*.«

»Von einem Mann?«

»Eine Kobra war auch da«, fuhr er fort. »Die hatte gelbe Augen und wollte sich an mir hochringeln. Ich hab' sie mit Pfeil und Bogen totgeschossen... mitten durch's Herz.«

»Was war das für ein Mann?« wollte ich wissen.

»Er hat mich zum Lachen gebracht. ›Ein gutes Spiel‹, hat er gesagt. Die Kobra... Weißt du, wie eine Kobra auf einen losschießt, Tante Sarah? Ich hab' ein Bild in meinem Buch. Ich zeig's dir.«

Es war hoffnungslos, aus diesem Gewirr von Phantasie und Tatsachen etwas herausfinden zu wollen.

Clytie sagte zu mir: »Frag Ralph nicht aus! Er soll nicht merken, daß etwas Schlimmes geschehen ist. Er soll nicht erfahren, wie wir uns geängstigt haben.«

Das versprach ich ihr.

Seth unterhielt sich mit mir über die Angelegenheit. »Es war ein schreckliches Erlebnis für Clytie«, sagte er, »aber ich bin sicher, der Junge hat keine Ahnung von der Gefahr, in der er schwebte. Sie waren offenbar sehr nett zu ihm.«

»Merkwürdig«, sagte ich. »Man könnte fast meinen, es waren Leute, die er kannte.«

Seth machte ein nachdenkliches Gesicht. »Clytie trug die Perlen auf dem Ball«, sagte er. »Ich frage mich, ob dabei jemand...«

»Ich finde es riskant, daß ihr etwas so Kostbares hier aufbewahrt habt.«

»Sie mußten ab und zu getragen werden, sonst hätten sie ihren Glanz verloren.«

»Das hörte ich zum erstenmal, als meine Mutter mir ein Bild zeigte, auf dem sie die Perlen trug.«

»Clyties Mutter hat sie auch getragen, und Clytie trug sie bei besonderen Anlässen oder auch hin und wieder, wenn wir allein waren.« Er zuckte die Achseln. »Nun, dies ist das Ende der Ashington-Perlen.«

»Vielleicht werden sie gefunden.«

»Schon möglich. Clytie hat recht, wenn sie nicht will, daß der Junge ausgefragt wird«, fuhr er fort. »Für ihn ist es das Beste, den Vorfall so schnell wie möglich zu vergessen.«

Ich stimmte ihm zu. Einem Kind, das dermaßen in Phantasien schwelgte, mochte das, was in dieser Nacht geschehen war, durchaus wie etwas Alltägliches vorkommen.

»Ich bin froh, daß du hier bist«, fuhr Seth fort. »Clytie hat dich sehr gern. Sie wollte dich schon immer kennenlernen, und als du kamst, schloß sie dich sogleich ins Herz. Bleib eine Zeitlang hier, Sarah! Der Schock für sie war größer, als wir uns vorstellen können. Nicht nur wegen des Jungen, sondern auch wegen der Perlen. Früher oder später wird ihr die Ungeheuerlichkeit dessen, was sie getan hat, bewußt werden. Und das wird sie zutiefst erschüttern.«

»Aber sie hätte sie doch nie verkaufen können.«

»Nein. Dein Vater hat sich einmal Geld auf die Perlen geliehen. Sie waren eine Art Sicherheit, sagte er. Ich nehme an, er war sogar bereit, im Notfall sämtliche Legenden und bösen Prophezeiungen zu vergessen und sie zu verkaufen. Ich kann mir vorstellen, daß Clytie sich vor einer Vergeltung fürchtet. Sie ist immerhin halb Singhalesin, und wenn sie auch wie eine Engländerin erzogen wurde, so hat sie doch von ihrer Mutter und Sheba die alten Geschichten gehört. Daher könnte ihr diese ganze Angelegenheit furchtbar nahegehen. Ich sorge mich jetzt nur noch um Clytie. Mit Ralph ist alles in Ordnung. Er hat von der Bedeutung des Vorfalls keine Ahnung. Unglücklicherweise muß ich ausgerechnet jetzt geschäftlich nach Colombo. Das kann ich leider nicht aufschieben. Ich lasse Clytie ungern allein, und ich wäre erleichtert, wenn ich wüßte, daß du hier bist.«

»Ich bleibe auf jeden Fall, bis Clinton zurückkommt.«

»Das erleichtert mich. Ich bin nur ein paar Tage fort.«

Er hatte recht, was Clytie betraf. Sie war verändert. Sie war gereizt und unsicher. Sheba gab ihr ein Schlafmittel, und wir mußten ihr beide versprechen, Ralph nie allein zu lassen. Ich versuchte, ihr klarzumachen, daß die Entführer ja nun die Perlen hätten und es deshalb keinen Grund für sie gebe, sich des Jungen zu bemächtigen. Doch sie wollte nichts davon hören. Eine von uns müsse ihn stets im Auge behalten, und zwar so, daß er nichts bemerke.

Clinton war nun schon seit einer Woche fort und sollte noch eine weitere Woche bleiben. Ich war sicher, daß Clytie sich bis dahin erholen würde.

Seth reiste ab, und ich versprach ihm, mich bis zu seiner Rückkehr um Clytie zu kümmern.

Als ich am nächsten Tag wie so oft zwischen den süß duftenden Blumen umherschlenderte, hörte ich jemanden in den Garten kommen. Ich fuhr aufgeschreckt herum. Seit jener furchtbaren Nacht war ich genauso nervös wie Clytie.

»Clinton!« schrie ich.

Er stand ein paar Sekunden da und lachte mich an. Dann riß er mich in seine Arme. »Wie schön, dich zu sehen!« rief er. »Ich habe dich vermißt.«

Er hatte mich hochgehoben, und ich blickte auf sein Gesicht hinunter, auf die dichten, üppigen blonden Haare, die einen so starken Kontrast zu den dunklen Augen bildeten; ich betrachtete die sinnlichen Lippen, und schon spürte ich das Verlangen in mir aufsteigen.

»Du bist zeitig zurück«, sagte ich.

»Darüber solltest du dich eigentlich freuen«, hielt er mir vor.

»Ist alles gut gegangen... mit deinen Geschäften?«

»Bestens.«

»Und viel schneller, als du erwartet hattest.«

»Meine Sehnsucht nach dir war so groß, daß ich nicht länger fortbleiben wollte.«

Ich lachte ungläubig. »Du bist doch durch und durch Geschäftsmann«, gab ich zurück. »Halb Ceylon gehört dir. Du würdest niemals ein Geschäft wegen einer Laune vernachlässigen.«

»Wegen einer Laune? Mein rasendes Verlangen nach dir nennst du eine Laune?«

»Laß mich runter«, forderte ich. »Man kann uns sehen.«

»Nur unter der Bedingung, daß du sofort deine Sachen packst.«

»Es ist etwas passiert, Clinton. Vermutlich weißt du es noch nicht.«

»Was?«

Ich berichtete ihm von der verhängnisvollen Nacht. Seine Lippen verzogen sich zu einem Schmunzeln. »Was gibt es dabei zu lachen?« wollte ich wissen. »Du findest das wohl komisch. Es war entsetzlich.«

»So ein Dilemma«, sagte er. »Die Perlen – oder der Junge.«

»Die arme Clytie ist vor Kummer zusammengebrochen. Ich kann sie nicht allein lassen, Clinton. Ich muß hierbleiben. Sie hat Alpträume, aber ich scheine sie etwas trösten zu können.«

»Du kommst mit nach Hause und kannst sie morgen wieder besuchen.«

»Ich muß bis Ende der Woche bleiben, so wie es ausgemacht war.«

»Rede keinen Unsinn. Es ist doch alles vorbei, oder? Der Junge ist heil zurück. Und ich bin zu Hause.«

»Ja, aber ich hatte dich noch nicht erwartet, und Seth ist fort. Clytie braucht mich. Ich habe versprochen, bei ihr zu bleiben. Sie braucht mich wirklich, Clinton.«

»Und was ist mit mir? Mach schon! Du kommst mit mir.«

»Ich komme Ende der Woche.«

»Du kommst jetzt.«

»Ich habe versprochen, zu bleiben, bis Seth wieder da ist, und ich halte mein Versprechen. Ich komme am Freitag nach Hause, so wie es ursprünglich geplant war.«

»Meine liebe Sarah, du kommst *jetzt* nach Hause.«

»Begreifst du denn nicht, was für einen Schock Clytie erlitten hat?«
»Das ist doch jetzt vorbei.«
»Sie hat die Ashington-Perlen verloren.«
»Sie hat sie weggegeben.«
»Für ihren Sohn. Um Himmels willen, sei doch *einmal* menschlich!«
Er lachte und sagte: »Ich bin *so* menschlich, Sarah, daß ich meine Frau
will.«
»Ich verlasse Clytie jetzt nicht.«
Plötzlich wurde seine Miene hart. »Komm zurück, bevor es dunkel
wird. Ich erwarte dich.« Damit machte er kehrt und ging davon.
Ich war bestürzt. Er hatte auf einmal so wütend ausgesehen. Er machte
mir Angst. Sein Blick hatte etwas Mörderisches gehabt.
Ich ging ins Haus. In der Halle trat Sheba zu mir.
»Missie Sarah«, sagte sie. »Ich habe Angst, Angst um Missie Clytie.«
»Sie schläft doch, oder?«
»Ja. Aber es war großer Schreck für sie. Sie hat den Jungen lieb... oh,
und wie lieb. Er ist ihr Leben, Missie Sarah.«
»Ich weiß.«
»Master Seth... ein guter Ehemann, ein feiner Ehemann... sehr lieb.
Aber der Junge... der ist ihr Leben. Sie sind gut zu ihr, Missie Sarah.
Missie Clytie Sie sehr lieben. Sagt zu mir: ›Missie Sarah so ruhig...
so gut für mich. Was tu ich ohne sie?‹ Bleiben Sie, Missie Sarah... auf
sie aufpassen.«
»Ich bleibe auf jeden Fall, bis ihr Mann zurückkommt«, versprach ich.
Sheba nickte. Sie schien sehr erleichtert, und ich hatte den Eindruck,
daß sie die Szene im Garten beobachtet hatte und fürchtete, ich würde
heimgehen, da Clinton es verlangt hatte. Sie wollte, daß ich blieb...
um Clyties willen. Doch ich wünschte, ich hätte mich von dem Gefühl
befreien können, ständig beobachtet zu werden.
Ich erzählte Clytie nichts von Clintons Rückkehr. Ich wußte, sie würde
sonst darauf bestehen, daß ich zu ihm ging. Ich dachte viel an ihn. Ich
wollte mit ihm zusammen sein, aber ich war nicht gewillt, mich seiner
Überheblichkeit zu beugen. *Er* hatte beschlossen zu verreisen; *er* war
vor der verabredeten Zeit zurückgekommen. Nun durfte er nicht erwarten, daß ich seinetwegen meine Pläne änderte.
Im Laufe des nächsten Tages ging es Clytie besser. Sie verlangte immer
noch, daß Ralph beobachtet wurde, und eine von uns war stets in seiner

unmittelbaren Nähe. Dabei mußten wir geschickt zu Werke gehen, denn er durfte nicht ahnen, daß er bewacht wurde.

Ich war häufig mit ihm zusammen, immer auf der Lauer nach einem Hinweis, der Licht in die Geschehnisse jener Nacht hätte bringen können.

Einmal sagte ich in seinem Spielzimmer: »Erinnerst du dich an die prächtigen Elefanten mit den goldenen Thronen und den Baldachinen?«

Er nickte. »Meiner war der schönste.«

»Du bist ja gar nicht auf einem Elefanten geritten.«

»Bin ich wohl. Mitten im Dschungel bin ich geritten. Meiner war der schnellste.«

»Und was geschah im Dschungel?«

»Da war ein kleines Haus und ein Mann.«

»Was für ein Mann?«

»Ein netter Mann.«

»Nur ein Mann?«

»Und eine Frau. Die hat gesagt: ›Alles ist gut. Bald bist du wieder bei deiner Mama.‹«

Mein Herz klopfte wild. »Und wo war deine Mama?« fragte ich.

»Das weißt du doch.«

»Nein«, sagte ich. »Wo war sie?«

»Bei den anderen.«

»Bei welchen anderen?«

»Bei dir und Papa und Sheba und ... meinem Elefanten und Cobbler.«

»Wie sah der Mann aus?«

»Er hatte gelbe Augen.«

»Gelbe Augen?«

»Die leuchteten. Ich zeig' dir was, Tante Sarah.« Er packte die Spielzeugschlange, dieses abscheuliche Ding, das so echt aussah. Kichernd drückte er auf den Kopf, und die Zunge schnellte heraus. »Fürchtest du dich, Tante Sarah? Sie könnte dich totmachen. Sie hat Gift in der Zunge. Keine Angst! Ich würde sie mit Pfeil und Bogen erschießen.«

Er hielt das Spielzeug noch einen Moment hoch, dann sank es langsam zu Boden. Er hob es wieder auf.

»Gelbe Augen«, sagte er.

»Du wolltest mir von dem Mann erzählen«, erinnerte ich ihn.

»Mama sagt, sie sind wie Topas. Das ist ein Stein. Der ist so gelb wie Cobblers Augen.«

Ich sah ein, daß es zwecklos war. Außerdem hatte ich Clytie versprochen, ihn nicht auszuhorchen. Er hatte tatsächlich keine Ahnung, daß sich in jener Nacht etwas Furchtbares zugetragen hatte. Er war mit netten Leuten fortgegangen, und nach einer Weile war er heimgekehrt. Ein harmloses Abenteuer... nichts im Vergleich zu dem, was er mit seinen Schlangen und Elefanten erlebte.

Seth kehrte schließlich zurück, und mich trieb es nach Hause zu Clinton. Ich ging am späten Nachmittag, als die Hitze nachgelassen hatte. Das Haus war ganz still. Ich vermutete, Clinton werde bei Einbruch der Dunkelheit kommen. Ich freute mich auf die Begegnung und hatte ihm doch deutlich bewiesen, daß er mir nichts befehlen konnte.

Ich hatte ihn vermißt. War ich in ihn verliebt? Ich verstand diese Empfindung nicht, von der ich besessen war. Sie war anders als alles, was ich mir in den romantischen Träumen ausgemalt hatte, die wohl jede junge Frau kennt. Ich war zwei Wochen von ihm getrennt gewesen, und das kam mir wie eine Ewigkeit vor. War es ihm ebenso ergangen? Aber vielleicht war er nur zurückgekehrt, weil seine Geschäfte früher als erwartet abgewickelt waren.

Als er aufgebrochen war, hatte er ein kriegerisches Leuchten in den Augen. Ich hätte gern gewußt, welche Verträge er wohl aushandelte. Sie nahmen ihn voll und ganz in Anspruch, und wenn sie zufriedenstellend abgeschlossen waren, sagte er: ›Zeit für meine Frau‹, schnippte mit den Fingern und erwartete, daß sie angelaufen kam.

»So nicht, Clinton«, sagte ich laut.

Es schien ewig zu dauern, bis die Dunkelheit hereinbrach. Geräuschlos huschende Dienstboten zündeten die Lampen an. Ich wartete und wartete. Es war fast Mitternacht, und er war immer noch nicht gekommen. Ich ging ins Schlafzimmer und lauschte die ganze Zeit auf seine Ankunft.

Ich setzte mich an meine Frisierkommode und löste mein Haar. Plötzlich vernahm ich ein Geräusch vor der Tür. Ich sprang auf. Ein leises Klopfen.

»Komm herein«, rief ich. Leila trat ein, die Augen von gespielter Unschuld geweitet. Sie verbarg ein Geheimnis, das sie wohl sehr befriedigend fand.

»Was ist, Leila?« fragte ich.

»Ich Bett herrichten?«

»Das ist nicht nötig.« Ich wandte mich wieder um und beobachtete sie im Spiegel. Sie machte keine Anstalten, hinauszugehen. Langsam kräuselten sich ihre Lippen zu einem Lächeln.

»Master kommen nicht nach Hause«, sagte sie. »War die ganze Zeit nicht hier, als Sie fort waren.«

»So?«

Leila ging zum Bett und schüttelte die Kissen auf. Sie drückte sich herum. Sie hatte etwas Gehässiges, Triumphierendes im Blick.

Ich wollte sie anschreien, sie solle sich hinausscheren, doch ich fürchtete, meine Unruhe zu verraten. Sie brauchte nicht zu merken, wie sehr ihre Worte mich verstört und erzürnt hatten. Meine Augen fielen auf den Bronzebuddha, der mich hochmütig zu betrachten schien.

»Ich will das Ding nicht hier haben, Leila«, sagte ich. »Möchtest du ihn?« Ihre Augen weiteten sich vor Entsetzen.

»O nein, Missie. Gibt Unglück.« Sie lächelte schüchtern. »Master mögen ihn sehr.«

»Ich glaube nicht an Unglücksboten«, sagte ich. »Du kannst ihn für dein Zimmer haben.«

Sie nahm ihn mir kopfschüttelnd ab. Dann senkte sie die Augen und ließ ein verschmitztes Kichern hören. »Geschenk von meiner Schwester Anula«, sagte sie. »Als sie hier war ...« Sie blickte sich im Zimmer um, als sei es, als ihre Schwester Anula hier war, ein Heiligtum gewesen. Ihre Augen verharrten auf dem Bett.

Am liebsten hätte ich sie hinausgeschickt, aber ich sagte nichts. Sie stellte den Buddha wieder hin, und da wurde mir klar, was sie mir mitteilen wollte. Jetzt wußte ich, wo Clinton war.

»Gute Nacht, Leila«, sagte ich.

Sie ging mit ihrem geheimnisvollen Lächeln hinaus.

Ich starrte auf mein Spiegelbild. Meine Wangen waren gerötet, und mein Herz war von bitterem Zorn erfüllt.

Dann lag ich unter dem Moskitonetz und dachte an Clinton und Anula; alle Welt wußte von ihrem Verhältnis, und er fand es nicht für nötig, es gänzlich zu beenden, obwohl er seine Frau mitgebracht hatte. Mich packte die Wut. Quälende Eifersucht ergriff mich. Ich versuchte, die Bilder zu verscheuchen, die mir beständig durch den Kopf gingen.

Ich schlief erst ein, als es schon beinahe Zeit zum Aufstehen war, und infolgedessen war ich spät auf den Beinen.

Ich war entschlossen, mir meine Verstimmung nicht anmerken zu lassen.

Ich wartete den ganzen Tag. Jedesmal, wenn ich Pferdehufe hörte, fuhr ich zusammen. Ich sprach vor mich hin, was ich zu ihm sagen würde. Leila beobachtete mich mit verschlagenem Blick.

»Missie nicht wohl?«

»Ich fühle mich sehr wohl, danke, Leila«, erwiderte ich kühl.

»Sehen müde aus. Nicht gut geschlafen?«

Es klang fast spöttisch, und sie hätte mich gewiß verhöhnt, wenn sie sich getraut hätte. Ich wußte, daß sie an ihre Schwester dachte, weil sie dabei immer so ein ehrfürchtiges Gesicht machte.

Mir war unbehaglich zumute, allein in einem Haus, das mir fremd war. Ich erwog, zu Clytie zu gehen. Nein, das war feige. Außerdem wollte ich ihr und Seth nicht entdecken, daß Clinton mir untreu war.

Ich schickte einen Boten hinüber, um mich zu erkundigen, wie es Clytie ging, und ich ließ ihr ausrichten, daß es hier nach meiner Abwesenheit eine Menge für mich zu tun gebe. Ich würde sie recht bald besuchen.

Der Bote kam mit einem Brief von Clytie zurück. Sie dankte mir für alles, was ich für sie getan hatte; es gehe ihr besser und sie habe ohne Alpträume geschlafen.

Irgendwie brachte ich den Tag hinter mich. Clinton aber kam nicht. Noch ein Tag verging.

Er kam um Mitternacht zurück. Ich lag in unserem gemeinsamen Bett, als er hereinstürmte. Ich stellte mich schlafend. Er trat ans Bett und blickte ein paar Sekunden lang auf mich hinunter, bevor er das Moskitonetz zurückzog.

»Nun, Sarah?«

Ich antwortete nicht und hielt meine Augen geschlossen.

»Du schläfst nicht«, sagte er. »Du brauchst gar nicht so zu tun. Du hast in fieberhafter Ungeduld auf meine Rückkehr gewartet, gib's zu.«

Ich öffnete die Augen. »Da bist du ja.«

»Und du bist sehr wütend auf mich.«

»Warum sollte ich?«

»Weil ich nicht hier war, als du zurückzukehren geruhtest.«

Ich setzte mich auf. »Es ist mir einerlei, was du tust.«

»Jetzt lügst du auch noch, nachdem du dich so unziemlich benommen hast.«

»Es ist spät«, sagte ich. »Ich bin müde.«

»Möchtest du nicht wissen, was mich aufgehalten hat?«

Ich stieg aus dem Bett. »Ich glaube, das weiß ich bereits«, sagte ich.

»Warum gehst du nicht dorthin zurück? Ich bin sicher, dort wirst du freundlicher empfangen als hier.«

»Ich gehe, wohin *ich* will«, antwortete er. »Nicht, wohin man mir befiehlt.«

»Und ich auch«, erwiderte ich. »Ich gehe in ein anderes Zimmer.«

An der Tür hielt er mich auf. Er legte einen Finger an die Lippen. »Die Dienstboten«, sagte er. »Sie beobachten uns. Sie flüstern über uns.«

»Laß sie doch!«

»Ja«, erwiderte er, »meinetwegen. Aber du wirst mich trotzdem nicht verlassen.«

»Ich gehe, wohin es mir beliebt.«

Er packte mich und hielt mich fest. »Mach das nicht noch einmal, Sarah! Ich mag das nicht.«

»Was meinst du damit?«

»Daß du mich zurückweist.«

»Und du? Wo bist du die beiden letzten Nächte gewesen?«

»Dich eine Lektion lehren.«

»Ich brauche keine Belehrung.«

»Ich hoffe, nie wieder.«

»Wenn du denkst, ich bin so eine Art Sklavin, und du brauchst nur in die Hände zu klatschen... Komm hierher, geh dorthin... dann irrst du dich.«

Statt einer Antwort hob er mich auf und trug mich zum Bett zurück. Er warf mich nicht eben sanft darauf, und ohne es zu wollen, spürte ich, wie mich die Erregung überkam. Ich wollte nicht weglaufen. Ich wollte bleiben und kämpfen. Wir wußten beide, wie das ausgehen wird. Der Sieg war sein, aber nicht ganz, denn ich wollte nicht zulassen, daß er glaubte, er habe mich durch etwas anderes als durch seine überlegene physische Kraft bezwungen.

Wen die Götter verderben wollen...

Er hatte gesiegt. Seine Miene zeugte von Selbstzufriedenheit. Am folgenden Morgen schlug er mir vor, mit ihm die Plantage zu durchstreifen. Ich hatte inzwischen genug gelernt, um zu erkennen, daß bei den Shaws eine Ordnung herrschte, an der es auf der Ashington-Plantage mangelte. Clintons Arbeiter schienen flinker – doch das war vielleicht nur vorübergehend, solange er zugegen war –, aber selbst das Grün der Pflanzen kam mir hier frischer vor.

»Wenn ich das nächste Mal fortgehe, nehme ich dich mit«, sagte er. »Ich möchte dir meine Gummibäume und vor allem die Perlenfischereien zeigen.«

»Wir werden sehen«, sagte ich, und er lachte.

Er wies mich auf die sorgfältig beschnittenen Pflanzen hin. »Das ist eine Kunst. Ich habe die besten Leute. Einige habe ich den Ashingtons weggelockt, als dein Vater noch lebte. Er sagte immer zu mir: ›Ich wage nicht, dich auf einen guten Mann aufmerksam zu machen, sonst nimmst du ihn mir fort.‹«

»Das kann ich mir lebhaft vorstellen.«

»Ich habe dir erlaubt, so viel Zeit auf der Ashington-Plantage zu verbringen, damit du in der Lage bist, die beiden Plantagen zu vergleichen. Ich denke, du verstehst jetzt etwas davon und erkennst den Unterschied.«

»Ich halte meine Plantage für vortrefflich.«

»Da sieht man, wie gefährlich ein beschränktes Wissen ist. Ich würde drüben gern einige Verbesserungen vornehmen, Sarah.«

»Ich bin überzeugt, daß Seth tut, was er für richtig hält.«

»Seth sollte lieber tun, was ihm aufgetragen wird.«

Ich sagte nichts. Unmut stieg in mir auf. Ich wußte, was er meinte. Er wolle Seth Befehle erteilen. Er wollte die Plantagen vereinigen. Er wollte die größte und einträglichste Plantage nicht nur von Ceylon, sondern von ganz Indien besitzen.

Nein!, dachte ich. Das werde ich nicht zulassen. Die letzte Nacht ging mir nicht aus dem Sinn, und ich haßte mich selbst ebenso wie ihn.

Ich war sicher, er hatte mich absichtlich zu Anulas Haus geführt. Es war ein hübsches, von Blumen umgebenes Anwesen. Nankeen arbeitete am Zaun.

»Wo sind wir hier?« erkundigte ich mich.

»Das ist das Haus von Nankeens Tochter.«

Nankeen blickte auf und verneigte sich vor uns.

»Viel zu tun, Nankeen?« fragte Clinton.

»Meine Tochter bat mich, diese Reparatur zu machen. Nur eine Kleinigkeit.«

»Der Garten schaut prächtig aus. Meine Frau liebt Gärten über alles, nicht wahr, Sarah?«

Ich murmelte etwas. Mein Unmut wuchs. Clinton war ein Teufel. Er zeigte mir, wo er die Nächte verbrachte, während ich auf ihn wartete.

»Sehr schöne Blumen, *mem-sahib*«, sagte Nankeen. »*Sahib* machen hübschen Garten hier.«

Sahib! Das war Clinton.

»Meine Frau möchte sich den Garten gern anschauen.«

Ich blickte auf meine Uhr.

»Zeit genug«, sagte Clinton mit einem Anflug von Gehässigkeit. Er war abgestiegen, und wollte ich nicht umkehren und davonpreschen, blieb mir nichts übrig, als es ihm gleichzutun.

Nankeen band unsere Pferde fest. Dann öffnete er mit einer Verbeugung das Tor. »Ich geben meiner Tochter Bescheid«, sagte er mit einem Lächeln, das verriet, daß er sich der gewissen Dramatik dieser Situation wohl bewußt war. Er ging ins Haus.

»Ich habe nicht die Absicht, deiner Mätresse einen Höflichkeitsbesuch abzustatten«, protestierte ich.

»Unhöflichkeit ist kaum das, was man von einer Dame erwartet, die erst kürzlich aus England gekommen ist.«

Anula stand in der Tür. Ich mußte zugeben, ihre Schönheit war atemberaubend: das glatte dunkle Haar, das wie Satin schimmerte, die riesigen dunklen Augen. Wie schön diese Frauen waren, vor allem, wenn sie sich bewegten. Ihre Körper hatten die Grazie eines Dschungeltieres, was bewirkte, daß ich mir unglaublich plump vorkam. Mein Haar war zerzaust, und mein Tropenhelm rutschte mir immer zu tief über die Augen. Ich trug eine Musselinbluse und einen schwarzen Reitrock. Einem Vergleich mit diesem schönen, eleganten Geschöpf hielt ich nicht stand. Sie vereinte die Anmut der Singhalesen mit der Würde ihrer portugiesischen Vorfahren – sie hatte von beiden Seiten das Beste abbekommen. Man hätte wirklich glauben können, daß sie die Reinkarnation jener tückischen Königin war.

»Es ist mir ein großes Vergnügen.« Ihre Augen waren auf mich gerichtet und weideten sich an meinem Unbehagen. »Bitte, kommen Sie herein!«

»Anula brennt darauf, dir ihr Haus zu zeigen«, sagte Clinton. »Und Sarah hält es vor Neugier nicht mehr aus. Unsere Häuser gefallen ihr, nicht wahr, Sarah? Sie sind so anders als in England.«

»Kommen Sie«, sagte Anula und klirrte mit ihren Armreifen. »Doch zuerst eine Erfrischung.«

Sie klatschte in die Hände. Dienstboten stellt er ihr also auch zur Verfügung, dachte ich.

»Anulas Spezialität«, bemerkte Clinton, als die Getränke gebracht wurden. »Das Rezept verrät sie nicht.«

»Es macht nicht betrunken«, sagte Anula. »Jedenfalls nicht sehr.« Sie lächelte mir zu. »Sie sind dabei, sich einzugewöhnen, höre ich von Leila.«

»Ja.«

»Meine Frau findet unsere Lebensart amüsant.«

Sie lachten verständnisinnig. Das Ganze mußte etwas zu bedeuten haben.

Anula lächelte unentwegt, doch hinter ihrem sanften Blick verbarg sich etwas Unergründliches. Sie schien ein wenig unsicher, und ich fragte mich, ob Clinton sie wohl ebenso warnen wollte wie mich. Es war eine lächerliche und entschieden demütigende Situation. Deutete er seiner Geliebten an: »Das ist meine Frau«, und seiner Frau: »Das ist meine Geliebte«? Wollte er uns beiden zu verstehen geben, daß dies seinen Wünschen entsprach und wir es infolgedessen hinzunehmen hätten? Das paßte zu seiner Arroganz. Er hielt sich für einen Feudalherrn, der über jedermann ein absolutes Recht besaß.

Das würde ich mir nicht gefallen lassen, gelobte ich mir. Und doch, gestern abend ...

Das Getränk hatte es in sich. Clintons und Anulas Stimmen schienen von weither zu kommen. Das Zimmer neigte sich leicht zur Seite. Ich hatte das Gefühl, meine eigene Stimme sei sehr weit weg, doch was ich sprach, muß wohl vernünftig geklungen haben, denn sie schienen nicht zu bemerken, daß etwas nicht stimmte.

Sie standen auf, und ich erhob mich ebenfalls. Ich schwankte etwas, doch Clinton hatte meinen Arm ergriffen.

»Nun denn«, sagte er, »eine kurze Besichtigung, und dann müssen wir aufbrechen.«

Anula zeigte mir ihr Haus. Es war klein, aber hübsch. Duftige weiße Gardinen hingen an den Fenstern mit dem unvermeidlichen feinen Maschendraht. Das Schlafzimmer war dunkel, weil die Vorhänge zugezogen waren. Ein rundes Bett stand da, von dessen Baldachin Portieren herabhingen, und ein Ankleidetisch mit einem dreiteiligen Spiegel und vielen dekorativen, meist mit Halbedelsteinen verzierten Tiegeln. Meine Augen fielen sogleich auf den Bronzebuddha; er war fast das genaue Gegenstück zu der Skulptur in meinem Zimmer. Anula folgte meinem Blick; sie nahm den Buddha in die Hände und liebkoste ihn mit ihren langen Fingern.

»Er bedeutet mir viel«, sagte sie. »Ich spreche mit ihm. Wäre er nicht bei mir, könnte ich nicht gut schlafen.«

Ihre Augen waren geheimnisvoll, und ich schauderte innerlich; trotz der Hitze war mir kalt. Wie sie mit dem Buddha in den Händen dastand, konnte ich wahrhaft glauben, daß sie böse war, daß sie über unheilbringende Kräfte verfügte, und daß sie diese gegen mich richtete.

Sie stellte den Buddha an seinen Platz zurück und wandte sich lächelnd zu mir um. Clintons Augen ruhten auf mir, hämisch, lauernd. Ich stellte mir vor, wie sie beisammen lagen, und er wußte es. Das war der Zweck dieses Besuches.

Ein fremdartiger Duft wehte durch das ganze Haus, aber in diesem Raum war er besonders stark. In einer Wandnische befand sich ein steinernes Bildnis. Ich trat näher und betrachtete es.

»Meine Namenspatronin«, sagte Anula hinter mir. »Die erste Königin von Ceylon.«

»Eine recht furchteinflößende Dame«, fügte Clinton hinzu.

»Das Volk hatte große Angst vor ihr«, fuhr Anula fort. »Sie war sehr mächtig.«

»Und sie verstand sich besonders gut auf Zaubertränke«, ergänzte Clinton. »Genau wie du, Anula. Ich glaube, dein Trank war heute etwas stärker als sonst. Fandest du ihn auch stark, Sarah?«

»War Gin darin?« fragte ich.

»Das ist mein Geheimnis«, erwiderte Anula lächelnd und entblößte ihre makellosen Zähne.

»Soviel ich weiß«, sagte ich mit einem Nicken zu der Statue in der Nische, »fand die Dame ein schlimmes Ende. Wurde sie nicht auf dem Scheiterhaufen verbrannt?«

»Sie vergaß ihre Klugheit«, erwiderte Anula. »Das war ihr Fehler. Wäre sie nicht töricht gewesen, so hätte sie weitergelebt.«

»Und sich Liebhaber genommen und ihnen vergiftete Tränke gegeben, wenn sie ihr nicht mehr gefielen«, meinte Clinton. »Das dürfte ihr eine Menge Ärger erspart haben.«

»Sie hätte ewig leben können«, sagte Anula, und ihre dunklen Augen glühten. »Sie war kurz davor, das Geheimnis ewigen Lebens zu entdecken.«

Ich verspürte den Wunsch, aus diesem bedrückenden Haus hinauszukommen, fort von den Andeutungen, den Demütigungen und dem schwülen Geruch.

»Was ist das für ein Duft?« erkundigte ich mich.

»Mögen Sie ihn?« fragte Anula. »Er wird aus Sandelholz gewonnen und ist seit alters her das heilige Parfüm der Hindus. Möchten Sie etwas davon?«

Ich wollte sagen: Nein, ich finde es widerwärtig, doch ich fürchtete, damit meine Gefühle zu verraten; daher murmelte ich nur ein höfliches Dankeschön.

Anula öffnete eine Schublade, nahm ein Fläschchen heraus und drückte es mir in die Hand.

»Es stammt von dem weißen Holz des Baumes *Santalum album* – ein Parasit, der die Wurzeln anderer Bäume angreift. Man braucht einen Zentner Späne, um dreißig Unzen Sandelöl zu gewinnen. Es ist ungefähr das einzige Holz, das die Termiten nicht angreifen. Man sagt, wenn man sich damit besprengt, so wäscht man alle Sünden ab, die man während des letzten Jahres begangen hat.«

»Da siehst du, warum es so beliebt ist«, sagte Clinton fröhlich. »Wie bequem: Ich bin so böse, wie ich nur will, und dann... Wo ist das Sandelöl? Ein paar Tropfen, und ich bin ein Heiliger, weil alle meine Sünden abgewaschen sind.«

»Wie tröstlich«, gab ich zurück, »wenn man daran glaubt.«

»Du siehst, Anula«, sagte Clinton, »meine Frau ist das, was man skeptisch nennt.«

Ich fühlte mich erleichtert, als ich der bedrückenden Atmosphäre von Anulas Haus entkommen war.

Clinton beobachtete mich, als wir davonritten, doch ich war entschlossen, mir nicht anmerken zu lassen, daß ich vor Zorn kochte und mir überlegte, auf welche Weise ich mich rächen könnte.

Als mir dann die Idee kam, konnte ich es kaum erwarten, sie in die Tat umzusetzen. Ich ritt zum Anwesen der Ashingtons hinüber, wo Clytie mich erfreut begrüßte. Sie fühlte sich erheblich besser.

»Ich schlafe ruhig«, berichtete sie mir. »Die Alpträume scheinen aufgehört zu haben.«

»Nachdem alles überstanden ist, fragst du dich gewiß, wie es weitergehen soll. Du hast schließlich dein Erbe eingebüßt.«

»Ich weiß. Seth macht sich große Sorgen.«

»Ihr bleibt auf jeden Fall auf der Plantage. Ich werde niemals dulden, daß ihr... vertrieben werdet.«

Sie schwieg eine Weile, dann sagte sie: »Das ist es aber, was Seth befürchtet.«

»Ich habe mir überlegt, was ich tun werde. Ich kann euch beruhigen. Solange ich die Plantage besitze, seid ihr abgesichert, und ich setze euch in meinem Testament als meine Erben ein.«

»Aber du willst doch nicht sterben?«

»Das habe ich auch nicht vor, aber man kann nie wissen, nicht wahr? Angenommen, ich würde jetzt sterben...«

»Daran mag ich nicht denken; das ist zu schrecklich.«

»Man muß eben praktisch sein. Ich fahre nach Kandy zu einem Anwalt. Nicht zu dem von Clinton. Ich will sichergehen, daß alles seine rechtmäßige Ordnung hat. Dann braucht ihr euch keine Sorgen mehr zu machen. Solange ich lebe, seid ihr abgesichert, und wenn ich sterbe... ist auch für euch gesorgt.«

»Aber was sagt Clinton dazu?«

»Das geht ihn nichts an.«

Ich konnte mich eines grimmigen Lächelns der Genugtuung nicht erwehren. Wenn ich ehrlich war, tat ich es nicht nur, um meiner Halbschwester Sicherheit zu verschaffen. Ich wollte auch Clinton beweisen,
daß er mich nicht als seine Sklavin behandeln konnte.

Clytie machte einen halbherzigen Versuch, mich umzustimmen; sie
wollte mich dazu bewegen, es mir wenigstens noch einmal zu überlegen. Ich hörte nicht auf sie.

Schon am nächsten Tag fuhr ich nach Kandy, begab mich zu einem Anwalt und setzte das Testament auf, das von zwei Angestellten des An-
walts bezeugt und in sichere Verwahrung genommen wurde. Eine Kopie nahm ich mit.

Als alles geregelt war, beschlich mich ein Gefühl des Unbehagens.
Clinton hatte mich wegen der Plantage geheiratet. Sonst hätte er vielleicht Anula zur Frau genommen. Warum auch nicht? Mischehen waren zwar auf beiden Seiten nicht beliebt, aber waren sie erst einmal geschlossen, so wurden sie in der Regel auch anerkannt. Die Ehe meines
Vaters war ein Beispiel dafür.

Ich malte mir Clintons Wut aus, wenn er es herausfinden würde. Ich
wollte es ihm jetzt noch nicht sagen. Das sparte ich mir für eine Gelegenheit auf, da ich eine wirksame Waffe brauchte, um ihn zu schlagen.
Ich wußte, daß diese Gelegenheit kommen würde.

Als der Brief kam, war ich immer noch nervös. Manchmal, wenn ich
mit Clinton zusammen war, wurde mir seine Macht zutiefst bewußt.
Er war so sehr der Herr und Meister, daß auch ich ihn beinahe als solchen anerkannte. Ich konnte meiner Gefühle für ihn nie ganz sicher
sein. Manchmal haßte ich ihn und sehnte mich danach, ihn zu besiegen.
Dann wieder ... ja, er vermochte in mir eine Erregung zu erwecken, die,
solange sie anhielt, unwiderstehlich war.

Wenn ich daran dachte, was ich getan hatte, zitterte ich vor Angst. Der
Brief war wie eine gütige Hand, die sich mir entgegenstreckte, ein geheimes Wissen, daß Hilfe nicht fern war, falls ich ihrer bedurfte.

Zweimal in der Woche holte ich unsere Post vom Postamt in Manganiya ab. Für mich waren bisher lediglich zwei Briefe von den Tanten
gekommen. Die meiste Post war für Clinton bestimmt.

Diesmal war ein Brief für mich dabei, und der Anblick der vertrauten Handschrift erfüllte mich mit Freude. Ich riß den Umschlag auf und las:

> Meine liebe Sarah,
> ich wollte Dir schon lange schreiben und mich erkundigen, wie es Dir ergeht. Alles muß so fremd für Dich sein, und ich weiß, wie schlimm das Heimweh werden kann. Als ich hierher zurückkam, stürzte ich mich in die Arbeit; das half. Ich habe viel an Dich gedacht. Ich sehe wirklich nicht ein, warum wir nicht in Verbindung bleiben und uns nicht ab und zu schreiben sollen. Was hältst Du davon?
> Ich hoffe, von Dir zu hören, daß es Dir gut geht.
> Herzlichst,
> Dein alter Freund und Lehrer Toby

Es war lächerlich, daß ich mich so beschwingt fühlte und eine solche Erleichterung verspürte. Toby war gar nicht so weit weg. Ich blickte auf die Anschrift auf dem Briefkopf: Delhi. Unsere Insel lag direkt vor der Südspitze Indiens. Toby, der netteste Mensch, den ich je gekannt, war in der Nähe.

Ich sah keinen Grund, weshalb ich ihm nicht schreiben sollte. Welch ein Trost war das doch!

Angenommen, Clinton kam dahinter, daß ich ein Testament gemacht hatte, so würde er sehr wütend sein. Er hatte unsere Ehe so listig eingefädelt, weil ich die Plantage erbte. O ja, er würde wütend sein... mörderisch wütend. Falls ich dann weglaufen wollte, könnte ich zu Toby fliehen.

Ich stopfte den Brief in meine Bluse. Es war ein Trost, ihn auf meiner Haut zu spüren. Sobald ich zu Hause war, schrieb ich Toby einen langen Brief. Ich erzählte ihm von der Plantage, von meiner Schwester, die ich erst seit kurzem kannte und bereits herzlich liebte, und von meinem reizenden Neffen Ralph. Die Entführung erwähnte ich nicht. Sie schien mir für den Anfang unserer Korrespondenz zu dramatisch.

Als der Brief abgeschickt war, hielt mein Glücksgefühl an. Die Hülle des Unbehagens, die mich einzuschnüren drohte, hatte sich ein wenig gelockert.

Zwei oder drei Wochen, nachdem ich Tobys Brief beantwortet hatte, erlebte ich eine große Überraschung. Ich war morgens gerade im Garten, als Leila herausgelaufen kam und mir mitteilte, eine Dame wünsche mich zu sprechen. Ich ging ins Haus. Ich erstarrte vor Staunen und glaubte zu träumen. Da stand Celia Hansen und lächelte mich an.

»Celia!« rief ich. »Sind Sie's wirklich!«

Sie kam mit ausgestreckten Armen auf mich zu. »Ich hätte Sie von meinem Kommen verständigen sollen. Ich war aber nicht ganz sicher, ob ich hier richtig bin. Ich konnte nicht fortgehen, ohne mich zu vergewissern. Ich mußte Sie einfach sehen.«

»Celia, so eine freudige Überraschung. Wie sind Sie hierhergekommen?«

»Sie wissen doch, ich war mit einer Cousine auf Reisen.«

»Ja. Sie schrieben, daß Sie das vorhatten, und dann habe ich nichts mehr von Ihnen gehört.«

»Ich war nie eine große Briefschreiberin. Es blieb immer bei dem Vorsatz, zu schreiben. Ich war eine Weile unterwegs, dann kehrte ich zurück und machte einen Besuch auf Ashington Grange. Ihre Tanten erzählten mir, daß Sie verheiratet und mit Ihrem Gatten hierhergezogen sind. Ich sagte, ich wolle Ihnen schreiben, und sie gaben mir Ihren Namen und Ihre Anschrift. Dann begaben meine Cousine und ich uns abermals auf die Reise. Wir gelangten nach Indien, und da kam ich auf den Gedanken, Sie aufzusuchen sei besser als Ihnen zu schreiben. Ich verlor die Adresse und mußte mich auf mein Gedächtnis verlassen. Dann wurde meine Cousine plötzlich nach Hause gerufen. Ich hätte sie begleiten sollen, doch ich zog es vor, noch ein wenig zu bleiben und Sie ausfindig zu machen.«

»Ich bin so froh, daß Sie gekommen sind. Sie müssen ja todmüde sein! Wie haben Sie uns denn gefunden?«

»Ich kam mit dem Schiff nach Colombo. Von dort nahm ich die Eisenbahn. Ich las im Hafen den Namen Clinton-Shaw-Plantage auf Warenballen und stellte ein paar Fragen. Ihr Gatte ist ja bestens bekannt. Gleich neben dem Bahnhof von Manganiya ist ein Hotel. Ich würde dort gern für etwa eine Woche absteigen. Ist Ihnen das recht?«

»Das kommt gar nicht in Frage«, erwiderte ich. »Wir haben hier genug Platz. Es tut ja so gut, Sie wiederzusehen, Celia.«

»Ach Sarah, wir haben eine Menge durchgemacht, nicht wahr? Ich denke oft an Ihre liebe Mutter.«

»Sie waren eine ihrer glühendsten Verehrerinnen. Sie hatte Sie gern. Es tat ihr gut zu wissen, daß es noch Menschen gab, die sie bewunderten.«

»Das war alles sehr traurig, aber nun liegt es hinter uns. Sind Sie glücklich, Sarah?«

»Es ist sehr interessant hier«, erwiderte ich. »Ich habe eine Plantage geerbt und bin dabei, alles über Tee zu lernen. Und Sie brauchen jetzt einen.«

»Ein Tee wäre sehr erfrischend, und er schmeckt sicher besonders gut, da er auf Ihrer Plantage gewachsen ist.«

»Warum stehen wir noch hier herum? Es ist so eine freudige Überraschung, Sie zu sehen. Ich lasse Ihnen ein Zimmer herrichten. Sie müssen meine Schwester kennenlernen.«

Leila lungerte herum, ihre dunklen Augen brannten vor Neugier.

»Dies ist eine Freundin von mir aus England«, sagte ich. »Ich wünsche, daß ein Zimmer für sie hergerichtet wird. Sie wird bei uns wohnen.«

Celias Gegenwart verlieh unserem Leben eine gewisse Normalität. Die Anwesenheit einer Engländerin lenkte von der fremdartigen Atmosphäre ab, und ich fühlte mich etwas wohler. Celia fand ihr Zimmer entzückend; sie entschuldigte sich, daß sie uns so viele Umstände bereite, und ich mußte ihr wiederholt versichern, wie froh ich sei, sie hier zu haben.

Sie war von unserem Garten begeistert und interessierte sich für alles. Es war ein Vergnügen, mit ihr zusammenzusein. Clytie verstand sich gut mit ihr. Ralph zeigte ihr seine Elefanten und versuchte, sie mit seiner Kobra zu erschrecken, und als ihm das gelang, schloß er sogleich Freundschaft mit ihr. Celia war von dem Jungen sehr angetan, und als sie von der Entführung erfuhr, war sie entsetzt. Sie hatte volles Verständnis für Clyties Bereitschaft, sich von den Perlen zu trennen. »Ich hätte an ihrer Stelle genauso gehandelt«, sagte sie.

Es war eine Freude, mit ihr zu plaudern.

Clinton gefiel sie ebenfalls, und er meinte, es sei gut für mich, eine Gefährtin aus der Heimat zu haben. Ich nahm sie mit nach Kandy und in den Club, in dem ich inzwischen Mitglied war; ich stellte sie etlichen Leuten vor, darunter auch der schauderhaften Mrs. Glendenning. Celia wurde herzlich aufgenommen.

Weihnachten rückte näher. Es kam mir unziemlich vor, das Fest in der Hitze zu feiern. Ich glaube, die meisten von uns sehnten sich nach der winterlichen Kälte daheim, nach Schnee, Weihnachtsliedern, Efeu und Stechpalmenzweigen. Wir bemühten uns nach Kräften: Ralph hing seinen Strumpf auf, und Clytie schmückte einen Baum. Wir verbrachten den Tag bei den Blandfords, und am nächsten Tag kamen sie alle zu uns.

Es war wenige Tage später. Ich erinnere mich in allen Einzelheiten an den Abend; denn danach setzte die Veränderung ein.
Celia und ich hatten im Wald mit Ralph gespielt, und er hatte Celia stolz die Palme mit seinem eingeritzten Monogramm gezeigt. Ich konnte den Baum nie ohne Schaudern betrachten, und ich war sicher, daß es Clytie ebenso ging.
Celia und ich waren dann heimgeritten. Clinton kam herein, und wir tranken etwas. Danach aßen wir zu Abend, und anschließend saßen wir im Wohnzimmer. Draußen war es zwar angenehm, doch die Moskitos waren eine Plage, und Clinton meinte, Celia sei besonders gefährdet, da die Insekten frisches englisches Blut liebten.
Wir redeten über dieses und jenes, bis das Gespräch auf den Tod meiner Mutter kam. Celia machte dabei einen ziemlich verstörten Eindruck. Schließlich sagte sie: »Es ging mir immer im Kopf herum. Ich weiß nicht, ob es richtig war, zu schweigen. Damals hielt ich es für besser...«
»Was meinen Sie, Celia?« wollte ich wissen.
Sie blickte zu Clinton, und er fragte: »Ist es ein Geheimnis?«
»Nein, nein«, erwiderte Celia rasch. »Ich bin sicher, daß Sarah vor Ihnen nichts geheimhalten möchte.«
Clinton beugte sich vor und legte seine Hand auf die meine. »Natürlich nicht«, sagte er. »Nicht wahr, Sarah?«
Ich antwortete nicht. Ich dachte an mein großes Geheimnis und stellte mir seine Wut vor, wenn er wüßte, was ich getan hatte.
»Es ist mir nicht aus dem Kopf gegangen, seit es passiert ist«, sagte Celia.
»Sagen Sie's uns«, bat Clinton.
Sie blickte ihn offen an. »Wissen Sie, wie es auf Ashington Grange zuging? Miss Martha und Miss Mabel...«

»Ich kenne sie. Ein Drachenpaar. Jedenfalls die eine. Die andere lebt in ihrem Schatten.«

»Ja, genauso war es. Manchmal glaube ich, ich habe es mir eingebildet. Ihre Tante Martha ist eine sehr resolute Person, Sarah, eine Frau, die entschlossen ist, ihren Willen durchzusetzen.«

»Ein nicht ungewöhnlicher weiblicher Charakterzug«, murmelte Clinton.

»Sie hatte eine Zwangsvorstellung«, fuhr Celia fort. »Die hing mit den Perlen zusammen. Sie hat mir davon erzählt. Sie hatte sich einen Plan ausgedacht. Es scheint verrückt... der helle Wahnsinn. Ihr Vater war mit einer Frau vermählt, die ihm nie einen Sohn geschenkt hätte. Sie lebten getrennt. Ihre Tante wünschte verzweifelt, daß Ihr Vater einen Sohn zeugte, um den Familiennamen zu erhalten. Das alles schien ziemlich verworren. Ich wollte es fast nicht glauben. Doch ich merkte, daß auch Sie es geahnt hatten, Sarah. Ihre Tante Martha hatte *mich* als die nächste Frau Ihres Vaters auserkoren, als Ihre Mutter noch lebte. Ist das nicht verrückt?«

»Ich ahnte wirklich, was sie im Sinn hatte«, sagte ich.

»Meine Lebensumstände kamen ihr gerade recht. Ich besaß damals kein Geld... aber es ging nicht um Geld. Sie wollte aus mir die dritte Mrs. Ashington machen; ich sollte einen Sohn zur Welt bringen, dessen Frau die Ashington-Perlen tragen konnte, bis diese einen Sohn gebar, dessen Gattin... und so weiter. Das alles schien völlig verrückt und so gar nicht zu ihr zu passen. Sie war sonst so praktisch veranlagt... stand mit beiden Füßen auf der Erde. Doch das war ihr Plan: Ihr Vater sollte nach Hause kommen und mich heiraten. Er hatte aber eine Frau. Ich weiß, es klingt unglaublich. Ich bin aber überzeugt, daß sie wahnsinnig war. Eine merkwürdige Form des Wahnsinns, wie sie aus einer Zwangsvorstellung erwächst.«

»Celia«, sagte ich erschrocken, weil mich dumpfe Vorahnungen beschlichen, »was wollen Sie damit sagen?«

»Es fällt mir schwer. Es klingt so kompliziert und gänzlich abwegig. Sie wissen, Sarah, mein Zimmer lag im gleichen Stockwerk wie das Ihrer Mutter. Ich hörte in der Nacht merkwürdige Geräusche. Ihre Mutter war krank. Es war nur ein Schnupfen; sie erkältete sich ja so leicht. Dieser Schnupfen entwickelte sich jedoch zu einer Bronchitis. Eines Abends sah ich Ihre Tante Martha in das Zimmer Ihrer Mutter gehen.

Ich glaubte, sie bringe ihr heiße Milch oder dergleichen, und beachtete sie nicht weiter. Am Morgen ging es Ihrer Mutter schlechter. Dann kam jene Nacht... Erinnern Sie sich, Sarah? Sie gingen nach oben... Das kalte Zimmer, in das der eisige Wind hereinblies. Ich wachte plötzlich auf und spürte, daß etwas nicht stimmte. Ich erinnerte mich, wie Ihre Tante leise... fast verstohlen... in das Zimmer gegangen war, und am nächsten Morgen war Ihre Mutter so krank. Sie gingen in das Zimmer Ihrer Mutter und fanden die Fenster geöffnet und das Feuer ausgelöscht. Wir waren nicht sicher... Sie hätte es auch selbst getan haben können. Doch ich hatte Ihre Tante Martha zuvor in das Zimmer gehen sehen...«

»Sie meinen, sie hat meine Mutter ermordet?«

»In gewisser Weise war es Mord... falls sie es getan hat. Ihre Mutter starb an einer Lungenentzündung, doch diese bittere Kälte muß ihr den Tod gebracht haben. Ich versuchte dahinterzukommen. Zuerst der Schlaftrunk, dann alle Fenster öffnen, hinausschleichen und später zurückkommen, um die Fenster zu schließen. Wenn das stimmt, war Ihre Tante wahnsinnig. Ich kann mich natürlich irren. Deshalb wollte ich nicht darüber sprechen. Doch es ging mir seither nicht mehr aus dem Sinn. Ich konnte es nicht ertragen, das Geheimnis noch länger für mich zu behalten.«

»Sie haben damals gar nichts gesagt?« fragte Clinton.

»Nein, weil ich nicht sicher war. Ich konnte es nicht glauben. Ich dachte, Sarahs Mutter hätte es selbst getan, im Fieber, ohne zu wissen, was sie tat. Das versuchte ich mir einzureden. Je mehr ich darüber nachdenke, desto überzeugter bin ich, daß Martha wahnsinnig war... wahnsinnig *ist*.«

Ich schwieg. Die Geschichte überraschte mich nicht, weil ich mir schon lange Gedanken über Tante Martha gemacht hatte. Es stimmte gewiß, daß sie meine Mutter aus dem Weg haben wollte, und auch ich hatte den Eindruck gehabt, daß sie Celia Hansen zur dritten Frau meines Vaters auserkoren hatte.

Tante Martha: erbarmungslos, hart, eine willensstarke Frau – verrückt! Ja, das war durchaus vorstellbar. Wir unterhielten uns noch eine Weile. Celia schien wahrhaft erleichtert. Ich konnte mir denken, wie es eine empfindsame Persönlichkeit bedrücken mußte, so etwas für sich zu behalten.

Als Clinton und ich allein in unserem Zimmer waren, fragte ich ihn, was er von Celias Verdacht in bezug auf den Tod meiner Mutter hielt.

Er zuckte die Achseln. »Das alte Mädchen ist zu allem fähig, dessen bin ich sicher. Sie gehört zu den Menschen, die sich etwas in den Kopf setzen und nicht ruhen, bis sie es bekommen, koste es, was es wolle.«

»Solche Menschen gibt es«, bemerkte ich spitz.

»Davon bin ich überzeugt.« Er zog mich an sich. »Ich sehe, ich muß auf meine Sarah achtgeben. Wahnsinn in der Familie, hm?«

An diese Unterhaltung sollte ich mich später wieder erinnern.

Am Ende der Woche meinte Celia, sie müsse abreisen, doch ich bedrängte sie, noch ein wenig zu bleiben.

»Müssen Sie unbedingt schon fort?« fragte ich.

Sie schüttelte den Kopf. »Ich möchte nur nicht länger bleiben, als ich erwünscht bin, das ist alles.«

»Sie wissen doch, wie gern ich Sie hier habe. Und Clinton ist froh, weil er uns unbesorgt zusammen im Haus zurücklassen kann, falls er mal über Nacht wegbleiben muß.«

»Wenn Sie meinen...«

»Meine liebe Celia, Sie müssen bleiben, so lange Sie mögen.«

»Dann bleibe ich noch etwas. Ich muß zugeben, ich hoffte, daß Sie mich dazu auffordern. Ich bin fasziniert von dieser Umgebung, und ich war immer gern mit Ihnen zusammen. Ralph ist ein wonniger Kerl. Es müßte ein Vergnügen sein, ihn zu unterrichten. Dazu wäre ich jetzt wohl eher geeignet als damals, als ich zu Ihnen kam.«

»Das ging doch recht gut«, sagte ich. »Es ist also abgemacht: Sie bleiben.«

Danach sprach sie nicht mehr von ihrer Abreise. Als ich Clinton erzählte, daß ich sie gebeten hatte zu bleiben, war er einverstanden.

»Es ist besser für dich, wenn du Gesellschaft hast«, meinte er.

Ich vermutete, er hatte dabei nicht nur jene Anlässe im Sinn, wenn er geschäftlich von zu Hause fort mußte. Visionen von Anulas verführerischem Schlafgemach schwirrten mir durch den Kopf.

Die Tage vergingen rasch. Ich erhielt wieder einen Brief von Toby. Er mußte ihn sofort geschrieben haben, nachdem er den meinen bekommen hatte. Er war erfreut, von mir zu hören. Er berichtete mir von seiner Arbeit und von den Menschen, mit denen er lebte. Er schilderte mir den Bungalow, den er bewohnte, und beschrieb mir den ziemlich niederträchtigen *khansamah*, der ihn nach Strich und Faden betrog, ohne den er jedoch schwerlich auskommen könne. »Er geht für mich einkaufen und berechnet viel zu viel für alles, was er kauft, aber wenn ich versuchen wollte, es selbst zu erledigen, müßte ich noch viel mehr bezahlen. Du siehst, sie haben sich alle gegen den armen *sahib* verbündet; zumal er keine *mem* hat, die auf ihn aufpaßt. Ich gebe häufig Gesellschaften und werde oft eingeladen. Die Engländer halten fest zusammen. Ich bin sicher, daß es bei Euch genauso ist.«

Ich schrieb unverzüglich zurück und erzählte ihm frohgemut von unserem Club sowie dem Ball zu Ehren meiner Ankunft und von der aufdringlichen Mrs. Glendenning. Ich war überzeugt, daß ihr Typus in seiner Gesellschaft ebenso vertreten war wie in meiner.

Kurz nachdem ich Toby diesen Brief geschrieben hatte, geschah das erste merkwürdige Ereignis. Ich ging eines Tages zu Fuß von Clytie nach Hause. Es war eine der seltenen Gelegenheiten, ganz allein zu sein, und als ich durch den Wald schritt, dachte ich an meine Mutter und fragte mich, ob sie wohl jemals allein durch diesen Wald gegangen war. Eigentlich war es ja ein Dschungel. Einst hatte er sich über weite Flächen erstreckt, und wenn es nach Clinton ginge, würde auch dieses Stück noch abgeholzt, um für den Teeanbau genutzt werden zu können.

Das werde ich nicht zulassen, dachte ich und lachte vor mich hin bei dem Gedanken, wie wütend Clinton wäre, wenn er wüßte, daß er die Plantage, um deretwillen er mich geheiratet hatte, nie bekommen würde.

Die Menschen tun seltsame Dinge im Aufruhr der Gefühle. Ich hatte mich dazu hinreißen lassen, rasend vor Wut zum Anwalt zu gehen. Nie würde ich die Demütigung vergessen, die Clinton mir angetan hatte, als er mit dieser Frau zusammen war. Am meisten ärgerte mich jedoch, daß ich ihm erlaubt hatte, die Nacht mit mir zu verbringen, als er zurückkam. Ich hätte mich mit allen Kräften wehren sollen; zwar hatte ich getan, als gebe ich widerwillig nach, doch er wußte genau, daß dies nicht ganz stimmte.

Wie ich ihn haßte! Wie hatte ich mich nur auf ihn einlassen können? Er war ganz und gar nicht der Mann, den ich mir zum Ehemann wünschte. Ich wollte einen zärtlichen, hingebungsvollen Menschen, der ausschließlich mich liebte. Einen Mann, der mich sein Leben lang beschützte und verehrte. Wie froh war ich, daß ich mit Toby in Verbindung stand.

An diesem Tag schaute das Dickicht anders als sonst aus. Was war das? Ich blieb stehen und lauschte. Hatte Clytie nicht gesagt, ich würde mich an die Geräusche des Dschungels gewöhnen? Sie hatte recht behalten. Ich kannte die Laute. Selbst wenn ich etwas durchs Unterholz huschen hörte, bekam ich keinen Schreck. Man mußte freilich immer vor Schlangen auf der Hut sein. Doch wenn man vorsichtig war, bestand keine Gefahr. Leila sagte, sie habe neulich im Dschungel am Wasser eine Anakonda gesehen; die waren ziemlich selten. Und ich hatte tatsächlich eine Kobra erspäht – ein erschreckender Anblick. Sie lag zusammengeringelt unter einem Baum und schlief. Ich war schnell vorübergeeilt. An den sumpfigen Flußufern sah ich oft Krokodile, meist schlafend und anscheinend harmlos, doch wenn sie anfingen, mit den Schwänzen zu peitschen, mußte man sich schleunigst davonmachen. Die sonderbaren Stabheuschrecken jagten mir keine Angst mehr ein, auch nicht das plötzliche Auftauchen einer Eidechse oder eines Chamäleons. Geckos waren längst etwas Alltägliches, und ich hatte sie oft im Haus an den Wänden hinaufflitzen sehen. Ich gewöhnte mich allmählich an diese Welt, wo in der dampfenden Hitze Lebensformen gediehen, die zu Hause nicht denkbar waren.

Aber an diesem Nachmittag war etwas im Dschungel, das mich erschreckte. Ich spürte, noch bevor es mir richtig bewußt wurde, daß jemand hinter mir herschlich.

Da – das plötzliche Knacken eines Zweiges... Schritte. Es konnte ein kleines Tier sein, ein Schweinshirsch vielleicht, der vorsichtig durchs Unterholz zog, darauf gefaßt, daß ihn überall Gefahr umlauerte. Leilas Anakonda würde kurzen Prozeß mit ihm machen, wenn sie ihn entdeckte.

Nein, das war kein Tier. Ich begriff selbst nicht, warum mich diese plötzliche Angst überkam.

Allein mitten im Dschungel. Ja, aber das Haus war nahe. Ich war diesen Weg durch den Wald schon oft allein gegangen und hatte mir nichts dabei gedacht. Da – wieder! Der behutsame Schritt. Wenn ich stehenblieb, war er nicht mehr zu hören, ging ich weiter, war er wieder da... Etwas schlich hinter mir her.

Eine unerklärliche Panik ergriff mich. Ich fing zu laufen an. Die Schritte kamen hinter mir her, sie tappten durch das Holz. Ein Tier? Unmöglich. Es würde nicht stehenbleiben, wenn ich stehenblieb. Ich hielt an. Mein Herz hämmerte so wild, daß es schmerzte.

»Wer ist da?« rief ich.

Keine Antwort. Wer immer mich verfolgte, war schlagartig stehengeblieben, als ich anhielt.

Jetzt wußte ich, was wirkliche Angst war. Ich fing wieder zu laufen an. Es kam hinter mir her. Ich rannte, so geschwind ich konnte. Ich verspürte ungeheure Erleichterung, als ich zu der Stelle kam, wo das Gehölz sich lichtete. Ich hatte den Garten erreicht. Ich lief hinein und blickte in den Dschungel zurück in der Erwartung, daß dort jemand auftauchte.

Niemand erschien.

»Wer ist da?« rief ich nun mit fester Stimme aus der Geborgenheit des Gartens.

Keine Antwort. Niemand kam heraus. Langsam ging ich zum Haus. Jemand hatte mich verfolgt in der Hoffnung, mich zu erwischen, bevor ich in Sicherheit war. Aber wer? Weshalb jagte man mich durch den Wald?

Ich ging ins Schlafzimmer hinauf, setzte mich vor den Spiegel und betrachtete mich darin. Welch ein Anblick! Zerzaustes Haar, in wilder Angst starrende Augen. Ich wusch mich, kleidete mich um und ging nach unten.

Celia saß lesend im Wohnzimmer. Sie blickte auf und lächelte. »Ist Ihnen nicht wohl?« fragte sie.

»Ich weiß nicht. Ich habe mich im Wald erschreckt.«

»Wieso?«

»Ich dachte, ich werde verfolgt. Es war richtig... unheimlich.«

»Aber wer könnte Sie denn verfolgen?«

»Das weiß ich auch nicht. Aber es war irgendwie... beängstigend.«

»War es ein Tier?«

»Sie meinen, ein Tier war hinter mir her?«

»Möglicherweise. Sie wissen mehr über den Dschungel als ich.«

»Celia, es war furchtbar. Ich hatte wirklich Angst.«

»Es war sicher nur Einbildung«, sagte sie.

»Nein«, erwiderte ich. »Ganz bestimmt nicht.«

»Kommen Sie, setzen Sie sich! Sie sehen ja ganz mitgenommen aus.«
Sie fing an, von anderen Dingen zu reden, und ich wußte, daß sie versuchte, mich zu beschwichtigen.

Das war der Auftakt zu merkwürdigen Begebenheiten.
Der nächste Vorfall ereignete sich zwei Tage später. Es war eine allgemeine Gepflogenheit, nachmittags während der heißesten Tageszeit zu ruhen. Außer Clinton zogen wir uns alle zur Siesta zurück. Seit Celia bei mir war, ging ich nicht mehr so oft zu Clytie hinüber, und wenn ich es tat, nahm ich den Einspänner und machte nur eine Morgenvisite.
An diesem Vormittag war die Hitze besonders stechend gewesen. Celia und ich hatten zusammen die Blandfords besucht. Ich war bei Clytie und Seth geblieben, und Celia hatte mit Ralph den Garten aufgesucht. Celia und der Junge waren gute Freunde, und es belustigte mich, wie gern Celia in ihrer belehrenden Art seine Kenntnisse zu vertiefen suchte. Da er ein sehr begabtes Kind war, gefiel ihm das recht gut. Es war ein vertrauter Anblick geworden, die beiden zu sehen, wie sie, in eine Unterhaltung vertieft oder über einem seiner Bücher, aus dem sie ihm vorlas, die Köpfe zusammensteckten.
Seth hatte mir eine neue Bewässerungsmethode erklärt. Er sprach angeregt, und es war offensichtlich, daß ich ihm mit meinem Besuch beim Anwalt eine schwere Last von der Seele genommen hatte. Jetzt fühlte er sich angespornt, härter zu arbeiten, um die Plantage erfolgreich zu bewirtschaften. Zwar hatte er sich auch vorher bemüht, aber die Tatsache, daß er sich seines Postens nun sicher war, zeigte eindeutig ihre Wirkung.
Als Celia und ich nach Hause kamen, nahmen wir ein leichtes Mittagsmahl zu uns und zogen uns auf unsere Zimmer zurück. Ich schlief nachmittags selten. Meistens las ich, und zuweilen verweilten meine Gedanken bei allem, was sich ereignet hatte, seit ich hierhergekommen war. Wie schon gesagt, hatte Celias Ankunft unser Leben in gewisser Weise in normalere Bahnen gelenkt. Clinton war verändert, und wir stritten nicht so oft wie sonst. Celias Gegenwart hinderte uns daran. Ich weiß nicht, ob ihm das gefiel oder nicht, doch er fand es ganz gewiß in Ordnung, daß sie tagsüber bei mir war.
Ich lag wach auf meinem Bett, als es plötzlich an die Tür pochte.

»Herein«, rief ich und erwartete, Celia zu sehen. Es war kaum anzunehmen, daß Clinton anklopfte, wenn er kam. »Wer ist da?«
Ich erhielt keine Antwort.
Ich erhob mich vom Bett und ging zur Tür. Da war niemand. Merk-
würdig! Das Klopfen war so laut gewesen. Vielleicht war es jemand von
den Dienstboten. Aber warum kamen sie nicht herein, wenn sie dazu
aufgefordert wurden? Und warum gingen sie weg, nachdem sie ange-
klopft hatten?
Zuerst mein Erlebnis im Wald und dann dies. Ich war verstört. Ich ging
zu Celias Zimmer und klopfte.
»Herein«, rief sie.
Sie lag lesend auf ihrem Bett.
»Haben Sie an meine Tür geklopft?« fragte ich.
»Warum sollte ich?«
»Es hat geklopft. Ich rief ›herein‹ und niemand kam. Ich stand auf und
sah nach. Es war niemand da.«
»Vielleicht war es Leila, die etwas heraufbringen wollte.«
»Aber warum sollte sie anklopfen und dann weggehen?«
Celia zog die Schultern hoch. Es war klar, daß sie dem Vorfall keine
große Bedeutung beimaß.
»Leila«, fragte ich später, »hast du heute nachmittag an meine Tür ge-
klopft?«
Sie hatte mir warmes Wasser gebracht, damit ich mich waschen konnte,
bevor ich mich zum Abendessen umzog.
»Klopfen, Missie? Ich ... klopfen?«
»Ja, heute nachmittag. Jemand hat angeklopft, und als ich ›herein‹ rief,
ist niemand gekommen.«
Sie schüttelte den Kopf. »Ich war's nicht.«
»Das ist sehr merkwürdig. Es war so deutlich. Ich lag auf meinem Bett,
und da hörte ich das Pochen.«
»Heute nacht ist Vollmond«, sagte Leila, und ihre schwarzen Augen
blickten nachdenklich. »Vielleicht war es Geist von Vollmond.«
»Wieso sollte der an meine Tür klopfen?«
»Vielleicht er denken an Sie bei diesem Vollmond.«
»Leila, bist du sicher, daß du nicht irgendwas bringen wolltest und dir
es dann anders überlegt hast und mich lieber nicht stören wolltest?«
Leila schüttelte heftig den Kopf.

»Nun, irgendwer hat jedenfalls geklopft«, sagte ich fast zornig.

»Geist von Vollmond«, meinte Leila wichtigtuerisch.

Ich merkte, daß ich aus ihr nichts Vernünftiges herausbringen würde. Ich sah ein, daß ich mich mehr verwirren ließ, als es die Sache vielleicht wert war. Es war so irritierend, ein solch deutliches Klopfen zu hören und dann alle so teilnahmslos zu finden, ausgenommen Leila mit ihren absurden Vorstellungen vom Mondgeist. Celia schien anzunehmen, ich hätte geträumt, und sah nicht ein, warum man sich deshalb aufregen sollte.

Clinton kam herein, während ich mich umkleidete. Er war guter Laune und küßte mich innig. »Hattest du einen schönen Tag?« erkundigte er sich.

»Ja, und du? Clinton, was bedeutet es, wenn die Leute sagen, man wird vom Geist des Mondes verfolgt?«

»Das bedeutet, Wahnsinn liegt in der Luft.«

Auf einmal war mir schrecklich bange. Ich beschloß, nichts von dem Pochen an meiner Tür zu sagen.

Etwas Merkwürdiges war im Gange. Abermals geschah es, daß ich mich im Wald verfolgt fühlte. Es war dasselbe behutsame Tappen. Ich geriet in echte Panik.

Keuchend erreichte ich die Lichtung. Dort wartete ich. Falls es ein Tier war, würde es gewiß jetzt herausgeprescht kommen. Nichts. Es konnte kein Tier gewesen sein. Es war jemand, der nicht gesehen werden wollte. Aber wer?

Am Abend erzählte ich es Clinton und Celia.

»Das sind die Dschungelnerven«, meinte Clinton.

»Was um alles in der Welt ist das?«

»Es überkommt einen im Dschungel, und dann bildet man sich Erscheinungen ein.«

»Das war keine Einbildung. Jemand hat mich verfolgt.«

»Höchst unwahrscheinlich«, sagte Clinton.

Ich fing einen Blick von Celia auf. Sie sah mich besorgt an. Sie dachte vermutlich an das Pochen an meiner Tür, das ich mir, wie sie glaubte, eingebildet hatte.

Wenn ich das nächste Mal verfolgt werde, finde ich heraus, wer es ist, gelobte ich mir.

Ein paar Tage später ereignete sich wieder etwas Merkwürdiges. Es war abermals während der Siesta, und ich lag lesend auf meinem Bett. Plötzlich vernahm ich ein Geräusch, und ich starrte zur Tür. Der Knauf drehte sich kaum merklich. Diesmal sagte ich nichts. Ich blieb liegen und schaute genau hin. Die Tür ging ganz langsam auf.

Ich wußte nicht, warum ich so erschrak. Ich spürte die Stille im Haus. Ich wartete. Gleich würde jemand leise in mein Zimmer treten. Der Geist des Mondes? Eine gespenstische Gestalt, die auf mich deuten und sagen würde: »Wir denken an dich«?

Nichts geschah... Alles blieb still.

Ich sprang aus dem Bett. Der Flur war leer. Das alles war höchst sonderbar. Ich mußte Gewißheit haben, und diesmal würde ich behutsam vorgehen.

Als Leila wieder mit dem heißen Wasser hereinkam, fragte ich sie: »Du hast doch heute nachmittag meine Handtücher heraufgebracht, nicht wahr?«

Sie blickte mich verständnislos an. »Nein, Missie. Ich ausgegangen, ganzen Nachmittag, Nähgarn kaufen.«

»Um welche Zeit bist du fortgegangen?«

Sie zog die Stirn kraus. Drei Uhr sei es gewesen, erinnerte sie sich. Es war halb vier, als meine Tür sich auf so geheimnisvolle Weise geöffnet hatte. Freilich, Leila konnte gelogen haben.

Später berichtete ich Celia, was geschehen war.

»Ich habe niemanden gehört«, sagte sie.

»Aber es muß jemand dagewesen sein, der meine Tür aufgemacht hat. Warum nur?«

»Das kommt mir so albern vor. Völlig sinnlos.«

»Völlig sinnlos«, bestätigte ich.

»Gewiß war es Leila, die etwas bringen wollte, und dann besann sie sich darauf, daß Sie ruhten.«

»Sie war zu der Zeit nicht im Haus, sagt sie.«

»Sind Sie sicher, daß Sie die Tür richtig geschlossen hatten? Vielleicht hat ein plötzlicher Luftzug...«

»Ich lasse die Tür nie offen.«

»Aber diesmal vielleicht doch. Das scheint die einzige Erklärung, es sei denn...«

»Was?«

»Es sei denn, Sie sind eingenickt und haben geträumt.«

»Celia, ich war wach. Ich stieg aus dem Bett, und die Tür war auf.«

Sie zuckte die Achseln. »Na ja, eigentlich ist es nicht so wichtig, oder?«

Sie sah mich forschend an, und ich sagte: »Es *ist* wichtig. Es sind zu viele merkwürdige Dinge passiert. Zweimal ist mir jemand im Wald gefolgt. Es hat keinen Sinn zu sagen, ich hätte es mir eingebildet. Ich wurde wirklich verfolgt. Und dann das Klopfen an meiner Tür.«

»Was soll das alles?«

Ich sah, daß sie glaubte, ich würde viel Getue um nichts machen, und ließ das Thema fallen. Doch beschloß ich, mit Clytie darüber zu sprechen. Ich ging zu ihr. Sie war mit Ralph im Garten.

Er kam zu mir gelaufen und umklammerte meine Knie – eine liebenswerte Gewohnheit von ihm. Sie gab den Besuchern das Gefühl, daß er sich wirklich freute, sie zu sehen.

»Ich hab' einen neuen Elefanten«, verkündete er. »Der kann laufen.«

»Man muß ihn aufziehen«, erklärte Clytie. »Ralph ist ganz aus dem Häuschen mit ihm. Er läßt alle anderen Spielsachen liegen.«

»Er will mit mir zum Baden«, sagte Ralph. »Wir gehen ins Wasser, ich auf seinem Rücken, und das Wasser reicht dann bis zu mir hinauf. Ich sitze auf einem goldenen Thron mit einem Schirm über mir. Mein Elefant fürchtet sich ein bißchen, aber ich sage ihm, daß er keine Angst zu haben braucht. Ich lasse ihn schon nicht ertrinken. Dann gehen wir Panther jagen. Mama, kann ich einen Panther bekommen? Einen, der rennt, damit mein Elefant ihn jagen kann?«

»Abwarten«, erwiderte Clytie. »Zuerst müssen wir deinen Panther finden.«

»Panther sind prima«, bemerkte Ralph, »aber Elefanten sind viel besser.«

Er rannte davon, um mit seinem Elefanten auf die Jagd zu gehen, und Clytie und ich ließen uns im Schatten einer Palme nieder.

»Stimmt etwas nicht?« fragte Clytie.

»Ich weiß nicht recht. Es sind so merkwürdige Dinge vorgekommen.« Ich erzählte ihr alles.

Sie hörte mit ernster Miene zu. Ich war dankbar, daß sie nicht sagte, es sei Einbildung gewesen. »Es sieht so aus«, meinte sie schließlich, »als ob dir da jemand einen bösen Streich spielen möchte.«

»Aber warum?«

Sie dachte nach. »Das Schleichen im Dschungel. Möglicherweise versucht jemand, dir einen üblen Streich zu spielen, um dich in Panik zu versetzen. Das Pochen an der Tür, die Tür geht auf ... das ist wirklich sonderbar.«

»Das nächste Mal springe ich sofort aus dem Bett und laufe hinterher. Ich will wissen, wer mich verfolgt.«

»Sei vorsichtig, Sarah!«

»Wie meinst du das, Clytie? Du sprichst, als würdest du annehmen, ich sei in Gefahr.«

»Wer immer dahintersteckt, er muß einen Beweggrund haben.«

»Manche Leute würden behaupten, es sei Einbildung.«

»Es könnte sein, daß jemand versucht, dich nervös zu machen.«

»Aber wer?«

»Ich weiß nicht«, sagte sie, aber es klang nicht sehr überzeugt.

»Clytie, willst du mir helfen?«

»Natürlich.«

»Dann sag's mir, wenn du etwas weißt.«

»Ich weiß nichts. Ich habe nur einen Verdacht. Es ist peinlich. Ich denke, es hat etwas mit ... Nein, ich bin sicher, daß ich mich irre. Die Vermutung ist einfach zu abwegig.«

»Clytie, ich bin deine Schwester. So abwegig deine Vermutung auch sein mag, ich will es wissen.«

»Die Menschen hier sind anders als du, Sarah. Sie haben andere Regeln ... andere Vorstellungen ... Ich dachte an Anula. O nein ... das ist unmöglich. Ich hätte es nicht erwähnen sollen.«

»Doch! Und mehr brauchst du nicht zu sagen. Ich weiß, daß Anula Clintons Geliebte war. Er hat es gestanden. Sie hat etwas dagegen, daß ich hier bin. Vielleicht hat sie die Absicht, mich zu vertreiben.«

»Es war allgemein bekannt«, gab Clytie zu. »Sie haben kein Geheimnis daraus gemacht. Vielleicht hat sie geglaubt, er würde sie heiraten. Es wäre durchaus möglich gewesen. Mütterlicherseits stammt sie aus einer angesehenen Familie, und weil sie schon in ihrer Kindheit etwas Besonderes war, sorgten ihre Eltern für eine Erziehung, wie sie die anderen Kinder nicht bekamen. Sie ist die älteste, und als sie heranwuchs, lebte ihre Mutter noch. Sie starb, als Ashraf geboren wurde. Leila war damals noch sehr klein. Anula wurde nach europäischen Maßstäben erzogen. Dadurch unterscheidet sie sich von den anderen, und sie würde wohl eher in unsere Gesellschaft passen. Ich halte es für denkbar, daß sie dir grollt und versucht, dich mit ihren Tricks zu erschrecken und womöglich zu vertreiben.«

»Sie kann doch nicht hoffen, daß ihr das gelingt, indem sie im Dschungel hinter mir herschleicht oder Leila an meine Tür klopfen läßt.«

»Ich sagte dir doch, es war nur so eine Vermutung. Anula ist ein sonderbares Wesen. Eine Menge Leute glauben, daß sie wirklich die Reinkarnation jener ersten Königin von Ceylon ist, die den gleichen Namen trug. Die wurde durch Heirat mit dem König zur Königin. Es gibt Leute, die Clinton als den König von Kandy bezeichnen. Er ist so mächtig und erwirbt mehr und mehr der einträglichsten Betriebe des Landes. Auf seinem Gebiet ist er gewissermaßen ein König. Vielleicht hat Anula gehofft, durch die Heirat mit König Clinton zur Königin zu werden. Dadurch hätte sich ihr Karma erfüllt. Einmal hat sie es verfehlt, aber diesmal sollte es ihr gelingen. So hatte sie sich das wohl ausgedacht. Und dann kam Clinton mit einer Ehefrau aus England zurück.«

»Glaubst du wirklich, daß sie so große Anstrengungen unternehmen würde, um mich loszuwerden?«

»Ich weiß nicht recht. Ich versuche nur, eine Erklärung zu finden.«

»Ich kann mir nicht vorstellen, daß dieses elegante Geschöpf im Dschungel hinter mir herschleicht.«

»Vielleicht hat sie Ashraf geschickt. Leila hätte das Klopfen an der Tür besorgen können. Die würden ihr bedingungslos gehorchen. Sie hat ihnen weisgemacht, daß sie ganz besondere Kräfte besitzt, und sie wagen nicht, sie zu kränken.«

»Was soll ich tun, Clytie?«

»Nimm es nicht zu schwer. Laß dir keine Angst machen.«

»Clinton und Celia glauben, ich hätte mir das alles eingebildet.«

»Dann sprich mit ihnen nicht mehr darüber. Behalte es für dich. Sei wachsam, und versuche herauszubekommen, wer dir Angst einjagen will.«

Das klang recht vernünftig. Ich mußte bedenken, daß ich mich in einem fremden Land befand, und was zu Hause verrückt und absurd erschien, das war hier alltäglich. Die Menschen hier dachten anders; sie waren der Natur sozusagen näher; ihre Anschauungen mochten mir fremd erscheinen, aber für sie waren sie selbstverständlich. Ich durfte nicht den Fehler begehen, die Menschen hier nach den gleichen Maßstäben zu beurteilen wie die Leute in meiner Heimat.

Es war durchaus denkbar, daß Anula glaubte, sie und Clinton seien füreinander bestimmt. Clytie hatte gesagt, Clinton werde sogar als der König von Kandy bezeichnet – König in einem anderen Sinn als die alten Herrscher. Doch er war der mächtigste Mann hier, und auch er beherrschte gewissermaßen die Insel.

Es schien so lächerlich, aber ich war Clytie dankbar, daß sie mir zuhörte und mich ernst nahm. Anula! Das war jedenfalls die plausibelste Erklärung.

Es war, als senke sich allmählich ein Alpdruck auf mich herab. Es geschahen so alberne Dinge. Ich legte etwas an den Platz, wo es immer war, und fand es woanders wieder. Ich versuchte, das einfach abzutun, doch es wurde von Mal zu Mal schwieriger.

Clinton meinte, ich sei konfus. Leila warf mir geheimnisvolle Blicke zu, und ich wußte, sie dachte an den Geist des Mondes. Celia machte sich Sorgen und bemühte sich ihrerseits, sich nichts anmerken zu lassen. Und mir wurde wirklich angst und bange. Es mochte meiner Furcht zuzuschreiben sein, daß ich immer mehr dazu neigte, seltsame Dinge zu tun. Ich konnte es nicht begreifen.

Ich war nervös, wenn ich ins Schlafzimmer ging. Ich fragte mich jedesmal, was ich wohl vorfinden würde. Wenn ich auf meinem Bett lag und auszuruhen versuchte, starrte ich auf die Tür in der Erwartung, daß sie plötzlich aufging.

Clinton war dann und wann fort, und da Celia im Haus war, ging ich nicht zu Clytie. Manchmal wünschte ich, ich könnte zu ihr ziehen, denn ich spürte, daß das Unheil an dieses Haus gebunden war.

Im Haus der Ashingtons fühlte ich mich wohler. Mit Clytie konnte ich unbefangener sprechen als mit Celia, doch selbst Clytie zeigte jetzt eine leichte Beklommenheit.

Was war mit mir geschehen? Es war fast, als sei ich behext. Manchmal hatte ich verschwommene Träume wie in einem Narkoseschlaf, und ich bildete mir ein, seltsame Gestalten in meinem Zimmer zu sehen. Das alles blieb natürlich nicht ohne sichtbare Wirkung. Ich wurde blaß, ich verlor an Gewicht, und ich hatte dunkle Schatten unter den Augen.

Ich versuchte, es vor Clinton zu verbergen. Er gehörte zu den Menschen, die Krankheit für eine Verfehlung der Leidenden hielten; ich wußte, er würde keine Geduld mit einer Kranken haben. Mit einer

Kranken? Ich war doch nicht krank. Ich war das Opfer eines sonderbaren... Zaubers, einer Hexerei, die mich mit ihrem Bann belegt hatte.

Eines Nachts, als ich in tiefem Schlummer lag, hörte ich Stimmen im Zimmer. Clinton war über Nacht fort, und ich war auf Celias Anraten früh zu Bett gegangen. Leila hatte mir einen warmen Trunk bereitet, der, wie sie sagte, beruhigend wirkte. Ich schlief fest und wurde von etwas geweckt; ich glaubte, eine leichte Berührung an meiner Wange zu spüren. Es war kein Licht im Zimmer, aber ich hörte meinen Namen: »Sarah, Sarah, der Geist des Mondes ruft dich...«

Ich zwang mich, vollends aufzuwachen. Natürlich war niemand im Zimmer. Es war nur ein Traum.

Eines Tages nahm ich in meinem Zimmer einen schwachen Sandelholzgeruch wahr. Mir wurde schwindelig davon, und ich mußte an Anula denken. Die Parfümflasche, die sie mir geschenkt hatte, war in der Kommode. Ein Tropfen wusch die Sünden eines Jahres ab. Ich konnte Clinton noch darüber lachen hören.

Die Flasche mußte undicht sein. Rund um den Stöpsel war alles feucht, und ich atmete diesen merkwürdigen, exotischen Duft ein.

Dann kam Leila. »Ich rieche Sandelholz«, sagte sie.

»Deine Schwester hat mir diese Flasche geschenkt.«

Ihre Augen leuchteten respektvoll auf. »Dann ist es besonders gut. Es macht heilige Stätte aus diesem Zimmer.«

»Das glaube ich kaum«, sagte ich.

»Es ist ein ganz bedeutsamer Duft, Missie Sarah. Wenn Feste sind, Leute geben viel Geld für Sandelholzstäbchen. Das bedeutet, sie bereuen ihre Sünden.«

»Mir scheint, dieses Parfüm ist mit der Sünde verbunden.«

»O ja. Es wird Sterbenden auf die Füße gegeben, damit der Duft mit ihnen geht, wenn sie zum Himmel wandern.«

»Sehr interessant. Ich finde es allerdings ein bißchen widerlich.«

»Missie Sarah, das ist Sünde gegen Heiligtum.«

Nachdem ich die Flasche angefaßt hatte, haftete der Geruch an meinen Händen. Celia bemerkte ihn, als ich hinunterkam. Ich erklärte ihr, daß Anula mir das Parfüm geschenkt hatte. Sie wußte von Anula – wieviel, konnte ich nicht sagen –, aber sie machte kein Hehl daraus, daß sie ihr nicht gewogen war. Ich erzählte ihr, was ich von Leila über die kultischen Bezüge des Sandelholzes erfahren hatte.

»Ein merkwürdiger Duft«, meinte sie. »Ich kann nicht sagen, ob ich ihn mag oder nicht.«

Als ich das nächste Mal in mein Zimmer ging, nahm ich einen starken Sandelholzgeruch wahr. Er schien an den Vorhängen zu haften. Das erinnerte mich an Anulas Haus, und ich wünschte, ein frischer Wind würde durch das Zimmer wehen.

Eines Morgens erwachte ich aus tiefem Schlaf; ich fühlte Druck auf meinen Augen, und ich sträubte mich, wie so häufig in letzter Zeit, ganz aufzuwachen.

Als ich meine Strümpfe anzog, roch ich Sandelholz, und ich stellte fest, daß der Geruch an meinen Füßen haftete. Ein Schauder durchfuhr meinen ganzen Körper, und mir war, als ob die Haare in meinem Nacken sich sträubten. Man gab den Sterbenden Sandelöl auf die Füße. Hatte Leila das nicht gesagt?

Ich glaube, das zermürbte mich mehr als alles, was bis dahin geschehen war.

Zwei Tage später schrieb ich an Toby. Es war mir klargeworden, daß ich etwas unternehmen mußte. Ich hatte mich zunächst geweigert, den Tatsachen ins Gesicht zu blicken; doch ich dachte viel über Tante Martha nach und hatte ein- oder zweimal von ihr geträumt, wie sie durch den Flur ins Zimmer meiner Mutter schlich. Sie hat meine Mutter getötet. Ich hatte es vermutet, aber jetzt war ich ganz sicher. Sie war vom Wahnsinn besessen. Wenn man ihr begegnete, schien sie ganz normal. Penibel, konventionell, selbstsicher – und doch zur Besessenheit fähig. Und das alles wegen der Perlen. Die hatten von ihr Besitz ergriffen, die bargen den Wahnsinn in sich.

Wahnsinn! Ein entsetzliches Wort. Ich hatte seit geraumer Zeit vermieden, es zu benutzen... seit diese merkwürdigen Geschehnisse angefangen hatten.

Konnte es wirklich wahr sein, daß unsere Familie vom Wahnsinn geschlagen war? War Tante Martha denn nicht wahnsinnig, als sie durch den Flur schlich, entschlossen, meine Mutter zu beseitigen? Sogar die Braut für meinen Vater hatte sie ausgewählt. Ja, das war Wahnsinn. Furcht befiel mich. Ich war immer eine ausgeglichene Natur gewesen. Ich bekam keine Wutanfälle. Ich konnte einigermaßen vernünftig und logisch denken, und doch handelte ich jetzt eigenartig. Ich sah sonderbare Dinge, die andere nicht sahen: Halluzinationen. Die Gestalten, die ich in meinem Zimmer zu sehen geglaubt hatte... Was hatte ich eigentlich gesehen? Ich wußte es nicht. Das Licht war zu schwach. Es war etwas spürbar Gegenwärtiges... weiter nichts. »Sarah, Sarah, ich bin der Geist des Mondes...«

Der Geist des Mondes brachte den Wahnsinn.

Konnte ich Clinton von meinen Ängsten erzählen? Nein. Er würde darüber lachen. Er war zwar mein Ehemann, aber es gab kaum Zärtlichkeiten zwischen uns. Er begehrte mich mit einer wilden Leidenschaft, die sich aus unseren Zusammenstößen nährte. Mir erging es mit ihm genauso. War das Liebe? Wenn ja, dann war es nicht das, was ich mir immer unter Liebe vorgestellt hatte. Er würde kein Verständnis für meine Schwäche haben, da er selbst so stark war. Er mochte mich, wenn ich mich gegen ihn wehrte. Er wollte keine schwache und verängstigte Frau. Ich konnte mir vorstellen, daß auch Anula sich ihm widersetzte und mit ihm stritt. Sie war die richtige Frau für ihn.

Nein, ich konnte es Clinton nicht erzählen. Ich hatte mich Clytie anvertraut, und ich war bereit, falls es nötig war, gegen Anula zu kämpfen, aber ich fühlte mich kraftlos und unsicher. Anula hätte nicht bei Nacht in mein Zimmer kommen können. Sie war weit weg... vielleicht mit Clinton zusammen. Mit Celia konnte ich bis zu einem gewissen Punkt reden, doch ihre Einstellung erschreckte mich. Sie wußte ja über Tante Martha Bescheid, und ich ertappte sie häufig dabei, daß sie mich mit tiefer Besorgnis beobachtete. Celia war eine gute Freundin, und sie hatte Angst um mich. Sie war zugegen gewesen, als meine Mutter starb, und sie glaubte, daß Tante Martha wahnsinnig war.

Werde ich wahnsinnig?, fragte ich mich. Fängt es so an?

Dann besann ich mich auf die Tage meiner Kindheit, und ich erinnerte mich, daß es immer jemanden gab, dem ich meine Sorgen anvertrauen konnte. Er hatte mich nie im Stich gelassen; er hatte mir immer geholfen; er hatte mich aufgerichtet, wenn mein Mut schwand; er hatte mir stets versichert, daß ich etwas Besonderes an mir habe. »Du kannst es, Sarah«, pflegte er zu sagen. »Wenn es jemand kann, dann du.«

Toby! Wie gut, daß ich mit ihm in Verbindung stand.

Also schrieb ich ihm. Ich hatte ihm bereits einiges berichtet. Er wußte, daß Celia bei mir war, und er war froh darüber. »So wie Du sie schilderst, scheint sie ein nettes, verläßliches Mädchen zu sein«, schrieb er.

Von Anula hatte ich ihm nichts erzählt. Er wäre über die Vorstellung, daß sie sich immer noch mit Clinton traf, entsetzt gewesen. Ich zog es vor, nichts davon zu erwähnen. Aber ich wollte ihn wissen lassen, welch merkwürdige Dinge sich neuerdings in meinem Leben zutrugen. Also schrieb ich:

Zuerst hatte ich das sichere Gefühl, im Wald verfolgt zu werden. Eigentlich ist es ein Dschungel. Du wirst das ja kennen. Man kann sich dort schon ängstigen wegen all dieser fremdartigen Lebewesen... so anders als die Tiere daheim. Nie werde ich das Kribbeln in meinem Rücken vergessen, als ich zum erstenmal eine Kobra erblickte. Die Eidechsen an den Mauern... zuerst ganz unbeweglich, und dann flitzen sie auf einmal los! Am schlimmsten sind die Ameisenstraßen. Meine Phantasie hätte mir also im Dschungel durchaus einen Streich spielen können. Aber es ist zweimal passiert. Ich wurde wirklich verfolgt. Toby, ich bin ganz sicher, daß ich es mir nicht eingebildet habe. Ich vernahm deutlich Schritte. Und dann dieses bestimmte Gefühl... Es war unheimlich. Dann das Klopfen an meiner Tür... und niemand da. Und auf einmal ging die Tür auf; und dann diese sonderbare Schläfrigkeit und das Bewußtsein, daß jemand in meinem Zimmer war. Toby, denk darüber nach und schreibe mir, was Du davon hältst.
Und dann noch etwas: Sicher kennst Du den Geruch von Sandelholzöl. Es ist ein heiliges Parfüm. Jemand hat mir eine Flasche davon geschenkt. Ich mag den Duft nicht. Als ich eines Tages in mein Zimmer kam, hing dieser Geruch in der Luft. Meine Flasche war halb leer. Ich hatte mein Zimmer nicht damit parfümiert, Toby, aber der Duft war da, in den Vorhängen... überall. Ich wollte herausfinden, wie das geschehen konnte. Ich fragte jeden, der Zugang zu meinem Zimmer hatte. Sie schworen, sie hätten es nicht parfümiert. Und sie haben mich so komisch angeschaut. Ich wußte, was sie dachten. Ich habe mich in letzter Zeit etwas sonderbar benommen. Sie glaubten, ich hätte den Geruch selbst in meinem Zimmer verbreitet. Erst tags zuvor hatte ich mit Leila über das Parfüm gesprochen. Sie erzählte mir, daß es heilig sei. »Ich vermute, Missie haben es getan, in Gedanken, ohne zu wissen«, sagte sie. Toby, kannst *Du* Dir vorstellen, daß ich das Zeug in meinem ganzen

297

Zimmer verteile, ohne es zu wissen? Eines Morgens war es an meinen *Füßen*. Man reibt die Füße der Sterbenden damit ein. Das ist so eine Art Ritual. Jemand muß es mir an die Füße getan haben, während ich schlief. Das hat mich mehr erschüttert als alles andere. Es macht das Ganze noch unheimlicher, als es ohnehin schon ist. Es war, als würde mir jemand sagen, daß ich bald sterben werde.

Es fällt mir so schwer, mir nicht anmerken zu lassen, wie sehr diese Dinge mich bedrücken. Manchmal frage ich mich, ob mit *mir* etwas nicht stimmt. Bilde ich mir das alles ein? Das muß ich mich fragen, Toby, und ich hoffe, daß Du mich beruhigen kannst, wie Du es immer getan hast.

Laß mich Dir nun berichten, was sich dann abgespielt hat. Ich ging mit der halbleeren Flasche Sandelholzöl in den Dschungel und warf sie fort, mitten in das verschlungene Gestrüpp. Ich hatte das komische Gefühl, daß mich jemand beobachtete, ein sonderbares Gefühl, Toby, das ich neuerdings häufig habe. Ich ging ins Haus zurück. Ich spürte den Geruch noch in meinem Zimmer, fand aber, er sei schwächer geworden und hoffte, er würde allmählich verfliegen.

Und jetzt kommt etwas ganz Schreckliches, Toby. Ich machte meine Kommode auf, und da stand die halbleere Flasche Sandelholzöl. Ich nahm sie in die Hand. Rund um den Stöpsel war sie feucht. Es war zweifellos dieselbe Flasche, die ich im Dschungel fortgeworfen hatte. Toby, was soll ich davon halten? Ich hatte sie draußen weggeworfen – und jetzt war sie wieder da. Ich habe versucht, logisch zu denken. Ich besann mich darauf, was Du immer sagtest, daß man seinen Schwierigkeiten geradewegs ins Gesicht blicken müsse. Ich denke viel an Dich, Toby. Also, das kann nicht dieselbe Flasche sein, sagte ich mir. Es war eine andere. Es sei denn, jemand hat die alte Flasche zurückgebracht. Weshalb? Ich zweifelte an mir selbst. Hatte ich die Flasche wirklich weggeworfen, oder hatte ich es nur vorgehabt und mir dann eingebildet, ich hätte es getan?

Ich ging zurück in den Dschungel, um die Flasche zu suchen. Es war am späten Nachmittag. Ich kam zu der Stelle, wo ich sie weggeworfen hatte. Das Gestrüpp ist dort sehr dicht. Ich schob die

Blätter beiseite, und dort, wo die Flasche gelegen haben mußte, lag eine zusammengerollte Kobra.

Stell dir meinen Schrecken vor! Ich sprang zurück und rannte so schnell ich konnte ins Haus. Clinton war inzwischen heimgekommen. Ich warf mich in seine Arme und schrie, ich hätte im Wald nahe beim Haus eine Kobra gesehen. Er ging mit Nankeen und ein paar anderen hinaus. Ich folgte ihnen, um ihnen zu zeigen, wo ich die Schlange gesehen hatte. Die Männer nahmen Stöcke und Waffen mit. Es war ganz nahe am Waldrand, weißt Du, und sie fürchteten, die Kobra könne in den Garten oder ins Haus kommen.

»Sie war zusammengerollt und schlief«, schrie ich. »Ich hab sie ganz deutlich gesehen.« Aber es war nichts zu sehen. Die Männer suchten die Umgebung ab, doch es war keine Spur von dem Ding zu finden. Der alte Nankeen schüttelte den Kopf und sagte: »Keine Kobra hier. Keine Spur von Kobra.« Als hätte ich mir das eingebildet.

Ich bin sicher, daß sie das alle dachten. Clinton lachte mich aus, und die anderen Männer lachten auch. »Keine Kobra, Missie«, wiederholte Nankeen. Ich kam mir ausgesprochen albern vor. Aber ich habe sie wirklich gesehen, Toby.

Toby, etwas geht hier vor. Schreib mir, was Du davon hältst. Ich habe Grund anzunehmen, daß meine Tante Martha nicht ganz richtig im Kopf war. Ehrlich gesagt, ich habe Angst. Dies ist ein Hilferuf. Ich fühle, daß Du der einzige Mensch auf der Welt bist, der mir wirklich helfen kann. Das wußte ich am Denton Square, und ich weiß es auch jetzt.

Toby, bitte, bitte, schreib bald...

Nachdem ich diesen Brief geschrieben hatte, wollte ich ihn unbedingt sofort aufgeben, obwohl er erst am nächsten Tag, wenn die Post kam, abgehen würde. Trotzdem mochte ich mit dem Abschicken nicht mehr warten.

Celia ritt mit mir nach Manganiya, und als ich sagte, daß ich zur Post wolle, meinte sie: »Kommt die nicht erst morgen?«

»Ja«, erwiderte ich, »aber ich möchte heute etwas aufgeben.«

Sie sah mich merkwürdig an, und ich glaubte, sie hielt das für ein neuerliches Zeichen meines sonderbaren Benehmens. Wir gingen also ins Postamt, und ich warf den Brief eigenhändig in den Sack.

»Es ist wohl ein sehr wichtiger Brief«, meinte Celia leichthin.

»An einen alten Freund in Indien. Toby.«

»Ach ja, ich erinnere mich.«

Mir war beinahe fröhlich zumute, als wir nach Hause ritten, so groß war mein Vertrauen in Toby.

Der größte Schock in dieser mysteriösen Geschichte aber sollte erst noch kommen. Er erschütterte mich dermaßen, daß es unmöglich war, diese merkwürdigen Halluzinationen noch länger zu ignorieren.

Ich hatte mit Clinton und Celia bei den Blandfords zu Abend gegessen. Clinton und Seth unterhielten sich über die Plantagen, und bei solchen Gelegenheiten fürchtete ich immer, Clinton könnte entdecken, daß ich dafür gesorgt hatte, daß er die Ashington-Plantage nicht bekommen würde. Aufgrund der jüngsten Vorfälle fühlte ich mich gar nicht mehr so tapfer, und ich hatte wahrhaftig – wie Janet sich einst ausgedrückt hätte – »Angst vor meinem eigenen Schatten«. Doch zuweilen gewann meine wahre Natur die Oberhand, und dann war ich überzeugt, daß es für all die Geschehnisse eine natürliche Erklärung gab und ich lediglich denjenigen zu erwischen brauchte, der mir diese bösen Streiche spielte. Hatte ich ein paar Nächte gut geschlafen, so war mein natürlicher Kampfgeist wiederhergestellt, und meine Befürchtungen kamen mir absurd vor.

In einer solchen Stimmung befand ich mich an diesem Abend. Clytie, Celia und ich unterhielten uns über häusliche Belange, über Ralph und sein drolliges Benehmen, über Dienstboten und dergleichen. Dann beteiligte ich mich am Gespräch der Männer, was Clinton jedesmal amüsierte; ich muß aber zugeben, daß er, so sehr es ihn auch ergötzte, meine Unkenntnis bloßzustellen, wenn wir allein waren, dies niemals in Gesellschaft tat. Celia und Clytie redeten immer noch über Ralph. Clytie war sehr von Celia angetan, was wohl hauptsächlich an deren Zuneigung zu Ralph lag.

Schließlich wurde es für uns Zeit, aufzubrechen, und wir fuhren in der Kutsche heim. Diese Fahrten durch die Nacht waren jedesmal sehr aufregend. Zwar befanden wir uns auf der Straße, doch der Dschungel war nahe, und ich lauschte auf die Tiere, die nachts umherstreiften. Hin und wieder erspähte man im Gebüsch das Aufflackern eines phosphoreszierenden Lichtes, das Glitzern eines wachsamen Auges, eine Gestalt, die plötzlich durchs Unterholz brach, und zuweilen konnte man den Lärm einer Balgerei oder einen Schrei der Angst und Wut vernehmen.

Zu Hause erwartete uns Nankeen. Unter den Leuten habe es einen kleinen Streit gegeben, erklärte er Clinton in schmeichelndem Ton. Ob er ihn wohl schlichten möchte? Gopals Frau habe wieder Unruhe gestiftet. *Sahib* Shaw werde das sicher in Ordnung bringen.

Clinton ging mit Nankeen, Celia begab sich in ihr Zimmer, und Leila erschien, um mir von Gopals Frau zu erzählen, die Gopal keine gute Ehefrau sei. »Sie ist sehr schön. Männer lieben Gopals Frau. Meine Schwester Anula sagen, wo sie ist, gibt es böses Blut.«

Ich gähnte, denn ich war müde. Ich wollte wissen, wie lange Clinton wohl ausbleiben würde.

»Er bald kommen«, meinte Leila. »Gopals Frau haben Angst vor *Sahib* Shaw.«

Auf dem Frisiertisch war eine Lampe angezündet. Sie spendete genügend Licht zum Auskleiden. Die feindseligen Augen des Buddha schienen mich zu beobachten. Ich nahm ihn in die Hände und betrachtete ihn. Ich werde ihn wegwerfen, dachte ich, und dann mußte ich über mich selbst lachen. Das wäre dumm. Es wäre das Eingeständnis, daß ich mich vor ihm fürchtete. Am besten, ich beachtete ihn gar nicht. Es war doch nur ein Stück Metall, oder?

Ich trat ans Bett und prallte erschrocken zurück. Aufgeringelt auf dem Bett – genau wie neulich im Unterholz – lag eine Kobra.

Eine Kobra im Haus! Ich starrte sie sekundenlang an. Sie war von olivgelblicher Farbe, und ich erkannte deutlich das weiße Kreuzbandmuster auf ihrem Rücken. Gottlob, sie schlief! Jede unbedachte Bewegung konnte sie aufstören, und das würde ein zorniges Erwachen. Sie würde mich angreifen.

Ich eilte zur Tür hinaus und raste schreiend die Treppe hinunter.

»Kommt schnell ... Leila ... ihr alle ... Im Schlafzimmer ist eine Kobra!«

Celia kam heruntergerannt.

»Sarah! Was ist passiert?«

Leila erschien mit zwei anderen Dienstboten. Dann kam Clinton zur Tür herein. Ich warf mich in seine Arme.

»Clinton«, sagte ich, »sie ist da... im Schlafzimmer, auf dem Bett...
aufgerollt; sie schläft.«

»Wer!«

»Die Kobra. Sie liegt auf dem Bett.«

Clinton ergriff einen Spazierstock. Drei Männer waren inzwischen da-
zugekommen. Sie liefen alle nach oben. Ich folgte mit Celia. Leila war
dicht hinter uns.

Clinton stieß die Schlafzimmertür auf und ging vorsichtig hinein, die
anderen folgten einen Schritt hinter ihm. Es war ganz still. Ich war hin-
terhergeschlichen. Alle blickten aufs Bett.

Da war nichts.

Ich vernahm einen tiefen Seufzer hinter mir. Celia hatte fürsorglich
meinen Arm ergriffen.

Clinton sagte: »Wir sollten auf jeden Fall eine gründliche Durchsu-
chung vornehmen.«

Sie durchsuchten das ganze Haus. Sie fanden nichts.

Clinton nahm mich in seine Arme und fragte: »Sarah, was ist mit
dir?«

»Ich hab' sie gesehen, Clinton. Ich hab' sie ganz deutlich gesehen«, beharrte ich.

Er streichelte mein Haar und sagte nichts.

»Du glaubst es mir nicht, nicht wahr? Du denkst, ich habe mir das eingebildet.«

Er sagte noch immer nichts.

»Sie war da... Sie lag auf dem Bett... Sie war gelblich. Das war kein
Irrtum.«

»Hör zu, Sarah! Das kann nicht sein. Du hast die Tür zugemacht, als
du hinausliefst. Sie hätte unmöglich aus dem Zimmer gekonnt. Und
wenn doch, so müßte sie irgendwo im Haus sein. Sie ist aber nicht da.
Außerdem ist es unwahrscheinlich, daß eine Kobra nachts um diese
Zeit schläft. Kobras sind Nachttiere. Sie gehen nachts auf Futterjagd.«

»Sie war aber da. Sie *war* da.«

»Vergessen wir das.«

»Vergessen? Wie kann ich das vergessen!«

»Sarah, was ist los mit dir?«

»Ich weiß nicht, was mit mir los ist.«

»Du scheinst anzunehmen, daß jemand... daß jemand etwas gegen dich hat und versucht... ja was? Erzähl's mir.«

»Vielleicht will mich jemand verscheuchen.«

Er lachte. »So ein Unsinn. Und ausgerechnet du wirst dich verscheuchen lassen?«

»Ich bin anscheinend nicht mehr dieselbe, die ich war, als ich herkam.«

»Du darfst deinen Kampfgeist nicht aufgeben, Sarah.«

Plötzlich hatte ich das Bedürfnis, mich an ihn zu klammern, bei ihm Trost zu suchen. Ich wollte sagen: Ich werde nicht verrückt, nicht wahr? Was hältst du von Tante Martha? Statt dessen sagte ich: »Du glaubst nicht, daß ich die Kobra gesehen habe, nicht wahr?«

»Du kannst sie einfach nicht gesehen haben, Sarah.«

»Und was war es dann?«

»Eine optische Täuschung. Vielleicht hat dir die Beleuchtung einen Streich gespielt.«

»Ich hab' sie deutlich gesehen.«

»So etwas kann leicht passieren. Dir geht etwas durch den Sinn, und schon wird aus einer flüchtigen Impression eine vermeintliche Tatsache. Du scheinst von Kobras besessen, Liebling.«

»Du glaubst, daß mit mir etwas nicht stimmt, nicht wahr?«

»Ich glaube, die Dschungelnerven haben dich erwischt. Du kommst hierher. Es ist so anders als zu Hause. Du gewöhnst dich ein... das denkst du jedenfalls. Aber du hast dich noch nicht ganz eingelebt. Gräme dich nicht mehr! In ein paar Wochen lachst du darüber.«

Seine Haltung hatte etwas Tröstliches. Der vernünftige, lässige Ton war vielleicht genau das, was ich brauchte. Clinton hob mich auf die Arme und küßte mich.

»Wir wollen's vergessen«, sagte er.

»Ich will's versuchen, aber sie werden alle darüber reden.«

»Laß sie doch!«

»Sie werden sagen, der Geist des Mondes habe mich auserwählt.«

»Es kann dir doch einerlei sein, was sie sagen.« Er löschte die Lampen. Die dunkle Nacht hüllte mich ein. »Ich verspreche dir, dich vor allen Kobras in Ceylon zu schützen«, sagte er.

Später verkündete er: »In etwa einer Woche fahren wir zusammen fort. Ich muß zu den Perlenfischern im Norden. Ich lasse dich nicht hier allein.«

»Da wollte ich schon immer hin.«

»Ich weiß. Die ewige Verlockung. Du wirst sehen, wie sie nach den Perlen tauchen. Die Saison beginnt bald – und dort oben habe ich noch nie eine Kobra gesehen.«

O ja, er besaß die Kraft, mich zu trösten.

Am Morgen kehrte die Beklommenheit zurück. Ich konnte mich nicht mit dem Gedanken abfinden, daß ich keine Kobra auf dem Bett gesehen hatte. Sie war ganz eindeutig dort gewesen. Aber wie konnte ich sie gesehen haben, wenn es tatsächlich unmöglich war, daß eine dort gelegen hatte?

Die Ängste wirbelten in meinem Hirn. Ich war heilfroh, daß ich Toby geschrieben hatte. Es war vielleicht dumm von mir, denn ich sah natürlich ein, daß er in Delhi nichts für mich tun konnte. Ich glaubte einfach, daß er mir den Rat erteilen würde, dessen ich bedurfte. Ich wollte, daß er wußte, was hier vorging; ich wollte ihm meine Empfindungen erklären und seine Meinung hören.

Clinton war früh aus dem Haus gegangen. Er hatte gesagt, daß er in etwa einer Woche zu den Perlenfischern aufbrechen würde. Ich fragte mich, ob ich wirklich mitfahren sollte. Gewiß, ich hätte gern gesehen, wie sie nach den Perlen tauchten, und ich wollte diesen Erwerbszweig in Clintons Königreich auch kennenlernen. Doch mit meinem Unbehagen wuchs auch der Wunsch, die Wahrheit herauszufinden. Halb wollte ich entfliehen, fort aus diesem grausamen Schatten, der über mir schwebte und mit jedem neuen Vorfall bedrohlicher zu werden schien; andererseits war es bezeichnend für mich, daß ich mich diesem Etwas, was immer es auch war, stellen wollte, um herauszufinden, was dahintersteckte.

Sollte ich wahnsinnig werden, dachte ich, ist es auf jeden Fall besser, wenn ich Bescheid weiß. Ich kann mit dieser Ungewißheit nicht weiterleben. Und wenn ich das nächste Mal eine Kobra sähe, wollte ich nahe herangehen und sie anfassen, um mich von ihrer Echtheit zu überzeugen. Welch törichter Gedanke! Kein Mensch würde es wagen, eine Kobra zu berühren.

Leila brachte mir warmes Waschwasser. Sie war schweigsam und hielt die Augen gesenkt. Sie dachte gewiß an den Vorfall von gestern abend, sagte aber nichts, und das war bezeichnend genug. Ich fragte mich, was die Dienstboten wohl über mich redeten. Daß ich vom Mondgeist besessen sei? Daß ich von den Dschungelnerven gepackt sei?

Ich wusch mich hinter dem Vorhang. Als ich ins Zimmer zurückging, um mich anzukleiden, traten meine nackten Füße auf etwas Hartes. Ich bückte mich und hob es auf.

Es war ein Stein – sehr klein –, und er sah aus wie ein Topas. Ich glaubte nicht, daß er echt war. Ich nahm an, er war aus Glas. Er mußte sich aus einem Knopf oder einer Verzierung gelöst haben. Ich wollte Leila fragen. Ich legte ihn in ein kleines Schälchen auf meinem Frisiertisch, während ich die Kobra aus meinen Gedanken zu drängen und mich ganz auf die bevorstehende Reise zu den Perlenfischern zu konzentrieren versuchte.

Ich fragte mich, was ich zum Anziehen brauchen werde. Vielleicht konnte mir Leila etwas nähen. An neue Kleider zu denken, war eine angenehme Ablenkung. Vielleicht sollten Clytie, Celia und ich nach Kandy fahren und ein paar Stoffe aussuchen.

Dann fiel mir ein, daß Celia, wenn ich zu den Perlenfischern fuhr, gewiß nicht mit den Dienstboten allein im Haus bleiben wollte. Ich konnte sie nicht bitten, abzureisen. Schließlich hatte ich sie mehrmals zum Bleiben überredet. Es war schon fast, als gehörte sie zur Familie. Außerdem wollte ich gar nicht, daß sie uns verließ. Dazu schätzte ich ihre Freundschaft viel zu sehr. Wir hatten unser vertrautes Verhältnis, das wir auf Ashington Grange hatten, wieder aufgenommen, wie es bei echten Freundinnen selbstverständlich ist.

Ich ging hinunter. Celia war im Garten. Sie blickte ein wenig schüchtern, als sie mir einen guten Morgen wünschte, und ich wußte, sie dachte an gestern abend.

Ich sagte zu ihr: »Es hat keinen Sinn, dem Thema auszuweichen, Celia. Ich weiß, daß ich eine Kobra gesehen habe, und nichts kann mich dazu bewegen, etwas anderes zu denken.«

»Sie muß irgendwie entkommen sein«, meinte sie begütigend. »Was haben Sie heute vor?« fuhr sie rasch fort.

»Zuerst möchte ich zu den Blandfords. Ich würde gern nach Kandy fahren.« Ich kam sogleich auf das Problem zu sprechen, das mir am meisten auf der Seele lag. »Clinton will mich mitnehmen, wenn er demnächst zu den Perlenfischern fährt. Er besteht darauf, daß ich ihn begleite.«

Celia nickte langsam.

Ich fuhr fort: »Celia, ich habe mir überlegt, daß Sie...«

Ein Lächeln erstrahlte auf ihrem Gesicht. »Oh, meinetwegen brauchen Sie sich nicht zu sorgen, Sarah, wirklich nicht. Ich kann im Hotel wohnen. Eigentlich hätte ich längst abreisen sollen... Ich möchte Sie nur nicht verlassen... gerade jetzt.«

Ihre Hand umschloß die meine. Ich war gerührt. Ich wußte, was sie meinte: Sie wollte mich nicht verlassen, solange ich mich in diesem seltsamen Zustand befand. Ihre Stimme zitterte leicht.

»Ich kann Ihnen gar nicht sagen, was es für mich bedeutet, Sie hier zu haben«, versicherte ich ihr. »Sie waren mein Trost auf Ashington Grange, und hier sind Sie's auch.«

»Ich möchte so lange bleiben, wie ich Ihnen irgendwie helfen kann. Sie werden wieder zu Kräften kommen. Sie werden wieder gut schlafen... und dann erscheint Ihnen dies alles wie eine flüchtige Krankheit. Übrigens, ich habe eine Idee. Ich könnte vielleicht bei Clytie wohnen und mich ein bißchen um Ralph kümmern. Ich habe den Kleinen wirklich gern. Er ist so klug und so drollig.«

»Ich weiß, daß Sie ihm sehr zugetan sind. Ich glaube, die alte Sheba ist ziemlich eifersüchtig. Natürlich wird Clytie Sie gern bei sich aufnehmen. Ich möchte, daß Sie und Clytie mit mir nach Kandy kommen, um Stoffe zu kaufen. Lassen Sie uns zu ihr hinüberreiten, dann können Sie alles mit ihr besprechen.«

Sie war einverstanden, und wir ritten am späten Vormittag hinüber. Clytie begrüßte uns wärmstens, und als sie erfuhr, daß ich mit Clinton verreisen würde, stimmte sie sogleich zu, daß Celia, da sie ohne mich nicht im Haus bleiben wollte, solange zu ihr zog.

»Laßt uns erst morgen nach Kandy fahren«, schlug sie vor. »Heute ist es zu spät. Wenn wir jetzt aufbrechen, kommen wir mittags an, und da sind die Geschäfte geschlossen. Und erst nachmittags abzufahren, hat auch keinen Sinn. Am besten, wir fahren zeitig morgen früh. Ist dir nicht gut, Sarah?«

»Wieso, sehe ich so aus?«

»Du wirkst ein bißchen müde, finde ich.«

Ich wollte ihr jetzt nichts von der Kobra erzählen. Ich wollte damit warten, bis wir allein waren. Celia schien das zu spüren und wechselte das Thema.

Ich dachte, was für eine gute Freundin sie doch war und wie ich sie vermissen werde, wenn sie eines Tages nach England zurückkehrte.

Am folgenden Tag verbrachten wir einen vergnügten Vormittag in Kandy, wo wir ein paar hübsche Seidenstoffe aussuchten: tiefrot und eisvogelblau. Ich fühlte mich besser. Ich hatte gut geschlafen, und nichts Ungewöhnliches war geschehen. Ich wartete auf Nachricht von Toby, doch dazu war es noch zu früh. Ich konnte kaum auf eine Antwort hoffen, bevor ich mit Clinton abreiste.

Ich versuchte, den Tatsachen ins Auge zu blicken. War es möglich, fragte ich mich, daß eine Frau wie Anula jemanden, der ihr im Weg war, mit einem Zauber belegen konnte? Besaß sie wirklich die Fähigkeit, mich Dinge sehen zu lassen, die nicht existierten? Ich hatte viel vom indischen Mystizismus gehört, und dieser Glaube herrschte auch hier. Ich wußte von dem berühmten Seiltrick, hatte ihn allerdings bisher nie gesehen und kannte auch niemanden, der ihn schon erlebt hatte. Es hieß, daß es sich dabei um eine optische Täuschung handelte, um eine Art Hypnose, die einen einzigen Mann befähigte, einer Menschenmenge vorzugaukeln, daß sie etwas sieht, was ganz unmöglich war. Besaß Anula diese besonderen Kräfte? Ich schauderte angesichts dieser Möglichkeit. Falls das wirklich stimmte, so wäre ich gewissermaßen ihr Geschöpf, das sie aus der Ferne lenken konnte. Das war ein unheimlicher Gedanke, der mir ganz und gar nicht behagte.

Aber wie... Und damit war ich wieder beim Anfang angelangt, und ich hatte mir doch gelobt, die Sache zu vergessen und nur an die bevorstehende Reise mit Clinton zu denken. Rote Buchara-Seide würde mir gut zu Gesicht stehen. Ich mußte wieder zu meinem Selbstbewußtsein finden, mußte wieder dieselbe werden, die ich war, bevor ich von diesen Halluzinationen und Ängsten heimgesucht wurde.

Wir feilschten um die Seide, wie es von uns erwartet wurde. Sowohl Clinton wie Clytie hatten mir eingeschärft, daß die Händler einen Käufer verachteten, der den zuerst verlangten Preis zahlte, und sich um ein Vergnügen betrogen fühlten, wenn man einen Handel abschloß, ohne zu feilschen.

Wir gingen auch in den Club und tranken köstlich erfrischende Limonade mit einem Schuß Gin.

Mrs. Glendenning steuerte auf uns zu und erkundigte sich, was wir in

Kandy machten und warum wir uns so selten sehen ließen. Sie vernahm mit Entzücken, was wir gekauft hatten und daß Clinton und ich in Kürze zu verreisen gedachten.

»Alle werden sagen, das ist recht«, meinte sie, womit sie andeutete, es sei im Hinblick auf Clintons Ruf nur gut, daß seine Frau ihn begleitete, wenn er von zu Hause fort war. Ich hätte am liebsten spitz gefragt, was sie das eigentlich angehe, doch ich hielt mich zurück.

Mrs. Glendenning wußte jedenfalls nichts von meinen »seltsamen Zuständen«, wie ich die jüngsten Vorgänge insgeheim nannte, was bewies, daß das Geflüster der Dienerschaft – und ich war sicher, daß über die Geschehnisse geklatscht wurde – noch nicht über unser Anwesen hinausgedrungen war.

Als Mrs. Glendenning fort war, kamen Sir William und Lady Carstairs in den Club und leisteten uns Gesellschaft. Sir William erkundigte sich, ob wir noch etwas von jener unerfreulichen Angelegenheit gehört hätten. Er meinte Ralphs Entführung.

»Schrecklich!« Sir William blickte Clytie vorwurfsvoll an, worauf sie den Kopf schüttelte und sagte: »Es war der einzige Ausweg.«

»Diese Schurken. Wir hätten sie vielleicht erwischt, und die Perlen wären Ihnen erhalten geblieben.«

»Das konnte ich nicht riskieren«, sagte Clytie gereizt. »Ich mußte meinen Sohn unversehrt zurückbekommen. Ich würde es wieder tun. Das müssen Sie doch verstehen.«

»Vollkommen«, erwiderte Sir William. »So ist es immer in solchen Fällen. Die Mütter warten nie auf unser Eingreifen. Doch ich bin fest überzeugt, daß wir die Perlen eines Tages wiederfinden.«

Ich wünschte, wir wären ihm nicht begegnet, denn er machte Clytie sichtlich nervös und verdarb uns den Tag. Doch während der Rückfahrt kehrte ihre gute Laune wieder, und weder Celia noch ich erwähnten die Perlen noch einmal. Celia besaß ein gutes Gespür für die Stimmungen anderer und verhielt sich stets überaus taktvoll.

Da wir zeitig aufgebrochen waren, kamen wir kurz vor dem Lunch zurück. Wir aßen eine Kleinigkeit und vertrödelten den frühen Nachmittag mit Plaudereien über Schnittmuster und die neueste Mode. Um vier Uhr, als die Hitze nachließ, gingen wir in den Garten, und Ralph gesellte sich zu uns.

Ich schlenderte mit ihm allein umher. Er wolle mir den Elefanten zeigen, sagte er. Er nahm mich bei der Hand und plapperte über seine Tiere, und ich fragte mich, ob er wohl manchmal an jene Nacht dachte, die er in einem fremden Bett verbracht hatte, als er entführt worden war. Clytie meinte, es sei gut, daß er in seiner Traumwelt lebe; denn so bleibe für ihn der Vorfall nur ein weiteres phantastisches Abenteuer. Er sagte gerade etwas über die ungezogene Cobbler.

»Oh, war sie ungezogen?« fragte ich.

»Sie ist weggelaufen.«

»Wohin?«

»Sie ist ganz von selbst weggelaufen. Sie hat mit einem Mungo gekämpft und wäre fast gestorben. Aber ich bin auf meinem Elefanten vorbeigekommen, und wir haben die unartige Cobbler gerettet. Komm mit, schau sie dir an!«

Er zog mich an der Hand und lief mit mir über das Gras. Er kroch unter einen Strauch und zerrte die Kobra hervor. Ein Schauder jagte mir über den Rücken. Das Ding war der echten so ähnlich... die Größe, die Farbe... alles.

»Da!« sagte Ralph. »Sie weiß, daß sie ungezogen war. Tante Sarah mag dich nicht mehr, Cobbler. Sie hat Jumbo viel lieber.«

Er sah zu mir auf.

»Du bist sehr böse auf sie. Arme Cobbler. Jetzt tut es ihr leid. Sie will nie mehr weglaufen. Weißt du, sie wußte nicht, daß Mungos gefährlich sind. Mein Papa kauft mir einen Mungo. Aber einen lieben. Der tut Cobbler nichts. Cobbler hat trotzdem Angst vor ihm. Sie hat sehr schlechte Laune.«

Das lebensechte Ding lag aufgeringelt zu meinen Füßen. Ralph kniete sich ins Gras und beugte den Kopf ganz tief, so daß er beinahe das Spielzeug berührte.

»Arme Cobbler.« Er blickte mich an. »Sie ist ein bißchen blind, Tante Sarah. Das kommt von dem Kampf mit dem Mungo. Es wäre aus mit ihr gewesen, wenn ich nicht gekommen wäre.« Er lachte. »Ich gucke sie an, aber sie kann mich nicht sehen. Sie ist auf dieser Seite blind.«

Ich schaute hinunter. Die Kobra hatte ein Auge verloren. Ich kniete nieder und sah die leere dunkle Höhle.

»Aus Schaden wird man klug, Cobbler«, sagte Ralph. »Wenn du das andere auch noch verloren hättest, könntest du überhaupt nichts mehr sehen.«

Der Anblick des Viehs war mir zuwider. Es gemahnte mich so sehr an das, was mir widerfahren war. Mit kindlichem Gespür begriff Ralph, daß ich die Kobra nicht anfassen mochte. Er hob sie auf und legte sie behutsam unter den Strauch.

Der Gedanke überkam mich plötzlich, während wir heimritten. Nein. Das war denn doch zu abwegig.

Sobald ich im Haus war, ging ich ins Schlafzimmer hinauf und sah in dem kleinen Schälchen auf meinem Frisiertisch nach. Das Stück Glas lag noch da – ein kleiner gelber Stein.

Angenommen, es stimmte: Wie war das Auge von Ralphs Kobra auf den Fußboden meines Schlafzimmers gelangt? Weil die Spielzeugkobra hier gewesen war!

Ich hielt den Glassplitter in der Hand. Ich mußte Gewißheit haben.

Ich blickte auf meine Uhr. Es war halb sechs. Ich mußte bis morgen warten, um festzustellen, ob das Glasstückchen in die leere Höhle paßte.

Ich war drauf und dran, Celia einzuweihen, doch irgend etwas hielt mich zurück. Falls das Stück Glas tatsächlich das Auge von Ralphs Kobra war, so wäre es interessant herauszufinden, wie es in mein Schlafzimmer gelangt war; doch falls es sich nur als irgendein Glassplitter erwies, so würden alle meine Aufregung für einen neuerlichen Beweis meiner »Kobrabesessenheit« halten. Ich mußte deshalb vorsichtig zu Werke gehen; denn wenn ich meinem Impuls folgte und augenblicklich zu den Blandfords eilte, so würde das gewiß Anlaß zu Bemerkungen geben. Ein weiteres Beispiel für Sarahs seltsames Benehmen, würde es bestimmt heißen. Daher mußte ich mich gedulden und bis morgen warten.

Ich legte den Glassplitter in das Schälchen zurück. Ich mußte achtgeben, daß er nicht verlorenging, und bei der ersten Gelegenheit wollte ich mich zum Anwesen der Ashingtons begeben.

An diesem Abend war ich ein wenig zerstreut. Mehrmals spürte ich Celias besorgte Blicke. Clinton tat so, als bemerke er nichts. Er glaubte, mich am besten von meinen merkwürdigen Zuständen heilen zu können, indem er sie nicht beachtete.

Am Nachmittag des folgenden Tages – um vier Uhr, als die Hitze ein wenig nachgelassen hatte – entschloß ich mich, durch den Wald zu den

Blandfords hinüberzugehen, und zwar allein, um niemandem den Grund meines Besuches erklären zu müssen.

Als ich von der Siesta aufstand, vergewisserte ich mich als erstes, ob der Glassplitter noch da war. Angesichts der Vorfälle der letzten beiden Wochen hatte ich beinahe erwartet, daß er verschwunden sei. Aber nein. Da lag er. Ich steckte ihn behutsam in eine kleine Seidenbörse, die ich in meiner Tasche verstaute, so daß ich ihn ab und zu befühlen konnte.

Als ich hinkam, war Clytie wie gewöhnlich zu dieser Stunde im Garten; Ralph war mit seinen Tieren bei ihr. Clytie freute sich wie immer, mich zu sehen, und ging ins Haus, um Tee bereiten zu lassen. So blieb ich mit Ralph allein.

»Ralph«, sagte ich. »Komm her! Ich muß dir was zeigen.«

Er kam angelaufen; seine Augen leuchteten erwartungsvoll.

»Ich glaube, ich habe Cobblers Auge gefunden«, verkündete ich ihm.

»Wo ist es, Tante Sarah? Wo ist es?«

Ich nahm es aus der Börse; mein Herz schlug aufgeregt, denn ich hatte halbwegs erwartet, daß der Splitter weggezaubert sei.

Er lag auf meinem Handteller, und Ralph betrachtete ihn.

»Das ist ja bloß ein Stein«, meinte er.

»Ja, aber es könnte ebensogut ein Auge sein. Arme Cobbler. Wir müssen schauen, ob es paßt. Wo ist sie? Im Garten?«

Ralph blickte mich vorwurfsvoll an. »Mit nur einem Auge lasse ich sie doch nicht draußen. Stell dir vor, wenn ein Mungo käme...«

»Wo ist sie denn?«

»In meinem Zimmer.« Er lief ins Haus, ich hinterdrein.

Sheba war im Vestibül. »Wo rennst du denn hin, mein Junge?« fragte sie.

»Sheba! Tante Sarah hat Cobblers Auge.«

»Vielleicht ist es nur eine Glasperle«, erklärte ich.

»Es ist ihr Auge! Es *ist* ihr Auge!« rief Ralph.

»Diese gräßliche Schlange«, murmelte Sheba. »Zeit, daß die mal verschwindet.«

»Komm, Tante Sarah«, schrie Ralph und stürmte die Treppe hinauf.

Auf einem Tisch neben seinem Bett stand eine Giraffe, eine kleine Maus lag unter ihren langen Beinen. Ralph verschwand unterm Bett und tauchte mit der Spielzeugkobra wieder auf.

»Gib sie mir«, sagte ich, »laß sehen, ob es paßt.«

Mit zitternden Fingern nahm ich den Glassplitter und verglich ihn mit dem verbliebenen Auge der Kobra. Dann legte ich ihn in die leere Höhle.

»Schau, Ralph«, rief ich triumphierend. »Es paßt!«

»Du hast ja Schüttelfrost, Tante Sarah.«

»Ach was, ich bin nur so aufgeregt, weil Cobbler ihr Auge wieder hat. Jetzt brauchen wir Klebstoff.«

Sheba stand in der Tür.

»Sheba, hol Klebstoff«, rief Ralph. »Cobbler hat ihr Auge wieder, aber es muß festgeklebt werden.«

»Ich gehe schon«, sagte Sheba.

Ralph blickte mich ernst an. »Sheba kann Cobbler nicht leiden. Sie will sie mir wegnehmen. Sie sagt, sie sieht wie eine echte Schlange aus. Cobbler *ist* doch eine echte Schlange, nicht wahr, Tante Sarah?«

»Für dich schon«, erwiderte ich.

»Sheba sagt, ich kann eine lebendige Schlange nicht von Cobbler unterscheiden. Ich erkenne Cobbler überall. Sie gehört doch mir.«

Sheba war leise wieder erschienen. »Hier ist Klebstoff«, sagte sie. Als sie ihn mir reichte, blickten ihre Augen mich durchbohrend an. Sie wußte gewiß von meinem Ausbruch. Leila hatte es ihr sicherlich erzählt. Sie wunderte sich wohl, wo ich die Glasperle gefunden hatte. Ralph sah mir andächtig zu, als ich das Auge anklebte.

»So«, sagte ich. »Du darfst es nicht anfassen, bis es trocken ist. Roll deine Schlange zusammen, und leg sie unters Bett! Laß sie bis morgen in Ruhe! Versprichst du mir das?«

Ralph überlegte. »Ich könnte doch heute abend mal nach ihr sehen.«

Ich schüttelte ernst den Kopf. »Am besten, du vergißt sie bis morgen früh. Bis dahin hält ihr Auge wieder fest.«

Clytie kam ins Zimmer. »Was ist denn hier los?«

Ich erklärte: »Ralphs Kobra hat ein Auge verloren, und ich hab's gefunden. Wir haben es eben festgeklebt.«

Ich glaubte, eine nervöse Spannung zu verspüren – vielleicht war es aber nur Einbildung. Davon abgesehen, befand ich mich in Hochstimmung.

»Komm, der Tee ist fertig«, sagte Clytie. »Bist du den ganzen Weg hergelaufen, nur um das Auge zu bringen?«

»Ich dachte, es sei sehr wichtig«, erwiderte ich mit einem Blick auf Ralph, der heftig nickte.

»Ich hoffe, du hast dich bei Tante Sarah bedankt«, sagte sie zu dem Jungen.

Er machte ein verdutztes Gesicht. »Hab' ich danke schön gesagt, Tante Sarah? Cobbler muß sich bei dir bedanken. Sie wollte es vorhin schon tun, als du das Auge festgeklebt hast, aber sie ist ein bißchen schüchtern.«

»Sie will wohl erst abwarten, ob es hält, bevor sie sich bedankt«, meinte ich.

»Sie muß sich bedanken, weil du's gebracht hast. Das wird ihr eine Lehre sein. Sie hätte nicht weglaufen dürfen, nicht wahr? Sie war weg, und auf einmal war sie wieder da. Sie hat genau gewußt, wie ungezogen das war.«

Ja, allmählich ging mir ein Licht auf. Sie war weg, und auf einmal war sie wieder da. Natürlich war sie weg. Jemand hatte sie ins Gestrüpp und später in mein Zimmer gebracht. Daß sie dabei ihr Auge verlor, war ein glücklicher Zufall.

Ich fürchtete, Clytie würde fragen, wo ich es gefunden hatte. Ich wollte es ihr nicht erzählen. Ich wollte mit niemandem darüber sprechen, nicht einmal mit Clytie, ehe ich in aller Ruhe über alles nachgedacht hatte.

Bevor Sheba mit Ralph verschwand, ermahnte ich ihn noch einmal, das Auge nicht anzufassen, und er versprach es.

Dann sagte ich, ich wolle heimgehen, um vor Einbruch der Dunkelheit zu Hause zu sein. Clytie stimmte mir zu. Man müsse den Wald bei Tageslicht durchqueren, meinte sie.

Ich brach auf, und bald war ich tief in Gedanken versunken. Ich befaßte mich mit den Tatsachen. Die Schlange im Gebüsch war Cobbler gewesen. Man mußte mich beobachtet haben, als ich das Parfüm wegwarf, und in der Annahme, daß ich möglicherweise zurückkehrte, hatte derjenige, der mich dermaßen zu drangsalieren suchte, Cobbler dort hingelegt. Das Ding auf meinem Bett war das Spielzeug gewesen, das in dem dämmerigen Licht wie eine echte Kobra aussah. Niemand, der bei vollem Verstand war, würde so ein Tier näher in Augenschein nehmen, und so war es die nächstliegende Sache der Welt, das lebensechte Spielzeug für eine wirkliche Schlange zu halten. Jemand hatte es dort hingelegt und es, nachdem ich es gesehen hatte, schnell wieder fortgenommen. Doch dabei war das Auge herausgefallen.

Welch unfaßbarer Zufall! Jetzt war das Glück auf meiner Seite! Wer an meine Tür geklopft, wer sie aufgemacht hatte, der hatte auch die Kobra auf mein Bett gelegt. Man wollte mich glauben machen, daß ich an Wahnvorstellungen litt.

Ein altes Sprichwort kam mir in den Sinn: »Wen die Götter verderben wollen, dem rauben sie zuerst den Verstand.«

Oh, wie dankte ich Gott für Cobblers Auge!

Jetzt hatte ich zu meinem alten Ich zurückgefunden. Ich fühlte mich wunderbar gestärkt, und ich wollte der Sache auf den Grund gehen, herausfinden, wer mir dies alles angetan hatte, und was für ein Motiv dahintersteckte.

Ich blieb ruckartig stehen. Ich befand mich mitten im Wald, und jemand folgte mir. Sekundenlang überkam mich schreckliche Angst. Doch dann gewann mein neues Selbstvertrauen die Oberhand. Ich wollte nicht davonlaufen. Ich hatte eine Entdeckung gemacht, und jetzt gedachte ich die nächste zu machen.

Ich verharrte ganz ruhig und lauschte. Rundum war alles still. Die Sonne stand tief am Himmel. Gleich würde sie am Horizont versinken, und die Dunkelheit würde hereinbrechen. Doch ich fürchtete mich nicht mehr, denn heute nachmittag hatte ich erfahren, daß mein Verstand so klar war wie eh und je, und daß es nicht meine Schwäche war, die mich zugrunde richtete, sondern daß ein menschliches Wesen mich zu zerstören versuchte.

Ich faßte einen Entschluß. Die Lage hatte sich umgekehrt. Jetzt wollte *ich* der Verfolger sein. Ich wollte herausfinden, wer im Wald hinter mir herschlich, denn dann hätte ich die Antwort auf alles, was geschehen war.

Ich ging den Weg zurück, den ich gekommen war. Dann blieb ich stehen und horchte. Kein Zweifel. Ich hatte das Blatt gewendet. Jemand lief vor *mir* davon. Mitleidslos ging ich hinterher, weiter und weiter. Ich hatte den Wald beinahe schon wieder verlassen, als ich feststellte, daß mir die Spur abhanden gekommen war.

Ich blieb lauschend stehen. Kein Laut, nach dem ich mich richten konnte. Ich wartete eine Weile, dann begab ich mich auf den Heimweg.

Ich hatte nicht entdeckt, wer mein Gegner war, aber dies war dennoch ein Triumph. Ich war nicht verrückt. Ich war ich.

Die anderen mußten die Veränderung in mir bemerkt haben. Der gehetzte Blick verschwand. Meine Augen waren wieder klar, und die frische Farbe kehrte in meine Wangen zurück. Jetzt erst erkannte ich, welche Ängste ich ausgestanden hatte. Ich glaube, es gibt nichts Schlimmeres als den Gedanken, den Verstand zu verlieren, und das war es, was ich befürchtet hatte. Ich mußte ständig an dieses Sprichwort denken.
Jemand wollte mich vernichten. Aber wer?
Sobald ich mich während der Hitzestunden in mein Zimmer zurückzog, dachte ich über alle Dinge nach ... und über alle Menschen. Ich durfte niemanden ausnehmen ... nicht einmal Clytie.
Was konnte der Beweggrund sein? Jemand wünschte, daß man mich für wahnsinnig hielt, damit es eine Erklärung gab, wenn sich etwas Tragisches ereignete. »Sie war verrückt«, würde es dann heißen. »Denkt doch nur, wie sie sich die ganze Zeit aufgeführt hat.«
Meine Gedanken wanderten zwangsläufig zu Anula. Leila hätte all die Dinge bewerkstelligen können. Anula hatte Leila in der Hand, ebenso ihre anderen Angehörigen. Nankeen, Ashraf, sie würden tun, was Anula ihnen gebot. Sie war ans Licht getreten, als sie mir den Fächer aus Pfauenfedern schenkte. O ja, ich begriff, wie sehr meine Ankunft sie empört haben mußte. Sie wünschte mir Böses. Sie wollte Clinton heiraten, um an seiner Seite als Königin zu herrschen. Ich war ihr im Weg. Die raffinierte Methode ließ mich als erstes an Anula denken.
Und Clinton? War es möglich, daß er ihre Pläne kannte? Was geschehen war, schien kaum zu ihm zu passen. Diese langsame, tückische Art und Weise, mit der eine vollkommen normale Frau überzeugt werden sollte, daß sie wahnsinnig ist, das war nicht seine Art. Er würde sich etwas ausdenken und versuchen, ohne Umschweife zum Ziel zu kommen. Andererseits, wenn er etwas wünschte, setzte er alles daran, es zu erreichen. Und er konnte weit vorausplanen. Das hatte er mit den Vorbereitungen für jene Nacht in der Papageienhütte bewiesen. Er hatte mich heiraten wollen, weil er wußte, daß ich die Plantage erben würde.
Clytie? Unsinn. Nicht meine sanftmütige Schwester, zu der ich mich

vom ersten Augenblick an hingezogen fühlte. Und doch, wenn ich sterbe, wird sie die Plantage erben; und diese merkwürdigen Vorfälle hatten nach meinem Besuch bei dem Anwalt in Kandy angefangen. Welch abwegige Gedanken! Wie hätte Clytie die Kobra auf mein Bett legen können? Es sei denn, einer der dunkelhäutigen Dienstboten arbeitete als Spitzel gegen mich.

Ich war von Intrigen umringt, doch jetzt blickte ich ihnen offen ins Gesicht. Es hatte keinen Sinn, so zu tun, als befände ich mich nicht in Gefahr. Ich mußte nur noch herausfinden, aus welcher Richtung diese Gefahr kam.

Seit ich Cobblers Auge zurückgebracht hatte und im Wald zum Angriff übergegangen war, hatte sich nichts mehr ereignet. Natürlich nicht. Mein Verfolger war gewarnt.

Ich mußte beständig auf der Hut sein. Aber ich fühlte mich unendlich erleichtert.

Die Ashington-Perlen

Clinton freute sich auf unsere Reise. Er hatte mir die Perlenfischereien schon immer zeigen wollen, und dies war die geeignete Zeit dafür. Clinton war beim Aufbruch ausgesprochen liebevoll. Er war so erpicht darauf, mir seine Besitztümer vorzuführen, daß er sich nahezu jungenhaft aufführte und mich ein wenig an Ralph erinnerte, der auch so stolz war, wenn er seiner Menagerie ein neues Spielzeug einverleibte. Clinton schien unsere gemeinsame Reise so zu freuen, daß ich über die Verdächtigungen, die mir in letzter Zeit durch den Kopf gingen, nur noch lachen konnte. Ich fühlte mich in Hochstimmung, als wir in den Zug stiegen, mit dem wir einen Teil des Weges zurücklegten. Clinton machte mich auf die Schönheiten des Landes aufmerksam. Er wurde geradezu poetisch, was mich sehr überraschte; mir war, als entdeckte ich einen ganz neuen Clinton. Ich war so glücklich wie lange nicht mehr.

Wir wollten zwei oder drei Wochen fortbleiben, und bei meiner Rückkehr hoffte ich einen Brief von Toby vorzufinden. Ich hatte ihm vor der Abreise geschrieben und ihm die Geschichte von dem Auge der Kobra geschildert. Ich hatte den Brief wieder eigenhändig zur Post gebracht und wollte unbedingt wissen, was Toby von alledem hielt und was er mir raten würde. Daß ich *ihm* zu schreiben wagte, was ich keinem in meiner Umgebung anvertrauen konnte, hing mit der Tatsache zusammen, daß ich es nach wie vor für nötig hielt, meinem Vorsatz treu zu bleiben und niemanden von meinem Verdacht auszunehmen. Die heißeste Jahreszeit rückte näher; es war drückend heiß und dunstig. Danach würde der Sommermonsun das Land durchtränken und die Teepflanzen mit dem lebensnotwendigen Wasser versorgen. Wir fuhren durch Dschungelgebiete mit dicht wuchernden Bäumen: immergrüne Gewächse, Baumfarne, Palmen und Bambusdickicht. Die Blumen verliehen der Landschaft ein farbenfrohes Gepränge: der Rhododendron blühte üppig, und Orchideen gediehen hier in allen Schattierungen. Wir sahen die Wälder, die das Nutzholz lieferten: Ambra- und Ebenholz. Es war ein fesselnder Anblick, die Elefanten mit ihrer Last aus dem Wald auftauchen oder in den Flüssen baden zu sehen. Dann verließen wir die Eisenbahn und fuhren auf der Straße nach Norden. Clinton saß zurückgelehnt in der Kutsche und beobachtete mich, die Arme verschränkt, mit einem selbstgefälligen Lächeln auf den Lippen.

»Weißt du, daß einige der berühmtesten Perlen der Welt aus Ceylon stammen?« fragte er. »Gewiß weißt du das. Sind die Ashington-Perlen nicht auch von hier?«

»Wo sie wohl jetzt sein mögen?« meinte ich.

Er zuckte die Achseln. »Man sagt, die Fische, die das Meer beherbergt, sind so gut wie die, die man schon herausgeholt hat. Laß uns hoffen, daß wir in den Austern noch mehr so schöne Perlen finden wie diejenigen, die wir schon haben. Ich brenne darauf, dir die Fischereien zu zeigen, Sarah. Ich bin froh, daß du mitgekommen bist. Du siehst besser aus als während der letzten Zeit.«

»Danke.«

»Sicher hast du die Dschungelnerven überwunden.«

»Ich glaube nicht, daß sie mich geplagt haben.«

»Komm, du warst ein bißchen nervös ... hast dir Sachen eingebildet.«

Ich errötete leicht. »Vielleicht war es keine Einbildung.«

»So?«

Ich blickte an ihm vorbei in die Landschaft hinaus.

»Geheimnisse?« Er musterte mich eindringlich.

Ich hatte nicht beabsichtigt, davon zu reden, doch er besaß von jeher die unheimliche Fähigkeit, meine Gedanken zu lesen. »Geheimnisse, nein. Ich nehme nur an, daß es Leute gibt, die wünschen, ich wäre nie gekommen.«

»Ich kann dir jemanden nennen, der überaus froh ist, daß du hier bist.«

»Ach ja?«

»Er sitzt dir in diesem Augenblick gegenüber«, sagte er, indem er sich vorbeugte und mich auf die Nasenspitze küßte.

»Ich fürchte, deine Mätresse Anula ist nicht so glücklich, mich hier zu sehen.«

»Natürlich nicht.«

»Ich hoffe, das Verhältnis ist beendet, Clinton.«

»Ich glaube gar, du bist eifersüchtig. Wie erfreulich für mich.«

»Nicht eifersüchtig. Nur neugierig. Sie ist eine ungewöhnliche Frau. Sie verfügt gewiß über alle möglichen Mittel und Wege, um…«

Er wartete.

Aber ich sagte nur: »Ach, nichts.«

»Komm, sag schon«, beharrte er. »Das interessiert mich. ›Mittel und Wege, um…‹?«

»Na ja…« Ich verhaspelte mich. »Wenn diese Leute jemanden nicht leiden können… wenn sie ihn nicht hier haben wollen… versuchen sie vielleicht, ihn loszuwerden.«

»Deine Phantasie geht wieder mal mit dir durch. Du bist genauso schlimm wie der kleine Ralph. Anula ist vollkommen im Bilde.«

»Daß es zwischen dir und ihr aus ist?«

»Meine liebe Sarah, du bist mein innig geliebtes Weib. Es liegt allein an dir, dafür zu sorgen, daß du mich mit keiner anderen teilen mußt.«

»Du hältst dich wohl für eine Art Belohnung?«

»Du nicht? Das ist übrigens eine rein rhetorische Frage. Ich kenne die Antwort, liebe Sarah. Du hast es mir hundertmal gesagt.«

Ich war verstimmt und wütend. Ich fragte mich, wie er wohl reagieren würde, wenn er wüßte, daß ich Clytie die Plantage vermacht hatte. Ich konnte mir seine Wut vorstellen, und es war mir unmöglich, ihm in die Augen zu sehen.

Auf einmal mußte ich an Toby denken. Gewiß war er um mich besorgt. Er würde mir mit seinem Rat helfen, so wie er es früher immer getan hatte. Ich war der guten Fügung dankbar, die Toby in mein Leben zurückgeführt hatte.

Clinton beobachtete mich eindringlich. »Du machst ein Gesicht, als würdest du ein ausgesprochen erfreuliches Geheimnis hüten«, sagte er.

Ich antwortete nicht, und er bestand nicht auf einer Erklärung. Er begann vielmehr, mir zu beschreiben, was mich erwartete.

»Wenn du verstehst, worum es geht«, sagte er, »findest du es noch viel interessanter. Die Natur ist wunderbar, Sarah. Stell dir vor: Ein

Fremdkörper dringt zwischen Schale und Mantel der Auster. Sie wiederum verfügt über ein bestimmtes Sekret, mit dem sie das lästige Etwas einkapseln kann, und das ergibt dann die kostbare Substanz, die wir Perle nennen. Seltsam, nicht wahr, ausgerechnet die ungleichmäßig geformten, die von Parasiten befallen wurden, enthalten höchstwahrscheinlich das, wonach wir suchen.«

»Das klingt phantastisch. Ich weiß, die Männer setzen dafür ihr Leben aufs Spiel. Ich möchte wissen, warum sie das machen.«

»Sie tauchen nur ein paar Wochen im Jahr und verdienen eine Menge Geld. Ich glaube, sie möchten gar nichts anderes tun. Es ist nicht übel, hin und wieder gefährlich zu leben, findest du nicht?«

»Wenn Gefahr bedeutet, daß man mit dem Tod rechnen muß...«

»Man kann kaum von Gefahr sprechen, wenn kein Risiko dabei ist. Würdest du ein abenteuerliches Leben nicht einem ruhigen Dasein vorziehen, bei dem man genau weiß, wie jeder Tag verlaufen wird?«

»Das kommt auf die Gefahr an.«

»Oh, meine Sarah wird vorsichtig.«

»Erzähl mir mehr über die Perlenfischerei!«

»Du wirst es selbst sehen. Ich möchte dir ein paar schöne Perlen zeigen, die wir heraufholen. Sie werden sortiert, zusammengestellt und verkaufsfertig gemacht. Du wirst allerhand Interessantes erfahren. Vielleicht schenke ich dir einen hübschen Schmuck. Was hältst du davon, Sarah?«

»Danke«, sagte ich.

»Wir werden an der Küste wohnen. Ich habe dort ein Haus... klein, aber ausreichend für die kurze Zeit, die ich dort verbringe.«

»Du breitest deinen Besitz nach und nach vor mir aus.«

»Das ist doch eine gute Methode. Würde ich dir alles auf einmal vorführen, so wärst du längst nicht so beeindruckt.«

Er setzte sich an meine Seite und legte seinen Arm um mich.

»Liebe Sarah, ich brenne ja so darauf, dir meine Perlen zu zeigen.« Er lachte leise in sich hinein, als hüte er ein höchst amüsantes Geheimnis.

Es war ein außergewöhnlicher Tag. Wir waren am Vormittag bei Clintons Haus angelangt. Es lag in hübscher Umgebung an einem palmengesäumten Ufer. Von hier aus brachen die Fischer zu den Austernbänken auf, die ungefähr zehn Kilometer von der Küste entfernt waren.

Ein Garten voller Blumen und Sträucher umgab das Haus. Es hatte einen Wohnraum, ein kleines Eßzimmer und ein Arbeitszimmer. Eine kurze Stiege führte zum Schlafgemach hinauf. Es war ein Doppelzimmer, und ich fragte mich, wen Clinton wohl früher mit hierhergebracht hatte. Ein Frisiertisch mit Kerzen in Messingleuchtern ließ auf die häufige Anwesenheit einer Frau schließen, und ich stellte mir vor, wie Anula an diesem Toilettentisch saß. Das große Bett war mit den üblichen Vorhängen versehen – und dem unvermeidlichen Moskitonetz.

Die Dienstboten bewohnten ein eigenes, an das Haus angrenzendes Quartier, und ich vermutete, daß sie sich jederzeit für Clintons Ankunft bereithielten. Er war alljährlich um diese Zeit hier, wenn, wie er es ausdrückte, die Ernte eingebracht wurde.

Ich war an allem ungemein interessiert, und es machte ihm Vergnügen, mich einzuweihen. Er hatte eine unbändige Freude an seinem Erfolg. Das war mir schon früher aufgefallen, eine jungenhafte Eigenart, die, gerade weil sie so schlecht zu der überlegenen männlichen Arroganz paßte, nicht ohne Reiz war.

»Schau doch nur«, sagte er mit leuchtenden Augen. Und wenn er über etwas sprach, das ihn bewegte, so wirkte seine Begeisterung ansteckend.

Die Boote und die Hütten, in denen sie untergestellt waren, lagen entlang der Küste verstreut, doch die Palmen schirmten sie vor den Blicken ab, so daß sie das Landschaftsbild nicht störten. Clinton erklärte mir, daß das eigentliche Fischen zwar nur vier oder sechs Wochen dauere, daß sich aber das Sortieren, das Schätzen und der Verkauf über das ganze Jahr hinzogen.

»Du wirst zugegen sein, wenn die Flotte ausläuft«, verkündete er. »Das ist ein imponierender Anblick. Sie brechen um Mitternacht auf, um bei Sonnenaufgang bei den Austernbänken zu sein. Du solltest dich heute nachmittag ausruhen.«

Ich sagte ihm, ich hätte kein Bedürfnis, mich auszuruhen.

»Ich bestehe aber darauf. Du darfst nicht müde sein. Ich möchte, daß du das siehst.«

»Ich bin ganz bestimmt nicht müde. Dafür ist es viel zu interessant.«

»Es macht Spaß, dich dabeizuhaben, Sarah. Das gefällt mir an dir: Du interessierst dich für alles.«

»Es freut mich, daß es wahrhaftig etwas gibt, das dir an mir gefällt.«

»Es gibt noch mehr... das weißt du genau. Doch das verschieben wir auf später.«

Es war wirklich ein denkwürdiger Tag, an den ich mich noch lange erinnern sollte. Ich erfuhr eine Menge über Perlen. Ich sah zu, wie sie nach unterschiedlichen Merkmalen sortiert wurden. Wunderschöne Perlen waren dabei mit einer makellosen sogenannten Haut und einem feinen Lüster, weshalb man sie zur höchsten Güteklasse zählte. Neben dem feinen Glanz, der reinen, durchscheinenden Farbe und dem irisierenden Schimmer mußten sie eine vollkommene Kugel bilden. Farbe, Glanz und Form bestimmten den Wert einer Perle, erklärte mir Clinton, und ich konnte mir vorstellen, wie aufgeregt die Männer nachschauten, was die Muschel preisgeben würde. Es gab hohle und unregelmäßige Bläschenperlen; eine andere Sorte, die sogenannte *coq de perle*, war mit winzigen Knötchen behaftet; dann gab es Barockperlen, die schön, jedoch ungleichmäßig geformt waren; jedermann aber hoffte auf die vollkommene Kugel mit schöner Haut und reinem Lüster – das war dann wirklich eine Perle von hohem Wert.

Wir aßen spät zu Abend, und ich merkte, daß Clinton innerlich erregt war. Er konnte es kaum erwarten, mir die Abfahrt der Fischerflotte vorzuführen.

Ich hüllte mich in einen leichten Mantel, und wir gingen in die Nacht hinaus. Es war ein wunderschöner Anblick; der Mond schien auf das Wasser, die Boote waren zum Ablegen bereit. In jedem Boot waren zehn Taucher. Sie würden nackt arbeiten, erklärte Clinton. »Dann haben sie mehr Bewegungsfreiheit«, fügte er hinzu.

»Und die Haie?« fragte ich.

»Das ist ihr Risiko. Jeder Mann hat seine Hartholzspieße dabei, und zwei Haibeschwörer sind auch mit von der Partie. Einer fährt im Boot mit, und der andere bleibt am Ufer. Sie singen Zauberformeln, während die Taucher am Werk sind, und keiner der Männer würde ohne sie an die Arbeit gehen. Sie sind deshalb für das Unternehmen unentbehrlich.«

Er erklärte mir, daß die Taucher paarweise arbeiteten – während der eine tauchte, beobachtete der andere die Leine, an der sein Kamerad hinabgelassen wurde. Die Zeit, die ein Mann unter Wasser verbringen konnte, war naturgemäß begrenzt. Der Durchschnitt betrug fünfzig Sekunden; einige brachten es auf achtzig, und einer hatte es sogar einmal sechs Minuten ausgehalten. Doch solche Rekordsucht unterstützte Clinton nicht. Jeder sollte so lange unten bleiben, wie es seiner Leistungsfähigkeit entsprach. Die Männer nahmen ohnehin genug Gefahren auf sich.

Wir standen am Ufer und sahen die Boote davongleiten; es war ein bewegender Anblick mit dem Mondlicht auf dem Wasser und dem Rauschen der Palmen rings umher.

»Du bringst ihnen Glück, dessen bin ich sicher«, sagte Clinton. »Morgen kommen sie bestimmt mit einem herrlichen Fang zurück.«

Wir gingen wieder ins Haus. Ein Diener erschien, um sich zu erkundigen, ob wir etwas bräuchten. Clinton entließ ihn, und wir stiegen die Treppe zum Schlafzimmer hinauf.

Clinton gebot mir, mich an den Frisiertisch zu setzen.

»Deine erste Nacht hier, Sarah. Gefällt es dir?«

»Ich fand es sehr interessant«, erwiderte ich. »Wie weit die Boote jetzt wohl sein mögen?«

»Noch nicht sehr weit draußen. Sie erreichen die Bänke nicht vor Sonnenaufgang. Du mußt mit mir kommen, wenn sie zurückkehren.«

Er stand hinter mir, und ich betrachtete sein Spiegelbild. Er machte ein geheimnisvolles Gesicht, und ein eigentümliches Leuchten war in seinen Augen.

Ich drehte mich unvermittelt um und sah ihn an. Er sagte: »Ich habe dir doch ein Geschenk versprochen. Du hast heute etliche herrliche Perlen gesehen, Sarah. Ich denke, du kannst dir jetzt ein Urteil bilden. Du verstehst etwas von der Haut und dem Lüster der schönsten Perlen, hm?«

Er hatte sich abgewandt und öffnete eine Schranktür, hinter der ein Tresor verborgen war. Clinton stellte die Zahlenkombination ein, und die Tür ging auf. Er nahm eine Schatulle heraus, und als er auf die Feder drückte, sprang der Deckel auf.

Ich erstarrte. Vor mir lagen zwei Reihen Perlen von erlesenster Qualität. Der Diamantverschluß stellte eine zusammengeringelte Schlange dar, deren Auge aus einem Smaragd bestand.

Ich blickte Clinton fassungslos an. »Das ist ja...«

Er nahm das Halsband aus der Schatulle und hielt es vor mich hin. Dann schwenkte er mich herum und sagte: »Komm, probier's an. Es heißt, es verwandelt eine Frau.«

»Das sieht ja genau so aus wie...«

Er hatte mich in den Sessel geschoben, drehte mich zum Spiegel und legte das Halsband um meinen Nacken. Ich spürte die Perlen auf meiner Haut. Ich starrte auf mein Spiegelbild. Mein Gesicht war ganz bleich geworden.

Ich sagte: »Das ist ja eine Kopie der...«

»Eine Kopie?« rief er. »Glaubst du, ich schenke meiner Frau etwas anderes als das Original?«

Ich griff mir an die Kehle. Ich sah meine Lippen sich bewegen. Ich hörte mich flüstern: »Das kann nicht wahr sein. Es ist unmöglich.«

»Sie stehen dir gut, Sarah. Ich bezweifle, daß sie je einer Ashington so gut zu Gesicht standen wie dir.«

»Ich begreife überhaupt nichts mehr.«

»Wirklich nicht? Man hätte meinen sollen, du würdest die Familienperlen sofort erkennen.«

»Aber wie...«

»Du kannst dir leicht einen Reim darauf machen.«

Ich schwenkte herum und sah ihm ins Gesicht. »Du warst das also. Du... hast sie dir angeeignet.«

»Ach komm. Es war ein anständiger Tausch.«

»Du hast den Jungen entführt! *Du* hast die Perlen als Lösegeld verlangt. Das hätte ich mir denken können...«

»So? Was hast du nur für eine Meinung von mir?«

»Die hast du dir selbst zuzuschreiben. Ich will die Dinger nicht. Ich gebe sie Clytie zurück.«

»Das wirst du nicht tun. Sie gehören mir.«

»Ich dachte, du hättest sie mir geschenkt.«

»Du weißt doch, die Ashington-Damen haben sie nur leihweise. Sie sind für unseren Sohn bestimmt, dessen Frau sie eine Weile tragen wird. Du kennst doch die Regeln...«

Ich konnte seinen Anblick nicht mehr ertragen. Ich dachte an Clyties kummervolle Miene, und wie wir die ganze qualvolle Nacht hindurch dagesessen und geredet und geredet hatten, wie wir vor Angst gezittert hatten bei dem Gedanken, was Ralph zustoßen könnte, und an allem war er – Clinton – schuld! Er hatte das geplant, um die Ashington-Perlen an sich zu bringen. O ja, ich war überzeugt, daß sie jeden, der sie besaß, ins Unglück stürzen würden.

Ich wollte sie mir vom Hals reißen. Mir war, als würden sie mich erwürgen. »Du bist ein Teufel«, sagte ich.

Er lachte. »Und deshalb magst du mich?«

»Ich verachte dich auf ewig... weil du das getan hast.«

»Und doch findest du mich unwiderstehlich... wie immer.«

Ich versuchte, den Verschluß zu öffnen.

»Er hat eine zusätzliche Sicherung«, erklärte Clinton, »und ich will, daß du sie eine Weile trägst.«

»Ich werde sie nie tragen«, sagte ich leise. »Die Leute werden es wissen. Sie werden wissen, daß du ein Dieb bist.«

»Ich wollte sagen«, fuhr er fort, »ich möchte, daß du sie trägst, wenn wir allein sind. Ich möchte dich gern mit ihnen sehen, Sarah. Das war schon immer mein Wunsch. Findest du denn nicht, daß sie zu dir gehören? Perlen sind nicht dazu geschaffen, in Schatullen verwahrt zu werden. Sie sind zum Tragen bestimmt. Du wirst sie für mich tragen, Sarah, wenn wir allein sind.«

Ich schwieg und dachte: Ich gebe sie Clytie zurück. Sie gehören ihr. Ich wandte mich jäh zu ihm um. »Du wolltest alles, nicht wahr?«

»Ich will immer alles«, gab er zurück.

»Das Leben ist aber nicht so.«

»Verzeih, daß ich dir widerspreche, aber das Leben ist durchaus so. Wenn man etwas will, muß man es sich nehmen. Damit hat man fast immer Erfolg.«

»Aber alles hast du nicht bekommen, mußt du wissen. Du hast mich wegen der Plantage geheiratet, nicht wahr?«

»Ich habe dich geheiratet, weil ich dich unbedingt haben wollte.«

»Wegen der Plantage.«

»Die als Zugabe, meine liebe Sarah. Jetzt bist du wütend. Du haßt mich wie nie zuvor. Das ist köstlich. Ich liebe es, wenn du mich haßt... wenn du auf mich eingehst, weil du nicht widerstehen kannst... selbst im Haß. Ich habe auf diesen Augenblick gewartet. Ich wußte genau, wie du reagieren würdest, und ich hatte recht; in jedem Punkt hatte ich recht. Ich begehre dich, wie ich dich von Anfang an begehrt habe. Nein, noch mehr. Sarah, wir werden herrliche Zeiten miteinander erleben.«

Ich sagte: »Ich bleibe nicht bei einem Dieb, der fähig ist, einer Mutter solche Qualen zuzufügen, bloß wegen ein paar jämmerlicher Perlen.«

»Jämmerliche Perlen? Es wundert mich, daß der Blitz der Götter von

Kandy dich nicht auf der Stelle erschlägt. Jämmerliche Perlen! Das legendäre Halsband, das vor langer Zeit einem Ashington als Belohnung für die Rettung des Lebens eines Kindes verehrt wurde, ein Halsband, das jahrelang gehütet wurde und die Grundlage der Ashingtonschen Tradition bildet.«

»Sei still!« schrie ich. »Ich will nichts mehr hören. Nimm mir die Dinger vom Hals! Leg sie in ihre Schatulle! Ich gebe sie Clytie zurück.«

»Du glaubst doch nicht, daß ich sie mir deshalb verschafft habe, was? Sie gehören dir, Sarah, und du bist meine Frau, und wenn ich sage, du sollst sie tragen, dann wirst du sie tragen.«

Ich blickte ihm ins Gesicht. Ich spürte die Perlen auf meinem Hals. Die Berührung gab mir ein merkwürdiges Gefühl. Es war fast, als seien es Lebewesen, die sich immer enger um meinen Hals schnürten.

Wenn er fähig war, das zu tun, dann war er zu allem fähig. Dann konnte er auch derjenige sein, der versucht hatte, mich glauben zu machen, ich sei im Begriff, wahnsinnig zu werden. Aber warum? Er hatte gewiß seine Gründe. Er hatte für alles einen triftigen Grund.

Ich sagte zu ihm: »Immer gewinnst du nicht, mußt du wissen. Du dachtest, die Plantage sei dir sicher, wie?« Plötzlich schoß mir ein Gedanke durch den Kopf: Wenn ich geistesgestört wäre, hätte er die Plantage übernehmen können. Hatte er darauf hingearbeitet? »Die bekommst du nicht, Clinton, niemals. Sie gehört mir, und wenn ich sterbe, vermache ich sie Clytie.«

Er war sichtlich bestürzt.

»Ja«, fuhr ich fort, »ich war bei einem Anwalt. Ich habe alles geregelt. Wenn ich sterbe oder nicht in der Lage bin, die Plantage zu verwalten, bekommt sie Clytie.«

»Das ... hast du fertiggebracht?«

»Ich habe meinen eigenen Willen.«

»Du kleiner ... Teufel.«

»Ah«, sagte ich, »ich sehe, deine Meinung von mir stimmt mit meiner Meinung von dir überein. Aber laß dir eines gesagt sein: Was *ich* getan habe, liegt im Rahmen des Gesetzes. Was aber würde Sir William Carstairs wohl sagen, wenn er wüßte, daß du Ralph entführt und um seine Freilassung geschachert hast? Das ist das gemeinste Verbrechen – besonders, wenn ein Kind betroffen ist.«

Er schien mich nicht zu hören. Er war offenkundig tief erschüttert über das, was ich getan hatte. Ich glaubte, er würde mich schlagen. Kalte Wut sprach aus seiner Miene. Sekundenlang stand er da und starrte mich an. Ich glaube, es fiel ihm schwer, seinen Zorn zu bezähmen. Dann lächelte er matt, und ich bildete mir ein, in diesem Lächeln widerwillige Bewunderung zu lesen.

»Es ist Zeit fürs Bett«, sagte er. »Es war ein aufreibender Tag.«

»Nimm mir diese Dinger ab! Mach das Schloß auf!«

»Ich will, daß du sie trägst.«

»Ich aber nicht.«

»Eine unfreundliche Art, ein Geschenk anzunehmen.«

»Es steht dir nicht zu, diese Perlen zu verschenken.«

»Sie gehören mir.«

»Nimm sie runter!«

»Nein.«

»Ich gehe in ein anderes Zimmer.«

»Du bleibst hier. Du schenkst mir diese besondere Mischung aus Liebe und Haß, die ich nicht mehr entbehren kann. Du hast mich verhext, Sarah. Du hast mir soeben eröffnet, wie du mich hintergangen hast. Ich sollte dich eigentlich schlagen. Das hättest du verdient. Statt dessen will ich dich lieben, denn du bist meine großartige Sarah, die mich im Grunde ihres Herzens trotz meiner Sünden begehrt, so wie ich sie trotz ihrer Sünden begehre.«

»Du betrügst dich selbst, so wie du andere betrogen hast.«

»Andere vielleicht ... aber niemals mich selbst. Ich kenne dich, Sarah. Die sinnliche, leidenschaftliche Sarah, für die Liebe geschaffen ... für meine Liebe. Für keinen anderen außer mir, Sarah ... niemals.«

»Würdest du bitte den Verschluß aufmachen?«

»Laß mich lieber dein Kleid aufmachen.«

»Wag es nicht, mich anzurühren!«

»Eine verlockendere Aufforderung hättest du mir nicht bieten können.« Er zerrte an meinem Mieder, und die Knöpfe sprangen auf. Ich spürte seine physische Kraft, die mir nicht fremd war. Einerlei, wie sehr ich mich auch wehrte, am Ende würde er siegen. Das war es, was er sich wünschte. Mein Widerstand übte einen sinnlichen Reiz auf ihn aus. Er lachte mich aus und war entschlossen, mich zu bezwingen, wie es ihm stets gelungen war. Und er würde durchsetzen, daß ich das Halsband trug.

Ich wehrte ihn ab, verzweifelt, was ihn jedoch lediglich zu amüsieren schien. »Schrei, wenn du willst, Sarah«, murmelte er. »Sie werden es nicht beachten. Sie werden verständnisvoll lächeln und sagen, das geht nur den Herrn etwas an.«

»Wie viele Frauen hast du schon hierhergebracht?«

»Ich führe kein Protokoll.«

»Wie viele von ihnen schmücken sich mit gestohlenen Juwelen?«

Er lachte. »Ich habe die Perlen redlich erworben, Sarah. Ich habe sie dahin gebracht, wohin sie gehören. Du wirst sie für mich tragen.«

»Laß mich gehen«, forderte ich.

»Ich lasse dich nie gehen, niemals.«

»Ich hasse dich. Ich hasse alles, was mit dir zu tun hat. Siehst du denn nicht ein, daß ich dich wegen dem, was du getan hast, um an die Perlen zu kommen, auf ewig hassen muß?«

»Dein Haß ist mir willkommener als die Liebe einer anderen.«

»Es ist mein Ernst, Clinton. Ich will dich nicht.«

»Dann wirst du jetzt eine neue Erfahrung machen.«

»Das ist... Vergewaltigung!«

»Eine pikante Situation, das muß ich zugeben«, spottete er.

Ich konnte ihn nicht abwehren. Ich war vom Kampf erschöpft, und als ich sein triumphierendes Lachen hörte, haßte ich mich ebenso wie ihn.

Ich lag unbeweglich, schlaflos. Ich dachte: Nimmt diese Nacht denn nie ein Ende? Da lag ich neben ihm, und die Perlen trug ich immer noch. Ich verlasse ihn, dachte ich. Jetzt kann ich nicht mehr bleiben. Toby würde mir helfen. Ich mußte hier weg. Ich würde Clytie die Perlen zurückgeben und nach Neu-Delhi gehen. Ja, das war die Lösung. Ich wollte Toby bitten, mir zu helfen.

Plötzlich merkte ich, daß Clinton wach war. Seine Hand legte sich um meine. Ich blieb still liegen, stellte mich schlafend. Ich spürte die Perlen auf meiner Haut.

»Sarah?« flüsterte er. »Bist du wach, Sarah?«

Ich gab keine Antwort.

Er fuhr fort: »Ich muß dir etwas sagen.«

»Ich will nichts von dir hören.«

Seine Hand schob sich zu den Perlen hinauf. »Ich habe den Jungen nicht entführt, Sarah.«

Ich schwieg.

»Du glaubst mir nicht, hm?«

»Nein.«

»Ich erzähle dir, wie es sich zugetragen hat.«

»Ich will die abscheulichen Einzelheiten gar nicht wissen.«

»Es ist nicht so, wie du denkst.«

»Verschone mich damit!«

»Wann hätte ich dich je verschont?« Er beugte sich zu mir herüber und küßte mich auf die Lippen.

»Ich bin sehr müde«, sagte ich.

»Du bist hellwach, und ob du es willst oder nicht, ich erzähl's dir jetzt. Ich habe die Perlen schon seit geraumer Zeit. Ich hatte sie schon, bevor dein Vater starb.«

»So ein Unsinn! Ich habe sie gesehen, bevor du sie gestohlen hast. Clytie hat sie mir gezeigt.«

»Was Clytie dir gezeigt hat, waren nicht die Ashington-Perlen.«

»Ich habe sie mit eigenen Augen gesehen.«

»Was du gesehen hast, war eine Kopie der Ashington-Perlen.«

Ich rückte unwillig von ihm ab.

»Liebe Sarah, du würdest den Unterschied nicht merken. Diese Kopie ist ein wahres Meisterwerk. Sie wurde in meinem Auftrag angefertigt.«

»Du hast dir diese Ausrede wohl ausgedacht, weil du nicht weißt, was ich jetzt tun werde, wie?«

Darüber mußte er lachen. »Wann hätte ich je vor dir Angst gehabt!«

»Jetzt, in diesem Augenblick. Du hast dich verraten und weißt nicht, wie's weitergeht.«

»Glaubst du etwa, ich hätte das nicht bedacht, bevor ich dir die Perlen gezeigt habe? Sei doch vernünftig, Sarah. Hör mir zu. Einige Zeit vor dem Tod deines Vaters kamen Clytie und Seth in höchster Verzweiflung zu mir. Sie waren in finanziellen Schwierigkeiten. Dein Vater wußte nichts davon. Er war über ein Jahr schwer krank, bevor er nach England ging. Er überließ Seth die gesamte Verwaltung der Plantage. Seth hat seine Schwächen, er ist nämlich ein leidenschaftlicher Spieler. Er war in großen Schwierigkeiten. Er hatte aufgrund der Aussicht, daß Clytie die Plantage bekommen würde, Geld geliehen. Er brauchte nun dringend Geld. Er und Clytie wollten aber nicht, daß dein Vater erfuhr, daß sie in seinem Namen Schulden gemacht hatten... das heißt, auf den Namen der Plantage. Hörst du zu, Sarah?«

»Ja«, sagte ich schwach.

»Das Resultat war, daß sie eine große Summe benötigten, um eine Katastrophe abzuwenden. Sie kamen zu mir.«

»Willst du damit sagen, daß du ihnen das Halsband abgekauft hast?«

»Ich erzähle dir klipp und klar, was ich getan habe. Ich wußte, daß ich dich heiraten würde...«

»Bevor du mich überhaupt gesehen hattest!«

»Ich hatte so viel von dir gehört. Ich war in dich verliebt, ehe ich dich sah. Und dann fand ich dich viel begehrenswerter als in meinen Träumen. Das war mein großes Glück.«

»Weiter«, drängte ich. »Erzähl mir den Rest!«

»Wie du bereits vermutet hast, kaufte ich das Halsband. Natürlich für weit weniger, als es wert ist. Und zusätzlich zum Kaufpreis überließ ich ihnen ein anderes Halsband, das – für ungeübte Augen – eine exakte Kopie des echten war. Ich habe die Perlen für dich verwahrt, Sarah. Ich wußte, daß es nicht einfach sein würde, das zu erklären, daher hielt ich sie verborgen. Doch neulich fiel mir auf, daß ihr Glanz ein wenig verblaßt ist. Sie bedürfen der Wärme deiner Haut, damit sie ihren Schimmer zurückgewinnen. Die berühmten Perlen dürfen nicht unter Seths Verantwortungslosigkeit leiden.«

»So... demnach hat Clytie mir also eine Kopie gezeigt.«

»So ist es.«

»Und die hat sie den Entführern gegeben.«

»Meine liebe, süße Sarah! Merkst du immer noch nicht, was da gespielt wurde? Clytie trug die Kopie auf deinem Willkommensball. Das Halsband verursachte jedesmal eine Sensation. Ich hörte, wie Reggie Glendenning davon sprach und Clytie bat, es einmal näher in Augenschein nehmen zu dürfen. Er ist aber ein ausgesprochener Kenner. Clytie war bestürzt. Man kann die falschen Ashington-Perlen bei Kerzenschein ohne weiteres am Hals zur Schau stellen, aber so gut sie auch sind, einer eingehenden Untersuchung durch einen Experten bei Tageslicht würden sie nie standhalten.«

»Willst du damit behaupten, die Entführung war vorgetäuscht?«

»Natürlich.«

»Das glaube ich nicht.«

»Warum denn nicht? Lief denn nicht alles viel zu glatt? Ashraf war
Clyties Komplize. Sheba hat auch mitgemacht. Sie würde alles für Clytie tun. Du kannst dir denken, wie es sich zugetragen hat. Ihr wart alle
auf dem Fest. Ashraf schleicht hinzu und paßt den richtigen Augenblick
ab. Ralph geht bereitwillig mit ihm, und der Junge wird über Nacht bei
Leuten untergebracht, die er kennt. Das Erlebnis wird ihm nicht schaden. Die falschen Perlen werden ausgehändigt, und es würde mich nicht
überraschen, wenn Clytie sie noch hätte.«
Ich war fassungslos. Clytie, die so zart schien, so zerbrechlich, so aufrichtig, diese Clytie hatte die Entführung geplant, hatte den Kummer,
der mich so erschütterte, nur vorgetäuscht?
Clinton wußte, was ich dachte. »Clytie ist eine gute und liebevolle Ehefrau«, sagte er. »Sie würde zu Seth halten, einerlei, was er tut. Seine
Spielleidenschaft hatte sie so weit gebracht; sie tat alles, was sie konnte,
um ihn zu retten. Und dabei durfte niemand erfahren, daß sie das Halsband verkauft hatte. Ich glaube, sie war dazu gar nicht berechtigt. Doch
seit ich es zum erstenmal sah, juckte es mich in den Fingern, es zu erwerben. Wenn ein Mann, der mit Perlen zu tun hat und etwas von Perlen versteht, ein Kollier zu sehen bekommt, das wohl zu den herrlich-
sten Exemplaren der Welt zählt, so erwacht in ihm natürlich der
Wunsch, es zu besitzen. Verstehst du das, Sarah?«
»Ich verstehe deine Beweggründe durchaus.«
»Und du verachtest mich nicht mehr. Du haßt mich nur, nicht wahr?«
»Ich muß erst nachprüfen, ob das alles stimmt.«
»Du lieber Himmel! Du nimmst doch nicht etwa an, daß ich zu meinen
vielen Sünden auch noch Lügen hinzufüge?«
»Dir würde ich alles zutrauen!«
»Sarah, liebste Sarah, ich bin so froh, daß du das Halsband hast. Du
wirst es tragen, wenn wir allein sind. Ich denke, wir sollten es eine
Weile dabei belassen. Später können wir meinetwegen bekanntgeben,
ich hätte einem Hehler eine große Summe dafür bezahlt. Jetzt gehört
es dir. Du bist eine Ashington. Eines Tages wird die Frau unseres Sohnes es tragen, und die Götter sind zufrieden, dessen bin ich sicher. Jetzt
brauchst du nur noch den Sohn dazu beizutragen. Du bist sehr säumig,
Sarah. Nun ja, wir haben noch Zeit. Und laß dir eines sagen: Kein
Mann könnte mit seiner Ehe zufriedener sein, als ich es mit der meinen
bin. Das darf sich nicht ändern, Sarah, niemals.«

Ich antwortete ihm nicht. Ich dachte über all das nach, was er mir erzählt hatte: Clyties Betrug; jene entsetzliche Nacht kam mir in den Sinn, als wir beisammen gesessen hatten und ich vergeblich versucht hatte, sie zu trösten; und während der ganzen Zeit hatte sie mir etwas vorgespielt! Wem kann ich jemals wieder trauen, fragte ich mich ratlos.

Ich stellte mir vor, wie ich an Clintons Seite weiterleben, wie ich Kinder gebären würde, und ich fragte mich, was wohl bleiben würde, wenn diese wilde physische Leidenschaft, die, wie ich zugeben mußte, zwischen uns bestand, erloschen war – und es lag in ihrer Natur, daß sie einmal enden mußte. Auf einer solch dürftigen Grundlage konnte man keine Zukunft aufbauen. Das war so, als errichte man ein Haus auf Treibsand. Ich brauchte ein solides Fundament aus Freundschaft, Liebe und Vertrauen.

Ich dachte an Toby. Wenn ich zurückkehrte, erwartete mich gewiß ein Brief von ihm. Schließlich schlief ich ein und träumte, daß Hände sich um meinen Hals legten und mich würgten. Es waren sanfte, zarte Hände. Zuerst liebkosten und streichelten sie mich, und plötzlich drückten sie zu, fester und fester. Ich konnte nicht atmen. Ich fuhr entsetzt auf. Meine Hand griff an meine Kehle. Ich berührte die Perlen. Natürlich, die Perlen hatten den Traum ausgelöst. Wie unsinnig, daß ich sie tragen mußte, während ich schlief. Aber das war bezeichnend für Clinton. Er zwang mich, die Perlen zu tragen, weil er wußte, daß es mir zuwider war. Er wollte, daß ich sie trug, während er sich meiner gegen meinen Willen bemächtigte. Sie waren ein Symbol seiner Macht über mich ... ein Halfter, das man einem Sklaven um den Hals legt.

Nein, das war übertrieben. Es hatte ihm Spaß gemacht, mir seine Schandtat zu offenbaren und mir zu beweisen, daß er auch dann noch unwiderstehlich war. Das war sein Ziel gewesen, als er mich in dem Glauben ließ, er habe den Jungen entführt. Und nachher, als er mir bewiesen hatte, daß er meine Leidenschaft zu entflammen vermochte, gleichgültig, wie sehr ich ihn verachtete, da hatte er mir die Wahrheit gesagt. Wir befanden uns gewissermaßen im Kriegszustand, und Krieg ist nicht der richtige Weg zu einem glücklichen Familienleben.

Wie anders wäre alles verlaufen, wenn Toby rechtzeitig zurückgekommen wäre, noch bevor Clinton und mein Vater eintrafen. Dann hätten wir unsere einzigartige Beziehung, die uns am Denton Square verband, fortführen können. Er war zu spät gekommen. Das hatte meine Zukunft besiegelt.

Clinton war in Hochstimmung. Solange wir an der Küste waren, trug ich die Perlen jeden Abend. Er bestand darauf, und ich mußte gestehen, daß sie eine gewisse Faszination auf mich ausübten. Seit ich von ihnen geträumt hatte, kam es mir so vor, als seien sie von eigenem Leben beseelt. Ich hätte gern etwas über alle die Frauen gewußt, die sie vor mir getragen hatten, die Damen in der Galerie auf Ashington Grange und vor ihnen die Gattinnen der mächtigen Herrscher von Kandy.

Meine Mutter hatte gesagt, sie brächten Unglück. Der Künstler, der sie mit den Perlen porträtierte, hatte sich das Leben genommen; Clytie war in Schwierigkeiten geraten – sie hatte die Perlen verkauft und war so weit gegangen, eine Entführung ihres Sohnes in Szene zu setzen, um die Leute glauben zu machen, das Halsband sei abhanden gekommen. Perlen, die so vielen Menschen soviel bedeuteten, mußten ein Eigenleben haben.

Oft betrachtete ich den ausgeklügelten Verschluß, der sich so schwer lösen ließ. Clinton fand das ganz richtig; er sagte, da es sich um ein Sicherheitsschloß handle, dürfe es nicht leicht zu öffnen sein. Das grüne Auge der Schlange glitzerte feindselig. Ich untersuchte den kleinen Hohlraum im Innern, den einer der Besitzer mit Gift gefüllt hatte, um sich seiner Gattin zu entledigen.

Wenn diese Perlen sprechen könnten, was für Geschichten hätten sie wohl zu erzählen! Allmählich gewannen sie ihren Schimmer zurück. Clinton behauptete, sie würden glänzend und satt, als nährten sie sich von den Menschen, die sie trugen.

»Dein Hals ist für Perlen geschaffen«, sagte er. »Sie fühlen sich offensichtlich wohl bei dir. Sieh dir die Haut dieser Perlen an! Schau, diesen Lüster! Weißt du noch, wie sie aussahen, als du sie das erste Mal getragen hast? Erkennst du den Unterschied? Ich habe dich mir so oft mit ihnen vorgestellt. Es macht mir Freude, dich anzusehen, wenn du sie trägst.«

Es gefiel ihm, das Kollier eigenhändig in meinem Nacken zu schließen, es zu berühren und zu betrachten, wenn ich es trug. Dabei trat ein Leuchten in seine Augen, als sei etwas, das er sich seit langem gewünscht hatte, in Erfüllung gegangen.

Ich hatte die Perlenfischer mit ihrem Fang zurückkommen sehen; ich beobachtete, wie die Austern geöffnet wurden und betrachtete staunend das Innere der Schalen. Ich strich sanft über die Perlmutterschicht und bewunderte die schönen, kostbaren Auswüchse. Ich sah auch beim Sortieren der Perlen zu und ließ mich von Clintons Begeisterung anstecken. Und als die Saison vorüber war, kehrten wir zur Plantage zurück.

Ich war sehr enttäuscht, als ich keinen Brief von Toby vorfand. Von Tante Martha war ein Brief gekommen, den ich recht lustlos las. Auf Ashington Grange schien alles seinen gewohnten Gang zu gehen. Mabel hatte sich im Verlauf des Winters zweimal erkältet, Tante Martha dagegen war gesund und munter wie immer. Ich konnte nie an Tante Martha denken, ohne daß ich sie über den Flur zum Zimmer meiner Mutter schleichen und ihr den Tod bringen sah.

Am Tag nach meiner Rückkehr lenkte ich den Einspänner zu den Blandfords hinüber. Celia würde gewiß mit mir zurückkommen wollen. Sie war mit Clytie und Ralph im Garten, und der Junge begrüßte mich überschwenglich. Als ich meine schöne, zierliche Halbschwester betrachtete, konnte ich einfach nicht glauben, daß sie an dem Komplott zu Ralphs Entführung beteiligt war. Ich brannte darauf, mit ihr allein zu sein und sie frei heraus zu fragen, ob es stimme, was Clinton mir erzählt hatte. Im Laufe des Vormittags bot sich mir die Gelegenheit. Clytie war in ihr Zimmer gegangen, und ich folgte ihr.

»Clytie«, sagte ich, »ich muß mit dir sprechen.«

Sie machte ein verdutztes Gesicht, und ich fuhr rasch fort: »Clinton hat mir die Perlen gegeben. Er behauptet, es seien die Ashington-Perlen, und er habe sie dir abgekauft.«

Sie stemmte ihre Hand gegen den Ankleidetisch, als müsse sie sich stützen, und setzte sich dann.

»Es ist also wahr?« drängte ich.

Sie nickte. »Ach Sarah, ich war einfach ratlos. Weißt du, wir steckten in solchen Schwierigkeiten. Wir hätten es Vater nie erzählen können. Er hätte es nicht verwunden. Seth...«

»Seth hat im Club von Kandy gespielt, nicht wahr?«

Sie nickte. »Wir wußten nicht, was wir tun sollten. Seth hatte sich aufgrund der Erwartung, daß ich die Plantage bekomme, Geld geliehen. Das klingt schrecklich, aber jedermann wußte, wie krank unser Vater war. Es galt als sicher, daß Seth und ich ihn eines Tages beerben würden. O Sarah, bitte versuche, uns zu verstehen.«

»Ja gewiß«, sagte ich. »Ihr wart in Schwierigkeiten, und Clinton half euch heraus. Er kaufte das Halsband und gab euch eine Kopie, damit ihr geheimhalten konntet, daß ihr es verkauft habt.«

Clytie nickte. »Es hätte gelingen können. Das Augenlicht unseres Vaters ließ ja ständig nach. Er konnte fast nichts mehr sehen, weißt du. Er hätte es nicht gemerkt... O ja, ich weiß, daß es unrecht war. Ich hätte die Perlen nicht verkaufen dürfen. Ich war so erleichtert, als ich sie erbte. Das machte die Sache etwas einfacher, fand ich.«

»Ich verstehe, was du getan hast, Clytie«, sagte ich. »Ich hätte an deiner Stelle wahrscheinlich genauso gehandelt. Clinton hätte euch das nicht anbieten dürfen.«

»Es war der einzige Ausweg.«

»Also war das Halsband, das du unter den Baum gelegt hast, die Kopie.«

Sie senkte den Kopf und sagte leise: »Ich habe sie hier. Man hat sie mir zurückgebracht. Ich habe sie versteckt. Sheba war mir behilflich. Sie würde alles für mich tun. Ich mußte es machen, Sarah, sonst wäre alles herausgekommen. Reggie Glendenning hätte es sofort gemerkt. Ich habe das Halsband ungern getragen. Ich hatte jedesmal Angst, jemand würde den Schwindel aufdecken. Einige Leute hier verstehen eine Menge von Perlen.«

»Es war ein raffinierter Plan, Clytie.«

»Eigentlich war es ganz einfach. Ich wußte, daß Ralph nichts zustoßen würde. Wir haben verabredet, daß er mit Ashraf ging und die Nacht bei Verwandten von Sheba verbrachte. Er war schon zuvor über Nacht dort gewesen, damit er sich daran gewöhnte. Er hatte keine Ahnung, was wir damit bezweckten. Du hast also das echte Halsband. Ich dachte mir, daß Clinton es dir schenken würde. Jetzt ist alles so gekommen, wie es eigentlich sein sollte. Du hast das Halsband und die Plantage, aber du hast ja gesagt, daß wir sie später bekommen – für Ralph. Ich finde, so hätte es von Anfang an sein sollen, obgleich das Halsband mir zustand, weil ich die ältere bin. Aber schau uns beide an, Sarah! Du bist diejenige, der die Ashington-Perlen gehören sollten. An dir sehen sie bestimmt herrlich aus. Das Schicksal hat es so gewollt. So sehe ich es jedenfalls.«

»Ich werde sie nie in der Öffentlichkeit tragen können, selbst wenn ich es wollte.«

»Sicher, man würde sie erkennen. Aber zuweilen wirst du sie doch tragen. Ich hatte sie manchmal an, wenn ich allein war. Sie schienen mich zu erdrücken. Das Halsband war zu schwer für mich.«

»Ich bin froh, daß ich jetzt wenigstens die Wahrheit weiß.«

»Sarah, es tut mir leid. Bitte verstehe, weshalb ich es getan habe.«

»Natürlich.«

»Und jetzt hast du es. Es ist ein Vermögen wert.«

»Clinton hat euch natürlich weniger dafür gegeben, als es wert ist.«

»Es reichte, um unsere Schulden zu bezahlen und uns über die nächsten Jahre hinwegzuhelfen. Es war wundervoll, von dieser Last befreit zu sein. Wir sind Clinton dankbar. Und dann gab er uns noch diese Kopie, eine so hervorragende Imitation, daß nur Kenner den Unterschied merken. Alles stimmt, sogar das Schloß mit dem winzigen Giftbehälter im Schlangenmaul.«

»Clytie«, sagte ich, »du siehst angegriffen aus. Du mußt dich beruhigen. Wir wollen doch nicht, daß jemand merkt, daß du dich aufgeregt hast.«

Sie legte ihre Arme um mich. »Ach Sarah«, seufzte sie. »Ich bin so froh, daß du Bescheid weißt. Das alles hat mich schrecklich bedrückt.«

Ich küßte sie. »Ich verstehe dich ja«, versicherte ich ihr. »Liebe Clytie, bitte gräme dich nicht mehr. Es wird alles gut, du wirst sehen.«

Celia war bei Ralph, als wir uns wieder zu ihr gesellten, und ich erschrak ein wenig, als ich Cobbler zu ihren Füßen aufgeringelt sah. Celia blickte von mir zu Clytie, und ich fragte mich, ob sie wohl ahnte, daß sich soeben eine bewegende Szene zwischen uns abgespielt hatte.

Als wir im Einspänner zurückfuhren, sagte sie zu mir: »Es tut mir leid, daß ich Sie verlassen muß, aber ich habe Nachricht von meiner Cousine. Es geht ihr nicht gut, und sie möchte, daß ich ihr Gesellschaft leiste. Sie hat ein Haus in Südfrankreich gemietet.«

»O Celia, müssen Sie wirklich fort?«

»Es war wunderschön, Sie wiederzusehen, Sarah, und es scheint Ihnen jetzt viel besser zu gehen. Eine Zeitlang... neulich...«

»Ja, ich weiß.«

»Da schienen Sie ein bißchen... seltsam... zerstreut... als ob Sie sich vor etwas fürchteten.«

Ich zögerte. Der Anblick, wie Cobbler da im Gras lag, hatte lebhafte Erinnerungen in mir geweckt. Ich wollte nicht darüber sprechen. Mit der Rückkehr zur Plantage war alles, was geschehen war, wieder lebendig geworden. Jetzt wollte ich herausfinden, wer für diese üblen Streiche verantwortlich war, und ich hatte mir geschworen, niemanden ins Vertrauen zu ziehen... nicht einmal Celia.

Ich sagte leichthin: »Ach, ich glaube, ich war nur ein bißchen erschöpft. Die Reise zu den Perlenfischern hat mir gutgetan.«

Die Schlangenzunge

Ich trug die Perlen nun sehr oft, und sie übten eine Faszination auf mich aus. Ich nahm sie aus ihrer Schatulle, hielt sie an mich, von dem unwiderstehlichen Wunsch besessen, sie mir um den Hals zu legen. Sie veränderten sich. Sie erglühten in neuem Leben. Wenn ich sie anhatte, schienen sie meine Haut zu liebkosen. Es war fast, als wollten sie zu mir gehören.

Ich träumte sogar von ihnen – verschwommene, nebelhafte Träume... sie krochen aus ihrer Schatulle und legten sich um meinen Hals. Es waren bizarre Träume, und doch erlebte ich sie im Schlaf als Wirklichkeit. Einmal hatte ich denselben Traum wie in jener Nacht, als ich die Perlen zum erstenmal trug. Ich dachte, sie schnürten sich fester und fester um meinen Hals und trachteten, mich zu erwürgen. Solche Hirngespinste wurden natürlich durch all die Geschichten ausgelöst, die ich über dieses Erbstück gehört hatte, durch die vorgetäuschte Entführung und die unvergeßliche Nacht, als Clinton mir die Perlen schenkte und mich das Allerschlimmste von ihm annehmen ließ.

Die Perlen faszinierten mich; sie stießen mich aber auch ab, und doch war ich unfähig, ihnen zu widerstehen. Manchmal dachte ich, sie seien ein Symbol für meine Beziehung zu Clinton.

Ich begriff nicht, wieso ich keinen Brief von Toby erhielt. Ich hatte ihm einen Hilferuf geschickt, und er schien ihn zu ignorieren. Vielleicht war er umgezogen, und mein Brief hatte ihn nicht erreicht. Dieser Gedanke versetzte mich in Panik. Wieder hatte ich jenen Traum. Die Perlen lagen um meinen Hals, liebkosten meine Haut, saugten ihre Nahrung aus mir... Sie wurden enger und enger, sie würgten mich. Sie hatten sich verändert, waren feindselig geworden. Das Böse war in ihnen. Ich hörte die Stimme meiner Mutter durch die Leere des Raumes zu mir dringen. »Sie waren verflucht, diese Perlen. Jedem, der sie besaß, haben sie Unheil gebracht.« Im Traum packte ich die Perlen und versuchte, sie mir vom Hals zu reißen, sie zu zerbrechen, zu vernichten, sie auf immer loszuwerden. Dann wandelte sich der Traum. »Toby«, schrie ich, »wo bist du, Toby? Warum kommst du nicht, wenn du weißt, daß ich dich brauche?« Er erschien, er war da. Er löste das Halsband, und ich sank erleichtert schluchzend in seine Arme.

Ich sträubte mich gegen das Erwachen aus diesem Traum. Ich wollte in ihm verweilen... mit Toby.

Die Perlen lagen in ihrer Schatulle, Toby war weit fort, und ich hatte nichts von ihm gehört. Es war unmöglich, die Perlen versteckt zu halten. Ich sagte zu Clinton, es sei unvernünftig, sie zu tragen.

»Nein«, erwiderte er, »die Leute im Haus halten sie für das Geschenk eines zärtlichen Gatten an sein liebendes Weib. Schließlich bin ich in dem Geschäft, und da ist es doch selbstverständlich, daß mir das Beste, das es auf diesem Gebiet gibt, in die Hände gerät.«

»Ich wünsche aber nicht, daß bekannt wird, daß ich die Ashington-Perlen habe. Ich muß auf Clytie Rücksicht nehmen.«

»Clytie hat dir bewiesen, daß sie allein zurechtkommt. Du mußt dich lediglich hüten, die Perlen zu tragen, wenn du dich in Gesellschaft von Experten begibst.«

Ich gewöhnte mir an, sie am Abend zu tragen, wenn Clinton, Celia und ich allein speisten.

Celia bewunderte sie glühend. Sie liebte es, sie anzuprobieren. Ich sagte ihr natürlich nicht, daß es die Ashington-Perlen waren. Sie sollte annehmen, daß Clinton mir ein großzügiges Geschenk gemacht hatte. Wenn Leila in mein Schlafzimmer kam, um aufzuräumen oder heißes Wasser zu bringen, legte sie den Kopf auf eine Seite und betrachtete die Perlen in ehrfürchtiger Bewunderung.

»Sie sind schön. Meine Schwester Anula hat so ähnliche«, erzählte sie. »Meine Schwester hat viel schönen Schmuck.« Sie blickte verschlagen und hinterhältig drein und ließ keinen Zweifel daran, daß Anula diesen Schmuck von ihrem Liebhaber bekommen hatte.

Celia bereitete ihre Abreise vor. Sie hatte ihre Passage nach Bombay gebucht, von wo sie der große Überseedampfer »Oranda« nach Europa bringen würde. Die Reise von Colombo nach Bombay wollte sie auf der »Lankarta«, einem kleineren Dampfer, zurücklegen. Beim Gedanken an ihre Abreise überlief mich ein leichter Schauder des Unbehagens. Ohne sie würde mir das Haus einsam vorkommen – und ich hatte immer noch nicht entdeckt, wer mich bedrohte. Die Gefahr lauerte nach wie vor, wenn ich mich jetzt auch stark fühlte und bereit war, mich ihr zu stellen.

Ungefähr eine Woche, nachdem ich von den Perlenfischern zurückgekehrt war, hatte ich vor, am späten Nachmittag zu Clytie hinüberzufahren und vor Einbruch der Dunkelheit zurückzukommen. Ich war höchstens fünf Minuten in dem Einspänner unterwegs, als ich merkte, daß etwas nicht stimmte.

Auf einmal rollte der Wagen im Zickzack über die Straße. Ich zog die Zügel an... und im Bruchteil einer Sekunde sah ich eines der Räder vor mir herrollen. Es ist erstaunlich, wieviel man in einem so kurzen Moment der Anspannung erleben kann. Es war, als habe die Zeit sich verlangsamt. Ich wußte, daß ich in großer Gefahr war. Ich wußte, daß sich ein Rad gelöst hatte und daß ich umstürzen würde, doch einen Augenblick lang schien alles zu stocken. Ich versuchte verzweifelt, mich zu besinnen, was ich tun mußte, um mich zu retten. Dann bäumte sich das Pferd auf, und ich wurde in die Luft geschleudert. Jäh senkte sich Finsternis auf mich herab.

Ich lag im Bett. Clinton war bei mir. Auch Celia, Leila und ein Dienstmädchen waren zugegen. Clinton saß auf der einen Seite des Bettes, Celia auf der anderen.

»Sie kommt zu sich.« Das war Clinton. »Sarah... Sarah... hörst du mich?«

Ich öffnete die Augen. Mein Körper fühlte sich schwer an. Ich versuchte, mich zu erinnern. Im Geiste sah ich das Rad über die Straße trudeln. Ich schloß die Augen wieder und versank sogleich in einem Nebel des Nichts.

Es dauerte zwei Tage, bis ich wieder bei Bewußtsein war. Ich erfuhr, daß ich einen schweren Unfall gehabt hatte und froh sein könne, daß ich noch lebte. Ein Rad hatte sich vom Wagen gelöst. Ich war in die Luft geflogen und auf der Straße gelandet. Mein Knöchel war gebrochen; ich hatte Prellungen, Beulen und eine Gehirnerschütterung. Clinton hatte zwei Ärzte kommen lassen, weil ich so übel zugerichtet war. Der Knöchel würde heilen und vermutlich keine allzu großen Beschwerden bereiten. Schwerer wog die Tatsache, daß ich so lange bewußtlos war. Dennoch schien ich keinen wirklich ernsten Schaden davongetragen zu haben, und nach ein paar Tagen konnte ich bereits aufstehen. Ich war allerdings nicht in der Lage, mein Schlafzimmer zu verlassen. Das ließ mein Knöchel nicht zu. Ich konnte mit Hilfe eines Stockes umherhumpeln, doch der Arzt mahnte mich, daß ich den Knöchel nicht belasten und auf keinen Fall auftreten dürfe, wenn ich wieder ganz gesund werden wolle.

Clinton war häufig bei mir, ebenso Celia, die wegen ihrer bevorstehenden Abreise sehr betrübt war. Ich war froh über ihre Gesellschaft. Sie las mir vor, und es war kurzweilig, sich mit ihr zu unterhalten. Mir graute bei dem Gedanken, daß sie fortging. Meine alte Beklommenheit war wiedergekehrt, und Celia war so besonnen und vernünftig.

Clinton erzählte mir, er habe versucht, der Sache auf den Grund zu gehen, und könne nicht begreifen, wieso sich das Rad des Einspänners gelöst habe. Die Stallburschen hatten Anweisung, alle Fahrzeuge in Ordnung zu halten und schworen, sie hätten erst wenige Tage zuvor sämtliche Kutschen inspiziert.

»Es ist mir ein Rätsel«, meinte Clinton. »Irgend jemand war unachtsam, daran ist nicht zu zweifeln. Ich wollte, ich könnte herausfinden, wie es passiert ist.«

Die Post wurde gebracht. Es war wieder kein Brief von Toby dabei.

Heimtückisch wie ein Nebel beschlich mich die Furcht. Anfangs war sie noch kaum wahrnehmbar, doch dann webte sie ihr Netz um mich und hüllte mich in böse Vorahnungen. Ich hatte das Geheimnis der ersten Stufe des Angriffs auf mich, der darauf abzielte, mich als wahnsinnig hinzustellen, noch nicht gelüftet. Nachdem ich Cobblers Auge gefunden und anschließend die Perlenfischer besucht hatte, glaubte ich mich in Sicherheit, und die Tatsache, daß irgendwo in meiner Nähe ein unbarmherziger Feind lauerte, hatte ich vorübergehend vergessen.

Ich *mußte* herausfinden, wer dies war, doch in meinem Zustand war ich dazu kaum in der Lage. Warum hatte sich das Rad des Einspänners gelöst, während ich darin unterwegs war? Ich benutzte ihn häufig. Er galt mehr oder weniger als mein Fahrzeug, weil niemand ihn so oft in Anspruch nahm wie ich. War der »Unfall« arrangiert worden? Verfluchte mein Gegner jetzt den Umstand, daß ich dem Tod entronnen war?

Ich konnte jetzt nicht durch den Wald wandern, um festzustellen, wer hinter mir herschlich. Doch ich mußte etwas herausfinden, bevor die üblen Streiche wieder einsetzten. Ich konnte nicht wissen, wie sie das nächste Mal aussehen würden. Hatte ich neuerliche Versuche, mir Angst einzujagen, zu erwarten? Oder würden die Anschläge eine noch bedrohlichere Gestalt annehmen? War die Sache mit dem Einspänner wirklich ein Unfall? Oder hatte sich da jemand einen teuflischen Plan ausgedacht? Wenn ja, dann war eines sicher: Wer immer es war, er würde es wieder versuchen.

Clinton wurde beinahe zärtlich zu mir. Er war sehr erbost über das schadhafte Rad und gab den Stallburschen die Schuld. Die fürchteten seinen Zorn und beteuerten inbrünstig ihre Unschuld. Er war häufig bei mir und bestand darauf, mich abends von meinem Sessel zum Bett zu tragen, obgleich ich in der Lage war, mich mit Hilfe meines Stockes im Zimmer zu bewegen.

Clytie kam mich besuchen und brachte Ralph mit. Leila machte ein großes Getue um mich und erging sich in – vielleicht allzu wortreichen – Tiraden über die Unachtsamkeit der Stallburschen.

Ich setzte mich vor den Spiegel, und Leila frisierte mich. Sie erzählte mir, ihre Schwester Anula habe sie gelehrt, wie man eine Dame schön mache. Ich erkundigte mich nach Anulas Befinden.

»Anula ist frohgemut, Missie. Anula sehen die Zukunft, und die ist gut für sie.«

»Das freut sie, nehme ich an.«

»Sie ist sehr zufrieden.«

»Sag ihr, ich gratuliere ihr zu dieser wundervollen Zukunft«, sagte ich.

»Wie meinen Missie?«

»Ich freue mich über ihre gute Zukunft.«

»Das ihr gefallen, Missie. Sie sprechen von Ihnen… viel.«

»Über meinen Unfall?«

»Sie sagen, das war Bestimmung. Ein Zeichen.«

»Ein Zeichen wofür, Leila?«

»Ich fragen.«

Einmal bildete ich mir ein, wieder einen schwachen Sandelholzduft im Zimmer wahrzunehmen, und als Celia hereinkam, fragte ich sie, ob sie ihn bemerke.

Sie schüttelte den Kopf.

»Er ist ganz schwach, das gebe ich zu. Als sei eine Frau mit diesem Parfüm im Zimmer gewesen und habe ihren Duft zurückgelassen.«

»Es ist ein eigenartiger Duft«, sagte Celia. »Aber jetzt rieche ich nichts.«

Als Leila kam, fragte ich sie, ob sie das Parfüm rieche. Sie schüttelte den Kopf. »Meine Schwester Anula hat es. In ihrem Haus es riechen. Sandelholz hier, Sandelholz überall. Das erinnern mich an sie.«

Als ich allein war, mußte ich ständig an den Duft denken. Ich bildete mir ein, ihn zu riechen, und wenn ich herauszufinden versuchte, wo er herkam, war er weg. Es war ein unbestimmbarer Duft, der ebensogut nur in der Erinnerung vorhanden sein konnte. Ich ermahnte mich, diesen Geruch ja nicht zu einer Wahnvorstellung werden zu lassen.

Während der Siestastunden herrschte Ruhe im Haus. Clinton war meistens abwesend, weil er morgens fortging und nicht vor dem Abend zurückkehrte. Ich lag dann auf meinem Bett und horchte auf die leisen Geräusche im Haus. Ich fuhr plötzlich auf, wenn ein Insekt gegen den Maschendraht prallte. Ich lag gespannt und lauschte. Mir war bange zumute.

Als ich vor meinem Zimmer vorsichtige Schritte vernahm, konnte ich nichts tun als liegenbleiben und warten, daß etwas geschah. Falls jemand in mein Zimmer kam und mich bedrohte, konnte ich mich nicht wehren. Ich war eine Gefangene. Niemand trat ein. Vielleicht hatte ich mir nur eingebildet, die Schritte zu hören; vielleicht hatte ich mir nur eingebildet, den Sandelduft zu riechen.

Während ich so lag, stellte ich mir viele Fragen. Wer hatte versucht, mich als wahnsinnig hinzustellen? Wer wünschte mir Böses? Wer versuchte, mich im Einspänner umzubringen? Die Angst hatte sich wieder ins Zimmer geschlichen, und ich war hilflos ... so hilflos wie noch nie.

Wenn Toby mir schreiben würde, wenn er mich fühlen ließe, daß er nicht weit entfernt war, wenn er herkäme ... mit ihm könnte ich sprechen wie mit niemandem sonst.

O ja, mir war bange, vor allem abends, wenn die Sonne plötzlich am Horizont versank. Ich hatte Leila angewiesen, die Lampen anzuzünden, bevor das Tageslicht erlosch.

Einmal vergaß sie es; ich saß im Dunkeln und hatte wirklich Angst. Kein Mondschein war da, nichts, was die Finsternis erhellt hätte ... und dann das plötzliche Aufgehen der Tür, diese sekundenlange Stille, bevor Leila hereinkam.

»O je, sind Sie aber nervös, Missie«, kicherte sie.

Und selbst als sie die Lampen anzündete, wich die Angst nicht von mir. Ich dachte, wenn jemand ins Zimmer käme, um mir etwas anzutun, so wäre ich unfähig, davonzulaufen.

Der Abschied von Celia rückte immer näher. Mir graute vor diesem Tag, denn dann war ich ganz allein. Womöglich wartete mein Feind nur auf Celias Abreise.

Celia wollte am nächsten Tag aufbrechen. Alles war gepackt und zur Abfahrt bereit. Ich war sehr betrübt, weil sie fortging, und mehr noch ... ich hatte Angst.

Sie war den ganzen Tag über mit Packen beschäftigt, und manchmal glaubte ich, sie wich mir aus, weil der Gedanke an unsere Trennung sie ebenso traurig machte wie mich und weil es ihrer Persönlichkeit widerstrebte, Gefühle zu zeigen. Leila kam herein, um die Lampen anzuzünden.

»Meine Schwester Anula erkundigen sich nach Ihnen«, sagte sie. »Ich ihr sagen, Sie mögen kein Sandelholz. Sie sagen, sie machen Ihnen Duft, der Ihnen gefällt.«

»Wie nett von ihr.«

»Meine Schwester Anula sehr klug. Sie kann viele Sachen ... Duft, der Frauen geliebt macht ... Wasser, das die Haut schön macht ... Trank, der Schlaf bringt ... Und sie sehen die Zukunft.«

»Fürwahr, eine sehr vielseitig begabte Dame.«

Ich fühlte mich wohler, wenn die Lampen brannten.

Leila entfernte sich, und fast unmittelbar darauf klopfte es leise. Ich starrte auf die Tür, mein Herz pochte wild.

»Wer ist da?« Meine Stimme klang schrill.

Die Tür ging auf, und Celia kam herein. Das Lächeln auf ihrem Gesicht erstarb, als sie mich ansah. »Fehlt Ihnen etwas?« fragte sie besorgt.

»Nein ... nein. Wieso?«

»Sie sahen irgendwie erschrocken aus.«

»Nein. Kommen Sie, setzen Sie sich, Celia!«

»Wie fühlen Sie sich heute abend?« fragte sie sichtlich beunruhigt.

»Ganz gut, danke.«

»Sie finden es gewiß etwas unerquicklich, so auf Ihr Zimmer verbannt zu sein. Es tut mir leid, daß ich fort muß. Ich wollte, ich hätte meine Passage nicht gebucht. Heute ist unser letzter Abend.«

»Ich werde Sie vermissen, Celia.« Ich schauderte bei dem Gedanken, wie es ohne sie sein würde. Sie war eine so gute Gesellschafterin und hatte es vorzüglich verstanden, mich aufzuheitern. Immer wieder ging es mir im Kopf herum: Und ich bleibe allein. Manchmal wird es spät, bis Clinton heimkommt. Dann werde ich allein im Haus sein, abgesehen von den Dienstboten, die mir allezeit fremd bleiben. Das Haus war für mich zum Gefängnis geworden, weil ich ihm nicht entrinnen konnte. Wie hilflos würde ich sein, wenn Celia fort war!

»Ich werde an Sie denken. Sie müssen mir schreiben, Sarah«, sagte sie.

»Ich schicke Ihnen meine Adresse. Ich wollte, ich müßte nicht fort. Es widerstrebt mir, Sie jetzt zu verlassen. Aber bald werden Sie wieder richtig gehen können. Was sagt der Arzt?«

»Er wollte nicht recht mit der Sprache heraus. Aber es wird natürlich besser. Es ist so beschwerlich, wenn man sich nicht richtig bewegen kann.«

»Clytie kommt Sie gewiß oft besuchen, nicht wahr?«

»O ja.«

»Und ich nehme an, sie wird noch öfter kommen, wenn ich fort bin.«

»Das denke ich auch.«

Meine Meinung über Clytie hatte sich ein wenig geändert, seit ich wußte, was mit den Perlen geschehen war. Ich konnte nicht vergessen, wie aufgewühlt sie schien, als sie mich glauben ließ, Ralph sei entführt worden. Clytie war eine gute Schauspielerin. Ein entsetzlicher Gedanke kam mir in den Sinn: Wenn ich stürbe, würden sie und Seth die Plantage bekommen. Ich mußte ständig an Clintons Worte denken: »Clytie würde eine Menge für Seth tun.«

»Sie dürfen an unserem letzten Abend nicht traurig sein«, sagte Celia.

»Bald sind Sie wieder auf den Beinen. Es geht Ihnen ja jetzt besser als vor Ihrer Reise. Damals habe ich mir ernstlich Sorgen um Sie gemacht. Meine liebe Sarah, Sie brauchen sich nicht zu beunruhigen. Sie haben wirklich Glück gehabt.«

Ihre Augen hatten einen wehmütigen Ausdruck angenommen, und da dachte ich daran, daß ihr Leben doch eigentlich recht traurig und einsam verlaufen war. Sie sprach wenig von ihrer Vergangenheit, doch ich wußte, daß sie ihre Eltern zärtlich geliebt hatte. Wie alt war sie wohl jetzt? Sie mußte Ende Dreißig sein. Sie gehörte zu den Millionen von Frauen, die in der Blüte ihres Lebens von liebevollen Eltern behütet wurden und später einsam zurückblieben.

Ich glaubte, sie wollte mich aufheitern, als sie mich bat, einen letzten Blick auf die Perlen werfen zu dürfen. Ich nahm sie aus ihrer Schatulle, die ich in der oberen Schublade meines Toilettentisches aufbewahrte. Celia nahm die Perlen in die Hände und betrachtete sie versonnen.

»Das Geschenk Ihres Gatten«, sagte sie. »Er muß Sie innig lieben. Das ist tröstlich für Sie. Wie edel diese Perlen sind! Eine jede paßt vollkommen zur anderen. Der Verschluß ist ebenso außergewöhnlich wie die Perlen selbst. Was für ein herrlicher Stein, dieser Smaragd! Ich sah Leilas Schwester heute nachmittag im Garten. Ich vermute, sie hat Leila besucht. Sie trug ein hübsches Halsband mit Steinen, die wie Smaragde aussahen. Ich glaube nicht, daß sie echt waren, aber es waren ausgezeichnete Imitationen. Sie ist ein schönes Geschöpf ... graziös wie eine Kreatur des Dschungels, finden Sie nicht?«

Das fand ich auch.

»Eine eigenartige Frau. Man hört allerlei Gerüchte über sie.«

»Welche Gerüchte?«

»Ich achte nicht so genau darauf. Leila spricht oft von ihr. Sie soll sehr verführerisch sein. Es heißt, die Männer seien so betört von ihr, daß sie für sie sogar einen Mord begehen würden! Arme Leila, sie ist auch noch stolz darauf, mit einer solchen Sirene verwandt zu sein.«

»Ich glaube, die Familie ist ihr sehr ergeben.«

»Dessen bin ich sicher. Werden Sie die Perlen heute abend tragen?«

»Das hatte ich nicht vor.«

»Ach bitte ... es ist mein letzter Abend. Ich sehe Sie so gern damit. Sie scheinen Sie zu verwandeln. Soll ich sie Ihnen zumachen? Der Verschluß ist etwas schwierig zu handhaben, nicht wahr?«

»Ja, das stimmt.«

Sie befestigte die Perlen in meinem Nacken und trat zurück, um sie zu bewundern.

»Sie sind sehr kleidsam. Aber mit einer prächtigen Ballrobe kämen sie erst richtig zur Geltung. Wenn Sie wieder nach England gehen, was Sie gewiß tun werden, und sei es nur für einen Urlaub, so müssen Sie große Bälle geben, um sich mit den Perlen zu zeigen.«

Ich lehnte mich in meinem Sessel zurück. Hin und wieder warf ich einen Blick in den Spiegel und betrachtete die Perlen. Ich spürte, wie sie sich warm an meine Haut schmiegten.

Während wir uns unterhielten, klopfte Leila an die Tür. Nankeen sei unten. Er wolle mich sprechen. Ob ich ihn empfangen wolle? Ich bat, ihn heraufzuführen.

»Soll ich hinausgehen?« fragte Celia.

»Nicht nötig. Ich vermute, er bringt eine Nachricht von Clinton.«

Nankeen kam herein und verbeugte sich mit unterwürfigem Lächeln.

»Botschaft von *sahib, mem-sahib*. Er heute abend verhindert. Kommt erst morgen.«

»Danke, Nankeen«, sagte ich.

Als er gegangen war, blickte Celia mich besorgt an.

»Sie wissen doch, seine Geschäfte halten ihn häufig fern«, erklärte ich.

Sie nickte, und ich fragte mich, ob sie jetzt wohl daran dachte, daß Anula an diesem Nachmittag im Garten gewesen war. Warum war sie gekommen? Ob sie Clinton gesehen hatte?

»Ich bin froh, daß Sie heute abend hier sind, Celia«, sagte ich.

»Morgen um diese Zeit bin ich schon fort.«

»Ich werde Sie sehr vermissen.«

»Wollen wir heute abend zusammen in Ihrem Zimmer essen? Dabei könnten wir über alte Zeiten plaudern.«

Ich war einverstanden.

»Zu diesem Anlaß werden Sie die Perlen wohl nicht tragen«, meinte sie. »Kommen Sie, ich nehme sie Ihnen ab.«

Sie legte sie in die Schatulle. Dann ließ sie mich allein und kam später zurück. Wir verbrachten einen angenehmen Abend, abgesehen von der Tatsache, daß ich mich ständig fragte, ob Clinton wohl bei Anula sei, und dessen war ich beinahe sicher. Wenn ich ihn fragte, würde er mir die Wahrheit sagen. In diesem Punkt war er anders als die meisten ungetreuen Ehemänner.

Ich bleibe nicht hier, dachte ich. Wenn Anula wirklich seine Geliebte ist, will ich nicht mehr seine Frau sein. Wenn ich doch nur Nachricht von Toby hätte. Vielleicht sollte ich ihm noch einmal schreiben.

Ich schlief tief in dieser Nacht. Ich hatte mehrere Träume. Einmal träumte ich, jemand sei im Zimmer; eine schemenhafte Gestalt ging zum Toilettentisch, öffnete die Schublade und nahm die Perlen heraus.

Ich war halb wach und glaubte zu hören, wie die Tür geschlossen wurde. Es war nichts... nur ein Traum.

Am Morgen sah ich als erstes in der Schublade nach. Die Schatulle war da. Du sollst dich von den Perlen nicht behexen lassen, ermahnte ich mich.

Es war wirklich unklug, sie so leicht erreichbar aufzubewahren. Wir hätten sie in einem Tresor unterbringen sollen. Das würde allerdings auf ihren Wert hinweisen, und mit Rücksicht auf Clytie durfte doch nicht bekanntwerden, daß es sich in Wirklichkeit um die Ashington-Perlen handelte.

Ich frühstückte im Bett, weil das mit meinem gebrochenen Knöchel bequemer war, und anschließend dachte ich noch einmal über den Traum nach. Ich stieg aus dem Bett und humpelte mit Hilfe meines Stockes zum Toilettentisch. Ich nahm die Schatulle heraus und öffnete sie. Ich starrte sie entgeistert an. Sie war leer.

Ich konnte es nicht fassen. Es war also doch kein Traum gewesen. Jemand war hereingekommen, hatte die Perlen entwendet und die Schatulle zurückgelassen.

Ich war fassungslos. Ich wußte nicht, was ich tun sollte. Ich zog an der Klingelschnur, und Leila erschien. Ich wollte ihr nicht erzählen, was passiert war, und sagte: »Geh zu Miss Hansen und richte ihr aus, ich muß sie sofort sprechen.«

Ein paar Minuten später war Celia bei mir.

Ich sagte: »Ist gut, Leila, danke.« Sie ging ein wenig widerstrebend hinaus. Ich hätte gern gewußt, ob sie an der Tür horchte.

»Was um alles in der Welt ist geschehen?« fragte Celia.

»Die Perlen... sie sind weg.«

»Das kann doch nicht wahr sein!«

»Doch. Ich habe eben die Schatulle aufgemacht. Sie sind nicht darin.«

Celia sah mich ungläubig an. Sie ging zu der Schublade, öffnete den Schmuckkasten und starrte auf den mitternachtsblauen Samt.

»Wo...?« stammelte sie. »Was...?«

»Jemand ist in der Nacht hereingekommen und hat sie gestohlen.«

»Haben Sie jemanden gesehen?«

»Nun ja... es war wie ein Traum. Ich war im Halbschlaf. Ich glaubte, jemand wäre hereingekommen. Dann dachte ich, ich hätte es geträumt. Ich träume viel in letzter Zeit. Ich träume oft von den Perlen. Celia, was soll ich tun? Ich muß wohl Alarm schlagen.«

»Warten Sie«, sagte sie. »Lassen Sie uns überlegen, was am besten zu tun ist. Wir müssen Ruhe bewahren, Sarah.«

»Diese Perlen... sie sind unschätzbar.«

Celia dachte nach. Sie blickte mich eindringlich an. »Wer hätte in der Nacht hereinkommen können?« fragte sie.

»Ich weiß es nicht.«

»Niemand könnte unentdeckt eindringen. Die Dienstboten bemerken es doch, wenn ins Haus eingebrochen wird. Es muß jemand gewesen sein, der einen Schlüssel hatte.«

»Clinton?« flüsterte ich.

»Ist er hereingekommen?«

»Ich habe ihn nicht gesehen. Ich hatte diesen Traum... im Halbschlaf.«

»Sie hatten in letzter Zeit eine Menge Träume.« Sie runzelte die Stirn. »Sie dürfen es mir nicht übelnehmen, aber ich muß es Ihnen sagen, Sarah...«

»Nur zu.«

»Sie haben sich vor einiger Zeit... ein bißchen seltsam benommen.«

»Ich kann alles erklären. Jemand hat mir üble Streiche gespielt. Ich habe Beweise.«

Sie schwieg eine Weile und biß sich nachdenklich auf die Lippen. »Schauen Sie«, meinte sie schließlich, »Ihnen war nicht wohl. Sie hatten kürzlich einen schlimmen Unfall, der böse hätte enden können. Sie haben von diesen Perlen geträumt.«

»Ja, ich weiß, aber...«

»Die Leute haben einiges mitbekommen, Sarah.«

»Die Leute?«

»Leila zum Beispiel. Die Dienerschaft. Sarah, Sie schienen so nervös, so überreizt.«

»Ich weiß. Jemand versuchte zu beweisen, daß ich wahnsinnig sei.«

»Hören Sie zu. Ich kann mich irren, aber ich möchte Sie beschützen. Verstehen Sie? Es war mir zuwider, wenn die Leute solche Andeutungen über Sie machten. Ich habe es nicht einen Augenblick geglaubt. Ich wußte, daß es eine Erklärung geben mußte. Leilas Beziehung zu dieser

Anula behagt mir nicht. Das Ganze gefällt mir nicht. Wir müssen uns wehren.«

»Was wollen Sie damit sagen, Celia?«

»Ich meine das so: Sie waren gereizt. Dieser niederträchtige Versuch, Sie nervös zu machen... dann der Unfall. Und diese Träume. Ich könnte mir vorstellen, daß Sie schlafgewandelt sind.«

»Schlafgewandelt! Ich kann doch kaum gehen.«

»Sie können sich mit Ihrem Stock im Zimmer bewegen. Vielleicht irre ich mich, Sarah, aber lassen Sie uns ganz sichergehen. Wir wollen denen doch keinen neuen Grund für ihre Behauptungen geben.«

»Was schlagen Sie vor?«

»Daß wir dieses Zimmer gründlich durchsuchen. Möglicherweise waren Sie es selbst, die im Traum die Perlen geholt hat... im Schlaf. Sie könnten sie aus der Schatulle genommen und irgendwohin gelegt haben.«

»Nein, Celia. *Nein!*«

»Ich weiß, es klingt lächerlich, aber haben Sie Nachsicht mit mir. Ich denke nur an Sie. Ich bitte Sie, bevor Sie irgend jemandem erzählen, daß Sie die Perlen vermissen, lassen Sie mich das Zimmer durchsuchen. Kommen Sie, setzen Sie sich in Ihren Sessel. Ich nehme mir jeden Winkel vor, jedes mögliche Versteck. *Bitte*, Sarah, ja?«

»Ach, Celia, ich bin so froh, daß Sie hier sind. Was fange ich nur an, wenn Sie fortfahren?«

»Sie waren so gut zu mir. Setzen Sie sich hin.«

»Ich helfe suchen.«

»Nein, es tut Ihrem Knöchel nicht gut, wenn Sie sich zuviel bewegen. Überlassen Sie das mir!«

Sie durchsuchte das ganze Zimmer, öffnete Schubladen, spähte unters Bett, machte den Schrank auf und durchwühlte meine Kleider. Sie blieb mitten im Zimmer stehen und blickte ratlos um sich.

»Es hat keinen Zweck, Celia«, sagte ich. »Jemand hat sie gestohlen.«

»Gibt es noch eine Stelle, an der ich nicht nachgeschaut habe?« fragte sie mit zusammengezogenen Augenbrauen.

Plötzlich schritt sie auf das Bett zu und hob mein Kopfkissen. Mit einem triumphierenden Aufschrei hielt sie die Perlen in die Höhe.

Ich konnte es nicht glauben. »Also muß ich sie selbst herausgenommen haben!«

»Sie spuken Ihnen im Kopf herum. Ich finde, Sie sollten Clinton vorschlagen, sie an einem sicheren Ort aufzubewahren. Lassen Sie es gut sein. Grämen Sie sich nicht länger. So etwas kann jedem einmal passieren.«

»Tun Sie die Dinger in die Schatulle, Celia. Ich will sie nicht sehen.«
Sie tat wie gebeten und legte die Schatulle in die Schublade. »Sie sollten zumindest einen Schlüssel haben, um die Schublade abzuschließen«, meinte sie.

»Ich werde mir einen besorgen.«
Sie küßte mich sanft auf die Stirn. »Bis nachher«, sagte sie.

Celia verbrachte den Morgen mit mir, und wir redeten über alles mögliche, nur nicht über die bevorstehende Trennung. Ich war sehr verzagt.
Celias Gepäck war bereits in Colombo und wartete auf die Ankunft der »Lankarta« aus Bombay, die am Abend dort eintreffen würde.
Clinton kam im Laufe des Vormittags vorbei. Er sagte, er sei durch ein paar Unannehmlichkeiten auf der Plantage aufgehalten worden und habe lange im Büro gearbeitet. Da er wußte, daß er erst spät nach Mitternacht fertig würde, habe er beschlossen, in dem Zimmer zu übernachten, das er dort für solche Zwecke für sich oder einen der Verwalter hatte einrichten lassen.

»Es ist unbequem«, erklärte er. »Ich habe mich heute morgen beim Rasieren geschnitten. Der Spiegel hängt am falschen Platz, und es war ziemlich dunkel.« Er zeigte auf eine tiefe Schnittwunde am Mundwinkel. »Hab' geblutet wie ein Schwein«, fügte er hinzu.

»Es tut hoffentlich nicht weh.«
Er schüttelte den Kopf. »Aber es wird ein bis zwei Tage dauern, bis es ganz verheilt. Du hast mir gefehlt, Sarah. Heute abend bin ich bei dir. Wir wollen es uns besonders schön machen, ja? Wir sind allein. Um welche Zeit reist Celia ab?«

»Der Zug nach Colombo fährt kurz nach sechs von Manganiya ab. Die Kutsche bringt sie hin.«

»Dann will ich mich lieber schon jetzt von ihr verabschieden – falls ich nicht rechtzeitig zurück bin.«
Er schien gut gelaunt, und ich hatte nicht den Eindruck, daß er über Nacht bei Anula gewesen war.
Celia nahm den Lunch mit mir in meinem Zimmer ein. Unsere letzte

gemeinsame Mahlzeit. Ich ließ beim Essen meine Gabel fallen, und Celia hob sie auf. Als sie sich aufrichtete, fragte sie: »Was haben Sie da am Nacken? Es sieht so aus, als hätten Sie sich gekratzt.«

Ich hob meine Hand. »Ich fühle nichts.«

»Es ist ein winziger Kratzer. Komisch … Sie müssen auf den Perlen gelegen haben. Mir ist an dem Verschluß eine ziemlich scharfe Kante aufgefallen.«

»Kann schon sein«, sagte ich.

»Ich gebe nachher etwas Jod darauf. Erinnern Sie mich daran!«

»Das ist doch nicht nötig.«

»Man kann nie wissen. Es ist hier nicht wie zu Hause. Ich habe mich einmal gekratzt, und irgendein giftiges Insekt witterte Blut und machte sich an der Wunde zu schaffen. Es hat geeitert und sah eine Zeitlang ziemlich übel aus. Ich bringe Ihnen nachher das Jod. Nur zur Sicherheit.«

Wir plauderten, und ich dachte nicht mehr an den Kratzer. Celia aber vergaß ihn nicht und kam später mit einer kleinen Flasche Jod zu mir.

»Es brennt vielleicht ein bißchen«, meinte sie.

Ich bekam es zu spüren, als sie hinter mich trat und die Stelle mit einem Wattebausch betupfte, den sie vorsorglich mitgebracht hatte.

»So«, sagte sie, »das dürfte gut heilen. Es ist kaum zu sehen, aber man kann nicht vorsichtig genug sein.«

Sie schraubte die Flasche zu und verstaute sie in ihrer Rocktasche. Im Laufe des Tages spürte ich noch ab und zu ein leichtes Brennen, aber ich dachte mir nichts dabei und vergaß den Kratzer schließlich.

Der Nachmittag war sehr heiß. Bald würde der Regen einsetzen. Wir rechneten jeden Tag damit. Die Sträucher brauchten ihn, und wir ebenfalls. Er würde die Luft kühlen und uns von den vielen Insekten befreien, die uns zu dieser Jahreszeit besonders plagten.

Der Gedanke an Celias Abreise betrübte mich mehr und mehr. Wie einsam würde ich mich ohne sie fühlen!

Um fünf Uhr kam sie herein, in Reisekleidung und mit tieftrauriger Miene. »Es widerstrebt mir, Sie zu verlassen«, sagte sie. »Wann kommt Clinton nach Hause?«

»Bald. Aber er rechnete damit, daß Sie schon fort sein könnten, bevor er hier ist.«

»Ich weiß. Er hat mir Lebewohl gesagt. Ach Sarah, wenn ich doch noch etwas bleiben könnte... bis Sie wieder richtig auf den Beinen sind. Oh, ich sehe, Sie haben sich für Clinton hübsch gemacht.«

Ich trug mein blaues Buchara-Seidenkleid; ich hatte mich zeitig umgezogen, weil ich wußte, daß Celia zum Verabschieden kam und ich ihr meine ganze Aufmerksamkeit widmen wollte.

»Wie geht's Ihrem Hals?« erkundigte sie sich.

»Danke, gut. Ich habe gar nicht mehr daran gedacht.«

Sie trat hinter mich, hob mein Haar an und begutachtete die Stelle. »Ich glaube, Sie werden's überleben«, sagte sie munter und fügte hinzu: »Darf ich einen letzten Blick auf die Perlen werfen? Sie sollten sie zu diesem Kleid tragen. Ich mache Ihnen den Verschluß zu. Darf ich?«

Ich mußte lachen. »Ich glaube, es macht Ihnen Spaß, die Perlen anzufassen.«

»Wem würde das nicht Spaß machen?«

Sie nahm sie behutsam aus der Schatulle und legte sie mir um den Hals. Ich setzte mich vor den Spiegel und blickte von den Perlen zu Celia. Sie betrachtete sie, als sähe sie einen Liebhaber an.

»Welch ein Glück, einen Gatten zu haben, der einen mit solchen Geschenken verwöhnt!« sagte sie.

Ich erwiderte nichts.

Mit ihren geschickten Fingern machte sie den Verschluß zu, und ich fuhr zusammen, weil sie die wunde Stelle berührt hatte.

»Warten Sie«, sagte sie. »Ich rücke den Verschluß etwas zur Seite, damit er nicht auf die Wunde drückt. Man muß die Stelle ja nicht unnötig reizen.«

»Blutet es?« wollte ich wissen.

»Nein... nicht richtig. So. Jetzt spüren Sie nichts mehr, nicht wahr?«

Ich schüttelte den Kopf.

»Die Perlen sehen herrlich aus.« Sie küßte mich feierlich auf die Stirn. »So möchte ich Sie in Erinnerung behalten, mit den Perlen. Sie sehen so wunderschön an Ihnen aus, Sarah.«

Sie hielt inne und lauschte. »Ich glaube, ich höre die Kutsche vor dem Eingang. Ich muß gehen.«

»Haben Sie alles?«

»Ich habe nur wenig Handgepäck. Alles andere ist ja schon weg und dürfte bereits an Bord sein. *Au revoir*, Sarah. Ich werde nie vergessen, was Sie für mich getan haben.«

Ich war tieftraurig. Ich hatte mich so an ihre Gegenwart gewöhnt. Ich fragte mich wieder und wieder, was ich ohne sie anfangen würde.

Sie ging rasch zur Tür. Dort blieb sie einen Augenblick stehen und sah mich an. Sie hatte Tränen in den Augen. Dann war sie fort.

Ich lehnte mich in meinem Sessel zurück und lauschte auf das Rattern der Kutschenräder.

Plötzlich ging etwas Sonderbares mit mir vor. Ich mußte ungefähr zehn Minuten in meinem Sessel gesessen haben, ehe ich die Veränderung gewahr wurde, die von mir Besitz ergriff. Die Perlen lagen schwer um meinen Hals. Mir war, als kröchen sie näher und näher; sie wurden enger und enger. Sie erstickten mich. Das war noch nicht alles. Das Zimmer wurde verschwommen. Etwas sehr Merkwürdiges geschah mit mir.

Ich versuchte aufzustehen. Das Zimmer schwankte. Ich packte den Stuhl und klammerte mich an ihn.

In diesem Augenblick kam Clinton herein.

»Sarah!« Es klang, als ob er flüsterte. »Was ist passiert? Sarah... *Sarah!*«

Er fing mich auf, als ich umkippte. Ich hörte mich sagen: »Die Perlen... sie erwürgen mich.«

Ich fiel in den Sessel, und Clinton beugte sich über mich.

»O mein Gott«, rief er. »O mein Gott, *nein!*«

Die Perlen lagen in meinem Schoß. Clinton war an der Tür. Ich hörte seine Stimme: »Schnell! Schnell... holt den Arzt! Sofort! Hört ihr mich? Auf der Stelle!«

Dann war er wieder bei mir. Er hielt die Schale, in der ich meine Haarklammern aufbewahrte, in der Hand, und seine Lippen lagen auf meinem Hals. Ich war zu schwach und zu matt, um zu merken, was er tat. Ich wurde ohnmächtig.

Als ich wieder zu mir kam, hörte ich Stimmen. Ich sah Clinton. Er lag auf dem Boden. Er sieht so groß aus, dachte ich unsinnigerweise. Er ist viel größer, als ich annahm. Sein Gesicht war weiß, und er sah so eigenartig aus.

Ich hörte die Stimme des Arztes. »Schafft Mrs. Shaw sofort ins Bett.«

Man trug mich zu Bett. Ich war noch immer nur halb bei Bewußtsein. Ein neuer Alptraum, dachte ich. Bald werde ich erwachen.

Jemand saß an meinem Bett: Clytie. Sie hielt meine Hand.

»Sarah«, murmelte sie, als sie sah, daß ich die Augen aufschlug. »Es wird alles gut, Sarah. Der Arzt ist rechtzeitig gekommen.«

Ich öffnete die Augen vollends. Mein Kopf dröhnte.

»Ich habe keine Ahnung«, murmelte ich, »was passiert ist.«

»Laß nur, du mußt schlafen.«

»Ich will es wissen...« Meine Stimme verlor sich, und ich versank sogleich in Schlaf. Ich befand mich in einer fremdartigen Welt. Ich war auf dem Meeresboden, und der Haibeschwörer sang sein düsteres Klagelied. Der ganze Meeresboden war mit Perlen übersät. Sie scharten sich um mich, sie bedeckten mich und hielten mich fest. Ich wehrte mich.

Ich hörte Clyties Stimme von weit her. »Ist ja gut. Ist ja gut.«

Ich glaube, sie verbrachte die ganze Nacht an meinem Bett. Es dämmerte, als ich die Augen wieder öffnete.

»Clytie, bist du noch da?«

»Ja, Sarah. Ich bin bei dir.«

»Wo bin ich... Was ist geschehen?«

»Du bist in deinem Bett. Jetzt ist alles gut.«

»Was war denn mit mir?«

»Du bist vergiftet worden. Du hattest einen Kratzer im Nacken, und aus dem Verschluß des Halsbandes ist Gift in deinen Körper gedrungen.«

»Das Halsband!« sagte ich.

»Dieses verfluchte Halsband«, ergänzte Clytie.

»Gift... nach all den Jahren.«

»Nicht nach all den Jahren.«

»Wer wollte mich vergiften?«

»Das wissen wir nicht.«

»Clinton...« murmelte ich.

»Clinton ist in einem anderen Zimmer. Wenn er nicht gekommen wäre...«

»Was hat Clinton damit zu tun?«

»Er hat dir das Leben gerettet, sagt der Arzt. Er kannte das Gift. Er hat es gerochen und wußte sofort, was mit dir los war. Er hat es aus deiner Wunde gesaugt, Sarah. Er konnte nicht warten, bis der Arzt kam. Dann wäre es zu spät gewesen. Bis dahin wäre es in deinen Blutkreislauf gedrungen. Es ist ein tödliches Gift... tödlich wie das Gift der Kobra. Clinton kam gottlob rechtzeitig. Er versteht eine Menge von Giften; auch von den hiesigen. Er erkannte den Geruch und wußte, daß er sofort handeln mußte. Er bediente sich der primitiven Methode, die hier im Dschungel gang und gäbe ist: nämlich das Gift auszusaugen und auszuspucken. Damit hat er dir das Leben gerettet.«

Clinton... rettete mir das Leben! Und ich hatte einmal gedacht, daß er sich meiner entledigen wollte, daß er mit Anula unter einer Decke steckte. Anula! Die hatte das Gift in den Verschluß getan. Und Leila war ihr dabei behilflich.

»Da ist noch etwas, Sarah«, fuhr Clytie fort. »Clinton geht es schlecht... sehr schlecht.«

»Was sagst du da?«

»Er hatte eine offene Wunde im Gesicht. Er hat sich beim Rasieren geschnitten. Als er das Gift aussaugte, drang etwas davon in diese Wunde und vermischte sich mit seinem Blut.«

»Es geht ihm schlecht, weil er mich gerettet hat.«

»Ja. Es ist immer sehr gefährlich, Gift aus einer Wunde zu saugen. Man riskiert sein Leben dabei. So etwas tun nur ganz mutige Menschen.«

»Ich muß zu ihm.«

»Noch nicht. Er ist bewußtlos. Der Arzt ist bei ihm. Wir haben noch einen zweiten kommen lassen.«

»Dann ist er also ernstlich krank?«

»Er ist aber auch sehr widerstandsfähig.«

»Clinton!« Ich wiederholte seinen Namen. Es war kaum vorstellbar. Clinton, der sich für mich opferte. Clinton, ernstlich krank, weil er das getan hatte...

»Noch etwas«, sagte Clytie. »Ein Freund von dir ist aus Indien gekommen. Er traf gestern abend auf der »Lankarta« aus Bombay ein. Er wollte dich heute morgen besuchen, doch ich sagte, du seist zu krank, um ihn zu empfangen. Er wollte nicht weggehen. Er bestand darauf, hier zu warten. Er war so beharrlich und so besorgt um dich. Er habe dir etwas von größter Wichtigkeit mitzuteilen, sagte er. Als er von deinem Unfall erfuhr, wurde er nur noch hartnäckiger.«

»Hat er seinen Namen genannt?«

»Ja. Tobias Mander.«

»Toby! Oh, ich muß ihn sehen. Ich muß ihn auf der Stelle sehen.«

Es tat gut, ihn wiederzusehen. Er hatte sich verändert, war älter, sonnengebräunt, aber dennoch derselbe Toby mit seinen gütigen, humor-
vollen Augen.

»Sarah!« rief er. Er trat zu mir und ergriff meine Hände. Er beugte sich
herab, und ich schlang meine Arme um seinen Hals.

»Ach Toby«, schluchzte ich. »Ich hatte solche Angst. Du hast meine
Briefe nicht beantwortet.«

Abermals ergriff er meine Hände. Er sah mir in die Augen. »Sarah, das
alles ist schrecklich. Sobald ich davon erfahren hatte, fuhr ich nach
Ceylon. Du warst in Gefahr ... in entsetzlicher Gefahr. Hast du meine
Erklärung nicht gelesen, die ich dir in meinem Brief ausführlich darge-
legt habe?«

»Brief, Toby? Ich habe mich nach einem Brief von dir gesehnt. Du hast
meinen nicht beantwortet.«

Er machte ein bestürztes Gesicht. »Ich habe dir zweimal geschrieben
und dir von meinem Verdacht erzählt.«

»Verdacht? Was für ein Verdacht?«

»Hör zu! Ich habe in Neu-Delhi die Bonningtons getroffen ... ganz zufällig in einem Geschäft. Du kennst die Bonningtons. Er war damals
Hilfsgeistlicher in Epleigh und hat dann Effie Cannon geheiratet, erinnerst du dich?«

»Richtig.«

»Ich war ihnen nur kurz beim Begräbnis deines Vaters begegnet, aber
wir erkannten uns wieder. Mrs. Bonnington erzählte mir, daß ihr
Mann Missionar geworden sei und daß sie auf ihrem Weg nach ... ich
weiß nicht mehr ... nur ein paar Tage in Neu-Delhi blieben. Sie meinte,
unsere Begegnung sei doch sehr merkwürdig, denn tags zuvor hatten
sie noch jemanden getroffen, den sie aus Epleigh kannten. Celia Hansen, die mit ihrer Cousine auf Reisen war, wohnte im gleichen Hotel
wie die Bonningtons, im Shalimar. Die Bonningtons waren nur für eine
Nacht dort abgestiegen und dann zu Freunden gezogen, und sie fanden
es sehr nett, Celia wiederzusehen.«

»Celia hat nie erwähnt, daß sie die Bonningtons getroffen hat. Komisch, denn wir haben uns so oft über die Zeit auf Ashington Grange
unterhalten.«

»Das ist schon sehr merkwürdig. Ich wollte unbedingt mit jemandem
über dich sprechen, deshalb beschloß ich, Miss Hansen im Shalimar

aufzusuchen. Zu meinem Erstaunen sagte man mir, im Hotel wohne keine Celia Hansen, und sie sei auch nie dort abgestiegen. Das machte mich stutzig. Ich meinte, da müsse ein Irrtum vorliegen. Ich forschte ein wenig nach. Eine Dame aus England mit einer Cousine, ebenfalls Engländerin? Schließlich erfuhr ich, daß zwei englische Damen im Shalimar gewohnt hatten. Sie waren tags zuvor abgereist: Eine Miss Jessica und eine Miss Cecilia Herringford.«

»Herringford?«

»Vor langer Zeit war ich einmal mit meinem Vater im Landhaus von Everard Herringford zu Gast. Ich war damals etwa dreizehn. Es ging um ein Projekt, zu welchem mein Vater die Unterstützung der Regierung benötigte. Wir verbrachten das Wochenende dort. Ich erinnere mich an eine Tochter, Cecilia. Sarah, die Frau, die als Celia Hansen nach Ashington Grange kam, die Frau, die hierher kam, war in Wirklichkeit Cecilia Herringford. Ich dachte noch, komisch, daß die als Gouvernante zu euch gekommen ist, aber jetzt war sie weg, und damit schien die Sache erledigt. Dann schriebst du mir von den merkwürdigen Vorgängen, und daß Celia Hansen bei dir zu Besuch ist. Da wurde ich unruhig. In der Familie ihrer Mutter hat es Wahnsinnige gegeben, und ich dachte, das könnte sich auf die Tochter vererbt haben. Sie war zu dir gekommen. Seltsame Dinge ereigneten sich. Ich schrieb dir deshalb sofort, was ich in Neu-Delhi entdeckt hatte: daß deine Celia Hansen und Cecilia Herringford ein und dieselbe Person sind.«

»Aber ich habe den Brief nie bekommen.«

»Glaubst du, sie hat ihn abgefangen? Sie wußte doch sicher, daß du mir geschrieben hattest.«

»Sie hatte aber keine Ahnung von deiner Begegnung in Neu-Delhi.« Ich schüttelte den Kopf. »Ich kann's nicht glauben, Toby. Selbst wenn sie Everard Herringfords Tochter ist – warum sollte sie herkommen und mich töten wollen? Was habe ich ihr getan? Ich glaube zu wissen, wer dahintersteckt. Clinton hat hier eine Geliebte. Sie versteht sich auf die Zubereitung von Düften, Zaubertränken und, dessen bin ich sicher, Giften. Ihre Schwester arbeitet bei uns und würde alles tun, was diese Anula von ihr verlangt. Aber es ist gut, daß du da bist, Toby. Und du bist eigens den weiten Weg vom Festland herüber gekommen.«

»Ich hatte es im Gefühl, daß ich kommen mußte. Ich bin einmal zu spät gekommen. Das sollte mir nicht ein zweites Mal passieren.«

»Ich bin froh, daß du hier bist.«

»Du solltest doch wissen«, sagte er, »daß ich vom anderen Ende der Welt kommen würde, wenn du mich brauchst.«

Clinton war sehr krank. Ich trat an sein Bett. Er sah so fremd aus. Seine Augen waren glasig, seine Haut hatte eine blaßgelbe Farbe, sein blondes Haar war leblos. Er schenkte mir dieses verwegene Lächeln, das ich so gut kannte, und über das ich nun hätte weinen mögen.

»Hallo Sarah«, sagte er. »Es ist aus mit mir. Wer hätte das gedacht?«

»Hör zu«, rief ich entschlossen, »du schaffst es. Du wirst wieder gesund.«

Er schüttelte den Kopf. »Es hat mich erwischt, Sarah. Ich kenne dieses Gift. Die alten Könige haben es benutzt, um ihre Feinde auszulöschen. Er hat einen eigenartigen Geruch, den man nur wahrnimmt, wenn man ihn ganz genau kennt. Das Gift wird aus Pflanzen, die im Dschungel wachsen, gewonnen. Es gibt kaum Hoffnung, wenn man es erst einmal im Blut hat. Man kann vielleicht mit Gegengiften das Ende um ein bis zwei Tage hinauszögern... aber es bringt einen um.«

»Du hast das gewußt... und dennoch hast du...«

»Ich dachte, ich würde es überleben. Das hätte ich auch, wenn dieser Schnitt nicht gewesen wäre. Den hatte ich vergessen. Purer Zufall, Sarah. Hätte ich mich nicht beim Rasieren geschnitten... Aber so ist das Leben. Das ist die Abrechnung. Punktum. Schicksal nennt man das. Wäre ich nicht über Nacht weggewesen... Nun, ich habe zu lange meinen Willen gehabt. Das ist Anulas Werk. Sie wollte dich partout loswerden. Oh, ich hätte dich nie glücklich machen können. Ich bin kein Mann für eine einzige Frau. Ich hätte mich nie geändert, und das hättest du nicht ertragen. Du bist zu klug – denk nur an das Testament, das du gemacht hast. Das hat mich erschüttert, das darfst du mir glauben. Sie wäre vergangen... unsere glühende Leidenschaft. Das ist etwas für die Jugend... und Jugend hält nicht ewig. Ich höre, er ist da. Der gute alte Toby. Heirate ihn, Sarah! Er ist der Richtige für dich. Und du gehörst nicht hierher. Du mußt wieder nach Hause. Ich sehe es vor mir... gemütliches Heim, angenehmes Leben... Kinder... der Sohn, dessen Frau später stolz die Ashington-Perlen tragen wird. Ich habe sie dir geschenkt. Sie sind dein, Sarah. Du bist die Ashington, der sie zustehen.«

»Du kannst doch nicht einfach aufgeben, Clinton. Wie ich dich kenne, kämpfst du doch weiter.«

»Ich bin ein Mensch, der den Tatsachen ins Gesicht blickt. In zwei Tagen werde ich tot sein. Sie können das Gift nicht aus mir herausholen. Sie verlangsamen den Prozeß nur, mehr nicht.«

»Clinton, hör mir zu! Du hast dir immer ein Kind gewünscht, nicht wahr? Ich glaube, daß ich eins bekomme.«

Ein freudiges Lächeln verklärte seine Züge. »Dann hast du jemanden, der dich an mich erinnert.«

»Mich braucht niemand an dich zu erinnern, auch wenn du nicht da wärst. Aber du wirst da sein.«

»Es ist aus mit mir, Sarah. Ich will mir nichts vormachen. Ich hatte ein feines Leben. Ich habe gemacht, was ich wollte. Ich habe mir genommen, was ich wollte. Du wirst bestimmt glücklicher, so wie's jetzt gekommen ist. Ich bin froh, daß er da ist. Eigens vom Festland herüber, den weiten Weg, wie ich höre. Nun, der Vorhang fällt. Sarah, verzeih...«

»Es gibt nichts zu verzeihen, Clinton.«

»Keine Phrasen, Sarah. Es gibt so vieles zu verzeihen. Ich habe dich verführt, damit du mich heiratest. Ich wäre nie ein guter und treuer Ehemann geworden. Ich bin von Natur aus polygam, ein Dschungeltier. Ich habe mir genommen, was ich wollte und wann ich es wollte... und früher oder später rechnet das Leben mit uns ab.«

»Aber du hast etwas Großartiges für mich getan. Wenn du stirbst, bist du für mich gestorben.«

Ein Schatten des vertrauten Schmunzelns huschte über sein Gesicht. »Nicht aus Seelengröße«, sagte er. »Ich wollte unsere Haßliebe, unsere Kämpfe nicht entbehren.«

Ich saß an seinem Bett und dachte über unser gemeinsames Leben nach. Ich dachte auch an Anula. Jetzt hatte sie ihn verloren.

Er lag in seinem Sarg in dem Zimmer neben unserem Schlafgemach. Ich konnte nicht glauben, daß er – mein vitaler, männlicher Gegner und Geliebter – tot war. Ich betrauerte ihn zutiefst, obgleich ich wußte, daß es stimmte, was er gesagt hatte. Das ideale Glück hätte ich bei ihm nie finden können. War ich denn jemals wirklich glücklich mit ihm gewesen?

Ich brauchte Liebe. Mein Leben lang hatte ich mich nach Liebe gesehnt. Ich wollte Zärtlichkeit; ich wollte ein starkes Fundament, um ein Familienleben darauf aufzubauen. Und ich sehnte mich nach den grünen Gefilden der Heimat, nach einer milden Sonne, die wärmte, ohne zu dörren, nach einem sanften Regen, der unerwartet herabfiel. Ich wollte Felder voller Butterblumen und Gänseblümchen und gelbem Schöllkraut. Doch am allermeisten wünschte ich mir einen Gefährten, auf den ich mich verlassen konnte, der immer da war, um mich zu lieben und zu umsorgen. Ich wußte genau, was ich wollte. Und doch trauerte ich tief um Clinton.

Morgen würde man ihn begraben, denn Beerdigungen mußten in diesem Land rasch geschehen. Das Zimmer würde leer sein, der Sarg fort, der stolze Clinton für immer verloren.

Die Dunkelheit war hereingebrochen, während ich am Sarg stand, und auf einmal drehte sich der Türknauf – leise, behutsam. Die Tür ging auf, und ich spürte, wie sich die Haare an meinem Hinterkopf sträubten. Die Stille hatte etwas seltsam Unheimliches. Ich wußte nicht, was mich erwartete. Dann dachte ich: Es ist Anula, die seine Leiche holen kommt.

Ich wich vom Sarg zurück. Jemand war ins Zimmer getreten. Eine vermummte Gestalt, unkenntlich in der Düsternis. Ich trat wieder an den Sarg. Die Gestalt warf die Kapuze nach hinten.

»Celia!« flüsterte ich.

Sie antwortete nicht, sondern stand ganz still und blickte ein paar Sekunden lang auf Clintons Gesicht hinab. Dann sagte sie ruhig. »*Er* ist also gestorben.«

»Ich denke, Sie sind auf dem Schiff. Wie sind Sie ins Haus gekommen?«

Diese Frage war gewiß nicht von Belang, aber es war das erste, was mir einfiel.

»Ich habe den Hausschlüssel behalten. Ich konnte nicht abreisen. Ich mußte wissen, wie es ausgeht.«

»Was soll das bedeuten, Celia?«

»Es bedeutet, daß Sie nicht tot sind. Aber jetzt werden Sie sterben.«

Ich bewegte mich auf die Tür zu, aber Celia war vor mir dort. Ich sah einen Revolver in ihrer Hand, mit dem sie auf mich zielte.

»Celia, sind Sie verrückt geworden?«

»Man sagt, ich arte meiner Mutter nach. Er hat sie in den Wahnsinn getrieben... Durch ihn ist es schlimmer geworden... durch ihn und Ihre Mutter. Die haben sie umgebracht.«

»Celia, ich weiß, wer Sie sind. Sie sind Everard Herringfords Tochter.«

»Ja«, sagte sie. »Das hat Ihr Freund herausgefunden, nicht wahr? Ich hab's in dem Brief gelesen, den er Ihnen geschickt hat. Mein Vater hat sich wegen Ihrer Mutter erschossen. Deswegen mußte sie sterben. Dafür habe ich gesorgt. Es war sehr einfältig von Ihnen, anzunehmen, Ihre rechtschaffene alte Tante Martha könne einen Mord begehen.«

»Sie haben mich hinters Licht geführt, Celia. Dabei waren Sie immer so gütig.«

Sie nickte. »Ich bin gütig. Wir sind zwei: Celia Hansen ist gütig und sanft, sie liebt die Menschen und will ihnen helfen. Cecilia Herringford ist anders. Als ihre Eltern tot waren, wollte sie Rache. Diese zwei Menschen waren ihr ein und alles, und sie schwor sich, ihren Tod zu rächen. Es gibt ein Gedicht, daß Ihnen so gut gefiel. Erinnern Sie sich...« Sie fing an zu rezitieren, und ihre Stimme klang hohl in diesem Totenzimmer. Es war eine eigenartige, makabre Szene.

> O Weibes Liebe! Seligkeit und Pein!
> Du schöner, aber unheilschwangrer Schatz!
> Sie setzt auf einen Wurf ihr Alles ein,
> Und, wenn der fehlschlägt, gibt es nie Ersatz:
> Dann beut die Welt ihr nichts als leeren Schein,
> Und ihre Rach' ist wie des Tigers Satz,
> Schnell, tödlich und zermalmend...

Sie schwieg einen Augenblick, dann brach es aus ihr hervor: »Der Dichter spricht von der Liebe einer Frau zu einem Mann. Die Liebe einer Tochter zu ihren Eltern kann ebenso groß sein. Sehen Sie, Sarah, ich hatte nie einen Geliebten; dennoch weiß ich, was Liebe ist. Meine Eltern waren mein ein und alles. Ich war so stolz auf meinen Vater. Er war ein sehr bedeutender Mann. Aus aller Welt kamen die Leute, um sich bei ihm Rat zu holen. Er wäre eines Tages Premierminister geworden. Wenn meine Mutter krank gewesen wäre, wäre dann ich die Gastgeberin gewesen. Er sprach oft mit mir darüber. ›Wir werden in der Downing Street Nummer zehn wohnen, du und ich, Cecilia‹, pflegte er zu sagen. Dann ließ er sich mit einer Schauspielerin ein – mit Ihrer Mutter. Ich fand es heraus. Einmal habe ich das Haus beobachtet.«

»Ich habe Sie gesehen«, sagte ich. »Ich wünschte ... ich wünschte, ich hätte es gewußt. Ich wünschte, ich hätte mit Ihnen darüber reden können.«

Sie schüttelte den Kopf. »Meine Mutter war immer etwas seltsam, aber dies war zuviel für sie. Dann erschoß sich mein Vater, und sie wurde vollends wahnsinnig. Ich wußte, was sie dahin getrieben hatte. Sie brachte sich um ... und ich war allein. Ich habe sie beide verloren. Es gab nur eines, das mich am Leben hielt: der Wunsch nach Rache. Vendetta. Dieser Plan belebte mich.«

»O Celia, ich kann Ihren Schmerz verstehen. Sie haben schon meine Mutter getötet. Aber mich trifft keine Schuld. Ich war nicht beteiligt.«

»Die Sünden der Väter werden den Kindern vergolten«, sagte sie.

»Das ist ungerecht. Ich dachte, Sie haben mich gern. Sie machten immer den Eindruck, als würden Sie mich mögen.«

»Ein Teil von mir hatte Sie gern. Aber ich lebte um der Rache willen. Ich konnte die schrecklichen Tage nicht vergessen, den Skandal, und wohin er die beiden getrieben hat. Es war entsetzlich, als mein Vater sich umbrachte. Mit diesem Revolver. Deshalb muß ich ihn jetzt benutzen. Damit schließt sich der Kreis.«

»Sie wollten mich glauben machen, daß ich wahnsinnig werde, nicht wahr?«

»Ja ... wahnsinnig, so wie sie. Es ist furchtbar, seinen Verstand zu verlieren und sich dessen bewußt zu sein. Ich glaube, das ist das Schlimmste, was es gibt. Ich wollte, daß Sie leiden, wie sie gelitten hat. Anders war es zu einfach. Ihre Mutter hatte einen viel zu leichten Tod. Aber damals dachte ich nur, sie müsse sterben ... und damit sei's genug. Also kam ich unter falschem Namen und mit meiner Geschichte, daß ich Arbeit brauchte, zu Ihnen. Und als es vorbei war und ich fortging, fühlte ich eine Leere in meinem Leben. Ich dachte an Sie. Ich hatte nur *ein* Leben ausgelöscht, dabei waren mein Vater *und* meine Mutter gestorben. Ich wollte Leben für Leben. Doch zuweilen ist es eine größere Tragödie, wenn man den Verstand verliert und nicht das Leben. Ich kenne das. Ich habe es mit angesehen. Deshalb beschloß ich, Sie sollten wahnsinnig werden.«

»Sie haben mir also die üblen Streiche gespielt. Das Klopfen, der Sandelholzgeruch...«

»Ja, um den Verdacht auf die Geliebte Ihres Gatten zu lenken.«

»Und die Kobra?«

»Ja, die Spielzeugkobra.«

»Und schließlich entschlossen Sie sich, mich zu töten.«

»Ja, weil ich erkannte, daß es um Leben gegen Leben gehen mußte. Sie überlebten den Unfall im Einspänner, und da kam ich auf die Perlen. Ich war von diesen Perlen fasziniert, und ich wollte, daß Sie bis zuletzt glaubten, die Geliebte Ihres Mannes stecke dahinter. Sehen Sie, Ihre Mutter war die Geliebte meines Vaters. So paßte eines zum anderen.«

»Celia, Sie sind grausam.«

»Ja, aber ich habe meine Eltern geliebt. Sie waren mein ein und alles. Ich hatte nichts, gar nichts mehr, als sie tot waren. Durch die Schuld einer sündigen Frau wurden sie mir geraubt. Ich finde erst Frieden, wenn ich mich gerächt habe. Ließe ich Sie am Leben, so würden Sie Toby Mander heiraten. Ich fing die Briefe ab, die er Ihnen schrieb. Es war ein Schock für mich zu lesen, daß er entdeckt hatte, wer ich bin. Ich wußte, daß er auf der »Lankarta« aus Bombay kam. Das hatte er in seinem Brief geschrieben. Ich mußte schnell handeln. Hätte ich mehr Zeit gehabt, so wäre ich raffinierter vorgegangen.«

»Stecken Sie den Revolver weg, Celia!«

Sie schüttelte den Kopf. »Zwei Kugeln sind darin. Eine für Sie, eine für mich.«

»Das ist ja verrückt«, rief ich.

»Ich *bin* verrückt«, erwiderte sie.

Sie hob den Revolver. Er war geradewegs auf mich gerichtet. »O Vater, o Mutter«, hörte ich sie murmeln, »das ist das Ende. Ich komme zu euch. Sie sperren mich ein, wenn ich am Leben bleibe, so wie sie dich eingesperrt haben, Mutter. Aber ihr seid gerächt.«

Dieser Augenblick bleibt meinem Gedächtnis auf ewig eingeprägt: Die schattenhafte Gestalt der Verrückten, und zwischen uns der tote Clinton in seinem Sarg.

Fast war es, als sei Clinton in diesem Moment lebendig geworden. Ich schien seine Stimme zu hören, die mir zurief: Du mußt leben. Leben! Du schuldest es mir, daß du lebst. Ich will nicht umsonst gestorben sein.

Ich warf mich auf den Boden, und die Kugel schoß über meinen Kopf hinweg. Ich hörte Celia murmeln: »Tot. Das ist das Ende. Jetzt komme ich zu euch, ihr Lieben.«

Ich lag wie betäubt, als der zweite Schuß fiel.

Postskript

Das alles hat sich vor so langer Zeit zugetragen, daß es mir wie aus einem anderen Leben erscheint. Ich könnte beinahe glauben, es sei nie geschehen, hätte ich nicht meinen großen Sohn als lebenden Beweis.
Ich nannte ihn Clinton, und er ist genau wie sein Vater: stark, rücksichtslos, entschlossen, seinen Willen durchzusetzen, tollkühn und des materiellen Erfolges sicher. Ich liebe ihn zärtlich und weiß, daß sein Vater stolz auf ihn wäre.
Er war sechs Monate alt, als ich Toby heiratete. Ich habe großes Glück gehabt. Ich habe zwei Ehen erlebt, und eine jede hat mir eine Menge gegeben. Ich habe jetzt einen ausgeglichenen Zustand von Liebe und Verständnis erreicht, und das ist wohl das Höchste, was man sich im Leben wünschen kann; doch wenn ich zurückblicke, möchte ich jene Zeit der lodernden Leidenschaft, die mich so viel über mich selbst gelehrt hat, nicht missen.
Toby aber ist der Mann, der für mich ausersehen war, um mein Leben mit ihm zu teilen. Wir haben eine Familie gegründet und Kinder aufgezogen – zwei Knaben und zwei Mädchen –, und ich bin so glücklich, wie es sich nur irgendwer erhoffen kann.
Ich habe einen Verwalter von England nach Ceylon geschickt, unter dessen Händen die Shaw-Plantage blüht und gedeiht. Die Ashington-Plantage habe ich gänzlich Clytie und Seth vermacht. Toby und ich besuchen sie etwa alle drei Jahre. Es ist ein seltsames und gespenstisches Erlebnis für mich, wieder durch den Dschungel zu wandern und an all die Schrecknisse zu denken, die mir in jenem Haus widerfuhren. Ich weiß, daß kein Dienstbote allein in das Zimmer gehen mag, wo Clintons Sarg stand und Celia sich umbrachte.
Anula hat einen wohlhabenden singhalesischen Geschäftsmann gehei-

ratet, den sie wohl zuvor Clintons wegen zurückgewiesen hatte. Leila erzählte mir: »Sie jetzt sehr reiche Dame.«

Die beiden Tanten sind gestorben und haben mir das Gut vererbt. Toby vertraute den in Indien ansässigen Zweig der Familienfirma einem Geschäftsführer an und ist die meiste Zeit in London. Wir besitzen ein Haus in der Stadt, aber die Kinder lieben Ashington Grange, und so sind wir oft hier.

Mein Porträt – mitsamt den Perlen – hängt nun in der Galerie. Der verhängnisvolle Verschluß wurde gründlich gereinigt, und man zeigte mir, daß der Schlangenleib hohl war: ein vorzügliches Behältnis für das Gift.

Ich trage das Halsband hin und wieder, denn Tobys Stellung in der Finanzwelt erfordert es, daß wir häufig Gesellschaften geben, in London und in Ashington Grange. Ich glaube, die Tanten wären mit allem zufrieden, abgesehen von der Tatsache, daß es keine Frau namens Ashington mehr geben wird, die das Perlenhalsband trägt.

Eines Tages wird das Porträt der Gattin von Clintons Sohn in der Galerie hängen. Ich bin sicher, daß ihm das Spaß machen würde.

Meine Feindin, die Königin

Zwei Männer spielten im Leben Elisabeths I. von England, die einer glanzvollen Epoche ihren Namen gab, als Günstlinge eine entscheidende Rolle. Und beide Männer waren aufs engste mit Lettice, der schönen Cousine der Königin, verbunden: Der Graf von Leicester war ihr Ehemann, der Graf von Essex ihr Sohn. Wen wunderte es, daß die in Herzensangelegenheiten zauderhafte Elisabeth nicht gerade eine Freundin ihrer leidenschaftlichen, das Abenteuer herausfordernden Cousine war.

Inhalt

Die alte Dame
in Drayton Basset

Tadle die Laute nicht!
Muß sie doch dies und jenes singen,
Was mir gefällt.
Ein geistlos Ding,
Muß sie sich meinen Weisen fügen.
Und klingt mein Lied auch fremd,
Und rühren seine Worte an deinen Wankelmut,
Tadle die Laute nicht!

Sir Thomas Wyatt
1503–1542

Ich gehe jetzt nie mehr an den Hof. Ich bleibe zu Hause in Drayton
Basset. Ich bin alt, und alten Damen ist es gestattet, dazusitzen und zu
träumen. Die Leute sagen: »Mylady hält es lange aus. Wie alt mag sie
sein? Kaum jemand wird so alt wie sie. Mylady wird, so scheint es,
ewig leben.«
Manchmal glaube ich das selbst. Wer unter den Lebenden kann sich
noch an jenen Novembertag des Jahres 1558 erinnern, als Königin
Maria – die Leute nannten sie damals schon »die Blutige« – starb, ohne
daß das Volk groß getrauert hätte, abgesehen von jenen Anhängern,
die sich ängstlich fragten, was Marias Dahinscheiden für sie bedeuten
mochte. Wie viele können sich noch daran erinnern, als Elisabeth,
meine Verwandte, im ganzen Land zur Königin ausgerufen wurde? Ich
jedenfalls weiß es noch ganz genau. Wir waren damals in Deutschland.
Mein Vater hatte es für angebracht gehalten, aus dem Land zu fliehen,
als Maria den Thron bestieg; denn für alle, die durch Geburt oder
Religion mit der jungen Elisabeth verbunden waren, wurde das Leben
damals gefährlich.
Er rief uns alle zusammen, und wir mußten niederknien und Gott

danken; mein Vater war nämlich ein sehr frommer Mensch. Überdies war meine Mutter Elisabeths Cousine – die neue Königin würde also unserer Familie von Nutzen sein.

Ich war zu jener Zeit gerade siebzehn Jahre alt. Ich hatte viel von Elisabeth und von ihrer Mutter, der Königin Anna Boleyn, gehört. Die Mutter meiner Mutter war schließlich Annas Schwester, Mary, gewesen, und die Geschichten über die geistreiche, faszinierende Verwandte Anna machten einen großen Teil unserer Familienchronik aus. Als ich Elisabeth kennenlernte, wußte ich, was es mit dieser geistreichen Art auf sich hatte, denn auch Elisabeth war nicht geistlos – auf andere Weise zwar als ihre Mutter, aber sie besaß durchaus Geist. Sie hatte noch andere Vorzüge. Und ganz gewiß wäre *sie* niemals durch Henkershand gestorben, dafür war sie viel zu gescheit. Schon in frühester Jugend zeigte sich ihre natürliche Begabung, sich zu behaupten. Bei all ihrer Koketterie und ihrer blendenden Schönheit mangelte es ihr jedoch an der besonderen Ausstrahlung, die ihrer Mutter zu eigen gewesen sein muß, und die auch meine Großmutter Maria Boleyn – sie war so vernünftig, lediglich die Maitresse des Königs zu werden und nicht nach der Krone zu verlangen – in hohem Maße besessen hatte; und wenn ich bei der Wahrheit bleiben will, so muß ich ohne falsche Bescheidenheit sagen, daß ich diese Ausstrahlung von meiner Großmutter geerbt habe. Elisabeth hatte das bald entdeckt – es gab kaum etwas, das ihr verborgen blieb –, und deswegen haßte sie mich.

Als sie auf den Thron gelangte, war sie voll guter Vorsätze, die einzuhalten, das muß ich zugeben, sie sich viel Mühe machte. Es gab in Elisabeths Leben nur eine große Liebe, und das war die Krone. Dennoch gestattete sie sich manches Liebesgetändel. Ihr gefiel das Spiel mit dem Feuer; doch im ersten Jahr ihrer Regierung verbrannte sie sich dabei so heftig, daß sie, wie ich glaubte, danach für immer entschlossen war, es nie wieder so weit kommen zu lassen. Niemals schien sie der großen Liebe ihres Lebens untreu werden zu wollen: dem glorreichen, funkelnden Symbol ihrer Macht – der Krone.

Ich konnte es mir nie versagen, Robert damit zu necken, selbst während unserer leidenschaftlichsten Begegnungen – und deren gab es viele. Dann wurde er schrecklich wütend auf mich, doch ich stellte mit Genugtuung fest, daß ich ihm mehr bedeutete als sie, abgesehen von ihrer Krone.

Wir drei – das war eine Herausforderung an das Schicksal. Die beiden, die sich stolz auf der Bühne zur Schau stellten, waren die glänzendsten Gestalten ihrer Zeit, die jedermann Ehrfurcht einflößten. Ich, die dritte in diesem Terzett, mußte mich oft im Hintergrund halten, doch stets gelang es mir, meine Gegenwart bewußt zu machen. So sehr sich Elisabeth auch bemühte, es glückte ihr nie, mich ganz auszuschließen. Dafür gab es auch niemanden am Hof, den die Königin so sehr haßte wie mich, und keine andere Frau vermochte bei ihr solch ein Gefühl überwältigender Eifersucht auszulösen. Sie wollte Robert haben, und er wurde der meine – aus freien Stücken. Wir drei wußten: Auch wenn sie ihn an der Macht hätte teilhaben lassen, an der er ebenso leidenschaftlich hing wie sie – die Frau, die er begehrte, war ich. In meinen Träumen sehe ich mich oft in jene Zeiten zurückversetzt. Ich spüre, wie mich eine heitere Erregung überkommt, und dann vergesse ich, daß ich eine alte Frau bin, sehne mich nach der Vereinigung mit Robert, nach dem Streit mit Elisabeth.

Aber sie ruhen schon lange in ihren Gräbern, und ich allein weile noch auf Erden.

Ich tröste mich damit, bei der Vergangenheit anzuklopfen und alles noch einmal zu erleben, und zuweilen frage ich mich, wieviel davon ich geträumt habe und was Wirklichkeit war.

Heute bin ich geläutert – die Lady vom Gut. Manche gehen in ein Kloster, wenn sie ein Leben wie ich geführt haben, sie bereuen ihre Sünden und beten zwanzigmal am Tag um Vergebung, in der Hoffnung, diese Frömmigkeit in letzter Minute werde ihnen einen Platz im Himmel sichern. Ich habe mich guten Werken gewidmet; ich bin die gütige Lady. Meine Kinder sterben, doch ich lebe weiter. Und jetzt bin ich darauf verfallen, die Ereignisse aufzuschreiben, so wie sie sich abgespielt haben, und das ist die beste Art, alles noch einmal zu erleben.

Ich will versuchen, ehrlich zu sein. Nur so kann ich die Vergangenheit lebendig machen. Ich will versuchen, uns so zu sehen, wie wir wirklich waren: als helleuchtendes Dreieck. Denn vom Glanz dieser beiden schillernden Gestalten – so blendend, daß sich oft die Sicht verdunkelte – mußte auf jedermann ein Schimmer fallen, auch auf mich, die ich für sie ebenso wichtig war – trotz all ihrer Macht – wie sie für mich. Von welchen Gefühlsbewegungen dieses Dreieck erschüttert wurde: von Roberts Liebe zu mir, durch die ich zur Rivalin der Königin wurde; ihren Haß auf mich, aus Eifersucht geboren und aus dem Wissen, daß ich ihm zu Gefallen sein konnte, wie sie es nie vermochte; ihren Wutausbrüchen, bei denen sie sich jedoch nie so weit gehen ließ, daß sie ihren Vorteil aus den Augen verlor. Wie sie mich verabscheute! »Diese Wölfin« nannte sie mich. Und andere taten es ihr nach, um ihr zu gefallen, nicht weil sie mich verachteten. Doch mir allein unter all den Frauen in ihrem Leben war es gegeben, sie Eifersucht und Qual spüren zu lassen, nur sie tat wiederum mir so Schlimmes an. Wir lagen in Fehde, und sie war im Vorteil. Ihre Macht stand gegen meine Schönheit, und ein Mann wie Robert wurde zwischen uns beiden hin und her gerissen.

Vielleicht hat sie gesiegt – wer weiß. Manchmal weiß ich es selbst nicht genau. Ich habe ihn ihr weggenommen, doch dann nahm sie ihn mir weg – und der Tod hat uns beide betrogen.

Sie hat Rache an mir genommen, bitterböse Rache. Doch ich habe, bin ich auch alt, noch genug Feuer und Leidenschaft in mir, um unsere Geschichte zu erzählen. Ich möchte mir selbst darüber klar werden, wie es geschehen ist. Ich möchte die Wahrheit über mich erzählen … über die Königin und die beiden Männer, die wir geliebt haben.

Im Exil

Während in der Stadt ein Galgen neben dem anderen aufragt und die öffentlichen Gebäude mit den abgeschlagenen Häuptern der tapfersten Männer des Königreiches verunziert sind, liegt Prinzessin Elisabeth, der kein glücklicheres Schicksal bestimmt scheint, sieben oder acht Meilen von hier krank darnieder, so aufgeschwollen und entstellt, daß ihr Ableben zu befürchten ist.

Antoine de Noailles, französischer Gesandter, über eine von Elisabeths »Lieblingskrankheiten« zur Zeit der Wyatt-Rebellion

Ich wurde im Jahre 1541 geboren, fünf Jahre, nachdem Elisabeths Mutter hingerichtet worden war. Elisabeth war zu jener Zeit acht Jahre alt. Ein Jahr zuvor hatte der König eine andere Verwandte von mir, Katharina Howard, geheiratet. Die Ärmste! Im folgenden Jahr ereilte sie ein ähnliches Schicksal, wie es Anna Boleyn beschieden war, denn auch Katharina wurde auf Befehl des Königs enthauptet.

Man hatte mich nach meiner Großmutter väterlicherseits auf den Namen Letitia getauft, doch wurde ich stets Lettice genannt. Wir waren eine große Familie; ich hatte sieben Brüder und drei Schwestern. Meine Eltern waren liebevoll, oftmals aber auch streng, dies jedoch nur zu unserem Besten, wie uns immer wieder vor Augen gehalten wurde.

Meine frühe Kindheit verbrachte ich auf dem Landgut Rotherfield Greys, das der König meinem Vater in Anerkennung seiner Dienste etwa drei Jahre vor meiner Geburt zugesprochen hatte. Mein Vater hatte den Besitz zwar von seinem Vater geerbt, doch der König hatte die Gewohnheit, jedes Herrenhaus, das ihm gefiel, für sich in Beschlag zu nehmen – Hampton Court war das Paradebeispiel für diese königliche Habgier –, so daß es beruhigend war zu wissen, daß er den Anspruch meines Vaters auf unser eigenes Hab und Gut anerkannte.

Mein Vater war im Auftrage des Königs häufig von zu Hause abwesend, meine Mutter jedoch ging selten an den Hof. Es mochte wohl sein, daß ihre nahe Verwandtschaft zu des Königs zweiter Gemahlin in Heinrich hätte Erinnerungen wecken können, ohne die er sich wohler fühlte. Man konnte auch kaum erwarten, daß ihm ein Mitglied der Familie Boleyn willkommen sein würde. So lebten wir zurückgezogen, und in den Tagen meiner Kindheit war ich's zufrieden. Erst als ich heranwuchs, wurde ich rastlos und konnte es kaum erwarten fortzukommen.

Die Unterrichtsstunden in dem Schulzimmer mit seinen bleigefaßten Scheiben, den Sitzbänken in den tiefen Fensternischen und dem langen Tisch, an dem wir über unsere Arbeit gebeugt saßen, kamen mir endlos vor. Meine Mutter besuchte uns und unsere Lehrer häufig im Schulzimmer, um sich unsere Bücher anzusehen und über unsere Fortschritte berichten zu lassen. Ließen diese zu wünschen übrig, so wurden wir ins Solarium gerufen – es lag im obersten Geschoß unseres Hauses und ließ die Sonne voll ein –, wo wir uns mit einer Handarbeit beschäftigen mußten, und dann einen Vortrag über die Bedeutung der Bildung bei Leuten unseres Standes zu hören bekamen. Unsere Brüder nahmen nicht am Unterricht teil. Wie es damals Sitte war, sollten sie in den Häusern anderer vornehmer Familien aufwachsen und dort erzogen werden, bis die Zeit da war, daß sie nach Oxford oder Cambridge gehen konnten. Henry war bereits von zu Hause fort, die anderen, William, Edward, Robert, Richard und Francis, waren noch zu jung, und Thomas war noch ein Säugling. Während dieser Unterrichtsstunden hörte ich mit meinen Schwestern Cecilia, Catharine und Anne erstmals von Elisabeth. »Meine Cousine ersten Grades«, so sprach meine Mutter stolz von ihr. Elisabeth, wurde uns vorgehalten, sei für uns alle ein Vorbild, dem wir nacheifern sollten. Schon im Alter von fünf Jahren, so schien es, war sie im Lateinischen fast so bewandert wie ein Gelehrter, mit dem Griechischen so vertraut wie mit dem Englischen, und selbstverständlich sprach sie fließend französisch und italienisch. Welch ein Unterschied zu ihren Cousinen, deren Gedanken bei diesen wichtigen Fächern abschweiften, die zum Fenster hinausblickten, statt ihre Augen auf die Bücher zu richten, so daß ihren armen Lehrern nichts übrig blieb, als sich bei der Mutter über ihr Unvermögen und ihre Unaufmerksamkeit zu beschweren.

Ich war bekannt dafür, daß ich alles sofort aussprach, was mir durch den Kopf ging, und so erklärte ich: »Elisabeth ist bestimmt langweilig. Ich möchte wetten, wenn sie Latein kann und all die anderen Sprachen, dann kennt sie sonst gar nichts.«

»Ich verbiete dir, noch einmal so von Lady Elisabeth zu sprechen«, rief meine Mutter. »Weißt du überhaupt, wer sie ist?«

»Sie ist die Tochter des Königs und der Königin Anna Boleyn. Das hast du uns oft genug erzählt.«

»Begreifst du denn nicht, was das bedeutet? Sie ist von königlichem Blut, und es ist nicht undenkbar, daß sie eines Tages Königin wird.«

Wir hörten zu, weil sich unsere Mutter nur zu leicht verleiten ließ, den Zweck unserer Anwesenheit im Solarium zu vergessen und von den Tagen ihrer Kindheit zu erzählen. Das war für uns Mädchen dann freilich unterhaltsamer als ein Vortrag über die Notwendigkeit, unsere Gedanken im Unterricht beisammenzuhalten, und wenn sie von ihren eigenen Worten mitgerissen wurde, bemerkte sie nicht, daß unsere Hände müßig im Schoß lagen.

Wie jung waren wir doch! Wie unerfahren! Ich muß sechs Jahre alt gewesen sein, als ich anfing, die Welt wahrzunehmen. Zu der Zeit waren die Tage der Herrschaft des alten Königs bereits gezählt.

Meine Mutter sprach nicht von der Gegenwart, da dies hätte gefährlich sein können, sondern von der glorreichen Vergangenheit in Hever, als man sie als Kind aufs Schloß mitnahm, um ihre Großeltern zu besuchen. Das waren die ruhmreichen Zeiten, als sich das Vermögen der Boleyns rasch vermehrte, was kein Wunder war, da sie doch eine Königin in der Familie hatten.

»Ich habe sie ein- oder zweimal gesehen«, sagte meine Mutter. »Ich werde sie nie vergessen. Sie wirkte damals irgendwie ungezähmt, wild. Es war nach Elisabeths Geburt; Anna hatte sich verzweifelt einen Sohn gewünscht. Nur ein männlicher Erbe hätte sie retten können. Mein Oheim George war dort in Hever – einer der ansehnlichsten Männer, die ich je gesehen habe …« Trauer lag in ihrer Stimme; wir drangen nicht in sie, uns von Oheim George zu berichten. Wir wußten aus Erfahrung, daß eine solche Bitte der Erzählung ein Ende bereiten und meine Mutter daran erinnern konnte, daß sie zu uns von Dingen sprach, die jenseits des kindlichen Begriffsvermögens lagen. Zur rechten Zeit entdeckten wir, daß der stattliche Oheim George zur gleichen Zeit wie seine Schwester hingerichtet worden war – man hatte ihn des Inzests mit ihr bezichtigt. Die Anschuldigung war natürlich falsch; der

König wollte sich Annas nur entledigen, um Jane Seymour heiraten zu können.

Ich habe oft zu Cecilia gesagt, es sei aufregend, zu einer Familie wie der unseren zu gehören. Der Tod war uns bereits in der Kinderstube vertraut. Kinder – vor allem Kinder unseres Standes – dachten ganz unbekümmert ans Sterben. Wenn wir die Familienportraits betrachteten, so hieß es: »Der hier verlor seinen Kopf: Er war uneins mit dem König.« Daß Köpfe dort, wo sie hingehörten, sehr gefährdet waren, war eine Tatsache, die man eben hinzunehmen hatte. Doch im Solarium ließ unsere Mutter Hever lebendig werden, mit seinem Burggraben und dem Fallgatter, dem Innenhof und der Halle, wo der König oft getafelt hatte, und mit der langen Galerie, wo er unserer berühmten Verwandten, der bezaubernden Anna, den Hof gemacht hatte. Meine Mutter sang uns die Lieder vor, welche die Spielleute dort vorgetragen hatten – einige hatte der König selbst komponiert –, und wenn sie auf ihrer Laute präludierte, strahlte aus ihren Augen die Erinnerung an den kurzen und blendenden Ruhm der Boleyns.

Großvater Thomas Boleyn lag nun in der Kirche von Hever begraben, doch unsere Großmutter Mary kam uns hin und wieder besuchen. Wir waren alle in unsere Großmutter vernarrt. Es fiel uns zuweilen schwer, uns vorzustellen, daß sie einst die Maitresse des alten Königs gewesen war. Sie war nicht eigentlich schön, doch besaß sie jene gewisse Eigenschaft, die ich zuvor erwähnte, und die ich von ihr geerbt habe. Ich merkte sehr bald, daß ich diesen Vorzug besaß, und das beglückte mich, wußte ich doch, daß mir dadurch vieles, was ich mir wünschte, geschenkt werden würde. Erklären läßt sich diese Eigenschaft kaum – es ist eine Ausstrahlung, welche das andere Geschlecht unwiderstehlich findet. Bei meiner Großmutter Mary war es Sanftheit, die Verheißung, sich leicht zu ergeben. Nicht so bei mir. Ich zeigte mich aber berechnend, auf meinen Vorteil bedacht. Gleichwohl verfügten wir beide über diese Eigenschaft.

Nach und nach erfuhren wir von jenem traurigen Tag im Mai, als das Turnier in Greenwich stattfand und Anna mit ihrem Bruder und ihren Freunden im Tower gefangengesetzt wurde. Sie verließ ihn erst wieder, als man sie zum Schafott führte. Wir erfuhren, daß der König unmittelbar danach Jane Seymour heiratete und daß ihm sein einziger legitimer Sohn geboren wurde: Edward, der im Jahre 1547 den Thron bestieg.

Die arme Jane Seymour starb bei der Geburt und konnte ihren Triumph nicht auskosten, doch der kleine Prinz blieb am Leben und war die Hoffnung des Landes. Danach folgte des Königs kurze Ehe mit Anna von Cleve und nach der plötzlichen Auflösung dieser Verbindung die unglückselige Vermählung mit Katharina Howard. Seine letzte Frau aber, Katharina Parr, überlebte ihn. Es hieß, sie hätte sicher dasselbe Schicksal erlitten wie Anna Boleyn und Katharina Howard, wäre sie nicht eine so gute Krankenschwester gewesen, hätte des Königs eiterndes Bein nicht so geschmerzt und wäre er nicht schon so betagt gewesen, daß er sich nicht mehr viel aus Frauen machte.

So begann denn die Regierungszeit eines neuen Königs: die Edwards VI. Als unser junger König die Thronfolge antrat, war er erst zehn Jahre alt – kaum älter als ich –, und Elisabeth, das leuchtende Vorbild, war vier Jahre älter als er. Ich entsinne mich, wie mein Vater, recht zufrieden mit dem Gang der Ereignisse, nach Rotherfield Greys kam. Edward Seymour, der Oheim des jungen Königs, hatte den Titel eines Herzogs von Somerset verliehen bekommen und war zum Lord Protector ernannt worden, und dieser nun äußerst einflußreiche Herr war Protestant und würde seinen jungen Neffen in diesem neuen Glauben unterweisen.

Mein Vater neigte mehr und mehr dem Protestantismus zu, und wie er meiner Mutter gegenüber bemerkte, wäre es das größte Unheil, das dem Lande – und besonders der Familie Knollys – widerfahren könnte, wenn die Katholikin Maria, des Königs älteste Tochter, die Katharina von Aragon ihm geboren hatte, den Thron besteigen würde.

»Dann«, so prophezeite mein Vater, »röten sich die Schafotte mit dem Blut der edelsten englischen Männer und Frauen, und die entsetzliche Inquisition, die in Spanien ihren Höhepunkt erreicht hat, wird auch in unserem Lande Einzug halten. Also laßt uns Gott für den jungen König danken und darum bitten, daß durch Seine Gnade und Güte Edward VI. lange über uns herrschen möge.«

So knieten wir denn nieder und beteten – eine Sitte, der man, wie ich bereits damals fand, in unserer Familie allzu eifrig huldigte –, während mein Vater Gott für Seine Güte gegenüber England dankte und Ihn bat, auch weiterhin für das Land zu sorgen und besonders über die Familie Knollys zu wachen.

Das gewohnte Dasein ging noch einige Jahre unverändert weiter; wir lebten, wie es beim Landadel üblich war, und unsere Erziehung machte

Fortschritte. In unserer Familie war es Tradition, daß auch den Töchtern eine gute Bildung zuteil wurde, wobei man auf Musik und Tanz besonderen Wert legte. Man lehrte uns, Laute und Harfe zu spielen, und wenn bei Hofe ein neuer Tanz eingeführt wurde, so mußten wir ihn erlernen. Unsere Eltern wollten unbedingt, daß wir vorbereitet waren, falls wir plötzlich an den Hof berufen würden. In der Galerie sangen wir Madrigale, oder wir spielten dort auf unseren Instrumenten.

Um elf Uhr aßen wir in der großen Halle zu Mittag, und wenn wir Gäste hatten, pflegten wir bis drei Uhr nachmittags beim Mahl zu sitzen, um der Unterhaltung zu lauschen. Diese Gespräche fesselten mich, denn während der Regierungszeit des jungen Edward wuchs ich heran und nahm regen Anteil an allem, was außerhalb von Rotherfield Greys vorging. Um sechs nahmen wir das Abendessen ein. Die Tafel war stets reichlich gedeckt, und es herrschte jedesmal eine gewisse Spannung, weil wir nie genau wußten, wer uns diesmal Gesellschaft leisten würde. Wie die meisten Familien unseres Standes führten wir ein offenes Haus, denn mein Vater wollte nicht, daß man dachte, wir könnten uns Gastfreundschaft nicht leisten. Es gab Rinder- und Hammelbraten, alle Arten von Fleischpasteten, Wild und Fisch mit Sauce, dazu eingemachte Früchte, Marzipan, Ingwer- und Zuckerbrot. Blieb etwas übrig, so aßen es die Dienstboten, und den Rest erhielten die Bettler an den Toren, die – wie meine Mutter ständig bemerkte – sich tausendfach vermehrt hatten, seit König Heinrich die Klöster aufgelöst hatte.

Am Weihnachtsfest vergnügten wir Kinder uns, indem wir uns verkleideten und Spiele aufführten. Es herrschte große Aufregung, wer von uns den silbernen Penny in dem großen Kuchen, der zum Dreikönigsfest gebacken wurde, finden und König oder Königin des Tages werden würde. Und in aller Unschuld glaubten wir, es würde ewig so weitergehen.

Hätten wir schon mehr Verstand besessen, die bösen Anzeichen wären uns natürlich nicht entgangen. Meinen Eltern blieben sie nicht verborgen, und das Gesicht meines Vaters war deshalb oftmals sehr ernst. Der König kränkelte, und sollte ihm etwas zustoßen, war diese Maria, die wir – und nicht wir allein – so sehr fürchteten, die Thronerbin. John Dudley, Herzog von Northumberland, der sich zum eigentlichen Herrscher Englands aufgeschwungen hatte und der mächtigste Mann im

Staate war, teilte die Besorgnis meines Vaters. Wenn Maria auf den Thron kam, so bedeutete das Dudleys Ende, und da dieser keinen Wert darauf legte, den Rest seines Lebens im Gefängnis zu verbringen oder gar sein Haupt auf den Richtblock zu legen, schmiedete er verschwörerische Pläne.

Ich hörte, wie meine Eltern sich darüber unterhielten, und mir war klar, daß ihnen sehr beklommen zumute war. Mein Vater war ein äußerst gesetzestreuer Mann, und er konnte nicht umhin, die Tatsache anzuerkennen, daß die Mehrheit des Volkes in Maria die wahre Thronerbin sah. Dies war eine heikle Situation. War nämlich Maria legitim, so konnte es Elisabeth nicht sein. Marias Mutter war verstoßen worden, als der König, da er Anna Boleyn zu ehelichen begehrte, seine Ehe mit Katharina von Aragon, die länger als zwanzig Jahre gewährt hatte, für ungültig hatte erklären lassen. War aber seine Ehe mit Katharina dennoch gültig, so konnte es folgerichtig die Verbindung mit Anna Boleyn nicht sein, und dann war Annas Tochter Elisabeth ein Bastard. Aus Loyalität gegenüber den Boleyns und in dem Wunsch, es zu etwas zu bringen, mußte meine Familie natürlich dafür sein, daß die erste Ehe des Königs ungültig war; da mein Vater aber in den meisten Angelegenheiten sehr folgerichtig dachte, fiel es ihm vermutlich einigermaßen schwer, seinen Glauben an Elisabeths Legitimität aufrechtzuerhalten. Meiner Mutter gegenüber äußerte er, daß seiner Meinung nach der Herzog von Northumberland versuche, Lady Jane Grey auf den Thron zu bringen. Diese hatte freilich durch ihre Großmutter, die Schwester Heinrichs VIII., einen gewissen Anspruch, doch den würden die wenigsten akzeptieren. Die streng katholischen Cliquen im ganzen Land würden fest zu Maria stehen. So nahm es kaum wunder, daß die Krankheit des jungen Königs Edward meinen Vater mit höchster Besorgnis erfüllte.

Dessenungeachtet stellte er sich nicht auf Northumberlands Seite. Wie sollte er, der mit einer Boleyn verheiratet war, jemand anderen als die Prinzessin Elisabeth unterstützen? Und als Tochter des Königs rangierte Elisabeth gewiß vor Lady Jane Grey. Unglücklicherweise war da eben noch diese Maria, Tochter einer spanischen Prinzessin, strenggläubige Katholikin und des Königs älteste Tochter.

Damals hieß es also auf der Hut sein. Der Herzog von Northumberland hatte völlig auf Jane Grey gesetzt, indem er sie mit seinem Sohn, Lord Guildford Dudley, vermählte.

So standen die Dinge im letzten Jahr der Regierung des jungen Königs. Ich war damals zwölf Jahre alt. Meine Schwestern und ich interessierten uns sehr für den Klatsch, der uns von den Dienstboten zugetragen wurde, vor allem für jedwedes Gerede, das unsere erhabene Cousine Elisabeth betraf. Dies vermittelte uns ein ganz anderes Bild von ihr als jenes, das unsere Mutter entwarf mit der Schilderung der gelehrigen Griechisch- und Lateinschülerin, jenem strahlenden Vorbild für ihre weniger tugendhaften und weniger lerneifrigen Cousinen der Familie Knollys.

Nach dem Tode König Heinrichs VIII. lebte sie bei ihrer Stiefmutter Katharina Parr in deren Witwensitz in Chelsea; Katharina Parr heiratete später Thomas Seymour, einen der stattlichsten und anziehendsten Männer in ganz England.

»Man sagt«, erzählte uns jemand von den Dienstboten, »daß er eine Vorliebe für Prinzessin Elisabeth hat.«

Ich war stets begierig auf das, was »man« sagte. Eine Menge davon beruhte natürlich auf Vermutungen und dürfte als bloßes Geschwätz abgetan werden, doch ich glaube, daß oftmals ein Körnchen Wahrheit darin steckte. »Man« sprach also von aufregenden »Vorgängen« im Witwensitz, von einer gewissen Beziehung zwischen Elisabeth und dem Ehemann ihrer Stiefmutter, einer Beziehung, die weder ihrer Stellung noch ihrer Würde angemessen war. Er kam zu ihr ins Schlafzimmer geschlichen und kitzelte sie, wenn sie im Bett lag. Sie rannte schreiend und lachend vor ihm davon, doch dies Schreien war zugleich eine Aufforderung. Als Elisabeth einmal mit einem neuen seidenen Kleid im Garten erschien, ergriff er, von seiner Gattin dazu ermuntert, eine Schere und zerschnitt ausgelassen das Kleid in lauter Fetzen.

»Arme Katharina Parr«, sagte »man«. Ob sie die wahre Natur dieser Person begriff? Natürlich wußte sie Bescheid, und um dem Ganzen einen Anschein von Schicklichkeit zu verleihen und die Ungehörigkeit zu überdecken, beteiligte sie sich daran. Ich ergötzte mich an der Vorstellung, wie die gelehrte Elisabeth in ihrem Schlafzimmer herumgejagt wurde oder wie man ihr das Kleid in Stücke schnitt, wie Seymour sie fröhlich mit glitzernden Augen kitzelte, während seine schwangere Gattin vorzugeben versuchte, dies sei ein heiterer Familienscherz.

Schließlich aber erwischte Katharina Parr ihren liebestollen Gatten, als er die junge Prinzessin alles andere als verwandtschaftlich küßte, und nun konnte auch sie den Anschein der Harmlosigkeit nicht mehr aufrechterhalten. Elisabeth mußte daraufhin den Witwensitz verlassen. Der Skandal war natürlich unvermeidlich. »Man« ließ nicht locker, und es ging das Gerücht, die Prinzessin sei von einem kleinen Mädchen edlen Geblüts entbunden worden: Thomas Seymours Tochter.

Dies wurde entschieden in Abrede gestellt und es war ja auch wirklich höchst unwahrscheinlich. Doch wie interessant war es für uns Mädchen, die wir all die Jahre im Schatten von Elisabeths Tugenden gelebt hatten.

Nicht lange danach wurde Thomas Seymour, der sich in ehrgeizige politische Machenschaften verstrickt hatte, vor Gericht gestellt und enthauptet. Unterdessen verschlimmerte sich der Gesundheitszustand des armen kleinen Königs mehr und mehr. Dudley veranlaßte den sterbenden Knaben, ein Testament zu machen, in dem sowohl Maria wie Elisabeth übergangen wurden und Lady Jane Grey als alleinige Thronerbin eingesetzt wurde. Diese war ja inzwischen mit Lord Guildford Dudley vermählt. Ich dachte in der folgenden Zeit oftmals darüber nach, wie leicht Guildfords Bruder Robert Lady Janes Bräutigam hätte werden können. Robert freilich hatte bereits die Torheit begangen – falls man angesichts dessen, was später geschah, überhaupt von einer Torheit sprechen konnte –, im Alter von siebzehn Jahren die Tochter von Sir John Robsart zu ehelichen. Er wurde ihrer natürlich bald überdrüssig, doch das ist eine andere Geschichte. Später wurde mir oft mit Entsetzen bewußt, daß ohne Roberts Ehe mein Leben – und das von Elisabeth Tudor – entschieden anders verlaufen wäre. Robert hätte auch gewiß als der bei weitem Angemessenere gegolten, denn Guildford war schwach und sah auch nicht so gut aus. Robert dagegen muß schon in seiner Jugend außergewöhnlich gewesen sein. Später wurde er bei Hofe rasch der strahlendste Stern im Gefolge der Königin und das blieb er bis zu seinem Tode. Das Schicksal aber hatte es wie so oft gut mit Robert gemeint, und so war es der arme Guildford, sein jüngerer Bruder, welcher der Gatte der unglücklichen Lady Jane Grey wurde.

Wie jedermann weiß, brachte Northumberland nach dem Tode des Königs Lady Jane auf den Thron, doch die Ärmste regierte nur neun Tage, dann siegten Marias katholische Anhänger.

Mein Vater mischte sich in den Konflikt nicht ein. Wie sollte er auch? Marias Thronbesteigung, mochte sie legitim sein oder nicht, mußte sich für ihn unheilvoll auswirken, doch andererseits konnte er auch nicht die protestantische Jane unterstützen. Es gab nur eine einzige, die er auf dem Thron sehen wollte. So tat er das, was kluge Männer in solchen Zeiten zu tun pflegten: Er zog sich vom Hofe zurück und ergriff für keine Seite Partei.

Als uns klar wurde, daß Janes kurze Herrschaft vorüber war, und als sie mit Guildford Dudley, seinem Vater und seinem Bruder Robert im Tower eingekerkert wurde, rief mein Vater uns in der großen Halle zusammen, um uns zu eröffnen, daß wir in England nicht mehr sicher seien. Für Protestanten würden keine guten Zeiten kommen; Prinzessin Elisabeth befinde sich in einer wahrhaft bedenklichen Lage, und da wir bekanntermaßen ihre Verwandten seien, sei er zu dem Schluß gekommen, die klügsten Schritte, die man unternehmen könne, seien diejenigen, die uns aus England hinaus führten.

Innerhalb weniger Tage waren wir auf dem Weg nach Deutschland.

Wir blieben fünf Jahre in Deutschland. Als ich vom Kind zur Frau wurde, erfaßte mich eine große Unruhe und Unzufriedenheit. Es ist ein hartes Los, aus der Heimat verbannt zu sein. Wir alle litten darunter, am meisten meine Eltern, doch sie schienen in der Religion Zuflucht zu finden. Mein Vater, der schon immer stark zum Protestantismus geneigt hatte, war am Ende seines Aufenthaltes in Deutschland einer der überzeugtesten Anhänger dieses Bekenntnisses. Die Nachrichten aus England bestärkten ihn in seinem Glauben. Die Vermählung von Königin Maria mit König Philipp von Spanien löste tiefste Verzweiflung bei ihm aus.

»Jetzt«, sagte er, »wird die Inquisition nach England kommen.« Glücklicherweise kam es nicht soweit.

»Eines steht fest«, pflegte er zu uns zu sagen – wir bekamen ihn natürlich häufiger zu sehen als in England, wo er ständig mit den Angelegenheiten des Hofes beschäftigt war –, »in seiner Unzufriedenheit mit der Königin wird sich das Volk Elisabeth zuwenden. Doch inzwischen steht zu befürchten, daß Maria ein Kind bekommt.«

Wir beteten, sie möge unfruchtbar bleiben, und ich fand es eine Ironie des Schicksals, daß sie ebenso inbrünstig um das Gegenteil flehte.

»Ich bin gespannt«, sagte ich leichthin zu meiner Schwester Cecilia, »wessen Bitte bevorzugt behandelt wird. Man sagt, Maria sei sehr fromm, aber das ist unser Vater auch. Ich möchte wissen, auf wessen Seite Gott steht, auf der katholischen oder der protestantischen.«

Meine Schwestern waren über meine Worte entsetzt und meine Eltern erst recht.

Mein Vater sagte immer: »Lettice, du mußt deine Zunge im Zaum halten.«

Ich aber dachte gar nicht daran. Diese Bemerkungen machten mir Spaß, und sie taten gewiß ihre Wirkung auf andere Menschen. Sie waren bezeichnend für mich und gehörten zu mir – wie meine glatte Haut mit den zarten Farben. Das unterschied mich von anderen Mädchen und machte mich besonders anziehend.

Mein Vater wurde nicht müde, sich zu seiner Klugheit zu beglückwünschen, die ihn aus dem Lande hatte fliehen lassen, solange es noch möglich war, obschon Maria nach ihrer Thronbesteigung zunächst schien Milde walten zu lassen. Lady Janes Vater, den Herzog von Suffolk, entließ sie aus der Haft, und das Todesurteil für Northumberland, den Puppenspieler, der die arme Jane und den bedauernswerten Guildford an seinen Fäden tanzen und ganze neun Tage lang Königin und Prinzgemahl hatte sein lassen, unterzeichnete sie erst nach längerem Zögern. Wäre die Wyatt-Rebellion nicht gewesen, so hätte Maria vielleicht auch Jane verschont, denn sie wußte sehr wohl, daß es bestimmt nicht der Wunsch des jungen Mädchens gewesen war, die Krone zu tragen.

Als uns die Nachricht von Wyatts unseligem Aufstand in Deutschland erreichte, wurde unsere Familie von tiefer Niedergeschlagenheit ergriffen. Prinzessin Elisabeth selbst schien in die Sache verwickelt zu sein.

»Das ist das Ende«, stöhnte mein Vater.

Er kannte Elisabeth nicht. Jung wie sie war, verstand sie sich bereits auf die Kunst des Überlebens. Jene Possen mit Seymour, die für ihn unterm Henkersbeil endeten, hatten ihr einen guten Anschauungsunterricht verschafft. Als man sie des Verrats beschuldigte, erwies sie sich als listig, und es war ihren Richtern unmöglich, sie zu überführen. Sie parierte die Anklagen mit diplomatischem Geschick, so daß ihr niemand etwas beweisen konnte.

Wyatt starb auf dem Schafott, doch Elisabeth entrann der Verurteilung. Eine Weile war sie gleichzeitig mit Robert Dudley im Londoner Tower gefangen. Welch eine Bindung das zwischen ihnen schuf, sollte ich noch entdecken. Später hörten wir, daß sie nach vielen Monaten aus dem fürchterlichen Tower entlassen und nach Richmond gebracht wurde, wo man sie ihrer Stiefschwester, der Königin, vorführte und von deren Plan unterrichtete, sie mit Philibert Emanuel, dem Herzog von Savoyen, zu vermählen.

»Man will sie aus England vertreiben«, rief mein Vater aus. »Das ist, bei Gott, völlig klar.«

Gewitzt wie immer, schlug die junge Prinzessin die Partie aus. Sie besaß die Verwegenheit, ihrer Stiefschwester zu verstehen zu geben, daß sie nicht heiraten könne. Elisabeth wußte stets, wie weit sie gehen durfte, und irgendwie gelang es ihr, Maria davon zu überzeugen, daß ihr die Ehe mit welchem Mann auch immer zuwider war.

Als sie in der Obhut des der Königin treu ergebenen Sir Henry Bedingfield nach Woodstock geschickt wurde, atmete die Familie Knollys auf, zumal ständig Gerüchte über Marias schlechten Gesundheitszustand aufs Festland drangen.

Es erreichten uns aber auch schlimme Nachrichten über die unerbittliche Verfolgung der Protestanten in England. Cranmer, Ridley und Latimer wurden mit dreihundert anderen Opfern auf dem Scheiterhaufen verbrannt, und man erzählte sich, daß der Rauch der Feuer von Smithfield wie ein schwarzes Leichentuch über London hing.

Wie priesen wir unseres Vaters Weisheit! Wer weiß – wären wir geblieben, so wäre auch uns möglicherweise ein solches Schicksal zuteil geworden.

Es könne nicht so weitergehen, sagte mein Vater. Das Volk habe genug von Tod und Verfolgung. Das ganze Volk sei zum Aufstand gegen die Königin und ihre spanischen Anhänger bereit. Doch dann hörten wir, daß Maria schwanger sei, und wir waren verzweifelt. Ihre Hoffnung – »Gott sei Lob und Dank«, sagte mein Vater – erwies sich jedoch bald als unbegründet. Die arme, kranke Maria! Sie wünschte sich so sehr ein Kind, daß sie alle Anzeichen einer Schwangerschaft bei sich hervorrufen konnte, ohne empfangen zu haben.

Doch wir, die wir so schamlos ihren Tod herbeisehnten, brachten wenig Mitleid mit ihr auf.

Ich erinnere mich noch gut an den nebligen Novembertag, als der Bote mit der Nachricht kam. Auf diesen Tag hatten wir gewartet. Ich war damals siebzehn Jahre alt. Nie zuvor hatte ich meinen Vater so aufgeregt gesehen.

In der Halle rief er aus: »Gepriesen sei dieser Tag! Königin Maria ist tot. Elisabeth ist durch des Volkes Willen zur Königin von England ausgerufen worden. Lang lebe unsere Königin Elisabeth!«

Wir knieten nieder und dankten Gott. Dann machten wir uns eiligst an die Vorbereitungen für unsere Rückkehr.

Ein königlicher Skandal

Man verdächtigt mich,
doch wird man mir nichts nachweisen können.
Dies sagt Elisabeth, eine Gefangene.

*Von Elisabeth mit einem Diamanten in
eine Fensterscheibe in Woodstock geritzt,
bevor sie Königin wurde.*

Wir kamen rechtzeitig zu ihrer Krönung zurück. Das war ein Tag! Die
Leute jubelten und versicherten sich gegenseitig, daß sie guten Zeiten
entgegengingen. Der Geruch nach dem Rauch der Scheiterhaufen von
Smithfield schien zwar immer noch in der Luft zu hängen, doch das
erhöhte den Freudentaumel eher. Die blutige Maria war tot, und Elisabeth die Gute regierte unser Land.

An jenem Tag im Januar, um zwei Uhr nachmittags, sah ich sie zum
Tower ziehen. Sie trug die Prachtrobe der Königin und sah in ihrer mit
karmesinrotem Samt ausgeschlagenen Karosse, über die ihre Ritter
einen Baldachin hielten, wahrhaft königlich aus. Einer dieser Ritter war
Sir John Perrot, ein Mann von stattlicher Leibesfülle, der behauptete,
ein unehelicher Sohn Heinrichs VIII. und daher der Bruder der Königin
zu sein.

Ich konnte die Augen nicht von ihr abwenden. Sie trug eine karmesin-
rote Samtrobe, einen Hermelinumhang und eine zum Kleid passende
Kappe, unter welcher ihr blondes Haar hervorsah, das in der klirrend
kalten Luft rötlich glitzerte. Ihre goldbraunen Augen waren klar, ihr
Blick lebhaft, die Haut war von blendender Reinheit. In diesem Augenblick hielt ich sie für schön. Sie war genauso, wie unsere Mutter sie uns
geschildert hatte – überwältigend.

Mehr als mittelgroß und sehr schlank, schien sie jünger als sie wirklich
war. Damals war sie fünfundzwanzig, und einem Mädchen von sieb-

zehn kam das bereits ziemlich alt vor. Mir fielen ihre Hände auf, denn sie stellte sie bei jeder Gelegenheit zur Schau und lenkte so die Aufmerksamkeit auf sie. Weiß und wohlgeformt waren sie, mit langen, spitzen Fingern. Elisabeths Gesicht war länglich oval, ihre Brauen so hell, daß man sie kaum sah. Ihre Augen waren, wie schon gesagt, goldbraun, doch später fand ich oft, daß sie auch sehr dunkel aussehen konnten. Sie war ein wenig kurzsichtig, und wenn sie angestrengt schaute, machte sie oft den Eindruck, als dringe sie in die Gedanken der Menschen ihrer Umgebung ein, was diese sehr befangen machte. Sie hatte etwas an sich, das ich bereits damals trotz meiner Jugend und der außergewöhnlichen Situation zu bemerken imstande war, und ich beobachtete sie mit schaudernder Erregung.

Doch so überaus anziehend sie auch war – ein anderer nahm meine Aufmerksamkeit noch stärker gefangen: Robert Dudley, ihr Oberstallmeister, der neben ihr ritt. Solch einen Mann hatte ich noch nie gesehen. In dieser Gesellschaft fiel er genauso auf wie die Königin selbst. Er war sehr groß und breitschultrig und hatte das fesselndste Gesicht, das ich je erblickt hatte. Dazu war er imponierend und vornehm, und seine Würde konnte sich mit jener der Königin durchaus messen. Sein Gesichtsausdruck war in keiner Weise hochmütig, sondern ernst, und er wirkte auf eine zurückhaltende Art äußerst vertrauenerweckend.

Meine neugierigen Blicke wanderten zwischen ihm und der jungen Königin hin und her.

Ich bemerkte, daß die Königin immer wieder anhielt, um mit den einfachsten Leuten zu sprechen, lächelnd und aufmerksam ihnen zugewandt, auch wenn es nur kurz sein konnte. Ich erfuhr beizeiten, daß es ihr Grundsatz war, niemals das Volk zu kränken. Ihre Höflinge bekamen ihren Unwillen oft heftig zu spüren, doch für das Volk war sie stets die wohlwollende Königin. Riefen die Leute: »Gott schütze Euer Gnaden!«, so antwortete sie: »Gott schütze euch alle!«, um ihnen zu verstehen zu geben, daß ihr das Wohl des Volkes ebenso am Herzen lag wie dem Volk das ihre. Man reichte ihr Blumensträuße, und war der Spender auch noch so ärmlich, sie nahm sie huldvoll entgegen, als handle es sich um kostbare Gaben. Man erzählte sich, daß ein Bettler ihr auf der Fleet-Brücke einen Rosmarinzweig übergeben hatte und daß dieser immer noch in ihrer Karosse lag, als sie in Westminster eintraf.

Wir fuhren mit im Festzug – immerhin waren wir ja mit der Königin verwandt –, und so sahen wir das Schaugepränge in Cornhill und Chepe, wo alles mit fröhlichen Fahnen und Wimpeln geschmückt war, die zu jedem Fenster heraushingen.

Am nächsten Tag waren wir bei ihrer Krönung zugegen; wir sahen sie auf dem purpurroten Tuch, das für sie ausgebreitet worden war, in die Abtei schreiten.

Ich war viel zu verwirrt, um der Zeremonie aufmerksam zu folgen, aber Elisabeth sah schön aus, als man ihr zuerst die schwere St.-Edward-Krone und danach die kleinere aus Perlen und Diamanten aufs Haupt setzte. Pfeifen, Trommeln und Trompeten erschallten, als Elisabeth zur Königin von England gekrönt wurde.

»Jetzt wird sich unser Leben verändern«, sagte mein Vater. Und er hatte recht.

Es dauerte nicht lange, bis die Königin ihn kommen ließ. Nach der Audienz kam er voller Begeisterung und Hoffnung zu uns zurück.

»Sie ist wunderbar«, erzählte er. »Sie ist eine Königin, wie sie sein soll. Das Volk verehrt sie, und sie ist dem Volk sehr zugetan. Ich danke Gott, daß er mich ausersehen hat, einer solchen Königin dienen zu dürfen, und so will ich ihr mein Leben zu Füßen legen.«

Sie berief ihn in ihren Rat und gab zu verstehen, daß sie sich ihre liebe Cousine Catherine – meine Mutter – als Kammerfrau wünsche.

Wir Mädchen waren außer uns vor Freude. Das bedeutete, daß auch wir endlich bei Hofe empfangen würden. Die ganzen Musikstunden – Madrigale, Laute und Harfe –, die ganze Tanzerei mit Verbeugungen und Knicksen, alles, was wir über uns hatten ergehen lassen, um uns graziös benehmen zu können, war schließlich der Mühe wert gewesen. Wir plauderten endlos; nachts lagen wir wach und redeten über unsere Zukunft. Wir konnten nicht schlafen, so aufgeregt waren wir. Es war fast, als hätte ich eine Vorahnung gehabt, daß ich nun meinem Schicksal entgegenging, so sehr war ich von wilder Erregung besessen.

Die Königin äußerte den Wunsch, uns zu sehen – nicht alle zusammen, sondern einzeln.

»Ihr werdet alle eine Stellung bekommen«, meinte meine Mutter frohlockend. »Und es werden sich euch wahrlich Gelegenheiten bieten.«

Eine »Gelegenheit« bedeutete eine gute Heirat, ein Thema, das unsere Eltern während unseres Exils außerordentlich beschäftigt hatte.

Und dann kam der Tag, an dem ich Ihrer Majestät vorgestellt werden sollte. Bis zum heutigen Tage kann ich mich lebhaft an jede Einzelheit des Kleides, das ich trug, erinnern. Es war aus tiefblauer Seide, reich verziert, mit einem weiten, glockenförmigen Rock, geschlitzten Ärmeln und einem enganliegenden Mieder. Und meine Mutter gab mir einen Gürtel, dem sie wahre Wunderdinge zuschrieb und den ich um die Taille tragen sollte. Er war mit kleinen kostbaren Steinen in verschiedenen Farben besetzt, und meine Mutter sagte, er würde mir Glück bringen. Bald danach fand ich, daß sie recht hatte. Ich hätte mein Haar gern unbedeckt gelassen, denn ich war offen gestanden besonders stolz darauf – doch meine Mutter meinte, daß eine der französischen Hauben, wie sie neuerdings Mode waren, passender sei. Ich lehnte mich ein wenig dagegen auf, denn der herabfließende Schleier verbarg mein Haar; doch diesmal mußte ich nachgeben, da meine Mutter sehr besorgt war, ob ich auch einen guten Eindruck auf die Königin machte. Sie betonte, daß ich, falls ich das Mißfallen der Königin erregte, nicht nur mein Glück, sondern auch das der anderen zunichte machen könnte.

Was mich bei dieser ersten Begegnung am stärksten betroffen machte, war die Hoheit, die Elisabeth ausstrahlte, und in diesem Augenblick – wenn es auch keine von uns wußte – verband sich unser beider Leben. Sie sollte eine wichtigere Rolle in meinem Leben spielen als irgend jemand sonst – ausgenommen vielleicht Robert –, und meine Rolle in ihrem Leben war ungeachtet der folgenschweren Ereignisse unter ihrer Regierung auch nicht unbedeutend.

Wenngleich ich mir den Anschein von Weltläufigkeit zu geben trachtete, war ich zur damaligen Zeit zweifelsohne ein wenig naiv. Während der in Deutschland verbrachten Jahre war ich nicht viel klüger geworden. Dennoch erkannte ich sogleich, daß Elisabeth eine Eigenart besaß, die ich bisher an keinem anderen Menschen entdeckt hatte. Ich wußte: Was sie mit ihren fünfundzwanzig Jahren an Entsetzlichem erlebt hatte, wäre genug gewesen, um die meisten Menschen endgültig zu zerbrechen. Sie hatte als Gefangene im Londoner Tower wahrhaft im Schatten des Todes gelebt, als ihr täglich der Tod von Henkershand drohte. Noch nicht ganz drei Jahre alt war sie gewesen, als ihre Mutter hingerichtet wurde. Ob sie sich daran erinnern konnte? Etwas in diesen großen goldbraunen Augen ließ vermuten, daß sie sich durchaus entsann, daß sie schnell lernte und alles, was sie lernte, behielt. Sie war offenkundig frühreif gewesen – eine Gelehrte in der Kinderstube. O ja, sie erinnerte sich! Vielleicht hatte sie deshalb der Tod, der ihr während der vergangenen gefahrvollen Jahre so dicht auf den Fersen gewesen war, nie einholen können. Sie war hoheitsvoll – obwohl erst seit so kurzer Zeit Königin –, und doch genügte eine Minute in ihrer Gesellschaft, um zu erkennen, daß sie ihre Königswürde mit einer Selbstverständlichkeit trug, als habe sie sich ihr Leben lang darauf vorbereitet – was sie möglicherweise auch getan hatte. Sie war sehr schlank und hielt sich kerzengerade; sie hatte die helle Haut ihres Vaters geerbt. Ihre schöne Mutter hatte dunkles Haar und olivfarbene Haut gehabt. Ich, nicht Elisabeth, hatte die dunklen Augen geerbt, die, wie man sagte, auch denen meiner Großmutter Maria Boleyn glichen, doch mein Haar – üppig und gelockt – hatte die Farbe von lichtem Honig. Es wäre töricht, leugnen zu wollen, daß die dunklen Augen zum hellen Haar ungemein anziehend waren, und ich hatte das rasch erkannt. Nach den Boleyn-Portraits zu urteilen, die ich gesehen habe, hatte Elisabeth nichts von ihrer Mutter geerbt, ausgenommen vielleicht jenen schwer zu beschreibenden Zauber, den ihre Mutter, dessen war ich sicher, besessen haben mußte, und mit dem sie den König so behext hatte, daß er sich ihretwegen seiner spanischen Gemahlin von königlichem Blut entledigte und sogar mit Rom entzweite.

Elisabeths Haar glich einem goldenen, rötlich schimmernden Heiligenschein. Ich hatte gehört, ihr Vater habe eine magnetische Kraft besessen, dank der sich die Menschen trotz seiner Grausamkeit zu ihm hingezogen fühlten; und Elisabeth besaß diese Kraft ebenfalls, doch war sie bei ihr mit weiblichem Zauber gepaart, den sie von ihrer Mutter haben mußte.

In diesen ersten Augenblicken erkannte ich, daß sie genauso war, wie ich sie mir vorgestellt hatte, und ich spürte sofort, daß sie Gefallen an mir fand. Wegen meiner ungewöhnlich zarten Farben und meiner Munterkeit galt ich stets als die Schönheit unserer Familie, und nun hatte mein gutes Aussehen sogar die Königin gefesselt.

»Du hast viel von deiner Großmutter«, hatte meine Mutter einmal gesagt. »Du wirst auf der Hut sein müssen.«

Ich wußte, wie sie das meinte. Die Männer würden mich anziehend finden, wie sie auch Mary Boleyn anziehend gefunden hatten, und ich sollte auf der Hut sein, damit ich keine Gunst gewährte, die mir zum Unglück ausschlagen konnte. Diese Vorstellung ergötzte mich, und dies war auch ein Grund, weshalb ich so froh darüber war, daß ich bei Hofe vorgestellt wurde.

Die Königin saß auf einem hohen geschnitzten Stuhl wie auf einem Thron, und meine Mutter führte mich ihr zu.

»Eure Majestät, meine Tochter Letitia. In unserer Familie nennen wir sie Lettice.«

Ich machte einen tiefen Hofknicks und hielt dabei die Augen gesenkt, wie man es mich als schicklich gelehrt hatte, um auszudrücken, daß ich den Blick angesichts des blendenden königlichen Glanzes nicht zu erheben wagte.

»Dann werde ich sie auch so nennen«, sagte die Königin. »Lettice, steh auf und komm näher, damit ich dich besser sehen kann!«

Wegen ihrer Kurzsichtigkeit wirkten ihre Pupillen sehr groß. Ich staunte über die Weiße und Zartheit ihrer Haut; die hellen Brauen und Wimpern gaben ihrem Blick etwas Überraschtes.

»Nun, Cat«, sagte sie zu meiner Mutter – denn sie hatte die Gewohnheit, allen Leuten Spitznamen zu geben, und da meine Mutter Catherine hieß, lag es nahe, sie Cat zu nennen –, »du hast aber eine hübsche Tochter.«

Damals fand sie Gefallen an meinem Äußeren. Sie hatte für Schönheit stets viel übrig – besonders natürlich bei Männern, doch sie mochte auch hübsche Frauen ... bis der Mann, in den sie verliebt war, diese ebenfalls bewunderte.

»Vielen Dank, Majestät.«

Die Königin lachte. »Du bist eine fruchtbare Frau, Cousine«, sagte sie. »Sieben Söhne und vier Töchter, nicht wahr? Ich liebe große Familien. Komm, Lettice, gib mir deine Hand. Wir sind doch Cousinen. Wie gefällt dir England, nun, da du wieder zurück bist?«

»England ist wundervoll, seit Eure Majestät seine Königin sind.«

»Ha!« lachte sie. »Ich sehe, ihr habt sie richtig erzogen. Ich möchte schwören, das war Francis.«

»Francis hat sich stets um seine Söhne und Töchter gekümmert, als wir fern der Heimat waren«, sagte meine Mutter. »Wenn Eure Majestät sich in Gefahr befanden, so war er verzweifelt ... und wir alle mit ihm.«

Elisabeth nickte ernsthaft. »Nun, ihr seid ja wieder daheim, und es soll euch gutgehen. Du wirst Ehemänner für deine Mädchen suchen müssen, Cat. Wenn alle deine Töchter so hübsch sind wie Lettice, dürfte das nicht schwierig sein.«

»Es ist ja solch eine Freude, wieder zu Hause zu sein, Madam«, sagte meine Mutter. »Ich glaube sicher, daß Francis und ich eine Weile an nichts anderes denken werden.«

»Wir wollen sehen, was sich machen läßt«, sagte die Königin und ließ ihre Augen auf mir ruhen. »Deine Lettice hat aber nicht gerade viel zu sagen«, bemerkte sie.

»Ich glaubte, es zieme sich, zu warten, bis Eure Majestät mir zu sprechen gestatteten«, sagte ich schnell.

»Du kannst also doch reden. Das freut mich. Ich habe Menschen, die sich nicht bemerkbar zu machen wissen, noch nie leiden können. Ein gefälliger Schurke ist amüsanter als ein schweigender Heiliger. Was willst du mir über dich berichten?«

»Ich möchte sagen, ich teile die Freude meiner Eltern, hier zu sein und meine königliche Verwandte an dem Platz zu sehen, an den sie, wie wir stets unerschütterlich glaubten, gehört.«

»Das ist wohlgesprochen. Ich sehe, du hast sie gelehrt, ihre Zunge zu gebrauchen, Cousine.«

»Das habe ich mir selbst beigebracht, Madam«, gab ich rasch zurück.

Meine Mutter erschrak über meine Verwegenheit, doch daran, wie die Königin die Lippen verzog, zeigte sich, daß sie keineswegs ungehalten war.

»Was hast du dir sonst noch beigebracht?« fragte sie.

»Zuzuhören, wenn ich nicht imstande war, an einem Gespräch teilzunehmen, mich aber mitten hineinzustürzen, wenn ich konnte.«

Die Königin lachte. »Dann hast du dir viel Klugheit angeeignet. Die wirst du brauchen, wenn du an den Hof kommst. Viele schwätzen über die Kunst des Zuhörens, ohne sie je zu erlernen, aber wer sie beherrscht, zählt zu den weisen Männern und Frauen. Und du ... erst siebzehn, nicht wahr? ... verstehst dich bereits darauf. Komm, setz dich neben mich! Ich möchte mich eine Weile mit dir unterhalten.«

Meine Mutter blickte hocherfreut, doch gleichzeitig warnten mich ihre Augen, ich möge mir diesen anfänglichen Erfolg nicht zu Kopfe steigen lassen. Sie hatte recht; ich konnte sehr impulsiv sein. Ein Gefühl warnte mich: Die Stimmung der Königin konnte gewiß plötzlich umschlagen.

Ich erhielt keine Gelegenheit, länger auf diesem gefährlichen Boden zu wandeln, denn in diesem Augenblick wurde die Tür ohne jedes Zeremoniell geöffnet, und ein Mann kam herein. Meine Mutter wirkte bestürzt und mir wurde klar, daß er durch sein unangekündigtes Eindringen gegen eine strenge Regel höfischer Etikette verstoßen haben mußte.

Er war anders als alle Männer, die ich je gesehen hatte. Ich wurde mir sofort der ungewöhnlichen Wirkung bewußt, die von ihm ausging. Ihn als Mann von stattlichem Äußeren zu beschreiben – der er zweifellos war –, besagt zu wenig. Stattliche Männer gibt es viele, doch nie sah ich einen, der diese eigentümliche Ausstrahlung besaß. Er war mir bereits zuvor bei der Krönung aufgefallen. Man könnte annehmen, daß es die Liebe war, die mir Robert Dudley in solchem Licht erscheinen ließ; möglicherweise hat er mich verwirrt und bezaubert wie so viele Frauen – sogar Elisabeth –, doch habe ich ihn nicht immer geliebt, und wenn ich weit zurückdenke und mich dessen erinnere, was in unseren letzten gemeinsamen Tagen geschah, so schaudere ich noch heute. Ob man Robert Dudley aber liebte oder haßte, man mußte ihm diese besondere Ausstrahlung zugestehen, dieses Charisma, das als besondere Begnadigung erklärt wird, und mir fällt kein treffenderer Ausdruck ein, um ihn zu beschreiben. Er wurde mit dieser Begnadigung geboren, und er war sich dessen wohl bewußt.

Zunächst einmal war er so hochgewachsen wie kein anderer Mann, den ich je gesehen hatte, und Macht ging von ihm aus. Ich glaube, daß es in erster Linie Macht ist, welche einen Mann anziehend erscheinen läßt. Das galt jedenfalls für mich ... bis ich älter wurde. Wenn ich mit meinen Schwestern über Liebhaber sprach – was ich häufig tat, da ich wußte, daß diese in meinem Leben eine große Rolle spielen würden –, so sagte ich, mein Liebhaber müsse ein Mann sein, der über andere zu gebieten habe; er werde reich sein, und andere würden seinen Zorn fürchten – alle, außer mir. Er aber werde den meinen fürchten. Heute weiß ich, daß die Beschreibung des Liebhabers, den ich mir wünschte, eine Beschreibung meiner selbst war. Ich war immer ehrgeizig, doch ich strebte nicht nach weltlicher Macht. Nie habe ich Elisabeth um ihre Krone beneidet, und wenn die Rivalität zwischen uns am heftigsten war, dann war ich froh, daß *sie* die Krone trug, konnte ich doch so beweisen, daß ich auch ohne diese Macht über sie triumphierte. Ich wollte, daß sich alle Aufmerksamkeit auf mich konzentrierte. Ich wollte für die, welche mir gefielen, unwiderstehlich sein. In dieser Zeit fing ich an zu begreifen, daß ich eine Frau von starker Sinnlichkeit war, und daß mein Verlangen unbedingt befriedigt werden mußte.

Robert Dudley war also der bei weitem anziehendste Mann, der mir je begegnet war. Er war von sehr dunkler Hautfarbe, sein dichtes Haar war fast schwarz, seine dunklen, lebhaften Augen schienen alles wahrzunehmen, seine Nase war leicht gebogen; er hatte eine athletische Figur, und seine Haltung war die eines Königs in Gegenwart einer Königin.

Ich spürte, wie sich Elisabeth veränderte, als er eintrat. Ihre blasse Haut war mit einem rosigen Schimmer überzogen.

»Ihr seid es, Rob«, sagte sie, »das hätten wir uns ja denken können. Ihr kommt also einfach unangemeldet zu uns herein.« Die Zärtlichkeit in ihrer Stimme strafte den Tadel in ihren Worten Lügen, und es war klar, daß ihr die Unterbrechung keineswegs unwillkommen war; ebenso klar war es, daß Elisabeth meine Mutter und mich vergessen hatte.

Sie streckte ihre schöne weiße Hand aus. Er verneigte sich, während er sie ergriff und küßte und hielt sie fest, während seine Augen Elisabeths Gesicht suchten. So wie sie sich anlächelten, hätte ich schwören können, sie seien ein Liebespaar.

»Verehrte Lady«, sagte er, »ich habe mich beeilt, zu Euch zu kommen.«

»Irgendein Unglück?« gab sie zurück. »Kommt, erzählt es mir!«

»Nein«, erwiderte er, »es war nur der Wunsch, Euch zu sehen, der keinen Aufschub duldete.«

Meine Mutter legte mir die Hand auf die Schulter und schob mich in Richtung der Tür. Ich blickte zur Königin hin in der Meinung, ich müsse ihre Erlaubnis abwarten, mich zurückzuziehen.

Kopfschüttelnd wies meine Mutter zur Tür. Wir gingen zusammen hinaus. Die Königin hatte uns vergessen und Robert Dudley natürlich auch.

Als sich die Tür hinter uns geschlossen hatte, sagte meine Mutter: »Es heißt, sie würden heiraten, wenn er nicht bereits eine Frau hätte.«

Ich mußte ständig an die beiden denken. Ich konnte den stattlichen, vornehmen Robert Dudley nicht vergessen. Wie er die Königin angesehen hatte! Es ärgerte mich, daß er mich nicht eines einzigen Blickes gewürdigt hatte, und ich war überzeugt, hätte er es getan, so hätte ich ihn zu einem zweiten Blick veranlaßt. Ich sah ihn ständig vor mir mit seiner weißen, gestärkten Halskrause, den gepolsterten Hüften, seinem Wams, den verzierten Kniehosen und dem Diamanten in einem Ohr. Ich dachte an die vollendet geformten Schenkel in den enganliegenden Hosen; weil seine Beine vollkommen ebenmäßig waren, trug er keine

Strumpfbänder; er konnte auf Beiwerk verzichten, das für weniger wohlgestaltete Männer unerläßlich war.

Die Erinnerung an diese erste Begegnung blieb in meinem Gedächtnis haften als ein Ereignis, das es zu rächen galt, weil bei dieser Gelegenheit, als das Dreieck entstand, keiner von ihnen einen Gedanken an Lettice Knollys verschwendet hatte, die kurz zuvor von ihrer Mutter in aller Demut der Königin vorgestellt worden war.

Das war der Anfang. Danach war ich oft bei Hofe. Die Königin empfand eine starke Zuneigung zur Familie ihrer Mutter, wenn auch der Name Anna Boleyn kaum erwähnt wurde. Das war für Elisabeth charakteristisch. Es gab gewiß eine Menge Leute im Lande, die ihre Legitimität bezweifelten. Natürlich würde niemand es auszusprechen wagen, riskierte er doch damit die Todesstrafe, doch sie war viel zu klug, um sich nicht der Tatsache bewußt zu sein, daß dergleichen in den Köpfen mancher Leute herumspukte. Fiel auch Anna Boleyns Name nur selten, so lenkte die Königin dagegen ständig die Aufmerksamkeit auf ihre Ähnlichkeit mit ihrem Vater Heinrich VIII., und sie unterstrich die Gemeinsamkeiten, wann immer es möglich war. Da sie ihm zweifellos glich, war dies nicht schwierig. Gleichzeitig aber war sie stets bereit, die Verwandtschaft ihrer Mutter zu begünstigen, als wolle sie auf diese Weise jener Bedauernswerten Abbitte leisten. So wurden meine Schwester Cecilia und ich Ehrenjungfrauen der Königin, und innerhalb weniger Wochen waren wir zu Hofdamen aufgerückt. Anne und Catharine waren noch zu jung, aber zu gegebener Zeit sollten auch sie an die Reihe kommen.

Das Leben war höchst aufregend. Während all der trüben Jahre in Deutschland hatten wir davon geträumt, und ich war jetzt genau im richtigen Alter, um Vergnügen daran zu finden.

Der Hof war der Mittelpunkt des Landes: ein Magnet, der die Reichen und Ehrgeizigen anzog. Sämtliche großen Familien des Landes suchten die Nähe der Königin, und jede wetteiferte mit der anderen in Glanz und Pracht. Im Grunde ihres Herzens liebte Elisabeth Prunk und Verschwendung – solange sie nichts dafür zu bezahlen brauchte. Sie hatte Gefallen an Festspielen, Fröhlichkeit, Bällen und Banketten, doch fiel mir auf, daß sie beim Essen und Trinken Enthaltsamkeit übte. Sie liebte Musik und war eine unermüdliche Tänzerin, und obgleich sie vorwiegend mit Robert Dudley tanzte, fand sie an jedem hübschen jungen

Mann, der ein guter Tänzer war, flüchtig Gefallen. Am meisten fesselte mich ihr Charakter, der so widersprüchliche Züge aufwies. Wenn man sie in einem reichverzierten, glitzernden Gewand mit Robert Dudley tanzen – und oftmals kokettieren – sah, so daß man dem knisternden Vorspiel zu einem amourösen Höhepunkt beizuwohnen glaubte, gewann man den Eindruck, ein solcher Leichtsinn müsse sich nachteilig auf die Zukunft einer Königin auswirken. Dann aber konnte sie sich ganz plötzlich verändern, konnte herb und ernst sein und auf ihre Autorität pochen, und selbst so hochstehenden Männern wie William Cecil zeigte sie dann, daß sie es war, welche die Lage beherrschte und daß ihr Wille zu geschehen hatte. Da man nie genau wußte, wann ihre heitere Stimmung vorüber war, mußte jedermann Vorsicht walten lassen. Robert Dudley war der einzige, welcher die Grenze überschritt, doch öfter als einmal sah ich sie ihm einen spielerischen Klaps auf die Wange geben, vertraulich und liebevoll, aber doch gleichzeitig als Mahnung, daß sie die Königin war und er ihr Untertan. Dann sah ich Robert die strafende Hand ergreifen und küssen, und damit besänftigte er Elisabeth. Er war damals überaus selbstsicher.

Sehr bald merkte ich, daß sie Zuneigung zu mir gefaßt hatte. Ich tanzte ebensogut wie sie, obgleich niemand gewagt hätte, dies zuzugeben. Am Hofe tanzte niemand so gut wie die Königin; keine Frau trug ein so entzückendes Kleid wie die Königin; keine konnte ihre Schönheit mit Elisabeth vergleichen: Sie war in allen Dingen die Erste. Dennoch wußte ich recht gut, daß ich als eine der schönsten Frauen bei Hofe galt; die Königin hatte nichts dagegen und nannte mich »Cousine«. Ich besaß auch Verstand und maß ihn vorsichtig mit dem der Königin, was ihr keineswegs mißfiel. Sie entdeckte, daß sie ihre Verwandten aus der Familie Boleyn sowohl zu ihrem eigenen Vergnügen wie aus Pflichtgefühl ihrer verstorbenen Mutter gegenüber verwöhnen konnte, und sie wollte mich häufig in ihrer Nähe haben. In dieser ersten Zeit lachten wir, die wir uns in den folgenden Jahren mit soviel Bitterkeit und Haß begegnen sollten, oft miteinander, und Elisabeth zeigte deutlich, daß sie gern mit mir zusammen war. Doch weder mir noch irgendeiner anderen ihrer hübschen Hofdamen war es erlaubt, zugegen zu sein, wenn sie sich mit Robert in ihren privaten Gemächern aufhielt. Gerade weil man ihr ständig beteuerte, wie überaus schön sie sei – so dachte ich oft –, muß sie unsicher gewesen sein, ob man ihr auch die Wahrheit sagte. Wie stünde es wohl um ihre Anziehungskraft, wenn sie die

Königswürde nicht besäße?, fragte ich mich. Doch es war unmöglich, sich das vorzustellen, denn die Königswürde gehörte untrennbar zu ihr. Ich betrachtete oft meine langen Wimpern, meine dichten Brauen, meine strahlenden dunklen Augen und mein schmales Gesicht unter dem üppigen honigfarbenen Haar, und innerlich jauchzend verglich ich mein Antlitz mit ihrem, das so farblos war mit seinen kaum sichtbaren Wimpern und Brauen, der mächtigen Nase, der hellen Haut, deren Weiße fast kränklich wirkte. Ich wußte, daß jeder unvoreingenommene Betrachter zugeben würde, daß ich die Schönheit war. Die Königswürde jedoch besaß sie, und damit das Bewußtsein, daß sie die Sonne war und wir übrigen nur die Planeten, die sie umkreisten und von ihr das Licht erhielten. Bevor sie Königin wurde, war sie von zarter Gesundheit gewesen. Während ihrer so vielen Gefährdungen ausgesetzten Jugend hatte sie mancherlei Krankheiten durchgemacht, wobei sie, wie wir gehört hatten, dem Tode oft sehr nahe gewesen war. Nun, als Königin, schien ihre Anfälligkeit verschwunden; das waren nur die Wachstumsschmerzen der Königswürde gewesen; doch selbst jetzt, nachdem sie alles überwunden hatte, wies die Blässe ihrer Haut noch den Anschein von Kränklichkeit auf. Wenn sie ihr Gesicht schminkte, was sie ausgesprochen gern tat, sah sie nicht mehr so zerbrechlich aus; die Königswürde aber blieb ihr in jedem Falle, und dies war etwas, mit dem keine Frau sich messen konnte.

Mit mir sprach sie freimütiger als mit den meisten anderen ihrer Damen. Ich glaube, das hatte ich unserer familiären Beziehung zu verdanken. Sie liebte Kleider über alles, und wir plauderten oft auf höchst leichtfertige Art darüber. Sie besaß so viele Kleider, daß selbst die Garderobenverwalterin die genaue Anzahl nicht kannte. Elisabeth hatte eine schlanke Figur, und die damalige Mode, die so unvorteilhaft für mollige Frauen war, stand ihr hervorragend zu Gesicht. Sie erduldete die enge Schnürung und die unbequemen Fischbeinstäbchen, die wir tragen mußten, um die Blicke auf die zierliche Taille zu lenken; ihre Hals- und Ärmelkrausen waren aus Gold- und Silberspitze und häufig mit prächtigen Edelsteinen besetzt. Und schon damals trug sie zuweilen sogenannte fremde Federn, falsche Haarteile, um ihren rotgoldenen Locken zusätzliche Fülle zu verleihen.

Ich beschreibe hier die Tage vor dem Amy-Robsart-Skandal. Elisabeth war danach nie wieder ganz so offenherzig, nie wieder ganz so sorglos. Trotz ihres unaufhörlichen Verlangens nach Bestätigung ihrer Vollkommenheit war sie stets bereit, aus Erfahrungen zu lernen. Dies war ein weiterer widersprüchlicher Zug ihres vielschichtigen Charakters. Sie hat nie wieder so offen mit jemandem geplaudert, wie sie es mit mir vor der Tragödie tat.

Ich glaube, damals hätte sie Robert vielleicht wirklich geheiratet, wenn er frei gewesen wäre, doch gleichzeitig spürte ich, daß sie über diese Bindung, die eine Ehe mit Robert unmöglich machte, nicht allzu unglücklich war. Ich war zu jener Zeit zu naiv, um den Grund zu erkennen und dachte, sie freue sich, daß er mit Amy Robsart verheiratet war, weil ihn diese Ehe vor einer Verbindung mit Lady Jane Grey gerettet hatte. Aber diese Erklärung war zu einfach. Ich würde noch eine Menge über diesen ungewöhnlichen Geist zu lernen haben.

Sie sprach mit mir über ihn. Heute muß ich lächeln, wenn ich mir diese Unterhaltungen ins Gedächtnis zurückrufe. Auch sie konnte nicht in die Zukunft blicken, trotz all ihrer Macht. Er war ihr »süßer Robin«. Sie nannte ihn zärtlich ihren »Augapfel«, denn er wachte stets über ihr Wohlergehen, wie sie zu mir sagte. Es machte ihr Spaß, den schönen Männern in ihrer Umgebung Spitznamen zu geben. Keiner aber war mit ihrem »Augapfel« zu vergleichen. Wir alle glaubten fest, daß sie ihn geheiratet hätte, wäre er nicht schon gebunden gewesen. Doch als dies Hindernis beseitigt war, da war sie doch zu schlau, um in die Falle zu gehen. Nur wenige Frauen wären so klug gewesen. »Und ich?« fragte ich mich. Ich bezweifelte es.

»Wir waren zusammen im Tower«, erzählte sie mir einmal, »ich wegen des Aufstands von Wyatt, Rob wegen der Sache mit Jane Grey. Der arme Rob, er hat immer gesagt, daß er sich nicht viel daraus mache, und daß er alles dafür gäbe, mich auf den Thron zu bringen.« Sie bekam einen ganz sanften Blick, der ihr Gesicht völlig veränderte. Der falkengleiche Ausdruck verschwand völlig, und plötzlich war sie sehr weich und weiblich. Aber weiblich war sie eigentlich immer, selbst dann, wenn sie die Strenge der Majestät hervorkehrte. Ich habe stets geglaubt, daß dies ihre Stärke war, der wahre Grund, weshalb Männer bereit waren, ihre ganze Kraft in den Dienst der Königin zu stellen. Eine Frau zu sein – das war ein Teil von Elisabeths Begabung. Doch diesen gewissen Blick hatte sie für keinen anderen, nur für Robert. Er war die größte Liebe ihres Lebens – nach der Krone natürlich.

»Sein Bruder Guildford hat Jane geheiratet«, fuhr sie fort. »Dafür hatte der schlaue Fuchs Northumberland gesorgt. Es hätte genausogut Rob

sein können – denk doch nur! Aber das Schicksal hatte ihn mit einer
anderen vermählt, so daß er nicht verfügbar war, und war es auch eine
Mesalliance, so muß er doch dankbar dafür sein. Wir waren also im
Tower. Der Graf von Sussex kam zu mir. Ich erinnere mich noch ganz
genau. Das ist doch verständlich, nicht wahr, Cousine Lettice, wenn
man ständig damit rechnen muß, daß einem über kurz oder lang der
Kopf abgeschlagen wird. Ich war entschlossen, daß dies bei mir nicht
durch das Beil geschehen sollte. Ich wollte ein Schwert aus Frankreich.«
Ihr Gesichtsausdruck wurde auf einmal abwesend, und ich wußte, daß
sie an ihre Mutter dachte. »Aber eigentlich hatte ich gar nicht die
Absicht, zu sterben. Ich entschied, daß es nicht so weit kommen dürfe,
und hielt ihnen allen stand. Eine Stimme in meinem Inneren sagte:
›Hab Geduld. In ein paar Jahren sieht alles anders aus.‹ Ja, ich schwöre,
ich wußte, daß dies alles vorübergehen würde.«

»Was Ihr hörtet, das waren die Gebete der Untertanen Eurer Majestät«,
sagte ich.

Schmeicheleien durchschaute sie nie, oder vielleicht tat sie es doch,
liebte sie aber so sehr, daß sie diese gierig verschlang wie ein Gour-
mand, der zwar weiß, daß ihm eine Speise schlecht bekommt, aber der
Versuchung nicht widerstehen kann.

»Vielleicht war es so. Aber als man mich zum Traitor's Gate brachte, da
blieb mir für einen Augenblick – aber wirklich nur einen Augenblick
lang – das Herz stehen. Und als ich hinabstieg und im Wasser stand,
weil die Dummköpfe die Flut falsch berechnet hatten, da rief ich aus:
›Als Gefangene komme ich her, ein guter Staatsbürger wie jeder andere, der je diese Stufen betrat. Vor Dir, o Gott, beteuere ich dies, habe
ich doch keinen anderen Freund mehr als Dich allein.‹«

»Ich weiß, Eure Majestät«, bestätigte ich ihr. »Eure tapferen Worte
sind bekannt. Tapfer und klug waren sie, denn der Herr wurde dadurch
angespornt zu beweisen, daß er ein so guter Verbündeter war wie alle
Eure Feinde zusammengenommen.«

Sie sah mich an und lachte. »Du amüsierst mich, Cousine«, sagte sie.
»Du mußt bei mir bleiben.«

Dann erzählte sie weiter: »Alles war so abenteuerlich, wie alles, was
mit Rob zu tun hat. Er schloß Freundschaft mit dem Sohn des Wärters,
der ihn bewunderte. Selbst kleine Jungen können Robins Charme nicht
widerstehen. Der Junge brachte ihm Blumen, und Robin schickte sie
mir ... mit Hilfe des Kindes ... und sie bargen einen Brief für mich. So

erfuhr ich, daß auch er sich im Tower befand und in welchem Teil. Er war schon immer unglaublich verwegen. Er hätte uns geradewegs auf den Richtblock bringen können, aber schließlich waren wir ja bereits halbwegs dort, wie er sagte, als ich ihm das einmal vorhielt. Und er hat nie mit einem Fehlschlag gerechnet – eine Eigenschaft, die uns gemeinsam ist. Als man mir erlaubte, mir innerhalb der Ummauerung des Tower ein wenig Bewegung an der frischen Luft zu machen, kam ich an Roberts Zelle vorbei. Die Gefängniswärter hüteten sich, zu grob zu mir zu sein. Wie klug von ihnen! Es bestand ja die Möglichkeit, daß ich mich daran erinnern würde ... eines Tages. Und so kam es ja auch. Ich aber entdeckte Robin, sah ihn durch die Fenstergitter, und diese Begegnung versüßte uns beiden den Gefängnisaufenthalt.«

Hatte sie einmal angefangen, von Robert zu reden, so konnte sie nur schwer ein Ende finden.

»Er ist als erster zu mir gekommen, Lettice«, fuhr sie fort. »Das war recht und schicklich. Die Königin, meine Schwester, war todkrank. Arme Maria, ich war mit meinem Herzen bei ihr. Ich war ihr stets ein guter und getreuer Untertan, wie es sich für alle gegenüber ihrem Herrscher geziemt. Aber das Volk empfand Widerwillen gegen das, was sich während ihrer Regierungszeit ereignet hatte. Es wünschte ein Ende der Glaubensverfolgung. Es wünschte sich eine protestantische Königin.«

Ihre Augen waren leicht verschleiert. Ja, dachte ich, so war es, meine Königin. Und wenn das Volk eine katholische Königin gewollt hätte, ob Ihr wohl gefolgt hättet? Ich zweifelte nicht an der Antwort. Sie machte sich nicht viel aus ihrem Glauben, und das war vielleicht gut so; die verstorbene Königin hatte sich ihrem Glauben so sehr unterworfen, daß sie sich die Gunst des Volkes verscherzte und man über ihren Tod jubelte.

»Eine Königin muß im Namen des Volkes regieren«, sagte Elisabeth. »Diese Wahrheit ist mir gottlob bewußt. Als meine Schwester dem Tode nahe war, da stand links und rechts der Straße nach Hatfield die Menge, die Elisabeth huldigen wollte – Elisabeth, deren Namen noch kurz zuvor nur wenige auszusprechen wagten. Robert aber hat immer zu mir gehalten, und es war nur anständig und schicklich, daß er als erster zu mir kam. So stand er vor mir, soeben aus Frankreich angekommen. Er wäre gern schon eher bei mir gewesen, sagte er, aber dadurch hätte er mich in Gefahr gebracht. Und er hatte Gold bei sich ...

ein Beweis, daß er mir zur Seite sein und Geld aufbringen wollte, um mich zu unterstützen, falls es notwendig gewesen wäre, für meine Rechte zu kämpfen ... und das hätte er auch getan.«

»Seine Loyalität gereicht ihm zur Ehre«, sagte ich und fügte schalkhaft hinzu: »Und brachte ihm viele Vorteile ein. Wurde er doch nicht weniger als Eurer Majestät Oberstallmeister.«

»Er kann mit Pferden umgehen, Lettice.«

»Und mit Frauen, Majestät.«

Ich war zu weit gegangen. Ich erkannte es sogleich.

»Warum sagst du das?« wollte sie wissen.

»Ein Mann von solch hervorragenden Fähigkeiten, von solchem Aussehen und solcher Gestalt muß einfach jedes weibliche Wesen bezaubern, Madam, sei es zwei- oder vierbeinig.«

Sie war mißtrauisch geworden, und wenn sie auch meine Bemerkung hinnahm, so erhielt ich doch kurze Zeit später einen nicht gerade sanften Schlag ins Gesicht, weil ich, wie sie sagte, eines ihrer Kleider nachlässig behandelt hatte. Ich aber wußte, es war nicht des Kleides, sondern Robert Dudleys wegen. Diese schöngeformten Hände konnten heftige Schläge austeilen, die besonders schmerzhaft waren, wenn ein edelsteinbesetzter Ring die Haut ritzte – eine kleine Mahnung, daß es unklug war, der Königin Mißfallen zu erregen.

Ich bemerkte, daß sie Robert, als er das nächste Mal zugegen war, aufmerksam beobachtete – ihn und mich. Wir blickten einander nicht an, und ich glaube, sie war beruhigt.

Robert nahm mich zu dieser Zeit überhaupt nicht wahr. Er hatte nur ein einziges Ziel, und nichts konnte ihn davon ablenken. Der Entschluß, die Königin zu heiraten, beschäftigte ihn damals Tag und Nacht.

Ich fragte mich oft, wie es seiner armen Ehefrau auf dem Lande ergehen mochte, und was sie von den Gerüchten hielt. Daß er sie nie mit an den Hof nahm, muß doch ihr Mißtrauen geweckt haben. Ich dachte, wie spaßig es sein müßte, sie einmal mitzubringen. Ich malte mir aus, wie ich Lady Amy aufsuchte und ihr vorschlug, mich an den Hof zu begleiten. Ich stellte mir vor, wie ich sie bekanntmachte. »Eure Majestät, dies ist eine gute Freundin von mir, Lady Dudley. Ihr habt meinem Gebieter einst dort in Cumnor Place in Berkshire so viel Gutes getan, und als ich der Lady begegnete, nahm ich an, ihr wolltet Lord Robert gewiß das Vergnügen gönnen, seine Gattin bei sich zu haben.«

Damit verrate ich, daß Schadenfreude einer meiner Charakterzüge ist – und natürlich meinen Ärger darüber, daß ich, Lettice Knollys, die bei weitem anziehender war als Elisabeth Tudor, von dem bestaussehenden Mann bei Hofe übersehen, ja nicht einmal wahrgenommen wurde – und das alles, weil *sie* eine Krone besaß, während ich außer mir selbst nichts zu bieten hatte.

Ich hätte es selbstverständlich niemals gewagt, Lady Dudley an den Hof zu bringen. Das hätte mir Schlimmeres als einen kräftigen Schlag auf die Wange eingebracht. Ich sah mich bereits für immer nach Rotherfield Greys zurückkehren.

Es erheiterte mich sehr, als einmal eine alte Frau verhaftet wurde, weil sie die Königin verleumdet hatte. Ich war verblüfft, weil eine Frau ohne festen Wohnsitz, die ihr Leben lang im Lande herumgezogen war und die geringsten Arbeiten für Unterkunft und Verpflegung verrichtet hatte, sich einbildete, mehr von den Vorgängen im Schlafgemach der Königin zu wissen als wir, die wir zu ihrem Gefolge gehörten.

Jedenfalls schien die alte Mutter Dowe, während sie für eine Lady Flickarbeiten verrichtete, vernommen zu haben, Lord Robert habe der Königin ein Unterkleid zum Geschenk gemacht. Mutter Dowe verkündete später, die Königin habe nicht ein Unterkleid von Lord Robert empfangen, sondern ein Kind.

Wäre diese Geschichte reine Erfindung und gänzlich unglaubwürdig gewesen, so hätte kein Anlaß bestanden, auf eine verrückte alte Frau überhaupt zu achten. Doch angesichts der Zuneigung, welche die Königin und Robert miteinander verband, sowie der Tatsache, daß sie zweifellos häufig unbeobachtet zusammen waren, hätte man dem Gerede Glauben schenken können. Daher wurde die alte Frau verhaftet, und die Nachricht davon verbreitete sich mit Windeseile im ganzen Land.

Elisabeth erwies sich wieder einmal als außerordentlich geschickt, indem sie die Frau für verrückt erklären und von dannen ziehen ließ, wodurch sie sich deren unauslöschliche Dankbarkeit erwarb, denn die arme Kreatur muß wegen der Verbreitung solcher Gerüchte mit einem grausamen Tode gerechnet haben. Bald darauf war der Fall Mutter Dowe vergessen.

Ich frage mich oft, ob dadurch die Einstellung der Königin zu den späteren Ereignissen beeinflußt wurde.

Es war unvermeidlich, daß man daheim wie auch im Ausland Spekulationen über ihre Vermählung anstellte. Das Land brauchte einen

Thronerben. Durch die Zwistigkeiten, die uns zuvor so zu schaffen gemacht hatten, war es zu Unsicherheiten hinsichtlich der Erbfolge gekommen. Die Minister der Königin wünschten, daß sie unverzüglich einen Gemahl erwählte, um dem Land zu geben, wonach es verlangte. Sie war zwar noch lange nicht in mittleren Jahren, aber auch nicht mehr ganz jung, woran sie zu erinnern freilich niemand gewagt hätte.

Philipp von Spanien machte ihr einen Antrag. Ich hörte, wie sie sich mit Robert darüber lustig machte, denn sie hatte erfahren, der König habe gesagt, wenn es zu der Verbindung komme, so werde er darauf bestehen, daß Elisabeth katholisch würde, und er könne auch nicht lange bei ihr in England bleiben, selbst wenn ihre kurze Begegnung keine Schwangerschaft zur Folge habe. Nichts hätte mehr dazu angetan sein können, ihren Unwillen zu erregen. Katholisch werden! Wo doch ihre Popularität in der Hauptsache auf ihrem protestantischen Glauben beruhte und darauf, daß sie den Ketzerverbrennungen ein Ende gemacht hatte. Und sobald irgendein künftiger Gemahl erwähnte, er habe nicht die Absicht, ständig an ihrer Seite zu leben, so handelte er sich damit augenblicklich die hochmütige Absage der Königin ein.

Ihre Minister setzten natürlich alles daran, sie zu verehelichen, und wäre Lord Robert nicht bereits verheiratet gewesen, so hätten, wie es schien, nicht wenige einer Vermählung mit ihm zugestimmt. Robert hatte eine Menge Neider. Während meines langen Lebens, das ich zu einem großen Teil unter ehrgeizigen Menschen verbracht habe, bin ich zu der Ansicht gelangt, daß der Neid weiter verbreitet ist als alle anderen Gefühlsregungen und daß er gewiß die schlimmste der Sieben Todsünden ist. Robert besaß die Zuneigung der Königin in einem solchen Maße, daß sie ihre Vorliebe für ihn nicht verbergen konnte und ihn mit Ehren überschüttete. Jene, welche gern gesehen hätten, daß diese Zuneigung geringer wurde, suchten nach Männern, die als Gatten der Königin in Frage kamen. Der Neffe Philipps von Spanien, der Erzherzog Karl, gehörte zu diesen Bewerbern, außerdem der Herzog von Sachsen, dann wurde Prinz Karl von Schweden in Erwägung gezogen. Je mehr Freier in Frage kamen, um so vergnügter war die Königin. Besonders gern neckte sie Robert, indem sie vorgab, dem einen oder anderen den Vorzug zu geben, doch in Wirklichkeit vermochte sie nicht vorzutäuschen, daß sie daran dachte, einen von ihnen zu nehmen. Die Aussicht auf eine Heirat regte sie immer an – selbst als sie älter war –, aber ihre Einstellung dazu blieb ein ewiges Geheimnis. Im tiefsten Innern hatte sie wohl Angst vor der Ehe, doch zuweilen fesselte sie der Gedanke daran so sehr wie nichts anderes auf der Welt. Niemand von uns hat diesen Wesenszug, der im Laufe der Jahre immer stärker wurde, je begriffen. Damals jedoch war noch nichts davon zu bemerken, und jedermann glaubte, daß sie früher oder später heiraten würde, und daß sie längst einen ihrer königlichen Freier genommen hätte, wäre Robert nicht gewesen.

Aber Robert war ihr immer zur Seite, ihr süßer Robin, ihr Augapfel, ihr Oberstallmeister.

Ein neuer Antrag kam aus Schottland, diesmal vom Grafen von Arran, doch der wurde von der Königin kurz und bündig abgewiesen.

In den Gemächern der Hofdamen wurde ständig getuschelt. Wir stellten Vermutungen an, und ich handelte mir wegen meiner Dreistigkeit so manche Warnung ein.

»Eines Tages wirst du die Grenze überschreiten, Lettice Knollys«, bekam ich zu hören. »Dann läßt dich die Königin deine Sachen packen – gleichgültig, ob du eine Boleyn-Cousine bist oder nicht.«

Ich schauderte bei dem Gedanken, in Ungnade zu fallen und in das langweilige Leben von Rotherfield Greys zurückkehren zu müssen. Ich hatte bereits mehrere Bewunderer. Cecilia war sicher, daß ich in Kürze einen Heiratsantrag bekommen würde, aber ich wollte mich noch nicht verehelichen. Ich brauchte Zeit, um die richtige Wahl zu treffen. Ich sehnte mich nach einem Liebhaber, aber ich hütete mich vor einer vorehelichen Beziehung. Ich hatte von Mädchen gehört, die schwanger geworden waren; man hatte sie vom Hofe verbannt und mit irgendeinem Gutsbesitzer verheiratet, und sie waren dazu verdammt, ein stumpfsinniges Leben auf dem Lande zu führen, die Vorhaltungen des ihnen aufgezwungenen Gatten wegen ihres leichtfertigen Benehmens zu ertragen und sich anzuhören, welch großen Gefallen er ihnen damit getan hatte, daß er sich herabließ, sie zu heiraten. Darum genoß ich meine Liebeleien, ging aber keinen Schritt weiter, und tauschte mit Mädchen, die es ebenso hielten, Berichte über unsere Abenteuer aus.

Oft träumte ich, daß Lord Robert auf mich aufmerksam wurde, und dann fragte ich mich, was wohl geschehen würde, wenn es wirklich dazu käme. Ich konnte ihn nicht als Freier in Betracht ziehen, denn er hatte ja bereits eine Frau, und wäre dies nicht der Fall gewesen, so hätte er zweifellos längst den Platz neben der Königin eingenommen. Aber es schadete niemandem, wenn ich mich zu der Vorstellung hinreißen ließ, daß er mir den Hof machte, daß wir uns ohne Rücksicht auf die Königin trafen und darüber lachten, daß gar nicht sie es war, die er begehrte. Wilde Phantasien – Vorahnungen, dachte ich später: Aber zu jener Zeit waren es wirklich nur Phantasien. Niemals würde Robert seinen Blick von der Königin abwenden.

Ich besinne mich auf einen Vorfall, als sie einmal in nachdenklicher Stimmung war. Ihre Laune war nicht die beste, denn sie hatte gehört, daß Philipp von Spanien Elisabeth von Valois, Tochter Heinrichs II. von Frankreich, heiraten werde; wenn sie selbst keinen Freier erhörte, so gönnte sie ihn doch auch keiner anderen.

»Sie ist ja bereits Katholikin«, bemerkte sie, »so braucht er sich wegen ihres Glaubens keine Gedanken zu machen. Und da sie so unbedeutend ist, kann sie ihre Heimat aufgeben und nach Spanien gehen. Das arme Geschöpf braucht keine Angst zu haben, verlassen zu werden, ob sie nun schwanger ist oder nicht.«

»Eure Majestät wissen solch ungalantem Benehmen wohl zu begegnen«, sagte ich besänftigend.

Sie schnaubte verächtlich – zuweilen hatte sie höchst unweibliche Gewohnheiten – und sah mich spöttisch an. »Ich wünsche ihm viel Vergnügen mit ihr und ihr mit ihm – doch ich fürchte, sie wird kaum auf ihre Kosten kommen. Was mich dabei stört, ist die Verbindung zweier meiner Feinde.«

»Seit Eure Majestät den Thron bestiegen, hat Euer Volk keine Furcht mehr vor seinen ausländischen Feinden.«

»Das ist aber höchst töricht!« fauchte sie. »Philipp ist ein mächtiger Mann, und England muß immer vor ihm auf der Hut sein. Und was Frankreich betrifft ... Es hat einen neuen König und eine neue Königin ... zwei bedauernswerte Gestalten, glaube ich, obgleich sie meine eigene schottische Verwandte ist, deren Schönheit die Dichter besingen.«

»Ebenso wie die Eure, Majestät.«

Sie neigte den Kopf, doch ihre Augen hatten einen durchbohrenden Blick. »Sie wagt es, sich Königin von England zu nennen – diese kleine Schottin, die ihre Zeit mit Tanzen verbringt und die Poeten bedrängt, Oden auf sie zu dichten. Man sagt, ihr Reiz und ihre Schönheit seien unübertroffen.«

»Sie ist eben die Königin, Madam.«

Ihre Augen waren mit durchdringendem Blick auf mich geheftet. Ich hatte einen Fehler begangen. Wenn die Schönheit der einen Königin an ihrer Königswürde gemessen wurde, wie stand es dann mit der anderen?

»Du glaubst also, daß man sie deswegen preist?«

Ich nahm zum hilfreichen und anonymen »man« Zuflucht. »Man sagt, Madam, daß Maria Stuart eine leichtlebige Person ist und sich mit Liebhabern umgibt, die ihre Gunst zu gewinnen trachten, indem sie Oden auf ihre Schönheit verfassen.« Ich wurde dreister. Unter keinen Umständen durfte ich weiterhin ihr Mißfallen erregen. »Man sagt, Madam, sie sei keineswegs so schön, wie man nach dem Hörensagen glauben könnte. Sie ist viel zu groß, dazu linkisch, und außerdem hat sie Pickel.«

»Ist das wahr?«

Ich atmete auf und suchte mich an alles zu erinnern, was ich an Abfälligem über die Königin von Frankreich und Schottland vernommen hatte, doch mir fiel nur Löbliches ein.

Darum sagte ich: »Man sagt, Lord Roberts Gattin sei an einem schlimmen Übel erkrankt und werde das Jahr nicht überstehen.«

Sie schloß die Augen, und ich war nicht sicher, ob es ratsam war, fortzufahren.

»Man sagt! Man sagt!« platzte sie plötzlich heraus. »Wer sagt das?«

Sie hatte sich heftig zu mir umgedreht und kniff mich in den Arm. Ich hätte vor Schmerz aufschreien mögen, denn ihre schönen, spitzen Finger konnten sehr kräftig zufassen.

»Ich wiederhole doch nur Klatsch, Madam, weil ich glaube, es könnte Euer Majestät belustigen.«

»Ich wünsche immer zu hören, was geredet wird.«

»Das dachte ich auch.«

»Und was sagt ›man‹ sonst noch von Lord Roberts Gattin?«

»Daß sie zurückgezogen auf dem Lande lebt, daß sie seiner nicht würdig ist und daß es ein Unglück für ihn war, schon als Knabe zu heiraten.«

Sie lehnte sich zurück, nickte, und ein Lächeln umspielte ihre Lippen.

Nicht lange danach erfuhr ich, daß Lord Roberts Frau gestorben war. Man hatte sie mit gebrochenem Genick am Fuße einer Treppe in Cumnor Place gefunden.

Der Hof geriet in höchste Erregung. Niemand wagte, in Gegenwart der Königin darüber zu sprechen, doch man konnte es kaum erwarten, bis sie außer Sicht und außer Hörweite war.

Was war mit Amy Dudley geschehen? Hatte sie Selbstmord begangen? War es ein Unfall? Oder war sie ermordet worden?

Angesichts all der Gerüchte, die sich während der letzten Monate hartnäckig gehalten hatten, angesichts der Tatsache, daß die Königin und Robert Dudley sich wie ein Liebespaar benahmen und daß Robert entschlossen schien, die Königin zu heiraten, war die letzte Annahme durchaus nicht unwahrscheinlich.

Wir tuschelten darüber und vergaßen, unsere Zunge zu hüten. Meine Eltern sandten nach mir und erteilten mir eine strenge Lektion über die Notwendigkeit, äußerste Zurückhaltung zu wahren. Ich sah, daß mein Vater besorgt war.

»Das könnte Elisabeth den Thron kosten«, hörte ich ihn zu meiner Mutter sagen. Er machte sich verständlicherweise Sorgen, denn das Wohlergehen der Knollys war eng mit dem Schicksal unserer königlichen Verwandten verknüpft.

Die Gerüchte wurden immer schlimmer. Ich erfuhr, daß der spanische Botschafter seinem Herrscher geschrieben hatte, die Königin habe ihm erzählt, Lady Dudley sei bereits einige Tage tot gewesen, bevor man sie am Fuße der Treppe fand. Das belastete Elisabeth natürlich schwer, doch ich konnte das kaum für wahr halten. Hätten Elisabeth und Robert geplant, Amy umbringen zu lassen, so hätte Elisabeth dem spanischen Botschafter doch nie erzählt, daß sie schon tot war, bevor man sie fand. De Quadra war listig; es lag im Interesse seines Vaterlandes, die Königin in Mißkredit zu bringen, und genau das versuchte er zu tun.

Da ich die hinreißende Männlichkeit Robert Dudleys nur zu gut kannte, konnte ich mir wohl vorstellen, daß eine Frau sehr weit gehen würde, um ihn zu erringen. Ich versetzte mich in Elisabeths Lage und fragte mich: Würde ich es tun? Und ich malte mir aus, wie wir in der Hitze unserer Leidenschaft ein Komplott ausheckten.

So warteten wir alle gespannt, was als nächstes geschehen würde.

Ich konnte einfach nicht glauben, daß die Königin um eines Mannes wegen ihre Krone in Gefahr brachte, und falls Amy ermordet worden war, so hätte Elisabeth sich ganz gewiß nicht daran beteiligt. Natürlich war auch sie zu Unbedachtsamkeiten fähig. Man brauchte sich nur an die Sache mit Thomas Seymour zu erinnern, als sie sich auf eine gefährliche Affäre eingelassen hatte. Nun ja, damals hatte sie die Krone noch nicht getragen und auch die leidenschaftliche Liebe zu ihr noch nicht gekannt.

Entscheidend war, daß Robert, nunmehr frei, sie heiraten konnte. Der gesamte Hof, das ganze Land und vermutlich ganz Europa warteten darauf, wie sie handeln würde. Eines war jedenfalls klar: An dem Tag, da sie Robert Dudley heiratete, würde man sie für schuldig halten, und das war es, was Männer wie mein Vater befürchteten.

Als erstes schickte sie Robert vom Hofe weg; sie tat klug daran. Man durfte sie nicht zusammen sehen, damit das Volk die Königin auf keinen Fall mit der Tragödie in Verbindung brachte.

Robert, der große Betrübnis an den Tag legte – war sie nun geheuchelt oder echt (obgleich ihn das Ereignis auch dann hätte bestürzen müssen, wenn er seine Hand im Spiel gehabt hätte) –, schickte seinen Cousin Thomas Blount nach Cumnor Place, damit er sich um die Gerichtsverhandlung kümmere. Die Untersuchung ergab schließlich, daß es sich um einen tödlichen Unfall gehandelt hatte.

Elisabeth war sehr schwierig während der folgenden Wochen. Sie war leicht beleidigt. Sie verwünschte uns – es hieß, sie könne fluchen wie ihr königlicher Vater, und sie fand großes Vergnügen daran, seine Lieblingsflüche zu gebrauchen –, und dann versetzte sie uns einen Schlag oder einen Puff. Ich glaubte, daß sie Folterqualen litt. Sie wollte Robert und wußte doch, ihn zu heiraten käme einem Schuldbekenntnis gleich. Sie wußte, daß die Leute auf der Straße über den Tod von Amy Dudley redeten und sich an Mutter Dowes Worte erinnern würden. Das Volk würde seine Königin verdächtigen, und wenn sie Robert heiratete, hätte sie die Achtung ihrer Untertanen verloren. Eine Königin mußte über gewöhnliche Leidenschaften erhaben sein. Sie aber war in den Augen der Leute nur noch ein schwaches und sündiges Weib. Sie wußte, wenn sie ihre prächtige Krone behalten wollte, so mußte sie sich die Zuneigung ihres Volkes bewahren.

Jedenfalls mutmaßte ich, daß dies alles ihre Gedanken beschäftigte, als sie finsteren Blicks in ihren Gemächern weilte. Doch später glaubte ich, daß ich mich geirrt hatte.

Robert kehrte an den Hof zurück, kühn und prahlerisch, überzeugt, bald der Gemahl der Königin zu sein. Nach einer Weile wurde er mürrisch, und ich sowie die ganze übrige Welt hätten nur zu gern gewußt, was die beiden sich zu sagen hatten, wenn sie allein waren.

Heute glaube ich, daß Elisabeth mit Amys Tod nichts zu tun hatte und daß sie Robert in Wirklichkeit gar nicht heiraten wollte; sie zog es vor, unerreichbar zu sein, wie sie es gewesen war, solange seine Frau lebte. Vielleicht wollte sie keine Ehe eingehen, weil sie sich seltsamerweise davor fürchtete. Sie wollte spielerische Abenteuer, sie wünschte sich Verehrer, die nach ihrer Liebe schmachteten, aber sie sehnte sich nicht nach jenem Höhepunkt, der für die Männer den Sieg, für sie jedoch Abscheu und Ekel bedeutet hätten.

Ich wüßte gern, ob es tatsächlich so war.

Jedenfalls hat sie Robert nicht geheiratet – aus welchen Gründen auch immer. Dazu war sie zu klug.

Und just in dieser Zeit trat Walter Devereux in mein Leben.

Die erste Begegnung

... half Elisabeth selbst, ihm die Kleider anzulegen, während er mit großem Ernst vor ihr kniete und ein würdevolles Benehmen zur Schau trug; sie aber konnte es sich nicht versagen, ihm die Hand in den Nacken zu legen und ihn zu kitzeln, wobei sie lächelte, obwohl der französische Gesandte und ich neben ihr standen.

Der schottische Gesandte Sir James Melville anläßlich Robert Dudleys Ernennung zum Grafen von Leicester

Sie sagte, sie habe nie beabsichtigt, zu heiraten ... Ich sagte: »Madam, das braucht Ihr mir nicht zu sagen. Ich kenne Euren erhabenen Geschmack. Ihr denkt, sobald Ihr Euch vermählt, seid Ihr nur noch die Königin von England, jetzt aber seid Ihr König und Königin zugleich – Ihr möchtet Euch keinem Befehl unterwerfen.«

Sir James Melville

Gott weiß, Mylord, Ihr besitzt mein Wohlwollen, doch ist meine Gunst nicht so auf Euch beschränkt, daß nicht auch andere ihrer teilhaftig werden ... Es gibt hier nur eine Gebieterin, aber keinen Gebieter.

Elisabeth zu Leicester
Fragmenta Regalia

Ich habe Walter im Jahre 1561 geheiratet, als ich im einundzwanzigsten Lebensjahr stand. Meine Eltern waren über die Verbindung beglückt, und die Königin gab bereitwillig ihre Zustimmung. Walter war damals der zweite Viscount von Hereford, etwa so alt wie ich selbst, und da seine Familie großes Ansehen genoß, galt die Heirat als gute Partie. Die Königin bemerkte, es werde Zeit, daß ich einen Ehemann bekäme. Das erfüllte mich mit Besorgnis und veranlaßte mich, mir die Frage zu stellen, ob sie es wohl bemerkt hatte, daß meine Augen oft zu Robert Dudley schweiften. Ich war zu dem Schluß gekommen, daß Robert niemand anderen als die Königin heiraten würde. Walter hatte mich mehrmals gebeten, seine Frau zu werden. Ich hatte ihn recht gern, und meine Eltern wünschten die Verbindung. Er war jung und schien, wie mein Vater betonte, eine glänzende Zukunft am Hofe vor sich zu haben. Daher erwählte ich ihn unter mehreren Freiern und bereitete mich auf ein Leben als Ehefrau vor.

Nach so vielen Jahren fällt es mir schwer, mich zu erinnern, was ich eigentlich für Walter empfand. Die Königin hatte angedeutet, ich sei ein Mädchen, das unbedingt heiraten sollte, und damit hatte sie recht. Ich glaube, eine Zeitlang bildete ich mir sogar ein, in Walter verliebt zu sein, und ich hörte auf, von Robert Dudley zu träumen.

Nach der Trauung begaben Walter und ich uns auf den Sitz seiner Vorfahren, Chartley Castley, ein recht imposantes Gebäude, das sich in einer fruchtbaren Ebene erhob. Von seinen hohen Zinnen aus konnte man den schönsten Teil der Landschaft von Staffordshire überblicken. Das Schloß befand sich etwa sechs Meilen südöstlich von Stafford, auf halbem Wege zwischen Rugby und Stone.

Walter war stolz auf Chartley, und ich bezeigte große Anteilnahme, da es doch mein Heim werden sollte. Es war rundum von einem Burggraben umgeben und wurde von Rundtürmen flankiert, die bereits im Jahr 1220 erbaut worden waren. Über dreihundert Jahre hatten sie Wind und Wetter getrotzt, und sie sahen aus, als könnten sie noch weitere dreihundert überdauern. Die Wände waren zwölf Fuß dick, die Schießscharten so angelegt, daß man Pfeile waagerecht abschießen konnte. Chartley war deshalb eine ausgezeichnete Festung.

Hier hatte sich schon zu Zeiten Wilhelms des Eroberers, vor der Erbauung des Schlosses, ein Gebäude befunden; das jetzige Chartley war an dieser Stätte errichtet worden.

»Es hat den Earls von Derby gehört«, erklärte Walter, »und es gelangte unter Heinrich VI. in den Besitz der Familie Devereux, als eine Tochter des Hauses einen Walter Devereux, den Grafen von Essex, heiratete. Seitdem gehört es uns.«

Ich pflichtete ihm bei, daß es ein wirklich prächtiges Schloß sei.

Im ersten Jahr meiner Ehe war ich sehr glücklich. Walter war ein zärtlicher Gatte und liebte mich über alles, und die Ehe mit ihren Pflichten entsprach durchaus meiner Natur. Gelegentlich ging ich an den Hof, und die Königin empfing mich stets herzlich. Ich hatte den Eindruck, daß sie keine geringe Freude über meine Vermählung empfand, was bewies, daß ihr mein Vergnügen an männlicher Gesellschaft nicht entgangen war. Sie haßte es, wenn die Aufmerksamkeit eines Mannes nicht nur ihr galt, und sei es nur für wenige Augenblicke, und vielleicht hatte sie bemerkt, daß einige ihrer Günstlinge mir anerkennende Blicke schenkten.

Walter hatte nie zu diesen Günstlingen gehört. Ihm mangelte es an der verwegenen Galanterie, welche sie so bewunderte. Ich glaube, er war seiner Natur nach einfach zu ehrlich, um die ausgefallenen Komplimente zu ersinnen, die von uns allen erwartet wurden und die genau besehen eigentlich unsinnig waren. Walter hielt treu zu Königin und Vaterland und hätte sein Leben für beide hingegeben, aber er konnte einfach nicht um Elisabeth herumscharwenzeln, wie es die tun mußten, die zu ihrem engsten Kreis gehörten.

Das bedeutete freilich, daß wir uns nicht mehr so oft am Hofe aufhielten, wie ich es zuvor getan hatte. Doch wenn wir hingingen, vergaß Elisabeth nie ihre liebe Cousine – nämlich mich –, und sie wollte beständig von mir hören, wie mir mein Leben als Ehefrau gefiel.

Seltsamerweise war ich es in den jungen Tagen der Ehe durchaus zufrieden, einen großen Teil meiner Zeit auf dem Lande zu verbringen, ja ich entwickelte sogar eine ausgesprochene Vorliebe für dieses Leben. Ich widmete mich hingebungsvoll meinem Heim. Im Winter war es kalt und zugig, und ich ließ in den Kaminen gewaltige Feuer lodern. Für die Dienerschaft stellte ich Regeln auf: Sie mußten im Sommer um sechs und im Winter um sieben Uhr aufstehen, Betten und Kamine mußten bis acht in Ordnung gebracht sein, anschließend mußten die Feuer geschürt werden. Ich begeisterte mich für den Kräutergarten und ließ mich von einem Diener, der sich auf den Anbau von Kräutern besonders verstand, darin unterweisen. Ich ordnete Blumen in Schalen und schmückte das Haus damit; ich setzte mich zu den Frauen und bestickte das neue Altartuch, an dem sie gerade arbeiteten. Heute kommt es mir kaum glaublich vor, daß ich mich einmal mit ganzem Herzen dem Landleben hingegeben habe.

Wenn uns meine Familie besuchte oder wir Gäste vom Hofe hatten, setzte ich meinen Stolz darein, zu zeigen, welch gute Hausfrau ich geworden war. Ich war stolz auf unsere venezianischen Gläser, die, mit einem guten Muskateller, Romney oder Malvasier gefüllt, so köstlich im Kerzenlicht funkelten; ich ließ die Dienstboten das Silber und Zinn polieren, bis sich die ganze Umgebung in ihrem Glanz spiegelte. Ich wollte, daß man unsere Tafel wegen der guten Speisen, die wir unseren Gästen boten, bewunderte. Ich genoß den Anblick, wenn sie mit Fleisch, Geflügel, Fisch und phantasievoll geformten Torten zu Ehren der Besucher beladen war, desgleichen mit Marzipan und Ingwerkuchen; und wenn alles in den höchsten Tönen gelobt wurde, war ich glücklich.

Die Leute staunten. »Lettice ist die beste aller Gastgeberinnen«, sagten sie.

Auch das war ein Wesenszug von mir, daß ich immer die Beste sein mußte, und dies hier war für mich wie ein neues Spiel. Ich war mit meinem Heim und mit meinem Gatten zufrieden, und ich genoß dieses neue Vergnügen in vollen Zügen.

Ich liebte es, das Schloß zu durchstreifen und mir die Vergangenheit vorzustellen. Ich ließ die Binsenmatten regelmäßig kehren, so daß unser Schloß nicht so übel roch wie die meisten anderen. Wir litten allerdings beträchtlich unter der Nähe der Abtritte – doch in welchem Haus war das nicht so? –, und ich machte es zur Regel, daß die unseren geleert wurden, während wir bei Hofe waren, so daß wir dieser Unannehmlichkeit entfliehen konnten.

Walter und ich ritten über das Gut, und manchmal gingen wir in der Nähe des Schlosses spazieren. Nie vergesse ich den Tag, als er mir die Kühe im Park von Chartley zeigte. Sie sahen ein wenig anders aus als die Kühe, die ich bisher gesehen hatte.

»Das sind unsere ureignen Stafford-Kühe«, sagte Walter.

Ich betrachtete sie eingehend, da sie ja uns gehörten. Sie waren sandfarben mit schwarzen Flecken an Maul, Ohren und Hufen.

»Hoffen wir nur, daß keine ein schwarzes Kalb wirft«, sagte Walter, und als ich wissen wollte, warum, berichtete er: »Es gibt da eine Familiensage. Wenn ein schwarzes Kalb geboren wird, soll ein Familienmitglied sterben.«

»Was für ein Unsinn!« rief ich aus. »Was kann die Geburt eines schwarzen Kalbes mit uns zu tun haben?«

»Das ist eben eine von den Geschichten, die mit Familien wie der unseren verknüpft sind. Angefangen hat es mit der Schlacht von Burton Bridge, als der Besitzer des Hauses getötet wurde und das Schloß zeitweilig in andere Hände überging.«

»Aber eure Familie hat es zurückbekommen.«

»Ja, aber es war eine unheilvolle Zeit. Damals wurde ein schwarzes

Kalb geboren, und deshalb sagte man, schwarze Kälber bedeuten Unglück für die Familie Devereux.«

»Dann müssen wir eben sichergehen, daß keine Kälber mehr geboren werden.«

»Und wie?«

»Indem wir uns der Kühe entledigen.«

Er lachte voller Zärtlichkeit. »Meine liebe Lettice, das würde wahrlich eine Herausforderung an das Schicksal bedeuten. Ich bin sicher, die Strafe dafür wäre weit schlimmer als die Geburt eines schwarzen Kalbes.«

Ich blickte auf die großäugigen, friedlichen Geschöpfe und sagte: »Bitte, keine schwarzen Kälber.«

Und Walter lachte und küßte mich, und er sagte mir, wie glücklich er sei, daß ich ihm, nachdem er seine ganze Überredungskunst eingesetzt hatte, mein Jawort gab.

Ich hatte natürlich einen Grund, zufrieden zu sein. Ich war nämlich schwanger.

Ein Jahr nach meiner Hochzeit wurde meine Tochter Penelope geboren.

Ich erlebte die Freuden der Mutterschaft, und natürlich war meine Tochter in jeder Beziehung hübscher, klüger und reizender als je ein Neugeborenes zuvor. Ich war es zufrieden, mit ihr in Chartley zu bleiben, und konnte es nicht ertragen, lange von ihr getrennt zu sein. Walter war zu jener Zeit überzeugt, in mir die vollkommene Ehefrau gefunden zu haben. Der arme Walter, er hatte von jeher wenig Urteilsvermögen besessen.

Während ich jedoch meiner Tochter noch Wiegenlieder vorsang, wurde ich erneut schwanger; diesmal allerdings erlebte ich nicht das Glücksgefühl wie beim erstenmal. Ich habe mich noch nie über längere Zeit hinweg für eine Sache begeistern können, und ich fand die Monate vor der Geburt beschwerlich. Penelope hatte bereits ihren eigenen Kopf, war nicht mehr das gefügige Kind wie anfangs. Ich dachte mit wachsender Sehnsucht an den Hof und fragte mich, was dort wohl alles geschah.

Von Zeit zu Zeit hörte ich Neuigkeiten, und die meisten bezogen sich auf die Königin und Robert Dudley. Ich konnte mir vorstellen, wie Robert ihre fortgesetzte Weigerung, ihn zu heiraten, nun, da er frei war, erzürnen mußte. O ja, sie war schlau. Wie hätte sie ihn heiraten können und zugleich verhindern, daß ihr Ruf befleckt wurde? Es gab keinen Weg, denn dann würde sie ihr Leben lang im Verdacht stehen, an Amy Dudleys Ermordung beteiligt gewesen zu sein. Die Leute redeten nach wie vor darüber, selbst in ländlichen Ortschaften wie Chartley. Einige murrten, es gebe ein Gesetz für das Volk und ein anderes für die Günstlinge der Königin. Nur wenige hielten nicht zumindest Robert des Mordes an seiner Gattin für schuldig.

Seltsamerweise war er durch den Verdacht, der auf ihm lag, für mich nur noch anziehender geworden. Robert war ein willensstarker Mann, der seinen Weg machen würde. Ich erging mich in Phantasievorstellungen über ihn und freute mich, daß die Königin ihn nicht bekam.

Walter war weiterhin ein guter Ehemann, doch seine Bewunderung, durch die er mir lieb geworden war, schwand dahin. Ein Mann kann sich nicht fortgesetzt daran ergötzen, daß seine Frau eine Meisterin in den Künsten der Liebe ist, denke ich; und seine Fähigkeiten als Liebhaber schienen mir nicht größer als die anderer Männer auch. Ich war nicht hingerissen. Nur, weil ich mich nach derartigen Erfahrungen gesehnt hatte, war mein Vergnügen daran so groß gewesen. Jetzt aber, mit einer einjährigen Tochter und einem zweiten Kind unter dem Herzen, überkam mich Ernüchterung. Zum erstenmal wurde ich untreu... in Gedanken.

In meinem Zustand konnte ich mich natürlich nicht bei Hofe sehen lassen, aber ich war stets begierig zu erfahren, was dort vorging. Walter kam eines Tages mit der Nachricht nach Chartley, daß die Königin erkrankt sei und man mit ihrem Ableben rechnen müsse.

Eine entsetzliche Niedergeschlagenheit überfiel mich, ich fühlte mich betrogen – seltsamerweise, da ich doch nicht in die Zukunft blicken konnte. Vielleicht war das ein Segen; doch ich wüßte gern, ob ich anders gehandelt hätte, wenn mir die Gabe der Vorahnung verliehen gewesen wäre. Ich bezweifle es.

Walter war in düsterer Stimmung, und ich vermutete, daß auch meine Eltern sich fragten, was dem Lande widerfahren mochte, falls die Königin stürbe. Es bestand die Möglichkeit, daß Maria, Königin von Schottland, die nach dem Tode ihres jungen Gemahls Franz II. zum Verlassen Frankreichs gezwungen worden war, die Thronfolge antreten würde.

»Zwei der Pole-Brüder nämlich«, sagte Walter, »wollten unter allen Umständen nach London marschieren mit dem Ziel, Maria Stuart auf den Thron zu erheben. Natürlich erklärten sie, nicht dies sei ihr

Wunsch gewesen, sie hätten lediglich erreichen wollen, daß die Königin Maria Stuart zu ihrer Nachfolgerin bestimmte.«

»Und uns den Katholizismus zurückbringen!« rief ich aus.

»Das hatten sie vor.«

»Und die Königin?«

»Liegt auf den Tod krank. Sie hat nach Dudley geschickt. Sie wollte ihn bei sich haben, wenn ihr Ende nahte, hat sie gesagt.«

»Dies ist noch nicht das Ende«, setzte ich rasch hinzu.

Ich blickte Walter an und dachte bei mir: Wenn sie stirbt, dann wird Robert wieder heiraten. Und ich bin mit Walter Devereux vermählt!

Ich glaube, von diesem Augenblick an erlosch die Liebe zu meinem Gatten langsam in meinem Herzen.

»Sie hat nach ihm geschickt«, fuhr Walter fort, »und hat ihm gesagt, wäre sie nicht die Königin gewesen, so wäre sie seine Frau geworden.«

Ich nickte. Die Liebe zur Krone war stärker. Sie wollte sie allein besitzen und mit niemandem teilen. Ich glaubte sie zu verstehen. Aber die ganze Wahrheit war dies nicht.

»Sie hat ihre Minister an ihr Bett gerufen«, erzählte Walter weiter, »und sie hat ihnen gesagt, es sei ihr letzter Wunsch, daß Robert Dudley zum Lord Protector ernannt werde.«

Ich hielt den Atem an. »Ihr liegt wahrhaftig viel an ihm«, sagte ich.

»Hast du je daran gezweifelt?«

»Sie hat ihn nicht heiraten wollen.«

»Nein. Weil er im Verdacht steht, seine Frau ermordet zu haben.«

»Ich möchte wissen ...« begann ich. Im Geiste malte ich mir bereits aus, wie sie zu Grabe getragen wurde, nach so kurzer Regierungszeit. Und was würde aus dem Land werden? Die einen würden versuchen, Maria auf den Thron zu erheben, und andere wünschten sich Lady Catherine Grey zur Königin. Ein Bürgerkrieg würde ausbrechen. Doch am meisten quälte mich die Frage: Was tut Robert, wenn sie stirbt? Hatte ich mich zu unüberlegt in diese Ehe gestürzt? Wäre es nicht besser gewesen, noch eine Weile zu warten?

Dann schenkte ich meinem zweiten Kind das Leben. Es war ein Mädchen, und ich nannte es Dorothy.

Die Königin genas. Man hatte es wohl auch nicht anders erwartet. Die Krankheit hatte nicht einmal Spuren an ihrem Körper hinterlassen, das war ungewöhnlich. Roberts Schwester Mary, die mit Henry Sidney verheiratet war, hatte Tag und Nacht bei der Königin gewacht und sie hingebend gepflegt. Sie steckte sich an und blieb schrecklich entstellt. Ich hörte, daß Mary gebeten hatte, sich vom Hofe zurückziehen zu dürfen und die Erlaubnis dazu erhielt. Man konnte sie ihr unter diesen Umständen auch kaum verweigern. Sie ließ sich auf ihrem Familienbesitz in Penshurst nieder und gedachte ihn nie wieder zu verlassen. Dies war der Lohn dafür, daß sie Elisabeth gepflegt hatte. Die Königin vergaß ihr dies nie. Eine ihrer Tugenden war, daß sie treu zu jenen hielt, die ihr ergeben dienten; außerdem war Mary Sidney die Schwester ihres geliebten Robert.

Walter sagte, nun glaubten die Leute wieder, daß es zu einer Hochzeit zwischen der Königin und Robert kommen werde.

»Aber wieso sind sie jetzt dafür, wenn sie vor kurzem noch dagegen waren?« wollte ich wissen.

»Binnen kurzem«, erklärte Walter, »wird das Volk so froh sein, daß sie wieder wohlauf ist, daß es dafür bereit ist, allem zuzustimmen. Die Leute wünschen, daß sie heiratet. Sie wünschen sich einen Thronerben. Ihre Krankheit hat gezeigt, wie gefährlich es werden könnte, wenn sie ohne Erben stürbe.«

»Die stirbt ganz bestimmt nicht, wenn sie nicht will«, sagte ich bissig.

»Das«, gab Walter gelassen zurück, »liegt in Gottes Hand.«

So ging es denn am Hofe bald wieder genau so zu wie vor Elisabeths Krankheit. Robert war wieder in Gnaden aufgenommen, stets ihr zur Seite, stets voller Hoffnung, dessen war ich sicher, um so mehr, da man zu verstehen gab, daß das Volk mit ihrer Vermählung jetzt einverstanden wäre.

Die Königin war bester Laune – glücklich, wieder gesund zu sein. Sie verzieh den Brüdern Pole, eine Geste, die charakteristisch für sie war. Sie wollte ihrem Volk beweisen, wie gnädig sie war und daß sie gegen niemanden einen Groll hegte. Die Poles wurden jedoch ins Exil geschickt, und am Hof begann von neuem das fröhliche Leben.

Doch ihr Verlöbnis mit Robert wurde nicht verkündet.

Es verdroß mich, daß ich Neuigkeiten nur von Walter und unseren Besuchern in Chartley erfuhr; denn sie erzählten mir nie alles, was ich wissen wollte. Sobald ich mich von Dorothys Geburt erholt hätte, gelobte ich mir, wollte ich wieder an den Hof gehen. Die Königin würde mich willkommen heißen, und ich probte, wie ich, Freudentränen über ihre Genesung in den Augen, vor ihr auf die Knie fallen würde. Ich verstand mich darauf, mit Hilfe bestimmter Pflanzensäfte jederzeit Tränen fließen zu lassen. Dann wollte ich sie beschwatzen, damit sie mir die Ereignisse aus ihrer Sicht schilderte, und ich würde ihr erzählen, daß ein zurückgezogenes Leben auf dem Lande kein gleichwertiger Ersatz sei für die königlichen Gemächer. Sie war immer ein wenig neidisch, wenn jemand Kinder hatte – aber vielleicht nicht so sehr, wenn es Mädchen waren.

Sie empfing mich mit sichtlicher Bewegung, und ich spielte meine Szene, ließ meine Erleichterung über ihre Genesung durchblicken, was mir recht gut gelang und was sie, wie ich mir einbildete, rührte; denn sie ließ mich nicht von ihrer Seite und schenkte mir als Zeichen ihrer Gunst ein Stück pflaumenfarbenen Samt für ein Kleid und einen dazu passenden mit Draht versteiften Spitzenkragen.

Während ich am Hofe weilte, traf die Nachricht ein, daß Erzherzog Karl, der Freier, den Elisabeth abgewiesen hatte, nun um die Hand der Königin Maria von Schottland anhielt. Elisabeth verbarg ihre Gefühle gegenüber dieser königlichen Rivalin durchaus nicht. Alles, was Maria betraf, erweckte ihre übermäßige Anteilnahme. Hörte sie zufällig etwas über sie, so lauschte sie mit gespannter Aufmerksamkeit, und nie vergaß sie auch nur eine Kleinigkeit von dem, was man ihr erzählt hatte. Sie war eifersüchtig auf Maria, nicht wegen der legitimen Ansprüche der schottischen Königin, auch nicht weil sie Rechte auf den Thron geltend machte, sondern weil Maria als eine der schönsten Frauen der Welt galt. Da auch Elisabeth eine Königin war, forderte dies natürlich Vergleiche geradezu heraus. Ohne Zweifel war Maria schön und begabt, doch besaß sie, dessen war ich sicher, nicht ein Hundertstel der scharfsinnigen Klugheit und gottbegnadeten Umsicht unserer Lady Elisabeth.

Ich mußte daran denken, wie unterschiedlich ihrer beider Leben verlaufen war: hier Maria, der verwöhnte Liebling des französischen Hofes, umschmeichelt, von ihrem Vater ebenso geliebt wie von seiner Maitresse Diana von Poitiers, welche einen weit größeren Einfluß besaß als die Königin, Katharina von Medici, von ihrem jungen Gatten verwöhnt, von den Dichtern gepriesen, dort Elisabeth mit ihrer unerfreulichen Kindheit und Jugend, ständig vom Tode bedroht. Doch waren es wohl diese frühen Erfahrungen, die sie zu dem gemacht haben, was sie war, und so betrachtet, waren ihre Leiden nicht umsonst gewesen.

Es war erstaunlich, daß eine Frau von solcher Klugheit es nicht zuwege brachte, ihre eifersüchtige Wut darüber, daß der Erzherzog um Marias Hand anhielt, zu verbergen. Hätte sie insgeheim darunter gelitten, so wäre das etwas anderes gewesen. Aber sie ließ William Cecil kommen, bedachte den »Wüstling von Österreich« mit den schimpflichsten Schmähungen und erklärte, nie werde sie ihre Einwilligung zu seiner Vermählung mit Maria geben, und sie wünsche, daß Maria beraten werde. Wenn sie sich schon als Erbin der Krone von England betrachte, so stehe es ihr wohl an, sich nach der Meinung der Königin von England zu richten.

Cecil befürchtete, daß die Königin sich mit ihrem Ausbruch im Ausland lächerlich mache. Als jedoch der österreichische Kaiser in einem Schreiben wegen der Beleidigung seines Sohnes Klage führte und durchblicken ließ, daß er nicht die Absicht habe, noch einmal solch eine Beschimpfung hinzunehmen, nickte die Königin lächelnd.

Robert muß zu jener Zeit geglaubt haben, das Schicksal sei ihm günstig. Hie und da fing ich einen Blick von ihm auf, und er war seiner selbst zweifellos sehr sicher. Ständig war er mit der Königin zusammen, hielt sich mit ihr allein in ihren Gemächern auf, und so war es kein Wunder, daß Leute wie Mrs. Dowe den Gerüchten, die über die beiden verbreitet wurden, Glauben schenkten. Elisabeth aber schien noch immer an die Sache mit Amy Dudley zu denken, und darum hielt sie sich auch weiterhin zurück.

Als wir erfuhren, daß ein anderer ihrer Freier, Erik von Schweden, sich auf höchst ungewöhnliche Weise verliebt hatte, konnte sie sich nicht enthalten, die Geschichte immer wieder zu erzählen. Er hatte ein schönes Mädchen namens Kate erblickt, das vor dem Palast Nüsse verkaufte, und war dermaßen in Liebe zu ihr entbrannt, daß er sie geheiratet hatte. Das sei wie im Märchen, sagte Elisabeth. Wie rührend! Welch ein unerhörtes Glück für die arme Kate, daß sie, Elisabeth, Erik verschmäht hatte! Sie sagte wahrhaftig, Kate sollte ihr ebenso dankbar sein wie ihrem Geliebten. Allerdings war es klar, daß ein Mann, der imstande war, eine Nußverkäuferin zu ehelichen, als Gemahl der Königin von England nicht in Frage gekommen wäre.

Sie redete gern über ihre Freier. Oft hieß sie mich, neben ihr Platz zu nehmen, und spöttelte über die Heiratsanträge, die man ihr gemacht hatte. »Und hier stehe ich nun, immer noch Jungfrau«, seufzte sie.

»Aber nicht mehr lange, Majestät«, sagte ich.

»Meinst du?«

»So viele ersuchen um die Ehre, Madam. Ihr werdet, das bezweifle ich nicht, Euch für einen entscheiden und ihn zum glücklichsten Mann auf Erden machen.«

Die goldbraunen Augen waren halb geschlossen. Sie dachte wohl, vermutete ich, an ihren süßen Robin.

Seit sie vernommen hatte, daß Erzherzog Karl der schottischen Königin Maria die Ehe angetragen hatte, bemühte sie sich sehr um Sir James Melville, den schottischen Gesandten. Sie spielte ihm auf dem Virginal vor – sie beherrschte das Instrument mit großer Geschicklichkeit –, sie sang, und vor allem tanzte sie, denn Tanzen war ihr die liebste von allen geselligen Vergnügungen, und wie ich bereits sagte, verstand sie sich aufs allerbeste darauf. Sie war so schlank und trug sich mit solcher Würde, daß man sie im Tanzsaal stets zur Königin erwählt hätte.

Sie begehrte von Melville zu wissen, wie ihm ihre Vorführung gefallen habe, und nie unterließ sie die Frage nach einem Vergleich mit seiner Gebieterin, der Königin von Schottland.

Die anderen Hofdamen und ich mußten darüber lachen, wie der arme Melville um die richtige Antwort rang, die Elisabeth schmeichelte, ohne Marias Fähigkeiten auch nur im geringsten herabzusetzen. Elisabeth suchte ihm eine Falle zu stellen, und zuweilen fauchte sie ihn an, weil sie ihn nicht dazu verleiten konnte, ihr zuzugestehen, daß sie die Überlegene war.

Es war erstaunlich, wie solch eine Frau sich dermaßen von den Eitelkeiten der Welt abhängig machen konnte; aber sie war natürlich eingebildet. Das hatte sie mit Robert gemeinsam. Sie hielten sich beide für unübertrefflich. Er war sicher, daß er zu gegebener Zeit ihren Widerstand brechen würde – und wenn er heiratete, so hatte er sich vermutlich gelobt, der Herr und Meister zu sein –, während sie entschlossen war, ihrerseits stets den Ton anzugeben. Und zwischen ihnen stand die Krone – glitzernd und funkelnd. Elisabeth konnte es nicht ertragen, sie mit irgend jemandem zu teilen, und er wollte unbedingt sein Ziel erreichen – die Frau oder die Krone? Ich glaubte es zu wissen, doch ich fragte mich, ob auch Elisabeth es wußte.

Eines Tages war sie sichtlich gehobener Stimmung. Sie lächelte vor sich hin, als wir sie ankleideten – als ich an den Hof zurückging, wurde ich nämlich wieder ihrem Schlafgemach zugeteilt. Ich glaube, sie hatte mich gern um sich, um mit mir schwatzen zu können. Es hieß, sie mochte die schlagfertigen Antworten, die ich gelegentlich gab und für die ich allmählich bekannt wurde. Ging ich allerdings zu weit, so konnte ich mir durchaus einen drohenden Blick oder einen Schlag einhandeln oder gar einen dieser schmerzhaften Kniffe, womit sie vorzugsweise jene warnte, denen ihrer Meinung nach die ihnen gewährte Gunst zu Kopf gestiegen war.

Sie lächelte also und nickte mehrmals, und als ich sie mit Robert zusammen sah, konnte ich an der Art, wie sie ihn anblickte, erkennen, daß es ihn betraf, was ihre Gedanken bewegt hatte.

Als das Geheimnis gelüftet wurde, konnten wir zunächst nicht glauben, daß es wahr sei.

Das Wohl ihrer schottischen Cousine hatte ihr sehr am Herzen gelegen. Sie gab bekannt, daß sie den idealen Bräutigam für Maria gefunden zu haben glaubte. Er war ein Mann, der allen anderen überlegen war und der sich bereits als äußerst getreuer Diener erwiesen hatte. Die Königin von Schottland würde wissen, welche Hochachtung sie für sie empfand, wenn sie ihr den edelsten Mann des Königreiches zum Gemahl vorschlug.

Es war kein anderer als Robert Dudley.

Wie ich hörte, erlitt Robert einen fürchterlichen Wutanfall, als er davon erfuhr. Für ihn muß es ein Grabgesang auf alle seine Hoffnungen gewesen sein. Er wußte sehr wohl, daß Maria ihn nicht nehmen würde. Doch daß Elisabeth ihn ihr anbot, bewies, daß sie nicht die Absicht hatte, ihm ihre Hand zu reichen.

An diesem Tag herrschte in den Gemächern tiefstes Schweigen. Jedermann scheute sich, zu sprechen. Es dauerte nicht lange, bis Robert hereingestürmt kam. Er stieß jeden beiseite und schritt in Elisabeths Privatgemach, und wir hörten, wie beide sich gegenseitig anschrien. Ich möchte bezweifeln, daß es jemals einen solchen Auftritt zwischen einer Königin und einem Untertan gegeben hat, aber Robert war freilich kein gewöhnlicher Untertan, und wir hatten alle Verständnis für seinen Zorn.

Auf einmal wurde es ruhiger, und wir hätten gern gewußt, was das nun wieder bedeuten mochte. Als Robert herauskam, blickte er keine von uns an, da er aber durchaus zuversichtlich dareinsah, fragten wir uns, was wohl zwischen ihnen vorgefallen war.

Wir sollten es bald erfahren.

Man konnte nicht erwarten, daß die Königin erwog, einen Mann zu heiraten, der nur der Sohn eines Herzogs war. Lord Robert mußte im Rang erhoben werden. Daher hatte Elisabeth beschlossen, ihn zum Grafen von Leicester und Pair von Denbigh zu machen – dieser Titel war bisher nur von Personen königlichen Geblüts getragen worden –, und ihn mit den Gütern Kenilworth und Astel Grove zu belohnen.

Jedermann lachte hinter vorgehaltener Hand. Natürlich gab sie ihren süßen Robin nicht auf. Sie wollte ihn ehren, und es schien ihr angebracht, dies auf eine Weise zu tun, daß damit gleichzeitig die Königin von Schottland gedemütigt wurde.

Wir am Hof konnten ihre Beweggründe verstehen, aber das Volk würde anders darüber denken. Sie hatte eine Verbindung zwischen der Königin von Schottland und Robert Dudley vorgeschlagen. Also war all das skandalträchtige Gerede über den Mord an Dudleys Gattin falsch gewesen! Die Königin hatte ganz gewiß nichts damit zu tun, denn sie hatte ihn nicht geheiratet, als er frei war, und nun bot sie ihn sogar der Königin von Schottland an!

Unsere kluge Königin hatte ihren Zweck erreicht. Robin erhielt seine Ehrentitel, und im Volk verstummten jene, die der Königin einen Teil der Schuld an der Ermordung seiner Frau gaben.

Ich war zugegen, als Robert seine Ehrungen empfing. Das feierliche Zeremoniell fand im Westminster-Palast statt. Selten hatte ich die Königin in solch fröhlicher Stimmung gesehen. Robert sah wahrhaft prächtig aus in seinem glitzernden Wams, den Kniehosen aus Satin und der vornehmen Halskrause aus Silberspitze. Er trug den Kopf hoch, denn er würde diesen Saal als ein Mann von weit größerem Reichtum und Einfluß verlassen. Noch vor kurzem hatte er geglaubt, jede Hoffnung auf eine Vermählung mit der Königin aufgeben zu müssen, hatte sie doch ihren Entschluß verkündet, ihn nach Schottland zu verbannen. Aber jetzt wußte er, daß sie dies nicht wirklich gewollt hatte, daß es lediglich eine List war, um ihn mit Gaben überhäufen zu können – eine Versicherung ihrer Zuneigung in dem Augenblick, als er befürchtet hatte, ihr gleichgültig geworden zu sein.

Elisabeth, strahlend und schimmernd, betrat den Saal. Die Liebe zu Robert ließ ihr Gesicht sanft erscheinen, so daß sie beinahe schön zu nennen war. Vor ihr schritt als Schwertträger ein sehr großer junger Mann, fast noch ein Junge, Lord Darnley, wie man mir zuflüsterte. Ich schenkte ihm kaum einen Blick, da meine ganze Aufmerksamkeit Robert galt; hätte ich jedoch gewußt, welche Rolle der junge Mann in Zukunft spielen sollte, so hätte ich wohl mehr auf ihn geachtet.

Aller Augen ruhten selbstverständlich auf dem Paar, den beiden Hauptdarstellern dieses Spektakels, und wie schon so oft zuvor – und auch noch späterhin – wunderte ich mich, wie unverhohlen die Königin ihre Gefühle für ihn zur Schau stellte.

Robert kniete vor ihr, als sie den Umhang in seinem Nacken befestigte, und während sie dies tat, ließ sie zu aller Erstaunen ihre Finger in seinen Kragen gleiten und kitzelte ihn am Hals, als könne sie dem Wunsch, ihn zu berühren, nicht widerstehen.

Ich war nicht die einzige, die das bemerkte. Ich sah, wie Sir James Melville und der französische Gesandte Blicke tauschten, und ich dachte: Darüber wird nun in ganz Europa und auch in Schottland geredet werden. Die Königin von Schottland hatte bereits öffentlich erklärt, daß die vorgeschlagene Verbindung sie beleidigt habe, und sie hatte Robert als den Stallmeister der Königin bezeichnet.

Elisabeth schien das nichts auszumachen. Sie wandte sich an Melville, denn sie mußte den Blick gesehen haben, den er dem Franzosen zugeworfen hatte. Ihr entging fast nichts.

»Nun«, rief sie aus, »was haltet Ihr von meinem Lord Leicester, hm? Uns scheint, Ihr zieht jenen langen Burschen vor.« Damit nickte sie zu Lord Danley hinüber, und ich sah Melville ein wenig zurückzucken. Damals verstand ich nicht, was dies bedeutete, doch später begriff ich, daß sie ihm zu verstehen gab, sie wisse sehr wohl Bescheid über die vermeintlich geheimen Unterhandlungen, die Verheiratung Maria von Schottlands mit Lord Darnley betreffend. Es entsprach ganz ihrer Art, sich die Folgen einer Ehe zwischen Maria und dem hochgewachsenen jungen Mann auszumalen, während sie Robert im Nacken kitzelte.

Später gab sie vor, dagegen zu sein, doch gleichzeitig tat sie alles, um diese Verbindung zustande zu bringen. Sie hatte sich ein vollständiges Bild von Darnley gemacht: noch nicht zwanzig Jahre alt, sehr schlank, so daß er noch größer wirkte, als er eigentlich war, ein hübscher Knabe mit runden, etwas vorstehenden blauen Augen und einer weichen pfirsichfarbenen Haut. Auf diejenigen, welche hübsche Jungen mochten, machte er einen bezaubernden Eindruck. Auch seine Manieren schienen angenehm, doch seine schlaffen Lippen hatten etwas Mürrisches, wenn nicht gar Grausames. Er spielte gut auf der Laute und tanzte ausgezeichnet. Und natürlich hatte auch er einen, wenn auch nur entfernten Anspruch auf die Thronfolge, da seine Mutter die Tochter von Margarete Tudor, der Schwester Heinrichs VIII., war.

Ihn mit Robert zu vergleichen, hieß die Aufmerksamkeit auf seine Schwäche lenken. Ich merkte, daß sich die Königin an diesem Vergleich ergötzte, und daß sie ebenso entschlossen wie Melville war, daß insgeheim nichts geschehen dürfe, was Darnley daran hindern könnte, nach Schottland zu gehen, während sie nach außen hin vorgab, dagegen zu sein.

Als sie sich nach der Zeremonie in ihre privaten Gemächer zurückzog, suchte Robert, nun Graf von Leicester und im Begriff, der mächtigste Mann im Königreich zu werden, sie auf.

Ich saß mit den Hofdamen zusammen. Alles redete über die Feier, wie vornehm und stattlich der Graf von Leicester ausgesehen hatte und wie stolz die Königin auf ihn gewesen war. Hatten wir bemerkt, wie sie ihn am Hals gekitzelt hatte? Sie war so in ihn vernarrt, daß sie nicht einmal bei einem öffentlichen Zeremoniell vor Würdenträgern und Botschaftern ihre Liebe zu ihm verbergen konnte. Wie mußte sie da erst sein, wenn sie allein waren?

Wir kicherten. »Jetzt dauert es nicht mehr lange«, erklärte jemand. Viele waren bereit zu wetten, daß nunmehr der Weg gebahnt sei. Es würde einer Königin leichter fallen, den Grafen von Leicester zu heiraten, als Lord Robert Dudley zum Gemahl zu nehmen. Als Elisabeth ihn als angemessenen Bräutigam für eine Königin vorschlug, hatte sie nicht Maria von Schottland, sondern Elisabeth von England gemeint.

Später war ich mit ihr allein. Sie fragte mich, wie mir die Zeremonie gefallen habe, und ich antwortete, ich hätte sie sehr eindrucksvoll gefunden.

»Der Graf von Leicester sah doch wirklich stattlich aus, nicht wahr?«

»Außerordentlich, Madam.«

»Ich habe nie einen stattlicheren Mann gesehen, und du? Nein, antworte mir nicht darauf. Als tugendhafte Ehefrau wirst du ihn nicht mit Walter Devereux vergleichen wollen.«

Sie bedachte mich mit einem scharfen Blick, und ich fragte mich, ob ich verraten hatte, welchen Reiz Robert für mich besaß.

»Sie sind beide höchst bewundernswerte Männer, Majestät.«

Sie lachte und zwickte mich scherzhaft. »Um die Wahrheit zu sagen«, meinte sie, »es gibt nicht einen Mann am Hofe, der einem Vergleich mit dem Grafen von Leicester standhält. Aber du siehst Walter als ihm ebenbürtig an, und das gefällt mir. Ich mag keine ungetreuen Ehefrauen.«

Ich spürte einen unangenehmen Stich. Doch wie konnte sie wissen, welchen Eindruck Robert auf mich machte? Ich hatte es gewiß nicht verraten, und er hatte mir nie einen Blick zugeworfen. Vielleicht dachte sie, daß alle Frauen ihn begehrten.

Sie fuhr fort: »Ich habe ihn der Königin von Schottland angeboten. Sie hielt ihn ihrer nicht für würdig. Sie hat ihn nie gesehen, sonst hätte sie ihre Meinung geändert. Ich habe ihr die größte Ehrenbezeugung erwiesen, deren ich fähig bin: Ich habe ihr den Grafen von Leicester als Gatten vorgeschlagen. Ich will dir etwas anvertrauen: Hätte ich nicht gelobt, unverheiratet und im jungfräulichen Zustand zu sterben, so wäre der einzige Mann, den ich geehelicht hätte, Robert Dudley gewesen.«

»Ich weiß, wie sehr Eure Majestät ihm zugetan sind, und er Euch desgleichen.«

»Ich habe das dem schottischen Gesandten erzählt, und weißt du, was er erwidert hat, Lettice?«

Ich wartete respektvoll, bis sie fortfuhr: »Er sagte, ›Madam, das braucht Ihr mir nicht zu sagen. Ich kenne Euren erhabenen Geschmack. Ihr denkt, sobald Ihr Euch vermählt, seid Ihr nur noch die Königin von England, jetzt aber seid Ihr König und Königin zugleich. Ihr möchtet Euch keinem Befehl unterwerfen‹.«

»Und haben Eure Majestät ihm zugestimmt?«

Sie gab mir einen sanften Stoß. »Ich denke, das weißt du ganz genau.«

»Ich weiß«, sagte ich, »daß ich mich glücklich schätzen darf, mit Euer Hoheit blutsverwandt zu sein und einer solch edlen Dame dienen zu dürfen.«

Sie nickte. »Ich muß mich gewissen Pflichten beugen«, sagte sie. »Als ich ihn heute vor mir stehen sah, habe ich mich beinahe versucht gefühlt, meinen Entschluß umzustoßen.«

Unsere Augen trafen sich. Ihre große Pupillen waren wie Lampen, die meine Gedanken durchleuchteten. Ich fürchtete mich vor ihnen. In Zukunft sollte das noch oft der Fall sein.

»Ich muß mich stets von meinem Schicksal leiten lassen«, sagte sie. »Uns bleibt nur, der Notwendigkeit zu gehorchen ... Robert und ich.«

Ich spürte, daß sie mich warnte, und ich hätte gern gewußt, was man über mich gesagt hatte. Meine Anziehungskraft hatte durch die Schwangerschaft keinen Schaden erlitten, ich glaube sogar, sie war eher noch größer geworden. Ich hatte die Blicke der Männer gespürt, die mir gefolgt waren, und ich hatte sagen hören, ich sei eine höchst begehrenswerte Frau.

»Ich möchte dir etwas zeigen«, sagte sie, stand auf und trat an eine Schublade. Sie nahm ein kleines, in Papier gewickeltes Päckchen heraus, auf dem in ihrer Handschrift geschrieben stand: »Das Bildnis meines Herrn.«

Sie löste die Verpackung, und eine Miniatur kam zum Vorschein. Roberts Antlitz blickte mich an.

»Es ist ein sehr ähnliches Bildnis«, sagte sie. »Findest du das nicht auch?«

»Niemand könnte annehmen, daß es einen anderen als Lord Leicester darstellt.«

»Ich habe es Melville gezeigt, und auch er fand es trefflich gelungen. Er wollte es seiner Gebieterin bringen, denn er meinte, wenn sie dieses Gesicht einmal erblickt habe, so sei sie nicht mehr imstande, ihn abzuweisen.« Sie lachte schelmisch. »Ich habe ihm nicht erlaubt, es zu behalten. Es sei das einzige Bildnis, das ich von ihm hätte, sagte ich Melville, deshalb könne ich es nicht entbehren. Ich denke, er hat das verstanden.«

Sie hatte es mir in die Hand gegeben: jetzt entriß sie es mir ziemlich unsanft. Sie wickelte es sorgfältig ein. Symbolisch zeigte sie damit ihre Gefühle für ihn. Sie würde ihn niemals von ihrer Seite lassen.

Robert glaubte ohne Zweifel, daß als nächster Schritt, nachdem er von der Königin so geehrt worden war, die Vermählung folgen würde, und auch ich nahm an, daß dies ihre wirkliche Absicht war, trotz ihrer nachdrücklichen Entschlossenheit, im jungfräulichen Zustand verbleiben zu wollen. Er war jetzt sehr reich – einer der reichsten Männer in England –, und er begab sich augenblicklich an die Verschönerung des Schlosses Kenilworth. Es war durchaus nicht überraschend, daß er nun darauf bedacht war, besondere Vornehmheit zur Schau zu tragen. Und ganz sicher stand er mit der Königin auf sehr vertrautem Fuße. Ihr Schlafgemach war in gewisser Hinsicht ein Staatskabinett, und nach jahrhundertealter Sitte empfing sie hier die Minister. Robert aber ging weiterhin unangemeldet und unaufgefordert ein und aus. Einmal riß er der Kammerfrau das Hemd, welches diese ihrer Aufgabe gemäß der Königin zu reichen im Begriffe war, aus der Hand und übergab es ihr selbst; ein anderes Mal wurde er gesehen, als er sie küßte, während sie im Bett lag.

Ich erinnerte mich an das, was ich über Elisabeths Vorleben gehört hatte. So hatte sich Thomas Seymour in ihrem Schlafgemach gewisse Freiheiten herausgenommen, doch ich gelangte mehr und mehr zu der Überzeugung, daß es zwischen ihnen zu keinen körperlichen Liebesbeweisen gekommen war. Elisabeth empfand stets großes Vergnügen an der Reizung der Sinne – ihrer eigenen wie der ihrer Verehrer –, doch einige Leute behaupteten, weiter beabsichtige sie in ihren Beziehungen nicht zu gehen.

Sie gab zu zahlreichen Gerüchten Anlaß, die sich natürlich weit von der Wahrheit entfernten; wie sie aber mit denen umsprang, die ihr die Ehe antrugen, darüber staunte die Welt. Es hat gewiß nie eine Königin gegeben, die so umworben war, ohne daß jemand sie für sich gewann, und während die Königin darin eine höchst ergötzliche Unterhaltung sah, war es für ihre Freier entschieden peinlich und mitnichten schmeichelhaft.

Robert, der erste unter allen Anwärtern, wurde allmählich gereizt. Sie standen beide nicht mehr in der ersten Jugend, und wollte die Königin einen gesunden Erben zur Welt bringen, so wurde es gewiß Zeit, daß sie sich vermählte.

Als Königin wußte sie genau, wie wichtig das war, und doch tändelte sie nur herum. Wenn ausländische Fürsten um ihre Hand anhielten, so nahm man an, sie lehne sie deshalb ab, weil sie Robert Dudley wollte; da aber nun die Zeit verstrich, ohne daß sie Heiratsabsichten bekundete, hätte jedermann sie, mit Ausnahme von Roberts erbittertsten Feinden, gerne mit ihm vermählt gesehen, zumal sie ihn aufrichtig zu lieben schien.

Sie aber machte keinerlei Anstalten, und daher begann sich das Volk zu fragen, ob es wohl einen anderen Grund gab, weshalb sie sich weigerte, zu heiraten. Man flüsterte, sie müsse etwas an sich haben, das sie von anderen Frauen unterschied. Man deutete an, sie sei nicht fähig, ein Kind zu empfangen, und da sie dies wisse, sei es sinnlos für sie zu heiraten, nur damit ein Mann den Thron mit ihr teilen könne. Man raunte, ihre Wäscherinnen hätten das Geheimnis verraten, sie habe ihre Monatsregel so selten, daß man daraus unweigerlich schließen müsse, sie könne keine Kinder bekommen. Ich war allerdings der Meinung, daß es keine ihrer Wäscherinnen gewagt hätte, solch ein Geheimnis preiszugeben. Ihr Verhalten war rätselhaft. Denn wenn eine Frau je geliebt hat, dann Elisabeth damals Robert. Das Seltsame daran war, daß sie sich nicht die Mühe machte, dies zu verbergen.

Ich fragte mich immer wieder, ob das mit ihren Kinderjahren zusammenhing. Sie war ein kleines Mädchen von drei Jahren gewesen, als ihre Mutter starb, doch da sie ausgesprochen frühreif war, war ihr dieser Verlust gewiß bewußt geworden. Daß ihre lebenslustige Mutter viel Zeit mit ihrer Tochter verbracht hatte, war kaum anzunehmen, doch ich konnte mir vorstellen, daß sich jeder Besuch, den sie ihr abstattete, dem Kind eingeprägt hatte. Anna Boleyn war für ihren guten Geschmack bekannt gewesen, und ich hatte gehört, daß es ihr besonderes Vergnügen bereitet habe, ihre Tochter in schöne Gewänder zu kleiden. Und dann war die Mutter plötzlich verschwunden. Ich malte mir aus, wie das aufgeweckte kleine Mädchen Fragen stellte und unbefriedigende Antworten erhielt. Sie bekam keine hübschen Kleider mehr; statt dessen mußte ihre Erzieherin beim König um ein paar Kleidungsstücke betteln, welche seine Tochter dringend benötigte. Ein Vater, der zwei Ehefrauen enthaupten ließ, muß furchterregend gewesen sein. Eine Stiefmutter war im Kindbett gestorben, eine andere wurde verschmäht und verstoßen; und schließlich war da Katharina Parr gewesen, die gütige und liebenswürdige Königinwitwe, mit deren Gatten Elisabeth so ausgiebig geschäkert hatte, daß sie aus dem Hause gewiesen wurde. Danach war sie immer wieder in Gefangenschaft geraten, und das Henkersbeil hatte über ihrem Haupte geschwebt. Und schließlich hatte sie den Thron bestiegen. Kein Wunder, daß sie entschlossen war, ihn zu behalten. Kein Wunder auch, daß sie bei solch einem Vater den Leidenschaften der Männer mißtraute. Ob dies der Grund war, daß sie auch nicht auf den kleinsten Teil ihrer Macht verzichten wollte ... nicht einmal um ihres geliebten Robert willen?

Er aber wurde immer ungeduldiger, als die Monate dahingingen, und oft hörten wir, daß zwischen ihnen scharfe Worte fielen. Einmal wurden wir Zeuge, wie sie ihn daran erinnerte, daß sie die Königin sei und er sich ja in acht nehmen solle. Nach solchen Ausbrüchen pflegte er mürrisch von dannen zu gehen, während sie sich nach ihm verzehrte. Dann kam er zurück, und sie waren wieder Freunde.

Es gab viel Gerede über die Vorgänge in Schottland.

Maria hatte Darnley geheiratet, sehr zu Elisabeths geheimem Vergnügen, obwohl sie vorgab, darüber erzürnt zu sein. Sie machte sich mit Robert über Maria lustig. »Sie wird jetzt den Kummer aus großen Löffeln schlürfen«, sagte sie, »und dabei hätte sie Euch haben können, Robert.«

Ich hatte den Eindruck, sie wollte Maria dafür bestrafen, weil sie Robert nicht genommen hatte, obgleich sie, Elisabeth, gar nicht beabsichtigt hatte, ihn ihr zu überlassen.

Sie errang sich nun die aufrichtige Anerkennung der gerissenen Staatsmänner ihrer Umgebung. William Cecil, der Kanzler Nicholas Bacon und der Graf von Essex, um nur einige zu nennen, erkannten in ihr die scharfsinnige Politikerin. Anfangs hatte sie sich in einer unerfreulichen Lage befunden. Wie konnte sie sich sicher fühlen, wenn sie jederzeit mit dem Fluch der Illegitimität belegt werden konnte? Nie war die Stellung eines Herrschers verwundbarer gewesen als die Elisabeths. Sie war jetzt etwa dreiunddreißig Jahre alt und hatte es zuwege gebracht, im Herzen ihres Volkes einen Platz einzunehmen, der dem ihres Vaters in nichts nachstand. Trotz all seiner Taten hatte er die Gunst des Volkes nie verloren. Mochte er die Reichtümer des Landes mit vollen Händen verschwenden, mochte er sich sechs Frauen nehmen und zwei von ihnen dem Henker überantworten: Er war trotzdem der Held des Volkes und sein König geblieben, und nie hatte es einen ernsthaften Versuch gegeben, ihn abzusetzen. Elisabeth war seine Tochter, sie hatte sein Aussehen und seine Art, ihre Stimme glich der seinen, sie fluchte wie er, und wo sie auch hinkam, hieß es: »Da geht des großen Heinrichs Tochter.« Sie war sich wohl bewußt, daß dies einer ihrer größten Vorzüge war.

Niemand konnte die Tatsache leugnen, daß sie Heinrichs Tochter war und daß er sie einst als legitim anerkannt hatte.

Aber sie mußte auf der Hut sein, und also war sie wachsam. Maria, die Königin von Schottland, besaß einen Anspruch auf den Thron Englands. Was gab es daher besseres, als sie mit einem schwachen, liederlichen Jüngling zu vermählen? Er würde das Seine dazu beitragen, damit es mit Schottland bergab ging, so daß sich auch bei denen Widerwille regte, die Maria eigentlich geneigt waren. Catherine und Mary Grey, Lady Janes Schwestern, waren im Tower gefangen, weil sie ohne Zustimmung der Königin geheiratet hatten. So hatte sie dafür gesorgt, daß jeder, der in England womöglich einen größeren Anspruch auf den Thron hatte als sie selbst, sicher hinter Schloß und Riegel war.

Es kam die Nachricht, die Königin von Schottland sei schwanger. Das war sehr beunruhigend. Falls es sich erwies, daß Maria fruchtbar war und vielleicht einen Sohn gebar, würden die Leute sie in Kürze mit der Königin von England vergleichen. Elisabeth war bedrückt – da kam die Botschaft von jenem schicksalhaften Nachtmahl im Holyrood-Palast von Edinburgh, wo Marias italienischer Geheimschreiber Rizzio vor den Augen der hochschwangeren Königin ermordet wurde. Elisabeth gab vor, schockiert und erzürnt zu sein, als die Andeutung fiel, Rizzio sei Marias Liebhaber gewesen, doch insgeheim freute sie sich. Gleichzeitig aber wurde sie nachdenklich. O ja, sie gab einem schon Rätsel auf, unsere Königin.

Die Hofgesellschaft befand sich in Greenwich, dem Lieblingspalast der Königin, weil sie dort geboren worden war. Das Audienzzimmer hier war sehr schön ausgestattet und mit zahlreichen Wandteppichen geschmückt. Elisabeth bereitete es Vergnügen, Besuchern, die zum erstenmal hier waren, immer das Zimmer zu zeigen, in dem sie geboren war. Dann stand sie da, einen merkwürdigen Ausdruck in den Augen, und ich fragte mich, ob sie wohl an ihre Mutter dachte, wie diese, das schöne schwarze Haar über das Kissen gebreitet, erschöpft von der Geburt, hier lag. Dachte sie an den heftigen Schmerz, den Anna Boleyn empfunden haben mußte, als man ihr sagte: »Es ist ein Mädchen«, da doch durch die Geburt eines Knaben ihre Zukunft wohl ganz anders ausgesehen hätte? Manchmal zeigte ihr Gesicht eine finstere Entschlossenheit, als habe sie beschlossen, sich als tüchtiger zu erweisen, als es ein Knabe jemals vermocht hätte.

Hier waren wir also – Elisabeth trug eine ihrer prachtvollen Roben von weißem und karmesinrotem Satin, über und über mit vogeleiergroßen Perlen bestickt, und eine Halskrause, in der winzige Diamanten wie Tautropfen glitzerten.

Sie tanzte gerade mit Thomas Heneage, einem sehr ansehnlichen Mann, der seit einiger Zeit hoch in ihrer Gunst stand, als William Cecil eintrat. Sein Verhalten ließ vermuten, daß er wichtige Neuigkeiten mitzuteilen hatte; die Königin machte ihm ein Zeichen, er solle sich unverzüglich zu ihr begeben. Cecil flüsterte ihr etwas zu, und ich sah sie erbleichen. Ich tanzte in ihrer Nähe mit Christopher Hatton, einem der besten Tänzer am Hofe.

»Fühlen Eure Majestät sich nicht wohl?« flüsterte ich.

Ein paar von ihren Hofdamen umringten sie, und sie blickte uns kummervoll an und sagte: »Die Königin von Schottland ist von einem prächtigen Sohn entbunden worden, und ich bin nur ein dürrer Stamm.«

Ihre Mundwinkel waren herabgezogen, und sie sah traurig und blaß aus. Cecil flüsterte ihr abermals etwas zu, und sie nickte.

»Schickt mir Melville her«, sagte sie, »daß ich ihm meine Freude bekunden kann.«

Als der schottische Gesandte hereingeführt wurde, fiel alle Traurigkeit von ihr ab. Munter berichtete sie, sie habe die Botschaft vernommen und freue sich darüber. »Meine Schwester in Schottland ist wahrlich gesegnet«, sagte sie.

»Es ist ein göttliches Wunder, daß das Kind gesund zur Welt gekommen ist«, gab Melville zurück.

»Ach ja. Es hat soviel Hader in Schottland gegeben, doch dieser prächtige Knabe wird Maria ein Trost sein.«

Als Melville sie fragte, ob sie die Patenschaft über den Prinzen übernehmen wolle, erwiderte sie: »Von Herzen gern.«

Später sah ich, wie ihre Augen Robert folgten, und ich dachte: Sie kann nicht so weitermachen. Da die Königin von Schottland einen Sohn geboren hat, muß ihr wohl endgültig klargeworden sein, daß sie England unbedingt einen Thronerben schenken muß. Und sie wird Robert Dudley zum Gatten nehmen, denn im Grunde wollte sie ihn schon immer haben.

Ich stand bei der Königin so hoch in Gunst, daß sie mir zu Neujahr dreizehn Ellen schwarzen Samtes für ein Kleid schenkte, ein wahrhaft kostbares Präsent.

Zum Dreikönigsfest hielten wir uns in Greenwich auf. Ich war aufgeregt, da mir schien, daß während der letzten Wochen Robert Dudley auf mich aufmerksam geworden sei. Es geschah häufig, daß ich in einem Raum voller Menschen plötzlich aufsah und seine Augen auf mir ruhend fand. Wir tauschten einen flüchtigen Blick und lächelten.

Zweifellos war Robert nicht nur der stattlichste, sondern auch der reichste und mächtigste Mann am Hofe. Die Aura von Männlichkeit, die ihn umgab, war sofort zu spüren. Ich wußte nie genau, ob es diese Eigenschaft war, die mich so stark an ihm anzog, oder die Verliebtheit der Königin. Eine zu enge Beziehung zu ihm zu knüpfen, würde bedeuten, ihren Zorn auf sich zu ziehen. Jede Zusammenkunft müßte mit äußerster Heimlichkeit erfolgen, und sollte der Königin jemals etwas darüber zu Ohren kommen, so bräche ein heftiger Sturm los, der Robert und mich die Gunst der Königin kosten könnte. Diese Aussichten fand ich im höchsten Maße aufregend. Ich hatte schon immer ein Vergnügen daran gefunden, mich in Gefahr zu begeben.

Ich war nicht so töricht, als daß ich mir nicht bewußt gewesen wäre, wie schnell er mich vergessen würde, wenn die Königin ihn zu sich rief. Roberts Liebe galt zu allererst der Krone, und er war ein sehr zielstrebiger Mann. Was er wollte, das suchte er mit allen ihm zur Verfügung stehenden Mitteln zu bekommen.

Unglücklicherweise gab es nur einen Weg für ihn, an der Herrscherwürde teilzuhaben. Elisabeth allein konnte ihm dies verschaffen, aber sie zeigte sich mit jedem Tag unwilliger, ihm das zu geben, wonach er strebte.

Der Ärger war ihm nun anzusehen. Man konnte beobachten, welche Veränderung mit ihm vorging. Wie oft hatte sie ihm Hoffnung gemacht und dann doch immer wieder gezögert. Es mußte ihm endlich klargeworden sein, daß sie ihn mit großer Wahrscheinlichkeit überhaupt nicht heiraten würde. Er hatte sich angewöhnt, dem Hof mehrere Tage fernzubleiben; das ärgerte nun wiederum sie. Wann immer sie einen Raum betrat, in dem Menschen versammelt waren, blickte sie sich suchend nach ihm um. War er nicht da, wurde sie gereizt, und wenn sie sich zurückzog, so konnten wir fast sicher sein, daß eine von uns wegen angeblicher Ungeschicklichkeit einen Schlag erhielt, der in Wirklichkeit aber Roberts Abwesenheit galt.

Manchmal schickte sie nach ihm und verlangte von ihm zu wissen, wie er es wagen konnte, sich zu entfernen. Dann erwiderte er, ihm scheine seine Gegenwart für sie nicht mehr vonnöten. Sie stritten sich. Wir hörten zu, wie sie einander anschrien, und stets bewunderten wir Roberts Tollkühnheit. Zuweilen kam er aus ihren Gemächern stolziert, und sie rief ihm nach, wie froh sie sei, ihn los zu sein. Dann aber schickte sie wieder nach ihm, sie versöhnten sich, und er war für eine Weile ihr süßer Robin. Doch in dem einen Punkt, auf den es allein ankam, gab sie niemals nach.

Ich vermutete, daß er allmählich seine Hoffnungen aufgab und einsah, daß sie nicht die Absicht hatte, ihn zu heiraten. Ich sah, wie sie ihn streichelte, ihn liebkoste, ihm übers Haar strich und ihn küßte – aber dabei blieb es. Nie würde sie gestatten, daß das Liebesspiel seinen natürlichen Höhepunkt erreichte. Mit der Zeit glaubte ich, daß sie in dieser Beziehung fast abartig veranlagt war.

Und dann kam die Gelegenheit, auf die ich, wie mir schien, mein Leben lang gewartet hatte. Ohne Zweifel war ich von Robert garadezu besessen. Vielleicht wurde ich immer ungehaltener über die beiden, weil ich sie so oft zusammen sah. Sie spielten – wenigstens Elisabeth – das Liebespaar auf eine Weise, die ich für ausgemacht töricht hielt. Vielleicht wollte ich mich rächen für die schmerzhaften Kniffe und Schläge, die sie mir gegeben hatte. Vielleicht wollte ich ihr auch zeigen, daß ich es auf einem bestimmten Gebiet selbst mit einer Königin aufnehmen und sie besiegen konnte. Für eine Natur wie die meine war es ärgerlich, sich immer nur demütig und dankbar für ihre Gunst erweisen zu müssen.

Das Ereignis, von dem ich sprechen will, steht mir noch deutlich vor Augen.

Mit ihren Kammerfrauen zusammen putzte ich sie für den Abend heraus. Sie saß, angetan nur mit dem Hemd und dem leinenen Unterrock, vor dem Spiegel und betrachtete sich darin. Ein Lächeln umspielte ihre Lippen, und sie dachte offensichtlich über etwas nach, das ihr Spaß machte. Ich bildete mir ein, sie überlegte sich, daß sie Robert den Titel des Bohnenkönigs verleihen wollte. Das gehörte zu den Lustbarkeiten des Dreikönigsfestes; dem Erwählten war es gestattet, sich an diesem Abend so aufzuführen, wie es ihm beliebte. Er durfte jeden Anwesenden bitten, zu tun, was ihm gefiel, und alle mußten gehorchen.

Es galt als so gut wie sicher, daß Elisabeth wie alljährlich Robert mit dieser Ehre bedenken würde, und ich glaubte, daß sie daran dachte, während wir sie ankleideten. Sie blickte auf die Uhr, ein Nürnberger Ei in einem Kristallbehälter, und sagte: »Aber so beeilt euch doch! Worauf warten wir denn noch?«

Eine der Kammerfrauen brachte ihr ein Tablett mit falschen Haarteilen. Sie wählte eines aus, und schließlich war ihr Haar zu ihrer Zufriedenheit frisiert.

Als nächstes mußten wir ihr das Korsett aus Fischbein und steifem Leinen anlegen. Das tat niemand gern; sie mußte nämlich eng geschnürt werden; schnürte man sie aber allzu eng, so wurde sie unwillig und ebenso, wenn ihre Taille nicht schmal genug war. Doch an diesem

Abend war sie mit ihren Gedanken woanders, und wir brachten die Prozedur hinter uns, ohne daß wir durch ihre Kritik aufgehalten wurden.

Ich half, die mit Fischbein verstärkten Hüftpolster zu befestigen, und dann zogen wir ihr die Unterröcke an. Hierauf setzte sie sich, und man legte ihr eine Auswahl von Halskrausen vor. Sie entschied sich für eine nach der neuen Piccadilly-Mode, mit feinen Fältchen aus bestickter Spitze, doch bevor diese angelegt wurde, kleideten wir sie in das Übergewand, welches an diesem Abend auserlesen schön war. Elisabeth glitzerte und funkelte im Lichte der Kerzen und Pechpfannen.

Ich brachte ihr den Gürtel und befestigte ihn um ihre Taille. Sie beobachtete mich aufmerksam, während ich aufpaßte, daß ihr Fächer, ihr Riechfläschchen und ihr Spiegel in den Gürtel gesteckt wurden.

Ich versuchte, die Bedeutung ihres durchdringenden Blickes zu ergründen. Ich wußte, daß ich an diesem Abend besonders hübsch aussah und daß mir mein Kleid, das gerade durch seine Einfachheit bestach, besser zu Gesichte stand als Elisabeth das ihre trotz all seiner Pracht. Mein Untergewand war von einem tiefen Mitternachtsblau, und die Näherin war auf den klugen Gedanken gekommen, es mit Sternen aus Silbergarn zu besticken. Das Blau des Oberkleids war um eine Schattierung heller und ausgezeichnet auf das dunklere Blau abgestimmt, die Puffärmel wiederum hatten dieselbe Farbe wie das Untergewand. Im Ausschnitt trug ich einen einzelnen Diamanten an einer goldenen Kette, darüber lag meine Halskrause aus kostbarster Spitze, die ebenso wie mein Untergewand mit sternförmigen silbernen Knötchen bestickt war.

Die Königin kniff die Augen ein wenig zusammen. Ich sah zu blendend aus, und das mißfiel ihr. Innerlich lachte ich triumphierend. Mich konnte sie nicht wegen übertriebener Kleidung schelten, wie sie es zuweilen bei ihren anderen Damen tat.

Sie sagte: »Ich sehe, du trägst diese neue Virago-Ärmel, Cousine. *Ich* finde, sie vermögen ein Kleid kaum zu verschönern.«

Ich senkte die Augen, damit sie die Schadenfreude darin nicht gewahrte. »Ja, Euer Majestät«, sagte ich ernsthaft.

»Also kommt. Laßt uns gehen.«

Mit ihr zusammen begab ich mich zu der bereits versammelten Gesellschaft, wobei ich schicklicherweise einige Schritte hinter ihr blieb. Derlei Ereignisse beeindruckten mich stets tief; denn das Hofleben war mir noch immer so ungewohnt, daß ich mich davon einschüchtern ließ. Wenn Elisabeth erschien, trat augenblicklich Schweigen ein. Die Menschen wichen zurück und machten ihr einen Weg frei, was mich, wie ich einmal zu Walter sagte, an Moses erinnerte, als er das Rote Meer teilte. Blickte sie einen Mann an, so fiel er auf die Knie, und eine Frau versank natürlich in einen tiefen Hofknicks und hielt die Augen gesenkt, bis die Königin vorüber war oder sie aufforderte, sich zu erheben, falls sie den Wunsch hatte, mit ihr zu sprechen.

Ich erspähte Robert sogleich, und wir tauschten diesen gewissen Blick. Ich wußte, ich war an diesem Abend außergewöhnlich schön. Ich war vierundzwanzig, nicht eben unglücklich verheiratet, aber unbefriedigt, und diese Unzufriedenheit hatte der Graf von Leicester mit mir gemeinsam. Ich sehnte mich nach einem Abenteuer, das mich die Eintönigkeit der Tage hätte leichter ertragen lassen. Ich war der Häuslichkeit auf dem Lande überdrüssig. Für eine treue Ehefrau war ich wohl nicht geschaffen, fürchtete ich, und ich war von Robert besessen.

Er war damals etwa Mitte dreißig und in der Vollkraft seiner Jahre. Doch Robert schien zu den Männern zu gehören, deren Vollkraft ihr ganzes Leben lang währt – oder jedenfalls fast. Für Frauen jedenfalls würde er immer begehrenswert sein.

Es gab zwei Männer, denen die Königin neuerdings ihr Lächeln schenkte: Thomas Heneage und Christopher Hatton. Beide waren ungewöhnlich stattlich. Diejenigen, denen die Königin diese besondere Gunst gewährte, ließen sich an den Fingern abzählen. Sie waren immer von angenehmem Äußeren, besaßen besondere gesellschaftliche Gaben und mußten vorzügliche Tänzer sein. Dies konnte den Anschein erwecken, daß Elisabeth eine oberflächliche Kokette gewesen sei, denn sie äugelte mit diesen Galanen auf höchst unkönigliche Art. Doch begünstigte sie auch Männer von weit höherem Stand; so vertraute sie Cecil und Bacon, deren Wert sie kannte und denen sie eine treu ergebene Freundin war. Deren Stellung war bei weitem gefestigter als die der Schönlinge, denen sie wohl ihre Gunst schenkte, sie aber jederzeit einem anderen ebenso stattlichen Neuling bei Hofe zuwenden konnte. Robert stand unter ihren Günstlingen an erster Stelle. Oft dachte ich, sie ermutige die anderen vor allem deshalb, um ihn öffentlich zu demütigen.

Sie war zu der Meinung gelangt, daß er zu vieles als selbstverständlich hinnahm. Seit sie ihn mit so großen Ehrungen bedacht hatte, war er anmaßend geworden, und sie wollte ihm wieder einmal deutlich machen, daß sie es war, die bestimmte.

Sie nahm Platz und lächelte den drei augenblicklichen Favoriten zu.

Ein Page brachte die Bohne auf einem Silbertablett und reichte es der Königin. Sie nahm es in die Hand und betrachtete lächelnd die jungen Männer, die sie umringten. Robert blickte sie an, bereit, die Bohne entgegenzunehmen, da sagte die Königin: »Hiermit ernenne ich Sir Thomas Heneage zum Bohnenkönig.«

Es war ein Augenblick voller Spannung. Sir Thomas, vor Freude errötend, kniete vor ihr nieder. Ich schaute Robert an und sah, wie er erbleichte und die Lippen zusammenpreßte. Dann aber warf er den Kopf zurück und lächelte, wußte er doch, daß ihn jedermann beobachtete. Hatte es Elisabeth früher nicht Vergnügen gemacht, ihn an jedem Dreikönigsfest seit ihrer Thronbesteigung zu ihrem Bohnenkönig zu machen?

Es würde Gerede geben. »Die Königin liebt Leicester nicht mehr«, würden die Leute sagen. »Jetzt wird sie ihn ganz bestimmt nicht heiraten.«

Fast tat Robert mir leid, doch gleichzeitig frohlockte ich, war doch dies alles Teil des nächtlichen Abenteuers.

Als sein erstes Vorrecht forderte Thomas, der Königin die Hand zu küssen. Sie reichte sie ihm und erklärte, ihr bleibe keine Wahl, als zu gehorchen. Sie schenkte ihm ein verliebtes Lächeln, und ich wußte, daß sie dies tat, um Robert zu ärgern.

An diesem Abend tanzte ich mit Robert. Fest drückten seine Finger die meinen, und wir tauschten bedeutungsvolle Blicke.

»Ihr seid mir am Hofe schon lange aufgefallen«, begann er die Unterhaltung.

»Wirklich, Mylord?« gab ich zurück. »Ich habe nichts davon bemerkt, dachte ich doch, Ihr hättet nur Augen für die Königin.«

»Es ist ganz unmöglich, die schönste Dame bei Hofe zu übersehen.«

»Still!« rief ich spottend. »Eure Rede bedeutet Verrat.«

Ich lachte ihn aus. Aber im Verlauf des Abends wurde er immer hitziger, und schließlich waren seine Absichten so eindeutig, daß ich ihn daran erinnern mußte, ich sei eine verheiratete Frau und er ebenfalls so gut wie verheiratet. Er erwiderte, es gebe Gefühlsregungen, die seien so heftig, daß man sie nicht unterdrücken könne, gleichgültig, welche Bindungen dem entgegenstünden.

Robert war kein geistreicher Mann; eine blumenreiche Sprache oder flinke, schlagfertige Erwiderungen lagen ihm nicht. Er war geradeheraus, stark und entschlossen, und er machte keinen Hehl aus seinem Begehren. Das mißfiel mir durchaus nicht. Meine Leidenschaft war der seinen ebenbürtig, und mein Gefühl sagte mir, daß Robert mir zu einer Erfüllung verhelfen konnte, wie sie mir niemals zuvor zuteil geworden war. Ich war Jungfrau gewesen, als ich Walter heiratete, und bislang hatte ich lediglich in Gedanken den Pfad der ehelichen Tugend verlassen. Doch diesen Mann begehrte ich mit einer Heftigkeit, die seinem Verlangen nach mir vollständig entsprach. Ich wußte von vornherein, daß er mich ohne Federlesens nehmen würde, und ich war entschlossen, ihm zu beweisen, daß er, hatte er es erst einmal mit mir versucht, ohne mich nicht mehr auskommen konnte. Ich dachte an den drohenden Gesichtsausdruck der Königin, wenn sie sich mit Robert stritt. Ich wußte, könnte sie mich jetzt sehen und hören, so wäre sie imstande, mich zu töten. Doch das stachelte mich erst recht an.

Er sagte, wir müßten uns heimlich treffen. Ich wußte, was er damit meinte, und es war mir gleichgültig. Ich kümmerte mich nicht um Vorsichtsmaßnahmen, und ich hatte keine Gewissensbisse. Er sollte mein Liebhaber werden, das war alles, was ich wollte.

Die Königin tanzte mit Christopher Hatton, dem besten unter allen Tänzern. Sie hatten die ganze Tanzfläche für sich allein, wie sie es liebte. Als sie aufhörten, klatschten alle begeistert Beifall und erklärten, die Königin habe sich diesmal selbst übertroffen.

Thomas Heneage, der Bohnenkönig, sagte, nach diesem Tanz, der nicht seinesgleichen habe, verbiete er, daß vorderhand irgend jemand die Tanzfläche betrete, denn es sei bereits ein Sakrileg den Boden zu berühren, auf dem die königlichen Füße einhergeschritten waren.

Ich mußte innerlich lachen. Diese widerwärtigen Schmeicheleien versetzten mich jedesmal in Erstaunen. Ich dachte immer, eine so scharfsinnige Frau, wie es Elisabeth zweifellos war, müßte dafür nur ein verächtliches Lächeln übrig haben. Doch weit gefehlt; sie nahm die Schmeicheleien hin, als handle es sich um augenfällige Tatsachen.

Statt zu tanzen, sagte unser Bohnenkönig, sollten wir ein Frage-und-Antwort-Spiel machen. Er werde die Fragen stellen und diejenigen bestimmen, die sie beantworten müßten.

Wenn man einen einstmals mächtigen Mann auch nur ein wenig straucheln sieht, so können es seine Feinde kaum erwarten, über seinen

Untergang zu frohlocken. Sie erinnerten mich an Krähen, die auf einem Baum in der Nähe eines Galgens mit einem eben Gehenkten hockten. Es war offenkundig, daß Robert nicht mehr so hoch in Gunst stand wie bisher, und daher schien jedermann begierig, ihn noch weiter zu demütigen. Selten hatte ein Mann sich so viele Neider geschaffen, aber kaum jemals hatte auch ein regierender Fürst einem Untertan so viele Beweise seiner Gunst zukommen lassen wie die Königin Robert Dudley.

Es war unvermeidlich, daß Heneage eine Frage an Robert richten würde, und die ganze Gesellschaft wartete mit angehaltenem Atem darauf.

»Lord Leicester«, sagte Heneage, »ich befehle Euch, Ihre Majestät um die Beantwortung einer Frage zu bitten.«

Robert neigte zustimmend den Kopf und wartete.

»Was ist schwerer aus den Gedanken zu tilgen, die schlechte Meinung eines schurkigen Spitzels oder Eifersucht?«

Ich beobachtete Roberts Gesicht, da ich neben ihm stand. Es war wirklich aller Bewunderung wert, wie er seinen Zorn zu verbergen wußte. Er wandte sich an die Königin. Seine Stimme war beherrscht. »Majestät hören den Befehl des Bohnenkönigs, und da er der von Euch erwählte König des Abends ist, bleibt mir nichts zu tun, als zu gehorchen. Darum bitte ich Euch, uns eine Antwort zu erteilen.«

Nachdem er die Frage wiederholt hatte, blickte die Königin feierlich drein, lächelte ihn dann liebenswürdig an und erwiderte: »Mylord, ich möchte sagen, daß man sich von beiden nur schwer befreien kann, daß es aber bei der Eifersucht schwieriger ist.«

Robert kochte bereits vor Wut, weil man ihn öffentlich lächerlich machte; daß die Königin sich aber mit Heneage verbündet zu haben schien, brachte ihn erst recht in Rage.

An diesem Abend näherte er sich der Königin nicht mehr. Als gerade eine Menge Leute tanzten, ergriff er meine Hand und zog mich aus dem Saal in eine kleine Kammer, von deren Vorhandensein er wußte. Er schloß die Tür hinter uns.

»Mylord«, sagte ich und merkte, wie meine Stimme vor Erregung zitterte, »man hat uns gewiß gesehen.«

Da riß er mich unsanft an sich. Seine Lippen waren den meinen nahe. »Und wenn man uns gesehen hat«, sagte er, »was kümmert's mich. Nichts kümmert mich ... außer das hier.«

Er hatte die Krause von meinem Hals gelöst und weggeschleudert. Seine Hände zerrten mir das Kleid von den Schultern.

»Mylord, wünscht Ihr, daß ich nackt vor Euch stehen soll?« fragte ich.

»Freilich«, rief er aus. »Freilich will ich das. So habe ich Euch oftmals in meinen Träumen erblickt.«

Ich verlangte so sehr nach ihm wie er nach mir, das ließ sich nicht mehr verbergen.

»Ihr seid schön ... ich habe gewußt, daß Ihr schön seid«, murmelte er. »Du bist die Erfüllung meiner Wünsche, Lettice ...«

Und auch er war genau so, wie ich es mir in meinen Träumen ausgemalt hatte. Ein Erlebnis wie dieses hatte ich noch nie gehabt. Ich war mir völlig bewußt, daß sich bei ihm Zorn und Begierde mischten. Das machte mich zwar wütend, dämpfte jedoch meine Leidenschaft nicht im geringsten. Ich war entschlossen, ihm zu beweisen, daß er eine Geliebte wie mich niemals wieder finden würde. Er sollte ebenso leichtsinnig und tollkühn sein wie ich selbst, bereit, den Verlust der Gunst der Königin zu wagen, so wie ich bereit war, mein Ehegelöbnis zu brechen.

Ich glaube, es gelang mir wenigstens vorübergehend. Ich spürte das Staunen in ihm, das Entzücken, die Erkenntnis, daß wir beide für einander geschaffen waren.

Ich wußte, er konnte sich nicht von mir losreißen, obgleich man uns zweifelsohne vermißte. Ich frohlockte; die Natur hatte mir anscheinend besondere Macht verliehen, um Männer anzuziehen und an mich zu binden. Und ich war dazu geboren, mit diesem Mann die Wonnen der Liebe auszukosten.

Wir waren voneinander hingerissen. Ich hatte das Gefühl, daß es uns alle ansehen müßten, und ich gestehe, daß mir durchaus nicht behaglich zumute war, als wir schließlich in den Ballsaal zurückkehrten.

Die Königin mußte Robert vermißt haben. Hatte sie bemerkt, daß auch ich abwesend war? Das würde ich bald erfahren, dessen war ich sicher. Kalte Furcht kroch in mir hoch. Wenn man mich wegschickte vom Hofe, was dann?

Während der folgenden Tage ließ sie sich nichts anmerken. Robert kam nicht an den Hof, und ich wußte, daß sie ihn vermißte. Sie wurde sehr unmutig und ließ verlauten, einige Personen bildeten sich wohl ein, sich ohne Erlaubnis entfernen zu können; die müsse man eines Besseren belehren.

Ich war gerade bei ihr, als die Botschaft eintraf, zwischen dem Grafen von Leicester und Sir Thomas Heneage habe es Händel gegeben. Leicester hatte Heneage wissen lassen, er werde ihn mit einem Stock aufsuchen, da er ihm eine Lektion zu erteilen habe, worauf Heneage erwidert hatte, er sei willkommen und werde von einem Degen erwartet.

Elisabeth war wütend, doch mischte sich darein auch Angst. Sie befürchtete, Robert würde sich duellieren und dabei getötet werden, und sie beabsichtigte ganz und gar nicht, zuzulassen, daß ihr Favorit ein solch törichtes Benehmen an den Tag legte. Sie ließ Heneage zu sich kommen, und wir hörten, wie sie ihn ausschalt. Ob er sich einbilde, sie verhöhnen zu können? Es sei gefährlich, vom Spiel mit dem Degen zu sprechen, hielt sie ihm vor. Wenn er sich noch einmal so närrisch aufführe, so könne es sein, daß jemand anderer vom Beil spräche.

Ich glaube, sie hat ihn geohrfeigt, denn als er herauskam, waren seine Ohren ganz rot, und er machte einen völlig gebrochenen Eindruck.

Danach kam Robert an die Reihe. Ich konnte nicht widerstehen und lauschte.

Sie war sehr wütend auf ihn – mehr noch als auf Heneage.

»Gott weiß«, rief sie, »Ihr besitzt mein Wohlwollen, doch meine Gunst ist nicht so sehr auf Euch beschränkt, daß nicht auch andere ihrer teilhaftig werden. Ich habe noch andere Diener neben Euch. Bedenkt, es gibt hier nur eine Gebieterin, aber keinen Gebieter. Wen ich erhoben habe, der kann ebenso leicht wieder erniedrigt werden. Und das wird mit jenen geschehen, die unverschämt werden, weil sie sich meiner Gunst zu sicher sind.«

Ich hörte ihn ruhig sagen: »Majestät, ich bitte, mich zurückziehen zu dürfen.«

»Das liegt ganz bei Euch«, schrie sie.

Als er aus ihrem Zimmer trat, sah er mich und blickte mich an. Es war eine eindeutige Einladung, ihm zu folgen, und sobald ich konnte, schlich ich davon und fand ihn in der Kammer, die vor kurzem der Schauplatz unserer Leidenschaft gewesen war.

Er riß mich an sich und hielt mich, laut lachend, fest.

»Wie Ihr seht«, sagte er, »habe ich die Gunst der Königin eingebüßt.«

»Aber nicht die meine«, erwiderte ich.

»Das macht mich glücklich.«

Er verriegelte die Tür, und nun war es, als würde er vom Wahnsinn ergriffen. Er war verrückt vor Verlangen nach mir, und mir ging es ebenso, und obgleich ich wußte, daß wiederum sein Zorn auf die Königin sich mit seiner Begierde vermischte, so war es mir auch diesmal gleichgültig. Ich wollte diesen Mann besitzen. Vom ersten Augenblick an, da ich ihn bei den Krönungsfeierlichkeiten neben der Königin hatte reiten sehen, waren meine Gedanken von ihm besessen gewesen. Und wenn sein Verlangen nach mir in gewisser Weise davon abhing, wie sie ihn behandelte, so machte auch dies einen Teil meiner Sehnsucht nach ihm aus. Selbst in den Augenblicken äußerster Ekstase war es, als sei sie mit dabei.

Wir lagen beieinander und wußten sehr wohl, daß dies Gefahr bedeutete. Sollten wir entdeckt werden, so könnte das für uns beide das Ende sein, doch es war uns einerlei, und da unser Begehren stärker war als die Furcht vor den Folgen, wurde unsere Leidenschaft erst recht angestachelt, der Sinnentaumel noch überwältigender. Kein anderer hätte mir diese Entzückungen verschaffen können, so glaubte ich, und ihm erging es gewiß ebenso.

Welcher Art war das Gefühl zwischen uns? War es die Erkenntnis, daß zwei Naturen von gleicher Art sich gefunden hatten? Verlangen und Leidenschaft schlugen über uns zusammen, und die stets gegenwärtige Gefahr trug nicht wenig zu unserer Erregung bei. Das Bewußtsein, unsere Zukunft dieser Begegnung wegen aufs Spiel zu setzen, versetzte uns in noch größere Ekstase.

Wir waren erschöpft, doch fühlten wir uns als Sieger. Niemals würden wir dieses Erlebnis vergessen. Bis an unser Lebensende waren wir nun aneinander gebunden, und was auch geschehen mochte – die Erinnerung konnte uns keiner rauben.

»Ich werde Euch bald wiedersehen«, sagte er einfach.

»Ja«, erwiderte ich.

»Dies ist ein guter Platz für ein Stelldichein.«

»Bis man uns entdeckt.«

»Habt Ihr Angst?«

»Wenn es so wäre – ich wüßte wenigstens, daß es sich lohnt.«

Ich hatte gefühlt, daß er der richtige Mann für mich war, vom ersten Augenblick an, da ich seiner ansichtig geworden war.

»Du siehst so selbstzufrieden aus, Lettice«, sagte die Königin. »Was ist denn der Anlaß dafür?«

»Ich kann mich auf nichts besinnen, Majestät.«

»Ich dachte schon, du bekommst wieder ein Kind.«

»Gott bewahre«, rief ich ehrlich bestürzt.

»Aber, aber, du hast doch erst zwei ... und noch dazu Mädchen. Walter wünscht sich einen Sohn, das weiß ich.«

»Aber ich möchte mich fürs erste vom Kindergebären ausruhen, Madam.«

Sie gab mir einen leichten Schlag auf den Arm. »Und du bist eine Frau, die ihren Willen durchsetzt, darauf möchte ich schwören.«

Sie beobachtete mich scharf. Hegte sie möglicherweise einen Verdacht? Wenn dem so war, so würde ich mit Schimpf und Schande vom Hofe gejagt.

Robert hielt sich von ihr fern, und wenn sie sich zuweilen auch darüber ärgerte, so war sie doch entschlossen, ihm eine Lektion zu erteilen, dessen war ich sicher. Wie sie gesagt hatte: Ihre Gunst war nicht so ausschließlich auf einen Mann beschränkt, daß dieser sich Freiheiten herausnehmen konnte, weil er von ihrer Vernarrtheit überzeugt war. Manchmal hatte ich das Gefühl, sie fürchtete sich vor seiner übermächtigen Anziehungskraft – sie war mir nur zu gut bekannt –, und sie steigerte sich absichtlich in Wut auf ihn hinein, um nicht ein willenloses Opfer seiner Wünsche zu werden.

Ich sah ihn nicht so oft, wie mir lieb gewesen wäre. Ein- oder zweimal kam er unauffällig an den Hof, und dann trafen wir uns und liebten uns leidenschaftlich in dem geheimen Zimmer. Ich aber spürte seine Enttäuschung und wußte, was er über alles begehrte: keine Frau, sondern eine Krone.

Er zog nach Kenilworth und machte daraus eines der prächtigsten Schlösser im Lande. Er wünschte, ich könne mit ihm gehen, behauptete er, und wenn ich nicht schon einen Ehemann hätte, so könnten wir heiraten. Ich fragte mich jedoch, ob er auch dann von Heirat gesprochen hätte, wenn er nicht sicher gewesen wäre, daß sie nie stattfinden konnte. Ich wußte nämlich, er hatte die Hoffnung, die Königin zu ehelichen, noch nicht aufgegeben.

Seine Widersacher am Hofe fingen an, ein Komplott gegen ihn zu schmieden. Sie waren der festen Meinung, er sei in Ungnade gefallen. Der Herzog von Norfolk – ein Mann, den ich sehr langweilig fand –

war sein ganz besonderer Feind. Norfolk war ein Mann von bescheidenen Fähigkeiten. Er hatte strenge Prinzipien und konnte sich nicht genug tun darin, seine eigene Abstammung zu bewundern, die, wie er wohl zu Recht glaubte, edler war als die der Königin; denn die Tudors hatten sich gleichsam durch die Hintertür auf den Thron geschlichen. Mochten sie auch Leute von sprühendem Geist sein, manche Mitglieder der alten Adelsgeschlechter waren zutiefst überzeugt vom höheren Rang ihrer Familie und allen voran Norfolk. Elisabeth entging dies natürlich nicht, und genau wie ihr Vater war sie entschlossen, gewisse Bestrebungen bereits im Keim zu ersticken. Allerdings konnte sie nicht verhindern, daß der Keim insgeheim Blüten trieb. Der arme Norfolk – er war ein so pflichtbewußter Mann und bemühte sich stets, das Richtige zu tun, doch es stellte sich immer wieder heraus, daß es falsch war ... für Norfolk.

Für einen Mann wie ihn war es bitter, mitansehen zu müssen, wie Robert die höchste Stellung im Lande erklomm, auf welche, wie er meinte, dank seiner Geburt er, Norfolk, ein Recht hatte. Es war noch nicht lange her, daß zwischen Norfolk und Leicester ein Streit ausgebrochen war.

Elisabeth liebte nichts mehr, als ihren Favoriten beim Turnier oder bei Wettspielen zuzuschauen, weil dabei die Aufmerksamkeit nicht nur auf ihre Geschicklichkeit, sondern auch auf ihre körperlichen Vorzüge gelenkt wurde. Sie konnte stundenlang sitzen und ihre gutgebauten Körper bewundern; und am liebsten betrachtete sie Robert.

Zu besagtem Streit kam es anläßlich eines Wettspiels im Tennis, das in einer Halle ausgetragen wurde. Robert hatte Norfolk als Partner gezogen. Robert war im Begriff zu gewinnen, denn er verstand sich bestens auf alle Sportarten. Ich saß mit der Königin auf der unteren Galerie, welche Heinrich VIII. für Zuschauer hatte errichten lassen; denn auch er hatte dieses Spiel glänzend beherrscht und liebte es, dabei beobachtet zu werden.

Die Königin hatte sich vorgebeugt. Ihre Augen waren nicht von Robert gewichen, und jedesmal, wenn er einen Punkt erzielte, hatte sie »Bravo« gerufen, während sie sich bei Norfolks weniger häufigen Erfolgen still verhielt. Für Englands vornehmsten Herzog mußte dies sehr entmutigend gewesen sein.

Das Spiel verlief so hitzig, daß den Kämpfern sehr heiß geworden war. Die Königin schien mit ihnen zu leiden, so sehr war sie in das Spiel vertieft gewesen. Sie zog ein Taschentuch hervor, um sich die Stirn abzuwischen. Da soeben eine kleine Spielpause eingetreten war und Robert übermäßig schwitzte, nahm er der Königin das Taschentuch weg und trocknete sich damit die Stirn. Zwischen Menschen, die miteinander sehr vertraut sind, ist dies eine ganz natürliche Geste. Vorgänge wie dieser Art waren es ja auch, welche die Gerüchte entstehen ließen, die beiden seien ein Liebespaar.

Norfolk, sehr erzürnt durch diese Majestätsbeleidigung – vielleicht auch, weil er dabei war, das Spiel zu verlieren und das Vergnügen der Königin an seiner Niederlage recht wohl bemerkte –, verlor die Beherrschung und schrie: »Ihr unverschämter Kerl, Sir! Wie könnt Ihr es wagen, die Königin zu beleidigen!«

Robert war ganz verblüfft, als Norfolk plötzlich seinen Schläger erhob, wie um ihn zu verprügeln. Er fing seinen Arm auf und verdrehte ihn so sehr, daß Norfolk vor Schmerz aufschrie und den Schläger fallen ließ.

Die Königin war außer sich vor Zorn. »Wie könnt Ihr es wagen, in meiner Gegenwart zu streiten?« fragte sie aufgebracht. »Mylord Norfolk soll sich hüten, er könnte sonst mehr als die Beherrschung verlieren. Was erkühnt Ihr Euch, Sir Norfolk, Euch vor mir in solcher Weise zu betragen?«

Norfolk verbeugte sich und bat, sich entfernen zu dürfen.

»Entfernt Euch«, schrie die Königin. »Ich bitte Euch darum, und kehrt nicht zurück, bevor ich Euch rufen lasse. Uns dünkt, Ihr habt Euch über Euren Stand erhoben.«

Dieser Hieb galt seinem anmaßenden Familienstolz, den sie ihm als Beleidigung der Tudors verübelte.

»Kommt, setzt Euch zu mir, Rob«, sagte sie, »denn Mylord Norfolk weiß ohnehin, daß er verliert, und hat gewiß keine Lust mehr zu spielen.«

Robert, noch immer das Taschentuch in der Hand, setzte sich neben sie, höchst vergnügt, weil er Norfolk besiegt hatte; sie nahm ihm das Taschentuch ab und steckte es lächelnd in ihren Gürtel; damit ließ sie erkennen, es störe sie keineswegs, daß Robert es benutzt hatte.

Daher nahm es nicht Wunder, daß Norfolk nun, da Robert in Ungnade gefallen schien, an der Spitze seiner Widersacher stand, und es war selbstverständlich, daß sie die Lage nach Kräften zu nutzen gedachten.

Der Angriff kam aus einer unerwarteten Ecke, und er war außerordentlich peinlich.

Am Hof herrschte eine gespannte Stimmung. Die Königin war nicht glücklich, wenn Robert nicht bei ihr war. Es ließ sich nicht leugnen, daß sie ihn liebte; wenn es um ihn ging, war sie tiefer Gefühle fähig. Selbst wenn sie sich stritten, kam ihre Zuneigung zu ihm zum Ausdruck. Ich wußte, daß sie ihn an den Hof zurückrufen wollte, doch die Frage, ob sie sich vermählen sollte, setzte ihr sehr zu, und Robert wurde immer hartnäckiger. Deshalb mußte sie ihn fernhalten. Wenn sie nach ihm sandte, so bedeutete das für ihn einen Sieg; Elisabeth aber mußte ihm begreiflich machen, daß sie es war, die bestimmte.

Ich war allmählich zu der festen Überzeugung gelangt, daß sie Angst vor der Ehe hatte; außerdem hatte natürlich der schottische Gesandte recht gehabt, als er erklärte, sie wolle die Herrschaft mit niemandem teilen.

In gewisser Weise fühlte ich mich zu ihr hingezogen, denn wie sie war auch ich mit meinen Gedanken bei Robert, und ich sehnte seine Rückkehr ebenso herbei.

Manchmal, wenn ich des Nachts allein war, stellte ich mir vor, was geschehen würde, wenn man uns entdeckte. Walter würde natürlich rasend werden. Ach, zum Teufel mit Walter! Ich machte mir nichts mehr aus ihm. Mochte er mich doch verstoßen! Meine Eltern wären über alle Maßen entsetzt, besonders mein Vater. Ich würde in Ungnade fallen. Vielleicht nähme man mir sogar die Kinder fort. Ich bekam sie nicht oft zu sehen, wenn ich bei Hofe war, doch nun, da sie richtige kleine Persönlichkeiten wurden, war meine Anteilnahme geweckt. Vor allem aber würde ich der Königin gegenübertreten müssen. Bei diesem Gedanken schauderte ich – nicht nur aus Angst, sondern auch in einer Art köstlichen Entzückens. Ich hätte gern in diese großen, goldbraunen Augen geblickt und ausgerufen: »Er ist mein Liebhaber gewesen, aber er ist nie der Eure geworden. Ihr habt eine Krone, und wir wissen, daß er die mehr begehrt als alles andere. Ich habe nichts außer mir selbst – doch gleich nach der Krone begehrt er mich. Daß er mein Geliebter geworden ist, beweist das Ausmaß seiner Liebe zu mir, denn er hat dafür ein großes Wagnis auf sich genommen.«

War ich mit ihr zusammen, fühlte ich mich nicht mehr so mutig. Sie hatte etwas an sich, was das tapferste Herz in Schrecken versetzen konnte. Wenn ich mir ihren Zorn vorstellte, falls wir entdeckt würden, dann fragte ich mich, wie wohl die Strafe für uns ausfallen mochte. Sie würde in mir die Verführerin, die Jezabel, sehen.

Aber mir war aufgefallen, daß sie für Robert stets eine Entschuldigung fand.

In dieser Stimmung brach der Skandal aus. Es war, als breche eine alte Wunde wieder auf. Der Skandal betraf die Königin fast ebenso wie Robert, und daran zeigte sich deutlich, wie klug es gewesen war, ihn nicht zu heiraten, obgleich, hätte sie es getan, dieser John Appleyard sich nie erdreistet hätte, seine Stimme zu erheben.

Amy Robsarts Stiefbruder nämlich, dieser John Appleyard, hatte seit geraumer Zeit die ungeheuerliche Behauptung verbreitet, er habe, als Robert Dudley die Ermordung seiner Frau plante, diesem geholfen, die Untat zu vertuschen, und da ihn nun sein Gewissen plage, wolle er seine Schuld gestehen.

Roberts Widersacher, allen voran der Herzog von Norfolk, beeilten sich, dies möglichst aufzubauschen. Sie griffen den Fall auf und erklärten, John Appleyard müsse vor einem Gerichtshof aussagen.

Es kam zu einer regelrechten Hexenjagd, und jedermann sagte, Leicesters kurze Glanzzeit sei vorüber.

Elisabeth sprach mit mir über den Skandal. Immer, wenn Roberts Name erwähnt wurde, musterte sie mich eindringlich, und ich fragte mich, ob ich mich wohl einmal verraten hätte.

»Was hältst du, Cousine Lettice, von dieser Angelegenheit?« fragte sie. »Norfolk und seine Freunde scheinen anzunehmen, daß Robert sich diesen Anschuldigungen stellen müsse.«

»Ich finde, sie sind wie die Geier, Madam«, sagte ich.

»Geier! Du sprichst wahrhaftig, als ob der Graf von Leicester bereits ein verwesender Leichnam sei.«

»Er ist nun ohne Eure Gunst, Madam, und scheint auch sein Körper bei guter Gesundheit, so liegt doch sein Geist im Sterben.«

»Er ist noch kein Fraß für die Geier, dessen versichere ich dich. Hatte er etwas mit diesem Mord zu tun, was meinst du?«

»Die Kenntnisse Eurer Majestät in dieser Angelegenheit dürften, wie bei allen anderen, größer als die meinen sein.«

Oft staunte ich selbst über meine Verwegenheit. Eines Tages würde meine Zunge mich noch um Kopf und Kragen bringen. Glücklicherweise hatte Elisabeth die Zweideutigkeit dieser Bemerkung nicht verstanden, oder sie überhörte sie einfach.

»Wir müssen vor unseren Feinden stets auf der Hut sein, Lettice«, sagte sie, »und ich glaube, Robins Gegner sammeln sich.«

»Das fürchte ich auch, er aber ist stark und wird sie zum Schweigen bringen, das bezweifle ich nicht.«

»Wir vermissen Robert Dudley hier am Hofe«, sagte sie wehmütig. »Was meinst du, Lettice?«

»Ich glaube, Eure Majestät vermissen ihn wahrlich sehr.«

»Und ein paar von meinen Damen vermissen ihn zweifellos ebenfalls.«

Dieser durchdringende Blick – was hatte der zu bedeuten? Was wußte sie? Was würde sie tun, wenn sie entdeckte, daß wir ein Liebespaar waren? Sie würde keine Rivalinnen dulden. Und ich hatte mit ihm hinter verschlossenen Türen gelegen und mein Ehegelöbnis gebrochen. Der Zorn der Königin würde furchtbar sein.

Sie verfolgte das Thema nicht weiter, doch ich wußte, daß sie beständig an Robert dachte.

Er war jetzt wirklich in Gefahr. Wenn Appleyard vor einem Gerichtshof beschwor, daß Robert Dudley ihn bestochen hatte, um die Ermordung seiner Frau zu vertuschen, wäre es aus mit ihm. Einem Mörder konnte selbst die Königin nicht Verzeihung gewähren.

Sie wäre nicht sie selbst gewesen, hätte sie nicht genau im rechten Augenblick gehandelt.

Sie ließ ihn an den Hof kommen.

Und er kam. Er sah bleich aus und hatte seine frühere Überheblichkeit verloren. Ich befand mich mit den anderen Frauen im Ankleidezimmer, als er gemeldet wurde. Eine wunderbare Veränderung ging mit Elisabeth vor. Mein Herz sank; es war deutlich, daß sie ihn nach wie vor innig liebte.

Man solle ihn zu ihr führen, befahl sie.

Sie saß vor dem Spiegel und bewunderte ihr Abbild. Einen Augenblick lang überlegte sie, ob sie eine andere Robe anziehen sollte. Das aber würde eine Verzögerung bedeuten; sie war ohnehin verschwenderisch reich gekleidet. Sie trug ein wenig Rouge auf ihre Wangen auf. Es schien, als bringe die Farbe auch ihre Augen zum Leuchten, doch das kam vielleicht von der Vorfreude auf Roberts Anblick.

Sie begab sich in das Gemach, in welchem sie ihn empfangen wollte.

Ich hörte sie sagen: »So seid Ihr also endlich zu mir gekommen, Ihr

Schuft. Ich wünsche, daß Ihr mir Rechenschaft über Euer böswilliges Verlassen ablegt. Glaubt nicht, daß ich mir eine solche Behandlung gefallen lasse.«

Ihre Stimme aber war sanft und zitterte vor Rührung, und er trat vor, ergriff ihre Hände und küßte sie voller Inbrunst.

Ich hörte sie flüstern: »Mein Augapfel ... mein süßer Robin ...«

Dann bemerkte sie mich.

»Laß uns allein!« fauchte sie.

Es blieb mir nichts übrig, ich mußte gehen, wütend, verletzt, gedemütigt. Er hatte mich nicht eines einzigen Blickes gewürdigt.

Er war wieder da und stand höher in ihrer Gunst als je zuvor. Sie wünschte einen Bericht über diesen Schuft Appleyard. Er hatte, wie es schien, Geschenke des Grafen von Leicester angenommen, damals aber keine Anklage gegen ihn erhoben. Schließlich bekam man aus ihm heraus, daß er bestochen worden war, um diese Geschichten in Umlauf zu bringen, und für solch eine verbrecherische Tat, sagte die Königin, habe er eine Strafe verdient.

Bei dieser Gelegenheit bewies Elisabeth wieder einmal ihre Klugheit. John Appleyard hatte sich der Lüge und des Versuchs, den Grafen von Leicester eines Verbrechens angeklagt zu haben, schuldig gemacht; sie aber wollte die Sache nicht weiter verfolgen. John Appleyard kam mit der Ermahnung davon, daß es ihm übel ergehen werde, sollte er jemals wieder bei einer Verleumdung ertappt werden. Jetzt mußte er der Königin für ihre Gnade und Gott für sein Glück danken, denn die Angelegenheit wurde fallen gelassen, und niemand sollte mehr etwas über den Tod der Gattin des Grafen zu hören bekommen.

Das war gewiß eine große Gnade. Robert war stets an ihrer Seite. Er warf mir ein paar hilflose Blicke zu, als wolle er sagen: Meine Gefühle für Euch sind unverändert, aber was kann ich machen? Die Königin läßt mich nicht aus den Augen.

Er hatte jetzt wahrhaftig viel zu verlieren, wenn es ans Licht käme, daß er eine Liaison hatte, und er war nicht bereit, dieses Risiko einzugehen. Darin bestand der Unterschied zwischen unseren Charakteren: Ich wäre dazu bereit gewesen. Ich wurde mürrisch und unzufrieden, und mehr als einmal mußte ich von der Königin einen leichten Schlag hinnehmen, weil sie, wie sie sagte, keine finster blickenden Kreaturen in ihrer Nähe haben wolle.

Sie war besorgt. Roberts Erlebnisse waren nicht ohne Auswirkung auf seine Gesundheit geblieben; er hatte sich eine Erkältung zugezogen und mußte das Bett hüten.

Wie wir uns ängstigten – sie und ich. Und wie litt ich darunter, daß sie ihn besuchen konnte und ich nicht. Ich überlegte mir ständig, wie ich es anstellen könnte, ihn zu sehen – doch es war sinnlos.

Sie aber ging zu ihm, kam zurück und klagte, seine Gemächer seien feucht.

»Wir müssen andere Räume für ihn aussuchen«, sagte sie. Ich erschrak; denn die Art, wie sie das Wort an mich richtete, schien mir unheilverkündend.

Die Räume, die sie auswählte, lagen neben ihren eigenen.

Nun war es sicher: Sie mußte gemerkt haben, daß sich zwischen Robert und mir etwas abgespielt hatte. Als er wieder ein wenig zu Kräften gekommen war, ließ sie mich rufen.

»Ich werde dich nach Chartley zurückschicken«, sagte sie.

Die Betroffenheit war mir wohl anzusehen und ebenso, daß ich mich vor Enttäuschung ganz elend fühlte.

»Ich habe dich zu lange von deinem Gatten ferngehalten«, fuhr sie fort.

»Aber Madam«, widersprach ich, »er ist in Euren Diensten doch ebenfalls so oft von zu Hause fort.«

»Wenn er nach Chartley zurückkommt, soll er ein warmes Bett antreffen, das auf ihn wartet. Ich möchte wetten, er findet es an der Zeit, daß du ihm einen reizenden Sohn schenkst.«

Die klugen Augen musterten mich eindringlich.

»Für gesunde Eheleute ist es nicht gut, allzu lange getrennt zu sein«, fuhr sie fort. »Das könnte ein Unglück heraufbeschwören, und darauf lege ich an meinem Hof ganz und gar keinen Wert. Komm, laß den Kopf nicht hängen! Denk an dein Heim und an deine Kinder.«

»Eure Majestät werden mir fehlen.«

»Deine Familie muß dir eben *alles* ersetzen, was dir fehlen wird, wenn du den Hof verläßt.«

Meine Mutter befand sich am Hofe, und ich ging zu ihr und erzählte ihr, daß ich abreisen würde.

Sie nickte. »Ja, die Königin hat mit mir darüber gesprochen. Sie findet, bei deiner Veranlagung brauchtest du das Eheleben, und es sei schlecht für dich, wenn man dich zu lange von deinem Gatten fernhält. Sie sagte, sie habe bemerkt, daß einige Leute dich mit unzüchtigen Blicken betrachtet hätten.«

»Hat sie auch gesagt, wer das war?«

Meine Mutter schüttelte den Kopf. »Sie hat keinen Namen genannt.«

Also wußte Elisabeth etwas. Sie war aufmerksam geworden, und sie entließ mich, weil sie keine Rivalin duldete.

Traurig und verärgert brach ich nach Chartley auf. Robert machte sich nicht einmal die Mühe, mir Lebewohl zu sagen. Er war eindeutig entschlossen, seine wiedergewonnene Gunst nicht aufs Spiel zu setzen.

Allmählich fragte ich mich, ob er mich nicht nur benutzt hatte, um die Königin eifersüchtig zu machen. Der Gedanke konnte eine Frau wie mich um den Verstand bringen. Ich war wütend, weil letzten Endes er es war, der an meiner Verbannung vom Hofe die Schuld trug.

Dafür hätte ich ihn hassen müssen. Ich hatte ihm nichts weiter bedeutet als ein Mittel zur Befriedigung einer flüchtigen Leidenschaft.

Ich war eine Närrin gewesen.

Eines Tages, gelobte ich mir, werde ich den beiden zeigen, daß man mich nicht so behandeln kann.

So ging es denn zurück nach Chartley. Wie niedergeschlagen ich war, als ich gen Norden zog! Wie haßte ich den Anblick dieser steinernen Festung auf dem Hügel, die – für wie lange, vermochte ich nicht zu sagen – wieder mein Heim sein würde!

Meine Eltern hatten mit mir gesprochen, bevor ich den Hof verließ. Wie beneidete ich sie, daß sie dort bleiben durften, mein Vater als Schatzmeister für die Hofhaltung, meine Mutter als Hofdame!

»Es wird Zeit, daß du nach Chartley zurückkehrst, Lettice«, sagte mein Vater. »Es ist nicht gut für junge Menschen, so lange am Hof zu bleiben, wenn sie verheiratet sind.«

»Walter und die Kinder haben dir gewiß sehr gefehlt«, ergänzte meine Mutter.

Ich entgegnete, ich würde auf Chartley so oder so nicht viel von Walter zu sehen bekommen.

»Nein. Aber er wird dort sein, so oft er nur kann, und bedenke doch nur die Freude, deine kleinen Mädchen wiederzusehen.«

Ich hätte wahrhaftig froh sein sollen, die Kinder wiederzusehen, doch für die Aufregungen des höfischen Lebens boten sie keinen Ersatz.

Während der ersten Tage war ich sehr bedrückt. Ich dachte an Robert und hätte gern gewußt, was zwischen ihm und der Königin vorgehen mochte. Die Entfremdung vor kurzem hatte ihrer Verliebtheit keinen Abbruch getan, und ich fragte mich oft, ob meine Schlußfolgerungen richtig seien und ihre Zuneigung zu ihm am Ende nicht doch über ihre Bedenken obsiegen würde.

Ich überlegte mir, ob sie mich ihm gegenüber wohl erwähnt hatte. Ich malte mir aus, wie er leugnete, daß es zwischen uns irgend etwas gegeben habe, und wie er, falls man ihm etwas nachweisen sollte, ihr versicherte, es sei nichts weiter als ein flüchtiger Zeitvertreib gewesen, da sie ihm die Erfüllung seines Herzenswunsches beständig verweigere. Ich schwor, daß ich ihm eines Tages heimzahlen würde, was er mir angetan hatte. Ich würde ihm deutlich machen, daß man mich nicht einfach nehmen und nach Belieben fortwerfen konnte. Doch als sich mein Zorn abkühlte, sah ich ein, daß es sinnlos war, sich zu ärgern. Ich konnte nichts tun – wenigstens jetzt noch nicht ... Also suchte ich bei meiner Familie Trost, und seltsamerweise fand ich ihn sogar.

Penelope war jetzt sechs Jahre alt – ein hübsches Kind, aufgeweckt und eigenwillig. Ich erkannte mich selbst in ihr deutlich wieder. Dorothy, um ein Jahr jünger, war stiller, aber nicht weniger entschlossen, ihren Willen durchzusetzen. Die beiden freuten sich jedenfalls, mich wiederzusehen; meine Eltern hatten recht gehabt, als sie sagten, die Kinder würden mir ein Trost sein.

Walter kam nach Chartley. Er hatte zusammen mit Ambrose Dudley, dem Grafen von Warwick, Dienst getan und sich mit ihm angefreundet. Ich war begierig danach, etwas über Warwick zu erfahren, denn er war Roberts älterer Bruder und mit ihm zusammen im Tower zum Tode verurteilt gewesen, weil sie sich an dem Versuch beteiligt hatten, Lady Jane Grey auf den Thron zu erheben.

Walter war so liebenswert wie am Anfang unserer Ehe, und was mich betraf, so hatte ich durch meine Erfahrungen gewiß nichts an Reiz eingebüßt. Aber er war so anders als Robert! Ich haderte mit dem Schicksal, das mich mit Walter Devereux vermählt hatte, wo es doch einen Mann wie Robert Dudley auf Erden gab.

Doch meine Veranlagung half mir. Es gelang mir, auch in der Vereinigung mit Walter ein gewisses Vergnügen zu finden, zumal er mir so sehr ergeben war.

Es währte nicht lange, und ich war schwanger.

»Diesmal«, sagte Walter, »wird es ein Junge.«

Wir zogen in eines von Walters Landhäusern – Netherwood in Herefordshire –, weil dies seiner Meinung nach meiner Gesundheit zuträglicher war, und dort wurde an einem dunklen Novembertag mein Kind geboren. Ich muß gestehen, daß ich in Jubel ausbrach, als man mir sagte, es sei ein Knabe. Walter war entzückt und bereit, mich über die Maßen zu verwöhnen, weil ich ihm das geschenkt hatte, was er sich, wie fast alle Männer, am meisten ersehnt hatte – einen Sohn und Erben.

Es erhob sich die Frage, wie wir ihn nennen sollten. Walter schlug vor, er solle Richard heißen, nach Walters Vater, oder vielleicht Walter, wie er selbst. Ich aber sagte, ich hätte gern einmal etwas anderes als die in der Familie üblichen Namen, mir gefalle der Name Robert so gut. Und da Walter bereit war, mir jeden Wunsch zu erfüllen, erhielt der Junge also den Namen Robert.

Ich fand ihn entzückend, denn er war von Anbeginn ein ungemein hübsches Kind, lebhaft und zweifellos intelligent. Zu meiner eigenen Überraschung füllte er mich völlig aus. Er half, meinen Kummer zu lindern, und o Wunder, ich hörte auf, mich nach dem Hofleben zu verzehren.

Acht Jahre vergingen, ehe ich Robert Dudley wiedersah, und während dieser Zeit hatte sich auf der Welt eine Menge ereignet.

Die Jahre der Verbannung

Lord Leicester ist sehr oft bei Ihrer Majestät, und sie bezeigt ihm dieselbe große Zuneigung wie immer ... Es gibt jetzt am Hofe zwei Schwestern, welche sehr in ihn verliebt sind, und das bereits seit langem – Lady Sheffield und Frances Howard; sie wetteifern miteinander, welche ihn mehr liebt, und befinden sich daher im Kriegszustand. Die Königin ist nicht gut auf sie zu sprechen und auf Leicester ebenfalls nicht. Aus diesem Grunde hat man Spione auf ihn angesetzt.

Gilbert Talbot an seinen Vater
Lord Shrewsbury

Mein Sohn hatte den ganzen Haushalt verändert. Seine Schwestern waren in ihn vernarrt, und sämtliche Dienstboten vergötterten ihn. Sein Vater war außerordentlich stolz auf ihn, und was das allerseltsamste war: Ich hatte damals keinen sehnlicheren Wunsch, als ihn zu umsorgen. Ich wollte ihn nicht seinen Kindermädchen überlassen, weil ich es nicht ertragen hätte, daß sie mir vielleicht seine Liebe stahlen.

Walter hatte nun allen Grund, mit seinem Eheleben zufrieden zu sein. Ich dachte oft sehnsüchtig an Robert Dudley, aber nun, da ich schon so lange von ihm getrennt war, brachte ich es fertig, der Wahrheit ins Gesicht zu blicken. Und was ich da sah, war für eine Frau mit meinem Stolz nicht gerade angenehm.

Robert Dudley hatte mich für kurze Zeit zu seiner Geliebten gemacht, weil er bei der Königin in Ungnade gefallen war. Doch sobald er ihre Gunst wieder besaß, hieß es »Lebewohl, Lettice. Es wäre unklug von uns, noch einmal zusammenzukommen«.

Mein Stolz stand dem Verlangen meiner Sinne in nichts nach. Ich wollte versuchen, diese Episode zu vergessen. Meine Familie – insbesondere mein über alles geliebter Sohn – würde mir dabei helfen. Ich stürzte mich in die Wirtschaft und war eine Zeitlang eine vorbildliche Ehefrau. Stunden verbrachte ich in der Hausbrennerei, ich baute die verschiedensten Kräuter an, die zum Würzen der Speisen verwendet wurden, und ich versuchte ständig etwas Neues. So bereitete ich zum Beispiel Parfums aus Lavendel, Rosen und Hyazinthen, ich erfand neue Mischungen aus wohlduftenden wilden Blüten und Binsen, wozu ich häufig noch Mädesüß verwendete. Die Königin hatte diese weißblühende Pflanze in Mode gebracht, da sie einmal sagte, sie erinnerten sie an das Land. Ich ließ feine Stoffe kommen – Brokat, Samt und Taft –, so daß die Dienstboten die Augen aufrissen, waren sie doch nur Flanell und grobes Wollzeug gewöhnt. Ich hatte leidlich gute Näherinnen, aber sie verstanden sich natürlich nicht auf die höfische Mode. Doch was tat das! Auf dem Lande war ich eine Königin, und die Leute redeten über mich – meine Eleganz, meine Tafel, die Weine, die ich meinen Gästen kredenzte: Muskateller, Malvasier und jene italienischen, die ich mit meinen eigenen Kräutern würzte. Wenn Besucher vom Hof kamen, gab ich mir alle Mühe, bei ihnen Eindruck zu machen. Ich wollte, daß sie bei ihrer Rückkehr von mir sprachen, damit er erfuhr, daß ich ohne ihn recht zufrieden leben konnte.

Es war nur natürlich, daß ich bei diesem häuslichen Leben abermals schwanger wurde. Zwei Jahre nach Roberts Geburt brachte ich einen zweiten Sohn zur Welt, und diesmal fand ich es nicht mehr als recht und billig, ihn nach seinem Vater zu nennen. Er erhielt also den Namen Walter.

Draußen in der Welt hatte sich während dieser Zeit vieles ereignet, was von großer Bedeutung war. Darnley, der Gemahl der Schottenkönigin Maria, hatte in einem Haus in Kirk o'Field außerhalb von Edinburgh auf mysteriöse Weise den Tod gefunden. Dieses Haus war, zweifellos in der Absicht, Darnley zu beseitigen, mit Pulver in die Luft gesprengt worden. Der unglückliche Mann mußte jedoch gewarnt worden sein, denn er hatte noch versucht, zu entkommen. Er kam nicht sehr weit. Man fand ihn im Garten des Hauses – tot, aber unverletzt durch die Explosion. Da es keine Anzeichen von Gewalteinwirkung gab, vermutete man, daß er erstickt war, weil ihm jemand ein feuchtes Tuch auf den Mund gedrückt hatte. Es handelte sich also eindeutig um Mord. Da Maria in heißer Liebe zu dem Grafen Bothwell entbrannt war und ihren Gatten Darnley haßte, Bothwell überdies seine Frau verstoßen hatte, schien klar zu sein, wer hinter dem Mord steckte.

Ich muß gestehen, daß ich, als diese Nachricht nach Chartley drang, den heftigen Wunsch verspürte, am Hofe zu sein, um selbst mitzuerleben, wie Elisabeth diese Nachricht aufnahm. Ich konnte mir vorstellen, wie sie ihren Abscheu ausdrückte und dabei heimlich Freude über die zweifelsohne mißliche Lage der Königin von Schottland empfand. Gleichzeitig mochte ihr jedoch ein wenig unbehaglich zumute sein. Die Leute würden sich gewiß darauf besinnen, daß sie einst in eine ähnlich verfängliche Lage geraten war, als man Robert Dudleys Gattin tot am Fuße jener Treppe in Cumnor Place gefunden hatte.

Falls die Königin von Schottland Bothwell heiratete, geriet ihr Thron gewiß in Gefahr. Man würde sie der Komplizenschaft bei der Ermordung ihres Gemahls verdächtigen. Zudem war ihre Stellung keineswegs so gefestigt wie die von Elisabeth. Ich konnte mich nie enthalten zu lächeln, wenn ich an die Lobgesänge dachte, die jedesmal ertönten, wenn die Königin erschien. Selbst Männer wie Cecil und Bacon schienen sie für göttlich zu halten. Ich dachte manchmal, daß sie unter anderem deswegen so großen Wert darauf legte, weil sie nie vergaß, daß es die Königin von Schottland gab, die – das sagte ihr der Verstand – weit schöner war als sie, trotz ihrer falschen Haare, trotz Puder, Rouge und den verschwenderisch mit Juwelen geschmückten Gewändern.

Nun überstürzten sich die Ereignisse. Ich wollte es zunächst nicht glauben, als ich hörte, daß Maria unverzüglich Bothwell heiratete. Törichtes Weib! Warum war sie nicht dem Beispiel unserer klugen und gewitzten Elisabeth gefolgt? Lauter hätte Maria ihre Schuld gar nicht vor aller Welt verkünden können, und selbst wenn sie an Darnleys Ermordung nicht beteiligt war, so wurden doch jetzt die Geschichten, Bothwell sei bereits zu Darnleys Lebzeiten ihr Liebhaber gewesen, für wahr gehalten.

Nach kurzer Zeit folgte die Niederlage von Carberry Hill. Ich wurde von großer Unruhe ergriffen. Wie gern wäre ich jetzt am Hofe gewesen, um diese großen goldbraunen Augen zu sehen, die so viel ausdrückten und noch mehr verbargen. Elisabeth würde über die Beleidigung der Königswürde erzürnt sein. Gerade weil sie von verhältnismäßig unbedeutender Abkunft war, hatte sie immer darauf bestanden, daß königlichem Blute die geziemende Ehre erwiesen wurde. Sie würde es beklagen, daß eine Königin auf einem spanischen Pony, angetan mit dem roten Unterrock einer Händlerin, durch die Straßen von Edinburgh geritten war, während der Pöbel »Hure und Mörderin« hinter ihr her schrie. Gleichzeitig aber würde sie sich daran erinnern, daß Maria es gewagt hatte, sich als Königin von England zu bezeichnen, und daß es im Lande ein paar Katholiken gab, die bereit waren, sehr viel – sogar ihr Leben – zu wagen, um Maria auf den Thron zu setzen und eine Rückkehr zum Katholizismus zu erzwingen.

Nein, Elisabeth würde niemals vergessen, daß diese törichte Frau jenseits der Grenze eine große Bedrohung für die Krone darstellte, die ihr so unentbehrlich war und die sie nicht einmal mit dem Mann, den sie liebte, zu teilen bereit war.

Und Robert? Was mochte er wohl denken? Maria war die Frau, der man ihn zum Gemahl vorgeschlagen hatte, und die ihn abfällig als »Stallmeister der Königin« bezeichnet hatte. Ich war sicher, er konnte in seinem Stolz gar nicht anders, als eine gewisse Genugtuung darüber zu empfinden, daß sie so tief gesunken war.

Es folgten die Niederlage, Gefangennahme und Inhaftierung von Lochleven, die Flucht aus Lochleven, schließlich eine weitere, unselige und endgültige Niederlage in Langside, und Maria – o Torheit aller Torheiten! – gab sich der Täuschung hin, sie könne bei ihrer »lieben Schwester in England« Hilfe finden.

Ich konnte mir die Erregung dieser lieben Schwester bei der Aussicht, daß ihre größte Rivalin sich ihr aus freien Stücken auslieferte, lebhaft vorstellen.

Bald nach Marias Ankunft in England erhielten wir Besuch von meinem Vater. In seinem Gemüt mischten sich Besorgnis und Stolz, und als ich den Grund seines Besuches erfuhr, konnte ich das durchaus verstehen.

Die Königin und Sir William Cecil hatten ihn rufen lassen und ihm mitgeteilt, sie hätten einen Auftrag für ihn.

»Es ist ein Zeichen meines Vertrauens in dich, Cousin«, habe die Königin zu ihm gesagt, wie er mir stolz erzählte, und er fuhr fort: »Ich soll die Königin von Schottland bewachen. Ich gehe zur Burg Carlisle, wo Lord Scrope mich bei dieser Aufgabe unterstützen wird.«

Walter meinte, um diesen Auftrag beneide er ihn nicht.

»Warum nicht?« wollte ich wissen. »Die Königin würde ihn nur jemandem erteilen, zu dem sie vollstes Vertrauen hat.«

»Das schon«, stimmte Walter zu. »Aber es ist eine gefährliche Aufgabe. Wo auch Maria von Schottland sich aufhält, es gibt stets Scherereien.«

»Jetzt nicht mehr, da sie in England ist«, sagte mein Vater. Ich fand, er sei allzu vertrauensselig.

»Aber sie wird deine Gefangene sein, und du bist ihr Wärter«, betonte Walter. »Stell dir nur einmal vor, daß ...«

Er vollendete den Satz nicht, wir wußten ohnehin, was er meinte. Falls es Maria gelang, genügend Streitkräfte um ihr Banner zu scharen und den Kampf um den Thron von England zu gewinnen, was würde dann aus jenen, die auf Anweisung ihrer Rivalin ihre Wärter gewesen waren? Oder was geschah, wenn sie entfloh? Walter meinte, er würde keinen Wert darauf legen, der Betreffende zu sein, den man für ein solches Mißgeschick zur Verantwortung ziehen würde.

O ja, mein Vater hatte eine außerordentliche Verantwortung auf sich genommen.

Doch schon die bloße Erwähnung der Möglichkeit, daß Elisabeth vom Throne gestoßen werden könnte, bedeutete Verrat. Trotzdem konnten wir nicht verhindern, daß uns der Gedanke bewegte.

»Wir werden sie sorgsam bewachen«, sagte mein Vater, »ohne sie jedoch spüren zu lassen, daß sie eine Gefangene ist.«

»Du hast dir eine unmögliche Aufgabe gestellt, Vater«, sagte ich zu ihm.

»Ich glaube, vielleicht ist das Gottes Wille«, gab er mir zur Antwort. »Möglicherweise bin ich auserwählt, ihre Gedanken vom Katholizismus abzuwenden, der meiner Meinung nach die Wurzel ihres ganzen Unglücks ist.«

Mein Vater war ein sehr argloser Mann, was wohl mit seinem schlichten Glauben zusammenhing. Seine Hinwendung zum Protestantismus war im Laufe der Jahre immer stärker geworden und hatte ihm die Überzeugung vermittelt, daß alle, die nicht seines Glaubens waren, zur ewigen Verdammnis verurteilt seien.

Ich brachte keine Einwände dagegen vor. Er war ein guter Mensch, und ich hatte ihn sehr gern, wie ich auch meiner Mutter zugetan war, und ich wollte nicht, daß sie erfuhren, wie sehr sich meine Anschauungen von den ihren unterschieden. Ich fragte mich oft, was sie wohl gedacht hätten, wenn ihnen meine kurze Liaison mit Robert Dudley bekannt geworden wäre. Es hätte sie zutiefst erschüttert, dessen war ich mir wohl bewußt.

Mein Vater hatte ein paar Kleidungsstücke bei sich, die er Maria von Elisabeth bringen sollte. Ich äußerte, daß ich sie mir gern ansehen würde, und zu meiner nicht geringen Überraschung gestattete es mein Vater. Ich hatte königliche Roben zu sehen erwartet – gebauscht und geschlitzt, mit Edelsteinen verziert, dazu Spitzenkrausen, seidene Untergewänder, leinene Unterröcke und selbstverständlich mit Juwelen besetzte und bestickte Überkleider. Doch ich fand nichts weiter als einige Paare recht abgetragener Schuhe, ein paar Ellen schwarzen Samtes für ein Kleid und etwas Unterwäsche, die offensichtlich schon getragen war.

Das also war das Geschenk der Königin von England für Maria, die in ganz Frankreich und Schottland für ihre Eleganz berühmt war! Nicht einmal ihre Dienstmägde würden dergleichen tragen.

Ich empfand Mitleid mit Maria. Wieder einmal empfand ich den heißen Wunsch, im Mittelpunkt der Geschehnisse zu weilen, um alles aus erster Hand zu erfahren und nicht von Besuchern abhängig zu sein, die nach Chartley geritten kamen und uns von Ereignissen berichteten, die schon mehrere Wochen zurücklagen. Ich war nicht dafür geschaffen, beiseite zu stehen und mich mit der Rolle des Zuschauers zu begnügen.

Kurz nach der Geburt meines Sohnes Walter ereigneten sich zwei Dinge.

Man hatte die schottische Königin von der Burg Carlisle auf die Burg Bolton gebracht. Wie die meisten Männer, die mit ihr in Berührung kamen, fühlte sich auch mein Vater von ihr ein wenig angezogen, doch war bei ihm der Grund dafür wohl mehr der Wunsch, ihre Seele zu retten, als sich an ihrem Leib zu erfreuen. Ich hörte, daß er sich bemühte, sie zu unserem Glauben zu bekehren. Sie hatte inzwischen erkannt, wie töricht es gewesen war, auf Elisabeth zu vertrauen und sich geradewegs ins Lager des Feindes zu begeben. Gewiß, es wäre ihr möglicherweise kaum besser ergangen, wenn sie nach Frankreich geflohen wäre, aber wer konnte das schon genau wissen? Sie hatte sich bei Katharina von Medici, der Königinmutter, nicht gerade lieb Kind gemacht, und diese Frau war so schlau wie unsere Elisabeth und darüber hinaus weitaus schneller mit Todesurteilen bei der Hand. Die arme Maria. Da hatte sie nun drei Länder zur Wahl gehabt: Schottland – von dort war sie geflohen –, Frankreich, wo sie ihre Verwandten möglicherweise freundlich willkommen geheißen hätten, und England, für das sie sich entschied.

Sie hatte einen Fluchtversuch mit Hilfe zusammengeknoteter Laken unternommen, eine abenteuerliche, doch selten erfolgreiche Methode, und dabei war sie von Lord Scrope erwischt worden. Nachher mußten ihre Wärter die Bewachung natürlich verstärken. Lady Scrope, die sich mit auf der Burg befand, war die Schwester des Herzogs von Norfolk, und sie schwärmte der schottischen Königin so viel von den Reizen ihres Bruders vor, daß Maria Anteilnahme für Norfolk bekundete. So wurde der törichte Mann in ein Netz von Intrigen verwickelt; das sollte schließlich zu seinem Untergang führen.

Fast zur selben Zeit kam es zum Aufstand der Lords im Norden, und mein Mann wurde zum Kriegsdienst berufen. Er schloß sich den Truppen des Grafen von Warwick an und wurde Feldmarschall.

Meine Mutter war seit einiger Zeit krank. Sie schrieb uns, wie groß das Wohlwollen der Königin ihr gegenüber sei. »Niemand hätte sich gütiger verhalten können als Ihre Majestät«, schrieb meine Mutter. »Wie glücklich dürfen wir doch über unsere Herrscherin sein.«

Elisabeth war ihren Freunden gegenüber wahrhaftig loyal. Sie hatte der armen Lady Mary Sidney in Hampton Court eine Wohnstätte verschafft, wo diese sich zuweilen in aller Zurückgezogenheit aufhielt, weil sie sich mit ihrem pockennarbigen Gesicht nirgends zeigen wollte. Elisabeth besuchte sie regelmäßig und saß dann lange Zeit plaudernd bei ihr. Die Königin gab ihr zu verstehen, sie würde nie vergessen, daß Lady Sidney, als sie Elisabeth gepflegt hatte, ihr gewissermaßen die Narben abgenommen hatte.

Und dann erhielt ich eine Botschaft.

Ich sollte an den Hof zurückkehren.

Meine Aufregung war grenzenlos. Wie hatte ich nur glauben können, meine schlichten ländlichen Vergnügungen würden mich für den Trubel bei Hofe entschädigen! Unter »Hof« verstehe ich natürlich jene zwei Menschen, bei denen meine Gedanken so oft weilten. Die Aussicht auf eine Rückkehr ließ meine Nerven erbeben.

Ich konnte es kaum erwarten, dort anzukommen.

Ich begab mich geradewegs zur Königin, da sie angeordnet hatte, daß man mich zu ihr führen solle. Doch auf diesen Empfang war ich nicht vorbereitet gewesen. Als ich niederknien wollte, nahm sie mich in die Arme und küßte mich. Ich war verblüfft, erfuhr aber gleich den Grund für diese Zärtlichkeit.

»Ich bin zutiefst bekümmert, Lettice«, sagte sie. »Deine Mutter ist schwer erkrankt.« Die großen Augen waren ein wenig verschleiert. »Ich befürchte …« Sie schüttelte den Kopf. »Du mußt sogleich zu ihr gehen.«

Ich hatte Elisabeth gehaßt. Sie hatte mir das weggenommen, woran mir am meisten lag. Aber in diesem Augenblick liebte ich sie beinahe – vielleicht wegen ihrer Fähigkeit zu Freundschaft und Treue gegenüber jenen, die ihr teuer waren. Und meine Mutter liebte sie wirklich.

»Richte ihr aus«, sagte sie, »daß ich in Gedanken bei ihr bin. Sag ihr das, Lettice.«

Sie schob ihren Arm durch den meinen und ging mit mir zur Tür. Es war, als habe sie mir nun, da sie meinen Kummer mit mir teilte, alles vergeben, dessen sie mich womöglich verdächtigt hatte.

Ich stand mit meinen Geschwistern am Bette meiner Mutter, als sie starb. Ich kniete neben ihr nieder und teilte ihr mit, was die Königin mir aufgetragen hatte. An dem Ausdruck, den ihr Gesicht annahm, erkannte ich, daß sie verstanden hatte.

»Gott dienen ... und der Königin«, murmelte sie. »Ach, meine Kinder, denkt daran ...«

Das war alles.

Elisabeth war zweifellos zutiefst bewegt. Sie beharrte darauf, daß meine Mutter auf ihre Kosten in der Kapelle des heiligen Edmund beigesetzt wurde. Sie ließ mich rufen und erzählte mir, wie sehr sie ihre Cousine geliebt habe, und wie schmerzlich sie ihren Verlust empfand. Sie meinte es ehrlich, das weiß ich, und sie war sehr gütig zu uns allen ... für kurze Zeit. Ich glaube, damals verzieh sie mir sogar, daß ich Roberts Aufmerksamkeit erregt hatte.

Nach dem Leichenbegängnis rief sie mich zu sich und redete über meine Eltern – wie sie meine Mutter geliebt habe, wie sehr sie meinen Vater schätze.

»Zwischen deiner Mutter und mir bestanden enge verwandtschaftliche Bande«, sagte sie, »und sie war eine gute und liebevolle Seele. Ich hoffe, du wirst ihr nacheifern.«

Sehnsüchtig gestand ich, wie gern ich ihr wieder dienen würde, und sie antwortete: »Ah, du hast doch genügend Ersatz. Wie viele sind es jetzt ... vier?«

»Ja, Madam, zwei Mädchen und zwei Knaben.«

»Welch ein Segen.«

»Das ist mir bewußt, Madam.«

»Das ist auch gut so. Ich hatte eine Zeitlang gedacht, du ließest deine Augen umherschweifen.«

»Madam!«

Sie gab mir einen leichten Schlag auf den Arm. »Es kam mir so vor. Ich schätze Walter Devereux. Er ist ein Mann, der nur Gutes verdient.«

»Er wird außer sich sein vor Freude, wenn er hört, welch gute Meinung Eure Majestät von ihm haben.«

»Ein glücklicher Mann. Er hat einen Erben. Wie habt ihr ihn genannt?«

»Robert, Madam.«

Sie bedachte mich mit einem scharfen Blick. Dann sagte sie: »Ein schöner Name. Einer meiner Lieblingsnamen.«

»Meiner jetzt auch, Majestät.«

»Ich will deinen Gatten für seine Dienste, die er uns geleistet hat, belohnen. Lord Warwick hat mit besonderer Wärme von ihm gesprochen. Nun habe ich einen Weg gefunden, wie ich ihm meine Wertschätzung erweisen kann.«

»Darf ich mir die Frage erlauben, was Eure Majestät zu tun gedenken?«

»Gewiß. Ich schicke seine Gattin nach Chartley zurück, damit er sie dort findet, wenn er heimkehrt.«

»Im Augenblick ist er im Norden sehr beschäftigt.«

»Das stimmt. Aber der größte Teil der Rebellen ist bereits gefangen, und sollte er zurückkehren, so möchte ich nicht, daß er enttäuscht ist, weil ihm seine Frau fehlt.«

Ich war entlassen. Die freundschaftlichen Gefühle, die sie mir entgegengebracht hatte, als wir gemeinsam trauerten, waren erloschen. Mir wurde nicht vergeben, daß Robert für kurze Zeit Wohlgefallen an mir bekundet hatte.

Meine Kinder wuchsen heran. Penelope war fast zehn, Robert fünf. Das häusliche Leben jedoch konnte mich nicht mehr befriedigen. Ich liebte meinen Gatten wahrhaftig nicht, und wenn er mich umarmte, so war mein Vergnügen nur gering. Ich wurde immer mürrischer, weil das Leben so langweilig war. In meine Kinder allerdings war ich vernarrt – vor allem in den kleinen Robert –, aber ein fünfjähriges Kind konnte eine Frau von meiner Art nicht für alles entschädigen oder ihr gar die Anregungen verschaffen, deren sie bedurfte.

Wenn Besucher nach Chartley kamen, erfuhr ich bruchstückhafte Neuigkeiten – oft über den Grafen von Leicester, der nach wie vor im Hofleben die wichtigste Rolle spielte –, und ich hörte begierig zu. Er stand noch immer bei der Königin hoch in Gunst. Aber die Jahre gingen dahin, und es war nun unwahrscheinlich geworden, daß Elisabeth jemals heiraten würde. Kürzlich hatte sie mit dem Gedanken geliebäugelt, den Herzog von Anjou zu nehmen, aber es wurde nichts daraus – wie bei allen vorausgegangenen Anträgen. Die Königin näherte sich den vierzig, ein wenig zu alt zum Kindergebären. Robert war noch immer ihr Favorit, aber einer Vermählung mit ihr war er um keinen Schritt nähergekommen, und mit jedem weiteren Jahr schwand diese Möglichkeit mehr und mehr.

Ich vernahm unerfreuliche Gerüchte über gewisse Liebesaffairen. Man konnte kaum erwarten, daß ein Mann wie Leicester bereit war, sich für alle Zeiten am Gängelband führen zu lassen. Ich hatte gehört, daß zwei Hofdamen (und zwar Lady Douglass, die Gemahlin des Grafen von Sheffield, sowie ihre Schwester Lady Frances Howard) in Liebe zu ihm entbrannt waren und um seine Aufmerksamkeit wetteiferten.

»Sie gefallen ihm beide recht gut«, sagte mein Gewährsmann, ein Besucher vom Hofe, der auf seinem Weg nach Norden eine oder zwei Nächte auf Chartley verbrachte. »Doch der Königin sind diese Torheiten nicht entgangen, und ihr gefallen sie gar nicht.«

Natürlich würde ihr das nicht gefallen, wenn die beiden Damen es auf Leicester abgesehen hatten. Ich nahm an, sie würden ebenso schnell aus dem Hofdienst entlassen wie damals ich. Zu meiner Überraschung entdeckte ich, daß ich immer noch eifersüchtig werden konnte. Ich erinnerte mich, einmal gehört zu haben, daß diese Lady Howard eine bezaubernde Frau sei. Anna Boleyn war mütterlicherseits eine Howard gewesen; Katharina Howard, die fünfte Frau Heinrichs VIII., hatte die gleiche Anziehungskraft besessen. Die Ärmste! Es hatte sie den Kopf gekostet. Wäre sie ein wenig durchtriebener gewesen, hätte sie ihn vielleicht retten können. Sie waren eben nicht schlau genug, diese Howards. Für Männer besaßen sie wohl Anziehungskraft, da sie selbst Verlangen nach ihnen hatten, doch waren sie nicht berechnend genug, um ihren Vorteil wahrzunehmen.

Ich wartete begierig auf Neuigkeiten. Wie hatte ich nur jemals annehmen können, ich hätte aufgehört, mir etwas aus Robert Dudley zu machen! Ich wußte genau: Sollte ich ihm je wieder begegnen, meine Begierde wäre so heftig wie ehedem.

Ich fragte meinen Gast, was er über die Affairen um Douglass Sheffield und Frances Howard wüßte.

»Ach«, sagte er, »es geht das Gerücht, daß Lady Sheffield Leicesters Geliebte wurde, als sie sich beide auf Schloß Belvoir aufhielten.«

Ich konnte mir das so gut vorstellen. Das Abenteuer hatte wohl ebenso geschwind seinen Lauf genommen wie damals bei mir, denn Robert war sehr ungeduldig, und da ihn die Ausflüchte der Königin zum Wahnsinn trieben, ertrug er es nicht, daß sich ihm eine andere Frau ebenfalls versagte.

»Man erzählt sich«, fuhr unser Besucher fort, »daß Leicester an Douglass einen Liebesbrief geschrieben hat, worin er ohne Umschweife die Existenz ihres Ehemannes bedauert und andeutet, er hätte sie geheiratet, wenn sie nicht bereits vermählt wäre. Und dann, heißt es, sei eine Anspielung gefolgt, daß Sheffield ihnen möglicherweise nicht mehr lange im Wege stehen werde.«

Ich rang erschrocken nach Luft. »Damit wird er doch nicht gemeint haben ...«

»Nach dem Tode seiner Gattin ist viel über ihn geredet worden. Die törichte Douglass – aber vielleicht war sie gar nicht so töricht und hat es mit Absicht getan – ließ den Brief fallen, als sie nach Hause zurückkehrte. Ihre Schwägerin, die sie nicht besonders gut leiden kann, hat ihn gefunden und unverzüglich dem gehörnten Ehemann gezeigt. Noch am gleichen Abend trennten sie sich von Tisch und Bett, und Sheffield ging nach London, um eine Scheidung zu erreichen. Er hatte ja den Brief, nicht wahr, und man konnte recht wohl herauslesen, daß sein Leben bedroht war ... wenn man bedenkt, woher er kam.«

»Alle Männer im öffentlichen Leben werden beneidet und verleumdet.« Zu meinem eigenen Erstaunen verteidigte ich Robert nachdrücklich. »Und gewiß niemand mehr als der Graf von Leicester.«

»Nun ja, wie Ihr wißt, hat er da diesen italienischen Arzt.«

»Ihr meint Dr. Julio.«

»So wird er genannt. Eigentlich heißt er Giulio Borgherini, aber der Name ist für die Leute schwierig auszusprechen. Man sagt ihm nach, daß er große Kenntnisse von den verschiedenen Giften besitzt und sie im Dienste seines Herrn anwendet.«

»Glaubt Ihr das auch?«

Er zuckte die Schultern. »Die Leute werden den Tod seiner Gattin nie vergessen. Und sie werden sich immer wieder daran erinnern, wenn so etwas wie jetzt geschieht.«

Als er uns verlassen hatte, dachte ich viel über Robert nach. Ich war zutiefst verletzt, weil er hatte den Wunsch äußern können, Douglass Sheffield zu ehelichen.

Walter kehrte zurück. Er war ganz aufgebläht vor Stolz über die Anerkennung der Königin und trug sich mit dem gewagten Plan, Ulster zu besiedeln. Elisabeth hatte ihn zum Ritter des Hosenbandordens und zum Grafen von Essex ernannt – dieser Titel war bereits früher durch eine Heirat mit den Mandevilles in seiner Familie gewesen. Daß er ihm nun wiedergegeben wurde, war ein Zeichen für die große Gunst der Königin.

Jetzt war ich Gräfin. Ich hätte Walter liebend gern an den Hof begleitet, doch die Einladung der Königin war unmißverständlich an ihn allein gerichtet, so daß ich gezwungen war, daheim zu bleiben.

Er kehrte mit skandalösen Neuigkeiten zurück. Wie zu erwarten, betrafen sie Robert Dudley.

»Man sagt«, erzählte Walter, »daß der Graf von Sheffield, als er entdeckte, daß seine Gattin ihn mit Leicester betrogen hatte, beschloß, um eine Scheidung nachzusuchen. Stell dir diesen Skandal vor! Ich bezweifle, daß Ihrer Majestät dergleichen gefallen hätte.«

»Ist sie immer noch in ihn verliebt?«

»Aber freilich. Sie grämt sich, wenn er nicht bei ihr ist. Und wo er geht und steht, folgt sie ihm mit den Augen.«

»Erzähl mir von dem Skandal um Sheffield.«

»Es gab keinen. Er ist tot.«

»Tot!«

»Ja. Er ist genau im richtigen Augenblick gestorben. Jetzt ist der Skandal vermieden. Man kann sich den Zorn der Königin unschwer vorstellen, wenn sie erfahren hätte, daß Leicester Lady Sheffield den Hof gemacht hat.«

»Woran ist er gestorben?«

»Man sagt, durch Gift.«

»*Man* sagt immer solche Dinge.«

»Nun, jedenfalls ist er tot, und infolgedessen kann Leicester des Nachts ruhig schlafen.«

»Und Lady Sheffield ... hat er sie geheiratet?«

»Von einer Vermählung habe ich nichts gehört.«

»Wie ist denn Lady Sheffield eigentlich?«

Walter zog die Schultern hoch. Er bemerkte nie, wie eine Frau aussah. Politik interessierte ihn mehr als Privatangelegenheiten, und es lag lediglich an Leicesters Stellung im Lande, daß Walter sich einen Augenblick lang Gedanken über dessen Liebesaffairen gemacht hatte: Sie waren nur insofern von Bedeutung, als sie ihn der Königin hätten entfremden können.

Mehr Sorgen bereitete Walter ein Plan, Norfolk mit der schottischen Königin zu verheiraten. Den Plan hatte möglicherweise Lady Scrope ausgeheckt, damals, als sie sich bei ihrem Gatten befand, der zusammen mit meinem Vater Maria bewacht hatte.

Norfolk war immer ein Narr gewesen. Er hatte bereits drei Ehen hinter sich, und alle seine Frauen waren gestorben. Er war um die dreißig; zweifellos war er vom Ruf der schottischen Königin äußerst angetan. Immerhin galt sie als eine der bezauberndsten Frauen unserer Zeit. Sie hatte drei Ehemänner gehabt, Norfolk drei Gattinnen; das paßte gut zusammen. Der törichte Junge hielt es gewiß für recht unterhaltsam, Gemahl einer Königin zu sein. So wurde der Plan also weiterverfolgt. Norfolk bekannte sich wohl zum protestantischen Glauben, doch im Grunde seines Herzens war er Katholik. Vermutlich bildete er sich ein, eines Tages König von England werden zu können, wenn auch nicht offiziell. Er konnte nicht vergessen, daß seine Familie von höherem Stande war als die Tudors.

Der Plan war durchaus kein Geheimnis. Als er der Königin zu Ohren kam, rief sie Norfolk zu sich. Diejenigen, die bei dem Treffen zugegen waren, sahen darin eine ernste Warnung für Norfolk.

Die Königin hatte gesagt, sie habe vernommen, daß Norfolk bestrebt sei, seinen Herzogtitel gegen den eines Königs einzutauschen.

Der Blick ihrer großen goldbraunen Augen muß Norfolk so verstört haben, daß er alles leugnete. Er stammelte, die Königin von Schottland sei eine Ehebrecherin und werde des Mordes verdächtigt, und er sei ein Mann, der nachts gerne ruhig auf seinem Kissen schlafe. Als die Königin entgegnete, es gebe Männer, die durchaus bereit seien, um einer Krone willen viel zu wagen, erwiderte Norfolk, auf seiner Kegelbahn in Norfolk sei er ebenso gut ein Fürst gewesen, wie Maria im Herzen von Schottland. Die Bemerkung war nicht ungefährlich, denn als sich Elisabeth in Greenwich befand, hätte man von ihr dasselbe behaupten können. Er ritt sich noch mehr hinein, als er sagte, er könne die schottische Königin schon deshalb nicht heiraten, da er ja wisse, daß sie Anspruch auf die englische Krone erhebe; Königin Elisabeth könne ihm somit vorwerfen, er begehre die Krone von England.

Die Königin entgegnete bissig, genau dies nehme sie von ihm an. Armer, törichter Norfolk! In diesem Augenblick hatte er wohl sein eigenes Todesurteil unterzeichnet.

Ich vernahm später überrascht – wieder durch Besucher vom Hofe –, daß der Graf von Leicester seltsamerweise seine Feindschaft mit Norfolk vergessen und für den Herzog Partei ergriffen hatte. Der Himmel weiß, was in Robert vorging. Doch ich begriff allmählich, daß er ebenso unverständlicher Handlungen fähig war wie Elisabeth. Heute glaube ich, daß er befürchtete, Elisabeth könnte sterben – sie war häufig krank, und seit ihrer Inthronisierung hatte man mehrmals geglaubt, sie befinde sich in Lebensgefahr –, und daß dann Maria Stuart den Thron besteigen würde.

Robert war ein Mensch, der nach außen ritterlich und gütig erscheinen konnte, während er insgeheim Mordpläne erwog. Er würde stets in erster Linie seinen eigenen Vorteil im Sinn haben. Er beschloß also, Norfolk zu unterstützen und sagte ihm zu, er werde ihm zu einer Zusammenkunft mit Elisabeth verhelfen, damit er ihr seinen Fall vortragen könne.

Angesichts seiner vorangegangenen Unterhaltung mit der Königin hätte Norfolk eigentlich gewarnt sein sollen. Elisabeth, ohne Zweifel von Robert entsprechend vorbereitet – denn es paßte durchaus zu ihm, auf beiden Schultern zu tragen –, erstickte Norfolks Vorhaben im Keime; er kam überhaupt nicht dazu, ihr zu erklären, welche Vorteile eine Verbindung zwischen ihm und Maria hätte. Sie nahm sein Ohr zwischen Daumen und Zeigefinger und zwickte es so fest, daß er zusammenzuckte.

»Ich würde Euch raten«, sagte sie, »gut auf Euer Kissen achtzugeben.«

Sie spielte damit auf seine Bemerkung an, daß er nachts gern ruhig auf seinem Kissen schlafe. Unmißverständlich machte sie ihm klar, daß er, wenn er seine Absichten verwirklichte, den Kopf auf ein ganz anderes Kissen legen müßte – einen Holzblock nämlich, wo er ihm mit dem Beil abgeschlagen würde.

Norfolk muß das Herz erzittert haben, denn er sank auf die Knie und schwor, er wünsche nicht zu heiraten, sondern einzig und allein, ihr zu dienen.

Unglücklicherweise hatte er nicht die Wahrheit gesprochen. Als ans Licht kam, daß er nach dieser Unterredung heimliche Botschaften der schottischen Königin empfing, war er sogleich neuerlich tief in das Ränkespiel um die Eheschließung und Befreiung Marias verstrickt.

Walter hatte nur seine Besiedelungspläne Ulsters im Kopf, doch als er an den Hof ging, erfuhr er ein wenig von den Vorgängen dort. Er war verstört, weil die Gefahr wuchs, die England vom Katholizismus drohte, und weil die Weigerung der Königin, sich zu vermählen, alles noch schwieriger machte. Solange sie lebte, würde das Land protestantisch bleiben. Starb sie aber, so konnte ein Krieg ausbrechen. Walter erzählte mir, daß die Minister unablässig den Ernst der Lage erörterten, der durch die Ungewißheit entstand, wer Elisabeth auf den Thron folgen solle. Dies war Englands wunder Punkt, zumal die schottische Königin sich ja als Gefangene im Lande befand. Walter stimmte insgeheim mit dieser Meinung überein und eröffnete mir, selbst Leicester gehöre zu jenen, die den Plan befürworteten, daß Norfolk Maria, die Königin von Schottland, heiraten solle, so daß ein englischer Gemahl sicher sei. Dann konnte Norfolk auf sie einwirken, damit sie zum Protestantismus übertrat. Falls Elisabeth sterben und Maria die Thronfolge antreten sollte, würde England protestantisch bleiben.

William Cecil war gegen eine solche Heirat. Es gab jedoch viele einflußreiche Männer im Lande, die es gern gesehen hätten, wenn Cecil seines Amtes enthoben worden wäre. Da Leicester sich den Verschwörern angeschlossen hatte, wurde er dazu ausersehen, der Königin die Gefahr vor Augen zu halten, die Cecil über das Land brachte. Seine gegenwärtige Politik stieß die einflußreichen katholischen Länder Frankreich und Spanien vor den Kopf, und um sie zu besänftigen, könnte es nötig sein, Cecil dem Henker zu überantworten.

Ich erfuhr aus verschiedenen Quellen, was sich bei dieser Ratsversammlung ereignet hatte. Niemals war die wahre Natur der Königin so offenbar geworden wie bei diesem Anlaß. Ich sah sie geradezu vor mir, wie sie in ihrer ganzen überlegenen Größe diesen Ränkeschmieden gegenübertrat. Cecil dem Henker überantworten! Ein Schwall von Beschimpfungen ergoß sich über alle um den Tisch Versammelten, die es gewagt hatten, einen solchen Vorschlag zu machen.

Sie erinnerte sie daran, daß sie nicht mehr in den Zeiten ihres Vaters lebten, als Minister hingerichtet wurden, damit andere ihren Platz einnehmen konnten. Cecil sei gegen die Heirat von Maria von Schottland mit Norfolk? Nun, dann sollten sie zur Kenntnis nehmen, daß Cecils Gebieterin völlig seiner Meinung war. Sie seien wohl beraten, wenn sie sich ihre Handlungen genau überlegten; sonst könne das Schicksal, das sie Cecil zugedacht hatten, ihnen selbst drohen. Sie wünsche, daß man ihrer Freundin, der schottischen Königin, mitteile, daß, falls sie nicht besser auf ihre Freunde acht gebe, einige von ihnen bald um einen Kopf kürzer sein könnten.

Als Walter sich mit mir darüber unterhielt, sagte ich, daß ich vermute, sie würden ihren Plan, Cecil zu beseitigen, nun wohl fallen lassen; Walter aber schüttelte den Kopf und deutete an, daß sie womöglich heimlich gegen ihn konspirierten.

Ich ängstigte mich ein wenig, weil ich wußte, daß Robert beteiligt war, und ich fragte mich, was geschehen würde, wenn die Königin entdeckte, daß auch er im Komplott gegen sie war. Sein Verrat wäre tausendmal schlimmer als der irgendeines anderen. Ich verstand mich selbst nicht mehr. Da hatte ich mich an ihm rächen wollen für das, was er mir angetan hatte. Wie oft hatte ich mir, von Verbitterung überwältigt, insgeheim gewünscht, er möge vom Hofe gejagt werden, so wie man mich fortgeschickt hatte. Und nun machte ich mir Sorgen, weil ihm unmittelbare Gefahr drohte.

Doch wenn er auch noch so eng mit den Verschwörern zusammenarbeitete: Ich hätte mir eigentlich denken können, daß er sich herauswinden würde. Ich hörte Bruchstücke der Geschichte: Wie die Königin die Nachricht erhielt, daß Robert im Sterben lag, und wie sie alles im Stich ließ und an sein Bett eilte. Sie liebte ihn, daran war nicht zu zweifeln, und ich glaube, ihre Leidenschaft war beständiger als jene, welche Maria von Schottland für Bothwell empfunden hatte. Bei Maria war es körperliche Anziehungskraft gewesen, der sie nicht widerstehen konnte, so daß sie, davon überwältigt, ihre Krone hingegeben hatte, aber keineswegs diese unerschütterliche innige Zuneigung, wie sie Elisabeth für Robert hegte. Elisabeth war der Thron einfach wichtiger als Robert. Aber dennoch liebte sie ihn.

Auf diese Zuneigung verließ er sich, wenn er, wie jetzt, sich aus einer sehr gefährlichen Situation herauswinden wollte. Und es gelang.

Ich konnte mir die rührende Szene am Bett gut vorstellen: Robert auf seinem Lager hingestreckt und mit großen Gebärden seine Rolle als Sterbender spielend. Ihre große Liebe zu ihm würde durchbrechen. Sie hielt treu zu denen, die sie liebte, so wie sie jenen nie vergeben konnte, die sie haßte.

Ich sah vor mir, wie Robert ihr seine Zuneigung bekannte: Wie er um sie gebangt und zu dem Glauben gelangt sei, daß es nur zu Elisabeths Besten sei, wenn Maria Norfolk heiraten würde. Und aus diesem Grunde habe er dem Plan seine Unterstützung gewährt ... einzig und allein aus Liebe zu ihr ... und nun könne er es sich nicht verzeihen, ohne ihr Wissen gehandelt zu haben, obgleich er es nur aus Sorge um sie getan habe. Oh, er verstand sich auf den Umgang mit Frauen! Er wußte genau, wie weit er mit seinen Schmeicheleien gehen konnte, und er beherrschte die Kunst, mit schlichten Sätzen ein Herz zu rühren. Kein Wunder, daß so viele Frauen ihn liebten – und eine dieser vielen war Elisabeth.

Sie hatte geweint. Ihr süßer Robin dürfe sich nicht aufregen. Sie befahl ihm, gesund zu werden, denn sie wolle ihn nicht verlieren. Ich konnte mir die Blicke vorstellen, die zwischen ihnen hin und her gingen. Natürlich würde er leben. Hatte er nicht immer ihren Befehlen gehorcht?

Wie bezeichnend für unsere Herrscherin, im selben Augenblick Robert zu verzeihen und nach Norfolk zu senden.

Der Herzog wurde gefangengenommen und kam in den Tower.

Wir glaubten alle, daß es um Norfolks Kopf geschehen sei, doch die Königin schien nicht geneigt, das Todesurteil zu unterzeichnen. Wie in solchen Fällen üblich, suchte sie Ausflüchte, und schließlich wurde Norfolk freigelassen, mußte allerdings völlig zurückgezogen auf seinen Gütern leben. Doch er schien dazu bestimmt, sich selbst zu zerstören. Man hatte behauptet, allein der Name der schottischen Königin vermöge bereits eine unheilvolle Betörung auszuüben. Vielleicht war dem wirklich so, Norfolk hatte sie jedenfalls nie gesehen. Vielleicht ließ er sich von einer Königin fesseln, die Ehebruch begangen hatte und des Mordes verdächtigt wurde. Es war unerklärlich – aber Norfolk beteiligte sich bald darauf an der Ridolfi-Verschwörung.

Ridolfi, ein Bankier aus Florenz, hatte die Absicht, Elisabeth gefangenzunehmen, Maria nach ihrer Vermählung mit Norfolk auf den Thron zu erheben und den Katholizismus in England wieder einzuführen. Die Verschwörung war von vornherein zum Scheitern verurteilt. Mehrere Spione wurden gefangen und der Folter unterworfen, und binnen kurzem kam Norfolks Beteiligung ans Licht. Nun gab es für ihn keine Hoffnung mehr. William Cecil, inzwischen Lord Burleigh, wies die Königin darauf hin, daß Norfolk auf keinen Fall mehr am Leben bleiben dürfe, und er fand die Unterstützung des Geheimen Kronrats und des Unterhauses.

Abermals schreckte die Königin vor der Unterzeichnung des Todesurteils zurück. Sie war so bekümmert, daß sie wieder von einer geheimnisvollen Unpäßlichkeit befallen wurde, die ihr schließlich nach ihren eigenen Worten starke und heftige Schmerzen verursachte. An diesen Schmerzen konnte sehr wohl Gift schuld sein, und angesichts der Tatsache, daß die Ridolfi-Verschwörung jüngst erst aufgedeckt worden war, befürchtete man, das Leben der Königin könne in Gefahr sein. Doch es stellte sich heraus, daß es sich lediglich um Krankheitserscheinungen handelte, welche sie stets befielen, wenn etwas Unerfreuliches erledigt werden mußte. Ich fragte mich oft, ob sie, wenn ihr ein Todesurteil vorgelegt wurde, an ihre Mutter dachte, und die Erinnerung sie so erregte. Gleichviel – sie schickte nur zögernd einen Menschen in den Tod, auch wenn sie selbst in Gefahr gewesen war.

Ihre Minister waren der Meinung, dies sei eine gute Gelegenheit, sich auch der Königin Maria von Schottland zu entledigen, welche in die Verschwörung verwickelt war; aber Elisabeth weigerte sich, dies in Betracht zu ziehen.

Schließlich unterzeichnete sie jedoch das Todesurteil für den Herzog von Norfolk, und auf dem Towerhügel wurde eigens ein Schafott errichtet; denn seit der Thronbesteigung der Königin hatten dort keine Enthauptungen mehr stattgefunden, weshalb ein neues Blutgerüst erforderlich war.

Dies alles ereignete sich während der Jahre meines Exils.

Walter hatte sich, voller Pläne für die Besiedelung von Ulster, nach Irland begeben; doch vor Ablauf eines Jahres mußte er sich eingestehen, daß er einen Fehlschlag erlitten hatte. Er gab jedoch nicht auf, und nachdem er für einige Zeit nach England zurückgekehrt war und sich mit der Königin und ihren Ministern beraten hatte, machte er sich an einen neuen Versuch.

Er hätte es gern gesehen, wenn ich ihn begleitet hätte, doch ich gab vor, daß die Kinder mich brauchten. Ich legte keinen Wert darauf, in dieses wilde Land zu ziehen und alle möglichen Beschwerden zu erdulden. Außerdem war ich beinahe sicher, daß sich das Unternehmen, wie fast alles, was Walter in die Hand nahm, als Mißerfolg erweisen würde. Ich war froh, daß ich mich so beharrlich gesträubt hatte; denn während

Walter sich in Irland befand, gab mir die Königin zu verstehen, ich möge an den Hof zurückkehren.

Ich war von heftiger Erregung erfüllt. Mein Sohn Robert war damals acht, Walter sechs Jahre alt; die Mädchen waren halbwüchsig, doch noch nicht in dem Alter, da man sich nach Ehegatten für sie hätte umsehen müssen.

Eine Ablenkung am Hofe, das war genau, was ich brauchte.

So nahm ich denn an den Lustbarkeiten in Kenilworth teil. Ein neues und aufregendes Leben begann für mich. Ich war mit meinen vierunddreißig Jahren nicht mehr jung, und auf Chartley hatte ich das Gefühl gehabt, daß das Leben an mir vorüberging.

Vielleicht stürzte ich mich deshalb so rückhaltlos ins Leben und ließ mich vom Schicksal mit seinen Reichtümern überschütten, ohne mir viel Gedanken darüber zu machen, wohin das führen würde; meine Verbannung hatte allzu lange gewährt. Aber wenigstens hatte ich dadurch erkannt, daß ich Robert Dudley niemals vergessen konnte, und daß meine Beziehung zur Königin meinem Leben jene Würze verlieh, ohne die es schal gewesen wäre.

Zwei Dinge waren es, die ich mir wünschte – Leidenschaft an der Seite Roberts und den Kampf mit der Königin darum, wer von uns die Überlegene war – und beides wünschte ich mir mit ganzer Seele. Da ich von beidem gekostet hatte, konnte mich ein Leben, das mir die Erfüllung dieser Wünsche versagte, nicht mehr befriedigen. Ich war bereit, alle Folgen auf mich zu nehmen. Ich mußte mir und Robert beweisen – und eines Tages vielleicht sogar der Königin –, daß er meinen körperlichen Reizen nicht widerstehen konnte, und daß er sie weit unwiderstehlicher fand als die Hoheit der Königin.

Ich begab mich auf einen gefährlichen Weg. Aber es war mir gleichgültig. Ich war sorglos und lebenshungrig, und ich war überzeugt, daß ich finden würde, wonach ich begehrte.

Kenilworth

Kenilworth, woselbst er (Leicester) die Königin und ihre Hofdamen beherbergte, dazu vierzig Grafen und siebzig weitere Herren aus dem Hochadel, alle unter dem Dache seines Schlosses, und zwar für den Zeitraum von zwölf Tagen ...

> *De la Mothe Fénélon, der französische Gesandte*

... die Turmuhr tat keinen Schlag, solange ihre Hoheit dort weilte; desgleichen stand das Uhrwerk still, und die Zeiger auf beiden Zifferblättern bewegten sich nicht. Sie zeigten unentwegt zwei Uhr an ...
Das Feuerwerk war ... ein Flammenmeer aus glühenden Pfeilen, welche hin und her flogen ... Ströme und Hagel feuriger Funken, ein leuchtendes griechisches Feuer zu Wasser und zu Lande.

> *Robert Laneham über die Lustbarkeiten zu Kenilworth*

Ich sollte die Königin in Greenwich aufsuchen. Während mich meine Barke den Fluß entlang trug, überwältigte mich die Erregung darüber, daß ich in das geschäftige Londoner Treiben zurückkehren durfte. Wie immer war der Fluß die belebteste Verkehrsader des Landes. Schiffe jeder Bauart segelten in Richtung des Palastes, darunter die vergoldete Barke des Oberbürgermeisters, begleitet von den weniger glanzvollen Schiffen seiner Beamten. Die Bootsleute in ihren Livreen mit den silbernen Abzeichen schoben sich geschickt zwischen den schwerfälligen Lastkähnen durch; sie pfiffen und sangen und riefen einander Scherze zu. In einem Boot sah ich ein Mädchen, wohl die Tochter eines Bootsmanns. Sie klimperte auf einer Laute und sang dazu mit einer kräftigen, etwas rauhen Stimme »*Row thy boat, Norman*«, ein Lied, das schon vor mehr als hundert Jahren gesungen worden war, zur Freude der Menschen in den vorbeiziehenden Schiffen. Solch eine Szene konnte man auf der Themse öfter erleben.

In meinem Gemüt wechselten Aufregung und Furcht. Was auch geschehen mochte, ermahnte ich mich, ich durfte nicht wieder verbannt werden. Ich mußte meine Zunge im Zaum halten – aber auch wieder nicht allzu sehr, denn die Königin liebte eine gelegentliche bissige Bemerkung. Sie würde mich im Umgang mit ihren Favoriten beobachten – Männern wie Heneage, Hatton und dem Grafen von Oxford – und allen voran dem Grafen von Leicester.

Ich redete mir ein, daß ich mich in diesen acht Jahren wohl verändert haben mußte, doch nicht zum Schlechteren, fand ich. Natürlich war ich reifer geworden. Ich hatte mehrere Kinder geboren, doch ich wußte, daß die Männer mich reizvoller fanden denn je. Eines stand fest: Ich würde es nicht zulassen, daß man mich nahm und wieder fallen ließ, wie es mir einst geschehen war. Natürlich, so rief ich mir immer wieder ins Gedächtnis, hatte er sich nur der Königin wegen so verhalten. Es gab keine andere Frau, die mich hätte aus dem Felde schlagen können. Dessenungeachtet hatte meine weibliche Eitelkeit gelitten, und in Zukunft – falls es überhaupt eine Zukunft mit Robert gab – wollte ich ihm zu verstehen geben, daß ich solch eine Behandlung nicht mehr hinzunehmen gedachte.

Es war Frühling, und die Königin hatte sich nach Greenwich begeben, wie immer um diese Jahreszeit, um sich an der reizvollen Lage zu erfreuen. Alles war vor der Ankunft der Königin auf Hochglanz gebracht worden. In den Quartieren ihres weiblichen Gefolges wurde ich von Kate Carey, Lady Howard von Effingham, Anne, Lady Warwick, und Catherine, der Gräfin Huntingdon begrüßt. Kate war die Schwester meiner Mutter und eine Cousine der Königin, Anne war die Gattin von Roberts Bruder Ambrose, und Catherine war Roberts Schwester.

Tante Kate umarmte mich, sagte, ich schaue blühend aus, und sie freue sich, mich wieder bei Hofe zu sehen.

»Ihr habt Euch uns lange entzogen«, bemerkte Anne mit affektiertem Gesichtsausdruck.

»Sie war bei ihrer Familie und hat nun eine stattliche Kinderschar vorzuweisen«, sagte Tante Kate.

»Die Königin hat hin und wieder von Euch gesprochen«, ließ sich Catherine vernehmen. »Ist dem nicht so, Anne?«

»Ja, das hat sie. Sie hat einmal gesagt, Ihr wart eines der hübschesten jungen Mädchen, die sie je an ihrem Hofe hatte. Sie umgibt sich gern mit schönen Menschen.«

»Sie mochte mich so sehr, daß sie mich acht Jahre lang entbehren konnte«, konnte ich mich nicht enthalten zu bemerken.

»Sie glaubte, Euer Gatte brauchte Euch, und sie wünschte ihn nicht zu berauben.«

»Und deshalb schickt sie ihn jetzt wohl nach Irland?«

»Du hättest mit ihm gehen sollen, Lettice«, warf meine Tante ein. »Es ist nicht gut, wenn man Ehemänner ganz aus den Augen verliert.«

»Ach, ich gönne Walter seine Zerstreuungen.«

Catherine lachte, doch die anderen beiden machten ernste Gesichter.

»Meine liebe Lettice«, sagte Kate, ganz weise Tante, »laß nur Ihre Majestät nicht hören, daß du solche Reden führst. Sie haßt es, wenn man über den Ehestand leichtfertige Bemerkungen macht.«

»Merkwürdig, daß sie eine solche Achtung davor hat, da sie sich doch so sträubt, sich selbst in den Stand der Ehe zu begeben.«

»Es gibt Dinge, von denen wir nichts wissen können«, sagte meine Tante steif. »Sie will dich morgen beim Souper sehen als eine ihrer Vorkosterinnen. Ich bezweifle nicht, daß sie während der Mahlzeit das Wort an dich richten wird. Du weißt, sie ist stets bereit, auf Förmlichkeiten bei Tisch zu verzichten.«

Ich merkte, daß meine Tante mir eine Mahnung zukommen ließ, ich sollte mich in acht nehmen. Ich war für mehrere Jahre vom Hofe verbannt worden, und das bedeutete, daß ich die Königin zweifellos auf irgendeine Art beleidigt hatte, denn sie war bekanntermaßen mit ihrer Verwandtschaft sehr nachsichtig – insbesondere mit den Boleyns. Bei den Tudors legte sie etwas strengere Maßstäbe an, da sie vor ihnen auf der Hut sein mußte; die Boleyns aber, welche keinen Anspruch auf den Thron hatten, waren ihr dankbar dafür, daß sie ihnen zu Ansehen verhalf, und sie gefiel sich darin, sie zu ehren.

In dieser Nacht konnte ich kaum schlafen, so sehr erregte es mich, wieder bei Hofe zu sein. Ich wußte, daß ich früher oder später Robert von Angesicht zu Angesicht gegenüberstehen würde. Ich würde es sofort spüren, ob ich für ihn noch immer anziehend war, und dann würde ich mir ein Vergnügen daraus machen, zu entdecken, ob und wie weit er bereit war, meinetwegen nochmals ein Wagnis einzugehen. Eines hatte ich mir jedenfalls fest vorgenommen: Keine flüchtigen Umarmungen mehr und dann ein schneller Abschied, weil die Königin es nicht duldete, daß er seine Zuneigung einer anderen Frau schenkte.

»Diesmal muß es mehr sein, Robert«, murmelte ich vor mich hin. »Vorausgesetzt natürlich, daß du mich immer noch begehrenswert findest ... und daß ich denselben unwiderstehlichen Wunsch verspüre, dich zu meinem Geliebten zu machen.«

Wenn ich auch nicht schlafen konnte – welch eine Freude war es gleichwohl, auf meinem Lager zu liegen und über die Zukunft nachzusinnen. Wie hatte ich gelitten unter der Langeweile und Dürftigkeit der vergangenen Jahre ... nein, ganz so dürftig waren sie nicht gewesen. Ich hatte ja die Kinder ... meinen über alles geliebten kleinen Robert. Ich konnte ihn ohne Gewissensbisse daheim lassen, denn er war in besten Händen, und wenn Knaben die allererste Kindheit hinter sich hatten, wurde ihnen eine in sie vernarrte und allzu hingebungsvolle Mutter ohnehin nur lästig. Doch er würde mir immer gehören, mein geliebter Junge, und wurde er älter, so konnte er darauf zählen, daß seine Mutter ihm eine gute Freundin war.

Es war Sonntag, und daher machten viele Persönlichkeiten von Rang im Palast ihre Aufwartung. Der Erzbischof von Canterbury, der Bischof von London, der Kanzler, Offiziere in königlichen Diensten und andere Herren waren gekommen, um der Königin ihren Respekt zu erweisen. Sie empfing sie in dem mit Wandteppichen reich geschmückten Audienzzimmer. Der Fußboden war eigens mit frischen Binsen bedeckt worden.

Das Volk hatte sich versammelt, um dem überaus eindrucksvollen feierlichen Aufzug zuzusehen. Die Königin erlaubte den Leuten gern, diesen Pomp zu betrachten. Da sie die Königswürde durch sorgfältige Beachtung des Volkswillens erlangt hatte, war sie stets besonders darauf bedacht, den Leuten zu gefallen. Ritt sie durch die Straßen, so sprach sie auch mit den Geringsten; sie sollten spüren, daß die Königin, obgleich ein strahlendes Wesen, eine irdische Gottheit, das Volk liebte und in gewisser Weise seine Dienerin war. Dies war eines der Geheimnisse ihrer außerordentlichen Beliebtheit.

Ich beobachtete den Einzug der Grafen, der Ritter des Hosenbandordens und der Pairs; ihnen folgte, zwischen zwei Leibwachen, der Kanzler. Die eine der Wachen trug das königliche Zepter, die andere das Staatsschwert in einer roten, mit Lilien geschmückten Scheide. Unmittelbar danach kam die Königin, doch ich konnte nicht länger bleiben und zusehen, da ich mich meinen Pflichten zuwenden mußte.

Das Herrichten der Tafel bereitete mir jedesmal Vergnügen. Kein heiliger Ritus hätte mit größerer Ehrfurcht vollzogen werden können. An diesem Vormittag waren eine junge Gräfin und ich die Vorkosterinnen. Es war Tradition, daß eine Vorkosterin ledig und die andere verheiratet sein mußte – und selbstverständlich beide von hohem Stande.

Voran schritt ein Herr mit einem Stab, und hinter ihm kam ein Mann, der das Tischtuch trug. Ihm folgten weitere Männer mit dem Salzfäßchen, einer Schüssel und Brot. Ich konnte mich eines Lächelns kaum erwehren, wenn sie vor dem leeren Tisch niederknieten, bevor sie diese Dinge darauf abstellten.

Danach waren wir an der Reihe. Wir näherten uns der Tafel. Ich trug das Probiermesser. Wir nahmen Brot und Salz und rieben damit die Teller aus, damit sie auch wirklich sauber waren, und hatten wir diese Aufgabe beendet, wurden die Speisen hereingebracht. Ich nahm das Messer, schnitt kleine Portionen ab und verteilte sie an verschiedene Wächter, welche dabeigestanden und zugeschaut hatten. Sie aßen, was ich ihnen gegeben hatte. Diese Zeremonie diente dazu, die Königin vor einer Vergiftung zu bewahren.

Wenn sie mit dem Vorkosten fertig waren, erschollen die Trompeten, und zwei Männer mit Kesselpauken kamen herein und schlugen auf ihre Instrumente zum Zeichen, daß das Mahl bereitstand.

Die Königin saß nie im großen Saal, sondern sie nahm ihre Mahlzeit in einem kleinen angrenzenden Zimmer ein. Ich vermutete, daß sie mich zu sich rufen lassen würde, während sie aß.

Es kam, wie ich gedacht hatte. Sie traf bald darauf ein. Wir trugen die Speisen, die sie wünschte, in das kleine Zimmer, und dort hieß sie mich am Hofe willkommen und forderte mich auf, mich zu ihr zu setzen.

Ich brachte meine überwältigende Freude über diese Ehre zum Ausdruck, und Elisabeth blickte mich prüfend an. Es verlangte mich zu erforschen, wieweit die Jahre sie verändert hatten, doch damit mußte ich noch warten.

»Nun«, sagte sie, »das Landleben tut dir gut, und das Kindergebären ebenso. Zwei Söhne, glaube ich; eines Tages werde ich sie gewiß zu sehen bekommen.«

»Majestät brauchen nur zu befehlen«, sagte ich überflüssigerweise.

Sie nickte. »Es ist viel geschehen, seit du damals am Hofe warst. Ich vermisse meine teure Cousine, deine Mutter, recht schmerzlich.«

»Eure Majestät waren immer gut zu ihr. Das hat sie mir oft gesagt.«

Sah ich wahrhaftig eine Träne in den goldbraunen Augen? Das mochte schon möglich sein, denn sie war, was jene betraf, die sie für wahre Freunde hielt, eine empfindsame Seele, und meine Mutter hatte zweifelsohne zu ihnen gehört.

»Sie war zu jung zum Sterben.« Es klang beinahe wie ein Vorwurf. An meine Mutter, weil sie Elisabeth verlassen hatte? An Gott, weil er sie zu sich genommen und der Königin damit Kummer bereitet hatte? »Catherine Knollys, wie kannst du es wagen, deine Herrscherin zu verlassen, welche dich braucht!« »Herr, warum mußtest Du diese getreue Dienerin von mir nehmen?« Fast hätte ich diesen Gedanken Ausdruck verliehen. Hüte deine Zunge, ermahnte ich mich. Doch es war nicht meine rasche Zunge gewesen, die mich ins Exil geführt hatte. Im Gegenteil, Ihre Majestät, die ihr Leben zwischen Schönrednern verbrachte, hatte gelegentlich Gefallen daran gefunden.

»Ich freue mich, Eure Majestät bei guter Gesundheit und von Eurer Krankheit genesen zu sehen«, sagte ich.

»Ach, man glaubte, ich sei dem Tode nahe, und ich gestehe, daß ich mir das zeitweise selbst eingebildet habe.«

»Aber nein, Madam, Ihr seid unsterblich. Ihr müßt es sein, denn das Volk braucht Euch.«

Sie nickte und sagte: »Nun gut, Lettice. Ich freue mich, dich bei uns zu sehen. Du bist immer noch schön. Essex wird eine Weile ohne dich auskommen müssen. Er richtet in Irland ein schönes Durcheinander an. Mir scheint, er hat nicht sehr viel Verstand, dafür ein gutes Herz. Ich hoffe, daß er eines Tages dort oben mehr Glück hat. Wir werden Greenwich in Kürze verlassen.«

»Majestät sind des Ortes überdrüssig?«

»Nein. Es war stets mein Lieblingsplatz. So ergeht es wohl jedem mit seinem Geburtsort, meine ich. Doch ich muß Lord Leicester zu Gefallen sein. Er fiebert voller Ungeduld danach, uns Kenilworth zu zeigen. Ich höre, er hat daraus einen der prachtvollsten Wohnsitze des Landes gemacht. Er läßt mir keine Ruhe, bis er es mir gezeigt hat.«

Ich beugte mich unvermittelt vor, nahm ihre wunderschöne weiße Hand in die meine und drückte einen Kuß darauf. Fieberte Robert vor Erregung, der Königin Kenilworth zu zeigen, so befand ich mich in einem ähnlichen Zustand, da ich ihn sehen sollte.

Ich blickte auf und versuchte, ängstlich auszusehen wegen meiner Dreistigkeit, doch Elisabeth war in rührseliger Stimmung, und ich war schließlich ein Mitglied der Familie.

»Madam«, sagte ich, »ich bin vermessen. Die Freude, wieder bei Euch zu sein, hat mich übermannt.«

Die harten Augen wurden augenblicklich sanft. Sie glaubte mir.

»Ich bin froh, dich hier zu haben, Lettice«, sagte sie. »Triff deine Vorbereitungen für Kenilworth. Ich bezweifle nicht, daß du dir ein paar neue Kleider für dieses Ereignis wünschst. Du kannst deine Schneiderin mitnehmen. Es ist noch etwas scharlachroter Samt da ... ausreichend für ein Kleid. Sag den Näherinnen, ich habe erlaubt, daß du ihn bekommst.« Sie zog die Mundwinkel hoch. »Wir müssen uns alle sehr schön machen für Lord Leicester, glaube ich.«

Sie liebte ihn. Ich hörte es an ihrer Stimme, wenn sie seinen Namen aussprach, und ich fragte mich, ob ich mich nicht auf einen gefährlichen Weg begab. Der bloße Gedanke an ihn ließ meinen Puls rasen. Ich wußte: Auch wenn er sich verändert hatte, ich wollte ihn noch immer.

Wenn seine Blicke mir folgen sollten, wenn er mir durch das geringste Zeichen zu erkennen gab, daß er bereit war, mich wieder zu begehren – ich würde ohne Zögern die Rivalin der Königin werden.

»Ich möchte ein wenig von dem Wein aus Alicante«, sagte sie.

Ich mischte ihn mit Wasser, wie sie es gern hatte. Sie aß und trank stets sehr mäßig. Wein nahm sie selten zu sich, sie bevorzugte ein leichtes Bier. Doch wenn sie einmal Wein trank, so wurde er mit reichlich Wasser vermischt. Zuweilen verlor sie überhaupt die Lust am Essen. Bei zwanglosen Anlässen stand sie dann auf, bevor die übrigen fertig waren. Das mißfiel uns, weil es bedeutete, daß wir die Tafel aufheben mußten, denn niemand durfte bleiben, wenn sie gegangen war; und da wir immer erst nach ihr bedient wurden, bedeutete das, daß wir die Mahlzeiten hinunterschlingen mußten – daher waren wir nicht besonders erpicht darauf, mit der Königin zu speisen.

Doch diesmal verweilte sie lange, und alle konnten sich satt essen.

Während sie den Wein schlürfte, lächelte sie sanft – in Gedanken an Robert, wie ich wohl wußte.

Im Juli brachen wir nach Kenilworth auf; es liegt zwischen den Städten Warwick und Coventry, etwa fünf Meilen von jeder entfernt, also von London aus eine beträchtliche Strecke. Wir hatten eine gemächliche Reise vor uns.

Eine glänzende, endlose Kavalkade aus einunddreißig führenden Männern des Landes mit ihren Damen, darunter ich als eine von ihnen, sowie vierhundert Bediensteten machte sich auf den Weg. Die Königin beabsichtigte, wenigstens zwei Wochen auf Kenilworth zu verbringen.

Die Leute kamen aus ihren Häusern, um uns vorüberziehen zu sehen. Die üblichen Hochrufe für die Königin erklangen, und es fehlte auch nicht an den vergnüglichen kleinen Artigkeiten, die sie mit dem Volk austauschte, und welche sie um nichts auf der Welt hätte missen mögen.

Wir hatten noch keine große Strecke zurückgelegt, als wir eine Gruppe Reiter auf uns zukommen sahen. Schon von weitem erkannte ich ihn an ihrer Spitze. Mein Herz schlug schneller. Noch ehe er uns erreicht hatte, wußte ich über meine Gefühle Bescheid. Wie gut er zu Pferde saß! Er war in jeder Beziehung der Königliche Oberstallmeister. Gewiß, er war älter geworden, auch ein wenig fülliger als vor acht Jahren, die Gesichtsfarbe war ein wenig röter, und an den Schläfenhaaren zeigte sich das erste Weiß. In seinem blausamtenen Wams, das nach der neuen deutschen Mode geschlitzt war, und mit der vom Hut herabwallenden Feder von etwas blasserem Blau als das Wams bot er einen prachtvollen Anblick. Ich spürte sogleich, daß die alte Anziehungskraft noch immer vorhanden war. Zweifellos liebte Elisabeth den nun in mittleren Jahren stehenden Robert nicht weniger, als sie den jungen Mann geliebt hatte. Und mir würde es nicht anders ergehen.

Dicht vor unserer Gesellschaft hielt er an, und ich bemerkte, wie sich die weiße Haut der Königin vor Freude leicht rosig färbte.

»Ah«, sagte sie, »da ist ja Lord Leicester.«

Schon war er an ihrer Seite. Er ergriff ihre Hand und küßte sie, und als ich sah, wie ihre Augen sich trafen, während er ihre Hand an die Lippen hob, wurde ich von wilder, quälender Eifersucht überfallen. Ich konnte ihrer nur Herr werden, indem ich mir tröstend zuredete, daß er lediglich der Krone seinen Tribut zollte. Wäre sie nicht die Königin, so hätte er für niemanden Augen als für mich.

Er ritt dicht neben sie.

»Was fällt Euch ein, so unangemeldet zu kommen, Ihr Schelm?« wollte sie wissen. Schelm war, wenn sie es wie eben aussprach, eine Liebkosung, das wußte ich bereits.

»Ich konnte doch nicht zulassen, daß ein anderer als ich selbst Euch nach Kenilworth geleitet«, sagte er feurig.

»Nun gut, da wir begierig sind, Euer großartiges Schloß zu besichtigen, wollen wir Euch vergeben. Ihr seht recht wohl aus, Rob.«

»Nie war mir wohler«, gab er zurück. »Und das hat seinen Grund wohl darin, daß ich an Eurer Seite bin, Mylady.«

Ich fühlte mich elend vor Ärger, denn er hatte mich nicht eines einzigen Blickes gewürdigt.

»Nun, laßt uns weiterreiten«, sagte die Königin, »sonst brauchen wir ja Wochen, bis wir nach Kenilworth gelangen.«

Wir speisten in Itchingworth, wo wir üppig bewirtet wurden. Da es dort Wälder gab, äußerte die Königin den Wunsch, zu jagen.

Ich sah sie Seite an Seite mit Robert davontraben. Sie gab sich keine Mühe, ihre zärtliche Verliebtheit zu verbergen. Was ihn betraf, so war ich nicht sicher, was echte Zuneigung, was Ehrgeiz war. Sicherlich hoffte er nicht mehr auf eine Vermählung, aber auch ohne diese Hoffnung mußte er sich Elisabeths Gunst erhalten. Kein Mann in ganz England wurde mehr gehaßt als Robert Dudley. Sein Aufstieg, den er der Gunst der Königin verdankte, war so kometenhaft gewesen, daß er zahllose Neider hatte. Nun hofften Tausende auf seinen Sturz, viele, die ihn kannten, und ebenso viele, die ihn nicht kannten – so waren die Menschen nun einmal.

Allmählich begann ich, Robert zu begreifen, und rückblickend wurde mir vieles klar, was ich in den Tagen unserer Vertraulichkeiten nicht verstanden hatte. Er war liebenswürdig zu jedermann, der in seine Nähe kam, mochte er auch noch so gering sein, und zuweilen straften seine Manieren die berechnende Kraft, die dahintersteckte, Lügen. Er konnte aufbrausend werden, wenn er gereizt wurde; es gab in seinem Leben viele düstere Geheimnisse, doch denen, die nicht unter außergewöhnlichen Umständen mit ihm zusammentrafen, erwies er nur Freundlichkeiten. Aber er mußte sich natürlich vorsehen, selbst vor der Königin. Wenn es bei ihr Erinnerungen gab, die ihrer Liebesfähigkeit nicht eben günstig waren, so hatte er desgleichen. Sein Großvater, einst Finanzverwalter König Heinrichs VII., war enthauptet worden – man hatte ihn, wie es hieß, den Wölfen zum Fraß vorgeworfen, um die zu besänftigen, welche mit den vom König auferlegten Steuern unzufrieden waren, die von Dudley und Empson eingetrieben wurden. Roberts Vater hatte der Versuch, Lady Jane Grey und seinen Sohn Guildford auf den Thron zu bringen, den Kopf gekostet. Daher war es nur natürlich, daß Robert sich nach Kräften bemühte, seinen Kopf auf den Schultern zu behalten. Ich glaube jedoch, daß er ganz sicher saß. Elisabeth haßte es, Todesurteile selbst ihrer Feinde zu unterzeichnen. Es war kaum anzunehmen, daß sie, gleich, unter welchen Umständen, ein Urteil für diesen geliebten Mann unterschreiben würde.

Aber er konnte natürlich ihrer Gunst verlustig gehen; so strengte er sich außerordentlich an, damit es nicht dazu kam.

Er hatte noch immer nicht zu erkennen gegeben, daß er mich gesehen hatte, als wir nach Grafton gelangten, wo die Königin ein Haus besaß. Elisabeth war ausgezeichneter Laune – von dem Augenblick an, da Robert aufgetaucht war. Sie ritten Seite an Seite, und häufig erklang ihr Gelächter, wenn sie sich Scherzworte zuflüsterten.

Das Wetter war ungewöhnlich heiß, und als wir in Grafton eintrafen, waren wir sehr durstig. Wir gingen in die Halle, Robert und die Königin voran, und Robert rief nach der Dienerschaft, damit man das leichte Bier bringe, welches die Königin so gern trank.

Nach etlichem geschäftigen Hin und Her wurde das Bier herbeigebracht, doch als die Königin es kostete, spie sie es aus.

»Das kann ich nicht trinken«, rief sie entrüstet. »Es ist zu stark für mich.«

Robert befahl den Dienstboten, das leichte Bier zu besorgen.

Das aber war nicht so einfach, da dergleichen nicht im Hause war, und je durstiger die Königin wurde, desto heftiger wurde auch ihr Zorn.

»Was sind das nur für Dienstboten«, rief sie, »daß sie mir mein gutes Bier nicht vorzusetzen vermögen! Gibt es denn nichts zu trinken in diesem Hause?«

Robert sagte, er wage nicht, ihr Wasser bringen zu lassen, da er sich nicht darauf verlassen könne, daß es nicht verseucht sei. Die nahe beim Hause gelegenen Abtritte bildeten eine ständige Gefahr, besonders bei einer Witterung wie dieser.

Doch er war nicht der Mann, tatenlos wegen eines Mißgeschicks zu lamentieren. Er schickte seine Diener ins Dorf, und binnen kurzem war leichtes Bier zur Stelle. Als Robert es der Königin brachte, drückte sie ihre Zufriedenheit mit dem Trank wie dem Überbringer aus.

Während unseres Aufenthaltes in Grafton geschah es dann, daß Robert meiner gewahr wurde. Ich bemerkte, wie er zusammenzuckte und sodann den Blick immer wieder zu mir wandern ließ.

Er kam auf mich zu, und sich verbeugend, sagte er: »Lettice, wie freue ich mich, Euch zu sehen.«

»Und ich freue mich, Euch zu sehen, Mylord Leicester.«

»Wir nannten uns Lettice und Robert, als wir uns das letzte Mal trafen.«

»Das ist lange her.«

»Acht Jahre.«

»Ihr erinnert Euch also?«

»Es gibt Dinge, die man niemals vergißt.«

Das Abenteuer lockte. Ich sah es an seinem Blick. Ich glaube, wie für mich war auch für ihn Gefahr ein Anreiz zum Genuß. Wir standen und blickten einander an, und ich wußte, daß er ebenso wie ich der Augenblicke hinter der verschlossenen Tür jener geheimen Kammer gedachte, wo wir uns geliebt hatten.

»Wir müssen uns treffen ... allein«, sagte er.

Ich erwiderte: »Das wird der Königin nicht gefallen.«

»Das ist wohl wahr«, gab er zurück. »Doch wenn sie es nicht weiß, so kann es sie nicht verstimmen. Laßt mich Euch sagen, daß es *mir* gefällt, daß Ihr bei uns auf Kenilworth weilen werdet.«

Darauf verließ er mich. Er war ängstlich darauf bedacht, die Königin nichts davon merken zu lassen, wie sehr wir für einander erglühten. Ich redete mir ein, daß er dies aus Sorge tat, ich könne abermals fortgeschickt werden.

Ich war aufs höchste erregt, weil sich zwischen uns nichts verändert hatte. Er hatte nichts von seiner Anziehungskraft eingebüßt, ja, sie hatte mit den Jahren eher noch zugenommen. Ich hoffte, daß er, was meine Reize betraf, ebenso empfand. Wir brauchten uns nur nahe zu sein, um zu wissen, wieviel wir uns zu geben hatten.

Diesmal würde ich allerdings nicht so leichtfertig sein. Er sollte wissen, daß ich eine festere Beziehung wünschte. Es ging mir durch den Kopf, daß ich ihn heiraten könnte. Aber wie sollte ich, da ich doch einen Ehemann hatte? Es war völlig unmöglich. Ich wollte aber nicht genommen und auf Geheiß der Königin fallen gelassen werden. Das wollte ich ihm von Anfang an klarmachen.

Von nun an war jeder Tag aufregend. Wir hielten Ausschau nacheinander und wechselten bedeutungsvolle Blicke. Sollte sich eine Gelegenheit bieten – wir waren bereit.

Dieser quälende Zustand ließ unser Begehren wachsen.

Alles würde leichter sein, wenn wir nur erst einmal auf Kenilworth wären.

Am neunten Juli erreichten wir das Schloß. Als wir seiner ansichtig wurden, ertönte ein Aufschrei aus allen Kehlen, und ich sah, wie Robert, Bewunderung heischend, zur Königin blickte. Der Anblick war in der Tat großartig. Die zinnenbewehrten Türme und der mächtige Wohnturm verkündeten, daß diese Festung uneinnehmbar war. Im Südwesten schimmerte ein wunderschöner See im Sonnenlicht, von einer zierlichen Brücke überspannt, die Robert unlängst hatte bauen lassen. Jenseits des Schlosses erblickte man das frische Grün des Waldes. Hier konnte die Königin nach Herzenslust jagen.

»Es sieht wie eine königliche Residenz aus«, meinte die Königin.

»Gestaltet einzig zu dem Zweck, die Königin zu erfreuen«, erwiderte Robert.

»Ihr stellt Greenwich und Hampton in den Schatten«, gab sie zurück.

»Mitnichten«, entgegnete Robert, ritterlich wie immer. »Es ist allein Eure Gegenwart, welche diesen Orten die königliche Würde verleiht. Ohne Euch sind sie nichts weiter als ein Haufen Steine.«

Ich hätte am liebsten laut aufgelacht. Du trägst zu dick auf, Robert, dachte ich. Doch Elisabeth fand dies offensichtlich nicht, denn sie schenkte ihm einen verliebten, wohlgefälligen Blick.

Wir näherten uns dem Wohnturm. Zehn in weiße Seidentücher gehüllte Mädchen, welche die Sibyllen darstellen sollten, hatten sich in einer Reihe aufgestellt und verwehrten uns den Zugang. Eine von ihnen trat vor und sagte einen Vers auf, worin sie die Vollkommenheit der Königin pries und ihr eine lange und glückliche Herrschaft, die dem Volke Wohlstand bescheren werde, weissagte.

Ich beobachtete sie während des Vortrags. Sie fand an jedem einzelnen Wort Gefallen. Schon ihr Vater hatte diese Art von Scharaden geliebt, und ihre Freude an dergleichen war einer der hervorstechendsten Charakterzüge, die sie von ihm geerbt hatte. Robert betrachtete sie mit äußerster Zufriedenheit. Wie gut er sie doch kannte! In gewisser Hinsicht war ihm wohl doch etwas an ihr gelegen. Wie sehr mußte sie ihn enttäuscht haben, da sie ihm die glitzernde Krone entgegenhielt und dann, wenn sie greifbar nahe schien, wieder zurückzog. Wäre der Preis nicht so hoch gewesen, hätte seine Zukunft nicht in ihren Händen gelegen, wie lange hätte er es wohl zugelassen, daß man ihn so behandelte?

Wir gingen weiter, zur nächsten Vorführung. Ich erkannte, daß wir einen Vorgeschmack der nächsten Tage bekommen sollten.

Robert geleitete die Königin zum Turnierplatz. Dort empfing sie ein Mann von wildem Aussehen, so groß wie Robert. Er trug ein seidenes Gewand und schwang mit bedrohlichen Gebärden eine Keule. Ein paar Damen schrien auf in gespieltem Schreck.

»Was wollt Ihr hier?« rief er mit Donnerstimme. »Wißt Ihr nicht, daß dies das Reich des mächtigen Grafen von Leicester ist?«

Robert antwortete: »Guter Knecht, siehst du nicht, wer hier unter uns weilt?«

Der Gigant wandte sich der Königin zu, riß erstaunt die Augen auf und bedeckte sie sogleich, als sei er von ihrem Glanz geblendet. Er fiel auf die Knie, und als die Königin ihn bat, sich zu erheben, überreichte er ihr die Keule und die Schlüssel des Schlosses.

»Öffnet die Tore«, rief er. »An diesen Tag wird man sich auf Kenilworth lange erinnern.«

Die Tore wurden geöffnet, und wir gingen hindurch. An den Mauern des Innenhofes standen sechs Trompeter in langen seidenen Gewändern. Die sechs wirkten höchst eindrucksvoll, da ihre Trompeten fünf Fuß lang waren. Sie bliesen darauf einen Willkommensgruß, und die Königin klatschte vor Vergnügen in die Hände.

Als wir weiterschritten, bot sich uns ein noch prächtigeres Schauspiel. Inmitten des Sees hatte man eine künstliche Insel errichtet, und auf dieser befand sich ein schönes weibliches Wesen. Zu ihren Füßen lagerten zwei Nymphen, umgeben von einer Gesellschaft aus Damen und Herren, welche brennende Fackeln in die Höhe hielten.

Die Herrin des Sees hielt eine Lobrede, ähnlich jener, die wir zuvor vernommen hatten. Die Königin rief aus, wie schön das alles sei. Dann wurde sie zum äußeren Hof geleitet, wo sich eine Gruppe versammelt hatte, welche die Götter symbolisieren sollte: Sylvanus, der Gott der Wälder, reichte ihr Blätter und Blumen; Ceres war da mit Getreide, Bacchus mit Trauben, Mars mit Waffen und Apollo mit Musikinstrumenten, um ein Lied über die Liebe des Volkes zu seiner Königin zu singen.

Sie hatte für jeden ein liebenswürdiges Wort und beglückwünschte sie alle zu ihrem Können und ihrer Schönheit.

Leicester sagte ihr, es gebe noch weit mehr für sie zu sehen, doch glaube er, sie müsse nun erschöpft sein und zu ruhen wünschen. Sie sei gewiß auch durstig, und er könne ihr versichern, daß sie auf Kenilworth das Bier nach ihrem Geschmack vorfinden werde.

»Ich habe dafür gesorgt, daß nichts Eurer Majestät mißfallen wird, wie es auf Grafton geschah. Ich selbst habe das Bier gekostet, und da ich es als zu herb befand, habe ich Bierbrauer von London hergebracht, damit nichts hier Euren Unwillen erregen möge.«

»Ich kann mich darauf verlassen, daß mein lieber Augapfel um mein Wohlergehen besorgt ist«, sagte die Königin gerührt.

Im Innenhof feuerten Kanonen Salutschüsse ab, und als Elisabeth sich anschickte, das Schloß zu betreten, lenkte Robert ihre Aufmerksamkeit auf die Uhr des sogenannten Caesarturmes. Das Zifferblatt war blaßblau, Zeiger und Ziffern aus purem Gold. Man konnte sie in der ganzen Umgebung sehen. Robert bat Elisabeth, einen Augenblick lang hinzuschauen, denn dann könne sie beobachten, wie die goldenen Zeiger stehenblieben.

»Zum Zeichen, daß die Zeit stillsteht, solange Eure Majestät Kenilworth mit Ihrer Gegenwart beehren«, sagte er.

Sie war sichtlich glücklich. Wie sie solchen Prunk und Pomp genoß! Wie liebte sie diese Lobhudeleien und vor allem, wie liebte sie Robert!

In ihrer Begleitung munkelte man, daß sie bei diesem Besuch gewiß ihre Absicht, ihn zu heiraten, verkünden werde. Jedenfalls war man der Ansicht, daß Robert eben dies erhoffte.

Diese Tage auf Kenilworth werden auf ewig unvergeßlich bleiben – nicht nur mir, da sie einen Wendepunkt in meinem Leben bedeuteten, sondern allen, die dabei waren.

Ganz sicher hat es eine solche Fülle von Kurzweil, wie sie Robert zum Vergnügen seiner Königin ersann, noch niemals gegeben und wird es nie wieder geben.

Feuerwerk wurde veranstaltet, es gab italienische Gaukler, Hetzjagden auf Stiere und Bären und selbstverständlich Wettkämpfe und Turniere. Wo sich die Königin auch aufhielt, mußte getanzt werden; sie konnte bis in die frühen Morgenstunden aufbleiben und schien des Tanzens nie müde zu werden.

Während der ersten Tage auf Kenilworth wich Robert ihr kaum von der Seite, und auch später durfte er sich natürlich nie allzu lange entfernen. Bei den seltenen Gelegenheiten, da er mit anderen Damen tanzte, beobachtete sie ihn aufmerksam und unwillig. Einmal hörte ich sie sagen:

»Ich hoffe, der Tanz hat Euch Vergnügen bereitet, Mylord Leicester.«

Sie war sehr kühl und hochmütig, bis er sich zu ihr herabbeugte und ihr etwas zuflüsterte, was sie zum Lächeln brachte und ihre gute Laune wiederherstellte.

Bisweilen erschien mir dies alles wie ein unglaubwürdiger Traum, hätte ich nicht gelegentlich seine Augen im Saal umherschweifen sehen; da wußte ich, daß er nach mir Ausschau hielt. Wenn unsere Blicke sich dann trafen, war es, als würden Funken aus dem Stein geschlagen. Wir würden uns gewiß bald unter vier Augen treffen, doch ich wußte, daß allerhöchste Vorsicht geboten war.

Ich gab mir selbst gute Ratschläge. Wenn der Augenblick nahte, wollte ich gut vorbereitet sein. Diesmal sollte es nicht einfach ein kurzes Vergnügen hinter verschlossenen Türen werden, Robert. Und es durfte keine Redensarten mehr geben wie »Heute Abend, falls die Königin mich entbehren kann«. Er war der gewinnendste Mann auf Erden, aber ich mußte wachsam sein. Ich war inzwischen klüger geworden.

Der Gedanke, daß Elisabeth und ich Rivalinnen waren, bereitete mir Vergnügen. Sie war eine wahrhaft ebenbürtige Gegnerin, mit den Waffen ihrer Macht, den Verheißungen auf höchste Würde ... und natürlich den Drohungen, die sie ausstieß. »Glaubt nicht, meine Gunst sei allein auf Euch beschränkt ...« Ganz und gar wie ihr Vater. »Ich habe Euch erhoben. Ich könnte Euch ebenso leicht fallenlassen.« So hatte Heinrich VIII. zu seinen Günstlingen gesprochen ... Männern und Frauen, die ihm gedient und ihm ihr Bestes gegeben hatten: Kardinal Wolsey, Thomas Cromwell, Katharina von Aragon, Anna Boleyn, die arme kleine Katharina Howard – und Katharina Parr hätte auch zu ihnen gehört, wäre er nicht beizeiten gestorben. Heinrich hatte einst Anna Boleyn ebenso leidenschaftlich geliebt, wie Elisabeth Robert liebte, doch das hatte Anna nicht gerettet. Solche Gedanken mußten Robert hin und wieder durch den Kopf gehen.

Wenn ich ihr Mißfallen erregte, was würde dann mit mir geschehen? Doch ich war so veranlagt, daß mich der Gedanke an Gefahren nicht abschreckte; meine Begierde wurde dadurch eher stärker.

Endlich kam der Augenblick, da wir miteinander allein waren. Er ergriff meine Hand und blickte mir in die Augen.

»Was wünscht Ihr von mir, Mylord?« fragte ich.

»Das wißt Ihr doch«, erwiderte er heftig.

»Es gibt noch mehr Frauen hier«, sagte ich. »Und ich habe einen Ehemann.«

»Ich begehre nur eine einzige.«

»Nehmt Euch in acht«, neckte ich ihn. »Das ist Verrat. Eure Gebieterin wäre höchst ungnädig, wenn sie Euch solche Worte äußern hörte.«

»Mich kümmert nichts, außer daß Ihr und ich beisammen sind.«

Ich schüttelte den Kopf.

»Es gibt ein Zimmer, wo niemand hinkommt – ganz oben im Westturm«, beharrte er.

Ich wandte mich ab, doch er hatte meine Hand ergriffen, und sogleich zitterte ich vor rasendem Verlangen, einem Gefühl, das nur er in mir wecken konnte.

»Ich bin um Mitternacht dort ... ich erwarte Euch.«

Ich sagte: »Dann wartet nur, Mylord.«

Jemand kam die Stiege herauf, und er ging rasch davon. Aus Angst, gesehen zu werden, dachte ich ärgerlich.

Ich ging nicht in das Turmzimmer, wenn es mir auch schwerfiel, mich zu beherrschen. Es bereitete mir allerdings Vergnügen, mir vorzustellen, wie er ungeduldig wartend auf und ab schritt.

Als wir uns das nächstemal trafen, machte er ein vorwurfsvolles Gesicht, benahm sich aber leichtsinniger. Wir waren nicht allein, und während er mit einem Gast Artigkeiten auszutauschen schien, sagte er zu mir: »Ich muß mit Euch sprechen. Ich habe Euch viel zu sagen.«

»Dann komme ich vielleicht. Aber nur zum Reden.«

Und ich ging in das Zimmer.

Er packte mich und versuchte, mich mit Küssen gefügig zu machen. Doch es entging mir nicht, daß er zuvor sorgfältig die Tür verriegelte.

»Nein«, protestierte ich. »Noch nicht.«

»Doch«, sagte er. »Jetzt! Ich habe lange genug gewartet, und ich will keine Sekunde länger warten.«

Ich wußte, wie schwach ich war. Meine Entschlossenheit schwand. Er brauchte mich nur zu berühren – ich hatte ja immer gewußt, daß er ebenso nach mir verlangte wie ich nach ihm. Widerstand war zwecklos. Reden konnten wir hinterher.

Er lachte triumphierend. Und auch ich triumphierte, wußte ich doch, daß dies keine Kapitulation für alle Zeiten war. Am Ende würde ich meinen Willen durchsetzen.

Danach sagte er befriedigt: »O Lettice, wie sehr brauchen wir einander!«

»Ich bin acht Jahre lang recht gut ohne Euch ausgekommen«, erinnerte ich ihn.

»Acht verschwendete Jahre!« seufzte er.

»Verschwendet? Aber nein, Mylord, Ihr seid währenddessen in der königlichen Gunst hoch gestiegen.«

»Jede Zeit ohne Euch ist verschwendet.«

»Das hört sich an, als ob Ihr zur Königin sprecht.«

»Ach Lettice, seid doch vernünftig.«

»Eben das ist meine Absicht.«

»Ihr seid verheiratet. Und ich befinde mich in dieser Situation ...«

»Ihr hofft, zu heiraten. Es heißt: ›Verzögerte Hoffnung macht das Herz krank.‹ Steht es so mit Euch? Seid Ihr so krank vom Warten, daß Ihr Euch woanders umsehen müßt, um Euch ein paar heimliche Zusammenkünfte mit einer, die Eurer Schönheit nicht widerstehen kann, zu verschaffen?«

»Ihr wißt, daß dem nicht so ist, aber Ihr kennt auch meine Lage.«

»Ich weiß, Elisabeth hat Euch all diese Jahre wie eine Marionette tanzen lassen, und immer noch besteht kaum Hoffnung. Oder hofft Ihr gar noch weiter?«

»Die Launen der Königin sind unberechenbar.«

»Als ob ich das nicht wüßte! Ihr vergeßt, daß ich acht Jahre vom Hofe verbannt war. Und wißt Ihr auch, warum?«

Er zog mich fester an sich.

»Ihr solltet Euch hüten«, warnte ich ihn. »Sie hat es schon einmal bemerkt.«

»Meint Ihr wirklich?«

»Aus welchem Grunde hätte man mich sonst vom Hofe ferngehalten?«

Er lachte. Ein wenig selbstgefällig, dachte ich, allzu sicher, daß er mit den Frauen, die ihn reizten, umgehen konnte, wie es ihm beliebte.

Ich hielt mich zurück, und er wurde augenblicklich zum flehenden Liebhaber.

»Lettice, ich liebe Euch ... Euch allein ...«

»Dann laßt uns hingehen und es der Königin sagen.«

»Ihr habe Essex vergessen.«

»Der ist Euer Schutz.«

»Wenn es ihn nicht gäbe, so würde ich Euch heiraten und Euch beweisen, wie ich für Euch fühle.«

»Aber es gibt ihn nun einmal. Da könnt Ihr freilich getrost ›wenn‹ sagen. Ihr wißt recht wohl, daß Ihr es nicht wagt, der Königin zu berichten, was heute abend vorgefallen ist.«

»Nein, ich würde es ihr nicht sagen. Doch wenn ich Euch heiraten könnte, so würde ich es tun und ihr bei Gelegenheit die Nachricht eröffnen.«

»Da eine Frau nicht zwei Ehemänner haben kann, ist eine Heirat nicht möglich. Und wir wissen, was geschehen würde, sollte die Königin entdecken, daß Ihr und ich zusammen gewesen sind. Ich würde vom Hofe verjagt werden. Ihr aber würdet nur für eine Weile in Ungnade fallen und dann wieder gnädig aufgenommen werden. Das ist eine Eurer größten Fertigkeiten, glaube ich. Aber eigentlich bin ich hergekommen, um mit Euch zu reden ...«

»Und dann hat die Leidenschaft uns beide übermannt.«

»Es hat mir Vergnügen bereitet, und in mancher Hinsicht paßt Ihr gut zu mir. Aber ich lasse mich nicht nehmen und wieder wegwerfen, wenn es Euch angebracht scheint, als sei ich irgendeine Dienstmagd.«

»Mit einer solchen könntet Ihr niemals verwechselt werden.«

»Das will ich hoffen. Doch mich dünkt, Ihr habt Euch eingebildet, mich wie eine solche behandeln zu können. Das wird nicht wieder vorkommen, Mylord.«

»Lettice, Ihr müßt das verstehen. Mehr als alles auf der Welt wünsche ich Euch zu ehelichen, und ich sage Euch ... eines Tages werde ich es tun.«

»Wann?«

»Über kurz oder lang.«

»Und Essex?«

»Den überlaßt mir.«

»Was soll das heißen?«

»Ich meine, wer weiß denn schon, was die Zukunft bringt? Habt Geduld. Ihr und ich sind füreinander geschaffen. Das weiß ich seit unserer ersten Begegnung. Aber Ihr wart mit Essex vermählt. Was konnte ich da schon tun? Ach Lettice, hättet Ihr ihn nicht geheiratet, dann sähe alles ganz anders aus. Aber Ihr seid zu mir zurückgekommen. Glaubt nicht, daß ich Euch jemals wieder fortlasse.«

»Ihr solltet mich jetzt gleich gehen lassen, sonst wird man mich noch vermissen. Und ist das erst der Fall, und man spioniert mir nach, und es kommt der Königin zu Ohren, dann möchte ich nicht in Eurer Haut stecken, Robert Dudley. Und ich kann mir vorstellen, daß ich mich in meiner auch nicht wohler fühlen würde.«

Er schloß die Tür auf. Dann umarmte er mich so inbrünstig, daß ich schon glaubte, alles beginne noch einmal von vorn; doch er sah ein, daß ich mit meiner Warnung recht hatte, und ließ mich gehen.

Ich schlich in meine Kammer zurück. Meine Abwesenheit war von ein paar Damen bemerkt worden. Ich hätte gern gewußt, ob sie wohl dachten, ich sei bei einem Liebhaber gewesen. Ich lachte innerlich bei dem Gedanken, wie erschrocken sie wären, wenn ich diese Vermutung bestätigte und ihnen sagte, wer der Mann war.

Die Hitze ließ nach ein paar erfrischenden Regenschauern etwas nach, und die ganze Gesellschaft schien bester Laune. Ich bekam Robert nicht allein zu sehen, aber natürlich häufig in der Gesellschaft anderer, da er ständig an der Seite der Königin weilte. Oft gingen sie zusammen auf die Jagd und verbrachten die Stunden bis zur Dämmerung im Wald, und wenn sie nach Kenilworth zurückkehrten, fand jedesmal eine Willkommensvorstellung für Elisabeth statt. Roberts Einfallsreichtum kannte keine Grenzen, dennoch mußte er ständig auf der Hut sein, denn das Vergnügen, das er der Königin verschafft hatte, wäre nur zu rasch vergessen und all seine Mühe vergeblich gewesen, falls es geschähe, daß er die Königin auf irgendeine Weise beleidigte.

An dem Tag, von dem ich erzählen will, wurde sie mit einem Wasserschauspiel auf dem Schloß willkommen geheißen. Robert wußte den See gut zu nutzen; insbesondere bei Nacht, wenn die brennenden Fackeln der Szenerie etwas Geheimnisvolles verliehen, war er sehr wirkungsvoll. Diesmal wurde Elisabeth von einer Meerjungfrau mit einem riesenhaften Delphin zur Seite begrüßt. Auf dem Rücken des Meerungeheuers saß ein maskierter Mann, der Arion darstellen sollte. Sobald er die Königin erblickte, begann er Verse zu rezitieren, die ihre Tugend priesen und der Freude Ausdruck gaben, welche in Kenilworth darüber herrschte, daß die Königin ihm die Ehre erwies, in seinen Mauern zu verweilen.

Die Königin geriet in Hochstimmung, denn Arion, nachdem er die ersten Zeilen des Gedichts vorgetragen hatte, wollte der Rest nicht mehr einfallen. Er stotterte und fing noch einmal von vorne an, dann riß er in einem Wutanfall die Maske herunter, und sein schwitzendes rotes Gesicht kam zum Vorschein.

»Ich bin nicht Arion«, rief er laut. »Ich bin nur der ehrenwerte Harry Goldingham, Eurer Majestät getreuester Untertan.«

Schweigen trat ein. Robert starrte den Missetäter an, doch die Königin brach in lautes Lachen aus und rief: »Guter Harry Goldingham, du hast mich köstlich unterhalten, und ich beteuere, deine Vorstellung hat mir von allen am besten gefallen.«

Und Harry Goldingham stieg von seinem Delphin und war höchst zufrieden mit sich. Er hatte mit seiner Darstellung das besondere Lob der Königin errungen, und zweifellos rechnete er damit, daß er deshalb bei seinem Herrn und Meister, dem Grafen von Leicester, einen Stein im Brett haben werde.

Den Abend über kam die Königin immer wieder auf diesen Vorfall zurück, und sie sagte zu Robert, daß sie die Vergnügungen, die sie auf Kenilworth genossen habe, nie vergessen werde.

Die bedingungslose Anhänglichkeit der Königin an Robert erregte meinen Unwillen. Er war ja überhaupt nie ohne sie, außer, wenn sie angekleidet wurde, und da wiederum hatte ich meine Pflichten. Das war für uns beide sehr enttäuschend, und diese Entsagung verstärkte unser Verlangen nacheinander.

Einmal, als ich die Gelegenheit für ein paar Worte gekommen glaubte, sah ich ihn in eine angeregte Unterhaltung mit einer anderen Frau vertieft. Ich kannte sie vom Sehen und war einmal neugierig gewesen, mehr über sie zu erfahren. Es handelte sich nämlich um jene Douglass Sheffield, deren Namen man eine Zeitlang mit Robert in Verbindung gebracht hatte. Ich entsann mich der Gerüchte, die ich über die beiden vernommen hatte.

Ich glaubte nicht daran, daß er ihren Ehemann hatte umbringen lassen. Welchen Sinn hätte es gehabt, den Grafen von Sheffield zu ermorden? Douglass war für Robert weit begehrenswerter, solange sie einen Gatten hatte – genau wie ich. Der echte Beweis für Roberts Liebe wäre die Ehe. Das würde nämlich bedeuten, daß ihm an seiner Braut mehr lag als an der Gunst der Königin. Für mich bedurfte es nicht erst eines Besuches auf Kenilworth, um mir ihren Zorn zu vergegenwärtigen, falls er heiratete. Ihre Wut wäre fürchterlich, und ich bezweifelte, daß selbst Robert nach einem solchen Ereignis ihre Gunst zurückgewinnen konnte.

Bis jetzt hatte ich dem Skandal um Douglass Sheffield keine große Bedeutung beigemessen, denn Robert war stets der Mittelpunkt unglaublicher Geschichten gewesen. Er war der meistbeneidete Mann im Königreich. Niemand hatte mehr Feinde als er. Er stand sich so gut mit der Königin, daß Tausende – bei Hofe wie überall im Lande – aus Neid gewünscht hätten, ihn erniedrigt zu sehen; und es ist ein trauriges Zeichen für die menschliche Natur, daß selbst jene, die nichts dadurch gewannen, solch eine Erniedrigung gleichwohl herbeiwünschten.

Da war natürlich der nie aufgeklärte Skandal um Amy Robsarts Tod, der ihm sein Leben lang anhängen würde. Wer weiß – vielleicht hatte er sie doch ermordet? Ganz gewiß hatte sie seinen Plänen im Wege gestanden, und die Ehe, die er so sehnlichst wünschte, konnte er unmöglich eingehen, solange sie am Leben war. Es gab zu viele dunkle Geheimnisse in Cumnor Place. Amys Tod hatte seinen Neidern zweifellos viel Munition geliefert.

Inzwischen wußte man auch, daß Dr. Julio, ein Italiener, nicht nur Roberts Leibarzt, sondern auch sein Giftmischer war. Daher wunderte es niemanden, daß man, als der Graf von Sheffield starb, behauptete, Robert habe ihn beseitigen lassen. Aber weshalb, wenn er doch nicht den Wunsch hatte, Sheffields Witwe zu ehelichen? Es sei denn, Sheffield habe damals mit Scheidung gedroht, nachdem er entdeckt hatte, daß Douglass mit Robert Ehebruch begangen hatte. Das hätte einen Skandal verursacht, und den wünschte Robert unter allen Umständen zu vermeiden; denn wäre der Königin dergleichen zu Ohren gedrungen, so hätte Robert große Unannehmlichkeiten zu befürchten gehabt.

Daß Robert undurchschaubar und verschlagen war, machte mir nichts aus. Ich wollte einen Mann, der mich herausforderte, keine sanfte, unfähige Kreatur wie meinen Ehemann. Ich war Walters von Herzen überdrüssig und in Robert so sehr verliebt, wie eine Frau in einen Mann nur verliebt sein konnte. Daher erfüllte es mich mit Unbehagen, als ich ihn so ernsthaft mit Douglass Sheffield reden sah.

Es war Sonntag. Die Königin hatte am Morgen dem Gottesdienst beigewohnt, und da das Wetter warm und freundlich war, sollte eine Schauspielergruppe aus Coventry zu Elisabeths Unterhaltung »Hock Tide«, ein Stück über die Dänen, aufführen.

Ich fand es ein wenig belustigend, wie diese einfachen Landleute in ihren improvisierten Kostümen und mit ihrem bäuerlichen Akzent Menschen verkörperten, von denen sie nicht die geringste Vorstellung haben konnten. Die Königin war von ihnen entzückt; sie fühlte sich unter einfachem Landvolk wohl und ließ die Leute gern spüren, daß sie, so strahlend und erhaben sie auch war, große Achtung und Liebe für sie empfand. Auf unserer Reise durch das Land mußten wir immer wieder an der Straße haltmachen, wenn sich Elisabeth irgendeine Person von niedriger Abkunft näherte, und nie versäumte sie es, ein gütiges Wort oder ein Versprechen zu äußern. Es muß eine Menge Menschen im Lande gegeben haben, die ihr Leben lang von einer Begegnung mit Elisabeth zehrten und ihr mit unverbrüchlicher Treue dienten, weil sie niemals zu stolz war, mit ihnen zu reden.

Also schenkte sie nun den Darstellern aus Coventry dieselbe Beachtung wie den Hofschauspielern in London. Sie lachte, wenn es von ihr erwartet wurde, und spendete Beifall, wenn man Applaus erheischte.

Das Stück handelte vom Einfall der Dänen, ihrer Anmaßung, ihrer Gewalttätigkeit und den Schandtaten, die sie in England verübt hatten. Die Hauptfigur war Hunna, König Ethelreds Feldherr, und selbstverständlich endete das Spiel mit der Niederlage der Dänen. Als Huldigung an Elisabeths Geschlecht wurden die gefangenen Dänen von Frauen auf die Bühne geführt, was die Königin mit lebhaftem Beifall bedachte.

Anschließend wollte sie unbedingt, daß man ihr die Schauspieler vorstellte, damit sie ihnen sagen konnte, wie gut ihr die Aufführung gefallen hatte.

»Ihr guten Leute von Coventry«, sagte sie, »ihr habt mir eine große Freude bereitet und sollt belohnt werden. Bei der gestrigen Jagd sind ein paar Rehböcke erlegt worden. Ich werde veranlassen, daß man euch zwei besonders schöne übergibt, und außerdem sollt ihr vierzig Unzen Gold in Münzen erhalten.«

Die guten Leute von Coventry fielen auf die Knie und beteuerten, nie würden sie den Tag vergessen, an welchem sie die Ehre hatten, vor der Königin zu spielen. Sie waren immer getreue Untertanen gewesen, aber nach diesem Tag war niemand unter ihnen, der nicht freiwillig sein Leben für sie hingegeben hätte.

Sie dankte ihnen. Ich beobachtete sie, und mir fiel auf, daß sie die seltene und königliche Begabung besaß, sich den Leuten gegenüber gänzlich zwanglos zu geben, ihnen ihre Befangenheit zu nehmen und dabei doch nichts von ihrer Würde einzubüßen. Sie konnte die Menschen zu sich heraufziehen, ohne von ihrer Höhe herabzusteigen. Nie zuvor war mir ihre Größe so bewußt geworden; daß wir um desselben Mannes willen zu Rivalinnen werden sollten, erfüllte mich mit heftiger Erregung, und daß er bereit war, für die Erfüllung seines leidenschaftlichen Verlangens nach mir so viel zu wagen, war ein Zeichen für die Tiefe seiner Empfindung.

An eben diesem Tag bot sich mir Gelegenheit, mich mit Douglass Sheffield zu unterhalten.

Die Vorstellung war vorüber, und bis zur Abenddämmerung würde es noch ein paar Stunden dauern. So war die Königin, Seite an Seite mit Robert und einige Damen und Herren im Gefolge, in den Wald geritten. Da sah ich Douglass Sheffield allein im Garten umherwandern, und ich begab mich zu ihr.

Wie zufällig traf ich in der Nähe des Sees mit ihr zusammen und begrüßte sie.

»Ihr seid Lady Essex, nicht wahr?« fragte sie. Ich bestätigte dies und sagte, ich glaube, sie sei Lady Sheffield.

»Wir sollten uns eigentlich kennen«, fuhr ich fort, »da durch die Familie Howard eine verwandtschaftliche Beziehung besteht.« Sie war eine Howard aus Effingham, und dieser Familie entstammte meine Urgroßmutter, die Gattin von Sir Thomas Boleyn.

»Daher sind wir entfernte Cousinen«, fügte ich hinzu.

Ich musterte sie eingehend. Ich konnte verstehen, was Robert zu ihr hingezogen hatte. Sie besaß jenes gewisse Etwas, wie viele Frauen der Familie Howard. Meine Großmutter Mary Boleyn und Katharina Howard müssen von ähnlicher Art gewesen sein. Bei Anna Boleyn aber war noch ihre unerhörte körperliche Anziehungskraft hinzugekommen, dazu ein wenig Berechnung. Deshalb war sie so ehrgeizig gewesen. Aber Anna hatte sich verrechnet – ihr Mann war allerdings äußerst wankelmütig gewesen –, und so war ihr schließlich das Haupt abgeschlagen worden. Hätte sie sich jedoch etwas geschickter verhalten und überdies einen Sohn geboren, so wäre ihr dieses Schicksal gewiß erspart geblieben.

Douglass dagegen war sanft und fügsam; sie war sinnlich und stellte keine Gegenforderungen, wenn sie gab. Diese Art Frauen wirkt auf den ersten Blick anziehend für das andere Geschlecht, wird aber oftmals unerträglich.

Ich sagte: »Die Königin entbrennt immer heftiger in Liebe zu Lord Leicester.«

Ihre Mundwinkel zogen sich herab, und sie blickte recht betrübt. Ich dachte: Also ist da doch etwas.

»Glaubt Ihr, sie wird ihn heiraten?« fuhr ich fort.

»Nein«, sagte Douglass heftig. »Das kann er nicht.«

»Und weshalb nicht? Er wünscht es doch, und zuweilen scheint sie ebenso begierig darauf wie er.«

»Aber er könnte es gar nicht.«

Ein unbehagliches Gefühl beschlich mich. »Warum nicht, Lady Sheffield?«

»Weil ...« Sie zögerte. »Nein, das darf ich nicht sagen. Es wäre zu gefährlich. Das würde er mir nie verzeihen.«

»Ihr meint, der Graf von Leicester würde Euch nicht verzeihen?«.

Sie sah verwirrt aus, und Tränen traten ihr in die Augen.

»Kann ich irgend etwas für Euch tun?« fragte ich beschwichtigend.

»O nein, nein. Ich muß jezt hineingehen. Ich weiß gar nicht, was ich da geredet habe. Mir war nicht wohl. Ich habe meine Pflichten, darum ...«

»Ich finde, Ihr seht seit einiger Zeit traurig aus«, sagte ich, entschlossen, sie aufzuhalten. »Ich hatte das Gefühl, Euch fehle etwas, und ich müsse mit Euch sprechen. Ich glaube, zwischen Blutsverwandten besteht eine besondere Bindung.«

Sie blickte ein wenig erstaunt drein und meinte: »Das mag wohl sein.«

»Mitunter hilft es, sich einem mitfühlenden Zuhörer anzuvertrauen.«

»Ich habe durchaus nicht den Wunsch, über irgend etwas zu sprechen. Es gibt nichts zu sagen. Ich hätte nicht herkommen dürfen. Ich sollte bei meinem Sohn sein.«

»Ihr habt einen Sohn?«

Sie nickte.

»Und ich habe vier Kinder, Penelope, Dorothy, Robert und Walter. Sie fehlen mir sehr.«

»Dann habt Ihr auch einen Robert?«

Ich war aufmerksam geworden. »Ist das der Name Eures Sohnes?«

Sie nickte.

»Nun ja«, fuhr ich fort, »es ist ein hübscher Name. So hieße der Gemahl unserer Königin ... falls sie sich jemals entschlösse, sich zu vermählen.«

Douglass ging in die Falle. »Das könnte sie nicht«, sagte sie.

»Mich dünkt, Ihr seid außer Euch.«

»Das kommt daher, weil Ihr von ihrer Vermählung sprecht ...«

»Das erhofft er sich jedenfalls. Jeder weiß das.«

»Wenn sie ihn wirklich heiraten wollte, so hätte sie es doch schon längst getan.«

»Wie konnte sie«, flüsterte ich, »nach dem geheimnisvollen Tod seiner Gattin?«

Douglass erschauerte. »Ich denke oft an Amy Dudley. Ich habe ihretwegen Alpträume. Manchmal träumt mir, ich bin in jenem Haus, und jemand schleicht in mein Zimmer ...«

»*Ihr* träumt, Ihr seid seine Gattin ... und er wünscht Eurer ledig zu werden. Wie merkwürdig!«

»Nein ...«

»Ich glaube, Ihr fürchtet Euch vor etwas.«

»Wie sich die Männer verändern«, sagte sie wehmütig. »Sie sind zuerst so feurig, und dann kommt eine andere, der sie ihre Aufmerksamkeit zuwenden.«

»Und ihr Feuer«, sagte ich leichthin.

»Das kann ... ziemlich beängstigend sein.«

»Für einen Mann wie den Grafen ... nach dem, was in Cumnor Place geschehen ist. Aber woher wollen wir wissen, was sich dort wirklich zugetragen hat? Das ist ein dunkles Geheimnis. Erzählt mir von Eurem kleinen Knaben. Wie alt ist er?«

»Er ist zwei Jahre alt.«

Ich schwieg und rechnete nach. Wann war der Graf von Sheffield gestorben? Hatte ich nicht im Jahre 71 vernommen, daß die Schwestern Howard Robert nachliefen? In jenem Jahre – vielleicht auch erst im folgenden – war Lord Sheffield verschieden, und doch hatte Douglass Sheffield im Jahre 75 einen zwei Jahre alten Sohn, der Robert hieß.

Ich mußte unbedingt herausfinden, was es damit auf sich hatte.

Ich konnte kaum von ihr erwarten, daß sie bei dieser Gelegenheit ihre Geheimnisse preisgeben würde, wenn auch zwischen uns eine verwandtschaftliche Bindung bestand. Ich hatte von der ziemlich törichten Frau mehr erfahren, als ich zu hoffen gewagt hatte. Aber ich würde mich nach Kräften bemühen, die Wahrheit herauszufinden.

Als sie sagte, sie leide unter Kopfweh, bemühte ich mich um freundliches Mitgefühl. Ich brachte sie zu ihrem Zimmer und verabreichte ihr eine lindernde Arznei. Danach veranlaßte ich sie, sich niederzulegen

und versprach, ihr Bescheid zu geben, wenn die Königin zurückkehrte.

Später an diesem Tage eröffnete sie mir, sie habe sich, als wir uns im
Garten trafen, sehr elend gefühlt, und sie fürchte, sie habe eine Menge
törichtes Zeug geredet. Ich versicherte ihr, wir hätten lediglich freundlich miteinander geplaudert, und es sei doch sehr vergnüglich, eine
Cousine kennenzulernen. Meine Arznei hatte ihr wirklich gutgetan,
und sie fragte, ob ich ihr wohl das Rezept geben könne. Aber natürlich,
sagte ich. Ich könne ihre Niedergeschlagenheit sehr gut verstehen.
Schließlich hätte ich ja selbst Kinder, und ich sehnte mich danach, bei
ihnen zu sein.

»Wir werden wieder miteinander plaudern ... bald«, sagte ich.
Ich war entschlossen, der Affaire um Douglass Sheffield auf den Grund
zu gehen.

Am folgenden Nachmittag unterhielt man die Königin mit einem
Schwank: »Eine Hochzeit auf dem Lande.« In gewisser Weise machte
man sich dabei über die Bauern lustig. Es wunderte mich, daß die
Königin das nicht als eine Beleidigung eines Teils ihrer Untertanen
empfand. Der Bräutigam, weit über dreißig, hatte seines Vaters Woll-
joppe von gelblichbrauner Farbe an, ein Paar Handschuhe, wie man sie
bei der Ernte trug, und über den Rücken geschnallt ein Tintenhorn mit
Feder. Er humpelte auf die Wiese. Auf dem Lande wurde viel Fußball
gespielt, und häufig verletzten sich die Spieler dabei. Das Humpeln
sollte bedeuten, daß er in seiner Rolle ein gebrochenes Bein hatte.
Zugleich mit ihm erschienen Possenreißer und Robin Hood mit Lady
Marion. Während die Königin dem Tanz zuschaute, wippte sie mit dem
Fuß. Ich war jeden Augenblick darauf gefaßt, daß sie aufstehen und
mittanzen würde.

Als nächste erschien die Braut in einem Wollkleid. Sie war abschrek-
kend häßlich hergerichtet; so trug sie eine Perücke, deren Haare nach
allen Richtungen abstanden. Die Zuschauer brüllten bei ihrem Anblick
vor Lachen. Sie waren sehr zahlreich erschienen, denn die Königin
hatte eigens darum gebeten, daß es jedermann aus der Nachbarschaft
gestattet sein sollte, der Vorstellung beizuwohnen. So waren sie denn
zu Hunderten herbeigeströmt – weniger, um die Bauernhochzeit zu
sehen, als in Gesellschaft der Königin zu sein. Und Elisabeth zeigte
sich, wie immer, wenn Leute aus dem Volk anwesend waren, von ihrer

besten Seite. Sie lächelte wohlwollend; die schlechte Laune sparte sie sich für die Dienerschaft auf. Die Brautjungfern waren alle Mitte dreißig und, wie die Braut, sehr häßlich.

Die Leute überschlugen sich vor fröhlicher Begeisterung, als das frischvermählte Paar vom Schauplatz stolperte. Ich konnte mich des Gedankens nicht erwehren, daß es ziemlich gefährlich war, solch ein Stück vor unserer unverheirateten Königin aufzuführen, und daß Braut und Bräutigam sich alle Mühe gaben, ihr Alter zu verraten, hätte als Anspielung auf Elisabeth betrachtet werden können. Vielleicht hatte Robert das sogar beabsichtigt. Vielleicht wollte er ihr zeigen, daß sie schon allzu lange wartete. Eine armseligere Kreatur als diese plumpe, häßliche Braut hätte er sich freilich nicht aussuchen können. Elisabeth dagegen saß da, erhaben in ihrer Macht und ihrem Glanz – von Juwelen glitzernd, mit einer kostbaren Halskrause angetan, den Kopf hoch erhoben, schön anzusehen und auch jung, wenn man ihr Gesicht nicht allzu genau betrachtete; denn ihr Körper war so schlank wie der eines jungen Mädchens, und ihre Haut war überaus zart und weiß. Sie mußte diesen Landleuten wie eine Göttin erscheinen, auch ohne ihre juwelenbesetzten Gewänder. Sie war in vielen Dingen sehr anspruchsvoll. So badete sie regelmäßig, und wir, die wir sie bedienten, mußten desgleichen tun; denn sie konnte üble Gerüche nicht ertragen. Wenn sie einem Landsitz einen Besuch abstattete, so mußte schon Wochen vor ihrer Ankunft mit dem Saubermachen begonnen werden. Vor stinkenden Binsenmatten wandte sie sich angeekelt ab, und dann war da natürlich das ständige Ungemach mit den Abtritten. Ich hatte oft gesehen, wie ihre leicht gebogene Nase vor Abscheu vibrierte, und mehr als einmal fiel eine scharfe Bemerkung darüber, daß man sich auf ihren Besuch so schlecht vorbereitet hatte.

Wenn wir auf Reisen waren, bereitete das Bad der Königin, ohne das sie nicht auskommen konnte, erhebliche Schwierigkeiten. Nur wenige Landhäuser konnten mit dergleichen aufwarten. In Windsor Castle waren eigens zwei Zimmer dafür eingerichtet worden. Die Decken waren aus Glas, so daß sie beim Baden das Weiß ihres Körpers betrachten konnte.

Nur bei einfachen Leuten ließ sie sich Unsauberkeit gefallen, und niemals zeigte auch nur das leiseste Zucken der Nasenflügel an, daß sie die Ausdünstungen wahrnahm. Sie war eben bis in die Fingerspitzen eine echte Königin.

Sie empfing also auch das häßliche Brautpaar, sagte ihnen, wie herzlich sie habe über sie lachen müssen, und ich wußte, daß die beiden, genau wie die Schauspieler von Conventry von ihrer Huld überwältigt, auf immer in unverbrüchlicher Treue zu ihr halten würden.

Ich war sehr stark mit meinen eigenen Angelegenheiten beschäftigt. Als Douglass Sheffield ihren Sohn Robert erwähnt hatte, wurde mein Mißtrauen wach. Mein erster Gedanken war gewesen, Robert aufzulauern und ihm die Wahrheit über Douglass und ihren Sohn zu entreißen. Aber konnte ich das tun? Er war mir schließlich keine Rechenschaft schuldig – und schon gar nicht für Handlungen, die bereits einige Zeit zurücklagen. Sicher, er hatte gesagt, er würde mich heiraten ... wenn ich frei wäre. Das hatte wenig zu bedeuten. Ich war eben nicht frei. Ich fragte mich, ob er etwas Ähnliches einmal zu Douglass gesagt hatte, und dann war sie durch einen seltsamen Zufall – wenn es überhaupt ein Zufall war – kurz, nachdem er zu ihr von Heirat gesprochen hatte, tatsächlich »frei« geworden – nämlich Witwe.

Nein, ich würde ihn nicht darauf ansprechen. Douglass war eine Närrin. Wenn ich geschickt vorging, gelang es mir vielleicht, ihre Bedenken zu überwinden. Von ihr bekam ich wahrscheinlich eher die Wahrheit zu hören als von Robert. Es würde ohnehin nicht einfach sein, mit ihm zu reden, da er ständig um die Königin herumscharwenzeln mußte. Wir könnten uns vielleicht in das Turmzimmer flüchten, aber dort bestand die Möglichkeit, daß die Begierde über meinen gesunden Menschenverstand siegte. Doch ich mußte meine Sinne beisammen haben. Wie sollte ich sonst wissen, ob Robert die Wahrheit sprach, wenn er mir seine Lesart der Geschichte auftischte? Ich bezweifelte nicht, daß er mit einer einleuchtenden Erklärung aufwarten würde, während Douglass nicht gewitzt genug war, sich so etwas auszudenken.

Während der folgenden Tage suchte ich fortwährend freundschaftlichen Verkehr mit Douglass. Sie war eine leichte Beute. Zweifellos machte sie sich große Sorgen wegen ihrer Zukunft, und daß sie verrückt war vor Liebe zu Robert, daran bestand ebenfalls kein Zweifel.

Da sie wie ich gezwungen war, während der Lustbarkeiten Robert ständig an der Seite der Königin zu sehen, hatte ich sie in kurzer Zeit so weit gebracht, daß sie froh war, sich jemandem anzuvertrauen. Und wer hätte sich dazu besser geeignet als ihre gütige und verständnisvolle Cousine Lettice?

Und schließlich erfuhr ich die Wahrheit.

»Ich will Euch alles erzählen, was geschehen ist, Cousine, nur müßt Ihr mir versprechen, keinem Menschen ein Sterbenswörtchen davon zu sagen. Das wäre nämlich für ihn wie für mich das Ende. Ihr wißt ja, der Zorn der Königin kann fürchterlich sein. Das hält er mir unentwegt vor Augen.«

»Ihr müßt Euch mir nicht anvertrauen, wenn Ihr dabei ein ungutes Gefühl habt«, sagte ich scheinheilig. »Doch wenn es Eure Seele erleichtert ..., oder wenn Ihr glaubt, daß ich Euch einen Rat zu geben vermag ...«

»Ihr seid so mitfühlend, Lettice. Ich bin sicher, Ihr habt mehr Verständnis für mich als die meisten Menschen.«

Ich nickte. Damit hatte sie vermutlich recht.

»Es geschah vor vier Jahren«, begann sie. »John und ich waren glücklich verheiratet, und nie hatte ich an einen anderen Mann gedacht. Er war ein guter Gatte, ein wenig ernst ... und nicht eben sehr gefühlvoll veranlagt – falls Ihr wißt, was ich meine.«

»Freilich«, versicherte ich.

»Die Königin befand sich auf einer ihrer Rundreisen durch das Land. Der Graf von Leicester begleitete sie, und mein Gatte und ich stießen auf Schloß Belvoir, der Residenz des Grafen von Rutland, zu ihrer Gesellschaft. Ich war bis dahin eine treue Ehefrau gewesen, doch jemanden wie Robert hatte ich noch nie erblickt ...«

»Den Grafen von Leicester«, murmelte ich.

Sie nickte. »Er war der herrlichste Mann, den ich je gesehen. Ich verstand mich selbst nicht mehr. Er war doch der mächtigste Mann im Parlament, und dazu ein Günstling der Königin. Jedermann sprach davon, daß sie ihn bald heiraten würde.«

»Davon ist schon die Rede, seit sie den Thron bestiegen hat.«

»Ich weiß. Doch diesmal schien zwischen ihnen ein geheimes Einverständnis zu bestehen. Das gab ihm etwas ... ich kann es nicht beschreiben. Wenn er mit jemandem von uns sprach oder uns gar anlächelte, waren wir richtig stolz. Meine Schwester und ich gerieten seinetwegen in Streit, war er doch uns beiden gegenüber so liebenswürdig. Offen gestanden, wir waren aufeinander eifersüchtig. Das war um so merkwürdiger, als ich zuvor niemals einen anderen Mann auch nur angeschaut hatte. Ich war zufrieden mit John Sheffield als Ehemann, und er war gut zu mir ... und dann ... geschah es.«

»Was geschah?« fragte ich.

»Wir trafen uns heimlich. Ach, ich schäme mich ja so. Ich hätte mich niemals darauf einlassen sollen. Ich weiß nicht, was über mich gekommen ist.«

»Ihr wurdet seine Geliebte«, sagte ich und konnte nicht verhindern, daß meine Stimme plötzlich sehr kühl klang.

»Ich weiß, es ist unverzeihlich. Aber Ihr könnt Euch nicht vorstellen, wie das war ...«

O doch, Douglass, dachte ich, das kann ich mir sehr gut vorstellen! Mir scheint, ich war ebenso einfältig wie du.

»So hat er Euch also verführt«, sagte ich.

Sie nickte. »Ich widerstand ihm lange«, sagte sie entschuldigend, »doch Ihr ahnt ja nicht, wie beharrlich er sein kann. Er hatte es sich in den Kopf gesetzt, daß ich mich ergeben sollte, erzählte er mir hernach, und meine Weigerung war eine Herausforderung für ihn. Ich hielt ihm entgegen, daß man dergleichen außerhalb der Ehe nicht tun dürfe, und er fragte, wie er mich denn heiraten könne, da ich bereits einen Ehemann hätte. Dann sprach er davon, wie anders alles wäre, wenn ich keinen Mann hätte, und er sprach so überzeugend, daß ich beinahe glaubte, John würde sterben und ich Robert heiraten. Er schrieb mir einen Brief und schärfte mir ein, ihn zu vernichten, sobald ich ihn gelesen hätte. Er wolle mich heiraten, wenn mein Mann stürbe, schrieb er, und er könne mir versprechen, daß es nicht mehr lange dauern werde, bis wir das Entzücken, von dem wir bereits gekostet hatten, rechtmäßig genießen dürften.«

»Das hat er geschrieben!« rief ich aus.

»Ja.« Sie sah mich beinahe flehend an. »Wie hätte ich einen solchen Brief vernichten können?« fragte sie. »Ich bewahrte ihn auf. Ich las ihn jeden Tag, und wenn ich schlief, lag er unter meinem Kopfkissen. Ich sah Robert mehrmals auf Belvoir. Dort trafen wir uns in einem unbewohnten Zimmer und manchmal auch im Wald. Er sagte, das sei sehr gefährlich, und wenn die Königin es erführe, so wäre das sein Ende. Aber er tue das alles, weil er so wahnsinnig in mich verliebt sei.«

»Ich verstehe vollkommen«, sagte ich erbittert. »Und als Euer Gatte starb ...«

»Davor ist etwas Schreckliches geschehen. Ich habe Roberts Brief verloren. Meine Angst war grenzenlos. Er hatte mir befohlen, den Brief zu vernichten, doch das habe ich nicht vermocht. Jedesmal, wenn ich ihn las, stand Robert deutlich vor mir. Er sagte in diesem Brief, daß er mich heiraten würde, wenn mein Gatte stürbe ... Ihr seht ...«

»Ja, ich sehe«, versicherte ich.

»Meine Schwägerin hat den Brief gefunden. Sie hatte mich nie leiden mögen. Ich war außer mir und ließ alle meine Kammerfrauen kommen, eine nach der anderen. Ich fragte sie aus, drohte ihnen sogar, doch sie erklärten, sie hätten den Brief nicht gesehen. Dann fragte ich Eleanor, die Schwester meines Mannes. Sie hatte den Brief gefunden, hatte ihn gelesen und meinem Gatten gebracht. Es hat eine schlimme Szene gegeben. Ich mußte ihm alles gestehen. Er war maßlos erschüttert, und er haßte mich. Er sperrte mich aus unserem Schlafgemach aus und hieß mich zum Schoßhund der Königin gehen, der ja bereits seine Frau umgebracht habe. Er sagte schreckliche Dinge über Robert, und daß er ihn und mich zugrunde richten wolle, und das ganze Land würde erfahren, was auf Belvoir vorgefallen sei, und daß Robert Dudley vorhatte, John zu ermorden, wie er seine Frau ermordet hatte. Ich weinte die ganze Nacht. Am Morgen war mein Mann fort. Meine Schwägerin teilte mir mit, er sei unterwegs nach London, um eine Scheidung in die Wege zu leiten, und daß bald jedermann wissen werde, was für eine Dirne ich sei.«

»Und was dann?«

»John starb, bevor er etwas unternehmen konnte.«

»Woran ist er gestorben?«

»An einer Art Ruhr.«

»Und Ihr glaubt, Leicester hatte da seine Hand im Spiel?«

»O nein, nein. Auf gar keinen Fall. Er starb ganz zufällig daran.«

»Das mußte doch Leicester recht gelegen kommen, nicht wahr? Hatte Euer Gatte schon früher an dieser ... Ruhr gelitten?«

»Nicht, daß ich wüßte.«

»Wie dem auch sei, jetzt stand ja Eurer Vermählung nichts mehr im Wege.«

Sie machte einen hilflosen Eindruck. »Das hätte für ihn in jeder Beziehung das Ende bedeutet, sagte er. Er erzählte mir zwar immer, wie sehr er sich wünschte, mich zu heiraten, doch Ihr wißt ja, die Königin war so eifersüchtig und hing so sehr an ihm.«

»Was wir natürlich verstehen.«

»O ja, jeder, der Robert kennt, würde das verstehen. Seht Ihr, es gab Mitwisser. Es gibt immer Mitwisser. Johns Familie war wütend. Sie machte Robert für Johns Tod verantwortlich, und mich natürlich auch.«

»Sie beschuldigte ihn, Euren Gatten ermordet zu haben, damit Ihr frei wäret, und doch hat er Euch nicht geheiratet, als Ihr frei wart.«

»Daran könnt Ihr sehen, wie lügenhaft das Gerücht war.«

Ich dachte: Nun, John Sheffield war jedenfalls im Begriff, ihm Unannehmlichkeiten zu bereiten, und zwar so große, daß er in Gefahr geriet, die Huld der Königin zu verlieren, genau wie es bei einer Heirat der Fall gewesen wäre. Ich konnte mir Elisabeths Zorn vorstellen, wenn sie von den heimlichen Begegnungen auf Schloß Belvoir gewußt und erfahren hätte, daß Robert mit Douglass vom Heiraten gesprochen hatte. Und hätte Robert Douglass tatsächlich geheiratet, so wäre er dadurch in eine Geschichte verwickelt worden, die ebenso scheußlich gewesen wäre wie der Tod seiner ersten Frau.

Ich erfuhr mehr und mehr über diesen Mann, der in meinem Leben eine so große Rolle spielte – genau wie im Leben der Königin und dem von Douglass Sheffield.

»Und Euer Sohn?« Ich ließ ihr keine Ruhe.

Sie zögerte und sagte dann: »Er ist im Stande der Ehe geboren. Robert ist kein Bastard.«

»Wollt Ihr damit sagen, Ihr seid Leicesters Gattin?«

Sie nickte.

»Das kann ich nicht glauben!« entfuhr es mir.

»Es stimmt aber«, erwiderte sie fest. »Als John gestorben war, hat Robert in einem Haus in Cannon Row in Westminster den Ehevertrag aufgesetzt. Hinterher allerdings sagte er, wegen des Zornes der Königin könne er mich doch nicht heiraten. Ich aber war außer mir. Ich war entehrt und hatte deswegen schreckliche Angst. Schließlich gab er nach, und wir wurden getraut.«

»Wann?« wollte ich wissen. »Und wo?«

Ich versuchte ihr unter allen Umständen nachzuweisen, daß sie log. Halb war ich davon überzeugt, doch vielleicht nur deshalb, weil ich unbedingt glauben wollte, daß sie die Unwahrheit sagte.

Sie antwortete ohne zu zögern: »In einem seiner Landsitze – auf Esher in Surrey.«

»Gab es Zeugen?«

»O ja. Sir Edward Horsey war dabei, ebenso Roberts Leibarzt, Dr. Julio. Robert hat mir einen Ring mit fünf spitzgeschliffenen und einem flachen Diamanten geschenkt. Er hat ihn vom Grafen von Pembroke bekommen, mit der Bedingung, ihn nur seiner Ehefrau zu geben.«

»Und Ihr habt diesen Ring?«

»Er ist sorgfältig und sicher aufbewahrt.«

»Warum gebt Ihr nicht kund, daß Ihr seine Gattin seid?«

»Ich habe Angst vor ihm.«

»Ich dachte, Ihr seid verrückt vor Liebe zu ihm.«

»Das bin ich auch. Man kann doch gleichzeitig verliebt sein und Angst haben.«

»Und Euer Kind?«

»Robert war entzückt, als unser Sohn geboren wurde. Er besucht ihn, so oft er es ermöglichen kann. Er liebt den Knaben. Er hatte sich immer einen Sohn gewünscht. Als er geboren wurde, schrieb mir Robert, er danke Gott und meinte, der Junge werde uns ein Trost im Alter sein.«

»Nach allem müßtet Ihr eigentlich vor Glück überfließen.«

Sie sah mir offen ins Gesicht und schüttelte den Kopf. »Ich habe schreckliche Angst.«

»Daß es herauskommt?«

»Nein. Das wäre mir nur recht. Es würde mir nichts ausmachen, wenn ihn die Königin vom Hofe jagte.«

»Aber ihm wohl«, erinnerte ich sie böse.

»Ich wäre glücklich, wenn ich weit weg vom Hof ein friedliches Dasein führen könnte.«

»Dann müßtet Ihr aber ohne diesen ehrgeizigen Mann leben, den Ihr Euren Gatten nennt.«

»Er ist wirklich mein Gatte.«

»Wovor fürchtet Ihr Euch dann?«

Wieder dieser offene Blick.

»Amy Robsart wurde mit gebrochenem Genick am Fuße einer Treppe gefunden«, sagte sie schlicht.

Sie fügte nichts hinzu. Dessen bedurfte es auch nicht.

Ich brachte es einfach nicht fertig, ihr zu glauben. Mit allen Sinnen lehnte ich mich gegen diese Geschichte auf. Sie durfte einfach nicht wahr sein. Doch Douglass hatte sie ganz arglos erzählt, und ich hielt sie für unfähig, sich so etwas auszudenken.

Über eines allerdings war ich mir klar. Douglass Sheffield war völlig verängstigt.

Ich mußte mit ihm sprechen. Aber das war so schwierig! Ich war entschlossen, die Wahrheit herauszufinden, auch wenn ich damit Douglass gegenüber einen Vertrauensbruch beging. Falls er sie wirklich geheiratet hatte, so mußte er sie wahrhaft geliebt haben. Schon der bloße Gedanke versetzte mich in Wut. Wie oft hatte ich mir vorgestellt, mit ihm verheiratet zu sein, hatte mich mit der Versicherung getröstet, daß er keine andere als mich geehelicht hätte, und der einzige Grund, warum er es nicht getan hatte, bevor ich Essex' Frau wurde, sei, daß er von der Gunst der Königin geblendet, das Ende seiner Karriere bei Hofe befürchtete, falls er sich einer anderen zuwenden würde. Nicht einmal meinetwegen konnte er es auf sich nehmen, das Mißfallen der Königin zu erregen. Ich sah ein, daß das ein großes Unglück für ihn bedeuten würde. Und doch hatte er der törichten kleinen Douglass Sheffield wegen alles aufs Spiel gesetzt. Das heißt, falls an dieser Heiratsgeschichte überhaupt etwas Wahres war.

Ich mußte es unbedingt herausfinden, sonst war es um meine Ruhe geschehen.

Am Tag, nachdem Douglass mir diese Enthüllungen gemacht hatte, kam ein Diener zu mir und sagte, daß Lady Mary Sidney mich in ihren Gemächern zu sprechen wünsche. Lady Mary, Roberts Schwester, erfuhr seitens der Königin stets die allergrößte Rücksichtnahme, da sie sich bei der Pflege Elisabeths mit den Blattern angesteckt hatte und seitdem entstellt war.

Sorgfältig verschleiert, das Gesicht im Schatten, begrüßte Lady Mary mich. Ihre Gemächer waren prachtvoll wie alles auf Kenilworth, aber ich bildete mir ein, diese Räume seien die schönsten. Der Boden war mit erlesenen türkischen Teppichen bedeckt, wie ich sie kaum jemals zuvor gesehen hatte. Robert gehörte zu den ersten, die ihr Heim mit zahlreichen Teppichen schmückten. In Kenilworth gab es keine Binsenmatten auf dem Boden. Ich warf einen flüchtigen Blick auf das Himmelbett mit den Vorhängen aus scharlachrotem Samt im angrenzenden Zimmer. Ich wußte, das die Laken mit einem L in einer Krone bestickt waren. Die Zinngefäße der Nachtstühle steckten in Behältern, die mit gestepptem Samt bedeckt waren, der zu den Farben des Zimmers paßte. Lady Mary hatte eine sanfte Stimme und empfing mich äußerst liebenswürdig.

»Kommt, setzt Euch nieder, Lady Essex«, sagte sie. »Mein Bruder hat mich gebeten, mit Euch zu sprechen.«

Mein Herz raste. Ich konnte es kaum erwarten, zu erfahren, worum es sich handelte.

»Wir können uns nicht mehr lange auf Kenilworth aufhalten«, sagte sie. »Für die Königin wird es nunmehr Zeit, mit ihrer Rundreise fortzufahren. Wie Ihr wißt, bleibt sie selten so lange an einem Ort. Sie hat auf Kenilworth eine Ausnahme gemacht, als Zeichen ihrer Zuneigung zu meinem Bruder.«

Das stimmte natürlich.

»Mein Bruder hat zusammen mit der Königin den Reiseweg ausgearbeitet. Sie haben beschlossen, daß er sie in die Nähe von Chartley führen soll.«

Ich frohlockte. Er hatte das so eingerichtet, und die Königin dazu überredet, Chartley aufzusuchen, weil es mein Heim war. Doch dann sank mir das Herz, da ich der Unbequemlichkeiten auf Chartley gedachte, das im Vergleich zu Kenilworth wahrhaft ärmlich war.

Ich sagte: »Mein Gemahl hält sich in Irland auf.«

»Das ist der Königin bekannt, doch sie meint, daß Ihr recht gut die Gastgeberin spielen könnt. Ihr seht bestürzt aus. Man hat vorgeschlagen, daß Ihr uns verlassen und nach Chartley vorausreisen sollt, um Vorbereitungen für den Besuch zu treffen.«

»Ich fürchte, sie wird Chartley höchst unbequem finden … nach Kenilworth.«

»Sie erwartet nicht, es überall wie auf Kenilworth anzutreffen. Sie hat gesagt, sie nehme an, daß es einen solchen Ort nicht noch einmal gebe. Tut Euer Bestes. Sorgt dafür, daß alles reinlich ist. Das ist von größter Wichtigkeit. Überall frische Binsenmatten, und die Dienerschaft selbstverständlich in sauberer Livree. Dann ist alles gut. Laßt Eure Musikanten die Lieblingsweisen der Königin üben, und wenn Ihr dafür sorgt, daß es stets Tanz und Musik gibt, wird sie ihren Aufenthalt genießen. Ich glaube, dergleichen liebt sie mehr als alles andere.«

Es wurde an die Tür geklopft, und ein junger Mann trat ein. Ich kannte ihn. Es war Philip Sidney, Marys Sohn, also Roberts Neffe. Ich war ihm geneigt, da ich erfahren hatte, daß Robert diesen jungen Mann herzlich liebte und ihn als seinen Sohn betrachtete. Der Jüngling war von sehr edlem Äußeren. Er muß damals etwa zwanzig Jahre alt gewesen sein. Wie Robert war auch er von ungewöhnlicher Wesensart, doch gänzlich anders als dieser. Er hatte etwas überaus Sanftes an sich, doch niemand hätte dies als einen Mangel an Stärke gedeutet. Diese Eigenschaft war sehr ungewöhnlich. Ich hatte bis dahin noch niemanden wie ihn kennengelernt, und auch später bin ich einem solchen Menschen nie wieder begegnet. Seiner Mutter gegenüber war er von ausgesuchter Höflichkeit. Offensichtlich liebte sie ihn abgöttisch.

»Ich habe Lady Essex von der Absicht der Königin, Chartley aufzusuchen, unterrichtet«, sagte Mary. »Ich glaube, sie ist ein wenig beunruhigt.«

Er schenkte mir ein strahlendes Lächeln, und ich erklärte: »Ich meine, verglichen mit Kenilworth wird ihr Chartley recht ärmlich vorkommen.«

»Es ist Ihrer Majestät wohl bewußt, daß die meisten Häuser so wirken müssen, wenn man Kenilworth gesehen hat. Möglicherweise ist ihr das ganz lieb. Es gefällt ihr, daß mein Oheim den schönsten Wohnsitz im Lande sein eigen nennt. Tut also Eure Bedenken ab, Lady Essex. Ich bezweifle nicht, daß der Königin ein kurzer Aufenthalt auf Chartley gefallen wird.«

»Mein Gemahl befindet sich, wie Ihr wißt, im Dienste der Königin in Irland.«

»Ihr werdet Euch als vollkommene Gastgeberin erweisen«, versicherte er mir.

»Ich war so lange fern vom Hofe«, erklärte ich. »Ich bin erst kurz vor Beginn dieser Rundreise wieder zu Ihrer Majestät zurückgekehrt.«

»Falls ich Euch irgendwie behilflich sein kann, stehe ich Euch zu Diensten«, sagte Philip, und Lady Sidney lächelte.

»Aus diesem Grunde habe ich Euch zu mir gebeten«, sagte sie. »Als Robert uns mitteilte, daß die Königin einen Besuch auf Chartley beabsichtigte, erinnerte ich ihn daran, daß der Graf von Essex nicht im Lande weilte. Robert meinte jedoch, er sei sicher, daß Lady Essex ihre Aufgabe als Gastgeberin mit Anmut und Würde meistern werde. Er machte den Vorschlag, falls Ihr Hilfe benötigt, solle Euch Philip nach Chartley begleiten und alles tun, was Ihr wünscht.«

Philip Sidney lächelte mir zu, und ich wußte sogleich, daß ich auf ihn zählen konnte.

Wir sollten zusammen nach Chartley aufbrechen und uns dort daranmachen, das Schloß für den Empfang der Königin vorzubereiten.

Robert würde bei ihr sein. Auf meinem eigenen Grund und Boden würde sich mir endlich die Gelegenheit bieten, mit ihm zu reden – und dazu war ich fest entschlossen.

Die Offenbarung

Nachdem nunmehr bereits in aller Öffentlichkeit darüber gesprochen wird, kann es niemandem zum Schaden gereichen, wenn auch offen über die Todfeindschaft zwischen dem Grafen von Leicester und dem Grafen von Essex berichtet wird und darüber, daß, während Essex in Irland weilte, seine Gattin zwei Kinder von Leicester empfangen hat.

Der spanische Bevollmächtigte Antoine de Guaras

Am nächsten Tag machte ich mich mit einigen meiner Diener, von Philip und seinem Gefolge begleitet, nach Chartley auf. Ich fand in Philip einen höchst angenehmen Gesellschafter. Die Reise war weniger verdrießlich, als ich zunächst befürchtet hatte; denn es war natürlich kein angenehmer Gedanke, Robert bei den beiden, die närrisch in ihn verliebt waren – der Königin und Douglass Sheffield – zurückzulassen. Wenn ich sie miteinander verglich, mußte ich lachen: unsere gebieterische, hoheitsvolle, allmächtige Königin und die bedauernswerte, verschüchterte Douglass, die sich, wie man so sagt, vor ihrem eigenen Schatten fürchtete. Vielleicht war es aber der warnende Geist von Amy Robsart. Die Ärmste! Ich konnte sie allerdings verstehen. Ich vermochte mir sehr wohl vorzustellen, welch ein Alptraum das Schicksal von Amy für sie war; denn Douglass konnte durchaus in eine ähnliche Lage geraten wie diese unglückliche Dame – falls ihre Geschichte stimmte.

Wir kamen rechtzeitig auf Chartley an. Diesmal war ich bei seinem Anblick nicht niedergeschlagen wie letztes Mal, als ich vom Hofe zurückgekehrt war; denn bald würde sich Robert leibhaftig innerhalb dieser Mauern befinden.

Ich hatte einen Boten vorausgeschickt, um unsere Ankunft anzukündigen, und die Kinder warteten am Tor, um uns zu begrüßen.

Stolz überkam mich, denn meine kleinen Lieblinge bildeten ein hübsches Quartett. Penelope war gewachsen; sie würde in wenigen Jahren eine Schönheit sein. Jetzt war sie noch eine liebliche Knospe kurz vor dem Erblühen. Ihre Haut war glatt und kindlich, und sie hatte das schöne, dichte blonde Haar und die dunklen, lockenden Augen der Boleyns – diese Farben hatte sie von mir geerbt. Sie würde sich früh zur Frau entwickeln, das war bereits zu erkennen. Dann Dorothy – vielleicht weniger auffallend, aber nur, wenn man sie Seite an Seite mit ihrer ungewöhnlichen Schwester sah. Und mein Liebling, mein Robert, inzwischen acht Jahre alt, und schon fast ein Mann, von seinem jüngeren Bruder Walter angehimmelt, von seinen Schwestern verwöhnt. Ich umarmte sie alle leidenschaftlich, wollte wissen, ob sie mich vermißt hätten und freute mich, als sie mir das bestätigten.

»Ist es wahr, Mylady«, fragte Penelope, »daß die Königin herkommt?«

»Ja, es ist wahr, und wir müssen Vorbereitungen treffen. Es gibt viel zu tun, und ihr müßt euch alle von eurer besten Seite zeigen.«

Der kleine Robert verbeugte sich tief, um uns vorzumachen, wie würdevoll er die Königin begrüßen wollte.

Er bemerkte, wenn sie ihm gefiele, wolle er ihr seinen besten Falken zeigen.

Ich lachte und erklärte ihm, daß es nicht darauf ankomme, ob sie ihm, sondern ob er ihr gefalle. Wenn ja, sagte ich, »mag sie sich wohl herablassen, deinen Falken zu besichtigen«.

»Ich glaube nicht, daß sie schon einmal einen solchen Falken gesehen hat«, rief Robert hitzig.

»Und ich bezweifle, daß sie so einen Falken noch nicht gesehen hat«, erwiderte ich. »Ich glaube, dir ist nicht bewußt, daß es die Königin ist, die zu uns kommt. Und das hier, Kinder, ist Mr. Philip Sidney, der bei uns wohnen und uns darin unterweisen wird, wie wir uns zur Unterhaltung der Königin rüsten müssen.«

Philip richtete das Wort an jedes Kind, und als ich ihn mit Penelope sprechen sah, kam es mir in den Sinn, daß er einen höchst angemessenen Ehemann für sie abgeben würde. Sie war zwar noch zu jung, und der Altersunterschied zwischen ihnen war im Augenblick noch zu groß – er, ein junger Mann im heiratsfähigen Alter, und sie noch ein Kind –, doch in ein paar Jahren würde sich das ändern. Ich wollte mit Walter sprechen und ihm sagen, daß es, da Leicester so hoch in der Gunst der Königin stand, eine ausgezeichnete Idee sei, unsere Tochter mit seinem

Neffen zu vermählen und somit unsere Familien miteinander zu verbinden. Ich war sicher, daß mein Mann dem zustimmen würde.

Meine Bediensteten hatten bereits mit der Arbeit begonnen. Die Abtrittgruben waren geleert worden, und ich stellte mit Erleichterung fest, daß sie keinen auffälligen Geruch verbreiteten. Die Binsen wurden täglich ausgekehrt, und man hatte große Mengen von Heu und Stroh bereitgestellt, so daß am Tage der Ankunft der Königin alles erneuert werden konnte. Ich ließ Wermutsamen unter die Binsen mischen, da sich dann Flöhe darin bekanntermaßen nicht halten, und ich ließ die Luft mit süßduftenden Kräutern parfümieren.

In der Küche wurden Rindfleisch, Hammelfleisch, Kalb- und Schweinefleisch vorbereitet, in den Öfen mit königlichen Symbolen verzierte Pasteten gebacken, deren Fleischfüllungen mit unseren edelsten Kräutern gewürzt waren. Unsere Tafel würde mit Schüsseln überladen sein, sonst galt ein Mahl als einer Königin nicht würdig –, obgleich diese selbst, wie ich aus Erfahrung wußte, nur wenig zu sich nehmen würde. Ich hatte Anweisung gegeben, unsere besten Weine heraufzubringen; Walter war stolz auf seine Weinkeller, in denen die Erzeugnisse der Levante und Italiens lagerten. Niemand sollte sagen können, ich wüßte nicht, wie man die Königin zu bewirten habe.

Während der Vorbereitungszeit übten die Musikanten jene Lieder und Weisen, welche Elisabeth, wie ich wußte, besonders gern hörte. Selten hatte auf Schloß Chartley eine solche Aufregung geherrscht.

Philip Sidney erwies sich als vorbildlicher Gast. Seine angenehmen Manieren und seine Anmut hatten ihn rasch zum Liebling der Kinder werden lassen, und die Dienerschaft erfüllte ihm eilfertig seine Wünsche.

Er las den Kindern aus seinen Gedichten vor. Anfangs befürchtete ich, die Knaben könnten sich dabei langweilen, doch selbst der kleine Walter saß friedlich lauschend da, und mir fiel auf, daß sie beim Vorlesen an Philips Lippen hingen.

Während der Mahlzeiten erzählte er ihnen aus seinem Leben, das meinen Kindern sehr abenteuerlich erschienen sein muß. Er berichtete von seiner Schulzeit in Shrewsbury und vom Besuch des Christ Church College in Oxford; er schilderte, wie sein Vater ihn zur Vervollkommnung seiner Bildung auf eine dreijährige Auslandsreise geschickt hatte. Penelope stützte die Ellbogen auf dem Tisch auf und betrachtete ihn wie verzaubert, und ich dachte: Ja, ich sähe diesen anziehenden jungen

Mann gern als ihren Gatten. Ich muß unbedingt mit Walter sprechen, wenn er zurückkommt; vielleicht können wir eine solche Verbindung in die Wege leiten.

Einige von Philips Erlebnissen waren leichtfertig, andere düster. An jenem schicksalhaften Abend im August 1572, der Bartholomäusnacht, hatte er sich in Paris im Hause des englischen Gesandten aufgehalten. Er hatte am frühen Morgen die Sturmglocken läuten hören, und als er aus seinem Fenster schaute, hatte er das fürchterliche Blutvergießen und die Massaker mitangesehen, als sich die Katholiken gegen die Hugenotten erhoben und unzählige niedermetzelten. Philip wollte nicht mehr darüber erzählen, obgleich Robert ihn bedrängte.

»Jene Nacht«, sagte er, »ist ein Schandfleck in der Geschichte Frankreichs, und man wird ihn niemals vergessen.« Dann nahm er die Gelegenheit zum Anlaß, eine milde Lektion darüber zu erteilen, wie notwendig es sei, Duldsamkeit zu üben und die Meinung der anderen gelten zu lassen, und die Kinder lauschten ihm mit einer Aufmerksamkeit, die mich in Erstaunen versetzte.

Danach schilderte er ihnen die Lustbarkeiten auf Kenilworth, woher er soeben gekommen war, und er beschrieb die märchenhaften Szenen, die um Mitternacht auf dem See aufgeführt wurden; er erzählte von den Komödianten und den Tänzern, von den Theateraufführungen und Schauspielen, und mir war, als sähe ich alles noch einmal vor mir.

Er sprach oft und mit großer Liebe von seinem Oheim, dem berühmten Grafen von Leicester, von dem die Kinder natürlich schon viel gehört hatten. Roberts Name war überall bekannt. Ich hoffte, daß sie nicht auch die Skandalgeschichten vernommen hatten, die über ihn im Umlauf waren, oder daß sie zumindest soviel Feingefühl besaßen, dies vor Philip nicht zu erwähnen. Offensichtlich betrachtete der junge Mann seinen Oheim als eine Art Gottheit; und es freute mich, daß ein junger Mann mit soviel Tugenden ein völlig anderes Bild von Robert hatte als jene neidischen Lästermäuler, die am liebsten nur das Schlimmste von ihm glaubten.

Philip erzählte uns, wie geschickt sein Oheim mit Pferden umzugehen verstand.

»Er ist, wie Ihr wißt, der Oberstallmeister der Königin, schon seit dem Tage ihrer Thronbesteigung.«

»Wenn ich groß bin«, verkündete mein Sohn Robert, »dann werde ich der Oberstallmeister der Königin.«

»Dann kannst du nichts Besseres tun, als in die Fußstapfen meines Oheim Leicester zu treten«, sagte Philip Sidney.

Er erklärte uns, wo Leicester den Umgang mit Pferden so vollendet erlernt hatte, und daß es gewisse Kniffe gab, welche die Franzosen meisterhaft beherrschten. Nach dem Massaker in der Bartholomäusnacht, erzählte er weiter, hatte Leicester sich nach Franzosen erkundigt, welche in den Ställen ermordeter Adliger gearbeitet hatten und die, wie er dachte, vielleicht eine Anstellung suchten, aber sie besaßen sämtliche eine allzu hohe Meinung von ihrem Können und verlangten eine unmäßige Bezahlung.

»Daher«, sagte Philip, »beschloß mein Oheim, sich seine Reitersleute in Italien zu suchen. Sie hatten keine so hohe Meinung von ihrem Wert wie die Franzosen. Jedenfalls gibt es kaum etwas auf Erden, das man meinem Oheim, was Pferde betrifft, noch beibringen kann.«

»Wird die Königin Euren Oheim heiraten?« fragte Penelope.

Es folgte ein kurzes Schweigen, wobei Philip mich anblickte. »Wer um alles in der Welt hat dir denn das erzählt?« fragte ich.

»Aber Mylady«, gab Dorothy vorwurfsvoll zurück, »jedermann spricht doch darüber.«

»Über Menschen in hoher Stellung wird immer geredet. Das beste ist, seine Ohren vor derlei Geschwätz zu verschließen.«

»Ich denke, wir sollen lernen, soviel wir können, und unsere Ohren vor nichts verschließen«, beharrte Penelope.

»Ohren und Augen sollten stets für die Wahrheit offen sein«, sagte Philip.

Danach schilderte er seine Abenteuer in der Fremde, und wie immer fesselte er die Kinder mit seinen Erzählungen.

Später sah ich ihn mit Penelope im Park, und aufs neue fiel mir auf, wie sie an ihrem Beisammensein Gefallen zu finden schienen, ungeachtet der Tatsache, daß er ein junger Mann von ein- oder zweiundzwanzig war und sie erst ein Mädchen von dreizehn.

An dem Tage, an dem die Königin erwartet wurde, stand ich auf dem Ausguck. Sobald die Kavalkade in Sicht kam – ich hatte einen Trupp Späher ausgeschickt, die mich rechtzeitig aufmerksam machen sollten –, mußte ich mit einer kleinen Gesellschaft der Königin entgegenreiten, um sie auf Chartley willkommen zu heißen.

Ich wurde beizeiten verständigt. Ich war angetan mit einem sehr prächtigen Mantel aus maulbeerfarbenem Samt und einem Hut in derselben Farbe, von welchem eine hellgelbe Feder herabschwankte. Mir war bewußt, daß ich schön aussah, nicht nur dank meiner ausgesucht geschmackvollen Kleidung, sondern weil meine Wangen mit leichtem Rot überhaucht waren und meine Augen glänzten bei der Aussicht, in Bälde Robert zu erblicken. Mein blondes Haar hatte ich ganz schlicht frisiert, nur eine einzelne Locke ringelte sich auf meine Schulter herab – eine Mode, die ich den Französinnen abgeschaut hatte und die mir sehr zusagte, da sie auf die natürliche Schönheit meines Haares aufmerksam machte, einen meiner größten Vorzüge. Das würde einen guten Gegensatz zu Elisabeths gekräuselter, aufgebauschter Frisur abgeben, die erst durch falsche Haarteile ihre Fülle erhielt. Ich gelobte mir, weit jünger und schöner auszusehen als sie in all ihrer Pracht – und das dürfte mir nicht schwerfallen, da ich es ja tatsächlich war.

Ein gutes Stück vom Schloß entfernt traf ich mit ihnen zusammen, Robert ritt an der Seite der Königin. Die kurze Zeit der Trennung hatte genügt, mich vergessen zu lassen, von welch überwältigender Macht seine Anziehungskraft war; jetzt, bei seinem Anblick, wünschte ich mir nur noch, mit Robert allein und in Liebe vereint zu sein.

Sein Wams, nach italienischer Mode geschnitten und mit Rubinen verziert, der breite Schulterkragen von der gleichen weinroten Farbe, der Hut mit der weißen Feder – dies alles war von unvergleichlicher Eleganz. Die glitzernde, funkelnde Gestalt an seiner Seite, die mir wohlwollend zulächelte, nahm ich kaum wahr.

»Willkommen auf Chartley, Majestät«, sagte ich. »Ich fürchte, Ihr werdet es nach Kenilworth hier gar bescheiden finden. Doch wir werden Euch nach besten Kräften bewirten und unterhalten. Nur sorge ich, daß dies Euer nicht würdig sein könnte.«

»Aber nicht doch, Cousine«, sagte sie, während sie neben mir herritt. »Du siehst frisch und munter aus, findet Ihr nicht auch, Mylord Leicester?«

Mylord Leicesters Blick traf sich mit meinem, und ich las in ihm nur die eine flehentliche Bitte: »Wann?«

Er sagte: »Lady Essex scheint in der Tat bei guter Gesundheit.«

»Die Lustbarkeiten auf Kenilworth waren dazu angetan, uns alle anzuregen und die Jugend wiederzuschenken«, erwiderte ich.

Die Königin runzelte die Stirn. Sie wünschte nicht zu hören, daß ihr die Jugend wiedergeschenkt werden mußte. Sie hatte als ewig jung zu

gelten. In derlei Dingen war sie von geradezu alberner Empfindlichkeit.
Diesen Zug ihres Charakters habe ich nie begreifen können. Doch ich
war sicher, sie war überzeugt, wenn sie sich benahm, als sei sie ewig
jung und die schönste Frau der Welt – was sie einer Art göttlicher
Verwandlungskraft zu verdanken hatte –, dann würde jedermann daran
glauben.

Ich wußte, daß ich mich vorsehen mußte, doch Roberts Nähe stieg mir
zu Kopfe wie schwerer Wein und machte mich leichtsinnig.

Wir ritten an der Spitze der Kavalkade, Robert an der einen Seite
Elisabeths, ich an der anderen. Das schien mir wahrhaft symbolisch.

Sie erkundigte sich nach Einzelheiten der Gegend und nach der Boden-
beschaffenheit und bewies ungewöhnliche Kenntnis und erstaunliche
Teilnahme. Huldvoll bemerkte sie, das Schloß biete mit den flankieren-
den Rundtürmen und dem wuchtigen Wohnturm einen prächtigen
Anblick.

Sie war mit ihrem Gemach zufrieden. Das war zu erwarten gewesen. Es
war das beste Zimmer im Schloß und diente uns, wenn Walter daheim
war, als Schlafgemach. Die Bettvorhänge waren ausgeschüttelt und
dort, wo es nötig war, ausgebessert worden, und die Binsenmatten auf
dem Boden verströmten das Aroma süßduftender Kräuter.

Sie schien wirklich erfreut. Das Essen war ausgezeichnet, und die Dienerschaft, durch die Gegenwart der Königin angespornt, tat ihr Bestes,
ihr zu Gefallen zu sein und sie bei Laune zu halten. Sie behandelte sie
mit dem üblichen Wohlwollen, und hätte sie es verlangt, sie wären
auch auf dem Boden gekrochen und hätten sie so bedient. Die Musik
spielte ihre Lieblingsweisen, und ich hatte dafür gesorgt, daß das Bier
für ihren Geschmack nicht zu stark war.

Die Königin tanzte mit Robert, und als Gastgeberin schickte es sich für
mich, ebenfalls mit ihm zu tanzen – aber natürlich nur kurz. Die
Königin würde es nicht zulassen, daß er lange mit einer anderen
tanzte.

Bedeutungsvoll drückten seine Finger meine Hand.

»Ich muß Euch allein sehen«, sagte er, während er seinen Kopf lächelnd
der Königin zuwandte.

Mit ausdruckslosem Gesicht erwiderte ich, daß ich ihm viel zu sagen
hatte.

»Gewiß habt Ihr hier einen Raum, wo wir uns allein unterhalten
können.«

»In einem der beiden Rundtürme gibt es ein Zimmer. Der Turm wird nur noch selten benutzt. Es ist der westliche.«

»Ich werde dort sein ... um Mitternacht.«

»Nehmt Euch in acht, Mylord«, sagte ich spöttisch. »Ihr werdet beobachtet.«

»Daran bin ich gewöhnt.«

»Es kümmern sich so viele um Euch. Man redet über Euch, genau wie über die Königin ... und oft taucht Euer Name und der ihre im gleichen Geschwätz auf.«

»Und wenn's so ist – ich will Euch unbedingt sehen.«

Er mußte zur Königin zurückkehren, die bereits ungeduldig mit dem Fuß wippte. Sie wollte tanzen, und selbstverständlich mit ihm.

Ich konnte Mitternacht kaum erwarten. Ich legte mein Kleid ab und hüllte mich in ein loses Gewand mit Spitzen und Bändern. Zwar hatte ich Robert allerhand zu sagen, doch ich hielt es für unmöglich, mit ihm allein zu sein, ohne daß die Leidenschaft über uns zusammenschlug. Ich wollte so verführerisch sein, wie es die arme Douglass wohl kaum gewesen war, und Elisabeth gewiß nicht. Ich wußte von der Macht meiner Verführungskunst; dies war meine Stärke, so wie die Krone die der Königin. Ich hatte rasch in Erfahrung gebracht, daß Douglass sich nicht bei der Gesellschaft befand. Sie war wohl heimgereist zu ihrem Sohn – ihrem und Roberts Kind.

Er erwartete mich schon. Kaum hatte ich die Kammer betreten, lag ich in seinen Armen, und er versuchte, mir das Gewand abzustreifen, unter dem ich nackt war.

Ich aber war entschlossen, zuvor mit ihm zu sprechen.

Er sagte: »Lettice, ich bin verrückt vor Verlangen nach Euch.«

»Mich dünkt, Mylord, dies ist nicht das erste Mal, daß Ihr vor Verlangen nach einer Frau verrückt werdet«, erwiderte ich. »Ich habe die Bekanntschaft Eurer Gemahlin gemacht.«

»Meiner Gemahlin! Ich habe keine Gemahlin mehr.«

»Ich meinte nicht die, welche in Cumner Place gestorben ist. Das gehört der Vergangenheit an. Ich meine Douglass Sheffield.«

»Sie hat mit Euch gesprochen!«

»Das hat sie. Und mir eine aufregende Geschichte erzählt. Ihr habt sie also geheiratet.«

»Das ist eine Lüge.«

»So? Mir schien nicht, daß sie log. Sie hat einen Ring von Euch ...

einen Ring, den Ihr nur Eurer Gattin geben durftet. Wichtiger als der Ring aber – sie hat einen Sohn, einen kleinen Robert Dudley. Robert, Ihr seid hinterhältig. Was wohl Ihre Majestät dazu sagen wird, wenn sie es erfährt?«

Er schwieg ein paar Atemzüge lang. Mir sank das Herz, denn ich wünschte verzweifelt, daß er mir versicherte, Douglass' Geschichte sei nicht wahr.

Er schien zu dem Schluß zu gelangen, daß ich zuviel wußte, als daß er etwas abstreiten konnte, und daher sagte er: »Ja, ich habe einen Sohn – mit Douglass Sheffield.«

»Dann ist also alles wahr, was sie sagt?«

»Ich habe sie nicht geheiratet. Wir begegneten uns in Rutlands Haus, und sie wurde meine Geliebte. Großer Gott, Lettice, was soll ich denn nur tun! Ich hänge ständig in der Luft ...«

»Ja, die Königin läßt Euch zappeln. Weil sie nicht weiß, ob sie Euch will oder nicht.«

»Sie will mich«, gab er zurück. »Habt Ihr das nicht bemerkt?«

»Sie will, daß Ihr sie umschwärmt – zusammen mit Heneage, Hatton, ja, jedem gutaussehenden Mann. Die Frage ist, will sie Euch heiraten?«

»Als ihr Untertan muß ich bereit sein, ihr zu gehorchen, wenn sie es von mir verlangt.«

»Sie wird Euch niemals heiraten, Robert Dudley. Wie könnte sie auch, da Ihr bereits mit Douglass Sheffield vermählt seid?«

»Das bin ich nicht, ich schwöre es. Ich bin doch kein solcher Narr, etwas zu tun, was das Ende meiner Beziehung zur Königin wäre.«

»Wenn man uns heute nacht hier entdeckt, so setzt das Eurer Beziehung zur Königin ebenfalls ein Ende.«

»Ich bin bereit, das Wagnis auf mich zu nehmen, um mit Euch zusammen zu sein.«

»So wie Ihr bereit wart, Douglass Sheffield zu ehelichen, um mit ihr zusammen zu sein?«

»Ich sage Euch doch, ich bin nicht mit ihr verheiratet.«

»Sie behauptet es aber. Und Ihr habt ein Kind.«

»Es wäre nicht das erste Kind, das nicht im Stande der Ehe geboren wurde.«

»Und was war mit ihrem Gatten? Stimmt es, daß er ihr wegen der Liaison mit Euch mit Scheidung gedroht hat?«

»Unsinn!« rief er aus.

»Ich habe gehört, er fand einen Brief, den Ihr an sie geschrieben hattet, und damit hielt er den nötigen Beweis in Händen, um Euch der Königin gegenüber in eine sehr unangenehme Lage zu bringen. Und er starb just, bevor er dieses tun konnte.«

»Großer Gott, Lettice! Vermutet Ihr etwa, ich hätte ihn beseitigen lassen?«

»Der ganze Hof fand es jedenfalls merkwürdig, daß er so plötzlich verschied … und in einem Euch so genehmen Augenblick.«

»Warum sollte ich seinen Tod wünschen?«

»Vielleicht, weil er im Begriffe war, Euer Verhältnis mit seiner Gattin zu enthüllen.«

»Das war nicht von Bedeutung. Es war nicht so, wie man Euch glauben macht.«

»Die Königin hätte das vielleicht mit anderen Augen betrachtet.«

»Sie hätte darin nichts weiter gesehen als eine unbedeutende Angelegenheit. Nein, ich habe Sheffields Tod gewiß nicht gewollt. Von meinem Standpunkt aus wäre es besser gewesen, wenn er am Leben geblieben wäre.«

»Ich sehe, Ihr steht Lord Sheffield mit denselben Gefühlen gegenüber wie dem Grafen von Essex. Begehrt Ihr eine Frau, so ist es zweckdienlicher, wenn sie die Gattin eines anderen ist und nicht Witwe. Sonst könnte sie sich vielleicht eine Heirat in den Kopf setzen.«

Er hatte mir die Hände auf die Schultern gelegt und nestelte an meinem Gewand. Ich spürte, wie mich die wohlbekannte Erregung überkam.

»Ich bin nicht Douglass Sheffield, Mylord.«

»Nein, du bist meine bezaubernde Lettice, und du bist unvergleichlich.«

»Ich hoffe, diese Worte kommen nie der Königin zu Ohren.«

»Die Königin hat mit alledem nichts zu tun. Und ich würde sogar das Wagnis auf mich nehmen, daß sie es erfährt … hierfür.«

»Robert«, beharrte ich, »ich bin keine Blume, die man pflückt und dann fortwirft.«

»Das weiß ich recht wohl. Ich liebe dich. Ich habe fortwährend an dich gedacht. Es wird bald etwas geschehen; aber du darfst die schlimmen Geschichten nicht glauben, die man über mich verbreitet.«

»Was wird geschehen?«

»Eines Tages werden wir heiraten, du und ich. Das weiß ich.«

»Wie denn? Du bist an die Königin gebunden. Und ich habe einen Ehemann.«

»Vieles kann sich ändern.«

»Glaubst du, die Königin wird ihre Gunst einem anderen zuwenden?«

»Nein. Die bleibt mir erhalten, und dich werde ich obendrein bekommen.«

»Und du glaubst, sie wird damit einverstanden sein?«

»Zu gegebener Zeit. Wenn sie älter wird.«

»Du bist unersättlich, Robert. Du willst einfach alles. Du bist nicht zufrieden mit einem Anteil an den schönen Dingen des Lebens. Du willst deinen Anteil und den aller anderen obendrein.«

»Ich erwarte nicht mehr, als mir meiner Ansicht nach zusteht.«

»Und du glaubst, du kannst dir die Gunst der Königin bewahren und mich außerdem bekommen?«

»Lettice, du willst mich doch. Meinst du, das wüßte ich nicht?«

»Ich gebe zu, ich fühle mich zu dir hingezogen.«

»Und wie sieht dein Leben mit Walter Devereux aus? Er ist ein Schwächling, der es zu nichts bringt. Er paßt nicht zu dir, das mußt du zugeben.«

»Er ist mir ein guter Ehemann gewesen.«

»Ein guter Ehemann? Wie hast du denn gelebt? Die schönste Frau am Hofe – auf dem Lande lebendig begraben!«

»Ich werde wieder an den Hof gehen und dafür sorgen, daß Ihre Majestät sich nicht beleidigt fühlt, weil die Aufmerksamkeit ihres Favoriten mir gilt.«

»Wir müssen vorsichtig sein, Lettice. Aber eines sage ich dir: Ich werde dich heiraten.«

»Wie und wann?« Ich lachte ihm ins Gesicht. »Ich bin nicht mehr der Unschuldsengel von einst. Ich werde nie vergessen, daß du mich damals, als sie dich holen ließ und dir andeutete, sie wisse, daß du mir nicht gleichgültig seist, einfach gehen ließest. Du hast dich benommen, als hätte ich dir nicht das geringste bedeutet.«

»Ich war ein Narr, Lettice.«

»Oh, durchaus nicht! Du warst ein weiser Mann. Du wußtest deinen Vorteil zu wahren.«

»Sie ist nun einmal die Königin, meine Liebste.«

»Deine Liebste bin nicht ich, Robert. Das ist sie mit ihrer Krone.«

»Du irrst dich. Sie ist eine Frau, die Gehorsam verlangt, und wir sind ihre Untertanen. Deshalb müssen wir ihr zu Gefallen sein. So liegen die Dinge nun einmal, wir können nichts daran ändern. Ach Lettice, wie kann ich dir das nur begreiflich machen? Ich habe dich nie vergessen. Ich habe mich nach dir gesehnt. Während all der Jahre war ich von dir behext ... und nun bist du zurückgekommen ... liebreizender denn je. Wir dürfen uns nie wieder trennen.«

Er hatte schon fast gewonnenes Spiel. Zwar glaubte ich ihm nur halb, aber ich wünschte verzweifelt, ihm glauben zu können.

»Und was, wenn sie anders bestimmt?« fragte ich.

»Wir werden sie überlisten.«

Der Gedanke, daß wir uns zusammen gegen sie verbünden sollten, betörte mich. Er kannte meine Schwächen so gut, wie ich die seinen. Wir waren wirklich füreinander bestimmt.

Wieder lachte ich. »Ich wünschte, sie könnte dich jetzt hören«, sagte ich.

Er lachte mit mir, da er wußte, daß er mich besiegen würde. »Wir werden zusammen sein. Das verspreche ich dir. Ich werde dich heiraten.«

»Und wie sollte das möglich sein?«

»Ich sage dir doch, ich habe es mir in den Kopf gesetzt.«

»Ihr bekommt nicht immer Euren Willen, Mylord. Denk daran, einst hattest du dir in den Kopf gesetzt, die Königin zu heiraten ...«

»Die Königin hat etwas gegen die Ehe.« Er seufzte. »Ich bin zu der Überzeugung gelangt, daß sie nie einen Mann nehmen wird. Sie spielt nur mit dem Gedanken. Sie umgibt sich gern mit Freiern. Hätte sie je geheiratet, so wäre ich der Auserwählte gewesen. Aber im Herzen hat sie beschlossen, sich überhaupt nicht zu vermählen.«

»Und deshalb glaubst du, du könntest dich mir zuwenden?«

»Laß uns der Wahrheit ins Gesicht blicken, Lettice. Hätte Elisabeth mich haben wollen, so hätte ich sie selbstverständlich geheiratet. Nur ein Narr hätte anders gehandelt. Ich wäre König geworden, wenn auch nicht dem Namen nach. Aber das tut meiner Liebe zu der allerschönsten, unvergleichlichen Lady Essex keinen Abbruch. O mein Gott, Lettice, ich will doch nur dich. Ich möchte, daß du meine Frau wirst. Ich wünsche mir Kinder von dir ... einen Sohn, der meinen Namen weitergibt. Erst dann werde ich zufrieden sein. Das ist mein Ziel, und ich weiß, daß ich es erreiche.«

Ich wußte nicht, ob ich ihm glauben konnte, doch wie gern hätte ich es getan! Und er sprach mit solcher Überzeugungskraft, daß ich mitgerissen wurde. Alles, was er sagte, war so einleuchtend. Er konnte sich aus allen Schwierigkeiten herausreden; bei der Königin hatte er das gewiß so manchesmal gemußt. Nur wenige hätten es fertiggebracht, in ständiger Gefährdung zu leben und dennoch ihre hohe Stellung zu behalten, wie dies Robert tat.

»Eines Tages, meine Liebste«, verhieß er mir, »wird alles so geschehen, wie ich vorhergesagt habe.«

Ich glaubte ihm. Ich weigerte mich, an die zahlreichen Hindernisse zu denken.

»Und jetzt«, sagte er, »genug des Redens.«

Wir wußten, was wir aufs Spiel setzten, aber wir waren einander verfallen. Die Morgenröte erschien gerade am Himmel, als wir uns trennten und unsere Gemächer aufsuchten.

Am nächsten Tag fragte ich mich voll Angst, ob die Ereignisse der vergangenen Nacht bemerkt worden waren, doch niemand sah mich forschend an. Ich war ungesehen in mein Zimmer gelangt, und Robert war offensichtlich ebenfalls nicht entdeckt worden.

Die Kinder waren ganz aufgeregt, weil soviel geschah. Ich hörte ihrer Unterhaltung zu und merkte, daß sie von Robert begeistert waren. Es war schwer zu sagen, wen sie mehr bewunderten – die Königin oder den Grafen von Leicester. Der Königin freilich konnte man sich nicht so ohne weiteres nähern; doch hatte sie darauf bestanden, daß ihr die Kinder vorgestellt wurden. Sie hatte ihnen einige Fragen gestellt, und die Kinder hatten sie, wie ich stolz feststellte, klug beantwortet. Sie hatten sich, wie die meisten Kinder, Elisabeths Wohlwollen erworben.

Einmal wurde Leicester vermißt. Er war schon seit geraumer Zeit abwesend. Die Königin hatte nach ihm gefragt, doch man konnte ihn nicht finden. Ich befand mich gerade in ihrer Gesellschaft und war etwas besorgt, wegen ihrer wachsenden Ungeduld. Wenn sie ihrem königlichen Temperament in meinem Haus die Zügel schießen ließ, so wäre ihr Besuch ein Fehlschlag und all unsere Mühe vergeblich gewesen. Außerdem wurde ich langsam ebenso argwöhnisch wie die Königin. Ich mußte unentwegt an meine Begegnung mit Robert denken. Seine Beteuerungen gingen mir nicht aus dem Sinn, und ich stellte mir unentwegt vor, wir seien wirklich miteinander verheiratet, und dies sei unser Heim. Dann wäre ich es durchaus zufrieden gewesen, auf dem Lande zu leben – mit Robert Dudley. Aber wo steckte er jetzt? Douglass Sheffield war nicht hier – aber gab es vielleicht noch eine andere Schöne, welcher er die Ehe versprochen hatte, stets vorausgesetzt, die Königin würde ihm gestatten, sich zu vermählen, und der gegenwärtige Ehemann der zukünftigen Braut würde zur passenden Zeit beseitigt?

Sie wolle im Park suchen, sagte die Königin. Offenbar argwöhnte sie, er sei mit einer Frau dort, und sie war fest entschlossen, ihn zu ertappen. Ich konnte mir ihren Zorn recht wohl vorstellen – er wäre nicht geringer als der meine.

Dann geschah etwas Merkwürdiges. Sobald wir den Garten betreten hatten, erblickten wir Robert. Er hatte keine schöne junge Frau bei sich. Auf dem Arm trug er Walter, meinen Jüngsten. Auch die anderen drei Kinder waren bei ihm. Mylord Leicester sah nicht ganz so makellos aus wie sonst. Er hatte einen Schmutzfleck auf der Wange und einen zweiten Fleck auf einem seiner Puffärmel.

Ich spürte die Erleichterung der Königin und hörte sie leise lachen.

»Mylord Leicester ist also zum Stallburschen geworden«, rief sie aus.

Als er unser ansichtig wurde, eilte er auf uns zu, setzte Walter zu Boden und verneigte sich zuerst vor der Königin, dann vor mir.

»Ich hoffe, Eure Majestät haben mich nicht vermißt«, sagte er.

»Wir haben uns nur gewundert, wo Ihr so lange bleibt. Ihr habt Euch zwei Stunden lang nicht sehen lassen.«

Er war unvergleichlich! Da stand er seiner königlichen Gebieterin gegenüber und der anderen Herrin, mit der er noch vor kurzem in Leidenschaft verbunden gewesen, und niemand hätte etwas von unserer Beziehung ahnen können.

Mein Robert lief zur Königin und rief: »Der Robert da ...« er wies auf den Grafen von Leicester ... »sagt, er hat noch nie einen Falken wie meinen gesehen. Ich möchte ihn Euch zeigen.«

Sie streckte die Hand aus, und Robert nahm ihre weißen, schlanken Finger zwischen seine schmutzigen und wollte Elisabeth mit sich ziehen. »Kommt mit. Wir wollen ihn ihr zeigen, Lord Leicester«, rief er.

Ich sagte tadelnd: »Robert! Du vergißt, mit wem du sprichst. Ihre Majestät ...«

»Laß nur«, unterbrach die Königin mit sanfter Stimme und zärtlichem

Blick. Sie hatte Kinder immer geliebt, und vermutlich fühlten sie sich deshalb gleich zu ihr hingezogen. »Ich befinde mich auf einer wichtigen Mission. Master Robert und ich müssen einen Falken begutachten.«

»Er gehorcht nur mir allein«, erzählte ihr der kleine Robert stolz. Dann stellte er sich auf die Zehenspitzen, und sie beugte sich herab, damit er ihr etwas zuflüstern konnte. »Ich sage ihm, daß Ihr die Königin seid, vielleicht folgt er Euch dann auch. Aber das kann ich nicht versprechen.«

»Wir werden ja sehen«, erwiderte sie mit einem Verschwörerblick.

Und nun erlebten wir, wie unsere erhabene Königin sich von meinem Sohn über das Gras ziehen ließ. Wir anderen liefen hinterdrein, während Robert von seinen Pferden und Hunden schwatzte, die er der Königin zeigen wollte; Lord Leicester habe sie bereits gesehen.

Sie war großartig, das mußte ich ihr zugestehen. Zwischen den Kindern erschien sie wie ein junges Mädchen. Sie wirkte ein bißchen nachdenklich, und ich hatte den Eindruck, daß sie mich um meine vergnügte Familie beneidete. Die Mädchen verhielten sich, da sie älter waren, etwas zurückhaltender, und sie taten natürlich recht daran, denn zu große Vertraulichkeit wäre mit einem königlichen Stirnrunzeln beantwortet worden. Mein ältester Sohn allerdings hatte sich die Zuneigung der Königin errungen.

Er schrie und lachte und zupfte sie am Kleid, damit sie ihm in eine andere Ecke des Stalles folgte.

Ich hörte seine helle Stimme. »Leicester sagt, dies ist eines der schönsten Pferde, das er je gesehen hat, und seine Meinung ist etwas wert. Er ist der Oberstallmeister der Königin, müßt Ihr wissen.«

»Das weiß ich«, antwortete die Königin lächelnd.

»Er muß bestimmt gut sein, sonst hätte sie ihn ja nicht genommen.«

»Gewiß nicht«, sagte Elisabeth.

Ich stand abseits und sah zu; Robert war an meiner Seite.

Er flüsterte: »Ach Lettice, ich wünschte bei Gott, das hier wären mein Haus und meine Kinder. Aber eines Tages, das verspreche ich dir, werden wir ein eigenes Heim und eine eigene Familie haben. Nichts kann uns aufhalten. Ich werde dich heiraten, Lettice.«

»Pst«, sagte ich mahnend.

Meine Töchter standen nicht weit entfernt, und sie verfolgten alles mit großer Neugier.

Als die Königin die Besichtigung beendet hatte, kehrten wir ins Haus zurück, und die Kinder verabschiedeten sich von ihr. Sie reichte den Mädchen die Hand zum Kuß, und als der kleine Robert an die Reihe kam, kletterte er auf ihren Schoß und küßte sie. An ihrem liebevollen Gesichtsausdruck erkannte ich, daß ihr dies wohlgefiel. Robert untersuchte die Edelsteine auf ihrem Gewand und blickte ihr dann fragend ins Gesicht.

»Lebt wohl, Majestät«, sagte er. »Wann kommt Ihr wieder?«

»Bald, kleiner Robert«, versprach sie. »Keine Angst, wir werden uns wiedersehen, du und ich.«

Wenn ich jetzt auf mein Leben zurückblicke, glaube ich, daß es Augenblicke von schicksalhafter Vorbedeutung gibt. Aber wie selten erkennen wir dies doch. In späteren Jahren, als ich unter der Bitterkeit und dem verzehrenden Kummer meiner großen Tragödie litt, sagte ich mir des öfteren, daß die Begegnung zwischen meinem Sohn und der Königin eine Vorwegnahme späterer Ereignisse gewesen war, und daß ich damals die Schwingen des Schicksals hatte rauschen hören. Doch das ist Unsinn. Es geschah ja gar nichts Besonderes. Die Königin hatte Robert behandelt wie jedes andere Kind, das sie entzückte. Und doch: Wenn ich daran denke, was alles später noch vorgefallen ist, hätte diese erste Begegnung längst aus meinem Gedächtnis entschwunden sein können.

Als beim Tanz im Saal die Musikanten Elisabeths Lieblingsweisen spielten, rief sie mich zu sich und sagte: »Lettice, du bist eine glückliche Frau. Du hast eine wunderbare Familie.«

»Vielen Dank, Euer Majestät«, erwiderte ich.

»Dein kleiner Robert hat mich behext. Ich glaube, ich habe noch nie ein hübscheres Kind gesehen.«

»Mir scheint, Euer Majestät haben ihn behext«, gab ich zurück. »Ich befürchte, daß er in der Aufregung über Eure Gesellschaft vergessen hat, daß Ihr seine Königin seid.«

»Es hat mir gutgetan, wie er sich benommen hat, Lettice«, entgegnete sie sanft. »Es ist manchmal wohltuend, einem unschuldigen Kind zu begegnen, das ohne Täuschung, ohne Falschheit ist ...«

Ich hatte ein unbehagliches Gefühl. Hatte sie den anderen Robert im Verdacht?

In ihren Augen stand ein sehnsüchtiges Verlangen. Ich vermutete, daß sie ihre Hartnäckigkeit bereute und wünschte, sie hätte vor langer Zeit den Mut aufgebracht, Robert Dudley zu ehelichen. Dann hätte sie jetzt vielleicht auch eine Familie wie ich. Allerdings wäre sie dann vermutlich ihrer Krone verlustig gegangen.

Als der Besuch zu Ende war und die Königin Chartley verließ, blieb ich noch eine Weile dort. Meine Kinder sprachen von nichts anderem als von der königlichen Visite. Ich weiß nicht, wen sie mehr bewunderten – die Königin oder den Grafen Leicester. Ich glaube wohl, Robert. Denn wenn auch Elisabeth sich ihnen gegenüber recht unköniglich gegeben hatte, schien ihnen Leicester doch menschlicher. Robert sagte, der Graf habe versprochen, ihm ein paar besondere Finessen beim Reiten beizubringen – das Aufspringen, das Wenden im Sattel und das Nehmen von Hindernissen und aus ihm den besten Reiter der Welt zu machen.

»Und was glaubst du, wann du den Grafen von Leicester wiedersehen wirst?« fragte ich. »Weißt du nicht, daß er bei Hofe ist und sich ständig für die Königin zur Verfügung halten muß?«

»Er hat aber gesagt, er wäre bald wieder bei mir, und wir würden gute Freunde werden.«

So etwas hatte er also zu dem kleinen Robert gesagt! Kein Zweifel – er hatte sich bereits die Zuneigung meiner Familie errungen.

Ich würde wieder an den Hof gehen, und ich fand, daß Penelope und Dorothy, die nun heranwuchsen, nicht auf dem Lande zurückbleiben sollten. Ich wollte sie mit nach London nehmen, und wir würden in Durham House wohnen, das nahe genug bei Windsor, Hampton, Greenwich oder Nonsuch lag, so daß ich bei Hofe und doch hin und wieder bei meinen Kindern sein konnte. So würden die Mädchen in höfische Kreise eingeführt werden; auf dem Lande wäre das nicht möglich gewesen.

Durham House war mir deshalb besonders wert, da Robert es einst bewohnt hatte. Jetzt lebte er freilich in dem viel weitläufigeren Leicester House, einer prächtigen Residenz, am Fluß und in der Nähe von Durham House gelegen: beide Schlösser standen am Strand, der breiten Straße, nicht weit voneinander entfernt. Ich sah die Möglichkeit, Robert zu treffen, ohne von den scharfen Augen der Königin beobachtet zu werden.

Die Kinder, die bereits einen Vorgeschmack davon bekommen hatten, was Hofleben bedeutete, waren von dieser Aussicht begeistert und vergossen keine Tränen, als wir aufbrachen, um die Unbequemlichkeiten von Chartley mit dem Haus in London zu vertauschen.

In der nun folgenden Zeit trafen Robert und ich uns häufig. Es war ganz einfach für ihn, über eine der Geheimtreppen von Leicester House ins Freie zu gelangen, ein Boot zu besteigen – zuweilen mit den Kleidern eines Dieners angetan – und unbemerkt Durham House zu erreichen. Dabei zeigte sich, daß die Möglichkeit, einander täglich zu sehen, unserer Leidenschaft keinen Abbruch tat, sondern sie eher noch steigerte. Robert sprach ständig vom Heiraten – als ob es Walter überhaupt nicht gäbe – und sehnte sich fortwährend nach dem Heim, wo wir mit meinen Kindern, die er bereits innig liebte, und unseren gemeinsamen Kindern leben würden.

Mein gesunder Menschenverstand sagte mir zuweilen, daß diese Träume nie Wirklichkeit werden konnten, doch Robert war so sicher, daß sich eines Tages alles bewahrheiten würde, daß auch ich daran zu glauben begann.

Philip Sidney war häufig in Durham House zu Gast. Wir mochten ihn alle gern, und ich zog ihn weiterhin als Ehemann für Penelope in Erwägung. Auch Sir Francis Walsingham kam zu Besuch. Er gehörte zu den einflußreichsten Ministern der Königin, doch da er sich zwar ausgezeichnet auf die Kunst der Diplomatie verstand, in der Kunst der Schmeichelei jedoch weniger bewandert war, wurde er nie ein Günstling Elisabeths, obwohl sie seine Verdienste durchaus zu würdigen wußte. Er hatte zwei Töchter: Frances, eine wirkliche Schönheit mit üppigem dunklem Haar und schwarzen Augen, einige Jahre älter als Penelope, und die im Vergleich zu ihrer Schwester unscheinbare Mary.

Es ging lebhaft zu im Durham House; ich war zeitweilig bei Hofe, konnte mich aber leicht freimachen und mich zwischendurch um mein Haus und meine Familie kümmern. Das aufregende Londoner Leben behagte mir. Ich merkte, daß ich dazugehörte, und die Herren und Damen, die uns besuchten, gehörten zum engsten Kreis der Königin.

Robert und ich wurden leichtsinnig. So hätte es uns eigentlich nicht wundern dürfen, daß das Unvermeidliche eintrat: Ich wurde schwanger.

Robert hörte die Nachricht mit gemischten Gefühlen.

»Ich wollte, wir wären verheiratet«, sagte er. »Ich wünsche mir einen Sohn von dir, Lettice.«

»Ich weiß«, erwiderte ich. »Aber was nun?«

Ich sah mich schon in aller Eile aufs Land verbannt, wo ich in strenger

Abgeschiedenheit leben mußte, bis man mir mein Kind wegnahm, um es heimlich aufzuziehen. Nein, nein, das wollte ich unter keinen Umständen!

Robert meinte, er werde schon einen Weg finden.

»Aber wie?« wollte ich wissen. »Walter kann jederzeit zurückkehren, und dann weiß er Bescheid. Ich kann unmöglich so tun, als sei das Kind von ihm. Und wenn die Königin es erfährt? Das wird noch größere Ungelegenheiten geben.«

»Das wohl«, gab Robert zu. »Die Königin darf es nie erfahren.«

»Sie wäre sicherlich nicht erfreut, wenn sie wüßte, daß du der Vater meines Kindes bist. Was glaubst du, was geschehen würde?«

»Gott behüte, daß sie es je erfährt. Überlaß das mir. O Gott, ich wünschte ...«

»Daß du dich nie darauf eingelassen hättest?«

»Nein, das könnte ich nicht. Ich wollte, Essex wäre aus dem Wege. Dann würde ich dich morgen heiraten, Lettice.«

»Leicht gesagt, wenn man weiß, daß es unmöglich ist. Wenn ich wirklich frei wäre, würdest du vielleicht ganz anders reden.«

Darauf riß er mich in seine Arme und rief leidenschaftlich: »Ich werde es dir beweisen, Lettice. Bei Gott, ich werde es dir beweisen.«

Er machte ein feierliches Gesicht, als habe er eben einen Schwur getan.

»Eines weiß ich gewiß«, fuhr er fort. »Du bist die Frau für mich, und ich bin der Mann für dich. Bist du dir dessen bewußt?«

»Ich hatte hin und wieder den Eindruck, daß es so sein könnte.«

»Mach dich nicht lustig, Lettice. Es ist mir bitter ernst. Ich habe es mir in den Kopf gesetzt, daß wir beide heiraten werden, trotz Essex und der Königin. Wir werden Kinder haben. Das verspreche ich dir, hörst du?«

»Eine erfreuliche Vorstellung«, sagte ich. »Doch im Augenblick habe ich einen Ehemann, und von dir bekomme ich ein Kind. Falls Walter zurückkehrt – und bei dem Durcheinander, das er in Irland anrichtet, kann das jederzeit der Fall sein –, werden wir Unannehmlichkeiten bekommen.«

»Mir wird schon etwas einfallen.«

»Du kennst Walter Devereux nicht. Seine Fähigkeiten sind gewiß gering, und er ist deshalb zum Mißerfolg verdammt. Doch wenn er glaubt, daß es um seine Ehre geht, würde er auch den Haß der Königin in Kauf nehmen für eine Tat, die er für rechtens erachtet. Er würde soviel Aufhebens von der Sache machen, daß unser Verhältnis dem ganzen Hofe bekannt würde.«

»Dann gibt es nur noch eines, das wir tun können«, sagte Robert. »Es widerstrebt mir fürwahr, aber es muß sein. Wir müssen uns des Kindes entledigen.«

»Nein!« schrie ich entsetzt.

»Ich weiß, wie dir zumute ist. Es ist unser Kind. Vielleicht ist es der Sohn, nach dem ich mich so sehne ... aber jetzt ist noch nicht die Zeit dafür da. Wir werden mehr Kinder haben ... aber nicht, bevor ich Vorkehrungen getroffen habe.«

»Also ...«

»Ich werde Dr. Julio konsultieren.«

Ich widersprach, doch er überzeugte mich, daß es keinen anderen Weg gebe. Würde das Kind geboren, so könnte nichts mehr geheimgehalten werden. Die Königin würde dafür sorgen, daß wir uns nie wieder-sähen.

Ich war sehr bedrückt. Gewiß war ich eine Frau, die den weltlichen Vergnügungen zugewandt war, außerdem sehr selbstsüchtig und ohne jede Moral. Dennoch liebte ich meine Kinder. Und wenn ich schon für Walters Kinder so tief empfinden konnte, um wieviel mehr dann für die Roberts.

Aber er hatte natürlich recht. Er redete unentwegt auf mich ein: Wir würden über kurz oder lang heiraten, und wenn ich das nächste Mal schwanger war, so träfen wir in unserem eigenen Heim freudig die Vorbereitungen für die Ankunft unseres Kindes.

Dr. Julio war ein Mann von vielerlei Fähigkeiten, doch eine Abtreibung war gefährlich. Nachdem ich die von ihm verordneten Arzneien ge-nommen hatte, wurde ich sehr krank.

Die Art einer Krankheit läßt sich vor den Dienstboten nur schwer verbergen. Einem Mann wie Robert wurde bei Tag und Nacht nach-spioniert, und in unserer rasenden Leidenschaft hatten wir nicht immer die gebotene Vorsicht walten lassen. Ganz sicher wußten viele Mitglie-der meines Haushalts, daß es Robert Dudley war, der des Nachts die Geheimtreppe heraufstieg. Nur gut, daß es kaum jemand wagen würde, darüber zu klatschen, es sei denn, ganz im geheimen; denn es gab niemand, weder Mann noch Frau, der nicht den Zorn des Grafen von Leicester und den der Königin gefürchtet hätte, wenn über ihren

Günstling – sei's auch zu Recht – Nachteiliges verbreitet worden wäre.

Aber es wurde natürlich geflüstert.

Eine Zeitlang war ich so krank, daß ich glaubte, sterben zu müssen. Da besuchte mich Robert ganz offen. Ich glaube, das belebte meine Geister dermaßen, daß ich mich wieder erholte. Robert liebte mich wirklich; er suchte bei mir nicht nur übermäßige körperliche Befriedigung; er machte sich ernsthafte Sorgen um mich. Er war zärtlich, kniete neben meinem Bette nieder und flehte mich an, gesund zu werden. Und dabei sprach er ständig von dem Leben, das wir zusammen führen würden. Nie habe ich einen Menschen gesehen, der sich einer Sache so sicher war.

Und dann kehrte Walter zurück.

Sein Auftrag in Irland war fehlgeschlagen, und die Königin war nicht gerade zufrieden mit ihm. Ich war noch geschwächt. Er sorgte sich sehr um mich. Das brachte mich ganz aus der Fassung, und mein Gewissen machte mir beträchtlich zu schaffen. Ich erzählte Walter, ich sei an einem Fieber erkrankt gewesen, aber bald wieder wohlauf. Daß er diese Erklärung ohne weiteres hinnahm, beschämte mich, zumal er sichtlich gealtert war und müde und teilnahmslos wirkte. Ich hatte ihn so schmählich behandelt und dafür nur Güte empfangen. Und doch konnte ich nicht umhin, ihn ständig an dem unvergleichlichen Robert Dudley zu messen.

Ich mußte mich der Tatsache stellen, daß ich Walters überdrüssig war, und ich war verwirrt und bekümmert, weil sich nach seiner Rückkehr meine Zusammenkünfte mit Robert, wenn überhaupt, nur schwer bewerkstelligen ließen. Auf jeden Fall aber mußte ich nach meinen jüngsten Erfahrungen künftig vorsichtiger sein. Ich empfand große Trauer über den Verlust des Kindes und stellte mir vor, es sei ein kleiner Junge gewesen, der wie Robert aussah. Im Traum sah er mich traurig an, als beschuldige er mich, ihn des Lebens beraubt zu haben.

Ich wußte, Robert würde sagen: »Wir werden noch mehr Kinder haben. Laß uns nur erst verheiratet sein, dann bekommen wir Söhne und Töchter, die uns im Alter erfreuen werden.« Aber das war im Augenblick nur ein schwacher Trost.

Walter erklärte, er beabsichtige, nie wieder fortzugehen.

»Ich habe genug davon«, sagte er. »Aus Irland wird nie etwas werden.

Von nun an bleibe ich zu Hause. Ich möchte ein ruhiges Leben führen. Wir gehen nach Chartley zurück.«

Im stillen beschloß ich, daß dies nicht geschehen dürfe. Ich wollte nicht auf dem Lande begraben sein, fern von den Vergnügungen der Stadt, den Intrigen bei Hofe und dem Zauber von Robert Dudley. Die Trennung von ihm schürte mein Verlangen, und ich wußte, wenn wir uns trafen, würde ich so leichtsinnig sein wie immer, ungeachtet meines Gewissens; ich würde den Augenblick genießen und wenn nötig die Folgen auf mich nehmen.

Allmählich wurde ich kräftiger; ich fühlte mich in der Lage, Walter dahin zu bringen, wo ich ihn haben wollte.

»Chartley ist verlockend«, log ich. »Aber hast du eigentlich bemerkt, daß unsere Töchter heranwachsen?«

»Das ist mir nicht entgangen. Wie alt ist Penelope jetzt?«

»Du solltest doch wissen, wie alt deine Tochter ist – und dazu noch dein erstgeborenes Kind. Penelope ist vierzehn.«

»Reichlich jung für die Ehe.«

»Aber es ist nicht zu früh für uns, nach einer passenden Verbindung für sie Ausschau zu halten. Ich sähe sie gern gut versorgt.«

Darin gab Walter mir recht.

»Ich denke an Philip Sidney, der mir recht gut gefällt«, sagte ich. »Er war dabei, als ich die Königin auf Chartley bewirtet habe, und er und Penelope haben eine Neigung zueinander gefaßt. Es ist immer gut, wenn ein Mädchen seinen zukünftigen Gatten kennt, bevor sie mit ihm verheiratet wird.«

Wieder stimmte Walter mir zu und meinte, Philip Sidney sei eine ausgezeichnete Wahl.

»Als Leicesters Neffe dürfte ihm auch die Huld der Königin gewiß sein«, bemerkte er. »Soviel ich weiß, hängt sie nach wie vor sehr an Dudley.«

»Er steht immer noch hoch in ihrer Gunst.«

»Eines gibt es jedoch zu bedenken: Falls die Königin einen ausländischen Prinzen ehelicht, bezweifle ich, daß man Leicester weiterhin am Hofe duldet, und dann hätten seine Verwandten keinen so leichten Stand.«

»Glaubst du, sie wird jemals heiraten?«

»Ihre Minister bemühen sich, sie zu überreden. Daß ein Thronfolger fehlt, wird zu einem immer drängenderen Problem. Falls sie stirbt, wird es Zwistigkeiten geben, und das ist schlecht. Sie sollte dem Lande einen Erben schenken.«

»Sie ist ein wenig zu alt, um Kinder zu gebären, obwohl es niemanden gestattet ist, dies in Hörweite Ihrer Majestät zu äußern.«

»Vielleicht bringt sie es trotzdem zustande.«

Ich mußte laut lachen, plötzlich von wilder Freude erfüllt, weil ich acht Jahre jünger war als sie.

»Was bereitet dir solches Vergnügen?« fragte Walter.

»Du. Wenn sie dich hören könnte, würdest du wegen Verrats in den Tower kommen.«

Ach, wie er mich langweilte, und wie überdrüssig war ich seiner! Mit Robert waren nur kurze, hastige Unterhaltungen möglich.

»Es ist unerträglich«, beklagte er sich.

»Ich kann mich nicht von Walter fortschleichen, und du kannst ebensowenig nach Durham House kommen.«

»Ich werde es irgendwie zuwege bringen.«

»Mein lieber Robert, du kannst wohl kaum das Bett mit uns teilen. Denn dann würde selbst Walter merken, daß hier etwas nicht stimmt.«

Trotz meines Kummers empfand ich doch Freude darüber, daß Robert litt.

»Nun, Robert«, sagte ich. »Du bist ein Zauberer. Jetzt zeig deine Künste.«

Bald danach mußte etwas geschehen. Es war eingetreten, was vermutlich wieder einmal unvermeidlich war: Jemand – ich habe nie herausgefunden, wer – hatte Walter eingeflüstert, daß Robert Dudley ein ungebührliches Interesse an seiner Gattin bekundete.

Walter weigerte sich, es zu glauben. Er hätte es wohl Robert zugetraut, nicht aber mir. Was war er doch für ein Einfaltspinsel! Ich wäre wohl mit ihm fertig geworden, doch Robert hatte einige Todfeinde, denen es weniger darum ging, der Familie Essex Ärger zu bereiten, als Robert die Gunst der Königin zu entziehen.

Und dann kam die Nacht, da Walter mit sehr ernstem Gesicht in unser Schlafgemach trat. »Ich habe höchst gemeine Anschuldigungen vernommen«, sagte er.

Mein Herz fing wild zu klopfen an, so schuldbewußt war ich, doch ich brachte es zuwege, ruhig zu fragen: »Welcher Art?«

»Sie betreffen dich und Leicester.«

Ich riß die Augen weit auf und hoffte, unschuldig dreinzublicken.

»Was soll das heißen, Walter?«

»Ich habe gehört, du seist seine Geliebte.«

»Wer um alles in der Welt behauptet denn so etwas?«

»Man hat es mir erst erzählt, nachdem ich versprochen hatte, den Namen des Gewährsmanns nicht preiszugeben.«

»Und du schenkst diesem Gewährsmann Glauben?«

»Ich glaube es nicht von dir, Lettice, doch Dudleys Ruf ist alles andere als tadellos.«

»Aber du kannst doch nicht an seine Schuld glauben, wenn du mich für unschuldig hältst.« Du Narr! dachte ich insgeheim, und ich entschied, daß der Angriff die beste Form der Verteidigung sei. »Ich muß schon sagen, es spricht nicht gerade für deinen Charakter, wenn du mit irgendwelchen Leuten in dunklen Ecken über deine Frau redest.«

»Ich habe es nicht im Ernst von dir geglaubt, Lettice. Man muß ihn wohl mit einer anderen gesehen haben.«

»Aber du hast mich natürlich verdächtigt«, warf ich ihm vor. Ich steigerte mich immer mehr in Wut. Die Wirkung blieb nicht aus. Fast hätte mich mein armer Walter um Verzeihung gebeten.

»Nein, nein, eigentlich nicht. Aber ich wollte, daß du mir selbst sagtest, daß dies alles nicht wahr ist. Ich werde den Mann, der dies zu behaupten wagte, fordern.«

»Walter«, sagte ich zuredend. »Du weißt, daß es nicht stimmt, und ich weiß, daß es nicht stimmt. Wenn du es an die große Glocke hängst, kommt es der Königin zu Ohren, und du wirst dir einen Tadel von ihr einhandeln. Du weißt, sie will von Robert Dudley nichts Schlechtes hören.«

Walter schwieg, doch ich merkte, daß meine Ausführungen ihre Wirkung nicht verfehlt hatten.

»Mir tut jede Frau leid, die sich mit ihm einläßt«, sagte er.

»Mir nicht minder«, gab ich bedeutungsvoll zurück.

Aber ich machte mir Sorgen. Ich mußte Robert erzählen, was vorgefallen war. Das war schwierig. Ich mußte eine Gelegenheit suchen, und da Robert sich ebenfalls ständig darum bemühte, gelang es uns schließlich, ein paar Worte miteinander zu wechseln.

»Dieser Zustand macht mich verrückt«, sagte Robert.

Ich erwiderte: »Ich weiß etwas, daß dich noch viel verrückter machen wird.« Und ich schilderte ihm den Vorfall.

»Jemand muß etwas ausgeplaudert haben«, meinte Robert. »Jetzt wird es heißen, deine Krankheit sei daher gekommen, daß du ein Kind, das du von mir trugst, beseitigt hast.«

»Aber wer hätte uns verraten können?«

»Meine liebe Lettice, selbst die, denen wir besonders vertrauen, beobachten uns und spionieren uns nach.«

»Wenn das Walter zu Ohren kommt ...«, begann ich.

Mit verzerrtem Gesicht warf Robert ein: »Falls der Königin etwas zu Ohren kommt, haben wir allen Grund, uns Sorgen zu machen.«

»Was können wir denn tun?«

»Überlaß das nur mir. Wir werden heiraten, du und ich, dessen sei gewiß. Aber zuvor gibt es einiges zu erledigen.«

Daß er ganze Arbeit geleistet hatte, begriff ich, als Walter den Befehl der Königin erhielt, sie unverzüglich aufzusuchen. Voller Ungeduld erwartete ich seine Rückkehr.

»Nun, was ist geschehen?« fragte ich.

»Es ist der helle Wahnsinn«, erwiderte er. »Sie hat keine Ahnung. Sie hat mich nach Irland zurückbeordert.«

Ich bemühte mich, meine Erleichterung nicht zu zeigen. Das war zweifellos Roberts Werk.

»Sie bietet mir den Posten des Großzeremonienmeisters von Irland an.«

»Das ist eine große Ehre, Walter.«

»Sie erwartet wohl, daß ich es so ansehe. Ich habe versucht, ihr die Lage auseinanderzusetzen.«

»Und was hat sie gesagt?«

»Sie hat einfach abgewinkt.« Er machte eine Pause und blickte mich prüfend an. »Leicester war bei ihr. Er sagte wiederholt, wie wichtig Irland sei und wie sehr ich mich zum Großzeremonienmeister eigne. Ich glaube, er hat viel dazu getan, die Königin zu überzeugen.«

Ich schwieg und gab vor, äußerst erstaunt zu sein.

»Ja – Leicester sagte, es sei eine großartige Gelegenheit, mein Versagen wiedergutzumachen. Sie wollten mir gar nicht zuhören, als ich ihnen zu erklären versuchte, daß sie die Iren nicht verstünden.«

»Und ... das Ergebnis?«

»Die Königin hat mir eines deutlich zu verstehen gegeben: Sie erwartet, daß ich hingehe. Ich glaube nicht, daß es dir dort gefallen wird, Lettice.«

Ich mußte jetzt behutsam vorgehen. Deshalb sagte ich: »Nun gut, Walter, wir müssen das beste daraus machen.«

Das schien ihn zu befriedigen. Er hatte, was Leicester betraf, noch immer seine Zweifel, und obwohl es nach Walters Ehrenkodex unmöglich war, an den Worten seiner Frau zu zweifeln, merkte ich, daß sein Verdacht noch nicht beseitigt war.

Ich gab vor, gleich mit den Reisevorbereitungen für Irland zu beginnen, obwohl ich natürlich ganz und gar nicht beabsichtigte, fortzugehen.

Am nächsten Tag sagte ich zu ihm: »Walter, ich mache mir große Sorgen wegen Penelope.«

»Warum?« fragte er überrascht.

»Sie ist zwar noch jung, aber für ihr Alter schon ziemlich reif. Mir scheint, daß sie bei ihren Freundschaften mit dem anderen Geschlecht nicht die nötige Umsicht walten läßt. Dorothy macht mir ebenfalls Kummer, und Walter fand ich in Tränen aufgelöst, während Robert ihn mit ganz verdrießlichem Gesicht zu trösten versuchte. Robert sagte, er wolle die Königin bitten, daß sie mich nicht nach Irland gehen läßt. Ich werde mich schrecklich wegen der Kinder grämen, wenn ich fortgehe.«

»Sie haben doch ihre Erzieherinnen und ihre Kindermädchen.«

»Sie brauchen mehr. Vor allem Penelope. In ihrem Alter … und die Knaben sind noch zu jung, als daß man sie allein lassen könnte. Ich habe mit William Cecil gesprochen. Er will Robert in seinem Hause aufnehmen, bevor dieser nach Cambridge geht; aber vorläufig sollte er noch daheim bleiben. Wir dürfen nicht beide die Kinder verlassen, Walter.«

Die Kinder waren meine Rettung. Walter war zwar sehr betrübt, aber er vergötterte seine Familie und wollte nicht, daß sie Kummer hatte.

Endlich reiste er ab. Bevor er aufbrach, umarmte er mich innig und bat mich wegen der Verleumdungen, die man gegen mich vorgebracht hatte, um Vergebung. Es sei das beste, meinte er, die Kinder wieder nach Chartley zu bringen, und sobald er zurückkehre, wollten wir uns mit Zukunftsplänen befassen. Wir würden die Mädchen verheiraten, und die Söhne würden eine angemessene Erziehung erhalten.

Im Juli segelte er nach Irland, und ich nahm meine Zusammenkünfte mit Robert Dudley wieder auf. Robert erzählte mir, daß tatsächlich er es gewesen war, welcher der Königin geraten hatte, Walter nach Irland zu senden, da seine Anwesenheit dort unbedingt vonnöten sei.

»Du bekommst, was du willst«, stellte ich fest. »Das ist mir jetzt klar.«

»Ich bekomme, was ich verdiene«, entgegnete er.

Ich stellte mich beunruhigt. »Dann fürchte ich um Euch, Mylord Leicester.«

»Aber nicht doch, meine künftige Lady Leicester. Wenn man Erfolg haben will, muß man lernen, sich das, was man wünscht, kühn zu nehmen. Das ist die beste Art.«

»Und nun?« fragte ich. »Was geschieht jetzt?«

»Wir müssen abwarten, sonst nichts.«

Ich hatte nur zwei Monate zu warten.

Ein Diener kam von Chartley nach Durham House geritten. Ich merkte, daß der Mann äußerst verstört war.

»Mylady«, sagte er, als man ihn zu mir führte, »es ist etwas Schreckliches geschehen. Ein schwarzes Kalb wurde geboren, und ich dachte, das solltet Ihr erfahren.«

»Du hast gut daran getan, hierherzukommen«, erwiderte ich. »Aber das mit dem schwarzen Kalb ist nur eine Legende, und wir sind alle bei guter Gesundheit.«

»Mylady, die Leute auf dem Lande sagen, daß es sich jedesmal erfüllt hat. Es hat für den Schloßherrn immer Tod und Verderben bedeutet. Mylord ist in Irland ... eine gesetzlose Gegend.«

»Er ist im Auftrag der Königin dort«, sagte ich.

»Man muß ihn warnen, Mylady. Er muß zurückkommen.«

»Ich fürchte, die Königin wird nicht gewillt sein, wegen der Geburt eines schwarzen Kalbes auf Chartley ihre Politik aufs Spiel zu setzen.«

»Aber wenn Eure Ladyschaft zu ihr gehen würde ... ihr erklären würde ...«

Ich erwiderte, alles, was ich tun könne, sei, dem Grafen von Essex zu schreiben und ihm zu berichten, was vorgefallen sei.

Als er gegangen war, wurde ich nachdenklich. Konnte es wirklich wahr sein? Die Geburt des schwarzen Kalbes war heutigen Tages ebenso merkwürdig wie damals, als der Tod des Schloßherrn zur Entstehung der Legende führte.

Bevor ich einen Brief an meinen Gatten absenden konnte, erhielt ich die Nachricht, daß er im Schloß von Dublin an der Ruhr gestorben war.

Die Gräfin von Leicester

Ein königlicher Kammerherr erinnerte sie daran, daß der Graf von Leicester nach wie vor unvermählt sei, worauf sie wütend entgegnete, daß ihr nichts daran gelegen sei und es der königlichen Majestät schlecht anstehe, ihren Diener, den sie selbst erhoben habe, den bedeutendsten Fürsten der Christenheit vorzuziehen.

William Camden

Nun war ich also Witwe. Es wäre Lüge zu behaupten, daß ich vom Schmerz gebeugt war. Ich hatte Walter nie geliebt, und nachdem ich Roberts Geliebte geworden war, hatte ich meine Heirat heftig bereut. Doch ich empfand eine gewisse Zuneigung für meinen Mann; ich hatte seine Kinder geboren und konnte nicht umhin, bei seinem Tod Trauer zu empfinden. Es war allerdings kein tiefes Gefühl, denn der Gedanke daran, was die Freiheit für mich bedeuten würde, war so erregend, daß daneben alles andere unwichtig wurde.

Ich konnte es kaum erwarten, Robert zu sehen. Als er kam, tat er es heimlich wie zuvor.

»Wir müssen behutsam vorgehen«, sagte er warnend. Ich wurde von kalter Furcht ergriffen. Versucht er jetzt etwa, einer Ehe auszuweichen? fragte ich mich. Und noch eine andere Frage ging mir ständig durch den Kopf: Woran war Walter so ganz zufällig gestorben? An der Ruhr, hieß es. Viele Menschen starben daran, und stets wurde in solchen Fällen Mißtrauen wach. Schlaflos lag ich in meinem Bett und überlegte, ob es Schicksal gewesen war, oder ob Robert dabei seine Hand im Spiel gehabt hatte. Und wie würde es nun weitergehen? Ich hatte ein ungutes Gefühl, doch mein Verlangen nach Robert war stark wie eh und je. Was er auch tat – meine Gefühle für ihn würden sich nie ändern.

Ich selbst benachrichtigte die Kinder vom Tode ihres Vaters. Ich ließ sie alle in meine Gemächer kommen, und während ich den kleinen Robert an mich zog, sagte ich: »Mein Sohn, nun bist du der Graf von Essex.«

Er blickte mich mit weit offenen, entsetzten Augen an. Die Liebe zu ihm überwältigte mich. Ich drückte ihn fest an meine Brust und sagte: »Robert, mein Liebling, dein Vater ist tot, und du bist sein Erbe. Denn du bist sein ältester Sohn.«

Robert fing zu schluchzen an, und ich entdeckte Tränen in Penelopes Augen. Dorothy weinte ebenfalls, und als der kleine Walter den Kummer seiner Geschwister sah, brach er in lautes Jammern aus.

Ich dachte erstaunt: Sie haben ihn ja wirklich geliebt.

Weshalb auch nicht? War er ihnen nicht immer ein liebevoller Vater gewesen?

»Für uns wird sich dadurch einiges ändern«, sagte ich.

»Ziehen wir wieder nach Chartley?« fragte Penelope.

»Wir können jetzt noch keine Pläne machen«, antwortete ich ihr. »Wir müssen abwarten.«

Robert sah mich ängstlich an. »Wenn ich jetzt Graf bin, was muß ich dann tun?«

»Noch gar nichts. Vorläufig wird es nicht viel anders sein, als wenn dein Vater noch am Leben wäre. Du trägst zwar seinen Titel, aber zunächst muß deine Erziehung abgeschlossen werden. Hab keine Angst, mein Liebling. Es wird alles gut.«

»Es wird alles gut!« Ständig tönte mir die Redewendung in den Ohren; sie klang wie Spott.

Die Königin schickte nach mir. Da sie dem Kummer anderer stets Mitgefühl entgegenbrachte, begrüßte sie mich wärmstens.

»Meine liebe Cousine«, sagte sie, indem sie mich umarmte, »dies ist ein trauriger Tag für dich. Du hast einen guten Gatten verloren.«

Ich hielt die Augen gesenkt.

»Und dir obliegt nun die Fürsorge für deine Kinder. Der kleine Robert ist also jetzt Graf von Essex. Ein bezaubernder Knabe. Ich hoffe, der Verlust macht ihn nicht allzu unglücklich.«

»Er ist tieftraurig, Madam.«

»Armes Kind! Und Penelope und Dorothy und der Kleine?«

»Sie empfinden den Verlust ihres Vaters auf das schmerzlichste.«

»Du möchtest gewiß eine Weile vom Hofe fort.«

»Ich bin so unentschlossen, Madam. Zuweilen wünsche ich mir, auf dem friedlichen Lande zu trauern, und dann kommt es mir wieder unerträglich vor. Wohin ich dort auch blicke, alles wird mich an ihn erinnern.«

Sie nickte mitfühlend.

»Dann soll es dir überlassen bleiben, zu tun, was dir am meisten zusagt.«

Auf ihr Geheiß kam Lord Burleigh zu mir.

William Cecil, inzwischen Lord Burleigh, wirkte vertrauenserweckend. Er war ein guter Mensch. Damit will ich sagen, daß er häufiger gemäß seinem Rechtsempfinden handelte, anstatt sich von der Hoffnung auf schnellen Aufstieg leiten zu lassen – nur von sehr wenigen Staatsmännern läßt sich ähnliches behaupten. Von mittlerer Größe und sehr mager, wirkte er kleiner als er war; er hatte einen braunen Bart und eine ziemlich große Nase, doch seine gütigen Augen erweckten Zuversicht.

»Dies ist eine sehr traurige Zeit für Euch, Lady Essex«, sagte er, »und Ihre Majestät ist um Euer und Eurer Kinder Wohl äußerst besorgt. Der Graf ist viel zu jung gestorben und hat Kinder hinterlassen, die seiner Fürsorge noch bedürften. Ich glaube, es war sein Wunsch, daß sein Sohn Robert in meinem Hauswesen aufgenommen würde.«

»Er hat mit mir darüber gesprochen«, erwiderte ich. »Ich weiß, daß es sein Wunsch war.«

»Dann schätze ich mich glücklich, Robert bei mir zu empfangen, wann immer Ihr es für richtig haltet, ihn zu mir zu schicken.«

»Ich danke Euch. Er wird ein wenig Zeit brauchen, um über den Tod seines Vaters hinwegzukommen. Im Mai nächsten Jahres soll er nach Cambridge gehen.«

Lord Burleigh nickte zustimmend. »Ich habe gehört, er sei ein kluger Junge.«

»Er ist im Lateinischen und Französischen wohl bewandert, und das Lernen macht ihm viel Freude.«

»Dann dürfte er keine Schwierigkeiten haben.«

So war dies wohlgeordnet, und ich hielt es für das beste, wußte ich doch, daß Lord Burleigh nicht nur ein hervorragender Staatsmann war, sondern seinen Kindern ein gütiger und nachsichtiger Vater und seiner Frau – welch eine Seltenheit – ein guter und treuer Gatte.

Vermutlich ließ es sich nicht verhindern, daß Gerüchte in Umlauf kamen. Wer immer Walter von meiner Beziehung zu Robert erzählt hatte, der würde nun, da mein Mann tot war, diesen Klatsch wieder aufleben lassen.

Robert besuchte mich; aus seiner Miene sprach Sorge. Er wollte unbedingt mit mir reden. Es sei der Verdacht geäußert worden, daß Walter ermordet worden sei, berichtete er.

»Von wem?« fragte ich heftig.

»Mußt du das wirklich fragen?« erwiderte Robert. »Immer, wenn jemand unerwartet stirbt und ich bin mit dieser Person bekannt, gerate ich in Verdacht.«

»Dann reden die Leute also über uns!« flüsterte ich.

Er nickte. »Spione gibt es überall. Mir scheint, ich kann auch nicht einen Schritt tun, ohne daß ich beobachtet werde. Wenn das der Königin zu Ohren kommt ...«

»Aber wenn wir heiraten, muß sie es doch erfahren«, versuchte ich ihm klarzumachen.

»Ich werde es ihr schonend beibringen, aber ich möchte nicht, daß sie es von jemand anderem erfährt.«

»Vielleicht«, sagte ich scharf, »wäre es dir lieber, wenn wir uns Lebewohl sagten.«

Er drehte sich beinahe wütend zu mir um. »Sag so etwas ja nicht wieder! Ich werde dich heiraten, eher gebe ich mich nicht zufrieden. Aber gerade jetzt müssen wir vorsichtig sein. Gott weiß, was Elisabeth tun würde, wenn sie wüßte, was für Überlegungen ich anstelle. Lettice, man wird Essex' Leichnam öffnen und auf Gift untersuchen.«

Ich wagte es nicht, ihn anzublicken. Ich wollte die Wahrheit nicht wissen, wenn Robert wirklich mit Walters Tod zu tun hatte. Ich mußte ständig an Amy Robsart denken, wie sie tot am Fuße jener Treppe in Cumnor gelegen hatte, und an Douglass Sheffields Gatten, der unmittelbar vor der Scheidung von seiner Frau starb. Und nun ... Walter.

»O Gott«, sagte ich, und es klang wie ein Gebet, »laß sie nichts finden.«

»Aber nein«, sagte Robert tröstend, »man wird nichts finden. Er ist eines natürlichen Todes gestorben ... an der Ruhr. Essex war nie ein kräftiger Mann, und Irland ist ihm nicht gut bekommen. Trotzdem halte ich es für besser, wenn du für eine Weile nach Chartley zurückkehrst, Lettice. Das könnte dem Klatsch ein Ende bereiten.«

Ich sah ein, daß er recht hatte, und mit Erlaubnis der Königin verließ ich den Hof.

Mit großer Erleichterung vernahm ich die Botschaft, daß man in Walters Leichnam nichts gefunden hatte, was zu der Vermutung hätte

Anlaß geben können, bei seinem Tode sei es nicht mit rechten Dingen zugegangen.

Er wurde nach England gebracht, und Ende November fand in Carmarthen die Beisetzung statt. Ich wollte meinem Sohn Robert die weite Reise nicht zumuten, denn er litt gerade an einer Erkältung und war überdies in so gedrückter Stimmung, daß ich um seine Gesundheit fürchtete.

Lord Burleigh schrieb ihm, daß er nun sein Vormund sei und versicherte ihm, er freue sich auf den Tag, da er ihn in seinem Hause aufnehmen werde, um ihn auf Cambridge vorzubereiten.

Ich meinte, er solle nach den Weihnachtsfeiertagen aufbrechen, und damit war er einverstanden.

Ich befand mich in einem Zustand hoffnungsvoller Erwartung. Es leuchtete mir ein, daß ich Robert nicht heiraten konnte, bevor eine gewisse Zeit verstrichen war, denn eine eilige Hochzeit hätte die bösen Zungen wieder in Bewegung gesetzt, und das wünschte ich unter keinen Umständen. Wir würden wohl ein Jahr warten müssen, nahm ich an. Aber das konnten wir ertragen, denn in der Zwischenzeit würden wir uns ja sehen. Und sobald mein Sohn in Lord Burleighs Haus aufgenommen worden war, beabsichtigte ich wieder, meine Stellung bei Hofe anzutreten.

Wie lang und öde erschienen mir die Wintertage! Die ganze Zeit über dachte ich an Robert und fragte mich, was bei Hofe vorgehen mochte. Unmittelbar nach den Weihnachtsfeiertagen brach ich mit meiner Familie – ausgenommen Robert – nach Durham House auf.

Wenige Tage nach meiner Ankunft erhielt ich den Besuch einer Dame, die ich lieber nicht gesehen hätte – Douglass Sheffield. Die Geschichte, die sie mir zu erzählen hatte, ließ mich nichts Gutes ahnen.

Sie hatte gebeten, mich unter vier Augen sprechen zu dürfen, da sie mir etwas Wichtiges mitzuteilen habe.

»Ich muß unbedingt mit Euch reden, Lady Essex«, sagte sie, »denn ich glaube, daß Ihr eines guten Rates dringend bedürft. Ich bin gekommen, Euch zu berichten, was mir widerfahren ist, und ich hoffe, Ihr werdet danach erkennen, daß Ihr im Umgang mit einem gewissen Herrn vom Hofe äußerst vorsichtig sein müßt.«

»Niemand kann uns belauschen, Lady Sheffield«, sagte ich kühl, »daher dürft Ihr ruhig offen sprechen. Von wem ist die Rede?«

»Von Robert Dudley.«

»Und weshalb wollt Ihr mich vor ihm warnen?«

»Weil mir Gerüchte zu Ohren gekommen sind.«

»Was für Gerüchte?« Ich bemühte mich – vermutlich nicht sehr erfolgreich –, überrascht auszusehen.

»Daß Euch beide eine enge Freundschaft verbindet. Es ist unmöglich, daß ein Mann wie er Freundschaften pflegt, ohne daß darüber geredet wird ... angesichts seiner Beziehung zur Königin.«

»Ja ja,« sagte ich ein wenig ungeduldig, »doch warum soll gerade ich gewarnt werden?«

»Jede Dame, deren Name mit dem seinen verbunden ist, sollte gewarnt werden, und ich halte es für meine Pflicht, Euch zu berichten, was mir geschehen ist.«

»Das habt Ihr bereits gesagt.«

»Ja. Aber ich habe Euch noch nicht alles erzählt. Der Graf von Leicester und ich haben im Jahre 1571 in einem Hause in der Cannon's Row in Westminster einen Ehekontrakt aufgesetzt, doch aus Furcht, das Mißfallen der Königin zu erregen, zögerte er mit der Heirat. Als ich schwanger wurde, drängte ich ihn, mich zu ehelichen, und Ende 1573 wurden wir in Esher getraut.«

»Ihr habt keine Zeugen dafür«, sagte ich trotzig. Wenn sie die Wahrheit sprach, so zerrannen meine Heiratsträume in Nichts.

»Wie ich Euch bereits früher erzählte, war Sir Edward Horsey mein Brautführer, und Dr. Julio, der Leibarzt des Grafen, war ebenfalls anwesend. Später wurde mein Sohn geboren. Er heißt Robert Dudley wie sein Vater. Ich kann Euch versichern, der Graf ist stolz auf seinen Sohn. Sein Bruder, der Graf von Warwick, ist der Pate des Jungen und bekundet große Teilnahme an ihm.«

»Wenn das alles stimmt, weshalb wird dann seine Existenz geheimgehalten?«

»Ihr wißt recht wohl, wie es um die Königin steht. Sie haßt es, wenn ein Mann, dem sie zugetan ist, heiratet – allen voran Robert Dudley, der erste unter ihren Günstlingen. Nur um der Königin willen wird verschwiegen, daß ich einen Sohn habe.«

»Aber wenn Lord Leicester so stolz auf seinen Sohn ist, hätte ich gedacht ...«

»Lady Essex, Ihr versteht mich recht wohl. Ich bin nicht hergekommen, um mit Euch zu disputieren, sondern um Euch zu warnen, denn mir will scheinen, daß der Graf von Leicester seine Zuneigung von mir ab-

und Euch zugewandt hat. Daher scheint es mir für uns beide geraten, auf der Hut zu sein.«

»Ich bitte Euch, kommt zur Sache, Lady Sheffield.«

»Der Graf von Leicester hat zu Euch von Heirat gesprochen. Aber wie kann er Euch heiraten, wenn er mit mir vermählt ist? Ich bin gekommen, Euch mitzuteilen, daß er mir jährlich siebenhundert Pfund angeboten hat, wenn ich die Eheschließung ableugne, und wenn ich sein Angebot nicht annehme, gibt er mir gar nichts und zieht sich ganz von mir zurück.«

»Und wie lautet Eure Antwort?«

»Ich habe sein Angebot nachdrücklich zurückgewiesen. Wir sind vermählt, und mein Sohn ist ehelich.«

Ihre Stimme zitterte, und Tränen traten ihr in die Augen. Ich war sicher, daß Robert mit einer solchen Frau jederzeit fertig werden würde.

Wenn ihre Geschichte aber stimmte? Ich konnte einfach nicht glauben, daß sie sich das alles ausgedacht hatte, denn dazu schien sie nicht genug Verstand zu besitzen.

Ich sagte zu ihr: »Ich danke Euch, daß Ihr Euch herbemüht habt, um mich zu warnen, Lady Sheffield; doch ich darf Euch versichern, daß Ihr Euch meinetwegen keine Sorge zu machen braucht. Ich kenne den Grafen von Leicester, das ist wahr. Doch ich habe erst vor kurzem einen edlen Gatten verloren. Gegenwärtig kann ich an nichts anderes denken als an meinen Verlust und an meine Familie.«

Sie verneigte sich voll Mitgefühl. »Dann müßt Ihr mir vergeben. Vergeßt, was ich gesagt habe. Ich hatte Gerüchte gehört und fühlte mich verpflichtet, Euch die Wahrheit zu sagen.«

»Ich bin Euch wegen Eurer Güte sehr verbunden, Lady Sheffield«, sagte ich und geleitete sie zur Tür.

Als sie fort war, konnte ich den Anschein von Gleichgültigkeit aufgeben. Ich mußte mir eingestehen, daß die Geschichte einleuchtend klang. Unentwegt dachte ich daran, daß Robert sich so sehr einen Sohn gewünscht hatte, der seinen Namen weitergab. Er war nicht mehr jung, wohl fünfundvierzig Jahre alt, und wenn er eine Familie gründen wollte, so mußte er es jetzt tun. Doch diesen Sohn besaß er bereits – und die Mutter des Knaben verstieß er. Das geschah um meinetwillen. Das durfte ich nicht vergessen.

Ich konnte es nicht erwarten, Robert zu sehen. Sobald sich mir die

Gelegenheit bot, überfiel ich ihn mit der Geschichte, die mir Douglass Sheffield erzählt hatte.

»Sie ist also hergekommen«, rief er aus. »Diese Närrin!«

»Robert, wieviel von dieser Geschichte ist wahr?«

»Es hat nie eine Trauung gegeben«, sagte er.

»Aber ihr hattet einen Ehevertrag aufgesetzt. Sie behauptet, sie habe Zeugen.«

»Ich habe ihr versprochen, daß wir heiraten würden«, gab er zu, »aber es hat nie eine Eheschließung stattgefunden. Das Kind habe ich als meinen Sohn anerkannt. Es befindet sich in der Obhut meines Bruders Warwick und wird, wenn die Zeit da ist, nach Oxford gehen.«

»Sie sagte, du hättest ihr jährlich siebenhundert Pfund geboten, wenn sie die Eheschließung ableugnet.«

»Ich habe ihr Geld angeboten, damit sie endlich den Mund hält.«

»Wenn sie deine Frau ist, wie können wir dann heiraten?«

»Ich sage doch, sie ist nicht meine Frau!«

»Lediglich die Mutter deines Sohnes.«

»Der kleine Robert ist mein unehelich geborener Sohn. Was erwartet man eigentlich von mir! Soll ich wie ein Mönch leben?«

»Wahrhaftig, was erwartet man von dir ... der du immer am Gängelband Ihrer Majestät gehalten wirst. ›Ich will ...‹ ›Ich will nicht ...‹ Armer Robert! Wie viele Jahre dauert das nun schon?«

»Viele Jahre. Aber das wird jetzt ein Ende haben. Du und ich, wir werden heiraten, allen Umständen zum Trotz.«

»Trotz der Königin und deiner Ehefrau Douglass. Armer Robert, du liegst wahrlich an der Kette!«

»Spotte nicht, Lettice! Ich werde der Königin die Stirn bieten. Und Douglass Sheffield betrügt sich selbst. Glaub mir, sie bedeutet kein Hindernis.«

»Es gibt also keinen rechtlichen Grund, aus dem wir nicht heiraten können?«

»Nicht den geringsten.«

»Worauf warten wir dann noch?«

»Daß die Gerüchte über Walters Tod verstummen.«

Ich ließ mich überzeugen, weil ich es wünschte.

Das Verhalten der Königin beunruhigte mich etwas. Ich fragte mich, ob ihr die Gerüchte über Robert und mich zu Ohren gekommen waren. So manches Mal fand ich ihre Augen forschend auf mich gerichtet. Vielleicht wollte sie auch nur wissen, wie ich mein Witwendasein ertrug, denn sie nahm stets Anteil an den Gefühlen der Menschen ihrer Umgebung – vor allem, wenn es sich um Mitglieder ihrer Familie handelte.

»Robin ist zur Zeit recht betrübt«, sagte sie zu mir. »Er ist ein Mensch, der sehr an seiner Familie hängt, und das gefällt mir. Es zeugt von großem Feingefühl. Wie du weißt, sind mir die Sidneys besonders ans Herz gewachsen; ich werde nie vergessen, wie die liebe Mary mich gepflegt und sich dadurch diese entsetzliche Krankheit zugezogen hat.«

»Eure Majestät waren immer sehr gütig gegen sie.«

»Das bin ich ihr schuldig, Lettice. Und nun hat die arme Frau ihre älteste Tochter verloren. Ambrosia ist im Februar gestorben. Mary war vom Schmerz wie betäubt, die Ärmste. Aber sie hat doch noch ihren Sohn Philip, und er ist ihr gewiß ein Trost. Ich habe selten einen so vornehmen jungen Mann gesehen wie Philip Sidney. Sie sollen die jüngste Tochter – sie heißt Mary wie ihre Mutter – zu mir senden. Ich werde sie am Hof unterbringen und ihr einen Ehemann verschaffen.«

»Sie ist erst vierzehn, Madam, soviel ich weiß.«

»Gewiß. Doch in ein oder zwei Jahren könnten wir sie bereits verheiraten. Ich denke an Henry Herbert, den gegenwärtigen Grafen von Pembroke. Seit einiger Zeit schon bin ich auf der Suche nach einer Frau für ihn. Ich bin überzeugt, die Sidneys sind mit ihm einverstanden – und auch der Oheim der jungen Dame, der Graf von Leicester.«

»Das glaube ich auch«, sagte ich.

Kurz darauf kam Mary Sidney an den Hof. Sie war ein hübsches Mädchen mit bernsteinfarbenem Haar und ebenmäßigem Gesicht. Jedermann sprach von ihrer Ähnlichkeit mit ihrem Bruder Philip, der als einer der schönsten Höflinge galt. Zwar fehlte ihm die kraftvolle Männlichkeit, wie sie etwa Robert besaß. Philips Reiz, von völlig anderer Art, war eine nahezu unirdische Schönheit, wie sie auch der jungen Mary Sidney zu eigen war. Ich glaubte nicht, daß es schwierig sein würde, einen Ehemann für sie zu finden.

Die Königin hielt große Stücke auf sie, und dies bedeutete für ihre Familie gewiß einigen Trost. Mich behielt Elisabeth nach wie vor besonders im Auge, und ich wußte immer noch nicht, was sie damit bezweckte. Sie erwähnte häufig den Grafen von Leicester, zuweilen liebevoll neckend, als sei sie sich gewisser Mängel seiner Natur wohl bewußt, liebe ihn aber trotzdem.

Ich war damals, als ihre Hofdame, sehr viel um sie, und sie sprach häufig mit mir über die Kleider, die sie tragen wollte. Sie sah es gern, wenn ich die Gewänder mir anhielt, so daß sie sich vorstellen konnte, wie sie darin aussehen würde.

»Du bist ein hübsches Geschöpf, Lettice«, sagte sie zu mir. »Du ähnelst den Boleyns.«

Sie wurde nachdenklich, und ich vermutete, daß sie an ihre Mutter dachte.

»Sicher wirst du wieder heiraten, wenn es die Schicklichkeit erlaubt«, sagte sie einmal. »Jetzt ist es dafür allerdings noch zu früh. Doch ich bin überzeugt, daß du nicht sehr lange Witwe bleibst.« Da ich nicht antwortete, fuhr sie fort: »Die Mode verlangt jetzt, daß alles weiß auf schwarz oder schwarz auf weiß ist. Findest du das kleidsam, Lettice?«

»Einigen steht es, Madam, anderen nicht.«

»Und mir?«

»Glücklicherweise brauchen Eure Majestät ein Gewand nur anzulegen, um es zu verwandeln.«

War ich zu weit gegangen? Nein. Durch ihre Höflinge war sie daran gewöhnt worden, auch die plumpste Schmeichelei hinzunehmen.

»Ich möchte dir die Taschentücher zeigen, die meine Wäscherin für mich angefertigt hat. Nimm sie heraus. Dort! Schwarze spanische Nadelarbeit, mit venezianischer Klöppelspitze aus Goldfäden besetzt. Wie gefallen sie dir? Da liegen auch ein paar Zahntücher – aus grobem, ungebleichtem Leinen, dem besten Stoff für diesen Zweck, mit schwarzer Seide bestickt und mit silberner und schwarzer Seide gesäumt.«

»Wirklich hübsch, Madam.« Ich lächelte sie an und zeigte meine makellosen Zähne, auf die ich sehr stolz war. Elisabeth zog die Augenbrauen ein wenig hoch; ihr Gebiß wies bereits Anzeichen von Verfall auf.

»Die Kammerfrau Twist ist eine gute Seele«, bemerkte sie. »Diese Tücher machen sehr viel Arbeit. Ich habe es gern, wenn meine Dienerinnen Handarbeiten für mich anfertigen. Sieh dir diese Ärmel an, die meine Seidennäherin, Mrs. Montague, für mich gestickt hat. Sie war außerordentlich stolz darauf. Sieh nur diese feinen Knospen und Rosen!«

»Wieder schwarz auf weiß, Madam.«

»Manchen steht es gut zu Gesicht, du hast ganz recht. Hast du den Mantel gesehen, den Philip Sidney mir zu Neujahr geschenkt hat?«

Ich holte ihn hervor, als sie mich darum bat. Er war aus Tuch, mit schwarzer Seide verarbeitet; dazu gehörten Hals- und Ärmelkrausen, die mit Gold- und Silberfäden eingefaßt waren.

»Sehr vornehm«, murmelte ich.

»Ich habe ein paar wunderschöne Neujahrsgeschenke bekommen«, sagte sie, »und ich will dir zeigen, welches mir von allen das liebste ist.«

Sie trug es an sich. Es war ein goldenes Kreuz, mit fünf makellosen Smaragden und wundervollen Perlen besetzt.

»Der Schmuck ist ganz herrlich, Madam.«

Sie führte das Kreuz an die Lippen. »Ich gebe zu, daß es mir besonders teuer ist. Es ist ein Geschenk von jemandem, dessen Zuneigung mir wichtiger ist als alles andere.«

Ich nickte. Ich wußte recht wohl, von wem die Rede war.

Sie lächelte beinahe schalkhaft. »Mich dünkt, er ist zur Zeit außerordentlich beschäftigt.«

»Wer, Madam?«

»Robin ... Leicester.«

»Wahrhaftig?«

»Er stellt Ansprüche. Er hat ja immer geglaubt, ihm stünde die Königswürde zu. Den Ehrgeiz hat er von seinem Vater geerbt. Nun, wäre er anders, es wäre mir gar nicht recht. Ich mag es, wenn ein Mann eine hohe Meinung von sich hat. Du weißt, wie ich an ihm hänge, Lettice.«

»Das ist jedermann bekannt, Madam.«

»Nun, kannst du mich verstehen?«

Die goldbraunen Augen waren wachsam. Worauf wollte sie hinaus? Mir schoß durch den Kopf, wie oft man mich gewarnt hatte: Hüte dich! Du bewegst dich auf sehr gefährlichem Boden!

»Der Graf von Leicester ist ein stattlicher Mann«, sagte ich, »und mir ist wie jedermann bekannt, daß Eure Majestät seit Eurer Kindheit mit ihm befreundet sind.«

»Zuweilen scheint es mir, als sei er schon immer ein Teil meines Lebens gewesen. Hätte ich mich zur Heirat entschlossen, so wäre meine Wahl auf ihn gefallen. Ich habe ihn einmal der Königin von Schottland als Gemahl vorgeschlagen, wie du weißt. Die arme Närrin hat ihn zurückgewiesen. Aber beweist das nicht, wie sehr mir sein Wohl am Herzen liegt? Hätte er sie geheiratet, so wäre an meinem Hofe ein Licht erloschen.«

»Eure Majestät sind von vielen strahlenden Sternen umgeben, die den Verlust hätten ersetzen können.«

Plötzlich zwickte sie mich heftig. »Niemand könnte mir Robert Dudley ersetzen, und das weißt du ganz genau.«

Ich senkte schweigend den Kopf.

»Mir liegt also sein Wohl am Herzen«, fuhr sie fort, »und deshalb werde ich ihm zu einer guten Heirat verhelfen.«

Ich glaubte, sie müßte das heftige Klopfen meines Herzens hören. Was wollte sie eigentlich? Ich wußte, auf welch gewundenen Pfaden sich ihre Gedanken bisweilen bewegten, und daß sie oft das genaue Gegenteil von dem sagte, was sie meinte. Nicht zuletzt dies macht ihre Bedeutung aus. Sie war eine schlaue Diplomatin und hatte es fertiggebracht, ihre Freier jahrelang hinzuhalten. England war dadurch der Frieden erhalten geblieben.

Aber was hatte sie jetzt im Sinn?

»Nun?« sagte sie scharf. »Nun?«

»Eure Majestät sind gütig zu allen Untertanen und auf ihr Wohlergehen bedacht«, sagte ich beiläufig.

»Da hast du recht. Robert stand der Sinn stets nach einer königlichen Braut. Die Fürstin Cäcilia hat ihren Gemahl, den Markgrafen von Baden, verloren, und für Robert gibt es keinen Grund – vorausgesetzt, daß ich zustimme –, nicht um ihre Hand anzuhalten.«

»Und wie denken Eure Majestät über diese Heirat?« hörte ich mich sagen.

»Ich habe dir gesagt, daß ich für meinen teuren Freund nur das Beste wünsche. Robert hat meine Zustimmung. Nun müssen wir dem Paar Glück wünschen, denke ich.«

»Ja, Madam«, sagte ich ruhig.

Ich konnte es kaum erwarten, fortzukommen. Es mußte wahr sein, sonst hätte sie es nicht gesagt. Aber warum erzählte sie mir das alles? Hatte ihre Stimme wirklich hämisch triumphierend geklungen, oder hatte ich mir das nur eingebildet?

Was hatte sie von Robert und mir gehört? Was wußte sie? War dies bloßes Geschwätz gewesen, oder wollte sie mir auf diese Weise mitteilen, daß Robert für mich unerreichbar war?

Ich fühlte Zorn und Angst. Ich mußte Robert unverzüglich sehen und eine Erklärung von ihm verlangen. Zu meiner tiefen Bestürzung erfuhr ich, daß er den Hof verlassen hatte. Er war auf Anraten seiner Ärzte nach Buxton gereist, um dort die Bäder anzuwenden. Ich wußte, daß er immer dann, wenn die Lage für ihn gefährlich wurde, Krankheit vorschützte. Das hatte er bereits des öfteren getan, wenn ihm die Ungnade der Königin drohte, und er hatte jedesmal damit Erfolg gehabt und sie besänftigt. Sie konnte den Gedanken, daß er ernsthaft krank sei, nicht ertragen. Mein Zorn wuchs. Natürlich war er deshalb abgereist, weil er nicht wagte, mir gegenüberzutreten.

Also entsprach es der Wahrheit, daß er die Fürstin Cäcilia zu ehelichen hoffte!

Ich wußte, daß sie England irgendwann einmal einen Besuch abgestattet hatte. Sie war die Schwester König Eriks von Schweden, der einer von Elisabeths Freiern gewesen war. Damals war gerüchtweise verlautet, daß Robert Dudley, falls er die Königin überreden könnte, Erik zu ehelichen, als Gegenleistung die Hand von Eriks Schwester Cäcilia erhalten würde. Robert hatte dies jedoch nicht in Gewissenskonflikte gestürzt, war er doch damals sicher, daß er selbst der Gemahl der Königin werden würde. Es war nicht anzunehmen, daß er Cäcilia als einen angemessenen Ersatz für seine königliche Gebieterin betrachtete. Elisabeth hatte Erik hingehalten wie alle ihre anderen Freier auch. Cäcilia hatte schließlich den Markgrafen von Baden geheiratet. Sie hatten zusammen England besucht, das Cäcilia kennenzulernen wünschte. Man vermutete jedoch, sie habe ihren vor kurzen angetrauten Gatten nur deshalb veranlaßt, der Königin seine Reverenz zu erweisen, damit sie bei Elisabeth ein Wort für ihren Bruder Erik einlegen konnte.

Cäcilia war im Winter angekommen, bereits hochschwanger. Mit dem langen Blondhaar, das sie offen trug, wirkte sie so lieblich, daß ihr sofort alle Herzen zuflogen. Ihr Sohn wurde in der Chapel Royal in Whitehall getauft, die Königin selbst war Patin.

Unglücklicherweise blieben die jungen Eltern zu lange in England. Sie glaubten nämlich, sie seien geladene Gäste, machten Schulden und sahen sich nicht in der Lage, sie zu begleichen. Der Markgraf versuchte, sich seinen Gläubigern durch die Flucht zu entziehen, wurde jedoch gefangengenommen und eingekerkert. Für einen Besucher von fürstlichem Rang dürfte dies ein sehr ungewöhnliches Erlebnis gewesen sein.

Als die Königin davon erfuhr, bezahlte sie sogleich die Schulden des Markgrafen.

Doch der Eindruck, den die beiden von England gewonnen hatten, war getrübt, zumal, als Cäcilia im Begriff war, heimwärts zu segeln, weitere Gläubiger an Bord ihres Schiffes kamen und ihr Eigentum beschlagnahmten. Nach diesen unglücklichen Ereignissen wünschten der Markgraf und seine Gemahlin gewiß, sie hätten niemals einen Fuß auf englischen Boden gesetzt.

Doch nun war der Markgraf tot, Cäcilia war Witwe, und Robert wollte sie ehelichen.

Wieder und wieder fragte ich mich, weshalb ich ihn eigentlich liebte. Amy Robsarts Geschichte ging mir nicht aus dem Kopf. Mit Bangen dachte ich unentwegt an Lord Sheffields und meines Walters Tod, und ich fragte mich: Konnte das wirklich Zufall sein? Und wenn nicht ... Es gab nur eine einzige Erklärung dafür, und die war entsetzlich.

Doch meine Leidenschaft für Robert war jener der Königin verwandt. Sie blieb unverändert – gleichgültig, was man gegen ihn vorbrachte.

Ich war voll rasender Ungeduld, ihn zu sehen. Dazu plagte mich die Angst, wir würden nie heiraten und er sei bereit, mich wegen einer Fürstin beiseitezuschieben, so wie er bereit gewesen war, um meinetwillen Douglass beiseitezuschieben.

Die Königin war in sehr gehobener Stimmung.

»Es scheint, unser Gentleman ist nicht akzeptabel«, sagte sie zu mir. »Der arme Robin und die dumme Cäcilia! Ich möchte schwören, käme sie hierher und er machte ihr den Hof, dann würde sie sich ergeben.«

Ich konnte mich nicht zurückhalten. »Nicht alle, denen der Hof gemacht wird – selbst von Robert Dudley – ergeben sich.«

Meine Antwort schien ihr nicht zu mißfallen.

»Da sprichst du die Wahrheit«, sagte sie. »Doch er ist ein Mann, dem man nicht leicht widerstehen kann.«

»Das kann ich mir sehr wohl vorstellen, Madam«, erwiderte ich.

»Ihr Bruder, der König von Schweden, meint, er könne nicht glauben, daß sie den Wunsch verspüre, nach den Erfahrungen ihres letzten Besuches nach England zu kommen. Daher hat sie Robin ausgeschlagen.«

Die Erleichterung überwältigte mich. Ich fühlte mich wie neugeboren. Robert würde zurückkehren, und ich würde aus seinem Munde erfahren, was es mit der schwedischen Prinzessin auf sich hatte.

Er war natürlich um eine Antwort nicht verlegen.

»Mein Gott, Lettice, wie konntest du nur annehmen, daß ich eine andere als dich heiraten würde!«

»Du wärest in eine unangenehme Lage geraten, wenn die Prinzessin ja gesagt hätte.«

»Du kannst dich darauf verlassen, daß ich einen Ausweg gefunden hätte.«

»Es wäre nicht damit getan gewesen, nach Buxton zu gehen und Bäder zu nehmen.«

»Ach Lettice, wie gut du mich kennst.«

»Zu gut, fürchte ich zuweilen, Mylord.«

»Nicht gleich so heftig! Die Königin beschließt, ich solle Cäcilia einen Heiratsantrag machen. Sie tut dergleichen hin und wieder, um mich zu necken, obgleich wir beide recht gut wissen, daß nichts dabei herauskommt. Was bleibt mir übrig, als mitzuspielen? Aber jetzt werden wir heiraten, Lettice, du und ich. Das ist mein fester Entschluß.«

»Ich weiß, daß die Prinzessin dich abgewiesen hat, aber es gibt andere Hindernisse – die Königin und Douglass.«

»Auf Douglass kommt es nicht an. Sie ist freiwillig meine Geliebte geworden und wußte genau, daß ich sie nicht heiraten würde. Sie kann nur sich selbst tadeln.«

»Sich und deinen unerhörten Charme!«

»Willst du mich deswegen ins Gebet nehmen?«

»Nein. Aber dafür, daß du Versprechungen machst, die du nicht zu halten beabsichtigst.«

»Ich versichere dir, Douglass wußte stets, wie die Dinge liegen.«

»Was du zweifellos auch von mir behaupten würdest. Wir jedoch haben vom Heiraten gesprochen, Mylord.«

»Aber ja. Und es wird eine Hochzeit geben … und zwar bald.«

»Und die Königin?«

»Nun ja – hier müssen wir allerdings auf der Hut sein.«

»Vielleicht entschließt sie sich doch noch, dich zu heiraten, nur damit ich dich nicht bekomme.«

»Sie wird sich niemals vermählen. Sie fürchtet sich vor der Ehe. Meinst du, ich wüßte das nicht? Hab Geduld, Lettice. Glaub an mich! Wir werden heiraten, du und ich, aber wir müssen vorsichtig sein. Die Königin darf erst von der vollzogenen Ehe erfahren, und vollzogen werden darf die Ehe erst, wenn noch ein wenig Zeit nach dem Tod deines Mannes verstrichen ist. Wir wissen, was wir wollen ... aber wir müssen vorsichtig sein.«

Dann sagte er, wir vergeudeten mit dem Gerede nur Zeit. Wir wüßten doch beide, was der andere wünschte und begehrte; also liebten wir uns, wie es nur uns möglich war – das jedenfalls glaubte ich. Und wie immer, wenn ich mit ihm zusammen war, vergaß ich meine Bedenken.

Robert hatte etwa sechs Meilen außerhalb Londons ein Haus erworben und viel Zeit und Geld darauf verwandt, es zu vergrößern und prächtig auszustatten. Edward VI. hatte es Lord Rich vermacht, und von diesem hatte es Robert gekauft. Das Haus hatte eine prächtige Halle – dreiundfünfzig mal fünfundvierzig Fuß groß – und eine Anzahl wohlproportionierter Räume. Robert hatte die Mode eingeführt, erlesene Teppiche auf den Fußboden zu legen. Sie ersetzten in seinen sämtlichen Häusern die Binsenmatten. Die Königin bekundete große Anteilnahme, und so gingen der gesamte Hofstaat und ich mit nach Wanstead, wo eine Lustbarkeit, verschwenderisch, wie Robert es liebte, stattfinden sollte.

Wir konnten uns hin und wieder treffen, doch mußten diese Begegnungen in aller Heimlichkeit vonstatten gehen; das machte mich allmählich verdrießlich. Ich konnte Roberts nie vollkommen sicher sein, doch glaube ich, es war gerade dies ein Grund, weshalb ich von ihm so betört war. Die Gefahr gehörte so sehr zu unserer Beziehung, daß der Reiz noch erhöht wurde.

»In diesem Haus wollen wir besonders häufig wohnen«, eröffnete er mir. »Kenilworth wird jedoch immer an erster Stelle stehen, weil wir uns dort unsere Liebe gestanden haben.«

Ich erwiderte, mein Lieblingssitz werde jener sein, in welchem wir getraut würden, da es so lange gedauert habe, bis wir in den Ehestand hatten treten können.

Immerfort besänftigte und beschwichtigte er mich. Er besaß eine besondere Gabe dafür. Robert verstand mit schmeichelnder Zunge zu reden; das strafte seine Ruchlosigkeit Lügen und war eigentlich ein wenig unheimlich. Er war fast immer höflich, außer wenn er die Beherrschung verlor – das konnte über seinen wahren Charakter täuschen.

Während wir in Wanstead weilten, hörte ich abermals Gerüchte über Douglass Sheffield.

»Sie ist sehr krank«, flüsterte mir eine der Hofdamen der Königin zu. »Ich habe gehört, das Haar fällt ihr aus, und ihre Nägel brechen ab. Man rechnet damit, daß sie nicht mehr lange lebt.«

»An welcher Krankheit leidet sie denn?« fragte ich.

Die Dame sah sich erst um, ob uns auch niemand hören könne, dann brachte sie die Lippen dicht an mein Ohr und flüsterte: »Gift.«

»Unsinn!« sagte ich heftig. »Wer sollte Douglass Sheffield beseitigen wollen?«

»Jemand, dem sie im Wege ist.«

»Und wer könnte das sein?«

Die Dame preßte die Lippen zusammen und zuckte die Achseln.

»Man erzählt sich, sie habe von einem sehr einflußreichen Mann ein Kind. Es könnte doch sein, daß er sie als Hindernis empfindet.«

»Das könnte durchaus so sein, wenn dies Gerede wahr ist«, sagte ich leichthin.

Ich wartete auf die Nachricht von Douglass Sheffields Tod, aber sie traf nicht ein.

Einige Zeit später erfuhr ich, daß Douglass aufs Land gegangen sei, um sich zu erholen.

Douglass lebte also weiter.

Zu Neujahr war es üblich, der Königin Geschenke zu machen.

Sie klagte fortwährend über ihr Haar, das fast nie zu ihrer Zufriedenheit frisiert war. So brachte ich ihr zwei Perücken, damit sie eine davon auswählen konnte, eine schwarze und eine goldblonde, dazu zwei Halskrausen, die mit winzigen Perlchen besetzt waren.

Sie griff nach den Perücken und probierte sie, vor dem Spiegel sitzend, auf, und wollte wissen, welche ihr am besten stünde. Da die Königin stets vollkommen auszusehen hatte, war es unmöglich, ihr die Wahrheit zu sagen.

Ich fand, die schwarze lasse sie alt erscheinen, und da ich wußte, daß sie ihr früher oder später mißfallen und dann an die Geberin erinnern würde, wagte ich zu behaupten: »Die Haut Eurer Majestät ist so weiß und so zart, dagegen wirkt die schwarze Perücke einfach zu hart.«

»Aber bringt sie den Gegensatz nicht besonders zur Geltung?« wollte sie wissen.

»Gewiß, Madam, lenkt sie die Aufmerksamkeit auf Eure makellose Haut, doch laßt uns bitte die goldblonde probieren.«

Und diese stellte sie zufrieden.

»Aber die schwarze will ich noch mal anprobieren«, erklärte sie.

Dann legte sie Roberts Gabe an – ein goldenes Halsband, mit Diamanten, Opalen und Rubinen besetzt.

»Ist es nicht herrlich?« fragte sie.

Ich stimmte ihr zu.

Sie strich zärtlich darüber hin. »Er weiß genau, welche Steine ich liebe«, bemerkte sie. Ich dachte, daß es einfach absurd sei, wenn man dazu aufgefordert wurde, zu bewundern, mit welch ausgezeichnetem Geschmack der eigene Liebhaber einer anderen Frau Geschenke machte.

Während der folgenden Monate war sie sehr launenhaft. Wieder kam mir der Gedanke, daß sie etwas wußte. Ich fragte mich, ob sie daran dachte, wie Robert sie überredet hatte, Walter nach Irland zurückzuschicken, und daß dieser dann bald darauf gestorben war. Sie beobachtete mich aufmerksam und sorgte dafür, daß ich in ihrer Nähe war.

Ich war überzeugt, daß Robert ihr Verhalten nicht entgangen war. Er sprach ihr gegenüber oft von seinen geschwollenen Beinen – er litt an der Gicht – und deutete an, daß sein Arzt ihm einen neuerlichen Besuch in Buxton empfohlen habe. Ich vermutete, er wollte sich den Weg zur Flucht offenhalten, falls es ihm geraten erschien, der Königin aus dem Weg zu gehen.

Sie machte viel Aufhebens um ihn, beobachtete, was er bei Tische zu sich nahm und gebot ihm ziemlich streng, weniger zu essen und zu trinken.

»Seht mich an!« rief sie aus. »Ich bin weder zu mager noch zu dick. Und warum? Weil ich mich nicht vollstopfe wie ein Schwein und nicht saufe, bis ich ganz dumm im Kopfe bin.«

Zuweilen nahm sie ihm das Essen vom Teller weg und erklärte, wenn schon er nicht besser auf seine Gesundheit achte, dann müsse sie es eben tun.

Robert wußte nicht, sollte er sich wegen ihres Verhaltens freuen oder Angst bekommen. Ihr Benehmen ihm gegenüber hatte zweifellos einen Zug von Schroffheit angenommen. Doch als er dann nach Buxton reiste, wollte sie wissen, wie es ihm gehe. Sie wurde trübselig und reizbar.

Robert war in Buxton, und ich begleitete die Königin auf einer sommerlichen Rundreise durch das Land. Sie führte uns auch nach Wanstead, wo Roberts Dienerschaft uns mit all dem Aufwand, den ihr Gebieter geboten hätte, empfing.

»Aber es ist nicht dasselbe, Lettice«, sagte die Königin. »Was wäre Kenilworth ohne ihn gewesen?«

Zuweilen schien es mir, als denke sie daran, ihn doch noch zu heiraten; ich vermutete aber, daß die Gefühle, zu denen sie in ihrer Jugend fähig gewesen, nun nicht mehr so ausgeprägt waren. Ihre Liebe gehörte mehr und mehr der Krone und der damit verbundenen Macht. Und doch: War Robert nicht bei ihr, so ging jedesmal eine Veränderung mit ihr vor. Christopher Hatton konnte ihr, obwohl ein stattlicher Mann und ausgezeichneter Tänzer, nie das sein, was Robert ihr war. Ich war sicher, daß Hatton ihr nur dazu diente, Robert eifersüchtig zu machen. Sie muß gewußt haben, daß es in Roberts Leben Frauen gab, da sie ihm ja nie die Befriedigung gewährt hatte, deren ein Mann bedurfte. Nun war sie bestrebt, ihm vor Augen zu führen, daß nur der leidenschaftliche Wunsch, ihre Jungfräulichkeit zu bewahren, sie daran hinderte, sich ebensoviele Liebhaber zu nehmen, wie er Geliebte hatte.

Als mir immer deutlicher bewußt wurde, wieviel Robert ihr bedeutete, wurde mir sehr beklommen zumute.

Robert hatte auf Wanstead einen Raum ausgestalten lassen, das Gemach der Königin genannt. Das ganze Haus zeigte seine Vorliebe für verschwenderische Pracht, doch das Gemach der Königin mußte selbstverständlich alle anderen Räume übertreffen. Das Bett war vergoldet, die Wände mit golddurchwirktem Stoff bespannt, der im Kerzenlicht schimmerte. Da Robert ihren Hang zur Reinlichkeit kannte, hatte er für sie ein Badehaus einrichten lassen.

»Ein hübscher Ort, Lettice«, sagte sie. »Aber ohne die Gegenwart seines Herrn ist er einfach langweilig.«

Sie sandte ihm eine Botschaft, daß sie sich auf Wanstead befinde. Seine Antwort entzückte sie. Sie las sie mir vor.

»Der arme Robin«, seufzte sie. »Er ist außer sich vor Betrübnis. Er kann den Gedanken nicht ertragen, daß er nicht zur Stelle ist, um seine Komödianten zu meinem Vergnügen spielen zu lassen und Feuerwerke abzubrennen. Ich will dir etwas sagen: Sein Anblick würde mir mehr bedeuten als sämtliche Schauspiele und Feuerwerke in meinem ganzen Königreich. Er schreibt, hätte er gewußt, daß ich hierherkomme, so hätte mein Augapfel Buxton verlassen, gleichgültig, was die Ärzte dazu sagten. Und ich glaube ihm jedes Wort.«

Sie faltete den Brief zusammen und steckte ihn in ihren Ausschnitt.

Ich wünschte inbrünstig, sie wäre ihm weniger zugetan gewesen. Wenn wir wirklich heirateten, so würde es entsetzlichen Verdruß geben, das war mir klar. Und noch etwas bedrückte mich: Ich glaubte, wieder schwanger zu sein. Noch war ich mir nicht sicher, ob das zum Guten oder zum Schlechten ausschlagen würde, doch sah ich immerhin die Möglichkeit, endlich eine Entscheidung herbeizuführen.

Wenn es sich irgendwie machen ließ, wollte ich diesmal das Kind behalten. Die Abtreibung hatte mich sehr bedrückt. Ich hatte einen Charakterzug entdeckt, von dem ich selbst nichts gewußt hatte: die Liebe zu meinen Kindern. Sie bedeuteten mir mehr, als ich je für möglich gehalten hätte; und der Gedanke an die Kinder, die ich von Robert haben würde, machte mich glücklich. Wollten wir wirklich eine Familie gründen, so war jetzt die Zeit dafür gekommen.

Die Minister der Königin hatten sie aus Sorge um die Thronfolge immer wieder zu einer Heirat gedrängt. Wenn Elisabeth unverzüglich heiratete, so glaubten sie, sei es noch nicht zu spät für sie, dem Land einen Thronerben zu schenken. Sie war fünfundvierzig. Das war zwar ein wenig spät, wenn man zum erstenmal niederkam, doch sie war körperlich in ausgezeichneter Verfassung. Im Essen und Trinken war sie immer mäßig gewesen. Sie hatte regelmäßig Leibesübungen betrieben; wenn alle anderen schon erschöpft waren, tanzte sie noch unermüdlich. Sie ritt, machte lange Spaziergänge und war, körperlich wie geistig, voller Lebenskraft. Daher meinten die Minister, noch sei es Zeit.

Es war eine heikle Angelegenheit, mit ihr über dieses Thema zu sprechen. Sie wurde nämlich sehr zornig, wenn man andeutete, sie sei nicht mehr die Jüngste. Daher geschah vieles im geheimen, und man stellte ihren vertrautesten Hofdamen eindringliche Fragen.

Dann begannen die Verhandlungen mit Frankreich. Der Herzog von Anjou war nun Heinrich III., und sein jüngerer Bruder, welcher einst als Herzog von Alençon um die Hand der Königin angehalten, hatte den Titel des Herzogs von Anjou von seinem Bruder übernommen. Der Herzog war noch unverheiratet, und zweifellos war seine Mutter, Katharina von Medici, der Meinung, daß eine Verbindung mit der Krone von England sowohl ihrem Sohn als Frankreich sehr zum Vorteil gereichen würde.

Als er ihr das erstemal einen Antrag gemacht hatte, war Elisabeth neununddreißig gewesen und er siebzehn. Doch der Altersunterschied hatte sie nicht gestört. Würde dies jetzt noch ebenso sein, da der Herzog reifer war und, wie es hieß, ein ausschweifendes Leben führte und sie wohl merkte, daß Eile geboten war?

Ich sah immer wieder mit Erstaunen, in welche Erregung sie geriet, wenn vom Heiraten die Rede war. Es war sehr ungewöhnlich, daß eine Frau wie sie, welche die bedeutendsten Fürsten Europas hätte ehelichen können oder den stattlichsten Mann Englands, den sie noch dazu liebte, sich entzückt zeigte bei dem Gedanken, daß dieser kleine Franzose mit dem schlechten Ruf und der durchaus nicht einnehmenden Erscheinung sie zu heiraten erwog. Sie war leichtfertig wie ein junges Mädchen, und sie benahm sich auch so. Sie wurde noch gefallsüchtiger und begehrte übertriebene Komplimente über ihr Aussehen zu hören; sie sprach von Kleidern, Halskrausen und Bändern, als handle es sich um Staatsaffairen. Jemand, der sie nicht als die kluge Diplomatin und die scharfsinnige Herrscherin kannte, die sie ja schließlich war, hätte meinen können, dieses alberne Geschöpf sei der Krone nicht würdig.

Ich bemühte mich, ihr Verhalten zu verstehen. Im Grunde meines Herzens wußte ich, daß sie Anjou genauso wenig zu ehelichen beabsichtigte wie irgendeinen anderen Freier. Der einzige, den zu heiraten sie jemals ernsthaft erwogen hatte, war Robert Dudley. Doch das Thema Heirat faszinierte sie; vielleicht malte sie sich aus, wie sie mit einem Manne – mit Robert, wie ich annahm – vereint war; das aber durfte nur in ihrer Phantasie geschehen. Niemals würde sie sich der Wirklichkeit stellen. In den dunklen Abgründen ihrer Seele erschien ihr die Ehe als Schreckgespenst, vielleicht deshalb, weil ihre Mutter mit dem Leben dafür bezahlt hatte, weil sie die Heirat wollte. Ganz würde ich sie wohl niemals verstehen. Sie erinnerte mich an ein Kind, das sich vor der Dunkelheit fürchtet und doch bittet, man möge ihm haarsträubende Geschichten erzählen, die in eben dieser Dunkelheit spielen, und denen es hingerissen lauscht und nicht genug bekommen kann.

Ich wollte Robert sehen und ihm sagen, ich sei mir nun sicher, daß ich ein Kind bekäme. Wenn es ihm mit einer Heirat wirklich ernst war, so war nun die Zeit da, es zu beweisen. Ich mußte den Hof verlassen, wenn sich die Schwangerschaft nicht mehr verheimlichen ließ. Die Königin hatte einen scharfen Blick, und ich hatte den Eindruck, daß sie mich seit kurzem noch eindringlicher beobachtete.

Die Unterhandlungen wegen der französischen Eheschließung lenkten jedoch ihre Gedanken von den Menschen ihrer Umgebung ab. Obgleich alle, die sie genau kannten, sicher waren, daß sie nicht vorhatte, den Herzog zu ehelichen, riefen die Heiratsabsichten doch eine wachsende Unruhe im ganzen Lande hervor, und jene, die ihre Zunge nicht im Zaum zu halten brauchten, gaben deutlich zu verstehen, daß Elisabeth aufhören möge, sich selbst zu betrügen. Der Antrag dürfe nicht angenommen werden, denn eine solche Ehe würde bedeuten, daß die verhaßten Franzosen an der Macht teilhatten.

Elisabeth konnte jedoch unberechenbar sein, und niemand wußte vorher, was sie tun würde. Die herrschende Meinung ging dahin, daß es, falls sie wirklich entschlossen sei, doch noch zu heiraten, dem Lande und auch ihr selbst zuträglicher wäre, wenn sie einen Engländer nähme, und zwar einen, dem sie zugetan war. Jedermann wußte, um wen es sich handelte; sie hatte ja ihre Gefühle für ihn viele Jahre hindurch bewiesen. Da er ohnehin bereits der mächtigste Mann in England war, würde es keinen so großen Unterschied machen, wenn er nun auch noch zum Gemahl der Königin erhoben würde.

Astley, einer der königlichen Kammerherrn, ging sogar so weit, sie daran zu erinnern, daß Leicester unvermählt war. Man kann sich vorstellen, welche Befürchtungen das in mir hervorrief, doch die Antwort der Königin belustigte mich. Sie wurde sehr zornig, und ich wußte weshalb: Sie glaubte, man wolle dieses Werben, das sie bis zum Letzten auszukosten gedachte, verkürzen.

Sie schrie so laut, daß alle es hören konnten, und zwar nicht nur im Audienzzimmer, sondern auch in den anderen Räumen: »Es ist doch wohl nicht meine Art und stünde auch der königlichen Majestät schlecht an, meinen Diener, den ich selbst erhoben habe, den bedeutendsten Fürsten der Christenheit vorzuziehen.«

Welch eine Beleidigung für Robert! Sein Stolz würde zutiefst verletzt sein. Ich wünschte bei ihm zu sein, wenn er erfuhr, was die Königin gesagt hatte, denn das würde ihm endgültig beweisen, daß es für ihn keine Hoffnung auf eine Ehe mit Elisabeth gab.

Ich sandte ihm eine Botschaft, daß ich ihn sehen müsse, da ich eine wichtige Nachricht für ihn hätte.

Er kam zum Durham House.

Da die Königin mit den Eheverhandlungen beschäftigt war, hatte er mehr Freiheit als gewöhnlich.

Er umarmte mich mit gewohnter Glut, und ich sagte zu ihm: »Ich bekomme ein Kind von dir, Robert, und deswegen muß etwas geschehen.«

Er nickte, und ich fuhr fort: »Es wird sich bald nicht mehr verbergen lassen, und dann wird es Unannehmlichkeiten geben. Ich habe die Erlaubnis der Königin, mich vom Hofe zurückzuziehen, weil ich mich um die Kinder sorge. Außerdem habe ich Krankheit vorgeschützt. Falls wir überhaupt jemals heiraten, dann ist jetzt die Zeit dafür gekommen. Die Königin will dich nicht. Das hat sie deutlich genug ausgedrückt, und wenn sie dich nicht nimmt, kann sie auch keine Einwände erheben, wenn du eine andere heiratest.«

»Das ist richtig«, sagte Robert. »Ich werde alles in die Wege leiten. Komm nach Kenilworth, dort soll die Trauung stattfinden. Jetzt gibt es keinen Aufschub mehr.«

Diesmal meinte er es ernst. Er war wütend auf die Königin, weil sie wegen des französischen Freiers so viel Aufhebens machte. Und natürlich hatte man ihm berichtet, was sie über ihn gesagt hatte. Er war nicht willens, sich vor dem ganzen Hofe so demütigen zu lassen und zugleich um sie herumzuscharwenzeln, während sie sich eingehend auf ihre Zusammenkunft mit dem Herzog von Anjou vorbereitete, der dort Erfolg zu haben schien, wo er Robert versagt geblieben war.

Das Schicksal war mir günstig. Ich hatte gesiegt. Ich kannte Elisabeth ja so gut. Sie würde Anjou nicht heiraten, hatte nie die Absicht gehabt. Es machte ihr nur Vergnügen, dies vorzugeben, weil Robert dann wütend wurde und jedermann sah, wie verzweifelt er wünschte, ihr Gemahl zu werden.

»Er will die Krone, Cousine, nicht dich«, sagte ich mir vor. Wie gern hätte ich es ihr ins Gesicht gesagt!

Mit Freuden würde ich vor ihr stehen und ihr eröffnen, daß ich die Frau war, die er liebte. »Versteht Ihr«, würde ich spöttisch sagen, »er hat sogar Euer Mißfallen in Kauf genommen, um mich zu heiraten.«

Ich reiste nach Kenilworth, und dort fand die Trauungszeremonie statt.

»Zunächst«, sagte Robert, »müssen wir äußerste Geheimhaltung walten lassen. Ich muß den richtigen Augenblick abwarten, um die Königin zu unterrichten.«

Ich wußte, daß er recht hatte, also stimmte ich zu.

Ich war glücklich. Ich hatte mein Ziel erreicht. Ich war die Gräfin von Leicester, Roberts Gattin.

Als ich nach Durham House zurückgekehrt war, kam mein Vater zu Besuch. Er hatte stets ein wachsames Auge auf uns gehabt, und ich glaube, ich habe ihm mehr Sorgen bereitet als meine Geschwister, wenn er auch nach meiner Heirat mit Walter geglaubt hatte, ich hätte mich ins häusliche Leben gefunden.

Nach Walters Tod wurden seine Besuche häufiger. Ich bezweifle nicht, daß er Gerüchte über die verdächtigen Umstände von Walters Ende vernommen hatte.

Francis Knollys war ein herzensguter und frommer Mann, und ich war stolz darauf, daß er mein Vater war. Im Laufe der Jahre war er jedoch in seinen Ansichten immer puritanischer geworden. Er gab auf meine Kinder acht und war sehr um ihre religiöse Erziehung besorgt, was sie, da keines besonders fromme Neigungen besaß, ziemlich langweilte. Ich muß gestehen, daß es mir nicht anders erging.

Jetzt suchte er mich unerwartet auf. Es war unmöglich, meinen Zustand vor ihm zu verbergen. Er war bestürzt, und nachdem er mich an seine Brust gedrückt hatte, hielt er mich auf Armeslänge von sich und betrachtete mich prüfend.

»Ja, Vater«, sagte ich. »Ich bekomme ein Kind.«

Er starrte mich voller Entsetzen an.

»Aber Walter …«

»Walter habe ich nie geliebt, Vater. Wir waren so oft voneinander getrennt. Wir hatten nicht viel Gemeinsames.«

»So darf eine Ehefrau nicht von ihrem Gatten sprechen.«

»Ich muß ehrlich zu dir sein, Vater. Walter war ein guter Ehemann, aber er ist tot, und ich bin zu jung, um mein Leben als Witwe zu beschließen. Ich habe einen Mann gefunden, den ich innig liebe …«

»Und du bekommst ein Kind von ihm!«

»Er ist mein Ehemann. Und wenn es an der Zeit ist, wird die Geheimhaltung unserer Ehe aufgehoben.«

»Geheimhaltung! Was soll das? Und du bekommst bereits ein Kind!« Er sah mich entrüstet an. »Ich habe deinen Namen zusammen mit dem eines Mannes nennen hören, und darüber bin ich empört. Der Graf von Leicester …«

»Er ist mein Gatte«, sagte ich.

»O Gott im Himmel!« rief mein Vater. Er sprach ein Stoßgebet, da ihm kein Fluch über die Lippen kam. »Sag, daß das nicht wahr ist!«

Ich sagte geduldig: »Es ist aber wahr. Robert und ich sind verheiratet.

Was ist dabei Schlimmes? Du warst doch recht froh, als du mich mit Walter Devereux vermählt hattest. Robert Dudley ist ein weit mächtigerer Mann, als Walter jemals hätte werden können.«

»Er ist auch ein weit ehrgeizigerer Mann.«

»Was hast du gegen Ehrgeiz?«

»Hör auf, mit mir zu streiten«, sagte mein Vater streng. »Ich möchte wissen, was das alles bedeutet.«

»Ich bin kein Kind mehr, Vater«, erinnerte ich ihn.

»Du bist meine Tochter. Laß mich auch das Schlimmste hören.«

»Es gibt nichts Schlimmes zu berichten, vielmehr die froheste aller Botschaften. Robert und ich lieben uns, deshalb sind wir verheiratet und werden bald ein Kind haben.«

»Und doch mußt du dich verstecken und Eure Ehe verheimlichen. Lettice, hast du denn den Verstand verloren! Seine erste Frau ist auf ungeklärte Weise ums Leben gekommen. Er hat immer gehofft, die Königin zu heiraten. Ich habe beunruhigende Geschichten über Lady Sheffield gehört.«

»Die sind nicht wahr.«

»Es wird behauptet, sie sei zuerst seine Geliebte gewesen und später seine Frau geworden.«

»Sie war nie seine Frau. Das wird nur erzählt, weil sie ein Kind von ihm hat.«

»Und das nimmst du hin?«

»Ich würde noch viel mehr hinnehmen, wenn es um Robert geht.«

»Und nun hast du dich in eine ähnliche Lage gebracht wie Lady Sheffield.«

»Ganz und gar nicht. Ich bin mit Robert verheiratet.«

»Das hat sie auch geglaubt. Mein Kind – denn das scheinst du zu sein, da du dich so leicht täuschen läßt –, es ist bekannt, daß er mit Lady Sheffield die Ehe geschlossen hat – es war eine Scheintrauung. So konnte er sie einfach verstoßen, als es ihm beliebte. Siehst du denn nicht, daß er dich in eine ähnliche Lage gebracht hat?«

»Das ist nicht wahr!« rief ich, doch es gelang mir kaum, meine Stimme zu beherrschen. Die Trauung war tatsächlich heimlich gewesen, und Douglass Sheffield mußte getäuscht worden sein. Sie war ganz bestimmt keine Frau, die so ohne weiteres log.

»Ich werde Leicester aufsuchen«, sagte mein Vater bestimmt. »Ich will genau wissen, was dies alles zu bedeuten hat, und ich werde dafür sorgen, daß die Trauung vor meinen Augen und mit Zeugen vollzogen wird. Wenn du schon Robert Dudleys Frau sein willst, dann darf er wenigstens nicht die Möglichkeit haben, dich zu verstoßen, wenn ihm der Sinn nach einer anderen steht.«

Darauf verließ mich mein Vater. Ich fragte mich, was nun geschehen würde.

Das sollte ich bald erfahren.

Mein Vater kam nach Durham House und brachte Roberts Bruder, den Grafen von Warwick, und einen guten Freund, den Grafen von Pembroke, mit.

»Mach dich fertig, damit wir unverzüglich aufbrechen können«, sagte mein Vater. »Wir gehen nach Wanstead. Dort wirst du mit dem Grafen von Leicester getraut.«

»Hat Robert dieser zweiten Trauung zugestimmt?« fragte ich.

»Er kann es kaum erwarten. Er hat mich davon überzeugt, wie innig ergeben er dir ist und daß er keinen anderen Wunsch hat, als eure Verbindung auch rechtsgültig werden zu lassen.«

Ich war bereits hochschwanger, doch ich unternahm die Reise mit Freuden.

In Wanstead wurden wir von Robert und von Lord North, der stets zu seinen besten Freunden gezählt hatte, erwartet.

Robert umarmte mich und erzählte mir, daß mein Vater auf dieser Zeremonie bestehe und daß er selbst nichts dagegen habe. Es dürfe kein Zweifel an seiner Absicht bestehen, mich zu heiraten und als mein Gatte mit mir zu leben.

Am nächsten Morgen kam noch mein Bruder Richard sowie einer von Roberts Hausgeistlichen, ein Mr. Tindall, welcher die Trauung vornehmen sollte; und dort, in der Säulenhalle von Wanstead, führte mein Vater mich dem Grafen von Leicester zu. Die Zeremonie wurde vor soviel Zeugen und auf eine Weise vollzogen, daß es unmöglich war, sie später abzuleugnen.

Mein Vater sagte: »Bald wird meine Tochter Eurem Kind das Leben schenken. Dann muß die Eheschließung verkündet werden, damit ihr guter Name bewahrt bleibt.«

»Das dürft Ihr getrost mir überlassen«, versicherte Robert ihm; doch mein Vater ließ sich nicht so leicht abweisen.

»Es muß bekanntgegeben werden, daß sie rechtmäßig vermählt und die Gräfin von Leicester ist.«

»Mein lieber Sir Francis«, erwiderte mein Gemahl. »Könnt Ihr Euch den Zorn der Königin vorstellen, wenn sie erfährt, daß ich ohne ihre Zustimmung geheiratet habe?«

»Warum habt Ihr sie nicht um ihre Einwilligung gebeten?«

»Weil ich sie nie bekommen hätte. Ich brauche Zeit, um es sie wissen lassen ... den geeigneten Augenblick für diese Mitteilung zu finden. Sollte sie ihre Verlobung mit dem französischen Prinzen verkünden, so wäre ich berechtigt, ihr zu eröffnen, daß ich mir eine Frau genommen habe.«

»Ach Vater«, sagte ich ungeduldig, »du mußt doch erkennen, was der Sinn dieser ganzen Sache ist. Oder willst du, daß man uns in den Tower wirft? Und was dich betrifft: In welche Lage würdest du denn geraten, wenn bekannt würde, daß du der Trauungszeremonie beigewohnt hast? Du kennst doch den Charakter der Königin.«

»Den kenne ich sehr wohl«, erwiderte mein Vater, und Warwick unterstützte seinen Bruder und meinte, sie müßten selbstverständlich schweigen und die Entscheidung Robert überlassen, da er die Launen der Königin am besten kenne.

Schließlich wurden wir uns einig. An diesem Abend lagen Robert und ich zusammen in dem für die Königin bestimmten Gemach. Ich mußte unaufhörlich daran denken, daß Elisabeth dort geschlafen und geglaubt hatte, das Zimmer stehe einzig für ihre Besuche zur Verfügung. Und nun lag ich in diesem prachtvollen Bett, mit meinem Gatten, den ich ebenso leidenschaftlich liebte wie er mich; ich malte mir ihren Zorn aus, wenn sie uns jetzt sehen könnte.

Dies war wahrlich ein großer Sieg.

Ich glaube, auch Robert empfand nicht geringe Befriedigung. Denn wenn sein Herz auch mir gehörte, so mußten ihn ihre beleidigenden Worte doch sehr gekränkt haben. Eine bessere Rache hätte er gar nicht ersinnen können.

Wie eng waren die Schicksale von uns dreien doch miteinander verknüpft! Selbst in unserer Hochzeitsnacht schien Elisabeth unsichtbar anwesend.

Doch was nun auch geschehen mochte: Ich war unzweifelhaft Roberts Gattin.

Der nächste Tag brachte eine beunruhigende Nachricht. Ein Bote der Königin traf ein. Sie hatte gehört, daß sich der Graf von Leicester in seiner Residenz in Wanstead aufhielt und daher beschlossen, auf dem Wege nach Greenwich für zwei Nächte dort Quartier zu nehmen. Da ihr Augapfel bei ihrem letzten Besuch in Wanstead so traurig gewesen war, weil er in Buxton die Bäder nehmen mußte, wollte sie ihre Reise abkürzen, um noch zwei Tage in seiner Gesellschaft verbringen zu können.

Fast war es, als wisse sie Bescheid. Dieser Gedanke durchfuhr uns beide, und wir glaubten, sie habe nur deswegen beschlossen, hier zu übernachten. Robert war völlig verstört. Wenn, so legte er mir dar, eine Erklärung gegeben werden müsse, so sei es an ihm, dies zu tun, und er müsse den Augenblick dafür wählen.

»Wir müssen uns beeilen«, sagte Robert, und die anderen stimmten ihm zu. Ich sollte sogleich aufbrechen und mit meinem Vater nach Durham House zurückkehren. Robert sollte mit Warwick und North auf Wanstead bleiben, um die Ankunft der Königin vorzubereiten.

Ich mußte mich fügen. Der Augenblick des Triumphes, den ich im Bett der Königin genossen hatte, war bereits vorüber.

Widerstrebend und mit einem Gefühl innerer Leere verließ ich Wanstead und kehrte heim. Ich mußte mich nun in Geduld fassen und darauf warten, daß Robert zu mir kam.

Wahrscheinlich waren die Hin- und Rückreise und die vielen Aufregungen für mich in meinem Zustand zuviel gewesen. Vielleicht wurde ich auch dafür bestraft, daß ich es zuvor über mich gebracht hatte, mich eines Kindes zu entledigen. Jedenfalls wurde ich von einem toten Kind entbunden. Wir verheimlichten dies, so gut wir es vermochten.

Eine Weile waren wir in Durham House zusammen; aber ich wünschte inständig, wir könnten unsere Vermählung öffentlich bekanntgeben.

»Alles zu seiner Zeit«, besänftigte mich Robert. Er sah die Zukunft so rosig. Nun, immerhin hatte er auch schon eine Menge Unannehmlichkeiten mit der Königin hinter sich gebracht, und niemals war ihm etwas Ernsthaftes geschehen. Was mich betraf, so war ich weniger zuversichtlich. Ich mußte daran denken, daß ich schon einmal für lange Zeit vom Hofe verbannt gewesen war.

Das Leben war dennoch aufregend. Ich war Roberts Gattin, war regelrecht mit ihm verheiratet, und mein Vater hatte der Trauung als Zeuge beigewohnt. Und wie es meiner Natur entsprach, bereitete mir das gefährliche Spiel, das wir mit der Königin trieben, Vergnügen.

Verrat

Leicester glaubte, daß seinen ehrgeizigen Hoffnungen kein Erfolg mehr beschieden sei, und heiratete heimlich die verwitwete Gräfin von Essex, der er in tiefer Liebe zugetan war. Simier ergründete dieses Geheimnis und unterrichtete unverzüglich die Königin davon, da er annahm, daß ihre Zuneigung zu Leicester das eigentliche Hindernis für ihre Vermählung mit Anjou darstellte.

Agnes Strickland

Nun folgte ein monatelanges Versteckspiel. Ich kehrte an den Hof zurück, und wann immer wir konnten, waren Robert und ich zusammen. Die Königin belegte ihn häufig mit Beschlag, und ich mußte mitansehen, wie mein Gatte meiner Rivalin seine Liebe erklärte, was mich, ich gebe es offen zu, sehr eifersüchtig machte.

Ich wußte natürlich, daß Elisabeth sich keinen richtigen Liebhaber nehmen würde, und daß sie, was das betraf, in einer Wunschwelt lebte, die der Wirklichkeit nicht entsprach. Robert gab sich alle Mühe, mich für meine Verärgerung zu entschädigen. Wir wagten, in Gegenwart der Königin Blicke zu tauschen. Oder ich spürte plötzlich die enge Berührung seines Körpers. Dann sprang der Funke des Begehrens über, selbst im Audienzzimmer der Königin. Ich warnte Robert: »Du wirst uns eines Tages verraten.« Und doch freute es mich, daß er so viel aufs Spiel setzte. Er zuckte die Achseln und tat so, als kümmere ihn das nicht. Dabei wußte ich die ganze Zeit über, daß ihm sehr daran gelegen war, trotz seines zur Schau getragenen Wagemuts, unser Geheimnis zu wahren.

Als Neujahrsgabe überreichte ich der Königin ein Halsband aus Bernstein mit Gold und Perlen, und sie zeigte sich entzückt. Dabei bemerkte sie allerdings, ich sehe ein wenig blaß aus, und sie erkundigte sich, ob ich mich von meiner Krankheit erholt hätte.

Robert hatte gemeint, sein Geschenk müsse diesmal besonders verschwenderisch sein, für den Fall, sie habe gefunden, daß seine Aufmerksamkeit ihr gegenüber nachgelassen hätte. So suchte ich mit ihm eine wunderhübsche, mit Rubinen und Diamanten besetzte Uhr aus und ein paar lange Haarnadeln mit Rubin- und Diamantknöpfen. Ich wußte, sie würde diesen Kopfschmuck mit Freuden tragen, weil er ihn ihr geschenkt hatte.

Oft sah ich ihren Blick verliebt darauf ruhen, und wenn sie die Nadeln im Haar trug, fuhr sie zärtlich mit den Fingern über die Edelsteine. Die Uhr hatte sie neben ihr Bett gestellt.

An einem rauhen, kalten Tag im Januar kam Jehan de Simier in London an. Er war ein redegewandter Herr von äußerst gewinnendem Auftreten, womit er die Königin entzückte, zumal er sich von ihrer Schönheit überwältigt zeigte – sie war auch in der Tat eine glänzende Erscheinung, als sie den Franzosen empfing. Sie sagte ihm, wie entzückt sie darüber sei, daß sein Gebieter erneut um sie freie. Sie habe ständig an ihn gedacht, und diesmal, so scheine es, könne nichts ihre Vermählung verhindern.

Sie tanzte mit ihm und spielte ihm, um ihn zu unterhalten, auf dem Virginal vor. Es mußte ihr sehr viel daran gelegen sein, daß er dem Herzog ein vorteilhaftes Bild von ihr vermittelte. Sie sagte, sie sei froh, daß sie dessen Bruder nicht genommen habe, welcher ihr einst als Herzog von Anjou den Hof gemacht hatte. Er war untreu geworden und hatte eine andere geheiratet, sie aber erfreue sich an der Aussicht, sich mit dem teuren ehemaligen Alençon und jetzigen Anjou zu vermählen.

Sie wirkte um wenigstens zehn Jahre jünger. Das Ankleiden dauerte jetzt viel länger. Sie war in allem übertrieben genau, und wenn wir ihr Haar nicht so frisierten, wie sie es wünschte, dann schalt sie uns. Ihr zu dienen bedeutete eine schwere Prüfung, war aber zugleich recht unterhaltsam. Die Königin war zwar nicht gereizt, doch kam es gelegentlich zu Wutausbrüchen, wenn sie der Ansicht war, wir gäben nicht unser Bestes. Dann teilte sie freigebig Püffe und Kniffe aus. Sie setzte mich in Erstaunen – obgleich man ihr wegen ihrer jugendlichen Figur und der auffallend weißen Haut, welche sie sich nach Kräften zu erhalten bemühte, ihr Alter nie angesehen hatte. Doch nun benahm sie sich wie ein junges Mädchen, das zum erstenmal verliebt ist. Aber sie gab sich wieder einmal einer Selbsttäuschung hin, denn sie hatte nicht die Absicht, diesen französischen Prinzen zu ehelichen.

Sie war stets an Simiers Seite und sorgte dafür, daß es ihm an nichts fehlte. Sie stellte ihm eine Menge Fragen über den Herzog. Wie er im Vergleich zu seinem Bruder aussehe, wollte sie wissen.

»Er ist nicht ganz so groß wie sein Bruder«, lautete die Antwort.

»Ich habe gehört, der König von Frankreich sei sehr stattlich und umgebe sich mit jungen Männern, die fast ebenso stattlich sind.«

»Der Herzog von Anjou ist nicht ganz so hübsch wie sein Bruder«, bekam sie zur Antwort.

»Ich halte den König für einen eitlen Müßiggänger.«

Darauf gab Simier keine Antwort, denn er wollte natürlich nicht, daß es hieß, er habe Verrat an seinem König geübt.

»Ist der junge Herzog von Anjou auf diese Verbindung erpicht?« fragte die Königin.

»Er hat geschworen, Eure Majestät zu erringen«, antwortete Simier.

»Es fällt einem nicht leicht, einen Mann zu heiraten, den man noch nie gesehen hat«, sagte sie.

Simier erwiderte eifrig: »Madam, wenn Ihr nur seinen Paß unterzeichnen wollt, so wird er keine Zeit verlieren, zu Euch zu kommen.«

Doch nun zeigten sich ihre wahren Gefühle. Sie erfand immer neue Ausreden, weshalb der Paß nicht unterzeichnet werden konnte.

Robert war belustigt.

»Die französische Hochzeit wird nie zustande kommen«, sagte er.

»Wenn sie ihn nicht heiratet, was tut sie dann, wenn sie von uns erfährt?« fragte ich.

»Das macht keinen Unterschied. Sie kann doch nicht erwarten, daß ich unvermählt bleibe, wenn sie überhaupt nicht zu heiraten beabsichtigt.«

Sie zeigte deutlich, wie gern sie sich von Simier umschmeicheln ließ; sie wünschte von ihrem Freier glühende Briefe zu empfangen; sie behauptete, sie sehne sich nach seinem Anblick – aber der Paß wurde nicht unterzeichnet.

Katharina von Medici, des zukünftigen Bräutigams Mutter, wurde sichtlich unruhig. Gewitzt wie Elisabeth selbst, mußte sie erkennen, daß dieses Heiratsabenteuer enden würde wie alle anderen. Dabei stand außer Zweifel, daß die Königin von England einen prächtigen Siegespreis für ihren Sohn darstellen würde, der sich bisher lediglich dadurch ausgezeichnet hatte, daß er sich eben durch nichts auszeichnete.

Katharina von Medici und der König von Frankreich sandten Robert heimlich einen Brief, und er gab ihn mir zu lesen. Darin schlugen sie vor, wenn der Herzog von Anjou nach England komme, so solle Robert sein Ratgeber sein und ihm helfen, sich in den Gepflogenheiten des Landes zurechtzufinden; sie waren sehr darauf bedacht, Robert zu verstehen zu geben, daß die Heirat seine Stellung keinesfalls gefährden werde.

Robert war vergnügt. Er freute sich, weil dies bedeutete, daß seine Macht sogar in Frankreich anerkannt war.

»Sie wird Anjou nicht nehmen«, sagte er. »Wie ich höre, ist er eine häßliche kleine Kreatur.«

»Und sie hat sich stets nur zu gutaussehenden Männern hingezogen gefühlt«, fügte ich hinzu.

»Das stimmt«, erwiderte Robert. »Ein wohlgebildetes Gesicht erweckt sofort ihre Neugier. Ich warne sie fortwährend, mit dem Franzosen noch weiter zu tändeln. Wie du siehst, hat sie ihm seinen Paß nicht bewilligt, genau wie ich ihr geraten habe.«

»Was sagt sie denn, wenn du mit ihr allein bist?« fragte ich. »Wie erklärt sie ihr gefallsüchtiges Benehmen dem französischen Prinzen gegenüber?«

»Ach, so ist sie immer gewesen. Wenn ich an ihm herummäkle, behauptet sie, ich sei eifersüchtig, und das gefällt ihr natürlich.«

»Ich frage mich schon lange, wie sie bei all ihrer Klugheit so erfolgreich die Närrin spielen kann.«

»Du darfst dich nicht von ihr täuschen lassen, Lettice. Ich denke zuweilen, daß sie bei allem, was sie tut, einen Hintergedanken hat. Sie erhält England und Frankreich den Frieden, weil sie den Anschein erweckt, es könne zu einer Heirat zwischen ihr und Anjou kommen. Ich habe Ähnliches oft mit ihr erlebt. Sie glaubt fest an den Frieden, und wer darf behaupten, daß sie nicht recht hat? England ist aufgeblüht, seit sie den Thron bestiegen hat.«

»Dann dürfte sie jetzt auch nicht zornig werden, wenn du ihr dein Bekenntnis ablegst.«

»Im Gegenteil! Ihr Zorn wäre fürchterlich.«

»Aber wieso denn? Sie überlegt doch selbst, ob sie diesen französischen Prinzen heiraten soll.«

»Frag sie nicht, warum. Sie würde rasend. Sie darf heiraten, ich aber nicht. Ich habe auf Lebenszeit ihr ergebener Sklave zu sein.«

»Früher oder später wird sie ihren Irrtum erkennen.«

»Der Gedanke daran macht mich zittern.«

»Du und zittern! Du bist immer mit ihr zurechtgekommen.«

»Ich habe ihr noch nie mit einer solchen Nachricht gegenübertreten müssen.«

Ich schob meinen Arm unter den seinen. »Es wird dir sicher gelingen, Robert. Keine Frau kann doch deinem Zauber widerstehen.«

Vielleicht verstand er die Königin jedoch nicht ganz so gut, wie er glaubte.

Es war unmöglich, meine Vermählung vor meinen Töchtern geheimzuhalten.

Penelope war ein lebhaftes Geschöpf und glich mir so sehr, daß jedermann die Ähnlichkeit sofort auffiel, und viele erklärten sogar – und da mir falsche Bescheidenheit zuwider ist, darf ich sagen, daß sie recht hatten –, wir sähen wie Schwestern aus. Dorothy war stiller, aber auf ihre Art nicht weniger anziehend. Sie waren beide in einem Alter, da alles, was um sie herum vorging, ihre Anteilnahme weckte, zumal, wenn ein Mann daran beteiligt war.

Der Graf von Leicester war ein häufiger Gast in unserem Hause, und als sie merkten, daß er heimlich kam und ging, fanden sie das sehr aufregend.

Als Penelope mich fragte, ob ich mit dem Grafen von Leicester eine Liebesaffaire hätte, sagte ich ihr die Wahrheit, weil ich das für die beste Antwort hielt.

Die Mädchen waren erregt und begeistert.

»Aber er ist doch der aufregendste Mann bei Hofe!« rief Penelope aus.

»Nun, warum sollte ihn das daran hindern, mich zu heiraten?«

»Ich habe sagen hören, daß keine Dame bei Hofe es an Schönheit mit Euch aufnehmen kann«, sagte Dorothy.

»Vielleicht hat man das nur gesagt, weil man wußte, daß du meine Tochter bist.«

»O nein, es ist wahr. Ihr seht so jung aus, obwohl Ihr unsere Mutter seid. Und außerdem: Wenn Ihr auch schon ziemlich alt seid, der Graf von Leicester ist noch älter.«

Ich widersprach lachend: »Ich bin nicht alt, Dorothy. Wie alt man ist, hängt von der geistigen Einstellung ab, und da bin ich nicht älter als ihr. Ich habe beschlossen, niemals alt zu werden.«

»So werde ich es auch halten«, versicherte mir Penelope. »Mutter, erzählt uns von unserem Stiefvater.«

»Was gibt es da schon zu erzählen? Ihr wißt ja, er ist der aufregendste Mann der Welt. Ich war schon lange entschlossen, ihn zu heiraten. Und jetzt habe ich es getan.«

Dorothy sah ein wenig ängstlich drein. Augenscheinlich machten heutzutage Gerüchte nicht einmal vor den Schulzimmern halt, dachte ich und fragte mich besorgt, ob sie wohl von dem Skandal um Douglass Sheffield gehört haben mochten.

»Die Ehe ist nach dem Gesetz geschlossen«, sagte ich. »Euer Großvater war dabei. Das sagt wohl genug.«

Dorothy schien erleichtert, und ich zog sie an mich und küßte sie auf die Wange.

»Nur keine Angst, mein liebes Kind. Alles wird gut. Robert und ich haben viel über euch Mädchen gesprochen. Er wird dafür sorgen, daß ihr glänzend verheiratet werdet.«

Sie hörten mit leuchtenden Augen zu, als ich ihnen erklärte, daß es sich nunmehr, da Robert ihr Stiefvater war, die angesehensten Familien des Landes als Ehre anrechnen würden, mit ihm verwandt zu werden.

»Und ihr, meine Töchter, seid nun ebenfalls mit ihm verwandt, da er euer Stiefvater ist. Jetzt fängt euer Leben an. Doch ihr müßt daran denken, daß unsere Heirat vorläufig noch ein Geheimnis ist.«

»O ja«, rief Penelope. »Die Königin liebt ihn und könnte es nicht ertragen, wenn er eine andere heiratet.«

»Das ist wahr«, stimmte ich zu. »Also denkt daran und laßt kein Sterbenswörtchen verlauten.«

Die Mädchen nickten bekräftigend; sie waren von all dem sichtlich entzückt.

Ich fragte mich, ob wir weiterhin eine Verbindung zwischen Roberts Neffen Philip Sidney und Penelope anstreben sollten. Walter und ich hatten sie für vorteilhaft gehalten, doch noch bevor ich dazu kam, diese Angelegenheit mit Robert zu besprechen, erhielt ich von ihm eine Botschaft des Inhalts, daß er den Hof verlassen habe und nach Wanstead aufgebrochen sei, und er wünsche, daß ich mich unverzüglich zu ihm begebe.

Es war lediglich ein Weg von sechs Meilen, daher machte ich mich sogleich auf, neugierig, was ihn veranlaßt haben mochte, den Hof so plötzlich zu verlassen.

Robert war aufs äußerste gereizt. Er eröffnete mir, daß die Königin entgegen seinem Ratschlag Simier den Paß gewährt habe, den dieser so ungestüm begehrt hatte.

»Das bedeutet, daß Anjou nun herkommen wird«, sagte er.

»Aber sie hat vorher noch nie einen ihrer Bewerber zu Gesicht bekommen ... mit Ausnahme Philips von Spanien, falls man ihn überhaupt als Freier bezeichnen kann, weil er nie um sie geworben hat.«

»Ich verstehe das einfach nicht. Ich weiß nur, daß sie mich absichtlich lächerlich macht. Ich habe ihr wieder und wieder gesagt, welch eine Torheit es bedeutet, ihn herkommen zu lassen. Wenn sie ihn zurückschickt, so wird das in Frankreich böses Blut machen. Solange sie nur brieflich eine Verbindung in Betracht zu ziehen scheint und mit ihm tändelt, ist das etwas anderes – obgleich ebenfalls gefährlich, wie ich ihr wiederholt bedeutet habe. Aber ihn herkommen zu lassen ... das ist heller Wahnsinn.«

»Was kann sie denn dazu veranlaßt haben?«

»Sie scheint den Verstand verloren zu haben. Schon einmal hat der Gedanke an eine Heirat eine solche Wirkung auf sie ausgeübt, aber so weit wie diesmal ist sie noch nie gegangen.«

Ich wußte, woran Robert dachte, und vielleicht hatte er recht. Er war der Mann, den sie liebte, und falls sie eine dunkle Ahnung hatte, daß er mit einer anderen verheiratet war, so würde sie weiß Gott wütend sein.

Jener Ausbruch, daß sie sich nicht erniedrige, indem sie einen Diener ehelichte, den sie selbst erhoben habe, konnte recht wohl das äußere Zeichen für eine innerliche Verwundung bedeuten. Sie wollte Robert ganz und ausschließlich für sich allein. Sie selbst durfte kokettieren und scherzen, aber er mußte wissen, daß es ihr nie ernst damit war. Er war der Mann ihres Lebens. Robert fragte sich, ob sie wohl Gerüchte über uns vernommen habe, denn es wurde zunehmend schwieriger, unser Geheimnis zu bewahren.

»Als ich erfuhr, was sie getan hat«, berichtete er, »bin ich zu ihr gegangen. Vor ihren Kammerfrauen verlangte sie zu wissen, wie ich es wagen könne, zu ihr zu kommen, ohne zuvor um Erlaubnis ersucht zu haben. Ich erinnerte sie, daß ich dies häufig ungerügt getan hatte. Sie riet mir, mich in acht zu nehmen. Sie war in einer merkwürdigen Stimmung. Ich sagte, ich würde mich vom Hofe zurückziehen, da sie dies offenbar wünsche, worauf sie erwiderte, wenn sie es wünschte, so hätte sie nicht gezögert, es auszusprechen, aber da ich es nun vorgeschlagen hätte, halte sie es für eine gute Idee. Also verbeugte ich mich und war schon im Begriff, mich zurückzuziehen, als sie fragte, warum ich so unmanierlich in ihre Gemächer gestürmt sei. Ich gab ihr zu verstehen, daß ich nicht vor ihren Dienerinnen zu sprechen wünschte, worauf sie diese entließ.

Nun sagte ich: ›Madam, ich halte es für einen Fehler, den Franzosen herkommen zu lassen.‹

›Warum?‹ rief sie. ›Erwartet Ihr von mir, daß ich einen Mann heirate, den ich noch nie gesehen habe?‹

Ich erwiderte: ›Nein, Madam, ich hoffe und bete inständig, daß Ihr keinen Ausländer heiraten werdet.‹

Darauf lachte sie und stieß wüste Flüche aus. Sie sagte, das verstehe sie gut, denn ich hätte immer hohe Ansprüche gehabt. Ich hätte mir eingebildet, nur weil sie mir ihre Gunst bewiesen habe, könnte ich die Krone mit ihr teilen.

Ich bezwang mich und habe geantwortet, niemand sei so töricht zu hoffen, die Krone mit ihr teilen zu können. Alles, was ein Mann wünschen könne, sei ihr zu dienen, und falls er zugleich ihr Vertrauen genieße, so dürfe er sich glücklich schätzen.

Darauf beschuldigte sie mich, ich tue alles, um Simier das Leben schwerzumachen, und er habe sich bei ihr über mangelnde Freundlichkeit meinerseits beklagt. Ich sei zu aufgeblasen und habe wohl angenommen, daß ich für sie von besonderer Bedeutung sei. Von dieser Vorstellung müsse ich nun Abschied nehmen, denn sie bezweifle, daß ihr Gemahl dergleichen dulden werde. Daraufhin bat ich sie, den Hof verlassen zu dürfen.

Sie schrie mich an: ›Das sei Euch gewährt. Geht, und bleibt fort. Mylord Leicester hat in letzter Zeit an Unserem Hofe ein wenig zuviel Stolz und Ruhm genossen.‹

Und jetzt bin ich also in Wanstead.«

»Glaubst du wirklich, daß es zur Hochzeit mit diesem Franzosen kommen wird?«

»Ich kann es mir nicht vorstellen. Es ist zu haarsträubend. Sie wird niemals einen Erben bekommen, und was sollte es sonst für einen Grund zur Vermählung geben? Er ist dreiundzwanzig, und sie ist sechsundvierzig. Das kann sie einfach nicht im Ernst wollen.«

»Ich möchte wetten, sie merkt, daß dies die letzte Gelegenheit ist, ihr

Spielchen mit einem Bewerber zu treiben. Das ist des Rätsels Lösung.«

Er schüttelte den Kopf, und ich fuhr fort: »Da sie dir nun ihre Gunst entzogen hat, ist vielleicht jetzt der rechte Augenblick, unsere Vermählung öffentlich bekanntzugeben. Sie hat dich immerhin verschmäht. Warum solltest du da nicht anderswo Trost suchen?«

»Das könnte in ihrer gegenwärtigen Stimmung äußerst verhängnisvoll sein. Nein, Lettice. Gott steh uns bei, wir müssen noch ein Weilchen warten.«

Er war so wütend auf die Königin, daß ich beschloß, die Angelegenheit auf sich beruhen zu lassen. Er sprach ausführlich davon, was der Verlust der königlichen Huld für uns bedeuten konnte, als hätte es für mich einer Erklärung bedurft, welch verheerende Folgen sich daraus ergeben konnten. Gegen einen Mann, der solche Vergünstigungen genoß, hatte sich natürlich auch viel Erbitterung angesammelt. Neid regierte die Welt, und Elisabeths Hof bildete da keine Ausnahme. Robert war einer der reichsten und mächtigsten Männer im Lande – durch die Schenkungen der Königin. Er besaß das glanzvolle Leicester House am Strand, das unvergleichliche Kenilworth, dazu Wanstead sowie Ländereien im Norden, im Süden und in Mittelengland, die ihm beträchtliche Einkünfte verschafften. Die Menschen kamen zu ihm, wenn sie einen Fürsprecher bei der Königin brauchten. Es war überall bekannt, daß es Zeiten gegeben hatte, da sie ihm nichts abschlagen konnte, was er erbat; überdies wünschte sie in ihrer herzlichen Zuneigung, daß alle Welt wußte, wie sehr ihr an ihm gelegen war.

Doch sie war eine Despotin. Die Ähnlichkeit mit ihrem königlichen Vater wurde häufig offenbar. Wie oft hatte Heinrich einen Untertan gewarnt: »Ich habe Euch erhoben. Ich kann Euch ebenso leicht wieder fallen lassen.« Ihre Eitelkeit war ungeheuer, und wurde sie verletzt, so war dies unverzeihlich.

Ja, Robert hatte recht. Wir mußten behutsam vorgehen.

Den ganzen Tag, bis spät in die Nacht hinein, sprachen wir über unsere Zukunft, und obgleich Robert nicht glauben konnte, daß Elisabeth den Herzog von Anjou heiraten würde, selbst wenn sie ihn nach England kommen ließ, so war ihm doch nicht wohl zumute.

Am nächsten Tag kam ein Befehl der Königin: Robert solle unverzüglich an den Hof zurückkehren.

Wir unterhielten uns darüber.

»Das gefällt mir nicht«, sagte Robert. »Ich fürchte, wenn ich demutsvoll zurückkehre, wird sie mir zeigen wollen, wie sehr ich von ihr abhänge. Ich werde nicht gehen.«

»Das ist Ungehorsam gegen die Königin!«

»Ich werde die Taktik anwenden, deren sie sich in ihrer Jugend so erfolgreich bedient hat: Ich werde mich krank stellen.«

Also rüstete sich Robert scheinbar zum Aufbruch. Doch bevor es so weit war, klagte er über Schmerzen in den Beinen und sagte, daß sie stark geschwollen seien. Seine Ärzte hatten ihm geraten, in solchen Fällen das Bett zu hüten. Also legte er sich zu Bett und sandte der Königin eine Botschaft, daß er ihren Befehl zwar erhalten habe, sie jedoch für ein paar Wochen um Nachsicht bitte, da er zu krank sei, um zu reisen und in Wanstead das Bett hüten müsse.

Es schien ratsam, daß er in seinen Gemächern blieb, denn wir mußten uns vorsehen, daß unsere Widersacher dem Hofe keine Nachrichten zutrugen; und wie sollten wir wissen, wer uns freundlich gesinnt war?

Ich war gottlob im Hause, als das Nahen von Reitern gemeldet wurde. Die königliche Standarte flatterte im Winde und verkündete die Ankunft der Königin. Ich erkannte mit Schrecken, daß sie den Kranken in Wanstead besuchen wollte.

Es blieb gerade noch Zeit, dafür zu sorgen, daß Robert bleich im Bette lag und alles zu entfernen, was darauf hätte hindeuten können, daß eine Frau das Schlafgemach mit ihm teilte.

Dann erschallten die Trompeten. Die Königin war auf Wanstead angekommen.

Ich vernahm ihre Stimme. Sie verlangte, unverzüglich zum Grafen geführt zu werden. Sie wolle sich persönlich von seinem Zustand überzeugen, denn sie habe seinetwegen viele Ängste ausgestanden.

Ich hatte mich in einem der kleineren Zimmer eingeschlossen und lauschte angestrengt auf die Vorgänge im Hause, beunruhigt über den Zweck des Besuches und verärgert, weil ich, die Herrin des Hauses, mich nicht zu zeigen wagte.

Ich hatte ein paar Dienerinnen, denen ich trauen zu können glaubte, und eine berichtete mir, was vorging.

Die Königin befand sich bei dem Grafen von Leicester und zeigte sich wegen seiner Krankheit sehr besorgt. Sie wollte die Pflege ihres teuren Freundes niemandem anvertrauen, sondern selbst im Krankenzimmer bleiben. Das Gemach, das man für sie in Wanstead eingerichtet hatte, sollte für sie bereitgehalten werden, falls sie es benötigte.

Ich war verzagt. So handelte es sich also nicht um einen kurzen Besuch.

Welch eine Lage! Da befand ich mich nun in meinem eigenen Heim und schien doch nicht das Recht zu haben, mich dort aufzuhalten.

Bedienstete hasteten treppauf, treppab zum Krankenzimmer. Ich konnte hören, wie die Königin Befehle erteilte. Robert brauchte keine Krankheit vorzuschützen; ihm war gewiß elend vor Besorgnis, was mit mir geschah und ob meine Anwesenheit nicht entdeckt werden würde.

Ich dankte Gott dafür, daß Robert so mächtig war und viele ihn fürchteten. So wie die Königin ihn vernichten konnte, konnte er an denen Rache üben, die ihm mißfielen. Zudem stand er in dem Ruf, verbrecherische Taten begangen zu haben. Die Leute hatten Amy Robsart und die Grafen Sheffield und Essex noch nicht vergessen. Man flüsterte, die Feinde des Grafen von Leicester täten besser daran, nicht an seiner Tafel zu speisen.

So hatte ich denn keine allzu große Angst vor Verrat.

Dennoch gab es eine Schwierigkeit: Verließ ich das Haus und wurde dabei gesehen, so gäbe es gewiß ein Unwetter. War ich aber sicher, wenn ich mich weiterhin in einem Zimmer versteckte?

Ich entschied mich dennoch für das Versteck und hoffte, daß Elisabeths Aufenthalt von kurzer Dauer sein möge. Heute muß ich oft lachen, wenn ich an jene Zeit zurückdenke, doch damals war mir keineswegs zum Lachen zumute. Man brachte mir heimlich das Essen herauf. Ich konnte keinen Schritt aus dem Zimmer machen. Die Dienerin, der ich vertraute, mußte ständig Wache halten.

Elisabeth blieb zwei Tage und zwei Nächte auf Wanstead. Doch erst als ich vom Fenster eines kleinen Dachzimmers aus die Kavalkade hatte verschwinden sehen, wagte ich mich aus meinem Versteck hervor.

Robert lag noch zu Bett. Er war bester Laune. Die Königin war besorgt gewesen; sie hatte darauf bestanden, ihn eigenhändig zu pflegen und ihn gescholten, weil er nicht besser auf seine Gesundheit geachtet hatte. Damit hatte sie deutlich genug gezeigt, daß sie nach wie vor in ihn vernarrt war.

Er war sich sicher, daß sie den Franzosen nicht heiraten würde, und daß seine eigene Stellung bei Hofe unverändert blieb.

Ich wies ihn darauf hin, daß sie sehr erzürnt sein könnte, wenn sie erführe, daß er geheiratet hatte, während doch sie ihm in unverbrüchlicher Zuneigung verbunden schien. Aber Robert war so erfreut darüber, wieder in ihrer Gunst zu stehen, daß er einfach nichts Unangenehmes hören wollte.

Wir lachten über das Ereignis, nun, da die Gefahr vorüber war! Doch noch war unser Geheimnis nicht enthüllt. Eines Tages würde Elisabeth von unserer Heirat erfahren müssen.

Robert befand sich noch in Wanstead, als wir von einem Vorfall erfuhren, welcher die Königin hätte das Leben kosten können.

Simier hatte sie anscheinend zu ihrem Boot begleitet, als ein Wächter einen Schuß abfeuerte. Der Bootsmann der Königin, der nur ein paar Schritt von ihr entfernt stand, wurde an beiden Armen verletzt und sank blutend zu Boden.

Der Mann, der geschossen hatte, wurde auf der Stelle ergriffen, und die Königin wandte sich dem Bootsmann zu, der zu ihren Füßen lag.

Als sie sich vergewissert hatte, daß die Wunde nicht lebensgefährlich war, nahm sie ihre Schärpe ab und bat die Leute, die sich um den Bootsmann kümmerten, ihn zu verbinden und das Blut zu stillen. Dann beugte sie sich über ihn und redete ihm zu, er möge guten Mutes sein, denn ihm und seiner Familie solle es an nichts fehlen. Die Kugel hatte ihr gegolten, dessen war sie sicher.

Der Mann, welcher den Schuß abgefeuert hatte – ein gewisser Thomas Appletree –, wurde fortgezerrt, und die Königin begab sich, mit Monsieur de Simier plaudernd, zu ihrem Boot.

Im ganzen Lande wurde über den Vorfall geredet. Als Thomas Appletree vor Gericht gestellt wurde, behauptete er, es sei nicht seine Absicht gewesen, zu schießen, die Waffe sei vielmehr zufällig losgegangen.

Die Königin, die ihren einfachen Untertanen immer gnädig gesinnt war, hörte selbst an, was der Mann vorzubringen hatte, und erklärte dann, sie sei von seiner Redlichkeit überzeugt und glaube, daß er die Wahrheit gesprochen habe. Er sank auf die Knie, und mit Tränen in den Augen versicherte er ihr, er habe stets nur einen Wunsch gekannt, nämlich den, ihr zu dienen.

»Ich glaube ihm«, rief sie. »Es war ein Zufall. Ich werde deinen Herrn anweisen, mein wackrer Thomas, daß er dich wieder in seine Dienste nimmt.«

Dann gebot sie, daß man den Mann, der angeschossen worden war, sorgfältig pflegen solle. Als sich herausstellte, daß die Wunde gut heilte, schien der ganze Vorfall vergessen.

Doch dem war keineswegs so. Viele wußten, daß der Graf von Leicester mit der Königin wegen der Ausstellung des Passes für den Herzog von Anjou gestritten hatte. Simier klagte, Leicester habe alles darangesetzt, um seinen Auftrag scheitern zu lassen, und da Roberts Ruf nicht der beste war, wurde bald gemunkelt, er habe den Wächter dazu veranlaßt, Simier zu erschießen.

Simier selbst war ebenfalls davon überzeugt und zur Rache entschlossen. Wie er sich zu rächen wußte, merkten wir, als der Graf von Sussex zu Pferde in Wanstead erschien.

Thomas Radcliffe, der dritte Graf von Sussex, konnte nicht eben als Freund von Robert bezeichnet werden, vielmehr war er ein hitziger Nebenbuhler. Robert wußte recht wohl, daß Sussex sich über die Gunstbezeigungen beklagte, mit denen die Königin ihren Favoriten überhäuft hatte. Sussex war ehrgeizig wie alle Männer in der nächsten Umgebung der Königin, doch pflegte er sich zu rühmen, er wolle nichts weiter als ihr dienen. Dies tat er denn auch mit allem Nachdruck, selbst wenn er bei ihr Anstoß erregte. Seine Vorstellungskraft war so gering wie seine Reize, und er gehörte gewiß nicht zu Elisabeths Lieblingen. Doch schätzte sie seine Ehrlichkeit, wie sie Burleighs Klugheit schätzte, und wenn sie auch schalt und ihren Zorn an ihnen ausließ, so hörte sie doch auf sie und befolgte oft ihren Rat. Sie hätte auf keinen von beiden je verzichten mögen.

Sussex blickte düster und nicht ohne eine gewisse Selbstzufriedenheit. Er brachte uns nämlich die Nachricht, Simier, wegen Leicesters vermeintlichem Anschlag auf sein Leben aufgebracht, habe der Königin erzählt, was bisher, obwohl es schon so viele Leute gewußt hatten, vor ihr geheimgehalten worden war –, daß Robert und ich verheiratet seien.

Robert bat mich, bei der Unterredung zugegen zu sein, denn es gab nun keinen Grund mehr, meine Anwesenheit zu verbergen.

»Ihr befindet Euch in argen Schwierigkeiten, Leicester«, sagte Sussex. »Kein Wunder, wenn Ihr bestürzt seid. Nie habe ich die Königin so erzürnt gesehen.«

»Was hat sie gesagt?« fragte Robert ruhig.

»Zuerst wollte sie es nicht glauben. Sie schrie, das sei eine Lüge. Sie sagte immer wieder, ›Das würde Robert niemals tun. Das würde er nicht wagen.‹ Dann nannte sie Euch einen Verräter und sagte, Ihr hättet sie hintergangen.«

Robert widersprach: »Sie hat mich verschmäht. Sie hat vor, zu heiraten. Warum sollte meine Vermählung für sie von solcher Wichtigkeit sein?«

»Sie war keinen Vernunftgründen zugänglich. Sie wiederholte ständig, sie wolle Euch in den Tower schicken. Sie sagte, Ihr könntet im Tower vermodern, und sie sei froh darüber.«

»Sie ist krank«, sagte Robert. »Nur eine kranke Frau kann sich so aufführen. Sie hat mich ja auch der Königin von Schottland angeboten und wäre damit einverstanden gewesen, daß ich Prinzessin Cäcilia geehelicht hätte.«

»Mylord Leicester, es heißt, sie hätte nie zugelassen, daß es zu einer derartigen Hochzeit gekommen wäre, und wenn, dann hätte es sich um eine politische Eheschließung gehandelt. Ihr Zorn steigerte sich, als sie vernahm, wen Ihr geheiratet hattet.« Um Entschuldigung bittend wandte er sich mir zu. »Madam, ich möchte Eure Ohren nicht mit der Wiedergabe der Ausdrücke beleidigen, mit welchen die Königin Euch bedachte. Es scheint wahrhaftig so, als richte ihr Zorn sich weit heftiger gegen Euch als gegen den Grafen.«

Das konnte ich mir vorstellen. Gewiß wußte sie von unserer leidenschaftlichen Beziehung. Ich hatte mich also nicht getäuscht, wenn ich geglaubt hatte, sie beobachte mich genau. Sie hatte gemerkt, daß ich die Macht besaß, Männer anzuziehen, und diese Gabe fehlte ihr trotz des königlichen Glanzes. Sie würde sich ausmalen, wie Robert und ich zusammen waren, und sie würde wissen, daß wir etwas erlebten, was sie niemals würde genießen können, da sie gänzlich anders veranlagt war. Und deswegen haßte sie mich.

»Nein, noch nie habe ich die Königin so sehr erzürnt gesehen«, fuhr Sussex fort. »Ich hatte wahrhaftig das Gefühl, sie sei dem Wahnsinn nahe. Sie erklärte fortwährend, sie werde dafür sorgen, daß Ihr Eure Tat bereut – alle beide. Euch, Leicester, wollte sie tatsächlich in den Tower werfen. Nur mit größter Mühe gelang es mir, sie davon abzuhalten, den Befehl dafür zu erteilen.«

»Dann muß ich Euch dafür danken, Sussex.«

Sussex sah Robert angewidert an. »Ich erkannte sogleich, daß die Königin sich mit einem solchen Befehl selbst schaden würde. Sie hätte sich von ihren Gefühlen überrumpeln lassen, und dabei wäre ihr gesunder Menschenverstand zu Schaden gekommen. Ich wies sie darauf hin, daß es schließlich kein Verbrechen sei, in den achtbaren Stand der Ehe zu treten. Wenn sie ihre Untertanen merken ließ, wie erzürnt sie darüber war, so würde man das gegen sie auslegen, und das könne ihr zum Nachteil gereichen. So ließ sie sich denn allmählich erweichen, aber sie betonte ausdrücklich, daß sie Euch nicht zu sehen wünschte und daß Ihr ihr ja nicht unter die Augen kommen sollt. Ihr habt Euch zur Burg Mireflore im Greenwich Park zu begeben und dort zu bleiben. Sie hat nicht gesagt, daß Ihr unter Bewachung gestellt werdet, habt Euch aber als Gefangener zu betrachten.«

»Und soll ich meinen Gatten begleiten?« fragte ich.

»Nein, Madam. Er muß allein gehen.«

»Und hat die Königin keine Anweisungen für mich gegeben?«

»Sie sagte, sie wolle Euch nie mehr sehen, und Euer Name darf nie wieder erwähnt werden. Ich kann Euch nicht verschweigen, Madam, sobald Euer Name fällt, ergreift sie ein solcher Zorn, daß sie Euch, wäret Ihr dort, geradewegs auf den Block zu schicken imstande wäre.«

So war es also zum Schlimmsten gekommen. Und nun mußten wir mit den Folgen fertigwerden.

Robert befolgte unverzüglich den Befehl der Königin und begab sich nach Mireflore. Ich kehrte zu meiner Familie nach Durham House zurück.

Es war offensichtlich, daß wir in Ungnade gefallen waren. Die Königin lenkte allerdings nach ein paar Tagen ein wenig ein und ließ Robert mitteilen, er dürfe Mireflore verlassen und nach Wanstead zurückkehren. Auch ich begab mich dorthin.

Lady Mary Sidney stattete uns auf ihrem Wege nach Penshurst einen Besuch ab. Sie glaubte, nicht mehr am Hof bleiben zu können, da die Königin ihren Bruder Robert und insbesondere mich so heftig schmähte, daß es ihr Pein bereitete. Als sie der Königin gegenüber äußerte, sie wisse, daß die Familie Dudley nun nicht mehr in ihrer Gunst stehe und die Bitte äußerte, sich aufs Land zurückziehen zu dürfen, wurde ihr dies gewährt. Elisabeth hatte gesagt, ihr sei ausgerechnet von jenem Mitglied dieser Familie, das sie mit besonderer Huld behandelt habe, so übel mitgespielt worden, daß sie lieber nicht an ihn erinnert werden wolle. Nie werde sie vergessen, was Lady Mary für sie getan habe, doch sei sie bereit, ihr zu gestatten, sich für eine Weile nach Penshurst zurückzuziehen.

Wir saßen friedlich mit Lady Mary zusammen und sprachen über die Zukunft. Ich war schwanger und wünschte mir so sehr einen Sohn, daß ich diesen Sturm über mich hinbrausen lassen konnte. Ich war mir durchaus bewußt, daß ich niemals wieder bei Hofe willkommen sein und die Königin ihr Leben lang meine Feindin bleiben würde. Was sie auch tat – selbst wenn sie den Herzog von Anjou ehelichte, was sie, wovon ich überzeugt war, niemals tun würde –: Nie würde sie vergessen, daß ich ihr den Mann, den sie liebte, weggenommen hatte, und nie würde sie mir verzeihen, daß ich ihn so sehr an mich zu fesseln gewußt hatte. Sogar seine Zukunft hatte er durch die Heirat mit mir aufs Spiel gesetzt. Und wenn sie ihre Reize auch weit überschätzte, so wußte sie doch sehr genau, daß ich die Auserwählte gewesen wäre, hätte Robert sich zwischen uns entscheiden müssen. Und da sie dies wußte, würde sie mich für alle Zeiten hassen.

Aber ich hatte Robert geheiratet, ich trug sein Kind, und so konnte es mir gleichgültig sein, was die Königin über mich dachte.

Lady Mary meinte, nun sei es vorbei mit der Gunst der Königin, und Elisabeth werde wohl aus lauter Groll den Herzog von Anjou heiraten.

Ich war anderer Meinung, denn ich kannte Elisabeth genau. Vermutlich verstand ich sie deshalb so gut, weil wir Nebenbuhlerinnen waren. Sah man nur das Äußere, dann war sie oftmals nichts weiter als eine unbeherrschte, unvernünftige Frau, darunter aber war sie hart wie Stahl. Ich glaubte nicht, daß sie jemals etwas unternahm, was sie für politisch unklug hielt. Gewiß, sie hatte den Paß unterschrieben, der Anjou nach England bringen würde. Doch das Volk war gegen eine Verbindung mit dem Franzosen. Der einzige Grund für eine Heirat wäre, dem Land einen Erben zu schenken, doch war dies bei ihrem Alter mehr als ungewiß. Überdies würde sie sich lächerlich machen, wenn sie solch einen Knaben heiratete. Weil sie jedoch das Vergnügen, umworben zu sein, genieße und sich in der Vorstellung gefallen wollte, daß auch sie zur Ehe begehrt werde, vielleicht auch, weil Robert sie durch seine Heirat tief verletzt hatte, würde sie diese Farce fortsetzen.

Handelte so eine Frau von Verstand? Kaum. Und doch war stets die eiserne Hand der scharfsinnigen Herrscherin zu spüren, jener Frau, welche die klügsten Köpfe ihres Reiches dazu brachte, sich ihr zu beugen und all ihre Gaben in den Dienst der Königin zu stellen.

Nie mehr bei Hofe erscheinen zu dürfen – in meinem Leben würde etwas fehlen. Doch zwischen der Königin und mir würde immer eine Bindung bestehen – und der Haß verstärkte sie vielleicht noch. Jedenfalls hatte ich ihr bewiesen, wieviel ich wert war. Und den größten Sieg hatte ich errungen, als ich Leicester so umgarnt hatte, daß er bereit war, ihrer zu spotten, indem er mich heiratete. Nichts hätte deutlicher zeigen können, wie es um die Beziehung zwischen uns dreien stand. Und das mußte ihr zum Bewußtsein gekommen sein. Ich hatte zweifellos bewiesen, daß ich in unserem Dreiecksverhältnis nicht die unbedeutende Dritte war.

Mary reiste nach Penshurst weiter. Bald darauf erhielt Robert einen Befehl der Königin; er hatte sich sogleich zu ihr zu begeben.

Voll düsterer Vorahnungen brach er auf. Er kehrte bald nach Wanstead zurück, recht verwirrt.

Sie hatte ihn wüst beschimpft, einen Verräter und undankbaren Menschen geheißen und alles aufgezählt, was sie für ihn getan hatte. Dann hatte sie ihn daran erinnert, daß sie ihn erhoben habe, ihn aber ebenso leicht vernichten könne.

Er hatte ihr entgegengehalten, daß sie ihm jahrelang deutlich zu verstehen gegeben habe, sie wolle ihn nicht zum Manne. Er sei jedoch der Meinung, daß er ein Recht auf eine Familie habe und auf Söhne, die sein Geschlecht fortsetzten. Er sei bereit, seiner Königin mit seinem Leben zu dienen, hatte er gesagt, doch habe er geglaubt, er dürfe die Freuden des Familienlebens genießen, da er der Königin und seinem Vaterland dennoch mit allen Kräften zur Verfügung stehen würde.

Sie hatte mit finsterer Miene zugehört und ihm dann empfohlen, er möge auf der Hut sein. »Ich sage Euch, Robert Dudley«, hatte sie geschrien, »Ihr habt eine Wölfin geehelicht, und das werdet Ihr schon noch entdecken, und Ihr werdet einen hohen Preis dafür bezahlen.«

So wurde ich denn die Wölfin. Es war eine ihrer Gewohnheiten, den Menschen ihrer Umgebung Spitznamen zu verleihen. Robert war stets ihr Augapfel gewesen, Burleigh ihr Geist und Hatton ihr Hammel. Ich würde nun zeitlebens die Wölfin bleiben – sie sah in mir ein wildes Tier, immer auf der Suche nach Opfern, um meine heftige Leidenschaft zu befriedigen.

Der Froschkönig

Wie wird es die Herzen Eures Volkes mit Bitterkeit, wenn nicht mit Widerspruch erfüllen, wenn es sieht, daß Ihr einen Gemahl nehmt, der Franzose ist und Papist und für das einfache Volk der Sohn der Isebel unseres Jahrhunderts – und wenn man erfährt, daß sein Bruder die eigene Schwester auf dem Altar einer Ehe geopfert hat, damit er weniger Mühe hatte, unter unseren Glaubensbrüdern ein Blutbad anzurichten. Solange er nur der Bruder des französischen Königs ist und dem Bekenntnis nach ein Papist, kann oder will er Euch nicht wirksam beschützen. Sollte er jedoch König werden, so wird seine Verteidigung dem Schilde des Ajax gleichen, welcher jenen, der ihn trägt, zu Boden drückt, anstatt ihm Schutz zu gewähren.

Philip Sidney

... England wird durch eine weitere Heirat mit einem Franzosen gleichsam verschlungen werden, wenn der Herr das Verderben nicht abwendet, indem er den Geist Ihrer Majestät erleuchtet, damit sie die Sünde erkennt und weiß, daß die Strafe auf dem Fuß folgen wird.

John Stubbs

Meine Familie war von neuem Ungemach heimgesucht worden. Zwischen Philip Sidney und Penelope hatte das stillschweigende Übereinkommen bestanden, daß sie heiraten wollten. Walter hatte eine solche Verbindung innig gewünscht und noch auf seinem Sterbebett in Dublin davon gesprochen.

Philip Sidney war ein ungewöhnlicher Mann. Er wirkte geradezu vergeistigt und schien keineswegs auf die Ehe erpicht, und wohl aus diesem Grunde zog sich die Verlobung so lange hin.

Francis Hastings, der Graf von Huntingdon, der zum Vormund meiner Töchter bestellt worden war, suchte mich auf. Huntingdon war ein einflußreicher Mann, hauptsächlich deswegen, weil er mütterlicherseits von königlicher Abkunft war. Ein Vorfahr seiner Mutter, der

Herzog von Clarence, war nämlich der Bruder Edwards IV. gewesen. Daher besaß Huntingdon einen Anspruch auf den Thron; er behauptete, er komme in der Rangfolge noch vor der Königin der Schotten und Catherine Grey.

Er war also ein mächtiger Mann, dazu ein strenggläubiger Protestant, und da Elisabeth wahrscheinlich ohne Leibeserben bleiben würde, bestand die Möglichkeit, daß er eines Tages den Thron Englands bestieg.

Seine Frau Catharine war Roberts Schwester. Sie waren miteinander vermählt worden, als Roberts Vater so eifrig darum bemüht gewesen war, daß seine Kinder in die einflußreichsten Familien des Landes einheirateten.

Nun hatte Huntingdon mich also mit seinem Besuch beehrt, um mir zu eröffnen, er halte es an der Zeit, Ehemänner für meine Töchter zu finden, und er habe einen Antrag für Penelope zu überbringen. Ich wies ihn darauf hin, daß Penelope mit Philip Sidney einig sei, doch Huntingdon schüttelte nur den Kopf.

»Leicester ist in Ungnade gefallen und wird es wahrscheinlich bleiben. Eine Verbindung mit einem Mitglied seiner Familie ist für Penelope nicht günstig. Robert Rich hat Gefallen an ihr gefunden und hält um sie an.«

»Sein Vater ist doch erst kürzlich verstorben?«

»Ja, Robert hat seinen Titel und einen sehr ansehnlichen Besitz geerbt. Sein Name paßt vorzüglich zu ihm.«

»Ich werde erkunden, was Penelope von der Angelegenheit hält.«

Huntingdons Miene verriet Ungeduld. »Meine verehrte Lady, dies ist eine glänzende Verbindung. Eure Tochter sollte den Antrag dankbar annehmen.«

»Ich fürchte, das wird sie nicht tun.«

»Sie wird sicher, denn ihr bleibt nichts anderes übrig. Laßt uns offen sprechen. Sie ist Eure Tochter, und Ihr steht nicht eben in Gunst bei der Königin. Ob Leicester ihre Huld zurückgewinnt, wissen wir nicht. Euch jedenfalls, das hat die Königin geschworen, wird sie niemals mehr empfangen. Unter diesen Umständen wäre es für Eure Töchter gut, wenn sie sich im sicheren Hafen der Ehe befänden.«

Das sah ich ein. Ich sagte, ich wolle mit Penelope über die Angelegenheit sprechen.

Lord Huntingdon zuckte unwillig die Achseln, womit er zu verstehen gab, daß er eine Beratung mit der zukünftigen Braut für überflüssig halte. Rich war eine gute Partie, die beste, welche Penelope sich nun, da ihre Mutter in Ungnade war, erhoffen konnte, und der Hochzeitstermin sollte unverzüglich festgesetzt werden.

Aber ich kannte Penelope. Sie war kein nachgiebiges Geschöpf und würde ihre eigenen Ansichten darüber haben.

Als ich ihr von Lord Huntingdons Besuch und seinen Vorschlägen berichtete, wurde sie störrisch.

»Lord Rich!« rief sie aus. »Ich habe von ihm gehört, und ich will ihn nicht heiraten, ganz gleich, was Mylord Huntingdon bestimmt. Ihr wißt, ich bin mit Philip verlobt.«

»Du bist im heiratsfähigen Alter, und Philip hat bisher nicht zu erkennen gegeben, daß es ihm mit der Eheschließung eilt. Huntingdon macht geltend, daß die Abneigung der Königin gegen mich sich auf dich übertragen könnte. Daher solltest du nur zu bereit sein, eine vorteilhafte Verbindung einzugehen, solange du die Möglichkeit dazu hast.«

»Ich habe darüber bereits nachgedacht«, sagte Penelope entschlossen. »Ich will Robert Rich nicht heiraten.«

Ich drang nicht weiter in sie, denn ich wußte, daß sich dadurch ihre Verstocktheit nur noch gesteigert hätte. Wenn sie sich erst an den Gedanken gewöhnt hatte, käme ihr die Sache vielleicht nicht mehr so widerwärtig vor.

Das ganze Land befand sich in Aufregung, als der Herzog von Anjou am Hof eintraf. Die Art seiner Ankunft in England war darauf berechnet, das Herz der Königin zu gewinnen. Er kam nämlich, nur von zwei Dienern begleitet, heimlich an und erschien in Greenwich, wo er um die Erlaubnis bat, sich der Königin zu Füßen werfen zu dürfen.

Nichts hätte bei ihr größeres Wohlgefallen erregen können. Ihre blinde Verliebtheit – die freilich nur gespielt gewesen sein konnte – setzte jedermann in Erstaunen. Einen unansehnlicheren Menschen als diesen französischen Prinzen hätte es kaum geben können. Er war sehr klein – beinahe ein Zwerg – und hatte als Kind die Pocken gehabt. Die Krankheit war so schlimm gewesen, daß seine Haut verfärbt blieb und tiefe Narben aufwies. Zudem war die Nasenspitze breiter geworden und hatte sich gespalten, was ihm ein höchst merkwürdiges Aussehen verlieh. Da er jedoch ein Prinz war, hatte er trotz seiner Entstellung ein ausschweifendes Leben führen können, und das hatte er weidlich genutzt. Das Lernen machte ihm keine Freude, so daß seine Bildung mangelhaft war; er besaß keinerlei feste Grundsätze, war völlig ungläubig und daher jederzeit bereit, den Glauben anzunehmen, der ihm die meisten Vorteile versprach. Allerdings war sein Auftreten nicht ohne Anstand, er wußte zu schmeicheln und seine Zuneigung auf anmutige Weise anzudeuten – und dies alles gefiel der Königin. Wenn er zusammengesunken in einem Sessel saß, ähnelte er auffallend einem Frosch. Der Königin war das schnell aufgefallen, und bei ihrer Vorliebe für Spitznamen hieß er bald ihr kleiner Frosch.

Es war recht bitter, nicht bei Hofe zu sein und die Komödie mitanzusehen, welche die beiden aufführten – der kleine französische Prinz, Anfang zwanzig, abstoßend häßlich, der den glühenden Liebhaber spielte, und die würdige Königin in den Vierzigern, die unter seinen leidenschaftlichen Blicken und Reden dahinschmolz. Es muß sehr komisch ausgesehen haben, doch die Folgen waren alles andere als lustig. Da war niemand, dem die Belange der Königin und des Landes am Herzen lagen, der über dieses Treiben nicht entsetzt gewesen wäre. Ich vermutete, selbst Roberts erbittertste Feinde fanden es bedauerlich, daß sie nicht ihn geheiratet und dem Lande beizeiten einen Erben geschenkt hatte.

Obgleich in Ungnade, war Robert verpflichtet, sich bei Hofe aufzuhalten. Ich fragte mich zuweilen, ob Elisabeth dieses widerwärtige Schauspiel nur aufführte, um ihn zu reizen. Ich hörte, sie habe sich ein Schmuckstück in Form eines Frosches aus makellosen Diamanten anfertigen lassen und trage es ständig.

Mehrere Tage lang wich der Herzog kaum von ihrer Seite, sie wandelten im Park, lachten und plauderten, hielten sich bei den Händen und umarmten sich gar in aller Öffentlichkeit; und als der Prinz nach Frankreich zurückkehrte, tat er dies in der Gewißheit, daß die Hochzeit stattfinden werde.

Anfang Oktober berief Elisabeth ihren Rat ein, um ihre Vermählung zu erörtern. Da Robert diesem Rat noch als Mitglied angehörte, war er zugegen und konnte mir berichten, was sich zugetragen hatte.

»Solange sie nicht dabei war«, erzählte Robert, »konnte ich offen über die Sache wie über ein rein politisches Unternehmen reden. Es schien, als sei Elisabeth bei dem Prinzen bereits so weit gegangen, daß es schwierig sein könnte, einen Rückzieher zu machen. Deshalb war es möglicherweise notwendig, daß die Eheschließung vollzogen würde. Wir alle wußten, wie alt die Königin ist, und daß sie kaum noch einen Erben zur Welt bringen würde. Sollte sie wider Erwarten doch schwanger werden, konnte sie bei der Entbindung ihr Leben aufs Spiel setzen. Die Königin sei alt genug, die Mutter des Herzogs zu sein, brachte Sir Ralph Sadler vor, und dem mußten wir natürlich alle beipflichten. Da wir jedoch ihre Stimmungen kannten, hielten wir es nicht für ratsam, ihr vorzuschlagen, den Plan fallenzulassen, kamen jedoch überein, die Königin zu bitten, uns wissen zu lassen, was sie zu tun beliebte und ihr zu versichern, daß wir danach trachten wollten, uns ihrer Entscheidung zu beugen.«

»Ich möchte wetten, daß ihr das nicht gefallen hat«, warf ich ein. »Sie hat sicher gewollt, daß ihr sie bittet zu heiraten und dem Lande einen Erben zu schenken; ihr solltet die Täuschung aufrechterhalten, sie sei noch immer eine junge Frau.«

»Richtig. Sie erdolchte uns – und mich ganz besonders – mit ihren Blicken, als wir ihr das unterbreiteten. Sie sagte, so mancher erlaube sich zwar, zu heiraten, wolle aber anderen dieses Vergnügen nicht gönnen. Dann fuhr sie fort, wir hätten jahrelang geredet, als gebe es für sie nichts anderes, als zu heiraten und einen Thronerben zu gebären. Sie habe erwartet, daß wir sie *ersuchen* würden, die Vermählung voranzutreiben; sie sei so töricht gewesen, uns zu bitten, in ihrem Namen zu beratschlagen. Doch sei diese Angelegenheit für uns zu heikel. Und nun hätten wir Zweifel in ihr geweckt, und sie müsse die Versammlung auflösen, denn sie wolle allein sein.«

Sie war an diesem Tag übler Laune gewesen und hatte jedermann beschimpft. Wen seine Aufgaben zwangen, sich in ihrer Nähe aufzuhalten, mußte zweifellos ihre schlimmsten Ausfälle hinnehmen.

Burleigh berief den Rat ein und meinte, da Elisabeth so fest zur Heirat entschlossen sei, sollten sie vielleicht doch lieber zustimmen. In ihrer jetzigen Stimmung würde sie ohnehin nur das tun, was ihr paßte, gleichgültig, ob man ihr nun zu- oder abriet.

Selbst jetzt vermochte ich nicht zu glauben, daß sie den Herzog wirklich heiraten würde. Das Volk war dagegen, und sie hatte sich stets nach dessen Wünschen gerichtet.

Robert sagte, er habe sie selten in einer solchen Verfassung erlebt. Es schien, als habe der Frosch sie verhext. Er mußte wahrhaftig ein Zauberer sein, denn einen häßlicheren Menschen konnte man sich kaum vorstellen. Sie würde sich lächerlich machen, wenn sie ihn zum Manne nähme. Die Franzosen waren den Engländern ohnehin verhaßt. Hatten die Franzosen nicht Maria, die Königin von Schottland, unterstützt und ihr den Gedanken in den Kopf gesetzt, sie besitze ein Anrecht auf den englischen Thron? Wenn Elisabeth heiratete, würde sie den Franzosen in die Hände arbeiten. Es könnte einen Aufruhr im Lande geben. Sicher, Anjou war Protestant ... jedenfalls im Augenblick. Aber wie jedermann wußte, drehte er sich wie ein Wetterhahn. Heute schön, morgen Regen – nur hieß es bei ihm: einmal Katholik, einmal Protestant. Er drehte sich mit dem Wind.

Wir begaben uns nach Penshurst, um uns mit den Sidneys zu beraten, was am besten zu tun sei.

Man bereitete uns dort einen großartigen Empfang. Der Zusammenhalt der Familie Dudley hatte mich stets tief beeindruckt. Robert wurde nun, da er in Ungnade war, eher noch herzlicher begrüßt als zu den Zeiten, da er sich auf dem Höhepunkt seiner Beliebtheit befand.

Ich erinnerte mich daran, daß Mary den Hof verlassen hatte, weil sie es nicht mehr ertragen konnte zu hören, wie ihr Bruder geschmäht wurde. Aus demselben Grunde hatte sich auch Philip nach Penshurst zurückgezogen. Er war ein besonderer Günstling der Königin. Sie hatte ihn zu ihrem Mundschenk gemacht. Doch hatte sie ihm bereitwillig gestattet, sich zu entfernen, da er, wie sie erklärte, immer dann, wenn sie sich anmerken ließ, wie erzürnt sie über das Betragen seines Oheims war, so griesgrämig dreinblickte, daß sie ihm am liebsten eine Ohrfeige versetzen würde.

Philip war von zarter Schönheit, aber nicht stattlich. Die Königin schätzte seine Erscheinung, seine Gelehrsamkeit, seine Ehrenhaftigkeit und seine Güte. Die Männer, die sie zu erregen vermochten, mußten jedoch aus anderem Holze sein.

Philip machte sich wegen der Heirat große Sorgen. Er meinte, wenn es dazu käme, so gebe es ein Unglück, und da ihm die Gabe des Wortes verliehen worden war, wurde beschlossen, er solle der Königin seine Bedenken in einem Briefe mitteilen.

So vergingen die Tage auf Penshurst mit Erörterungen und Beratungen. Robert und ich gingen mit Philip im Park spazieren und besprachen die Gefahren, welche die Vermählung der Königin heraufbeschwor, und wenn ich auch unerschütterlich auf meiner Meinung beharrte, daß Elisabeth niemals heiraten würde, so waren die Männer doch schwankend. Von Robert hätte man doch annehmen müssen, daß er Elisabeth besser kannte als sonst jemand; er hatte ihr schließlich sehr nahe gestanden. Doch ich als Frau wußte die Gefühle der Geschlechtsgenossin weit besser zu deuten.

Philip schloß sich in seinem Studierzimmer ein und verfaßte schließlich einen Brief. Wir alle lasen ihn, äußerten unsere Meinung dazu und nahmen ihm, wie wir glaubten, etwas von seiner Schärfe. Zuletzt lautete er:

»Wie wird es die Herzen Eures Volkes mit Bitterkeit, wenn nicht mit Widerspruch erfüllen, wenn es sieht, daß Ihr einen Gemahl nehmt, der Franzose ist und Papist und für das einfache Volk der Sohn der Isebel unseres Jahrhunderts – daß sein Bruder die eigene Schwester auf dem Altar einer Ehe geopfert hat, damit er weniger Mühe hatte, unter unseren Glaubensbrüdern ein Blutbad anzurichten ...«

Er spielte auf Katharina von Medici an, die so verhaßt war, daß man sie in ganz Frankreich Königin Isebel nannte, und auf das Blutbad in der Bartholomäusnacht, das stattgefunden hatte, als sich anläßlich der Hochzeit von Anjous Schwester Marguerite mit dem Hugenotten Henri von Navarre Tausende von Hugenotten in Paris aufhielten.

»Solange er nur der Bruder des französischen Königs ist und dem Bekenntnis nach ein Papist, kann oder will er Euch nicht wirksam schützen. Sollte er jedoch König werden, so wird seine Verteidigung dem Schilde des Ajax gleichen, welcher jenen, der ihn trägt, zu Boden drückt, anstatt ihm Schutz zu gewähren.«

Der Brief wurde abgesandt, und wir warteten auf Penshurst voller Angst, was nun geschehen würde.

Dann trat jedoch ein Ereignis ein, das Philips Brief fast bedeutungslos werden ließ.

Mit einem Schlag stand John Stubbs im Mittelpunkt der Aufmerksamkeit.

Stubbs war ein Puritaner, der in Cambridge den Doktorgrad erworben hatte und sich literarischen Studien widmete. Sein Haß auf den Katholizismus war ihm schon einmal gefährlich geworden. Er nahm an der Heirat mit dem Franzosen so sehr Anstoß, daß er ein Pamphlet veröffentlichte. Es trug den Titel: *Die Entdeckung eines klaffenden Schlundes, von welchem England durch eine weitere Heirat mit einem Fran-*

zosen gleichsam verschlungen wird, wenn der Herr das Verderben nicht abwendet, indem er den Geist Ihrer Majestät erleuchtet, damit sie die Sünde erkennt und weiß, daß die Strafe auf dem Fuß folgen wird.

Das Pamphlet war nicht im mindesten illoyal gegenüber der Königin, als deren gehorsamen Diener Stubbs sich bezeichnete. Doch als ich eine Abschrift sah, wußte ich, daß Elisabeth sich darüber maßlos erregen würde – nicht wegen der angeführten politischen und religiösen Gesichtspunkte, sondern weil John Stubbs darauf hingewiesen hatte, daß bei dem Alter der Königin die Ehe ohne Nachkommen bleiben würde.

Wie ich vermutet hatte, geriet die Königin in solchen Zorn, daß sie befahl, das Pamphlet zu verbieten und die Beteiligten – den Verfasser Stubbs, den Verleger und den Drucker – in Westminster vor Gericht zu stellen. Die drei Männer wurden verurteilt, und zwar sollte ihnen die rechte Hand abgehackt werden. Der Drucker wurde später begnadigt, an den beiden anderen jedoch das grausame Urteil vollstreckt. Stubbs richtete zuvor das Wort an die versammelte Menge und verkündete, daß der Verlust seiner Hand nichts an seiner Treue zur Königin ändern werde. Dann wurde den beiden Männern mit einem einzigen Schlag – geführt von einem Schlegel, der auf ein Metzgermesser niedersauste – das Handgelenk durchtrennt. Als Stubbs' rechte Hand fiel, hob er die linke und rief: »Gott schütze die Königin!«; dann wurde er ohnmächtig.

Als man Elisabeth diese Szene schilderte, war sie sichtlich erschüttert. Obgleich ich mich damals wie alle anderen zuweilen über ihre scheinbaren Verrücktheiten wunderte, so erkenne ich heute, in der Rückschau, die Absicht, die dahintersteckte, aber nicht auf den ersten Blick offenlag.

Während sie mit Anjou tändelte – ein Jahr lang oder gar zwei –, trieb sie in Wirklichkeit mit Philipp von Spanien, den sie sehr fürchtete, ein politisches Spiel – aus gutem Grund. Sie wollte vor allem eine Allianz ihrer beiden Feinde verhindern. Wie aber hätte sich Frankreich mit Spanien verbünden können, wenn ein französischer Prinz im Begriff war, der Gemahl der Königin von England zu werden?

Elisabeth machte eine kluge Politik. Nur erkannten das die Menschen in ihrer Umgebung erst viel später. Im nachhinein betrachtet aber wird so vieles klar.

Sie tat aber noch mehr. Während sie mit ihrem Froschkönig schäkerte und sich beim Volk deswegen unbeliebt machte, säte sie Zwietracht zwischen dem König von Frankreich und seinem Bruder. Wie sich später herausstellte, hatte sie sogar vor, den Prinzen, der damals protestantisch war, nach Holland zu schicken und dort für sie gegen Spanien kämpfen zu lassen.

Doch das kam erst später. Zunächst machte sie dem kleinen Prinzen schöne Augen, und weder er noch ihre Höflinge und Minister verstanden damals ihre Beweggründe.

Als unser Sohn geboren wurde, waren Robert und ich überglücklich. Wir nannten ihn ebenfalls Robert und schmiedeten sofort hochfliegende Pläne.

Eine Weile lang war ich's zufrieden, mich nur mit ihm zu beschäftigen. Ich war erfreut, als ich hörte, daß Douglass Sheffield Sir Edward Stafford geheiratet hatte, den Gesandten der Königin in Paris. Edward Stafford hatte die Verhandlungen wegen der geplanten Vermählung Elisabeths mit Anjou geführt, und wie er dabei vorgegangen war, hatte die Billigung und den Beifall der Königin gefunden.

Stafford war Douglass bereits seit längerer Zeit sehr ergeben gewesen. Doch da sie darauf beharrte, daß zwischen ihr und Leicester die Ehe geschlossen worden war, konnte Stafford sie natürlich unmöglich heiraten. Nachdem inzwischen aber überall bekannt war, daß ich Leicester geehelicht hatte, ließ sich Douglass – und das entsprach ganz ihrer Art – mit Stafford trauen und gab damit stillschweigend zu, daß zwischen ihr und Leicester niemals eine gültige Ehe bestanden haben konnte.

Dieses Ereignis befriedigte mich tief. Und wie ich so dasaß, mein Kind im Schoß, hoffte ich, daß alles gut werden würde und ich im Laufe der Zeit sogar die Gunst der Königin zurückgewinnen könnte.

Ich hätte gern gewußt, was Elisabeth empfunden hatte, als sie erfuhr, daß Robert und ich einen Sohn hatten. Ich war mir nämlich sicher, daß ihr ein Sohn weit wichtiger gewesen wäre als ein Gatte.

Von Freunden am Hofe hörte ich, daß sie die Nachricht schweigend entgegengenommen hatte, unmittelbar darauf jedoch ein Ausbruch schlechter Laune gefolgt war. Ich konnte mir also recht wohl ausmalen, welche Wirkung die Neuigkeit bei ihr hervorgerufen hatte.

Als ich dann jedoch erfuhr, was sie sich ausgedacht hatte, erschrak ich sehr.

Wieder war es Sussex, der Überbringer schlimmer Schicksalsschläge, der uns unterrichtete.

»Ich fürchte, es wird Unannehmlichkeiten geben«, eröffnete er Robert, nicht ohne eine gewisse Befriedigung. »Die Königin erkundigt sich nach Douglass Sheffield. Es ist ihr zu Ohren gekommen, daß Douglass einen Sohn namens Robert Dudley hat und behauptet, er sei der legitime Sohn des Grafen von Leicester.«

»Wenn das der Wahrheit entspräche«, warf ich ein, »wie kann sie sich dann als Gattin von Sir Edward Stafford bezeichnen?«

»Die Königin meint, dies sei ein Geheimnis, welches aufzuklären sie nun entschlossen sei. Sie sagt, Douglass sei eine Tochter aus angesehenem Hause, und sie könne es nicht zulassen, daß man von ihr behaupte, durch die Eheschließung mit dem Gesandten der Königin habe sie Bigamie begangen.«

Robert sagte mit fester Stimme: »Ich bin niemals mit Douglass Sheffield verheiratet gewesen.«

»Die Königin denkt, wie es scheint, darüber anders. Sie ist entschlossen, die Angelegenheit sorgfältig prüfen zu lassen, damit die Wahrheit ans Licht kommt.«

»Sie soll prüfen, soviel sie will, doch sie wird nichts finden.«

War das als Herausforderung zu verstehen? Ich wußte es nicht. Jedenfalls schien er sehr betroffen.

»Ihre Majestät sagt, sie ist der Meinung, daß eine Trauung stattgefunden hat. In diesem Fall sei Eure jetzige Ehe nicht ordnungsgemäß. Sie sagt, falls Ihr Douglass Sheffield tatsächlich geheiratet habt, so müßt Ihr auch mit ihr leben, da sie Eure rechtmäßige Gattin ist, oder Ihr sollt im Tower schmachten.«

Ich wußte, was das bedeutete. Wenn es ihr irgendwie möglich war, wollte Elisabeth mir meinen Sieg streitig machen. Sie wollte beweisen, daß meine Ehe ungültig und mein Sohn folglich ein Bastard war.

Es waren schreckliche Tage für mich damals. Noch heute zittere ich vor Wut, wenn ich daran denke. Robert versicherte mir, sie könne deshalb nicht beweisen, daß eine Trauung stattgefunden habe, weil es nie eine gegeben habe. Aber ich glaubte ihm nicht ganz, dazu kannte ich ihn zu gut. Ich wußte, daß sein Ehrgeiz alle anderen Gefühle beherrschte, da er aber zugleich von außerordentlicher Sinnlichkeit war, konnte es bisweilen geschehen, daß der Wunsch, eine bestimmte Frau zu besitzen, stärker war als sein Ehrgeiz. Douglass gehörte zu jenen Frauen, die ihre Tugend sehr hoch schätzen – obgleich sie seine Geliebte geworden war –, und da sie ein Kind erwartete, mag sie ihn durchaus mit Erfolg bedrängt haben, sie zu heiraten.

Nun aber hatten *wir* einen Sohn, unseren kleinen Robert. Ich redete mir ein, daß sein Vater, der sich so meisterhaft darauf verstand, Hindernisse aus dem Weg zu räumen, wohl imstande sein würde, Beweise für eine Eheschließung, wenn es sie überhaupt gab, zu beseitigen. Keinem meiner Söhne sollte der Makel des Bastards anhaften. Ich wollte mich nicht beiseite schieben lassen und der Königin diese Genugtuung gönnen. Ich wollte beweisen, daß sie in böser Absicht handelte und daß sie im Unrecht war; das sollte ein weiterer Sieg der Wölfin werden.

Sussex eröffnete uns, daß er von der Königin beauftragt worden war, die Wahrheit herauszufinden. Sie wollte wissen, ob tatsächlich eine Eheschließung stattgefunden hatte. Einen starken Verbündeten hatten wir in Sir Edward Stafford. Er liebte Douglass von ganzem Herzen, und daher war für ihn der Beweis, daß Douglass und Robert nicht verheiratet waren, von ebensolcher Bedeutung.

Douglass schien das, was sie »ihre Ehre« nannte, verteidigen zu wollen. Und sie kämpfte natürlich um ihren Sohn. Dies war günstig für uns. Da Leicester sich legitime Söhne wünschte, so hieß es, würde es schlecht zu ihm passen, wenn er einen so aufgeweckten Knaben wie den Sohn von Douglass verleugnete.

Voller Angst erwarteten wir das Ergebnis der Untersuchung. Sussex befragte Douglass. Der Gedanke, daß Sussex Robert nicht leiden konnte, ließ uns zittern. Denn daß er uns mit Freuden vor Gericht bringen würde, war sicher.

Douglass, von Sussex ins Kreuzverhör genommen, bestand darauf, daß sie und Leicester sich in einem Trauungszeremoniell Treue gelobt hätten, und zwar auf eine Weise, welche sie als bindend betrachtet habe. Dann müsse sie doch ein Dokument besitzen, wurde ihr entgegengehalten. Es gebe doch gewiß einen Ehekontrakt. Nein, sagte die dumme kleine Douglass, es gebe nichts dergleichen. Sie habe sich auf den Grafen von Leicester verlassen und ihm gänzlich vertraut. Sie bekam einen Weinkrampf und bat, man möge sie in Ruhe lassen. Sie sei jetzt glücklich mit Sir Edward Stafford verheiratet, und der Graf von Leicester und Lady Essex hätten einen prächtigen Jungen.

Danach blieb Sussex nichts anderes übrig als zu erklären, daß zwischen Lady Sheffield und dem Grafen von Leicester eine gültige Eheschließung nicht stattgefunden hatte und Leicester daher zum Zeitpunkt, als er Lady Essex heiratete, frei gewesen war.

Als man mir diese Botschaft überbrachte, war ich vor Freude außer mir. Ich hatte mir meines Sohnes wegen Sorgen gemacht. Nun aber bestand kein Zweifel, daß der kleine Knabe in der Wiege der legitime Sohn und Erbe des Grafen von Leicester war.

Ich jubelte über mein Glück und genoß zugleich die Niederlage der Königin. Man berichtete mir, daß sie beim Empfang der Nachricht wie eine Verrückte gewütet habe, Douglass eine Närrin, Leicester einen Schurken und mich eine gierige Wölfin nannte, welche die Welt durchstreifte auf der Suche nach Männern, die sie zerreißen könnte.

»Mylord Leicester wird den Tag verwünschen, an welchem er sich mit Lettice Knollys eingelassen hat«, erklärte Elisabeth. »Die Sache ist noch nicht zu Ende. Eines Tages wird er aus seinem törichten Rausch erwachen und dann wird er den Giftzahn der Wölfin zu spüren bekommen.«

Ich hätte eigentlich zittern müssen angesichts des Hasses, den unsere allmächtige Lady gegen mich hegte, doch ich fand diesen Gedanken eher anregend. Überdies wußte ich, daß ich sie wieder einmal übertrumpft hatte. Ich konnte mir ihren Zorn vorstellen, und daß er sich hauptsächlich gegen mich richtete, erheiterte mich. Meine Ehe war gültig, die Zukunft meines Sohnes gesichert. Und die mächtige Königin von England konnte mir das – obwohl sie getan hatte, was in ihren Kräften stand – nicht nehmen.

Ich war wieder einmal Siegerin.

Nun konnte ich mich in der Öffentlichkeit zeigen und brauchte mich nicht mehr zu verstecken. Ich wandte meine Aufmerksamkeit den prächtigen Wohnsitzen meines Gatten zu, entschlossen, sie noch großartiger zu gestalten. Sie sollten den Glanz der Paläste und Schlösser der Königin weit übertreffen.

Ich richtete mein Schlafgemach im Leicester House neu ein. Das Bett aus Nußbaumholz erhielt Vorhänge von solcher Pracht, daß jedermann beim Betrachten der Atem stockte. *Mein* Schlafzimmer mußte glänzender sein als jenes, das für die Königin bereitstand, wenn sie dem Hause einen Besuch abstattete. Ich wußte recht wohl, daß ich mich nicht zeigen durfte, wenn sie erschien; sie hätte sich sonst geweigert, den Fuß über die Schwelle zu setzen. Doch wenn sie kam, so würde ihre

Neugier sie treiben, mein Schlafgemach zu besichtigen. Deshalb ließ ich es an nichts fehlen, um es auf das schönste auszuschmücken. Die Vorhänge waren aus rotem Samt, mit Gold- und Silberstickerei und mit Spitze verziert; mein Nachtstuhl glich einem Thron. Ich wußte, sie würde sehr zornig werden, wenn sie dieses Zimmer sah. Und sie würde davon erfahren. Es gab eine Menge gehässiger Diener und Dienerinnen, die bereitwillig das Feuer des Hasses gegen mich schürten. Die Bettwäsche aus feinstem Leinen war mit Leicesters Familienwappen bestickt. Böden und Wände waren in unserem Haus mit Teppichen bedeckt. Was für eine Annehmlichkeit, auf die Binsenmatten verzichten zu können, die nach kurzer Zeit bereits stanken und voller Läuse waren.

Robert und ich waren glücklich. Hinter den erlesenen Vorhängen unseres Bettes lachten wir darüber, wie geschickt er es angefangen hatte, mich allen Widrigkeiten zum Trotz zu heiraten. Wenn wir allein waren, nannte ich die Königin »die Füchsin«. Sie war ja auch wirklich listig wie ein Fuchs, und das Weibchen dieser Art ist schlauer als das Männchen. Da sie mich die Wölfin hieß, nannte ich Robert meinen Wolf, und er vergalt es mir, indem er mich sein Lamm taufte. Er meinte nämlich, wenn der Löwe mit solch einer sanften Kreatur zusammenleben könne, dann auch der Wolf. Ich hätte, so meinte ich, wenig von einem Lamm an mir, und er sagte, das stimme, soweit es die ganze übrige Welt betreffe. So neckten wir uns fortwährend. Aber immer, wenn wir diese Kosenamen benutzten, war stets die Königin als Dritte dabei.

Unser kleiner Sohn bereitete uns große Freude. Ich empfand außerordentliches Vergnügen an meiner Familie, nicht nur, weil ich sie vergötterte, sondern weil es die Königin trotz all ihrer Herrlichkeit gewiß schmerzte, daß sie weder Söhne noch Töchter hatte.

Doch auch über unserem Haus lag eine gewisse Melancholie. Das war Penelopes Schuld. Sie hatte eine Zeitlang getobt und gewütet und erklärt, sie werde Lord Rich niemals heiraten. Lord Huntingdon hätte sie am liebsten mit Gewalt dazu gebracht, sich zu fügen, doch das ließ ich nicht zu. Penelope war mir sehr ähnlich – schön und geistreich; jedes gewaltsame Vorgehen hätte ihren Widerstand nur verstärkt.

Ich versuchte es bei ihr mit Vernunftgründen, stellte ihr vor Augen, daß für sie eine Vermählung mit Lord Rich das Beste zum gegenwärtigen Zeitpunkt sei. Unsere Familie – insbesondere ich selber – war in

Ungnade, und als meine Tochter würde Penelope nie bei Hofe empfangen werden. Ganz anders aber lägen die Dinge, wenn sie die Gemahlin von Lord Rich würde. Vielleicht glaube sie heute, daß ein Leben auf dem Lande der Ehe mit einem ungeliebten Manne vorzuziehen sei, doch werde sich das schnell ändern, wenn sich erst einmal die Langeweile einstelle.

»Ich kann nicht behaupten, daß ich glühend in deinen Vater verliebt war, als ich ihn geheiratet habe«, bekannte ich, »aber die Ehe ging nicht schlecht, und ich habe schließlich euch Kinder.«

»Aber Ihr wart während Eurer Ehe mit Robert befreundet«, erinnerte sie mich.

»Es ist nichts Unrechtes dabei, wenn man Freunde hat«, erwiderte ich.

Das machte sie nachdenklich. Und als Lord Huntingdon wieder einmal kam, um ihr ernsthaft zuzureden, gab sie nach.

So wurde sie mit Lord Rich vermählt, und dem armen Kind wurde von allen Seiten versichert, welch ein Glück dies für sie sei, da doch ihre Mutter in tiefste Ungnade gefallen und die Königin nach wie vor über ihren Stiefvater verstimmt war, welcher, wie viele meinten, seine frühere Stellung niemals zurückerobern würde.

Damals glaubte ich, die Königin würde eines Tages bei mir Nachsicht walten lassen, wie jetzt bereits Robert gegenüber. Nach ein paar Monaten begann er Schritt um Schritt ihre Gunst zurückzuerobern. Ihre Zuneigung zu ihm erstaunte mich stets aufs neue. Ich glaube, sie wob noch immer schwärmerische Träume um ihn, und wenn sie ihn betrachtete, dann sah sie in ihm nach wie vor den hübschen Jüngling, der mit ihr im Tower gefangen gewesen war, und nicht den viel zu dick gewordenen alternden Mann mit dem geröteten Gesicht und dem stark ergrauten Haar, das jede Woche weißer zu werden schien.

Zu Elisabeths größten Tugenden gehörte die Anhänglichkeit, die sie alten Freunden erwies. Ich wußte, sie würde Mary Sidneys aufopfernde Pflege nie vergessen; jedesmal, wenn sie das pockennarbige Gesicht erblickte, wallten Mitleid und Dankbarkeit in ihr auf. Sie hatte eine Heirat zwischen der jungen Mary Sidney und Henry Herbert, dem Grafen von Pembroke, vermittelt, und obgleich der Graf siebenundzwanzig Jahre älter war als seine Braut, hielten es alle für eine sehr passende Verbindung.

Auch Robert gehörte zu denen, die stets einen Platz in Elisabeths Herzen einnehmen würden, und wenn sie ihn auch gelegentlich verstieß, so wurde er doch immer wieder in Gnaden aufgenommen. Sie liebte Robert eben, und sie würde ihn immer lieben. Daher nahm es niemand wunder, daß er vor Ablauf von sechs Monaten abermals in ihrer Gunst stand.

Doch ach! Mir wurde nicht dasselbe Glück zuteil. Ich erfuhr, daß sie bei der bloßen Erwähnung meines Namens zornrot wurde und wütende Flüche gegen die »Wölfin« ausstieß.

Die eitelste Frau im Lande konnte mir nicht verzeihen, daß meine körperlichen Reize größer waren als die ihren und daß ich den Mann geheiratet hatte, den sie im Grunde ihres Herzens immer für sich allein hatte haben wollen. Zuweilen loderte ihr Zorn auf ihn wieder auf – vor allem dann, wenn ihr wieder einmal bewußt wurde, daß er mich ihr vorgezogen hatte –, doch hatte ihn dies niemals sonderlich beschwert. Er wußte, daß ihre Zuneigung, die ihm sogar nach ihrer Heirat erhalten geblieben war, alles überdauern würde.

Es ist sehr schwierig, eine Vorstellung von Roberts Wirkung auf Frauen zu vermitteln. Sie beruhte auf einer geradezu magischen Anziehungskraft, und sie war nun, da er alt wurde, um nichts geringer als in seiner Jugend. Er gab Rätsel auf, und niemand vermochte sie wirklich zu lösen. Er war so zuvorkommend und höflich und stets freundlich auch zu Bediensteten und Menschen niedrigen Standes: Und dennoch hing ihm seit Amy Robsarts Tod ein schlechter Ruf an. Machtgefühl ging von ihm aus. Vielleicht war es dies, was im wesentlichen seinen Reiz ausmachte.

Seine eigene Familie betete ihn an. Meine Kinder, kaum daß sie erfahren hatten, daß er ihr Stiefvater war, wandten sich ihm mit ganzem Herzen zu. Sie benahmen sich ihm gegenüber weit ungezwungener als jemals bei Walter.

Es war erstaunlich, daß er, der so ehrgeizig war und so entschlossen, jeden Vorteil wahrzunehmen, soviel Zeit für Familienangelegenheiten aufbrachte.

Penelope war damals sehr unglücklich. Sie besuchte uns häufig in Leicester House und führte bewegte Klage über ihre mißglückte Ehe. Lord Rich sei grob und lüstern, niemals könne sie ihn lieben, sie sei außerordentlich unglücklich und wolle am liebsten wieder nach Hause. Mit Robert, der so gütig und verständnisvoll war, konnte sie sich aussprechen. Er versprach ihr, sie dürfe sein Heim jederzeit als das ihre betrachten, und sogleich machte er den Vorschlag, sie solle sich ein Zimmer nach ihrem Geschmack einrichten lassen. Dieser Raum hieß bei allen im Hause Lady Richs Zimmer, und es stand für sie bereit, wann immer sie Zuflucht suchte.

Wenn sie mit Robert zusammen war, erwachten ihre Lebensgeister wieder ein wenig. Sie wählte Vorhangstoffe für ihr Zimmer aus und kümmerte sich sogar ums Nähen. Ich war Robert dankbar, daß er meiner unglücklichen Tochter ein Vater war.

Auch Dorothy liebte ihn. Sie hatte erlebt, was mit Penelope geschehen war und sagte zu Robert, sie werde dafür sorgen, daß es ihr nicht ebenso erging. Ihren Ehemann suche sie sich allein aus.

Robert sagte: »Ich werde dir dabei helfen, und wir werden dir eine prächtige Hochzeit ausrichten – aber nur, wenn du einverstanden bist.«

Sie glaubte ihm, und beide Mädchen freuten sich immer schon darauf, wenn er wieder mit uns zusammen war.

Walter war ganz vernarrt in ihn. Es war Robert, der vorschlug, mein Sohn solle in ein paar Jahren, wenn er älter sei, nach Oxford gehen.

Ein Mitglied der Familie allerdings vermißte ich schmerzlich: meinen Sohn Robert Devereux, den Grafen von Essex, der mir von all meinen Kindern das liebste war. Wie sehr hätte ich gewünscht, daß er bei uns gewesen wäre! Ich beklagte die Sitte, daß Söhne von zu Hause fort mußten, insbesondere jene, welche durch den Tod ihres Vaters hohe Titel geerbt hatten. Es fiel mir schwer, mir meinen Liebling als Grafen von Essex vorzustellen – für mich würde er immer der kleine Robert bleiben. Ich war sicher, daß der andere Robert, mein Ehemann, ihm besonders zugetan wäre. Doch leider befand sich der Junge in Cambridge, wo er sich darauf vorbereitete, den Magistergrad zu erwerben. Von Zeit zu Zeit erhielt ich gute Nachrichten von ihm.

Der dritte Robert, unser Jüngster, wurde von Leicester vergöttert. Er schmiedete bereits Zukunftspläne für ihn. Scherzhaft sagte ich zu Leicester, es werde schwierig werden, für unseren Sohn ein Amt bei Hofe zu finden, da sein Vater meinte, für ihn sei nichts gut genug. »Als Braut kommt für ihn wohl nur eine Prinzessin von königlicher Abkunft in Frage«, meinte ich im Scherz.

»Dann müssen wir eben eine für ihn finden«, sagte Robert. Damals erkannte ich noch nicht, wie ernst es ihm damit war.

Leicester stand meiner Familie ebenso nahe wie seinen eigenen Geschwistern. Es war tröstlich für mich, vor allem angesichts des fürchterlichen Hasses der Königin auf mich, im Schoße einer liebevollen Familie geborgen zu sein.

Da ich nicht mehr an den Hof gehen konnte – Robert allerdings hatte sich seine alte Stellung rasch zurückerobert –, fand sich die Familie häufiger als sonst bei mir ein. Auch Roberts Neffe Philip Sidney kam sehr oft zu Besuch.

Er ging, begleitet von Penelope, im Park von Leicester House spazieren. Mir schien, als sei ihre Freundschaft nicht mehr dieselbe wie früher. Philip war immerhin eine Zeitlang mit Penelope verlobt gewesen, hatte allerdings niemals erkennen lassen, daß er sie zu heiraten wünschte. Oft kam mir der Gedanke, daß es ein Fehler gewesen war, eine Eheschließung überhaupt in Erwägung zu ziehen, als er zweiundzwanzig und Penelope erst ein Kind von vierzehn war. Nun aber war sie eine Frau – und eine unglückliche dazu. Das machte sie für einen Mann seiner Art begehrenswert. Die Abneigung gegen ihren Gatten verwandelte sich allmählich in Haß, und sie wandte sich bereitwillig dem hübschen, vornehmen und geistreichen jungen Mann zu, den sie beinahe geheiratet hätte.

Möglicherweise bereitete sich hier Unheil vor. Als ich jedoch zu Robert davon sprach, meinte er, Philip sei kein Mann, der in Sinneslust schwelgen wolle, er träume von schwärmerischer Liebe. Sicher würde er Gedichte auf sie verfassen und so seiner Verehrung Ausdruck geben. Deshalb brauchten wir nicht zu befürchten, daß Penelope ihren Eheschwur brechen würde. Denn daß Lord Rich in diesem Fall außer sich geraten würde, wußte Philip gewiß. Und Philip war weiß Gott kein Mann von heftiger Wesensart. Er verkehrte mit Leuten wie dem Dichter Spenser, für den er große Wertschätzung empfand. Er liebte das Theater und fühlte sich besonders wohl in Gesellschaft der Schauspieler, die Leicesters Truppe genannt wurden und in den Tagen vor Roberts Sturz regelmäßig zum Vergnügen der Königin gespielt hatten.

Es verhielt sich so, daß Philip, nun, da er Penelope an Lord Rich verloren hatte, von tiefer Leidenschaft für sie ergriffen wurde. Er begann Gedichte zu schreiben, in denen er sich Astrophel und Penelope Stella nannte; es wußte aber jedermann, wen er damit meinte.

Hieraus konnte, wie gesagt, Unheil entstehen, doch ich sah, was dies alles für Penelope bedeutete. Sie blühte auf und fand das Leben wieder erträglich. Sie war mir sehr ähnlich. Ich glaube, was auch immer uns zustoßen mochte: Befanden wir uns selbst im Mittelpunkt dramatischer Geschehnisse, so riß uns die Erregung darüber mit.

Während sie also das Bett mit ihrem Gatten teilte – und sie erzählte mir, er sei ein sehr fordernder Ehemann –, genoß sie Philip Sidneys schwärmerische Anbetung. Und dabei wurde sie mit jedem Tag schöner. Ich konnte nicht umhin, stolz auf meine Tochter zu sein, welche als eine der schönsten Frauen bei Hofe galt.

Die Königin sah in ihr lieber Lady Rich als Penelope Devereux, »das Junge der Wölfin«. Penelope erregte Aufsehen, wohin sie auch kam. Sie konnte mir berichten, was bei Hofe vorging, und wie sehr ihr Stiefvater bestrebt war, ihren Aufstieg zu fördern.

Ich muß gestehen, daß ich mit der Zeit verdrießlich wurde. Es war betrüblich für mich, von diesem Zauberkreis ausgeschlossen zu sein. Da man mir aber nach wie vor berichtete, daß die Königin, sobald mein Name erwähnt wurde, einen Wutanfall bekam, war es vorläufig unwahrscheinlich, daß ich zurückkehren konnte. Selbst Robert mußte sehr behutsam vorgehen, und aus den goldbraunen Augen traf ihn so mancher warnende Blick. Man mußte sehr auf der Hut sein.

Der Herzog von Anjou kehrte nach England zurück und machte Elisabeth erneut den Hof. Robert war besorgt, denn als Elisabeth vor den Augen des französischen Botschafters mit dem Herzog in der Säulenhalle lustwandelte, hatte sie mit ihm von Heirat gesprochen.

»Es war höchst beunruhigend«, berichtete Robert, »und wäre es jemand anderer gewesen als Elisabeth, so hätte man wahrhaft meinen können, sie sei mit ihm einverstanden. Sie hat ihm in aller Öffentlichkeit schöngetan und ihn liebkost. Es ist, als sei über sie ein Zauberbann ausgesprochen worden, so daß sie nicht erkennen könne, was andere sähen. Der Zwerg ist häßlicher denn je. Man kann ja auch kaum erwarten, daß er im Laufe der Zeit schöner wird. Noch mehr als früher gleicht er einem abscheulichen kleinen Frosch. Doch Elisabeth tut, als sei er Labsal für ihre Augen. Es ist widerwärtig, die beiden zusammen zu sehen. Sie überragt ihn um Haupteshöhe.«

»Sie möchte, daß die Leute Vergleiche ziehen und feststellen, um wieviel schöner sie ist, trotz ihres Alters und seiner Jugend.«

»Der Anblick ist lächerlich – das reinste Possenspiel. Die ›Bauernhochzeit‹ ist nicht halb so komisch, als wenn die Königin mit ihrem Freier zusammen ist. In der Säulenhalle hat sie ihn doch wahrhaftig geküßt und ihm einen Ring an den Finger gesteckt, und dann hat sie zu dem französischen Botschafter gesagt, daß sie Anjou heiraten werde!«

»Dann hat sie sich also wirklich festgelegt.«

»Du kennst sie nicht. Ich habe mit ihr unter vier Augen gesprochen und wollte von ihr wissen, ob sie bereits seine Geliebte sei. Sie erwiderte, sie sei unser aller Geliebte. Daraufhin fragte ich sie unumwunden, ob sie noch Jungfrau sei. Da lachte sie, versetzte mir einen freundschaftlichen Rippenstoß und sagte: ›Ich bin noch Jungfrau, Robert, obwohl die Männer sich gewaltig anstrengen, um mich zu einer Änderung dieses glückseligen Zustandes zu verleiten.‹ Und sie hat auf höchst eigentümliche Weise meinen Arm gedrückt und gemeint: ›Mein Augapfel braucht keine Angst zu haben.‹ Ich habe das so aufgefaßt, daß sie damit sagen wollte, sie werde Anjou trotz allem nicht heiraten. Ich glaube, sie will versuchen, diesen zwiespältigen Zustand zu beenden, in den sie durch eigene Schuld geraten ist.«

Und genau das tat sie. Ihren Ministern vertraute sie an, man hätte Zeit gewinnen und die Franzosen und Spanier im Ungewissen lassen müssen; nun aber wolle sie sich mit Hilfe ihrer Minister den Folgen entziehen.

In der Zwischenzeit sollten sie jedoch zum Schein mit der Abfassung der Eheverträge beginnen.

Ich ärgerte mich, weil ich Elisabeth nicht aus der Nähe beobachten konnte. Ich hätte sie so gern mit ihrem Frosch scherzen sehen und gehört, wie sie ihm erklärte, ihrer beider Hochzeitstag werde der glücklichste Tag ihres Lebens sein, während ihr listiger, lebhafter Geist die ganze Zeit überlegte, wie sie sich einen möglichst wirkungsvollen Abgang verschaffen konnte. Das Volk sollte glauben, Anjou sei wahnsinnig in sie verliebt – nicht, weil eine Verbindung mit ihr vorteilhaft für ihn war, sondern um ihres bezaubernden Wesens willen. Es war seltsam, daß derartige Gedanken sie bewegen konnten, während sie sich ausgiebig mit der politischen Seite der Angelegenheit befaßte. Doch wer das für unmöglich hielt, der kannte Elisabeth nicht.

Robert war froh. Er mißbilligte die Verbindung mit dem Franzosen von ganzem Herzen, hätte es aber auch nicht ertragen, wenn Elisabeth, nachdem sie ihn, Robert, verschmäht hatte, einen anderen geheiratet hätte. Zu beobachten, wie diese beiden, die in meinem Leben wohl die wichtigste Rolle spielten, Persönliches nie völlig auszuschließen vermochten, war erheiternd. Ich betrachtete mich übrigens auch selbst mit dieser eindringlichen Schärfe des Blicks und entdeckte meist mehr als einen Beweggrund für meine Handlungen.

Robert berichtete, die Königin habe Anjou eine Botschaft des Inhalts gesandt, daß sie sich vor der Heirat fürchte, da sie glaube, wenn sie in den Ehestand trete, so habe sie nicht mehr lange zu leben. Sie sei aber sicher, daß ihr Tod das Letzte sei, das er wünschte.

»Der Kleine war außer sich«, sagte Robert. »Ich glaube, nun merkt er endlich, daß es ihm nicht anders ergeht als den übrigen, die um Elisabeth gefreit haben. Er begann wütend zu lamentieren, riß den Ring, den sie ihm gegeben hatte, vom Finger und schleuderte ihn von sich. Dann erzwang er sich Zutritt zu ihr und sagte, nun sehe er, daß sie ihn hintergehen wolle und nie beabsichtigt habe, ihn zu heiraten, worauf sie sich sehr bekümmert zeigte, einen tiefen Seufzer ausstieß und erklärte, um wieviel erfreulicher das Leben wäre, wenn man diese Angelegenheiten allein dem Herzen überlassen dürfte. Er entgegnete, wenn er sie nicht bekommen könne, sei es ihm am liebsten, wenn sie beide stürben. Hierauf beschuldigte sie ihn, er bedrohe sie. Da brach der kleine Einfaltspinsel in Tränen aus. Er schluchzte, er könne es nicht ertragen, wenn die ganze Welt erführe, daß Elisabeth ihn habe sitzen lassen.«

»Und was hat sie dann gemacht?«

»Sie hat ihm nur ihr Taschentuch gegeben, damit er sich die Tränen trocknen konnte. Ach Lettice, es ist ganz klar, daß sie nie die Absicht hatte, ihn zu heiraten. Aber sie hat uns dadurch keine geringen Unannehmlichkeiten aufgebürdet, denn jetzt müssen wir die Franzosen besänftigen, und das wird keine leichte Aufgabe sein.«

Da hatte er allerdings recht. Die Gesandten des Königs von Frankreich waren bereits in England angekommen, um dem Paar zu gratulieren und die letzten Hochzeitsvorbereitungen zu treffen. Als der wahre Stand der Dinge ans Licht kam, versetzte der französische Botschafter die Ratsversammlung in Angst und Schrecken, indem er erklärte, da der Herzog von Anjou durch die Engländer beleidigt worden sei, würden sich die Franzosen mit Spanien verbünden, was für die Engländer keine erfreuliche Aussicht sein dürfte.

Robert erzählte mir, die Minister hätten sich miteinander beraten, und man sei allgemein der Ansicht, daß die Angelegenheit schon zu weit gediehen sei, als daß man jetzt noch einen Rückzieher machen konnte. Als die Königin die Minister empfing, verlangte sie zu wissen, ob sie ihr etwa einreden wollten, sie habe gar keine andere Wahl, als den Herzog zu heiraten.

Sie habe mit dem Feuer gespielt, und wenn sie nicht vorsichtig zu Werke gingen, so würden sich einige ernsthaft die Finger verbrennen. Elisabeth sagte, es müsse doch einen Ausweg aus dieser Lage geben, und sie würde ihn finden. Die Heiratsbedingungen wurden ausgehandelt, und die Franzosen zeigten sich bereit, auf Elisabeths Forderungen einzugehen. In ihrer Verzweiflung verkündete sie plötzlich, sie könne nur unter dem Vorbehalt zustimmen, daß Calais an die englische Krone zurückgegeben werde.

Diese Forderung war – und das wußte Elisabeth – empörend. Calais – das ihre Schwester Maria einst verloren hatte – war das letzte Bollwerk im Besitze der Engländer gewesen, und die Franzosen würden es unter keinen Umständen zulassen, daß die Engländer wieder in Frankreich Fuß faßten. Jetzt spätestens mußten sie erkennen, daß Elisabeth mit ihnen ihr Spiel trieb. Nun wurde es wirklich gefährlich.

Elisabeth wußte das besser als jeder andere. Und sie fand eine Lösung. Die Spanier waren eine Bedrohung. Der kleine Herzog stand augenblicklich gerade einmal im protestantischen Lager, und es würde wahrscheinlich zu einem Zusammenstoß mit den Spaniern kommen. Die Königin war der festen Überzeugung, daß es besser wäre, wenn solch ein Treffen außerhalb ihres Reiches stattfände. Da die Niederlande wiederholt um Hilfe gebeten hatten, mochte der Ausweg aus einer schwierigen Situation darin liegen, zwei Fliegen mit einer Klappe zu schlagen: Man versah den Herzog von Anjou mit einer Summe Geldes und schickte ihn in die Niederlande, damit er sich dort an die Spitze eines Feldzugs gegen die Spanier stelle.

Nichts hätte geeigneter sein können, Heinrich III. von Frankreich und Philipp von Spanien zu verärgern. Und die Gedanken des kleinen Prinzen würden vom Heiraten abgelenkt.

Vor Liebe zu ihr verschmachtend, wie er beteuerte, ließ sich Anjou schließlich überreden, in die Niederlande zu ziehen. Stolz zeigte ihm Elisabeth ihre Schiffswerft in Chatham. Der Anblick so vieler prachtvoller Schiffe machte großen Eindruck auf ihn, verstärkte aber zweifellos auch seinen Wunsch, Elisabeths Gemahl und Herr über ihre Flotte zu werden. Da sie ihm auch weiterhin ihre Zuneigung bewies, mußte er das Gefühl haben, daß die Erfüllung dieses Wunsches auch jetzt noch nicht unmöglich geworden war.

Robert erzählte mir, was sich zugetragen hatte. Er sei zutiefst bekümmert, sagte er, denn Elisabeth hatte dem Herzog zugesagt, sie wolle ihm als Zeichen ihrer Wertschätzung zur Begleitung einen Mann nach Antwerpen mitgeben, auf dessen Anwesenheit bei Hofe sie stets allergrößten Wert gelegt habe.

»Dich, Robert!« rief ich. Er nickte.

Ich spürte seine innere Erregung. In diesem Augenblick, so glaube ich, begannen meine Gefühle für ihn sich zu ändern. Er war wieder in Gnaden aufgenommen, und ich erkannte endgültig, daß nach wie vor der Ehrgeiz sein Leben beherrschte. Sie, meine königliche Rivalin, konnte ihm geben, wonach es ihn verlangte. Aber ich war nicht die Frau, die sich so leicht mit dem zweiten Platz abfand.

Er ging mit Freuden in die Niederlande, wenn es auch bedeutete, daß er mich verlassen mußte. Doch sah er dort vielerlei Möglichkeiten für sich. Und dadurch, daß ihn die Königin dazu bestimmt hatte, Anjou zur Seite zu stehen, bewies sie ihm, daß sie ihm vertraute.

Sie waren wieder vereint – mein Ehemann und seine königliche Gebieterin. Wohl war ich es, bei der seine Sinne Befriedigung fanden. Doch sein Verstand sagte ihm, er müsse ein treuer Gefolgsmann der Königin sein. Und noch stärker als sein fleischliches Verlangen war sein Ehrgeiz.

Er merkte nicht, wie zurückhaltend ich mich benahm, sondern fuhr aufgeregt fort: »Erkennst du, was sie getan hat? Sie hat die Franzosen die ganze Zeit hingehalten, und jetzt hat sie Anjou sogar dazu gebracht, für sie in die Schlacht zu ziehen.«

Seine Augen leuchteten. Sie war eine großartige Frau und eine große Königin. Alle Zärtlichkeiten, die sie ihrem kleinen Frosch erwiesen hatte, waren wohlüberlegte Politik gewesen. Es gab nur einen Mann, den sie so sehr liebte, daß er sie zeitweise ihre Zielstrebigkeit vergessen gemacht hatte: Robert Dudley.

Er unterstand ihren Befehlen. Sie hatte ihm seine Heirat verziehen und wollte ihn bei sich haben. Die Ehe war unwichtig. Heiraten wollte sie ihn ja ohnehin nicht. Aber sie würde mir, sooft sie nur konnte, meinen Gatten fortnehmen. Er hatte seine Stellung als ihr Günstling zurückgewonnen, seine Gattin aber blieb vom Hofe verbannt. Das war ihre Rache an mir.

Ich fühlte, wie kalte Wut in mir aufstieg. Nein, ich würde mich nicht so leicht beiseiteschieben lassen.

»*Leicesters Commonwealth*«

Euer Brief erreichte mich, als ich mich für zwei Wochen vom Hofe entfernt
hatte, um mein Weib in ihrem Elend über den Verlust meines kleinen
Sohnes zu trösten, welchen Gott kürzlich von uns genommen hat.

Leicester an William Davison

Seine Lordschaft (Leicester) wechselt Gattinnen und Geliebte, indem er die
eine umbringt, die andere verstößt ...
Kinder von Ehebrechern sollen getötet und die Saat eines sündigen Bettes
ausgerottet werden.

Aus »Leicesters Commonwealth«

Als Robert aus den Niederlanden zurückkehrte, befand ich mich mit
Dorothy und meinem kleinen Sohn Robert in Leicester House. Mein
älterer Sohn, Robert Devereux, hatte inzwischen in Cambridge den
Magistergrad erworben und den Wunsch geäußert, er wolle ein ruhiges
Leben führen. Sein Vormund Lord Burleigh hielt es daher für einen
ausgezeichneten Gedanken, daß Robert sich auf eines seiner Güter bei
Llanfydd in Pembrokeshire zurückziehen sollte, wo er das Leben eines
Landedelmannes führen und sich seinen Büchern widmen konnte. Infolgedessen sah ich ihn nur selten, was mir gar nicht behagte, denn er
war mir von all meinen Kindern das liebste.
Leicester war merklich gealtert. Sein Haar war grauer, sein Gesicht
noch röter geworden. Die Königin hatte ihn zu Recht wegen seiner
Unmäßigkeit bei Tisch gescholten. Die leichte Bedrückung, die ihm
nach unserer Heirat anzusehen gewesen war, als er für kurze Zeit
geglaubt hatte, die Gunst der Königin für immer verloren zu haben,
war gänzlich verschwunden. Nun zeigte er sich wieder voll Selbstvertrauen.
Er betrat das Haus, wo ich ihn zur Begrüßung erwartete, riß mich in

seine Arme und erklärte, ich sei schöner denn je. Er liebte mich mit
dem drängenden Begehren eines Mannes, der lange Zeit enthaltsam
gelebt hat. Doch ich spürte, daß er mit seinen Gedanken nicht ganz bei
mir war, und da wußte ich: meine Rivalin hieß Ehrgeiz.

Ich war ein wenig verärgert darüber, daß er zuerst die Königin aufgesucht hatte, ehe er zu mir kam. Ich wußte, daß dies unumgänglich war,
doch meine Eifersucht machte mich unvernünftig.

Er fand kein Ende, mit mir von der Zukunft zu sprechen; sie würde
glänzend sein, des war er gewiß.

»Die Königin empfing mich mit großer Herzlichkeit und schalt mich,
weil ich zu lange fortgeblieben war. Sie sagte, sie habe schon geglaubt,
ich hätte eine solche Zuneigung zu den Niederlanden gefaßt, daß ich
darüber mein Vaterland und meine gütige Königin vergessen hätte.«

»Und vielleicht auch«, warf ich ein, »deine geduldige Gattin.«

»Dich hat sie nicht erwähnt.«

Darüber mußte ich lachen. »Wie gütig von ihr, deine Ohren nicht mit
Schimpfworten, die mir gegolten hätten, zu beleidigen.«

»Ach, das wird auch vorübergehen! Ich möchte schwören, Lettice, daß
sie dich in ein paar Monaten bei Hofe empfängt.«

»Ich bin bereit, das Gegenteil zu beschwören.«

»Ich werde dafür sorgen.«

»Du wirst dich vergeblich bemühen.«

»Nein, ich kenne sie besser als du.«

»Der einzige Weg, Vergebung für mich zu erlangen, wäre, daß du mich
verließest oder dich sonstwie meiner entledigtest. Aber sei's drum. Du
jedenfalls scheinst wieder in den Kreis ihrer Günstlinge aufgenommen.«

»Daran ist nicht zu zweifeln. Und Lettice, ich glaube, in den Niederlanden steht mir eine große Zukunft bevor. Man hat mich mit größter
Artigkeit empfangen. Ich habe den Eindruck, sie würden mich gern
zum Statthalter der Provinzen ernennen. Die Lage dort ist so hoffnungslos, daß sie in mir anscheinend den Retter sehen.«

»Wenn du also Gelegenheit hättest, würdest du deine königliche Gebieterin verlassen? Was würde sie wohl dazu sagen!«

»Ich müßte sie eben überzeugen.«

»Ihr habt eine hohe Meinung von Euren Überredungskünsten,
Mylord.«

»Wie würde es dir gefallen, Gemahlin des Statthalters zu sein?«

»Recht gut, zumal ich hier als Leicesters Gattin nicht erwünscht bin.«

»Nur bei Hofe.«

»Nur bei Hofe! Wo sonst gilt man denn etwas?«

Er ergriff meine Hände, und in seinen Augen flammte jene Leidenschaft auf, die nur der Ehrgeiz in ihm zu entzünden vermochte.

»Ich werde dafür sorgen, daß unsere Familie den ihr gebührenden Platz erhält«, sagte er.

»Als ob du das nicht schon getan hättest! Mir scheint, du hast deine Verwandten und Anhänger überall im Lande in den richtigen Ämtern untergebracht.«

»Ich habe eben versucht, meine Stellung zu festigen.«

»Dabei hast du doch erlebt, daß ein Stirnrunzeln der Königin genügt, um dich aus dem Sattel zu heben.«

»Das ist richtig. Und darum muß ich Sorge tragen, meinen Einfluß zu verstärken. Da wäre der junge Essex. Es ist an der Zeit, daß er aus seinem Versteck in Wales hervorkommt und an den Hof geht. Ich könnte ihm ein Amt verschaffen.«

»Meinem Sohn scheint es auf dem Lande zu gefallen, wie aus seinen Briefen an mich und an Lord Burleigh hervorgeht.«

»Unsinn. Ich habe einen prächtigen Stiefsohn. Und ich möchte meine Bekanntschaft mit ihm erneuern und ihn fördern.«

»Gut. Ich werde ihm das schreiben.«

»Und unser kleiner Robert ... Ich habe Pläne mit ihm.«

»Er ist doch noch ein ganz kleiner Junge.«

»Glaub mir, es ist nie zu früh, an die Zukunft der Kinder zu denken.«

Ich legte die Stirn in Falten. Um unseren Sohn machte ich mir Sorgen. Er war ein zartes Kind. Betrachtete ich seinen Vater und mich, so kam mir das geradezu lächerlich vor. Die Kinder, die ich von Walter Devereux hatte, waren kräftig und gesund. Es schien wie ein wunderlicher Streich des Schicksals, daß Leicesters Sohn ein Schwächling werden sollte. Der kleine Robert hatte nur mit Mühe Laufen gelernt. Ich hatte entdeckt, daß das eine Bein um eine Kleinigkeit kürzer war als das andere. Als er dann endlich lief, hinkte er ein wenig. Dieses Körperschadens wegen liebte ich ihn besonders. Ich hatte den Wunsch, ihn zu umhegen und zu beschützen. Der Gedanke, ihn einmal glänzend zu verheiraten, behagte mir ganz und gar nicht.

»Wen schlägst du denn für Robert vor?« fragte ich.

»Arabella Stuart«, erwiderte Robert.

Ich merkte, welchen Weg seine Gedanken gingen, und erschrak. Arabella Stuart hatte einen Anspruch auf den Thron, denn sie war die Tochter von Charles Stuart, dem Grafen von Lennox, und dieser war der jüngere Bruder des Grafen von Darnley, welcher Maria, die Königin von Schottland, geheiratet hatte. Durch seine Mutter war der Graf von Lennox der Enkel von Margaret Tudor, der Schwester Heinrichs VIII.

Rasch sagte ich: »Du meinst, es besteht die Möglichkeit, daß sie den Thron besteigt. Wie sollte sie? Jakob, der Sohn der Maria, kommt vor Arabella.«

»Aber sie ist auf englischem Boden geboren«, sagte Robert. »Jakob ist Schotte. Das Volk dürfte eine englische Königin vorziehen.«

»Dein Ehrgeiz läuft deinem gesunden Menschenverstand davon«, sagte ich bissig und fuhr fort: »Du bist wie dein Vater. Er betrachtete sich als Königsmacher, und am Ende verlor er seinen Kopf.«

»Ich sehe keinen Hinderungsgrund für eine Verlobung.«

»Und du meinst, die Königin würde dem zustimmen?«

»Ich glaube, wenn ich es ihr anheimstelle ...«

»In trauter Zweisamkeit«, schlug ich vor.

»Was ist denn in dich gefahren, Lettice? Du darfst dich nicht darüber ärgern, daß Elisabeth dich nicht empfängt. Ich sage dir, das wird sich bald ändern.«

»Mir scheint, du bist aus den Niederlanden als siegreicher Held zurückgekehrt, der wie der Sturmwind dahinfährt.«

»Warte nur ab«, sagte er. »Ich habe noch ganz andere Pläne. Wie steht es mit Dorothy?«

»Dorothy! Hast du etwa einen Ehemann von ebenfalls königlicher Abkunft für sie?«

»Du hast es erraten.«

»Ich bin gespannt, wen du für sie aufgetan hast.«

»Den jungen Jakob von Schottland.«

»Robert, du sprichst doch nicht im Ernst. Meine Tochter Dorothy soll den Sohn der schottischen Königin heiraten!«

»Warum nicht?«

»Ich würde gern hören, was seine Mutter zu diesem Vorschlag meint.«

»Ihre Meinung ist nicht von Belang. Die Königin von Schottland ist schließlich eine Gefangene.«

»Und die Meinung deiner königlichen Gebieterin?«

»Ich glaube, Elisabeth ließe sich überreden. Wenn James schwören würde, Protestant zu bleiben, so wäre sie bereit, ihn als ihren Erben einzusetzen.«

»Und Ihr, Mylord, als sein Schwiegervater, würdet das Königreich regieren. Und falls es ihm nicht gelingt, den Thron zu besteigen, bleibt immer noch Arabella. Nimm dich in acht, Robert!«

»Ich lasse größte Vorsicht walten.«

»Du bist wahrhaftig wie dein Vater. Erinnere dich: Er hat versucht, deinen Bruder Guildford durch die Vermählung mit Lady Jane Grey zum König zu machen. Denk daran – es hat ihn den Kopf gekostet. Um Kronen zu würfeln, ist gefährlich!«

»Das Leben ist nun einmal ein gefährliches Glücksspiel, Lettice. Daher sollte man auch einen hohen Einsatz wagen.«

»Armer Robert. Du hast dir wirklich Mühe gegeben. Fast wäre es dir gelungen, durch Elisabeth die Krone zu erlangen. Schmerzlich und beschämend war es, wie sie dich all die Jahre am Gängelband geführt hat. Da hieß es dann: ›Robert, mein Augapfel, mein süßer Robin‹, und gerade, als du dachtest, du brauchtest nur die Hand nach der Krone auszustrecken, da wurde sie dir weggeschnappt. Wenigstens kennst du jetzt die Spielregeln. Aber du gibst nicht auf, nicht wahr? Du willst deinen Ehrgeiz auf Umwegen befriedigen. Du verschaffst deinen Handlangern die Macht, und dann werden sie von dir gegängelt. Robert, du bist der schändlichste Ehrgeizling, der mir je begegnet ist.«

»Würdest du mich denn anders haben wollen?«

»Du weißt genau, daß ich dich nicht anders haben möchte, als du bist, und doch muß ich dir sagen: Nimm dich in acht! Elisabeth hat dich wieder in Gnaden aufgenommen, aber sie ist unberechenbar. Du kannst heute ihr süßer Robin sein und morgen der Verräter Leicester.«

»Aber du siehst doch, sie verzeiht mir immer. Ein schlimmerer Schlag als unsere Heirat hätte sie nicht treffen können. Aber wenn du ihre Zärtlichkeit hättest sehen können bei meinem Aufbruch in die Niederlande und bei meiner Rückkehr ...«

»Das ist mir glücklicherweise erspart geblieben.«

»Du darfst nicht eifersüchtig sein, Lettice. Meine Beziehung zu ihr läßt sich mit unserem Verhältnis nicht vergleichen.«

»Nein. Denn sie hat dich verschmäht! Wenn sie dich genommen hätte, sähen die Dinge anders aus, nicht wahr? Ich sage nur eines: Hüte dich!

Glaub ja nicht, weil sie dir die Wange getätschelt und gesagt hast, daß du zuviel ißt, könntest du dir bei unserer gnädigen Herrin Freiheiten herausnehmen – sonst entdeckst du nur zu bald, daß sie beileibe nicht gnädig ist.«

»Meine liebe Lettice, ich glaube, ich kenne sie besser als sonst jemand.«

»Das sollte man meinen. Eure Bekanntschaft ist schließlich alt genug. Doch mir scheint, daß dir die Lobhudelei in den Niederlanden schlecht bekommen ist. Du siehst dich selbst siegreicher, als du in Wirklichkeit bist. Du stehst auf schwankendem Boden, Robert, und ich als dein demütiges Weib bitte dich lediglich, vorsichtig zu sein.«

Was ich sagte, gefiel ihm durchaus nicht. Er hatte gehofft, daß ich seinen Plänen Beifall spenden und blindlings daran glauben würde, daß er die Macht besaß, alles zu erreichen, was er wollte. Er merkte nicht, daß ich ihn bereits mit anderen Augen sah und wie tief mich meine Vertreibung vom Hof getroffen hatte – während er dort allein in Ehren empfangen wurde und mit diesem Zustand auch noch zufrieden schien.

Doch selbst die neuerworbene Gunst der Königin schützte ihn nicht vor ihrem Zorn, als sie von seinen Absichten erfuhr. Sie ließ ihn zu sich kommen und beschimpfte ihn lautstark. Das wurde mir von ihm und von anderen berichtet. Sie gab ihm deutlich zu verstehen, daß sie zu diesen zwei beabsichtigten Vermählungen nie ihre Einwilligung geben würde ... nur weil es sich bei den Beteiligten um meine Kinder handelte.

»Glaubt nicht«, schrie sie so laut, daß viele es hören konnten, »daß ich es zulasse, daß diese Wölfin durch ihre Jungen triumphiert.«

Damit war offenbar, daß sie mir nie verzeihen würde. Es bestand also keine Aussicht, daß ich wieder bei Hofe empfangen wurde.

Eine Zeitlang war Robert niedergeschlagen, doch dann war es so hoffnungsfroh wie immer. »Das wird vorübergehen«, sagte er. »Ich verspreche dir, daß sie dich über kurz oder lang doch empfangen wird.«

Das bezweifelte ich allerdings, da die bloße Erwähnung meines Namens sie in höchste Wut versetzen konnte.

Sie sorgte dafür, daß Robert soviel wie möglich in ihrer Nähe war. Ganz gewiß war sie entschlossen, mir zu beweisen, daß zuletzt sie triumphieren würde, auch wenn ich durch meine Heirat mit Robert vorübergehend einen Sieg errungen hatte.

Da ich bei Hofe nicht empfangen wurde, beschloß ich, den Leuten auf andere Weise zu zeigen, daß ich vorhanden war. Ich stattete unsere sämtlichen Häuser mit solcher Pracht aus, daß es allmählich hieß, der Hof wirke im Vergleich dazu ärmlich. Ich erwarb die prächtigsten Stoffe, und ließ daraus Staatsroben schneidern, so großartig wie nur irgendeine in den üppig ausgestatteten Schränken der Königin. Ich kleidete meine Lakaien in schwarzen Samt, der mit silbernen Ebern bestickt war, und fuhr in einer von vier Schimmeln gezogenen Kutsche durch London. Dabei ließ ich mich von mindestens fünfzig Bediensteten begleiten, und eine kleine Kavalkade ritt immer voraus, um den Weg für meine Kutsche freizumachen. Dann kamen die Leute aus den Häusern gelaufen, um den Zug zu betrachten, in der Überzeugung, es sei gewiß die Königin, die da vorbeifahre.

Ich lächelte ihnen so wohlwollend zu, als sei ich wahrhaftig die Herrscherin, und sie gafften mich erstaunt an.

Zuweilen konnte ich sie ehrfürchtig flüstern hören: »Das ist die Gräfin von Leicester.«

Ich genoß diese Ausflüge. Bedauerlich war nur, daß die Königin mich nicht sehen konnte.

Aber ich tröstete mich mit dem Wissen, daß Nachrichten über mich rasch den Weg zu meiner Rivalin fanden.

Im Januar hatte die Königin Philip Sidney zum Ritter geschlagen. Das bewies, daß die Familie wieder in ihrer Gunst stand. Das einzige Familienmitglied, das weiterhin abseits stehen mußte, war ich. Mein Haß wuchs.

Robert eröffnete mir, daß Sir Francis Walsingham seine Tochter mit Philip zu vermählen wünsche. Robert hielt das für einen ausgezeichneten Gedanken, denn für Philip wurde es Zeit zu heiraten. Er schrieb immer noch Gedichte, in denen er Penelopes Schönheit pries und seine hoffnungslose Leidenschaft besang. Doch Robert wies mich darauf hin – und ich war hier mit ihm einer Meinung –, daß Philips Leidenschaft von einer Art war, welche der körperlichen Erfüllung nicht bedurfte. Er war ein Dichter, ein Liebhaber der Künste, und eine Liebesgeschichte in Versen befriedigte sein schwärmerisches Gemüt mehr als eine Affäre, die ihren natürlichen Höhepunkt fand. Penelope freilich genoß es, in Versen angebetet zu werden, doch sie war immerhin mit Lord Rich vermählt. Und konnte man die Ehe auch nicht gerade als glücklich bezeichnen, so hatten die beiden doch wenigstens Kinder miteinander.

Die Familien befürworteten eine Verbindung zwischen Frances Walsingham und Philip. Frances war ein schönes Mädchen, und empfand Philip ihr gegenüber vorderhand auch keine tieferen Gefühle, so würde sich das gewiß ändern, wenn er erst vermählt war.

Zu meiner nicht geringen Überraschung hatte Philip nichts gegen diese Heirat einzuwenden, und so wurde der Ehekontrakt aufgesetzt.

Als Dorothy von Roberts Absicht hörte, sie mit Jakob von Schottland zu verheiraten, war sie ziemlich aufgebracht. Sie sagte, nichts auf der Welt könne sie dazu bringen, auch wenn die Königin zustimmen würde.

»Mir scheint, er ist ein sehr widerlicher Mensch«, sagte sie. »Gemein und anmaßend. Euer Gatte will ein wenig zu hoch hinaus, Mylady.«

»Du brauchst dich nicht aufzuregen«, erwiderte ich. »Die Hochzeit wird ganz gewiß nicht stattfinden. Die Königin würde dich, mich und deinen Stiefvater in den Tower werfen lassen, wenn wir das wagen würden!«

Sie lachte. »Sie haßt Euch, Mylady. Ich weiß auch, warum.«

»Ich auch«, gab ich zurück.

Sie blickte mich voller Bewunderung an. »Ihr werdet niemals alt«, meinte sie.

Ich freute mich, denn solche Worte aus dem Munde einer jungen Tochter, die mit Tadel nicht zu sparen pflegte, bedeuteten wahrlich ein Lob.

»Ich glaube, das liegt an Eurem aufregenden Leben.«

»Ist mein Leben denn so aufregend?« fragte ich nachdenklich.

»Aber freilich. Ihr habt meinen Vater geehelicht, und dann habt Ihr Euch mit Robert eingelassen, von dem es hieß, er sei mit Douglass Sheffield vermählt, und jetzt haßt Euch die Königin. Ihr aber schnippt bloß mit den Fingern. Und wenn Ihr ausfahrt, seht Ihr ebenso königlich aus wie sie.«

»Das dürfte niemandem gelingen.«

»Nun, Ihr seid immerhin schöner als sie.«

»Darin dürften dir nicht viele beipflichten.«

»Jedermann würde mir beipflichten ... wenn auch insgeheim. Ich habe mir vorgenommen, so zu leben wie Ihr. Ich werde auch mit den Fingern schnippen, wenn das Schicksal an mich herantritt, und falls Euer Gatte mich mit dem König von Frankreich oder Spanien vermählen wollte, so würde ich als Antwort darauf mit dem Mann durchbrennen, dem mein Herz gehört.«

»Da diese Könige beide verheiratet sind und, wären sie es nicht, ganz gewiß nicht dich ehelichen würden, brauchen wir uns darüber nicht den Kopf zu zerbrechen.«

Sie gab mir einen Kuß und sagte, das Leben sei aufregend, und für Penelope müsse es erst recht wunderbar sein, da diese mit einem Ungeheuer vermählt sei und der schönste junge Mann am Hofe Liebesoden auf sie verfasse, die von jedermann gelesen und für Kunstwerke gehalten würden, durch welche Penelope unsterblich würde. »Ich glaube, um das Leben zu genießen, muß man dafür Sorge tragen, daß es munter zugeht.«

»Daran könnte etwas Wahres sein«, stimmte ich zu.

Mir hätte dieses Gespräch eine Warnung sein müssen. Dorothy war siebzehn und schwärmte gern, doch ich hielt sie noch immer für ein Kind. Außerdem war ich so sehr mit meinen eigenen Angelegenheiten beschäftigt, daß es mir gar nicht in den Sinn kam, mich um die meiner Tochter zu kümmern.

Als Sir Henry Cock und seine Gattin sie einluden, ein paar Wochen bei ihnen auf Broxbourne zu verbringen, glaubten wir, das sei das Richtige für sie. Dorothy machte sich in bester Stimmung auf den Weg.

Kurz nachdem sie abgereist war, kam Robert aus Greenwich nach Leicester House. Ich spürte aus seinem Verhalten, daß etwas Unerfreuliches geschehen war. Die Königin war erzürnt. Sie hatte erfahren, daß Philip Sidney mit Frances Walsingham verlobt war, ohne daß man um ihre Erlaubnis nachgesucht hatte. Sie war über alle Beteiligten sehr verärgert, und da Philip Roberts Neffe war und Robert bekanntlich großen Anteil an allen Familienangelegenheiten nahm, schien es der Königin, er habe sie absichtlich in Unkenntnis gelassen.

Robert hatte ihr erklärt, er habe die Sache nicht für so wichtig gehalten, als daß er Elisabeth damit behelligen hätte wollen.

»Nicht so wichtig!« hatte sie gekeift. »Habe ich dem jungen Mann nicht meine Gunst bewiesen? Erst in diesem Jahr habe ich ihn zum Ritter geschlagen, und er erkühnt sich, sich mit dem Walsingham-Mädchen zu verloben und mir nichts davon zu sagen!«

Walsingham war vor der Königin erschienen, sehr demütig. Als der Zorn Elisabeths etwas verraucht war, wurde ihm gestattet zu erklären, daß auch seiner Meinung nach seine Familie von zu geringer Bedeutung sei, als daß sie die Anteilnahme der Königin in Anspruch nehmen dürfe.

»Von zu geringer Bedeutung!« rief die Königin. »Ihr solltet wissen, daß alle meine Untertanen für mich von Bedeutung sind, Ihr, mein Mohr, ebenso wie jeder andere.« Daß sie ihn mit seinem Spitznamen anredete, kam einem Tadel gleich, denn sie, mit ihrer Vorliebe für spaßhafte Namen, hatte ihn einst wegen seiner dunklen Augenbrauen ihren Mohren getauft. »Ihr wißt sehr wohl, daß mir Eure Familie am Herzen liegt, und Ihr habt mich zu hintergehen versucht. Ich habe nicht übel Lust, diesen beiden die Heiratserlaubnis zu verweigern.«

Sie bekundete einige Tage lang ihr Mißfallen, bevor sie einlenkte und schließlich nachgab, das junge Paar zu sich kommen ließ, ihm ihren Segen erteilte und zusagte, Patin seines ersten Kindes zu werden.

Zu dieser Zeit starb einer von Roberts gefährlichsten Feinden, Thomas Radcliffe, der Graf von Sussex. Er hatte lange Zeit gekränkelt, was ihn zu Roberts Genugtuung häufig vom Hofe fernhielt. Sussex hatte, wie er stets behauptete, der Königin mit ganzem Herzen gedient, und nichts – nicht einmal ihr Mißfallen – hätte seine Verehrung mindern können. Er hatte sich nie ganz von dem Leiden erholt, das er sich während des Aufstandes im Norden zugezogen hatte, als er dort die Feinde der Königin niederschlug. Er kannte Roberts Bestrebungen recht wohl und war gewiß ernstlich besorgt, welche Folgen dies für die Königin wie auch für Robert selbst haben würde. Eines Tages hätten sie sich beinahe in Gegenwart der Königin geschlagen. Sie hatten sich gegenseitig des Verrats an Ihrer Majestät bezichtigt. Die Königin verabscheute es, wenn Menschen, die ihr teuer waren, miteinander in Fehde lagen, denn sie fürchtete immer, es könne ihnen etwas zustoßen. Daher hatte sie den Wächtern befohlen, die beiden abzuführen. Sie mußten in ihren Gemächern bleiben, bis der Zorn der Königin sich abgekühlt hatte.

Doch es war seinerzeit Sussex gewesen, der ihr abgeraten hatte, Robert im Tower einzukerkern, nachdem man ihr unsere Heirat offenbart hatte. In ihrem Zorn wäre sie dazu fähig gewesen. Sussex aber hatte erkannt, daß ihr das selbst zum Nachteil gereichen würde. Wahrscheinlich hätte ihn Sussex, das war Roberts Meinung gewesen, mit Freuden als Gefangenen im Tower gesehen. Daher schien die Behauptung des Herzogs, er sei stets bestrebt, das zu tun, was für die Königin das Beste sei, doch ein Körnchen Wahrheit zu enthalten.

Nun lag er im Sterben. Elisabeth suchte ihn in seinem Haus in Bermondsey auf, setzte sich an sein Bett und zeigte sich sehr besorgt um ihn. Sie vergoß Tränen, weil er dahinging. Sie nahm sich den Verlust derer, die ihr eng verbunden waren, stets sehr zu Herzen.

Er mache sich große Sorgen, sagte er ihr vor seinem Tod; er hätte noch vieles für sie tun können. Sie beruhigte ihn, er solle seinen Frieden mit der Welt machen. Niemand hätte ihr treuer dienen können, und er solle wissen, daß sie, wenn sie auch streng zu ihm gewesen sei, ihm stets ihre Zuneigung bewahrt habe, denn sie habe allzeit gewußt, daß er es gut mit ihr meine, selbst dann, wenn sie seinetwegen unwillig gewesen sei.

Er sagte: »Madam, ich habe Angst, Euch zu verlassen.«

Darauf lachte sie und meinte, er habe eine sehr hohe Meinung von sich selbst, das aber habe auch sie, und daher glaube sie, mit jedem fertig werden zu können, der sich ihr entgegenstelle. Sie wußte, daß er sie vor Robert warnte, dessen Ehrgeiz, wie er oft gesagt hatte, vor nichts haltmachen würde.

Die Leute, die an Sussex' Sterbebett standen, berichteten, wie seine letzten Worte an die Anwesenden gelautet hatten. »Ich gehe nun fort in eine andere Welt«, hatte er gesagt, »und muß euch eurem Geschick und der Gnade der Königin überlassen. Doch hütet euch vor dem Zigeuner, denn der ist für euch alle zu gerissen. Ihr kennt die Bestie nicht so gut wie ich.«

Natürlich spielte er damit auf Robert an.

Elisabeth betrauerte Sussex und erklärte wieder und wieder, sie habe einen guten Diener verloren. Die Warnung vor dem »Zigeuner« beachtete sie jedoch nicht.

Eines Tages kam Sir Henry Cock in großer Sorge nach Leicester House. Sofort wurde ich unruhig, da ich ahnte, daß mit meiner Tochter etwas geschehen sein müsse.

Ich hatte recht. Thomas Perrot, der Sohn von Sir John Perrot, hatte sich ebenfalls auf Broxbourne aufgehalten, und wie es schien, eine zarte Beziehung zu meiner Tochter angeknüpft. Der Vikar von Broxbourne war mit einer unglaublichen Geschichte zu Sir Henry gekommen. Zwei Fremde hätten ihn aufgesucht, erzählte er, und ihn um die Schlüssel zu seiner Kirche gebeten. Er habe selbstverständlich abgelehnt, sie auszuhändigen; die Fremden seien fortgegangen, aber nach einer Weile habe ihn ein ungutes Gefühl beschlichen; er sei zur Kirche gegangen, um nachzusehen, ob alles in Ordnung sei. Er stellte fest, daß die Kirchentür mit Gewalt geöffnet worden und eine Trauung im Gange war. Einer der beiden Fremden, welche ihn zuvor um die Schlüssel gebeten hatten, amtierte als Geistlicher. Der Vikar sagte ihnen, sie könnten in seiner Kirche keine Trauung vornehmen, da hierzu nur er befugt sei. Daraufhin bat ihn einer der Männer, in welchem er später Thomas Perrot erkannte, ihn zu trauen. Der Vikar weigerte sich, und der Fremde setzte die Zeremonie fort.

»Es stellte sich heraus«, berichtete Sir Henry, »daß die besagte junge Dame Eure Tochter Lady Dorothy Devereux war, und jetzt ist sie die Gemahlin von Thomas Perrot.«

Ich war sprachlos. Da dies aber ein Abenteuer war, dem auch ich nicht hätte widerstehen können, wäre es mir schlecht angestanden, meine Tochter zu tadeln. Sie liebte Perrot wohl wirklich und mußte fest entschlossen gewesen sein, ihn zu heiraten. Also dankte ich Sir Henry und sagte, wenn die Ehe gültig sei – und es sei von größter Wichtigkeit, hierüber Gewißheit zu erlangen –, so könnten wir nichts dagegen unternehmen.

Als Robert hörte, was sich zugetragen hatte, war er zunächst verärgert. Er hatte Dorothy wohl als brauchbare Handelsware betrachtet. Weiß der Himmel, was alles an glänzenden Schicksalen er noch für sie bereit gehabt hätte! Er hatte sich nicht davon abschrecken lassen, daß Jakob von Schottland kein Gemahl für sie war. Und nun war Dorothy ihren eigenen Weg gegangen und hatte Perrot geheiratet.

Es stellte sich heraus, daß die Ehe gültig war, und bald darauf kamen Dorothy und ihr Gatte nach Leicester House.

Die beiden strahlten vor Glück, und Robert war natürlich überaus liebenswürdig zu ihnen. Er versprach, ihnen in jeder Hinsicht zu helfen. Wie immer war Robert ganz zärtlicher Familienvater.

Das Jahr 1583 ging zu Ende. Glücklicherweise ahnte ich nichts von der Tragödie, die das neue Jahr uns bringen würde. Robert und ich hatten uns immer bemüht, die Sorge um unseren kleinen Sohn voreinander zu verbergen. Wir versicherten einander ständig, daß zahllose Kinder anfangs sehr zart seien, und daß sich dies später verlieren würde.

Robert war ein aufgeweckter kleiner Bursche von sanftem Wesen. Er schlug gewiß keinem Elternteil nach. Mit großer Liebe hing er an seinem Vater, und der stattete, wenn er nach Hause kam, fast immer zuerst der Kinderstube einen Besuch ab. Ich habe gesehen, wie er das Kind auf den Schultern reiten ließ, und der kleine Robert schrie in entzücktem Schauder, wenn er durch die Luft geschwungen wurde. Kaum stand er am Boden, verlangte er nach mehr.

Er liebte uns beide. Ich glaube, er sah in uns eine Art Gottheiten. Es gefiel ihm, wenn ich in meiner von vier Schimmeln gezogenen Kutsche ausfuhr; und wie er mit seiner kleinen Hand die Stickereien auf meinem Kleid streichelte, das wird mir für immer in Erinnerung bleiben.

Leicester schmiedete unentwegt Pläne für eine glänzende Heirat und wollte den Gedanken an Arabella Stuart nicht aufgeben, obwohl die Königin ihn deswegen weidlich verspottet hatte.

Nach Sussex' Tod war Robert noch mehr als zuvor mit der Königin zusammen. Ich wußte, daß sie ihn mit besonderer Freude an ihre Seite rief, weil sie mich dadurch seiner Gesellschaft beraubte.

Sie behandelte ihn mit Zärtlichkeit. Er war ihr lieber Augapfel und ihr süßer Robin, und sie wurde gereizt, wenn er sich längere Zeit von ihr fernhielt. Sussex' Warnung hatte sie überhaupt nicht berührt. Bei Hofe hieß es, niemals könne jemand Roberts Platz an ihrer Seite einnehmen, denn wenn er seine Eheschließung überstanden hatte, so gebe es nichts mehr, was ihm gefährlich werden könnte.

Leider gab es keine Anzeichen dafür, daß ihre Feindschaft gegen mich geringer geworden wäre. Ich hörte beständig, daß es unklug sei, meinen Namen in ihrer Gegenwart zu erwähnen, und wenn sie gelegentlich von mir sprach, so nannte sie mich stets »die Wölfin«. Offensichtlich aber hatte sie beschlossen, meine »Jungen« anzuerkennen, denn sowohl Penelope wie Dorothy wurden bei Hofe empfangen.

Mit dem Herannahen des neuen Jahres mußten die Geschenke für die Königin vorbereitet werden. Robert war stets bestrebt, das Geschenk des vergangenen Jahres zu übertrumpfen. Ich half ihm, seine Gabe auszuwählen: eine große Suppenterinne aus dunkelgrünem Edelstein mit prachtvoll vergoldeten, wie gewundene Schlangenleiber geformten Henkeln. Sie war ein höchst eindrucksvolles Stück. Dann entdeckte ich, daß Robert ein weiteres Geschenk für Elisabeth hatte, ein Halsband aus Diamanten. Er hatte ihr zu so mancher Gelegenheit Juwelen geschenkt, aber noch nie einen so ungewöhnlichen Schmuck wie diesen. Ich fühlte kalte Wut in mir aufsteigen, als ich bemerkte, daß das Halsband mit sogenannten Liebesknoten verziert war. Wenn es möglich gewesen wäre, ich glaube, ich hätte es entzweigerissen.

Er kam gerade dazu, als ich es in den Händen hielt.

»Um Ihre Majestät zu besänftigen«, sagte er.

»Du meinst die Liebesknoten?«

»Die sind doch nur ein Muster. Ich meine die Diamanten.«

»Ich finde, es ist eine sehr gewagte Anspielung – diese Liebesknoten. Aber die Königin wird das gewiß zu schätzen wissen.«

»Sie wird entzückt sein.«

»Und dich ohne Zweifel bitten, es ihr im Nacken zu schließen?«

»Auf dieser Ehre werde ich bestehen.« Er muß wohl meine Verstimmung gespürt haben, denn er setzte rasch hinzu: »Vielleicht läßt sie sich dann erweichen, so daß ich ihr die einzig wichtige Bitte vortragen kann.«

»Und die wäre?«

»Daß sie dich bei Hofe empfangen möge.«

»Sie wird kaum erfreut sein, wenn du sie um einen solchen Gefallen bittest.«

»Dennoch werde ich mein Möglichstes tun, um es zuwege zu bringen.«

Ich blickte ihn spöttisch an und sagte: »Wenn ich dort wäre, befändest du dich in einer schwierigen Lage, Robert. Du müßtest bei zwei Frauen den Liebhaber spielen – und beide sind von unstetem Charakter.«

»Komm, Lettice, wir wollen vernünftig sein. Du weißt, ich muß sie besänftigen. Du weißt, daß ich ihr zur Verfügung stehen muß. Für uns macht das doch keinen Unterschied.«

»O doch, es macht sogar einen großen Unterschied! Weil ich nämlich meinen Ehemann kaum zu sehen bekomme, da er ständig einer anderen Frau zu Diensten ist«.

»Sie wird eines Tages zur Einsicht kommen.«

»Dafür sehe ich keinerlei Anzeichen.«

»Überlaß das nur mir.«

Munter und zuversichtlich ging er davon, um die Liebesknoten um den königlichen Hals zu legen, während ich mich fragte, wie lange man eigentlich von mir erwartete, daß ich dergleichen ertragen würde. Es hatte eine Zeit gegeben, da ich die anerkannte Schönheit bei Hofe war. Und wenn ich heute nicht mehr dafür galt, lag das nicht etwa daran, daß meine Reize geschwunden wären; schuld war einfach, daß ich nicht mehr anwesend war.

Sicher, wir bewirteten Gäste in Leicester House, in Kenilworth, Wanstead und unseren kleineren Herrensitzen. Dort kam ich wohl auf meine Kosten. Doch immer, wenn ich mir in der Rolle als Gemahlin des einflußreichsten Mannes von ganz England besonders gefiel, schien die Königin beschlossen zu haben, Leicester zu besuchen. Und das bedeutete, daß Leicesters Gattin zu verschwinden hatte.

Ich verlor allmählich die Geduld. War Robert bei mir, benahm er sich nach wie vor wie ein liebevoller Ehemann. Ich ließ es mir angelegen sein, Gewißheit darüber zu haben, daß es in seinem Leben keine andere Frau gab – außer der Königin. Ob das daran lag, daß sein Verlangen mit der Zahl der Jahre geringer wurde oder daß ich ihm hinreichend Befriedigung verschaffte, oder ob er fürchtete, das Mißfallen der Königin zu erregen, hätte ich nicht zu sagen gewußt. Doch gleichviel, Robert war der getreue Untertan und Diener der Königin, und daß weder er noch ich das vergaßen, dafür sorgte sie.

Mochte er auch zufrieden sein darüber, daß sein Stern wieder im Aufgehen war, ich war unglücklich, daß der meine sank.

Enttäuscht darüber, daß ich ausgeschlossen blieb, übertrieb ich meine Verschwendungssucht. Wenn ich ausfuhr, trug ich noch prächtigere Gewänder und nahm noch mehr Gefolge mit. Und die Leute auf der Straße bezeigten mir noch mehr Respekt. Einmal hörte ich jemanden flüstern: »Sie ist noch vornehmer als selbst die Königin.« Das verschaffte mir Genugtuung ... allerdings nur vorübergehend.

Ich, Lettice, Gräfin von Leicester, sollte mich beiseite schieben lassen, nur weil eine andere Frau so eifersüchtig auf mich war, daß sie es nicht einmal ertragen konnte, wenn mein Name erwähnt wurde? Es entsprach nicht meinem Naturell, mich damit abzufinden. Es mußte etwas geschehen.

Ich war beträchtlich jünger als Leicester, beträchtlich jünger auch als die Königin. Mochten die beiden zufrieden sein mit ihrem Dasein – ich war es nicht.

Ich begann mich umzusehen. In unserem eigenen Hauswesen gab es einige recht stattliche Männer. Daß ich nichts von meiner Anziehungskraft eingebüßt hatte, merkte ich an den heimlichen Blicken, die mich zuweilen trafen – obgleich niemand es gewagt hätte, aus Furcht vor Leicesters fürchterlichem Zorn, seine Gefühle deutlicher zum Ausdruck zu bringen.

Dies konnte natürlich nicht immer so bleiben.

Im Mai dieses Jahres traf die Nachricht von Anjous Tod in England ein. Wie immer, wenn ein Mann von Rang starb, wurde gemunkelt, er sei vergiftet worden. Die Vermutung wurde laut, daß Roberts Mittelsmänner am Werke gewesen seien, weil er fürchtete, die Königin könne Anjou heiraten. Das war natürlich unsinnig, und selbst Roberts Feinde schenkten der Geschichte wenig Glauben. Jedermann wußte, daß Elisabeths kleiner Froschkönig ein recht jämmerliches Geschöpf gewesen war – verkrüppelt und pockennarbig. Dabei hatte er ein ausschweifendes Leben geführt, und dem war seine schwächliche Konstitution zweifellos nicht gewachsen gewesen.

Die Königin trauerte tief um ihn und beklagte den Verlust. Er sei der einzige Mann gewesen, den sie hätte heiraten mögen, erklärte sie. Doch niemand glaubte ihr. Ich war mir nie ganz sicher, ob sie tatsächlich selbst glaubte, daß sie ihn möglicherweise geheiratet hätte. Aber nun, da er tot war, mochte sie es getrost denken. Es war nur unbegreiflich, daß eine Frau, die in allen Staatsangelegenheiten solchen Scharfblick bewies, derartig versessen aufs Heiraten sein sollte. Vielleicht schmeichelte es ihr in gewisser Weise, wenn sie sich in dem Glauben wiegen konnte, daß sie Anjou, wäre er am Leben geblieben, geehelicht hätte. Jetzt brauchte sie Leicester in ihrer Nähe, damit der eine Liebhaber sie über den Verlust des anderen hinwegtrösten konnte.

Nach Anjou starb der Prinz von Oranien, die Hoffnung der Niederlande. Er wurde von einem von den Jesuiten aufgestachelten Fanatiker ermordet. Das ganze Land war in gedrückter Stimmung, und die Königin hielt ständig Rat mit ihren Ministern, weshalb ich meinen Gatten fast überhaupt nicht mehr zu Gesicht bekam.

Als er mir einen kurzen Besuch abstattete, erzählte er mir, daß die Königin nicht nur wegen der Vorgänge in den Niederlanden besorgt war, sondern daß der Erfolg, den die Spanier dort zu verzeichnen hatten, ihr große Furcht vor Maria, der Königin von Schottland, einflößte. Seit diese Königin unsere Gefangene war, hatte es ständig Unruhen gegeben. Immer wieder bildeten sich Verschwörungen, um sie zu befreien und auf den Thron Englands zu setzen. Robert erklärte mir, daß man Elisabeth mehrfach geraten habe, sich Marias zu entledigen; doch sie glaubte, daß die Königswürde göttlichen Ursprungs sei, und wenn ihr Maria von Schottland auch noch so viele Ungelegenheiten bereite, sie bleibe doch immer fürstlichen Geblüts und sei überdies eine gekrönte Königin. An ihrer Legitimität und ihrem Anspruch auf die Königswürde konnte kein Zweifel bestehen. Und gerade dadurch wurde sie zur Todfeindin. Elisabeth hatte einmal zu Robert gesagt, sie sei jederzeit darauf vorbereitet, zu sterben, denn keines Menschen Leben sei so bedroht wie das ihre.

Der Hof befand sich in Nonsuch, und ich war in Wanstead, als der Gesundheitszustand meines kleinen Sohnes sich gefährlich verschlimmerte. Ich ließ unsere Ärzte kommen; daß sie die Krankheit als sehr ernst ansahen, stürzte mich in tiefe Verzweiflung.

Mein Sohn hatte verschiedentlich unter Anfällen gelitten, die ihn jedesmal sehr schwächten, so daß ich die ganze Zeit über nicht gewagt hatte, ihn nur den Kindermädchen zu überlassen. Meine Gegenwart schien ihm ein großer Trost zu sein, und wenn ich auch nur andeutete, daß ich weggehen wolle, blickte er so kummervoll drein, daß ich es nicht über mich brachte, ihn zu verlassen.

Die Julihitze war drückend. Als ich so an seinem Bett saß, dachte ich über meine Liebe zu seinem Vater nach, deren Frucht er war. Wie wichtig war Robert doch einst für mich gewesen! Er hatte mein ganzes Leben beherrscht. Damals hatte ich geglaubt, unsere Liebe würde ewig dauern. Selbst jetzt fühlte ich, daß ich mich nie ganz davon würde befreien können. Hätten wir ohne den Schatten der Königin miteinander leben können, die Geschichte unserer Leidenschaft wäre wohl ohne Beispiel in diesem Jahrhundert gewesen. Aber da war Elisabeth. Wo nur zwei hätten sein sollen, waren drei. Die Königin und Robert hatten übermenschliches Maß, dachte ich immer, und vielleicht sogar ich. Keiner von uns dreien wollte seinen Stolz oder seinen Ehrgeiz, seine Eigenliebe oder was auch immer aufgeben. Hätte ich eine sanftmütige, unterwürfige Ehefrau sein können, wie vielleicht Douglass Sheffield, so wäre alles einfacher gewesen. Dann wäre ich ohne zu murren im Schatten gestanden und hätte es zugelassen, daß mein Gatte der Königin aufwartete und ihr die Schmeicheleien sagte, nach denen es sie verlangte.

Ich aber konnte das nicht; und ich wußte, früher oder später würde ich das allen zu verstehen geben.

Aber jetzt war unser Kind in Lebensgefahr. Ich spürte, wenn der Junge, wie ich befürchtete, stürbe, würde die Bindung an Robert Dudley nicht mehr so stark sein.

Als ich einen Boten an den Hof sandte, um Robert mitzuteilen, wie ernst es um unseren Sohn stand, eilte er sofort herbei.

Als ich ihn in der Halle empfing, konnte ich mich nicht enthalten zu sagen: »Du bist wahrhaftig gekommen. Sie kann dich also entbehren.«

»Hätte sie es nicht gekonnt, wäre ich trotzdem gekommen«, gab er zur Antwort. »Sie ist sogar sehr besorgt. Wie geht es dem Jungen?«

»Er ist schwer krank, fürchte ich.«

Wir gingen zusammen zu unserem Kind.

Er lag in seinem Bett, klein und bleich in all der Pracht, die ich für ihn geschaffen hatte. Wir knieten neben seinem Bett nieder, Robert hielt seine eine Hand und ich die andere, und wir versicherten ihm, daß wir bei ihm blieben, solange er wollte.

Da lächelte er, und der Druck seiner heißen kleinen Finger erfüllte mich mit solcher Rührung, daß ich es kaum ertragen konnte.

Er starb friedlich, während wir bei ihm waren. In unserem großen Schmerz konnten wir uns nur aneinanderklammern, und unsere Tränen vermischten sich. In diesem Augenblick waren wir nicht das ehrgeizige Ehepaar Leicester – nur unglückliche Eltern, die ihr Kind verloren hatten.

Wir begruben ihn in der Beauchampkapelle in Wanstead. Dann ließen wir von ihm eine Statue mit einem langen Gewand anfertigen, die auf den Steinsarg gelegt wurde. Die Inschrift nannte ihn ein »Kind von Adel«. Außerdem stand noch sein Name darauf und der Tag seines Todes in Wanstead.

Die Königin ließ Robert zu sich kommen und wollte ihn unbedingt trösten. Sie weinte um das liebe Kind, das er verloren hatte, und sagte, Roberts Kummer sei auch ihr Kummer. Ihr Mitleid galt allerdings nicht der Mutter des Kindes. Nicht ein einziges Wort ließ sie mir sagen. Ich war und blieb die Ausgestoßene.

Dieses Jahr war ein Unglücksjahr. Nicht lange nach dem Tod meines Kindes erschien ein besonders unflätiges Pamphlet.

Ich fand es in meinem Schlafgemach in Leicester House vor. Es mußte also absichtlich dorthin gelegt worden sein. Ich erfuhr bei dieser Gelegenheit zum erstenmal von dem Machwerk, doch binnen kurzer Zeit sprach der ganze Hof, ja das ganze Land darüber.

Die Zielscheibe war Leicester. Wie verhaßt er war! Kein anderer Mann konnte jemals solchen Neid auf sich gezogen haben. Wieder einmal stand er bei der Königin in höchster Gunst, und es schien, daß niemals ein anderer seinen Platz würde einnehmen können. Ihre Zuneigung zu ihm war so unerschütterlich wie die Macht, die ihr die Krone verschaffte. Robert muß damals der reichste Mann im Lande gewesen sein; er war sehr verschwenderisch und oftmals in Geldverlegenheiten. Das bedeutete jedoch nur, daß er im Augenblick mehr ausgegeben hatte, als er sich leisten konnte. Er stand der Königin zur Seite, wenn sie wichtige Entscheidungen traf. Einige Leute behaupteten, der wahre König sei eigentlich er.

Daher beneideten sie ihn, und ihr Haß war tückisch.

Ich betrachtete das schmale Buch mit dem Titel *Die Abschrift eines Briefes, von einem Magister der Philosophie in Cambridge verfaßt.*

Auf der ersten Seite sprang mir der Name meines Gatten ins Auge.

»Ihr wißt, die Liebe des Bären gilt nur seinem Wanst ...«, las ich. Es gab keinen Zweifel, daß mit dem Bären Robert gemeint war.

Dann folgte ein Bericht über seine Beziehung zur Königin. Ich fragte mich, was sie wohl sagen würde, wenn sie dies Pamphlet je zu sehen bekäme. Und dann ... seine Verbrechen. Natürlich bildete Amy Robsarts Tod dabei einen Höhepunkt. In der Schrift hieß es, Robert habe einen gewissen Sir Richard Verney gedungen, um sie umzubringen und den Weg freizumachen für eine Ehe zwischen Robert und der Königin.

Douglass Sheffields Ehemann, so wurde behauptet, sei von Leicester vergiftet worden und an einem künstlich herbeigeführten Katarrh, welcher Atemnot verursachte, gestorben. Ich wußte, was als nächstes kam. Wie hätte ich hoffen können, nicht auch mit Schmutz beworfen zu werden. Da stand es! Leicester hatte mich zur Buhlerin genommen, als mein Gatte noch lebte, und als ich schwanger war, hatten wir das Kind beseitigt, und später hatte er meinen Ehemann umbringen lassen.

Es wurde der Eindruck erweckt, daß jeder, der auf ungeklärte Weise ums Leben gekommen war, von ihm vergiftet worden war. Selbst der Kardinal de Châtillon sei ihm zum Opfer gefallen, weil er gedroht hatte bekanntzugeben, daß Leicester die Heirat von Elisabeth und Anjou verhindert hatte.

Roberts Arzt Dr. Julio war als der Mann genannt, der mit seiner Kenntnis der Gifte Leicester bei seinen ruchlosen Taten unterstützt hatte.

Das Machwerk entsetzte mich. Ich las und las. Vieles in diesem Buch konnte durchaus wahr sein, doch durch aberwitzige Übertreibungen und Beschuldigungen wurde sein Zweck zunichte gemacht. Dennoch bedeutete es einen schweren Schlag für Leicester; und wie hier sein

Name mit dem der Königin in Verbindung gebracht wurde, das konnte für ihn höchst peinlich werden.

Innerhalb weniger Tage machte das Pamphlet, das in Antwerpen gedruckt worden war, in London und im ganzen Lande die Runde. Als *Leicesters Commonwealth* war es in aller Munde.

Philip Sidney kam zu Pferde nach Leicester House. Er war sehr aufgebracht und erklärte, er wolle zur Verteidigung seines Oheims eine Entgegnung verfassen. Die Königin befahl, daß dieses Buch – dessen Inhalt, wie sie erklärte, ihres Wissens ganz und gar falsch war – vernichtet werden sollte, doch das war nicht so leicht zu bewerkstelligen. Die Leute waren bereit, viel zu wagen, um *Leicesters Commonwealth* in die Hand zu bekommen. Es war freilich weit aufregender als Philips stilistisch geschliffene Schrift, worin er den Verfasser des gemeinen Pamphletes aufforderte, an die Öffentlichkeit zu treten. Er, Philip, wisse allerdings, daß dessen Zunge so falsch und hinterhältig sei, daß sie nicht einmal seinen eigenen Namen auszusprechen wage. Philip fügte hinzu, daß er väterlicherseits zu einer großen und edlen Familie gehöre, die größte Ehre aber sei es, ein Dudley zu sein.

Es war zwecklos. *Leicesters Commonwealth* tat seine Wirkung, und all die üblen Geschichten, die vordem nur angedeutet und flüsternd weitergegeben worden waren – nun lagen sie zusammen mit neuen Verleumdungen gedruckt vor.

Kein Zweifel: Am Ende dieses schrecklichen Jahres war Robert der Mann, über den in England am meisten geredet wurde.

Abenteuer im Ausland

Die Abordnung kam ins Hohe Haus und brachte mir eine Ovation dar ...
Von vielen Worten zum Preise Ihrer Majestät begleitet, haben sie mir die
unumschränkte Verwaltung sämtlicher Provinzen angeboten ...

Leicester an Burleigh

Die Königin ist sehr verstimmt darüber, weil Ihr die Verwaltung der Provinzen übernommen habt, ohne zuvor Ihre Majestät davon zu unterrichten und
Ihre Meinung zu erkunden, so daß sie nicht gewillt ist, anzuhören, was ich
zu Eurer Entlastung vorzubringen habe, obgleich ich selbst diese Tätigkeit
als rühmlich und vorteilhaft einschätze.

Burleigh an Leicester

Unter heftigen Flüchen, wobei sie die Gräfin Leicester als »Wölfin« bezeichnete, erklärte die Königin, es dürfe außer ihrer eigenen Hofhaltung keine
andere geben und sie werde Euch schleunigst von dort abberufen.

Thomas Dudley an seinen Herrn,
den Grafen von Leicester

Das Pamphlet *Leicesters Commonwealth* konnte seine Wirkung nicht
verfehlen, selbst nicht auf mich. Ich begann mich zu fragen, wieviel
Wahres daran sein mochte. Plötzlich betrachtete ich meinen Gatten mit
anderen Augen. Es war in der Tat ein merkwürdiger Zufall, daß die
Menschen, welche ihm im Wege gestanden hatten, immer im rechten
Augenblick verschwunden waren. Natürlich befand sich Robert fast nie
am Schauplatz des Verbrechens; aber er hatte schließlich überall seine
Helfershelfer und Mittelsmänner. Das war mir stets bewußt ge-
wesen.
Unbehagen befiel mich. Wie gut kannte ich meinen Gemahl eigentlich?
Enthielt das, was ich da gelesen hatte, auch nur ein Körnchen Wahr-

heit, so befand ich mich unleugbar in einer bedenklichen Lage. Und was, wenn sich die Königin doch noch dazu entschließen sollte, ihn zu ehelichen? Wenn er dieser Aussicht nicht widerstehen könnte? Würde man dann mich mit gebrochenem Genick am Fuße einer Treppe finden? Mir erschien dies nicht abwegig.

Ich sann über uns nach – uns drei, die wir dieses unselige Trio bildeten. Wir waren ungewöhnliche Geschöpfe, und keiner von uns hatte ein besonders ausgeprägtes Gewissen. Robert wie Elisabeths Leben war stets gefährdet gewesen. Elisabeths Mutter und Roberts Vater waren auf dem Schafott eines gewaltsamen Todes gestorben, sie selbst waren nur um Haaresbreite einem ähnlichen Schicksal entgangen. Was mich betraf, so war ich durch die Königin gezwungen, ein Schattendasein zu führen; doch ich war mit einem Mann verheiratet, der, wie *Leicesters Commonwealth* behauptete, bedenkenlos zum Gift griff oder zu anderen todbringenden Mitteln. Das Geheimnis um Amy Robsart würde niemals aufgeklärt werden; man wüßte nur, daß sie zu einem Zeitpunkt gestorben war, da ihr Tod Robert hätte dazu verhelfen können, sich einen Platz an der Seite der Königin zu erobern. Ich dachte an Douglass Sheffield, die ihm einmal sehr lästig geworden war. Sie hatte brüchige Nägel bekommen, und das Haar war ihr ausgefallen. Wohl war sie am Leben geblieben, aber dem Tod offenbar sehr nahe gewesen. Was wußten wir von den Gefahren, denen sie damals ausgesetzt war. Jetzt allerdings war sie die glücklichste der Gattinnen, denn Edward Stafford betete sie an.

Ich aber wurde immer verdrießlicher. Es schien, daß die Königin mir gegenüber niemals nachgiebig werden würde. Alles wäre leichter zu ertragen gewesen, hätte sie Robert nicht so sehr mit Beschlag belegt. Er war reich, und selbst ohne Zuwendungen der Königin hätten wir auf Kenilworth, Wanstead, Cornbury, Leicester House oder auf einem seiner anderen Herrensitze in großem Stile leben können. Und mich hätte die Aura der Frau umgeben, für die ein Mann die Gunst der Königin aufs Spiel gesetzt hatte.

Aber es war alles anders. Entschlossen, mich zu strafen, empfand sie eine niederträchtige Freude daran, ihn von mir fernzuhalten. Wozu? Damit er sie mir vorzog! Sie war ängstlich darauf bedacht, mir und der ganzen Welt zu zeigen, daß er mich sofort verließ, wenn sie ihn rief. Und das tat er ja tatsächlich.

Während seiner kurzen Besuche liebten wir uns leidenschaftlich, doch ich fragte mich, ob er spürte, daß die Glut von ehedem sich für mich gewandelt hatte. Ich hätte gern gewußt, ob Elisabeth bei ihm eine Veränderung wahrnahm. Ein Mann, der ein Dasein geführt hatte wie Robert, konnte nicht erwarten, ungeschoren davonzukommen. Er hatte zu sehr aus dem vollen gelebt, hatte zu reichlich den sogenannten guten Dingen des Lebens zugesprochen. Infolgedessen mußte er regelmäßig nach Buxton gehen, wo er die Bäder nahm und sich eines mäßigen Lebens befleißigte, in der Hoffnung, seine Gicht werde verschwinden. Dank seiner Köpergröße war er nach wie vor eine eindrucksvolle Erscheinung, und auch der Zauber seines Wesens, der ihn gleich einem Fürsten aus der Menge heraushob, war ihm geblieben. Leicester war sein eigenes Schicksal. Die Geschichten, die über ihn erzählt wurden, würden dem Volk stets einen Schauer über den Rücken jagen. Sein Name war in aller Munde, und daß über keinen Menschen soviel gesprochen wurde wie über ihn, genoß er sichtlich. Und nie würde vergessen werden, daß er sich ein Menschenalter lang der Zuneigung der Königin erfreut hatte. Doch er war ein alternder Mann. Wenn ich ihn wieder einmal zu Gesicht bekam, so erschrak ich jedesmal ein wenig über sein Aussehen.

Mich selbst pflegte ich sorgfältig, entschlossen, so lange wie möglich jung auszusehen. Da ich nicht bei Hofe anwesend sein durfte, hatte ich Zeit, mich mit Kräutern und Wässern zu beschäftigen, durch die meine Haut schön blieb. Ich badete in Milch und spülte mein Haar mit besonderen Mitteln, um seine leuchtende Farbe zu erhalten. Ich verwendete Schminke und Puder mit weit mehr Geschick, als es die Kammerfrauen der Königin besaßen, und so bewahrte ich mir ein jugendliches Aussehen, das meine Jahre Lügen strafte. Ich dachte an Elisabeth – die älter war als ich –, und es bereitete mir besonderes Vergnügen, mich im Spiegel zu betrachten und meine Haut zu prüfen, die mit Hilfe jener Schönheitsmittelchen, welche ich so geschickt anzuwenden verstand, frisch wie die eines jungen Mädchens war.

Robert zeigte sich jedesmal erstaunt, wenn er mich nach längerer Abwesenheit wiedersah. »Du hast dich nicht verändert seit dem Tag, an dem ich dich zum erstenmal gesehen habe«, sagte er dann. Das war zwar eine Übertreibung, aber ich hörte sie gern. Allerdings wußte ich, daß ich mir eine gewisse blumenhafte Frische bewahrt hatte, die mir einen Ausdruck von Unschuld verlieh, welcher meiner Natur völlig entgegengesetzt war. Vielleicht war es eben gerade dies, was mich von anderen unterschied und das Geheimnis des Reizes ausmachte, den ich auf Männer ausübte. Jedenfalls blieb ich mir meiner Anziehungskraft bewußt – und Robert unterließ es nie, darauf hinzuweisen. Oft verglich er unsere Füchsin mit seinem Lamm – zum Nachteil der Füchsin natürlich. Er tat das, um mich in gute Laune zu versetzen, denn er wollte nicht, daß wir die Zeit, die wir zusammen verbrachten, mit gegenseitigen Vorwürfen vergeudeten. Er hoffte inständig, daß wir noch ein Kind bekommen würden. Doch ich war nicht darauf erpicht. Ich würde den Verlust meines kleinen Robert nie ganz verwinden; das mag bei einer Frau meines Charakters zwar unaufrichtig klingen, ist aber gleichwohl wahr. Ich wußte, ich war selbstsüchtig, sinnlich, eitel, stets auf mein Vergnügen bedacht ... das alles erkannte ich selbst. Auch spürte ich kaum Gewissensbisse, wenn es darum ging, meine Wünsche zu verwirklichen – doch trotz alledem war ich eine gute Mutter. Das erfüllt mich selbst heute noch mit Stolz. Alle meine Kinder haben mich geliebt. Für Penelope und Dorothy war ich wie eine Schwester, und sie haben mir ihre ehelichen Geheimnisse anvertraut. Dorothy hatte in dieser Beziehung allerdings keinen Kummer; sie war nach ihrer Entführungsheirat geradezu glückselig. Bei Penelope sah es freilich anders aus. Sie schilderte mir in allen Einzelheiten die Freude, die Lord Rich an Grausamkeiten hatte, der Gatte, den sie nicht hatte haben wollen, seine Sticheleien wegen Philip Sidneys Leidenschaft für sie, die entsetzlichen Vorgänge in ihrem Schlafgemach. Ihr Naturell aber war, dem meinen ähnlich, so beschaffen, daß sie sich von alledem nicht gänzlich niederdrücken ließ. Sie fand das Leben aufregend: die langen Kämpfe mit ihrem Ehemann, die hingebungsvolle Verehrung Philip Sidneys (ich fragte mich oft, was dessen Gattin Frances davon hielt), die beständige Neugier, welche Ereignisse der Tag bringen würde. Zu meinen Töchtern hatte ich also eine enge Beziehung.

Was meine Söhne betraf, so sah ich Robert, den Grafen von Essex, wenigstens hin und wieder. Ich bestand darauf, weil ich die Trennung sonst nicht ertragen hätte. Er lebte in seinem Haus in Llanfydd in Pembrokeshire. Ich klagte darüber, daß es zu weit entfernt lag. Robert hatte sich zu einem ansehnlichen jungen Mann entwickelt. Sein Charakter war ein wenig unstet, und ich mußte zugeben, daß er einen gewissen Hang zu Launenhaftigkeit und Überheblichkeit besaß. Doch meine Mutterliebe hielt rasch dagegen, daß dafür seine Manieren vollkommen waren und daß er über eine angeborene Höflichkeit verfügte, die sehr für ihn einnahm. Er war groß und schlank, und ich vergötterte ihn.

Ich drang in ihn, er solle sich doch wieder der Familie anschließen. Aber er schüttelte den Kopf, und ein mir wohlbekannter eigensinniger Ausdruck trat in seine Augen.

»Nein, liebste Mutter«, sagte er, »ich bin nicht zum Höfling geboren.«

»Du siehst aber so aus, mein Liebling.«

»Die Erscheinung trügt oft. Euer Ehemann sähe mich wohl gern bei Hofe, ich aber bin glücklich auf dem Lande. Weshalb zieht nicht Ihr zu mir, Mutter? Uns beiden tut es nicht gut, getrennt zu sein. Wie ich höre, ist Euer Gatte häufig im Dienste der Königin, daher würde er Euch vielleicht nicht vermissen.«

Ich bemerkte, wie sich seine Lippen verächtlich kräuselten. Es fiel ihm sehr schwer, seine Gefühle zu verbergen. Er war über meine Heirat nicht erfreut gewesen. Zuweilen dachte ich, er lehne Leicester ab, weil er wußte, wieviel mir an diesem lag, während doch er meine ganze Zuneigung für sich allein haben wollte. Und zu wissen, wie sehr Leicester mich um der Königin willen vernachlässigte, mußte ihn erst recht kränken. Ich kannte meinen Sohn.

Walter, der jüngere, vergötterte seinen Bruder und verbrachte soviel Zeit wie möglich in seiner Gesellschaft. Walter war ein lieber Junge, doch nur ein schwacher Abglanz von Essex, wie ich immer dachte. Ich liebte ihn, doch für keines meiner Kinder empfand ich so stark wie für Essex.

Aber es waren glückliche Tage, wenn ich meine Familie um mich versammeln konnte. Dann saßen wir am Feuer und unterhielten uns miteinander. Meine Kinder entschädigten mich um ein Vielfaches dafür, daß ich das Leben bei Hofe nicht mehr genießen durfte und meinen Gatten so oft entbehren mußte.

Mir genügten die Kinder, die ich hatte, und ich wollte mich nicht mehr der Beschwernis weiterer Schwangerschaften unterziehen. Ich hielt mich auch für zu alt. Kinder gebären wäre für mich jetzt nur eine Qual gewesen. Ich hatte genug davon.

Ich erinnerte mich, wie sehr ich mich einst nach einem Kind von Robert gesehnt hatte. Das Schicksal hatte uns unseren kleinen Engel, unser »Kind von Adel« geschenkt, aber mit ihm waren Sorgen und Leid über uns gekommen. Nie würde ich seinen Tod vergessen und die Nächte, die ich nach seinen Anfällen an seinem Bett verbracht hatte. Und nun war er tot. Doch obgleich ich ihn schmerzlich betrauerte, war ich zugleich von einer großen Sorge befreit. Nun wußte ich wenigstens, daß mein kleiner Liebling nicht mehr leiden mußte. Bisweilen stellte ich mir die Frage, ob sein Tod eine Strafe für meine Sünden gewesen war, und ich hätte gern gewußt, ob Leicester ebenso empfand.

Nein, ich wollte nicht noch mehr Kinder haben.

Das mag als Zeichen gelten, daß meine Liebe zu Robert allmählich erlosch.

Wenn ich mich in Leicester House aufhielt, wo ich wegen seiner Nähe zum Hofe am liebsten war, bekam ich Robert öfter zu sehen. Er konnte sich leichter einmal für kurze Zeit fortstehlen. Doch länger als ein paar Tage konnten wir nie zusammen sein. Schon traf ein Bote der Königin ein und befahl seine Rückkehr an den Hof.

Als er eines Tages wieder einmal kam, schien ihn ein Gedanke sehr zu beschäftigen. Wohl erfolgten die Beteuerungen ewiger Treue und der Liebesakt, den er wohl glaubte, mit derselben Leidenschaft zu vollziehen wie ehedem, als wir uns hastig und heimlich trafen. Doch dann erfuhr ich, was ihn an diesem Tage zu mir geführt hatte.

Es ging um einen Mann namens Walter Raleigh, der ihm einige Beunruhigung verursachte.

Ich hatte natürlich schon von ihm gehört. Sein Name war in aller Munde. Penelope hatte seine Bekanntschaft gemacht und sagte, er sehe zweifellos gut aus und sei sehr anziehend. Die Königin hatte ihn rasch in den Kreis ihrer Vertrauten aufgenommen. Man erzählte sich, er sei mit einem Schlage bekannt geworden, als die Königin an einem Regentag zu Fuß zum Palast zurückkehrte und vor einer Schlammpfütze stehengeblieben war, die sie hätte überqueren müssen. Raleigh hatte seinen kostbaren Samtumhang abgenommen und auf dem schmutzigen Boden ausgebreitet, damit sie darüber hinwegschreiten konnte. Ich sah die Szene vor Augen: die anmutige Geste, den kostbaren Umhang, das Glitzern in den goldbraunen Augen der Königin, als sie das angenehme Äußere des jungen Mannes bemerkte, die Berechnung im Blick des Abenteurers, der im Geiste wohl den Preis für einen kostspielgen Mantel aufwog gegen den reichen Gewinn, den ihm das kleine Opfer einbringen würde.

Nicht lange nach diesem Vorfall sah man Raleigh bereits an der Seite der Königin. Er bezauberte sie mit seinem Geist, seinen Schmeicheleien, seiner Bewunderung und seinen Berichten von früheren Abenteuern. Sie schloß ihn in ihr Herz und schlug ihn noch im selben Jahr zum Ritter.

Penelope erzählte mir, daß er, als Mitglied der Hofgesellschaft, in einem der Paläste – ich glaube, in Greenwich – die Zuneigung der Königin einer Prüfung unterzog, indem er mit einem Diamanten folgende Worte in eine Fensterscheibe ritzte:

»Gern würde ich hoch steigen,
Doch fürchte ich zu fallen.«

Damit bat er sie gleichsam, ihm zu versichern, daß er nichts zu befürchten habe, wenn er sich bemühe, in ihrer Gunst emporzusteigen. Es war bezeichnend für sie, daß sie ihm den Diamanten aus der Hand nahm und unter seine Zeilen die Worte einritzte:

»Falls Euch der Mut fehlt,
Versucht nicht, nach oben zu steigen.«

Damit verlieh sie der Tatsache Nachdruck, daß man sich jederzeit um ihr Wohlwollen bemühen müsse und daß niemand annehmen dürfe, ohne Verdienste begünstigt zu werden.

Nachdem er wieder in Gnaden aufgenommen worden war, hatte Robert geglaubt, nichts mehr könne seine Stellung ins Wanken bringen. Ich war sicher, daß dem auch so war. Was immer er auch tat, Elisabeth würde nie vergessen, wieviel sie beide verband. Dennoch war er stets ängstlich darauf bedacht, daß kein junger Mann allzu hoch in ihrer Gunst stieg. Nun aber schien es, daß genau das bei Raleigh der Fall war. Es erbitterte Robert, ständig einen jüngeren Mann bei der Königin zu sehen; er lebte in dauernder Angst, ein Jüngerer könnte seine Stelle in der Gunst der Königin einnehmen. Sie wußte das natürlich und gefiel sich darin, ihn zu necken. Ich war sicher, daß sie Raleigh in Roberts Anwesenheit mehr Gunstbezeigungen erwies, als wenn er nicht dabei war.

»Raleigh setzt sich gern in Pose«, erzählte mir Robert. »Bald wird er sich für den wichtigsten Mann bei Hofe halten.«

»Er sieht sehr gut aus«, gab ich ein wenig boshaft zurück. »Und er scheint die Eigenschaften zu besitzen, welche Ihre Majestät so anziehend findet.«

»Das stimmt. Aber er ist unerfahren, und ich werde nicht zulassen, daß er sich so brüstet.«

»Wie willst du ihn daran hindern?«

Robert dachte nach. Dann meinte er: »Es wird Zeit, daß der junge Essex an den Hof kommt.«

»Aber er ist sehr gern in Llanfydd.«

»Er kann doch nicht sein ganzes Leben dort verbringen. Wie alt ist er jetzt eigentlich?«

»Erst siebzehn.«

»Alt genug, eigene Wege zu gehen. Er wirkt sehr anmutig und dürfte bei Hofe gut zurechtkommen.«

»Vergiß nicht, daß er *mein* Sohn ist.«

»Das ist ja einer der Gründe, warum ich ihn an den Hof bringen will, Liebste. Ich möchte alles für ihn tun, was in meiner Macht steht ... weil ich weiß, wie vernarrt du in ihn bist.«

»Auf einen solchen Sohn kann man auch stolz sein«, sagte ich zärtlich.

»Wäre er doch mein Sohn! Aber wenigstens ist er der deine, das ist fast dasselbe. Laß ihn herkommen! Ich verspreche dir, daß ich für seinen Aufstieg alles nur Mögliche tun werde.«

Ich blickte ihn prüfend an und begriff, was er vorhatte. Leicester förderte mit Vorliebe Mitglieder seiner Familie, denn es war stets seine Taktik gewesen, »seine eigenen Leute«, wie er sie nannte, in hohen Stellungen unterzubringen.

»Aber allein, daß Rob *mein* Sohn ist, reicht doch aus, damit ihn die Füchsin vom Hofe jagt.«

»Das glaube ich nicht ... wenn sie ihn erst einmal gesehen hat. Jedenfalls ist es einen Versuch wert.«

»Raleigh scheint dich ja tatsächlich ausgestochen zu haben.«

»Der ist ganz unwichtig«, sagte er kurz angebunden. »Ich glaube, der junge Essex wird der Königin Spaß machen.«

Ich zuckte die Achseln. »Ich werde meinen Sohn bitten, mich zu besuchen, und sollte deine Gebieterin dir gestatten, sie für kurze Zeit zu verlassen, so kannst du dich hier mit ihm treffen, damit du dir ein Bild von ihm machst.«

Robert sagte, er freue sich auf die Zusammenkunft mit meinem Sohn, und ich dürfe versichert sein, daß er alles tun wolle, was in seiner Macht stand, um ihn bei Hofe zu fördern.

Als Robert fort war, dachte ich noch lange darüber nach. Ich malte mir aus, wie er meinen Sohn der Königin vorstellte. »Mein Stiefsohn, der Herzog von Essex, Eure Majestät.«

Die goldbraunen Augen würden wachsam werden. *Ihr* Sohn! Das Junge der Wölfin! Was stünde ihm bevor? Gewiß, er war geboren, bevor sie mir ihre Gunst entzogen, bevor sie von der Leidenschaft ihres Lieblings Robert für mich gewußt hatte. Dennoch würde sie meinen Sohn ablehnen,

Freilich sah er außerordentlich gut aus, ja, war geradezu bezaubernd: ein junger Mann von der Art, wie sie die Königin gern um sich hatte. Nur eines würde er niemals tun: ihr schmeicheln.

Es mußte unterhaltsam sein, zu sehen, wie er auf sie wirkte. Ich wollte tun, was Leicester wünschte und meinen Sohn zu überreden versuchen, an den Hof zu gehen. Dann würde ich erleben, was geschah.

Wie oft habe ich mir gewünscht, mir wäre die Gabe der Weissagung verliehen worden. Hätte ich doch nur in die Zukunft blicken können! Hätte ich nur eine Ahnung davon gehabt, welche Pein mir bevorstand, nie hätte ich meinem Liebling erlaubt, zu Elisabeth zu gehen. Aber eine tragische Laune des Schicksals hatte ihr und mein Leben miteinander verknüpft. Wir waren dazu verdammt, unsere Liebe immer demselben Gegenstand zuzuwenden – und welch bitteres Leid sollte mir daraus erwachsen! Doch ich glaube nicht, daß sie dabei unversehrt geblieben ist.

»Raleigh?« sagte Penelope. »Das ist ein ungestümer Bursche. Tom Perrot hat von ihm erzählt, als ich auf meinem Weg hierher ein paar Tage bei ihm und Dorothy verbrachte. Tom sagt, er fährt leicht aus der Haut. Ein falsches Wort kann ihn in rasende Wut versetzen. Tom hatte selbst einmal Streit mit ihm, und sie landeten beide im Fleet-Kerker. Sechs Tage mußten sie dort verbringen, ehe man sie entließ. Und kurz darauf geriet Raleigh nach einem Streit auf dem Tennisplatz mit einem Mann namens Wingfield ins Marshalsea-Gefängnis. Er ist ein Abenteurer – wie Francis Drake, auch so ein Herzblatt der Königin. Ihr wißt, sie liebt solche Männer.«

»Und Raleigh liebt sie auch?«

»Aber ja, er gehört doch zu ihren Bewunderern! Wie sie sich solche verlogenen Schmeicheleien anhören kann, das werde ich nie begreifen.«

»Kaum jemand versteht die Königin – und sie verlangt das auch gar nicht. Leicester möchte ihr Essex vorstellen. Was hältst du davon?«

»Nun ja, seine Erscheinung dürfte ihr gefallen. Und wenn er will, kann er ja auch bezaubernd sein. Ist er denn damit einverstanden, an den Hof zu gehen?«

»Noch nicht. Ich schicke ihm einen Boten und lasse ihn bitten, zu mir zu kommen. Dann kann Leicester seine Überredungskünste spielen lassen.«

»Ich bezweifle, daß er kommt. Ihr wißt, wie eigensinnig er sein kann.«

»Eigensinnig und leidenschaftlich«, pflichtete ich bei. »Er handelt immer ohne viel nachzudenken. Aber er ist noch sehr jung. Er wird sich ändern, davon bin ich überzeugt.«

»Dann muß er sich aber in vielen Dingen ändern – und bald«, bemerkte Penelope. »Er wird niemals fähig sein, der Königin diese übertriebenen verlogenen Schmeicheleien zu sagen, die sie von den jungen Männern ihrer Umgebung verlangt. Ihr wißt, er sagt stets seine Meinung, Mutter. So war er schon als kleiner Junge.«

Da Essex in den letzten Jahren häufig mit den Richs zusammengewesen war, durfte ich sicher sein, daß seine Schwester ihn sehr genau kannte.

Ich sagte: »Übrigens, ich glaube nicht, daß die Königin ihn empfangen wird. Schließlich ist er mein Sohn.«

»Uns hat sie doch auch empfangen«, erwiderte Penelope. »Allerdings muß ich zugeben, daß sie uns hin und wieder recht merkwürdig ansieht und ziemlich heftig anfaucht. Das sagt Dorothy auch.«

»Sie denkt die ganze Zeit daran, daß ihr die Jungen der Wölfin seid, wie sie euch so hübsch betitelt.«

»Wer weiß, vielleicht gelingt es Eurem Gatten und Eurem Sohn mit vereinten Kräften, sie zu überreden, daß sie Euch zurückholt.«

»Ich bezweifle, daß Essex zustande bringt, was Mylord Leicester fehlgeschlagen ist.«

Penelope hatte mir ein wenig Mut machen wollen, aber ich merkte, daß sie mir innerlich zustimmte. Selbst nach so vielen Jahren war es unwahrscheinlich, daß die Königin nachgeben würde.

Danach sprachen wir über Familienangelegenheiten. Penelope erzählte mir, wie sehr sie ihren Gatten haßte und wie schwierig es war, mit ihm zu leben.

»Ich könnte ihn eher ertragen, wenn er nicht so fromm wäre«, berichtete Penelope. »Aber es macht einen ja toll, zu sehen, wie er niederkniet und betet, bevor er zu Bett geht und sich dann anschickt, ... das Weitere überlasse ich Eurer Phantasie, denn ich möchte mich lieber nicht daran erinnern. Jetzt verlangt er meine Mitgift und behauptet, er hätte wenig von der Ehe gehabt. Dabei habe ich ihm doch schon die Söhne Richard und Charles geschenkt, und zu allem Elend bin ich schon wieder schwanger.«

»Er sollte sich doch freuen, daß du so fruchtbar bist.«

»Ich versichere Euch, ich teile seine Freude nicht.«

»Philip scheint dich deswegen nicht weniger anziehend zu finden.«

»Es ist natürlich sehr hübsch, in Versen verehrt zu werden, aber damit scheint Philip sich auch schon zufriedenzugeben.«

»Was sagt Frances zu diesen Gedichten an eine andere Frau?«

»Sie hat nichts dagegen einzuwenden. Gewiß vernachlässigt er sie nicht, denn sie ist von einer Tochter entbunden worden, die sie als treue Untertanin nach unserer Königin Elisabeth genannt hat. Ihre Majestät hat eine gewisse Anteilnahme an ihrer Namensschwester bekundet.«

In dieser Weise plauderten wir, und die Zeit mit meiner Tochter verging fröhlich wie immer.

Essex folgte alsbald meiner Aufforderung und kam nach Leicester House. Wie stolz war ich auf ihn, als ich ihn seinem Stiefvater vorstellte!

Wahrhaftig, auf einen solchen Sohn durfte man aber auch stolz sein. Jedesmal, wenn ich ihn sah, staunte ich darüber, wie stattlich er aussah, denn das Bild, das ich in der Erinnerung trug, war weit weniger ansehnlich. Im manchem ähnelte er mir. So hatte er üppiges Haar, allerdings nicht so hell wie meines, eher rotbraun, und die großen dunklen Augen der Boleyns. Er war sehr groß und ging, vermutlich weil er so oft auf die Menschen herabblicken mußte, leicht gebeugt. Die Hände waren zartgliedrig und schön, und da er keine Ringe trug, fiel ihre edle Form besonders ins Auge. Seine venezianischen Kniehosen – oben sehr weit, zum Knie hin enger werdend – waren aus feinstem Samt, geschlitzt und gebauscht, jedoch nicht allerletzte Mode, wie jene im französischen Stil, die Leicester, der Höfling, trug. Essex' kurzer Umhang war mit Goldstickerei geschmückt, daran erinnere ich mich noch – aber es war eigentlich gleichgültig, was er trug. Er sah immer außerordentlich vornehm aus. Seine Kleider trug er mit einer Lässigkeit, die seine angeborene Haltung noch unterstrich. Ich bemerkte zärtlich belustigt, daß er entschlossen war, sich vom Günstling der Königin nicht beeindrucken zu lassen. Er machte nicht einmal Anstalten, seine Verachtung für einen Mann zu verbergen, der es zuließ, daß seine Gattin mit Geringschätzung behandelt wurde, und sei es auch durch die Königin.

Ganz offensichtlich mißtraute er Leicesters Absichten – während ich sie völlig durchschaute. Früher hatte ich den Wunsch meines Gatten, sich mit meiner Familie anzufreunden, liebenswert gefunden, doch unter dem Einfluß von *Leicesters Commonwealth* suchte ich nach anderen Beweggründen für seine herzliche Anteilnahme. Wer in seinen Machtbereich gelangte, gehörte zu seinen »Leuten«, und sie dienten dazu, seine Ziele zu unterstützen.

Ich war ein wenig verstimmt und hatte ein ungutes Gefühl. Ich wollte nicht, daß er meinen Sohn ausnutzte. Vielleicht hatte ich damals doch eine Art Vorahnung. Dann aber schob ich meine Befürchtungen beiseite. Es würde gewiß ganz lustig sein, zu sehen, ob es Leicester gelang, Rob zu überreden und sehr aufregend, zu hören, wie die Königin ihn empfangen hatte.

Vor Leicesters Ankunft hatte ich meinem Sohn eröffnet, daß sein Stiefvater etwas mit ihm zu besprechen habe. Essex hatte ziemlich barsch geantwortet, er sei an Hofangelegenheiten nicht interessiert.

»Du mußt zu Mitgliedern meiner Familie bitte höflich sein«, rügte ich ihn.

»Es gefällt mir nicht, wie die Dinge jetzt stehen«, gab mein Sohn zurück. »Leicester verbringt die Tage damit, der Königin den Hof zu machen, obwohl sie Euch nicht empfangen will.«

»Er hat noch andere Pflichten, als ihr den Hof zu machen. Er hat eine Menge Regierungsämter inne.«

Essex machte ein störrisches Gesicht. »Wenn sie Euch nicht empfangen will, sollte er sich weigern, sie aufzusuchen.«

»Rob! Du sprichst von der Königin.«

»Das ist mir einerlei. Leicester sollte in erster Linie zu Euch halten. Ich höre, daß getuschelt wird, und das ärgert mich. Immer sehe ich, wie Ihr gedemütigt werdet.«

»Ach Rob, mein Liebling, was bist du doch für ein reizender Dummkopf. Leicester kann doch nicht anders. Bitte, sieh das ein. Die Königin haßt mich, weil ich ihn geheiratet habe. Sie will ihn mit aller Gewalt von mir fernhalten. Du mußt doch begreifen, welch verheerende Folgen es für ihn hätte, ihr ungehorsam zu sein.«

»Ich an seiner Stelle ...,« murrte Rob und ballte dabei die Faust. Ich mußte über seinen Ärger zärtlich und glücklich lachen. Es war wundervoll, einen solchen Streiter an meiner Seite zu haben.

»Du hast allzu lange auf dem Lande gelebt«, sagte ich zu ihm. »Leicester verdankt der Königin seinen Ruhm und sein Vermögen ... und du sollst auch am Hofe dein Glück machen.«

»Ich! Aus mir macht Ihr niemals einen Höfling. Ich ziehe es vor, in Würde auf dem Lande zu leben. Das ist mir in Burleighs Haus klar geworden. Einen klugen alten Staatsmann wie ihn beim Befehl einer Frau erzittern zu sehen! Nein, das ist nichts für mich. Ich will mir meine Freiheit und meine Unabhängigkeit erhalten. Ich will mein eigenes Leben führen.«

»Das bezweifle ich nicht, mein Sohn. Aber nicht wahr, du verstehst doch, daß deine Mutter nur das Beste für dich will?«

Da trat er zu mir und umarmte mich. Ich wurde von meiner Liebe zu ihm übermannt.

Dann kam Leicester, ganz Güte und Wohlwollen.

»Welch ein Vergnügen, Euch zu sehen«, rief er aus. »Wahrhaftig, Ihr seid ein richtiger Mann geworden. Ich möchte, daß wir uns besser kennenlernen. Bedenkt, daß Ihr mein Stiefsohn seid, und Familien sollten zusammenhalten.«

»Da stimme ich mit Euch überein«, sagte Essex schneidend. »Es gehört sich nicht, daß ein Ehemann bei Hofe ist, wenn seine Gattin dort nicht empfangen wird.«

Ich war entsetzt. Essex, das wußte ich wohl, hatte sich seine Worte nie überlegt. Aber er mußte doch Leicesters Macht kennen und wissen, wie unklug es war, ihn zu beleidigen. Hatte er denn *Leicesters Commonwealth* nicht gelesen! Ich glaubte zwar nicht, daß er meinem Sohn irgendwie schaden würde, doch es war besser, sich Leicester nicht zum Feinde zu machen.

»Du kennst das Gemüt der Königin nicht, Rob«, sagte ich schnell.

»Darauf lege ich auch keinen Wert«, gab er zurück.

Es würde weiß Gott nicht leicht werden, ihn zu überzeugen.

Wie immer, mußte ich auch diesmal Leicesters Feingefühl bewundern.

Nun wurde mir auch klar, wie er es fertigbrachte, seine Stellung bei Hofe zu halten. Er lächelte nachsichtig und ließ sich nicht anmerken, daß dieser grüne Junge, der von höfischen Angelegenheiten offenbar nicht die geringste Ahnung besaß, ihn erzürnte. Er war geduldig und freundlich, und Essex war dadurch wohl ein wenig verwirrt. Ich merkte, wie seine Meinung sich änderte, als Leicester ruhig und leutselig mit ihm sprach und sich dann aufmerksam die Ansichten meines Sohnes anhörte. Ich bewunderte ihn wie eh und je, und als ich die beiden so zusammen beobachtete, dachte ich, welch ein Glück es doch für mich sei, daß zwei solche Männer einen Platz in meinem Leben einnahmen – Leicester, dessen Name im ganzen Lande Ehrfurcht und Respekt einflößte, und Essex ...? Vielleicht würde sein Name eines Tages dasselbe bewirken.

In diesem Augenblick fühlte ich mich der Königin überlegen. Mochte Leicester ruhig nach ihrer Pfeife tanzen: Das tat er nur, weil sie die Königin war. Ich war sein Weib. Ich war die Frau, die er liebte. Und außerdem hatte ich diesen wundervollen Sohn. Leicester und Essex. Konnte sich eine Frau mehr wünschen?

Ich merkte, daß Essex sich fragte, wo denn der Schurke aus *Leicesters Commonwealth* blieb, und schnell entschlossen, wie dies seine Art war, tat er das Werk als unsinnige Verleumdung ab. Während ich sie beobachtete, dachte ich, wie verschieden sie doch waren ... meine beiden Grafen. Leicester so klug, so scharfsinnig, sich mit unendlicher Behutsamkeit ausdrückend – und dagegen der hitzköpfige Essex, der nie daran dachte, vorher zu überlegen, welche Wirkung seine Worte und Taten haben könnten.

Da ich sie beide so gut kannte, war es für mich nicht überraschend, daß Leicester Essex innerhalb kurzer Zeit dazu überredet hatte, an den Hof zu gehen.

...Natürlich grollte ich, daß ich von der ersten formellen Vorstellung ausgeschlossen war. Wie gern wäre ich dabeigewesen, um zu sehen, wie diese Habichtsaugen meinen wohlgestalteten Sohn musterten.

Aber ich durfte davon nur aus zweiter Hand erfahren.

Penelope, die zugegen gewesen, berichtete mir.

»Natürlich waren wir alle etwas ängstlich, weil sie gewiß gleich daran denken würde, daß er *Euer* Sohn ist.«

»Oh, sie haßt mich also noch genauso wie früher?«

Penelope sagte nichts darauf. Ich verstand sie auch so.

»Einen Augenblick lang schien sie unsicher. ›Madam‹, sagte Leicester mit bezauberndem Lächeln, ›ich möchte um die Gunst ersuchen, Euch meinen Stiefsohn, den Grafen von Essex vorzustellen.‹ Sie blickte ihn streng an und sagte zunächst kein Wort. Ich dachte, nun käme gleich eine Scheltrede.«

»Gegen die Wölfin«, bemerkte ich.

»Dann trat Essex vor. Er ist so groß und hat einen so stolzen Blick … aber auch seine leicht gebeugte Haltung ist nicht ohne Reiz. Er hat so eine Art, einer Frau zu begegnen – so ritterlich, fast zärtlich, selbst wenn es sich um die niedrigste Dienstmagd handelt. Eines wissen wir bestimmt, Mylady. Er liebt die Frauen. Und die Königin ist eine Frau. Es war, als knistere es zwischen ihnen. Das habe ich schon öfter bei ihr und Männern, denen sie ihre Gunst zu schenken geneigt ist, beobachtet. Sie streckte die Hand aus, und er küßte sie höchst galant. Dann lächelte sie und sagte: ›Euer Vater war mir ein guter Diener. Ich bedaure seinen Tod. Er starb zu früh …‹ Sie hieß ihn neben sich Platz nehmen und stellte ihm Fragen über das Leben auf dem Lande.«

»Und er? War er umgänglich?«

»Er war von ihr überwältigt. Ihr kennt sie ja. Insgeheim mögt Ihr sie hassen und über sie lästern …«

»Es darf nur insgeheim sein«, bemerkte ich spöttisch.

»Sicher, wenn man klug ist. Doch selbst wenn man sie haßt, muß man ihr Größe zugestehen. Essex hat das gespürt. Seine Hochmütigkeit fiel von ihm ab. Es war fast, als hätte er sich in sie verliebt. Das erwartet sie von den Männern, und alle heucheln, von ihrem Zauber geblendet zu sein. Doch da Essex sich niemals verstellen würde, muß es bei ihm wohl echt gewesen sein.«

Ich sagte: »Dein Bruder scheint in den Kreis der Vertrauten aufgenommen.«

Penelope wurde nachdenklich. »Das mag wohl sein. Er ist erst siebzehn, doch je älter sie wird, desto jünger sind die Männer, die ihr gefallen.«

»Aber merkwürdig ist es doch. Der Sohn der Frau, die sie mehr haßt als sonst jemanden auf der Welt.«

»Mit seiner ansehnlichen Erscheinung kann er dieses Hindernis leicht überwinden«, erwiderte Penelope. »Aber vielleicht erhöht es auch den Reiz.«

Plötzlich erfüllte mich kalte Furcht. Sie hatte Gefallen an meinem Sohn gefunden. Wußte sie, wie sehr ich ihn liebte? Früher oder später würde er ihr enthüllen, daß zwischen uns eine besondere Bindung bestand. Er würde sich zu keinen Ausflüchten herbeilassen, um sich ihre Gunst zu bewahren, wie Leicester es getan hatte. Er würde mich verteidigen, wenn mein Name erwähnt wurde. Er würde es nicht zulassen, daß sie mich in seiner Gegenwart beschimpfte.

Ich war äußerst besorgt.

Leicester zufolge hatte Essex einen guten Eindruck auf die Königin gemacht. Sie wandte sich von dem Emporkömmling Raleigh ab und meinem Sohne zu. Er ergötzte sie. Er war anders als die anderen – jung, ungestüm, freimütig.

Ach, mein geliebter Sohn, dachte ich, habe ich etwa zugelassen, daß Leicester dich in ihr Netz lockt?

Da ich so sehr mit meinen eigenen Angelegenheiten beschäftigt und zudem vom Hofe verbannt war, hatte ich nicht wahrgenommen, daß sich über England dunkle Wolken zusammenzogen.

Jahrelang war immer wieder von drohenden Gefahren die Rede gewesen: Da war die Königin der Schotten, derentwegen sich ständig Verschwörungen bildeten, um sie auf den Thron zu erheben und Elisabeth abzusetzen, und da waren die feindlichen Spanier. Ich hatte mich daran gewöhnt und nahm sie hin, ohne viel darüber nachzudenken; ich glaube, vielen meiner Landsleute ging es ebenso. Die Königin und Leicester dagegen waren sich der Gefahren gewiß ständig bewußt.

Die Verbannung vom Hofe fraß an meinem Herzen, besonders jetzt, da Essex dort war. Nicht, daß es mir darum gegangen wäre, ein Lächeln der Königin zu erhaschen. Ich wollte einfach nur dort sein – und alles beobachten können. Ich fand nur geringe Befriedigung darin, durch die Straßen zu fahren, angetan wie eine Königin, oder die Gäste in meinen prachtvollen Häusern zu bewirten und dann durch andere von den Vorgängen bei Hofe zu erfahren. Deshalb wünschte ich so sehnsüchtig, dort zu sein. Doch dieses Glück schien mir für alle Zeiten versagt. Das war Elisabeths Rache.

Leicester sprach oft von der schottischen Königin. Er war unschlüssig, ob er sich um ihre Gunst bemühen oder sie ein für allemal beseitigen sollte. Solange sie lebte, sagte er, gebe es für ihn und Elisabeth keinen wahren Frieden. Er fürchtete, daß eines Tages eine der vielen Verschwörungen, die um Marias willen entstanden, Erfolg haben könnte. Geschah das, dann würden Elisabeths Anhänger bei der neuen Königin höchst unbeliebt sein. Und der erste, den man entmachtete, wäre er. Anschließend brächte man ihn in den Tower, und das Licht des Tages würde er erst wieder erblicken, wenn man ihn zum Richtblock führte.

Einmal, als wir zusammen im Bette lagen, und er, ermattet, nicht genau auf das achtete, was er sprach, sagte er, er habe der Königin geraten, Maria erwürgen zu lassen, besser noch zu vergiften.

»Es gibt Gifte«, sagte er, »die kaum Spuren hinterlassen ... und nach einiger Zeit findet man überhaupt nichts mehr. Es wäre ein Glück für das Land und für die Königin, wenn es Maria nicht mehr gäbe. Solange sie lebt, besteht Gefahr. Einmal kann den Verschwörern ihr Vorhaben gelingen, auch wenn wir uns noch so bemühen, das zu verhindern.«

Gift! dachte ich. Man findet keine Spuren ... nach einiger Zeit. Bis man sich an eine Untersuchung machte, konnten die Spuren also schon verschwunden sein.

Ach, ich war von *Leicesters Commonwealth* angesteckt.

Ich hätte gern gewußt, ob die Königin jemals mit ihm über mich sprach, wenn sie allein waren. Ich fragte mich, ob sie wohl zu ihm sagte: »Du warst zu voreilig, Robin. Hättest du gewartet, so hätte ich dich womöglich doch noch geheiratet.«

Gleichgesehen hätte es ihr. Sie war imstande, sehnsüchtig von Heiraten zu sprechen zu einem Mann, der nicht frei war und sie nicht ehelichen konnte. Ich malte mir aus, wie sie stichelte: »Du hast auf eine Krone verzichtet, als du die Wölfin geheiratet hast, Robin. Wäre sie nicht, könnte ich mich jetzt mit dir vermählen. Ich hätte einen König aus dir gemacht. Wie gut stünde dir eine Krone zu deinen ergrauenden Locken.«

Amy Robsart ging mir nicht aus dem Sinn.

Als ich einmal nach Cornbury in Oxfordshire reiste, kam ich an Cumnor Place vorbei. Ich betrat das Haus nicht, das würde nur Klatsch geben. Aber ich hätte gern die Stiege gesehen, die Amy hinuntergestürzt war. Sie verfolgte mich, diese Stiege, und so manches Mal, wenn ich mich anschickte, eine Treppenflucht hinabzusteigen, warf ich einen verstohlenen Blick über die Schulter.

Ich habe zuvor die stets gegenwärtige Bedrohung durch die Königin von Schottland und die Spanier erwähnt. Es gab beunruhigendes Gerede, daß Philip von Spanien zur Zeit eine gewaltige Schiffsflotte baue, mit welcher er uns angreifen wolle. Auch auf unseren Werften wurde fieberhaft gearbeitet. Männer wie Drake, Raleigh, Howard von Effingham und Frobisher umsummten die Königin wie ein Bienenschwarm und drängten sie, Maßnahmen gegen die Spanier zu ergreifen.

Leicester sagte, sie befürchte, daß die Spanier sie eines Tages angreifen würden, und deshalb halte sie einen Feldzug in den Niederlanden für so wichtig.

Ich wußte, daß nach dem Tode von Anjou und Wilhelms von Oranien Deputationen aus den Niederlanden Elisabeth die Krone angeboten hatten, wenn sie willens sei, das Land zu schützen. Doch davor war sie zurückgeschreckt. Sie hatte keine Lust, sich noch mehr Verantwortung aufzuladen, und überdies konnte sie sich recht wohl vorstellen, wie die Annahme dieses Angebots auf die Spanier gewirkt hätte. Sie würden es als kriegerische Handlung betrachten. Doch versorgte Elisabeth die Niederländer mit Geld und Truppen, um sie in ihrem Kampf gegen die Spanier zu unterstützen.

Eines Nachmittags kam Robert in höchster Erregung nach Leicester House. Ich hörte Hufgeklapper im Hof und eilte hinunter. Ich brauchte ihn nur anzusehen, da wußte ich, daß ein Ereignis von großer Bedeutung stattgefunden hatte.

»Die Königin sendet eine Armee aus, die für die Generalstaaten kämpfen soll«, eröffnete er mir atemlos. »Sie ist überzeugt, daß der Befehlshaber mit besonderer Sorgfalt ausgewählt werden muß. Daher hat sie beschlossen, den Mann zu schicken, der sich für diese Aufgabe am besten eignet, auch wenn sie ihn lieber hier behalten würde.«

»Also sollst du die Armee befehligen«, erwiderte ich scharf. Plötzlicher Zorn erfüllte mein Herz. Sie würde sich ungern von ihm trennen; doch der Gedanke, daß sie ihn zugleich mir fortnahm, verschaffte ihr eine gewisse Genugtuung. Ich konnte mir ihre Schadenfreude vorstellen: Er ist wohl ihr Ehemann, aber ich bin es, die entscheidet, ob sie mit ihm zusammen sein kann.

Robert nickte. »Sie war äußerst liebevoll und hat sogar ein wenig geweint.«

»Wie rührend!« sagte ich spöttisch. Er tat, als bemerkte er meinen Spott nicht.

»Sie hat mir eine hohe Ehre erwiesen, ja, die größte.«

»Ich bin überrascht, daß sie dich gehen läßt. Aber es wird sie ungemein befriedigen zu wissen, daß auch ich deiner Gesellschaft beraubt sein werde.«

Leicester hörte gar nicht zu. Eitel wie er war, sah er sich wohl schon mit Ruhm und Ehre überhäuft.

Er blieb nicht lange in Leicester House. Sie hatte ihm zu verstehen gegeben, da er sie bald verlassen müsse, habe er vor seinem Aufbruch so viel Zeit wie möglich mit ihr zu verbringen. Mit *ihr!* dachte ich verbittert. Sie wollte mir zeigen, daß ich zwar seine Gattin, sie aber die wichtigste Frau in seinem Leben sei. Sie befahl, und er gehorchte, und jede Stunde, die er bei ihr verbrachte, war eine Stunde, an der ich nicht teilhatte.

Wenige Tage später erfuhr ich, daß er sich nun doch nicht in die Niederlande begeben würde. Die Königin litt an einer Unpäßlichkeit und glaubte, daß sie nicht mehr lange zu leben habe. Daher konnte sie Leicester nicht gestatten, sie zu verlassen. Nachdem sie so lange zusammen gewesen waren, konnten sie sich doch nicht trennen mit dem Gedanken, sich vielleicht niemals wiederzusehen. Er mußte also dableiben, und sie wollte sich überlegen, wer an seiner Stelle die Armee in den Niederlanden befehligen sollte.

Ich kochte vor Wut. Ich war mir sicher, daß alles, was sie tat, mir galt, um mich noch mehr als bisher zu demütigen. *Sie* sagte, mein Gatte müsse in die Niederlande, also rüstete er sich zum Aufbruch. *Sie* sagte, er müsse bleiben, also blieb er. Er hatte ihr zur Verfügung zu stehen. Sie war so krank, daß sie ihn in ihrer Nähe wünschte. Wäre ich krank gewesen – mich hätte er freilich verlassen müssen. Sie wollte mir zu verstehen geben, daß ich in seinem Dasein nur eine Nebenrolle spielte. Er würde mich im Stich lassen, wenn sie es befahl. Wie ich sie haßte! Meine einzige Genugtuung war, daß sie mich nicht minder haßte. Und daß sie im tiefsten Innern fühlen mußte, die einzige Auserwählte wäre ich … wenn es nicht um ihre Krone ginge.

Diese Stimmung war schuld daran, daß ich zur ungetreuen Ehefrau wurde. Dabei ging ich wohlüberlegt vor. Ich war der kurzen Besuche müde, zu denen Robert sich heimlich von der Königin wegstehlen mußte, als sei sie die Gemahlin und ich die Geliebte. Ich hatte ihrem Zorn die Stirn geboten, als ich heiratete, und ich wußte sehr gut, daß dieser Grimm keine Nachsicht kannte. Dennoch war ich nicht gewillt, mich derartig behandeln zu lassen.

Leicester wurde allmählich alt. In seinen Diensten befanden sich, wie mir längst aufgefallen war, einige recht ansehnliche junge Männer. Die Königin hatte gern junge Männer um sich; sie hatten ihre Launen willfährig zu ertragen, mußten ihr schmeicheln und ihr gefügig sein – nun gut, auch ich mochte junge Männer. Daran mußte ich immer häufiger denken, da ich meinen Gatten so selten zu sehen bekam. Ich war noch jung genug, um die Vergnügungen zu genießen, die einem der Umgang mit dem anderen Geschlecht gewähren konnte. Rückblickend denke ich, daß ich möglicherweise hoffte, Leicester würde von meiner Untreue erfahren und erkennen, daß andere mich für wert hielten, seine Rache herauszufordern.

Es hatte einmal so ausgesehen, als könne allein Leicester mir die Freuden der Liebe verschaffen. Ich wollte mir beweisen, daß dies nun nicht mehr der Fall war.

Im Gefolge meines Gatten gab es einen jungen Mann, Christopher Blount, einen Sohn von Lord Mountjoy. Leicester hatte ihn zu seinem Oberstallmeister ernannt. Er war groß und ausgezeichnet gewachsen, besonders hübsch, blond und blauäugig und er sah so reizend unschuldig aus. Das gefiel mir besonders. Er war mir des öfteren aufgefallen, und ich wußte, daß auch sein Blick mich suchte. So wünschte ich ihm denn jedesmal, wenn ich an ihm vorüberging, einen guten Morgen. Er nahm dann Haltung an und betrachtete mich beinahe mit Ehrfurcht, und das machte mir Freude.

Ich ließ es mir angelegen sein, mit ihm ein Gespräch anzuknüpfen, wenn ich ihn sah, und bald bemerkte ich, daß er mir absichtlich in den Weg lief, um angesprochen zu werden.

Hatte ich ihn gesehen, pflegte ich mein Zimmer aufzusuchen und über ihn nachzudenken. Dann schaute ich in den Spiegel und betrachtete mich eingehend. Würde ich wirklich in fünf Jahren schon fünfzig? Mir schauderte bei dem Gedanken. Ich durfte nicht mehr wählerisch sein, wenn es um die Freuden des Lebens ging, denn bald war ich zu alt, um sie zu genießen. Bisher hatte ich mich immer beglückwünscht, daß die Königin acht Jahre und Robert gar noch um einiges älter war als ich. Nun aber zog ich Vergleiche zu Christopher Blount. Er mußte zwanzig Jahre jünger sein als ich. Nun gut, nicht nur Königinnen konnten der Welt vorspielen, sie seien jung. Ich wollte meine Anziehungskraft erproben, mir vielleicht auch sicher sein, daß Leicester mir nicht mehr so viel bedeutete wie einst. Wenn er stets zur Stelle sein mußte, um die Königin zu unterhalten – nun, ich fand meine Kurzweil auch anderswo. Damit gedachte ich nicht nur Leicester eins auszuwischen, sondern, was für mich ebenso wichtig war, auch der Königin.

Wenige Tage später begegnete ich Christopher in den Stallungen und ließ ein Halstuch fallen. Eine uralte List, doch darum nicht weniger wirksam. Die Gelegenheit hatte ich ihm verschafft. Nun war ich neugierig, ob er genug Mut besaß, sie zu ergreifen. Wenn ja, so verdiente er eine Belohnung. Gewiß hatte man ihm einiges über Leicester erzählt, und ich bezweifelte nicht, daß er auch das *Commonwealth* gelesen hatte. Dann wußte er also, daß es gefährlich sein konnte, mit Leicesters Gemahlin zu schäkern.

Ich war sicher, daß er kommen würde.

Er stand an meiner Zimmertür und hielt mein Halstuch in der Hand. Ich ging lächelnd auf ihn zu, zog ihn ins Zimmer und schloß die Tür hinter uns.

Es war aufregend, für ihn nicht weniger als für mich. Hier war sie wieder, die Gefahr, welche die erste Zeit mit Robert so reizvoll gemacht hatte. Es war wie ein Lebenselixier, mit einem jungen Mann zusammen zu sein, zu wissen, daß mein Körper noch immer schön war und daß meine Jahre den Reiz nur erhöhten, da ich so völlig Herrin der Lage war und meine Erfahrung in der Liebe ihm Staunen und Hochachtung abnötigte.

Hinterher schickte ich ihn rasch fort und sagte, dies dürfe niemals wieder vorkommen. Ich wußte natürlich, daß es doch geschehen würde, aber so war es köstlicher und erregender. Er blickte sehr ernst und unglücklich drein, doch ich wußte, lieber hätte er Leicesters Zorn wieder und wieder herausgefordert, ehe er auf dieses Erlebnis verzichtet hätte.

Als er fort war, lachte ich in mich hinein und dachte daran, wie Leicester um die Königin herumtanzen mußte.

»Dieses Spielchen können auch zwei andere treiben, mein edler Graf«, sagte ich.

Die Königin hatte es sich abermals anders überlegt. Sie war genesen, und kein anderer als Leicester, so hatte sie nun wieder entschieden, war geeignet, die Armee in den Niederlanden zu befehligen.

Er befand sich im Zustand großer Erregung, als er nach Leicester House kam. Ihm stehe eine glänzende Zukunft bevor, eröffnete er mir. Man hatte der Königin die Krone der Niederlande angeboten. Sie würde sie ablehnen, er aber sehe keinen Grund, weshalb er sie nicht annehmen solle.

»Wie würde es dir gefallen, Königin zu werden, Lettice?« fragte er, und ich erwiderte, daß ich eine Krone nicht verschmähen würde, falls man sie mir anböte.

»Wir wollen hoffen, daß sie deinen Aufbruch nicht wieder verhindert«, sagte ich.

»Gewiß nicht«, entgegnete er. »Sie ist auf einen Sieg dort erpicht. Den brauchen wir auch. Das gelobe ich: Ich werde die Spanier aus den Niederlanden verjagen.« Plötzlich sah er mich an und wurde der Kälte meines Blicks gewahr. Ich dachte nämlich, daß er nur seinen künftigen Ruhm im Kopfe hatte und es ihn kaum berührte, mich verlassen zu müssen. Allerdings – würde unser Leben so viel anders verlaufen als bisher? Sie hatte ja schon seit langem dafür gesorgt, daß wir kaum Zeit füreinander hatten. Er ergriff meine Hände und küßte sie. »Lettice«, fuhr er fort, »ich will alles wieder gutmachen. Glaub nicht, daß ich nicht verstände, was du durchgemacht hast. Ich konnte nichts dagegen tun. Es geschah gegen meinen Willen. Das mußt du doch verstehen, meine Liebste.«

»Ich verstehe recht wohl«, gab ich zurück. »Du mußtest mich vernachlässigen, weil sie es wünschte.«

»Das gebe ich zu. Ich wünschte bei Gott …«

Er drückte mich fest an sich, ich aber spürte, daß seine Erregung nicht der Leidenschaft für mich entsprang, sondern der Erwartung auf den Ruhm, der ihm in den Niederlanden zuteil werden würde.

Philip Sidney würde ihn begleiten, und auch für Essex wollte er ein Amt finden. »Das wird unserem jungen Grafen zusagen. Du siehst, wie ich für meine Familie sorge.«

Es sollte ein Triumphzug in die Niederlande werden, das stand für ihn bereits fest. Und nun wolle er seinen Oberstallmeister aufsuchen, da er eine Menge mit ihm zu besprechen habe.

Belustigt fragte ich mich, wie sich Christopher Blount nun wohl verhalten würde. Christopher besaß den Reiz großer Unschuld. Seit jenem Ereignis, das ich bei mir »Den Vorfall« nannte, hatte ich auf seinem Gesicht die widersprüchlichsten Gefühlsregungen wahrgenommen. Schuld, Erregung, Hoffnung, Verlangen, Scham und Furcht stritten miteinander. Er glaubte wohl, ein Schurke zu sein, da er die Gattin seines Herrn verführt hatte. Ich hätte ihm gern gesagt, daß ich es war, die ihn verführt hatte. Er war so bezaubernd; doch ich hatte der Versuchung widerstanden, das Erlebnis zu wiederholen. Für Christopher sollte unsere Begegnung nicht zu einer bloß körperlichen Beziehung herabgewürdigt werden.

Gleichwohl war ich gespannt darauf, wie er sich Leicester gegenüber verhalten und ob er etwas verraten würde. Ich war allerdings sicher, er würde alles daransetzen, damit nichts ans Licht käme. Und da er mit Leicester in die Niederlande reisen mußte, sagte ich mir, daß es vorläufig keine Wiederholung des »Vorfalls« geben konnte. Doch ich irrte mich.

Die Königin hatte bestimmt, daß Leicester seine letzte Nacht in England nicht mit mir verbringen sollte. Natürlich war ich der Meinung gewesen, daß er wenigstens am Abschiedsabend kommen werde und erwartete ihn in Leicester House. Er kam nicht. Statt dessen traf ein Bote mit der Nachricht ein, die Königin verlange, daß er am Hofe bleibe, da sie viel mit ihm zu besprechen habe. Ich wußte natürlich, sie wollte mir zeigen, daß ich wohl seine Frau war, doch ihr das Vorrecht auf seine Dienste zustand. Ich war zornig und enttäuscht. Der Gedanke, daß er fortging, war mir schrecklich. Im Grunde meines Herzens liebte und begehrte ich ihn wohl noch immer. Damals erkannte ich auch, daß niemand seinen Platz in meinem Leben einzunehmen imstande sein würde. Mir war ganz elend vor Enttäuschung und Eifersucht, wenn ich mir die beiden zusammen vorstellte. Zweifellos tanzte sie bis in die frühen Morgenstunden, und er würde sie mit widerlichen Schmeicheleien überschütten und ihr sagen, wie unglücklich er darüber sei, da er *sie* verlassen müsse. Und sie würde ihm zuhören, den Kopf zur Seite geneigt, mit einem weichen Ausdruck in den Habichtsaugen, ihrem süßen Robin, ihrem Augapfel, dem einzigen Mann, den sie jemals hatte lieben können.

Es war ein kalter Dezembertag, doch erbärmlicher als meine Stimmung konnte das Wetter auch nicht sein. Ich sei eine Närrin, fand ich. Zum Teufel mit Elisabeth, sagte ich mir. Zum Teufel mit Leicester! Ich wies meine Dienerschaft an, in meinem Schlafgemach ein loderndes Feuer zu entfachen, und als es dort warm und behaglich war, ließ ich mir Christopher kommen.

Er war so jung, so unbefangen, so unerfahren. Ich wußte, er verehrte mich, und seine Verehrung war Balsam für meine verletzte Eitelkeit. Da ich es nicht hätte ertragen können, wenn sich seine Meinung über mich gewandelt hätte, griff ich zu einer Notlüge: Ich hätte nach ihm geschickt, um ihm zu versichern, er brauche keine Schuldgefühle zu haben wegen dem, was geschehen war. Wir seien eben von unserer Leidenschaft überwältigt worden, ehe wir wußten, wie uns geschah. Natürlich dürfe dies nie wieder vorkommen, und wir müßten es vergessen.

Er fragte, ob ich wisse, was ich von ihm verlange. Er wolle ja alles tun, nur vergessen – das könne er nicht, niemals. Es sei das wunderbarste Erlebnis seines Daseins gewesen, und er würde immer daran denken.

Wie reizend die jungen Männer doch sind, dachte ich. Ich begriff, warum die Königin einen solchen Narren an ihnen gefressen hatte. Ihre Unschuld war Labsal, gab uns den Glauben an das Leben zurück. Christophers Entzücken war fast Vergötterung. Dies trug viel dazu bei, daß ich wieder an meine Anziehungskraft glaubte. Ich hatte schon daran zu zweifeln begonnen, als Leicester so schnell bereit war, mich zu verlassen, um des Ruhmes willen, der ihn in den Niederlanden erwartete.

Ich nahm Abschied von Christopher – das heißt, ich tat nur so. In Wirklichkeit hatte ich vor, ihn die Nacht über hierzubehalten. Ich legte ihm die Hände auf die Schultern und küßte ihn auf den Mund. Dies nun war freilich der Funke im Pulverfaß.

Ach, er war hinreißend, wie er sich entschuldigte, weil er glaubte, er sei für alles verantwortlich!

Vor Anbruch der Dämmerung schickte ich ihn fort. Als er mich verließ, bat er mich, ihm ein ehrendes Andenken zu bewahren, falls er in der Schlacht bleiben sollte, und immer dessen eingedenk zu sein, daß er nie eine andere hätte lieben können, auch wenn er hundert Jahre alt geworden wäre.

Der gute Christopher! In diesem Augenblick erschien ihm der Tod ruhmreich, dessen war ich sicher. Er sah sich für den protestantischen Glauben fallen, meinen Namen auf den Lippen.

Es war alles so schwärmerisch und wie verzaubert. Ich hatte das kleine Zwischenspiel sehr genossen. Warum hatte ich mir so etwas nicht schon früher gegönnt? fragte ich mich.

Am nächsten Tag brachen sie auf; Leicester nahm Abschied von der Königin und stellte sich an die Spitze der Truppe, zu der auch mein Liebhaber und mein Sohn gehörten.

Später erfuhr ich, daß man sie in Colchester üppig bewirtet hatte. Am nächsten Tag ritten sie nach Harwich weiter, von wo eine Flotte aus fünfzig Segelschiffen sie nach Vlissingen bringen sollte.

Robert schilderte mir in einem Brief sehr begeistert den turbulenten Empfang, den man ihm überall bereitet hatte, denn das Volk betrachtete ihn als seinen Retter. Im Hafen von Rotterdam, in den die Flotte bei Dunkelheit einlief, standen die Holländer dicht gedrängt, und jeder vierte trug eine brennende Pechfackel. Die Menge war in Hochrufe ausgebrochen und hatte ihn über den Marktplatz zu seinem Quartier geleitet. Von Rotterdam aus war es nach Delft gegangen, und dort logierte er in dem nämlichen Hause, in welchem der Prinz von Oranien ermordet worden war.

»Die Feierlichkeiten«, schrieb er, »wurden immer prächtiger, je weiter ich ins Landesinnere kam. Überall sahen die Leute in mir ihren Retter.«

Das Volk, so schien es, hatte um seines Glaubens willen viel erleiden müssen. In seiner Angst, von den Spaniern geschlagen zu werden, sah es in Leicester, der mit Geld und Truppen von der englischen Königin gesandt worden war, seine große Hoffnung.

Er war ausgezogen, um eine Armee zu befehligen. Aber vorerst kam es nicht zum Kampf. Eine Feierlichkeit folgte auf die andere, und ständig wurde gepriesen, was Leicester und England für das Land tun wollten.

Es war einigermaßen überraschend gewesen, als die Königin Leicester für diese Aufgabe ausgewählt hatte; denn er war Politiker und kein Soldat: Er wußte mit Worten zu kämpfen, nicht mit dem Schwert. Ich fragte mich, was geschehen würde, wenn der Kampf begann.

Doch zuvor erlebte er Stunden des Triumphes. Die lärmenden Feste hielten mehrere Wochen an, doch dann kam der große Augenblick der Entscheidung. Robert schrieb mir sogleich, denn es war ihm unmöglich, dies für sich zu behalten.

»Am ersten Tag des Januar begab sich eine Abordnung zu meinem Quartier. Ich war noch nicht völlig angekleidet, und während meine Toilette beendet wurde, berichtete mir einer von meinen Leuten, die Minister seien gekommen und bäten mich um eine Unterredung. Sie wollten mir die Führung der Vereinigten Provinzen anbieten. Ich war unentschlossen, denn schließlich hatte die Königin mich gesandt, um für die Provinzen zu kämpfen und nicht, um sie zu regieren. Und so verlockend ein solches Angebot auch war, ich konnte es doch nicht annehmen, ohne es zuvor gründlich zu bedenken.«

Ich sah ihn vor mir – mit glänzenden Augen. War dies nicht immer sein Wunsch gewesen? Er war so lange im Dienste der Königin gestanden. Wie ein kleiner Hund an der Leine, hatte ich einmal gespöttelt. »Mein süßes Tierchen, laß dich streicheln ... aber du kannst immer nur so weit gehen, wie es die Leine erlaubt, an der ich dich halte.«
Was muß es da für ihn bedeutet haben, die Krone der Niederlande angeboten zu bekommen!
Ich wandte mich wieder seinem Brief zu.

»Ich gab keinen Bescheid und ließ mir die Sache durch den Kopf gehen. Sicher freut es Dich zu hören, daß ich Essex zum General der Kavallerie ernannt habe. Ich habe viel Zeit damit verbracht, Predigten anzuhören und Psalmen zu singen, denn dieses Volk nimmt seinen Glauben sehr ernst. Ich muß Dir aber berichten, daß ich die Angelegenheit mit dem Sekretär der Königin, Davison, der auch hier ist, und mit Philip Sidney besprochen habe, und beide sind der Meinung, daß ich das Volk durch Annahme des Angebots zufriedenstellen muß. Und nun, meine liebste Lettice, bin ich also Statthalter der Vereinigten Provinzen.«

Später kam noch ein Brief.

»Man hat mich im Haag eingeführt. Ich wollte, Du hättest diese eindrucksvolle Zeremonie sehen können! Ich saß unter den Wappen der Niederlande und Englands, umgeben von den Vertretern der Prinzipalstaaten. Man richtete Dankadressen an die Königin und an mich, den Generalleutnant, nun Statthalter der Provinzen. Ich legte den erforderlichen Eid ab und schwor, das niederländische Volk zu beschützen und zu seinem und der Kirche Wohl zu wirken. Ich wünschte, Du wärest dabei gewesen! Du hättest stolz auf mich sein können.
Und jetzt, meine liebe Lettice, möchte ich, daß Du zu mir kommst. Denk daran, Du kommst als eine Königin! Du wirst schon wissen, wie Du Dich zu verhalten hast. Wir werden hier leben, und du mußt nicht mehr verbannt sein, wie Du es nennst. Ich sehne mich nach Dir.«

Ich las den Brief wieder und wieder. Ich sollte also Königin werden. Hoheitsvoll wie sie würde ich sein und so schön, wie sie es niemals sein konnte. Das Leben versprach aufregend zu werden. Ich frohlockte. Was würde sie sagen, was würde sie tun, wenn sie erfuhr, daß ich als Leicesters Königin in die Niederlande ging?

Ich begab mich unverzüglich an die Vorbereitungen.

Ja, ich würde als Königin einziehen! Und glanzvoller, als Elisabeth je gewesen war.

So sollte ich denn endlich meinen Triumph haben. Jetzt begriff ich, was es hieß, Leicesters Gemahlin zu sein. Ich sollte Königin werden, niemand würde mir mehr befehlen. Und wenn ich im Haag anstatt in Greenwich und Windsor residierte, was kümmerte es mich?

Kaufleute kamen mit den feinsten Stoffen nach Leicester House. In größter Eile überlegte ich, was alles an Kleidung ich brauchte, und die Näherinnen waren Tag und Nacht an der Arbeit. Ich ließ Kutschen bauen mit dem Wappen der Niederlande und Roberts Familienwappen. Ich entwarf kostbaren Schmuck und prächtiges Beiwerk für mich, meine Begleitung und sogar für die Pferde. Ich hatte beschlossen, eine Gruppe von Damen und Herren mitzunehmen. Wenn die Kavalkade nach Harwich ritt, sollte das Volk vor Staunen die Mäuler aufreißen, weil sie nie zuvor etwas so Prächtiges gesehen hatten. Was ich ihnen vorführte, sollte hundertmal glanzvoller und üppiger sein als alles, was die Königin je besessen hatte.

Das waren aufregende Wochen. Ungeduldig sah ich dem Tag der Abreise entgegen.

Eines Tages im Februar, als ich mich mitten in den Vorbereitungen befand, erfuhr ich, daß William Davison, der Sekretär der Königin, welcher Robert in die Niederlande begleitet hatte, am Hofe eingetroffen war, um der Königin einen vollständigen Bericht der Ereignisse zu geben.

Robert als Generalstatthalter der Vereinigten Provinzen! Eine solche Aufgabe zu übernehmen, ohne sich mit ihr zu beraten! Ein Amt anzutreten, das ihn zwang, außerhalb Englands zu leben! Ihr Zorn war fürchterlich, so sagten jene, die ihn erlebt hatten.

Jemand, dem wohl daran lag, Öl ins Feuer zu gießen, erwähnte, daß Roberts Gräfin sich rüstete, um ihm als Königin zu folgen.

Wie sie wetterte! Es hieß, daß sie ihren Vater im Fluchen noch übertraf. Sie schwor beim Blute Christi, daß sie Leicester und seiner Wölfin eine Lektion erteilen werde. Die spielten also König und Königin, wie? Sie wollte sie lehren, daß gewöhnliche Sterbliche sich nicht einfach mit der Königswürde zieren konnten, bloß weil sie so vermessen waren zu glauben – irrtümlicherweise! – dergleichen verdient zu haben!

Sogleich entsandte sie Heneage zu Leicester. Er sollte ihm mitteilen, daß er für eine weitere Zeremonie Sorge zu tragen habe. Dann müsse er feierlich auf sein Statthalteramt verzichten und dem Volk der Niederlande mitteilen, daß er nur ein Diener der Königin von England sei und nun in Ungnade, weil er eigenmächtig, ohne ihre Erlaubnis, gehandelt habe. Dann könne er zurückkommen und im Tower sein weiteres Schicksal erwarten.

Der arme Davison wurde gescholten und durfte selber kaum ein Wort sagen. Aber nach einer Weile hörte sie ihm doch zu, und als ihr Zorn sich ein wenig gelegt hatte, fiel ihr wohl ein, welche Demütigung sie Robert zuzufügen im Begriff war. Sie milderte ihr Urteil. Selbstverständlich mußte er das Statthalteramt aufgeben, aber der Rücktritt sollte in einer Form erfolgen, die für ihn nicht zu demütigend war. Er sollte jedoch ja nicht denken, daß sie nicht erzürnt sei. Sie hatte in aller Öffentlichkeit erklärt, damit es die ausländischen Fürsten auch ja erführen, daß sie entschlossen war, die Statthalterschaft der Niederlande nicht zu übernehmen. Nun aber hatte einer ihrer Untertanen danach gegriffen wie nach einem lohnenden Gewinn, und es mußte den Eindruck erwecken, als habe sie ihre Zustimmung dazu erteilt – denn niemand würde annehmen, daß ein *Untertan* es wagen konnte, sich soviel herauszunehmen – und man würde glauben, sie habe ihr Wort gebrochen.

»Und diese Wölfin«, schrie sie, »die kann ihre Juwelen wieder auspakken. Sie kann ihre kostbaren Gewänder beiseitelegen. Sie soll ja nicht glauben, daß sie ruhmreich in Den Haag einziehen wird! Statt dessen darf sie demütig zum Tower gehen und um die Erlaubnis nachsuchen, den Gefangenen sehen zu dürfen, und sie soll ja darauf achten, sich wohl zu betragen, sonst erwartet auch sie dort ein langer Aufenthalt.«

Armer Robert! Wie kurz hatte doch sein Ruhm gewährt. Und ich Ärmste hatte geglaubt, endlich aus dem Schattendasein herauszutreten – und schon mußte ich wieder dorthin zurück. Und der Haß der Königin auf mich war noch größer geworden. Ich wußte, sie würde sich einreden, daß ich, nicht ihr geliebter Robin, den Plan ausgeheckt hatte, damit auch ich einen Thron besteigen konnte.

Niemand außer Robert hätte das unselige Abenteuer in den Niederlanden lebend überstehen können. Ich hatte immer gewußt, daß er kein

Soldat war. Natürlich hatte er zu Pferde vor seinen Truppen einen imponierenden Eindruck gemacht. Ich konnte ihn mir bei den Feierlichkeiten so gut vorstellen. Doch dem erfahrenen und grausamen Herzog von Parma gegenüberzustehen, war eine andere Sache. Man konnte von ihm kaum erwarten, daß er tatenlos zusah, während Robert sich und das Volk mit großem Schaugepränge unterhielt.

Es war ein schlimmer Schlag, als Parma dort angriff, wo es am wenigsten erwartet wurde. Er nahm zuerst die Stadt Grave ein, von der Robert geglaubt hatte, sie sei unbezwinglich, und anschließend Venlo.

Der Zorn der Königin machte alles noch schlimmer. Aus England kam kein Geld mehr, den Truppen konnte der Sold nicht ausbezahlt werden, und die Offiziere lagen miteinander in Streit. Erst viel später erzählte mir Robert, unter welch fürchterlichem Druck er damals gelebt habe. Er wollte die Niederlande niemals wiedersehen.

Der ganze Feldzug war eine Katastrophe. Für uns kam noch eine persönliche Tragödie hinzu.

Ich hatte die Familie Sidney sehr gern, und Philip war unser aller Liebling. Seine Mutter Mary und ich hatten uns angefreundet, da wir beide vom Hof Verbannte waren – sie freiwillig, ich gegen meinen Willen. Sie trug nach wie vor einen dünnen Schleier vor dem Gesicht; an den Hof ging sie nur selten, obgleich sie der Königin stets willkommen war und dafür gesorgt wurde, daß sie in den königlichen Residenzen eigene Räume zur Verfügung hatte und sich jederzeit zurückziehen konnte. Elisabeth hatte nicht vergessen, daß Mary gleichsam ihre Narben trug, und bewahrte ihr daher ihre Zuneigung.

Im Mai erhielt ich von Mary eine Botschaft, daß der Gesundheitszustand ihres Gatten sich verschlechtert habe. Er hatte bereits seit einiger Zeit gekränkelt, wollte sich jedoch keine Ruhe gönnen. Es kam deshalb nicht überraschend für mich, als ich bald darauf hörte, er sei gestorben. Ich machte mich nach Penshurst auf, um ihr beizustehen. Wie froh war ich später darüber. Denn im August starb auch Mary. Ihre Tochter Mary, Gräfin von Pembroke, war zuvor nach Penshurst gekommen, um ihrer Mutter bis zum Ende nahe zu sein. Wir beklagten, daß Philip sich bei der niederländischen Armee befand und nicht anwesend sein konnte.

In gewisser Hinsicht war es ein Segen, daß Mary starb, bevor die große Tragödie über sie hereinbrach. Ich kannte ihre Empfindungen sehr gut und wußte, daß das, was sich ereignen sollte, der grausamste Schicksalsschlag ihres Lebens gewesen wäre.

Im September – einen Monat nach Lady Sidneys Tod – beschloß Leicester, Zutphen anzugreifen.

Wie alles geschah, erfuhren wir zunächst nur bruchstückweise und mußten es uns später zusammenreimen. Es war eine Geschichte von Verwegenheit und Heldentum. Oft denke ich, wäre Philip weniger ritterlich gewesen und mehr der Wirklichkeit zugewandt, so hätte dies nie und nimmer geschehen können.

Was wir hörten, war dies: Philip verließ sein Zelt und traf auf Sir William Pelham. Dieser hatte vergessen, seine Beinschienen und Schenkelstücke anzulegen. Törichterweise sagte sich Philip, er dürfe einem Freund gegenüber nicht im Vorteil sein, und legte seine eigene Rüstung ab, eine unsinnige Geste, für welche er einen hohen Preis zahlen mußte. Später nämlich traf ihn während des Gefechts eine Kugel am linken Oberschenkel. Er konnte sich zwar auf seinem Pferd halten, verlor aber viel Blut. Von Freunden umringt, rief er aus, er sterbe nicht am Blutverlust, sondern vor Durst. Man drückte ihm eine Wasserflasche in die Hand, doch als er zum Trinken ansetzte, sah er am Boden einen sterbenden Soldaten, der kraftlos um Wasser wimmerte.

»Nimm«, sagte Philip, und seine Worte sind unsterblich geworden, »deine Not ist größer als die meine.«

Man trug ihn auf Leicesters Boot, brachte ihn nach Arnheim und quartierte ihn dort in einem Haus ein.

Ich suchte seine Gattin Frances auf und traf sie, obgleich hochschwanger, bereit zum Aufbruch. Sie müsse zu ihm gehen, sagte sie, denn er brauche sorgfältige Pflege.

»In Eurem Zustand dürft Ihr Euch das nicht zumuten«, rief ich aus. Doch sie wollte nicht hören, und ihr Vater meinte, da sie nun einmal entschlossen sei, wolle er sie nicht zurückhalten.

So reiste Frances denn nach Arnheim. Die Ärmste! Ihr Leben war nicht gerade glücklich gewesen. Sie muß Philip allerdings geliebt haben. Aber wer brachte es fertig, Philip Sidney nicht zu lieben! Vielleicht wußte Frances, daß die Liebesgedichte, die er an meine Tochter Penelope schrieb, nicht etwa als Geringschätzung ihrer Person betrachtet werden durften. Sicher gab es nicht viele Frauen, die sich damit abgefunden hätten, doch Frances war eben eine außerordentliche Frau.

Sechsundzwanzig Tage lang litt Philip die schlimmsten Todesqualen; dann starb er. Ich wußte, sein Tod würde für Robert, der ihn als seinen Sohn betrachtet hatte, ein schwerer Schlag sein. Seine Begabung, seine Anmut – alles an Philip war dazu angetan, Bewunderung zu erwecken. Aber er erregte keinen Neid wie etwa Robert, Heneage, Hatton und Raleigh; denn Philip war nicht ehrgeizig. Er war ein Mann von seltenen Gaben.

Ich hörte, daß die Königin tief trauerte. Erst hatte sie ihre teure Freundin Mary, welche sie stets geliebt hatte, verloren, und nun war Philip tot, den sie so sehr bewundert hatte.

Die Königin verabscheute Krieg. Er sei sinnlos, erklärte sie, und bringe niemandem Gutes. Während ihrer ganzen Regierungszeit hatte sie Kriege zu vermeiden gesucht. Nun war sie tief getroffen durch den Verlust ihrer teuren Freunde und die ständig wachsende Bedrohung durch die Spanier; denn das waghalsige und törichte Abenteuer in den Niederlanden hatte die Gefahr nicht abwehren können.

Philips Leichnam wurde einbalsamiert und auf einem Schiff mit schwarzen Segeln, das deshalb die »Schwarze Pinasse« genannt wurde, nach Hause gebracht. Im Februar des folgenden Jahres fand in der St.-Pauls-Kathedrale ein Gedenkgottesdienst statt.

Die arme Frances war inzwischen von einem toten Kind entbunden worden. Nach allem, was sie durchgemacht hatte, war dies nicht zu verwundern.

Leicester kehrte nach England zurück, denn im Winter wurde nicht Krieg geführt, und mit ihm kam mein Sohn Essex.

Leicester begab sich sofort an den Hof; es hätte sonst Ärger gegeben, und seine Lage war bedenklich. Ich konnte mir vorstellen, was in ihm vorging, als er sich bei seiner königlichen Gebieterin meldete. Essex besuchte mich. Er war über den Tod von Philip Sidney sehr bestürzt. Als er mir erzählte, daß er an dessen Sterbebett geweilt hatte, vergoß er Tränen.

»Ein edlerer Mensch hat niemals gelebt«, rief er aus, »und nun ist er tot. Er war glücklich über die Anwesenheit des Grafen von Leicester. Die beiden waren durch große Zuneigung verbunden, und das Hinscheiden von Philip hat meinem Stiefvater viel Kummer gemacht. Philip hat mir sein bestes Schwert hinterlassen. Ich will es allezeit in Ehren halten und hoffe, daß ich seiner würdig sein werde.«

Er war auch Frances Sidney begegnet – eine tapfere Frau, sagte er, denn in ihrem Zustand hätte sie die Seereise gar nicht unternehmen dürfen. Er wolle alles tun, um ihr zu helfen, denn das wäre gewiß Philips Wunsch gewesen.

Nachdem Leicester der Königin Bericht erstattet hatte, kam er zu mir. Bei seinem letzten Abenteuer war er stark gealtert. Ich war über sein Aussehen erschrocken. Er litt wieder an der Gicht und war sehr niedergeschlagen über den unglücklichen Ausgang des Feldzugs.

Ernst sagte er zu mir: »Gott sei gelobt, daß die Königin mir ihre Gunst nicht entzogen hat. Ich ließ mich vor ihr aufs Knie nieder, doch sie hieß mich aufstehen und blickte mich mit Tränen in den Augen ernsthaft an. Sie sah wohl, daß ich viel gelitten hatte, sagte aber, ich sei an ihr zum Verräter geworden. Doch was sie am meisten kränkte, sei, daß ich an mir selbst zum Verräter geworden sei, denn ich hätte aus Leichtsinn nicht auf meine Gesundheit geachtet, obgleich ihr oberster Befehl an mich gelautet hatte, ich solle dafür Sorge tragen. Da wußte ich, daß sie mir alles verziehen hatte.«

Ich betrachtete ihn – dieses armselige Zerrbild des einstmals ruhmreichen Leicester, und ich staunte über diese Frau. Er hatte sie herausgefordert, hatte geglaubt, in den Niederlanden am Ende doch noch zu einer Krone zu gelangen. Und das hätte bedeutet, daß er sie verlassen mußte. Noch schlimmer: Er hatte vorgehabt, mich in die Niederlande kommen zu lassen, damit ich die Königswürde mit ihm teile. Und doch hatte sie ihm vergeben.

Weiß Gott, sagte ich zu mir, sie liebt ihn. Sie liebt ihn wahrhaftig.

Siegreiches England

Was nun Eure Person betrifft, die das Heiligste und Kostbarste ist, das man hienieden verehren kann, so muß ein Mann zittern, wenn er nur daran denkt; insbesondere, wenn er gewahr wird, daß Eure Majestät den königlichen Mut besitzt, sich an die fernsten Grenzen Eures Reiches zu begeben, um Euren Feinden entgegenzutreten und Eure Untertanen zu verteidigen. Ich kann dem, allerteuerste Königin, nicht zustimmen; denn mit Eurem Wohlergehen steht und fällt die Sicherheit Eures gesamten Königreiches, weshalb es vor allem Eure Person zu schützen gilt.

Leicester an Elisabeth

Ihre Gegenwart und ihre Worte stärkten den Mut der Hauptleute und Soldaten auf kaum glaubliche Weise.

William Camden

Der letzte Akt der Tragödie Marias von Schottland nahm seinen Anfang. Sie wurde damals in unserem Haus in Chartley gefangengehalten, welches nun meinem Sohn Essex gehörte. Er hatte nur sehr widerwillig seine Zustimmung gegeben und eingewendet, daß es als Gefängnis für die Königin zu klein und zu unbequem sei. Seine Bedenken waren jedoch zurückgewiesen worden; und nun bildeten diese Räume, die mir und meiner Familie so vertraut waren und wo ich mit meinen Kindern so fröhlich gespielt hatte, den Schauplatz für die letzten dramatischen Auftritte im Leben der Königin von Schottland. Hier beteiligte sie sich an der Verschwörung Babingtons, die später ihren Untergang besiegelte. Die nächste Etappe ihrer traurigen Reise war Schloß Fotheringhay, wo sich ihr Schicksal entschied.

Das ganze Land sprach davon: wie sich die Verschwörer getroffen hatten, wie Briefe zwischen ihnen hin und her gegangen waren, wie tief die Königin von Schottland in eine Verschwörung verstrickt war; und diesmal konnte sie eindeutig belastet werden. Walsingham hatte sämtliche Beweise in der Hand, und Maria wurde des Versuchs für schuldig befunden, die Ermordung von Königin Elisabeth betrieben zu haben mit dem Ziel, selbst den Thron Englands einzunehmen.

Doch selbst angesichts dieser Beweise zögerte Elisabeth, das Todesurteil zu unterzeichnen.

Leicester verlor die Geduld mit ihr. Ich mußte ihn daran erinnern, daß er vor gar nicht langer Zeit noch daran gedacht hatte, Beziehungen zu der Königin von Schottland anzuknüpfen, da ja immerhin die Möglichkeit bestand, daß Elisabeth sterben und Maria den Thron besteigen könnte.

Er sah mich erstaunt an. Mir fehlte einfach der Sinn für das, was die politische Vernunft gebot. Unbegreiflich! Früher wäre ich auf seiner Seite gewesen. O ja, meine Liebe zu ihm war in der Tat gestorben.

»Wenn sie nicht aufpaßt«, rief er ungestüm, »wird man versuchen, Maria zu retten, und das könnte gelingen.«

»Dann wärt Ihr aber in einer beneidenswerten Lage, Mylord«, bemerkte ich hinterhältig. »Ich glaube, Ihre Majestät von Schottland hat Schoßhunde sehr gern, doch sie zieht es vor, sie selbst auszuwählen und hätte gewiß keinen Platz in ihrem Hause für jene, die einst der Königin von England die Hand leckten.«

»Was ist denn mit dir, Lettice?« fragte er verwirrt.

Ich erwiderte: »Ich bin eine vernachlässigte Ehefrau.«

»Du weißt recht wohl, daß es nur einen Grund gibt, warum ich nicht bei dir sein kann.«

»Ich weiß es recht wohl«, gab ich zurück.

»Dann also Schluß damit. Laß uns über wirklich ernste Angelegenheiten nachdenken.«

Doch über das, was ernst war, hatten wir wohl verschiedene Ansichten. Das Volk wurde ungeduldig. Die Königin jedoch sann immer noch auf Ausflüchte, wie sie es ihr Leben lang getan hatte. Oft hatte sie damit Erfolg gehabt. Nun aber wollten ihre getreuen Untertanen wissen, wann endlich sie über das vergossene Blut der katholischen Königin jubeln durften.

Schließlich legte ihr Sekretär Davison ihr das Todesurteil vor und sie unterschrieb; dies spielte sich in der Halle von Schloß Fotheringhay ab.

Eine Feindin der Königin von England war ausgeschaltet. Es gab jedoch noch eine größere Bedrohung: die Spanier.

Gewissensbisse quälten sie – diese außergewöhnliche Frau. Sie, die so klug, so scharfsinnig war, wurde von bösen Träumen gequält. Sie hatte ein Todesurteil unterzeichnet, und danach hatte man der Königin der Schotten das Haupt abgeschlagen.

Der König von Frankreich hatte geäußert, es wäre besser gewesen, Maria zu vergiften, dann wäre wenigstens nicht mit völliger Sicherheit festgestanden, woran sie gestorben war. Es gebe doch hervorragende Gifte, und einige von Elisabeths Untertanen seien doch sehr vertraut damit, wie man sie anzuwenden habe. War das eine versteckte Anspielung auf *Leicesters Commonwealth*? Man hätte sie auch mit einem Kissen ersticken können. Das hinterließ so gut wie keine Spuren, wenn man es geschickt anstellte. Aber nein! Man hatte ja die Königin von Schottland schuldig sprechen müssen, und die Königin von England hatte ihr Todesurteil unterzeichnet. Und Maria war in die Halle von Schloß Fotheringhay geführt und enthauptet worden. Und während England frohlockte darüber, daß die schottische Königin kein weiteres Unheil anrichten konnte, litt Elisabeth Gewissensqualen.

Leicester sagte, er fürchte um ihren Verstand. Sie wütete gegen alle, beschimpfte sie als Mörder, warf ihnen vor, sie zur Unterzeichnung des Urteils verleitet zu haben, obwohl sie die ganze Zeit gewußt hätten, daß sie gar nicht beabsichtigte, die Tat ausführen zu lassen. Sie hätten allzu schnell gehandelt, dabei hätten sie ihre, Elisabeths, Wünsche genau gekannt.

Wie bezeichnend das für sie war! Ich wies Leicester darauf hin, daß sie versuchte, die Verantwortung abzuschütteln. Sie sprach sogar davon, Davison hängen zu lassen. Anfangs waren Leicester, Burleigh und die anderen, die bei Marias Tod zunächst befreit aufgeatmet hatten, entsetzt, bis sie erkannten, daß Elisabeth keineswegs verrückt geworden war, sondern lediglich ihre Feinde besänftigte. Sie fürchtete, es würde Krieg geben. Sie wußte, daß die Spanier eine riesige Kriegsflotte bauten, die Armada, um England anzugreifen. Sie wollte nicht, daß die Franzosen mit den Spaniern zusammengingen und gleichzeitig losschlugen. Außerdem mußte man die Schotten berücksichtigen. Zwar hatten sie ihre Königin abgesetzt und zur Flucht gezwungen, doch für ihre Enthauptung wären sie durchaus bereit, sich an der Königin von England zu rächen. Und da war Marias Sohn, der junge Jakob.

Elisabeths Stimme des Gewissens wurde leiser. Im Grunde ihres Herzens muß sie wohl eingesehen haben, daß es sich nun, da die Königin von Schottland nicht mehr war, unbeschwerter leben ließ – allerdings war eine Königin enthauptet worden, und das hätte einen Präzedenzfall schaffen können. Selbst nach so viel Jahren gab es Augenblicke, da die Tochter von Anna Boleyn spürte, wie unsicher der Thron war und daß er kein geruhsames Leben zuließ. Sie muß wohl Angst bekommen haben bei dem Gedanken, was einer Königin, deren Ansprüche nie bestritten worden waren, zustoßen konnte. Das Absetzen von Königinnen sollte nicht zur Gewohnheit werden, fand sie.

Aber es gab noch andere Angelegenheiten, mit denen sie sich zu befassen hatte; und die wichtigste war die wachsende Bedrohung durch die spanische Armada.

Von Leicesters Kundschaftern erfuhr ich, daß die Königin sich in diesen Tagen sehr eingehend mit meinem Sohn beschäftigte. Essex wurde erwachsen, doch tat dies seiner Anziehungskraft durchaus keinen Abbruch. Er sah ungewöhnlich gut aus mit dem kastanienbraunen Haar und den blitzenden dunklen Augen, die er von mir geerbt hatte. Ich glaube, daß er mir in vielem ähnlich war. Er war ganz gewiß eitel – wie ich es in meiner Jugend gewesen war, und er erweckte den Eindruck, als glaube er, die ganze Welt sei nur für ihn da und jedermann müsse seine Ansicht teilen. Einen Charakterzug allerdings hatte er nicht von mir, und er stand auch in krassem Gegensatz zu Leicesters Natur: seine Offenheit. Er ließ sich nie Zeit, darüber nachzudenken, welche Wirkung seine Worte haben mochten; was er meinte, das sagte er auch. Dies war weiß Gott nicht die angemessene Eigenschaft für einen Höfling und würde gewiß nicht den Gefallen der Königin finden, welche von Jugend an von Schmeichlern umgeben gewesen, die nur eines im Sinn hatten, nämlich zu sagen, was sie zu hören wünschte.

Ich konnte nicht umhin, Leicester mit Essex zu vergleichen, waren sie doch beide Elisabeths Günstlinge. Ich glaube auch, es hat ihr niemals an irgendeinem Mann soviel gelegen wie an diesen beiden. Angesichts der Beziehung zwischen ihr und mir mutete es fast ein wenig aberwitzig an, daß sie sich ausgerechnet meinen Gatten und meinen Sohn erwählt hatte. Als ich erfuhr, wie ihre Zuneigung zu Essex wuchs, bekam mein Leben neuen Reiz. Sie sollte sich nur mehr und mehr in ihn vergaffen! Das machte sie verwundbar – so verwundbar, wie nur die Liebe es vermochte. Ich war entschlossen, ihm nach Kräften dabei zu helfen, sich die Gunst der wankelmütigen Elisabeth zu erhalten. Allerdings konnte ich, außer ihm mit meinem Rat beizustehen, nicht viel tun. Doch ich durfte behaupten, sie gut zu kennen, eben weil wir Rivalinnen waren, hatten sich ihre Stärken und Schwächen schonungslos gezeigt. So konnte ich ihm vielleicht ein wenig nützlich sein.

Oft zweifelte ich, ob Essex sich ihre Huld bewahren konnte. Zu Leicesters großen Vorzügen gehörte seine Fähigkeit, »seine Leidenschaft in die Tasche zu stecken«, wie dies einmal jemand genannt hatte. Wieder und wieder hatte er, ihr lieber Augapfel, Elisabeth gekränkt, war dann zu ihr gegangen und hatte ihre Verzeihung erlangt. Diese Lektion würde mein Sohn erst noch lernen müssen: seinen Groll zu vergessen und seine Zunge im Zaum zu halten. Im Augenblick mochte Elisabeth seine anmutige Jugend reizvoll finden, und seine freimütigen Bemerkungen machten ihr zweifellos Spaß. Aber ob es auch weiterhin so bleiben würde?

Kam er zu mir, so sprach er nur von der Königin, und seine Augen glänzten vor Bewunderung.

»Sie ist großartig«, sagte er, »und niemand ist ihr gleich. Ich weiß, sie ist eine alte Frau, doch wenn man ihr gegenübersteht, vergißt man das.«

»So gut ist es unter Rouge, Puder und Perücken verborgen«, erwiderte ich. »Ihre Seidennäherin hat mir verraten, daß sie zur Zeit mit der Anfertigung von zwölf Perücken für die Königin beschäftigt ist. Elisabeth legt allergrößten Wert darauf, daß sie dieselbe Farbe haben wie ihr eigenes Haar, als sie ein junges Mädchen war.«

»Von solchen Dingen verstehe ich nichts«, entgegnete Essex ungeduldig. »Ich weiß nur, daß man in ihrer Gesellschaft glaubt, einer Göttin nahe zu sein.«

Er mußte das im Ernst meinen, sonst hätte er es nicht gesagt. Eine Woge von Eifersucht schlug über mir zusammen. Diese Frau besaß die Macht, mir zuerst meinen Gatten und nun meinen Sohn wegzunehmen!

Ich habe bereits eingestanden, daß ich meinen stattlichen Sohn stets besonders geliebt habe. Aber nun wurden meine Gefühle für Essex noch stärker. Schuld daran war – und ich wußte dies auch –, daß die Königin ihm so viel Aufmerksamkeit schenkte.

Ihre Zuneigung zu Essex schmälerte übrigens ihre Verehrung für Leicester keineswegs. Zuweilen kam mir der Gedanke, daß Leicester für sie wie ein Ehemann, Essex wie ein junger Liebhaber war. Doch als eine

Frau mit so ausgeprägtem Sinn für Besitz konnte sie es nicht ertragen, daß einer von ihnen auch einmal die Gesellschaft einer anderen Frau, und sei es die der Gattin oder Mutter, genoß, oder daß er von ihrer Seite wich. Sie fürchtete, er könne nicht da sein, wenn sie ihn brauchte.

Die Spannung wuchs von Tag zu Tag, und die Gemüter erhitzten sich. Die Bedrohung durch die Spanier wurde immer stärker, und jedermann dachte nur noch daran. Die Niederlande waren in Schwierigkeiten, und Leicester wurde abermals hingesandt – diesmal, um ihnen zu empfehlen, sich mit den Spaniern zu einigen. Denn nun, da unsere Insel bedroht war, konnte die Königin es sich nicht leisten, auch noch für die Niederlande Sorge zu tragen.

Diesmal ließ sie es nicht zu, daß Essex seinen Stiefvater begleitete. »Ich brauche jemanden, der mich zerstreut«, sagte sie. Sie ehrte ihn, indem sie ihn zu ihrem Oberstallmeister ernannte. Damit nahm sie allerdings Leicester dieses Amt weg, doch machte sie ihn dafür zum Königlichen Oberhofmeister. Zwar ließ sie Leicester wissen, daß es für sie nur einen Augapfel gebe, und nichts könne daran etwas ändern; gleichzeitig aber gefiel es ihr recht wohl, seinen stattlichen Stiefsohn zur Seite zu haben.

Leicester mußte damals bereits gewußt haben, daß die Zuneigung, die die Königin einmal empfunden hatte, ein Leben lang vorhielt. Armer Leicester. Nun war er alt und kränklich. Wo war der strahlende, feurige Held ihrer und meiner Jugend geblieben? Es gab ihn nicht mehr. Statt seiner war da ein Mann, zwar immer noch ungewöhnlich stattlich, aber viel zu dick und rotgesichtig und als Folge lebenslanger Unmäßigkeit von der Gicht und von anderen Übeln geplagt.

Und doch hielt sie fest zu ihm. Er hatte den rätselhaften Tod seiner ersten Frau überstanden, seine Vermählung mit mir, den Versuch, Elisabeth zu hintergehen, und schließlich den unglücklichen Feldzug in den Niederlanden. Sie war in der Tat eine Gebieterin, auf deren Zuneigung man bauen konnte.

Nach wie vor war sie versessen darauf, sich herauszuputzen. In letzter Zeit trug sie vornehmlich Weiß. Sie hatte seit den Tagen, da Schwarz und Weiß die Modefarben gewesen, stets eine Vorliebe dafür gehabt. Weiß schmeichelte ihrem alternden Gesicht, bildete sie sich ein. Bei den seltenen Gelegenheiten, da ich, von ihr stets unbemerkt, einen Blick auf sie erhaschte – wenn sie etwa auf einer Rundreise durch das

Land begriffen war –, mußte ich zugeben, daß sie recht daran tat. Ihre Haut war weiß und zart wie früher, und da sie beim Essen und Trinken Zurückhaltung geübt hatte, war ihre Figur schlank und jugendlich geblieben. Ihre Bewegungen waren außerordentlich anmutig. Ich habe niemals jemanden hoheitsvoller gehen oder sitzen sehen. Von weitem konnte sie immer noch für jugendlich gelten, und das Gepränge und der Pomp, mit dem sie sich umgab, konnte bei den Leuten schon den Eindruck hervorrufen, sie sei unsterblich.

Da ich Essex so gut kannte, war mir klar, daß er in gewisser Weise in sie verliebt war. Er konnte sich nicht von ihrer Seite losreißen. Den ganzen Sommer hindurch war er bei Hofe, und zuweilen spielte sie bis in die frühen Morgenstunden Karten mit ihm. Seine Offenheit muß sie entzückt haben; denn da er niemals seine Gefühle verbarg, dürfte er auch aus seiner Verehrung für sie kein Hehl gemacht haben. Die Zuneigung eines um mehr als dreißig Jahre jüngeren Mannes war ein Kompliment, wie es eine Frau von ihrer Art gewiß besonders zu schätzen wußte.

Ich konnte ihr das nachfühlen, wußte ich doch, was es hieß, von einem jungen und ansehnlichen Manne bewundert zu werden. Ich hatte meine Beziehung zu Christopher Blount, welcher nach seiner Rückkehr aus den Niederlanden welterfahrener war als bei seinem Abschied, wieder aufgenommen. Er war ungestümer, fordernder – Eigenschaften, die mir durchaus nicht mißfielen. Ich gestattete ihm, daß er mich umarmte, und wir setzten diese reizvolle Affaire fort. Ich empfand sie vor allem deswegen als Abenteuer, weil wir so vorsichtig sein mußten.

Ich sagte ihm, ich fürchte um sein Leben, wenn Leicester uns entdeckte, und er gestand mir, daß es ihm ebenso ergehe. Doch das erhöhte nur den Reiz unseres Liebesspiels.

Mittlerweile hatte Essex den Neid sämtlicher anderer Männer bei Hofe erregt; insbesondere Walter Raleigh, der sich von meinem Sohn verdrängt fühlte, war ihm mißgünstig gesinnt.

Raleigh war älter als Essex und ein gut Teil erfahrener. Wenn er wollte, konnte er mit Engelszungen reden, doch war er ebenso imstande, der Königin so manche Wahrheit ins Gesicht zu sagen, wenn er den richtigen Augenblick für gekommen hielt.

Er sah nicht nur ungewöhnlich gut aus – dies hatte der Königin zuerst ins Auge gestochen –, sondern war auch ein Mann von großer Begabung und scharfer Urteilskraft. Sie nannte ihn ihr Wasser, vielleicht, weil sie ihn so erfrischend fand; vielleicht auch, weil es ihr gefiel, wie seine Rede dahinfloß. Nun, wie dem auch sei: daß sie ihn mit einem Spitznamen bedachte, war ein Zeichen ihrer Zuneigung.

Da waren auch noch die alternden Günstlinge von ehedem. Der arme Hatton wurde recht alt, ebenso Heneage. Doch weil sie den ihr Ergebenen Treue erwies – und weil sie ihr nützlich waren –, behielt Elisabeth sie an ihrer Seite. Sie hing an ihnen fast ebenso wie an Leicester, nur wußten sie natürlich – wie jedermann bei Hofe –, daß niemand jemals in ihrem Herzen den Platz einnehmen konnte, der Leicester gehörte, dem Geliebten ihrer Jugend.

Essex und meine Töchter erzählten mir kleine Anekdoten vom Hofe, und ich hörte sie mir gern an. Penelope war entzückt, daß ihr Bruder bei der Königin so hoch in Gunst stand. Sie versicherte mir, daß es nicht mehr lange dauere, dann werde er darauf dringen, daß die Königin mich wieder empfing.

»Ich bezweifle, daß ich unter solchen Umständen hingehen würde«, sagte ich.

»Mylady, Ihr wäret bereit, unter allen Umständen hinzugehen«, gab meine Tochter zurück. »Sicher werdet Ihr nicht als Kammerfrau oder dergleichen aufgenommen, aber ich sehe nicht ein, warum Ihr nicht an den Hof kommen solltet, wie es Euch als Gräfin von Leicester gebührt.«

»Ich möchte wissen, ob sie noch immer gern Eifersüchteleien schürt.«

»Es ist ihr größtes Vergnügen«, sagte Penelope. »Hatton hat ihr einen in Gold gearbeiteten Eimer zum Anstecken als Talisman geschickt, als anzügliche Botschaft, sie könne ihn gewiß brauchen, da ja Wasser gewiß immer zur Hand sei – eine Anspielung auf Raleigh. Man sollte meinen, sie hätte nun Hatton gesagt, er solle sich nicht wie ein Narr aufführen. Aber sie zahlte ihm in gleicher Münze heim und versicherte ihm, daß das Wasser niemals ihre Ufer überfluten werde, denn er wisse ja, wie sehr sie an ihren Schafen hänge. So wurden also dem alten ›Leithammel‹ seine Eifersuchtsqualen gedankt. Sie freut sich, wenn sie ihretwegen untereinander streiten. Das hilft ihr, die Krähenfüße und Runzeln zu vergessen, die ihr der Spiegel in unerbittlicher Grausamkeit zeigt. Denn der schmeichelt ihr nicht wie ihre Höflinge.«

Ich fragte Penelope, wie sie mit ihrem Eheleben zurechtkomme. Sie tat die Frage mit der Bemerkung ab, kaum sei sie von einem Kind entbunden, so sei sie schon mit dem nächsten schwanger, und eines Tages wolle sie Lord Rich sagen, daß sie ihm genug Kinder geschenkt habe und nun keine mehr gebären wolle.

Ihre zahlreichen Schwangerschaften konnten ihrem Aussehen und ihrer Gesundheit nichts anhaben. Sie war lebhaft und schön wie immer; ich war nahe daran, ihr von meiner Liebesaffaire mit Christopher Blount zu erzählen.

Sie berichtete weiter, daß sich die Königin sehr zu Raleigh hingezogen fühle, und daß dieser vielleicht Essex' ernsthaftester Rivale sei. Man müsse Essex ermahnen, meinte sie, sich vor der Königin nicht allzu freimütig zu geben, sondern nur dann Offenheit zu zeigen, wenn es ihr behage und sie mit Sicherheit eine ehrliche Antwort wünsche.

»Du verlangst von ihm, wider seine Natur zu handeln«, sagte ich. »Ich glaube, das würde er niemals tun.«

Wir sprachen zärtlich von ihm, denn Penelope war ihm fast ebenso zugetan wie ich. Wir waren beide sehr stolz auf ihn.

»Aber Raleigh ist so geschickt«, sagte sie, »wie es unser Robin nie sein könnte. Raleigh stellt nämlich Forderungen an die Königin, und als sie ihn eines Tages fragte, wann er endlich aufhöre, sich als Bettler zu gebärden, gab er spitz zurück, das würde er erst tun, wenn Ihre Majestät aufhöre, sich als Wohltäterin zu geben – worauf sie herzlich lachen mußte. Ihr wißt, sie liebt derartige Scherze. Damit kann Robin ihr nicht dienen. Ich befürchte, daß er seine Macht über sie überschätzen könnte. Das würde ihm Ärger einbringen.«

Ich erwiderte, wenn Elisabeths Günstlinge die Grenze überschritten, würde ihnen häufig verziehen. Sie solle nur an Leicester denken.

»Aber einen zweiten Leicester wird es niemals geben«, sagte Penelope nüchtern.

Ich wußte, dies war nur zu wahr.

Ich war inzwischen ganz vernarrt in Christopher. Er war anregend und witzig, nachdem er erst einmal seine Ehrfurcht vor mir überwunden hatte. Und dies gelang ihm leicht, seit er gemerkt hatte, daß ich ihn ebenso begehrte wie er mich.

Er erzählte mir von seiner Familie, die von Adel, aber verarmt war. Sein Großvater, Lord Mountjoy, war leichtsinnig mit Geld umgegangen, und sein Vater hatte noch mehr vom Familienvermögen vergeudet, als er versuchte, den Stein der Weisen zu finden. William, Christophers älterer Bruder, wußte überhaupt nicht, was Geld war und lebte über seine Verhältnisse. So war es kein Wunder, daß von dem einstigen Reichtum der Familie nicht mehr viel übrig blieb.

Die Hoffnungen ruhten auf seinem Bruder Charles; er war einige Jahre älter als Christopher und um weniges jünger als William. Charles hatte verkündet, er sei entschlossen, an den Hof zu gehen und der Familie wieder zu ihrem früheren Wohlstand zu verhelfen.

Um Christophers willen nahm ich an diesen Familiengeschichten natürlich Anteil. Und als es eines Tages hieß, Charles sei der Rivale meines Sohnes, wurde daraus belustigte Neugier.

Die Blounts waren alle von stattlichem Äußeren, und Charles hatte von diesem Erbe einen ansehnlichen Teil abbekommen. Er wurde bei Hofe eingeführt und der Gesellschaft zugeteilt, welche mit der Königin dinierte. Das bedeutete zwar nicht, daß sie mit allen Anwesenden auch sprach, doch es ergab sich die Gelegenheit, ihre Aufmerksamkeit zu erregen. Und Charles gelang dies sogleich.

Die Königin, so erzählte man mir, hatte ihren Vorschneider gefragt, wer denn der hübsche Fremde sei, und als der Vorschneider sagte, er wisse es nicht, hieß sie ihn, sich danach zu erkundigen.

Als Charles die Augen der Königin auf sich ruhen fühlte, errötete er über und über. Sie war hingerissen; und als sie erfuhr, daß er Lord Mountjoys Sohn sei, ließ sie ihn kommen. Sie sprach ein paar Minuten mit dem schüchternen jungen Mann und erkundigte sich nach seinem Vater. Dann sagte sie: »Versäumt es nicht, an den Hof zu kommen! Ich werde mir überlegen, was ich zu Eurem Wohle tun kann.«

Die Gesellschaft schmunzelte. Schon wieder ein hübscher junger Mann!

Selbstverständlich leistete er der Einladung Folge. Bald gehörte er zu den bevorzugten Günstlingen der Königin, denn er besaß neben seinem angenehmen Äußeren noch andere vorteilhafte Eigenschaften: Er war recht belesen, vor allem auf historischem Gebiet, so daß er sich im Gespräch der Königin durchaus gewachsen zeigte. Das gefiel ihr. Daß er mit dem Geld nicht um sich warf, weil ihm dazu einfach die Mittel fehlten, fand die Königin erfreulich. So wurde er schnell zu einer bekannten Persönlichkeit in der kleinen Schar ihrer Günstlinge.

Eines Tages beobachtete sie ihn beim Turnier. Sie verhehlte nicht, daß sie sich über seinen Sieg freute, und die Königin schenkte ihm als Belohnung ein Schachspiel aus Gold mit reicher Emailverzierung. Er war darauf so stolz, daß er seine Diener anwies, eine Schachfigur auf seinem Ärmel festzunähen, und damit alle dieses Zeichen königlicher Huld sehen konnten, trug er den Mantel über dem Arm.

Als der Blick meines Sohnes darauf fiel, wollte er wissen, was das zu bedeuten habe, und man berichtete ihm, daß die Königin den jungen Blount am Vortage beim Turnier damit ausgezeichnet habe. Zu den Fehlern meines Sohnes zählte auch seine Eifersucht. Der Gedanke, daß die Königin diesem jungen Mann gewogen war, erfüllte ihn mit Wut.

»Mich dünkt, jedem Narren wird eine Gunst erwiesen«, sagte er verächtlich, und da diese Worte in Hörweite mehrerer Leute fielen, blieb Charles Blount gar nichts übrig, als ihn zu fordern.

Ich war fassungslos, als Christopher mir das erzählte, und ihm erging es nicht anders. Fast weinend war er zu mir gekommen. »Mein Bruder und Euer Sohn werden sich duellieren«, sagte er, und bei dieser Gelegenheit erfuhr ich auch den Grund.

Duelle konnten tödlich enden; und daß mein Sohn in Gefahr war, machte mich verrückt vor Angst. Ich sandte ihm sogleich eine Botschaft, er möge unverzüglich zu mir kommen. Er gehorchte. Doch als er erfuhr, was ich wünschte, wurde er unwillig.

»Mein liebster Rob«, rief ich, »du wirst vielleicht getötet.« Er zuckte die Achseln, und ich fuhr fort: »Und wenn nun du den jungen Mann tötest, was dann?«

»Es wäre kein großer Verlust«, erwiderte er.

»Du würdest es zutiefst bedauern.«

»Er versucht, sich die Gunst der Königin zu erschleichen.«

»Wenn du mit jedem Mann am Hofe, der das tut, kämpfen willst, dann wirst du nicht lange am Leben bleiben. Rob, ich bitte dich, sei vorsichtig.«

»Wenn ich das verspreche, seid Ihr es dann zufrieden?«

»Nein«, rief ich leidenschaftlich. »Ich bin erst dann zufrieden, wenn du das Duell rückgängig machst.« Ich versuchte, ruhig und vernünftig mit ihm zu reden. »Die Königin wird sehr ungehalten sein«, sagte ich.

»Sie ist selbst schuld, weil sie ihm das Andenken gegeben hat.«

»Und warum hätte sie das nicht tun sollen? Er hat ihr beim Turnier gefallen.«

»Liebe Mutter, ich habe die Herausforderung bereits angenommen, und dabei bleibt es.«

»Mein Liebling, du mußt mit diesem Wahnsinn aufhören.«
Plötzlich wurde er zärtlich. »Es ist zu spät«, sagte er sanft. »Habt keine
Angst. Er hat gegen mich bereits verloren.«
»Sein jüngerer Bruder ist unser Oberstallmeister. Der arme Christopher ist ganz außer sich. Ach Rob, siehst du denn nicht, wie mir
zumute ist. Wenn dir etwas zustößt ...«
Er küßte mich und sah dabei so zärtlich aus, daß meine Liebe zu ihm
mich übermannte und meine Befürchtungen sich verzehnfachten. Es
war so schwer, seinem Zauber zu widerstehen, besonders, wenn er
zuvor düsterer Stimmung gewesen war. Er versicherte mir, daß er mich
liebte, daß er mich allzeit lieben werde; was in seiner Macht stehe,
wolle er tun, um mich glücklich zu machen, doch die Forderung war
nun einmal erfolgt und angenommen. Die konnte er nicht mehr rückgängig machen, ohne seine Ehre zu verlieren.
Ich sah ein, daß es für mich nichts zu tun gab, als flehentlich zu beten,
daß er dies unbeschadet überstehen möge.
Penelope suchte mich auf.
»Rob will mit Montjoys Sohn kämpfen«, sagte sie. »Das muß verhindert werden.«
»Können wir ihn denn daran hindern?« rief ich. »Ich habe es versucht.
Ach, Penelope, ich habe schreckliche Angst. Ich habe ihn angefleht,
aber er weigert sich, das Duell rückgängig zu machen.«
»Wenn du ihn nicht überreden kannst, dann kann es niemand. Aber du
mußt auch seinen Standpunkt verstehen. Er ist so weit gegangen, daß
es schwierig wäre, sich nun zurückzuziehen. Es ist entsetzlich. Charles
Blount ist so hübsch – ebenso anziehend wie Rob, doch auf andere
Weise. Rob hätte seine Eifersucht nicht so offen zur Schau tragen
sollen. Die Königin kann Zweikämpfe nicht leiden und wird zornig
sein, falls einer von ihren hübschen jungen Männern verletzt wird.«
»Meine Liebe, ich kenne sie besser als du. Das ist alles ihr Werk. Sie
wird sich daran weiden, daß sie um ihre Huld gekämpft haben.« Ich
ballte die Faust. »Wenn Rob etwas zustößt, mache ich sie dafür verantwortlich. Ich wäre imstande, sie umzubringen ...«
»Pst!« Penelope blickte verstohlen über die Schulter. »Seid vorsichtig,
Mutter. Sie haßt Euch ohnehin. Falls jemand gehört hätte, was Ihr
gesagt habt – der Himmel weiß, was dann geschähe.«
Ich wandte mich ab. Von Penelope kam mir kein Trost, und weiter in
meinen Sohn zu dringen, war sinnlos, das wußte ich.

So konnte ich denn nichts tun, um das Duell zu verhindern. Es fand im Marylebone-Park statt. Essex war der Unterlegene, zum Glück, da Charles Blount nicht die Absicht hatte, meinen Sohn zu töten oder selbst zu sterben – was für beide das Ende ihrer Laufbahn bedeutet hätte. Charles Blount war wirklich klug. Er brachte es zuwege, das Duell auf die bestmögliche Weise zu beenden, nachdem Essex nun einmal auf dem Zweikampf bestanden hatte. Er verletzte meinen Sohn leicht am Schenkel und schlug ihm die Waffe aus der Hand. Charles Blount wurde nicht verwundet.

So endete das Duell im Marylebone-Park. Doch es sollte weitreichende Folgen haben.

Essex hätte das verlorene Duell eine Lehre sein sollen, aber das war es leider nicht.

Als die Königin davon erfuhr, wurde sie böse und wollte beiden einen Verweis erteilen. Da sie jedoch Essex' Temperament kannte, und nachdem man ihr berichtet hatte, was der Anlaß zu dem Streit gewesen war, billigte sie Charles Blounts Verhalten.

Sie bemerkte dazu: »Beim Kreuzestod Christi, es wäre angebracht, daß jemand Essex einen Dämpfer aufsetzt und ihm bessere Manieren beibringt, damit er endlich zur Vernunft kommt.«

Das war ein Hinweis darauf, daß ihr sein anmaßendes Wesen gar nicht gefiel, und daß er sich in acht nehmen und sich zügeln sollte. Das tat er natürlich nicht.

Ich versuchte ihn zu warnen, ihm klarzumachen, wie gefährlich es war, auf ihre Gunst zu bauen. Elisabeth war wetterwendisch. An einem Tag konnte sie hingebungsvoll und verliebt sein, am nächsten zur unversöhnlichen Feindin werden.

»Ich kenne sie«, rief ich aus. »Wenige kennen sie so gut wie ich, das darfst du mir glauben. Ich habe ihr nahegestanden ... und sieh, was ich jetzt bin ... verstoßen, eine Verbannte. Wenige haben Elisabeths Groll und ihren Haß so zu spüren bekommen wie ich.«

Er erwiderte hitzig, daß Leicester für meine Demütigungen verantwortlich sei.

»Meiner Treu, Mutter«, sagte er, »eines Tages werde ich für Euch tun, was Leicester hätte tun sollen. Ich werde dafür sorgen, daß sie Euch empfängt und mit der Achtung behandelt, die Ihr verdient.«

Ich glaubte ihm nicht, doch gleichwohl hörte ich es gern, wenn er für mich eintrat.

Charles Blount kam täglich, um sich nach ihm zu erkundigen und schickte ihm einen Arzt, in welchen er großes Vertrauen setzte. Und während die Wunden meines Sohnes verheilten, wurden die beiden einstigen Feinde zu Freunden.

Penelope, welche die Pflege ihres Bruders übernommen hatte, fand Charles Blounts Gesellschaft sehr anregend; Christopher und mich verband dieser Vorfall noch enger. Die Liebe und Bewunderung für seinen Bruder und seine Sorge um mich, da er meine Angst um meinen Sohn wohl verstand, knüpften ein festeres Band zwischen uns. Er wurde allmählich erwachsen, und als die Affaire mit dem Duell vorüber war, waren wir beide gleichermaßen erleichtert, daß es weit besser ausgegangen war, als wir zu hoffen gewagt hatten.

Die Sache mit der goldenen Schachfigur war bei Hofe bald vergessen. Rückblickend allerdings erkenne ich, daß sie in unserem Leben einen wichtigen Meilenstein darstellte.

Das Jahr ging seinem Ende zu, und immer drohender stieg die spanische Gefahr am Horizont auf. Die Königin versuchte unentwegt, wie Leicester mir erzählte, eine kriegerische Auseinandersetzung zu verhindern, wie ihr dies jahrelang gelungen war. Doch nun schien sie unvermeidlich. Englische Schiffe hatten spanische Häfen überfallen und zerstört. Im Volksmund nannte man das »dem König von Spanien den Bart absengen«. Das war ja alles ganz gut, nur wurde dadurch nicht die Armada vernichtet, welche, was selbst Leute, die keine Schwarzseher waren, zugeben mußten, die gefährlichste Kriegsflotte der Welt darstellte. Im Land breitete sich gedrückte Stimmung aus. Die Spanier hatten viele von unseren Seeleuten gefangengenommen, und einige waren der Inquisition in die Hände gefallen. Was sie von den spanischen Folterungen berichteten, war so fürchterlich, daß eine Woge des Zorns über England hinging. In diesen mächtigen Galeonen lagen also nicht nur die Kriegswaffen, die der Zerstörung unserer Schiffe und der Unterwerfung unseres Landes dienen sollten, sondern auch die Folterinstrumente, mit denen die Spanier uns, wie sie geschworen hatten, zur Annahme ihres Glaubens zwingen wollten.

Wir hatten lange genug gefeiert und unser Vergnügen gehabt. Nun mußten wir uns der rauhen Wirklichkeit stellen.

Robert war Tag und Nacht bei der Königin – er stand wieder einmal in allerhöchster Gunst –, alle Zwistigkeiten waren vergessen über dem großen Kampf, in dem es um den Schutz des Landes und um ihren eigenen ging. Es war daher nicht zu verwundern, daß die Geschichten um diese beiden, die in ihrer Jugendzeit entstanden waren, neuerlich in Umlauf kamen.

Zu dieser Zeit erlangte ein Mann, der sich Arthur Dudley nannte, eine gewisse Berühmtheit. Er lebte in Spanien und genoß die Unterstützung des spanischen Königs. Philipp II. hat die Geschichte, die ihm Dudley auftischte, entweder tatsächlich geglaubt oder zumindest angenommen, seine Behauptungen seien geeignet, die Königin in Verruf zu bringen.

Es hieß nämlich, Arthur Dudley sei vor siebenundzwanzig Jahren als Sohn der Königin und Leicesters in Hampton Court geboren worden. Dann sei er, so erzählte man sich, in die Obhut eines Mannes namens Southern gegeben worden. Diesem war bei Androhung der Todesstrafe bedeutet worden, er dürfe das Geheimnis der Geburt des Kindes nicht verraten. Arthur Dudley behauptete nun, er wisse um seine wahre Herkunft, denn Southern habe sie ihm aufgedeckt.

Diese Geschichte machte im ganzen Lande die Runde, doch niemand glaubte ernsthaft daran. Die Königin und Leicester nahmen sie einfach nicht zur Kenntnis. Auf die Entschlossenheit des Volkes, die Spanier abzuwehren, hatte sie gewiß keinen Einfluß.

Als das Jahr fortschritt, sah ich meinen Gatten noch weniger als sonst. Die Königin hatte ihm, um ihm ihr unerschütterliches Vertrauen zu beweisen, zum Generalleutnant der Truppen ernannt.

Die Flotte, von Lord Howard von Effingham befehligt, dem Drake, Hawkins und Frobisher zur Seite standen – alles erfahrene Seeleute von großer Tapferkeit –, sammelte sich in Plymouth. Dort erwartete man den Angriff. Eine Armee von achtzigtausend Mann stand bereit, das Vaterland gegen den Feind zu verteidigen. Es gab gewiß nicht einen einzigen Mann und nicht eine Frau im Lande – ausgenommen diese katholischen Verräter –, die nicht entschlossen waren, alles zu tun, was ihnen möglich war, um England vor den Spaniern und der Inquisition zu bewahren.

In uns glühten Stolz und Entschlossenheit. Wir alle schienen verwandelt, von selbstloser Hingabe beseelt. Nicht auf uns und unseren Vorteil waren wir bedacht, es ging um die Rettung unseres Landes. Ich fand dies alles erstaunlich, denn ich bin von Natur aus eine egoistische Frau. Doch damals wäre sogar ich bereit gewesen, für England zu sterben.

Bei den seltenen Gelegenheiten, da ich Leicester zu Gesicht bekam, sprachen wir begeistert von unserem Sieg. Wir würden siegen! Wir mußten siegen. England mußte der Königin erhalten bleiben, solange Gott ihr das Leben schenkte.

Die Zeit war gefahrvoll, aber sie hatte Größe. Ein heiliger Wille beherrschte uns, unser Land zu retten. Eine göttliche Macht gab uns die felsenfeste Überzeugung ein, daß wir nicht verlieren konnten, solange wir an unserem Glauben festhielten.

Elisabeth war großartig, und nie hatte das Volk sie so geliebt wie zu dieser Zeit. Bezeichnend dafür war ein Vorfall: Als es hieß, London müsse, um seinen Beitrag zum Sieg zu leisten, fünftausend Mann und fünfzehn Schiffe stellen, kam die Antwort, man würde nicht fünf-, sondern zehntausend Mann stellen, nicht fünfzehn, sondern dreißig Schiffe.

In England mischte sich Furcht vor den Spaniern mit Stolz. Doch der Stolz war so mächtig, daß jedermann wußte, er würde die Furcht ersticken.

Leicester berichtete überschwenglich von Elisabeth, aber merkwürdigerweise fühlte ich keine Eifersucht.

»Sie ist einfach großartig«, rief er aus. »Unbesiegbar. Ich wollte, du könntest sie sehen! Sie hat den Wunsch geäußert, an der Küste die Truppen des Herzogs von Parma zu erwarten und ihnen entgegenzutreten, sobald sie einen Fuß auf ihr Land setzen. Ich habe ihr gesagt, daß ich das verbieten würde. Ich riet ihr, sich nach Tilbury zu begeben und zu den Truppen zu sprechen. Ich erinnerte sie daran, daß sie mich zum Generalleutnant ernannt hat; und in dieser Eigenschaft habe ich ihr verboten, an die Küste zu gehen.«

»Und gedenkt sie, dir zu gehorchen?« fragte ich.

»Ich fand Unterstützung durch andere«, erwiderte er.

Seltsamerweise war ich diesmal froh, daß sie zusammenwaren. In dieser Stunde ihres Ruhmes, als sie sich ihrem Volk wie ihren Feinden als die große Königin darstellte, sah ich vielleicht nicht mehr die Frau in ihr, nicht mehr die Rivalin um den Mann, den wir beide mehr liebten als irgendeinen anderen Menschen – da war sie nur noch Elisabeth die Große, die Mutter ihres Volkes, und als solche mußte selbst ich sie verehren.

Die folgenden Ereignisse sind wohlbekannt und in die Geschichte eingegangen: wie sie nach Tilbury ging und jene Rede hielt, an die man sich bis heute erinnert, wie sie in einem stählernen Brustharnisch unter ihren Soldaten ritt, neben sich ihren Pagen, einen Helm mit weißem Federbusch auf dem Kopf; wie sie ihnen erklärte, sie habe wohl den Körper einer schwachen Frau, aber Herz und Mut eines Königs, und zwar eines Königs von England.

Damals war sie wahrhaft groß. Das mußte ich ihr zugestehen. Sie liebte England – vielleicht war das ihre einzig wahre Liebe. Für England hatte sie auf die Ehe mit Robert verzichtet, wonach sie sich, davon bin ich fest überzeugt, in den Tagen ihrer Jugend gesehnt hatte. Sie war eine pflichttreue Frau; hinter der königlichen Würde verbarg sich echtes Gefühl, und wenn sie sich auch gern als frivole Kokette gab, verlor sie doch nie den kühlen Kopf des hervorragenden Politikers.

Der gloriose Sieg über die Armada ist allbekannt: wie unsere kleinen wendigen Schiffe die mächtigen, aber schwerfälligen Galeonen umschwärmten und beschossen, so daß der spanischen Flotte großer Schaden zugefügt wurde; wie die Engländer Brander gegen die großen Segler sandten, und wie die gewaltige Armada, von den Spaniern die Unbesiegbare genannt, in die Flucht geschlagen und von unseren Küsten vertrieben wurde; wie die unglücklichen Spanier ertranken oder sich ans Ufer zu retten versuchten, wo man sie meist totschlug, und wie einige in Schmach und Schande zu ihrem spanischen Gebieter zurückkehrten.

Welch ein Siegesjubel brach daraufhin aus! Überall loderten Freudenfeuer, man sang, tanzte und beglückwünschte sich gegenseitig.

England war für die Königin gerettet. Wie bezeichnend für sie, daß sie Medaillen prägen ließ mit den Worten *Venit, Vidit, Fugit*, als Anspielung auf die Worte Julius Caesars, der kam, sah und siegte, während die Spanier kamen, sahen und flohen. Das fand großen Anklang. Gegen die Inschrift auf einer anderen Medaille dürften ihre Seefahrer jedoch Einwände gehabt haben: *Dux Femina Facti*, also eine Frau habe das Unternehmen angeführt. Nie würde England vergessen, was es Drake, Hawkins, Frobisher, Raleigh, Howard von Effingham zu verdanken hatte, ebenso Burleigh und Leicester. Elisabeth aber war jedenfalls die Galionsfigur – die Gloriana, wie der Dichter Spenser sie genannt hatte.

Es war ihr Sieg. Sie war England.

Leicesters Ende

Als erstes ist es meine Pflicht, vor allen anderen Personen meiner teuersten
und gnädigsten Fürstin zu gedenken, zu deren Sklaven mich Gott gemacht,
und welche mir eine höchst mildtätige und erhabene Gebieterin gewesen.

Leicesters Testament

Ich befand mich auf Wanstead, als Leicester heimkehrte. Zunächst erkannte ich nicht, wie krank er war. Der Stolz über den Sieg hielt ihn
aufrecht. Nie zuvor war er so hoch in Gunst gestanden. Die Königin
konnte es nicht ertragen, daß er sie auf längere Zeit verließ; diesmal
aber hatte sie ihn fortgeschickt, weil sie um seine Gesundheit bangte.
Gewöhnlich ging er zu dieser Jahreszeit nicht nach Buxton, doch Elisabeth hatte darauf bestanden, daß er sich unverzüglich dorthin
begab.
Ich betrachtete ihn aufs neue. Wie alt er aussah ohne seine prächtigen
Gewänder. Er war noch dicker geworden, und nichts mehr erinnerte
daran, wie er in seinen jungen Jahren ausgesehen hatte. Ich konnte
nicht umhin, ihn mit Christopher zu vergleichen, und ich wußte, daß
ich diesen alten Mann nicht mehr in meinem Bette haben wollte, auch
wenn er der Graf von Leicester war.
Es schien, als habe die Königin ihm gar nicht genug Ehren erweisen
können. Sie hatte versprochen, ihn zum Vizekönig von England und
Irland zu machen. Dann wäre er mächtiger als es je einer ihrer Untertanen gewesen. Hatte sie beschlossen, daß es zwischen ihnen nun kein
Tauziehen um die Macht mehr geben sollte? Was sie ihm anbot, war
wohl kein Anteil an der Krone, kam dem aber sehr nahe.
Auch anderen wurde das bewußt. Leicester zürnte, weil Burleigh, Walsingham und Hatton sie überredet hatten, nicht übereilt zu handeln.
»Aber bald ist es soweit«, erzählte mir Robert, dessen einst so schöne,
strahlende Augen jetzt verquollen und blutunterlaufen waren. »Warte
nur ab. Bald ist es soweit.«

Dann wußte er plötzlich Bescheid.

Vielleicht lag es daran, daß er sich nun nicht mehr soviel mit Staatsangelegenheiten befassen mußte. Vielleicht waren durch die Krankheit – er war nämlich sehr krank, schlimmer, als er es während der Gicht- und Fieberanfälle gewesen war, die ihn in den letzten Jahren immer wieder heimgesucht hatten – seine Sinne besonders geschärft. Vielleicht umgab mich auch jene besondere Aura liebender Frauen – denn ich liebte Christopher Blount. Nicht so, wie ich Leicester geliebt hatte. Ich wußte, daß es in meinem Leben nie mehr etwas Ähnliches geben konnte. Aber es war ein Spätsommer der Liebe. Ich war noch nicht zu alt für die Liebe. Für meine achtundvierzig Jahre war ich jung. Ich hatte einen Liebhaber, der wohl zwanzig Jahre jünger als ich war, doch ich fühlte mich gleichaltrig. Wie jung ich war, wurde mir erneut bewußt, als ich Leicester von Angesicht zu Angesicht gegenüberstand. Er war ein kranker, alternder Mann, und mir fehlte die Gabe unbedingter Treue, welche die Königin besaß. Außerdem war ich um ihretwillen gröblich vernachlässigt worden. Es wunderte mich, daß sie ihn noch immer lieben konnte, so wie er heute aussah. Das war ebenfalls eine Seite ihres ungewöhnlichen Charakters.

Er hatte mich mit Christopher gesehen. Ich weiß nicht, was ihm aufgefallen war: Vielleicht die Art, wie wir einander anblickten. Möglicherweise hatten sich unsere Hände berührt. Er mochte bemerkt haben, daß es zwischen uns knisterte – oder ihm war Getuschel zu Ohren gekommen. Es gab immer feindlich gesinnte Menschen, die Geschichten über uns verbreiteten – über mich nicht weniger als über ihn.

In unserem Schlafgemach auf Wanstead sagte er zu mir: »Du hast eine Vorliebe für meinen Oberstallmeister.«

Ich war mir noch nicht sicher, wieviel er wußte. Um Zeit zu gewinnen, sagte ich: »Oh ... Christopher Blount?«

»Für wen denn sonst? Seid ihr einander zugetan?«

»Christopher Blount«, wiederholte ich, vorsichtig das Gelände erkundend. »Er versteht recht gut mit Pferden umzugehen ...«

»Und mit Frauen, scheint mir.«

»So? Du hast gewiß gehört, daß sein Bruder und Essex sich duelliert haben. Wegen einer Frau. Einer Königin vom Schachbrett, in Gold und Email.«

»Ich spreche nicht von seinem Bruder, sondern von ihm. Du solltest es lieber zugeben, denn ich weiß Bescheid.«

»Worüber?«

»Daß er dein Liebhaber ist.«

Ich hob die Schultern und erwiderte, wenn Christopher mich bewundere und das auch zeige, könne man doch nicht mich dafür tadeln.

»Wenn du ihn in dein Bett gelassen hast, dann schon.«

»Man hat dir Märchen erzählt.«

»Die ich für wahr halte.«

Er packte mich an den Handgelenken, daß es schmerzte. Doch ich wich nicht zurück, sondern blickte ihm trotzig ins Gesicht. »Mylord, solltet Ihr Euch nicht zuerst Euer eigenes Leben vor Augen führen, bevor Ihr das meine allzu genau anschaut?«

»Du bist meine Frau«, sagte er. »Was du in meinem Bette treibst, geht mich sehr wohl etwas an.«

»Und mich, was du in den Betten anderer treibst!«

»Laß das«, sagte er. »Wir wollen nicht von der Wahrheit abweichen. Ich bin fort ... im Dienste der Königin.«

»Deiner gütigen, huldvollen Gebieterin ...«

»Unser aller Gebieterin.«

»Doch in einem ganz bestimmten Fall ist sie die deine.«

»Du weißt, daß es zwischen uns nie zu Vertraulichkeiten dieser Art gekommen ist.«

»Arthur Dudley könnte aber eine andere Geschichte erzählen.«

»Er erzählt eine Menge Lügen«, gab Robert zurück. »Und wenn er behauptet, er sei mein und Elisabeths Sohn, so ist das die größte aller Lügen.«

»Man scheint ihr aber Glauben zu schenken.«

Er schleuderte mich zornig von sich. »Lenk nicht vom Thema ab. Ihr seid ein Liebespaar, du und Blount. Stimmt das? Ist das wahr?«

»Ich bin eine vernachlässigte Ehefrau«, begann ich.

»Das genügt als Antwort.« Er kniff die Augen zusammen.

»Glaub nur nicht, daß ich das vergesse. Glaub ja nicht, daß du mich ungestraft betrügen kannst. Du wirst mir für diese Schmach büßen ... du und er.«

»Ich habe bereits dafür gebüßt, daß ich dich geheiratet habe. Die Königin hat mich seitdem nie mehr empfangen.«

»Das nennst du Buße! Du wirst noch eine ganz andere kennenlernen.«

Er stand vor mir – groß und bedrohlich, der mächtigste Mann im

Lande. Worte aus *Leicesters Commonwealth* tanzten mir vor den Augen. Mörder. Giftmischer. War er das wirklich? Ich dachte an die Menschen, welche gestorben waren, als es ihm gelegen kam.

Er hatte mich geliebt. Es gab eine Zeit, da hatte ich ihm viel bedeutet. Vielleicht war das auch jetzt noch so. Er war zu mir gekommen, wann immer er es ermöglichen konnte; wir hatten uns gern umarmt; doch meine Liebe zu ihm war erloschen.

Und nun wußte er, daß ich einen Liebhaber hatte. Ob Robert mich damals noch begehrte, weiß ich nicht. Er war krank und spürte das Alter. Wahrscheinlich wünschte er sich nur Ruhe, doch als er mich ansah, sprach aus seinem Blick Haß. Er würde mir nie verzeihen, daß ich mir einen Liebhaber genommen hatte.

Ich glaube, daß er mir während seiner Abwesenheit von daheim nicht untreu gewesen ist. Seit seiner Rückkehr aus den Niederlanden hatte er der Königin zur Verfügung stehen müssen, und als er dort gewesen war, hatte er mich als Königin an seiner Seite haben wollen. Das durfte ich nicht vergessen.

Ja, ich hatte Macht über ihn besessen; denn er hatte mich begehrt. Er brauchte mich. Er wäre, wenn die Königin es zugelassen hätte, ein Ehemann gewesen, wie ihn sich eine Frau nur wünschen konnte.

Und nun hatte ich Robert betrogen. Ich hatte mir einen Liebhaber genommen, und dazu noch einen, der in Roberts Hauswesen eine niedrige Stellung bekleidete. Nein, er würde solch einen Schimpf nicht hinnehmen. Er würde sich rächen – das war sicher.

Ich fragte mich, ob ich Christopher warnen sollte. Das war sinnlos. Man würde ihm ansehen, daß er Angst hatte. Er durfte nichts erfahren. Ich kannte Leicester besser. Ich wüßte schon, wie ich vorzugehen hätte, redete ich mir ein.

Robert sagte langsam: »Für dich habe ich alles aufgegeben.«

»Meinst du Douglass Sheffield?« fragte ich, entschlossen, meine aufsteigende Furcht hinter herausforderndem Benehmen zu verbergen.

»Du weißt, daß sie mir nicht viel bedeutet hat. Ich habe dich geheiratet und dem Zorn der Königin getrotzt.«

»Der hat sich gegen mich gerichtet. Du warst davon nicht betroffen.«

»Ich konnte doch nicht wissen, was mir widerfahren würde. Trotzdem habe ich dich geheiratet.«

»Mein Vater hat dich zu einer rechtmäßigen Trauung gezwungen, erinnerst du dich?«

»Ich wollte dich heiraten. Keine habe ich so geliebt wie dich.«

»Und dann hast du mich immer allein gelassen.«

»Nur wegen der Königin.«

Das brachte mich zum Lachen. »Wir waren zu dritt, Robert – zwei Frauen und ein Mann. Es kommt nicht darauf an, daß die eine Königin ist.«

»Doch, allein darauf kommt es an. Ich war nicht ihr Geliebter.«

»Sie hat dich nur nicht in ihr Bett gelassen. Das weiß ich. Du warst trotzdem ihr Liebhaber, und sie war deine Geliebte. Deshalb maße dir nicht an, über andere zu richten.«

Er packte mich an den Schultern. Seine Augen glühten und ich glaubte, er würde mich umbringen. Aus seinem Blick sprach Gewalt. Hätte ich nur deuten können, was sonst noch darin stand. Ich wußte, daß er etwas vorhatte.

Plötzlich sagte er: »Wir brechen morgen auf.«

»Wir ...?« stammelte ich.

»Du und dein Geliebter und noch ein paar Leute.«

»Wohin?«

Seine Lippen verzogen sich zu einem schiefen Lächeln. »Nach Kenilworth«, sagte er.

»Ich dachte, du wolltest Bäder nehmen.«

»Später«, erwiderte er. »Vorher geht es nach Kenilworth.«

»Warum begibst du dich nicht geradewegs ins Bad? Das hat dir doch deine Gebieterin befohlen. Ich sage dir, du siehst krank aus ... totkrank.«

»So fühle ich mich auch«, entgegnete er. »Aber zuvor möchte ich mit dir nach Kenilworth.«

Damit ließ er mich allein.

Ich hatte Angst. Ich hatte seinen Blick gesehen, als er Kenilworth sagte. Warum ausgerechnet Kenilworth? Der Ort, wo wir uns getroffen und heftig geliebt hatten, wo unsere heimlichen Begegnungen stattfanden, wo er es sich in den Kopf gesetzt hatte, mich zu heiraten, wie sehr er auch die Königin dadurch erzürnen mochte.

»Kenilworth«, hatte er gesagt, und dabei hatte ein grausames Lächeln seine Lippen umspielt. Ich wußte, daß er einen finsteren Plan ausheckte. Was würde er mir auf Kenilworth antun?

Ich ging schlafen und träumte von Amy Robsart. Ich lag in einem Bett und sah jemanden im Schatten lauern ... Männer schlichen schweigend

auf mein Bett zu. Mir war, als flüsterten Stimmen. »Cumnor Place ...
Kenilworth ...«
Zitternd vor Angst wachte ich auf. Ich spürte mit all meinen Sinnen,
daß Robert auf eine fürchterliche Rache sann.

Am nächsten Tag brachen wir nach Kenilworth auf. Ich ritt neben
meinem Gatten, und wenn ich ihn von der Seite ansah, bemerkte ich
die tödliche Blässe unter dem rötlichen Adernetz auf seinen Wangen.
Seine kostbare Halskrause, sein samtenes Wams, die Kappe mit der
gekräuselten Feder: Das alles konnte nicht über die Veränderung hin-
wegtäuschen, die mit ihm vorgegangen war. Ohne Zweifel war er ein
sehr kranker Mann. Er wurde bald sechzig, er hatte sich nie geschont,
und er hatte sich von den sogenannten Freuden des Lebens wenig
versagt. Nun zahlte er den Preis dafür.
Ich sagte: »Mylord, wir sollten uns unverzüglich nach Buxton begeben,
denn mich dünkt, Ihr habt die wohltuenden Bäder bitter nötig.«
Er erwiderte schroff: »Wir gehen nach Kenilworth.«
Aber wir kamen nicht dahin. Der Tag ging zur Neige, und ich sah, daß
Robert sich kaum noch auf dem Pferd halten konnte. Wir machten auf
Rycott halt, dem Wohnsitz der Familie Norris; Robert legte sich ins
Bett, und dort blieb er mehrere Tage. Ich pflegte ihn. Er erwähnte
Christopher Blount mit keinem Wort. Er schrieb jedoch an die Königin.
Ich hätte gern gewußt, was er ihr mitzuteilen hatte; ob er ihr etwa von
meiner Untreue berichtete, und welche Wirkung das auf sie hätte. Ich
war sicher, daß sie zornig werden würde; denn obgleich sie meine Ehe
mißbilligte, würde sie es als persönliche Beleidigung auffassen, wenn
ich einem anderen Mann den Vorzug gäbe.
Es gelang mir, den Brief zu lesen, bevor er abgesandt wurde. Er enthielt
nichts, außer Roberts Beteuerungen der Liebe und Verehrung für seine
Göttin.
Ich sehe den Brief heute noch vor mir, Wort für Wort.

»Ich muß Eure Majestät untertänigst ersuchen, Eurem armen, alten
Diener zu vergeben, daß er sich erkühnt, sich zu erkundigen, wie meine
gnädige Dame sich befindet und welche Linderung ihrer neuerlichen
Schmerzen ihr zuteil wird, da es mir das wichtigste Anliegen auf der
Welt ist, dafür zu beten, daß Euch Gesundheit und ein langes Leben
beschieden seien. Was mich arme Kreatur betrifft, so nehme ich fürder-

hin Eure Medizin, und mich dünkt, daß diese mir weit besser hilft als alles andere, was mir verabreicht wurde. In der Hoffnung, durch die Bäder völlige Heilung zu finden, fahre ich mit den gewohnten Gebeten für das Wohlergehen Eurer Majestät fort und küsse demütig Euren Fuß, bereit, an diesem Donnerstagmorgen meine Reise von Eurem ehemaligen Logis Rycott aus fortzusetzen. Ich bin Eurer Majestät treuester und gehorsamster Diener Robert Leicester.«

Er hatte noch eine Nachschrift angefügt, in welcher er ihr für ein Geschenk dankte, das sie ihm geschickt hatte, und welches uns nach Rycott nachgesandt worden war.

Nein, da stand nichts über meine Missetat. Er hatte natürlich von Rycott aus geschrieben, weil er hier einstmals oft mit ihr geweilt hatte. In diesem Park waren sie zusammen geritten und auf die Jagd gegangen; hier in der großen Halle hatten sie geschmaust und getrunken und sich benommen, als seien sie ein Liebespaar.

Ich redete mir ein, ich hätte ein Recht dazu, mir einen Liebhaber zu nehmen. War nicht mein Ehemann während all dieser Jahre der Liebhaber der Königin gewesen?

Ich schickte nach Christopher, und wir trafen uns in einer kleinen, abgelegenen Kammer.

»Er weiß Bescheid«, eröffnete ich ihm.

Christopher hatte es geahnt. Er sagte, es mache ihm nichts aus, aber das war gespielte Tapferkeit. Er zitterte am ganzen Leibe.

»Was wird er wohl unternehmen?« fragte er in dem Versuch, unbekümmert zu erscheinen.

»Ich weiß es nicht; aber ich bin auf der Hut. Du mußt achtgeben, wo du auch hingehst. Bleib nicht allein, wenn es sich vermeiden läßt. Seine Mörder sind überall.«

»Ich bin auf alles gefaßt«, sagte Christopher.

»Ich glaube, daß seine Rache mir gelten wird«, meinte ich. Daß ich Christopher dadurch in Todesangst versetzte, bereitete mir Genugtuung.

Wir verließen Rycott. Unsere Reise führte uns durch Oxfordshire. Mir fiel ein, daß Cumnor Place nicht weit entfernt lag; darin erblickte ich eine gewisse Vorbedeutung.

»Wir sollten die Nacht in unserem Haus in Cornbury verbringen«, schlug ich Leicester vor. »Du bist zu schwach, um weiterzureiten.«

Er war einverstanden.

Es war ein düsterer, recht trostloser Ort – eigentlich ein Forsthaus, mitten in einem Wald gelegen. Roberts Diener halfen ihm in das getäfelte Zimmer, welches schnell hergerichtet worden war, und er sank sogleich aufs Bett.

Ich sagte, wir müßten hierbleiben, bis der Graf soweit genesen sei, um seine Reise fortsetzen zu können. Er mußte sich ausruhen, denn schon der kurze Weg von Rycott nach Cornbury hatte ihn erschöpft.

Er gab zu, daß er Ruhe brauchte, und gleich darauf war er fest eingeschlafen.

Ich setzte mich an sein Bett. Ich brauchte keine Besorgnis zu heucheln, fragte mich vielmehr ängstlich, was er wohl ausbrütete. Er stellte sich gänzlich unbeteiligt, und daran erkannte ich, daß er etwas vorhatte, das mich anging.

Im Hause war es totenstill. Ich fand keine Ruhe. Die Schatten der einbrechenden Dunkelheit machten mir Angst. Die Blätter begannen sich zu verfärben, denn es war bereits September. Der Wind hatte schon viel Laub herabgeweht; es häufte sich auf dem Waldboden. Ich starrte hinaus auf die Bäume und lauschte auf den Wind, der durch die Zweige heulte, und ich fragte mich, ob Amy während ihrer letzten Tage auf Cumnor Place wohl auch dieses Gefühl kommenden Unheils gehabt hatte.

Am dritten September schien die Sonne hell, und Robert erholte sich ein wenig. Am späten Nachmittag rief er mich zu sich und eröffnete mir, falls die Besserung anhalte, wollten wir am nächsten Tag unsere Reise fortsetzen. Er sagte, wir würden unsere Zwistigkeiten bereinigen und zu einer Einigung kommen. Wir stünden uns zu nahe, meinte er, um uns zu trennen, solange wir noch am Leben seien.

Diese Worte klangen schicksalsschwer, und in seinen Augen glühte eine fiebrige Besessenheit.

Er fühlte sich soviel besser, daß ihn nach Nahrung verlangte, und er glaubte, wenn er erst gegessen habe, sei er wieder so weit bei Kräften, daß er weiterreisen könne.

»Solltest du dich nicht lieber schleunigst zu den Bädern begeben?« fragte ich.

Er blickte mich eindringlich an und sagte: »Wir werden sehen.«

Er aß in seiner Schlafkammer, da er zu erschöpft war, um sich nach unten ins Speisezimmer zu begeben. Er sagte, er habe einen guten Wein und wünsche, daß ich ihn mit ihm kosten solle.

Alle meine Sinne waren wachsam. Mir war, als gelle ein Warnsignal durch meinen Kopf. Ich durfte diesen guten Wein nicht trinken. Kein Mann im ganzen Lande verstand sich besser auf Gift als Dr. Julio, welcher unablässig für seinen Herrn tätig war.

Ich durfte diesen Wein einfach nicht trinken.

Natürlich konnte es auch sein, daß er gar nicht die Absicht hatte, mich zu vergiften. Vielleicht hatte er sich eine andere Rache als den Tod ausgedacht. Hätte er mich in Kenilworth gefangengehalten und der Welt verkündet, ich sei verrückt geworden, so wäre mir das weit schlimmer gewesen als ein plötzlicher Tod. Doch ich mußte auf der Hut sein.

Ich ging in sein Zimmer. Auf einem Tisch stand ein Krug Wein mit drei Bechern – der eine mit Wein gefüllt, die beiden anderen leer. Robert lag auf seinen Kissen, sein Gesicht war sehr gerötet, und ich glaube, er hatte bereits mehr getrunken, als für ihn gut war.

»Ist das der Wein, den ich kosten soll?« fragte ich.

Er öffnete die Augen und nickte. Ich setzte den Becher an die Lippen, trank aber nicht, denn das wäre töricht gewesen.

»Er ist gut«, sagte ich.

»Ich wußte, daß er dir schmecken würde.« Bildete ich mir nur ein, aus seiner Stimme Triumph herauszuhören? Ich stellte den Becher auf den Tisch und trat an Roberts Bett.

»Robert, du bist sehr krank«, sagte ich. »Du mußt einige von deinen Pflichten aufgeben. Du hast zuviel gearbeitet.«

»Das wird die Königin niemals zulassen«, erwiderte er.

»Sie ist um deine Gesundheit besorgt.«

Lächelnd sagte er: »Ja, das war sie immer.« Seine Stimme war zärtlich, und ich spürte, wie der Zorn in mir aufstieg bei dem Gedanken an diese beiden alternden Liebenden, die den Liebesakt nie vollzogen hatten und nun, da sie alt und runzlig waren, sich noch immer ihrer Liebe rühmten oder sich wenigstens den Anschein gaben.

Welch ein Recht hatte ein Ehemann, laut eine andere Frau zu bewundern – selbst wenn diese die Königin war?

Mich befreite das von der Schuld, mit Christopher eine Liebesaffäre begonnen zu haben.

Robert schloß die Augen, und ich trat an den Tisch. Ihm den Rücken zukehrend, goß ich den Wein, den zu trinken ich mich gefürchtet hatte, in einen anderen Becher, einen, den er benutzte, da er ein Geschenk der Königin war. Dann ging ich zum Bett zurück.

»Mir ist so elend«, sagte er.

»Du hast zuviel gegessen.«

»Das hat *sie* auch immer gesagt.«

»Und sie hat recht damit. Ruhe dich jetzt aus. Hast du Durst?« Er nickte. »Soll ich dir etwas Wein einschenken?« fuhr ich fort.

»Ja, bitte. Der Krug und mein Becher stehen auf dem Tisch.«

Ich ging zum Tisch. Meine Finger zitterten, als ich den Krug nahm und Wein in jenen Becher goß, der ursprünglich für mich bestimmt gewesen war. Was ist denn mit dir? ermahnte ich mich selbst. Wenn er dir nichts antun wollte, dann ist alles gut, und ihm wird auch nichts geschehen. Und wenn er es doch vorhatte ... kann man mir dann Vorwürfe machen?

Ich trug den Becher ans Bett, und als ich ihn Robert reichte, kam sein Page Willie Haynes ins Zimmer.

Ich sagte: »Mylord hat großen Durst. Bring noch mehr Wein.«

Der Page ging hinaus, während Leicester den Becher leerte.

Der nächste Tag ist mir noch frisch im Gedächtnis, auch nach so viel Jahren. Es war der vierte September – noch war es Sommer; den leichten Herbstnebel ließ die Sonne bis zehn Uhr verdunsten.

Leicester hatte gesagt, wir würden an diesem Tag aufbrechen. Während meine Kammerfrauen mir die Reitkleider anlegten, trat Willie Haynes in die Tür. Er war bleich und zitterte. Der Graf liege so still da, sagte er, und sehe so merkwürdig aus. Er fürchte, er sei tot.

Willie Haynes' Befürchtung erwies sich als wahr. An diesem Morgen, im Forsthaus von Cornbury, hatte der mächtige Graf von Leicester sich aus dieser Welt davongestohlen.

Nun war er also tot, mein Robert, Elisabeths Robert. Ich war wie betäubt. Unentwegt sah ich vor mir, wie ich ihm den Becher ans Bett brachte. Er hatte getrunken, was für mich bestimmt gewesen war ... und nun war er tot.

Es konnte einfach nicht wahr sein! Ich war tief bestürzt. Mir war, als sei ein Teil von mir gestorben. So viele Jahre lang war er der wichtigste Mensch in meinem Leben gewesen ... er und die Königin.

Ich murmelte: »Jetzt sind wir nur noch zu zweit.« Ich fühlte mich völlig verlassen.

Natürlich hieß es wieder einmal »Gift«, und natürlich richtete sich der Verdacht gegen mich. Willie Haynes hatte gesehen, wie ich Robert den Wein reichte, und er erzählte das auch herum. Daß der Mann, der für den durchtriebensten Giftmörder seiner Zeit gegolten hatte, an seinem eigenen Trank zugrunde gegangen sein sollte, war, falls dies tatsächlich der Wahrheit entsprach, ein grausamer Akt ausgleichender Gerechtigkeit. Der Verdacht, ich hätte ihn getötet, würde mich bis ans Grab verfolgen, das wußte ich. Ich war vor Angst wie gelähmt, als ich erfuhr, daß eine Leichenschau stattfinden sollte. Ich wußte nicht, ob ich Leicester vergiftet hatte oder nicht. Es konnte ebensogut sein, daß der Wein, den er mir zugedacht und den ich ihm gereicht hatte, kein Gift enthielt. Bei seinem schlechten Gesundheitszustand war auch ein natürlicher Tod jederzeit möglich gewesen. Konnte man mir also einen Vorwurf machen?

Zu meiner großen Erleichterung fand man nichts, das auf Gift hinwies. Dr. Julio aber war berühmt für seine Gifte, die schon nach kurzer Zeit keine Spuren mehr im Körper hinterließen. Ich weiß daher heute noch nicht, ob mein Gatte vorhatte, mich zu vergiften, und ich den Spieß umdrehte und ihn vergiftete, oder ob er an seiner schweren Krankheit gestorben ist.

Sein Tod ist so ungeklärt wie der von Amy, seiner ersten Frau.

Christopher brannte darauf, mich zu heiraten. Doch ich gedachte der Geschichte von der Königin, Robert und Amy Robsart, und daher mußte ich seine jugendliche Leidenschaft dämpfen. Natürlich war ich nicht die Königin, der die Aufmerksamkeit der ganzen Welt galt, doch ich war die Witwe des Mannes, über den nicht nur in England, sondern in ganz Europa am meisten geredet wurde.

»Ich habe dir doch gesagt, daß ich dich heiraten werde«, sagte ich zu Christopher. »Aber jetzt noch nicht – später.«

Ich wünschte, ich wäre bei Hofe gewesen, um sehen zu können, wie die Königin die Neuigkeiten empfing. Später erfuhr ich, daß sie nichts sagte, sondern nur vor sich hin starrte; dann begab sie sich in ihre Privatgemächer und verschloß die Tür. Sie wollte nichts essen und keinen Menschen sehen. Sie wollte mit ihrem Schmerz allein sein.

Wie groß dieser Schmerz war, das konnte ich mir vorstellen. In gewisser Weise beschämte sie mich. Denn nun war ich imstande, die ganze

Tiefe ihres Fühlens zu ermessen, ihre Fähigkeit zur Liebe und zu rach-süchtigem Haß.

Sie kam nicht aus ihrem Zimmer hervor. Nach zwei Tagen bekamen es ihre Minister mit der Angst zu tun, und Lord Burleigh ließ in Gegenwart einiger Herren ihre Tür aufbrechen.

Ich konnte mir vorstellen, was sie empfand. Sie hatte ihn so lange gekannt – seit ihrer Kindheit. Nun mußte es ihr scheinen, als sei in ihrem Dasein ein Licht erloschen. Ich malte mir aus, wie sie in ihren gefühllosen, grausamen Spiegel schaute und plötzlich die alte Frau erblickte, die wahrzunehmen sie sich vorher stets geweigert hatte. Aber sie war alt – auch wenn nach wie vor stattliche Männer sie umschwärmten. Sie wußte, daß es ihnen nur um ihre Gunst zu tun war. Nahm man ihr die Krone, würden die Lichter verlöschen, und der Tanz der Motten wäre vorüber.

Aber einen hatte es gegeben, würde sie sich sagen, ihren Augapfel, ihren süßen Robin, den einzigen auf der Welt, den sie wirklich geliebt hatte – und nun war er dahingegangen. Und sicherlich würde sie grübeln, wie anders ihr Leben verlaufen wäre, wenn sie ihre Krone aufs Spiel gesetzt und ihn geheiratet hätte. Welch innige Freuden hätten sie zusammen genossen! Vielleicht hätte sie Kinder gehabt, und die würden ihr nun Trost bedeuten. Welche Qualen der Eifersucht wären ihr erspart geblieben, und wie hätte sie gejubelt in dem Bewußtsein, daß ich sein Leben niemals mit ihm teilen könnte!

Sie und ich standen uns so nahe wie eh und je. Ihr Schmerz war mein Schmerz. Es überraschte mich selbst, wieviel mir Robert noch immer bedeutete, da ich mich doch in den letzten Jahren von ihm abgewandt hatte. Aber das war nur geschehen, weil sie sich zwischen uns gedrängt hatte. Doch nun, da er dahingegangen war, tat sich in meinem Dasein eine große Leere auf ... und Elisabeth erging es nicht anders.

Aber wie immer in Zeiten besonderer Anspannung, besann sie sich schließlich darauf, daß sie die Königin war. Robert war tot, doch das Leben ging weiter. Und ihr Leben war England, und England würde niemals sterben und sie allein zurücklassen.

Ich hatte Angst. Wer weiß, vielleicht hatte Robert, nachdem er meine Untreue entdeckt, sein Testament geändert und den Grund dafür angegeben?

Doch nichts davon. Das Testament war unverändert; er hatte keine Zeit mehr gehabt, es umzustoßen.

Ich war die Testamentsvollstreckerin, und sein Bruder Warwick, Christopher Hatton und Lord Howard von Effingham sollten mir behilflich sein. Mir war nie bewußt gewesen, wie tief Robert verschuldet war. Er hatte stets reichlich Geld ausgegeben. Zum Zeitpunkt seines Todes ließ er gerade ein Geschenk für die Königin anfertigen, eine Schnur aus sechshundert Perlen mit einem Anhänger aus einem riesigen Diamanten und drei Smaragden, von Diamanten eingefaßt.

Sie war die erste, die er in seinem Testament erwähnte – als sei sie seine Frau; er dankte ihr für die Güte, welche sie ihm erwiesen hatte.

Selbst im Tode kam sie zuerst, stellte ich in einer kurzen Aufwallung von eifersüchtigem Zorn fest. Aber das beruhigte mein Gewissen.

Er hatte sein Testament gemacht, als er in den Niederlanden weilte, und damals hatte er geglaubt, daß ich ihn liebte.

Er hatte geschrieben:

»Nächst Ihrer Majestät gedenke ich meines lieben Weibes und bestimme für sie, was nicht so gut sein kann, wie ich es wünschen würde, aber so gut sein soll, wie ich es ermöglichen kann, fand ich in ihr doch stets eine getreue, liebevolle, gehorsame, besorgte Gattin, und so baue ich darauf, daß dieses mein Testament sie meiner nach meinem Dahinscheiden nicht weniger eingedenk sein läßt, als ich es ihrer zu meinen Lebzeiten stets war.«

Ach Robert, dachte ich betrübt, wie würde ich trauern, wenn es so wäre, wie du damals geglaubt hattest, und wie anders hätte es sein können, wenn du keine königliche Gebieterin gehabt hättest. Ich habe dich einst über alles geliebt – aber sie stand immer zwischen uns.

Zu meiner Bestürzung fand ich seinen Bastard Robert Dudley in seinem Testament großzügig bedacht. Er war jetzt dreizehn Jahre alt, und nach meinem und des Grafen von Warwick, Roberts Bruders Tod, würde er einen ansehnlichen Anteil erben. Wenn er einundzwanzig wurde, würden ihm außerdem gewisse Privilegien zufallen, und bis er dieses Alter erreicht hatte, war er wohlversorgt.

Natürlich hatte Robert nie geleugnet, daß dieser Knabe sein Sohn war, da er aber auch Lady Staffords Kind war, glaubte ich, daß sie und ihr Ehemann für ihn sorgen würden.

Ich erhielt Wanstead und drei kleinere Herrenhäuser, darunter Drayton Basset in Staffordshire. Dort schlug ich zuletzt meinen Wohnsitz auf. Leicester House gehörte mir mitsamt dem darin befindlichen Tafelgeschirr und allen Kostbarkeiten, doch zu meinem Kummer und heimlichen Zorn war Kenilworth an Warwick gegangen und sollte nach seinem Tode an den Bastard Dudley fallen.

Wie ich bereits sagte, war Robert tief verschuldet. Allein der Krone schuldete er fünfundzwanzigtausend Pfund. Er war der Königin gegenüber immer sehr großzügig gewesen, und die Geschenke an sie machten einen großen Teil der Summe aus. Ich erwartete, daß dies, wie in solchen Fällen üblich, berücksichtigt würde, da er bei seinem Tod in ihren Diensten gestanden hatte.

Leider hatte sie nicht die Absicht, mir auch nur ein Jota zu erlassen. Sie kostete ihre Rache aus. Sie hatte beschlossen, daß seine Schulden bis auf das letzte Pfund bezahlt werden mußten. Sein Tod hatte ihren Haß auf mich in keiner Weise gemildert.

Sie erklärte, die Einrichtung von Leicester House und Kenilworth sollte die Mittel erbringen, um Roberts Schulden zu tilgen, und es sollten unverzüglich Listen aufgestellt werden, damit die zum Verkauf ausgewählten Gegenstände abgeholt werden könnten.

Sie war gnadenlos, was mich betraf, und ich war wütend, doch ich konnte nichts dagegen tun.

Eine nach der anderen mußten die Kostbarkeiten verkauft werden – all die Dinge, die mir teuer waren und einen Teil meines Lebens darstellten. Ich weinte vor Wut, und insgeheim verfluchte ich Elisabeth – aber wie immer mußte ich mich ihrem Willen beugen.

Diese Zwangsverkäufe reichten aber keineswegs zur Bezahlung aller Schulden. Dennoch ließ ich es mir nicht nehmen, Robert in der Beauchampkapelle ein Grabmal zu errichten. Es war aus massivem Marmor und trug Roberts Wahlspruch *Droit et Loyal*. Dann ließ ich von ihm ein Marmordenkmal anfertigen, mit der St.-Michaels-Ordenskette. Neben ihm war für mich Platz, wenn die Zeit gekommen war.

Dies war der Tod des großen Grafen von Leicester. Ein Jahr später heiratete ich Christopher Blount.

Essex

Essex, Ihr dürft wohl begreifen, wie sehr Wir uns durch Eure plötzliche und ungehorsame Entfernung aus Unserer Gegenwart und dem Platz, an den Eure Dienste Euch binden, gekränkt fühlen. Wir haben Euch, ohne daß Ihr Euch die Ehre erworben habt, mit Unserer Gunst belohnt, und doch habt Ihr Eure Pflicht vernachlässigt und vergessen; denn anders können Wir uns Euer befremdliches Gebaren nicht erklären ... Daher fordern Wir Euch auf und befehlen Euch, sogleich nach Erhalt Unseres Schreibens, ohne jegliche Ausrede und Verzögerung, Euch zu Uns zu verfügen, um Unserer Gewogenheit fürderhin gewiß zu sein. Seht daher zu, Uns dieses nicht zu versagen, da Ihr nicht geneigt sein werdet, Euch Unseren Unwillen zuzuziehen, andernfalls Ihr Euch in die allergrößte Gefahr begebt.

Die Königin an Essex

Eine Zeitlang genoß ich die Freuden meiner jungen Ehe. Ich war glücklich. Ich hatte einen stattlichen, jungen Gatten, der mich hingebungsvoll liebte und nicht ständig von einer anderen Frau in Anspruch genommen wurde. Mein Sohn Robert, der Graf von Essex, war bald unter den ersten Günstlingen der Königin. Alles sprach dafür, daß er möglicherweise den Platz seines Stiefvaters einnehmen würde.

»Eines Tages werde ich der Königin sagen, daß sie Euch bei Hofe empfangen muß«, eröffnete er mir.

Er war ganz anders als Leicester, der sich immer so vorsichtig und gewunden ausgedrückt hatte. Zuweilen zitterte ich um Essex. Er besaß wenig Feingefühl, er verstellte sich nie und kümmerte sich nicht um das, was schicklich war. Das mochte anfangs wohl reizvoll sein; doch würde sich das eine so eitle Frau wie die Königin, die zudem so sehr an Schmeicheleien gewöhnt war, auch für alle Zeiten gefallen lassen? Im Augenblick war Essex von erfrischender Jugendlichkeit, ein *enfant terrible*. Er war stets zu sehr von sich überzeugt gewesen, aber ob er seinen Einfluß auf die Königin nicht überschätzte?

Ich sprach mit Christopher darüber; er war der Meinung, die Königin sei so angetan von Essex' Jugend und seiner stattlichen Erscheinung, daß sie ihm vieles nachsehen würde. Christophers Jugend und Aussehen hatten ebenso für ihn gesprochen, überlegte ich; dennoch wäre ich nicht bereit gewesen, mir Unverschämtheiten gefallen zu lassen, mochte er auch noch so jung und hübsch sein. Ich bezweifelte, daß Elisabeth hierin anders dachte.

Angesichts der Gerüchte um Leicesters Tod und der Jugend meines neuen Ehemannes hatte ich es für klug gehalten, mit der Heirat ein Jahr zu warten. Das Jahr, welches der Trauung folgte, wurde überaus glücklich.

Unsere Familie hatte stets zusammengehalten. Zu Leicesters liebenswertesten Eigenschaften hatte seine Anhänglichkeit an die Seinen gehört; doch obgleich meine Kinder mit ihrem ersten Stiefvater auf bestem Fuße gestanden hatten, waren sie ohne weiteres bereit, sich auch mit dem zweiten abzufinden.

Penelope war meine Lieblingstochter. Sie hatte, wie auch ich, Vergnügen an Intrigen, und mochte ihr das Leben auch noch so mitspielen, sie ließ sich nicht entmutigen. Stets war sie auf der Suche nach aufregenden Abenteuern. Natürlich wußte ich, daß ihr Dasein nicht ganz so verlief, wie es nach außen hin den Anschein hatte. In Leighs in Essex und in Lord Richs Londoner Heim führte sie ein wohlanständiges Leben. Auf dem Lande schien sie ein Muster an Tugend und widmete sich zärtlich ihrer wachsenden Nachkommenschaft. Fünf Kinder hatte sie inzwischen: drei Söhne, Robert, Henry und Charles, und zwei Mädchen, Lettice (nach mir benannt) und Penelope, die ihren Namen trug. Aber wenn sie an den Hof kam, steckte sie voller Pläne.

Sie bedauerte es, daß die Königin mich nicht empfangen wollte und versicherte mir unentwegt, daß Essex keine Gelegenheit verstreichen lasse, um zu erreichen, daß ich wieder in Gnaden aufgenommen würde.

»Wenn Leicester das nicht zustande brachte, meinst du, daß es dann Essex gelingt?« fragte ich.

»Ach«, sagte Penelope lachend »glaubt Ihr denn, daß Leicester sich wirklich nach Kräften bemüht hat?«

Ich mußte zugeben, daß es für ihn schwierig gewesen wäre, für die Belange seiner Frau einzutreten, die ja gerade aus dem Grunde geächtet war, *weil* sie seine Gattin war.

Sie waren oft in Leicester House – meine zwei Töchter, mein Sohn Walter und häufig auch Essex. Seine Freundschaft mit Charles Blount, mit welchem er sich wegen der Schachkönigin duelliert hatte, war noch enger geworden. Charles, der ja der ältere Bruder meines Gatten war, leistete der Familie oftmals Gesellschaft. Auch Frances Sidney war häufig bei uns zu Gast, und bei den Unterhaltungen meiner Tischrunde ging es recht lebhaft und zuweilen sogar heftig zu. Ich verlangte absichtlich keine Zurückhaltung von ihnen, denn ich dachte, dann würde die Aufmerksamkeit darauf gelenkt, daß sie alle so viel jünger waren als ich. Mitunter fragte ich mich allerdings, was wohl die Königin gedacht hätte, wenn sie ihnen hätte zuhören können.

Der Unbesonnenste von allen war Essex. Er wurde sich seines Einflusses auf die Königin immer sicherer. Charles Blount ermahnte ihn hin und wieder, sich in acht zu nehmen, doch Essex lachte ihn nur aus.

Ich beobachtete ihn mit großen Stolz, war ich doch sicher, daß es nicht nur die Voreingenommenheit der Mutter war, die ihn in meinen Augen so überlegen machte. Er war ebenso ansehnlich, wie es Leicester in seiner Jugend gewesen war, und besaß die gleiche Anziehungskraft. Während aber Leicester mit sämtlichen Vollkommenheiten ausgestattet schien, mit denen die Natur einen Mann beschenken konnte, waren Essex' Schwächen liebenswerter, als es Leicesters Stärke gewesen.

Leicester war stets auf die Wirkung dessen, was er tat, bedacht und hatte seinen Vorteil erwogen. Essex' leidenschaftliches Wesen war reizvoll, da es gefährlich war. Und es war ehrenhaft – jedenfalls sah er es so. Er konnte in einem Augenblick sehr übermütig und im anderen plötzlich melancholisch werden; er war kräftig und übertraf alle an Geschicklichkeit bei Belustigungen im Freien. Dann konnte er auf einmal erkranken und mußte das Bett hüten. Er hatte einen eigentümlich federnden Gang, so daß man ihn unter anderen Leuten schon von weitem erkennen konnte, und jedesmal, wenn ich das bemerkte, fühlte ich mich tief gerührt. Natürlich verliehen ihm die Fülle kastanienbraunen Haares und die dunklen Augen – er hatte sie von mir geerbt – ein vorteilhaftes Aussehen, und er unterschied sich sehr von den anderen jungen Männern, welche die Königin umgaben. Sie waren Schmeichler, und das war er nie. Er war der Königin in echter Leidenschaft zugetan; in gewisser Weise liebte er sie, aber niemals handelte er gegen seine Natur, um ihr zu Gefallen zu sein. Er würde nicht so tun, als sei sie allwissend, wenn er einmal nicht ihrer Meinung war.

Ich machte mir ständig Sorgen darüber, wozu seine Unbedachtheit noch führen könnte, und ich flehte ihn an, vorsichtig zu sein.

Wenn er mit Penelope, Charles Blount, Christopher, Frances Sidney und mir beisammensaß, pflegte er von seinen Wünschen und Hoffnungen zu sprechen. Er fand, die Königin solle im Umgang mit den Spaniern mehr Entschiedenheit zeigen. Sie hatten eine bittere und demütigende Niederlage erlitten, und die solle man ausnutzen. Essex wollte der Königin raten, wie sie sich künftig verhalten sollte. Er hatte große Pläne. Vor allem wünschte er ein stehendes Heer.

»Die Soldaten müssen gut ausgebildet sein«, rief er aus und schwang begeistert die Arme. »Jedesmal, wenn wir in den Krieg ziehen, müssen wir Männer und Jünglinge von neuem ausbilden. Sie müssen aber immer bereit sein. Das sage ich ihr ständig. Wenn ich meine Armee in den Krieg führe, will ich Soldaten haben und keine Bauern.«

»Sie wird niemals zulassen, daß *du* das Land verläßt«, meinte Penelope.

»Dann gehe ich eben ohne ihre Einwilligung«, gab mein Sohn hochmütig zurück.

Ich fragte mich, was Leicester dazu gesagt hätte.

Zuweilen, ganz vorsichtig, versuchte ich Essex daran zu erinnern, wie sich sein Stiefvater der Königin gegenüber verhalten hatte.

»Ach, der war wie alle anderen«, erwiderte Essex. »Er hat es nicht gewagt, sich mit ihr anzulegen. Er hat so getan, als sei er mit allem, was sie sagte oder tat, einverstanden.«

»Nicht immer, und er hat sich mehr als einmal mit ihr angelegt. Vergiß nicht, daß er mich geheiratet hat.«

»Er hat ihr nie öffentlich widersprochen.«

»Und ist bis an sein Lebensende ihr Günstling geblieben«, fügte ich hinzu.

»Das wird mir auch gelingen«, brüstete sich Essex, »aber auf meine Weise.«

Ich staunte über ihn; dennoch machte er mir weiterhin Sorgen. Stand Penelope mir auch nahe, so war doch Essex mein Liebling. Wie merkwürdig war es doch, dachte ich, daß die Königin und ich die gleichen Männer liebten, und daß der Mann, der für sie von größter Wichtigkeit war, für mich dieselbe Bedeutung hatte.

Ich wußte, daß sie noch immer um Leicester trauerte. Ich erfuhr, daß sie eine Miniatur von ihm besaß, welche sie oft betrachtete, und daß sie den letzten Brief, den er ihr geschrieben hatte, in einer Kassette verwahrte, welche die Aufschrift trug: *Sein letzter Brief.*

Ja, es war schon ein seltsamer Scherz, den sich das Schicksal erlaubte, daß nun, da mein Gatte tot war, mein Sohn der Mann sein sollte, an dem ihr am meisten gelegen war.

Essex klagte, daß er große Schulden habe und die Königin ihm, obwohl sie ihm deutlich ihre Huld zeigte, bisher keine Schenkungen von Wert gemacht habe – keinen Landbesitz, wie seinem Stiefvater; nicht einmal einen Titel habe sie ihm verliehen. Und er war zu stolz, sie darum zu bitten.

Er wurde ungeduldig. Es verlangte ihn nach einem Abenteuer, das ihm Geld einbringen würde. Ein Krieg wäre das rechte gewesen. Denn war man siegreich, so brachte er reiche Beute. Essex drängte immer beharrlicher darauf – und andere unterstützten ihn dabei –, man solle den Krieg mit den Spaniern fortführen.

Die Königin erklärte sich schließlich mit einem Feldzug einverstanden. Don Antonio, der nach dem Tod König Heinrichs den Thron Portugals bestiegen hatte, war nach nur einem Jahr Regierungszeit abgesetzt worden und hatte seither in England gelebt. Nun hatte Philipp von Spanien den Herzog von Alba damit beauftragt, auf Portugal für Spanien Anspruch zu erheben. Alba eroberte Portugal. Da die Portugiesen sich über den Einfall der Spanier empörten, schien Portugal sich als Kriegsschauplatz anzubieten. Sir Francis Drake sollte die Flotte befehligen, Sir John Norris die Landtruppen.

Als Essex andeutete, daß er den Feldzug mitmachen wolle, bekam die Königin einen Wutanfall. Er wußte, daß es sinnlos war, weiter in sie zu dringen, aber er wäre nicht Essex gewesen, hätte er sich abschrecken lassen. Also beschloß er, ohne ihre Erlaubnis an dem Feldzug teilzunehmen.

Ein paar Tage vor seinem Aufbruch kam er zu mir, um Lebewohl zu sagen. Es schmeichelte mir, in dieser sehr geheimen Angelegenheit von ihm ins Vertrauen gezogen zu werden, zumal die Königin nichts davon wußte.

Ich sagte: »Sie wird sehr zornig auf dich sein. Möglicherweise hast du ihre Gunst für alle Zeiten verloren.«

Essex lachte nur. Er vertraute darauf, daß er wisse, wie er mit ihr umgehen müsse.

Ich warnte ihn, aber nicht allzu ernsthaft. Offen gesagt – der Gedanke an Elisabeths Zorn und ihre Enttäuschung über seinen Verlust bereitete mir Vergnügen.

Wie er dieses Ränkespiel liebte! Er und Penelope heckten den Plan gemeinsam aus.

Am Abend seines Aufbruchs, so war beschlossen worden, wollte er Penelopes Gatten, Lord Rich, in sein Zimmer einladen und mit ihm das Nachtmahl einnehmen. Nachdem sein Gast gegangen war, sollte er sich in den Park begeben, wo ihn sein Diener mit schnellen Pferden erwarten sollte.

»Drake wird niemals zulassen, daß du an Bord seines Schiffes gehst«, meinte ich. »Er weiß genau, daß dies gegen den Willen der Königin verstieße, und er ist nicht der Mann, der es wagen würde, ihr zuwiderzuhandeln.«

Essex lachte. »Drake bekommt mich gar nicht zu sehen. Ich habe mit Roger Williams ausgemacht, daß für mich ein Schiff bereitgehalten wird. Wir werden in See stechen und unseren eigenen Feldzug führen, wenn die anderen uns nicht mitnehmen wollen.«

»Du jagst mir Angst ein«, sagte ich. Doch ich war stolz auf ihn, stolz auf seinen kühnen, unbekümmerten Mut, den er, wie ich glaubte, von mir geerbt hatte, denn von seinem Vater hatte er ihn gewiß nicht.

Er küßte mich, liebevoll und besorgt. »Nein, liebste Mutter, fürchtet Euch nicht. Ich verspreche Euch: Ich werde mit Ruhm bedeckt und mit so viel spanischem Golde heimkehren, daß sich die ganze Menschheit wundern wird. Ich werde der Königin einen Teil davon abgeben und ihr erklären, daß sie, will sie mich weiter in ihren Diensten behalten, auch meine Mutter wieder empfangen muß.«

Das klang alles sehr schön, und seine Begeisterung war so groß, daß ich ihm, wenigstens für den Augenblick, Glauben schenkte.

Er hatte mehrere Briefe an die Königin geschrieben, in denen er ihr seine Handlungsweise erklärte, und diese Briefe hatte er in seinem Schreibtisch verschlossen.

Am frühen Morgen brach er nach Plymouth auf. Nachdem er neunzig Meilen geritten war, schickte er seinen Diener mit den Schreibtischschlüsseln zurück. Er sollte sie Lord Rich übergeben mit der Bitte, den Schreibtisch zu öffnen und der Königin die Briefe auszuhändigen.

Als die Königin die Briefe empfing, geriet sie in solchen Zorn, daß man bei Hofe glaubte, nun sei es mit Essex vorbei. Sie verfluchte ihn, bedachte ihn mit den unflätigsten Ausdrücken und gelobte, sie wolle ihm zeigen, was es heiße, die Königin lächerlich zu machen. Ich konnte mich einer gewissen Genugtuung angesichts ihres Ärgers und ihrer Enttäuschung nicht erwehren, zugleich aber machte ich mir Sorgen darüber, ob Essex sich nicht alles verscherzt hatte.

Die Königin schrieb ihm sogleich und befahl ihm, zurückzukehren. Er aber kam erst drei Monate später heim. Nun zeigte er mir die Briefe, die sie ihm geschrieben hatte. Sie muß bei der Abfassung fürchterlich zornig gewesen sein.

Als diese Briefe nach Wochen voller – meist unglücklich verlaufener – Abenteuer endlich in seine Hände gelangt waren, hatte er genug Verstand besessen, einzusehen, daß unverzüglicher Gehorsam angebracht war.

Der Feldzug war ein Fehlschlag gewesen; doch Drake und Norris kehrten mit Schiffsladungen voller Schätze zurück, welche sie den Spaniern geraubt hatten, so daß die Mühe nicht ganz umsonst gewesen war.

Essex begab sich zur Königin. Sie forderte eine Erklärung für sein Verhalten. Er ließ sich auf die Knie nieder und sagte ihr, wie entzückt er sei, sie wiederzusehen. Dies sei der Lohn für alles, was er erduldet habe. Sie möge ihn für seine Torheit strafen. Es mache ihm nichts aus. Denn er sei heimgekehrt und habe ihre Hand küssen dürfen.

Was er sagte, meinte er ganz ernst. Er war wirklich entzückt, wieder daheim zu sein; und sie, prunkvoll gekleidet und von der Aura der Königswürde umgeben, hatte ihn wohl aufs neue überwältigt.

Sie hieß ihn, neben ihr Platz zu nehmen und ihr von seinen Erlebnissen zu berichten, und sie war sichtlich glücklich, ihn bei sich zu haben. Also war alles vergeben und vergessen.

»Es ist genau wie bei Leicester«, sagte jedermann. »Essex kann nichts falsch machen.«

Möglicherweise hatte Elisabeth, wohl wissend, daß er fortgegangen war, um sein Glück zu machen, beschlossen, daß er merken solle, er könne es auch daheim finden. Sie wurde großzügiger, und er wurde allmählich reich. Vor allem übertrug sie ihm das Recht, auf die Süßweine, die eingeführt wurden, Zoll zu erheben, und das verschaffte ihm ein glänzendes Einkommen. Dieses Recht hatte einst Leicester besessen, und von ihm wußte ich, wieviel es wert war.

Mein Sohn war der erste unter den Günstlingen der Königin, und so seltsam es klingt – er liebte sie auf seine Weise. Wegen einer Heirat würde es, im Gegensatz zu Leicester, bei ihm niemals Schwierigkeiten geben, denn sie hielt ihn vollständig in ihrem Bann. Er vergötterte sie. Ich bekam ein paar Briefe zu Gesicht, welche er ihr geschrieben hatte. Aus ihnen sprach die Glut dieser ungewöhnlichen Leidenschaft. Das hinderte ihn jedoch nicht daran, alle möglichen Liebesverbindungen anzuknüpfen. Allmählich kam er in den Ruf eines Schürzenjägers. Er war aber auch unwiderstehlich mit seinem Aussehen, seinen bezaubernden Manieren und seiner Stellung bei Hofe. Ich merkte, wie seine Verehrung der Königin gefiel – schließlich war sie keine junge Frau mehr. Natürlich würde sie ihn niemals so lieben, wie sie Leicester geliebt hatte, aber man konnte beides nicht vergleichen. Dieser Jüngling, der seine Meinung so frei heraus sagte, der Unterwürfigkeit verabscheute, hatte sie auf ein Piedestal erhoben, um sie anbeten zu können, und das bezauberte sie.

Ich beobachtete seinen Aufstieg mit Freude, Erstaunen und Triumph. Er war mein Sohn und hatte trotzdem den Weg zu ihrem Herzen gefunden! Gleichzeitig aber hatte ich Angst. Er war so unbesonnen, schien die Gefahren, die ihn umgaben, gar nicht zu bemerken, und wenn, dann kümmerte er sich nicht darum. Dabei lauerten seine Feinde überall. Am meisten fürchtete ich Raleigh, den klugen, scharfsinnigen, stattlichen Raleigh, den die Königin liebte, doch lange nicht so sehr, wie sie meinen Gatten und meinen Sohn geliebt hatte. Zuweilen, wenn ich über unser aller Leben nachdachte, brach ich in ein unbeherrschtes Gelächter aus. War es nicht, als führten wir hier einen Tanz auf und bewegten uns in kunstvollen, abgezirkelten Figuren? Die Musik dazu stammte allerdings nicht immer von Elisabeth. Einer der Tänzer hatte uns nun verlassen, aber drei waren noch da.

Essex verstand sich nicht auf den Umgang mit Geld. Wie unterschied er sich hier von Leicester! Und doch war Leicester bei seinem Tod tief verschuldet gewesen. Ich fragte mich oft, welches Schicksal wohl meinen Sohn erwartete. Je reicher er durch den Großmut der Königin wurde, desto mehr gab er aus. Wer ihm diente, zog seinen Vorteil daraus. Alle erklärten sie, ihm bis ans Ende der Welt folgen zu wollen, doch zuweilen fragte ich mich, wie es um ihre Treue stünde, wenn einmal nicht genug Geld da wäre, sie zu bezahlen.

Essex, mein Lieblingssohn! Wie ich ihn liebte! Wie stolz war ich auf ihn! Und wie bangte ich um ihn!

Penelope wies mich darauf hin, daß er Frances Sidney immer mehr Aufmerksamkeit widmete. Frances war ein sehr schönes Mädchen. Sie fiel durch ihr schwarzes Haar auf und ihre dunkle Haut, beides ein Erbteil ihres Vaters, den die Königin ihren Mohren nannte. Da sie jedoch recht still war, gehörte sie nie ganz zu der munteren Runde junger Leute, die sich um meinen Tisch versammelte.

Penelope sagte, Frances gefalle Essex, weil sie so gänzlich anders sei als er.

»Glaubst du, er will sie heiraten?« fragte ich.

»Das würde mich nicht wundern.«

»Sie ist älter als er – und eine Witwe mit einer Tochter.«

»Er hat sich seit Philips Tod als ihr Beschützer gefühlt. Sie ist still und zurückhaltend. Es käme ihr nie in den Sinn, seine Pläne zu durchkreuzen. Ich glaube, das ist es, was ihm gefiele.«

»Meine liebe Penelope, keinem Manne in England steht eine glänzendere Zukunft bevor als deinem Bruder. Er könnte in eine der mächtigsten und reichsten Familien des Landes einheiraten. Es ist ausgeschlossen, daß er Walsinghams Tochter erwählt.«

»Meine liebe Mutter«, gab Penelope zurück, »nicht wir haben die Wahl zu treffen, sondern er.«

Damit hatte sie recht. Dennoch konnte ich es nicht glauben. Sir Francis Walsingham war ein sehr mächtiger Mann und einer der fähigsten Minister der Königin. Jedoch hatte er nie zu ihren Günstlingen gehört. Man schätzte ihn wegen seines Könnens. Die Königin wäre die erste gewesen, die zugegeben hätte, daß er ihr ausgezeichnete Dienste geleistet hatte. Er hatte dafür gesorgt, daß überall seine Kundschafter saßen. Dieses Netz von Spähern hatte seinesgleichen nicht, und er bezahlte es zum größten Teil aus seiner eigenen Tasche. Die Babington-Verschwörer waren auf sein Betreiben vor Gericht gestellt worden (und damit war auch das Schicksal Maria Stuarts besiegelt gewesen). Walsingham war ein höchst ehrenhafter und rechtschaffener Mann, aber er hatte weder ein größeres Vermögen angesammelt noch waren ihm besondere Ehren zuteil geworden. Doch Essex tat das alles mit einer Handbewegung ab. Er hatte beschlossen, Frances Sidney zu heiraten.

Penelope, ich, Christopher und Charles Blount sprachen mit ihm. Charles fragte, was denn wohl die Königin dazu sagen würde.

»Das weiß ich nicht«, rief Essex. »Außerdem kann ihre Mißbilligung mich nicht zurückhalten.«

»Es könnte deine Verbannung vom Hofe zur Folge haben«, meinte Christopher warnend.

»Mein bester Christopher«, sagte Essex von oben herab. »Glaubst du, ich wüßte nicht, wie ich die Königin zu behandeln habe?«

»Ich bitte dich, sprich so etwas nicht laut aus!« bat Charles. »Wenn solche Worte der Königin zugetragen werden ...«

»Aber ich bin hier doch unter Freunden«, gab Essex zurück. »Leicester hat auch geheiratet, und sie hat ihm verziehen.«

»Nicht aber seiner Frau«, erinnerte ich ihn verbittert.

»Wäre ich Leicester gewesen, ich hätte mich geweigert, ohne meine Gattin an den Hof zu gehen.«

»Wärest du Leicester gewesen, mein Sohn, dann hättest du die Gunst der Königin nie wieder zurückerobert. Ich flehe dich an, sei auf der Hut. Leicester war ihr, was kein anderer Mann ihr sein konnte oder je sein wird. Doch selbst er wußte, daß er behutsam vorgehen mußte.«

»Auch ich bin für sie, was kein anderer Mann jemals war oder sein wird! Das werdet ihr schon noch sehen.«

Natürlich war er jung und anmaßend, und sie hielt große Stücke auf ihn. Aber ich fragte mich doch, ob er jemals klüger werden würde.

Die jungen Leute bewunderten ihn. Ihnen fehlte meine Erfahrung, und daher billigten sie seine Unverfrorenheit. Da ich nicht alt und ohne Unternehmungsgeist erscheinen wollte, schwieg ich – wieder einmal.

Es ist durchaus möglich, daß unser Widerspruch Essex in seinem Entschluß bestärkte.

»Der alte Mann ist sehr krank«, sagte Essex, »und ich glaube nicht, daß er noch lange lebt. Er hat mir erzählt, daß er Frances nicht viel hinterlassen kann, da er hoch verschuldet ist. Er bezweifelt sogar, daß genügend Geld vorhanden ist, um ihn würdig zu bestatten, weil er in den Diensten der Königin so viel ausgegeben habe.«

Ich wußte, daß Walsingham die Wahrheit sprach. Insgeheim hielt ich ihn für einen Narren, weil er so gehandelt hatte. Leicester hatte der Königin ebenfalls gedient, aber daraus ein recht einträgliches Geschäft gemacht – und doch war er verschuldet gestorben. Noch heute trauerte ich den Kostbarkeiten nach, welche zur Begleichung der Schulden hatten verkauft werden müssen.

Schließlich wurden mein Sohn und Walsinghams Tochter, die Witwe von Philip Sidneys, heimlich getraut.

Als ich Sir Francis aufsuchte, war ich erschrocken darüber, wie krank er war. Doch die Heirat seiner Tochter hatte ihn hoch erfreut. Er habe sich Sorgen um ihre Zukunft gemacht, erzählte er mir. Philip Sidney hatte wenig hinterlassen, und er selbst hatte auch kaum etwas zu vererben. »Im Dienst der Königin zu stehen, das ist eine kostspielige Angelegenheit«, sagte er.

Damit hatte er wahrhaftig recht. Wenn ich bedenke, was Leicester allein für die Neujahrsgeschenke der Königin aufgewendet hatte – Diamanten, Smaragde, Halsbänder mit Liebesknoten –, so brauche ich mich nicht zu wundern, daß ich meine Schätze für deren Bezahlung hatte opfern müssen.

Bald darauf starb der arme Sir Francis. Er wurde um Mitternacht in aller Stille begraben, da eine angemessene Bestattung zu kostspielig gewesen wäre.

Die Königin war betrübt und trauerte um ihn. »Ich werde meinen Mohren vermissen«, sagte sie. »Gewiß, schmerzlich vermissen. Er ist mir ein treuer Diener gewesen, und ich habe ihn nicht immer freundlich behandelt, doch er wußte recht wohl, daß ich tiefe Achtung vor ihm empfand. Ich war durchaus nicht die undankbare Gebieterin, als die ich manchmal erschienen sein mag. Ich höre, er hat seiner armen Witwe und seinen Töchtern wenig hinterlassen.«

Danach zeigte sie ein wenig Teilnahme für Frances; sie mußte sich zu Elisabeth setzen, und die Königin unterhielt sich mit ihr. Dieses Gespräch allerdings hatte sehr unglückliche Folgen. Frances war nämlich bald nach der Hochzeit schwanger geworden.

Die Königin beobachtete ihre Hofdamen sehr genau; sie schien einen besonderen Sinn für deren Liebesgeschichten zu besitzen.

Frances schilderte mir, was geschehen war.

Die Königin pflegte kein Blatt vor den Mund zu nehmen. Manchmal schien sie es sogar darauf abgesehen zu haben, die Leute durch eine besonders rüde Ausdrucksweise an ihren Vater Heinrich VIII. zu erinnern.

Sie stieß Frances in den Leib und verlangte zu wissen, ob sie dort etwas trage, was einer tugendhaften Witwe nicht anstehe. Frances gehörte nicht zu den gewitzten Frauen, die sich sofort herauszureden wissen. Sie wurde auf der Stelle puterrot, so daß die Königin ihren Verdacht bestätigt sehen mußte.

Die ungewöhnliche Neugier, was das Geschlechtsleben ihrer Umgebung betraf, und die Wutausbrüche, die häufig darauf folgten, war für viele bestürzend. Es war, als sei sie vom Liebesakt gleichzeitig angezogen und abgestoßen.

Frances berichtete, die Königin habe sie schmerzhaft in den Arm gekniffen und zu wissen verlangt, vom wem sie schwanger sei.

Bei all ihrer Zurückhaltung besaß Frances innere Größe. Sie hob den Kopf und sagte ruhig: »Von meinem Gatten.«

»Dein Gatte?« rief die Königin aus. »Ich erinnere mich nicht, daß jemand bei mir um die Erlaubnis nachgesucht hat, dich zu ehelichen.«

»Madam, ich habe meine Person nicht für so wichtig gehalten und daher geglaubt, eine Erlaubnis sei nicht nötig.«

»Du bist die Tochter des Mohren, und ich habe ihn stets hoch geachtet. Nun, da er tot ist, muß ich mich mehr denn je um dein Wohlergehen kümmern. Er hat dich seinerzeit insgeheim an Philip Sidney vermählt und sich damals schon damit herauszureden versucht, daß er der Angelegenheit keine Bedeutung beigemessen habe. Ich habe ihn deswegen heftig gescholten, das weißt du. Und habe ich dich nicht seit seinem Tode hier bei mir behalten?«

»Ja, Madam. Ihr seid äußerst gütig zu mir gewesen.«

»So ... du hast es also für angebracht gehalten, zu heiraten. Nun sag mir, wer er ist.«

Frances war zu Tode erschrocken. Sie brach in Tränen aus, und damit war der Verdacht der Königin erst recht erregt. Frances bat um die Erlaubnis, sich zurückziehen zu dürfen. Sie müsse sich erst fassen.

»Du bleibst«, befahl die Königin. »Sag mir, wann du geheiratet hast! Ich will wenigstens glauben können, daß das Kind, welches du trägst, zu schicklicher Zeit geboren wird. Und eines sage ich dir: Ich dulde an meinem Hofe kein liederliches Betragen. Ich nehme diese Angelegenheit keineswegs leicht.« Dann ergriff sie Frances beim Arm und schüttelte sie derb, und als Frances stumm auf die Knie fiel, bekam sie einen Schlag auf die Wange, weil sie der Königin die verlangte Auskunft vorenthielt.

Frances war sich bewußt, daß sie früher oder später den Namen ihres Gatten preisgeben mußte, und daß der Zorn der Königin fürchterlich sein würde. Sie hatte ja miterlebt, was geschehen war, als Leicester mich geehelicht hatte.

Da Frances so offensichtlich große Angst hatte, wurde die Königin argwöhnisch.

»Los, Mädchen«, schrie sie. »Mit wem treibst du es? Sag es mir, oder ich prügle es aus dir heraus!«

»Madam, wir haben uns seit langem geliebt. Seit mein erster Gatte so grausam verwundet wurde ...«

»Ja, ja. Wer ist es? Sag es mir, Mädchen. Beim Blute Christi, wenn du mir nicht gehorchst, wirst du es bereuen. Das verspreche ich dir.«

»Es ist Mylord Essex«, sagte Frances.

Die Königin habe sie wie betäubt angestarrt, berichtete Frances, und sie sei in ihrer schrecklichen Angst von den Knien hochgekommen und aus dem Zimmer gestürzt, obwohl sie ohne Erlaubnis der Königin den Raum hätte gar nicht verlassen dürfen. Aber das sei ihr gleich gewesen. Und Elisabeth habe immer noch einfach dagestanden und vor sich hin gestarrt.

Doch während sie weglief, habe sie die Stimme der Königin gehört, gellend und drohend.

»Holt Essex! Bringt ihn unverzüglich her.«

Frances kam, einer Ohnmacht nahe, zu mir ins Leicester House. Ich brachte sie zu Bett, und sie berichtete mir, was sich zugetragen hatte.

Penelope, die bei Hofe gewesen war, traf kurz nach ihr ein.

»Die Hölle ist los«, sagte sie. »Essex ist bei der Königin, und sie schreien sich gegenseitig an. Gott weiß, wie das ausgeht. Die Leute sagen, bevor der Tag zu Ende geht, sitzt Essex im Tower.«

Wir warteten auf den Ausbruch des Unwetters. Wie genau entsann ich mich jener Zeit, als Simier der Königin erzählt hatte, daß Leicester verheiratet war. Sie hatte ihn in den Tower schicken wollen und war nur durch den Grafen von Sussex daran gehindert worden. Aber dann hatte sie nachgegeben. Ich wußte nicht, wie groß ihre Zuneigung für meinen Sohn war, doch eines begriff ich: daß sie nicht mit dem Gefühl verglichen werden konnte, das sie meinem Gatten entgegengebracht hatte. Diese Liebe war tief gewesen, und sie hatte begonnen, als sie noch ein junges Mädchen war. So fest verwurzelt waren Elisabeths Empfindungen für meinen Sohn nicht. Ich zitterte um ihn. Ihm fehlte Leicesters Feingefühl. Er würde sich als Held aufspielen, während Leicester sein diplomatisches Geschick aufgeboten hätte.

Ich wartete mit Penelope und Frances in Leicester House. Nach einiger Zeit erschien Essex.

»Nun«, sagte er, »die Königin ist sehr wütend auf mich. Sie nennt mich undankbar, erinnert mich daran, daß sie mich erhoben habe, aber ebenso leicht wieder fallenlassen könne.«

»Ihre Lieblingsredensart«, bemerkte ich. »Leicester hat das sein Leben lang immer wieder zu hören bekommen. Hat sie nicht gedroht, dich in den Tower zu schicken?«

»Ich glaube, sie ist nahe daran. Ich habe ihr gesagt, bei aller Verehrung für sie sei ich doch ein Mann, der sein eigenes Leben lebt und sich selbst aussucht, wen er heiratet. Sie sagte, sie verabscheue Falschheit, und wenn ihre Untertanen etwas vor ihr geheimhielten, so nur deshalb, weil sie etwas zu verbergen hätten, worauf ich erwiderte, da ich ihre unberechenbaren Launen kannte, hätte ich vermeiden wollen, sie in Wut zu versetzen.«

»Robin!« rief ich entsetzt. »Das hast du doch nicht wirklich gesagt!«

»Jedenfalls etwas Ähnliches«, erwiderte er leichthin. »Ich verlangte zu wissen, warum sie eigentlich gegen meine Heirat sei, worauf sie erwiderte, wäre ich zu ihr gekommen, um ihr meinen Wunsch vorzutragen, wie es sich geziemt, so hätte sie die Angelegenheit in Erwägung gezogen. ›Und Eure Erlaubnis verweigert!‹ rief ich aus. ›Und das hätte bedeutet, daß ich gezwungen gewesen wäre, Euch ungehorsam zu sein, anstatt lediglich Euer Mißfallen zu erregen.‹«

»Eines Tages«, prophezeite ich ihm, »wirst du zu weit gehen.«

Ich sollte mich später noch dieser Worte erinnern. Aber schon damals klangen sie wie eine Sturmglocke, die mich beizeiten vor Gefahr warnen wollte.

»Nun«, fuhr er ein wenig prahlerisch fort, »sie sagte, daß nicht nur die Heimlichtuerei sie verärgert habe, sondern auch, daß ich, mit dem sie Großes vorhabe, unter meinem Stande geheiratet hätte.«

Ich wandte mich Frances zu. Wie mußte ihr zumute sein! War mir nicht einst das gleiche widerfahren? Ich wollte sie trösten und sagte begütigend: »Das hätte sie von jeder gesagt, es sei denn, sie wäre von königlichem Blute. Ich weiß noch, wie sie einmal eine Prinzessin für Leicester ausgesucht hatte.«

»Sie wollte damit ihren Zorn rechtfertigen«, sagte Essex selbstgefällig. »Sie wäre in jedem Fall verrückt vor Wut geworden, gleichgültig, wen ich geheiratet hätte.«

»Und was geschieht jetzt?« fragte Penelope.

»Ich bin in Ungnade. Vom Hofe verbannt. ›Ihr wollt Euch gewiß Eurer Gattin widmen‹, sagte sie, ›daher werden wir Euch bei Hofe eine Weile nicht sehen.‹ Ich habe mich verneigt und bin gegangen. Sie ist in abscheulicher Stimmung. Ich beneide wirklich niemanden, der jetzt um sie sein muß.«

Ich fragte mich, wie tief ihn die Verbannung wirklich traf. Im Augenblick schien es ihm nicht das geringste auszumachen. Wenigstens für Frances war das tröstlich.

»Bedenke doch, wie sehr er dich liebt«, versuchte ich ihr klarzumachen. »Er hat deinetwegen das Mißfallen der Königin in Kauf genommen.«

Hatte ich etwas Ähnliches nicht schon einmal vor Jahren gehört? Der Tanz wiederholte sich, nur war diesmal Essex der Partner der Königin und nicht Leicester. Bei Hofe wurden die üblichen Vermutungen laut. Essex hatte verspielt. Erregung bemächtigte sich der anderen – Raleighs, der ständig mit Essex in Fehde gelegen hatte, und der Günstlinge von ehedem. Hatton trug die Nase wieder hoch. Der arme Hatton! Man sah ihm seine Jahre nur zu deutlich an. Bei einem so lebhaften Mann, der einstmals der beste Tänzer bei Hofe gewesen war, fiel das natürlich besonders auf. Man ließ ihn gewähren, und gelegentlich trat er sogar, anmutig wie stets, mit der Königin zum Tanz an. Aber Essex hatte sie alle ausgestochen. Die jüngeren unter ihnen, wie Raleigh oder Charles Blount, erwarteten, daß sie nun, da er in Ungnade war, Nutzen davon hätten.

Der arme Hatton konnte sich an Essex' Sturz nicht lange erfreuen. Er wurde immer schwächer, und bald darauf zog er sich in sein Haus in Ely zurück. Dann erkrankte er schwer und starb Ende des Jahres.

Die Königin war schwermütig. Sie haßte den Tod, und niemand durfte ihn in ihrer Anwesenheit erwähnen. Es muß für sie sehr betrüblich gewesen sein, zu sehen, wie ihre alten Freunde überreifen Pflaumen gleich vom Baume des Lebens fielen, von Krankheiten wie von Wespen angenagt.

Nun wandte sie sich erst recht der Jugend zu.

Als Frances einen Sohn zur Welt brachte, nannten wir ihn Robert nach seinem Vater. Die Königin ließ sich erweichen. Essex dürfe an den Hof zurückkommen, aber seine Gattin wünsche sie nicht zu sehen.

Die Königin und mein Sohn waren also wieder gute Freunde. Er mußte ihr nahe sein, sie tanzte mit ihm, sie lachten zusammen, und er entzückte sie mit seinen offenherzigen Reden. Sie spielten Karten bis zum frühen Morgen, und es hieß, sie werde unruhig, wenn er nicht bei ihr sei.

O ja, es war wie das alte Spiel mit Leicester. Doch Leicester hatte seine Lehre daraus gezogen. Essex würde das leider niemals tun.

Ich hatte mich noch nicht mit der Tatsache abgefunden, daß die Königin mir meine Ehe mit Leicester nie verzeihen würde, und daß ich für alle Zeiten nur als Außenstehende die Ereignisse würde beobachten dürfen, die von solch außerordentlicher Wichtigkeit für unser Vaterland waren. Für eine Frau meines Schlages war es schwer, das hinzunehmen. Doch es lag mir nicht, mich hinzusetzen und Trübsal zu blasen. Ich würde weiterkämpfen. Hätte ich die Königin nur ein einziges Mal sehen und mit ihr sprechen können! Ich war überzeugt, von unserem Groll wäre nichts übriggeblieben, wir hätten uns verstanden, und sie hätte wie früher ihren Spaß an mir gehabt. Ich war ja nicht mehr Lettice Dudley, sondern Lettice Blount. Gewiß, ich hatte einen jungen Ehemann, der mich anbetete, und das mißfiel ihr vielleicht. Möglicherweise dachte sie auch, ich müsse bestraft werden für das, was ich getan hatte. Ich hätte gern gewußt, ob sie von den Gerüchten gehört hatte, die behaupteten, ich hätte bei Leicesters Tod nachgeholfen. Wohl kaum. Das hätte sie niemals stillschweigend hingenommen.

Ich gab also die Hoffnung nicht auf. Wiederholt schlug ich Essex vor, er solle doch versuchen zu erreichen, daß ich wieder bei Hofe erscheinen dürfe, und er versicherte mir fortwährend, er wolle sich bemühen.

So also stand es um mich – ich war nicht mehr jung, aber immer noch recht anziehend. Ich war sehr stolz auf mein Hauswesen. Meine Tafel war im ganzen Lande berühmt. Ich war entschlossen, es mit den Gastmählern im Königspalast aufzunehmen und hoffte, die Königin erführe davon. Die Zubereitung der Salate – sie wurden im eigenen Garten gezogen – pflegte ich selbst zu überwachen. An meinem Tisch wurden Muskateller und Malvasier, griechische und italienische Weine getrunken, und oft würzte ich sie noch nach eigenem Geschmack. Das Zuckerwerk, welches meinen Gästen angeboten wurde, war so zart und süß wie kein anderes. Ich beschäftigte mich mit der Herstellung von Wässern und Salben für den eigenen Gebrauch. Meine Schönheit erhöhte sich dadurch, so daß es bisweilen schien, sie strahle nun, da ich älter wurde, noch heller als früher. Man rühmte meine Kleider, weil sie geschmackvoll und stets nach der letzten Mode waren. An Stoffen verwendete ich Seide, Damast, Taft und meinen unvergleichlichen Lieblingssamt. Sie hatten die köstlichsten Farben, denn die Färber verstanden sich von Jahr zu Jahr besser auf ihr Handwerk. Pfauenblau und papageiengrün, haselnußbraun und enzianblau, mohnrot und dottergelb – ich schwelgte in Farbtönen. Meine Näherinnen waren ohne Unterlaß für meine Schönheit tätig, und ich muß sagen – denn falsche Bescheidenheit ist nicht mein Fall –, das Ergebnis war vortrefflich.

Ich war eine glückliche Frau – wenn man von dem einen großen Wunsch absah: von der Königin empfangen zu werden. Meine Ehe mit einem viel jüngeren Mann half mir, meine Jugend zu erhalten, und da ich eine solch liebevolle Familie hatte – und einen Sohn, der allgemein als der strahlendste Stern bei Hofe galt –, hatte ich allen Grund zur Zufriedenheit. Ich durfte nicht mehr an diesen Wunsch denken, der mein Leben überschattete. Ich mußte die Königin vergessen, die entschlossen war, mich zu strafen. Ich mußte mein Dasein nehmen, wie es war. Ich hielt mir vor Augen, daß ich ein ungemein anregendes Leben führte, und die größte Freude bereitete mir mein Sohn, der mich hingebungsvoll liebte und mich zum Mittelpunkt unserer Familie gemacht hatte.

Warum sollte ich es zulassen, daß eine alternde und rachsüchtige Frau mir das Vergnügen am Leben raubte. Ich wollte sie vergessen. Leicester war tot. Für mich hatte ein neues Leben begonnen. Dafür mußte ich dankbar sein, und ich wollte es genießen.

Aber es gelang mir nicht, sie zu vergessen.

Dabei nahmen mich ständig Familienangelegenheiten in Anspruch. Penelope wurde in ihrer Ehe immer unzufriedener, obschon sie Lord Rich zwei weitere Kinder geboren hatte. Sie hatte eine Liebesaffäre mit Charles Blount begonnen und traf sich regelmäßig in meinem Hause mit ihm. Ich fand, es stünde mir nicht zu, sie zu tadeln, konnte ich doch die Gefühle, die sie für einander hegten, nur zu gut nachempfinden. Und außerdem hätten sie sich um meine Vorwürfe gar nicht gekümmert. Charles war ein ungemein stattlicher Mann, und ihm wäre es am liebsten gewesen, so berichtete Penelope mir, wenn sie Rich verlassen und mit ihm einen Hausstand gegründet hätte.

Ich fragte mich, was die Königin wohl dazu sagen würde. Mit Sicherheit gäbe sie mir die Schuld daran. Jedesmal, wenn Essex durch eine anmaßende Äußerung ihr Mißfallen erregte, bemerkte sie, er habe diesen Zug von seiner Mutter geerbt. Das zeigte, daß ihr Groll gegen mich noch frisch war wie am ersten Tag.

Vieles, das meinem Sohn widerfuhr, ist allgemein bekannt. Sein Leben war wie ein aufgeschlagenes Buch, in dem jeder lesen konnte. Er stellte oft seine Gefühle vor Publikum zur Schau, und wenn er durch die Straßen ritt, kamen die Leute aus den Häusern, um ihn anzustarren.

Essex war in der Tat anmaßend, das wußte ich, und sehr ehrgeizig. Aber im Grunde meines Herzens war mir auch bewußt, daß ihm gerade die Eigenschaft fehlte, seine Talente zu nutzen. Leicester hatte diese Gabe besessen; Burleigh war sie in hohem Maße zu eigen; Hatton, Heneage – sie alle bewegten sich mit größter Vorsicht. Doch mein Sohn Robin lief am liebsten dort Schlittschuh, wo das Eis am dünnsten war. Manchmal glaube ich, in seinem tiefsten Innern hatte er den Wunsch nach Selbstzerstörung.

Er erzählte mir, er habe keine Hoffnung mehr, seine Bestrebungen daheim verwirklichen zu können. Burleighs einziger Gedanke galt der Förderung seines Sohnes Robert Cecil, und Burleigh hatte großen Einfluß auf die Königin.

Zu meinem Erstaunen erfuhr ich, daß mein Sohn davon träumte, Burleighs Stellung im Staate, fraglos die wichtigste von allen, einzunehmen. Nie würde die Königin Burleigh entlassen. So sehr sie auch am liebsten ihrer Günstlinge hängen mochte: Im Herzen blieb sie immer die Königin; und die wußte Burleighs Wert wohl zu schätzen. Oft beschlich mich Unbehagen, wenn ich mich mit meinem Sohn unterhielt; er war nämlich der festen Überzeugung, er sei fähig, das Land zu regieren. Ich, die ihn herzlich liebte, wußte recht gut, daß seine Geistesgaben ihn dazu wohl befähigt hätten, er aber an seinem Charakter scheitern würde.

Während der Monate, die er in Burleighs Haus verbrachte, hatte er die Bekanntschaft von Burleighs Sohn gemacht, der gleich ihm Robert hieß. Wie verschieden waren doch die beiden! Robert Cecil war sehr klein; sein Rücken war etwas gekrümmt, und die damalige Mode unterstrich das noch. Wie alle Mißgestalteten war er sehr empfindlich. Die Königin, die ihn gern hatte und durchaus bereit war, ihn zu fördern, erkannte natürlich auch seine hervorragenden geistigen Fähigkeiten. Trotzdem lenkte sie die Aufmerksamkeit auf seinen Körperschaden, indem sie ihm mit einem jener Spitznamen bedachte, die sie gern ihren Günstlingen verlieh: Er war ihr kleiner Kobold.

Da es unwahrscheinlich war, daß Burleigh sein Amt verlor, außer durch den Tod, glaubte Essex, der beste Weg für ihn, nach oben zu gelangen, sei, sich mit Kriegsruhm zu bedecken.

Die Königin war damals sehr besorgt wegen der politischen Entwicklung in Frankreich. Nach der Ermordung Heinrichs III. hatte Heinrich von Navarre den Thron bestiegen, konnte sich allerdings nur unter Schwierigkeiten behaupten. Da Heinrich Hugenotte war und das katholische Spanien trotz der Zerschlagung der Armada nach wie vor als eine Bedrohung angesehen wurde, faßte man den Entschluß, Heinrich zu Hilfe zu kommen.

Essex wollte nach Frankreich.

Die Königin verweigerte die Erlaubnis, und ich war froh darüber; dennoch hatte ich Angst, wußte ich doch, was er einstmals getan hatte. Ich hielt ihn für fähig, dasselbe noch einmal zu tun. Er war allmählich zu der festen Überzeugung gelangt, daß ihm die Königin verzeihen würde, was immer er auch tun mochte.

Er schmollte und bettelte und wollte von nichts anderem reden als von seinem Wunsch, nach Frankreich zu gehen. Und schließlich gab sie tatsächlich ihre Erlaubnis. Er nahm meinen Sohn Walter mit. Zu meinem großen Leidwesen sah ich Walter nie mehr wieder; er fiel in der Schlacht bei Rouen.

Ich habe nicht viel über Walter geschrieben. Er war der jüngere, stillere. Meine anderen Kinder verstanden es alle, sich selbst zu behaupten. Walter war nicht so. Die anderen, denke ich, glichen mir, Walter dagegen ähnelte seinem Vater. Doch wir alle liebten diesen sanften, herzensguten Knaben. Man übersah ihn zwar leicht, wenn er bei uns war, doch wie sehr fehlte er uns, als er von uns gegangen war! Ich wußte, Essex würde es das Herz brechen, zumal er ihn überredet hatte, mit ihm nach Frankreich zu gehen. Essex hatte in den Krieg ziehen wollen, und Walter hatte stets seinem älteren Bruder nachgeeifert. Essex würde nun immer daran denken müssen, daß Walter nicht den Tod gefunden hätte, wenn er, Essex, zu Hause geblieben wäre, wie ich und die Königin es gewünscht hatten. Da ich Essex gut kannte, konnte ich mir vorstellen, daß seine Trauer so groß war wie die meine.

Ich bekam Nachrichten von ihm. In der Schlacht hatte er sich wacker gehalten. Bei seiner wagemutigen, furchtlosen Natur war das zu erwarten gewesen. Er sorgte für seine Soldaten und überhäufte sie mit Ehren, obwohl ihm, worauf Burleigh die Königin eigens hinwies, dieses Recht nicht zustand. Wir bangten sehr um ihn, denn die Männer, welche in die Heimat zurückkehrten, sprachen von seiner unglaublichen Tollkühnheit. Er war blind für jegliche Gefahr; selbst wenn er nur

auf die Jagd gehen wollte, zögerte er nicht, sich in Feindesland hinein-
zuwagen.

Walters Tod und meine Angst um Essex brachten mich an den Rand
eines Zusammenbruchs. Ich erwog sogar, die Königin zu bitten, mich
zu empfangen. Dann wollte ich sie anflehen, ihn heimkommen zu
lassen. Vielleicht gelang es mir, sie zu sehen, wenn ihr jemand den
Grund meines Besuchs auseinandersetzte.

Ich brauchte mich jedoch nicht zu demütigen. Die Königin, ebenso
besorgt um ihn wie ich, rief ihn zurück.

Er machte allerlei Ausflüchte und ich glaubte schon, er wolle ihr die
Stirn bieten. Doch schließlich gehorchte er. Ich bekam ihn allerdings
kaum zu sehen, denn die Königin wollte ihn den ganzen Tag und tief in
die Nacht hinein an ihrer Seite haben. Zu meiner Überraschung gestattete sie ihm, auf den Kriegsschauplatz zurückzukehren. Vermutlich
hatte sie seinem Drängen nicht widerstehen können.

So zog er denn wieder hinaus, und ich wurde in neue Ängste gestürzt.
Schließlich aber kehrte er unversehrt zurück.

Vier Jahre lang blieb er in England.

Der Weg zum Schafott

O Gott, verleihe mir wahre Demut und Geduld, damit ich bis zum Ende ausharre. Und euch alle bitte ich, betet mit mir und für mich, auf daß es, wenn ihr mich sehet, Arme und Nacken auf dem Block, bereit, den Streich zu empfangen, dem Ewigen Gott gefalle, Seine Engel herabzusenden, auf daß sie meine Seele vor Seinen Gnadenthron tragen.

Essex bei seiner Hinrichtung

König zu sein und eine Krone zu tragen, erscheint Außenstehenden wohl ruhmvoll, ist aber für die Betroffenen wenig vergnüglich.

Elisabeth

Es waren unheilschwangere Jahre. Essex stieg hoch in der Gunst der Königin; doch nie sah ich einen Mann, der so gefährlich mit dem Feuer spielte. Er war eben *mein* Sohn. Und ich hielt ihm unablässig Leicester vor.

Einmal sagte er: »Mich wundert, daß Christopher Blount sich nicht beschwert. Ihr redet ständig über Leicester, als sei er das Vorbild aller Männer.«

»Für dich sollte er es sein«, gab ich zurück. »Bedenke, daß er sich sein Leben lang die Achtung der Königin bewahrt hat.«

Essex wurde unwillig. Er wolle sich nicht beugen und erniedrigen, erklärte er. Wie jedermann sonst, müsse auch die Königin ihn so nehmen, wie er sei.

Es schien, als halte sie sich tatsächlich daran. Doch ach, überall lauerten Gefahren. Ich wußte, daß Burleigh inzwischen gegen ihn war, entschlossen, seinem Sohn den Weg freizumachen. Daher war ich froh, daß Essex sich mit den Brüdern Bacon angefreundet hatte, Anthony und Frances. Sie waren ein gescheites Paar und ein guter Umgang für ihn, obgleich auch sie Grund zum Verdruß zu haben glaubten, bildeten sie sich doch ein, daß ihnen durch Burleighs Einfluß höhere Ämter versagt geblieben waren.

Essex hatte noch zwei Söhne bekommen, Walter, nach seinem Oheim genannt, den wir so schmerzlich vermißten, und Henry. Essex war leider alles andere als ein treuer Ehemann. Er war voller Lebenskraft und Sinnlichkeit und konnte ohne Frauen nicht leben, und da er sich niemals die Erfüllung eines Wunsches versagt hatte – weshalb sollte er es gerade hier tun? Eine Frau genügte ihm nicht, seine Vorlieben wechselten rasch, und in seiner Stellung mangelte es nie an jungen Frauen, die bereit waren, sich ihm zu ergeben.

Es war bezeichnend für ihn, daß er, anstatt umsichtig eine Mätresse zu erwählen, die er insgeheim besuchen konnte, sich ausgerechnet in die Hofdamen der Königin verlieben mußte. Mir waren wenigstens vier von ihnen bekannt. Elisabeth Southwell gebar ihm einen Sohn, der Walter Devereux genannt wurde, und das verursachte einen großen Skandal; außerdem waren da Lady Mary Howard und zwei Mädchen namens Russell und Brydges. Sie alle wurden öffentlich von der Königin gedemütigt.

Mir bereitete diese Unbesonnenheit große Sorgen, denn Elisabeth war mit ihren Hofdamen besonders streng. Sie wurden aus von ihr selbst bestimmten Familien sorgfältig ausgewählt – gewöhnlich hatte ihr jemand aus der Familie einen Dienst erwiesen; die Aufnahme des Mädchens in den Hofdienst wurde als Belohnung angesehen. Mary Sidney war hierfür ein gutes Beispiel gewesen. Man hatte sie an den Hof geholt, als ihre Schwester Ambrosia gestorben war, weil die Königin Mitleid mit der Familie hatte. Und kurze Zeit später war Mary dank der Bemühungen der Königin mit dem Grafen von Pembroke vermählt worden. Sie hatte eine glänzende Partie gemacht. Die Eltern der Mädchen waren stets hocherfreut über diese Ehre, wußten sie doch, daß sich die Königin aufs beste um ihre Töchter kümmern würde. Heiratete eines dieser Mädchen ohne ihre Einwilligung, wurde sie zornig; argwöhnte sie gar das, was sie als liederliches Benehmen bezeichnete, wurde sie noch zorniger, und wurde solch eine schändliche Beziehung mit einem ihrer Günstlinge unterhalten, geriet sie in rasende Wut. Doch obschon Essex dies bekannt war, tändelte er herum und gefährdete damit nicht nur seine Stellung bei Hofe, sondern machte auch seiner Gattin und seiner Mutter großen Kummer.

Ich fragte mich oft, wie lange er unbeschadet all diese Fährnisse überstehen könne, die zu vermeiden er sich ja keinerlei Mühe gab. Gewiß, die Königin war alt und klammerte sich mehr und mehr an die Jugend; und wenn Essex es darauf anlegte, war er unwiderstehlich.

Penelope hatte ihren Ehemann verlassen und lebte jetzt ganz offen mit ihrem Liebhaber Charles Blount zusammen, welcher nach dem Tode seines älteren Bruders den Titel Lord Mountjoy trug.

Die Königin war Penelope nie sonderlich gewogen gewesen; ihr mangelte es gleich ihrem Bruder an Feingefühl. Und natürlich sah die Königin schönen Frauen längst nicht so viel nach wie ansehnlichen Männern. Außerdem hatte Penelope darunter zu leiden, daß sie meine Tochter war. Als die Königin erfuhr, daß sie ihren Gatten verlassen hatte und mit Mountjoy zusammenlebte, war sie zwar bereit, hinzunehmen, daß Mountjoy die Gesetze der Schicklichkeit verletzt hatte, da er immerhin ein gutaussehender junger Mann war, doch gestand sie dasselbe Penelope keineswegs zu. Mountjoy zuliebe verbot sie ihr allerdings nicht, weiter bei Hofe zu verkehren.

Penelope und Essex waren wie gute Freunde. Sie, von etwas herrischer Natur, versuchte beständig, ihm Ratschläge zu erteilen. Sie war sehr selbstbewußt. Wie einstmals ich, galt auch sie als eine der schönsten Frauen bei Hofe; und Philip Sidneys Gedichte, die ihren Zauber priesen, hatten die hohe Meinung, die sie selbst von sich hatte, noch verstärkt. Mountjoy betete sie an, und da auch Essex große Stücke auf sie hielt, konnte sie als Frau wohl zufrieden sein, zumal sie sich auch von einem ihr widerwärtigen Gatten befreit hatte, indem sie ihn einfach verließ.

Eines Tages geschah es, daß Penelope sich bei den Warwicks in North Hall aufhielt. Da brachten Boten die Nachricht, die Königin sei nicht weit entfernt. Essex wußte, daß es Elisabeth mißfallen würde, seine Schwester vorzufinden, und daß sie Penelope demütigen könnte, indem sie sich weigerte, sie zu sehen. Also ritt er der Königin entgegen. Elisabeth war erfreut, doch bald merkte sie, er war nur gekommen, um ihr mitzuteilen, daß seine Schwester sich auf North Hall befand. Er bat Elisabeth, sie möge sie gnädig empfangen.

Elisabeth äußerte sich kaum dazu, und Essex, selbstsicher wie immer, glaubte, daß sie ihm natürlich gewähren würde, worum er sie ersucht hatte. Zu seiner großen Bestürzung gab sie jedoch Befehl, daß Penelope in ihrem Zimmer zu bleiben habe, solange die Königin auf North Hall weilte.

Der leicht erregbare Essex litt es nicht, wenn man seine Pläne durchkreuzte. Er hing an seiner Familie und versuchte die Königin unaufhörlich zu überreden, mich zu empfangen. Daß sie seine Schwester so schlecht behandelte, war für ihn unerträglich.

Nachdem sie gespeist hatte, fragte er die Königin, ob sie Penelope empfangen wolle. Er sei der Meinung, sie habe es ihm versprochen, sagte er, und es kränke und verwirre ihn, wenn sie ihr Wort breche. So konnte man mit der Königin nicht umgehen. Sie erwiderte scharf, sie habe nicht die Absicht, von den Leuten zu hören, sie habe seine Schwester nur empfangen, um ihm gefällig zu sein.

»Nein«, rief er hitzig, »Ihr wollt sie nicht empfangen, um Raleigh, diesem Spitzbuben, zu gefallen.« Dann sagte er noch, Raleigh zuliebe tue sie eine ganze Menge. Um sich diesen flegelhaften Abenteurer geneigt zu machen, müßten er, Essex, und seine Schwester in Ungnade fallen.

Die Königin gebot ihm, still zu sein, doch er wollte nicht schweigen. Er ließ einen spöttischen Wortschwall gegen Raleigh los. Dieser Bursche flöße ihr Furcht ein, behauptete er. Es könne ihm wenig Vergnügen bereiten, einer Herrin zu dienen, welche sich vor einem gemeinen Kerl wie Raleigh fürchte.

Das alles war um so törichter, als sich Raleigh bei der Gesellschaft befand, und selbst wenn er nicht mitangehört hätte, was über ihn gesagt wurde, so hätten es ihm andere eiligst hinterbracht. So machte sich denn Essex Raleigh endgültig zum Feind.

Die Königin wurde seiner Ausbrüche überdrüssig. Sie schrie ihn an: »Erdreistet Euch nicht, so zu mir zu sprechen! Wie könnt Ihr es wagen, andere zu kritisieren! Was Eure Schwester betrifft, so ist sie genau so wie Eure Mutter, und das ist eine Frau, die ich nicht an meinem Hofe dulde. Ihr habt ihre Fehler geerbt, und das genügt mir, um Euch fortzuschicken.«

»Dann tut es doch«, rief er. »Ich mag ohnehin nicht hierbleiben und mir anhören, wie meine Familie verleumdet wird. Solch einer Herrin will ich nicht mehr dienen. Ich werde meine Schwester unverzüglich von hier wegbringen, und da Ihr fürchtet, diesem Spitzbuben Raleigh zu mißfallen und er wünscht, daß ich gehe, werde auch ich mich entfernen.«

»Ich habe genug von Euch, Ihr törichter Knabe«, sagte die Königin kühl und wandte sich ab.

Essex verbeugte sich, zog sich zurück und begab sich geradewegs in Penelopes Zimmer. »Wir brechen sogleich auf«, eröffnete er ihr. »Mach dich bereit.«

Penelope war verwirrt. Es sei nötig, sagte er, da er eine Auseinandersetzung mit der Königin gehabt habe und sie sich in Gefahr befänden.

Er schickte sie mit einer Eskorte nach Hause und erklärte, er gehe nach Holland. Dann komme er rechtzeitig, um an der Schlacht von Sluys teilzunehmen, und es sei durchaus möglich, daß er falle. Sei's drum! Der Tod sei den Diensten für eine solch ungerechte Gebieterin allemal vorzuziehen, und er bezweifle nicht, daß sie froh sei, seiner ledig zu sein.

Dann brach er nach Sandwich auf.

Als die Königin am nächsten Tag nach ihm fragte, erfuhr sie, daß er auf dem Wege nach Holland war. Sie sandte einen Trupp hinter ihm her, um ihn zurückzuholen.

Er war gerade im Begriff, in Sandwich an Bord eines Schiffes zu gehen. Zunächst weigerte er sich, umzukehren; als man ihm aber eröffnete, daß man ihn andernfalls mit Gewalt zurückschaffen werde, mußte er sich fügen.

Als er daheim eintraf, begrüßte ihn die Königin voll Freude. Sie schalt ihn, sagte ihm, er habe sich töricht benommen, und ohne ihre Erlaubnis dürfe er sich nicht vom Hofe entfernen.

Innerhalb weniger Tage hatte er ihre Gunst zurückerobert.

Was hatte er doch für Glück, mein widerspenstiger Sohn. Hätte er nur seinen Vorteil daraus gezogen. Leider hatte ich oft den Eindruck, er zeige nur Verachtung für die Wohltaten, die man ihm erwies. Wenn je ein Mann das Schicksal herausforderte, dann war es Essex.

Ein besonders sehnlicher Wunsch von ihm war es gewesen, zu erreichen, daß ich wieder bei Hofe empfangen würde, da er wußte, wie sehr es mich danach verlangte. Da Leicester nicht imstande gewesen war, dies zuwegezubringen, glaube ich, daß Essex es auch deswegen wünschte, um etwas zu erreichen, was seinem Stiefvater nicht gelungen war.

Es hatte mir stets großen Kummer bereitet, daß ich nicht mehr zum Kreise der Königin gehörte. Leicester war seit zehn Jahren tot. Sie müsse meinen Anblick jetzt doch wohl ertragen können. Ich war eine Verwandte, ich wurde alt, sicher würde sie es fertigbringen, zu vergessen, daß ich ihren süßen Robin geheiratet hatte.

Mir hatte sie ihren neuen Günstling zu verdanken. Und es mußte ihr auch bewußt sein, daß es mir völlig gleichgültig hätte sein können, ob es einen Essex gab, der Freude und Unruhe in ihr Leben brachte. Doch sie war eine nachtragende Frau. Mein Sohn kannte meine Gefühle genau, und er hatte mir versprochen, daß er uns eines Tages zusammenbringen werde. Er betrachtete es als Mißachtung seiner selbst, daß er sie nicht zu einer Versöhnung überreden konnte, und das bedeutete für ihn eine Herausforderung, seinen Willen durchzusetzen.

Er betätigte sich inzwischen als ihr Sekretär, und sie ließ ihn nur ungern aus den Augen. Die Leute merkten, daß sie des Wohlwollens der Königin am ehesten sicher sein konnten, wenn sie sich ihr durch diesen jungen Mann vorstellen ließen, in den sie vernarrt war.

Eines Tages kam er in höchster Erregung nach Leicester House.

»Macht Euch bereit, Mylady«, rief er aus. »Ihr geht an den Hof.«

Ich konnte es nicht fassen. »Will sie mich wirklich sehen?« fragte ich.

»Sie hat mir gesagt, daß sie sich von ihren Gemächern ins Audienzzimmer begeben wird, und falls Ihr Euch in dem Gang dazwischen aufhaltet, will sie Euch im Vorbeigehen begrüßen.«

Es würde eine sehr förmliche Zusammenkunft werden, doch es war ein Anfang. Ich war außer mir. Die lange Zeit der Verbannung war zu Ende. Essex wünschte dieses Treffen, und sie konnte ihm nichts abschlagen. Sie und ich würden wieder auf gesittete Weise miteinander verkehren. Ich entsann mich, wie ich sie in den alten Zeiten mit einer spitzen Bemerkung, einem Scherz über Leute in unserer Nähe zum Lachen hatte bringen können. Jetzt waren wir beide alt; wir könnten miteinander reden, Erinnerungen austauschen, die Vergangenheit vergangen sein lassen.

Ich dachte viel über sie nach. Ich hatte sie in all den Jahren hin und wieder gesehen, aber nie aus der Nähe. Wenn sie auf ihrem Zelter ritt oder in ihrer Kutsche fuhr, so war sie die erhabene, große Königin, aber immer war sie auch die Frau, die mich besiegt hatte. Ich wollte ihr nahe sein; erst dann würde ich mich wieder wahrhaft lebendig fühlen. Leicester fehlte mir. Wohl war meine Liebe zu ihm zuletzt nicht mehr so groß gewesen, aber ohne ihn hatte das Leben an Reiz verloren. Elisabeth würde mir ein wenig davon zurückgeben können. Wir könnten uns gegenseitig über seinen Verlust trösten. Ich hatte zwar meinen jungen Christopher – einen lieben, gütigen, hingebungsvollen Mann, der es immer noch als Glück pries, daß er mich geheiratet hatte. Doch ich ertappte mich ständig dabei, wie ich ihn mit Leicester verglich – und welcher Mann konnte schon einem Vergleich mit ihm standhalten! Es war nicht Christophers Schuld, daß ich ihn langweilig fand. Ich war eben von dem mächtigsten, aufregendsten Mann unserer Zeit geliebt worden. Und da die Königin ihn ebenfalls geliebt hatte, konnte ich nun, da ich ihn verloren hatte, jene Lebensfreude nur wiedergewinnen, wenn sie mich von neuem in ihren Kreis aufnahm. Sie konnte mit mir lachen oder mit mir streiten, es war gleichgültig – wenn sie nur wieder zu meinem Dasein gehörte.

Bei der Aussicht, wieder bei Hofe zugelassen zu werden, wollte die Erregung mich übermannen. Elisabeth hatte so viel in meinem Leben bedeutet. Sie war ein Teil von mir. Ich konnte sie nicht einfach aus meinem Gedächtnis löschen, sowenig wie sie das umgekehrt gekonnt hätte. Ohne Leicester war sie einsam und verloren, und mir erging es ebenso. Wenn ich mich zuletzt auch der Selbsttäuschung hingegeben hatte, daß meine Liebe zu ihm erloschen sei, so war das jetzt gleichgültig.

Wir mußten miteinander reden – zwei Frauen, die jetzt zu alt waren, um noch Eifersucht zu empfinden. Ich wollte mich mit ihr zusammen früher Zeiten erinnern, da sie Robert geliebt und an eine Ehe mit ihm gedacht hatte. Ich wollte aus ihrem Munde hören, wieviel sie über den Tod von Roberts erster Frau wußte. Wir würden uns ganz nahe sein. Unser beider Leben war mit dem von Robert Dudley verknüpft. Nun war es an der Zeit, daß wir unser geheimes Wissen austauschten.

Ich war lange nicht mehr so aufgeregt gewesen.

An dem vereinbarten Tag kleidete ich mich mit besonderer Sorgfalt an – nicht auffällig, sondern schlicht. Ich wollte bescheiden auftreten. Demütig mußte ich sein und dankbar, und meine große Freude durfte ich nur zurückhaltend äußern.

Ich begab mich in den Gang und wartete dort mit ein paar anderen. Einige waren überrascht, mich zu sehen, und ich bemerkte, daß sie insgeheim Blicke tauschten.

Die Minuten vergingen. Elisabeth erschien nicht. Es wurde geflüstert ringsum, und mancher Blick traf mich. Eine Stunde war vergangen, und sie war noch nicht gekommen.

Endlich tauchte einer ihrer Pagen auf. »Ihre Majestät wird heute nicht den Weg durch diesen Gang nehmen«, verkündete er.

Mir war vor Enttäuschung ganz elend. Ich war sicher, sie war nicht gekommen, weil sie wußte, daß ich dort wartete.

Später kam Essex nach Leicester House.

Er war bekümmert. »Ich weiß, Ihr habt sie nicht gesehen«, sagte er. »Ich habe ihr erzählt, daß Ihr gewartet habt und enttäuscht fortgegangen seid, aber sie meinte, sie habe sich nicht wohl gefühlt und ihre Gemächer nicht verlassen können, und sie hat mir versprochen, das Treffen ein anderes Mal nachzuholen.«

Nun ja, vielleicht stimmte es.

Eine Woche später berichtete mir Essex, er habe die Königin so bedrängt, daß sie zugesagt habe, sie wolle mich auf dem Weg vom Palast zu ihrer Kutsche sehen. Sie gedenke auswärts zu speisen. Wenn ich noch einmal wartete, dann könne endlich ein Anfang gemacht werden. Sie wolle im Vorübergehen das Wort an mich richten. Mehr verlangte ich nicht; ich hatte dann Gelegenheit, sie zu bitten, mir wieder Zutritt bei Hofe zu gewähren. Doch ehe sie nicht ein freundliches Wort an mich gerichtet hatte, war ich ohnmächtig.

Essex litt wieder einmal an einem seiner regelmäßig wiederkehrenden Fieberanfälle und hütete in seinen Räumen im Palast das Bett. Er hätte sonst die Königin begleitet, und dann wäre alles leichter für mich gewesen.

Zum Glück war ich in höfischen Dingen nicht unerfahren. Ich kleidete mich abermals auf, wie mir schien, angemessene Weise. Ich nahm einen Diamanten im Werte von etwa dreihundert Pfund mit, welcher mir nach dem Verkauf meines Eigentums zur Begleichung von Leicesters Schulden verblieben war, und begab mich zum Palast.

Wieder einmal wartete ich im Vorzimmer, wo sich auch andere, die ein Wort an die Königin zu richten suchten, versammelt hatten. Nach einer Weile kam mir der Verdacht, daß alles genauso verlaufen würde wie beim ersten Mal. Ich sollte recht behalten. Kurze Zeit später verschwand die Kutsche, und ich erfuhr, daß die Königin beschlossen hatte, an diesem Abend nicht auswärts zu speisen.

Kochend vor Wut kehrte ich nach Leicester House zurück. Sie wollte mir gar nicht begegnen, das hatte ich nun begriffen. Genauso wie mich hatte sie ihre Freier behandelt: Man sollte die Hoffnung nicht verlieren, immer wieder einen Versuch unternehmen und jedesmal auf einen Fehlschlag gefaßt sein.

Ich erfuhr von meinem Sohn, nachdem er von ihrem Entschluß, nicht auswärts zu speisen, gehört hatte, sei er vom Krankenlager aufgestanden und zu ihr gegangen, um sie anzuflehen, sie möge mich nicht abermals enttäuschen. Doch sie war unerbittlich. Sie hatte sich entschieden, nicht auswärts zu essen, und dabei blieb es. Essex kehrte trotzig in seine Gemächer zurück, ließ aber noch die Bemerkung fallen, es sei wohl besser, wenn er sich vom Hof zurückziehe, da man nicht einmal seine bescheidensten Wünsche der Beachtung wert halte.

Dies mußte ihr nun doch einigen Eindruck gemacht haben, denn kurz darauf kam er mit einer Botschaft der Königin zu mir. Sie wolle mich privat empfangen.

Welch ein Triumph! Nun konnte ich mich vielleicht, an ihrer Seite sitzend, mit ihr unterhalten, von der Vergangenheit sprechen, um ihre Freundschaft werben. Das war etwas ganz anderes als ein Wort im Vorübergehen!

Ich trug ein Oberkleid aus blauer Seide und ein besticktes Untergewand in einem helleren Blau, eine erlesene Spitzenkrause und einen hellgrauen Samthut mit einer gekräuselten blauen Feder. Ich hatte mich vorteilhaft gekleidet (denn sie sollte nicht mit Befriedigung feststellen können, daß ich nicht mehr so gut aussah wie früher), aber zugleich zurückhaltend.

Als ich den Palast betrat, fragte ich mich, ob sie wohl wieder einen Vorwand finden würde, um mich fortzuschicken. Aber nein, diesmal bekam ich sie von Angesicht zu Angesicht zu sehen.

Es war ein bewegender Augenblick, als ich vor ihr stand. Ich sank auf die Knie, und so blieb ich, bis ich ihre Hand auf meiner Schulter spürte und ihre Aufforderung vernahm, ich möge mich erheben.

Ich stand auf und wir maßen uns gegenseitig mit den Blicken. Ich wußte, sie prägte sich jede Einzelheit meiner Erscheinung und meiner Kleidung ein. Es erfüllte mich mit einiger Genugtuung, als ich bemerkte, wie sehr sie gealtert war. Das konnten auch ihre sorgfältige Toilette, das zart aufgetragene Rouge und die rote Perücke nicht ganz verbergen. Sie war über sechzig, doch ihre schlanke Gestalt und ihre aufrechte Haltung wirkten sich vorteilhaft aus. Ihr Hals verriet ihr Alter, doch ihre Brust war noch weiß und fest. Sie trug ihr geliebtes Weiß. Das Gewand war scharlachrot gefüttert und mit Perlen bestickt. Ich hätte gern gewußt, ob sie auf ihr Aussehen ebensoviel Mühe verwandt hatte wie ich. Als sie die Hand hob, fiel der lose Ärmel zurück und ließ das scharlachrote Futter sehen. Sie hatte es stets verstanden, ihre Hände zur Geltung zu bringen. Makellos weiß und noch immer von vollendetem Ebenmaß, wiesen sie kaum Anzeichen des Alterns auf; sie wirkten sehr zart durch die zahlreichen funkelnden Ringe, mit denen sie überladen waren.

Elisabeth legte mir die Hände auf die Schultern und küßte mich. Ich spürte, wie mir das Blut in die Wangen schoß, und ich war froh darüber; denn sie mußte es für Rührung halten. Es war jedoch der reine Triumph. Ich war wieder bei Hofe.

»Es ist lange her, Cousine«, sagte sie.

»Majestät, mir schien es wie eine Ewigkeit.«

»Vor mehr als zehn Jahren hat er mich verlassen.« In ihrem Gesicht zuckte es, und ich dachte, sie beginne zu weinen. »Mir ist, als sei er noch bei mir. Ich werde mich nie daran gewöhnen, daß er nicht mehr hier ist.«

Natürlich sprach sie von Leicester. Ich hätte ihr gerne gesagt, daß ich wie sie empfand. Doch das wäre recht unglaubhaft gewesen, da ich seit zehn Jahren mit Christopher vermählt war.

»Wie ist er gestorben?« fragte sie. Sie wollte offenbar noch einmal hören, was sie doch längst wissen mußte.

»Im Schlaf. Es war ein friedlicher Tod.«

»Das freut mich. Ich lese oft seine Briefe. Ich sehe ihn ganz deutlich vor mir ... er war damals noch fast ein Knabe.« Traurig schüttelte sie den Kopf. »Er war unvergleichlich. Es hat Gerüchte um seinen Tod gegeben.«

»Um ihn hat es stets Gerüchte gegeben.«

»Er stand mir näher als irgend jemand sonst. Mein Augapfel ... ja, mein Augapfel.«

»Ich bin überzeugt, mein Sohn ist Euch ein Trost, Madam.«

»Ach, der wilde Robin.« Sie ließ ein zärtliches Lachen hören. »Ein bezaubernder Knabe. Ich habe ihn sehr gern.«

»Dann bin ich glücklich darüber, daß ich ihn geboren habe, damit er Euch zu Diensten sein kann.«

Sie bedachte mich mit einem scharfen Blick. »Mir will scheinen, das Schicksal hat uns einen Streich gespielt, Lettice«, sagte sie. »Diese beiden ... Leicester und Essex ... wie nahe stehen sie uns beiden. Ist dir dein Blount ein guter Ehemann?«

»Ich danke Gott für ihn, Madam.«

»Du hast sehr bald nach Leicesters Tod geheiratet.«

»Ich war einsam.«

Sie nickte. »Deine Tochter sollte sich in acht nehmen.«

»Eure Majestät meinen Lady Rich?«

»Lady Rich ... oder Lady Mountjoy ... Ich weiß nicht, mit welchem Namen Wir sie nennen sollen.«

»Sie heißt Lady Rich, Majestät.«

»Sie ist wie ihr Bruder. Sie haben eine zu hohe Meinung von sich.«

»Das Leben hat sie sehr verwöhnt.«

»Ja. Erst wird Sidney des Mädchens wegen schwermütig, und jetzt verläßt Mountjoy ihretwegen den Pfad der Tugend.«

»Natürlich hat das ihr Selbstbewußtsein gehoben – das Wohlwollen Eurer Majestät gegenüber Essex hat ja dasselbe bewirkt.«

Sie lachte. Dann sprach sie von den alten Zeiten, von dem teuren Philip Sidney, der ein Held gewesen war, und von den Tragödien der letzten Jahre. Ihr erschien es besonders grausam, daß sie nach der Zerschlagung der Armada, als ihr eine große Last von den Schultern genommen war – wenn ihr auch seitdem eine neue aufgebürdet worden war, durch denselben Feind – den einzigen Menschen hatte verlieren müssen, mit dem sie ihren Triumph hätte teilen können.

Dann erzählte sie von ihm, wie sie zusammen im Tower gefangen gewesen waren, wie er zu ihr gekommen war nach dem Tod ihrer Schwester ... »Der erste, der zu mir eilte, mir sein Vermögen anbot ...«

Und seine Hand, dachte ich. Der süße Robin, Augapfel der Königin! Wie groß waren in jenen Tagen seine Hoffnungen gewesen. Sie riß mich mit, ließ vor meinen Augen den wohlgestalteten Jüngling wiedererstehen – unvergleichlich nannte sie ihn. Ich glaube, sie hatte den gichtgeplagten, aufgeschwemmten Mann, der er am Ende gewesen war, völlig vergessen.

Und sie schien auch mich zu vergessen, als sie weiter schwatzte und in der Vergangenheit mit Leicester schwelgte.

Dann blickte sie mich plötzlich eisig an. »Nun, Lettice«, sagte sie, »so sind wir uns denn endlich begegnet. Essex hat gesiegt.«

Sie reichte mir die Hand zum Kuß, und damit war ich entlassen.

Von Triumph erfüllt, verließ ich den Palast.

Eine Woche verging. Aber die Königin ließ mich nicht wieder rufen. Ich konnte es kaum erwarten, meinen Sohn zu sehen. Ich schilderte ihm, was geschehen war, daß die Königin mit mir geplaudert und sich höchst freundlich, ja geradezu verwandtschaftlich gegeben hatte. Doch weshalb erfolgte keine weitere Einladung an den Hof?

Essex trug ihr die Angelegenheit vor, berichtete ihr, wie glücklich ich darüber gewesen war, von ihr in Privataudienz empfangen worden zu sein. Was ich mir nun sehnlichst wünschte, war die Erlaubnis, ihr vor aller Augen die Hand zu küssen.

Er blickte mich traurig an.

»Sie ist ein ganz verstocktes altes Weib«, schimpfte er; ich hatte Angst, die Dienerschaft könnte ihn hören. »Sie sagt, sie habe mir versprochen, Euch zu treffen, und das habe sie nun getan. Und damit, meint sie, sei die Angelegenheit erledigt.«

»Du willst doch nicht sagen, daß sie mich nie wieder empfangen wird!« rief ich entsetzt.

»Sie sagt, es bleibe alles beim alten. Sie wünsche Euch nicht bei Hofe zu empfangen. Sie habe Euch nichts zu sagen. Ihr hättet Euch nicht als ihre Freundin erwiesen, und sie verspüre nicht den Wunsch, Euch zu sehen.«

So befand ich mich also wieder in derselben Lage wie zuvor. Die kurze Begegnung hatte nichts bedeutet. Es war, als habe sie gar nicht stattgefunden. Ich malte mir aus, wie Elisabeth mit ihren Damen über meinen Besuch lachte und vielleicht Bemerkungen darüber machte.

»Die Wölfin dachte, sie könnte zurückkehren, wie? Ha! Jetzt wird sie wohl zur Besinnung kommen ...«

Und sie würde in den Spiegel schauen und sich nicht sehen, wie sie jetzt war, sondern als junge Frau, die erst vor kurzem den Thron bestiegen hat, im strahlenden Glanz ihrer Jugend, neben sich ihren süßen Robin, mit dem niemand sich messen konnte.

Um ihren Kummer zu lindern und Balsam auf die Wunden zu träufeln, welche er ihr zugefügt, indem er mir den Vorzug gegeben hatte, würde sie abermals über meine Bestürzung lachen, über meine zerschlagenen Hoffnungen, die neuerliche Demütigung, die sie mir angetan.

In meinen Erinnerungen nähere ich mich nun der tragischsten Zeit meines Lebens. Rückblickend glaube ich, daß jene schreckliche Szene zwischen Essex und der Königin der Beginn seines Unglücks war. Sie hat sie ihm mit Sicherheit nie vergeben, sowenig sie mir verzieh, daß ich Leicester geheiratet habe. Man hätte sagen können, sie erwies ihren Feinden dieselbe Treue wie ihren Freunden. Wie sie einen Freundschaftsbeweis nie vergaß und stets aufs neue belohnte, so strich sie auch illoyales Verhalten niemals aus ihrem Gedächtnis.

Ich weiß, daß Essex sie aufs äußerste gereizt hatte. Sein guter Freund, der Graf von Southampton, war damals in Ungnade gefallen. Elisabeth Vernon, eine der Hofdamen und eine Nichte meines ersten Gatten Walter Devereux, war Southamptons Geliebte geworden, und Essex hatte dafür gesorgt, daß sie sich heimlich trauen lassen konnten. Als die Königin davon erfuhr, erklärte Essex kühn, er sehe nicht ein, warum die Menschen nicht nach eigenem Gutdünken heiraten dürften. Sie könnten ja trotzdem der Königin dienen. Das erregte ihren Unwillen.

Elisabeth bemühte sich damals um einen Friedensvertrag mit Spanien. Sie haßte den Krieg nach wie vor und sagte oft, zu kriegerischen Auseinandersetzungen dürfe es nur in Augenblicken äußerster Gefahr kommen (wie damals, als ein Angriff der Armada drohte); in jedem anderen Falle müsse alles getan werden, um ihn zu vermeiden.

Essex war anderer Ansicht und wollte die Friedensverhandlungen abbrechen. Sehr zum Verdruß Lord Burleighs und Robert Cecils setzte er sich schließlich durch.

Mit der ihm eigenen wütenden Entschlossenheit machte sich Essex daran, mit seinen Feinden abzurechnen. Mein Bruder William, welcher nach dem Tode meines Vaters den Titel geerbt hatte, versuchte sein Ungestüm zu dämpfen. Christopher verehrte Essex blindlings, und so froh ich anfangs über dieses Einverständnis zwischen ihnen gewesen war, nun wünschte ich, Christopher besäße etwas mehr Urteilsvermögen. Mountjoy warnte Essex, ebenso Francis Bacon, der nicht vergaß, daß Essex sich ihm gegenüber stets als guter Freund erwiesen hatte; aber in seinem Eigensinn wollte Essex auf niemanden hören.

Die Königin mißbilligte sein Vorgehen aufs schärfste und ließ ihn dies auch spüren. An einem heißen Julitag erreichten die Spannungen ihren Höhepunkt. Ich glaube, der erste unwiderrufliche Schritt ins Verderben wurde damals getan. Essex ließ sich dazu hinreißen, ihre Würde zu beleidigen, und es kam beinahe zu einem tätlichen Angriff auf ihre Person. So etwas vergaß und vergab die Königin niemals.

Irland war, wie immer, ein wichtiges Streitobjekt. Die Königin erwog, einen Stellvertreter dorthin zu entsenden.

Sie vertraue Sir William Knollys, sagte sie. Er sei ein Verwandter, auf dessen Loyalität sie sich verlassen könne. Sein Vater habe ihr zeit

seines Leben... eu gedient, und daher sei Sir William der Mann, den sie
für diese... abe vorschlage.
Essex... : »Das wird nicht gutgehen. George Carew ist der richtige
Man... Carew hatte an den Feldzügen nach Cadiz und zu den
A... nommen. Er war in Irland gewesen und kannte sich mit
...nissen dort aus. Überdies war er ein guter Freund der Ce-
...enn er vom Hofe entfernt werden konnte, um so besser für

... e William Knollys vorgeschlagen«, beharrte die Königin.
... habt nicht recht, Madam«, widersprach Essex. »Mein Oheim ist
völlig ungeeignet. Carew ist unser Mann.«

So hatte noch niemand zu der Königin gesprochen. Noch nie hatte
jemand ihr gesagt, sie habe nicht recht. Wenn ihre Minister sich nachdrücklich für etwas einsetzten, dann überzeugten sie die Königin mit
sanfter Überredung. Burleigh, Cecil und die anderen verstanden sich
auf diese Kunst. Aber einfach trotzig zu sagen: »Madam, Ihr habt nicht
recht«, das konnte nicht geduldet werden, nicht einmal von Essex.
Als die Königin ihn mit einer Geste, welche besagte, daß der Vorschlag
dieses unverschämten jungen Mannes nicht von Bedeutung sei, abwies,
wurde Essex von plötzlicher Wut ergriffen. Sie hatte ihn öffentlich
beleidigt. Sie ließ ihn merken, daß das, was er sagte, unwichtig war.
Einen Augenblick lang gewann das Gefühl bei ihm die Oberhand über
den Verstand. Er kehrte der Königin den Rücken zu.
Seinen Ausbruch hatte sie noch hingenommen – er wäre deshalb später
getadelt und dann ermahnt worden, so etwas nicht noch einmal zu
tun –, dies aber war eine vorsätzliche Kränkung.
Sie sprang auf ihn zu, versetzte ihm eine schallende Ohrfeige und
sagte, er solle gehen und sich hängen lassen.
Blind vor Wut griff Essex zum Schwert und hätte es gezogen, wäre er
nicht sogleich gepackt worden. Während man ihn aus dem Raum stieß,
schrie er, daß er sich eine solche Schmach nicht einmal von Heinrich VIII. hätte gefallen lassen. Noch nie war ein Mensch Zeuge einer
derartigen Szene zwischen einem Monarchen und einem Untertan geworden.

Penelope kam nach Leicester House geeilt, um den Vorfall mit Christopher und mir zu besprechen. Mein Bruder William und Mountjoy
kamen hinzu.

William war der Meinung, dies sei wohl das Ende von E[ssex?], doch das
wollte Penelope nicht wahrhaben.

»Sie hat ihn viel zu gern. Sie wird ihm verzeihen. Wohin [ist er]
gangen?«

»Aufs Land«, gab Christopher zur Antwort.

»Er sollte eine Weile dort bleiben, bis Gras über die Sache gewa[chsen]
ist«, meinte William. »Das heißt, wenn das überhaupt möglich ist
Ich war sehr verstört. Daß eine solche Beleidigung jemals verge[ben]
werden würde, konnte ich mir nicht vorstellen. Es war schon schlim[m]
genug, der Königin den Rücken zuzukehren. Aber das Schwert gegen
sie zu ziehen, das war unerhört und konnte als Verrat gedeutet werden
– und Essex hatte eine Menge Feinde.
Wir hingen alle unseren trüben Gedanken nach!
Ich war nicht sicher, ob Penelope wirklich so hoffnungsvoll war, wie sie
vorgab.

Jedermann sprach von Essex' Sturz, bis ein anderes bedeutendes Ereignis das Auge der Öffentlichkeit von meinem Sohn ablenkte. Lord Burleigh, achtundsiebzig Jahre alt und seit einiger Zeit kränkelnd, lag im
Sterben. Seine Zähne hatten ihm entsetzliche Pein bereitet (eine Heim-
suchung, welcher die Königin großes Mitgefühl entgegenbrachte, da es
ihr ähnlich erging), und außerdem hatte er natürlich seine Kräfte sein
Leben lang zu sehr beansprucht. Mit der gleichen peinlichen Sorgfalt,
mit der er Staatsangelegenheiten behandelte, regelte er seine persönlichen Dinge. Wie man mir erzählte, hatte er sich zu Bett gelegt, seine
Kinder zu sich gerufen, sie und die Königin gesegnet und seinem Haushofmeister sein Testament übergeben. Danach war er sanft ent-
schlafen.
Als man der Königin die Nachricht überbrachte, war sie untröstlich. Sie
ging in ihre Gemächer und weinte. Noch Tage danach füllten sich ihre
Augen mit Tränen, wenn sein Name erwähnt wurde. Seit Leicesters
Tod hatte sie sich nicht mehr so bewegt gezeigt.
Burleigh war in seinem Haus am Strand gestorben. Seine Leiche wurde
zur Beisetzung nach Stamford Baron überführt, das Requiem wurde
jedoch in der Westminster-Abtei abgehalten. Essex kam in schwarzer
Trauerkleidung aus seiner ländlichen Verbannung, um der Feier beizu-
wohnen. Es fiel auf, daß niemand von den Trauergästen eine so düstere
Miene zur Schau trug wie er.

Anschließend kam er nach Leicester House. Auch mein Bruder William Knollys, Christopher und Mountjoy hatten sich dort eingefunden. William sagte: »Jetzt ist die Zeit da, wo du zur Königin gehen mußt. Sie ist vor Kummer völlig gebrochen. Geh zu ihr und tröste sie.«

»Sie ist ungehalten meinetwegen«, murrte Essex. »Aber ich ihretwegen ebenfalls.«

Ich warf ein: »Sie hat mich verletzt, doch würde sie mich bitten, morgen an den Hof zu kommen, so ginge ich bereitwilligst hin. Ich flehe dich an, sei kein Narr, mein Sohn. Im Umgang mit Königen muß man Beleidigungen so schnell wie möglich vergessen.«

William warf mir einen warnenden Blick zu. Mein Bruder war wie unser Vater – ein äußerst vorsichtiger Mann.

»Je länger du fernbleibst, desto mehr wird sich ihr Gemüt gegen dich verhärten«, warnte Mountjoy.

»Sie wird im Augenblick keinen Gedanken an mich verschwenden«, gab Essex zurück. »Wir werden zu hören bekommen, was Burleigh für ein guter Mensch war. Und daß *er* ihr niemals entgegengetreten ist. Trotz aller Meinungsunterschiede hat er nie vergessen, daß er ihr Untertan war. Nein, ich habe nicht die Absicht, an den Hof zu gehen und mir eine Lobrede auf Burleighs Tugenden anzuhören.«

Vergeblich versuchten wir ihm klarzumachen, was für ihn gut sei. In eigensinnigem Stolz verschloß er sich jeder Einsicht. *Sie* müsse ihn bitten, zu kommen, dann würde er vielleicht erwägen, hinzugehen. Er wollte die Wirklichkeit einfach nicht sehen. Ich zitterte um ihn.

Mountjoy erzählte mir, die Königin denke gar nicht mehr an Essex, so tief trauere sie um Burleigh. Zu ihrer Umgebung sprach sie unentwegt von diesem guten Menschen – sie nannte ihn immer noch ihren Geist. »*Er* hat mich nie im Stich gelassen«, sagte sie. Sie schilderte die Rivalität zwischen den beiden teuren Männern, die ihr so viel bedeutet hatten – Leicester und Burleigh. »Ich hätte keinen von ihnen missen mögen«, sagte sie und weinte aufs neue. Ihren Augapfel, ihren Geist, beide hatte sie verloren. Wie anders waren die Männer der neuen Generation! Und dann sprach sie von Burleighs Güte. Er war seinen Kindern ein guter Vater gewesen. Man sehe doch nur, wie er Robert gefördert habe, ihren kleinen Kobold! Natürlich war er ein Ausbund von Gescheitheit. Burleigh hatte das gewußt. Deshalb hatte er gar nicht versucht, seinen ältesten Sohn – den jetzigen Lord Burleigh – bei ihr einzuführen, da er gewußt hatte, daß dieser nicht klug genug war, um ihr zu dienen. Nein, der bucklige Robert, der plattfüßige kleine Kobold war das Genie. Und sein guter Vater hatte das gewußt. Ach, wie sie ihren lieben, lieben Geist vermißte!

Und in dieser Art ging es weiter, ohne daß ein bedauerndes Wort über Essex' Abwesenheit fiel.

»Mit einem Toten, den eine rührselige Frau im Herzen trägt, kann ich mich nicht messen«, sagte er.

Seine Äußerungen wurden von Mal zu Mal leichtfertiger. Wir zitterten alle um ihn, selbst Penelope, die ihn, wie ich zuweilen mutmaßte, zu noch größerer Verwegenheit ansornte.

Wir waren alle einhellig der Meinung, daß er sich um Aussöhnung mit der Königin bemühen müsse.

Eine Gelegenheit dazu bot sich, als sich der Rat versammelte und seine Anwesenheit als Mitglied erforderlich war. Er meinte jedoch hochmütig, daß er erst erscheinen werde, wenn ihm die Königin eine Unterredung gewähre. Das wies die Königin zurück, und statt zur Ratsversammlung begab er sich trotzig nach Wanstead.

Aus Irland kamen schlechte Nachrichten. Der irische Graf von Tyrone rebellierte und bedrohte die Engländer, und zwar nicht nur in Ulster, sondern auch in anderen irischen Provinzen. Der englische Befehlshaber Sir Henry Bagnal war in die Flucht geschlagen worden, und wenn nicht unverzüglich eingegriffen wurde, schien Irland verloren.

Essex kam schleunigst aus Wanstead und nahm an der Ratsversammlung teil. Er kenne sich in der irischen Frage besonders gut aus, erklärte er. Angesichts der Gefahr ersuche er die Königin um eine Begegnung. Sie lehnte ab, und er kochte vor Wut.

Zorn und Enttäuschung machten ihm zu schaffen. Penelope kam zu mir. Sie fürchte, er sei krank, meinte sie. Er war vom Wechselfieber befallen, und im Fieberwahn wütete er gegen die Königin. Christopher und ich begaben uns mit Penelope nach Wanstead, um ihn zu pflegen und vor jenen abzuschirmen, welche seine Schmähungen bereitwilligst der Königin hinterbracht hätten.

Wie ich ihn liebte! Jetzt vielleicht noch mehr denn je zuvor. Er war so jung, so verwundbar! Mein Mutterherz schmerzte, als ich ihn so liegen sah. Nie werde ich seinen Anblick vergessen: das schöne Haar zerzaust, die wildblickenden Augen. Ich grollte der Königin, deren Behandlung ihn in einen solchen Zustand gebracht hatte. Und zugleich wußte ich, daß er sich das alles selbst zuzuschreiben hatte.

Würde er denn niemals klug werden? fragte ich mich. Wie sehr wünschte ich, daß Leicester noch lebte und mit ihm reden könnte. Aber wann hatte Essex denn schon auf jemanden gehört? Mein Bruder William und Mountjoy – in dem ich wegen seiner Beziehung zu Penelope ebenfalls einen Sohn sah – hatten ständig versucht, ihn zu warnen. Christopher dagegen schien von einer solchen Bewunderung für meinen Sohn erfaßt, daß er alles, was dieser tat, richtig fand.

Sobald die Königin erfuhr, daß Essex krank war, änderte sich ihr Benehmen ihm gegenüber. Vielleicht fühlte sie sich seit Burleighs Tod einsam – wer weiß? Jetzt waren sie alle tot – ihr Augapfel, ihr Geist, ihr Mohr und ihr Leithammel. Doch einer war noch übrig, den sie lieben konnte – der störrische, leichtsinnige, aber bezaubernde Sohn ihrer alten Feindin.

Sie schickte ihm ihren Arzt, der ihn untersuchen sollte, und gab Befehl, daß man sie sogleich von seinem Zustand unterrichte; und sobald es ihm wieder so gut gehe, daß er reisen könne – aber nicht früher! – solle er sich zu ihr begeben.

Das bedeutete die Versöhnung. Essex genas nun rasch. Christopher war überglücklich. »Niemand kann ihm lange widerstehen«, sagte er. Doch mein nüchterner Bruder William ließ sich nicht so schnell hinreißen.

Essex kam zu mir, nachdem die Königin ihn empfangen hatte. Sie war herzlich gewesen und hatte ihm ihre Freude darüber ausgedrückt, daß er wieder am Hofe sei. Er glaubte, alles müsse nun wieder sein wie früher, und insgeheim frohlockte er, weil er sich herausnehmen konnte, was kein anderer wagen würde, und doch ihre Gunst zurückgewann. Auf dem Dreikönigsball konnte jedermann sehen, daß er mit der Königin tanzte, und wie glücklich sie schien, weil er bei ihr war.

Mich ließ jedoch der Gedanke an all diese Vorfälle nicht los. Ich schmähte sie – natürlich nur insgeheim –, weil ich durch ihre Schuld weiterhin ausgeschlossen war.

Essex sagte, er werde nach Irland gehen. Er wolle Tyrone eine Lektion erteilen. Niemand kenne sich in der irischen Frage so gut aus wie er, Essex. Er meinte, sein Heimatland habe seinem Vater seine Dienste schlecht gedankt. Walter Devereux hatte sich mit allen Kräften für Irland eingesetzt, und nur weil er gestorben sei, bevor ihm Erfolg beschieden gewesen, behaupte man, alles sei fehlgeschlagen. Nun wolle er das wiedergutmachen. Der Graf von Essex war in Irland gestorben, und es hieß von ihm, er sei gescheitert; jetzt wollte Essex' Sohn die Arbeit seines Vaters fortsetzen. Er würde Erfolg haben, und jedesmal, wenn die Rede auf Irland käme, würde man mit Achtung des Namens Essex gedenken.

Das klang alles recht eindrucksvoll. Hinterhältig, wie sie manchmal sein konnte, meinte die Königin, da er sich so ernsthaft mit seines Vaters Angelegenheiten befasse, wolle sie ihn daran erinnern, daß auch noch einige Schulden von ihm zu begleichen seien.

Diese Anspielung auf die Schulden meines ersten Mannes versetzten die Familie in Angst und Schrecken. Ich fürchtete schon, man würde mich auffordern, sie zu bezahlen. Essex erklärte, wenn die Königin weiterhin ihre Habgier so offen zeige – nach allem, was er für sie getan habe –, werde er den Hof für immer verlassen. Das waren natürlich großspurige Redensarten. Er wußte so gut wie wir, daß er auf eine erfolgreiche Zukunft nur im Hofdienst rechnen durfte.

Die Königin mußte ihm sehr zugetan gewesen sein, denn die Sache wurde fallengelassen, und man hörte nie wieder etwas davon. Nach einigem Zögern gab Elisabeth Essex auch die Erlaubnis, als Befehlshaber der Armee nach Irland zu gehen.

Daß er nun doch gesiegt hatte, überwältigte ihn. Er kam nach Leicester House und erzählte uns von seinen Plänen. Christopher hörte ihm gespannt zu, und in seinen Augen stand die gleiche Bewunderung, welche er einst für mich gezeigt hatte.

Ich sagte: »Du würdest gern mitgehen, nicht wahr?«

»Ich nehme dich natürlich mit, Christopher«, fügte Essex hinzu.

Mein bedauernswerter junger Ehemann! Er brachte es nicht fertig, vor mir zu verbergen, wozu es ihn drängte. Dabei gab er sich solche Mühe. Welch ein Unterschied zu Leicester! Ihm wäre es nie eingefallen, zu verhehlen, was er wünschte oder für sich als vorteilhaft erachtete. Seltsamerweise war ich geneigt, Christopher seiner Schwäche wegen ein wenig zu verachten.

»Du solltest ruhig gehen«, ermunterte ich ihn.

»Aber dann müßte ich dich verlassen ...«

»Ich bin durchaus in der Lage, allein zurechtzukommen. Geh nur mit Rob. Die Erfahrung wird dir nützen, meinst du nicht auch, Rob?«

Essex sagte, es sei ihm eine Beruhigung, Menschen um sich zu haben, auf die er sich verlassen könne.

»Dann ist es also abgemacht«, ergänzte ich.

Christopher war sichtlich erleichtert. Unsere Ehe war glücklich gewesen, doch ich hatte genug davon. Ich war fast sechzig Jahre alt, und zuweilen erschien er mir einfach zu jung.

Im März jenes Jahres – dem letzten des Jahrhunderts – verließ mein Sohn mit meinem Gatten London. Die Leute versammelten sich auf den Straßen, um ihn mit seinen Truppen vorbeiziehen zu sehen, und ich muß sagen, er sah großartig aus. Er war im Begriff, die Iren zu unterwerfen; er würde Frieden schließen und Ruhm über England bringen. Hatte er nicht wie ein junger Gott ausgesehen? Kein Wunder, daß die Königin ihn liebte.

Als die Reitertruppe Islington erreichte, ging unglücklicherweise ein heftiges Gewitter nieder, und die Reiter wurden vom Regen bis auf die Haut durchnäßt. Vor den niederzuckenden Blitzen verkrochen sich die Leute in ihren Häusern und drängten sich ängstlich zusammen. Es hieß, daß sie diesen plötzlichen schweren Sturm als böses Vorzeichen betrachteten.

Ich lachte über diesen Aberglauben, doch später sah selbst ich darin einen Wink des Himmels.

Jedermann weiß, wie unselig dieser Feldzug endete. Um wieviel glücklicher wären wir alle gewesen, wenn Essex ihn nicht unternommen hätte. Essex erkannte bald das Ausmaß seiner Aufgabe. Der irische Adel war gegen ihn, ebenso die Priester, unter deren Einfluß das Volk stand. Essex berichtete der Königin, daß die Unterwerfung der Iren sich als unerhört kostspielig erweise. Man brauche eine schlagkräftige englische Armee, und da der irische Adel einer kleinen Bestechung nicht abgeneigt sei, sei dies möglicherweise der beste Weg, ihn zu Elisabeths Gunsten umzustimmen.

Zwischen der Königin und Essex kam es zu einer Meinungsverschiedenheit über den Grafen von Southampton. Sie hatte diesem nicht verziehen, daß er Elisabeth Vernon geschwängert hatte, obwohl er sie später geehelicht und ihr die Ehre zurückgegeben hatte. Essex und Southampton waren gute Freunde, und Essex hatte Southampton auf dem Feldzug zu seinem Oberstallmeister ernannt. Die Königin war damit nicht einverstanden; sie befahl, Southampton seines Amtes zu entheben, und Essex erkühnte sich, ihr den Gehorsam zu verweigern.

Als ich davon hörte, wuchs meine Besorgnis. Nicht nur würde der

Unmut der Königin immer größer, mein Gatte und mein Sohn hatten sich in große Gefahr gebracht.

Penelope erfuhr die Nachrichten immer als erste, und sie hielt mich über die Geschehnisse auf dem laufenden. Trost gewährte mir die Gesellschaft meiner Tochter Dorothy und ihrer Kinder. Ihr erster Mann, Sir John Perrot, den sie auf so abenteuerliche Weise geheiratet hatte, war inzwischen gestorben. Sie war jetzt mit Henry Percy, dem Grafen von Northumberland, vermählt. Diese Ehe schlug ihr allerdings nicht zum Glück aus, und Dorothy war froh, bei mir Zuflucht zu finden. So unterhielten wir uns denn zuweilen über die Prüfungen und Wirrnisse des Ehelebens.

Mir schien, daß meiner Familie in der Ehe nicht viel Glück beschieden war. Frances allerdings liebte Essex. Seltsam: Er schien die Menschen an sich zu binden, gleichgültig, wie schlecht er sie auch behandelte. Seine Untreue war allgemein bekannt. Heute glaube ich, er beging auch deshalb so oft Ehebruch, um der Königin eins auszuwischen. Ich weiß, das klingt merkwürdig, aber seine Gefühle ihr gegenüber waren eben ungewöhnlich. In gewisser Weise liebte er sie. Verglichen mit anderen Frauen, war sie eine überragende Gestalt, und nicht nur weil sie die Herrscherin war. Auch ich hatte diese unerklärliche Macht gefühlt, die von ihr ausging. Hatte nicht mein Leben, seit ich Gewißheit hatte, daß sie mich nicht mehr in ihren Kreis aufzunehmen gedachte, an Reiz verloren? Ob sie das wußte? Vielleicht. Ich war eine stolze Frau, und doch hatte ich mich nach Kräften bemüht, ihr zu gefallen. Ob sie wohl in sich hineinlachte und sich sagte, daß ihre Rache nun vollkommen sei? Sie hatte die letzte Schlacht gewonnen; sie hatte sich an mir gerächt – der Bürgerlichen, die es gewagt hatte, ihr als Rivalin entgegenzutreten, und die ein paar große Siege über sie errungen hatte.

So also stand es um meine Familie. Essex hatte mehrere Geliebte, und Penelope lebte öffentlich mit Lord Mountjoy zusammen. Sie hatte ihm sogar ein Kind geboren, welches den Namen Mountjoy erhalten hatte. Und nun war sie bereits wieder schwanger. Lord Rich machte keine Anstalten, sich von ihr scheiden zu lassen; ich vermutete, daß dies Essex' Einfluß bei Hofe zu verdanken war. Hätte mein Sohn Walter noch gelebt, er wäre nicht aufgefallen, wäre ein ehrbarer Ehemann und Vater geworden. Doch ach, er weilte nicht mehr auf Erden.

Dann traf Essex sich zu Verhandlungen mit dem Anführer der Aufständischen, dem Grafen Tyrone. Und nun brach der Sturm los. Die

Königin war erbost, weil Essex sich unterstanden hatte, mit einem Feind zu verhandeln, ohne sich zuvor mit ihr beraten zu haben. Er tue gut daran, sich vorzusehen, erklärte sie.

Essex kehrte nach England zurück. Wie unbesonnen er war! Wie sorglos! Blicke ich zurück, so sehe ich ihn Schritt für Schritt unbekümmert ins Verderben schreiten. Hätte er nur auf meine Warnungen gehört!

Um zehn Uhr morgens, zu einer Stunde, da die Königin mit ihrer Toilette beschäftigt war, kam er zum Nonsuch-Palast. Ich glaube, damals hatte er wirklich Angst. Seine Prahlerei, er werde Irland unterwerfen, hatten sich als völlig unausgegoren erwiesen. Er wußte, daß in der Heimat die Königin von seinen Feinden umgeben war, die alles daransetzen würden, ihn zu Fall zu bringen. Er ließ sich von niemandem abweisen. Er mußte die Königin unverzüglich sprechen, bevor ein anderer versuchen konnte, die Tatsachen zu verdrehen und die Königin gegen ihn aufzubringen. Er war der große Essex, und er wollte die Königin zu jeder Stunde sehen, wann immer es ihm in den Sinn kam.

Wie wenig er doch von Frauen verstand!

Trotz meiner Sorgen um ihn mußte ich lachen, wenn ich mir diese Szene ausmalte. Eine vor Schreck starre Elisabeth, die eben erst aufgestanden war, nur von den paar Frauen umgeben, denen es gestattet war, an der intimen Zeremonie ihrer Toilette teilzunehmen.

Keine Frau von siebenundsechzig möchte in einem solchen Augenblick von einem jugendlichen Bewunderer gesehen werden. Hinterher erzählte mir Essex, er habe sie kaum erkannt. Sie trug sozusagen nichts als ihre Königswürde. Die grauen Haare hingen ihr ins Gesicht, und kein Rouge verlieh ihren Wangen jenen Schimmer und ihren Augen den Glanz, den ihre Höflinge zu sehen gewohnt waren.

Und da stand Essex vor ihr – schmutzig von der Reise, denn er hatte sich nicht die Zeit genommen, sich zu waschen oder umzukleiden.

Elisabeth war natürlich großartig, wie sie es in jeder Lage gewesen wäre. Sie überging völlig, daß sie nicht herausgeputzt war, mit geschminktem Gesicht, Perücke, Halskrause und schönem Gewand. Sie hatte ihm die Hand zum Kuß gereicht und gesagt, sie wolle ihn später sprechen.

Triumphierend kam er zu mir. Er habe sie in der Gewalt, sagte er. Er sei in ihre Gemächer eingedrungen und habe sie unvollständig bekleidet gesehen, wie sie, so hatte er sagen hören, noch nie ein Mann erblickt hatte. Und doch hatte sie ihn äußerst huldvoll angelächelt.

»Sie ist weiß Gott eine alte Frau. Bis heute wußte ich gar nicht, wie alt sie ist.«

Ich schüttelte den Kopf. Was sie dachte, konnte ich mir vorstellen. Er hatte sie in diesem Zustand erblickt. Ich sah es geradezu vor mir, wie sie forschend in einen Spiegel schaute und den Jammer im Herzen spürte, als ihr Spiegelbild ihr entgegenblickte. Vielleicht sah sie sich ausnahmsweise einmal so, wie sie wirklich war. In diesem Augenblick konnte sie sich gewiß nicht mehr vormachen, sie sei so jugendfrisch wie jenes Mädchen, das mit Admiral Seymour herumgetollt und mit Robert Dudley im Tower Blicke getauscht hatte. Sie waren beide tot; seither hatte sie sich verzweifelt an das Bildnis ihrer Jugend geklammert. Durch Essex aber war es an diesem Morgen in Nonsuch zerstört worden. Das würde sie nicht so leicht vergessen.

Ich flehte ihn an, sich ja in acht zu nehmen; doch als sie ihn das nächste Mal sah, gab sie sich sehr wohlwollend.

Beim Mahl leisteten ihm seine Freunde Gesellschaft, darunter Mountjoy und Rich; die beiden – der eine der Liebhaber von Essex' Schwester, der andere ihr Gatte – hegten keinen Groll gegeneinander. Raleigh, so wurde mir berichtet, speiste getrennt von ihnen mit seinen Freunden, zu denen auch Lord Grey und der Graf von Shrewsbury zählten – beides mächtige Feinde von Essex.

Später am gleichen Tag wurde Essex zur Königin befohlen. Aber nun war es vorbei mit ihrer Liebenswürdigkeit. Sie war erbost, weil er Irland ohne ihre Erlaubnis verlassen hatte; wie ein Hochverräter habe er sich benommen, warf sie ihm vor.

Er war bestürzt. Sie war doch so freundlich gewesen und so huldvoll, als er in ihr Schlafgemach eingedrungen war. Armer Essex! Zuweilen denke ich, er habe überhaupt kein Gefühl dafür besessen, was in anderen vorging. Man kann dasselbe zwar von vielen Männern behaupten, soweit es ihre Kenntnis der weiblichen Seele betrifft, aber Essex war auf diesem Gebiet zweifellos besonders unbegabt.

Wie gut konnte ich mir die Unterredung in ihrem Schlafzimmer vorstellen! Diesmal erblickte sie sich nicht als die strahlende Gestalt, die ihr der Spiegel im Audienzzimmer zeigte, sondern als eine magere alte Frau, die soeben aufgestanden war, ohne jeden Schmuck, das graue

Haar wirr im Gesicht hängend. Und das hatte Essex gesehen! Das konnte sie ihm nicht verzeihen.

Man überbrachte ihm den Befehl, daß er sein Zimmer nicht verlassen dürfe. Er war ein Gefangener.

Christopher kam zu Tode erschrocken zu mir und berichtete, Essex sei des Ungehorsams gegen die Königin für schuldig befunden worden. Er hatte Irland entgegen ihren Wünschen verlassen und sich erkühnt, in ihr Schlafgemach einzudringen. Ein solches Verhalten konnte die Königin nicht hinnehmen. Er solle nach York House gebracht werden und dort bleiben, bis die Königin entschieden hatte, was mit ihm geschehen solle.

»Der Hof geht nach Richmond«, sagte Christopher. »Ich begreife das nicht. Ihr scheint nichts mehr an ihm zu liegen. Sie hat sich von ihm abgewandt.«

Ich ahnte Schreckliches, und mir sank das Herz. So war es also doch geschehen. Mein geliebter Sohn war zu weit gegangen. Dennoch konnte ich Elisabeth verstehen. Sie konnte in ihrer Gegenwart keinen Mann mehr ertragen, der sie in ihrer wahren Gestalt, als altes Weib, gesehen hatte. Mir war stets bewußt gewesen, daß sie die eitelste Frau in ihrem Königreich war und einen Traum weiterspann, worin sie so schön war, wie ihre schmeichlerischen Höflinge es ihr unentwegt beteuerten.

Essex war in der Tat ungehorsam gewesen. Er hatte bei seinem Feldzug wirklich Verwüstungen in Irland angerichtet. Doch all das hätte sie ihm verzeihen können. Aber daß er ihr die Augen über sich selbst geöffnet hatte, weil er sah, was keinem Mann zu sehen erlaubt war – das war eine unverzeihliche Sünde.

Wir bangten um ihn. Er war sehr krank. Die Ruhr, die er sich in Irland geholt hatte – an der sein Vater gestorben war, wie jeder mit Sicherheit annahm, der nicht daran glaubte, daß Leicester ihn getötet hatte –, wollte nicht weichen. Essex konnte nicht essen, konnte nicht schlafen. Das erfuhren wir von seinen Pflegern, denn wir durften nicht zu ihm.

Wir hatten alle schreckliche Angst, daß man ihn in den Tower schicken würde.

Mountjoy hielt sich jetzt ständig in Leicester House auf. Ich wußte, daß Essex zusammen mit Mountjoy und Penelope eine Zeitlang mit dem

Schottenkönig in schriftlicher Verbindung gestanden hatte, um dem Herrscher zu versichern, daß er beim Ableben der Königin mit seiner Unterstützung rechnen könne, wenn er den englischen Thron besteigen wolle. Ich hatte diesen Briefwechsel stets für gefährlich gehalten: Denn wären die Schreiben der Königin in die Hände gefallen, so hätte man sein Verhalten zweifellos als Hochverrat betrachtet. Leicester wäre nie so leichtsinnig gewesen. Wie oft hatte er sich auf gefährliche Dinge eingelassen! Aber er hatte immer dafür gesorgt, daß man ihm nichts nachweisen konnte. Wenn mein Sohn doch nur auf mich hören wollte! Wenn er sich doch meine Erfahrungen zunutze machen würde! Doch was sollten diese Überlegungen. Es war nicht seine Art, auf andere zu hören, und hätte er es getan, er wäre trotzdem unvorsichtig gewesen.

Jetzt schmiedete Mountjoy Pläne: Essex solle aus York House fliehen und sich nach Frankreich begeben. Southampton, um dessentwillen sich Essex den Zorn der Königin zugezogen hatte, erklärte, er wolle mit ihm gehen.

Essex jedoch weigerte sich – und ausnahmsweise handelte er einmal klug – davonzulaufen; er fand es verachtenswürdig.

Die arme Frances war tiefbetrübt. Sie wollte bei ihrem Gatten sein, er aber wollte nichts von ihr wissen. In ihrer Verzweiflung begab sie sich an den Hof, um die Königin um Gnade zu bitten.

Nun war Essex Gattin freilich die letzte – von mir abgesehen –, die bei der Königin für ihren Mann Nachsicht hätte erflehen dürfen. Elisabeth mochte Frances nicht, wenngleich sie die Ärmste nicht mit solcher Schärfe ablehnte wie mich. Aber diese jungen Leute kannten Elisabeth natürlich nicht so gut wie ich. Sie hätten mich ausgelacht, wenn ich ihnen erklärt hätte, daß Essex vor allem deshalb in Ungnade gefallen war, weil er sich Zutritt zu Elisabeths Schlafgemach verschafft und sie ohne die gewohnte königliche Aufmachung gesehen hatte.

Frances wurde erst gar nicht vorgelassen und erhielt Weisung, nicht wieder bei Hofe zu erscheinen.

Der Fall meines Sohnes wurde vor der Sternkammer – so genannt nach den Sternen, welche die Decke des Sitzungssaals zierten – verhandelt. Die Anklage lautete, man habe ihm unter großem Kostenaufwand die Streitkräfte, die er verlangte, zur Verfügung gestellt. Er aber habe die Instruktionen mißachtet und sei ohne Erlaubnis nach England zurückgekehrt; er habe Verbindung mit dem Verräter Tyrone aufgenommen und völlig unannehmbare Bedingungen ausgehandelt.

Damit war Essex' Sturz besiegelt. Wenige Tage später wurde sein Haushalt aufgelöst und seinen Dienern geraten, sich nach anderen Herren umzusehen. Essex' Krankheit hatte sich sehr verschlimmert; wir fürchteten um sein Leben.

Ich glaubte, daß die Königin nun doch das schlechte Gewissen plagen müsse. Sie hatte ihn einst sehr gern gehabt, und ich wußte, wie unerschütterlich sie an ihren Neigungen festhielt.

»Ist er wirklich so krank, wie Ihr mir schildert?« fragte sie Mountjoy, und der versicherte ihr, daß dem so sei.

Sie sagte: »Ich werde ihm meine Ärzte schicken.«

Mountjoy antwortete: »Er braucht keine Ärzte, Madam, sondern ein freundliches Wort von Eurer Majestät.«

Darauf ließ sie Essex etwas Brühe aus ihrer Küche bringen und ihm mitteilen, sie würde sich überlegen, ob sie ihn besuchen solle.

Während dieser ersten Dezembertage glaubten wir wirklich, er würde sterben. In den Kirchen wurde für ihn gebetet. Dies verärgerte nun wieder die Königin, weil man nicht um ihre Erlaubnis nachgesucht hatte.

Sie erlaubte, daß seine Gattin ihn besuchen und pflegen dürfe; dann sandte sie nach Penelope und Dorothy und empfing sie freundlich.

»Euer Bruder ist irregeleitet und auf dem falschen Weg«, sagte sie zu ihnen. »Ich verstehe Euren Gram und teile ihn.«

Oft denke ich, es wäre vielleicht besser gewesen, wenn Essex damals gestorben wäre. Doch als er Frances an seinem Bett erblickte und erfuhr, daß die Königin ihr erlaubt hatte, zu ihm zu kommen, und als er hörte, daß Penelope und Dorothy von der Königin empfangen worden waren, da schöpfte er Hoffnung, und Hoffnung war die beste Medizin für ihn.

Ich durfte ihn nicht sehen; aber Frances erzählte mir, daß sich sein Zustand bessere und daß er vorhabe, der Königin ein Neujahrsgeschenk zu schicken.

Ich gedachte all der erlesenen Gaben, mit denen Leicester sie zu Neujahr überschüttet hatte, und daß ich mein Erbe hatte verkaufen müssen, um sie zu bezahlen. Immerhin, es war ein guter Gedanke, ihr ein Geschenk zu senden, und ich war gespannt, wie sie es aufnehmen würde.

Es wurde weder angenommen noch zurückgewiesen.

Es war ergreifend, mitanzusehen, welche Wirkung die Kunde, daß sein

Geschenk nicht abgewiesen worden sei, auf ihn hatte. Er stand auf und war nach wenigen Tagen so weit, daß er umhergehen konnte. Mit jedem Tag sah er besser aus.

Frances, die wußte, wie besorgt ich war, sandte mir häufig eine Nachricht. Ich saß dann wartend am Fenster und dachte an die Königin, die sich gewiß ebenfalls sorgte, denn sie liebte ihn zweifellos. Und ich hatte bei Leicesters Tod erlebt, daß sie tieferer Gefühle fähig war. Doch mir, Essex' Mutter, wollte sie nicht erlauben, ihn zu besuchen. Sie war auf ihn und seine Liebe zu mir fast ebenso eifersüchtig wie seinerzeit auf Leicester.

Nach einiger Zeit kam mir die beunruhigende Nachricht zu Ohren, daß die Königin Essex' Geschenk zurückgeschickt hatte. Sie hatte sich nur nachgiebig gezeigt, solange sie glaubte, er sei lebensgefährlich krank. Doch nun war er gesund, und er sollte wieder das ganze Ausmaß ihres Zornes zu spüren bekommen. So drohte ihm denn, dem kaum Genesenen, neue Gefahr von der Königin und seinen Feinden.

Das Schicksal schien entschlossen, einen Schlag nach dem anderen auf meinen armen Sohn herniedersausen zu lassen. Ich wünschte, Leicester hätte noch gelebt. Er wäre imstande gewesen, uns zu raten und bei der Königin ein Wort für Essex einzulegen. Mir brach das Herz, wenn ich erlebte, wie bedrückt dieser stolze Mann war, und wie er seine Niederlage nahezu widerspruchslos hinnahm. Christopher war kaum eine Hilfe. Obgleich wir schon so lange verheiratet waren, schien er immer noch jener Knabe, dessen Jugend mich einst betört hatte. Doch nun wäre mir ein reifer Mann lieber gewesen. Ich dachte unaufhörlich und sehnsüchtig an Leicester. Für Christopher war Essex ein Held. In seinen Augen hatte er nichts Unrechtes getan. Für ihn stand fest, daß nur Mißgeschick und seine Feinde ihn in diese unselige Lage gebracht hatten. Daß Essex selbst sein ärgster Feind war, und daß das Glück dem nicht hold ist, der es mit Füßen tritt, sah er nicht ein.

Die Ereignisse trieben rasch ihrem schrecklichen Höhepunkt zu. Es wurde viel über ein Buch geredet, das Sir John Hayward zum Verfasser hatte. Als ich es las, begriff ich, wie gefährlich es gerade zu dieser Zeit war. Es befaßte sich nämlich mit der Absetzung Richards II. und der Thronbesteigung Heinrichs IV. Der Verfasser zog den Schluß, daß es gerechtfertigt sei, einen Herrscher, der sich als unwürdig erwiesen habe, abzusetzen und seinen Nachfolger auf den Thron zu erheben.

Unglücklicherweise hatte Hayward dieses Buch dem Grafen von Essex gewidmet.

Ich konnte mir vorstellen, wie Essex' Feinde, etwa Raleigh, dies zum Vorwand nehmen würden, um erneut gegen ihn zu hetzen. Ich hörte sie im Geiste zur Königin sagen, das Buch behaupte, sie sei unfähig zu regieren. Da es Essex gewidmet war, sei er womöglich der Mitverfasser. Ob die Königin denn nicht wisse, daß Essex und seine Schwester Lady Rich mit dem König von Schottland geheime Verbindungen angeknüpft hatten?

Das Buch wurde beschlagnahmt und Hayward ins Gefängnis geworfen. Die Königin bemerkte dazu, er sei möglicherweise gar nicht der Verfasser, sondern gebe dies nur vor, um irgendeine niederträchtige Person zu schützen.

Penelope und ich saßen beisammen und besprachen die Geschehnisse wieder und wieder, bis wir vor Erschöpfung einschliefen. Doch wir gelangten zu keinem Ergebnis und wußten nicht, wie das alles enden sollte.

Mountjoy hatte in Irland Erfolg, wo Essex versagt hatte. Penelope erinnerte mich daran, daß Essex geäußert habe, der feingebildete Mountjoy eigne sich nicht für die Aufgabe, da er mehr von Büchern als vom Kriegführen verstehe. Wie sehr hatte er sich geirrt! Aber hatte mein armer Essex eigentlich jemals recht gehabt?

Er hatte Schulden, denn die Königin hatte es abgelehnt, die Genehmigung zur Erhebung des Zolls auf Südweine, die sie ihm einst erteilt hatte, zu erneuern. Er brauchte dieses Geld aber, um seine Gläubiger zu bezahlen. Es schien keine Steigerung seines Mißgeschicks mehr möglich – doch es sollte noch schlimmer kommen.

Essex war nie fähig gewesen, sich selbst richtig einzuschätzen. In seiner Vorstellung war er zehn Fuß hoch und die übrigen Menschen waren Zwerge. Während dieser schrecklichen Zeit erkannte ich, daß ich ihn mehr liebte als alles auf der Welt – es war wie damals, da ich von Leicester besessen gewesen war. Und doch war diese Liebe von anderer Art. Als Leicester mich schroff behandelte und um Elisabeths willen vernachlässigte, war meine Liebe zu ihm erloschen. Aber niemals würde ich aufhören können, Essex zu lieben.

Er lebte jetzt in Essex House, und dort versammelten sich alle möglichen Leute. Es wurde allmählich als Treffpunkt für Unzufriedene bekannt. Southampton, der sich die Gunst der Königin ebenfalls verscherzt hatte, war ständiger Gast. Hier scharten sich alle zusammen, die glaubten, sie seien ungerecht und nicht nach Verdienst behandelt worden und murrten über die Königin und ihre Minister.

Ach, mein leichtsinniger, gedankenloser Sohn! In einem Wutanfall auf die Königin, in seinem Schmerz über die verlorene Gunst schrie er in Gegenwart anderer, daß er ihr nicht trauen könne und daß ihr Charakter so verbogen sei wie ihr Gerippe.

Ich wollte, ich hätte zu ihm gehen können. Ich hätte ihm gerne gesagt, daß John Stubbs seine rechte Hand nicht eingebüßt hatte, weil er ein Pamphlet gegen die Vermählung der Königin verfaßt, sondern weil er geäußert hatte, sie sei zu alt zum Kindergebären. Doch das wäre zwecklos gewesen. Ich wußte, daß diese Bemerkung ihn ans Schafott bringen konnte, sollte ihm das Beil bestimmt sein. Und natürlich eilte er in seiner Unbesonnenheit mit Riesenschritten darauf zu.

Sein großer Widersacher, Sir Walter Raleigh, hatte Essex' Worte begierig aufgenommen. Ich konnte mir vorstellen, wie sie der Königin ins Ohr geflüstert wurden. Und da sie Essex einst geliebt hatte, würde sie ihn jetzt um so stärker hassen. Stets würde die Szene ihr vor Augen stehen, wie er in ihr Schlafgemach eingedrungen war und ein altes grauhaariges Weib entdeckt hatte.

Das Ende der Geschichte ist allgemein bekannt: wie ein Komplott geschmiedet wurde, wonach Essex und die anderen Whitehall besetzen und eine Unterredung mit Elisabeth herbeiführen sollten, um sie zu zwingen, ihre amtierenden Minister zu entlassen und ein neues Parlament einzuberufen.

Vermutlich kam ihnen alles ganz einfach vor, als sie den Plan ausheckten. Aber es war eine andere Sache, ihn in die Tat umzusetzen. Christopher tat geheimnisvoll. Daher wußte ich, daß etwas im Gange war. Ich bekam ihn während dieser Zeit kaum zu Gesicht, da er sich ständig in Essex House aufhielt. Später erfuhr ich, daß Essex Abgesandte des Königs von Schottland erwartete. Dies erachtete er als günstigen Augenblick für einen Aufstand, da er auf Hilfe vom schottischen König hoffen durfte.

Natürlich konnten die Geschehnisse in Essex House nicht unbemerkt bleiben. Essex' Kundschafter brachten heraus, daß ein Komplott geschmiedet wurde, mit Raleigh als Haupt der Verschwörung. Das Ziel war, Essex gefangenzunehmen, vielleicht zu töten, in jedem Fall aber in den Tower zu schaffen. Immer, wenn mein Sohn durch die Straßen von

London geritten war, hatten die Menschen in den Straßen gestanden, um ihn anzustaunen und ihm zuzujubeln. Er war stets bewundert worden, und sein Wesen hatte alle bezaubert. Deshalb glaubte er, daß die Stadtbevölkerung hinter ihm stünde, und wenn er das Volk aufrief, sich um ihn zu scharen, damit er das Unrecht, das den Leuten und ihm selbst widerfahren sei, wieder gutmachen könne, so würde es ihm folgen.

An einem Samstagabend begaben sich einige seiner Anhänger ins Globe-Theater und bestachen die Schauspieler, damit sie Shakespeares *Richard II.* aufführten. Das Volk sähe dann, daß es möglich sei, einen König vom Thron zu stoßen.

Ich war so entsetzt, daß ich meinen Bruder William bitten ließ, unverzüglich zu mir zu kommen. Ihm war ebenso beklommen zumute wie mir.

»Was hat er denn nur vor?« wollte er wissen. »Weiß er denn nicht, daß er seinen Kopf aufs Spiel setzt?«

»William«, rief ich. »Ich flehe dich an, geh ins Essex House. Sprich mit ihm. Vielleicht bringst du ihn dazu, Vernunft anzunehmen.«

Aber wann hätte Essex je Vernunft angenommen? William begab sich ins Essex House. Dort waren zu der Zeit etwa dreihundert Leute versammelt, allesamt Hitzköpfe und Eiferer.

William verlangte seinen Neffen zu sprechen, doch Essex lehnte ab. Da William nicht weggehen wollte, zerrte man ihn ins Haus und sperrte ihn in der Wachstube ein.

Und dann tat Essex etwas Tollkühnes. Er zog mit zweihundert Anhängern durch die Straßen – und mein armer, irregeleiteter Christopher mitten unter ihnen.

O, welche Torheit – welch kindischer Unverstand!

Mir wird heute noch ganz elend, wenn ich an den tapferen, närrischen Jungen denke, wie er durch die Straßen von London ritt, seine jämmerlich bewaffneten Leute hinter sich, und den Bürgern zurief, sie sollten sich ihm anschließen. Ich konnte mir seinen und seiner Anhänger Schrecken vorstellen, als die ehrenwerten Leute sich hastig abwandten und in ihren Häusern verschwanden. Weshalb sollten sie sich gegen eine Königin erheben, die ihnen Wohlstand gebracht, die sie vor der Vernichtung durch die Spanier bewahrt hatte – nur weil sie einem ihrer Günstlinge nicht mehr gewogen war?

Rasch sprach sich herum, daß ein Aufstand im Gange war. In London und in der Umgebung wurden die Männer aufgerufen, ihre Königin und das Vaterland zu verteidigen; eilends wurde eine Truppe gegen Essex aufgestellt. Der Kampf dauerte nur kurz, aber es gab immerhin einige Tote. Meinen Christopher traf der Stich einer Lanze im Gesicht; er fiel vom Pferd und wurde gefangengenommen. Essex trat den Rückzug an. Es gelang ihm, Essex House zu erreichen. Dort verbrannte er eiligst die Briefe des Königs von Schottland und andere Papiere, von denen er annahm, sie könnten seine Freunde mit in die Sache hineinziehen.

In der Nacht kamen sie und führten ihn gefangen weg

Ich war außer mir. Sein Freund Francis Bacon, der ihm soviel zu verdanken hatte, hatte sich dafür ausgesprochen, Anklage zu erheben. Als ich bedachte, was Essex alles für Bacon getan hatte, nannte ich ihn Penelope gegenüber wütend einen »falschen Freund und Verräter«. Penelope schüttelte den Kopf. Bacon war zu einer Entscheidung gezwungen gewesen. Er mußte seine Pflichten gegen die Königin und Essex gegeneinander abwägen. Und natürlich meinte Penelope, sei ihm gar nichts übriggeblieben, als sich für die Königin zu entscheiden.

»Essex hätte sich für seinen Freund entschieden«, betonte ich.

»Ja, liebe Mutter«, gab sie zurück, »aber seht, wohin ihn seine Taten gebracht haben.«

Ich wußte, daß mein Sohn verloren war.

Doch ich klammerte mich an eine winzige Hoffnung. Die Königin hatte ihn geliebt. Ich erinnerte mich daran, wie sie Leicester wieder und wieder verziehen hatte. Allerdings hatte Leicester nie zu einem bewaffneten Aufruhr gegen sie aufgerufen. Welche Entschuldigung gab es für Essex? Mein Verstand sagte mir, daß es für ihn keinen Rechtfertigungsgrund gab.

Er wurde, wie ich vorausgesehen hatte, schuldig gesprochen und zum Tode verurteilt – und der arme Christopher mit ihm. Ich war wie von Sinnen. In kurzem, so fürchtete ich, würde ich den Gatten und den Sohn verlieren.

Das Leben war ein Alptraum geworden. Sie konnte es nicht tun. Nein, sie konnte es einfach nicht tun! Aber warum nicht? Ihre Umgebung würde sie schon davon überzeugen. Raleigh – seit jeher Essex' Feind – Cecil, Lord Grey, sie alle würden ihr erklären, daß sie keine andere

Wahl habe. Doch sie war eine Frau mit heftigen Gefühlen. Wenn sie liebte, dann war ihre Liebe tief, und sie hatte ihn ganz gewiß geliebt. Nach Leicester war er der wichtigste Mann in ihrem Leben gewesen. Und wenn Leicester getan hätte, was Essex gewagt hatte? Aber Leicester hätte das eben nie getan. Leicester war kein Narr. Armer Essex! Während seines ganzen Hoflebens hatte er ständig Kopf und Kragen gewagt. Und jetzt konnte ihn nichts mehr retten.

Oder doch?

Mein Gatte und mein Sohn waren zum Tode verurteilt worden. Ich war Elisabeths Verwandte. Ob sie wohl ein wenig Mitleid für mich empfand? Wenn sie mich doch nur empfangen wollte!

Vielleicht ließ sie wenigstens Frances vor. Sie war ihrem Mohren stets zugetan gewesen, und Frances war seine Tochter. Überdies war Essex, wie jedermann wußte, Frances untreu gewesen, und die Königin hatte Frances deshalb gewiß bemitleidet. Dies mochte den Schmerz gelindert haben, den Essex durch seine Heirat der Königin zugefügt hatte.

Die arme Frances war verzweifelt. Sie hatte Essex von Herzen geliebt und war an seiner Seite geblieben, bis man ihn gefangengenommen hatte. Ich hätte gern gewußt, ob er wenigstens beim Abschied zärtlich zu ihr war. Hoffentlich.

»Frances«, riet ich ihr, »geh zur Königin. Vergieße Tränen und frage sie, ob sie mich empfangen will. Sage ihr, ich erflehe diese Gunst für eine Frau, die zweimal verwitwet ist und es wahrscheinlich bald wieder sein wird. Bitte sie bei ihrer Barmherzigkeit, mich zu empfangen. Sag ihr, ich weiß, daß unter ihrer strengen Hoheit ein großes, gütiges Herz schlägt und sag ihr, wenn ich sie jetzt sehen darf, so will ich sie Zeit meines Lebens segnen.«

Frances wurde eine Unterredung gewährt. Die Königin sprach ihr Mitgefühl aus und meinte, es sei ein unseliger Tag für Frances gewesen, als sie einen edlen Menschen wie Sidney verloren und einen Verräter geheiratet habe.

Zu meiner Freude wurde auch mir eine Unterredung gewährt.

So sah ich sie denn wieder einmal von Angesicht. Doch diesmal lag ich auf den Knien und flehte um das Leben meines Sohnes. Sie war schwarz gekleidet – wegen Essex? fragte ich mich –, doch ihr Gewand war über und über mit Perlen bestickt. Sie trug den Kopf hoch über der verzierten Halskrause, und ihr Gesicht nahm sich gegen die allzu roten Locken ihrer Perücke sehr bleich aus.

Sie reichte mir die Hand zum Kuß und sagte dann nur: »Lettice!« Wir blickten einander an. Ich bemühte mich um Fassung, doch ich spürte, daß sich meine Augen mit Tränen füllten.

»Bei Gott!« sagte sie. »Welch ein Narr dein Sohn doch ist!«

Ich senkte den Kopf.

»Und er hat sich das alles selbst zuzuschreiben«, fuhr sie fort. »Ich habe es ihm nicht gewünscht.«

»Madam, er hätte Euch niemals etwas angetan.«

»Das hätte er zweifellos seinen Freunden überlassen.«

»Nein, nein! Er liebt Euch.«

Sie schüttelte den Kopf. »Er hat in mir nur das Mittel zum Aufstieg gesehen. Tun sie das nicht alle?«

Sie bedeutete mir, mich von den Knien zu erheben. Ich stand auf und sagte: »Ihr seid eine große Königin, Majestät, und das weiß die ganze Welt.«

Sie musterte mich eindringlich und gab widerwillig zu: »Du bist immer noch schön. Als junges Mädchen warst du sehr hübsch.«

»Mit Euch konnte sich keine vergleichen.«

Ich meinte es seltsamerweise ernst. Sie besaß etwas, das mehr war als Schönheit, und das war immer noch vorhanden, obwohl sie alt war.

»Eine Krone ist kleidsam, Cousine.«

»Aber sie steht nicht allen, die sie tragen. Zu Euch, Madam, paßt sie vorzüglich.«

»Du bist gekommen, mich zu bitten, ich möge die beiden verschonen«, sagte sie auf einmal. »Eigentlich wollte ich dich nicht sehen. Du und ich haben einander nichts zu sagen.«

»Ich dachte, wir könnten uns gegenseitig Trost spenden.«

Sie lachte hochmütig, und ich sagte unerschrocken: »Madam, er ist mein Sohn.«

»Und du hast ihn von Herzen lieb?«

Ich nickte.

»Ich hatte dich nicht für fähig gehalten, irgendwen außer dir selbst zu lieben.«

»Das habe ich zuweilen selbst geglaubt. Doch nun weiß ich, daß es nicht der Wahrheit entspricht. Ich liebe meinen Sohn.«

»Dann mußt du dich darauf gefaßt machen – wie auch ich –, ihn zu verlieren.«

»Gibt es nichts, das ihn retten kann?«

Sie schüttelte den Kopf.

»Du bittest für deinen Sohn«, fuhr sie fort. »Nicht für deinen Ehemann.«

»Ich bitte für beide, Madam.«

»Du liebst diesen jungen Mann nicht.«

»Wir haben eine gute Ehe geführt.«

»Ich habe gehört, du hättest ihn ... ihm vorgezogen.«

»Es gibt immer böswillige Gerüchte, Madam.«

»Ich hätte nie geglaubt, daß du einen anderen vorziehen könntest«, sagte sie langsam. »Wenn er heute hier wäre ...« Sie machte eine unwillige Kopfbewegung. »Das Leben war nie mehr wie vorher, nachdem er von uns gegangen ist.«

Ich dachte an Leicester, der im Grabe lag. Ich dachte an meinen Sohn, der zum Tode verurteilt war, und ich vergaß alles und dachte nur noch daran, ihn zu retten.

Wieder warf ich mich auf die Knie. Ich spürte, daß mir die Tränen übers Gesicht liefen. Sie ließen sich nicht mehr zurückhalten.

»Ihr dürft ihn nicht sterben lassen«, rief ich. »Das könnt Ihr nicht tun.«

Sie wandte sich von mir ab. »Die Sache ist schon zu weit vorangetrieben«, murmelte sie.

»Aber Ihr könntet ihn retten. Ach, Madam, vergeßt alle Feindseligkeiten zwischen uns. Das ist aus und vorbei ... und haben wir beide denn noch lange zu leben?«

Sie zuckte zurück. Sie verabscheute es, wenn jemand ihr Alter erwähnte. Ich hätte es wissen müssen. Der Kummer hatte mich um den Verstand gebracht.

»Wie sehr Ihr mich auch bisher gehaßt haben mögt«, fuhr ich fort, »ich bitte Euch, vergeßt es! Er ist tot ... unser geliebter Leicester ... für immer von uns gegangen. Wäre er heute bei uns, so würde er mit mir hier knien.«

»Schweig still«, schrie sie. »Wie kannst du es wagen, hierherzukommen ... du Wölfin! Du hast ihn mit deiner Begierde betört. Du hast dir den edelsten Mann genommen, der je gelebt hat. Du hast ihn zum Betrug verlockt ... und dein rebellischer Sohn verdient mit vollem Recht das Beil. Und du ... von allen Frauen ausgerechnet du ..., wagst es, herzukommen und mich zu bitten, einen Verräter zu schonen.«

»Wenn Ihr ihn sterben laßt, so wird Euch das Euer Leben lang verfolgen«, sagte ich, alle Vorsicht außer acht lassend in dem verzweifelten Wunsch, meinen Sohn zu retten.

Sie blieb eine Weile still, und ich sah in den verschlagenen Augen ein Glitzern. Sie war gerührt. Sie liebte ihn. Oder sie hatte ihn einst geliebt.

Ich küßte ihr inbrünstig die Hand, doch sie zog sie zurück – nicht heftig, sondern eher zögernd.

»Ihr werdet ihn retten, nicht wahr«, flehte ich.

Doch schon stand wieder die Königin vor mir statt der gefühlvollen Frau, auf die ich einen kurzen Blick erhascht hatte.

Langsam sagte sie: »Ich habe dich um Leicesters willen empfangen, Lettice. Denn er hätte es gewünscht. Doch selbst wenn er jetzt vor mir kniete und dies von mir erbäte, ich könnte es ihm nicht gewähren. Nichts kann deinen Sohn retten ... auch nicht deinen Gatten ... jetzt nicht mehr. Sie haben sich zu viel zuschulden kommen lassen. Selbst wenn ich wollte, könnte ich ihre Hinrichtung nicht mehr verhindern. Von einem bestimmten Augenblick an muß man vorwärtsschreiten. Man darf nicht mehr zurückblicken. Essex ist offenen Auges, zur Selbstzerstörung entschlossen, seinen Weg gegangen. Ich kann gar nicht anders, als sein Todesurteil unterzeichnen. Du und ich, wir müssen diesem törichten Knaben auf immer Lebewohl sagen.«

Ich konnte nur den Kopf schütteln, halb wahnsinnig vor Kummer. Ich kniete nieder und küßte den Saum ihres Gewandes. Sie stand da und blickte auf mich herab, und als ich die Augen zu ihrem Gesicht erhob, gewahrte ich ein gewisses Mitleid darin. Dann sagte sie: »Steh auf. Ich bin müde. Leb wohl, Cousine. Mich dünkt dieser verrückte Reigen unseres Lebens eine seltsame Geschichte – ich, du, die beiden Männer, die wir geliebt haben. Ja, zwei Männer haben wir von Herzen geliebt. Der eine ist von uns gegangen, der andere wird bald nicht mehr sein. Es gibt kein Zurück. Was sein muß, muß sein.«

Wie alt sie aussah, nun, da wirklicher Gram ihr Gesicht zeichnete.

Ich wollte sie erneut anflehen, doch sie schüttelte den Kopf und wandte sich ab.

Ich war entlassen. Mir blieb nichts übrig, als nach Leicester House zurückzukehren.

Nein, sie würde nicht unnachgiebig bleiben! Ich redete mir ein, daß sie es nicht über sich brächte, das Todesurteil zu unterzeichnen, wenn es vor ihr lag. In ihrem Gesicht hatte ich gelesen, daß sie ihn liebte. Nicht so, wie sie Leicester geliebt hatte, doch es war Liebe. Schon begann ich wieder zu hoffen.

Doch sie unterschrieb das Todesurteil. Ich war verzweifelt. Dann widerrief sie es. Wie glücklich war ich – aber ach, das Glück währte nur kurz. Sie besann sich eines anderen, zweifellos von ihren Ministern bedrängt.

Sie unterzeichnete das Todesurteil ein zweites Mal, und diesmal widerrief sie es nicht.

Am Mittwoch, dem 25. Februar, kam mein Sohn, schwarz gekleidet, aus seinem Gefängnis im Tower und wurde oberhalb des Caesarturmes vor den obersten Gerichtshof geführt.

Er betete, ehe er sein Haupt auf den Block legte.

Ganz London trauerte. Der Pöbel packte den Henker; er konnte gerade noch rechtzeitig in Sicherheit gebracht werden, bevor man ihn getötet hätte. Der arme Mann, als ob es seine Schuld gewesen wäre!

Die Königin schloß sich ein und trauerte um Essex. Ich blieb in Leicester House in meinem Schlafgemach und wartete auf eine Nachricht von meinem Mann.

Etwa eine Woche nach Essex' Tod wurde der arme Christopher verhört und für schuldig befunden; und am 18. März brachte man ihn zum Towerhügel und enthauptete ihn.

Die alte Dame
in Drayton Basset

Tadle dich selbst! Du hast gefehlt
Und dir den Tadel wohl verdient.
Doch änderst du des Lebens Pfad,
Der schlimm begann,
Sogleich verkündet's auch die Laute.
Und streicheln meine Finger dann die Saiten,
Zu trösten dich in deiner Einsamkeit,
Ist's der gewohnte Klang.
Tadle die Laute nicht!

Sir Thomas Wyatt
1503–1542

So war ich also wieder Witwe. Und überdies hatte ich den Sohn verloren, den ich trotz all seiner Torheiten mehr als alles in der Welt geliebt hatte. Mein junger Ehemann, dessen anbetende Hingabe ich genossen hatte, war ebenfalls tot, und ich mußte mir mein Leben neu einrichten.

Alles änderte sich. Die Königin gab nicht mehr vor, jung zu sein. Ich war sechzig, also muß sie achtundsechzig gewesen sein – zwei alte Frauen, die sich nicht mehr viel umeinander kümmerten. Es schien in einem anderen Leben gewesen, als Leicester und ich uns verstohlen geliebt und heimlich geheiratet hatten – immer in Furcht vor ihrem Zorn.

Ich erfuhr, daß sie um die Männer trauerte, die sie geliebt hatte – allen voran Leicester und Essex –, doch sie weinte auch um Burleigh, Hatton, Heneage und die anderen. Heutzutage gebe es nicht ihresgleichen, soll Elisabeth gesagt haben. Sie vergaß dabei, daß ihr jene nur deshalb göttergleich schienen, weil sie zu jener Zeit selbst einer Göttin glich. Doch nun war sie nichts weiter als eine alte Frau.

Sie starb zwei Jahre nach Essex' Tod. Ihren königlichen Stolz hatte sie bis an ihr Ende bewahrt. Sie erkrankte mehrmals, nahm aber ihre Spaziergänge und Ritte sogleich wieder auf, sobald sie sich gesund genug fühlte, damit das Volk sie sehen konnte. Schließlich zog sie sich eine Erkältung zu. Sie beschloß, sich nach Richmond zu begeben. Unter all ihren Palästen schien ihr dieser am besten geeignet, ihr Zuflucht zu bieten. Ihre Erkältung verschlimmerte sich, doch sie wollte nicht das Bett hüten. Als Cecil sie darum bat und meinte, sie müsse es tun, damit ihr Volk zufrieden sei, entgegnete sie in der gewohnten königlichen Haltung: »Kleiner Mann, das Wort *müssen* wird Herrschern gegenüber nicht gebraucht.« Da sie nicht mehr imstande war, zu stehen, ließ sie sich Kissen bringen und legte sich auf den Fußboden.

Als bekannt wurde, daß sie im Sterben lag, senkte sich tiefes Schweigen über das Land. War es nicht in einem anderen Zeitalter gewesen, daß eine rothaarige Frau von fünfundzwanzig Jahren in den Tower gegangen und ihren Entschluß verkündet hatte, für ihr Vaterland zu wirken und zu leben? Dieses Gelöbnis hatte sie gehalten. Nie hatte sie die Aufgabe vernachlässigt, die sie sich selbst gestellt hatte. Die Pflicht ihrem Land gegenüber war wichtiger gewesen als alles – die Liebe, Leicester, Essex.

Als sie so schwach war, daß sie keinen Widerstand mehr leisten konnte, trug man sie in ihr Bett.

Sie starb am 24. März des Jahres 1603 – am Vorabend des Festes Mariä Verkündigung – Maria, der Jungfrau, wie betont wurde.

Selbst zum Sterben hatte sie sich einen angemessenen Zeitpunkt ausgesucht.

So waren sie denn dahin – alle, die mir mein Leben lebenswert gemacht hatten.

Ich war jetzt die Alte – die Großmutter, die ihre Zeit in der Zurückgezogenheit verbringen mußte.

Ein neuer König hatte den Thron bestiegen. König Jakob VI. von Schottland hatte als Jakob I. den englischen Thron bestiegen – ein unangenehmer, wenig einnehmender Monarch. Vorbei waren die Zeiten von Elisabeths glanzvollem Hofe. Ich verspürte keine Lust, der neuen Hofgesellschaft anzugehören.

Ich zog in mein Haus in Drayton Basset und beschloß, dort das Leben einer Landedelfrau zu führen. Fast war es, als würde ich neugeboren.

Man entsann sich, daß ich Essex' Mutter und Leicesters Gattin gewesen war, und bald hielt ich Hof wie eine Königin. Das bereitete mir viel Vergnügen.

Meine Enkelkinder kommen oft zu Besuch. Es sind viele an der Zahl, und ich nehme an ihrem Leben teil, während sie sich gern Geschichten aus der Vergangenheit anhören.

Nur ein einziges Ereignis beunruhigte mich in diesen Jahren, als nämlich im Jahre des Todes der Königin Robert Dudley, Leicesters und Douglass Sheffields Sohn, zu beweisen suchte, daß seine Eltern rechtmäßig getraut worden waren. Natürlich konnte ich das nicht einfach hinnehmen, denn hätte er den Beweis erbracht, wäre ich des größten Teiles meines Erbes beraubt worden.

Wie nicht anders zu erwarten, verlief der Prozeß sehr unerfreulich. Man empfindet auch ein wenig Angst, daß sich die vorgebrachten Behauptungen doch als wahr erweisen könnten.

Dieser widerwärtige Mensch gab an, sein Vater und seine Mutter hätten sich einer Trauungszeremonie unterzogen, und er sei wahrhaftig Leicesters legitimer Sohn.

Er war seinerzeit mit Essex in Cadiz gewesen. Als er zurückkehrte, war seine Gattin gestorben und er also Witwer. Nun begannen die Mißhelligkeiten. Er heiratete nämlich wieder, die Tochter eines sehr einflußreichen Mannes, Sir Thomas Leighs von Stoneleigh. Dieser Mann bedrängte Dudley, seinen Fall vor Gericht zu bringen. Er folgte dem Rat, und ich freue mich, sagen zu können, daß er verlor. Das verdroß ihn so sehr, daß er um die Erlaubnis nachsuchte, das Land auf drei Jahre verlassen zu dürfen.

Dies wurde ihm gewährt, und er kehrte England den Rücken, begleitet von seiner hübschen Cousine, welche sich wie ein Knabe kleiden und als sein Page auftreten mußte.

Frau und Kinder ließ er in England zurück. Er kam nie wieder – ein Mann, der nicht willens war, die ihm auferlegte Verantwortung zu tragen.

Penelope setzte ihren Lebenswandel fort. Nach Essex' Tod ließ sich Lord Rich von ihr scheiden, und sie heiratete Mountjoy. Es gab einen heftigen Meinungsstreit um diese Trauung, welche von Mountjoys Hauskaplan Laud vorgenommen wurde. Viele meinten, Laud habe nicht das Recht gehabt, eine geschiedene Frau zu trauen. Jahrelang beklagte Laud, daß es ihm durch diese Trauung versagt geblieben sei, eine höhere Stellung zu erlangen. Dennoch wurde er später noch berühmt.

Der arme Mountjoy, obgleich mit Ehren überhäuft und zum Grafen von Devonshire ernannt, überlebte seine Heirat nicht lange. Er segnete 1606 das Zeitliche, drei Jahre nach dem Tod der Königin, und Penelope starb ein Jahr nach ihm. Sie hinterließ mir eine ganze Anzahl Enkelkinder, nicht nur die Sprößlinge von Lord Rich, sondern auch drei von Mountjoy: Mountjoy, Elisabeth und John.

Es schien mir so seltsam, daß ich weiterleben sollte, während meine vor Leben strotzende Tochter im Grabe lag. Doch das war mein Schicksal. Zuweilen dachte ich: Ich werde ewig leben.

Meine Tochter Dorothy starb 1619, drei Jahre, bevor ihr Ehemann aus dem Tower entlassen wurde, wohin man ihn zur Zeit der sogenannten Pulververschwörung, die gegen König und Parlament gerichtet war, gebracht hatte. Man hatte ihn im Verdacht gehabt, daß er daran beteiligt gewesen war. Sein gesamter Besitz war beschlagnahmt worden, er selbst zu lebenslangem Gefängnis verurteilt; sechzehn Jahre später aber setzte der Ehemann seiner Tochter seine Entlassung durch. Die Ehe war sehr unglücklich gewesen, und Dorothy hatte häufig bei mir vor ihm Zuflucht gesucht. Als sie starb, war ich nahezu achtzig – und noch immer am Leben.

Ich habe in meinem langen Dasein so vieles gesehen. Ich lebte weiter, nachdem Sir Walter Raleigh das Schafott bestiegen hatte. Es war ihm nicht gelungen, die Gunst Jakobs I. zu erringen. Man berichtete mir, er habe, als er sein Haupt auf den Block legte, gesagt: »Was macht es schon, wohin man den Kopf bettet, wenn man nur das Herz auf dem rechten Fleck hat.« Kluge, tapfere Worte, dachte ich, aus dem Munde von Essex' Widersacher.

Ich saß in meinem Gemach in Drayton Basset und dachte an Raleigh, wie er einst gewesen – stattlich, überheblich und selbstsicher. Auch der Stern der Mächtigen sinkt eines Tages.

Und ich lebte immer weiter.

Der König starb, und sein Sohn kam auf den Thron, der geistvolle Karl, den ich ein- oder zweimal zu Gesicht bekam, ein Mann von großer Würde. Das Leben hatte sich verändert. Es konnte nie mehr so werden wie unter der großen Elisabeth. Und es würde auch nie wieder einen Menschen wie sie geben. Wie traurig wäre sie gewesen über das, was die Stuarts aus ihrem geliebten England gemacht hatten. Das göttliche

Recht der Könige! Wie oft haben wir das gehört. Elisabeth hatte freilich daran geglaubt, doch sie hatte auch gewußt, daß der Herrscher durch den Willen des Volkes regierte, und niemals hätte sie, wenn es sich vermeiden ließ, das Mißfallen des Volkes erregt.

Jakob ... Karl ... was wußten sie von den ruhmreichen Zeiten, da die stattlichsten Männer des Hofes die Königin umflattert hatten – wie Motten das Kerzenlicht. Und die gewitztesten verstanden es sehr wohl, wie man es vermied, sich die Flügel zu versengen. Sie waren alle ihre Geliebten gewesen, denn sie hatten Elisabeth und Elisabeth hatte sie geliebt – in ihren Träumen. Ihre wahre Liebe galt nur England.

Ihr Tod hatte meinem Dasein ein Stück Lebenskraft entzogen. Das war um so merkwürdiger, als sie mich gehaßt und ich sie keineswegs geliebt hatte. Doch sie war – wie Leicester – ein Teil meines Lebens, und mit ihnen starb auch ein Stück von mir.

Diese gesetzte alte Dame in ihrem Herrenhaus in Drayton Basset, die sich um die Einwohner kümmert und die Wohltätige spielt, die ihre wilde Jugend bereut, um sich einen Platz im Himmel zu sichern – ist das wirklich Lettice, die Gräfin von Essex, die Gräfin von Leicester und die Gemahlin von Christopher Blount? Der arme Christopher! Er hat eigentlich gar nicht gezählt. Nach Leicesters Tod war es mit dem glanzvollen, gefährlichen Leben, das ich geführt hatte, vorbei.

Was ich erzählt habe, habe ich durchlebt. Und die Menschen, von denen ich berichtete, sind vorübergehuscht wie Schatten, haben ihre Rollen gespielt und sind abgetreten – doch ich lebe noch.

Nachdem ich diese Geschichte niedergeschrieben habe, steht alles wieder so lebendig vor mir, als sei es erst gestern geschehen. Zuweilen, wenn ich die Augen schließe, habe ich das Gefühl, ich brauchte sie nur zu öffnen und sähe Leicester, wie er sich über mich beugt, mich hochzieht und meine Lippen sucht, und wie sogleich die Leidenschaft in uns beiden emporlodert. Ich kann mir vorstellen, wie ich der Königin bei ihrer Toilette helfe und wie sie mich plötzlich heftig in den Arm kneift, weil ich träume und vergessen habe, ihr die Halskrause zu bringen.

Ich sehe uns drei: Seite an Seite Elisabeth und Leicester ... ich stehe im Hintergrund ... und doch bin ich für sie ebenso wichtig wie sie für mich. Und dann Essex, die Königin und mich.

Alle sind sie dahin, und ich lebe weiter.

Ich bin über neunzig. Das ist ein sehr hohes Alter. So ist es verzeihlich, daß ich mir zuweilen einbilde, wieder in der Vergangenheit zu weilen.

Am schönsten finde ich es, wenn mein Enkel Essex mich besucht. Er ist ein Mann von großer Festigkeit, mit einem ausgeprägten Sinn für Gerechtigkeit; seine Pflicht, mag sie noch so unangenehm sein, wird er stets erfüllen. Er strebt nicht nach hohen Ehren. Er ist ein ausgezeichneter Soldat – nichts könnte ihn mehr von seinem Vater unterscheiden.

Ich hoffe, mein Enkel kommt bald wieder zu mir. Vielleicht an Weihnachten. Da würde ich ihn gerne sehen. Er erzählt mir viel über den König und das Parlament und von den Schwierigkeiten, die es mit der Kirche gibt. Er glaubt, daß es eines Tages zu Unstimmigkeiten zwischen dem König und dem Parlament kommt. Er wird dann nicht auf des Königs Seite stehen.

Ich werfe ihm oft vor, er rede ebenso leichtfertig wie sein Vater. Doch in Wirklichkeit ist er alles andere als leichtfertig.

Da sehe ich ihn vor mir sitzen, die Arme verschränkt, den Blick in die Zukunft gerichtet.

Ja, ich hoffe sehr, daß er an Weihnachten kommt!

Als ihre Mägde in der Morgenfrühe des Weihnachtstages 1634 in ihr Schlafgemach in Drayton Basset kamen, lag sie da, als ob sie friedlich schlafe.

Sie war tot.

Leicester war sechsundvierzig, Elisabeth einunddreißig Jahre früher gestorben.

Sie hatte ein Alter von vierundneunzig Jahren erreicht.

Der Schloßherr

Die junge und unerfahrene Dallas Lawson kommt nach Frankreich, um in dem von Geheimnissen umwitterten Schloß Gaillard einige Gemälde zu restaurieren – und sie verliebt sich in den Schloßherrn, den Comte de la Talle. Doch es quält sie der Zweifel: Ist der Graf der Mörder seiner Frau?

Des Grafen schöne Frau, den Keim des Wahnsinns von der Mutter Seite her im Blut, hatte sich mit dem Ungeborenen getötet, aus Angst, es könne wie die Tochter Geneviève von einer Geisteskrankheit bedroht sein. Damit sein Kind nichts erfährt, schweigt der Graf. Doch Dallas läßt sich nicht beirren, sie gewinnt schließlich das Vertrauen und die Liebe des Schloßherrn...

Droemersche Verlagsanstalt Th. Knaur Nachf., München
Copyright © 1967 by Victoria Holt
Titel der Originalausgabe »The King of the Castle«
Ins Deutsche übertragen von Karin S. Krausskopf

Als der Bummelzug in die Bahnstation einfuhr, sagte ich mir: Es ist noch nicht zu spät. Du kannst noch umkehren.

Während der langen Reise durch England und der nächtlichen Fahrt über den Ärmelkanal hatte ich mir Mut gemacht, indem ich mir versicherte, daß ich kein törichtes Mädchen war, sondern eine vernünftige junge Frau, die sich zu einem Schritt entschlossen hatte und diesen nun auch ausführen würde.

Was allerdings mit mir geschehen würde, wenn ich im Schloß ankam, hing von den anderen ab. Ich gelobte mir jedoch, würdevoll aufzutreten, meinen verzweifelten Übereifer nicht zu verraten und die Tatsache zu verbergen, daß mich bei dem Gedanken an meine Zukunft, falls man mich abwies, Angst beschlich.

Mein Äußeres sprach — zum erstenmal in meinem Leben — zu meinen Gunsten. Ich war achtundzwanzig und wollte in meinem grauen Reisemantel und mit dem gleichfarbigen Filzhut tüchtig aussehen.

Der Zug hielt. Außer mir stieg nur eine Bäuerin aus, einen Korb mit Eiern unter dem einen Arm, ein lebendes Huhn unter dem anderen. Ich zerrte meine Koffer heraus. Sie enthielten alles, was ich besaß.

Der einzige Bahnbeamte stand an der Sperre.

»Guten Tag, Madame«, sagte er zu der Bäuerin. »Wenn Sie sich nicht beeilen, wird das Baby geboren, bevor Sie ankommen. Wie ich höre, hat eure Marie seit drei Stunden Wehen. Die Hebamme ist schon da.«

»Betet, daß es diesmal ein Junge wird . . .«

Der Mann interessierte sich jedoch mehr für mich als für das Geschlecht des erwarteten Babys. Ich merkte, wie er mich betrachtete, während er sich mit der Bäuerin unterhielt. Als er vortrat, um den Zug mit seiner Trillerpfeife weiter auf die Reise zu schicken, kam ein alter Mann auf den Bahnsteig gehastet.

»Hé, Joseph!« begrüßte der Bahnbeamte ihn und wies mit einem Kopfnicken auf mich.

Joseph blickte zu mir herüber und schüttelte den Kopf.

»Sind Sie vom Château Gaillard?« fragte ich auf französisch, das ich seit meiner Kindheit fließend spreche. Meine Mutter war Französin gewesen, und wir hatten uns immer in ihrer Sprache unterhalten, obgleich in Gegenwart meines Vaters englisch gesprochen wurde.

Joseph kam auf mich zu, den Mund leicht geöffnet, die Augen ungläubig aufgerissen. »Ja, Mademoiselle, aber . . .«

»Sie sind also gekommen, um mich abzuholen.«

»Ich sollte einen Monsieur Lawson abholen, Mademoiselle.«

Ich lächelte und wies auf die Schilder auf meinem Gepäck. »Ich bin Mademoiselle Lawson.«

»Aus England?« fragte er.

Ich bestätigte das.

»Mir wurde gesagt, ein *Herr*.«

»Das war ein Mißverständnis.«

Joseph und der Bahnbeamte trugen meine Koffer zu der wartenden zweirädrigen Kutsche. Ich folgte, und nach wenigen Augenblicken fuhren wir los.

»Ist es weit zum Schloß?« fragte ich.

»Ungefähr zwei Kilometer, Mademoiselle. Sie werden es bald sehen.«

Ich betrachtete die fruchtbare Weingegend um mich herum. Es war Ende Oktober. Die Ernte war vorbei. Vermutlich bereiteten sie jetzt den Anbau fürs nächste Jahr vor. Wir kamen auch an dem kleinen Ort mit dem Marktplatz vorbei, der von der Kirche und dem Rathaus beherrscht wurde und von dem die engen Straßen mit den kleinen Läden und Häusern abzweigten.

Und dann erblickte ich das Schloß, jenes großartige Bauwerk aus dem fünfzehnten Jahrhundert, das sich inmitten von Weinbergen erhob. Rundtürme flankierten das Hauptgebäude. Die Haupttreppe würde wohl in dem polygonen Turm sein. Die mächtigen Strebepfeiler und Türme schienen zur besseren Verteidigung gebaut. Ich schätzte ab, wie dick die Wände mit den schmalen Fensterschlitzen wohl sein mochten. Die Zugbrücke, der Burggraben — jetzt natürlich ausgetrocknet —, die mit Kragsteinen versehene Brustwehr, die von vielen Pechnasen gestützt wurde, all das erinnerte wahrlich an eine Festung. Durch meinen Vater wußte ich ziemlich gut Bescheid über alte Bauwerke.

Der alte Joseph sagte: »Am Schloß ändert sich nichts. Monsieur le Comte sorgt dafür.«

Monsieur le Comte. Er war der Mann, dem ich gegenübertreten mußte. Ich versuchte, ihn mir vorzustellen, den reservierten Aristokraten, der mit hochmütiger Gleichgültigkeit auf dem Leiterwagen durch die Straßen von Paris zur Guillotine gefahren wäre. Genauso würde er mich verbannen.

Lächerlich, würde er sagen, meine Aufforderung war eindeutig an Ihren Vater gerichtet. Sie werden unverzüglich wieder abreisen. Es würde sinnlos sein, zu versichern, daß ich genauso kompetent wie mein Vater war. Ich arbeitete mit ihm zusammen. Tatsächlich verstehe ich mehr von alten Gemälden als er; es war das Arbeitsgebiet, das er immer mir überließ.

Joseph musterte mich scharf. Er fand es, wie ich sehen konnte, sehr sonderbar, daß der Graf nach einer Frau geschickt hatte.

In meiner Tasche steckte die Aufforderung des Grafen. Nein, das war nicht die richtige Bezeichnung. Monsieur le Comte würde niemals auffordern; er befahl, wie ein König seinem Untertan.

Monsieur le Comte de la Talle beorderte D. Lawson nach Château Gaillard.

Nun, ich war Dallas Lawson. Ich würde eben erklären, daß Daniel Lawson seit zehn Monaten tot war und ich, seine Tochter, die ihm seit vielen Jahren bei seiner Arbeit geholfen hatte, jetzt seine Aufträge übernahm.

Etwa drei Jahre lag die Korrespondenz meines Vaters mit dem Grafen zurück. Vater war ein bekannter Experte für alte Bauwerke und Gemälde gewesen. Daher war es nur natürlich, daß ich mit ehrfürchtiger Bewunderung für diese Dinge aufwuchs. Vater und ich verbrachten viele Wochen in Florenz, Rom und Paris. Und auch in London hielt ich mich jeden freien Augenblick in Kunstgalerien auf.

Ich war von klein auf viel mir selbst überlassen gewesen. Mutter war kränklich, Vater wurde von seiner Arbeit absorbiert. Wir sahen nur wenige Menschen, und ich hatte nie gelernt, schnell Freundschaften zu schließen. Da ich nicht hübsch war, fühlte ich mich im Nachteil. Ich sehnte mich jedoch danach, Erlebnisse mit anderen Menschen zu teilen, sehnte mich danach, Freunde zu haben. Hingerissen pflegte ich Unterhaltungen zu lauschen, die nicht für meine Ohren bestimmt waren. Still saß ich in der Küche, während unsere beiden Dienstmädchen ihre Leiden und Liebesgeschichten erörterten, und still pflegte ich bei Einkäufen mit Mutter in den Läden dazustehen, um den Gesprächen der anderen Leute zuzuhören. Kam jemand zu uns nach Hause, so wurde ich oft beim Lauschen ertappt, was mein Vater ganz und gar nicht billigte.

Als ich auf die Kunstschule ging, begann ich selbst zu leben, nicht mehr nur durch Erlebnisse anderer. Doch das gefiel meinem Vater ebenfalls nicht, denn ich verliebte mich in einen jungen Studenten. In romantischen Augenblicken dachte ich seitdem immer sehnsüchtig an jene Frühlingstage. Vater war dagegen gewesen, weil Charles kein Geld hatte; außerdem hatte Mutter, die zu dem Zeitpunkt bettlägrig geworden war, mich gebraucht. Es hatte keine große entsagungsvolle Szene gegeben. Die Romanze war einfach dem Frühling entwachsen und mit dem Herbst zu Ende gegangen. Vielleicht hatte Vater es für besser gehalten, mir nicht wieder Gelegenheit zu geben, mich in jemand anderen zu verlieben. Er schlug mir vor, die Kunstschule zu verlassen und enger mit ihm zusammenzuarbeiten. Er sagte, ich könnte bei ihm viel mehr lernen als jemals in irgendeiner Schule.

Meine Zeit teilte sich auf in die Arbeit mit meinem Vater und die Pflege meiner Mutter. Als sie starb, war ich lange Zeit vor Schmerz wie betäubt gewesen, und als ich es ein wenig verwunden hatte, war meine Jugend vorbei. Da ich im übrigen seit langem überzeugt war, für Männer nicht anziehend zu sein, konzentrierte ich mich ganz auf meine Bilder.

Ich erinnere mich noch deutlich an den Tag, als der erste Brief von Château Gaillard ankam. Der Comte de la Talle hatte eine Gemäldegalerie, in der Restaurierungsarbeiten nötig waren. Er wollte außerdem gern meinen Vater wegen gewisser Arbeiten am Schloß konsultieren. Könnte Monsieur Lawson nach Château Gaillard kommen und so lange wie nötig bleiben?

Vater war begeistert gewesen.

»Wenn es irgend geht, lasse ich dich nachkommen«, hatte er gesagt. »Ich werde deine Hilfe bei den Bildern brauchen. Und dir wird das Schloß Spaß machen. Es ist fünfzehntes Jahrhundert, und ich glaube, es sind viele Kunstwerke aus der Epoche vorhanden. Es wird hochinteressant werden.«

Ich war ganz aufgeregt gewesen; erstens, weil ich darauf brannte, einige Monate auf einem französischen Schloß zu verbringen, und zweitens, weil mein Vater meine größere Sachkenntnis zu akzeptieren begann.

Dann jedoch war ein Brief vom Grafen gekommen, in dem der Termin verschoben wurde. Gewisse Umstände würden den Besuch im Augenblick unmöglich machen, schrieb er, ohne eine genauere Erklärung hinzuzufügen. Er wollte wieder von sich hören lassen.

Ungefähr zwei Jahre später war Vater völlig unerwartet an einem Schlaganfall gestorben. Es war ein furchtbarer Schock für mich gewesen, da ich nun ganz allein stand. Ich fühlte mich verwaist, einsam und ratlos — um so mehr, als ich nur sehr wenig Geld besaß. Ich hatte mich daran gewöhnt, Vater bei seiner Arbeit zu helfen, und ich fragte mich, was wohl jetzt geschehen sollte. Wenn die Leute auch akzeptiert hatten, daß ich seine Assistentin war, so ließen sie mich sicher nicht allein ihre Bilder restaurieren.

Ich sprach mit Annie, unserem alten Mädchen, das seit Jahren bei uns gewesen war und nun fortging, um zu einer verheirateten Schwester zu ziehen, über meine Zukunft. Sie meinte, es gäbe nur die Wahl zwischen zwei Dingen: Gouvernante oder Gesellschafterin.

»Ich hasse beides«, erklärte ich.

»Bettler dürfen nicht wählerisch sein, Miß Dallas. Es gibt eine

Menge junger Damen mit Ihrer Erziehung, denen auch nichts anderes übrigblieb.«

»Aber ich habe meine Arbeit.«

Sie nickte. Doch ich wußte, sie dachte, keiner würde eine junge Frau mit Arbeiten beauftragen, wie mein Vater sie ausgeführt hatte.

Annie war noch bei mir, als die Aufforderung von Comte de la Talle kam.

»Schließlich *bin* ich D. Lawson«, erklärte ich. »Und ich kann Bilder ebensogut restaurieren, wie mein Vater es konnte. Ich sehe nicht ein, warum ich es nicht tun sollte.«

»Aber ich«, erwiderte Annie finster. »Man wird es nicht billigen. Es war gut und schön, als Sie mit Ihrem Vater reisten und mit ihm zusammen arbeiteten, aber Sie können nicht allein losziehen.«

»Ich habe auch seine Arbeiten beendet, als er starb, in Mornington Towers.«

»Tja, das war eine Sache, die er angefangen hatte. Aber nach Frankreich zu fahren — in ein fremdes Land — eine junge Dame — *allein* . . .«

»Du mußt mich nicht als eine junge Dame sehen, Annie. Ich bin ein Restaurator alter Bilder.«

»Na, ich hoffe, Sie werden trotzdem nicht vergessen, daß Sie eine junge Dame sind. Sie können nicht hinfahren, Miß Dallas. Es wäre — nicht richtig. Es wäre schlecht für Sie.«

»Schlecht? Wieso?«

»Nicht — ganz schicklich. Welcher Mann würde eine junge Dame heiraten wollen, die ganz allein im Ausland war!«

»Ich bin nicht auf der Suche nach einem Mann, Annie, sondern auf der Suche nach Arbeit. Meine Mutter war übrigens genauso alt wie ich, als sie und ihre Schwester nach England kamen. Die beiden jungen Mädchen gingen sogar allein ins Theater. Mutter erzählte mir, sie hätten sogar etwas noch Gewagteres gemacht: sie gingen einmal zu einer politischen Versammlung — in einem Keller in der Chancery Lane. Und dort lernte sie meinen Vater kennen. Wenn sie also nicht so selbständig und unternehmungslustig gewesen wäre, hätte sie keinen Mann gefunden — zumindest nicht ihren Mann.«

»Sie hatten schon immer Gründe für alles, was Sie wollten. Ich kenne Sie von klein auf. Ich sage, es ist nicht richtig. Und dabei bleibe ich.«

Es mußte jedoch richtig sein. Und so hatte ich mich nach langem Überlegen und Zögern entschlossen, die Herausforderung anzunehmen und nach Château Gaillard zu fahren.

Wir fuhren jetzt über die Zugbrücke. Als ich jene alten mit Moos und Efeu bewachsenen Mauern betrachtete, die von den mächtigen Wällen gestützt wurden, als ich die Türme bestaunte, die in konischen Spitzen auslaufenden runden Dächer, betete ich, dableiben zu dürfen. Wir fuhren unter dem Torbogen hindurch und kamen in einen Hof, auf dem das Gras zwischen dem Kopfsteinpflaster wuchs.

Joseph hob meine Koffer heraus, stellte sie neben die Tür und rief: »Jeanne!«

Ein Mädchen erschien, und ich bemerkte den erstaunten Ausdruck in den Augen, als sie mich erblickte. Joseph sagte ihr, ich wäre Mademoiselle Lawson, und sie sollte mich in die Bibliothek führen und meine Ankunft ansagen.

Ich war so aufgeregt bei der Aussicht, das Schloß zu betreten, daß mir ganz unbekümmert zumute war. Ich folgte Jeanne durch die Tür mit den schweren Eisenbeschlägen in eine große Halle, an deren nackten Steinwänden großartige Tapisserien und Waffen hingen. Ich vermerkte schnell einige Möbel im Régence-Stil, Tapisserien, hervorragend und aus derselben Zeit wie die Möbel, im Beauvais-Stil und mit Boucherschen Gestalten.

Wir stiegen eine Steintreppe hinauf. Jeanne hielt einen schweren Vorhang zur Seite. Ich trat auf einen dicken Teppich und stand in einem kurzen dunklen Flur, an dessen Ende sich eine Tür befand. Als diese aufgestoßen wurde, lag die Bibliothek vor uns.

»Wenn Mademoiselle hier warten . . .«

Ich nickte. Die Tür schloß sich hinter mir. Ich war allein, in einem luftigen Raum mit wunderschönen Deckenfresken. Die Wände waren mit in Leder gebundenen Büchern bedeckt; dazwischen hingen mehrere ausgestopfte Jagdtrophäen.

Auf dem Kamin stand eine Uhr mit einem kleinen Cupido über dem Zifferblatt, rechts und links davon eine zart bemalte Sèvres-Vase. Die Stühle waren mit Tapisserien bezogen und die hölzernen Rahmen mit Blumen und Schnörkeln verziert.

Doch wie sehr mich auch diese Kunstschätze beeindruckten, ich war zu nervös. Ich dachte an die mir bevorstehende Unterredung mit dem Grafen und probte noch einmal, was ich zu ihm sagen wollte. Ich durfte nichts von meiner Würde verlieren, mußte ruhig und gelassen bleiben, durfte nicht zu übereifrig erscheinen, mußte verbergen, wie sehr ich mir wünschte, hier arbeiten zu dürfen. Ich war überzeugt, daß meine Zukunft von den nächsten paar Minuten abhing.

Ich vernahm Josephs Stimme: »In der Bibliothek, Monsieur.«

Schritte. Jeden Augenblick würde ich ihm gegenüberstehen. Ich ging zum Kamin, in dem Holzscheite aufgeschichtet lagen, wenn auch kein Feuer brannte. Mein Herz klopfte wie rasend.

Die Tür ging auf. Ich tat, als bemerkte ich es nicht, um einige Sekunden Aufschub zu gewinnen.

Nach kurzem Schweigen sagte eine kühle Stimme: »Dies ist höchst merkwürdig.«

Er war ungefähr drei Zentimeter größer als ich, doch ich bin selbst recht groß. Die dunklen Augen blickten einen Moment verblüfft, sahen jedoch so aus, als könnten sie auch Wärme und Herzlichkeit ausstrahlen. Die lange Adlernase verriet Arroganz, doch die vollen Lippen waren sympathisch. Er trug sehr elegantes Reitzeug — eine Spur zu elegant. Und auf jedem kleinen Finger steckte ein goldener Ring. Alles an ihm war von erlesenem Geschmack. Seine Erscheinung war nicht so furchteinflößend, wie ich sie mir vorgestellt hatte.

»Guten Tag«, sagte ich.

Er kam einige Schritte näher. Er war jünger, als ich angenommen hatte, vielleicht ein Jahr älter als ich, vielleicht sogar gleichaltrig mit mir.

»Zweifellos werden Sie die Güte haben, dies zu erklären«, sagte er.

»Gewiß. Ich bin gekommen, um die Restaurierungsarbeiten an den Bildern vorzunehmen.«

»Wir verstanden, *Monsieur* Lawson würde heute ankommen.«

»Das wäre ganz unmöglich gewesen.«

»Sie meinen, er kommt nach?«

»Er starb vor einigen Monaten. Ich bin seine Tochter, und ich übernehme seine Verpflichtungen.«

Er machte ein bestürztes Gesicht. »Mademoiselle Lawson, diese Bilder sind sehr wertvoll . . .«

»Wenn sie das nicht wären, wäre es kaum nötig, sie zu restaurieren.«

»Wir können nur einem Experten gestatten, sie anzufassen«, erklärte er.

»Ich *bin* Experte. Mein Vater wurde Ihnen empfohlen. Ich arbeitete mit ihm zusammen. Die Restaurierung alter Gebäude war seine Stärke — die alten Bilder jedoch meine.«

»Sie haben nicht erklärt . . .«

»Ich dachte, die Sache wäre dringend. Ich hielt es für klüger, Ihrer Aufforderung sofort nachzukommen. Wenn mein Vater diese Arbeit noch hätte ausführen können, wäre ich auch mitgekommen.«

»Bitte, nehmen Sie Platz«, forderte er mich auf.

Ich setzte mich in einen Stuhl mit einer geschnitzten Rückenlehne, die mich zwang, sehr gerade zu sitzen, während er sich auf ein kleines Sofa warf und die Beine weit von sich streckte.

»Dachten Sie, Mademoiselle Lawson«, fragte er, »wir hätten

Ihre Dienste abgelehnt, wenn Sie uns mitgeteilt hätten, daß Ihr Vater starb?«

»Ich dachte, es ginge Ihnen darum, Ihre Bilder restauriert zu bekommen und glaubte, die Arbeit wäre das Entscheidende, nicht das Geschlecht des Restaurators.«

Er runzelte die Stirn, so, als bemühte er sich, zu einer Entscheidung zu kommen. Schließlich meinte er: »Es erscheint trotzdem sonderbar, daß Sie uns nicht schrieben und uns nicht mitteilten . . .«

Ich erhob mich. Meine Würde verlangte es.

Er stand ebenfalls auf. Selten in meinem Leben war ich so unglücklich gewesen, wie in dem Augenblick, als ich stolz zur Tür schritt.

»Augenblick, bitte, Mademoiselle.«

Ich blickte über die Schulter, ohne mich jedoch umzudrehen.

»Von unserer kleinen Bahnstation geht jeden Tag nur ein Zug ab, und zwar morgens um neun. Sie müßten etwa zehn Kilometer weit fahren, um eine Zugverbindung nach Paris zu bekommen.«

»Oh!« Ich gestattete meinem Gesicht einen bestürzten Ausdruck.

»Sie sehen«, fuhr er fort, »Sie haben sich in eine sehr unangenehme Situation gebracht.«

»Ich dachte nicht, daß meine Empfehlungsschreiben so geringschätzig ignoriert würden. Ich habe noch nie in Frankreich gearbeitet und war auf so einen Empfang nicht gerade vorbereitet.«

Der Hieb saß. Er reagierte sofort: »Ich versichere Ihnen, Mademoiselle, Sie werden in Frankreich ebenso liebenswürdig behandelt werden wie irgendwo anders.«

Ich hob die Schultern. »Vermutlich gibt es einen Gasthof, ein Hotel, in dem ich übernachten könnte?«

»Das können wir nicht zulassen. Wir dürfen Ihnen unsere Gastfreundschaft anbieten.«

»Sehr gütig von Ihnen«, entgegnete ich kühl, »unter diesen Umständen . . .«

»Sie erwähnten Empfehlungsschreiben.«

»Ich habe Empfehlungen von Leuten, die mit meiner Arbeit sehr zufrieden waren. In England. Ich habe in einigen unserer berühmtesten Herrenhäuser gearbeitet, wo man mir Meisterwerke anvertraute. Aber das interessiert Sie ja nicht.«

»Das ist nicht wahr, Mademoiselle. Es interessiert mich sehr. Alles was mit dem Château zusammenhängt, ist von größtem Interesse für mich. Vielleicht zeigen Sie mir mal Ihre Empfehlungen.«

Ich ging zu dem Tisch zurück und zog aus einer Innentasche

meines Mantels ein Bündel Briefe. Er bedeutete mir, mich zu setzen, nahm ebenfalls Platz und begann die Briefe zu lesen.

Ich beobachtete ihn heimlich, während ich so tat, als betrachtete ich den Raum.

»Sie sind sehr beeindruckend«, sagte der Comte, als er mir die Briefe zurückgab. Er sah mich einige Sekunden lang an und fuhr dann hastig fort: »Ich nehme an, Sie würden die Bilder gern sehen.«

»Das hat wenig Sinn, wenn ich nicht an ihnen arbeiten soll.«

»Vielleicht werden Sie das tun, Mademoiselle Lawson.«

»Sie meinen . . .«

»Ich meine, Sie sollten wenigstens eine Nacht hierbleiben. Sie haben eine lange Reise hinter sich. Und da Sie so ein Experte sind« — er blickte auf die Briefe in meiner Hand — »und so berühmte Leute Sie so überschwenglich zu Ihrer Arbeit beglückwünscht haben, nehme ich doch an, daß Sie die Bilder zumindest sehen möchten. Wir haben einige hervorragende Meisterwerke im Château. Sie sind im Laufe der Jahrhunderte gesammelt worden. Ich versichere Ihnen, es ist eine Sammlung, die Ihre Aufmerksamkeit verdient.«

»Möchten Sie, daß ich die Arbeit übernehme?«

»Sie könnten uns zuerst einmal einen Rat geben, oder?«

Ich war so erleichtert, daß ich meine Einstellung ihm gegenüber änderte. Die bisherige Antipathie verwandelte sich in Sympathie.

»Ich würde mein Bestes tun, Monsieur le Comte.«

»Sie befinden sich im Irrtum, Mademoiselle. Ich bin nicht der Comte de la Talle.«

Es gelang mir nicht, meine Überraschung zu verbergen. »Aber war . . .«

»Philippe de la Talle, der Vetter des Grafen. Der Graf wird entscheiden, ob er Sie mit der Restaurierung seiner Bilder betraut oder nicht. Läge die Entscheidung bei mir, würde ich Sie bitten, unverzüglich zu beginnen.«

»Wann kann ich den Grafen sprechen?«

»Er ist nicht da und wird wahrscheinlich noch einige Tage fort sein. Ich schlage vor, Sie bleiben bis zu seiner Rückkehr bei uns. In der Zwischenzeit können Sie die Bilder prüfen und eine Tabelle der notwendigen Arbeiten aufstellen.«

»Einige Tage?« wiederholte ich bekümmert.

»Ich fürchte, ja«, sagte er.

Mein Zimmer lag in der Nähe des Hauptturmes. Die Fensternische war groß genug für zwei Steinbänke zu beiden Seiten, obgleich das Fenster selbst nur ein schmaler Schlitz war. Ich konnte nur hinausgucken, wenn ich auf Zehenspitzen stand. Unter mir war der Burggraben, dahinter lagen Weinberge.

Der hohe Raum war voller Schatten, obgleich es noch früh am Tag war, denn so malerisch die Fensterschießscharte auch war, sie schloß das Licht aus. Die tatsächliche Dicke der Mauern überraschte mich.

Die Tapisserie war eindeutig sechzehntes Jahrhundert. Das Bett hatte einen Baldachin. Dahinter hing ein großer Vorhang, und als ich den zur Seite zog, entdeckte ich eine sogenannte *ruelle* – einen Alkoven, wie man ihn in französischen Schlössern findet. Dieser hatte die Größe eines kleinen Zimmers und enthielt einen Schrank, eine Sitzbadewanne und einen Frisiertisch mit einem Spiegel.

Das Mädchen brachte mir heißes Wasser und fragte, ob ich etwas kaltes Huhn und eine Karaffe von dem Wein der Gegend haben wollte. Ich dankte ihr und erwiderte, das wäre mir sehr recht.

Ich legte meinen Mantel und den so gar nicht schmeichelhaften Hut ab. Dann zog ich die Haarnadeln aus meinem Knoten und ließ mein Haar auf die Schultern herabfallen. Auf mein Haar war ich stolz. Es war dunkelbraun, hatte aber einen so ausgeprägten kastanienbraunen Schimmer, daß es in der Sonne beinahe rot glänzte.

Ich wusch mich von Kopf bis Fuß in der kleinen Badewanne und fühlte mich danach bedeutend frischer. Dann zog ich frische Wäsche an und einen grauen Wollrock und eine leichte, ebenfalls graue Kaschmirbluse.

Es klopfte, als ich meine Bluse zuknöpfte. Ich sah flüchtig mein Spiegelbild. Meine Wangen hatten sich ein wenig gerötet, und mit dem offenen Haar, das bis zur Taille herabfiel, sah ich wirklich ganz anders aus als die selbstsichere energische junge Frau, die man in dies Zimmer gebracht hatte.

»Wer ist da?« rief ich.

»Ihr Tablett, Mademoiselle.«

Das Mädchen kam herein. Mit der einen Hand hielt ich mein Haar hinten zusammen, mit der anderen zog ich den Vorhang ein wenig zur Seite.

»Stellen Sie es bitte dorthin.«

Sie tat es und ging wieder. Jetzt erst merkte ich, wie hungrig ich war und kam aus dem Alkoven heraus, um das Tablett zu inspizieren. Ein Hühnerbein, ein Stück knuspriges Brot, Butter, Käse und eine Karaffe Wein. Ich setzte mich und fing an zu essen. Es schmeckte köstlich.

Ich spürte, wie mich eine schläfrige Zufriedenheit überkam. Ich schloß die Augen und spürte wieder das Rütteln des Zuges, dachte an das Leben im Schloß und an das Leben außerhalb seiner Mauern.

»Mademoiselle!«

Ich fuhr aus meinem Sessel hoch und vermochte mich einen Augenblick nicht zu erinnern, wo ich war. Eine Frau stand vor mir — klein, dünn, mit gerunzelter Stirn, was mehr Besorgnis als Ärger verriet. Ihr staubgraues Haar war in Locken und Ponyfransen frisiert, aufgebauscht und gekräuselt, um zu verbergen, wie spärlich es war. Graue Augen betrachteten mich ängstlich unter zusammengezogenen Brauen. Die Frau trug eine weiße, mit kleinen rosa Satinschleifchen verzierte Bluse und einen dunkelblauen Rock.

»Ich bin eingeschlafen«, gestand ich.

»Sie müssen sehr müde sein. Monsieur de la Talle schlug vor, daß ich Sie zur Galerie hinaufbringe, doch vielleicht möchten Sie sich lieber noch ein bißchen ausruhen. Ich werde etwas später wiederkommen.«

»Das wäre nett von Ihnen. Und sagen Sie, bitte, wer sind Sie? Ich bin Miß Lawson und aus England gekommen, um — äh . . .«

»Ja, ich weiß. Wir erwarten einen Herrn. Ich bin Mademoiselle Dubois, die Gouvernante.«

»Oh! Ich wußte nicht . . .«

»Vielleicht ziehen Sie vor, wenn ich in — sagen wir, einer halben Stunde wiederkomme?«

»Nein, geben Sie mir nur zehn Minuten, damit ich mich noch etwas erfrischen kann.«

Sie hörte auf, die Stirn zu runzeln und lächelte unsicher. Sobald sie mich allein gelassen hatte, ging ich in die *ruelle* und betrachtete mich im Spiegel. Mein Gesicht war gerötet, meine Augen leuchteten, und mein Haar hing mir in einem Gewirr um die Schultern. Ich packte es, zog es fest aus der Stirn, flocht es zu zwei Zöpfen und wand diese zu einem dicken Kranz zusammen, den ich auf dem Kopf feststeckte. Als Mademoiselle Dubois zurückkam, war ich bereit, wieder die mir vertraute Rolle zu spielen.

»Es tut mir leid, daß ich Sie gestört habe.«

Die Frau entschuldigte sich zu übertrieben. Der kleine Vorfall war vorbei, und es war meine Schuld gewesen, einzuschlafen und ihr Klopfen zu überhören. Ich sagte ihr dies und fügte hinzu: »Monsieur de la Talle hat Sie also gebeten, mir die Galerie zu zeigen.«

»Ich verstehe wenig von Bildern, aber . . .«

»Wie Sie sagten, sind Sie die Gouvernante. Es gibt hier also Kinder im Château.«

»Nur Geneviève. Monsieur le Comte hat nur das eine Kind.« Sie seufzte. »Geneviève ist sehr schwierig.«

»Das sind Kinder oft. Wie alt ist sie?«

»Vierzehn.«

»Dann bin ich überzeugt, daß Sie sie mühelos in den Griff bekommen.«

Sie warf mir einen ungläubigen Blick zu, und ihr Mund verzerrte sich leicht. »Es ist offensichtlich, Mademoiselle, daß Sie Geneviève noch nicht kennen.«

»Verzogen, vermute ich.«

»Verzogen?«

Ihre Stimme hatte einen merkwürdigen Unterton. Furcht? Angst? Ich konnte es nicht ganz einordnen.

»Ja, auch das«, murmelte sie.

Sie war völlig untauglich, das war ganz offenkundig. Wenn sie eine Frau wie diese ausgesucht hatten, waren meine Chancen, die Restaurierung der Bilder übertragen zu bekommen, bestimmt nicht schlecht. Ich mußte doch viel tüchtiger aussehen als dieses arme Wesen. Oder hielt der Graf die Erziehung seines einzigen Kindes nicht für ebenso wichtig wie die Restaurierung seiner Bilder?

»Ich sage Ihnen, Mademoiselle Lawson, es ist unmöglich, dieses Mädchen in der Hand zu haben.«

»Vielleicht sind Sie nicht streng genug«, meinte ich leichthin und wechselte dann das Thema. »Dies ist ein weitläufiges Gebäude. Befinden wir uns in der Nähe der Galerie?«

»Ich zeige es Ihnen.«

»Ich nehme an, Sie sind schon seit einiger Zeit hier«, sagte ich, nur um Konversation zu machen, während wir das Zimmer verließen und einen Korridor entlang zu einer Treppe gingen.

»Ziemlich. Acht Monate.«

Ich lachte. »Das nennen Sie lange?«

»Die anderen blieben nicht so lange. Niemand blieb länger als sechs Monate.«

Deshalb also behielt man Mademoiselle Dubois. Geneviève war so verzogen, daß es schwierig war, eine Gouvernante zu halten. Man hätte denken sollen, daß der gestrenge König des Schlosses seine Tochter in Zaum zu halten verstand. Und die Gräfin? Eigenartigerweise hatte ich, bevor Mademoiselle eine Tochter erwähnte, nicht an eine Gräfin gedacht. Selbstverständlich mußte es sie geben, da ein Kind vorhanden war. Sie war wahrscheinlich mit dem Grafen fortgefahren, und ich war deshalb von dem Vetter empfangen worden.

»Und tatsächlich«, fuhr die Gouvernante fort, »sage ich mir dauernd, ich sollte gehen. Die Schwierigkeit ist nur . . .«

»Jede Stellung hat ihre Nachteile«, tröstete ich sie.

»O ja, in der Tat. Und hier ist so viel . . .«

»Das Schloß scheint ein Lagerhaus von Kunstschätzen zu sein.«

»Ich glaube, die Bilder sind ein Vermögen wert.«

»So hörte ich.« Meine Stimme war voller Wärme. Wir waren in einen großen Raum gekommen, eine Art Solarium, wie man in England sagt, da er so angelegt ist, daß er die Sonne einfängt. Ich blieb stehen, um ein Wappen an der Wand zu betrachten. Es war relativ jung, ich überlegte, ob sich unter der Kalktünche vielleicht Wandmalereien verbargen.

»Der Graf ist zweifellos sehr stolz auf seine Bilder.«

»Ich — ich weiß nicht.«

»Das muß er sein. Auf jeden Fall sind sie ihm so wichtig, daß er sie begutachten und restaurieren lassen will. Kunstschätze sind ein Erbe. Es ist ein Privileg, sie zu besitzen, und man darf nicht vergessen, daß Kunst — große Kunst — niemals einem Menschen allein gehört.«

Mademoiselle Dubois lachte blechern, ohne jeden Frohsinn oder jedes Vergnügen.

»Ich erwarte kaum von dem Grafen, daß er mir seine Gefühle mitteilt«, sagte sie.

Nein, überlegte ich, und ich sollte das ebenfalls nicht tun.

»O je!« murmelte sie. »Ich hoffe, ich habe mich nicht verlaufen. Ach nein, hier ist es.«

»Wir sind jetzt beinahe in der Mitte des Schlosses«, erklärte ich. »Ich würde sagen, wir befinden uns direkt unter dem Rundturm.«

Sie sah mich ungläubig an.

»Die Restaurierung alter Häuser war der Beruf meines Vaters«, sagte ich. »Ich lernte sehr viel von ihm. Wir arbeiteten zusammen.«

Beinahe streng erwiderte sie: »Ich weiß nur, daß ein Mann erwartet wurde.«

»Man erwartete meinen Vater. Er sollte schon vor ungefähr drei Jahren kommen, doch dann wurde der Besuch aus irgendeinem Grund verschoben.«

»Vor ungefähr drei Jahren«, wiederholte sie tonlos. »Das muß gewesen sein, als . . .«

Ich wartete, und als sie nicht weitersprach, meinte ich: »Das war vor Ihrer Zeit, nicht wahr? Mein Vater sollte kommen, doch dann wurde ihm ziemlich diktatorisch mitgeteilt, daß es nicht passen würde. Er starb vor einigen Monaten. Ich habe seine noch nicht ausgeführten Aufträge übernommen.«

»Sie haben selbstverständlich recht«, pflichtete Mademoiselle Dubois unterwürfig bei. »Dies ist die Galerie, wo die Bilder hängen.«

Ich stand in einem von mehreren Fenstern erhellten Raum. Sogar in ihrem vernachlässigten Zustand waren die Bilder prachtvoll. Ein rascher Blick genügte, um mir zu sagen, daß sie wertvoll waren. Sie stammten hauptsächlich aus der französischen Schule. Ich erkannte einen Poussin und gleich daneben einen Lorrain und war wie nie zuvor betroffen über die kalte Diszipliniertheit des einen und die intensive Dramatik des anderen. Ich war wie in Trance. Doch dann wurde ich böse, weil alle Bilder so dringend Pflege brauchten.

Schweigend ging ich von Bild zu Bild und vergaß alles übrige. Nach meiner Schätzung verlangte das, was ich bisher gesehen hatte, fast ein Jahr Arbeit und wahrscheinlich noch viel mehr als das.

»Sie finden Sie also interessant«, sagte Mademoiselle Dubois.

»Ich finde sie hochinteressant, aber sie brauchen wahrhaftig eine Aufarbeitung.«

»Dann werden Sie sich vermutlich gleich an die Arbeit machen.«

Ich wandte mich zu ihr um und sah sie an. »Es ist keineswegs sicher, ob ich die Arbeit ausführen werde. Ich bin eine Frau, wissen Sie, und man hält mich deshalb nicht für tauglich.«

Nicht weit entfernt rief eine Stimme: »Ich will sie sehen. Ich sage dir, Nounou, ich werde sie sehen. Esquilles bekam Order, sie in die Galerie zu bringen.«

Eine leise, besänftigende Stimme und dann: »Laß mich, Nounou! Du dummes, altes Stück! Glaubst du, du kannst mich daran hindern?«

Die Tür zur Galerie flog auf, und das Mädchen, das ich sofort als Geneviève de la Talle erkannte, stand auf der Schwelle. Sie trug das dunkle Haar lose und beinahe absichtlich unordentlich; die schönen braunen Augen sprühten vor Vergnügen. Sie hatte ein mittelblaues Kleid an, das ihr gut stand. Auch ohne vorherige Warnung hätte ich sofort gewußt, daß sie nicht zu bändigen war.

Sie sah mich frech an, und ich erwiderte den Blick. Dann sagte sie auf englisch: »Guten Tag, Miß.«

»Guten Tag, Mademoiselle«, antwortete ich auf englisch.

Sie schien belustigt und kam in die Galerie. Hinter ihr bemerkte ich eine grauhaarige Frau. Das war offenbar die Amme, Nounou. Vermutlich war sie hier, seit Geneviève ein Baby war, und hatte mitgeholfen, sie zu verziehen.

»Sie sind also von England gekommen«, bemerkte das Mädchen. »Man erwartete einen Herrn.«

»Man erwartete meinen Vater. Wir arbeiteten zusammen, und da er nicht kommen kann, weil er tot ist, übernehme ich seine Aufträge.«

Ich wandte mich lächelnd der alten Frau zu und begrüßte sie. »Ich finde diese Bilder höchst interessant«, sagte ich zu ihr und Mademoiselle Dubois, »doch sind sie ganz einwandfrei sehr vernachlässigt worden.«

Keine von beiden antwortete, doch das Mädchen, anscheinend verärgert, ignoriert zu werden, sagte: »Das braucht nicht Ihre Sorge zu sein, denn Sie werden nicht hierbleiben dürfen.«

»Still, Liebling«, flüsterte Nounou.

Die besorgten Blicke der Amme hefteten sich auf mich und baten um Verzeihung für das schlechte Benehmen des Schützlings.

»Sie werden ja sehen«, fuhr das Mädchen fort. »Sie denken vielleicht, Sie bleiben, aber mein Vater . . .«

Sie begann unvermittelt zu lachen, entwand sich dem Griff der Amme und kam auf mich zu.

»Vermutlich denken Sie, ich sei sehr unhöflich«, meinte sie.

»Ich denke gar nichts über dich.«

»Was denken Sie denn dann?«

»Im Moment denke ich an diese Bilder.«

»Sie meinen, die sind interessanter als ich?«

»Unendlich viel interessanter«, erwiderte ich.

Geneviève wußte nicht, was sie antworten sollte. Sie hob die Schultern und sagte verdrossen und mit leiser Stimme, indem sie sich von mir abwandte: »Na, ich hab' sie jetzt gesehen. Sie ist nicht hübsch und alt.«

Sie warf den Kopf zurück und stürmte hinaus.

»Sie müssen ihr verzeihen, Mademoiselle«, murmelte die alte Amme. »Sie hat einen ihrer Koller. Ich versuchte, sie von Ihnen fernzuhalten. Ich fürchte, sie hat Sie etwas aus der Fassung gebracht.«

»Nicht im geringsten«, antwortete ich. »Sie ist ja nicht meine Sorge — zum Glück.«

Die Amme ging hinaus, und ich sah Mademoiselle Dubois mit hochgezogenen Brauen an. »Sie und die Amme tun mir leid.«

Ihr Gesicht hellte sich auf. »Kinder können manchmal schwierig sein, aber noch nie habe ich ein so . . .«

Sie blickte verstohlen zur Tür. Arme Mademoiselle Dubois, dachte ich. Ich wollte ihre Probleme nicht dadurch noch vergrößern, daß ich ihr sagte, ich fände es dumm von ihr, sich eine derartige Behandlung gefallen zu lassen. Darum sagte ich nur: »Wenn Sie mich jetzt hier allein lassen, werde ich die Bilder einer genaueren Prüfung unterziehen. Vielen Dank für Ihre Hilfe.«

Sie ging geräuschlos hinaus, und ich wandte mich den Bildern zu, doch war ich zu erregt, um ernsthaft arbeiten zu können.

Ich blickte auf die Wände mit den unbezahlbaren und so vernachlässigten Bildern und überlegte, gleich morgen früh abzureisen. Ich könnte mich bei Monsieur de la Talle entschuldigen und zugeben, daß es ein Fehler von mir gewesen war, überhaupt zu kommen.

Ich ging zur Tür, doch als ich den Griff drehte, rührte er sich nicht. Eigenartigerweise packte mich in jenen Sekunden echte Angst. Ich bildete mir ein, eine Gefangene zu sein, und plötzlich schien es mir, als bewegten sich die Wände auf mich zu.

Meine Hand lag schlaff auf dem Griff, und die Tür öffnete sich. Philippe de la Talle stand vor mir.

»Sie waren im Begriff zu gehen, Mademoiselle?«

»Ich wollte in mein Zimmer. Es scheint sinnlos, noch länger hierzubleiben. Ich habe mich nun entschlossen, morgen abzureisen.«

Er zog die Brauen hoch. »Sie haben Ihre Meinung geändert?«

Zornig sagte ich: »Keineswegs! Diese Bilder sind übel vernachlässigt worden — kriminell vernachlässigt worden. Doch ich habe schon viel Schlimmeres restauriert. Ich fühle lediglich, daß meine Anwesenheit hier unerwünscht ist und daß es besser für Sie wäre, jemand anderen zu finden.«

»Liebe Mademoiselle Lawson«, sagte er beinahe gütig, »alles hängt von meinem Vetter ab, dem die Bilder gehören, dem alles in diesem Château gehört. Er wird in einigen Tagen zurück sein.«

»Trotzdem finde ich, ich sollte morgen früh wieder abreisen. Ich kann Sie für Ihre Gastfreundschaft entschädigen, indem ich Ihnen einen Voranschlag für die nötigen Restaurierungsarbeiten an einem der Bilder in der Galerie anfertige, der Ihnen nützlich sein wird, wenn Sie jemand anderen engagieren.«

»Mademoiselle, bleiben Sie wenigstens einige Tage und hören Sie sich an, was mein Vetter dazu zu sagen hat.«

Ich zögerte und meinte dann: »Na, schön, ich werde also bleiben.«

»Ausgezeichnet«, sagte er und trat zur Seite.

Als es am nächsten Morgen hell wurde, stand ich erfrischt und gut ausgeschlafen in bester Stimmung auf.

Ich wusch mich, zog mich an und klingelte nach dem Frühstück. Der heiße Kaffee, das knusprige Brot und die Butter waren köstlich.

Ich fand den Weg zur Galerie, wo ich einen wunderbaren, friedlichen Vormittag verbrachte; ich examinierte die Bilder und machte mir ausführliche Notizen über die Beschädigungen jedes einzelnen. Ich war so in die Arbeit vertieft, daß ich die Schloßbewohner vergaß und überrascht war, als ein Mädchen an die Tür klopfte und verkündete, es wäre zwölf Uhr und sie würde mir, wenn mir das recht wäre, das Déjeuner auf mein Zimmer bringen.

Ich packte also meine Papiere zusammen und ging zu meinem Zimmer.

Der Nachmittag war keine gute Zeit, um zu arbeiten; außerdem brauchte ich etwas Bewegung.

Ich hatte keine Schwierigkeiten, den Weg in den Hof zu finden, in den Joseph mich bei meiner Ankunft gebracht hatte. Anstatt zu der Zugbrücke zu gehen, durchquerte ich die Loggia, die das Hauptgebäude mit einem Teil des Schlosses verband, der zu einem späteren Zeitpunkt gebaut worden war, und kam durch einen Hof an der Südseite des Schlosses heraus. Hier befanden sich die Gärten, und wenn Monsieur le Comte, wie ich ergrimmt bei mir feststellte, auch seine Bilder vernachlässigte, so gewiß nicht seine Gärten, denn sie wurden offensichtlich sorgfältig gepflegt.

Der Garten lag völlig verlassen da. Vermutlich machten die Arbeiter eine Siesta, denn sogar um diese Jahreszeit brannte die Sonne heiß.

Ich stand unter einem Obstbaum, als ich eine Stimme hörte: »Miß! Miß!«

Ich drehte mich um und sah Geneviève auf mich zurennen.

»Ich sah Sie von meinem Fenster«, sagte sie. Sie legte mir die Hand auf den Arm und deutete auf das Schloß. »Sehen Sie das Fenster dort ganz oben? Es ist meins. Es gehört zu dem Kindertrakt.«

Sie wirkte jetzt ganz anders, ruhig und heiter, vielleicht ein wenig mutwillig, doch mehr so, wie man sich ein gut erzogenes vierzehnjähriges Mädchen vorstellt. Ich begriff, daß ich Geneviève ohne Koller vor mir hatte.

»Sind Sie Gouvernante?«

»Ganz gewiß nicht.«

»Dann sollten Sie es sein. Sie würden eine gute abgeben.« Sie lachte laut. »Sie brauchten dann nicht unter falschen Vorwänden herumzulaufen, nicht wahr?«

Kühl entgegnete ich: »Ich will einen Spaziergang machen. Ich sage dir jetzt auf Wiedersehen.«

»O nein, nicht! Ich bin heruntergekommen, um mit Ihnen zu reden. Zuerst einmal muß ich mich entschuldigen. Ich war unhöflich, und Sie waren sehr kühl. Aber das müssen Sie ja wohl sein. Man erwartet es von den Engländern.«

»Ich bin halb Französin«, bemerkte ich. »Es hat keinen Sinn, diese Unterhaltung fortzusetzen. Ich nehme deine Entschuldigung an und werde dich jetzt allein lassen.«

»Aber ich bin extra heruntergekommen, um mit Ihnen zu reden.«

»Und ich bin heruntergekommen, um spazierenzugehen.«

»Warum können wir nicht zusammen spazierengehen?«

»Wir machen also einen Spaziergang zusammen«, sagte ich.

»Und ich werde Ihnen alles zeigen, was Sie sehen möchten«, sagte sie.

»Vielen Dank. Das ist sehr nett.«

Sie lachte. »Ich hoffe, es wird Ihnen hier gefallen, Miß.«

Sie lächelte.

»Ich bin nicht sehr nett«, gestand sie. »Sie haben alle Angst vor mir.«

»Ich glaube nicht, daß sie Angst vor dir haben. Sie sind vielleicht betrübt und — entrüstet.«

Dies belustigte sie, doch sie war beinahe sofort wieder ernst.

»Hatten Sie Angst vor Ihrem Vater?« wollte sie wissen.

»Nein«, antwortete ich. »Ich hatte vielleicht Ehrfurcht vor ihm.«

»Was ist der Unterschied?«

»Man kann jemanden respektieren, bewundern, zu ihm aufschauen und fürchten, ihn zu erzürnen. Das ist nicht das gleiche, wie Angst vor jemandem zu haben.«

»Sie hatten also wirklich keine Angst vor Ihrem Vater?«

»Nein. Hast du Angst vor deinem?«

Sie antwortete nicht, doch ich bemerkte, wie ein gequälter Ausdruck in ihre Augen kam.

Rasch sagte ich: »Und — deine Mutter?«

»Ich werde Sie zu meiner Mutter bringen.«

»Was?«

»Ich sagte, ich werde Sie zu ihr bringen.«

»Sie ist im Schloß?«

»Ich weiß, wo sie ist. Ich werde Sie meiner Mutter vorstellen. Kommen Sie mit?«

»Aber ja. Ich freue mich, sie kennenzulernen.«

»Sehr gut. Kommen Sie.«

Sie ging voran.

»Ich bin wie zwei verschiedene Menschen in einem Körper, nicht wahr?«

»Was meinst du damit?«

»Mein Charakter hat zwei Seiten.«

»Wir haben alle viele Seiten.«

»Aber mein Charakter ist anders. Der Charakter von anderen Menschen ist ganz aus einem Stück. Meiner besteht aus zwei ganz verschiedenen Hälften.«

»Wer hat dir das erzählt?«

»Nounou. Sie sagt, ich sei ein Zwilling, das bedeutet, daß ich zwei Gesichter habe. Ich habe im Juni Geburtstag.«

»Das ist ein Hirngespinst. Jeder Mensch, der im Juni geboren wurde, ist doch nicht wie du.«

»Es ist kein Hirngespinst. Sie sahen doch, wie gräßlich ich

gestern war. Das war mein böses Ich. Heute bin ich anders. Ich bin lieb. Ich habe gesagt, daß es mir leid tut, oder etwa nicht?«

»Ich hoffe, es tut dir leid.«

»Ich sagte, es tut mir leid, und das hätte ich nicht gesagt, wenn es nicht wahr wäre.«

»Du kannst genauso sein, wie du sein möchtest«, versicherte ich Geneviève. »Es ist absurd, dir einzureden, du hättest zwei Wesen, und dich auch noch zu bemühen, dem Unerfreulichen gerecht zu werden.«

»Ich bemühe mich nicht, es passiert einfach so.«

Noch während sie das sagte, verachtete ich mich selbst. Es war immer so einfach, anderer Menschen Probleme zu lösen.

Wir blieben stehen. Vor uns lag eine Lichtung, auf der langes Gras wuchs. Ich sah sofort, daß die dort aufragenden Monumente Toten geweiht waren, und vermutete, daß dies der Familienfriedhof war.

Ihre Mutter war also tot. Und das nannte sie, mich ihrer Mutter vorstellen. Ich war schockiert und bestürzt.

»Alle de la Talles kommen hierher, wenn sie sterben«, sagte sie feierlich. »Aber ich komme auch oft hierher.«

»Deine Mutter ist tot?«

»Kommen Sie, ich zeige Ihnen, wo sie ist.«

Sie zog mich durch das lange Gras zu einem reich verzierten Grabmal. Es glich einem kleinen Haus; auf der Spitze war eine wunderschön gemeißelte Gruppe von Engeln, die ein großes marmornes Buch hielten, auf dem der Name der Verstorbenen eingraviert war.

»Schauen Sie«, sagte sie, »da steht ihr Name.«

Der Name auf dem Buch lautete *Françoise, Comtesse de la Talle, dreißig Jahre.* Ich las das Todesdatum. Es lag drei Jahre zurück. Das Mädchen war also elf Jahre gewesen, als die Mutter starb.

»Ich komme oft hierher«, erzählte sie, »um bei ihr zu sein. Ich rede mit ihr. Ich mag es gern. Es ist so still hier.«

»Du solltest nicht hierher kommen«, sagte ich sanft, »nicht allein.«

»Ich mag aber gern allein kommen. Ich wollte nur, daß Sie sie kennenlernen.«

Ich weiß nicht, was mich veranlaßte, es zu sagen. »Kommt dein Vater hierher?«

»Nie. Er mag nicht mit ihr zusammen sein. Er wollte es ja vorher auch nicht. Weshalb sollte er es dann jetzt wollen?«

»Wie kannst du wissen, was er gern mag?«

»Oh, ich weiß es. Außerdem ist sie ja jetzt hier, weil er es so wollte. Er erreicht immer, was er will, wissen Sie. Er wollte sie nicht.«

Mir fiel nichts ein. Ich konnte das Kind nur entsetzt anstarren. Sie schien mich jedoch vergessen zu haben, als sie die Hände liebevoll auf die Marmorplatte legte.

2

Es war mein zweiter Tag auf Château Gaillard. Ich hatte in der Nacht nicht schlafen können, hauptsächlich, weil die Szene auf dem Friedhof mich so bestürzt hatte, daß es mir nicht gelang, sie aus meinem Denken zu vertreiben.

Ich ging in die Galerie und verbrachte den gesamten Vormittag damit, die Bilder zu untersuchen.

Zum Mittagessen kehrte ich in mein Zimmer zurück und ging anschließend nach draußen. Ich hatte beschlossen, mir heute die Umgebung anzusehen und vielleicht den Ort.

Ringsherum erstreckten sich die Weinberge. Ich schlug einen Feldweg ein, auch wenn er vom Ort wegführte. Ich stellte mir das bunte Treiben während der Weinlese vor und wünschte, ich hätte es noch miterleben können.

Ich war zu einigen Gebäuden gekommen, hinter denen ich ein rotes Backsteinhaus mit grünen Fensterläden erblickte. Nach meiner Schätzung war es ungefähr hundertfünfzig Jahre alt. Ich konnte der Versuchung nicht widerstehen, es mir anzuschauen.

Vor dem Haus stand eine Linde, und als ich näherkam, rief eine helle Stimme: »Hallo, Miß!«

Wer immer da rief, wußte, wer ich war.

»Hallo«, rief ich zurück, doch als ich über das schmiedeeiserne Tor blickte, konnte ich niemanden sehen.

Da hörte ich ein glucksendes Lachen in der Linde über mir und erblickte einen Jungen, der wie ein Affe hin und her schwang. Mit einem Sprung stand er neben mir. »Hallo, Miß. Ich bin Yves Bastide.«

»Guten Tag.«

»Das da ist Margot. Margot, komm herunter!«

Das Mädchen schlängelte sich zwischen Zweigen hindurch und rutschte gefährlich schnell an dem Stamm herunter. Sie war etwas kleiner als der Junge.

»Wir wohnen hier«, erzählte mir Yves.

Das Mädchen nickte und blickte mich neugierig an.

»Es ist ein sehr hübsches Haus.«

»Wir wohnen alle da — wir alle.«

»Das muß sehr lustig für euch alle sein.«

»Yves! Margot!« rief eine Stimme aus dem Haus.

»Wir haben Miß hier, Gran' mère.«

»Dann ladet sie ein, hereinzukommen, und vergeßt eure guten Manieren nicht.«

»Miß«, sagte Yves mit einer kleinen Verbeugung, »würden Sie bitte mit hereinkommen und Gran' mère guten Tag sagen?«

»Aber gern.« Ich lächelte dem Mädchen zu, das einen kleinen Knicks machte.

Der Junge lief voraus, um das Tor aufzumachen.

Ich betrat eine große Halle, und eine Stimme rief aus einer offenen Tür: »Bringt die englische Dame hier herein, Kinder.«

In einem Schaukelstuhl saß eine alte Frau. Ihr Gesicht war braun und runzlig, und sie trug Massen weißen Haares hoch auf dem Kopf aufgetürmt. Ihre Augen waren blank, beinah schwarz, und die schweren Lider fielen wie Kapuzen über sie. Die dünnen, venenüberzogenen Hände, die mit braunen Flecken bedeckt waren, hielten die Armlehnen des Schaukelstuhls umfaßt.

Sie lächelte mir so eifrig entgegen, als hätte sie mein Kommen erwartet und freute sich darüber.

»Verzeihen Sie, wenn ich nicht aufstehe, Mademoiselle, aber meine Beine sind so steif, daß ich manchmal den ganzen Vormittag brauche, um aus meinem Stuhl hochzukommen.«

»Bitte, bleiben Sie sitzen!« Ich ergriff die ausgestreckte Hand und schüttelte sie. »Es ist sehr nett von Ihnen, mich hereinzubitten.« Ich lächelte. »Sie scheinen mich zu kennen. Ich fürchte, Sie sind da im Vorteil.«

»Yves, einen Stuhl für Mademoiselle!«

Er sprang fort, um mir einen zu holen, und stellte ihn sorgsam genau vor den Stuhl der alten Dame.

»Sie werden uns bald kennen, Mademoiselle. Jeder kennt hier die Bastides.«

Ich setzte mich.

»Neuigkeiten machen hier schnell die Runde. Wir hörten, daß Sie angekommen waren und hofften, Sie würden uns einen Besuch machen. Wissen Sie, wir gehören zum Château. Dieses Haus wurde für einen Bastide gebaut. Seitdem haben immer Bastides in ihm gewohnt, denn die Bastides waren schon immer die Winzer vom Château Gaillard. Man sagt, es hätte nie einen Gaillard-Wein gegeben, wenn es die Bastides nicht gegeben hätte.«

»Die Weinberge gehören also Ihnen.«

Die alte Frau lachte laut. »Wie alles hier gehören auch die Weinberge Monsieur le Comte.« Sie wandte sich an die Kinder. »Geht und sucht euren Bruder, Kinder. Und auch eure Schwester und euren Vater. Sagt ihnen, wir hätten Besuch.«

Die Kinder liefen hinaus. Ich sagte, wie reizend sie wären und was für entzückende Manieren sie hätten. Sie nickte sehr erfreut; sie verstand, weshalb ich das gesagt hatte.

»Um diese Tageszeit«, erklärte sie, »ist draußen nicht viel los. Mein Enkel, der jetzt alles übernommen hat, wird im Keller sein. Sein Vater, der seit dem Unfall nicht mehr draußen arbeiten kann, wird ihm helfen, und meine Enkelin Gabrielle wird im Büro arbeiten.«

»Sie haben aber eine große Familie, und alle arbeiten im Weinanbau?«

Sie nickte. »Es ist Familientradition. Wenn sie alt genug sind, werden auch Yves und Margot mithelfen.«

»Wie nett muß das sein. Und die ganze Familie lebt hier zusammen in diesem wunderschönen Haus. Bitte, erzählen Sie mir von Ihren Kindern und Enkeln.«

»Da ist einmal mein Sohn Armand, der Vater der Kinder. Jean-Pierre ist achtundzwanzig und wird bald neunundzwanzig. Er macht jetzt alles. Gabrielle ist neunzehn — also eine Lücke von zehn Jahren zwischen den beiden, wie Sie sehen. Nach einer weiteren Lücke kam dann Yves und danach Margot. Sie sind nur ein Jahr auseinander. Das war zu wenig, und ihre Mutter war zu alt fürs Kinderkriegen.«

»Sie ist . . .«

Sie nickte. »Das war eine schlimme Zeit. Die kleine Margot war erst zehn Tage alt.«

»Wie furchtbar traurig!«

»Die schlimmen Zeiten gehen vorbei, Mademoiselle. Es ist jetzt acht Jahre her. Aber so ist das Leben, nicht wahr?« Sie lächelte mir zu. »Ich rede zu viel von den Bastides. Ich langweile Sie bestimmt.«

»Aber ganz und gar nicht. Es ist alles so interessant.«

»Ihre Arbeit muß doch viel interessanter sein. Wie gefällt es Ihnen im Château?«

»Ich bin erst sehr kurze Zeit dort.«

»Wird die Arbeit Sie interessieren?«

»Ich weiß noch nicht, ob ich sie überhaupt bekomme. Alles hängt von . . .«

». . . Monsieur le Comte ab. Natürlich.« Sie sah mich an und schüttelte den Kopf. »Er ist kein einfacher Mann.«

»Ist er unberechenbar?«

»Die erwarteten einen Mann. Wir erwarteten alle einen Mann. Die Dienstboten redeten von dem Engländer, der kommen sollte. Die können in Gaillard keine Geheimnisse bewahren, Mademoiselle . . .« Sie richtete sich auf und lauschte. Ich hörte den Hufschlag eines Pferdes. Ein stolzes Lächeln veränderte ihr Gesicht.

»Das«, kündigte sie an, »ist Jean-Pierre.«

Nach wenigen Augenblicken stand er in der Tür. Er war mittelgroß und hatte hellbraunes Haar. Seine dunklen Augen verengten sich zu schmalen Schlitzen, als er uns zulachte, und sein Gesicht wies eine fast kupferrote Bräune auf. Er wirkte ungeheuer vital.

»Jean-Pierre«, sagte die alte Frau, »dies ist Mademoiselle vom Château.«

Er kam lächelnd auf mich zu, als sei er wie die übrige Familie entzückt, mich kennenzulernen. Er verbeugte sich zeremoniell.

»Willkommen in Gaillard, Mademoiselle. Es ist sehr nett von Ihnen, uns einen Besuch zu machen.«

»Es ist eigentlich kein Besuch. Ihre jüngeren Geschwister sahen mich vorbeikommen und baten mich herein.«

Er zog einen Stuhl heran und setzte sich. »Wie finden Sie das Château?«

»Es ist ein schönes Beispiel der Architektur des fünfzehnten Jahrhunderts. Ich habe bisher noch nicht viel Gelegenheit gehabt, es mir genau anzusehen, doch ich glaube, es ähnelt in manchem Langeais und Loches.«

Er lachte. »Ich schwöre, Sie wissen mehr über die Kunstschätze unseres Landes als wir selbst.«

»Das glaube ich nicht, doch je mehr man lernt, um so deutlicher erkennt man, wie viel mehr es zu lernen gibt. Ich kümmere mich um alte Bilder und Häuser, Sie um den Wein.«

Jean-Pierre lachte. Er hatte ein spontanes Lachen, das anziehend war. »Was für ein Unterschied! Das Geistige und das Materielle. Haben Sie mit der Arbeit im Château schon begonnen, Mademoiselle?«

»So gut wie kaum. Ich bin noch nicht angenommen. Ich muß warten . . .«

»Auf die Entscheidung von Monsieur le Comte«, schob Madame Bastide ein.

»Das ist nur natürlich«, sagte Jean-Pierre mit einem sonnigen Lächeln, »da das Château ihm gehört, die Bilder, an denen Mademoiselle arbeiten möchte, ihm gehören, die Trauben ihm gehören . . . Auf gewisse Weise gehören wir ihm ja alle. Monsieur Philippe würde es nicht wagen, eine Entscheidung zu treffen, aus Angst, den Grafen zu verärgern.«

»Hat er solche Angst vor seinem Vetter?«

»Mehr als die meisten. Falls der Graf nicht wieder heiratet, könnte Philippe sein Erbe sein, denn die de la Talles halten es wie die alten französischen königlichen Familien. Aber er könnte seinen Vetter natürlich auch zugunsten eines anderen Verwandten übergehen.«

»Ich nehme an, der Graf ist noch jung, zumindest noch nicht alt. Warum sollte er nicht wieder heiraten?«

»Es heißt, der Gedanke sei ihm verhaßt.«

»Ich hätte gedacht, ein Mann mit Familienstolz würde sich einen Sohn wünschen — denn er ist doch zweifellos sehr stolz.«

»Er ist einer der stolzesten Männer von ganz Frankreich.«

In diesem Moment kamen die Kinder mit Gabrielle und Armand an. Gabrielle Bastide war auffallend hübsch. Sie war brünett wie die übrige Familie, doch ihre Augen waren nicht braun, sondern tiefblau und das machte sie beinahe zu einer Schönheit.

Ich erzählte ihnen gerade, daß meine Mutter Französin gewesen war, als eine Glocke so unvermittelt zu klingeln begann, daß ich zusammenfuhr.

»Das Dienstmädchen, das die Kinder zum *goûter* ruft«, erklärte Madame Bastide.

»Ich werde jetzt auch gehen«, sagte ich. »Es war sehr nett. Ich hoffe, wir sehen uns bald wieder.«

Madame Bastide wollte jedoch nichts davon hören, daß ich ging. Ich müßte noch bleiben und etwas Wein probieren, meinte sie.

Für die Kinder wurde mit Schokolade belegtes Brot hereingebracht und für uns Brot und Wein. Die Kinder wurden später zum Spielen hinausgeschickt. Vielleicht war es der Wein, den ich nicht gewöhnt war, aber ich wurde gesprächiger, als ich es normalerweise gewesen wäre.

Ich sagte: »Geneviève ist ein eigenartiges Kind. So gar nicht wie Yves und Margot. Vielleicht ist das Schloß keine gute Umgebung für ein Kind.«

»Ein armes Kind!« bemerkte Madame Bastide.

»Ja«, fuhr ich fort, »aber ich glaube, es ist drei Jahre her, daß die Mutter starb, und in der Zwischenzeit müßte sich ein so junger Mensch eigentlich erholt haben.«

Jean-Pierre meinte: »Wenn Sie länger im Château bleiben, werden Sie es ja doch bald erfahren: ›Die Gräfin starb an einer Überdosis Laudanum.‹«

Ich dachte an die Friedhofszene und stieß hervor: »Doch nicht — Mord?«

»Sie nannten es Selbstmord«, antwortete Jean-Pierre.

Niemand schien plötzlich mehr bereit zu sein, über dieses Thema zu sprechen.

Als ich mich erhob, erklärte Jean-Pierre, er würde mich zurückbegleiten.

Auf dem Weg fragte ich: »Der Graf — ist er wirklich so furchterregend?«

»Er ist ein Autokrat, einer der alten Aristokraten. Sein Wort ist Gesetz.«

»Er hat eine Tragödie hinter sich.«

»Ich glaube, er tut Ihnen leid. Wenn Sie ihn kennenlernen, werden Sie sehen, daß Mitleid falsch ist.«

»Sie sagten, man hätte den Tod seiner Frau als Selbstmord bezeichnet . . .«

Er unterbrach mich schnell: »Wir sprechen nicht von derartigen Dingen.«

»Aber . . .«

»Aber«, fügte er hinzu, »wir vergessen sie nicht.«

Das Schloß erhob sich vor uns; es sah gewaltig aus, uneinnehmbar. Ich dachte an all die dunklen Geheimnisse, die es bewahren mochte, und spürte, wie mir ein kalter Schauder über den Rücken lief.

»Bitte machen Sie sich nicht die Mühe, noch weiter mitzukommen«, sagte ich. »Ich halte Sie bestimmt von Ihrer Arbeit ab.«

Er stand einige Schritte von mir entfernt und verbeugte sich. Ich lächelte ihm zu und wandte mich zum Schloß um.

Alles war still im Schloß, als ich am Morgen zur gewohnten Stunde aufwachte. Rasch sprang ich auf und klingelte nach heißem Wasser. Es kam auf der Stelle. Das Dienstmädchen sah anders aus, fand ich.

»Möchten Sie Ihr Frühstück wie gewöhnlich, Mademoiselle?«

Ich machte ein erstauntes Gesicht und erwiderte: »Aber ja, natürlich.«

Vermutlich redeten sie alle über mich und fragten sich, was wohl mein Schicksal sein würde.

Mein Frühstück kam. Ich war zu aufgeregt, um etwas zu essen, doch sollte keiner sagen, ich sei zu verängstigt gewesen, um etwas essen zu können; also trank ich meine üblichen zwei Tassen Kaffee und würgte ein Stück warmes Brot hinunter. Darauf ging ich in die Galerie.

Ich hatte bereits einen Voranschlag aufgestellt, der dem Grafen bei seiner Rückkehr vorgelegt werden sollte. Ich malte mir aus, wie der Graf meine Aufstellung vorgelegt bekam, wie er erfuhr, daß statt eines Mannes eine Frau angekommen war. Meine Phantasie zeigte mir lediglich einen hochmütigen Mann mit weißer Perücke und Krone, ein Bild, das ich entweder von Louis XIV. oder XV. gesehen hatte.

Falls er mich bleiben läßt, tröstete ich mich, werde ich so in meine Arbeit vertieft sein, daß er von mir aus zwanzig Ehefrauen hätte umbringen können.

Ich betrachtete gerade ein Porträt, als ich hinter mir eine Bewegung hörte. Ich fuhr herum und sah, daß ein Mann hereingekommen war und nun dastand und mich beobachtete. Ich fühlte, wie mein Herz wild klopfte und wie meine Beine zitterten, und begriff sofort, daß ich endlich dem Comte de la Talle von Angesicht zu Angesicht gegenüberstand.

»Das ist natürlich Mademoiselle Lawson«, konstatierte er. Seine Stimme war ungewöhnlich tief und kalt.

»Sie sind der Comte de la Talle?«

Er verneigte sich, kam jedoch nicht auf mich zu. Seine Augen musterten mich über die Entfernung der gesamten Galerie hinweg. Sein Benehmen war ebenso kalt wie seine Stimme. Er war groß und auffallend mager. Es bestand eine leichte Ähnlichkeit mit Philippe, doch wirkte dieser Mann männlicher. Er war dunkler als sein Vetter und hatte hohe Wangenknochen, was seinem dreieckig zugespitzten Gesicht ein beinahe satanisches Aussehen verlieh. Seine Augen waren sehr dunkel; sie lagen tief unter schweren Lidern. Die Adlernase verlieh dem Gesicht den hochmütigen Ausdruck, während die Mundpartie sich ständig veränderte. Der arrogante König des Schlosses, von dem mein Schicksal abhing.

»Mein Vetter hat mich von Ihrer Ankunft unterrichtet.«

Er kam auf mich zu. Er ging so, wie ein König durch die Spiegelgalerie geschritten sein mochte.

Sehr schnell hatte ich meine Haltung wiedergewonnen. Nichts veranlaßte mich so, meinen stacheligen Panzer herauszukehren, wie hochmütiges Verhalten.

»Ich bin froh, daß Sie wieder da sind, Monsieur le Comte«, sagte ich, »denn ich habe mehrere Tage hier gewartet, um zu erfahren, ob Sie möchten, daß ich hierbleibe und die Arbeiten ausführe.«

»Es muß lästig für Sie gewesen sein, nicht zu wissen, ob Sie Ihre Zeit vergeuden oder nicht.«

»Ich fand die Galerie so interessant, daß es keine unangenehme Art der Zeitvergeudung war.«

»Ein Jammer, daß Sie uns nicht vom Tod Ihres Vaters informierten. Es hätte allen viel Mühe erspart.«

»Ich war mir nicht klar darüber, daß man in Frankreich so altmodisch ist«, sagte ich mit einem giftigen Unterton. »Ich habe solche Arbeiten oft mit meinem Vater ausgeführt, und es störte niemanden, daß ich eine Frau bin. Da Sie jedoch hier andere Vorstellungen haben, ist nichts mehr zu sagen.«

»Da bin ich nicht Ihrer Ansicht. Sie würden gern die Bilder restaurieren, Mademoiselle Lawson, nicht wahr?«

»Es ist mein Beruf, Bilder zu restaurieren, und je nötiger Bilder

Reparaturarbeiten brauchen, um so interessanter wird die Aufgabe.«

»Und Sie finden, daß meine Bilder eine Restaurierung brauchen?«

»Sie müssen doch selber wissen, daß einige der Bilder in sehr schlechtem Zustand sind.«

»Bitte, Mademoiselle Lawson, sehen Sie mich nicht so streng an. Ich bin nicht für den Zustand verantwortlich.«

»Ich nahm an, es befände sich seit einiger Zeit in Ihrem Besitz. Die Farben sind verblaßt. Ganz offensichtlich sind sie schlecht behandelt worden.«

Ein Lächeln verzog seinen Mund, und sein Gesichtsausdruck veränderte sich. »Wie vehement Sie sind! Sie sollten eher für die Menschenrechte als für die Erhaltung von Farben auf einem Stück Leinwand kämpfen.«

»Wann möchten Sie, daß ich abreise?«

»Nicht, bevor wir uns zumindest unterhalten haben.« Er tat, als zögerte er. »Wenn ich ohne Sie zu kränken . . . Ich möchte, daß Sie sich einem kleinen — Test unterziehen. O bitte, Mademoiselle, werfen Sie mir nicht Vorurteile gegen Ihr Geschlecht vor. Ich bin beeindruckt von Ihrer Aufstellung der Beschädigungen und Reparaturkosten von den Bildern.«

Ich fürchtete, meine Augen hatten hoffnungsvoll zu leuchten begonnen. Wenn er merkte, wie brennend ich mir diesen Auftrag wünschte, würde er mich womöglich weiterquälen.

Er *hatte* es gemerkt. »Ich wollte Ihnen daher gerade vorschlagen . . . Aber vielleicht haben Sie sich schon entschieden und ziehen es vor, heute oder morgen abzureisen?«

»Ich bin einen weiten Weg gekommen, Monsieur le Comte. Selbstverständlich ziehe ich es vor, hierzubleiben und die Arbeit zu übernehmen — vorausgesetzt, ich kann sie in einer entsprechenden Atmosphäre ausführen. Was wollten Sie mir gerade vorschlagen?«

»Daß Sie eines der Bilder restaurieren und sich, falls die Arbeit befriedigend ausfällt, die übrigen vornehmen.«

In jenem Augenblick war ich glücklich. Ich hatte allen Grund, erleichtert zu sein, denn von meinem Können war ich überzeugt. Für die unmittelbare Zukunft war gesorgt. Ein unerklärliches Gefühl der Freude, der Erwartung — ich vermochte es nicht zu definieren. Dieser wundervolle alte Besitz würde für viele Monate mein Zuhause sein. Ich würde ihn erkunden können, ebenso gründlich wie seine Kunstschätze. Und würde meine Neugier bezüglich der Bewohner des Schlosses befriedigen können.

»Dieser Vorschlag scheint Ihnen zuzusagen.«

»Es scheint ein gerechter Vorschlag zu sein«, antwortete ich.

»Dann ist es also abgemacht.« Er hielt mir die Hand hin. »Wir werden es mit Handschlag besiegeln. Ein alter englischer Brauch, glaube ich.«

Während er meine Hand hielt, blickte er mir in die Augen, und ich fühlte mich entschieden unbehaglich, unerfahren und weltfremd. Genau das hatte er bestimmt beabsichtigt.

»Welches Bild wollen Sie für den — Test wählen?« fragte ich rasch.

»Wie wäre es mit dem, das Sie sich gerade anschauten, als ich hereinkam?«

»Ausgezeichnet! Es hat eine Restaurierung nötiger als alle anderen Bilder in dieser Galerie.«

Wir gingen zu dem Porträt hinüber und betrachteten es gemeinsam.

»Es ist sehr schlecht behandelt worden«, erklärte ich streng. »Es ist nicht sehr alt, höchstens hundertfünfzig Jahre, und doch . . .«

»Eine Vorfahrin von mir.«

»Ein Jammer, daß sie einer solchen Behandlung ausgesetzt wurde.«

»Ein großer Jammer. Doch gab es Zeiten in Frankreich, wo Menschen wie sie sogar noch größeren Unannehmlichkeiten ausgesetzt wurden.«

»Ich würde sagen, dieses Bild wurde durch Wind und Wetter beschädigt. Ich kann bei dieser Beleuchtung nicht die richtige Farbe der Steine um den Hals erkennen. Sehen Sie, wie sie gedunkelt sind!«

»Grün«, bemerkte er. »Das kann ich Ihnen verraten. Es sind Smaragde.«

»Restauriert müßte es ein farbenfrohes Bild sein.«

»Es wird interessant sein, es fertig zu sehen.«

»Ich werde sofort anfangen.«

»Haben Sie alles, was Sie dafür brauchen?«

»Für den Anfang, ja. Ich gehe jetzt in mein Zimmer und hole mein Werkzeug.«

»Ich sehe, Sie sind ganz Eifer, und ich halte Sie auf.«

Ich bestritt es nicht, und er trat zur Seite, als ich triumphierend die Galerie verließ. Ich spürte, ich war zufriedenstellend aus meinem ersten Zusammentreffen mit dem Grafen hervorgegangen.

Was für einen glücklichen Vormittag verbrachte ich bei meiner Arbeit in der Galerie!

Als ich mit meinem Handwerkszeug zurückgekommen war, hatten zwei Diener das Bild bereits von der Wand genommen. Sie fragten, ob ich irgend etwas brauchen würde. Ich sagte ihnen, ich würde klingeln. Sie betrachteten mich mit gewissem Respekt. Sie würden in den Dienstbotentrakt zurückkehren und die Neuigkeit verbreiten.

Ich zog meinen braunen Leinenkittel an und machte mich daran, den Zustand der Farbschicht zu studieren. Wieder war ich so in meine Arbeit vertieft, daß ich überrascht war, als ein Mädchen an die Tür klopfte, um mich zu erinnern, daß es Zeit für das Déjeuner war. Ich nahm es wie immer in meinem Zimmer ein, und da es meine Gewohnheit war, nie nach dem Mittagessen zu arbeiten, ging ich anschließend zu den Bastides.

Die alte Frau saß in ihrem Schaukelstuhl und freute sich sehr, mich zu sehen. Die Kinder hätten, erzählte sie mir, Unterricht bei Monsieur le Curé. Armand, Jean-Pierre und Gabrielle arbeiteten. Ich setzte mich neben sie und sagte: »Ich habe den Grafen gesprochen.«

»Ich hörte, er ist wieder da.«

»Ich soll ein Bild restaurieren, und wenn es gut wird, soll ich die ganze Arbeit übernehmen. Ich habe schon angefangen. Es ist ein Porträt von einer seiner Vorfahren, eine Dame in einem roten Kleid mit Edelsteinen, die im Augenblick die Farbe von Schlamm haben. Der Graf sagt, es seien Smaragde.«

»Smaragde«, wiederholte sie. »Es könnten die Gaillard-Smaragde sein.«

»Familienerbstücke?«

»Sie waren es einmal, vor langer Zeit. Vielleicht haben Sie schon die Kapelle gesehen? Sie befindet sich in dem ältesten Teil des Schlosses. Wie Sie feststellen werden, ist die Außenmauer über der Tür beschädigt. Früher stand dort eine Statue der Heiligen St. Geneviève hoch über der Tür. Die Revolutionäre hatten vor, die Kapelle zu schänden. Glücklicherweise versuchten sie als erstes, St. Geneviève herunterzuholen. Sie waren betrunken vom Schloßwein. Die Statue war schwerer, als sie gedacht hatten, und fiel auf sie herunter und erschlug drei von ihnen. Sie hielten das für ein böses Omen. Hinterher sagte man, die heilige St. Geneviève hätte Gaillard gerettet.«

»Deshalb heißt Geneviève also so?«

»Es hat immer Genevièves in der Familie gegeben. Der damalige Graf wurde guillotiniert. Sein Sohn war damals noch ein kleines Kind, er übernahm zu gegebener Zeit wieder das Schloß. Es ist eine Geschichte, die wir Bastides gern erzählen. Wir standen auf der Seite des Volkes — waren für Freiheit, Gleichheit, Brüderlichkeit und gegen die Aristokraten —, aber wir behielten den kleinen Grafen hier im Haus und sorgten für ihn, bis alles vorbei war. Mein Schwiegervater pflegte mir davon zu erzählen. Er war ungefähr ein Jahr älter als der kleine Graf.«

»Ihre Familiengeschichte ist also eng mit der des Grafen verknüpft.«

»Sehr eng.«

»Und der jetzige Graf — ist er Euer Freund?«

»Die de la Talles waren niemals Freunde der Bastides«, erwiderte sie stolz. »Nur unsere Herren. *Sie* ändern sich nicht — und *wir* uns auch nicht.«

Sie wechselte das Thema, und nach einer Weile verabschiedete ich mich und ging zurück zum Schloß.

Im Laufe des Nachmittags erschien eines der Dienstmädchen in der Galerie, um mir zu sagen, Monsieur le Comte würde sich freuen, wenn ich mit der Familie dinierte. Es würde um acht Uhr serviert, in einem kleineren Speisezimmer. Ich war zu sehr erstaunt, um weiterzuarbeiten.

Ich überlegte, was ich anziehen sollte. Ich besaß nur drei für abends geeignete Kleider, keines von ihnen war neu. Ich entschied mich für das schwarze Samtkleid mit der weißen Spitzenkrause.

Sobald das Tageslicht verblaßte, ging ich auf mein Zimmer, nahm das Kleid heraus und inspizierte es. Samt altert zum Glück nicht, doch der Schnitt entsprach keineswegs der letzten Mode. Ich hielt es mir an und betrachtete mich im Spiegel. Meine Wangen waren leicht gerötet, meine Augen schienen durch den schwarzen Samt dunkel, und eine Haarsträhne hatte sich aus dem zusammengewundenen Kranz gelöst. Verärgert über meine Albernheit legte ich das Kleid hin und richtete gerade mein Haar, als es an der Tür klopfte.

Mademoiselle Dubois kam herein. Sie sah mich ungläubig an und fragte: »Ist es wahr, Mademoiselle Lawson, daß man Sie aufgefordert hat, mit der Familie zu dinieren?«

»Ja. Überrascht Sie das?«

»Mich hat man nie aufgefordert, mit der Familie zu dinieren.«

Ich sah sie an und wunderte mich nicht darüber. »Ich glaube, sie wollen mit mir über die Bilder sprechen. Es redet sich leichter bei Tisch.«

»Ich finde, man sollte Sie warnen: Der Graf hat keinen guten Ruf, was Frauen betrifft.«

Ich starrte sie an. »Er betrachtet mich nicht als Frau«, entgegnete ich. »Ich bin hier, um seine Bilder zu restaurieren.«

»Es heißt, er sei gefühllos, und doch finden einige Frauen ihn unwiderstehlich.«

»Liebe Mademoiselle Dubois, ich habe noch nie irgendeinen Mann unwiderstehlich gefunden und hege nicht die Absicht, jetzt in meinem Alter damit anzufangen.«

Sie sah, daß ich verärgert war, und fuhr hastig tadelnd fort: »Da war diese arme unglückselige Dame — seine Frau. Die

Gerüchte, die man hört . . . Ziemlich schockierend. Es ist grauenvoll, sich vorzustellen, daß wir unter demselben Dach mit so einem Mann wohnen?«

»Ich glaube, keine von uns beiden braucht da Angst zu haben«, erklärte ich.

Sie trat nahe an mich heran. »Ich schließe nachts meine Tür ab, wenn er hier ist. Sie sollten das auch tun. Und ich an Ihrer Stelle wäre sehr, sehr vorsichtig heute abend. Möglicherweise möchte er sich, während er hier ist, mit jemandem im Haus vergnügen. Man kann nie wissen.«

Ich dachte über sie nach, während ich mich anzog. Träumte sie in der Stille ihres Zimmers erotische Träume? Ich war überzeugt, daß ihr ebensowenig die Gefahr eines derartigen Schicksals drohte wie mir.

Volle zehn Minuten, bevor das Mädchen kam, um mich hinunterzubringen, war ich fertig.

Wir gingen in den jüngsten Teil des Schlosses, der aus dem siebzehnten Jahrhundert stammte, und kamen durch einen großen Raum mit gewölbter Decke, eine Speisehalle, in der bei größeren Gesellschaften gegessen wurde. Wir gingen weiter zu einem kleinen Zimmer, das neben dieser Halle lag. Es war ein gemütliches Zimmer mit mitternachtsblauen Samtvorhängen an den Fenstern. Auf dem marmornen Kaminsims standen zwei große Leuchter mit brennenden Kerzen. Ein ähnlicher Leuchter stand auch in der Mitte des Tisches, der für das Dinner gedeckt war.

Philippe und Geneviève waren schon da. Geneviève hatte ein graues Seidenkleid mit einem Spitzenkragen an; ihr Haar war mit einer rosa Seidenschleife im Nacken zusammengebunden. Sie sah fast sittsam aus. Philippe im Abendanzug wirkte noch eleganter als bei unserer ersten Begegnung; er schien sich wirklich zu freuen, mich zu sehen.

»Guten Abend, Mademoiselle Lawson.«

Ich erwiderte die Begrüßung, und es war beinahe, als bestünde eine freundschaftliche Verschwörung zwischen uns beiden.

Geneviève machte einen unsicheren Knicks.

»Ich vermute, Sie haben einen arbeitsreichen Tag in der Galerie gehabt«, bemerkte Philippe.

Ich sagte, daß ich mit den Vorbereitungen begonnen hätte, denn man müßte so viele Einzelheiten prüfen, bevor man mit der delikaten Restaurierungsarbeit beginnt.

»Es muß sehr faszinierend sein«, meinte er. »Ich bin sicher, Sie werden Ihre Sache gut machen.«

Ich war überzeugt, daß er es ehrlich meinte, doch merkte ich, wie er die ganze Zeit, während er mit mir sprach, auf das Erscheinen des Grafen horchte. Dieser kam um Punkt acht. Wir nahmen unsere Plätze um den Tisch ein. Der Graf saß an der Kopfseite, ich zu seiner Rechten, Geneviève zu seiner Linken und Philippe ihm gegenüber. Die Suppe wurde sofort serviert, während der Graf mich fragte, wie ich in der Galerie vorankommen würde.

Ich wiederholte, was ich gerade zu Philippe über den Beginn meiner Arbeit gesagt hatte, doch zeigte der Graf mehr Interesse. Ich erzählte ihm, daß ich mich entschlossen hätte, das Bild erst mit Seifenwasser abzuwaschen. Er betrachtete mich mit einem belustigten Glitzern in den Augen und sagte: »Ich habe davon gehört. Das Wasser muß in einem besonderen Topf stehen und die Seife in einer Neumondnacht angerührt werden.«

»Wir lassen uns nicht mehr von solchem Aberglauben leiten«, erwiderte ich.

»Sie sind also nicht abergläubisch, Mademoiselle?«

»Nicht mehr als die meisten anderen Menschen heutzutage.«

»Das reicht. Ich glaube jedoch, Sie sind zu vernünftig für solche Phantastereien, und das ist nur gut für Ihren Aufenthalt hier bei uns. Wir hatten schon einige« — sein Blick wanderte zu Geneviève, die in ihrem Stuhl zusammenzuschrumpfen schien — »Gouvernanten, die sich weigerten, hierzubleiben. Einige erklärten, es spuke im Schloß, andere wiederum gaben keinen Grund an und verschwanden nur stillschweigend. Irgend etwas war ihnen jedenfalls unerträglich, entweder mein Schloß oder meine Tochter.«

Kühle Abneigung lag in seinem Blick, der auf Geneviève ruhte.

»Wenn man abergläubisch wäre«, begann ich, überzeugt, Geneviève zu Hilfe kommen zu müssen, »könnten sich die eigenen Phantasievorstellungen an einem Ort wie diesem sehr leicht blühend entwickeln. Ich habe mit meinem Vater in einigen sehr alten Häusern gewohnt, bin jedoch nie einem einzigen Gespenst begegnet.«

»Englische Gespenster sind vielleicht zurückhaltender als französische, oder? Sie würden nicht uneingeladen erscheinen, das heißt, sie würden nur die Ängstlichen heimsuchen. Aber vielleicht irre ich mich da.«

Ich errötete. »Sie würden sich bestimmt nach den Sitten der Zeit, in der sie lebten, richten, und in Frankreich war die Etikette strenger als in England.«

Auf die Suppe folgte ein Fischgericht, und der Graf erhob sein Glas. »Ich hoffe, Sie werden diesen Wein mögen, Mademoiselle Lawson. Er stammt aus unserer eigenen Ernte. Sind Sie ebenso ein Kenner von Weinen wie von Bildern?«

»Es ist ein Gebiet, über das ich sehr wenig weiß.«

»Sie werden während Ihres Aufenthaltes hier eine Menge darüber hören.«

»Es ist immer angenehm, etwas dazuzulernen.«

Philippe fragte zögernd: »Mit welchem Bild fangen Sie an, Mademoiselle Lawson?«

»Mit einem Porträt. Ich datiere es auf 1740.«

»Du siehst, lieber Vetter«, sagte der Graf, »Mademoiselle Lawson ist Experte. Sie liebt Bilder. Sie schimpfte mit mir, als wäre ich ein Vater, der seine Pflicht vernachlässigt hat.«

Geneviève blickte verlegen auf ihren Teller. Der Graf wandte sich an sie. »Du solltest von Mademoiselle Lawsons Anwesenheit hier profitieren. Sie sollte dir beibringen, wie man sich für etwas begeistert.«

»Ja, Papa«, sagte Geneviève.

»Reiten Sie, Mademoiselle Lawson?« fragte der Graf.

»Ja, ich reite sehr gern.«

»Es sind einige Pferde im Stall. Einer der Pferdeburschen könnte Ihnen raten, welches für Sie das geeignetste wäre. Geneviève reitet auch, ein bißchen. Sie könnten zusammen ausreiten. Die momentane Gouvernante ist zu ängstlich. Du könntest Mademoiselle Lawson die Umgebung zeigen, Geneviève.«

»Ja, Papa.«

»Unsere Landschaft ist nicht sehr reizvoll, fürchte ich. Wenn Sie jedoch ein wenig weiter wegreiten, finden Sie bestimmt etwas, das Ihnen gefällt.«

»Es ist sehr nett von Ihnen. Ich würde wirklich gern reiten.«

Er winkte mit der Hand ab, und Philippe, der es an der Zeit fand, etwas zur Unterhaltung beizutragen, führte das Gespräch wieder zu den Bildern zurück.

Ich erklärte ein oder zwei Details und ließ sie ziemlich technisch klingen in der Hoffnung, den Grafen zu verwirren. Er hörte ernst zu, doch in seinen Mundwinkeln lag ein leises Lächeln. Der Verdacht, daß er genau wußte, was in meinem Kopf vorging, war mir höchst unbehaglich. Falls das stimmt, würde er auch wissen, daß ich ihn nicht mochte, und dies schien seltsamerweise sein Interesse an mir zu vergrößern.

»Ich bin überzeugt«, erklärte ich, »der Künstler war ein Meister der Farbe, wenn dieses Bild auch weit davon entfernt ist, ein Meisterwerk zu sein. Das kann ich jetzt schon sehen.«

Der Graf sah Philippe an. »Es ist das Bild, auf dem man die Smaragde in ihrer ganzen Pracht sieht. Es wird interessant sein, sie wenigstens auf einem Stück Leinwand zu sehen.«

»Das«, murmelte Philippe, »wird unsere einzige Gelegenheit sein, sie überhaupt zu sehen.«

»Wer weiß?« bemerkte der Graf und an mich gewandt: »Philippe interessiert sich sehr für unsere Smaragde.«

»Tun wir das nicht alle?« fragte Philippe mit ungewohnter Kühnheit zurück.

»Wir sollten es, wenn eine Chance bestünde, sie wiederzubekommen.«

Geneviève stieß mit hoher, aufgeregter Stimme hervor: »Sie müssen doch irgendwo sein. Nounou sagt, sie seien im Château. Wenn wir sie nur finden könnten! Oh, wäre das nicht aufregend?«

»Deine alte Amme hat sicherlich recht«, antwortete der Graf sarkastisch. »Ganz davon abgesehen, daß diese Entdeckung den Familienbesitz beträchtlich vergrößern würde.«

»Weiß Gott!« stimmte Philippe mit glänzenden Augen zu.

»Glauben Sie, sie befinden sich im Schloß?« fragte ich.

Philippe sagte eifrig: »Sie sind nie woanders entdeckt worden, und Steine wie diese würde man erkennen. Es wäre nicht einfach, sie zu verkaufen.«

»Mein lieber Philippe«, gab der Graf zu bedenken, »du vergißt, was für Zeiten herrschten, als sie verschwanden. Vor hundert Jahren, Mademoiselle Lawson, hätten derartige Steine zerschnitten und einzeln verkauft werden können. Der Markt muß überflutet gewesen sein mit Edelsteinen, die von Leuten, die wenig Ahnung von ihrem Wert hatten, aus den Schlössern Frankreichs gestohlen wurden. Es ist so gut wie sicher, daß dies das Schicksal der Gaillard-Smaragde war.«

Die Wut, die einen Moment in seinen Augen aufgeflammt war, erlosch rasch wieder.

»Wie gut, Mademoiselle Lawson, daß Sie nicht zu jener Zeit lebten. Wie hätten Sie es ertragen, mitansehen zu müssen, wie berühmte Gemälde aus den Fenstern geworfen wurden, Wind und Wetter ausgesetzt, um — wie nennen Sie es doch? — ›Flaum‹ anzusetzen.«

»Es ist tragisch, daß so viel Schönes verlorenging.« Ich wandte mich an Philippe. »Erzählen Sie mir von den Smaragden.«

»Sie waren seit langer Zeit in der Familie«, sagte er. »Sie hatten etwa den Wert von ... Es ist schwierig zu schätzen, da der Wert des Geldes sich so geändert hat. Sie waren jedenfalls unbezahlbar. Sie wurden in dem feuerfesten Gewölbe des Schlosses aufbewahrt. Während der Revolution verschwanden sie.«

»Von Zeit zu Zeit veranstalten wir eine Schatzsuche«, erzählte der Graf. »Jemand hat eine Idee, und es herrscht große Aufregung. Wir suchen und graben nach und versuchen, Verstecke zu entdecken, die seit Jahren nicht geöffnet worden sind.«

»Papa«, rief Geneviève, »könnten wir nicht wieder eine Schatzsuche machen?«

Der Fasan war hereingebracht worden. Er war vorzüglich, doch aß ich kaum davon. Ich fand die Unterhaltung zu interessant.

»Sie haben meine Tochter so beeindruckt, Mademoiselle Lawson«, bemerkte der Graf, »daß sie glaubt, Sie würden Erfolg haben, wo andere versagten. Du möchtest wieder eine Schatzsuche, Geneviève, weil du glaubst, mit Mademoiselle Lawson könnte es nicht schiefgehen?«

»Nein«, entgegnete Geneviève, »das habe ich nicht gedacht. Ich wollte einfach wieder mal nach den Smaragden suchen.«

»Ich schlage vor, daß du Mademoiselle Lawson das Château zeigst.« Er wandte sich an mich: »Sie haben es sich bestimmt noch nicht angesehen, und mit Ihrer lebhaften und so intelligenten Neugier möchten Sie das sicherlich gern. Wer weiß, vielleicht entdecken Sie das Versteck.«

»Es würde mich sehr interessieren, das Schloß zu besichtigen«, gab ich zu, »und wenn Geneviève es mir zeigen will, bin ich entzückt.«

Geneviève sah mich nicht an. Der Graf runzelte die Stirn.

Rasch sagte ich: »Wir werden eine Zeit verabreden, Geneviève.«

Sie sah erst ihren Vater und dann mich an.

»Morgen vormittag?« fragte sie.

»Vormittags arbeite ich, doch morgen nachmittag komme ich gern mit.«

»Sehr gut«, murmelte sie.

»Ich bin sicher, es wird eine sehr nützliche Unternehmung für dich, Geneviève«, sagte der Graf.

Während des Soufflés sprachen wir über die Umgebung, hauptsächlich über den Weinanbau.

Ich fand, ich hatte große Fortschritte gemacht: Ich hatte mit der Familie diniert, etwas, was Mademoiselle Dubois nie erreicht hatte; man hatte mir die Erlaubnis gegeben, auszureiten, morgen würde ich durch das Schloß geführt werden; und ich hatte so etwas wie eine Beziehung zum Grafen hergestellt, obgleich ich nicht so recht wußte, welcher Art diese war.

Bevor ich ging, sagte der Graf, es wäre ein Buch in der Bibliothek, das ich mir vielleicht gern ansehen würde.

»Mein Vater holte einen Herrn hierher, um es zu schreiben«, erklärte er. »Der interessierte sich außerordentlich für die Geschichte unserer Familie. Es ist Jahre her, seit ich es las, aber ich glaube, es wird Sie interessieren.«

Ich dankte ihm und sagte, daß ich mich freuen würde, es zu sehen.

»Ich werde es Ihnen hinaufschicken«, versprach er.

Ich verabschiedete mich, als auch Geneviève gute Nacht sagte, und wir verließen die Herren gemeinsam. Sie führte mich zu meinem Zimmer und wünschte mir kühl gute Nacht.

Ich war noch nicht lange in meinem Zimmer, als es an die Tür klopfte und ein Dienstmädchen hereinkam.

»Monsieur le Comte läßt Ihnen dies schicken«, sagte sie.

Sie ging sofort wieder und ließ mich mit dem Buch in der Hand stehen. Es war ein dünner Band, in dem auch einige Strichzeichnungen vom Schloß enthalten waren. Ich wußte, ich würde es hochinteressant finden, doch im Augenblick war mein Denken mit den Ereignissen des Abends vollauf beschäftigt. Ich wollte noch nicht zu Bett gehen, denn ich war viel zu angeregt. Meine Gedanken kreisten um den Grafen. Ich hatte ihn mir als einen ungewöhnlichen Mann vorgestellt, und er war in der Tat ein von Geheimnissen umwitterter Mann, ein Mann, dem es gefiel, wenn seine Umgebung Angst vor ihm hatte, und doch verachtete er sie dafür. Ich fragte mich, wie sein Leben wohl mit jener Frau gewesen war. Hatte sie sich vor seiner Verachtung geduckt? Hatte er sie mißhandelt? Es war nicht einfach, ihn sich bei physischer Gewalttätigkeit vorzustellen ... Doch wie konnte ich irgend etwas mit Sicherheit wissen? Ich kannte ihn ja kaum — bisher.

Um diesen Mann aus meinen Gedanken zu verbannen, versuchte ich an einen anderen zu denken. Wie anders war das offene Gesicht von Jean-Pierre Bastide. Plötzlich mußte ich lächeln. Merkwürdig, daß ich, die ich mich seit der Romanze mit Charles nie für einen Mann interessiert hatte, nun auf zwei Männer gestoßen war, die mein Denken beschäftigten. Wie töricht, schalt ich mich und nahm das Buch, das der Graf mir geschickt hatte, und begann zu lesen.

Das Schloß war im Jahre 1405 erbaut worden. Viel von dem ursprünglichen Bau war erhalten geblieben. Es wurden Vergleiche mit dem königlichen Schloß in Loches gezogen. Die de la Talles herrschten in Gaillard wie Könige. Sie hatten auch ihre Kerker, in denen sie ihre Feinde gefangenhielten. Als der Verfasser des Buches sich die Kerker anschaute, hatte man Verliese ähnlich denen in Loches entdeckt, kleine in den Stein gehauene Löcher, in denen ein Mensch nicht genug Platz hatte, aufrecht zu stehen.

Ich las fasziniert nicht nur die Beschreibung des Schlosses, sondern ebenso die Geschichte der Familie.

Die Familie hatte im Laufe der Jahrhunderte oft in Fehde mit dem König gelegen; doch im allgemeinen hatten sie auf seiner Seite gestanden. Eine der Frauen war die Geliebte von Ludwig XI. gewesen, bevor sie einen de la Talle geheiratet hatte. Und dieser König hatte ihr ein äußerst wertvolles Smaragdkollier geschenkt. Es galt nicht als Schande, die Geliebte des Königs zu sein, und der de la Talle, der sie heiratete, hatte sich angestrengt, mit der Großzügigkeit des Königs zu wetteifern. Er hatte seiner Frau ein Smaragdarmband aus unbezahlbar kostbaren Steinen passend zu dem Kollier geschenkt. Diesem waren eine Smaragdtiara und zwei Smaragdringe gefolgt, eine Brosche und ein Gürtel, beides mit Smaragden besetzt, als Beweis, daß die de la Talles es mit Königen aufnehmen konnten.

Das Buch bestätigte, was ich bereits wußte, nämlich daß die Smaragde während der Revolution verschwunden waren. Bis zu diesem Zeitpunkt waren sie zusammen mit anderen Kostbarkeiten in dem feuerfesten Gewölbe in der Waffengalerie aufbewahrt worden, zu der einzig und allein der Schloßherr den Schlüssel besaß.

Ich war nun bei dem Kapitel *Die de la Talles und die Revolution* angelangt.

Lothair de la Talle, der damalige Graf, ein junger Mann von Dreißig, hatte wenige Jahre vor dem verhängnisvollen Jahr geheiratet. Er wurde zur Einberufung der Generalsstände nach Paris gerufen und kehrte nie mehr zurück; er war einer der ersten, deren Blut unter der Guillotine vergossen wurde. Seine Frau, Marie Louise, zweiundzwanzig Jahre alt und schwanger, blieb mit der alten Gräfin, Lothairs Mutter, im Schloß. Ich sah alles vor mir: die heißen Julitage — die Überbringung der Todesnachricht an die junge Frau, ihre Trauer um ihren Mann, ihre Besorgnis um das in Kürze erwartete Kind.

Nur wenige entkamen dem Terror — und schließlich erreichte er auch Château Gaillard. Eine Bande von Revolutionären marschierte fahnenschwingend und die neuesten Lieder aus dem Süden grölend auf das Schloß los. Die Arbeiter ließen die Weinberge im Stich; aus den kleinen Häusern im Ort kamen die Frauen und Kinder gerannt. Die Zeit der Aristokraten war vorbei.

Ich schauderte, als ich las, wie die junge Gräfin das Schloß verlassen und sich in einem Haus in der Nähe versteckt hatte. Ich wußte, welches Haus das war; ich wußte, welche Familie sie aufgenommen hatte. Trotzdem waren die de la Talles nicht ihre Freunde geworden.

Die damalige Madame Bastide, Jean-Pierres Urgroßmutter, hatte der Gräfin Unterkunft gewährt. Sie hatte ihre Familie so beherrscht, daß sogar die Männer nicht gewagt hatten, sich ihr zu widersetzen. Sie standen auf seiten der Revolutionäre und schickten sich an, das Schloß zu plündern, während sich die Gräfin in ihrem Haus versteckte.

Die alte Gräfin hatte sich geweigert, das Schloß zu verlassen. Hier hatte sie gelebt und hier wollte sie sterben. Sie ging in die Kapelle, um dort den Tod durch die Hände der Rebellen zu erwarten. Sie hieß Geneviève und betete daher zur heiligen St. Geneviève um Hilfe. Sie hörte das wilde Geschrei und rohe Gelächter, als der Mob in das Schloß eindrang.

Und dann kamen sie zur Kapelle. Doch bevor sie in diese einbrachen, wollten sie die Statue der heiligen St. Geneviève herunterholen.

Vor dem Altar betete die alte Gräfin, während das Geschrei immer lauter wurde; jede Sekunde erwartete sie, daß der Pöbel in die Kapelle drang und sie umbrachte. Stricke wurden herangeholt, und die Kerle arbeiteten zu den betrunkenen Klängen der Marseillaise und des Liedes *Ça ira*. Und dann hörte sie das Krachen, die Schreie — und die grauenvolle Stille.

Das Schloß war außer Gefahr. Die heilige St. Geneviève lag in Trümmern vor der Tür der Kapelle, doch unter ihr lagen die Leichen von drei Männern. Sie hatte das Schloß gerettet. Einige Unverfrorene hatten versucht, den Mob wieder aufzuwiegeln, doch es war sinnlos gewesen. Viele von ihnen stammten aus der Umgebung und hatten ihr Leben lang im Schatten der de la Talles gelebt. Sie fürchteten sie jetzt so wie eh und je und hatten nur den einen Wunsch: Château Gaillard den Rücken zu kehren.

Die alte Gräfin kam aus der Kapelle, als alles still war. Sie blickte auf die zerbrochene Statue, kniete neben ihr nieder und dankte ihrer Schutzheiligen. Dann ging sie ins Schloß und versuchte mit Hilfe der einzigen verbliebenen Magd Ordnung zu schaffen. Mehrere Jahre lebte sie dort allein und sorgte für den kleinen Grafen, der heimlich wieder ins Schloß gebracht worden war. Seine Mutter war bei der Geburt gestorben. Jahrelang lebten sie so im Schloß — die alte Gräfin, das Kind und die Magd, bis die Zeiten sich änderten und das Leben im Schloß wieder in seine gewohnten Bahnen glitt. Die Dienstboten kehrten zurück, die Schäden wurden behoben, und die Weinberge trugen wieder Frucht.

Obwohl das Gewölbe, in dem man sie aufbewahrte, unberührt blieb, waren die Smaragde verschwunden und von da an für die Familie verloren.

Ich schloß das Buch. Ich war so müde, daß ich auf der Stelle einschlief.

3

Den nächsten Vormittag verbrachte ich in der Galerie. Ich erwartete eigentlich den Besuch des Grafen, doch er kam nicht.

Mittags aß ich wie gewöhnlich in meinem Zimmer. Als ich fertig war, klopfte es an die Tür, und Geneviève kam herein. Ihr Haar war ordentlich im Nacken zusammengebunden. Sie sah so gefügig aus wie gestern beim Abendessen. Die Gegenwart ihres Vaters hatte eine deutliche Wirkung auf sie.

Als erstes stiegen wir die Treppe in dem polygonen Turm hoch, auf den höchsten Punkt des Schlosses. Sie machte mich auf die Umgebung aufmerksam und sprach langsam und ziemlich mühsam Englisch.

»Sehen Sie den Turm dort im Süden, Mademoiselle? Dort lebt mein Großvater.«

»Es scheint nicht sehr weit zu sein.«

»Ungefähr zwölf Kilometer. Sie können den Turm heute sehen, weil so klare Sicht ist.«

»Besuchst du deinen Großvater oft?«

Sie schwieg.

»Es ist nicht sehr weit«, wiederholte ich.

»Ich besuche ihn manchmal«, gab sie zu. »Papa tut es nie. Erzählen Sie es ihm, bitte, nicht.«

»Er will nicht, daß du deinen Großvater besuchst?«

»Er hat es nicht direkt gesagt.« Ihre Stimme klang leicht verbittert. »Er redet nicht viel mit mir, wissen Sie. Erzählen Sie es ihm, bitte, nicht.«

»Weshalb sollte ich es ihm erzählen?«

»Weil er mit Ihnen redet.«

»Aber liebe Geneviève, ich habe ihn nur zweimal gesehen. Selbstverständlich redet er mit mir über seine Bilder. Er ist besorgt um sie. Wahrscheinlich wird er nie über etwas anderes mit mir sprechen.«

»Ich glaube, er interessiert sich für Sie, Mademoiselle.«

»Es beunruhigt ihn, was ich mit seinen Kunstwerken machen werde. Sieh dir mal dieses Deckengewölbe an und achte auf die Form der Spitzbogentür.«

In Wirklichkeit wollte ich über ihren Vater sprechen, wollte sie fragen, wie er sich gewöhnlich anderen Leuten gegenüber verhielt, wollte wissen, warum er dagegen war, daß sie ihren Großvater besuchte.

Wir stiegen die Treppe hinunter, und als wir unten ankamen, sagte sie: »Sie waren nun im obersten Teil des Schlosses und müssen jetzt den unteren Teil sehen. Wußten Sie, daß wir hier im Château Kerker hatten?«

»Ja, dein Vater ließ mir ein Buch über die Geschichte eurer Familie und des Schlosses schicken.«

»Wir pflegten unsere Gefangenen hierzubehalten. Wenn jemand den Comte de la Talle beleidigte, wurde er in den Kerker geworfen. Meine Mutter erzählte es mir. Sie sagte jedoch, dicke

Mauern und Fesseln seien nur eine Art und Weise, Menschen gefangenzuhalten — es gäbe noch andere.«

Geneviève sprach weiter über die vergessenen Gefangenen in den Verliesen und fragte plötzlich: »Fürchten Sie sich vor Gespenstern, Mademoiselle?«

»Natürlich nicht.«

»Die meisten unserer Dienstboten tun es. Die gehen nicht in den Raum über den Verliesen — zumindest nicht allein. Sie sagen, nachts spuke es dort. Sind Sie sicher, daß Sie sie sehen wollen?«

»Meine liebe Geneviève, ich habe schon in den berüchtigsten Spukhäusern Englands übernachtet.«

»Dann kann Ihnen ja nichts passieren. Fürchten Sie sich auch ganz bestimmt nicht, Mademoiselle?«

»Ganz bestimmt nicht.«

»Es ist nicht mehr so wie früher«, meinte sie fast bedauernd. »Sie räumten einen Haufen Knochen und grauenvolles Zeug vor langer Zeit weg, als wieder mal nach den Smaragden gesucht wurde. Mein Großvater veranstaltete diese Suche. Ich wünschte, Papa würde wieder eine Schatzsuche machen. Wär' das nicht lustig?«

»Ich vermute, man hat gründlich nach ihnen gesucht. Nach dem, was ich gelesen habe, scheint es so gut wie sicher, daß der Schmuck von den Revolutionären gestohlen wurde, die das Schloß plünderten.«

»Aber sie brachen nicht in das Gewölbe ein, stimmt's?«

»Vielleicht wurden sie vor der Revolution schon verkauft. Das ist natürlich eine Vermutung. Doch nehmen wir mal an, einer deiner Vorfahren brauchte Geld und verkaufte sie und — erzählte es niemandem.«

Überrascht sah sie mich an. »Haben Sie das meinem Vater gesagt?«

»Dieser Gedanke ist ihm bestimmt schon selbst gekommen.«

»Aber die Frau auf dem Bild, an dem Sie arbeiten, trägt die Smaragde. Sie müssen also damals noch in der Familie gewesen sein.«

»Vielleicht waren es Imitationen.«

»Keine de la Talle würde falschen Schmuck tragen, Mademoiselle.«

Ich lächelte und stieß dann einen kleinen Laut des Entzückens aus, denn wir waren zu einer engen ausgetretenen Treppe gelangt.

»Diese Treppe führt nach unten, Mademoiselle. Es sind achtzig Stufen. Ich habe sie gezählt. Halten Sie sich an dem Tau da fest.«

Ich folgte ihr hinunter; die Treppe wurde zu einer engen Wendeltreppe, so daß man nur hintereinander gehen konnte.

»Fühlen Sie die Kälte, Mademoiselle?« In ihrer Stimme

schwang Erregung mit. »Oh, stellen Sie sich vor, hier heruntergebracht zu werden und zu wissen, vielleicht nie wieder heraufzukommen. Wir sind jetzt tiefer als der Burggraben.«

Nachdem wir die achtzig Stufen hinuntergestiegen waren, stießen wir an eine schwere, eisenbeschlagene Eichentür, die Geneviève öffnete.

Sie trat dicht an mich heran und flüsterte: »Kommen Sie, sehen Sie sich diese Löcher in den Wänden an. Man nennt sie Käfige. Wir pflegten die Gefangenen hier anzuketten und ihnen ab und zu etwas Brot und Wasser zu geben. Sie lebten aber nie lange. Sie sehen, es ist sogar jetzt dunkel. Wenn die Tür zu ist, ist es stockfinster. Kein Licht, keine Luft. Wenn ich eine Kerze mitgebracht hätte, könnte ich Ihnen die Inschriften an den Wänden zeigen. Einige kratzten Gebete an die Heiligen und die Muttergottes in die Mauern. Andere kratzten hinein, wie sie sich an den de la Talles rächen würden.«

»Es ist ungesund hier unten«, sagte ich und betrachtete den Schwammbelag auf den feuchten Wänden.

Sie lächelte und ging die Treppe hinauf. Oben angekommen, warf sie eine Tür auf und verkündete: »Dies ist die Waffengalerie.«

Ich ging hinein und erblickte entlang den Wänden Gewehre von den verschiedensten Formen und Größen. Die gewölbte Decke wurde von Pfeilern gestützt. Der Fußboden, mit Steinplatten belegt, war an mehreren Stellen von Teppichen bedeckt. In den Fensternischen, die sich zu einem Schlitz verengten und nur wenig Licht hereinließen, standen die gleichen Steinbänke wie in meinem Zimmer. Dieses Gewölbe hatte etwas bedrückend Bedrohliches. Seit Hunderten von Jahren war nichts an ihm verändert worden. Ein einziger Stuhl war vorhanden, so kunstvoll geschnitzt, daß er fast einem Thron glich. Es wunderte mich, daß man so ein kostbares Stück in einem derartigen Raum gelassen hatte. Ich stellte mir den Mann vor, der in ihm sitzen würde — natürlich den jetzigen Grafen —, stellte mir vor, wie er mit seinem Opfer sprach und wie durch den Druck auf den Hebel plötzlich die Falltür aufsprang, hörte förmlich den qualvollen Aufschrei.

»Helfen Sie mir mit dem Stuhl, Mademoiselle«, bat Geneviève. »Die Feder ist hier drunter.«

Gemeinsam schoben wir den thronartigen Stuhl beiseite, und Geneviève rollte den Teppich zusammen.

»Da«, fuhr sie fort. »Ich drücke hier drauf — passen Sie auf! Sehen Sie!«

Ein ächzender, quietschender Laut ertönte, und plötzlich war ein großes viereckiges Loch im Fußboden.

»Früher geschah es schnell und geräuschlos. Schauen Sie hier hinunter, Mademoiselle. Sie können nicht viel sehen, nicht wahr? Es gibt eine Strickleiter. Sie wird in diesem Schrank hier aufbewahrt. Zweimal im Jahr klettert einer der Diener hinunter, vermutlich um sauberzumachen. Natürlich ist jetzt alles aufgeräumt. Keine Gerippe, Mademoiselle, nur die Geister — und an die glauben Sie ja nicht.«

Sie hatte die Strickleiter herausgeholt, hängte sie über zwei Haken, die offensichtlich dafür unter den Bodenbrettern angebracht worden waren und ließ sie hinunterfallen.

»So, Mademoiselle, kommen Sie nun mit mir hinunter?« Sie begann, hinunterzuklettern und sah lachend zu mir auf. »Ich weiß, Sie haben ja keine Angst.«

Sie war unten angekommen. Ich kletterte nach. Wir befanden uns in einem kleinen Verlies. Durch die offene Falltür fiel etwas Licht, das gerade genügte, um die in die Mauern gekratzen Inschriften zu lesen.

»Sehen Sie diese Öffnungen da in den Mauern. Die Gefangenen dachten, es führte ein Weg durch sie nach draußen. Es ist aber eine Art Labyrinth und die Gänge führen zurück. Man nennt das exquisite Folter.«

»Interessant«, bemerkte ich. »Ich habe noch nie davon gehört. Es muß einmalig sein.«

Ich ging zu einer Öffnung in der Wand und machte einige Schritte in die Dunkelheit hinein, stieß aber an die kalte Mauer und brauchte einige Sekunden, um zu erkennen, daß dies eine in die dicke Mauer gehauene Nische war. Ich drehte mich um und hörte ein leises, unterdrücktes Lachen. Geneviève war die Strickleiter hinaufgeklettert und zog sie zu sich herauf.

»Sie lieben die Vergangenheit doch so, Mademoiselle«, rief sie. »Nun, hier haben Sie sie! Die de la Talles lassen ihre Opfer immer noch hier!«

»Geneviève!« schrie ich mit schriller Stimme.

Sie lachte.

»Sie sind ja eine Lügnerin«, gab sie zurück. »Aber vielleicht wissen Sie es gar nicht. Jetzt ist es an der Zeit, herauszufinden, ob Sie sich vor Gespenstern fürchten oder nicht.«

Die Falltür fiel mit einem Knall zu. Es dauerte einige Sekunden, bis das volle Grauen meiner Situation mir bewußt wurde.

Geneviève hatte dies am Vorabend ausgeheckt, als ihr Vater vorschlug, sie sollte mir das Schloß zeigen. Nach einiger Zeit würde sie mich befreien. Ich mußte nur meine Fassung und Haltung bewahren, mich weigern, auch nur mir selbst die aufsteigende Angst einzugestehen.

»Geneviève!« rief ich. »Mach sofort die Falltür auf!« Doch ich wußte, man konnte meine Stimme oben nicht hören. Die Mauern waren zu dick.

Es war dumm von mir gewesen, Geneviève zu vertrauen. Bei unserer ersten Begegnung hatte ich einen flüchtigen Vorgeschmack von ihrem wahren Wesen bekommen und mich nun trotzdem von ihrer geheuchelten Fügsamkeit täuschen lassen. Angenommen, es war mehr als nur ein Streich? Würde man mein Verschwinden überhaupt entdecken?

Wie lange würde ich an diesem grauenhaften Ort warten müssen?

Natürlich wußte ich so gut wie nichts über das Geheimnis, das die verstorbene Gräfin umgab. Doch dieses Mädchen war eigenartig; es war völlig skrupellos. Ich traute ihr jetzt fast alles zu.

In jenen Augenblicken fühlte ich etwas von dem, was jene armen Menschen an diesem schrecklichen Ort empfunden haben mußten. Doch konnte ich mich keineswegs mit ihnen vergleichen. Sie waren heruntergestürzt, hatten sich verletzt, während ich mit der Strickleiter heruntergeklettert war.

Ich hockte auf dem Boden, an die kalte Mauer gelehnt, und sah zu der Falltür hinauf. Ich versuchte, auf der an meiner Bluse befestigten Uhr zu sehen, wie spät es war, konnte es aber nicht erkennen. Es war zwecklos, mir einzureden, ich hätte keine Angst.

»Geneviève!« rief ich verzweifelt, und meine Stimme erschreckte mich. Ich stand auf, lief hin und her, rief wieder und wieder, bis meine Stimme heiser war.

Verzweifelt versuchte ich, das Grauen auszuschließen, indem ich mein Gesicht mit den Händen bedeckte.

Dann fuhr ich hoch.

Ein Geräusch!

Ich preßte die Hand auf den Mund, um einen Aufschrei zu ersticken. Wie gebannt starrte ich nach oben.

Eine Stimme rief: »Mademoiselle!«

Licht drang herein.

Vor Freude und Erleichterung schluchzte ich auf. Die Falltür war offen. Das graue erschreckte Gesicht von Nounou sah auf mich herunter.

»Fehlt Ihnen etwas, Mademoiselle?«

»Nein — nein . . .«

»Ich hole die Strickleiter!« rief sie.

Es schien sehr lange zu dauern, bevor sie zurückkam. Ich packte die Leiter hastig und kletterte hinauf, so ungeduldig, daß ich beinahe wieder hinunterfiel.

»Dieses ungezogene Kind! Ich weiß nicht, was noch mit uns allen wird! Sie sehen so blaß aus — so mitgenommen!«

»Wer wäre das nicht? Aber ich vergesse ganz, Ihnen zu danken, daß Sie gekommen sind. Ich kann Ihnen gar nicht sagen, wie . . .«

»Kommen Sie mit in mein Zimmer, Mademoiselle. Ich mache Ihnen einen starken Kaffee. Ich möchte auch gern mit Ihnen reden, wenn ich darf.«

»Das ist sehr nett von Ihnen. Aber wo ist Geneviève?«

»Sie sind natürlich böse auf sie. Aber ich kann es Ihnen erklären.«

»Erklären? Was gibt's da zu erklären?«

Sie nahm mich beim Ellenbogen. »Kommen Sie, Mademoiselle.« Noch ganz benommen ließ ich mich aus jenem furchtbaren Raum führen, den ich bestimmt nie wieder freiwillig betreten würde. Nounou hatte eine beruhigende Art, und in meiner gegenwärtigen Verfassung war ihre sanfte Autorität genau das, was ich brauchte.

Als sie die Tür zu einem kleinen gemütlichen Zimmer aufstieß, bemerkte ich, daß wir uns in einem der neueren Flügel des Schlosses befanden.

»Sie müssen sich etwas hinlegen, hier auf das Sofa. Ich mache Ihnen einen Kaffee.« Im Ofen brannte Feuer und ein Wasserkessel summte.

»Woher wußten Sie, was passiert war?«

»Geneviève kam allein zurück. Ich sah es an ihrem Gesicht.«

»Sie errieten es?«

»Es ist schon mal passiert, mit einer Gouvernante. Eine hübsche junge Dame, vielleicht ein bißchen frech. Es war kurz nachdem Genevièves Mutter starb . . .«

»Wie lange blieb die unten?«

»Länger als Sie. Da es das erstemal war, fand ich sie erst nach einiger Zeit. Sie fiel vor Angst in Ohnmacht. Sie weigerte sich danach, noch länger hierzubleiben.«

»Geneviève macht das also häufiger.«

»Nur zweimal bisher. Bitte, regen Sie sich nicht auf, Mademoiselle.«

»Ich will mit ihr reden. Ich werde ihr klarmachen . . .«

Ich erkannte, daß ich so wütend war, weil ich mich so aus der Fassung hatte bringen lassen; ich war enttäuscht und überrascht über mich selbst.

Nounou kam zu mir, stellte sich neben das Sofa, faltete die Hände und sah auf mich herunter.

»Es ist nicht einfach für sie — für ein Mädchen wie sie — die Mutter zu verlieren. Ich habe versucht, mein Bestes zu tun.«

»Hing sie sehr an ihrer Mutter?«

»Leidenschaftlich. Es war ein furchtbarer Schock. Sie hat sich nie davon erholt.«

»Sie ist völlig undiszipliniert«, erklärte ich. »Ihr Benehmen bei unserer ersten Begegnung war unmöglich, und jetzt dies.«

»Sie wollte Ihnen nur einen Schreck einjagen, weil Sie anscheinend so gut mit allem fertig werden und das ihr, der Armen, so ganz und gar nicht gelingt.«

»Sagen Sie, warum ist sie so merkwürdig?«

»Es gibt einiges, was ich Ihnen erzählen möchte.« Sie wandte sich zum Tisch um und sagte langsam: »Über den Tod ihrer Mutter.«

Ich wartete ungeduldig, daß sie weitersprach. Sie goß Kaffee ein und kam dann zurück zum Sofa.

»Es war schrecklich! Geneviève fand sie.«

»Das muß furchtbar gewesen sein.«

»Geneviève ging morgens als erstes immer zu ihrer Mutter. Stellen Sie sich bloß vor: Ein Kind geht zu seiner Mutter und findet sie so.«

Ich nickte. »Es ist aber doch jetzt drei Jahre her, und wie furchtbar es auch war, so ist es doch keine Entschuldigung dafür, daß sie mich in diese Gruft einsperrte.«

»Sie ist aber seit dem Unglück nie mehr ganz die gleiche gewesen. Es begannen auf einmal diese Koller. Sie bekommt sie, weil sie die Liebe ihrer Mutter entbehrt, weil sie Angst vor . . .«

». . . ihrem Vater hat?«

»Sie haben es also schon bemerkt. Und dann die vielen Fragen und polizeilichen Untersuchungen damals. Es war sehr schlecht für sie. Alle im Schloß waren überzeugt, daß er es getan hatte. Er hatte eine Geliebte . . .«

»Die Ehe war also unglücklich. Liebte er seine Frau, als er sie heiratete?«

»Er kann doch nur sich selbst lieben, Mademoiselle.«

»Und sie — liebte sie ihn?«

»Sie haben ja gesehen, was für Angst Geneviève vor ihm hat. Françoise hatte auch Angst.«

»Liebte sie ihn, als sie ihn heiratete?«

»Sie wissen doch, wie in solchen Familien Ehen zustande kommen. Françoise wurde mit Lothair de la Talle verlobt, als beide noch Kinder waren.«

»Lothair?« wiederholte ich.

»Monsieur le Comte. Es hat in dieser Familie immer Lothairs gegeben.«

Der Graf hatte eine Geliebte, wie die französischen Männer es nun mal haben. Zweifellos mochte er sie lieber als seine Verlobte, aber sie war nicht vornehm genug, um seine Frau zu werden. Und so heiratete er meine Françoise.«

»Sie sind auch deren Amme gewesen?«

»Ich kam zu ihrer Familie, als Françoise drei Tage alt war.«

»Und jetzt hat also Geneviève den Platz ihrer Mutter in Ihrem Herzen eingenommen?«

»Ich hoffe fest, daß ich immer bei ihr bleiben kann. Warum mußte das meiner kleinen Françoise widerfahren? Warum sollte sie sich das Leben genommen haben? Es paßte einfach nicht zu ihr.«

»Vielleicht war sie sehr unglücklich.«

»Sie erhoffte sich nichts Unmögliches vom Leben.«

»Wußte sie von seiner Geliebten?«

»In Frankreich akzeptiert man diese Dinge. Sie hatte resigniert. Ich glaube, sie war sogar froh über seine Fahrten nach Paris. Wenn er wegfuhr — war er eben nicht hier im Château.«

»Das klingt nicht gerade nach einer glücklichen Ehe.«

»Sie hatte sich damit abgefunden.«

»Und doch — nahm sie sich das Leben.«

»Sie hat sich nicht umgebracht.« Die alte Frau legte die Hände über die Augen und wisperte: »Nein, sie hat sich nicht umgebracht.«

»Aber lautete der Befund nicht so?«

Fast zornig fuhr sie mich an: »Wie hätte er anders lauten können! Mord?«

»Ich hörte, sie starb an einer Überdosis Laudanum. Woher hatte sie es?«

»Sie hatte oft Zahnschmerzen. Ich bewahrte das Laudanum in meinem Schränkchen auf und gab es ihr dann immer. Es half ihr auch beim Einschlafen.«

»Vielleicht schluckte sie aus Versehen zuviel?«

»Nein. Sie wollte sich nicht das Leben nehmen. Ich weiß es einfach.«

»Nounou«, sagte ich, »wollen Sie mir erzählen, der Graf hätte seine Frau umgebracht?«

Sie starrte mich mit gespieltem Erstaunen an. »Sie können nicht behaupten, daß ich das gesagt habe, Mademoiselle. Sie legen mir da Worte in den Mund . . .«

»Aber wenn sie sich nicht selbst umbrachte, dann muß es doch jemand anderer getan haben.«

Nounou drehte sich wieder zum Tisch um und goß zwei Tassen Kaffee ein. »Trinken Sie diesen Kaffee, Mademoiselle, und Sie werden sich besser fühlen. Sie sind zu überreizt.«

Sie gab mir eine Tasse, zog sich einen Stuhl heran und setzte sich neben mich.

»Ich möchte, daß Sie verstehen, was für ein grausamer Schicksalsschlag das für meine kleine Geneviève war. Ich möchte, daß Sie ihr verzeihen — ihr helfen.«

»Ihr helfen? Ich?«

»Ja, Sie — Sie können es. Wenn Sie ihr verzeihen, wenn Sie es nicht ihrem Vater sagen . . . Er war aufmerksam Ihnen gegenüber beim Dinner gestern abend. Sie hat es mir erzählt. Ähnlich wie bei der hübschen jungen Gouvernante. Sie erinnern sie wieder daran. All das Gerede, und sie wußte, daß eine andere Frau mit im Spiel war.«

»Haßt sie ihren Vater?«

»Es ist ein merkwürdiges Verhältnis, Mademoiselle. Manchmal könnte sie genausogut Luft sein, bei anderen Gelegenheiten scheint er es zu genießen, sie lächerlich zu machen. Es ist, als sei er enttäuscht über sie. Er ist ein seltsamer Mann, und seit dem Skandal hat er sich noch mehr verhärtet. Françoises Tod hat ihn verändert. Er ist kein Mönch, aber er scheint die Frauen zu verachten. Manchmal glaube ich, er ist sehr unglücklich.«

»Es wundert mich, daß er nicht wieder geheiratet hat«, bemerkte ich. »Ein Mann in seiner Position wünscht sich doch bestimmt einen Sohn.«

»Ich glaube nicht, daß er wieder heiratet, Mademoiselle. Deshalb hat er ja Monsieur Philippe hergeholt. Ich denke, er erwartet von Monsieur Philippe, daß er heiratet. Und dessen Sohn wird dann alles erben.«

»Mir fällt es sehr schwer, das zu verstehen.«

»Monsieur le Comte ist sehr schwer zu verstehen, Mademoiselle. Wie ich gehört habe, soll er in Paris ein sehr flottes Leben führen. Hier ist er viel allein, und sein einziges Vergnügen scheint darin zu bestehen, für das Unbehagen aller anderen zu sorgen.«

»Was für ein reizender Mensch!«

»Ach ja, das Leben hier im Château ist nicht leicht — und am wenigsten für Geneviève.« Sie legte ihre kalte Hand auf meine. »Dabei könnte man schwerlich ein zärtlicheres Mädchen finden.«

»Seien Sie unbesorgt«, beruhigte ich sie. »Ich werde weder ihrem Vater noch sonst irgend jemand von dem Vorfall erzählen. Aber ich finde, ich sollte zumindest mit ihr reden.«

Nounous Gesicht hellte sich auf. »Ja, reden Sie mit ihr. Und wenn sich ein Gespräch mit dem Grafen ergeben sollte — vielleicht könnten Sie ihm sagen, wie lieb sie ist — wie ausgeglichen . . .«

»Hatte Genevièves Mutter Geschwister?«

»Nein, sie war das einzige Kind. Ihre Mutter war — nicht sehr kräftig. Ich habe sie gepflegt. Sie starb, als Françoise neun Jahre alt war. Françoise hat dann mit achtzehn geheiratet.«

»War sie glücklich darüber?«

»Ich glaube nicht, daß sie wußte, was eine Ehe ist. Ich kann mich noch gut an das Vertragsessen erinnern. Sie wissen, was das ist, Mademoiselle? Hier in Frankreich werden, wenn zwei junge Leute heiraten, Verträge aufgestellt, und wenn beide Familien sie akzeptiert haben, findet das Vertragsessen im Haus der Brauteltern statt, ein festliches Abendessen für die engere Familie und das Brautpaar. Anschließend werden dann die Verträge unterzeichnet. Françoise war damals sehr glücklich, glaube ich. Sie wurde die Comtesse de la Talle, und die de la Talles waren und sind die vornehmste und reichste Familie meilenweit im Umkreis. Es war eine gute Partie.«

»Und warum wurde sie so unglücklich?«

»Sie führte Tagebuch über die Dinge, die passierten. Ich habe diese kleinen Bücher.«

Sie ging zu einem Schrank, schloß ihn mit einem Schlüssel auf, der in einem Bund an ihrem Gürtel hing, und nahm ein schmales Bändchen heraus.

»Dies ist das erste. Sehen Sie, wie sauber ihre Schrift war.«

Ich schlug das Buch auf und las:

1. Mai: *Gebete mit Papa und dem Personal! Ich wiederholte ihm das kurze Gebet, und er sagte, ich hätte Fortschritte gemacht. Ich ging in die Küche und sah zu, wie Marie Brot backte. Sie gab mir ein Stück Zuckerkuchen und sagte, ich dürfte es nicht erzählen, weil sie keinen Zuckerkuchen backen sollte.*

»Eine Art Tagebuch«, bemerkte ich.

»Sie war noch so klein. Sieben. Wie viele siebenjährige Kinder können schon so gut schreiben? Lassen Sie mich Ihnen noch etwas Kaffee einschenken, Mademoiselle. Schauen Sie doch mal in das Buch hinein. Ich lese oft darin. Es läßt sie wieder lebendig für mich werden.«

Ich begann zu blättern und betrachtete die große, kindliche Schrift.

Ich glaube, ich werde ein Deckchen für Nounou sticken. Es wird lange dauern, aber wenn es nicht rechtzeitig zu ihrem Geburtstag fertig wird, kann sie es zu Weihnachten bekommen. Papa redete heute nach den Gebeten mit mir. Er sagte, ich müßte immer gut sein und versuchen, nicht an mich selber zu denken. Heute habe ich Mama gesehen. Sie wußte nicht, wer ich war. Papa sprach hinterher mit mir und sagte, sie würde vielleicht nicht mehr lange bei uns sein.

Ich wünschte, es gäbe hier Kinder, mit denen ich spielen könnte. Marie sagt, in dem Haus, in dem sie früher arbeitete, wären neun Kinder gewesen. Es wäre schön, all diese Geschwister zu haben. Mit einem wäre ich dann ganz besonders befreundet.

Nounou stand über mich gebeugt.

»Es ist ziemlich traurig«, meinte ich. »Sie war einsam.«

»Aber gut. Sie hatte so ein liebes Wesen. Sie nahm die Dinge so hin, wie sie nun mal waren. Verstehen Sie, was ich meine?«

»Ja, ich glaube schon.«

»Sie hatte überhaupt nichts Hysterisches an sich. Und im Grunde ihres Herzens ist Geneviève genauso.«

Ich schwieg und trank den Kaffee, den sie mir gebracht hatte. Irgendwie fühlte ich mich wegen der tiefen Liebe, die sie für Mutter und Tochter empfand, zu ihr hingezogen.

»Ich finde, ich sollte Ihnen sagen«, begann ich, »daß Geneviève mich an meinem ersten Tag hier zum Grab ihrer Mutter brachte. Es geschah aber auf sehr sonderbare Weise. Sie sagte, sie würde mich zu ihrer Mutter mitnehmen. Ich dachte, ihre Mutter würde . . .«

Nounou nickte abwesend.

»Und dann sagte sie, ihr Vater hätte ihre Mutter ermordet.«

Nounous Gesicht verzog sich vor Angst. Sie legte mir die Hand auf den Arm. »Aber Sie verstehen es doch, nicht wahr? Der Schock, sie tot zu finden — und dann das Gerede . . . Es war nur natürlich. War es das nicht?«

»Ich kann es eigentlich nicht für natürlich halten, daß ein Kind seinen Vater beschuldigt, seine Mutter ermordet zu haben.«

»Der Schock!« wiederholte sie. »Sie braucht Hilfe, Mademoiselle. Denken Sie doch nur an das Leben im Château. Ich weiß, daß Sie eine verständige Frau sind, ich weiß, daß Sie alles tun werden . . .«

Ihre Hände umklammerten meinen Arm, und ihre Lippen bewegten sich, als formten sie Worte, die sie nicht auszusprechen wagte.

Vorsichtig sagte ich: »Es war sicherlich ein großer Schock. Man muß sie behutsam behandeln. Ihr Vater scheint das nicht zu realisieren.«

Nounous Gesicht wurde hart. Sie haßt ihn, überlegte ich. Sie haßt ihn für das, was er seiner Tochter antut — und seiner Frau antat.

»Aber wir realisieren es«, erklärte Nounou.

Ich war gerührt, ergriff ihre Hand und drückte sie. Es war, als schlössen wir einen Pakt.

4

Ich sagte mir, daß es nicht meine Aufgabe war, herauszufinden, ob der Hausherr ein Mörder war oder nicht. In den nun folgenden Wochen vertiefte ich mich immer mehr in meine Arbeit.

Nachdem er mich einige Tage allein gelassen hatte, kam der Graf eines Morgens in die Galerie.

»Ach du liebe Zeit!« rief er, als er sich das Bild ansah, an dem ich arbeitete. »Was machen Sie da nur?«

Ich war bestürzt und überrascht, denn das Bild hatte genau wie erhofft auf meine Behandlung reagiert. Ich fühlte, wie mir das Blut in die Wangen schoß. Gerade wollte ich wütend protestieren, als er fortfuhr: »Sie geben dem Bild wieder derartige Farben, daß sie uns alle erneut an diese leidigen Smaragde erinnern werden.«

Es amüsierte ihn, meine Erleichterung zu beobachten.

»Dann kommen Sie also allmählich zu der Überzeugung, daß eine Frau doch gewisse Fähigkeiten besitzen kann?« fragte ich.

»Ich habe gleich den Verdacht gehabt, daß Sie große Fähigkeiten besitzen. Wer außer einer Frau von Charakter und großer Entschlossenheit wäre überhaupt hergekommen?«

Er kam näher, und wenn er auch so tat, als studierte er das Bild, so beobachtete er in Wirklichkeit doch mich.

»Ihre Arbeit scheint mir sehr interessant«, bemerkte er. »Sie müssen sie mir näher erklären.«

»Ich habe zuerst zwei Tests durchgeführt, denn bevor ich anfing, habe ich mich selbstverständlich vergewissert, daß die meiner Ansicht nach beste Methode auch wirklich die geeignetste ist.«

»Und was ist die beste Methode?«

Sein Blick heftete sich auf mein Gesicht, und ich fühlte die unbehagliche Röte auf meinen Wangen.

»Ich benutze ein mildes alkoholisches Lösungsmittel. Auf sehr harter Ölfarbe würde es nicht wirken, aber diese Farben sind mit weichem Harz gemischt . . .«

»Wie klug!«

»Das gehört zu meiner Arbeit.«

»In der Sie so ein Experte sind. Gefällt Ihnen dieses Bild, Mademoiselle Lawson?«

»Es ist sehr interessant. Natürlich läßt es sich nicht mit den Fragonards oder Bouchers vergleichen, aber ich finde, der Maler war ein wahrer Künstler der Farbe. Seine Pinseltechnik . . .« Ich verstummte, da ich fühlte, daß er über mich lachte. »Ich fürchte, ich werde ziemlich langweilig, wenn ich über Bilder rede.«

»Sie werden bald mit dieser Arbeit fertig sein«, sagte er.

»Und dann werde ich wissen, ob Sie mich für würdig halten, die Arbeit . . .«

»Ich glaube, Sie wissen genau, wie das Urteil ausfallen wird«, antwortete er und verließ mich lächelnd.

Einige Tage später war ich mit dem Bild fertig. Er kam, um sein Urteil zu sprechen. Einige Sekunden lang betrachtete er es mit gerunzelter Stirn.

»Sie — sind nicht zufrieden?« fragte ich unsicher.

Er wandte sich mir zu.

»Ihre Leistung entspricht voll und ganz Ihren Empfehlungsschreiben.«

»Dann möchten Sie also, daß ich die restlichen Bilder restauriere?«

Ein Ausdruck, den ich nicht deuten konnte, huschte über sein Gesicht. »Ich wäre sehr enttäuscht, wenn Sie es nicht täten.«

Ich war einfach selig; ich hatte gewonnen. Mein Triumph war jedoch nicht vollkommen, denn als er so vor mir stand und mich lächelnd betrachtete, begriff ich, daß er mich daran erinnern wollte, wie genau er über meine Zweifel und Ängste im Bilde war.

Keiner von uns beiden hatte bemerkt, daß Geneviève hereingekommen war.

Der Graf sah sie als erster. »Was willst du, Geneviève?«

»Ich — ich wollte sehen, wie Mademoiselle Lawson mit dem Bild vorankommt.«

»Dann komm her und sieh es dir an.«

Sie kam mit finsterem Gesicht näher.

»Da!« sagte er. »Ist es nicht eine Offenbarung?«

Sie antwortete nicht.

»Mademoiselle Lawson erwartet ein Kompliment für ihre Arbeit. Du weißt doch noch, wie das Bild vorher aussah.«

»Nein, ich weiß es nicht mehr.«

»Was für ein Mangel an künstlerischem Verständnis! Du mußt Mademoiselle Lawson bitten, dir ein Gefühl für Bilder beizubringen, während sie hier bei uns ist.«

»Sie — bleibt also hier?«

Seine Stimme änderte unvermittelt den Klang und beinahe zärtlich sagte er: »Ich hoffe, sie bleibt recht lange. Denn weißt du, es gibt so vieles im Château, das ihre Fürsorge braucht.« Er verbeugte sich leicht und sagte: »Ich werde Sie jetzt verlassen, Mademoiselle Lawson, denn ich sehe, Sie möchten gern allein sein — mit den Bildern.«

Er gab Geneviève ein Zeichen, mitzukommen.

Da ich im Schloß bleiben würde, wollte ich auch die Umgebung erkunden. Das kleine Städtchen hatte ich schon erforscht, hatte Kaffee in der *pâtisserie* getrunken und mit der freundlichen und inquisitorischen Besitzerin geplaudert, die sich über jeden Gast aus dem Schloß freute.

Dann war ich über den Markt geschlendert, hatte die auf mich gerichteten Blicke ignoriert und mir das alte Rathaus und die Kirche angeschaut.

Nun wollte ich auch mal reiten. Ein geeignetes Pferd namens Bonhomme wurde für mich ausgesucht. Ich war überrascht und erfreut, als Geneviève mich fragte, ob sie mich begleiten dürfte. Sie war wieder in ihrer zugänglichen Verfassung, und als wir nebeneinander ritten, fragte ich sie, warum sie so töricht gewesen war, mich einzusperren.

»Ach, Sie sagten doch, Sie hätten keine Angst, und ich dachte nicht, daß es Ihnen schaden würde.«

»Es war sehr dumm von dir. Angenommen, Nounou hätte es nicht herausgefunden?«

»Ich hätte Sie nach einiger Zeit wieder herausgeholt.«

»Weißt du, daß manche Leute vor Angst sterben können?«

»Sterben?« wiederholte sie erschrocken.

»Ja, sehr nervöse Menschen sterben vor Angst.«

»Aber Sie doch nicht!« Aufmerksam beobachtete sie mich. »Sie haben es nicht meinem Vater gesagt. Ich dachte — wo Sie so gut mit ihm stehen . . .«

Sie ritt ein wenig voran, und als wir zu den Ställen zurückkamen, bemerkte sie beiläufig: »Ich darf nicht allein ausreiten. Ich muß immer einen der Pferdeburschen mitnehmen. Heute war niemand da, und so hätte ich nicht reiten können, wenn Sie nicht mit mir geritten wären.«

»Es freut mich, von Nutzen gewesen zu sein«, entgegnete ich kühl.

Ich traf Philippe unten in den Gärten und bildete mir ein, er hätte mich gesehen und wäre extra heruntergekommen, um mich zu sprechen.

»Meine Glückwünsche!« sagte er. »Ich habe mir das Bild angeschaut. Der Unterschied ist wirklich bemerkenswert.«

Ich glühte vor Freude. Wie anders, dachte ich, als der Graf.

»Es freut mich, daß Sie das finden«, sagte ich.

»Wer könnte etwas anderes finden? Sie haben da ein wahres Wunder bewirkt. Ich bin ganz begeistert, vor allem, weil Sie bewiesen haben, daß Sie was können.«

»Wie nett von Ihnen!«

»Ich fürchte, ich war ziemlich unhöflich bei Ihrer Ankunft. Ich war so überrascht und wußte nicht recht, was von mir erwartet wurde.«

»Sie waren gar nicht unhöflich, und Ihre Überraschung kann ich gut verstehen.«

»Wissen Sie, dies war Sache meines Vetters. Ich wollte natürlich nach seinen Wünschen handeln.«

»Selbstverständlich. Und es ist sehr nett von Ihnen, so viel Interesse zu zeigen.«

Er runzelte die Stirn. »Ich empfinde so etwas wie Verantwortung. Hoffentlich werden Sie es nicht bereuen, hierher gekommen zu sein.«

»Bestimmt nicht. Die Arbeit ist hochinteressant.«

»O ja — ja, die Arbeit.«

Während die Novembertage verstrichen, lebte ich gleichsam an der Peripherie des Treibens im Schloß dahin.

Als ich eines Tages wieder auf Bonhomme ausritt, traf ich Jean-Pierre zu Pferd. Er begrüßte mich mit der gewohnten Fröhlichkeit und fragte, ob ich die Bastides wieder einmal besuchen kommen würde, was ich zu tun versprach.

»Kommen Sie doch mit mir zum St.-Vallient-Weinberg hinüber. Danach reiten wir dann zusammen zurück.«

Ich war noch nie in Richtung St. Vallient geritten und daher mit seinem Vorschlag sehr einverstanden. Ich freute mich immer über seine Gesellschaft; er besaß Vitalität und Fröhlichkeit, die ich sehr anziehend fand.

Wir sprachen über das bevorstehende Weihnachtsfest.

»Werden Sie den Weihnachtstag mit uns verbringen, Mademoiselle?« fragte er.

»Ist das eine formelle Einladung?«

»Sie wissen, ich bin nie formell. Es ist nur ein von Herzen kommender Wunsch meiner Familie, daß Sie uns diese Ehre erweisen.«

Ich sagte ihm, wie wundervoll ich das fände und wie nett es von ihnen wäre, mich dabei haben zu wollen.

Als wir beim St.-Vallient-Weinberg ankamen, wurde mir Monsieur Durand, der Verwalter, vorgestellt. Seine Frau brachte Wein und Brot zu uns heraus, und Jean-Pierre und Monsieur Durand unterhielten sich über die Qualität des diesjährigen Weines. Dann entführte Monsieur Durand Jean-Pierre, um geschäftliche Dinge mit ihm zu besprechen, während seine Frau bei mir blieb, um mich zu unterhalten.

Sie wußte eine Menge über mich, denn die Geschehnisse im Schloß bildeten ganz eindeutig den Schwerpunkt, um den aller Klatsch sich drehte. Ich gab wohlüberlegte Antworten, und sie stellte offensichtlich fest, daß wenig aus mir herauszubekommen war. So redete sie von ihren eigenen Angelegenheiten.

»Seit dem großen Unglück vor zehn Jahren war es kein Vergnügen hier in St.-Vallient. Aber Monsieur Jean-Pierre ist ein Zauberer. Ich hoffe fest, daß Monsieur le Comte meinem Mann bald erlaubt, mit der Arbeit aufzuhören.«

»Muß er auf die Erlaubnis von Monsieur le Comte warten?«

»Aber natürlich, Mademoiselle. Monsieur le Comte wird ihm ein Häuschen geben. Ich sehne diesen Tag herbei. Diese Arbeit ist zu anstrengend für einen alten Mann.«

»Ich hoffe, daß man ihm bald erlaubt, mit der Arbeit aufzuhören.«

»Es liegt alles in Gottes Hand, Mademoiselle.«

Bald darauf kam Jean-Pierre zurück, und wir machten uns auf den Heimritt. Wir sprachen über die Durands und das Alter.

»Wie mir seine Frau sagte, muß er auf die Entscheidung des Grafen warten.«

»O ja«, erwiderte Jean-Pierre. »Alles hängt von ihm ab.«

»Und das ärgert Sie?«

»Die Tage der despotischen Herrscher sollten eigentlich vorbei sein.«

»Sie könnten doch weggehen. Er könnte Sie nicht daran hindern.«

»Unser Zuhause verlassen?«

»Wenn Sie ihn so hassen . . .«

»Habe ich diesen Anschein erweckt?«

»Wenn Sie von ihm reden, klingt Ihre Stimme ganz hart, und es kommt ein Ausdruck in Ihre Augen . . .«

»Ach, das hat nichts zu sagen. Ich bin ein sehr stolzer Mensch, vielleicht zu stolz. Dieses Fleckchen Erde ist ebenso mein Zuhause wie seins. Meine Familie hat genau wie seine seit Jahrhunderten hier gelebt.«

»Ich verstehe.«

»Wenn ich den Grafen nicht mag, schließe ich mich nur der allgemeinen Meinung an. Was schert er sich schon um diese Gegend? Er zieht sein Palais in Paris vor. Und er geruht nicht, uns zur Kenntnis zu nehmen. Aber ich würde mich niemals von ihm aus meiner Heimat fortjagen lassen. Ich arbeite für ihn, weil ich es muß, und versuche im übrigen, ihn weder zu sehen noch über ihn nachzudenken.«

Ich ließ Bonhomme in Galopp fallen. Jean-Pierre ritt dicht hinter mir. Als wir durch den Weinberg ritten, sahen wir den Grafen. Er konnte nur von den Arbeitsgebäuden gekommen sein. Er neigte grüßend den Kopf, als er uns erblickte.

»Sie wollten mich sprechen, Monsieur le Comte?« fragte Jean-Pierre.

»Das hat Zeit«, erwiderte der Graf und ritt weiter.

»Waren Sie verabredet?« erkundigte ich mich.

»Nein. Er wußte, daß ich nach St.-Vallient hinüberritt. Ich tat es auf seine Anweisung hin.«

Als wir auf dem Weg zum Bastide-Haus an den Arbeitsgebäuden vorbeiritten, kam Gabrielle heraus.

»Gabrielle«, rief Jean-Pierre, »Mademoiselle Lawson ist hier.«

Sie lächelte mich ziemlich abwesend an.

»Wie ich sehe, war der Graf da«, bemerkte Jean-Pierre. »Was wollte er?«

»Sich einige Zahlen anschauen, das war alles. Er wird ein andermal wiederkommen, um dich zu sprechen.«

Jean-Pierre runzelte die Stirn und betrachtete nachdenklich seine Schwester. Madame Bastide begrüßte mich so herzlich wie immer, doch während der ganzen Zeit, die ich dort war, fiel mir auf, wie abwesend Gabrielle war und wie einsilbig Jean-Pierre sich plötzlich gebärdete.

Als ich am folgenden Morgen wieder in der Galerie arbeitete, schaute der Graf herein.

»Wie geht es mit der Arbeit voran?« wollte er wissen.

»Ich finde, sehr gut«, antwortete ich.

Spöttisch betrachtete er das Bild, an dem ich gerade arbeitete. Ich gab ein paar Erklärungen ab.

»Sie werden bestimmt recht haben«, meinte er leichthin. »Und ich freue mich, daß Sie nicht die gesamte Zeit bei Ihrer Arbeit verbringen.«

Ich dachte, das wäre ein Vorwurf. Heftig erwiderte ich daher: »Aber Sie sagten selbst, ich könnte reiten, wenn ich Zeit dazu fände.«

»Ich bin entzückt, daß es Ihnen gelingt, Zeit dafür zu finden — und Freunde, die diese mit Ihnen verbringen.«

Was meinte er? Er konnte doch bestimmt nichts dagegen haben, daß ich Jean-Pierre sah.

»Es ist sehr gütig von Ihnen, sich dafür zu interessieren, wie ich meine freie Zeit verbringe«, erwiderte ich steif.

»Nun, wie Sie wissen, nehme ich großen Anteil an — meinen Bildern.«

Wir gingen durch die Galerie und studierten die Bilder, doch mir schien, er tat es ohne echtes Interesse und nur mit geteilter Aufmerksamkeit.

»Wenn Sie mit meinem Arbeitstempo nicht zufrieden sind . . .«

Er fuhr herum, als wäre er begeistert über meinen Ausbruch und lächelte mich an. »Was veranlaßt Sie zu dieser Vermutung, Mademoiselle Lawson?«

»Ich dachte — ich bildete mir ein . . .«

Er betrachtete mich mit leicht zur Seite geneigtem Kopf und entdeckte Eigenschaften an mir, von denen ich bisher selbst nichts gewußt hatte.

»Ich schätze Ihre Arbeit sehr, Mademoiselle Lawson.«

Ich wandte mich wieder meiner Arbeit zu, und er schlenderte weiter durch die Galerie. Als er schließlich hinausging, und die Tür leise hinter sich schloß, sah ich nicht auf. Es gelang mir danach nicht, den Rest des Vormittags konzentriert weiterzuarbeiten.

Als ich nach Tisch zu den Ställen ging, kam mir Geneviève hinterhergerannt.

»Mademoiselle, reiten Sie mit mir nach Carrefour hinüber?«

»Nach Carrefour?«

»Zu meinem Großvater. Wenn Sie nicht mitkommen, muß ich einen Reitburschen mitnehmen. Ich will meinen Großvater besuchen. Er würde Sie bestimmt gern kennenlernen.«

Das Gespräch mit Nounou und die kleinen Tagebücher von Françoise hatten mir eine klare Vorstellung von einem lieben kleinen Mädchen mit unschuldigen Geheimnissen und großem Charme vermittelt. Daher war die sich mir jetzt bietende Gelegenheit, den Vater dieses kleinen Mädchens kennenzulernen, sehr verlockend.

Geneviève ritt ihr Pferd so lässig wie jemand, der seit frühester Kindheit im Sattel sitzt. An einer Stelle parierte sie ihr Pferd zum Stehen durch, damit wir zum Schloß zurückblicken konnten. Aus dieser Entfernung war es ein sehr beeindruckender Anblick.

»Das gehört alles Papa, wird aber nie mir gehören. Ich hätte ein Junge sein sollen, dann wäre Papa mit mir zufrieden gewesen.«

»Wenn du lieb und artig bist, wird er mit dir zufrieden sein«, entgegnete ich salbungsvoll.

Zornig sah sie mich an, und ich wußte, ich hatte es verdient.

Sie berührte ihr Pferd mit der Gerte und galoppierte voraus.

»Wenn Papa einen Sohn gehabt hätte, brauchten wir Vetter Philippe nicht hier. Das wäre schön«, fuhr sie nach einer Weile fort.

»Er ist gewiß immer nett zu dir.«

Sie warf mir einen schrägen Blick zu. »Ich sollte ihn mal heiraten.«

»Oh! Und jetzt nicht mehr?«

Sie schüttelte den Kopf. »Mir ist es egal. Sie glauben doch nicht, daß ich Philippe gern heiraten würde, oder?«

»Er ist beträchtlich älter als du.«

»Vierzehn Jahre. Genau doppelt so alt ist er.«

»Aber der Altersunterschied würde vermutlich mit den Jahren weniger groß erscheinen.«

»Nun, Papa entschied sich ohnehin dagegen. Warum, meinen Sie, tat er das, Mademoiselle? Sie wissen doch so vieles!«

»Ich versichere dir, ich weiß nicht das geringste von den Absichten deines Vaters. Ich weiß überhaupt nichts über deinen Vater.«

»Sie wissen also gar nichts. Dann will ich Ihnen etwas verraten. Philippe war sehr wütend, als er erfuhr, daß Papa ihn nicht mehr mit mir verheiraten wollte.«

Sie warf den Kopf zurück und lächelte selbstgefällig. Ich sagte: »Vielleicht kennt er dich nicht sehr gut.«

Sie lachte laut auf. »Das hat doch nichts mit mir zu tun. Nein, als meine Mutter starb, änderte Papa seinen Entschluß. Ich glaube, er wollte Philippe kränken.«

»Warum sollte er Philippe kränken wollen?«

»Ach, nur so, weil es ihm Spaß macht. Er haßt die Menschen.«

»Das ist ganz bestimmt nicht wahr. Man haßt nicht einfach Menschen — ohne Grund.«

»Mein Vater ist anders als andere Menschen.« Sie sagte es fast stolz und ihre Stimme vibrierte. Seltsamer, verdrängter Haß, der mit Respekt gemischt war, dachte ich.

»Wir sind alle anders«, wandte ich schnell ein.

»Er haßt mich«, sagte sie, »denn ich bin wie meine Mutter. Nounou sagt, ich würde ihr jeden Tag ähnlicher. Ich erinnere ihn an sie.«

»Sich dummes Gerede anzuhören, ist kein sehr rühmlicher Zeitvertreib.«

Das reizte sie wieder zum Lachen. »Alles, was ich dazu sagen kann, Miß, ist, daß Sie Ihre Zeit auch nicht immer sehr rühmlich verbringen.«

Ich spürte, wie ich vor Ärger errötete.

Sie wies mit dem Finger auf mich. »Sie ratschen gern. Aber das macht nichts. Ich mag Sie deshalb. Ich könnte Sie nicht ausstehen, wenn Sie so gut und vorbildlich wären, wie Sie immer tun.«

»Warum redest du nicht ganz natürlich mit deinem Vater — so als hättest du keine Angst vor ihm?«

»Aber jeder hat vor ihm Angst.«

»Ich nicht.«

»Wirklich nicht, Miß?«

»Warum sollte ich? Wenn ihm meine Arbeit nicht gefällt, kann er es sagen, und ich reise ab und sehe ihn nie wieder.«

»Ja, für Sie ist es vielleicht einfach. Meine Mutter hatte Angst vor ihm — schreckliche Angst.«

»Hat sie dir das gesagt?«

»Nicht so direkt, aber ich wußte es. Und Sie wissen ja, was mit ihr geschah?«

»Sollten wir nicht weiterreiten?« unterbrach ich. »Wenn wir so bummeln, sind wir ja vor Dunkelheit nicht zurück.«

Sie sah mich einen Augenblick lang bittend an und sagte dann: »Glauben Sie, daß Menschen — daß manche Menschen nicht in ihren Gräbern bleiben? Glauben Sie, daß sie zurückkommen auf der Suche nach . . .«

»Was willst du damit sagen, Geneviève?«

»Miß« — es klang wie ein Hilferuf —, »ich wache manchmal

nachts mit einem furchtbaren Schreck auf und glaube, Geräusche im Château zu hören.«

»Liebe Geneviève, jeder wacht ab und zu mal erschrocken auf. Ein schlechter Traum . . .«

»Aber ich höre Schritte, Klopfen, höre es ganz genau — ganz genau. Ich liege dann da und zittere — und warte darauf, sie zu sehen.«

»Hör zu, Geneviève«, sagte ich. »Angenommen, es gibt Gespenster, angenommen, deine Mutter kommt tatsächlich nachts zurück . . .«

Sie nickte, und ihre Augen waren riesengroß vor Interesse.

»Sie hatte dich sehr lieb, nicht wahr?«

Ich sah, wie ihre Hände sich fester um die Zügel schlossen. »O ja, sie hatte mich sehr lieb. Niemand liebte mich wie sie.«

»Sie hätte dir niemals weh getan, nicht wahr? Glaubst du dann, daß sich jetzt, wo sie tot ist, ihre Liebe zu dir geändert hat?«

Ich sah, wie sich ihr Gesicht entspannte und war mit mir zufrieden. Ich hatte ihr den Trost geben können, den sie so verzweifelt brauchte.

»Was du nachts hörst, ist bestimmt nur das Knarren von Dielenbrettern, das Klappern von Türen oder Fenstern, vielleicht sind es auch Mäuse. Aber nehmen wir sogar mal an, es gibt Gespenster. Glaubst du nicht, deine Mutter wäre dann da, um dich vor allem Bösen zu beschützen?«

»Ja«, sagte sie mit glänzenden Augen. »Ja, das würde sie bestimmt. Sie hatte mich lieb.«

Ich freute mich und fühlte, daß eine Fortsetzung dieses Gesprächs die Wirkung verderben konnte. Wir sprachen nichts mehr, bis wir Maison Carrefour erreichten.

Es war ein altes Haus, das, umgeben von einer dicken Steinmauer, etwas zurück an einer Wegkreuzung lag. Die kunstvollen schmiedeeisernen Torflügel standen offen. Wir ritten unter einem Torbogen hindurch in den Innenhof.

Mir fiel sofort die tiefe Stille auf. Geneviève warf mir einen raschen Blick zu, um meine Reaktion zu sehen, doch hoffte ich, nichts zu verraten.

Wir brachten unsere Pferde in die Ställe, und Geneviève führte mich zu einer Tür. Sie hob den schweren Klopfer, und ich hörte den dumpfen Klang durch das Erdgeschoß hallen. Dann näherten sich schlurfende Schritte. Ein Diener stand vor uns.

»Guten Tag, Maurice«, begrüßte Geneviève ihn. »Mademoiselle Lawson ist heute mitgekommen.«

Nach der Begrüßung gelangten wir in die Halle, deren Fußboden mit buntem Fliesenmosaik belegt war.

»Wie geht es meinem Großvater heute, Maurice?« erkundigte sich Geneviève.

»Ziemlich unverändert, Mademoiselle. Ich werde nachsehen, ob er fertig ist.«

Der Diener verschwand und kam nach einem Augenblick wieder, um uns zu sagen, daß sein Herr uns jetzt empfangen würde.

Es brannte kein Feuer in dem Raum, und die Kälte überfiel mich geradezu, als ich eintrat. Früher mußte er einmal sehr schön gewesen sein, denn seine Proportionen waren einfach vollkommen. In der geschnitzten Decke sah ich eine Inschrift, die ich jedoch nicht richtig erkennen konnte, lediglich, daß sie in Altfranzösisch abgefaßt war. Die geschlossenen Fensterläden ließen so gut wie kein Tageslicht herein, die Möbel waren streng und einfach.

In einem Rollstuhl saß ein alter Mann. Er glich mehr einem Toten als einem Lebenden. Die Augen lagen tief eingesunken in dem leichenblassen Gesicht und glänzten krankhaft. Er hielt ein Buch in den Händen, das er bei unserem Eintreten geschlossen hatte.

»Großvater«, sagte Geneviève, »ich bin dich besuchen gekommen.«

»Mein Kind«, antwortete er mit erstaunlich fester Stimme und streckte ihr eine dünne weiße Hand hin, auf der die blauen Adern dick hervortraten.

»Und ich habe Mademoiselle Lawson mitgebracht, die aus England gekommen ist, um Vaters Bilder zu reinigen.«

Die Augen, das einzige Lebendige an dem alten Mann, musterten mich durchdringend. »Sie verzeihen, wenn ich nicht aufstehe, Mademoiselle Lawson. Ich freue mich, daß Sie mit meiner Enkelin gekommen sind. Geneviève, hol einen Stuhl für Mademoiselle Lawson, und auch einen für dich.«

»Ja, Großvater.«

Wir saßen vor ihm. Er war äußerst liebenswürdig. Er fragte mich nach meiner Arbeit und bekundete großes Interesse daran und sagte, Geneviève müßte mir seine eigene Sammlung zeigen. Einige Bilder hätten vielleicht auch eine Restaurierung nötig.

Der Gedanke, auch nur vorübergehend in einem Haus wie diesem zu leben, war für mich bedrückend. Das Schloß war trotz all seiner dunklen Geheimnisse lebendig. Dieses Haus dagegen war wie ein Totenhaus.

Ab und zu richtete er eine Frage an Geneviève. Ich bemerkte, wie sein Blick auf ihr lag. Er hat sie sehr lieb, dachte ich. Warum denkt sie, niemand liebt sie?

»Wie geht es Nounou, Geneviève?« fragte er. »Ich hoffe, du bist nett zu ihr.«

»Ja, Großvater.«

»Ich hoffe, du wirst nicht ungeduldig mit ihr.«

»Nicht oft, Großvater.«

»Manchmal?« Er war wachsam.

»Ach, nur ein bißchen. Ich sage nur: ›Du bist eine dumme alte Frau!‹«

»Das ist lieblos. Hast du hinterher zu den Heiligen um Vergebung gebetet?«

»Ja, Großvater.«

»Es hat keinen Sinn, um Vergebung zu bitten, wenn du die gleiche Sünde sofort wieder begehst. Zügle dein Temperament, Geneviève. Und wenn du in Versuchung gerätst, törichte Dinge zu tun, denk an den Kummer, den du damit verursachst.«

Ich fragte mich, wieviel er über die unbeherrschte Zügellosigkeit seiner Enkelin wußte und ob Nounou ihn ab und zu besuchte. Wußte er, daß sie mich eingesperrt hatte?

Er schickte nach Wein und Brot, die gewöhnlich zusammen angeboten wurden. Eine alte Frau, die nach meiner Vermutung zur Familie Labisse gehörte, brachte beides herein.

Während wir an dem Wein nippten, sagte der Großvater: »Ich hörte, daß die Bilder restauriert werden sollten, aber ich hatte nicht mit einer Dame gerechnet.«

Ich sprach vom Tod meines Vaters und sagte, daß ich seine Verpflichtungen übernommen hätte.

»Der Graf scheint mit meiner Arbeit zufrieden zu sein«, endete ich.

Ich sah, wie seine Lippen schmal wurden, und seine Hand sich in die Decke klammerte. »Soso. Er ist mit Ihnen zufrieden.«

»Zumindest läßt er mich an den restlichen Bildern weiterarbeiten«, sagte ich.

»Ich hoffe . . .« Seine Stimme sank zu einem so leisen Flüstern herab, daß ich den Rest des Satzes nicht verstehen konnte. »Verzeihen Sie.«

Er schüttelte den Kopf. Die Erwähnung des Grafen hatte ihn offenbar aufgeregt. Hier war also noch jemand, der diesen Mann haßte. Was steckte nur in ihm, daß er solche Furcht und solchen Haß auslöste?

Geneviève fragte, ob sie mir den Besitz zeigen dürfte, nur um wegzukommen.

Wir gingen wieder durch die große Halle und kamen durch mehrere Gänge, bis wir in eine Küche mit Steinfußboden gelangten; von dort führte sie mich in einen Garten.

»Dein Großvater freut sich, dich zu sehen«, bemerkte ich. »Ich glaube, er hätte es gern, wenn du ihn oft besuchen kämst.«

»Er merkt es nicht. Er vergißt alles. Er ist sehr alt und nicht mehr der gleiche — nach dem Schlaganfall. Sein Kopf ist nicht mehr klar.«

»Weiß dein Vater, daß du herkommst?«

»Er fragt mich nicht danach.«

Ich blickte zum Haus zurück und sah, daß sich eine Gardine an einem der oberen Fenster bewegte. Geneviève folgte meinem Blick.

»Das ist Madame Labisse. Sie möchte wissen, wer Sie sind. Es gefällt ihr nicht mehr. Sie möchte, daß es wieder so wie früher ist. Da war sie Stubenmädchen und Labisse Lakai. Sie bleiben nur hier, weil Großvater ihnen eine Rente ausgesetzt hat für den Fall, daß sie bei seinem Tod noch in seinem Dienst sind.«

»Ein merkwürdiger Haushalt.«

»Drei Jahre geht es Großvater jetzt schon so schlecht. Der Arzt sagt, er würde nicht mehr lange leben. Deshalb denken die Labisses vermutlich, daß es sich lohnt.«

Drei Jahre, also seit Françoise starb. Hatte es ihn so getroffen, daß er einen Schlaganfall bekam?

»Ich weiß, was Sie denken«, sagte Geneviève. »Großvater bekam seinen Schlaganfall eine Woche vorher. Jeder erwartete, daß er starb, aber dann starb sie.«

Geneviève hatte sich wieder dem Haus zugewandt, und ich ging schweigend neben ihr. In der Mauer vor uns war eine Tür; sie ging schnell hindurch und hielt sie für mich auf. Wir befanden uns in einem kleinen, mit Kopfsteinen gepflasterten Innenhof. Geneviève überquerte ihn, und ich folgte ihr mit dem Gefühl, mich einer Verschwörung anzuschließen. Dann standen wir in einer dunklen Halle.

Sie hob den Finger an die Lippen. »Ich will Ihnen etwas zeigen.«

Sie ging durch die Halle zu einer Tür, die in einen Raum führte, der bis auf eine Strohpritsche, einen Betstuhl und eine hölzerne Truhe völlig leer war.

»Großvaters liebster Raum.«

»Wie eine Mönchszelle.«

Sie nickte begeistert. Verstohlen sah sie sich um und öffnete dann den Deckel der Truhe.

»Du hast kein Recht, Geneviève . . .«, begann ich, doch meine Neugier war größer.

Überrascht stellte ich fest: Ein härnes Hemd und eine Peitsche.

Geneviève ließ den Deckel der Truhe zufallen.

»Wie finden Sie dieses Haus, Mademoiselle? Ist es ebenso interessant wie das Château?«

»Es ist Zeit, daß wir zurückreiten«, erklärte ich. »Wir müssen deinem Großvater auf Wiedersehen sagen.«

Sie schwieg auf dem ganzen Ritt nach Hause. Und mich verfolgte dieses unheimliche Haus wie die Erinnerung an einen Alptraum.

Als ich eines Morgens aus der Galerie kam, stand ich unvermittelt dem Grafen gegenüber.

»Ich möchte Sie einladen, mit uns zu dinieren«, sagte er. »Ich bin überzeugt, Sie könnten uns allen etwas über Ihr Lieblingsthema beibringen. Würden Sie so nett sein und das tun?«

Ich antwortete, daß es mir ein Vergnügen sein würde.

»Nun, dann essen Sie gleich heute abend mit uns.«

Ich fühlte mich beschwingt, als ich in mein Zimmer ging. Ich nahm mein schwarzes Samtkleid heraus und legte es auf das Bett. Dann ging ich in die Galerie und blieb dort, bis es Zeit war, sich zum Abendessen umzuziehen. Ich klingelte nach heißem Wasser und wusch mich in glücklicher Erwartung. Als ich jedoch herauskam und mein Kleid anziehen wollte, starrte ich voller Entsetzen darauf. Der Rock hing in gezackten, ungleichmäßigen Streifen herunter. Jemand hatte das Kleid total aufgeschlitzt.

»Es ist nicht möglich«, sagte ich laut und zog die Klingelschnur.

Josette kam herbeigeeilt. »Ja, Mademoiselle?«

Als ich ihr das Kleid hinhielt, hielt sie sich eine Hand vor den Mund, um den Ausruf zu ersticken.

»Oh, das ist ja furchtbar! Warum nur?«

»Ich kann es nicht verstehen«, sagte ich.

»Ich war es nicht, Mademoiselle. Ich schwöre Ihnen, ich war . . .«

»Nicht einen Augenblick habe ich daran gedacht, daß du das gemacht hast, Josette. Aber ich werde herausbekommen, wer es gewesen ist.«

Hysterisch heulend lief sie hinaus.

Ich ging zum Schrank und nahm das graue Kleid mit der lavendelblauen Seidenschärpe heraus. Ich hatte es gerade zugehakt, als Josette wieder erschien. Dramatisch schwenkte sie eine Schere.

»Ich weiß jetzt, wer es getan hat«, verkündete sie. »Ich ging ins Schulzimmer und fand diese Schere. Es sind noch schwarze Samtfussel dran, sehen Sie!«

Ich hatte es sofort gewußt. Doch warum hatte sie es getan? Haßte sie mich so sehr?

Ich ging in Genevièves Zimmer. Sie saß auf dem Bett und starrte ausdruckslos vor sich hin, während Nounou weinend auf und ab lief.

»Weshalb hast du das getan?« fragte ich.

»Weil ich Lust dazu hatte.«

»Und jetzt tut es dir leid?«

»Nein.«

»Mir aber. Ich besitze nämlich nicht viele Kleider.«

»Sie können es ja so aufgeschlitzt anziehen. Es sieht vielleicht sogar hübsch aus.« Sie begann hilflos zu lachen, und ich sah, daß sie den Tränen nahe war.

»Hör auf!« befahl ich. »Benimm dich nicht so albern!«

»Es war so komisch, ein Kleid zu zerschneiden! Es war großartig!« Sie lachte immer weiter und schüttelte die Hand ab, die Nounou ihr auf die Schulter legte.

Ich ging wieder. Es war sinnlos zu versuchen, vernünftig mit ihr zu reden, wenn sie in dieser Verfassung war.

Das Dinner, auf das ich mich gefreut hatte, wurde eine beklommene Mahlzeit. Geneviève war trotzig und ohne ein Wort zu sagen erschienen. Sie beobachtete mich während des ganzen Dinners verstohlen und wartete darauf, daß ich die Sache mit dem Kleid ihrem Vater erzählte. Ich redete nur wenig, hauptsächlich über die Bilder und das Schloß, fühlte aber, daß mich der Graf ziemlich langweilig und enttäuschend fand, da er wohl gehofft hatte, mit seiner spöttischen Art schlagfertige Antworten zu provozieren.

In meinem Zimmer überlegte ich, was ich tun sollte. Während ich darüber nachdachte, kam Mademoiselle Dubois herein.

»Ich muß Sie sprechen«, erklärte sie. »Was für eine Aufregung!«

»Sie haben von meinem Kleid gehört?«

»Das ganze Haus weiß es. Josette rannte zum Kellermeister, und der ging zum Grafen. Mademoiselle Geneviève hat allen schon so viele Streiche gespielt.«

»Dann — weiß er es also.«

»Ja — er weiß es.«

»Und Geneviève?«

»Sie ist in ihrem Zimmer und versteckt sich unter Nounous Rockschößen. Sie wird ihre Strafe aber bekommen und hat sie verdient.«

»Ich kann nicht begreifen, warum sie Vergnügen an solchen Dingen findet.«

»Heimtücke. Bosheit. Sie ist eifersüchtig, weil man Sie eingeladen hat, mit der Familie zu dinieren, und weil der Graf solches Interesse zeigt.«

»Natürlich interessiert er sich für seine Bilder.«

Sie kicherte. »Als ich herkam, hatte ich natürlich keine Ahnung, was einen hier erwartete. Ein Graf — ein Schloß — klingt wundervoll. Als ich dann aber diese schrecklichen Gerüchte hörte, war ich ganz entsetzt. Ich war drauf und dran, meine Koffer zu packen und wieder abzureisen. Ein Mann wie der Graf zum Beispiel . . .«

»Ich nehme nicht an, daß Ihnen irgendeine Gefahr von ihm droht.«

»Ein Mann, dessen Frau *so* ums Leben kam! Sie sind ziemlich naiv und unerfahren, Mademoiselle Lawson. Meine vorige Stellung mußte ich übrigens wegen der unerwünschten Aufmerksamkeiten des Hausherrn aufgeben.«

»Wie furchtbar für Sie!«

»Als ich dann hierher kam, wußte ich, daß ich wegen des schlechten Rufes des Grafen besonders auf der Hut sein mußte. Er wird immer in Skandale verwickelt sein.«

»Es wird immer dort Skandale geben, wo andere dafür sorgen.«

Ich ging zur Bibliothek hinunter und klopfte an die Tür. Als keine Antwort erfolgte, ging ich hinein und zog die Klingelschnur. Als einer der Diener erschien, beauftragte ich ihn, dem Grafen zu sagen, ich wünschte ihn zu sprechen. Erst als ich das erstaunte Gesicht des Mannes sah, wurde mir das Ungewöhnliche meines Handelns bewußt. Ich erwartete eigentlich, daß der Diener mir ausrichten würde, der Graf sei zu beschäftigt, um mich zu empfangen. Als die Tür jedoch aufging, kam zu meiner Überraschung der Graf selbst herein.

»Sie haben nach mir geschickt, Mademoiselle Lawson?«

Ich errötete. »Ja, ich wollte Sie sprechen, Monsieur le Comte.«

Er runzelte die Stirn. »Diese schändliche Sache mit Ihrem Kleid — ich muß mich für das Benehmen meiner Tochter bei Ihnen entschuldigen.«

»Ich bin nicht deshalb gekommen.«

»Sie sind sehr nachsichtig.«

»Oh, ich war schon ärgerlich, als ich das Kleid sah.«

»Natürlich. Man wird Sie dafür entschädigen, und Geneviève wird sich bei Ihnen entschuldigen.«

»Das ist nicht der Grund meines Kommens. Ich wollte mit Ihnen über Geneviève sprechen. Vielleicht ist es anmaßend von mir . . .« Ich brach ab und wartete auf die Versicherung des Gegenteils, doch sie kam nicht.

»Bitte, reden Sie weiter«, sagte er lediglich.

»Ich mache mir Sorgen um sie.«

Er deutete auf einen Sessel und setzte sich mir gegenüber. Und plötzlich hielt ich die Gerüchte, die über ihn im Umlauf waren, für möglich. Er hatte das Aussehen und die Manieren eines Mannes, der zum Herrschen geboren war, eines Mannes, der an sein ihm von Gott gegebenes Recht glaubte, immer seinen Willen durchzusetzen, und der daher selbstverständlich jeden, der ihm hinderlich war, beiseite fegte.

»Ja, Monsieur le Comte«, fuhr ich fort, »ich mache mir Sorgen um Ihre Tochter. Weshalb, glauben Sie, hat sie diese Sache mit dem Kleid wohl gemacht?«

»Sie wird es uns zweifellos erklären.«

»Wie könnte sie? Sie weiß es ja selbst nicht. Sie hat Schreckliches durchgemacht.«

War es meine Einbildung, oder wurde er wirklich ein wenig wachsamer?

»Und was war dieses Schreckliche?«

»Ich meine — den Tod ihrer Mutter.«

Gelassen, unerbittlich, hochmütig — so saß er mir gegenüber.

»Das ist mehrere Jahre her«, meinte er.

»Aber sie fand ihre Mutter . . .«

»Ich sehe, man hat Sie gut über die Familiengeschichte unterrichtet.«

Unvermittelt stand ich auf und ging einen Schritt auf ihn zu. Er erhob sich sofort. Ich versuchte den Ausdruck seiner tiefliegenden Augen zu deuten.

»Sie ist einsam«, sagte ich. »Sehen Sie das nicht? Bitte seien Sie nicht streng mit ihr. Wenn Sie gütig mit ihr wären — wenn Sie nur . . .«

Sein Gesicht hatte einen leicht gelangweilten Ausdruck angenommen.

»Aber Mademoiselle Lawson«, meinte er, »ich dachte, Sie wären hergekommen, um unsere Bilder und nicht die Menschen hier zu restaurieren!«

»Verzeihen Sie«, sagte ich. »Ich hätte wissen müssen, daß es zwecklos ist.«

Er ging voran zur Tür, öffnete sie und verneigte sich leicht, als ich hinausging.

Am folgenden Morgen arbeitete ich wie immer in der Galerie und erwartete den Grafen. Ich war überzeugt, er würde mir eine derartige Einmischung nicht so durchgehen lassen. In der Nacht war ich oft aufgewacht und hatte die gestrige Szene so ausgeschmückt, daß es mir schließlich schien, als hätte der Teufel selbst mir in jenem Sessel gegenübergesessen und mich mit kalten, bösen Blicken unter schweren Lidern fixiert.

Das Mittagessen wurde mir wie gewöhnlich aufs Zimmer gebracht. Während ich gerade aß, erschien Nounou. Sie sah sehr alt und müde aus und hatte vermutlich die ganze Nacht kein Auge zugetan.

»Monsieur le Comte war den ganzen Vormittag im Schulzimmer«, platzte sie heraus. »Ich kann mir nicht denken, was das zu bedeuten hat. Er hat sich alle Schulbücher angeschaut und lauter Fragen gestellt. Die arme Geneviève ist fast hysterisch.« Ängstlich sah sie mich an und fügte hinzu: »Es ist so ungewöhnlich. Er fand, sie wüßte nur sehr wenig. Die arme Mademoiselle Dubois ist einem Nervenzusammenbruch nahe.«

»Zweifellos findet er es an der Zeit, sich etwas um seine Tochter zu kümmern.«

»Ich weiß nicht, was das bedeutet, Miß.«

Ich ging hinaus, um einen Spaziergang zu machen. Ich wollte allein sein, um über Geneviève und ihren Vater nachzudenken. Als ich zurückkam, wartete Nounou in meinem Zimmer auf mich.

»Mademoiselle Dubois ist weg«, verkündete sie.

»Was?«

»Monsieur le Comte hat ihr einfach ihr Gehalt statt einer Kündigung gegeben.«

Ich war erschüttert. »Oh, die Arme! Wo wird sie hingehen? Es erscheint so — grausam.«

»Der Graf trifft seine Entscheidungen sehr schnell und handelt dann sofort«, sagte Nounou.

»Es kommt nun vermutlich eine neue Gouvernante.«

»Ich weiß nicht, was geschehen wird, Miß.«

»Und Geneviève?«

»Sie hatte nie viel Respekt vor Mademoiselle Dubois, ich auch nicht, um die Wahrheit zu sagen. Trotzdem hat sie jetzt Angst.«

Nachdem Nounou gegangen war, saß ich da und fragte mich, was mit mir geschehen würde. Untüchtigkeit konnte er mir allerdings nicht vorwerfen. Die Arbeit an den Bildern ging sehr zufriedenstellend voran. Man konnte jedoch auch wegen anderer Vergehen entlassen werden. Zum Beispiel wegen anmaßenden Benehmens. Für die Restaurierung der Bilder würde er jemand anders finden. Und dann die Geschichte mit dem Kleid. Ich hatte zu tiefe Einblicke in die Familiengeheimnisse erhalten.

Geneviève kam kurz darauf zu mir und stieß eine verstockte Entschuldigung hervor. Ich war zu deprimiert, um viel zu sagen.

Als ich meine Sachen vor dem Zubettgehen aufhängte, suchte ich nach dem Kleid, das ich in den Schrank geworfen hatte. Es war nicht mehr da. Ich war überrascht, beschloß jedoch, nichts von seinem Verschwinden zu sagen.

Ich arbeitete in der Galerie, als die Vorladung kam.

»Monsieur le Comte wünscht Sie in der Bibliothek zu sprechen, Mademoiselle.«

»Sehr wohl«, erwiderte ich. »Ich werde gleich kommen.«

Ohne jedes äußere Anzeichen von Eile schlenderte ich zur Bibliothek. Als ich mich der Tür näherte, strich ich mir übers Haar und klopfte.

»Herein!«

70

Seine Stimme war leise und einladend, doch traute ich seiner Freundlichkeit nicht.

»Ah, Mademoiselle Lawson!« Er lächelte mich verschmitzt und voll Interesse an. »Nehmen Sie bitte Platz.«

Er führte mich zu einem Sessel vor dem Fenster, so daß das Licht voll auf mein Gesicht fiel und setzte sich selbst in den Schatten. Ich empfand das als unfair.

»Als wir uns zuletzt sahen, waren Sie so freundlich, Interesse an meiner Tochter zu bekunden.«

»Sie interessiert mich sehr.«

»Sehr gütig von Ihnen, besonders da Sie ja herkamen, um Bilder zu restaurieren. Man würde denken, Sie hätten wenig Zeit für Dinge übrig, die nichts mit Ihrer Arbeit zu tun haben. Ich weiß nicht, was Sie von meinem Vorschlag halten werden, Mademoiselle Lawson, aber eines weiß ich: Sie werden ganz aufrichtig sein.«

»Ich werde es versuchen.«

»Ich finde, die Erziehung meiner Tochter ist vernachlässigt worden. Gouvernanten sind ein Problem. Wie viele treten schon ihre Stellung aus innerer Berufung an? Die meisten entschließen sich dafür, weil sie sich, zu einem Leben des Nichtstuns erzogen, plötzlich in einer Situation befinden, in der sie ihren Lebensunterhalt verdienen müssen. Das ist kein gutes Motiv für eine so wichtige Tätigkeit. Ich habe beschlossen, meine Tochter in ein Internat zu schicken. Sagen Sie mir bitte ehrlich, was Sie von diesem Plan halten.«

»Ich finde, es ist eine ausgezeichnete Idee; doch kommt es natürlich sehr auf das Internat an.«

Er fuhr mit der Hand durch die Luft. »Dies ist kein Ort für ein sensibles Kind. Es ist etwas für Menschen, die mit alten Traditionen durchtränkt sind — also antiquiert sind, wie man sagen könnte.«

»Sie haben vermutlich recht«, sagte ich.

»Ich weiß, daß ich recht habe. Ich habe mich für ein englisches Internat entschieden.«

»Ach!«

»Das scheint Sie zu überraschen. Aber Sie halten doch bestimmt die englischen Internate für die besten?«

Wieder verspottete er mich, und ich sagte entschieden zu lebhaft: »Das mag schon sein.«

»Genau. Sie würde dort nicht nur die Sprache lernen, sondern auch jenes ausgezeichnete *sang-froid* erlangen, mit dem Sie, Mademoiselle, so verschwenderisch ausgestattet sind.«

»Danke. Aber sie wäre dann sehr weit von zu Hause weg.«

»Von einem Zuhause, in dem sie nicht sonderlich glücklich ist, wie Sie mir klarmachten.«

»Aber sie könnte es sein. Sie ist im Grunde ein sehr warmherziges Kind.«

»Lassen Sie mich Ihnen jetzt sagen, was mir vorschwebt. Wenn meine Tochter nach England geht, muß sie über gute Englischkenntnisse verfügen. Ich habe nicht vor, sie sofort hinüberzuschicken. Vielleicht in einem Jahr. In der Zwischenzeit wird sie Stunden beim *Curé* bekommen. Er wird zumindest so gut wie die Gouvernante sein, die uns gerade verlassen hat, denn schlechter könnte er gar nicht sein. Doch mache ich mir um Genevièves Englisch Sorgen. Ich habe überlegt, ob Sie Geneviève Englisch beibringen könnten. Ich bin überzeugt, sie würde enorm profitieren.«

Ich war so überwältigt, daß ich nicht sprechen konnte.

Schnell redete er weiter: »Ich meine damit natürlich nicht, daß Sie ans Schulzimmer gefesselt sein sollten. Sie können mit ihr ausreiten, spazierengehen — sie beherrscht die grammatikalischen Grundlagen — zumindest hoffe ich das. Was ihr fehlt, ist Übung im Sprechen. Verstehen Sie, was ich meine?«

»Ja, ich verstehe.«

»Sie würden natürlich dafür bezahlt — eine Angelegenheit, die Sie bitte mit meinem Haushofmeister besprechen. Was sagen Sie nun dazu?«

»Ich — ich nehme diesen Vorschlag mit Vergnügen an.«

»Ausgezeichnet!«

Er war aufgestanden und streckte mir die Hand hin. Ich ergriff sie, und er nahm sie fest in seine und schüttelte sie.

Ich war so glücklich, wie selten in meinem bisherigen Leben.

Als ich eine Woche darauf in mein Zimmer kam, fand ich eine große Pappschachtel auf meinem Bett — mit meinem Namen. Darunter stand eine Pariser Adresse.

Ich machte die Schachtel auf. Grüner Samt, smaragdgrüner Samt. Es war ein Abendkleid, einfach aber hervorragend im Schnitt.

Ich hielt es mir an und ging zum Spiegel. Es war wunderschön.

Ehrfürchtig legte ich es auf mein Bett und untersuchte die Schachtel. Ich fand ein in Seidenpapier gewickeltes Bündel, und als ich es aufrollte, kam mein altes schwarzes Samtkleid zum Vorschein. Ich begriff, noch bevor ich die Karte las, die herausfiel.

Ich hoffe, dieses Kleid wird das alte ersetzen. Wenn es nicht paßt, müssen wir es noch einmal versuchen. Lothair de la Talle.

Ich ging zum Bett, hob das Kleid hoch und hielt es mir wieder an. Ich benahm mich wirklich wie eine dumme Gans. Einfach lächerlich, aber es war das schönste Kleid der Welt. Jedesmal, wenn du es anziehst, wirst du dich beschwingt und glücklich fühlen. In so einem Kleid könntest du direkt hübsch sein, sagte mein zweites Ich.

Nein. Ich werde sofort zu ihm gehen und ihm sagen, daß ich es unmöglich annehmen kann.

Ich versuchte, meinem Gesicht strenge Züge zu verleihen, mußte jedoch immer wieder daran denken, wie er in mein Zimmer gekommen war oder jemanden hineingeschickt hatte, um das schwarze Kleid zu holen, und wie er es nach Paris geschickt hatte. Wie töricht ich war. Ich sollte lieber zu ihm gehen, damit das Kleid unverzüglich nach Paris zurückgeschickt werden konnte.

Ich ging zur Bibliothek. Er war da.

»Ich muß Sie sprechen«, sagte ich, und wie immer, wenn ich verlegen war, klang meine Stimme arrogant.

Er bemerkte es.

»Bitte, nehmen Sie Platz, Mademoiselle Lawson. Sie sind erregt.«

»Keineswegs«, widersprach ich. »Ich bin nur gekommen, um Ihnen zu danken, daß Sie mir das Kleid als Ersatz für mein altes schicken ließen und um Ihnen zu sagen, daß ich es nicht annehmen kann.«

»Paßt es nicht?«

»Das — weiß ich nicht. Ich habe es nicht anprobiert. Es bestand keine Veranlassung für Sie, es kommen zu lassen.«

»Verzeihen Sie, wenn ich Ihnen widerspreche, aber . . .«

»Aber nein, es war ein sehr altes Kleid. Ich hatte es schon jahrelang. Dieses ist — äh . . .«

»Ich sehe, es gefällt Ihnen nicht.«

»Das ist nicht der springende Punkt.«

»So? Wirklich? Was ist denn der springende Punkt?«

»Daß ich nicht im Traum daran denken kann, dieses Kleid anzunehmen.«

»Hätten Sie mir, wenn ich eine Ihrer Mixturen vergossen hätte, erlaubt, Ihnen diese zu ersetzen? Ist ein Kleid etwas zu Intimes?«

Ich konnte ihn nicht anschauen, denn er blickte mich mit einer Wärme an, die mich beunruhigte. »Es bestand keine Veranlassung, das Kleid zu ersetzen«, wiederholte ich. »Außerdem ist der grüne Samt viel wertvoller als das alte Kleid.«

»Der Wert einer Sache läßt sich schwer schätzen. Das schwarze Kleid war offenbar in Ihren Augen wertvoller, denn Sie bedauern, es verloren zu haben und weigern sich, dieses neue anzunehmen.«

»Ich glaube, Sie verstehen mich absichtlich falsch.«

Rasch kam er auf mich zu und legte mir eine Hand auf die Schulter.

»Mademoiselle Lawson«, sagte er sanft, »es würde mich sehr

verstimmen, wenn Sie sich weigerten, dieses Kleid anzunehmen. Ihr eigenes wurde durch ein Mitglied meiner Familie beschädigt, und ich möchte es ersetzen. Würden Sie es also bitte annehmen?«

»Da Sie es so sehen . . .«

Seine Hand glitt von meiner Schulter, doch stand er immer noch dicht vor mir. Ich fühlte mich unbehaglich, doch unbeschreiblich glücklich.

»Sie nehmen es also an? Sie sind sehr großzügig, Mademoiselle Lawson.«

»Nicht ich, sondern Sie sind großzügig.«

Er lachte unvermittelt auf, und ich stellte fest, daß ich ihn noch nie so hatte lachen hören, so ganz ohne jeden spöttischen Unterton.

»Ich hoffe«, sagte er, »mir wird eines Tages vergönnt sein, es an Ihnen zu sehen.«

»Ich habe sehr wenig Gelegenheit für ein solches Kleid.«

»Aber da es so ein extravagantes Kleid ist, sollte man vielleicht diese Gelegenheit schaffen.«

Ich ging auf die Tür zu, doch er erreichte sie vor mir, öffnete sie und neigte den Kopf, so daß ich seinen Gesichtsausdruck nicht sehen konnte.

Als ich zu meinem Zimmer hinaufging, wurde ich von dem Sturm meiner Gefühle geradezu überwältigt. Wäre ich klug gewesen, hätte ich sie analysiert. Ich hätte klug sein sollen, war es aber natürlich nicht.

5

Mein Interesse für den Grafen und seine Angelegenheiten ließen mich jeden Morgen mit einem Gefühl der Erwartung aufwachen.

Ich mußte herausfinden, ob er ein Mörder war oder nur ein übel verleumdeter Mann.

Doch dann fuhr er ohne jede Vorwarnung nach Paris. Ich hörte, daß er erst kurz vor Weihnachten zurückkommen würde, zu welchem Zeitpunkt man Gäste im Schloß erwartete.

So widmete ich mich meinen neuen Pflichten und freute mich sehr, daß Geneviève keineswegs feindselig, sondern vielmehr darauf erpicht war, Englisch zu lernen. Die Aussicht, in ein Internat geschickt zu werden, war voller Schrecken für sie. Sie fragte mich auf unseren Ausritten über England aus, und wir hatten sogar viel Spaß mit unseren englischen Unterhaltungen. Daneben hatte sie Stunden beim *Curé*.

Eines Morgens tauchte Philippe bei mir in der Galerie auf. Wenn der Graf nicht da war, sah er wie eine verblaßte Version seines Vetters aus. Mir fiel seine Laschheit auf. Er lächelte mich freundlich an und erkundigte sich nach dem Fortgang der Arbeit.

»Sie sind wirklich talentiert«, stellte er fest.

»Sorgfalt ist bei dieser Arbeit genauso wichtig wie Talent.«

»Und die Kenntnis und Erfahrung eines Experten.« Er stand vor dem Bild, das ich restauriert hatte. »Man hat das Gefühl, als brauchte man nur die Hand nach den Smaragden auszustrecken.«

»Das Talent des Malers, nicht das des Restaurators«, bemerkte ich.

Er betrachtete nachdenklich das Bild, und als er sich plötzlich umdrehte und meinen Blick auf sich ruhen fühlte, schien er leicht verlegen. Dann fragte er hastig: »Sind Sie hier eigentlich glücklich, Mademoiselle Lawson?«

»Glücklich? Ich finde die Arbeit sehr interessant.«

»Die Arbeit — ja. Ich dachte an« — er vollführte eine kreisförmige Handbewegung — »die ganze Atmosphäre hier, die Familie.«

Ich machte ein erstauntes Gesicht, und er fuhr fort: »Nehmen wir nur diese unselige Geschichte mit dem Kleid.«

»Die ist doch jetzt vergessen.«

»In einem Haus wie diesem ... Wenn Sie es hier unerträglich finden sollten, wenn Sie gern weg möchten ...«

»Weg?«

»Ich meine, wenn es hier für Sie schwierig würde. Mein Vetter könnte — äh ...« Er lächelte gewinnend. »Ein Freund von mir hat eine vorzügliche Gemäldesammlung, in der einige Bilder restauriert werden müßten. Sie wären da bestimmt für lange Zeit beschäftigt.«

»Es wird noch lange dauern, bis ich hier fertig bin.«

»Mein Freund, Monsieur de la Monelle, möchte seine Bilder aber jetzt sofort restaurieren lassen, und ich dachte, falls Sie hier unglücklich wären ...«

»Ich habe nicht den Wunsch, diese Arbeit abzubrechen.«

Er sah alarmiert aus, als befürchtete er, zuviel gesagt zu haben.

»Es war ja nur ein Vorschlag.«

»Ihr Interesse ist sehr freundlich.«

Sein Lächeln war sehr charmant. »Ich fühle mich doch für Sie verantwortlich. Bei unserer ersten Unterredung hätte ich Sie ja wegschicken können.«

»Ja, aber Sie taten es nicht, und ich bin Ihnen dankbar dafür.«

»Vielleicht wäre es besser gewesen. Mein Vetter kann ziemlich skrupellos sein, wenn es um das geht, was er will. Aber ich sollte das nicht sagen. Er ist gut zu mir gewesen. Ich lebe jetzt hier, und das habe ich nur ihm zu verdanken. Es ist nur, weil ich dieses Verantwortungsgefühl für Sie habe. Ich möchte, daß Sie wissen ... Ich hoffe, Sie werden meinem Vetter nichts hiervon erzählen, Mademoiselle Lawson.«

»Ich verstehe. Ich werde kein Wort sagen.«

»Aber vergessen Sie nicht, falls mein Vetter ... Dann kommen Sie, bitte, zu mir.«

Er ging zu einem der Bilder und stellte mir einige Fragen, doch schien er meinen Antworten keine Aufmerksamkeit zu schenken. Er machte sich Sorgen. Ich hatte das Gefühl, einen guten Freund im Schloß zu haben.

Dann stand Weihnachten vor der Tür. Geneviève und ich waren jeden Tag zusammen ausgeritten, und ihr Englisch hatte merkliche Fortschritte gemacht. Ich erzählte ihr von unseren Weihnachtsbräuchen.

»Damals lebte meine Großmutter noch«, sagte ich, »die Mutter meiner Mutter. Sie war Französin und mußte all unsere Bräuche erst lernen, doch sie gewöhnte sich sehr schnell an sie.«

»Erzählen Sie mir mehr, Miß«, bat Geneviève.

Und ich erzählte von meiner Kindheit.

»O Miß, wenn ich mir vorstelle, daß Sie einmal ein kleines Mädchen waren!« rief sie kopfschüttelnd und erzählte mir von ihren Bräuchen.

»Ihre Mutter ist auch gestorben«, bemerkte sie dann plötzlich. »Wie starb sie?«

»Sie war lange Zeit krank. Ich pflegte sie.«

»Waren Sie damals schon erwachsen?«

»Ja, ich denke schon.«

»O Miß, ich glaube, Sie waren immer schon erwachsen.«

Auf unserem Heimritt schauten wir bei den Bastides hinein. Ich fand, Geneviève sollte Menschen außerhalb des Schlosses kennenlernen, vor allem Kinder. Wenn Yves und Margot auch jünger waren und Gabrielle älter, standen sie ihr altersmäßig doch näher als alle anderen Menschen, die sie kannte.

Im Haus herrschte vorweihnachtliche Aufregung; man hörte Geflüster in jeder Ecke und Anspielungen auf Geheimnisse und Überraschungen. Yves und Margot waren mit dem Bauen einer Krippe beschäftigt. Geneviève schaute fasziniert zu, während ich mich mit Madame Bastide unterhielt.

»Die Kinder sind ja so aufgeregt«, sagte Madame Bastide. »Margot erzählt uns jeden Morgen, wieviel Stunden es noch bis zum Weihnachtstag sind.«

Geneviève schaute in die Krippe.

»Sie ist ja leer«, stellte sie beinahe verächtlich fest.

»Natürlich ist sie leer«, gab Yves zurück. »Das Jesuskind ist ja noch nicht geboren.«

Geneviève schwieg und nach einer Weile sagte sie: »Kann ich auch etwas machen?«

»Ja«, antwortete Yves. »Wir brauchen noch mehr Hirtenstäbe. Weißt du, wie man die macht?«

»Nein«, gab sie bescheiden zu.

»Margot wird's dir zeigen.«

Ich beobachtete die Mädchen, die die Köpfe eng zusammensteckten.

Madame Bastide war meinem Blick gefolgt und fragte: »Und Sie glauben, Monsieur le Comte wird diese Freundschaft zwischen unseren Kindern und seiner Tochter dulden?«

»Ich habe sie nie so gelöst gesehen«, entgegnete ich, »so selbstvergessen.«

»Oh, aber Monsieur le Comte wird nicht wollen, daß seine Tochter vergnügt und unbeschwert ist. Er will, daß sie die große Dame vom Château ist.«

»Dieses Spielen mit anderen Kindern ist genau das, was sie braucht. Sie haben mich für den ersten Weihnachtstag eingeladen. Darf ich sie mitbringen? Sie hat schon so sehnsüchtig von einem richtigen Weihnachten gesprochen.«

»Sie glauben, man wird das erlauben?«

»Wir können es ja versuchen«, erklärte ich.

Wenige Tage vor Weihnachten kam der Graf zurück. Ich hatte erwartet, daß er zu mir in die Galerie kommen würde, doch tat er nichts dergleichen. Wahrscheinlich war er mit den Vorbereitungen für die Gäste beschäftigt.

Es wurden fünfzehn Leute erwartet, erzählte Nounou mir. Nicht so viele wie sonst. Doch Besuch war eine ziemlich delikate Angelegenheit, wenn es keine Gastgeberin gab.

Am Tag vor Heiligabend machte ich mit Geneviève einen Ausritt. Wir begegneten dem Grafen. Er ritt an der Spitze einer Gruppe von Reitern und neben ihm eine schöne junge Frau. Sie trug einen hohen schwarzen Reithut mit einem grauen Schleier und eine graue Halsbinde. Die männliche Note ihres Reitkostüms unterstrich nur ihre Weiblichkeit. Mir fielen sofort ihr leuchtend blondes Haar und ihre zarten Gesichtszüge auf. Frauen wie sie gaben mir immer das Gefühl, noch größer und reizloser zu sein, als ich es war.

»Da ist meine Tochter«, sagte der Graf und begrüßte uns fast herzlich.

»Mit ihrer Gouvernante?« fragte das schöne Geschöpf.

»Aber nein, dies ist Miß Lawson aus England, die unsere Bilder restauriert.«

Ich sah, wie die blauen Augen einen kühl abschätzenden Ausdruck bekamen.

»Geneviève, du kennst doch Mademoiselle de la Monelle?«

Mademoiselle de la Monelle? Den Namen hatte ich doch schon gehört.

»Ja, Papa. Guten Tag, Mademoiselle.«

»Solche Bilder müssen faszinierend sein«, bemerkte sie.

Plötzlich wußte ich es. Es war der Name von Philippes Freunden, die ihre Bilder restauriert haben wollten.

»Miß Lawson findet das«, sagte er, und, als wollte er die Begegnung abkürzen: »Seid ihr auf dem Rückweg?«

Wir bejahten es und ritten weiter.

»Würden Sie sie als schön bezeichnen?« wollte Geneviève wissen.

»Wen oder was?«

»Sie hören nicht zu«, beschuldigte mich Geneviève und wiederholte die Frage.

»Die meisten Leute würden es wohl tun.«

»Ob Sie es tun, habe ich gefragt.«

»Die meisten Menschen bewundern solche Schönheit.«

»Na, ich mag sie jedenfalls nicht.«

»Ich hoffe, du begibst dich nicht mit deiner Schere in ihr Zimmer, denn in dem Fall gäbe es Ärger — und nicht nur für dich. Hast du mal daran gedacht, was wohl aus Mademoiselle Dubois geworden ist?«

»Sie war eine dumme alte Schnecke.«

»Was kein Grund ist, herzlos zu ihr zu sein.«

Sie lachte verschmitzt. »Nun, Sie sind doch gut bei der Geschichte weggekommen, oder etwa nicht? Es ist ein wunderschönes Kleid, das mein Vater Ihnen schenkte. Ich glaube, Sie haben noch nie in Ihrem Leben so ein Kleid gehabt. Sie sehen, ich habe Ihnen nur etwas Gutes getan.«

»Da bin ich gar nicht deiner Ansicht.«

Sie ritt voran und blickte lachend über die Schulter zu mir zurück. Aber sowohl Geneviève als auch ich waren schweigsam, als wir zum Schloß zurückkehrten.

Am Heiligabend gingen alle zur Mitternachtsmesse in die alte Kirche. Der Graf saß mit Geneviève in der ersten Reihe, die der gräflichen Familie vorbehalten war; hinter ihnen saßen die Gäste und noch weiter hinten ich mit Nounou. Da das gesamte Personal gekommen war, waren die für das Schloß reservierten Bänke voll besetzt.

Ich sah die Bastides in ihren besten Kleidern, Madame ganz in Schwarz und Gabrielle sehr hübsch in Grau. Neben ihr saß ein junger Mann, den ich gelegentlich im Weinberg gesehen hatte; er hieß Jacques. Ich erkannte ihn an der Narbe auf der linken Wange. Yves und Margot brachten es kaum fertig, stillzusitzen.

Ich sah, wie Geneviève zu ihnen hinüberschaute; vermutlich wünschte sie sich, statt zurück zum Schloß mit ihnen gehen zu dürfen.

Ich war froh, daß ich verkündet hatte, ich würde meine Schuhe an den Kamin im Schulzimmer stellen, und Geneviève vorgeschlagen hatte, es doch auch zu tun. Geneviève war begeistert. Schließlich war sie nie an eine große Familie gewöhnt gewesen.

Feierlich begaben wir uns nach der Kirche in den Schulraum und stellten unsere Schuhe vor das verglimmende Feuer. Geneviève ging zu Bett, und als wir annahmen, daß sie schlief, legten Nounou und ich unsere Geschenke in die Schuhe. Von mir bekam sie einen roten Seidenschal, den sie als Reitkrawatte benutzen konnte. Für Nounou hatte ich Konfekt, ihre Lieblingsschleckerei. Nounou und ich taten so, als würden wir unsere Geschenke nicht sehen, sagten uns gute Nacht und gingen in unsere Zimmer.

Geneviève weckte mich am nächsten Morgen.

»Schauen Sie, Miß! Schauen Sie!« rief sie.

Erschreckt fuhr ich hoch, und dann fiel mir ein, daß ja Weihnachten war.

»Der Schal ist wunderschön! Vielen Dank, Miß.« Sie hatte ihn sich über ihren Morgenrock gebunden. »Und Nounou hat mir Taschentücher geschenkt, alle hübsch bestickt. Und da ist noch was. Ich hab' es noch nicht aufgemacht. Es ist von Papa. Hier steht es. Lesen Sie!«

Ich setzte mich auf, genauso aufgeregt wie sie.

»Es lag neben meinem Schuh bei den anderen Geschenken, Miß.«

»Oh«, rief ich, »das ist ja wundervoll!«

»Er hat es seit Jahren nicht mehr gemacht. Ich möchte wissen, warum er dieses Jahr . . .«

»Das ist doch nicht so wichtig. Laß uns nachsehen, was darin ist.«

Es war eine Perle an einer dünnen Goldkette.

»Oh, wie hübsch!« rief ich.

»Stellen Sie sich vor«, sagte sie wieder, »er hat es in meinen Schuh getan!«

»Gefällt sie dir?«

Sie konnte nicht sprechen und nickte nur.

»Leg sie um«, sagte ich und half ihr, die Kette zuzumachen.

Sie ging zum Spiegel und betrachtete sich. Dann kam sie zurück, nahm den Schal, den sie wegen der Kette abgemacht hatte, und legte ihn sich um die Schultern.

»Frohe Weihnachten, Miß«, sagte sie glücklich und bestand darauf, daß ich mit in den Schulraum kam. »Nounou ist noch nicht auf. Sie kann ihre Geschenke später finden. Aber Sie, Miß, müssen jetzt nachgucken.«

Ich hob Genevièves Paket auf. Es war ein Buch über das Schloß und die Umgegend. Sie beobachtete mich, während ich es durchblätterte.

»Oh, wie ich mich darüber freue«, sagte ich. »Du weißt also, wie mich das Schloß fasziniert.«

»Ja, man merkt es Ihnen an. Und Sie mögen doch alte Häuser so gern, nicht wahr? Aber Sie dürfen nicht jetzt zu lesen anfangen.«

»O Geneviève, vielen Dank. Es ist sehr lieb von dir, mir so etwas Schönes zu schenken.«

»Gucken Sie«, rief sie, »hier ist ein Tablettdeckchen von Nounou. Ich weiß, wer es gestickt hat. Meine Mutter. Nounou hat eine ganze Schachtel voll davon.«

Es wunderte mich, daß Nounou sich davon getrennt hatte.

»Und da ist noch etwas für Sie, Miß.«

Ich hatte das kleine Päckchen schon gesehen, und ein wilder Gedanke war mir durch den Kopf geschossen, der —, wenn auch völlig verrückt —, so aufregend war, daß ich mich fürchtete, das Päckchen anzufassen, aus Angst, enttäuscht zu werden.

»Machen Sie es auf! Machen Sie es auf!« befahl Geneviève.

Ich fand eine exquisite kleine Miniatur, die mit Perlen eingefaßt war. Sie stellte eine Frau mit einem Spaniel im Arm dar. Der Kopf des Hundes war gerade noch sichtbar. Ich erkannte an der Frisur der Frau, daß die Miniatur vor etwa hundertfünfzig Jahren gemalt worden war.

»Gefällt es Ihnen?« fragte Geneviève. »Wer hat es Ihnen geschenkt?«

»Es ist wunderschön, nur zu wertvoll. Ich . . .«

Geneviève hob ein Kärtchen auf, das aus dem Kästchen herausgefallen war. Darauf stand: *Sie werden die Dame erkennen, die Sie so fachmännisch gesäubert haben. Sie wäre Ihnen wahrscheinlich ebenso dankbar, wie ich es bin, und so scheint es nur angemessen, daß Sie dies bekommen. Ich wollte es Ihnen eigentlich gleich geben, als es mir vor einigen Tagen in die Hände kam, doch da Ihnen unsere alten Bräuche so gefallen, liegt es hier in Ihrem Schuh. Lothair de la Talle.*

»Von Papa!« schrie Geneviève aufgeregt.

»Ja. Er ist mit meiner Arbeit an den Bildern zufrieden und schenkt mir dies als Anerkennung.«

»Aber es in Ihren Schuh zu tun! Wer hätte gedacht . . .«

Geneviève lachte unbändig.

»Es ist die Dame von dem Bild mit den Smaragden«, sagte ich. »Deshalb hat er mir diese Miniatur geschenkt.«

»Sie gefällt Ihnen, Miß? Gefällt sie Ihnen wirklich?«

»Aber ja, es ist eine sehr schöne Arbeit.«

Liebevoll drehte ich sie in den Händen. Nie hatte ich so etwas Schönes besessen.

Nounou erschien.

»So ein Spektakel!« schalt sie. »Ich bin davon aufgewacht. Frohe Weihnachten.«

»Frohe Weihnachten, Nounou.«

»Schau nur, was Papa mir geschenkt hat, Nounou! Und es war in meinem Schuh!«

»In deinem Schuh?«

»Komm, wach auf, Nounou. Du schläfst ja noch halb. Es ist Weihnachten. Sieh dir deine Geschenke an. Wenn du sie nicht aufmachst, mach ich sie auf.«

Geneviève hatte ihr eine primelgelbe Schürze gekauft. Nounou erklärte, es sei genau, was sich gewünscht hätte; dann bekundete sie ihre Freude über meine Süßigkeiten. Der Graf hatte auch sie nicht vergessen; sie bekam eine große dunkelblaue Wollstola.

Nounou war sprachlos. »Von Monsieur le Comte. Aber weshalb?«

»Denkt er nicht immer an Weihnachten?« fragte ich.

»O ja, er denkt daran. Die Arbeiter in den Weinbergen bekommen alle ihre Pute, und das Personal im Château erhält Geldgeschenke. Der Haushofmeister verteilt sie. So war es immer der Brauch.«

»Zeigen Sie ihr, was Sie bekommen haben, Miß.«

Ich hielt Nounou die Miniatur hin.

»Oh«, staunte sie; und dann kam ein spekulierender Ausdruck in ihre Augen. Sie dachte, ich wäre verantwortlich für diese Geschenke und war beunruhigt.

6

Später am Vormittag gingen Geneviève und ich zu den Bastides. Madame Bastide kam mit hochrotem Kopf und einen Kochlöffel schwingend aus der Küche, um uns zu begrüßen. Gabrielle spähte über ihre Schulter. Yves und Margot stürzten auf Geneviève zu und erzählten ihr, was sie in ihren Schuhen gefunden hatten. Ich beobachtete, mit welcher Freude Geneviève ihre Geschenke zeigte. Dann ging sie zu der Krippe und schrie vor Entzücken auf, als sie in die Wiege guckte.

»Er ist da!« rief sie.

»Natürlich«, erwiderte Yves. »Was hast du denn erwartet? Es ist doch Weihnachten.«

Jean-Pierre kam mit einer Ladung Holz für den Kamin herein, und sein Gesicht leuchtete vor Freude.

»Das ist aber ein großer Tag, an dem Leute aus dem Château sich mit uns zu Tisch setzen.«

»Geneviève konnte es kaum erwarten«, sagte ich.

»Und Sie?«

»Ich habe mich auch darauf gefreut.«

»Dann müssen wir dafür sorgen, daß Sie nicht enttäuscht werden.«

Und wir wurden es nicht. Jacques und seine Mutter waren eingeladen. Sie war schwer leidend, und es war rührend zu sehen, wie liebevoll ihr Sohn mit ihr umging. Die Kinder schwatzten die ganze Zeit drauflos, und es freute mich, daß Geneviève eifrig zuhörte und gelegentlich auch etwas sagte. Yves machte es ihr einfach unmöglich, schüchtern zu sein. Sie schien glücklicher als je zuvor.

Nach dem großartigen Putenessen wurde ein gewaltiger Kuchen unter den entzückten Schreien der Kinder hereingebracht.

»Wer wird sie finden? Wer wird sie finden?« sang Yves. »Wer wird Weihnachtskönig werden?«

»Vielleicht wird es eine Königin«, erinnerte Margot ihn.

»Es wird ein König. Wozu ist schon eine Königin gut?«

»Wenn eine Königin die Krone hat, kann sie regieren.«

»Ruhig Kinder!« schalt Madame Bastide. »Kennt Mademoiselle Lawson diese alte Sitte?«

Jean-Pierre lächelte mich über den Tisch hinweg an.

»Da drin ist eine Krone«, erklärte Jean-Pierre, »eine winzige Krone. Der Kuchen wird nun in zehn Stücke geschnitten — sehr vorsichtig . . .«

»Weil man die Krone finden kann«, kreischte Yves dazwischen.

»Sehr vorsichtig«, wiederholte Jean-Pierre, »denn jemand an diesem Tisch wird die Krone in dem Kuchen finden.«

»Und wenn sie gefunden worden ist?«

»Ist man der Weihnachtskönig, das bedeutet, daß er — oder sie — das Haus regiert.«

»Den ganzen Tag!« jubelte Margot.

Kein Laut war zu hören, als wir zu essen anfingen — nur das Ticken der Wanduhr und das Knacken der Holzscheite im Kamin. Doch dann ertönte plötzlich ein Ausruf. Jean-Pierre hielt die kleine goldene Krone in die Höhe.

»Jean-Pierre hat sie! Jean-Pierre hat sie!« jubelten die Kinder.

»Nennt mich gefälligst Eure Majestät, wenn ihr mich anredet«, erwiderte dieser mit gespielter Würde. »Meine Krönung hat unverzüglich stattzufinden!«

Gabrielle ging hinaus und kam mit einem Kissen wieder, auf dem eine metallene, mit Rauschgold geschmückte Krone lag. Die Kinder zappelten vor Vergnügen auf ihren Stühlen, und Geneviève verfolgte alles mit runden, blanken Augen.

»Wer, befehlen Eure Majestät, soll Eure Majestät krönen?« erkundigte sich Gabrielle.

Jean-Pierre tat, als betrachte er uns alle prüfend der Reihe nach; sein Blick fiel auf mich, ich sah auf Geneviève, und er verstand den Wink sofort.

»Treten Sie vor, Mademoiselle Geneviève de la Talle!« befahl er. Geneviève sprang auf. Vor Aufregung hatte sie rosige Wangen und glänzende Augen.

»Du mußt ihm die Krone auf den Kopf setzen«, erklärte Yves.

Geneviève schritt feierlich zu dem Kissen, das Gabrielle hielt, nahm die Krone und setzte sie Jean-Pierre auf.

»Und jetzt mußt du niederknien und ihm die Hand küssen«, gebot Yves, »und geloben, dem König zu dienen.«

Ich beobachtete, wie Jean-Pierre sich in seinem Stuhl zurücklehnte, während Geneviève ihm zu Füßen auf dem Kissen kniete. Sein Gesicht drückte Triumph aus. Er spielte seine Rolle wirklich gut.

Yves fragte, wie der erste Befehl Seiner Majestät laute. Jean-Pierre dachte einen Moment nach und verkündete dann: »Daß wir alle Förmlichkeiten abschaffen. Jeder hat jeden bei seinem Vornamen zu nennen.«

Ich bemerkte, wie Gabrielle besorgt zu mir herüberschaute und sagte lächelnd: »Ich heiße Dallas. Hoffentlich könnt ihr den Namen alle aussprechen.«

Sie wiederholten ihn und betonten dabei die letzte Silbe. Es gab großes Gelächter, als ich jeden der Reihe nach verbesserte.

Als das Dienstmädchen hereinkam, um die Fensterläden zu schließen, wurde ich daran erinnert, wie die Zeit verflog. Wir hatten verschiedene Spiele gespielt und hatten sogar getanzt, denn Armand Bastide hatte als Beitrag zu dem fröhlichen Treiben seine Geige hervorgeholt. Wir mußten zurück ins Schloß. Man würde unsere Abwesenheit bereits bemerkt haben. So sagte ich Madame Bastide, daß wir leider gehen müßten, und sie winkte Jean-Pierre herbei.

»Meine Untertanen wünschen mich zu sprechen?« fragte er und zwinkerte erst mir und dann Geneviève mit seinen braunen Augen zu.

»Wir müssen leider gehen«, erklärte ich. »Wir verschwinden ganz leise. Dann merken es die andern nicht.«

»Unmöglich. Sie würden untröstlich sein. Ich weiß nicht, ob ich nicht mein königliches Veto einlegen sollte.«

»Wir müssen wirklich gehen.«

»Ich begleite Sie zurück.«

»O nein! Das ist nicht nötig.«

»Nicht nötig? Wo es schon dunkel wird. Ich bestehe darauf. Sie wissen, heute kann ich das...« Ein sehnsüchtiger Blick lag in seinen Augen.

Wir waren alle drei ziemlich einsilbig auf dem Rückweg zum Schloß. Als wir vor der Zugbrücke ankamen, blieb Jean-Pierre stehen, ergriff mit der einen Hand meine Hand und mit der anderen Genevièves, küßte uns beiden die Hände und hielt sie weiter fest; dann zog er mich zu meiner Überraschung an sich und küßte mich auf die Wange und tat gleich darauf dasselbe bei Geneviève.

Wir waren beide verblüfft.

»Der König kann kein Unrecht tun«, erinnerte er uns. »Morgen bin ich wieder nur Jean-Pierre Bastide, doch heute bin ich der König in meinem kleinen Reich.«

Ich lachte und sagte, indem ich Genevièves Arm ergriff: »Also vielen Dank und auf Wiedersehen.«

Er verneigte sich, und wir gingen über die Zugbrücke in den Schloßhof. Nounou wartete ein wenig besorgt auf uns. »Monsieur le Comte kam ins Schulzimmer und fragte, wo Sie wären, und so mußte ich es ihm sagen.«

»Selbstverständlich«, erwiderte ich, und mein Herz begann rasch zu klopfen.

»Sie waren ja nicht zu Mittag da.«

»Es besteht kein Grund, etwas zu verheimlichen«, entgegnete ich.

»Er wünscht Sie gleich zu sprechen.«

»Uns beide?« fragte Geneviève und war gar nicht mehr das ausgelassene Mädchen.

»Nein, nur Mademoiselle Lawson. Er ist bis sechs Uhr in der Bibliothek. Sie würden ihn also gerade noch erwischen, Miß.«

»Ich gehe gleich hinunter«, erklärte ich und ließ Nounou und Geneviève allein.

Er war in der Bibliothek und las. Als ich eintrat, legte er langsam und fast widerstrebend sein Buch zur Seite.

»Sie wollten mich sprechen?« fragte ich.

»Bitte, nehmen Sie Platz, Mademoiselle Lawson.«

»Ich muß Ihnen für die Miniatur danken. Sie ist wunderschön!«

Er neigte den Kopf. »Ich dachte mir, Sie würden Spaß daran haben. Sie haben sie natürlich gleich erkannt.«

»Ja. Aber ich finde, Sie sind zu großzügig gewesen.«

»Kann man zu großzügig sein?«

»Es war sehr nett von Ihnen, die Geschenke in die Schuhe zu tun.«

Er lächelte und blickte auf seine Hände hinunter. »Hatten Sie einen angenehmen Nachmittag?«

»Ja. Wir waren bei den Bastides. Ich halte es für ausgezeichnet für Geneviève, wenn sie mit jungen Menschen zusammen ist.«

»Ich bin sicher, daß Sie recht haben.«

»Sie genoß die Spiele so – den ganzen Weihnachtstrubel – die Einfachheit. Ich hoffe, Sie hatten nichts dagegen.«

Er hob die Schultern und spreizte die Hände in einer Geste, die wieder alles bedeuten mochte.

»Geneviève sollte heute abend mit uns dinieren«, erklärte er.

»Das wird ihr bestimmt Freude machen.«

»Ich nehme zwar nicht an, daß wir mit der Fröhlichkeit und der Gemütlichkeit, die Sie heute nachmittag so genossen haben, Schritt halten können, aber Sie müssen auch kommen – wenn Sie wollen, Mademoiselle Lawson.«

»Vielen Dank.«

Er neigte den Kopf, um mir zu verstehen zu geben, daß die Unterredung beendet war. Ich stand auf, und er kam mit mir zur Tür, die er für mich aufhielt.

»Geneviève war ganz hingerissen von Ihrem Geschenk«, erzählte ich. »Ich wünschte, Sie hätten ihr Gesicht sehen können, als sie es auspackte.«

Er lächelte, und ich war sehr glücklich. Ich hatte eine Zurechtweisung erwartet und hatte statt dessen eine Einladung erhalten.

Es war die erste Gelegenheit für mich, mein neues Kleid anzuziehen. Als ich hineinschlüpfte, war ich ganz aufgeregt; als ob der Umstand, ein Kleid zu tragen, das er für mich ausgesucht hatte, mich in eine andere Frau verwandelte.

Glücklich beschwingt ging ich die Treppe hinunter und begegnete Mademoiselle de la Monelle. Sie sah zauberhaft aus. Sie sah mich leicht befremdet an, so als versuchte sie sich daran zu erinnern, wo sie mich schon einmal gesehen hatte. Ich glaube, ich sah in diesem Kleid ziemlich anders aus als in meinem schäbigen Reitzeug.

»Ich bin Dallas Lawson«, sagte ich. »Ich restauriere hier die Bilder.«

»Sie dinieren mit uns?«

»Ja, auf Einladung des Grafen«, erwiderte ich ebenso kühl.

»Tatsächlich?«

»Ich sagte es.«

Ihre Augen registrierten jede Einzelheit meines Kleides und schätzten seinen Wert ab; es schien sie genauso zu überraschen wie die Einladung des Grafen zum Dinner. Sie drehte sich brüsk um und ging vor mir weiter die Treppe hinunter.

Die Gäste hatten sich in einem der kleinen Salons neben der Banketthalle versammelt. Der Graf bemerkte mein Eintreten nicht, doch Philippe kam auf mich zu. Ich bildete mir ein, er hätte gewußt, daß ich mich vielleicht unter all den mir fremden Gästen ein wenig unsicher fühlte und deshalb auf mich gewartet.

»Gestatten Sie mir, Ihnen zu sagen, wie elegant Sie aussehen.«

»Danke. Sagen Sie, ist die hier anwesende Mademoiselle de la Monelle ein Mitglied der Familie, deren Gemäldesammlung Sie erwähnten?«

»Ach so — äh — ja. Ihr Vater ist auch hier. Aber ich hoffe, Sie werden diese Sache nicht meinem Vetter gegenüber erwähnen.«

»Selbstverständlich nicht. Ich halte es sowieso für sehr unwahrscheinlich, daß ich hier weggehe.«

»Das mögen Sie jetzt denken, aber — falls Sie einmal . . .«

»Ja, ich werde es nicht vergessen.«

Geneviève kam zu uns herüber. Sie trug ein rosafarbenes Seidenkleid und sah ziemlich verdrossen aus — kaum mehr ein Schatten des Mädchens, das vor nur wenigen Stunden den Weihnachtskönig gekrönt hatte.

In diesem Augenblick wurde zu Tisch gebeten. Auf dem von Silber und Kristall funkelnden Tisch brannten in Abständen hohe Kerzenleuchter.

Ich war neben einem älteren Herrn placiert, der sich für Malerei interessierte, und so sprachen wir darüber. Vermutlich hatte man ihn mir als Tischherrn gegeben, damit ich ihn unterhielt.

Ich fühlte mich nicht so wohl wie am Nachmittag. Wie töricht von mir, zu denken, ich sei hübsch, nur weil ich ein schönes Kleid anhatte. Wie konnte er von mir Notiz nehmen, wenn er in Gesellschaft dieser schönen Frau war. Doch da hörte ich ihn meinen Namen sagen.

»Mademoiselle Lawson wird uns das beantworten«, sagte er.

Ich sah auf und begegnete seinem Blick, wußte nicht, ob er unzufrieden mit mir war oder nur belustigt. Mademoiselle de la Monelle blickte ebenfalls zu mir herüber. Ihre Augen sind eisblau, überlegte ich, kalt und berechnend. Sie ärgerte sich, weil ihre Aufmerksamkeit schon zum zweitenmal an diesem Abend auf mich gelenkt wurde.

»Ja, Mademoiselle Lawson«, fuhr der Graf fort. »Gestern abend schauten wir uns das Bild an, und Ihre Arbeit an meiner Ahnin wurde allgemein sehr bewundert. Und diese Smaragde . . .«

»Von Zeit zu Zeit lebt das Interesse an Ihnen wieder auf«, bemerkte Philippe. »Und Sie, Mademoiselle Lawson, haben diese erneute Wiederbelebung verschuldet.«

»Und eine solche ist Ihnen unerwünscht?« fragte ich.

»Dieses neu aufflackernde Interesse endet womöglich mit der Entdeckung. Als wir uns gestern abend die Bilder anschauten, schlug jemand eine Schatzsuche vor, und alle stimmten in den Ruf danach ein. Es muß also eine Schatzsuche stattfinden, und Sie müssen sich natürlich daran beteiligen.«

Mademoiselle de la Monelle legte ihm die Hand auf den Arm. »Ich werde mich entsetzlich fürchten — in diesem Gemäuer — ganz allein.«

Jemand meinte, sie würde dazu kaum Gelegenheit haben, worauf allgemeines Gelächter erschallte, in das der Graf einstimmte. Dann blickte er jedoch wieder zu mir herüber.

»Also eine Schatzsuche. Wir werden bald damit beginnen, weil nicht abzusehen ist, wie lange sie dauern wird. Gautier hat heute morgen schon alles dafür vorbereitet.«

Etwa eine Stunde später begann die Schatzsuche. Gautier hatte Zettel geschrieben und diese über das gesamte Schloß verteilt. Alle erhielten einen Parallelzettel, aus dessen verschlüsselter Weisung sie erraten mußten, wo der zweite Zettel zu finden war; kamen sie dann an die richtige Stelle, entdeckten sie einen neuen Zettel mit neuer Weisung. Derjenige, der als erster den letzten Zettel fand, hatte gewonnen.

Es herrschte große Aufregung. Manche der Gäste zogen zu zweit los. Ich konnte weder den Grafen noch Philippe oder Geneviève entdecken. Niemand forderte mich auf, mitzukommen.

Ich las auf meinem Zettel: *Geh hin und huldige und trinke, wenn du durstig bist.* Ich überlegte. *Geh hin und huldige* bedeutet, jemand den Hof machen; im Schloßhof war ein Brunnen. Auf der steinernen Mauer des Brunnens lag ein großer Stein, unter den Gautier den Zettel getan hatte. Ich eilte zurück ins Schloß. Die Weisung führte mich nach oben in den Turm. Das Schloß war für diesen Anlaß extra beleuchtet worden. Nachdem ich drei Zettel gefunden hatte, bekam ich Geschmack an dem Spiel. Der sechste Zettel führte mich in die Kerker hinunter. Jetzt waren die Treppen beleuchtet. Ich stieg die enge Wendeltreppe hinunter und hielt mich an dem Seil fest. Und dann war ich unten in den Kerkerverliesen. Nein, es konnte doch nicht hier sein — es brannte nämlich nirgends eine Kerze. Ich wollte gerade wieder die Treppe hinaufklettern, als ich genau über mir Stimmen hörte.

»Aber Lothair, Liebster!«

Ich trat in die Dunkelheit, obgleich das nicht nötig war, denn sie kamen nicht die Treppe herunter. Dann vernahm ich die Stimme des Grafen, so voller Wärme, wie noch nie. »Ich werde mich damit zufrieden geben müssen, dich hier zu haben, für immer.«

»Hast du dir überlegt, was das für mich bedeuten wird — unter dem gleichen Dach zu leben?«

»Du wirst so glücklicher sein, liebste Claude.«

»Wenn doch nur *du* es sein könntest — statt Philippe!«

»Du wärest nicht glücklich. Du würdest dich nicht sicher fühlen.«

»Bildest du dir etwa ein, ich dächte, du würdest mich ermorden?«

»Du verstehst nicht. Der Skandal würde wieder aufflammen. Ich habe mir gelobt, nie wieder zu heiraten.«

»Du willst mich also diese Komödie mit Philippe spielen lassen . . .«

»Es ist besser für dich. Wir müssen zurückgehen. Und das lieber nicht zusammen.«

»Lothair! Warte noch einen Augenblick.«

Es trat eine kurze Stille ein; wahrscheinlich umarmten sie sich. Dann entfernten sich ihre Schritte.

Ich fühlte mich todunglücklich und verlassen dort unten in der Dunkelheit. Schließlich stieg ich die Stufen hinauf, dachte aber nicht mehr an die Zettel und die Schatzsuche. Ich wußte jetzt, daß der Graf und Mademoiselle de la Monelle ein Verhältnis miteinander hatten — oder sich sogar liebten — und daß er sie nicht heiraten würde. Ein Mann, der unter dem Verdacht gestanden hatte, seine erste Frau ermordet zu haben, würde von Mißtrauen umlauert sein. Nur eine sehr willensstarke Frau konnte mit so etwas fertig werden. Und ich fand nicht, daß Mademoiselle de la Monelle zu dieser Kategorie gehörte. Wenn also meine Schlußfolgerung zutraf, hatte er einen Plan ausgeheckt, nach dem er sie mit Philippe verheiraten wollte, um sie so für immer bei sich im Schloß behalten zu können. Es war ein zynischer und korrupter Plan, aber das war er ja schließlich auch.

Ich wünschte, ich hätte dieses Schloß nie betreten. Sollte ich die Möglichkeit ergreifen, die Philippe mir angeboten hatte? Als ob ich dem allem so entrinnen könnte! Und wie sonderbar, daß es ausgerechnet ihre Eltern waren, die er mir vorgeschlagen hatte. Nein; es gab nur einen Fluchtweg: zurück nach England.

Ich spielte mit dem Gedanken und wußte doch ganz genau, daß ich das Schloß nicht eher verlassen würde, als bis ich mich dazu gezwungen sah.

Ich warf erneut einen Blick auf meinen Zettel. Er führte in die Waffengalerie, in der sich die Falltür befand. Gautier würde doch bestimmt keinen Zettel dort hineinlegen? Nein; auf der Fensterbank fand ich, was ich suchte. Ich mußte zurück in die Banketthalle.

Als ich dort anlangte, stieß ich auf Gautier, der am Tisch saß und ein Glas Wein trank. Bei meinem Anblick sprang er auf und rief: »Erzählen Sie mir nicht, Sie hätten alle gefunden, Mademoiselle Lawson!«

Ich gab ihm meine Zettel.

»Na, Sie sind auf jeden Fall die erste«, stellte er fest.

»Vielleicht haben die andern sich nicht besonders angestrengt«, bemerkte ich.

»Jetzt brauchen Sie nur noch zu dem Schrank da zu gehen und sich den Schatz zu holen.«

Ich ging hin, öffnete die von Gautier bezeichnete Schublade und fand ein ungefähr sechs Quadratzentimeter großes Pappschächtelchen.

»Das ist er«, verkündete er. »Es findet eine Überreichungszeremonie statt.«

Er ergriff eine Messingglocke und begann zu läuten. Es war das Signal dafür, daß alle in die Halle zurückkommen sollten. Es dauerte einige Zeit, und ich bemerkte, daß einige leicht erhitzt und zerzaust aussahen. Der Graf jedoch erschien genauso kühl und gelassen wie immer. Er war allein, und ich entdeckte seine schöne Freundin in Philippes Begleitung.

Der Graf lächelte, als er erfuhr, daß ich gewonnen hatte. Ich bildete mir ein, daß es ihn amüsierte.

»Natürlich«, bemerkte Philippe mit einem freundlichen Lächeln, »Mademoiselle Lawson war unfair im Vorteil. Sie ist Expertin für alte Häuser.«

»Hier ist der Schatz«, sagte der Graf und öffnete die kleine Schachtel, die eine Brosche enthielt — einen grünen Stein auf einem schmalen goldenen Stab.

»Es sieht wie ein Smaragd aus!« rief eine der Damen.

»Alle Schatzsuchen in diesem Château gelten Smaragden«, erwiderte der Graf. Er nahm die Nadel aus der Schachtel und sagte: »Gestatten Sie, Mademoiselle Lawson.« Und damit steckte er sie mir an. — »Vielen Dank«, murmelte ich.

»Danken Sie lieber Ihrer Findigkeit.«

Mehrere kamen näher, um die Nadel zu bewundern, unter ihnen auch Claude de la Monelle. Ihr Ärger war deutlich spürbar. Sie berührte mit ihren weißen Fingerspitzen flüchtig den Stein.

»Ein echter Smaragd«, murmelte sie. Und als sie sich abwandte: »Mademoiselle Lawson ist zweifellos eine sehr findige Frau.«

»O nein!« widersprach ich. »Ich fand ihn nur, weil ich richtig mitspielte.«

Sie drehte sich wieder um, und unsere Blicke kreuzten sich. Dann lachte sie auf, ging zum Grafen und stellte sich dicht neben ihn.

Es erschien eine Kapelle, und die Musikanten nahmen auf einem Podium Platz. Ich verfolgte, wie Philippe Mademoiselle de la Monelle zum Tanz führte. Andere schlossen sich ihnen an, doch niemand forderte mich auf. Ich eilte hinauf in mein Zimmer, nahm die Nadel ab und schaute sie mir an. Dann holte ich die Miniatur hervor und dachte an den Augenblick, als ich sie auspackte. Wie viel glücklicher war ich da noch gewesen.

Und doch war es ein so schönes Weihnachten bis zu dem Augenblick gewesen, als ich jene Unterhaltung mitanhören mußte.

Ich zog mich nachdenklich aus und lag dann im Bett und lauschte den fernen Klängen der Musik. Wie töricht war es von mir gewesen, mich in Tagträumen zu wiegen, in denen ich mir eingeredet hatte, dem Grafen etwas zu bedeuten. Dieser Abend hatte mir gezeigt: ich gehörte nicht hierher. Ich bemühte mich, nicht mehr an den Grafen und seine Geliebte zu denken, und ein anderes Bild schob sich vor mein geistiges Auge: Jean-Pierre als Weihnachtskönig.

Alle Männer, überlegte ich, wollen gern König in ihrem Reich sein. Und damit schlief ich ein, doch meine Träume waren unruhig.

7

Der Graf fuhr Anfang des neuen Jahres nach Paris, und Philippe begleitete ihn. Ich kam mit der Arbeit gut voran und hatte jetzt mehrere fertige Bilder vorzuweisen. Es machte mir große Freude, sie einfach anzuschauen. Aber es war mehr als Freude an ihrer wiederhergestellten Schönheit; ich fühlte mich gerechtfertigt.

Der Januar war ungewöhnlich kalt. In den Weinbergen herrschte emsiges Treiben, da man befürchtete, die Rebstöcke könnten erfrieren. Geneviève und ich blieben oft auf unseren Ausritten oder Spaziergängen stehen, um den Arbeitern zuzusehen. Manchmal schauten wir auch bei den Bastides herein, und einmal nahm Jean-Pierre uns mit in die Weinkeller hinunter und zeigte uns die Fässer, in denen der Wein gärte.

»Wie alt sind diese Keller?« erkundigte sich Geneviève.

»Sie bestehen genauso lange wie hier Wein angebaut wird, also seit Hunderten von Jahren.«

»Und während die sich um ihren Wein kümmerten und aufpaßten, daß er die richtige Temperatur hatte«, bemerkte Geneviève, »warf man Menschen in die Kerker und ließ sie elend verhungern und erfrieren.«

»Der Wein war Ihren edlen Vorfahren natürlich wichtiger. Es

gab übrigens einen Bastide, dem die Ehre zuteil wurde, ein Feind Ihrer edlen Vorfahren zu werden. Seine Gebeine liegen im Schloß.«

»Wo?«

»Im Verlies. Er war frech zum Comte de la Talle. Man stelle sich das vor!« sagte er empört.

»Sie scheinen heute noch verbittert darüber zu sein«, äußerte ich überrascht.

»O nein! Wir hatten ja die Revolution, da kamen die Bastides an die Reihe.« Er meinte es nicht so ernst.

Das Wetter schlug plötzlich um. Die Rebstöcke waren nicht länger in Gefahr. Es waren friedliche Tage. Es ereigneten sich einige kleine beglückende Vorfälle, an die ich mich noch genau erinnere. Geneviève und ich waren viel zusammen. Unsere Freundschaft wuchs langsam, aber stetig. Ich machte keinen Versuch, sie zu erzwingen, denn wenn ich Geneviève auch immer näherkam, so gab es doch Augenblicke, wo sie mir vollkommen fremd erschien.

Mein Denken kreiste ständig um den Grafen. Als er wieder fort war, begann ich mir ein Bild von ihm aufzubauen, das, wie mein gesunder Verstand mir warnend sagte, nicht der Wirklichkeit entsprach. Ich rief mir seine Toleranz ins Gedächtnis zurück, mit der er mir anfangs eine Chance gegeben hatte, mein Können zu beweisen, und seine Großzügigkeit. Dann hatte er die Geschenke in die Schuhe getan, was seinen Wunsch verriet, seiner Tochter eine Freude zu machen. Und ich war überzeugt, er hatte sich auch gefreut, daß gerade ich die Smaragdnadel gewann.

Mir schauderte beim Gedanken an die Zukunft. Ich konnte ja nicht unbegrenzt bleiben.

Manchen Menschen fällt es leicht, die Dinge so zu sehen, wie sie sie sehen wollen. Ich hatte das nie gekonnt — bisher. Ich hatte es immer vorgezogen, den Tatsachen ins Gesicht zu sehen und war auf meinen nüchternen Verstand stolz gewesen. Seitdem ich im Schloß lebte, hatte ich mich jedoch verändert; ich scheute mich seltsamerweise, einen gründlichen Blick in mein Innerstes zu tun, um herauszufinden, warum.

Fastnachtsdienstag war der Höhepunkt des Karnevaltreibens. Geneviève war genauso aufgeregt wie Yves und Margot, die ihr zeigten, wie man Papierblumen und Masken macht. Ich fuhr mit ihr in einem der Bastidschen Pferdewagen in das Städtchen, und wir bewarfen uns hinter unseren grotesken Masken mit Papierblumen. Wir tanzten sogar inmitten der Menge.

Geneviève war ganz selig, als wir zurückfuhren.

»Ich habe schon oft vom Fastnachtsdienstag gehört«, erklärte sie, »aber ich wußte nie, daß es so lustig ist.«

»Hoffentlich hätte dein Vater nichts dagegen gehabt.«

»Das werden wir nie wissen«, entgegnete sie verschmitzt, »denn wir werden es ihm nicht sagen, nicht wahr, Miß?«

»Falls er fragt, werden wir es ihm ganz bestimmt sagen«, erwiderte ich.

»Das wird er aber nicht. Er interessiert sich nicht für uns, Miß.«

Verbitterte es sie? Vielleicht, doch litt sie weniger unter seinem geringen Interesse.

Jean-Pierre hatte uns begleitet. Geneviève genoß seine Gesellschaft. Ihr konnte in Gegenwart der Bastides nichts Böses zustoßen, versicherte ich mir.

In der ersten Woche der Fastenzeit kamen der Graf und Philippe zurück. Philippe hatte sich mit Mademoiselle Claude de la Monelle verlobt.

Der Graf kam zu mir in die Galerie. Es war ein strahlender Morgen. Der Graf betrachtete die Bilder voller Befriedigung.

»Ausgezeichnet, Mademoiselle Lawson«, murmelte er, und seine Augen funkelten dunkel und rätselvoll.

»Sie sind wirklich eine Künstlerin.«

»Eine verhinderte Künstlerin.«

Er war einen Schritt näher gekommen, den Blick immer noch auf mich gerichtet. Es konnte doch nicht Bewunderung sein? Mein brauner Kittel hatte mir nie sonderlich gestanden, und mein Haar hatte die Angewohnheit, sich aus den Haarnadeln zu befreien; es war ganz gewiß nicht mein Äußeres, das ihn interessierte. Nein. Er war eben ein Schürzenjäger. Der Gedanke verdarb mein Glück, und ich versuchte, ihn wegzuschieben und sprach weiter über die Bilder mit ihm.

Er schien belustigt, da er vielleicht merkte, daß ich nur redete, um meine Verlegenheit zu verbergen.

»Die Begeisterung verrät Sie als Expertin«, meinte er. »Sagen Sie, wie kommt meine Tochter mit dem Englisch voran?«

»Sie macht fabelhafte Fortschritte.«

»Und Ihnen wird dieser Englischunterricht nicht zuviel?«

»Es macht mir Freude.«

»Fein. Ich hatte gefürchtet, Sie würden unser Landleben ziemlich langweilig finden.«

»Aber ganz und gar nicht. Ich wollte Ihnen schon immer noch mal danken, daß ich eines Ihrer Reitpferde benutzen darf.«

»Das Leben hier im Schloß ist jetzt sehr viel ruhiger als früher.« Er sah über meinen Kopf hinweg und fügte kühl hinzu: »Seit dem Tod meiner Frau geben wir nicht so viele Gesellschaften mehr. Doch jetzt wird es wahrscheinlich anders, da mein Vetter heiratet und seine Frau Schloßherrin wird.«

»Bis Sie selbst wieder heiraten«, platzte ich heraus.

»Was veranlaßt Sie zu der Annahme, daß ich das je tun werde?« fragte er bitter.

Ich erkannte beschämt meine Taktlosigkeit und verteidigte mich unbeholfen: »Das ist doch nur natürlich.«

»Ich dachte, Sie würden die Todesumstände meiner Frau kennen, Mademoiselle Lawson?«

»Ich habe — Gerede darüber gehört«, erwiderte ich und kam mir wie jemand vor, der mit einem Fuß in den Sumpf geraten ist.

»Ah!« meinte er. »Gerede. Es gibt Leute, die überzeugt davon sind, daß ich meine Frau vergiftete.«

»Sie werden sich doch bestimmt nicht von solchem Unsinn beeinflussen lassen.«

»Sie sind verlegen.« Er lächelte spöttisch. »Das zeigt mir, daß Sie es nicht unbedingt für Unsinn halten. Sie trauen mir die dunkelsten Taten zu. Gestehen Sie!«

Mein Herz hatte ungemütlich schnell zu klopfen begonnen.

»Sie meinen das natürlich nur im Spaß«, sagte ich verlegen.

»Typisch für eine Engländerin, Mademoiselle Lawson. Ein Thema ist unangenehm, also wird nicht darüber geredet.« Zornig blickte er mich an.

»Sie sind völlig im Irrtum«, sagte ich ruhig, obwohl er mich mit seinem Ausbruch erschreckt hatte.

Doch er gewann seine Gelassenheit rasch wieder. »Und Sie, Mademoiselle Lawson, sind zu bewundern. Doch Sie werden verstehen, daß ich angesichts dieser Umstände nie wieder heiraten kann. Wundert es Sie, daß ich mit Ihnen über meine Ansichten spreche?«

»Wie ich zugeben muß, ja.«

»Sie sind eine verständnisvolle Zuhörerin. Ich meine, Sie sind so gelassen, so intelligent, so aufrichtig. Und diese guten Eigenschaften haben mich zu der Indiskretion verleitet, mit Ihnen über meine privaten Angelegenheiten zu sprechen.«

»Ich weiß nicht, ob ich Ihnen für Ihr Kompliment danken soll oder mich entschuldigen, Sie zu dieser Indiskretion verleitet zu haben.«

»Und Sie meinen das auch. Deshalb werde ich Ihnen jetzt eine Frage stellen, Miß Lawson. Werden Sie mir eine ehrliche Antwort geben?«

»Ich werde es versuchen.«

»Glauben Sie, daß ich meine Frau umgebracht habe?«

Ich war bestürzt. Seine Augen unter den schweren Lidern waren halb geschlossen, doch ich wußte, er beobachtete mich aufmerksam. Einige bedeutungsvolle Sekunden zögerte ich mit der Antwort.

»Danke«, sagte er.

»Aber ich habe Ihnen doch noch nicht geantwortet.«

»Sie haben es. Sie brauchten einen Augenblick Zeit, um eine taktvolle Antwort zu finden. Ich bat nicht um Takt, sondern um die Wahrheit.«

»Sie müssen mir schon erlauben, Ihnen zu antworten, nachdem Sie mich nach meiner Meinung gefragt haben.«

»Und die wäre?«

»Ich glaube nicht eine Sekunde lang, daß Sie Ihre Frau vergiftet haben, aber...«

»Aber?«

»Vielleicht hatten Sie sie — enttäuscht, vielleicht machten Sie sie nicht glücklich. Ich meine: vielleicht war sie unglücklich und nahm sich das Leben, um nicht so weiterleben zu müssen.«

Ich spürte plötzlich, wie tief unglücklich er war und wurde von einem überwältigenden Verlangen, ihn glücklich zu machen, erfaßt.

Doch sein Gesicht verhärtete sich gleich wieder, als er sagte: »Nun, dann wissen Sie ja, Mademoiselle Lawson, weshalb ich nicht den Wunsch habe, wieder zu heiraten. Sie halten mich indirekt für schuldig.«

»Sie finden mich dumm, taktlos, plump...«

»Ich finde Sie — erfrischend, Mademoiselle Lawson, und das wissen Sie auch. Als Gegenleistung für die Stunde, die Sie mir über die Restauration von Gemälden gaben, habe ich Ihnen eine über Familiengeschichte gegeben. Übrigens noch etwas: Gleich nach Ostern fahre ich mit meinem Vetter nach Paris. Es besteht kein Grund, seine Hochzeit aufzuschieben. Wir werden an dem Vertragsdinner im Haus der Braut teilnehmen. Wenn die beiden nach den Flitterwochen wieder hier sind, werden wir noch einige Gesellschaften geben.«

Wie konnte er nur so gelassen über diese Angelegenheit reden. Wenn ich mir seine Rolle überlegte, packte mich kalte Wut, auch weil ich seine Fehler so schnell vergaß und bereit war, ihn zu akzeptieren.

»Wir werden bei der Rückkehr des Paares einen Ball geben«, fuhr er fort. »Die neue Madame de la Talle wird das erwarten. Zwei Tage danach geben wir einen zweiten Ball für alle, die mit dem Château zu tun haben — für alle Weinbauern, Arbeiter und Dienstboten. Das ist eine alte Sitte, wenn der Erbe des Schlosses heiratet. Ich hoffe, Sie werden an diesen beiden Bällen teilnehmen.«

»Ich werde mit dem größten Vergnügen zu dem Ball für die Angestellten kommen, aber ich bin nicht sicher, ob Madame de la Talle mich unter den Gästen ihres Balles sehen möchte.«

94

»Ich möchte es aber. Und wenn ich Sie einlade, werden Sie ihr willkommen sein. Liebe Miß Lawson, ich bin schließlich hier der Hausherr. Nur mein Tod wird etwas daran ändern.«

»Davon bin ich überzeugt«, antwortete ich, »aber ich bin hergekommen, um zu arbeiten, und nicht auf große Festlichkeiten eingestellt.«

»Ich bin überzeugt, Sie werden sich dem Unerwarteten anpassen. Jetzt darf ich Sie aber nicht länger aufhalten.«

Und damit verließ er mich. Verwirrt und beunruhigt blieb ich zurück.

Der Graf und Philippe fuhren schon am Ostersamstag nach Paris.

Am Ostermontag ging ich zu den Bastides hinüber, wo Yves und Margot im Garten spielten. Ich mußte mir die Ostereier anschauen.

»Vielleicht wissen Sie nicht, Miß«, erzählte Margot, »daß die Kirchenglocken alle nach Rom fliegen, um vom Papst den Segen zu bekommen, und auf dem Weg dahin, lassen sie die Ostereier für die Kinder fallen.«

Ich gab zu, das noch nie gehört zu haben.

»Bekommt man denn keine Ostereier in Enland?« wollte Yves wissen.

»Doch, aber man bekommt sie einfach geschenkt.«

»Diese sind auch Geschenke«, klärte er mich auf. »Möchten Sie eins haben?«

Ich sagte, ich würde gern eines für Geneviève mitnehmen.

Das Ei wurde sorgsam eingewickelt und mir feierlich überreicht. Dann fragte ich nach ihrer Großmutter.

Sie wechselten Blicke und Yves sagte: »Sie ist weggefahren.«

»Mit Gabrielle«, ergänzte Margot.

»Dann werde ich ein andermal wiederkommen. Ist etwas passiert?«

Sie hoben die Schultern, und ich sagte ihnen auf Wiedersehen und setzte meinen Spaziergang fort. Ich kam an den Fluß, wo ich das Dienstmädchen Jeanne mit einer Schubkarre schmutziger Wäsche sah.

»Guten Tag, Jeanne.«

»Guten Tag, Miß.«

»Ich habe Madame Bastide verpaßt.«

»Sie ist in den Ort gefahren. Ich hoffe, alles ist in Ordnung, Miß.«

»Warum sollte es das nicht sein?«

»Ich habe selbst eine Tochter.«

Ich begriff ihre Worte nicht.

»Meinen Sie Mademoiselle Gabrielle . . .«

»Madame ist sehr beunruhigt, und ich weiß, daß sie mit Mademoiselle Gabrielle zum Doktor gefahren ist.« Sie spreizte hilflos die Hände. »Ich bete zu den Heiligen, daß alles in Ordnung ist, aber wenn das Blut jung und heiß ist, Mademoiselle, passieren solche Dinge schon mal.«

Ich konnte nicht glauben, was sie damit andeutete und sagte deshalb: »Hoffentlich hat Mademoiselle Gabrielle nichts Ansteckendes.«

Und damit ging ich weiter und ließ sie ruhig über meine vermeintliche Unschuld lächeln.

Ich war jedoch sehr besorgt und schaute auf meinem Rückweg wieder bei den Bastides herein. Madame Bastide war zurückgekommen und empfing mich mit einem steinernen Gesicht.

»Vielleicht komme ich ungelegen«, meinte ich. »Ich gehe gleich wieder, es sei denn, ich kann irgendwie helfen.«

»Nein«, erwiderte sie. »Bleiben Sie. Dies kann doch nicht lange geheim gehalten werden, und ich weiß, Sie sind verschwiegen. Setzen Sie sich, Dallas.«

Sie setzte sich schwerfällig hin, stützte den einen Arm auf und bedeckte das Gesicht mit einer Hand. Verlegen wartete ich. Nach einigen Minuten nahm sie die Hand vom Gesicht und sagte: »Daß dies in unserer Familie passieren mußte!«

»Gabrielle?« fragte ich.

Sie nickte.

»Wo ist sie?«

»In ihrem Zimmer. Sie ist verstockt. Sie will nichts sagen.«

»Ist sie krank?«

»Krank? Ich würde sagen, ja. Lieber alles andere . . .«

»Kann sie ihn denn nicht heiraten?«

»Sie will nicht sagen, wer es ist. Ich hätte nie für möglich gehalten, daß dies mit ihr passieren könnte. Sie war nie so ein Mädchen.«

»Vielleicht läßt sich alles noch in Ordnung bringen.«

»Ich hoffe es. Ich habe solche Angst, was Jean-Pierre sagt, wenn er es erfährt. Er ist so stolz. Er wird so böse auf sie sein.«

»Die arme Gabrielle«, murmelte ich.

»Ja, die arme Gabrielle! Nie hätte ich das geglaubt. Und keine Silbe, bis ich es entdeckte. Ich hatte sie in letzter Zeit blaß und zerfahren gefunden. Dauernd sonderte sie sich von der Familie ab. Und als wir heute morgen die Wäsche holten, fiel sie in Ohnmacht. Der Doktor bestätigte mir, was ich befürchtet hatte.«

»Und sie weigert sich, Ihnen den Namen ihres Freundes zu sagen?«

»Das ist es ja, was mir solche Sorge macht. Wenn es einer der jungen Männer wäre — nun, es wär uns gar nicht recht, aber es ließe sich in Ordnung bringen. Es scheint, als wäre es jemand . . .«

Sie brach ab. Ich fragte, ob ich etwas Kaffee machen dürfte, und sie erlaubte es mir zu meinem Erstaunen. Sie saß am Tisch und starrte ins Leere. Als der Kaffee fertig war, fragte ich, ob ich Gabrielle eine Tasse bringen dürfte. Ich erhielt die Erlaubnis, ging hinauf und klopfte an die Tür.

Gabrielle sagte: »Es hat keinen Zweck, Gran'mère.«

Ich machte die Tür auf und ging hinein.

»Sie, Dallas?«

»Ich bringe Ihnen etwas Kaffee. Ich dachte, er würde Ihnen guttun.«

Sie lag da und sah mich teilnahmslos an. Ich drückte ihre Hand.

»Gibt es irgend etwas, was wir tun können?« fragte ich.

Sie schüttelte den Kopf.

»Sie können ihn nicht heiraten und . . .«

Sie schüttelte den Kopf noch heftiger und drehte ihr Gesicht zur Wand, so daß ich es nicht sehen konnte.

»Ist er — schon verheiratet?«

Sie weigerte sich, zu antworten.

»Nun, in dem Fall kann er Sie natürlich nicht heiraten, und Sie werden eben versuchen müssen, so tapfer wie nur möglich zu sein.«

»Sie werden mich hassen«, sagte sie. »Alle. Es wird nie mehr so wie vorher sein.«

»Das ist nicht wahr. Sie sind jetzt schockiert, verletzt, werden aber darüber hinwegkommen. Und wenn das Baby erst mal da ist, werden sie es lieben.«

Sie lächelte mich verkrampft an. »Sie wollen immer alles in Ordnung bringen, Dallas, Menschen wie Bilder. Doch wie man sich bettet, so liegt man.«

»Aber der Vater des Kindes sollte Ihnen jetzt zur Seite stehen.«

Sie wollte nichts sagen. Bekümmert ging ich zum Schloß zurück und dachte an die fröhliche Tischrunde beim Weihnachtsessen. Glück kannte keine Beständigkeit.

Der Graf kam nicht unmittelbar nach der Hochzeit zurück. Philippe und seine junge Frau waren nach Italien gefahren, und ich überlegte, ob der Graf wohl eine andere gefunden hatte, um sich zu amüsieren, nachdem er Claude so schamlos Philippe vermacht hatte.

Er kam erst wieder, als Claude und Philippe zurückerwartet wurden, und auch dann machte er keinen Versuch, mich allein zu sehen.

Ich war sehr enttäuscht, denn ich hatte gehofft, wieder einmal mit ihm sprechen zu können und fürchtete Philippes und Claudes Rückkehr. Sicher würde Claude aus ihrer Abneigung kein Geheimnis machen.

Das junge Paar kam nach dreiwöchigen Flitterwochen zurück. Ich hatte gleich am ersten Tag nach ihrer Rückkehr eine Unterhaltung mit Claude, die mir zeigte, wie wenig sie mich mochte. Wir trafen uns auf dem Flur, als ich gerade aus der Galerie kam.

»Ich hatte gedacht, Sie wären inzwischen mit der Arbeit fertig«, bemerkte sie.

»Bilder zu restaurieren, ist eine Arbeit, die sehr hohe Anforderungen stellt. Und diese Sammlung war beklagenswert vernachlässigt worden.«

»Aber ich dachte, das würde für so eine Expertin wie Sie keine Schwierigkeit bedeuten.«

»Seien Sie versichert, Madame de la Talle«, erwiderte ich heftig, »daß ich die Bilder so schnell wie möglich fertigmachen werde.«

»Es ist ein Jammer, daß sie nicht rechtzeitig für den Ball fertig geworden sind, den wir für unsere Freunde geben. Ich nehme an, Sie freuen sich wie das übrige Personal auf den zweiten Ball.« Und damit rauschte sie davon, bevor ich antworten konnte.

Sie hatte mir deutlich zu verstehen gegeben, daß sie mich nicht auf ihrem Ball zu sehen wünschte. Ich hätte ihr am liebsten nachgerufen: Aber der Graf hat mich schon eingeladen.

Was für ein Triumph würde es sein, von ihm vor der arroganten Nase der neuen Madame de la Talle begrüßt zu werden!

Doch am Abend des Balles hatte ich meinen Entschluß geändert. Der Graf hatte keine Gelegenheit gesucht, mich allein zu sprechen.

Anstatt auf den Ball ging ich früh zu Bett. Ich konnte ab und zu die Musik aus dem Ballraum hören, während ich dalag und las und mir im Geist die glänzende Ballszene ausmalte.

Draußen auf dem Korridor hörte ich Schritte. Ich lauschte. Sie verharrten vor meiner Tür. Deutlich konnte ich leises Atmen hören.

Ich setzte mich im Bett auf, den Blick starr auf die Tür geheftet. Der Türgriff bewegte sich.

»Geneviève!« schrie ich auf. »Du hast mir aber einen Schreck eingejagt!«

»Das tut mir leid. Ich bin nur einen Augenblick vor Ihrer Tür stehengeblieben.«

Sie kam zu mir und setzte sich aufs Bett. Ihr blauseidenes Ballkleid war entzückend, doch machte sie ein finsteres Gesicht.

»Es ist ein gräßlicher Ball!« stieß sie hervor.

»Weshalb denn?«

»Tante Claude! Und dabei ist sie gar nicht meine Tante. Sie ist ja die Frau des Vetters.«

»Warum magst du sie denn nicht?«

»Ich hasse sie.«

»Was hat sie dir denn getan?«

»Sie ist hergekommen, um hier zu leben.«

»Es ist doch ein großes Schloß.«

»Wenn sie immer am selben Fleck bliebe, wäre es mir egal.«

»Warum bist du denn so gegen sie? Sie ist sehr hübsch.«

»Das ist es ja gerade. Ich mag keine hübschen Frauen. Ich mag sie, wenn sie farblos sind, so wie Sie, Miß.«

»Was für ein reizendes Kompliment.«

»Die Hübschen verderben einem alles.«

»Sie sind wirklich noch nicht lange genug hier, um dir etwas verdorben zu haben.«

»Das wird sie aber. Meine Mutter mochte hübsche Frauen auch nicht.«

»Darüber kannst du doch gar nichts wissen.«

»Ich sage Ihnen aber, ich weiß es. Sie weinte immer. Und dann zankten sie sich. Sie zankten sich ganz leise. Ich finde leises Zanken viel schlimmer als lautes.«

»Ich finde, Geneviève, du solltest nicht immer über Dinge nachgrübeln, die so lange her sind, und du weißt außerdem doch wirklich nicht sehr viel darüber.«

»Ich weiß, daß Papa sie umbrachte, oder weiß ich das etwa nicht?«

»Du weißt nichts dergleichen!«

»Sie sagen, sie hätte sich selbst umgebracht. Aber das hat sie nicht getan. Sie hätte mich nicht hier allein gelassen.«

Ich legte meine Hand auf ihre. »Bitte, denk nicht mehr darüber nach.«

»Aber man muß über das nachdenken, was im eigenen Haus passiert ist. Deshalb mußte Philippe ja heiraten. Wenn ich ein Junge wäre, würde alles anders sein. Papa mag mich nicht, weil ich kein Junge bin.«

»Das bildest du dir ganz bestimmt nur ein.«

»Ich mag Sie nicht besonders gern, wenn Sie etwas sagen, was Sie gar nicht glauben. Sie sind dann wie alle Erwachsenen. Ich glaube, mein Vater hat meine Mutter ermordet. Deshalb kommt sie jetzt aus ihrem Grab zurück, um sich an ihm zu rächen.«

»Was für ein Unsinn!«

»Sie wandert hier nachts mit den anderen Gespenstern durchs Château. Ich habe sie gehört. Es hat also keinen Zweck, wenn Sie sagen . . .«

»Wenn du sie wieder hörst, komm zu mir.«

»Meinen Sie, wir können dann hingehen und sie suchen?«

»Ich weiß nicht. Zuerst würden wir einmal horchen.«

Sie beugte sich zu mir herab und sagte: »Abgemacht.«

Im Schloß wurde kaum über etwas anderes als den Ball für die Angestellten geredet.

Ich hatte mein grünes Kleid angezogen, denn ich brauchte die zusätzliche Selbstbestätigung.

Boulanger, der Kellermeister, war der Zeremonienmeister. Er empfing jeden in der großen Bankhalle des Schlosses. Im Laufe des Abends sollte ein Büfett serviert werden. Das frisch vermählte Paar wollte zusammen mit dem Grafen und Geneviève erscheinen, wenn das Fest schon in vollem Gang war.

Die Bastides waren schon da, als ich herunterkam. Gabrielle war bei ihnen und sah sehr hübsch, wenn auch melancholisch aus. Madame Bastide benutzte schnell eine Gelegenheit, um mir zuzu-flüstern, daß Jean-Pierre es noch nicht wüßte; sie hoffte, den Namen des Mannes herauszubekommen und eine Heirat zu arrangieren, bevor er es erfuhr.

Jean-Pierre forderte mich auf, und wir tanzten zusammen zu den Klängen der *Sautière Charentaise*, die ich schon bei den Bastides gehört hatte.

»Wir haben nicht oft Gelegenheit, hier im Ballsaal des Schlosses zu tanzen«, sagte er.

»Ist es hier lustiger als in Ihrem eigenen Haus? Ich habe den Weihnachtstag so genossen — und Geneviève auch. Ich bin sogar überzeugt, sie hatte mehr Spaß an *Ihrem* Weihnachten als an den Feierlichkeiten hier im Schloß.«

»Sie ist ein eigenartiges Mädchen.«

»Es war herrlich, sie so glücklich zu sehen.«

Er lächelte mich herzlich an.

»Sie ist wahrscheinlich glücklicher, seit Sie da sind«, fügte er hinzu. »Sie ist übrigens nicht die einzige.«

»Sie schmeicheln mir.«

»Die Wahrheit ist niemals Schmeichelei, Dallas.«

»Nun, dann freut es mich, daß ich so beliebt bin.«

Er drückte leicht meine Hand. »Wie könnte es anders sein ... Äh! Schauen Sie! Die hohen Herrschaften sind unter uns. Monsieur le Comte hat ein Auge auf uns geworfen. Vielleicht sieht er in Ihnen die passendste Partnerin, weil Sie ja was Besseres sind als seine Dienstboten oder Arbeiter aus den Weinbergen.«

»Bestimmt denkt er nichts derartiges.«

»Wir werden ja sehen. Sollen wir eine kleine Wette abschließen? Ich wette, daß er seinen ersten Tanz mit Ihnen tanzt.«

»Ich wette nie.«

Die Musik hatte aufgehört.

»Monsieur Boulanger hat ihnen ein diskretes Zeichen gegeben«, sagte Jean-Pierre und führte mich zu einem Stuhl.

Philippe und Claude hatten sich vom Grafen entfernt, der auf mich zukam. Die Musik begann wieder zu spielen. Ich blickte zu den Musikanten hinüber und erwartete jeden Augenblick, ihn vor mir stehen zu sehen. Daher war ich erstaunt, als ich ihn mit Gabrielle vorbeitanzen sah.

Lachend wandte ich mich zu Jean-Pierre um. »Ich bedaure jetzt, daß ich nie wette.«

»Und ich bedaure, daß Sie sich mit dem Herrn des Weinbergs begnügen müssen.«

»Worüber ich entzückt bin«, entgegnete ich leichthin.

Als wir tanzten, sah ich Claude mit Boulanger und Philippe mit Madame Duval, der Mamsell, tanzen. Vermutlich hatte der Graf Gabrielle als Mitglied der Familie Bastide gewählt. Es war bestimmt alles mit der Genauigkeit eines höfischen Protokolls festgelegt worden. Als der Tanz zu Ende war, hielt Boulanger eine Rede, und alle Anwesenden tranken auf Philippes und Claudes Wohl. Danach spielte die Kapelle den Hochzeitsmarsch, und Philippe und Claude eröffneten ihn.

Der Graf kam auf mich zu. Trotz meines Vorsatzes, kühl und distanziert zu bleiben, fühlte ich, wie ich leicht errötete, als er meine Hand ergriff.

»Ich weiß nicht, ob ich das tanzen kann«, sagte ich. »Es scheint ein typisch französischer Tanz zu sein.«

»Sie können nicht behaupten, Mademoiselle Lawson, daß wir das einzige Volk sind, das heiratet. Haben Sie viel in England getanzt?«

»Nein, nicht oft. Ich hatte nur selten Gelegenheit dazu.«

»Wie schade! Ich war nie ein besonders guter Tänzer, vermute jedoch, daß Sie gut tanzen, wie Sie ja alles können, wenn Sie es wollen. Sie sollten jede Gelegenheit ergreifen. Sie haben übrigens meine Einladung zu dem Ball nicht angenommen. Ich wunderte mich.«

»Ich dachte, ich hätte Ihnen gesagt, daß ich nicht auf große Festlichkeiten eingestellt bin.«

»Aber ich hoffte, Sie würden trotzdem kommen.«

»Dann tut es mir leid.«

»Das klingt aber nicht sehr überzeugend.«

»Ich meine, es tut mir leid, Grund dieses Bedauerns zu sein — nicht aber, den Ball verpaßt zu haben.«

»Das ist nett von Ihnen, Mademoiselle Lawson. Es beweist ein erfreuliches Interesse für die Gefühle anderer, was immer sehr tröstlich ist.«

»Dieses Fest ist bestimmt eine Spur lustiger als der elegante Ball.«

»Wie können Sie das wissen, wo Sie nicht dabei waren?«

»Es war nur eine Vermutung, keine Feststellung.«

»Das hätte ich wissen sollen. Sie sind immer so präzise. Sie müssen mir wieder einmal eine Stunde über das Restaurieren von Bildern geben. Ich fand die letzte hochinteressant. Ich besuche Sie mal wieder in der Galerie.«

»Das würde mich freuen.«

»Ja?«

Ich blickte in diese eigenartigen Augen und sagte: »Ja.«

Der Tanz war zu Ende. Er konnte mich nicht nochmals auffordern; es hätte Gerede herausgefordert.

Bald darauf sah ich den Grafen unbemerkt hinausgehen. Danach hatte ich dann keine große Lust mehr, zu bleiben.

Ich tanzte gerade mit Monsieur Boulanger, als ich Gabrielle den Ballsaal verlassen sah. Etwas an der Art, in der sie hinausging, erregte meine Aufmerksamkeit. Sie blickte sich hastig um, tat, als studierte sie die Tapisserie an der Wand und huschte dann nach einem weiteren Blick schnell hinaus.

Sobald die Musik aufhörte, schlüpfte ich ebenfalls hinaus. Ich hatte keine Ahnung, wohin sie gegangen war.

Meine Schritte lenkten mich instinktiv zur Bibliothek, in der ich meine Unterredungen mit dem Grafen gehabt hatte. Ich hörte drinnen Stimmen, die ich kannte: Gabrielles atemlose Stimme, hysterisch ansteigend, und die leise, doch volltönende Stimme des Grafen.

Rasch drehte ich mich um und ging zu meinem Zimmer hinauf. Ich hatte nicht mehr den Wunsch, in den Ballsaal zurückzukehren, keinen einzigen anderen Wunsch mehr, als allein zu sein.

Einige Tage darauf besuchte ich die Bastide. Madame Bastide empfing mich erfreut, und ich sah, daß es ihr besser ging als bei meinem letzten Besuch.

»Ich habe gute Neuigkeiten für Sie. Gabrielle wird heiraten.«

»Oh, das freut mich.«

Sie sah mich lächelnd an. »Ich wußte, es würde Sie freuen.«

Meine Erleichterung war offensichtlich. Ich mußte über mich selber lachen.

»Erzählen Sie mir«, bat ich. »Ich bin ja so glücklich darüber. Und Sie sind es auch, wie ich sehe.«

»Nun, ja«, sagte Madame Bastide. »Nach einiger Zeit werden die Leute wissen, daß es eine eilige Heirat war, aber diese Dinge passieren nun mal.«

»Ja, natürlich. Und wann wird Gabrielle heiraten?«

»In drei Wochen. Jacques konnte nicht eine Familie und seine Mutter ernähren, und da Gabrielle das wußte, hatte sie ihm nichts von ihrem Zustand gesagt. Aber Monsieur le Comte wird alles in Ordnung bringen.«

»Monsieur le Comte?«

»Ja, er hat Jacques die Leitung des St.-Vallient-Weinbergs übertragen. Monsieur Durand war ja seit langem zu alt dafür. Er bekommt jetzt sein Häuschen, und Jacques übernimmt St. Vallient. Hätte Monsieur le Comte nicht geholfen, wäre es sehr schwierig für sie gewesen, zu heiraten.«

»Ich verstehe«, sagte ich langsam.

Die Hochzeit wurde mit allem Aufwand gefeiert, was Madame Bastide für unerläßlich hielt, obgleich man nur wenig Zeit für die Vorbereitungen gehabt hatte. Der Graf, so erzählte man mir, wäre sehr großzügig gewesen und hätte dem Paar ein schönes Hochzeitsgeschenk in Form von Geld zukommen lassen.

Die Veränderung in Gabrielle war erstaunlich. Als ich nach St.-Vallient hinüberritt, um sie und Jacques' alte Mutter zu besuchen, empfing sie mich sehr herzlich. Es gab so vieles, was ich sie gern gefragt hätte, aber natürlich konnte ich das nicht. Als ich aufbrach, bat sie mich, sie doch wieder zu besuchen, und ich versprach es ihr.

Etwa vier Wochen waren seit der Hochzeit vergangen. Wir waren jetzt mitten im Frühling. Es herrschte emsige Tätigkeit in den Weinbergen, die bis zur Weinlese nun nicht mehr abreißen würde.

Geneviève ritt an diesem Tag mit mir, doch unsere Freundschaft war nicht mehr so harmonisch wie früher. Claudes Anwesenheit im Schloß hatte eine ungünstige Wirkung auf sie.

»Sollen wir Gabrielle besuchen?« fragte ich.

»Mir egal.«

»Na schön, wenn du keine Lust hast, reite ich allein.«

Sie zuckte die Schultern, blieb aber an meiner Seite.

»Sie erwartet ein Baby«, bemerkte sie schließlich.

»Sie und ihr Mann werden sehr glücklich darüber sein.«

»Es wird aber zu früh kommen, und alle reden darüber.«

»Alle? Ich kenne viele, die das nicht tun. Du solltest nicht so übertreiben.«

Sie lachte. »Es war eine Vernunftsheirat.«

»Alle Heiraten sollten vernünftig sein.«

Das reizte sie wieder zum Lachen, und sie sagte: »Auf Wiedersehen, Miß. Ich komme nicht mit. Ich könnte Sie durch undelikate Worte oder sogar Blicke in Verlegenheit bringen.«

Sie gab ihrem Pferd die Sporen und ritt davon. Ich wollte ihr folgen, denn sie durfte nicht allein in der Gegend herumreiten. Sie hatte jedoch einen Vorsprung.

Nach Ablauf von nicht einmal einer Minute hörte ich den Schuß.

»Geneviève!« rief ich, und als ich auf das Wäldchen zugaloppierte, hörte ich ihren Aufschrei.

Die Zweige griffen nach mir, wie um mich aufzuhalten.

»Geneviève! Wo bist du? Was ist passiert?«

»O Miß, Miß!« schluchzte sie.

Sie war abgestiegen, und ihr Pferd stand friedlich neben ihr.

»Was ist denn passiert . . .?«, begann ich und sah dann den Grafen am Boden liegen. Seine Reitjacke war ganz mit Blut befleckt.

»Er — er — ist ermordet worden«, stammelte Geneviève. Ich sprang ab und kniete neben ihm.

»Geneviève«, befahl ich, »hol schnell Hilfe! St.-Vallient liegt am nächsten! Schick jemand nach dem Arzt!«

Sie gehorchte sofort.

Jene folgenden Minuten sind nur ganz verschwommen in meiner Erinnerung. Ich lauschte den Hufschlägen, bis Geneviève die Straße erreichte.

»Lothair«, murmelte ich und sprach seinen ungewöhnlichen Namen zum erstenmal aus. »Es kann nicht sein. Ich könnte es nicht ertragen. Ich könnte es nicht ertragen, daß du stirbst.«

Ich nahm seine Hand, und wilde Glückseligkeit durchschoß mich, denn ich spürte seinen schwachen Puls.

»Nicht tot«, wisperte ich. »O Gott, hab' Dank!«

Ich knöpfte seine Jacke auf. Wenn er einen Herzschuß bekommen hatte, mußte eine Einschußstelle vorhanden sein. Ich konnte jedoch keine finden. Er blutete überhaupt nicht. Und plötzlich dämmerte es mir: Er war gar nicht getroffen worden. Das Blut stammte von dem reglos neben ihm liegenden Pferd.

Ich zog meine Jacke aus, schob sie ihm zusammengerollt unter den Kopf und bildete mir ein, die Farbe in sein Gesicht zurückkehren zu sehen; seine Lider zuckten.

»Du lebst! Gott sei Dank!« hörte ich mich sagen und betete dann im stillen und bewegte lautlos die Lippen.

Dann zuckten die Lider und öffneten sich. Er schaute mich an. Ich sah, wie sich seine Mundwinkel leicht nach oben zogen, als ich mich zu ihm hinunterbeugte. Ich fühlte, wie meine Lippen bebten. Die innere Bewegung der letzten Minuten war unerträglich gewesen — erst die furchtbare Angst und dann die jähe Hoffnung.

»Es wird alles gut«, sagte ich beschwörend, und er schloß wieder die Lider.

Der Graf hatte lediglich eine Gehirnerschütterung und Prellungen erlitten. Sein Pferd, nicht er war getroffen worden. Tagelang wurde im Schloß, in den Weinbergen und im Städtchen von nichts anderem als dem Unfall geredet. Es fand eine Untersuchung statt, doch fand man den Täter nicht, denn die Kugel konnte aus Hunderten von Gewehren abgefeuert worden sein. Der Graf erinnerte sich nur sehr wenig an den ganzen Vorfall. Er konnte nur sagen, daß er durch das Wäldchen geritten war und unter einem Baum den Oberkörper vorgebeugt hatte. Dieses Vorbeugen hatte ihm, so sagte man, vermutlich das Leben gerettet, denn die Kugel war am Baumstamm abgeprallt, hatte dann einen Ast und schließlich das Pferd am Kopf getroffen. Das Pferd war zusammengebrochen, und der Graf hatte das Bewußtsein verloren.

Ich war glücklich in diesen nun folgenden Tagen. Doch weil ich immer einen klaren Kopf behielt, fragte ich mich, wie die Zukunft wohl aussehen würde. Was war nur mit mir geschehen, daß ich diesen Mann so wichtig für mich und meinem Leben hatte werden lassen? Zuerst einmal war es sehr unwahrscheinlich, daß er ein ähnliches Interesse für mich hatte, und falls doch, war sein Ruf so schlecht, daß jede vernünftige Frau sich vor ihm in acht genommen hätte. Und hatte ich mir nicht immer eingebildet, eine so vernünftige Frau zu sein?

An einem dieser Tage besuchte ich Gabrielle. Sie hatte sich seit meinem letzten Besuch verändert, war nervös und fahrig, freute sich jedoch, als ich sie zu ihrem neuen Haus beglückwünschte, das wirklich reizend war.

»Es ist schöner, als ich zu hoffen gewagt hatte«, gestand sie.

»Und Ihnen selbst geht es gut?«

»O ja. Ich war bei Mademoiselle Carré, der Hebamme, wissen Sie. Sie ist mit mir zufrieden. Jetzt ist es nur noch eine Frage des Wartens. Mama, Jacques' Mutter, ist ja immer hier und sehr gut zu mir.«

»Wünschen Sie sich ein Mädchen oder einen Jungen?«

»Ich glaube, einen Jungen. Jeder möchte doch als erstes am liebsten einen Jungen haben.«

Ich stellte mir vor, wie er im Garten spielte, ein kleines, stämmiges Kerlchen. Würde er gräfliche Züge haben?

»Und Jacques?«

Sie errötete. »Oh, er ist glücklich, sehr glücklich.«

»Wie schön, daß — alles so gut ausging.«

»Monsieur le Comte war sehr gütig.«

»Nicht alle finden das. Zumindest fand der es nicht, der den Schuß auf ihn abgab.«

Sie verkrampfte die Hände ineinander. »Sie glauben, es geschah mit Absicht? Sie glauben doch nicht . . .«

»Er hatte großes Glück. Sie müssen einen großen Schreck bekommen haben, als es passierte — so nah bei Ihrem Haus.«

Als ich das gesagt hatte, schämte ich mich über mich selbst. Meine Bemerkung entsprang jedoch nicht meinem sonstigen Wunsch, die Motive anderer Menschen zu ergründen, sondern dem dringenden Verlangen, meinen Verdacht entkräftet zu sehen, daß der Graf der Vater des Kindes war.

Sie nahm mir jedoch meine Bemerkung nicht übel, was mich glücklich machte, denn sie schien deren Sinn nicht verstanden zu haben.

»Ja, es war ein großer Schreck für mich«, bekannte sie. »Zum Glück war Jacques in der Nähe und konnte gleich den Mann mit der Bahre holen.«

Ich mußte mein Verhör aber noch weiter fortsetzen: »Glauben Sie, der Graf hat hier Feinde?«

»O nein! Es war bestimmt ein Unfall«, erwiderte sie rasch.

»Na«, meinte ich, »er wurde glücklicherweise nicht verletzt.«

Ihr standen Tränen in den Augen, und ich hätte gern gewußt, ob es Tränen der Dankbarkeit oder eines tiefer gehenden Gefühls waren.

Einige Tage danach ging ich in den Gärten spazieren, als ich auf den Grafen stieß. Er saß hinter einer Hecke auf einer Steinbank, von der man auf einen kleinen Teich mit Seerosen blickte, in dem Goldfische herumschwammen. Die Sonne schien heiß. Zuerst dachte ich, er schliefe. Ich wollte gerade weitergehen, als er mich rief.

»Ich hoffe, ich habe Sie nicht gestört.«

»Es ist die angenehmste Störung, die ich mir denken kann. Kommen Sie und setzen Sie sich einen Augenblick.«

Ich setzte mich neben ihn.

»Ich habe Ihnen noch gar nicht gedankt.«

»Aber ich habe doch nichts Besonderes getan.«

»Sie handelten mit bewundernswerter Umsicht und Schnelligkeit.«

»Ich tat nur das, was jeder in einer solchen Situation getan hätte. Haben Sie sich jetzt schon etwas erholt?«

»In etwa einer Woche soll alles vorbei sein. Bis dahin humple ich noch mit meinem Stock herum.«

Ich blickte auf seine Hände mit dem Jadesiegelring an dem kleinen Finger.

Er sah mich an und bemerkte: »Sie sehen — so zufrieden aus, Mademoiselle Lawson.«

Betroffen fragte ich mich, wieviel von meinen Gefühlen ich wohl verraten hatte.

»Dies Ganze hier«, sagte ich rasch, »die warme Sonne, die Blumen, der Teich — es ist alles so schön. Was ist das für eine Statue dort in dem Teich?«

»Das ist Perseus, der Andromeda rettet. Eine recht gelungene Arbeit. Sie müssen sie sich mal genauer anschauen. Sie ist etwa zweihundert Jahre alt. Sind Sie nicht auch so etwas wie ein weiblicher Perseus, der die Kunst vor dem Verfall und der Barbarei rettet?«

»Eine sehr poetische Vorstellung. Sie erstaunen mich.«

»Ich bin gar nicht so ein Kulturfeind, wie Sie annehmen. Wenn Sie mir noch ein paar Stunden mehr geben, werde ich noch ganz fachkundig.«

»Ich bin überzeugt, Sie werden sich nicht mit Wissen belasten wollen, das von keinem Nutzen für Sie ist.«

»Ich dachte immer, alles Wissen sei von Nutzen.«

»Manches mehr und manches weniger, doch da man sich unmöglich alles aneignen kann, könnte es eine Zeitverschwendung sein, sich das Gehirn mit Wissen vollzustopfen, das von keinem praktischen Nutzen für einen ist.«

Er zuckte lächelnd die Schultern.

Ich fuhr fort: »Es könnte indessen von Nutzen für Sie sein, zu wissen, wer den Unfall im Wald verursachte.«

»Meinen Sie?«

»Was, wenn er sich wiederholt?«

»Tja, dann könnte er womöglich weniger glücklich ausgehen — oder glücklicher, ganz wie man es nimmt.«

»Ich finde Ihre Einstellung höchst erstaunlich. Sie scheinen kein Interesse an ihrem Mörder zu haben?«

»Wieso? Es haben zahlreiche Untersuchungen stattgefunden, meine liebe Miß Lawson. Beinahe in jeder Hütte hier gibt es ein Gewehr, und es wimmelt nur so von Hasen, die unleugbar Schaden anrichten. Wir haben den Leuten nie verboten, zu schießen.«

»Wenn jemand neulich auf einen Hasen schoß, warum ist derjenige dann nicht hinterher gekommen? Sie akzeptieren wohl die Unfalltheorie?«

»Ja.«

»Es ist eine bequeme Theorie. Ich hätte nicht gedacht, daß Sie eine Theorie akzeptieren, nur weil sie bequem ist.«

»Vielleicht werden Sie diese Meinung ändern, wenn Sie mich besser kennen.« Er betrachtete mich lächelnd. »Es ist so angenehm hier. Ich hoffe, Sie hatten nichts anderes vor. Leisten Sie mir ein bißchen Gesellschaft? Erzählen Sie mir doch von den Bildern. Wie geht es voran?«

Ich sprach von den Bildern, und nach einer Weile sahen wir uns die Statue an; danach kehrten wir gemeinsam ins Schloß zurück. Ich glaubte, eine Bewegung am Fenster des Schulraumes zu sehen, als wir beim Schloß anlangten. Nounou oder Geneviève?

Nounous ganze Sorge galt Genevièves Gereiztheit.

»Ich fürchte, sie mag Monsieur Philippes Frau nicht«, sagte Nounou und sah mich besorgt an. »Sie hat nie eine Frau hier im Haus gemocht, seit . . .«

Ich wich ihrem Blick aus.

»Es ist lange her, seit ihre Mutter starb«, sagte ich bestimmt. »Sie muß lernen, darüber hinwegzukommen.«

»Wenn sie einen Bruder hätte, wäre alles jetzt anders.«

»Philippe wollte es bestimmt selbst gern«, sagte ich. »Sie reden, als . . .«

»Ich rede nur von dem, was ich weiß. Der Graf wird nie wieder heiraten. Er hat Frauen nicht gern.«

»Nach den Gerüchten, die ich gehört habe, soll er sie sogar recht gern haben.«

»O nein, Miß!« Sie sagte es voller Bitterkeit. »Er hat nie einen Menschen gern gehabt. Ein Mann kann sich mit dem, was er verachtet, nicht vergnügen. Nun ja, es geht uns nichts an. Sie werden uns ohnehin bald verlassen und dann ganz schnell vergessen.«

»Daran habe ich noch gar nicht gedacht.«

»Das habe ich vermutet.« Sie lächelte verträumt. »Das Schloß ist eine kleine Welt für sich. Ich kann mir nicht vorstellen, woanders zu leben, dabei bin ich erst mit Françoise hierher gekommen.«

»Es muß ganz anders als Carrefour sein.«

»Hier ist alles anders.«

»Françoise muß sehr glücklich gewesen sein, als sie hierher kam.«

»Françoise war hier nie glücklich. Er mochte sie nicht, wissen Sie. Er benutzt Menschen nur — seine Arbeiter in den Weinbergen — uns hier im Château.«

Indigniert sagte ich: »Aber ist das nicht immer so? Man kann doch nicht erwarten, daß er seinen Weinberg selbst bearbeitet. Jeder hat doch Angestellte . . .«

»Sie haben mich nicht verstanden. Ich sagte, er liebte meine Françoise nicht. Es war eine arrangierte Ehe. Françoise war hier, weil seine Familie sie als geeignete Gemahlin ausgesucht hatte. Sie war hier, um für diese Familie Kinder in die Welt zu setzen. Aber sie — sie war jung und sensibel, sie begriff nichts, und so starb sie. Der Graf ist ein sonderbarer Mann, Miß. Vergessen Sie das nicht.«

»Er ist ein — ungewöhnlicher Mann.«

Traurig sah sie mich an und meinte: »Ich wünschte, Sie hätten sie kennenlernen können.«

»Das wünschte ich auch.«

»Es gibt ja die Tagebücher, in die sie immer schrieb, wenn sie unglücklich war. Sie las mir manchmal daraus vor.«

»Was empfand sie, als sie zuerst herkam?«

»Wenn sie glücklich war, schrieb sie nicht in ihre kleinen Bücher«, sagte Nounou. »Als sie anfangs herkam, gab es so viel Aufregendes.«

»Sie war also anfangs glücklich?«

»Sie war ja noch ein Kind. Sie glaubte an das Leben, an die Menschen. Man hatte ihr gesagt, sie würde glücklich werden, und sie glaubte das.«

»Und wann begann sie unglücklich zu werden?«

Nounou spreizte die Hände und meinte: »Sie begriff bald, daß das Leben nicht so war, wie sie es sich vorgestellt hatte. Und dann erwartete sie ein Kind, von dem sie träumen konnte. Es wurde jedoch eine Enttäuschung, denn alle hatten auf einen Sohn gehofft.«

»Vertraute sie Ihnen alles an, Nounou?«

»Vor ihrer Heirat pflegte sie mir alles zu erzählen.«

»Und danach nicht mehr?«

Nounou schüttelte den Kopf. »Erst als ich all das las« — sie deutete mit einer Kopfbewegung zum Schrank —, »begriff ich. Sie war gar nicht so ein Kind.«

»War er unfreundlich zu ihr?«

Nounous Mund wurde hart. »Sie brauchte Liebe.«

»Und sie liebte ihn?«

»Sie hatte entsetzliche Angst vor ihm.«

»Weshalb?«

Ihre Lippen zitterten, und ich konnte sehen, daß sie weit in die Vergangenheit blickte. »Sie war fasziniert von ihm — am Anfang.«

Sie stand plötzlich auf und ging zum Schrank. Ich erblickte die Tagebücher alle säuberlich in einer Reihe aufgestellt. Sie zog eines heraus.

»Lesen Sie selbst«, sagte sie.

»Nehmen Sie es mit. Aber lassen Sie es niemanden sehen und bringen Sie es mir zurück.«

Lothair ist heute aus Paris zurückgekommen. Manchmal glaube ich, er verachtet mich. Ich weiß, ich bin nicht so gescheit wie die Leute, die er in Paris kennenlernt. Ich muß mich wirklich mehr

anstrengen, etwas über die Dinge zu lernen, die ihn interessieren:
Politik, Geschichte, Literatur und Malerei. Ich wünschte, ich fände
das alles nicht so langweilig.

Wir machten heute einen Ausritt zusammen — Lothair, Geneviève
und ich. Er beobachtete Geneviève die ganze Zeit. Ich hatte ent-
setzliche Angst, sie könnte herunterfallen, denn sie war so nervös.

Lothair ist wieder abgefahren. Ich weiß nicht, wohin, doch ver-
mutlich nach Paris.

Dann folgten weitere Aufzeichnungen über ihr tägliches Leben,
das sie zufriedenstimmte. Oft wurde das schlechte Verhältnis
Lothairs und ihres fanatisch religiösen Vaters geschildert.

Manchmal glaube ich, Lothair mag Papa so wenig, daß er wünscht,
er hätte mich nie geheiratet. Und ich weiß, daß Papa wünscht, ich
hätte Lothair nie geheiratet.

Hatte sie Angst vor ihrem Vater?

Ich träume oft von Papas Schlafzimmer. Es ist wie ein Gefängnis.
Es ist so kalt auf dem Steinboden, daß ich immer noch lange
hinterher ganz verkrampft bin. Wie kann er bloß auf einer so
harten Pritsche schlafen? Das Kruzifix an der Wand ist der einzige
Lichtblick in dem Raum. Ich fühle mich schlecht, sündig, wenn ich
bei Papa bin.

Lothair kam heute zurück, und ich fürchte mich. Ich wußte, ich
würde schreien, wenn er mich anfaßt. Er fragte: »Was hast du
denn?« Und ich konnte ihm nicht sagen, daß ich Angst vor ihm
hatte. Ich glaube, er war sehr böse. Mir scheint, Lothair fängt an,
mich zu hassen. Ich bin so anders als die Frauen, die ihm gefallen,
die Frauen, mit denen er in Paris zusammen ist, liederliche Frauen,
lebenslustig und amourös.

Ich hatte heute nacht solch schreckliche Angst. Ich dachte, er käme
in mein Zimmer, doch er ging wieder weg.
    Das war die letzte Eintragung in diesem Buch.
    Weshalb hatte Françoise solche Angst vor ihrem Mann gehabt?
Und weshalb hatte Nounou mir dieses Tagebuch gegeben? Wenn
sie wollte, daß ich Françoises Geschichte erfuhr, warum gab sie
mir dann nicht alle Tagebücher?
    Ich brachte das Buch Nounou am folgenden Tag zurück.

»Weshalb gaben Sie mir gerade dieses?« fragte ich.

»Sie sagten, Sie würden sie gern kennenlernen.«

»Ich habe das Gefühl, sie jetzt weniger denn je zu kennen. Schrieb sie weiter bis zu ihrem Tode?«

»Nach diesem Buch schrieb sie nicht mehr viel. Ich wußte, sie hatte Angst, das zu Papier zu bringen, was sie empfand.«

»Aber weshalb hatte sie denn Angst?«

Sie preßte die Lippen fest zusammen. Sie wußte etwas über den Grafen. Wußte sie, daß er seine Frau ermordet hatte?

Die de la Talles erhielten eine Einladung zur Hochzeit eines entfernten Verwandten. Der Graf sagte, er könnte wegen seiner Prellungen nicht daran teilnehmen — er ging immer noch am Stock —, doch sollten Philippe und seine Frau die Familie vertreten.

Ich wußte, daß Claude sich ärgerte und ihr der Gedanke verhaßt war, ohne den Grafen hinzufahren. Ich war gerade in einem der kleinen Gärten zwischen den hohen Hecken, als sie mit ihm vorbeikam. Ich konnte sie nicht sehen, hörte aber ihre Stimmen.

»Aber die rechnen mit dir«, sagte sie.

»Sie werden es verstehen. Du und Philippe, ihr werdet von meinem Unfall erzählen.«

»Unfall! Ein paar Prellungen!«

Ich konnte nicht verstehen, was er antwortete.

Sie fuhr fort: »Bitte, Lothair!«

»Ich werde hierbleiben, mein Liebes.«

»Du hörst gar nicht mehr auf mich. Du benimmst dich, als wärest du . . .«

Seine Stimme war leise, fast besänftigend. Es konnte kein Zweifel mehr über die Beziehung zwischen den beiden bestehen, überlegte ich traurig.

Als Philippe und Claude abgefahren waren, besuchte mich der Graf häufiger in der Galerie. Manchmal schien es mir, als wäre er auf der Flucht vor etwas, voller Sehnsucht auf der Suche nach einer Entdeckung. Ich bildete mir sogar ein, ihm machten unsere Gespräche genauso große Freude wie mir. Doch wenn er dann gegangen war, kam ich wieder zur Besinnung. Es gab eine ganz einfache Erklärung: es war zufällig gerade niemand da, mit dem er sich amüsieren konnte; deshalb fand er mich und meine Passion für meine Arbeit unterhaltend. Er interessierte sich tatsächlich für Malerei und verstand auch eine ganze Menge davon.

Arme verängstigte kleine Françoise! Warum hatte sie sich so gefürchtet? Ich war überzeugt, daß man einem Charakter genauso wie einem Gemälde seine ursprüngliche Schönheit wiedergeben konnte. Doch glaube ich wirklich, ich könnte einen Menschen ändern, nur weil ich einem Bild wieder zu seiner ursprünglichen

Schönheit verhelfen konnte? Ich war wie besessen von dem Wunsch, ihn zu ergründen.

Was hatte er für die Frau empfunden, die er heiratete? Er hatte ihr Leben zerstört. Hatte sie seines ebenfalls zerstört?

Die Tage, an denen ich ihn nicht sah, waren völlig leer für mich; und jene so kurzen Besuche ließen mich in einem Glückszustand zurück, wie ich ihn nie in meinem Leben gekannt hatte. Wir unterhielten uns über Malerei, über das Schloß, über seine Glanzzeit unter Ludwig XIV. und Ludwig XV.

Während Philippe und Claude weg waren, dinierte ich jeden Abend mit ihm und Geneviève. Wir unterhielten uns angeregt, und Geneviève verfolgte unsere Unterhaltung mit verwirrtem Erstaunen, doch waren die Versuche, sie mit ins Gespräch zu ziehen, nicht sehr erfolgreich. Sie schien, wie früher ihre Mutter, Angst vor ihm zu haben.

Und dann war er eines Abends nicht da. Er hatte auch keine Nachricht hinterlassen. Nachdem wir zwanzig Minuten gewartet hatten, wurde serviert, und wir aßen ohne ihn. Ich war sehr beunruhigt. Ich sah ihn dauernd im Geiste verwundet im Wald liegen. Wenn jemand versucht hatte, ihn zu ermorden und beim erstenmal danebengeschossen hatte, war es dann nicht naheliegend, daß er einen zweiten Versuch unternahm?

Ich bemühte mich, meine Besorgnis zu verbergen, und war froh, als ich wieder in mein Zimmer gehen konnte, um allein zu sein. Ich ging ruhelos auf und ab, setzte mich ans Fenster und ging dann wieder hin und her. Einen verrückten Augenblick lang überlegte ich, ob ich Bonhomme aus dem Stall holen und ihn suchen sollte. Aber welches Recht hatte ich, mich so in seine Angelegenheiten zu mischen?

Es war draußen schon hell, als ich endlich einschlief. Als das Mädchen mir mein Frühstück brachte, studierte ich in heimlicher Sorge ihr Gesicht. Sie war jedoch genauso gelassen wie immer.

Müde und bedrückt ging ich in die Galerie hinunter. Ich war keineswegs in der Stimmung zu arbeiten. Doch ich war noch nicht lange dort, als er hereinkam. Ich fuhr zusammen. Er sah mich sonderbar an.

Ohne zu überlegen sagte ich: »Oh! Ihnen ist also nichts passiert.«

Sein Gesicht war völlig ausdruckslos.

»Es tut mir leid, daß ich gestern abend nicht mit Ihnen dinieren konnte«, sagte er.

Was war bloß los mit mir? Ich stammelte wie die dummen Mädchen, die ich so verachtete. Hatte ich etwa erwartet, er würde mir mitteilen, wenn er seine Freunde besuchte?

»Ich glaube«, sagte er, »Sie waren um meine Sicherheit besorgt.«

Kannte er den Zustand meiner Gefühle — vielleicht sogar noch besser als ich selbst? Es hatte keinen Sinn, meine Besorgnis zu bestreiten.

»Wenn jemand einmal auf Sie geschossen hat, ist die Vermutung doch naheliegend, daß sich dies wiederholt«, sagte ich.

»Das wäre ein zu merkwürdiger Zufall, finden Sie nicht? Ein Mann, der einen Hasen schießen will, erschießt mein Pferd unter mir. Und Sie erwarten, daß so etwas in wenigen Wochen gleich zweimal passiert.«

»Die Theorie mit dem Hasen stimmt vielleicht nicht.«

Er setzte sich auf das Sofa und betrachtete mich auf meinem Hocker. »Sitzen Sie dort eigentlich bequem, Mademoiselle Lawson?«

»Danke, ja.« Alles war plötzlich wieder licht und hell. Ich hatte nur noch eine Sorge: Verriet ich meine Gefühle?

»Wir haben über Bilder, über alte Schlösser, alte Familien und über Revolutionen gesprochen, nie aber über uns selbst«, stellte er fest.

»Diese Themen sind bestimmt viel interessanter.«

»Glauben Sie wirklich?«

Ich antwortete nicht.

»Ich weiß einzig und allein, daß Ihr Vater starb und Sie seine Arbeit übernahmen.«

»Mein Leben gleicht dem vieler anderer junger Frauen meiner Herkunft und meiner Lage.«

»Sie haben nie geheiratet. Ich möchte wissen, warum.«

»Da kann ich nur wie die englische Milchmagd antworten: Niemand hat mich gefragt, Monsieur.«

»Das finde ich erstaunlich. Ich bin überzeugt, Sie würden einem Mann eine ausgezeichnete Frau sein. Stellen Sie sich nur vor, wie nützlich Sie für ihn wären. Seine Bilder wären immer in vorbildlichem Zustand . . .«

»Und wenn er nun gar keine hätte?«

»Ich bin überzeugt, Sie würden diesem Übelstand schnell abhelfen.«

Mir gefiel die leichtfertige Wendung des Gesprächs nicht. Mir schien, er machte sich über mich lustig.

»Es erstaunt mich, daß Sie als Verfechter der Ehe fungieren«, sagte ich und wurde rot und stammelte: »Verzeihen Sie.«

Er lächelte. Aller Spott war aus seinem Gesicht verschwunden. »Und es erstaunt mich gar nicht, daß Sie erstaunt sind. Sagen Sie, was bedeutet das D. vor Ihrem Namen? Ist es ein ungewöhnlicher Name?«

Ich erklärte ihm, daß mein Vater Daniel und meine Mutter Alice geheißen hätten.

»Dallas«, wiederholte er. »Sie lächeln?«

»Sie haben selbst einen ungewöhnlichen Namen«, sagte ich.

»Er ist seit langer Zeit in meiner Familie üblich.«

Ich erzählte darauf von meinen Eltern. Irgendwie glaubte er, daß meine Eltern mein Leben beherrscht und mich am Heiraten gehindert hatten.

»Vielleicht ist es besser so«, bemerkte er. »Wer nicht heiratet, bedauert es oft, aber wer es tut, bereut es oft noch viel mehr. Tja, so ist das Leben, nicht wahr?«

»Mag sein.«

»Nehmen Sie zum Beispiel mich. Ich wurde mit zwanzig Jahren mit einem jungen Mädchen verheiratet, das meine Familie für mich ausgesucht hatte. Das ist so Sitte in unseren Familien, wissen Sie.«

»Ja.«

»Diese Ehen sind oft durchaus ein Erfolg.«

»Und Ihre war das nicht?«

Mein Herz begann ungemütlich zu klopfen.

»Nein, meine Ehe war kein Erfolg. Ich glaube, ich bin nicht imstande, ein guter Ehemann zu sein.«

»Das könnte ein Mann, wenn er es wollte . . .«

»Aber Mademoiselle Lawson, wie kann ein egoistischer, intoleranter, ungeduldiger und untreuer Mann ein guter Ehemann sein?«

»Einfach, indem er aufhört, egoistisch, intolerant und untreu zu sein.«

»Und Sie glauben, man könnte diese unerfreulichen Eigenschaften einfach wie einen Wasserhahn abstellen?«

»Ich bin überzeugt, man kann sich bemühen, sie zu unterdrücken.«

Er lachte unvermittelt auf, und ich kam mir ganz dumm vor.

»Sie finden mich komisch«, bemerkte ich kühl. »Aber Sie fragten nach meiner Meinung, und ich habe sie Ihnen gesagt.«

»Aber nein, Sie haben ja völlig recht. Sie wissen ja, mit was für einer Katastrophe meine Ehe endete. Meine Erlebnisse als Ehemann haben mich überzeugt, diese Rolle lieber für immer aufzugeben.«

»Vielleicht war es klug von Ihnen, einen solchen Entschluß zu fassen.«

»Ich wußte, Sie würden das finden.«

Ich wußte, was er meinte. Es sollte eine Warnung sein. Ich fühlte mich gedemütigt und verletzt und sagte in sachlichem Ton:

»Einige der Wände hier im Schloß scheinen mir interessant zu sein. Ich halte es für gar nicht ausgeschlossen, daß sich unter der Kalktünche Fresken befinden.«

»So?« sagte er, und mir schien, er hörte gar nicht zu.

»Mein Vater machte einmal eine sensationelle Entdeckung in einem alten Landhaus in Northumberland. Es war ein wundervolles Fresko, seit Jahrhunderten von der Tünche verdeckt. Ich würde mir gern diese Wände einmal näher ansehen.«

Er antwortete fast heftig: »Dallas, mein Château und ich selbst stehen zu Ihrer Verfügung.«

9

Einige Tage danach kamen Philippe und Claude aus Paris zurück, und es schien, als hätte es die vertraute Nähe, die sich zwischen dem Grafen und mir entwickelt hatte, nie gegeben. Claude und der Graf ritten oft zusammen aus. Ich beobachtete sie manchmal von meinem Fenster aus, wie sie lachten und sich unterhielten. Sie war die Schloßherrin, wenn auch nicht die Frau des Grafen.

Am Tag nach ihrer Rückkehr klopfte es kurz vor dem Abendessen an meine Tür. Ich war überrascht, das Mädchen mit einem Tablett hereinkommen zu sehen, denn während Philippes und Claudes Abwesenheit hatte ich abends immer unten im Speisezimmer mit dem Grafen und Geneviève gegessen. Als das Mädchen das Tablett mit meinem Abendessen auf den kleinen Tisch stellte, fragte ich sie, wer das angeordnet hätte.

»Madame Boulanger schickte Jeanne hinein, um ein Gedeck wegzunehmen, da Madame mitteilte, Sie würden in Ihrem Zimmer essen. Boulanger sagte in der Küche, wie er das denn hätte wissen sollen. Sie hätten doch abends immer mit Monsieur le Comte und Mademoiselle Geneviève gegessen. Na, Madame hat es jedenfalls so angeordnet.«

Meine Augen funkelten vor Wut, und ich schaffte es kaum, dies vor dem Mädchen zu verbergen. Ich malte mir aus, wie sie unten zu Tisch gingen und wie der Graf sich suchend nach mir umsah, malte mir sein Befremden aus, als er mich nicht entdeckte. Ich wartete, und das Essen auf dem Tablett wurde kalt. Was ich erhofft hatte, trat nicht ein. Niemand brachte mir eine Botschaft von ihm.

Wenn überhaupt jemals, dann hätte ich jetzt erkennen müssen, was für ein törichter Phantast ich war. Diese Frau war seine Geliebte. Er hatte sie mit Philippe verheiratet, um sie bei sich im Schloß zu haben, ohne einen Skandal herauszufordern. Ich war nur die komische Engländerin, die so völlig in ihrer Arbeit aufging und mit der man sich eine Zeitlang ganz amüsant unterhalten konnte, wenn man indisponiert und ans Haus gefesselt war. Und Claude war nicht nur seine Geliebte, sondern auch Herrin des Schlosses.

Nachts schreckte ich entsetzt aus dem Schlaf hoch, denn jemand stand am Fußende meines Bettes.

»Miß?«

Geneviève glitt mit einer Kerze in der Hand auf mich zu.

»Ich habe es klopfen gehört, Miß. Jetzt eben. Sie sagten doch, ich sollte es Ihnen mitteilen.«

»Geneviève!«

Ich setzte mich auf. In den Sekunden vor dem Aufwachen mußte ich einen Alptraum gehabt haben.

»Wieviel Uhr ist es?«

»Eins. Ich hatte Angst, und Sie versprachen doch, wir würden zusammen nachsehen.«

Ich schlüpfte in meine Pantoffeln und zog schnell meinen Morgenrock an.

»Wahrscheinlich hast du es dir nur eingebildet, Geneviève«, sagte ich beruhigend. Sie schüttelte den Kopf. »Es ist, als wollten sie einem durch das Klopfen sagen, wo sie sind.«

»Wo hörst du es denn?«

»In meinem Zimmer. Bitte, kommen Sie mit.«

Ich folgte ihr durch die Korridore zu dem Kindertrakt, der im ältesten Teil des Schlosses lag.

»Hast du Nounou geweckt?« fragte ich.

»Nein, Nounou wacht nie auf, wenn sie einmal schläft. Sie sagt, sie schliefe wie eine Tote.«

Wir gingen in Genevièves Zimmer und horchten. Nichts war zu hören.

»Warten Sie, Miß«, bat Geneviève. »Es hört mal auf und fängt dann wieder an.«

»Aus welcher Richtung kommt es denn?«

»Ich weiß nicht. Von unten, glaube ich.«

Die Kerker lagen genau unter diesem Teil des Schlosses. Geneviève wußte das bestimmt.

»Es wird gleich wieder anfangen, ich weiß es«, sagte sie. »Da! Ach, nein, ich dachte, ich hörte es.«

Beklommen saßen wir da. Draußen in der Linde rief ein Vogel.

»Eine Eule«, bemerkte ich.

»Natürlich«, erwiderte sie. »Glauben Sie, ich wüßte das nicht? Da!«

Ich hörte es tatsächlich. Tapp — tapp, erst leise, dann lauter.

»Es kommt von unten«, bestätigte ich.

»Sie sagten doch, Miß, Sie hätten keine Angst.«

»Wir werden hinuntergehen und nachsehen.«

Ich nahm ihr die Kerze ab und ging voran die Treppe hinunter. Genevièves Vertrauen in meinen Mut stärkte mich. Normalerweise wäre es mir sehr unheimlich gewesen, so allein nachts im Schloß herumzuwandern. Wir kamen an die Tür zur Waffengalerie und blieben horchend stehen. Ich konnte das Geräusch nicht identifizieren, doch überlief mich eine Gänsehaut. Geneviève packte meinen Arm, und ich sah im Kerzenschein ihre entsetzten Augen. Sie wollte etwas sagen, doch ich schüttelte warnend den Kopf.

Am liebsten hätte ich mich umgedreht, um wieder in mein Zimmer zu gehen, doch ich durfte Geneviève meine Angst nicht verraten. Sie deutete jetzt mit der Hand die Wendeltreppe hinunter.

Geneviève stolperte hinter mir her und geriet ins Taumeln. Es war ein Segen, daß sie auf mich fiel. Sie stieß einen kleinen Schrei aus, schlug aber sofort die Hände vor den Mund.

»Es ist nichts«, flüsterte sie. »Ich bin nur über meinen Morgenrock gestolpert.«

»Heb ihn um Himmels willen hoch.«

Sie nickte, und wir standen einige Sekunden regungslos auf jener Wendeltreppe und versuchten, uns wieder zu beruhigen.

Es herrschte jetzt absolute Stille. Ich lehnte mich an die Steinmauer und spürte die Kälte durch meinen Morgenrock und mein Nachthemd dringen.

Dies war doch absurd, überlegte ich. Was machte ich eigentlich hier mitten in der Nacht in den Kellerverliesen? Angenommen, der Graf würde uns entdecken? Wie töricht würde er mich finden. Am besten ging ich schnurstracks wieder in mein Zimmer und erstattete morgen früh über die Geräusche Bericht. Doch Geneviève dachte dann sicher, ich hätte Angst. Wenn ich jetzt feige war, würde sie das bißchen Respekt vor mir verlieren, das mir in ihren Augen eine gewisse Autorität verlieh; wenn ich ihr aber helfen wollte, mußte ich mir diese Autorität bewahren. Ich raffte also meine Röcke noch etwas höher und stieg weiter die Stufen hinab. Unten angekommen, stieß ich die schwere eisenbeschlagene Tür zu den Kerkern auf.

»Das Geräusch kommt von hier«, flüsterte ich.

»O Miß, ich kann da nicht hineingehen!«

»Es sind doch nur alte Gefängnisse.«

Sie zerrte an meinem Arm. »Lassen Sie uns zurückgehen, Miß.«

Ich hob die Kerze hoch und sah die feuchten, von Schwamm bedeckten Mauern und einige der Nischen mit den dicken Ketten, mit denen die Gefangenen der de la Talles angekettet gewesen waren.

»Ist da jemand?« rief ich, und meine Stimme hallte unheimlich.

Geneviève preßte sich eng an mich. Ich fühlte, wie sie zitterte.

»Hier ist niemand, Geneviève«, beruhigte ich sie, und sie war nur allzu bereit, das zuzugeben.

»Gehen wir, Miß.«

»Wir werden mal am Tag zurückkommen und noch mal nachschauen.«

»O ja — ja.«

Ich wollte mich umdrehen, doch in jenen Sekunden empfand ich eine grauenhafte Faszination. Es wäre mir ein leichtes gewesen, zu glauben, daß jemand dort vor uns in der Dunkelheit lauerte, jemand mich beobachtete, mich tiefer hineinlocken wollte, tiefer hinein in die Finsternis und ins Verderben.

»Miß, kommen Sie.«

Als Geneviève vor mir die Stufen hinaufhastete, waren meine Füße wie aus Blei. Ich konnte sie kaum hochheben. Fast glaubte ich, Schritte hinter mir zu hören. Es war, als griffen eisige Hände nach mir. Natürlich war alles nur Einbildung.

Der Aufstieg konnte nicht mehr als etwa eine Minute gedauert haben, doch schien mir diese Minute mindestens zehnmal so lang. Atemlos stand ich schließlich oben, vor dem Gewölbe, in dem die Falltür war.

»Kommen Sie, Miß«, bettelte Geneviève mit klappernden Zähnen. »Ich friere. Kann ich heute nacht bei Ihnen bleiben?«

»Aber natürlich.«

»Ich — ich könnte Nounou aufwecken, wenn ich in mein Zimmer zurückginge«, redete sie sich heraus.

Ich lag noch lange wach und erlebte jeden Augenblick unseres nächtlichen Abenteuers im Geist noch einmal. Wovor hatte ich mich eigentlich in den Kerkern so gefürchtet? Vor Geistern und Gespenstern aus der Vergangenheit?

Als ich schließlich einschlief, verfolgte mich jenes Klopfen weiter in meinem Traum. Ich träumte von einer jungen Frau, die in ihrem Grab keine Ruhe fand, weil sie eines gewaltsamen Todes gestorben war. Sie wollte deshalb zurückkommen, um mir genau zu erklären, wie sie gestorben war.

Ich fuhr im Bett hoch. Es war das Mädchen mit dem Frühstück. Geneviève mußte schon vor mir aufgewacht sein, denn sie war nicht mehr da.

Am folgenden Nachmittag ging ich allein noch einmal in die Kerker hinunter. Ich hatte eigentlich Geneviève bitten wollen, mich zu begleiten, doch war sie nirgends zu finden gewesen. Doch da ich mich ein wenig über meine entsetzliche Angst in der vorhergehenden Nacht schämte, wollte ich mir beweisen, daß da unten nun wirklich nichts war, wovor man sich zu fürchten brauchte.

Es war ein schöner sonniger Tag. Wie anders sah alles im Sonnenschein aus. Sogar auf der alten Treppe war es jetzt mit dem Licht, das durch einen der langen schmalen Schlitze in der Mauer drang, nicht völlig dunkel. Nachdem ich eine Weile blinzelnd dagestanden hatte, gewöhnten sich meine Augen an die Dunkelheit. Ich konnte die Umrisse der grausigen kleinen Nischen erkennen. Als ich einige Schritte in das finstere Gewölbe tat, schlug die schwere Tür hinter mir zu. Ich schrie auf. Ein dunkler Schatten ragte hinter mir auf, und eine Hand ergriff meinen Arm.

»Mademoiselle Lawson!«

Es war der Graf.

»Ich . . . Sie haben mich erschreckt.«

»Ja, das war dumm von mir. Wie dunkel es hier ist, wenn die Tür zu ist.«

Ich war mir seiner Nähe sehr bewußt.

»Ich hätte wissen sollen, daß Sie es sind. Das Château interessiert Sie doch so. Und ein gruseliger Ort wie dieser ist besonders reizvoll.«

Seine Stimme erklang dicht an meinem Ohr: »Was hofften Sie denn hier zu entdecken, Mademoiselle Lawson?«

»Ich weiß es nicht. Geneviève hörte Geräusche, und wir sind heute nacht hergekommen, um nachzusehen. Ich sagte ihr, wir würden bei Tageslicht wiederkommen.«

»Sie kommt also auch?«

»Vielleicht.«

Er lachte. »Geräusche? Was für Geräusche denn?«

»Ein Klopfen. Geneviève hatte mir schon vorher davon erzählt. Sie kam zu mir, weil ich ihr gesagt hatte, wir würden nachsehen.«

»Sie dürfen raten, was es ist«, sagte er. »Klopfkäfer, die sich zu einem Schmaus von dem alten Gemäuer rüsten. Wir haben sie schon mal gehabt.«

»Ach so.«

»Wenn wir die Klopfkäfer hier haben, bedeutet das nichts Gutes.«

Er schnitt eine Grimasse und hob die Schultern.

»Werden Sie nachsehen lassen?«

»Zu gegebener Zeit«, entgegnete er. »Vielleicht nach der Weinlese. Diese kleinen Halunken brauchen sehr lange, um diesen alten Kasten zusammenzuklopfen. Sie sind erst vor zehn Jahren ausgeräuchert worden. Diesmal sollte es daher nicht weiter schwierig sein.«

»Hatten Sie schon selbst diesen Verdacht und kamen daher herunter?« fragte ich.

»Nein«, erwiderte er. »Ich sah Sie die Treppe hinuntergehen und ging hinterher, weil ich dachte, Sie hätten vielleicht eine Entdeckung gemacht.«

»Was für eine Entdeckung?«

»Irgendein unbekanntes Kunstwerk.«

»Hier unten?«

»Man weiß doch nie vorher, wo ein Schatz liegt, oder?«

»Nein, vermutlich nicht.«

»Vorläufig werden wir noch nichts von den Klopfkäfern sagen. Ich will nicht, daß Gautier es erfährt. Er würde mir nur dauernd in den Ohren liegen. Wir müssen daher bis nach der Weinlese warten.«

»Darf ich Geneviève Ihre Erklärung für dieses Klopfgeräusch erzählen?«

»Ja, erzählen Sie es ihr und sagen Sie ihr, sie soll beruhigt schlafen und sich nicht darum kümmern.«

Ich erzählte es Geneviève, als wir am nächsten Tag zusammen ausritten.

»Käfer?« schrie sie. »Ha! Die sind ja fast so schlimm wie Gespenster!«

»Unsinn«, widersprach ich lachend. »Sie sind greifbar und real und können vernichtet werden.«

»Wenn das aber nicht gelingt, vernichten sie ganze Häuser. Und warum klopfen sie denn so?«

»Sie klopfen mit ihren Köpfen auf Holz, um ihre Weibchen anzulocken.«

Darüber mußte Geneviève lachen, und ich sah, wie erleichtert sie war.

Es war ein wunderschöner Tag. Den ganzen Vormittag hatte es mit kurzen Unterbrechungen geregnet, und das Gras und die Bäume dufteten jetzt herrlich frisch. Die Trauben, von denen etwa neunzig Prozent der Beeren herausgeschnitten worden waren, sahen rund und gesund aus. Nur die besten durften bleiben, und die würden reichlich Platz haben, die Sonnenstrahlen einzufangen.

»Ich wünschte, Sie würden abends mit uns essen, Miß«, sagte Geneviève unvermittelt.

»Das ist nett von dir, aber ich kann nicht uneingeladen kommen, außerdem bin ich völlig zufrieden, ein Tablett in mein Zimmer zu bekommen.«

»Papa unterhielt sich immer mit Ihnen.«

»Ja, natürlich.«

Sie lachte.

»Ich wünschte, *die* wäre nicht hergekommen. Ich mag sie nicht. Ich glaube, sie mag mich auch nicht.«

»Meinst du deine Tante Claude?«

»Sie wissen genau, wen ich meine, und sie ist nicht meine Tante.«

»Es ist einfacher, sie so zu nennen.«

»Weshalb? Sie ist gar nicht viel älter als ich. Sie scheinen zu vergessen, daß ich erwachsen bin. Lassen Sie uns zu den Bastides reiten und sehen, was sie machen.«

Ihr Gesicht, das sich unwillig verzogen hatte, als sie von Claude sprach, glättete sich bei der Aussicht, die Bastides zu besuchen. Da ich immer plötzliche Ausbrüche bei ihr fürchtete, wandte ich erleichtert Bonhomme in Richtung des Bastideschen Hauses.

Unterwegs begegneten wir Claude, die anscheinend aus den Weinbergen kam. Ich sah sie, bevor sie uns erblickte. Ihr Gesicht war gerötet, und sie schien tief in Gedanken versunken zu sein. Ich war von neuem über ihre Schönheit betroffen. Ihr Gesichtsausdruck veränderte sich, als sie uns sah. Sie fragte, wo wir hinritten, und ich sagte ihr, wir wollten die Bastides besuchen.

Als sie weiterritt, meinte Geneviève: »Ich glaube, sie hätte es uns am liebsten verboten. Sie hält sich für die Herrin hier, aber sie ist nur Philippes Frau. Sie benimmt sich, als . . .«

Ihre Augen wurden schmal, und ich dachte: Sie weiß um die Beziehung zwischen dieser Frau und ihrem Vater.

Es war das erstemal, daß ich Schnecken probieren mußte, und Yves und Margot lachten mich wegen meines Ekels davor aus. Sie schmeckten gewiß köstlich, doch konnte ich sie nicht mit der gleichen Begeisterung essen wie die übrige Gesellschaft.

Jean-Pierre kam, als die Mahlzeit in vollem Gange war. Ich hatte ihn in letzter Zeit seltener gesehen, da er so viel in den Weinbergen zu tun hatte. Er begrüßte mich in seiner üblichen galanten Art, und ich bemerkte leicht beunruhigt die Veränderung an Geneviève, als er hereinkam. Sie hing fast an seinen Lippen.

»Kommen Sie und setzen Sie sich neben mich, Jean-Pierre«, rief sie.

Er zog sich ohne zu zögern einen Stuhl an den Tisch und zwängte sich zwischen sie und Margot.

Geneviève sagte: »Wir haben Käfer im Château. Ich hätte ja nichts dagegen, wenn es Schnecken wären. Kommen Schnecken manchmal in Häuser? Klopfen sie manchmal auch mit ihren Schneckenhäusern?«

Sie machte einen verzweifelten Versuch, Jean-Pierres Aufmerksamkeit zu fesseln.

»Käfer?« fragte er.

»Ja, sie klopfen. Miß und ich gingen nachts hinunter, um nachzusehen. Ich hatte Angst, aber Miß nicht. Sie haben vor nichts Angst, nicht wahr, Miß?«

»Bestimmt nicht vor Käfern«, entgegnete ich.

»Aber wir wußten nicht, daß es Käfer waren, bis Papa es Ihnen sagte.«

»Käfer«, wiederholte Jean-Pierre. »Etwa Klopfkäfer? Das wird Monsieur le Comte in Panik versetzen, möchte ich wetten.«

»Ich habe ihn bisher noch nie in Panik gesehen«, widersprach ich, »und er ist es ganz gewiß nicht wegen der Käfer.«

»O Miß!« rief Geneviève. »War es nicht fürchterlich in den Kerkern? Und wir hatten nur die eine Kerze. Ich war überzeugt, es war jemand da, der uns beobachtete. Ich spürte es, ich spürte es ganz deutlich.«

Die Kinder hörten mit runden Augen zu.

»Ich hörte etwas«, fuhr Geneviève fort. »Ich wußte, es war ein Gespenst da unten. Einer von den Gefangenen, dessen Seele keine Ruhe findet . . .«

Ihre Erregung steigerte sich zu Hysterie. Ich suchte Jean-Pierres Blick, und er nickte.

»So«, rief er, »wer tanzt jetzt mit mir den Schneckenmarsch? Es ist nur recht und billig, daß wir jetzt ihnen zu Ehren tanzen, nachdem wir sie verschmaust haben. Kommen Sie, Mademoiselle Geneviève. Wir werden den Tanz eröffnen.«

Begeistert sprang sie mit geröteten Wangen und glänzenden Augen auf, reichte Jean-Pierre die Hand und tanzte mit ihm durchs Zimmer.

Wir gingen um ungefähr vier Uhr. Als wir ins Schloß kamen, eilte eines der Mädchen auf mich zu und sagte, Madame de la Talle wünschte, mich sobald wie möglich in ihrem Boudoir zu sprechen.

Ich zog mich erst gar nicht um, sondern ging gleich im Reitanzug zu ihr, klopfte an ihre Schlafzimmertür und hörte ihre Stimme ziemlich undeutlich »Herein!« rufen. In dem Raum mit dem Himmelbett mit pfauenblauen Seidenvorhängen war jedoch keine Spur von ihr zu entdecken. Dann bemerkte ich eine offenstehende Tür und hörte sie rufen: »Hier herein, Mademoiselle Lawson.«

Ihr Boudoir war ungefähr halb so groß wie ihr Schlafzimmer. Es enthielt einen großen Spiegel, eine Sitzbadewanne, einen Frisiertisch, Stühle und ein Sofa und war von einem umwerfenden Parfümduft erfüllt. Sie selbst ruhte in einem blaßblauen Seidengewand auf dem Sofa; ihr blondes Haar fiel offen auf die Schultern herab. Sie betrachtete ihren bloßen Fuß, der unter dem blauen Gewand hervorschaute.

»Oh, Mademoiselle Lawson! Sie waren bei den Bastides?«

»Ja.«

»Selbstverständlich haben wir nichts gegen Ihre Freundschaft mit den Bastides.«

Ich machte ein erstauntes Gesicht, und sie fügte mit einem Lächeln hinzu: »Ganz gewiß nicht. Die machen unseren Wein — Sie reinigen unsere Bilder.«

»Ich erkenne nicht ganz den Zusammenhang.«

»Das werden Sie bestimmt, Mademoiselle Lawson, wenn Sie darüber nachdenken. Aber es geht um Geneviève. Ich bin überzeugt, Monsieur le Comte würde nicht wollen, daß sie eine so — intime Freundschaft mit — seinen Angestellten unterhält.«

Ich wollte widersprechen, doch sie redete schnell weiter.

»Vielleicht beschützen wir unsere jungen Mädchen hier mehr als Sie in England. Wir finden es unklug, sie zu ungezwungen mit Leuten verkehren zu lassen, die nicht zu denselben Kreisen gehören. Es könnte unter gewissen Umständen zu — Komplikationen führen. Sie verstehen bestimmt, was ich meine.«

»Wollen Sie damit sagen, ich soll Genevièves Besuche bei den Bastides verhindern?«

»Sie finden also auch, daß es unklug ist?«

»Ich finde, Sie räumen mir mehr Einfluß ein, als ich habe. Ich kann ihr nur sagen, sie möchte zu Ihnen kommen, damit Sie ihr Ihre Wünsche mitteilen können.«

»Aber Sie begleiten sie zu diesen Leuten. Es ist Ihr Einfluß, der . . .«

»Ich bin überzeugt, ich könnte Geneviève nicht daran hindern. Ich werde ihr sagen, daß Sie sie sprechen möchten.«

Und damit verließ ich sie.

Ich lag schon im Bett, schlief aber noch nicht, als ich schrille Schreie der Angst und Wut hörte. Während ich noch vor meiner Tür stand und zögerte, was ich tun sollte, kam eines der Mädchen vorbeigerannt.

»Was ist los?« fragte ich.

»Schnecken in Madames Bett.«

Ich ging wieder in mein Zimmer und setzte mich nachdenklich hin. Das also war Genevièves Antwort. Sie hatte den Tadel gefügig hingenommen und sofort ihre Rachepläne geschmiedet.

Ich ging zu ihrem Zimmer und klopfte leise an die Tür. Es erfolgte keine Antwort, also ging ich hinein. Sie lag auf dem Rücken und tat, als schliefe sie.

»Zwecklos«, sagte ich.

Sie machte ein Auge auf und sah mich dann lachend an.

»Haben Sie das Geschrei gehört, Miß?«

»Es war nicht zu überhören.«

»Stellen Sie sich ihr Gesicht vor!«

»Es ist wirklich nicht sehr komisch, Geneviève.«

»Sie Ärmste! Mir tun immer Menschen ohne Sinn für Humor leid.«

»Und mir tun Menschen leid, die andern sinnlose Streiche spielen, unter denen nur sie selbst zu leiden haben. Was, meinst du, wird das Ergebnis von dieser Geschichte sein?«

»Sie wird lernen, sich um ihre eigenen Angelegenheiten zu kümmern.«

»Es kann auch anders, als du denkst, ausgehen.«

»Ach, hören Sie auf! Sie sind genauso übel wie sie! Sie versucht mich davon abzuhalten, Jean-Pierre und die andern Bastides zu besuchen. Das wird ihr aber nicht gelingen, das kann ich Ihnen sagen.«

»Wenn aber nun dein Vater es dir verbietet . . .«

Sie schob die Unterlippe vor. »Niemand wird mir verbieten, Jean-Pierre zu besuchen.«

»Du glaubst doch nicht, daß sie dir dies so ohne weiteres durchgehen läßt?«

»Sie kann von mir aus tun, was sie will. Ich tue jedenfalls, was ich will.«

Ich sah, daß es keinen Sinn hatte, und ging hinaus. Doch war ich recht beunruhigt; nicht nur über ihr törichtes Betragen, sondern vielmehr über ihr zunehmend wachsendes Interesse für Jean-Pierre.

Ich war in der Galerie, als Claude am nächsten Morgen bei mir erschien. Sie trug ein dunkelblaues Reitkleid und eine blaue Melone. Ich wußte, sie war sehr böse und versuchte, es zu verbergen.

»Es kam gestern abend zu einer schändlichen Szene«, begann sie. »Vielleicht haben Sie es gehört.«

»Ja, ich hörte etwas.«

»Genevièves Benehmen ist einfach beklagenswert. Allerdings ist es nicht erstaunlich, wenn man bedenkt, mit was für Leuten sie verkehrt.«

Ich zog die Brauen hoch.

»Und ich finde, daß Sie, Mademoiselle Lawson, in gewisser Weise daran schuld sind. Sie werden zugeben, daß Geneviève sich erst seit Sie hier sind so mit den Weinbauern angefreundet hat.«

»Diese Freundschaft hat nichts mit ihrem Benehmen zu tun. Das war schon beklagenswert, als ich ankam.«

»Ich bin überzeugt, daß Ihr Einfluß kein guter ist, Mademoiselle Lawson. Aus diesem Grund fordere ich Sie auf, uns zu verlassen.«

»Zu verlassen?«

»Ja. Ich werde dafür sorgen, daß Sie ausgezahlt bekommen, worauf Sie Anspruch haben, und mein Mann wird Ihnen vielleicht helfen, eine neue Arbeit zu finden. Aber ich will keinerlei Diskussion. Ich möchte, daß Sie das Château innerhalb von zwei Stunden verlassen haben.«

»Aber das ist doch absurd. Ich bin mit meiner Arbeit noch nicht fertig.«

»Wir werden jemand anders finden.«

»Sie verstehen nicht. Ich habe meine eigenen Methoden. Ich kann dieses Bild nicht so lassen . . .«

»Hier habe ich zu sagen, Mademoiselle Lawson, und ich fordere Sie hiermit auf, abzureisen.«

Wie selbstsicher sie war! Hatte sie Grund dazu? Hatte sie einen so großen Einfluß auf ihn? Brauchte sie ihn nur um etwas zu bitten, um es von ihm erfüllt zu bekommen? Sie war offenbar dieser Ansicht. Sie war fest überzeugt, daß der Graf ihr nichts abschlagen würde.

»Ich bin aber vom Grafen angestellt«, erinnerte ich sie.

Ihr Mund verzog sich wütend. »Na, schön. Dann werden Sie Ihre Entlassung eben von ihm bekommen.«

Ich fühlte Furcht in mir aufsteigen. Es mußte einen stichhaltigen Grund dafür geben, daß sie ihrer Sache so sicher war. Ich versuchte, meine Befürchtungen zu verbergen, als ich ihr in die Bibliothek folgte.

Sie riß die Tür auf und rief: »Lothair!«

»Ja, mein Liebes?«

Er war aus seinem Sessel aufgestanden und kam auf uns zu. Als er mich erblickte, war er verblüfft. Dann neigte er grüßend den Kopf.

»Lothair«, begann sie, »ich habe Mademoiselle Lawson gesagt, sie könnte nicht länger hierbleiben. Sie weigert sich, die Entlassung von mir anzunehmen, und ich habe sie deshalb hergebracht, damit du es ihr sagst.«

»Ihr sagst?« wiederholte er verständnislos und blickte zwischen ihrem wütenden Gesicht und meinem zornigen hin und her.

»Geneviève hat gestern abend Schnecken in mein Bett getan. Es war einfach gräßlich.«

»Großer Gott!« murmelte er leise. »Was für Vergnügen findet sie nur an diesen törichten Streichen?«

»Sie findet sie höchst amüsant. Ihr Benehmen ist wirklich entsetzlich. Aber was kann man schon anderes erwarten. Wußtest du zum Beispiel, daß ihre besten Freunde die Bastides sind?«

»Nein.«

»Nun, ich versichere dir, es ist so. Sie ist dauernd bei ihnen. Sie hat mir gesagt, sie legte nicht den geringsten Wert auf irgendeinen von uns hier. Wir wären längst nicht so nett, so amüsant, so gescheit wie ihr lieber Freund Jean-Pierre Bastide. Die Bastides! Du weißt ja, was sie sind.«

»Die besten Weinbauern in der ganzen Gegend«, erwiderte der Graf.

»Das Mädchen rettete sich vor kurzem Hals über Kopf in eine Mußheirat.«

»Eine derartige Rettung ist keine solche Seltenheit in unserer Gegend, Claude.«

»Und dieser wundervolle Jean-Pierre! Er ist ein ziemlich flotter Bursche, wie ich gehört habe. Wirst du zulassen, daß deine Tochter sich wie ein Dorfmädchen aufführt?«

»Du regst dich zu sehr auf, Claude. Ich werde selbstverständlich nicht zulassen, daß Geneviève irgend etwas Unpassendes tut. Aber was hat Mademoiselle Lawson hiermit zu tun?«

»Sie hat diese Freundschaft unterstützt. Sie begleitet Geneviève immer zu den Bastides. Und deshalb muß sie gehen.«

»Gehen?« fragte der Graf. »Aber sie ist doch noch gar nicht mit den Bildern fertig. Außerdem hat sie mir von Wandmalereien erzählt.«

Claude trat dicht auf ihn zu. »Lothair, bitte, hör auf mich. Ich denke an Geneviève!«

Er sah über sie hinweg zu mir. »Sie sagen ja gar nichts, Mademoiselle Lawson.«

»Ich würde es bedauern, die Bilder in unfertigem Zustand zu verlassen.«

»Das ist ganz undenkbar.«

»Du meinst — du bist auf ihrer Seite?« herrschte Claude ihn an.

»Ich meine, daß ich nicht einsehe, was für einen Nutzen Mademoiselle Lawsons Fortgehen für Geneviève haben könnte, dagegen sehe ich sehr genau, was für einen Schaden es für meine Bilder bedeuten würde.«

Sie trat einen Schritt zurück. Einen Augenblick dachte ich, sie würde ihn ohrfeigen; statt dessen drehte sie sich um und rauschte hinaus.

»Sie ist sehr böse auf Sie«, sagte ich.

»Auf mich? Ich dachte, auf Sie.«

»Auf uns beide.«

»Geneviève hat sich also wieder schlecht aufgeführt.«

»Ich fürchte, ja. Sie tat es, weil man ihr verbot, zu den Bastides zu gehen.«

»Und Sie haben sie dorthin mitgenommen?«

»Ja.«

»Hielten Sie es für gut?«

»Ja, zu einem gewissen Zeitpunkt hielt ich es für gut. Sie entbehrt die Gesellschaft junger Menschen. Ein Mädchen ihres Alters sollte Spielgefährten haben. Weil sie keine hatte, war sie so unberechenbar, bekam sie diese Launen und Ausbrüche und spielte diese Streiche.«

»Und es war Ihre Idee, ihr zu dieser Gesellschaft zu verhelfen?«

»Ja. Ich habe sie sehr glücklich bei den Bastides gesehen.«

»Und waren Sie das auch?«

»Ja, mir hat das Zusammensein mit diesen Leuten viel Freude gemacht.«

»Jean-Pierre hat den Ruf, sehr — galant zu sein.«

»Galanterie ist in diesem Teil Ihres Landes ebenso verbreitet wie der Wein.«

Ich mußte einfach herausfinden, welcher Art seine Gefühle für mich waren — wie sie im Vergleich mit denen abschnitten, die er für Claude empfand. Ich sagte daher: »Doch vielleicht ist es tatsächlich gut, wenn ich gehe. Ich könnte — sagen wir mal, in zwei Wochen gehen. Das würde Madame de la Talle zufriedenstellen, da Geneviève kaum allein zu den Bastides hinüberreiten würde . . .«

»Man kann sein Leben nicht nur nach Ordnungsprinzipien leben, Mademoiselle Lawson.«

Ich lachte, und er stimmte in mein Lachen ein.

»Also bitte«, sagte er dann, »kein Wort mehr davon, daß Sie uns verlassen.«

»Aber Madame de la Talle . . .«

»Überlassen Sie das mir.«

Er sah mich an, und für die Dauer eines himmlischen Augenblicks war es, als glitte die Maske von seinem Gesicht, als wollte er mir sagen, daß er den Gedanken, mich zu verlieren, ebensowenig ertragen konnte wie ich die Vorstellung, fortzugehen.

Als ich Geneviève wiedersah, fiel mir ihr finster zusammengepreßter Mund auf. Sie eröffnete mir dann auch gleich, sie würde alle hassen, die ganze Welt, vor allem aber diese Frau, die sich Tante Claude nennen würde.

»Sie hat mir verboten, noch einmal zu den Bastides zu gehen, Miß. Und diesmal war Papa bei ihr. Er sagte, ich dürfte nicht ohne Erlaubnis dorthin gehen. Das bedeutet, nie, denn er wird sie mir nie geben.«

»Vielleicht doch. Wenn . . .«

»Nein. Sie hat ihm gesagt, daß er es nicht tun soll, und er tut, was sie ihm sagt.«

»Ich bin überzeugt, er tut es nicht immer.«

»Sie haben ja keine Ahnung, Miß. Manchmal finde ich, Sie haben von nichts sonderlich viel Ahnung, außer, wie man Englisch spricht und was eine Gouvernante ist.«

»Gouvernanten müssen aber eine ganze Menge wissen, bevor sie Kinder unterrichten können.«

»Versuchen Sie nicht, das Thema zu wechseln, Miß. Ich hasse alle, jeden in diesem Haus, sage ich Ihnen. Eines Tages werde ich weglaufen.«

Einige Tage danach traf ich Jean-Pierre. Ich war allein ausgeritten, da Geneviève mir seit ihrem letzten Ausbruch aus dem Weg gegangen war. Er kam hocherfreut auf mich zu, wie er überhaupt immer strahlte, wenn er mich sah.

»Schauen Sie sich diese Trauben an!« rief er. »Haben Sie schon jemals so schöne gesehen? Wir bekommen dieses Jahr einen Wein, der mit vollem Recht das Schloßetikett verdient. Ich kann mich nur an ein einziges Jahr erinnern, wo sie genausogut waren.« Und dann veränderte sich plötzlich sein Gesichtsausdruck. »Aber zur Weinlese bin ich vielleicht gar nicht mehr hier.«

»Was?«

»Bis jetzt nur Gerüchte. Monsieur le Comte sucht einen guten Mann für den Mermoz-Weinberg, und ich bin ein sehr guter Mann, wie man mir sagt.«

»Von Gaillard fort? Aber wie könnten Sie das?«

»Einfach, indem ich nach Mermoz gehe.«

»Das ist doch nicht möglich!«

»Bei Gott und dem Grafen ist alles möglich.« Unvermittelt überkam ihn leidenschaftliche Wut. »Sehen Sie denn nicht, Dallas, daß wir dem Grafen als Menschen völlig unwichtig sind? Wir sind für ihn Schachfiguren. Er will mich nicht hier haben, sollen wir sagen, er ... Kurz und gut, ich werde auf ein anderes Feld des Schachbretts gesetzt, denn hier bilde ich eine Gefahr — für Monsieur le Comte.«

»Eine Gefahr? Wie könnten Sie eine Gefahr für ihn bilden?«

»Sie wollen sagen, wie könnte ein bescheidener Bauer dem König drohen, ihm Schach zu bieten? Das ist ja das Heimtückische dieses Spiels. Wir ahnen nicht mal, wie wir den Seelenfrieden des hohen Herrn stören oder gefährden, doch wenn wir es auch nur für einen Augenblick tun, werden wir entfernt. Begreifen Sie jetzt?«

»Er war aber sehr gütig zu Gabrielle. Er richtete alles für sie und Jacques mit St.-Vallient ein.«

»O ja, sehr gütig«, murmelte Jean-Pierre.

»Und weshalb sollte er Sie aus dem Weg haben wollen?«

»Dafür könnte es mehrere Gründe geben. Vielleicht, weil Sie und Geneviève uns oft besuchten.«

»Madame de la Talle wollte mich deshalb entlassen. Sie bat sogar den Grafen darum.«

»Und er wollte nichts davon hören?«

»Er will seine Bilder restauriert haben.«

»Glauben Sie, das ist alles? Seien Sie vorsichtig, Dallas. Er ist ein gefährlicher Mann.«

»Wie meinen Sie das?«

»Gefahr fasziniert Frauen, wie man mir sagte. Seine Frau, die Arme, war schrecklich unglücklich. Sie war unerwünscht, also starb sie.«

»Was wollen Sie damit sagen, Jean-Pierre?«

»Daß Sie auf der Hut sein sollten, sehr auf der Hut sein sollten.« Er beugte sich zu mir herüber, ergriff meine Hand und küßte sie: »Es ist wichtig für mich, Dallas.«

10

Die Atmosphäre im Schloß war drückend geworden. Geneviève blieb weiter trotzig und verstockt. Claude war wütend, weil sie sich gedemütigt fühlte und der Graf sich nicht ihren Wünschen gebeugt hatte. Sie sah eine tiefere Bedeutung darin, daß er sich vor mich gestellt hatte — und das tat auch ich.

Philippe war unsicher. Beinahe verstohlen kam er zu mir in die Galerie, als wollte er nicht bei mir gesehen werden. Er schien also nicht nur vor dem Grafen, sondern auch vor seiner Frau Angst zu haben.

»Wie ich höre, hatten Sie einen kleinen Disput mit — meiner Frau. Das tut mir sehr leid. Es ist keineswegs so, als wollte ich, daß Sie gehen, Mademoiselle Lawson. Aber in diesem Haus . . .«

»Ich finde, ich sollte die Arbeit zu Ende führen, die ich angefangen habe.«

»Und werden Sie — bald . . .«

»Nun, es gibt noch eine ganze Menge zu tun.«

»Wenn Sie fertig sind, können Sie sich auf meine Hilfe verlassen. Wenn Sie sich jedoch entschließen sollten, schon vorher zu gehen, könnte ich Ihnen höchstwahrscheinlich eine ähnlich interessante Arbeit vermitteln.«

»Ich werde daran denken.«

Er ging ziemlich betrübt hinaus, und ich dachte: er ist ein Mensch, der nur den Frieden will. Er hat kein Rückgrat. Vielleicht ist er deshalb hier. Merkwürdigerweise bestand jedoch eine Ähnlichkeit zwischen ihm und dem Grafen. Doch Philippe mußte immer im Schatten seiner reichen und mächtigen Verwandten gelebt haben. Vielleicht hatte ihn das zu dem gemacht, was er war. Nun, vielleicht sollte ich tatsächlich gehen, sobald das Bild fertig war, an dem ich gerade arbeitete. Je länger ich blieb, desto komplizierter wurde die Situation.

Ich reise ab, gelobte ich mir, begann aber nach der Wandmalerei zu suchen, die ich unter der Kalktünche vermutete. Ganz besonders interessiert mich ein kleiner Raum neben der Galerie. Er lag nach Norden, und aus dem Fenster blickte man über die sanften Hänge der Weinberge in Richtung Paris.

Ich dachte wieder daran, wie aufgeregt mein Vater damals gewesen war, als er jene Wand entdeckte. Er hatte mir gesagt, daß sich in vielen englischen Herrenhäusern Wandmalereien unter der Kalktünche befänden. Das Entfernen der Kalktünche war eine höchst delikate Prozedur. Ich hatte meinem Vater dabei zugesehen und sogar geholfen.

Vielleicht war es ein besonderer Instinkt, denn vom ersten Augenblick an, als ich diese Wand sah, hätte ich schwören können, daß sich etwas unter der Kalktünche verbarg.

Ich machte mich mit einem Palettenmesser an die Arbeit, konnte jedoch die obere Schicht nicht ablösen. Nach anderthalb Stunden gab ich für diesmal auf.

Am folgenden Tag war mir jedoch Glück beschieden. Es gelang mir, ein winziges Stückchen Tünche abzusplittern, nicht mehr als zwei Millimeter groß; aber ich war jetzt fest überzeugt, daß sich darunter ein Fresko befand.

Ich arbeitete an der Wand, als Geneviève in die Galerie kam.

»Miß!« rief sie. »Wo sind Sie, Miß?«

»Hier«, antwortete ich.

Ich sah sofort, daß sie in heftiger Erregung war.

»Eine Nachricht von Carrefour, Miß. Es geht meinem Großvater schlechter. Er fragt nach mir. Bitte, kommen Sie mit.«

»Dein Vater . . .«

»Er ist ausgeritten — mit ihr. Bitte, kommen Sie mit, Miß, sonst muß ich mit dem Stallburschen reiten.«

Ich stand auf und sagte, ich würde mich schnell umziehen und in zehn Minuten unten im Pferdestall sein.

»Aber machen Sie nicht länger«, bat sie.

Schweigend ritten wir nach Carrefour hinüber. Ich wußte, sie fürchtete diese Besuche, wenn sie auch gleichzeitig fasziniert wurde von der Atmosphäre. Als wir ankamen, wartete Madame Labisse schon in der Halle auf uns.

»Ah, Mademoiselle! Ich bin ja so froh, daß Sie gekommen sind.«

»Geht es ihm sehr schlecht?« fragte ich.

»Ein zweiter Schlaganfall. Maurice fand ihn heute morgen, als er das Frühstück hereinbrachte. Der Doktor war schon da, und ich schickte dann nach Mademoiselle Geneviève.«

»Glauben Sie, er — stirbt?« fragte Geneviève mit ausdrucksloser Stimme.

»Das wissen wir nicht, Mademoiselle Geneviève. Er lebt noch, ist aber sehr krank.«

»Können wir zu ihm?«

»Ja. Kommen Sie, bitte.«

»Sie kommen mit!« befahl Geneviève.

Wir gingen in den Raum, den ich schon einmal gesehen hatte. Der alte Mann lag auf der Strohpritsche. Madame Labisse hatte versucht, es etwas wohnlicher zu machen; sie hatte ihn mit einer Bettdecke zugedeckt und einen kleinen Tisch und Stühle hereingestellt. Auf dem Fußboden lag sogar ein kleiner Läufer.

Er lag in die Kissen zurückgelehnt — ein erbarmungswürdiger Anblick mit den eingesunkenen Augen und der wächsernen Haut, die zu beiden Seiten der langen Nase schlaff herunterhing. Wie ein Raubvogel sah er aus.

»Mademoiselle Geneviève ist da, Monsieur«, flüsterte Madame Labisse.

Ein Zucken ging über das Gesicht, woraus ich erriet, daß er sie erkannte. Seine Lippen bewegten sich. Er konnte nur undeutlich und abgerissen lallen.

»Meine Enkelin . . .«

»Ja, Großvater, ich bin hier.«

Er nickte, und seine Augen richteten sich auf mich. Mir schien, er konnte mit dem linken nichts mehr sehen.

»Komm näher«, sagte er.

Geneviève rückte dicht an sein Bett, doch er sah mich an.

»Er meint Sie, Miß«, wisperte Geneviève. Wir wechselten also die Stühle, was ihn zu befriedigen schien.

»Françoise«, stammelte er, und ich begriff, daß er mich für Genevièves Mutter hielt.

»Es ist alles in Ordnung. Bitte, mach dir keine Sorgen«, beruhigte ich ihn.

»Geh nicht!« murmelte er. »Vorsichtig! Paß auf!«

»Ja, bestimmt«, sagte ich besänftigend.

»Hättest nie heiraten sollen — diesen Mann. Wußte, es war — falsch . . .«

»Es ist alles gut«, versicherte ich, doch sein Gesicht verzerrte sich.

»Du mußt — er muß . . .«

»O Miß!« jammerte Geneviève. »Ich kann es nicht aushalten. Ich komme gleich wieder. Er weiß nicht, daß ich hier bin. Muß ich bleiben?«

Ich schüttelte den Kopf. Sie schlüpfte hinaus und ließ mich in diesem unheimlichen Raum mit einem Sterbenden allein. Ich fühlte, daß er ihr Hinausgehen bemerkt hatte und erleichtert war.

Er schien eine ungeheure Anstrengung zu machen, um mir etwas zu sagen.

»Françoise — halt dich von ihm fern! Laß ihn nicht . . .«

Ich versuchte mit allen Kräften, ihn zu verstehen, denn er redete über den Grafen, und ich fühlte, ich konnte in diesem Raum das Geheimnis über Françoises Tod erfahren.

»Warum?« fragte ich. »Warum soll ich mich von ihm fernhalten?«

»Solche Sünde! Solche Sünde!« stöhnte er.

»Mach dir keine Sorgen«, tröstete ich ihn.

»Komm wieder zurück! Da lauert nur Unheil und Verderben — auf dich.«

Die Anstrengung dieser langen Rede schien ihn restlos erschöpft zu haben; völlig ermattet schloß er die Augen. Ich fürchtete mich und war schrecklich enttäuscht. Plötzlich öffnete er jedoch wieder die Augen.

»Du bist so schön, Honorine. Unser Kind — was wird aus ihr werden? Oh, die Sünde, die Sünde!«

Ich dachte, er stürbe, und lief schnell zur Tür, um Maurice zu holen.

»Es kann nicht mehr lange dauern«, meinte dieser.

Madame Labisse sah mich an und meinte: »Aber Mademoiselle Geneviève sollte bei ihm sein.«

»Ich werde sie holen«, erklärte ich, froh, dem Sterbezimmer zu entrinnen.

Als ich den Korridor entlangging, empfand ich deutlich: der Tod war im Anzug. Es war so düster im Haus, als hätte man alles Licht ausgesperrt; es war ein Haus, in dem es als Sünde galt zu lachen und glücklich zu sein. Wie hatte die arme Françoise nur in einem solchen Haus glücklich sein können? Wie froh mußte sie gewesen sein, ins Schloß zu entkommen!

Ich langte am Fuß der Treppe an, blieb stehen, sah hinauf und rief: »Geneviève!«

Keine Antwort. Neben mir war ein Fenster mit halb zugezogenen schweren Vorhängen. Ich ging hin und schaute in den zugewachsenen Garten. Dann versuchte ich, das Fenster aufzumachen, was mir jedoch nicht gelang. Es mußte Jahre her sein, daß jemand es zuletzt geöffnet hatte.

Ich rief wieder nach Geneviève, erhielt aber keine Antwort und ging daher die Treppe hinauf.

Ob sich Geneviève in einem dieser Zimmer versteckte, um nicht wieder in das Sterbezimmer zu müssen? Es war typisch für sie, vor dem wegzulaufen, was ihr unerträglich war. Ich mußte ihr klarmachen, daß es besser war, einer Sache, vor der sie Angst hatte, ins Gesicht zu sehen.

»Geneviève! Wo bist du?«

Ich machte eine Tür auf, blickte in ein dunkles Schlafzimmer, schloß die Tür wieder und öffnete eine andere. Dieser Teil des Hauses mußte seit Jahren nicht benutzt worden sein.

Dann entdeckte ich eine zweite Treppe, von der ich annahm, daß sie zu den Kinderzimmern führte. Und ich dachte, ungeachtet dessen, was sich in dem kleinen Raum ganz unten abspielte, an Françoises Kindheit, über die ich in ihren Tagebüchern gelesen hatte.

»Geneviève«, rief ich jetzt lauter. »Bist du hier oben?«

Nur der leise Widerhall meiner Stimme, der mich wie ein gespenstisches Echo zu verspotten schien.

Ich machte die Tür auf. Vor mir lag ein Raum, der trotz seiner hohen Decke nicht sehr groß war. Als einziges standen in ihm eine Strohpritsche, ein Tisch, ein Stuhl und ein Betstuhl in der einen Ecke; an der Wand hing ein Kruzifix; alles glich genau dem Raum, in dem jetzt der alte Mann starb. Doch etwas war hier anders. Das einzige Fenster hoch in der Wand war mit Eisenstangen vergittert. Der Raum sah wie eine Gefängniszelle aus, und ich wußte instinktiv, daß er das auch war.

Ich wollte die Tür zumachen und weglaufen, doch meine Neugier war stärker. Ich ging hinein. Was war dies nur für ein Haus? Und wer hatte hier oben gewohnt? Jeden Morgen war jemand in diesem Raum unter einem vergitterten Fenster aufgewacht. Hatte er — oder sie — es so gewollt?

Ich bemerkte ein Gekritzel an der getünchten Wand, trat näher und las: *Honorine, die Gefangene.*

Ich hatte also recht gehabt. Sie war hier gegen ihren Willen eingesperrt gewesen wie jene armen Menschen, die in den Verliesen des Schlosses gedarbt hatten.

In diesem Moment hörte ich schlurfende Schritte auf der Treppe. Ich stand ganz still und wartete. Jemand stand vor der Tür. Ich ging schnell hin und riß sie auf.

Die Frau starrte mich mit weit aufgerissenen Augen an.

»Mademoiselle!« rief sie aus.

»Ich suche Geneviève, Madame Labisse.«

»Ich hörte hier oben etwas und wunderte mich . . . Sie möchten kommen. Das Ende ist sehr nah.«

»Und wo ist Geneviève?«

»Ich glaube, sie hat sich im Garten versteckt.«

»Das ist verständlich«, erklärte ich. »Junge Menschen wollen nicht den Tod miterleben. Ich dachte, ich würde sie vielleicht in den Kinderzimmern finden, die ich hier oben vermutete.«

»Die Kinderzimmer sind ein Stockwerk tiefer.«

»Und dies hier?«

»Dies war das Zimmer von Mademoiselle Genevièves Großmutter.«

Ich blickte zu dem vergitterten Fenster.

»Ich pflegte sie bis zu ihrem Tode«, fügte Madame Labisse
hinzu.

»Sie war krank?«

Madame Labisse nickte abweisend. Sie hatte bisher keine
Geheimnisse verraten, denn sie wurde gut dafür bezahlt, sie für
sich zu behalten.

»Mademoiselle Geneviève ist bestimmt nicht hier oben«,
erklärte sie und ging auf den Flur hinaus.

Mir blieb keine andere Wahl, als ihr zu folgen.

Sie hatte recht gehabt; Geneviève hatte sich im Garten versteckt
und kam erst, als ihr Großvater gestorben war, ins Haus zurück.

Die Familie fuhr zur Beerdigung nach Carrefour, die mit dem
bei solchen Anlässen üblichen Pomp stattfand. Ich blieb im Schloß.
Nounou fuhr ebenfalls nicht mit; sie hätte einen ihrer Migränean-
fälle, sagte sie. Wahrscheinlich hätte die Beerdigung zu viele
schmerzliche Erinnerungen in ihr wachgerufen.

Geneviève fuhr mit ihrem Vater, Philippe und Claude in der
Kutsche hinüber, und ich ging zu Nounou, sobald sie abgefahren
waren.

Wie ich erwartet hatte, fand ich sie keineswegs im Bett vor. Ich
fragte, ob ich ein Weilchen bei ihr bleiben könnte, was sie freudig
bejahte, und so machte ich uns unseren üblichen Kaffee.

Es faszinierte und quälte sie gleichzeitig, über Carrefour und die
Vergangenheit zu sprechen.

»Ich glaube, Geneviève wäre am liebsten nicht mitgefahren«,
bemerkte ich.

Kopfschüttelnd sagte sie: »Ich wünschte, sie hätte es nicht
gemußt.«

»Sie wird jetzt erwachsen — ist kaum mehr ein Kind. Wie finden
Sie sie eigentlich in letzter Zeit? Neigt sie weniger zu ihren Kol-
lern? Ist sie ausgeglichener geworden?«

»Sie war immer ausgeglichen«, log Nounou.

Ich sah sie bekümmert an und wechselte das Thema.

»Als ich letztesmal dort war, sah ich das Zimmer von
Genevièves Großmutter. Wie eine Gefängniszelle. Und sie fand
das auch selbst.«

»Woher wollen Sie das wissen?«

»Sie hat es gesagt.«

Nounous Augen weiteten sich vor Entsetzen. »Sie — sie — hat es
— Ihnen gesagt? Aber wie?«

»Nein, sie ist nicht von den Toten auferstanden, wenn Sie das
meinen. Sie schrieb an die Wand ihres Zimmers, daß sie eine

Gefangene wäre. *Honorine, die Gefangene.* War sie eine Gefangene? Sie müssen es doch wissen, Sie waren doch dort.«

»Sie war krank und mußte deshalb in ihrem Zimmer bleiben.«

»Was für ein sonderbares Zimmer für eine Kranke – ganz oben unter dem Dach. Es muß den Dienstboten viel Arbeit gemacht haben, ihr alles hinaufzubringen.«

»Sie sind sehr praktisch, Miß. Ja, Sie denken an so etwas.«

»Aber weshalb bezeichnete sie sich selbst als Gefangene? Durfte sie nicht nach draußen?«

»Sie war krank.«

»Kranke sind keine Gefangenen. Erzählen Sie es mir, Nounou. Ich fühle, es ist vielleicht wichtig für Geneviève.«

»Wie könnte es das sein? Was wollen Sie damit sagen, Miß?«

»Um alles zu verstehen, muß man alles wissen, heißt es doch. Ich möchte Geneviève helfen. Ich möchte, daß sie glücklich wird. Sie hat eine ungewöhnliche Kindheit gehabt. Sie müssen doch sehen, daß all das ein Kind beeinflussen kann, besonders ein leicht zu beeindruckendes, sensibles, phantasievolles Kind. Ich möchte, daß Sie mir helfen, ihr zu helfen.«

»Ich würde alles nur Menschenmögliche tun, um ihr zu helfen.«

»Dann erzählen Sie mir alles, was Sie wissen, Nounou.«

»Aber ich weiß nichts, gar nichts.«

»Aber Françoise hat doch ihre Tagebücher geschrieben, oder? Sie haben sie mir nicht alle gezeigt.«

»Sie wollte nicht, daß jemand sie liest.«

»Nounou, es sind noch mehr da, nicht wahr?«

Sie seufzte, nahm den Schlüssel von ihrem Bund, ging zum Schrank, wählte ein Tagebuch aus der Reihe aus und gab es mir.

»Nehmen Sie es mit und lesen Sie es«, sagte sie. »Und bringen Sie es mir dann gleich wieder. Versprechen Sie mir, es niemandem zu zeigen und es sofort zurückzubringen?«

Ich versprach es.

Ich konnte mich beim Lesen nicht von der Empfindung befreien, in den Gedanken und Gefühlen einer Toten herumzuspionieren. Was würde er von mir denken, wenn er wüßte, was ich tat? Dieses Tagebuch gab mehr als die anderen die Beziehung Françoise zu ihm preis.

Heute nacht lag ich im Bett und betete, er möge nicht kommen. Einen Augenblick dachte ich, seine Schritte zu hören, aber es war nur Nounou. Sie weiß, was ich empfinde und flattert um mich herum, betet für mich. Ich habe Angst vor ihm; und er weiß es. Er kann nicht verstehen, warum. Andere Frauen mögen ihn so gern; nur ich habe Angst.

Heute besuchte ich Papa. »Was macht dein Mann?« fragte er, und ich wurde rot und stotterte, denn ich weiß, woran er denkt. Und er sagte: »Es gibt da andere Frauen, habe ich gehört.« Ich antwortete nicht. »Der Teufel wird sich schon seiner annehmen, denn Gott wird es nicht tun«, sagte er dann. Alles ist ihm lieber, als daß ich beschmutzt werde.

Ich wünschte, ich wäre wieder ein kleines Mädchen und könnte in meinem Kinderzimmer spielen. Das war die schönste Zeit, bevor Papa mir seinen Schatz in der Truhe zeigte — bevor Mama starb. Ich wünschte, ich wäre gar nicht erwachsen geworden. Aber dann hätte ich natürlich jetzt nicht Geneviève.

Heute nacht wachte ich mit einem entsetzlichen Schreck auf. Ich dachte, Lothair wäre hereingekommen. Ich war nachmittags bei Papa gewesen, deshalb hatte ich vielleicht noch mehr Angst als sonst. Es war aber nur ein Traum. Weshalb sollte er auch kommen? Er weiß, ich hasse es, wenn er kommt. Er versucht nicht mehr, mir das Leben so zu zeigen, wie er es sieht, denn er hat mich nicht lieb. Es war ein grauenvoller Alptraum. Nounou kam herein. Sie hätte wachgelegen und gehorcht, sagte sie.

Heute kam mir plötzlich ein Gedanke. Ich möchte wissen, ob es stimmt. Ich habe Angst, es könnte sein. Ich werde noch niemandem etwas davon sagen, ganz bestimmt nicht Papa. Na, ich werde erst mal abwarten. Vielleicht bilde ich es mir ja nur ein.

Geneviève kam heute morgen später als sonst. Sie hatte verschlafen. Ich hatte schon große Angst. Als sie hereinkam, rannte sie einfach auf mich zu. Sie schluchzte, als wir uns umarmten, und ich konnte sie gar nicht beruhigen. Ich würde es ihr so gern sagen, aber noch nicht — o nein, noch nicht!

Damit endete das Tagebuch, und ich hatte nicht gefunden, was ich suchte.

»Nounou«, sagte ich, »was war das für ein Geheimnis? Wovor hatte sie denn solche Angst?«

»Ich habe Migräne«, erklärte sie. »Sie haben ja keine Ahnung, wie diese Anfälle mir zusetzen.«

»Das tut mir leid, Nounou. Kann ich etwas für Sie tun?«

»Nein, nichts — nur still sein.«

»Es gibt doch noch ein Tagebuch«, sagte ich trotzdem. »Das letzte. Vielleicht steht die Antwort . . .«

»Es gibt keines mehr«, entgegnete sie. »Würden Sie, bitte, die Vorhänge zuziehen? Das Licht tut mir in den Augen weh.«

Ich ließ sie allein.

Am nächsten Tag machte ich eine solch aufregende Entdeckung, daß ich fast meinen brennenden Wunsch vergaß, das letzte Tagebuch zu lesen. Ich hatte geduldig an der Wand weitergearbeitet, als ich plötzlich auf Farbe stieß.

Natürlich wollte ich, daß der Graf als erster davon erfuhr. Er war aber nicht in der Bibliothek. So beauftragte ich den Diener, Monsieur le Comte zu sagen, ich wünschte ihn dringend in der Bibliothek zu sprechen.

»Monsieur le Comte ist vor wenigen Minuten in den Reitstall gegangen«, berichtete der Diener.

»Dann gehen Sie und sagen Sie ihm, ich müßte ihn sofort sprechen.«

Als ich auf ihn wartete, fragte ich mich, ob ich nicht zu impulsiv gehandelt hatte. Ich hörte seine Stimme in der Halle, und bald darauf flog die Tür zur Bibliothek auf. Er sah mich etwas erstaunt an.

»Was gibt es?« fragte er, und ich begriff, daß er fürchtete, Geneviève wäre etwas passiert.

»Eine ganz wichtige Entdeckung. Können Sie mitkommen und sie sich gleich anschauen? Es ist tatsächlich ein Fresko unter der Kalktünche und — es ist sogar recht wertvoll.«

»Ach so«, sagte er und sein Mund verriet seine Belustigung. »Da mußte ich selbstverständlich sofort kommen.«

»Ich habe Sie gestört . . .«

»Liebe Mademoiselle Lawson, so eine wichtige Entdeckung geht allem anderen vor.«

»Bitte, kommen Sie und schauen Sie selbst.«

Ich führte ihn in den kleinen Raum neben der Galerie. Nur ein kleiner Teil war bis jetzt freigelegt, eine auf Samt ruhende Hand; auf den Fingern und dem Handgelenk waren Edelsteine zu erkennen.«

»Es ist jetzt noch etwas dunkel; es muß gereinigt werden, doch an der Art und Weise, wie die Farben aufgetragen wurden — und an dieser Falte hier sieht man, daß ein Meister am Werk war.«

»Sie meinen, liebe Mademoiselle Lawson, Sie sehen es.«

»Ist es nicht wundervoll?«

Er sah mir in die Augen und meinte dann lächelnd: »Ja, wundervoll!«

Ich fühlte mich gerechtfertigt.

»Noch ist allerdings nicht sehr viel zu sehen«, meinte er. »Aber es ist da. Ich muß jetzt nur aufpassen, daß ich nicht zu aufgeregt werde, um es nicht zu beschädigen.«

Er legte mir die Hand auf die Schulter. »Ich bin Ihnen sehr dankbar.«

»Vielleicht bedauern Sie es jetzt nicht mehr, Ihre Bilder einer Frau anvertraut zu haben.«

»Ich habe sehr schnell gelernt, daß Sie eine Frau sind, der ich noch sehr viel mehr anvertrauen würde.«

Der Druck seiner Hand, das Leuchten seiner Augen – das Glück über diese Entdeckung – dies ist der glücklichste Augenblick meines Lebens, dachte ich hingerissen.

»Lothair!«

Claude stand in der Tür und musterte uns mißbilligend.

»Was um alles in der Welt ist denn passiert? Du warst plötzlich spurlos verschwunden.«

Er wandte sich ihr zu. »Ich bekam eine Nachricht – eine sehr wichtige Nachricht. Mademoiselle Lawson hat eine wunderbare Entdeckung gemacht.«

»Was?«

Sie kam auf mich zu und blickte von einem zum anderen.

»Eine höchst wunderbare Entdeckung«, wiederholte er. »Schau dir das an! Sie hat ein Fresko entdeckt, offenbar ein recht wertvolles.«

»Das da? Das sieht doch eher wie irgendein Geschmiere aus.«

»Das sagst du, Claude, weil du es nicht mit den Augen eines Künstlers siehst. Mademoiselle Lawson ist der Meinung, daß es von einem hochbegabten Künstler stammt, sie sieht das an der Art, in der die Farbe aufgetragen wurde.«

»Du hast anscheinend vergessen, daß wir heute morgen ausreiten.«

»Eine derartige Entdeckung macht meine Vergeßlichkeit doch wohl verzeihlich, finden Sie nicht, Mademoiselle Lawson?«

»Es ist sehr selten, daß man solche Entdeckungen macht«, erwiderte ich.

»Wir sind sowieso schon zu spät dran«, sagte Claude, ohne mich anzuschauen.

»Sie müssen mir ein andermal mehr darüber erzählen, Mademoiselle Lawson«, sagte der Graf, als er ihr zur Tür folgte.

Claude fing den Blick auf, den wir uns zuwarfen, und ich fühlte das ganze Ausmaß ihrer Feindseligkeit. Es war ihr nicht gelungen, mich loszuwerden. War es tatsächlich möglich, daß sie eifersüchtig auf mich war?

Ich arbeitete während der nächsten Tage mit einer Intensität, die geradezu gefährlich war. Eines Morgens stieß ich dann auf etwas, das ich nicht verstand, auf einen Buchstaben. Vielleicht nähere

Angaben zu dem Entstehungsdatum? Meine Hand zitterte. Es wäre wohl besser, aufzuhören und zu warten, bis ich wieder ruhiger war, überlegte ich; doch das war zuviel verlangt. Bevor der Morgen um war, hatte ich durch sehr behutsames Vorgehen die Worte *Ne m'oubliez pas — Vergeßt mich nicht* — bloßgelegt. Ich war überzeugt, daß diese Worte viel späteren Datums waren als das Porträt selbst.

Wieder rief ich nach dem Grafen. Er teilte meine Aufregung.

Bald darauf erschien auch Claude. Sie bedachte mich mit einem erzwungenen Lächeln, das ihre Verlegenheit zu kaschieren schien.

»Ich höre, Sie haben einige Worte entdeckt«, begann sie. »Darf ich mal sehen?«

Sie trat dicht an die Wand heran und murmelte: »Ne m'oubliez pas.« Dann drehte sie sich mit einem erstaunten Ausdruck in den Augen um und fragte: »Woher wußten Sie davon?«

»Vielleicht ist es ein Instinkt.«

»Mademoiselle Lawson — ich fürchte, ich war etwas voreilig neulich. Aber ich machte mir große Sorgen um — Geneviève.«

»Ja, ich verstehe.«

»Und ich dachte — nun ich dachte, das beste wäre . . .«

»Wenn ich ginge.«

»Es war nicht nur wegen Geneviève.«

Ich war verblüfft. Wollte sie mir sagen, daß sie eifersüchtig war?

»Sie mögen es nicht glauben, aber ich dachte auch an Sie. Mein Mann hat über Sie gesprochen. Wir glauben beide«, sie legte die Stirn in feine Fältchen und sah mich hilflos an, »daß Sie wahrscheinlich gern weg möchten.«

»Aber weshalb denn?«

»Oh! Dafür könnte es wohl mehrere Gründe geben. Ich wollte Ihnen nur sagen, daß ich von einer wirklich phantastischen . . . Wir beide, mein Mann und ich, könnten wahrscheinlich eine fabelhafte Sache für Sie arrangieren. Sie könnten sich einige unserer alten Kirchen und Klöster ansehen. Und natürlich auch die Gemäldesammlungen.«

»Das würde ich selbstverständlich gern — aber . . .«

»Wir haben da von einem kleinen Projekt gehört. Eine Gruppe von Damen plant eine Studienfahrt zu den Kunstschätzen Frankreichs. Sie suchen einen Führer, jemand, der über gründliche Kenntnisse verfügt. Verständlicherweise wollen sie nicht von einem Mann begleitet werden. Es wird gut bezahlt, und ich versichere Ihnen, es wird Ihrem beruflichen Ansehen ungeheuer nützen und Ihnen Kontakt zu vielen der ältesten Familien Frankreichs verschaffen. Man würde sich dann um Sie reißen, denn die

Damen, die diese Fahrt machen wollen, sind alle große Kunstliebhaberinnen und besitzen eigene Sammlungen. Es scheint mir eine ausgezeichnete Gelegenheit.«

Ich war sprachlos. Sie war wahrhaftig bestrebt, mich loszuwerden.

»Es klingt wirklich faszinierend«, gab ich zu. »Aber diese Arbeit hier . . .« Ich deutete mit der Hand auf die Wand.

»Die können Sie doch schnell beenden. Ich finde, Sie sollten diese Chance wirklich ergreifen.«

Sie war völlig verwandelt und hatte plötzlich etwas Sanftes, Gütiges. Ich hätte fast glauben können, sie wäre ehrlich um mich besorgt.

»Ich kann Ihnen nähere Einzelheiten besorgen«, erklärte sie eifrig. »Überlegen Sie es sich, Mademoiselle Lawson.«

Entweder war sie eifersüchtig oder aber sie wollte mich vor dem Grafen warnen.

Im Grunde glaubte ich jedoch eher an die Eifersucht. Es war ein berückender Gedanke.

Kurze Zeit darauf besuchte ich wieder einmal Gabrielle. Man sah ihr jetzt ihre Schwangerschaft an. Sie schien glücklich zu sein. Sie zeigte mir die selbstgemachte Babywäsche. Sie war zutraulicher als bisher.

»Ein Baby verändert einen«, erklärte sie. »Dinge, die vorher wichtig schienen, erscheinen einem plötzlich völlig unwichtig. Ich kann gar nicht mehr verstehen, warum ich solche Angst hatte.«

»Und Jacques?«

»Er schimpft auf mich, daß ich so dumm war.«

Und wie dumm war ich erst gewesen, zu vermuten, der Graf wäre der Vater ihres Kindes!

»Es scheint mir merkwürdig, daß Sie es damals nicht Jacques, wohl aber dem Grafen erzählen konnten«, sagte ich.

»Ich wußte, er würde es verstehen. Außerdem war er ja der einzige, der helfen konnte — und es auch tat. Jacques und ich werden ihm immer dafür dankbar sein.«

Nach diesem Besuch beschloß ich, das Schloß nicht zu verlassen, ganz egal, was für verlockende Angebote man vor mir auch ausbreitete. Fieberhaft arbeitete ich an der Freilegung des Freskogemäldes. Ich stieß auf den Kopf eines Hundes, der der Frau zu Füßen zu kauern schien. Die Farbe stammte jedoch aus einer späteren Zeit. Es war durchaus üblich, alte Wandmalereien mit Kalktünche zu überpinseln und dann darauf ein neues Fresko zu malen. Wenn das der Fall war, hatte ich womöglich ein späteres Bild zerstört. Doch zu meiner Überraschung stellte ich nach einer

Stunde fest, daß es sich um eine Hinzufügung zum Originalfresko handelte.

Der Hund lag in einem Kasten, der die Form eines Sarges hatte. Genau darunter standen die Worte: *Vergeßt mich nicht.*

Es war ein Spaniel, genau wie der Hund auf der Miniatur, die der Graf mir zu Weihnachten geschenkt hatte. Ich war überzeugt, daß es sich um ein Porträt derselben Frau handelte.

Ich wollte es dem Grafen zeigen und ging in die Bibliothek, traf aber nur Claude an. Sie blickte erwartungsvoll auf, als sie mich sah, und ich begriff, daß sie dachte, ich käme, ihr Angebot anzunehmen.

»Ich suche den Grafen«, sagte ich.

Ihre alte Feindseligkeit wurde wieder sichtbar: »Hatten Sie etwa vor, ihn rufen zu lassen?«

»Ich dachte, es würde ihn interessieren, sich die Wand anzuschauen.«

»Wenn ich ihn sehe, werde ich ihm sagen, daß Sie ihn rufen ließen.«

»Danke sehr«, sagte ich und kehrte zu meiner Arbeit zurück.

Der Graf kam jedoch nicht.

Im Juni hatte Geneviève Geburtstag, der mit einer Abendgesellschaft im Schloß gefeiert wurde. Ich nahm nicht daran teil, obgleich Geneviève mich eingeladen hatte, da ich zu genau wußte, daß Claude, kein Verlangen nach meiner Gegenwart verspürte. Geneviève war es egal, ob ich kam oder nicht, zu meinem Kummer anscheinend auch dem Grafen. Einen Tag danach ritten Geneviève und ich zusammen aus. Ich fragte sie, ob sie sich gut amüsiert hätte.

»Nicht die Spur«, entgegnete sie. »Es war gräßlich. Was hat man von einer Geburtstagsgesellschaft, wenn man nicht selbst die Gäste einladen darf! Ich hätte gern eine richtige lustige Party gehabt, vielleicht mit einem Kuchen und einer Krone darin . . .«

»Das ist aber kein Geburtstagsbrauch.«

»Was macht das schon. Es muß ja auch Geburtstagsbräuche geben. Jean-Pierre kennt sie bestimmt. Ich werde ihn fragen.«

»Du weißt, was deine Tante Claude von deiner Freundschaft mit Jean-Pierre hält.«

Ihr Gesicht verzerrte sich vor Wut. »Ich suche mir selbst meine Freunde aus. Ich bin jetzt erwachsen. Ich bin fünfzehn . . .«

»Das ist kein so hohes Alter.«

»Sie sind genauso übel wie die ganze übrige Bagage.«

Sie galoppierte davon. Ich versuchte, hinterherzureiten, doch sie hatte beschlossen, mir das unmöglich zu machen. Unruhig kehrte ich zum Schloß zurück.

Die Zeit der Weinlese rückte näher. Ich hatte noch an dem Fresko zu arbeiten und auch noch einige Bilder zu reinigen. Doch konnte ich meinen Aufenthalt im Schloß unbegrenzt ausdehnen? War es töricht, Claudes Angebot auszuschlagen? Zehn Monate lebte ich nun hier im Schloß und hatte das Gefühl, vorher nie richtig lebendig gewesen zu sein.

Ich stürzte mich mitten hinein in das Treiben im Schloß. Geneviève erzählte mir von der jährlichen Kirmes.

»Sie sollten auch einen Stand haben, Miss. Sie haben noch nie eine Kirmes mitgemacht, nicht wahr?«

Ich erzählte von unseren Wohltätigkeitsbazaren. Geneviève war ganz begeistert und fand, ich wüßte sehr gut Bescheid.

»Papa wird dieses Jahr zur Kirmes hier sein«, erzählte sie dann.

»Ich kann mich nicht erinnern, daß er jemals dabei war.«

»Warum war er denn nie hier?«

»Ach, er war immer in Paris oder sonstwo. Er ist noch nie so viel hier gewesen.«

»So?« meinte ich und versuchte, gleichgültig zu scheinen.

Als wir eines Nachmittags von unserem Ausritt zurückkamen, hatte ich die Idee, den Burggraben für die Kirmes zu benutzen. Ich war noch nie unten gewesen. Das Gras wuchs dick und saftig. Ich schlug vor, die Stände dort aufzuschlagen. Geneviève fand es eine hervorragende Idee.

»Dieses Mal soll alles anders sein, Miss. Aber fühlen Sie sich hier unten nicht auch ein bißchen eingeschlossen?«

Ich verstand, was sie meinte. Die hohen grauen Mauern des Schlosses ragten so nah und erdrückend in die Höhe. Ich blickte mich nochmals um. Da entdeckte ich das kleine Kreuz, dicht an der Granitmauer des Schlosses. Ich zeigte es Geneviève.

»Da steht etwas darauf«, verkündete sie.

Ich las: »*Fidèle, 1747*. Es ist ein Grab, das Grab eines Hundes. Ich glaube, es ist der Hund von meiner Miniatur.«

»Die Sie von Papa zu Weihnachten bekamen? Fidèle. Was für ein hübscher Name!«

»Seine Herrin muß ihn sehr geliebt haben.«

Geneviève nickte und meinte: »Der Burggraben wird dadurch fast eine Art Friedhof. Ich finde, wir sollten die Kirmes doch nicht hier unten abhalten, wo der arme Fidèle begraben liegt.«

»Du hast recht«, stimmte ich ihr zu. »Und außerdem würden wir hier alle fürchterlich zerstochen, denn in diesem hohen Gras wimmelt es von unangenehmen Insekten.«

»Als wir durch eine Seitentür ins Schloß gingen, meinte Geneviève: »Ich bin froh, daß wir das Grab vom armen Fidèle gefunden haben, Miß.«

»Ich auch, Geneviève.«

Dann brach der Tag der Kirmes an. Es war ein heißer, sonniger Tag. Auf einer der Rasenflächen hatte man Zelte aufgeschlagen. Geneviève half mir, unseren Stand lustig herzurichten. Claude wollte uns Konkurrenz machen, aber unser Stand war doch der hübscheste.

Die Kapelle, unter Leitung von Armand Bastide und seiner Geige, sollte mit kurzen Pausen den ganzen Nachmittag spielen; ab Einbruch der Dunkelheit sollte getanzt werden.

Der Graf eröffnete die Kirmes — und das allein war bereits ein besonderes Ereignis. Später kam er vorbei und sah mir bei meiner Arbeit zu. Ich bemalte Tassen und Becher mit Blumen, Tieren und Namen.

»O Papa«, rief Geneviève, »macht sie es nicht fabelhaft? Wie schnell sie es kann! Du mußt auch einen Becher mit deinem Namen haben.«

»Ja, das muß ich wirklich«, stimmte er zu.

»Aber wir haben deinen Namen nicht, Papa. Sie haben keinen Lothair gemalt, Miß.«

»Nein, ich dachte nicht, daß wir diesen Namen brauchen würden.«

»Da haben Sie sich geirrt, Mademoiselle Lawson.«

»Und wie!« bekräftigte Geneviève vergnügt, als freute sie sich ebenso wie ihr Vater darüber, daß ich mich irren konnte.

»Es ist ein Irrtum, der schnell behoben werden kann, wenn der Auftrag ernst gemeint ist«, entgegnete ich.

»Sehr ernst«, erklärte er, während ich einen der unbemalten Becher aussuchte.

»Bevorzugen Sie eine besondere Farbe?«

»Bitte, wählen Sie für mich. Ich vertraue Ihrem hervorragenden Geschmack.«

»Purpurrot würde ich sagen, purpurrot und gold.«

»Königliche Farben?« fragte er.

»Höchst angemessen.«

Eine kleine Menschenmenge hatte sich um uns versammelt. Ich hörte hier und da leises Geflüster unter den Zuschauern, die ein bewunderndes »Ah!« ausstießen, als ich die fleur-de-lis unter seinen Namen malte.

»Da«, sagte ich, als ich fertig war. »Ist das nicht passend?«

»Du mußt zahlen, Papa.«

»Wenn Mademoiselle Lawson mir den Preis nennen würde . . .«

»Ich glaube, du mußt etwas mehr bezahlen, finden Sie nicht auch, Miß? Denn es ist schließlich ein besonderer Becher.«

»Sehr viel mehr«, bestätigte ich.

Erstaunte Ausrufe wurden laut, als der Graf einen Schein in den

Topf fallen ließ, den Geneviève auf den Tisch aufgestellt hatte. Wir bekamen nun bestimmt die größte Summe für das Kloster zusammen. Geneviève hatte ganz rosige Wangen vor Vergnügen. Ich glaube, sie war fast genauso glücklich wie ich.

Als der Graf weiterging, sah ich Jean-Pierre herantreten.

»Ich möchte einen Becher mit meinem Namen«, erklärte er, »und auch die fleur-de-lis.«

»Bitte, malen Sie, Miß«, bettelte Geneviève und sah ihn lachend an.

Ich tat es also. Und dann wollte jeder die fleur-de-lis auf den Bechern haben; bereits gekaufte Becher wurden sogar wieder zurückgebracht. Es war ein Riesenerfolg.

Mit Anbruch der Dunkelheit fing die Kapelle an zu spielen. Wer wollte, konnte auf dem Rasen und in der Halle tanzen. Der Graf war verschwunden. Philippe und Claude hatten sich ebenfalls zurückgezogen. Ich hielt sehnsüchtig nach dem Grafen Ausschau. Da tauchte Jean-Pierre abermals neben mir auf.

»Nun, was halten Sie von unseren ländlichen Vergnügungen?« fragte er.

»Sie sind den ländlichen Vergnügungen bei uns ganz ähnlich.«

»Das freut mich. Wollen Sie mit mir tanzen, Dallas?«

»Gern, Jean-Pierre.«

»Sollen wir auf den Rasen gehen? Hier drinnen ist es so heiß. Es ist viel schöner, unter dem Sternenhimmel zu tanzen.« Er ergriff meine Hand. »Das Leben hier interessiert Sie«, sagte er, und seine Lippen waren dicht an meinem Ohr.

»Aber Sie können ja nicht ewig bleiben. Sie haben Ihre eigene Familie, Ihr Zuhause ...«

»Ich habe keine Familie, kein Zuhause, nur Kusine Jane.«

»Mir scheint, Sie mögen diese Kusine Jane nicht.«

»Weshalb?«

»Ich höre es an Ihrer Stimme.«

»Verrate ich so leicht meine Gefühle?«

»Ich kenne Sie ein bißchen. Aber ich hoffe, Sie noch viel besser kennenzulernen, denn wir sind doch gute Freunde, nicht wahr, Dallas?«

»Ich hoffe es.«

»Wir waren sehr glücklich, meine Familie und ich, daß Sie uns von Anfang an wie Freunde behandelt haben. Was werden Sie machen, wenn Sie mit der Arbeit im Château fertig sind?«

»Ich werde natürlich abreisen. Aber noch bin ich ja nicht fertig.«

»Man ist zufrieden mit Ihnen, Monsieur le Comte sah heute nachmittag aus, als wäre er sehr zufrieden mit — mit Ihnen.«

»Ja, ich glaube, er ist zufrieden. Ich bilde mir ein, meine Arbeit gut gemacht zu haben.«

»Sie dürfen uns nicht verlassen, Dallas«, sagte er da plötzlich. »Sie müssen bei uns bleiben. Wir wären sehr unglücklich, wenn Sie fortgingen, wir alle, ganz besonders natürlich ich.«

»Es ist sehr lieb von Ihnen . . .«

»Ich möchte immer lieb zu Ihnen sein, Dallas, mein ganzes Leben lang. Ich könnte nie wieder glücklich sein, wenn Sie weggingen. Ich bitte Sie, hierzubleiben — für immer — bei mir.«

»Jean-Pierre!«

»Ich möchte Sie heiraten, Dallas. Ich möchte, daß Sie mir versprechen, mich nie wieder zu verlassen — uns nie wieder zu verlassen. Sie gehören hierher. Fühlen Sie es nicht selbst, Dallas?«

Ich war abrupt stehengeblieben. Er schob den Arm durch den meinen, um mich in den Schatten eines Baumes zu ziehen.

»Das ist doch nicht möglich«, stammelte ich.

»Warum nicht? Sagen Sie mir, warum nicht.«

»Ich mag Sie sehr gern — und werde nie vergessen, wie nett Sie zu mir waren, als ich hierher kam . . .«

»Aber Sie lieben mich nicht. Wollen Sie das sagen?«

»Ich glaube nicht, daß ich — wenn ich Sie auch sehr gern habe — eine gute Frau wäre.«

»Aber Sie haben mich gern, Dallas?«

»Natürlich.«

»Ich wußte es. Und ich werde nicht von Ihnen verlangen, daß Sie sich jetzt entscheiden müssen.«

»Sie müssen verstehen, Jean-Pierre, daß ich . . .«

»Ich verstehe, liebste Dallas.«

»Ich glaube nicht, daß Sie . . .«

»Ich werde nichts erzwingen, aber Sie werden als meine Frau hierbleiben, weil Sie es nicht ertragen könnten, uns zu verlassen. Und nach einiger Zeit — nach einiger Zeit, Dallas — Sie werden ja sehen.«

Er nahm meine Hand und küßte sie rasch. »Protestieren Sie nicht«, bat er. »Sie gehören zu uns. Es kann keinen anderen für Sie geben.«

Genevièves Stimme unterbrach uns. »Da sind Sie ja, Miß. Ich habe Sie schon gesucht. Oh, Jean-Pierre, Sie müssen jetzt mit mir tanzen. Sie haben es mir versprochen.«

Als ich ihn mit Geneviève davontanzen sah, hatte ich irgendwie ein ungutes Gefühl. Ich hatte den ersten Heiratsantrag meines Lebens bekommen und war ratlos. Jean-Pierre konnte ich niemals heiraten.

Das Glück dieses Tages war verflogen, und ich war froh, als der letzte Tanz vorbei war und die *Marseillaise* gespielt wurde.

Es fiel mir schwer, am nächsten Tag zu arbeiten. Immer wieder mußte ich an Jean-Pierre und den Grafen denken. Es erschien unwahrscheinlich, daß ich, die ich nach meiner mißglückten Romanze mit Charles nie einen Liebhaber gehabt hatte, jetzt von zwei Männern verehrt werden sollte. Der Graf hatte jünger, fast fröhlich und unbeschwert ausgesehen, als er gestern an meinem Stand zugeschaut hatte. In jenem Augenblick war ich überzeugt gewesen, daß er durchaus glücklich sein konnte und hatte geglaubt, diejenige zu sein, die berufen war, ihn glücklich zu machen. Wie eingebildet von mir!

Als ich gerade mit meinem Frühstück fertig war, kam Geneviève in mein Zimmer hereingeplatzt. Sie sah mindestens vier Jahre älter aus, denn sie hatte sich ihr langes Haar aufgesteckt, was sie größer und anmutiger erscheinen ließ.

»Aber Geneviève! Was hast du denn gemacht?«

Sie brach in schallendes Gelächter aus. »Mögen Sie es leiden?«

»Du siehst damit — älter aus.«

»Das will ich ja gerade. Ich habe es satt, als Kind behandelt zu werden.«

»Aber wer behandelt dich denn so?«

»Alle. Sie, Nounou, Papa, Onkel Philippe und seine gräßliche Claude, einfach jeder. Sie haben mir aber noch nicht gesagt, ob es Ihnen gefällt.«

»Ich finde es keine — passende Frisur für dich.«

Das reizte sie wieder zum Lachen. »Aber ich finde es, Miß. Ich bin kein Kind mehr. Meine Großmutter war schon verheiratet, als sie nur ein Jahr älter war als ich.«

Ich betrachtete sie überrascht. Ihre Augen glänzten vor Erregung; sie hatte etwas Wildes, Zügelloses an sich. Es beunruhigte mich, doch sah ich, daß es sinnlos war, jetzt vernünftig mit ihr zu reden.

Ich ging zu Nounou.

»Ich bin etwas beunruhigt über Geneviève«, sagte ich ihr. »Sie hat sich eine Hochfrisur gemacht und sieht nicht mehr wie ein Kind aus, das sie doch noch ist.«

»Sie wird erwachsen. Ihre Mutter war anders. Sie erschien einem sogar nach Genevièves Geburt wie ein Kind.«

»Geneviève sagte mir, ihre Großmutter hätte schon mit sechzehn geheiratet, fast, als hätte sie vor, es ebenfalls zu tun.«

»Das ist so ihre Art«, entgegnete Nounou.

Ich erkannte, daß ich eine übliche Erscheinung zu ernst genommen hatte. Zwei Tage später war ich mir jedoch nicht mehr so sicher. Nounou kam sehr beunruhigt zu mir und erzählte, daß Geneviève, die allein ausgeritten war, noch nicht zurückgekommen wäre. Es war fünf Uhr.

»Einer der Reitburschen ist doch bestimmt bei ihr. Sie reitet ja nie allein aus«, sagte ich.

»Aber heute hat sie es getan.«

»Haben Sie es gesehen?«

»Ja, von meinem Fenster aus. Ich wußte, daß sie eine ihrer schlimmen Launen hat und behielt sie deshalb im Auge. Sie galoppierte über die Wiese.«

»Aber sie weiß doch, daß sie das nicht darf.«

»Seit der Kirmes ist sie in dieser Verfassung«, seufzte Nounou.

»Und ich war so glücklich über ihre Begeisterung!«

Nach ungefähr einer halben Stunde sah ich sie zurückkommen. Ich ging in den Schulraum, den sie durchqueren mußte, um in ihr Zimmer zu gelangen. Als ich ihn betrat, kam Nounou aus ihrem Zimmer.

»Sie ist da«, sagte ich.

Nounou nickte. »Ja, ich habe sie gesehen.«

Wenige Augenblicke später kam Geneviève herauf. Sie sah erhitzt und fast schön aus, mit ihren leuchtenden dunklen Augen. Als sie uns erblickte, lächelte sie hinterhältig.

Nounou zitterte, und ich sagte: »Wir machten uns Sorgen, Geneviève. Du weißt doch, daß du wirklich nicht allein ausreiten sollst.«

»Das, Miß, ist wirklich lange her. Ich habe das jetzt hinter mir.«

»So? Das wußte ich nicht.«

»Sie wissen eben nicht alles, wenn Sie das auch immer denken.«

Ich war sehr betrübt.

»Dein Vater wäre bestimmt sehr ungehalten«, sagte ich.

Wütend fuhr sie mich an: »Dann erzählen Sie es ihm doch! Erzählen Sie es ihm! Sie sind doch so eine dicke Freundin von ihm.«

Zornig entgegnete ich: »Du bist einfach lächerlich. Es ist sehr unklug von dir, allein auszureiten.«

Sie stand da und lächelte versonnen vor sich hin. Ich fragte mich, ob sie überhaupt allein gewesen war. Doch diese Möglichkeit war sogar noch alarmierender.

Unvermittelt fuhr sie zu uns herum. »Hört mal zu, alle beide. Ich werde ab jetzt tun, was mir paßt. Und niemand, einfach niemand, wird mich dran hindern.«

Und damit stürmte sie, die Tür laut hinter sich zuknallend, in ihr Zimmer.

Es folgten keine sehr glücklichen Tage für mich. Ich hatte keine Lust, zu den Bastides zu gehen, weil ich befürchtete, Jean-Pierre zu treffen. Der Graf war schon einige Tage nach der Kirmes nach

Paris abgefahren, und Geneviève ging mir aus dem Wege. Ich versuchte, mich in meine Arbeit zu stürzen.

Eines Morgens merkte ich, daß ich nicht allein war. Claude kam stets lautlos in ein Zimmer; man bekam einen Schreck, wenn man sie plötzlich entdeckte. Sie sah wieder mal sehr hübsch aus. Ich roch den schweren Duft des Moschusparfüms, das sie benutzte.

»Ich hoffe, ich habe Sie nicht erschreckt, Mademoiselle Lawson?« fragte sie liebenswürdig.

»Aber nein, natürlich nicht.«

»Ich bin in zunehmendem Maße wegen Geneviève beunruhigt. Sie wird wirklich unerträglich. Sie war heute morgen wieder sehr unverschämt zu mir und meinem Mann. Ihr Benehmen scheint sich in letzter Zeit noch verschlechtert zu haben.«

»Sie hat ihre Stimmungen, kann aber auch ganz reizend sein.«

»Ich finde sie äußerst ungezogen und taktlos. Ich glaube kaum, daß irgendein Internat sie aufnimmt, wenn sie sich so aufführt. Man kann sie nicht mehr als Kind bezeichnen, und ich befürchte, sie bringt es fertig, sich auf Beziehungen einzulassen, die — gefährlich sein könnten.«

Sie spielte auf Genevièves Leidenschaft für Jean-Pierre an.

Sie kam näher. »Wenn Sie vielleicht Ihren Einfluß auf sie geltend machen könnten . . . Denn wenn sie merkt, daß *wir* uns wegen ihr Sorge machen, würde sie das nur noch anstacheln. Aber ich sehe, Sie erkennen die Gefahr . . .«

Vermutlich dachte sie, daß es in gewisser Weise meine Schuld war, wenn es zu Unannehmlichkeiten kommen sollte. Ich fühlte mich unbehaglich und ein wenig schuldig.

»Haben Sie über den Vorschlag nachgedacht, den ich Ihnen neulich machte?« fuhr sie fort.

»Ich muß erst mit meiner Arbeit hier fertig sein, bevor ich etwas anderes in Betracht ziehen kann.«

»Zögern Sie nicht zu lange. Ich hörte gestern noch etwas mehr darüber. Eine der Damen hat vor, eine sehr exklusive Kunstschule in Paris zu eröffnen. Ich glaube, Sie hätten da eine sehr gute Chance . . .«

»Es klingt fast zu gut, um wahr zu sein.«

»Es ist eine Chance, wie man sie nur einmal im Leben bekommt, scheint mir. Aber Sie müssen sich natürlich ziemlich bald entscheiden.«

Sie lächelte mich fast entschuldigend an und verließ mich dann. Sie wollte unbedingt, daß ich ging, soviel stand fest.

Ich versuchte zu arbeiten, konnte mich jedoch nicht konzentrieren. War ich ein Idiot, diese einmalige Chance meines Lebens wegen — ja, weswegen eigentlich?

Als ich bald darauf Claude in tiefem Gespräch mit Jean-Pierre in dem Wäldchen sah, in dem der Graf einen Unfall gehabt hatte, war ich überzeugt, daß sie sich tatsächlich um Geneviève Sorgen machte. Ich hatte Gabrielle besucht und die Abkürzung durch das Wäldchen genommen. Ich konnte nicht verstehen, was sie sagten und wunderte mich, warum sie sich gerade hier getroffen hatten. Nun, es ging mich schließlich nichts an, und so ritt ich schnell weiter und zum Schloß zurück.

Das Fresko wurde immer größer und die Dame mit den Smaragden immer deutlicher erkennbar. Es war dasselbe Gesicht; es war die Geliebte Ludwigs XV., die die ersten Smaragde in die Familie brachte. Das Porträt war dem anderen sehr ähnlich; nur das Kleid war nicht aus rotem, sondern blauem Samt. Als ich den Hund in seinem Glassarg freigelegt hatte, entdeckte ich, daß etwas neben ihm lag, ein Gegenstand, der wie ein Schlüssel aussah und mit den fleur-de-lis verziert war.

Ich war überzeugt, er hatte etwas zu bedeuten, denn die Inschrift, der Sarg und der Schlüssel waren in das ursprüngliche Fresko hineingemalt worden. Sobald der Graf zurückkam, wollte ich mit ihm darüber sprechen.

Geneviève mied mich. Jeden Nachmittag ritt sie allein aus, und niemand hinderte sie daran. Nounou schloß sich in ihrem Zimmer ein und las, wie ich vermutete, wieder Françoises Tagebücher.

Ich indessen spazierte noch einmal zu Françoises Grabmal. Dann suchte ich nach der Dame von dem Bild. Sie mußte auch hier liegen. Ich wußte jedoch ihren Namen nicht, nur, daß sie eine der Gräfinnen de la Talle gewesen war; da sie jedoch in ihrer Jugend die Geliebte Ludwigs XV. gewesen war, vermutete ich ihr Todesdatum irgendwo in der zweiten Hälfte des achtzehnten Jahrhunderts. Ich entdeckte eine Marie Louise de la Talle, die im Jahre 1761 gestorben war. Als ich näher an das Grabmal mit seinen Statuen und Verzierungen herantrat, stieß mein Fuß an etwas. Ungläubig starrte ich zu Boden, denn was ich sah, war ein Kreuz, ganz ähnlich dem, das ich in dem Burggraben entdeckt hatte. Ich bückte mich, um es mir anzuschauen, und erkannte, daß ein Datum und einige Buchstaben eingekratzt waren. *Fidèle 1790* las ich.

Derselbe Name, doch ein anderes Datum. Der Hund im Burggraben war 1747 begraben worden. Dieser war gestorben, als die Revolutionäre das Schloß stürmten und die junge Gräfin fliehen mußte.

Wer immer den sargähnlichen Kasten um den Hund und die Worte *Vergeßt mich nicht* auf das Fresko gemalt hatte, wollte damit seinen Nachfahren etwas übermitteln. Aber was?

Ich kniete mich wieder hin und untersuchte das kleine Kreuz sorgfältig. Unter den Namen und das Datum waren undeutlich einige Worte eingeritzt. *N'oubliez pas* entzifferte ich. Mein Herz klopfte wie wild vor Aufregung. *N'oubliez pas ceux qui furent oubliés.*

Jemand, der im Jahre 1790 gelebt hatte, jenem verhängnisvollen und ereignisreichen Jahr für das französische Volk, hatte versucht, eine Botschaft über die Jahre hinweg zu vermitteln.

Ich richtete mich wieder auf, ging durch das Wäldchen zurück zu den Gärten, holte mir einen Spaten und ging dann erneut zum Friedhof. In dem Wäldchen hatte ich plötzlich das unangenehme Gefühl, beobachtet zu werden. Ich blieb stehen. Tiefe Stille; bis auf das jähe Aufflattern eines Vogels in den Zweigen über mir.

»Ist da jemand?« rief ich, erhielt aber keine Antwort.

Du bist ja albern, sagte ich mir. Du bist auf der Suche nach der Vergangenheit, und das macht dich schreckhaft. Du hast dich verändert, seit du hier bist. Vorher warst du immer eine vernünftige junge Frau, doch jetzt machst du alle möglichen Torheiten. Was würde man bloß denken, wenn man mich mit einem Spaten in der Hand auf dem Weg zum Familienfriedhof traf! Ich würde es erklären. Nein, ich wollte es nicht erklären. Ich wollte meine Entdeckung dem Grafen fix und fertig als aufregende Überraschung präsentieren.

Als ich bei dem kleinen Kreuz ankam, sah ich mich um, dann fing ich an zu graben.

Der kleine Kasten lag dicht unter der Oberfläche. Ich sah sofort, daß er nicht groß genug war, um die Überreste eines Hundes zu enthalten. Er war aus Eisen, und jemand hatte die gleichen Worte auf ihm eingeritzt, wie auf dem Kreuz. Er war schwierig zu öffnen, da der Deckel durch den Rost klemmte.

Ich glaube, ich war nicht überrascht über das, was ich in ihm fand. Nachträglich begriff ich, daß ich bei der Freilegung des Freskos eine Botschaft entdeckt hatte. Denn in dem Kasten lag der Schlüssel, von dem Bild.

Jetzt mußte ich nur noch das Schloß finden, zu dem dieser Schlüssel paßte. Sorgfältig versenkte ich ihn in der Tasche meines Kleides, machte den Kasten zu und stellte ihn zurück in das Loch, das ich wieder zuschüttete. Dann ging ich in den Geräteschuppen und stellte den Spaten wieder an seinen Platz. Doch erst, als ich oben in meinem Zimmer war und die Tür hinter mir zugemacht hatte, wurde ich das Gefühl los, von jemandem beobachtet zu werden.

Es folgten Tage glühender Hitze. Der Graf war immer noch in Paris. Ich hatte jetzt das gesamte Fresko freigelegt und säuberte es nun. Bald gab es wirklich keinen Vorwand mehr, noch länger zu bleiben. Wenn ich überhaupt ein Fünkchen Klugheit besaß, sollte ich daher Claudes Angebot annehmen.

Den Schlüssel trug ich immer bei mir. Ich hatte sehr viel über ihn nachgedacht und war zu der Überzeugung gekommen, daß ich den Smaragdschmuck finden würde, falls es mir gelang, das zu dem Schlüssel passende Schloß zu entdecken.

Ich wünschte mir brennend, dieses Schloß zu finden, um den Grafen bei seiner Rückkehr mit den Worten zu empfangen: Hier sind die Smaragde.

Ich begann meine Suche, indem ich jeden Zoll meines Zimmers inspizierte und die Holztäfelung überall dort abklopfte, wo ich möglicherweise einen Hohlraum vermutete. Plötzlich hielt ich jedoch inne, da mir die Klopfzeichen einfielen, die Geneviève und ich in jener Nacht gehört hatten. Jemand anders war also genau wie ich auf der Suche nach den Smaragden. Wer? Der Graf? Das wäre verständlich, doch weshalb sollte er es in aller Heimlichkeit tun, wo er der Besitzer des Schlosses war?

Da dachte ich wieder an die Schatzsuche und die Zettel mit den verschlüsselten Hinweisen. Konnten jene Vergessenen die Gefangenen sein, die in ihren Kerkern angekettet gewesen waren?

Ich dachte an die Falltür und die Strickleiter und daran, wie Geneviève mich dort unten eingesperrt hatte. Sollte ich Geneviève von meiner Entdeckung erzählen? Nein, ich mußte allein hinuntersteigen, mußte jedoch dafür sorgen, daß man davon wußte, damit sie mich herausholten, falls die Tür zuschlug.

Ich ging also zu Nounou.

»Nounou«, erklärte ich, »ich gucke heute nachmittag mal in die Verliese. Ich glaube, es könnte da einiges Interessantes unter der Kalktünche vorhanden sein.«

»So etwas, wie das Bild, das Sie entdeckt haben?«

»Ja, so etwas Ähnliches. Wenn ich bis vier Uhr nicht wieder in meinem Zimmer bin, wißt ihr also, wo ich zu finden bin.«

Nounou nickte. »Sie würde es nicht noch mal tun. Sie brauchen keine Angst zu haben, Miß.«

Vorsichtshalber sagte ich es trotzdem noch dem Mädchen, das mir mein Mittagessen brachte.

»O wirklich, Miß? Nur gut, daß ich nicht hinunter muß. Es soll da unten spuken. Sie wissen das doch, nicht?«

»Das wird oft von solchen Orten behauptet.«

»Na ja, aber all diese armen Menschen ...«

Ich befühlte den Schlüssel und malte mir aus, wie ich mich freuen würde, wenn ich den Grafen in das Verlies führen und ihm sagen konnte: Ich habe Ihren Schatz gefunden.

Als ich dann in jenem Raum mit der Falltür stand und beobachtete, wie das Sonnenlicht auf den an den Wänden aufgehängten Waffen spielte, kam mir der Gedanke, daß sich das zu dem Schlüssel passende Schloß möglicherweise hier in diesem Raum befand.

Doch falls hier etwas versteckt worden war, hätte man es bestimmt längst entdeckt.

Während ich noch so da stand, fiel mein Blick auf etwas Glänzendes auf dem Fußboden. Rasch ging ich darauf zu. Es war eine Schere — eine Schere, wie man sie für das Ausschneiden der weniger guten Trauben benutzte. Ich bückte mich und hob sie auf. Sie hatte eine ungewöhnliche Form. Konnte es zwei solcher Scheren geben? Falls nein, wie kam dann Jean-Pierres Schere hierher? Nachdenklich steckte ich sie in die Tasche und holte die Strickleiter heraus. Dann machte ich die Falltür auf und kletterte zu jenem Ort des Verderbens hinunter, in dem die *Vergessenen* elendig umgekommen waren.

Die Wände mußten vor etwa achtzig Jahren getüncht worden sein. Ich klopfte sie behutsam nach etwaigen Hohlräumen ab, fand jedoch nichts. Dann sah ich mir die Decke an, den mit Steinplatten belegten Fußboden und ging schließlich zu der Öffnung, die ins Labyrinth führte.

Während ich noch damit beschäftigt war, alles abzutasten, wurde es plötzlich ganz dunkel.

Ich stieß einen leisen Entsetzensschrei aus und fuhr herum. Claude blickte auf mich herunter.

»Auf der Suche nach Entdeckungen?« fragte sie.

Ich bewegte mich auf die Strickleiter zu, die sie jedoch spielerisch ein Stückchen über den Boden hochzog.

»Ich frage mich, ob es hier welche gibt«, antwortete ich.

»Ich sah Sie hierher gehen.«

Sie beobachtet mich unausgesetzt, überlegte ich und streckte die Hand nach der Strickleiter aus. Doch sie riß sie hoch.

»Ist es Ihnen nicht unheimlich dort unten, Mademoiselle Lawson?«

»Weshalb?«

»Denken Sie doch nur an die Geister all der Menschen, die dort unten eines grauenvollen Todes starben und vorher diejenigen verfluchten, die sie diesem Schicksal überantworteten.«

»Mich trifft ihr Fluch ja nicht«, entgegnete ich und löste den Blick nicht von der Strickleiter, die sie so hochgezogen hatte, daß ich sie nicht erreichen konnte.

»Sie könnten ausrutschen und hinfallen. Alles Mögliche könnte passieren. Und Sie könnten eine Gefangene werden — wie all die anderen vor Ihnen.«

»Nicht für sehr lange«, erwiderte ich. »Man würde mich herausholen, denn ich habe Nounou und den anderen gesagt, daß ich hier bin. Ich bliebe also nicht sehr lange hier unten.«

»Sie sind ebenso umsichtig wie geschickt. Glauben Sie, da unten Wandmalereien zu finden?«

»In alten Schlössern wie diesem weiß man nie, was man findet. Das ist ja gerade das Spannende.«

»Ich würde Ihnen gern suchen helfen«, sagte sie und ließ die Strickleiter fallen.

Ich war sehr erleichtert.

»Aber ich lasse es doch lieber«, fuhr sie fort. »Falls Sie etwas entdecken, werden Sie es uns ja bestimmt schnell genug wissen lassen.«

»Selbstverständlich werde ich das. Jetzt komme ich erst mal herauf.«

»Und Sie werden wieder da unten suchen?«

»Höchstwahrscheinlich, obgleich ich auf Grund des heutigen Ergebnisses nicht annehme, irgend etwas zu finden.«

Durch die Begegnung mit Claude hatte ich meinen Fund in der Waffengalerie vergessen, doch sowie ich in meinem Zimmer ankam, fiel mir die Schere wieder ein. Da es noch früh am Nachmittag war, beschloß ich, einen Spaziergang zu Bastides zu machen, um zu fragen, ob diese Schere Jean-Pierre gehörte.

Ich traf Madame Bastide allein an, zeigte ihr die Schere und fragte, ob sie ihrem Enkel gehören würde.

»Aber ja«, meinte sie erstaunt, »er hat sie schon gesucht.«

»Sie sind sicher, daß dies seine Schere ist?«

»Ganz sicher.«

Ich legte sie auf den Tisch.

»Wo haben Sie die denn gefunden?«

»Im Schloß.«

Ich sah, wie ihr die Angst in die Augen schoß.

»In der Waffengalerie. Ich wunderte mich, sie dort zu finden.«

Sie schwieg. Ich hörte überdeutlich das Ticken der Uhr auf dem Kaminsims.

»Er verlor sie vor einigen Wochen, als er zu Monsieur le Comte ins Château mußte«, sagte Madame Bastide, doch ich spürte, sie versuchte eine Entschuldigung zu finden.

Wir vermieden beide, uns anzusehen, und ich wußte, Madame Bastide war sehr beunruhigt.

Ich schlief in jener Nacht nicht besonders gut, da die Ereignisse des Tages mich aufgeregt hatten. Ich fragte mich, was wohl Claudes Absicht gewesen war, als sie mir folgte. Was wäre geschehen, wenn ich nicht vorsichtshalber Nounou und das Mädchen von meinem Vorhaben unterrichtet hätte? Mir schauderte. Wollte Claude mich aus dem Weg schaffen und wurde sie jetzt ungeduldig, weil ich immer noch zögerte, das Angebot anzunehmen, das sie mir gemacht hatte?

Ich war gerade etwas eingedöst, als die Tür aufging. Mein Herz klopfte so rasend schnell, daß ich dachte, es würde zerspringen. Ich fuhr hoch und erblickte am Fußende meines Bettes eine Gestalt. Ich glaubte, ich träumte noch halb, denn einen Augenblick lang dachte ich, eines der Schloßgespenster vor mir zu haben. Es war Claude.

»Ich fürchte, ich habe Sie erschreckt. Ich dachte, Sie schliefen noch nicht. Ich klopfte, bekam aber keine Antwort.«

»Ich war eingedöst«, erwiderte ich.

»Ich wollte mit Ihnen sprechen.«

Ich machte ein erstauntes Gesicht.

Sie fuhr fort: »Sie finden wahrscheinlich, ich hätte dazu schon günstigere Gelegenheiten gehabt, aber — es ist — nicht so leicht — ich schob es immer wieder auf . . .«

»Was haben Sie mir zu sagen?«

»Ich bekomme ein Kind.«

»Meine Glückwünsche!«

»Ich möchte, daß Sie verstehen, was das bedeutet.«

»Daß Sie ein Kind bekommen? Ich finde das eine sehr gute Nachricht — und eine nicht gänzlich unerwartete.«

»Sie sind eine Frau von Welt.«

Es überraschte mich etwas, so gesehen zu werden.

»Wenn es ein Junge ist, wird er der zukünftige Graf.«

»Wobei Sie von der Voraussetzung ausgehen, daß der Graf keine eigenen Söhne haben wird.«

»Aber Sie wissen doch bestimmt genug über die Familiengeschichte; Philippe ist hier, weil der Graf nicht wieder heiraten will.«

»Mag sein«, sagte ich, »aber was wollen Sie mir damit sagen?«

»Ich will Ihnen sagen, daß Sie das Angebot annehmen sollten, bevor es zu spät ist. Ich wollte heute nachmittag mit Ihnen reden, fand es aber zu schwierig . . .«

»Was ist schwierig?«

»Ich will ganz ehrlich sein. Wessen Kind glauben Sie wohl, erwarte ich?«

»Natürlich das Kind Ihres Mannes.«

»Mein Mann interessiert sich nicht für Frauen. Er ist impotent. Der Graf will zwar nicht wieder heiraten, möchte aber, daß sein Sohn ihn beerbt. Begreifen Sie jetzt?«

»Das alles geht mich nichts an.«

»Das stimmt, aber ich versuche doch nur, Ihnen zu helfen. Ich weiß, ich war nicht immer sehr nett zu Ihnen. Sie sollten fortgehen. Sie sollten sich von mir helfen lassen. Jetzt kann ich es noch, doch wenn Sie sich nicht bald entschließen, ist die Chance vorbei. Und Sie müssen zugeben, daß es eine einmalige Chance ist.«

Ich antwortete nicht. Ich konnte nur an eines denken: sie erwartete ein Kind vom Grafen, und der gefällige Philippe würde vor der Außenwelt als Vater posieren. Das war der Preis, den er zahlen mußte, um Graf zu werden, falls der wirkliche Graf vor ihm starb; es war der Preis, den er zahlen mußte, um das Schloß sein Zuhause zu nennen.

Sie beobachtete mich aufmerksam und sagte jetzt sanft, fast liebevoll: »Ich weiß, wie Ihnen zumute ist. Er ist – sehr aufmerksam gegen Sie gewesen, nicht wahr? Er hat noch nie jemanden wie Sie gekannt. Sie sind anders, und alles Neue hat ihn immer gereizt. Deshalb ist ja auch nichts bei ihm von Dauer. Sie sollten gehen, damit Sie nicht verletzt werden, bitter verletzt.«

Sie glich einem Gespenst, wie sie da am Fußende meines Bettes stand.

»Soll ich alles für Sie arrangieren?« fragte sie.

»Ich werde es mir überlegen«, antwortete ich leise.

Sie hob die Schultern und glitt zur Tür.

11

Als der Graf einige Tage darauf zurückkam, schien er sehr beschäftigt. Er besuchte mich nicht bei meiner Arbeit. Ich selbst war nur bestrebt, ihm aus dem Weg zu gehen. Merkwürdigerweise hatten sich meine Gefühle nicht verändert. Ich liebte ihn nicht um seiner Tugenden willen. Ich sah ihn als Menschen; ja, ich hatte ihm sogar ganz zu Unrecht Schlechtes zugetraut, wie im Fall von Gabrielle und Mademoiselle Dubois. Er war zum Mittelpunkt meines Lebens geworden. Und doch konnte ich ihn jetzt nicht einmal fragen, ob Claudes Geschichte stimme.

Ich konnte mein Verhalten nur als völlig unbesonnen und hoffnungslos verstrickt bezeichnen. Verstrickt! Wie typisch für mich, zu versuchen ein anderes Wort für verliebt zu finden, denn ich fürchtete mich, der Tatsache ins Auge zu sehen, daß ich einen Mann zutiefst und unabänderlich liebte.

Die Stimmung wurde von Tag zu Tag gespannter. Vermutlich herrschte vor der Weinernte immer diese erregte Atmosphäre. Doch für mich war dies meine ganz persönliche Krise. Ich mußte mich über meine Zukunft entscheiden.

Hinzu kam die Ahnung einer mich unmittelbar bedrohenden Gefahr. Ich hatte das unangenehme Gefühl, beobachtet zu werden. Dieses Gefühl hatte mich ganz plötzlich beschlichen, und ich wurde es nicht wieder los. Ich hatte mir vorgenommen, den Schlüssel dem Grafen zu zeigen und dann gemeinsam mit ihm nach dem passenden Schloß zu suchen. Seit Claude jedoch mit mir geredet hatte, fühlte ich mich nicht in der Lage, zu ihm zu gehen. Ich hatte mir noch eine Frist von mehreren Tagen eingeräumt, um weiterzusuchen. Vielleicht würde ihn die Nachricht auch so überwältigen und so glücklich machen, daß er, falls er es bisher noch nicht getan hatte, nun ernsthaft über mich nachdenken würde. Auf was für törichte Ideen verliebte Frauen kommen!

Indessen war der Graf nicht einmal gekommen, um sich meine Fortschritte anzusehen. Ich fragte mich, ob Claude wohl mit ihm über mich sprach und sie beide über meine Naivität lächelten. Falls sie tatsächlich sein Kind erwartete – doch ich konnte es nicht glauben – aber das war wieder die Romantikerin in mir. Wenn man die Situation vom praktischen Gesichtspunkt aus betrachtete, schien alles durchaus logisch; und waren die Franzosen nicht um ihrer Logik willen berühmt?

In meinen Augen war es jedoch grauenhaft und abstoßend, und ich machte keinen Versuch, den Grafen zu sehen, da ich befürchtete, meine Gefühle zu verraten.

Eines Nachmittags ging ich zu Gabrielle, die jetzt hochschwanger und glücklich und zufrieden war. Wir sprachen über den Grafen. Gabrielle empfand große Hochachtung für ihn. Als ich wieder ging, schlug ich eine Abkürzung durch das Wäldchen ein, und da überkam mich stärker denn je das Gefühl, verfolgt zu werden. Die Angst überfiel mich ganz plötzlich. Ich blieb stehen und horchte angestrengt. Dann rannte ich, einem jähen Impuls folgend, los. Ich war von solch panischer Angst besessen, daß ich fast laut aufschrie, als mein Rock sich an einer Brombeerranke verfing.

Deutlich hörte ich hinter mir das Geräusch hastiger Schritte; doch als die Bäume sich lichteten, sah ich mich um, konnte aber niemanden entdecken.

In der Nähe der Weinberge begegnete ich Philippe. Er kam auf mich zugeritten und rief aus: »Nanu, Mademoiselle Lawson, was ist denn los?«

Vermutlich sah ich noch etwas mitgenommen aus.

»Ich hatte eben ein ziemlich unangenehmes Erlebnis im Wald«, erklärte ich. »Mir schien, jemand verfolgte mich.«

»Sie sollten nicht allein in den Wäldern spazierengehen.«

»Nein, wahrscheinlich nicht.«

»Sicherlich war es jedoch nur eine Einbildung, würde ich sagen. Vielleicht dachten Sie daran, wie Sie meinen Vetter dort fanden. Vielleicht war aber auch jemand hinter einem Hasen her.«

»Wahrscheinlich.«

Er stieg ab und blieb stehen, um sich die Weinberge anzuschauen.

»Wir bekommen dieses Jahr eine Rekordernte«, meinte er. »Haben Sie schon mal eine Weinlese gesehen?«

»Nein.«

»Es wird Ihnen Spaß machen. Es dauert nicht mehr lange. Möchten Sie mal einen Blick in die Schuppen werfen? Da können Sie sehen, wie sie die Körbe zurechtmachen.«

»Würde das die Leute nicht stören?«

»Aber nein! Sie freuen sich, wenn alle genauso aufgeregt sind wie sie.«

Ich fühlte mich nicht wohl in seiner Gesellschaft, da ich jetzt in ihm den schwachen dritten Partner einer widerwärtigen Abmachung sah. Doch konnte ich nicht einfach weglaufen.

»Als ich noch ein Kind war, machte die Weinlese besonderen Eindruck auf mich«, erzählte er. »Man feierte bis tief in die Nacht hinein. Ich stieg dann aus dem Bett und hörte zu, wie sie sangen, während sie die Trauben zerstampften. Es war ein faszinierender Anblick.«

»Ja, es muß herrlich gewesen sein.«

»Aber vielleicht erscheint einem alles bunter und aufregender, wenn man jung ist. Ich glaube, es war die Weinlese, die mich in dem Entschluß bestärkte, lieber auf Château Gaillard als irgendwo anders auf der Welt zu leben.«

»Nun, dieser Wunsch ist Ihnen jetzt ja erfüllt worden.«

Er antwortete nicht, und ich bemerkte den verbitterten Zug um seinen Mund.

Wir unterhielten uns daher weiter über die Trauben und die Weinlese. Im Schloß ging ich gleich in mein Zimmer.

Ich spürte den fremden Duft und schaute mich prüfend um. Das Buch, das ich aufgeschlagen auf dem Nachttisch liegengelassen hatte, lag jetzt auf dem Frisiertisch.

Ich öffnete die Schubladen. Alles war ordentlich und so wie immer. Vielleicht war eines der Mädchen in meinem Zimmer gewesen. Aber weshalb? Um diese Tageszeit kam gewöhnlich nie eines herauf. War das nicht der Duft von Moschusrosen?

Ja, Claude mußte in meinem Zimmer gewesen sein. Warum? Konnte sie wissen, daß ich den Schlüssel hatte? War sie gekommen, um nachzusehen, ob ich ihn irgendwo in meinem Zimmer versteckt hatte?

Am folgenden Tag brachte mir das Mädchen einen Brief von Jean-Pierre, in dem er schrieb, er müßte mich sofort sehen, allein. Ich sollte in den Weinberg kommen.

Ich ging über die Zugbrücke zu den Weinbergen. Die gesamte

Landschaft schien in der Hitze des Nachmittags wie in tiefem Schlaf dazuliegen. Jean-Pierre kam mir schon entgegen.

»Es ist schwierig, hier zu reden«, sagte er. »Laß uns hineingehen.«

Er führte mich in das Kelterhaus und in den ersten Keller hinunter. Dort war es kühl und ganz dunkel. Das Licht drang nur durch kleine Öffnungen herein, die zur Temperaturregulierung da waren.

Jean-Pierre erklärte unvermittelt: »Ich soll weg von hier.«

»Weg von hier? Aber wann denn?«

»Unmittelbar nach der Ernte.« Er packte mich an den Schultern. »Weißt du auch warum, Dallas?«

Ich schüttelte den Kopf.

»Weil Monsieur le Comte mich aus dem Weg haben will.«

»Weshalb denn?«

Er lachte verbittert. »Er nennt seine Gründe nicht. Er gibt nur seine Befehle. Es paßt ihm nicht mehr, daß ich hier bin, obwohl ich mein ganzes Leben lang hier war.«

»Aber wenn du mit ihm redest, wird er es doch bestimmt . . .«

»Was soll ich ihm sagen? Daß dies mein Zuhause ist? Uns, liebe Dallas, werden solch lächerliche Empfindungen nicht zugebilligt. Wir sind die Leibeigenen, geboren, um zu gehorchen. Wußtest du das nicht?«

»Aber das ist doch absurd, Jean-Pierre.«

»Keineswegs. Ich habe meine Befehle bekommen.«

»Geh doch zu ihm, sag ihm . . . Ich bin sicher, er wird dich anhören.«

»Weißt du, was ich glaube, weshalb er mich wegschickt? Weil er von unserer Freundschaft weiß. Das paßt ihm nicht.«

»Was sollte ihn das kümmern?«

Ich hoffte, er hörte nicht den erregten Klang in meiner Stimme.

»Das bedeutet, daß er sich für dich interessiert — auf seine Art und Weise.«

»Aber das ist doch lächerlich!«

»Du weißt genau, daß es das nicht ist. Es gab immer Frauengeschichten, aber du bist anders als alle Frauen, die er bisher kannte. Er will deine ungeteilte Beachtung — eine Zeitlang.«

»Woher willst du das wissen?«

»Ich kenne ihn. Ich hab' mein ganzes Leben lang hier gelebt. Die Zeit ist hier stehengeblieben, und er möchte, daß es so bleibt.«

»Du haßt ihn ja, Jean-Pierre.«

»Das französische Volk hat sich einmal gegen seinesgleichen erhoben.«

»Du vergißt, wie er Gabrielle und Jacques geholfen hat.«

»Gabrielle hat wie alle Frauen eine Schwäche für ihn.«

»Was willst du damit sagen?«

»Daß ich nicht an diese reine Güte bei ihm glaube. Es steckt immer ein anderes Motiv dahinter. Für ihn sind wir nicht Menschen mit einem eigenen Leben. Wir sind nur seine Sklaven. Wenn er eine Frau haben will, wird einfach jeder, der ihm dabei im Wege steht, entfernt. Und wenn sie ihm nicht mehr genehm ist, nun — du weißt ja, was der armen Gräfin widerfuhr.«

»Wag es nicht, so etwas zu behaupten.«

»Aber Dallas! Was ist denn mit dir los?«

»Ich will wissen, was du in der Waffengalerie im Schloß machtest?«

»Ich?«

»Ja, du. Ich fand da deine Weinschere. Deine Mutter sagte, es wäre deine, und du hättest sie schon gesucht.«

»Ja — ich mußte ins Château zum Grafen — kurz bevor er nach Paris fuhr.«

»Und da mußtest du in die Waffengalerie?«

»Nein.«

»Aber da habe ich die Schere gefunden.«

»Der Graf war nicht da und da dachte ich mir, ich seh' mich ein bißchen im Château um. Es ist so ein interessantes altes Gebäude.

Ich konnte nicht widerstehen. Und das war doch der Raum, weißt du, in dem einer meiner Vorfahren zum letztenmal das Tageslicht sah.«

»Du solltest niemanden so hassen, Jean-Pierre.«

»Warum muß alles ihm gehören? Weißt du, daß er und ich blutsverwandt sind? Ein Ururgroßvater von mir war ein Halbbruder des damaligen Grafen.«

Ein schrecklicher Gedanke kam mir, und ohne zu überlegen sagte ich: »Ich glaube, du würdest ihn sogar umbringen.«

Jean-Pierre antwortete nicht.

»Dieser Unfall im Wald . . .«

»Das war ich nicht«, widersprach er. »Glaubst du, ich wäre der einzige, der ihn haßt?«

»Aber du hast keinen Grund, ihn zu hassen. Er hat dir nie etwas getan. Du haßt ihn nur für das, was er ist, und du möchtest selber das haben, was er hat.«

»Ein guter Grund, um jemanden zu hassen.« Er lachte unvermittelt auf. »Ich bin einfach stinkwütend auf ihn, weil er mich wegschicken will. Würdest du nicht auch jeden hassen, der dich vor deinem Zuhause und dem Menschen, den du liebst, wegschicken will? Denn ich bin nicht nur hergekommen, um mit dir über meinen Haß zu reden, sondern auch um dir zusagen, wie ich dich liebe. Ich werde also gleich nach der Weinlese nach Mermoz gehen und ich möchte, daß du mit mir kommst, Dallas. Du gehörst zu uns. Es ist ja auch die Heimat deiner Mutter. Laß uns heiraten, und dann lachen wir nur noch über ihn. Er hat keine Macht über dich.«

Keine Macht über mich! Da irrst du dich, Jean-Pierre, dachte ich. Kein Mensch hat jemals diese Macht gehabt, über mein Glück oder Unglück zu bestimmen — mich glücklich oder todunglücklich zu machen.

Jean-Pierre ergriff meine Hände und zog mich mit leuchtenden Augen an sich.

»Dallas, werde meine Frau. Denk doch, wie glücklich uns das macht — mich, meine ganze Familie. Du hast uns doch gern, nicht wahr?«

»Ja«, sagte ich. »Ich habe euch alle gern.«

»Oder willst du etwa weg? Zurück nach England? Was willst du dort machen, Dallas, mein Liebling? Hast du da Freunde? Nein, du willst doch hierbleiben, nicht wahr? Du fühlst doch, daß du hierher gehörst?«

Ich antwortete nicht, sondern dachte an das Leben, das Jean-Pierre mir zu Füßen legte. Ich malte mir aus, wie ich meine Staffelei hervorholen würde, um das Treiben der Weinbauern einzufangen — wie ich die Familie Bastide besuchen — aber nein, dann würde ich ja das Schloß sehen. Natürlich. Ich würde dem Grafen begegnen. Er würde mich ansehen und höflich den Kopf neigen. Vielleicht würde er sich fragen: Wer ist eigentlich diese Frau? Ich habe sie doch schon mal gesehen? Ach ja, das ist diese Mademoiselle Lawson, die herkam, um meine Bilder zu restaurieren. Nein! Lieber die Gelegenheit ergreifen, die Claude mir angeboten hatte.

»Du zögerst?« fragte Jean-Pierre.

»Es geht nicht.«

»Du liebst mich nicht?«

»Ich kenne dich im Grunde ja gar nicht, Jean-Pierre.«

Die Worte waren mir unversehens entschlüpft.

»Aber wir sind doch alte Freunde, dachte ich. Alles, was ich von dir wissen muß, ist, daß ich dich liebe.«

Liebe, dachte ich. Sein Haß auf den Grafen war stärker als seine Liebe zu mir. Wollte Jean-Pierre mich vielleicht nur heiraten, weil er glaubte, der Graf interessiere sich für mich? Bei dieser Überlegung überkam mich eine heftige Abneigung gegen ihn. Er erschien mir nicht länger als der alte Freund, in dessen Heim ich so viele schöne Stunden verbracht hatte. Er war mir plötzlich ganz fremd und unheimlich.

»Los, Dallas!« drängte er. »Sag, daß wir heiraten. Dann geh' ich gleich zum Grafen und sage ihm, daß ich mir eine Braut mit nach Mermoz nehme.«

»Es tut mir leid, sehr leid, Jean-Pierre, aber es geht nicht.«

»Du meinst, du wirst mich nicht heiraten?«

»Ja, Jean-Pierre. Ich kann dich nicht heiraten.«

Er ließ die Hände von meinen Schultern fallen und erklärte resigniert: »Ich gebe die Hoffnung trotzdem nicht auf.«

Ich hatte nur den Wunsch, aus diesem Keller herauszukommen. Ein derartiger Haß auf einen anderen Menschen war beängstigend. Und ich, die ich mich früher immer so selbstsicher gefühlt hatte, fing seit einiger Zeit an, Angst zu haben.

Jean-Pierre benahm sich nicht wie ein verliebter Mann. Er wollte mich heiraten, um dem Grafen eines auszuwischen. Dieser Gedanke enthielt jedoch auch etwas Beglückendes. Jean-Pierre hatte das Interesse des Grafen für mich bemerkt.

Ich arbeitete am nächsten Morgen an den letzten Retuschen, als Nounou in großer Aufregung zu mir kam.

»Geneviève ist eben nach Hause gekommen und gleich in ihr Zimmer gestürzt. Sie ist zwischen Lachen und Weinen hin und her gerissen. Es ist nicht aus ihr herauszukriegen, was los ist. Bitte, kommen Sie, helfen Sie mir!«

Ich ging mit ihr in Genevièves Zimmer. Sie war wahrhaftig in einer schlimmen Verfassung. Sie hatte ihre Reitkappe und Gerte in die Ecke geschleudert und saß auf dem Bett und starrte mit finsterm Blick ins Leere.

»Was ist denn los, Geneviève?« fragte ich. »Vielleicht kann ich dir helfen.«

»Wie können Sie mir denn helfen! Es sei denn, Sie gehen zu meinem Vater und fragen . . .«

»Was?«

Sie antwortete nicht, sondern ballte die Fäuste und schlug auf das Bett ein.

»Ich bin kein Säugling mehr«, schrie sie. »Ich bin erwachsen. Und ich werde nicht hierbleiben, wenn ich es nicht will. Ich laufe einfach weg.«

Nounou fragte erschrocken: »Wohin denn?«

»Irgendwohin. Ihr werdet mich jedenfalls nicht finden.«

»Ich glaube nicht, daß ich sehr erpicht darauf wäre, dich zu finden, wenn du in dieser Verfassung bleibst«, sagte ich.

Geneviève mußte laut lachen, war aber sofort wieder ernst. »Ich sage Ihnen, Miß, ich lasse mich nicht mehr wie ein Kind behandeln.«

»Was hat dich bloß so aufgeregt? Wer hat dich denn wie ein Kind behandelt?«

Sie starrte auf die Spitzen ihrer Reitstiefel und erklärte: »Wenn ich Freunde haben will, werde ich sie auch haben.«

»Wer hat denn gesagt, daß du das nicht sollst?«

»Ich finde, man darf Menschen nicht einfach wegschicken, nur weil . . .« Sie brach ab und funkelte mich an. »Ach, das geht Sie gar nichts an. Und dich auch nicht, Nounou. Geh 'raus! Steht nicht da und glotzt mich an, als wär' ich ein Säugling.«

Nounou sah aus, als würde sie gleich in Tränen ausbrechen. Mir schien, ich konnte besser allein mit dieser Situation fertig werden. Ich machte Nounou also ein Zeichen, hinauszugehen, was sie nur zu bereitwillig tat.

Dann setzte ich mich auf das Bett und wartete.

Es dauerte nicht lange, da sagte Geneviève: »Mein Vater schickt Jean-Pierre weg, weil er mein Freund ist.«

»Wer hat das gesagt?«

»Das braucht mir niemand zu sagen, ich weiß es.«

»Aber warum sollte er ihn deshalb wegschicken?«

»Weil ich Papas Tochter bin und Jean-Pierre ein Weinbauer ist.«

»Ich verstehe nicht.«

»Weil ich erwachsen werde — deshalb. Weil . . .«

Sie sah mich an, und ihre Lippen zitterten. Dann warf sie sich aufs Bett und brach in lautes Schluchzen aus, das ihren ganzen Körper schüttelte. Ich beugte mich über sie.

»Geneviève«, sagte ich liebevoll, »meinst du, sie haben Angst, du könntest dich in ihn verlieben?«

»Jetzt machen Sie sich über mich lustig«, schrie sie. »Ich sage Ihnen, ich bin alt genug. Ich bin kein Kind mehr.«

»Das habe ich auch gar nicht behauptet. Bist du in Jean-Pierre verliebt, Geneviève?«

Sie antwortete nicht, also fuhr ich fort: »Und Jean-Pierre?«

Sie nickte. »Er sagte mir, Papa würde ihn deshalb wegschicken.«

»So so«, meinte ich langsam.

Sie lachte verbittert auf. »Er soll ja nur nach Mermoz. Aber ich werde mit ihm durchbrennen. Ich bleibe nicht hier, wenn er weggeht.«

»Hat Jean-Pierre dir das vorgeschlagen?«

»Fragen Sie mich nicht immer weiter aus. Sie sind ja nicht auf meiner Seite.«

»Das bin ich doch, Geneviève. Ich bin auf deiner Seite.«

»Wirklich?« Sie hob den Kopf und sah mich an.

Ich nickte.

»Ich dachte, Sie wären es nicht, weil — weil ich glaubte, Sie wollten ihn auch gern. Ich war eifersüchtig auf Sie«, gab sie naiv zu.

»Es besteht kein Grund, auf mich eifersüchtig zu sein, Geneviève. Aber du mußt vernünftig sein, weißt du. Als ich jung war, verliebte ich mich auch einmal.«

Sie mußte über diese Vorstellung lächeln. »Sie, Miß? O nein.«

»O doch«, erwiderte ich schroff. »Sogar ich.«

»Das muß aber komisch gewesen sein.«

»Es schien mir eher tragisch.«

»Warum? Schickte Ihr Vater ihn auch weg?«

»Das konnte er nicht. Aber er machte mir klar, daß unsere Verbindung unmöglich wäre.«

»Und wäre es das wirklich gewesen?«

»Das ist es meistens, wenn man noch sehr jung ist.«

»Jetzt versuchen Sie, mich zu beeinflussen. Ich sage Ihnen aber, ich werde nicht darauf hören. Und ich sage Ihnen noch etwas: wenn Jean-Pierre nach Mermoz geht, gehe ich mit.«

»Er wird gleich nach der Weinlese dorthin gehen.«

»Und ich auch«, erklärte sie voller Entschlossenheit.

Ich sah, es hatte keinen Sinn, mit ihr zu reden, solange sie in dieser Verfassung war, und ließ sie deshalb allein, aber nicht aus den Augen.

Bildete sie sich nur ein, daß Jean-Pierre in sie verliebt war, oder hatte er es ihr gesagt? Konnte er das zum gleichen Zeitpunkt getan haben, wo er mich bat, ihn zu heiraten? Mir schien, sein Haß auf den Grafen beherrschte sein ganzes Leben. Weil er glaubte, der Graf interessiere sich für mich, hatte er mich heiraten wollen; und weil Geneviève die Tochter des Grafen war — versuchte er sie zu verführen.

Ich sehnte mich nach einem Gespräch mit dem Grafen, doch er schien mich zu ignorieren. Claude wies mehrfach darauf hin, daß meine Arbeit sich ja nun ihrem Ende näherte. Und Philippe war distanziert, wenn auch freundlich wie immer.

Dann kam ich plötzlich auf die Idee, zu Jean-Pierres Großmutter zu gehen. Es wurde schon fast Abend. Ich hoffte, sie allein anzutreffen, denn in den Weinbergen herrschte eifrige Geschäftigkeit, da alles für den morgigen Tag der Weinlese vorbereitet wurde.

Sie begrüßte mich so herzlich wie immer, und ich erzählte ihr ohne Umschweife von meinen Sorgen.

»Jean-Pierre hat mich gebeten, ihn zu heiraten.«

»Und Sie lieben ihn nicht?«

Ich schüttelte den Kopf. »Er liebt mich aber auch nicht. Er haßt den Grafen.«

Ich sah, wie die Adern auf ihren Händen hervortraten.

»Und Geneviève«, erzählte ich weiter, »hat er zu der Annahme verleitet, daß . . .«

»O nein!«

»Sie ist leicht erregbar und verwundbar. Ich habe Angst um sie. Sie ist geradezu hysterisch, weil er weggeschickt werden soll. Wir müssen etwas tun, ich weiß allerdings nicht, was. Dieser Haß von Jean-Pierre — ist nicht normal.«

»Versuchen Sie doch zu verstehen. Jeden Tag schaut er zum Château hinüber und denkt: Warum muß es dem Grafen gehören? Warum nicht . . .«

»Aber das ist doch absurd. Alle hier in der Gegend haben das Schloß ständig vor Augen; und sie sind auch nicht so neidisch.«

»Das ist was anderes. Wir Bastides haben gräfliches Blut in den Adern. Hier im Süden bedeutet bastide Landhaus, aber hieß es nicht vielleicht einmal Bastard?«

»Es muß hier viele Leute geben, die behaupten, gräfliches Blut in den Adern zu haben.«

»Aber wir standen dem Château immer näher. Der Vater meines Mannes war der Sohn eines Grafen de la Talle. Jean-Pierre weiß das. Wenn er also zum Château hinüberschaut, denkt er: So hätte ich auch über mein Land reiten können. Diese Weinberge hätten mir gehören können — und das Château ebenfalls.«

»Ein solches Denken ist aber — krankhaft.«

»Jean-Pierre war schon immer sehr stolz. Er hat sich immer begierig die Geschichten über das Château angehört.«

»Aber das erklärt nicht diesen glühenden Neid und Haß. Sie müssen ihn zur Vernunft bringen. Es gibt eine Tragödie, wenn er so weitermacht. Ich fühle es. Damals, als im Wald auf den Grafen geschossen wurde . . .«

»Das war nicht Jean-Pierre.«

»Aber wenn er ihn so haßt . . .«

»Er ist kein Mörder.«

»Wer war es dann?«

»Ein Mann wie der Graf hat seine Feinde.«

»Keiner könnte ihn mehr hassen. Das gefällt mir nicht.«

»Sie versuchen immer, die Menschen zu bessern, Dallas. Menschen sind aber keine Bilder, wissen Sie. Noch . . .«

»Noch bin ich so vollkommen, daß ich versuchen sollte, andere zu reformieren, ich weiß. Aber ich finde diesen Haß von Jean-Pierre wirklich besorgniserregend.«

»Wenn man all die geheimen Gedanken lesen könnte, die uns durch den Kopf gehen, gäbe es sehr oft Anlaß zu Besorgnis. Wie steht es denn mit Ihnen selbst, Dallas? Sie lieben den Grafen doch, nicht wahr?«

Ich wich bestürzt zurück.

»Das ist mir genauso sonnenklar wie Ihnen Jean-Pierres Haß. Es ist nicht dieser Haß als solcher, der Sie beunruhigt, sondern die Tatsache, daß er dem Grafen gilt. Sie befürchten, Jean-Pierre könnte ihm etwas zuleide tun. Dieser Haß besteht schon seit Jahren. Er ist für Jean-Pierre notwendig. Sie sind durch Ihre Liebe in größerer Gefahr, Dallas, als er durch seinen Haß.«

Ich antwortete nicht.

»Sie sollten nach England zurückgehen, liebe Dallas. Ich sage Ihnen das als alte Frau, die viel mehr sieht als Sie denken. Könnten Sie hier glücklich sein? Würde der Graf Sie heiraten? Wollen Sie hier als seine Geliebte leben? Ich glaube, nein. Das würde weder ihm noch Ihnen recht sein. Kehren Sie nach Hause zurück, solange noch Zeit ist. In Ihrer Heimat werden Sie dann vergessen lernen, denn Sie sind ja noch jung. Sie werden einem anderen Mann begegnen.«

»Sie machen sich ja Sorgen, Madame Bastide.«

Sie schwieg.

»Sie haben auch Angst, daß Jean-Pierre etwas tun könnte.«

»Er hat sich in letzter Zeit so verändert.«

»Was meinen Sie damit?«

»Vielleicht sollte ich es Ihnen nicht erzählen, aber es bedrückt mich, seit ich es entdeckte. Als die Gräfin damals vor den Revolutionären floh und hier Unterschlupf suchte, war sie den Bastides sehr dankbar und hinterließ ihnen bei ihrem Tod einen kleinen goldenen Kasten. In dem Kasten war ein Schlüssel.«

»Ein Schlüssel?«

»Ja, ein kleiner Schlüssel. Ich habe noch nie einen ähnlichen gesehen. An dem oberen Ende war eine fleur-de-lis.«

»Ja?« drängte ich ungeduldig.

»Der Kasten sollte uns gehören. Er war sehr wertvoll. Er wird an sicherem Ort aufbewahrt für den Fall, daß wir einmal in große Not geraten. Den Schlüssel sollten wir solange aufbewahren, bis jemand ihn verlangt. Vorher sollte er nicht herausgegeben werden.«

»Und verlangte ihn nie jemand?«

»Nein, nie. Es hieß, die Gräfin hätte von zwei Schlüsseln gesprochen: dem in unserem Kasten und dem, der im Château versteckt war.«

»Wo ist der Schlüssel? Kann ich ihn sehen?«

»Er ist verschwunden, vor kurzem. Ich glaube, jemand hat ihn weggenommen.«

»Jean-Pierre«, wisperte ich, »er versucht, das Schloß zu finden, das zu dem Schlüssel paßt.«

»Das könnte sein.«

»Und wenn er es findet?«

Sie packte meine Hand. »Wenn er findet, was er sucht, wird das das Ende seines Hasses sein.«

»Sie meinen – die Smaragde.«

»Wenn er die Smaragde fände, hätte er das Gefühl, seinen Anteil bekommen zu haben. Ich habe Angst, daß diese — fixe Idee sich wie ein Krebs in sein Denken hineingefressen hat.«

»Können Sie nicht mit ihm reden?«

»Es hat keinen Zweck. Ich habe es schon versucht.« Und nach einer kurzen Pause fuhr sie fort: »Ich habe Sie gern, Dallas. Alles scheint hier ganz friedlich — an der Oberfläche, aber nichts ist so, wie es scheint. Keiner von uns zeigt der Welt sein wahres Gesicht. Sie sollten abreisen, Dallas. Sie sollten nicht in diesen jahrzehntelangen Hader verwickelt werden. Nach einiger Zeit wird Ihnen dies alles wie ein Traum erscheinen.«

»Nein, niemals!«

»Doch, liebe Dallas. So ist nun mal das Leben.«

Ich ging zum Schloß zurück und wußte jetzt, ich konnte nicht länger passiv bleiben, ich mußte handeln, wie, wußte ich allerdings nicht.

Es war halb sieben und der Morgen der Weinlese. Aus der ganzen Umgegend strömten Männer, Frauen und Kinder zu den Weinbergen, wo Jean-Pierre und sein Vater ihnen Instruktionen gaben. In der Schloßküche wurden nach altem Brauch die Mahlzeiten für alle Arbeiter zubereitet.

Die Leute arbeiteten immer paarweise: einer schnitt vorsichtig die Trauben ab und entfernte gewissenhaft alle nicht ganz vollkommenen Beeren, während der andere den Korb trug, damit die Trauben nicht gequetscht wurden. Nach altem Brauch wurde dazu gesungen.

Ich arbeitete an diesem Vormittag nicht, sondern ging in die Weinberge, um zuzuschauen. Doch ich fühlte, ich gehörte nicht dazu. Daher kehrte ich bald wieder in die Galerie zurück.

Madame Bastide hatte mir dringend geraten, abzureisen. Ich fragte mich, ob der Graf mir dadurch, daß er mich mied, dasselbe sagen wollte. Er hatte eine gewisse Achtung vor mir, und dieser Gedanke würde mir etwas Kraft geben, wenn ich wegging. Vielleicht war ich keine Frau, die grande passion in einem Mann erweckte. Aber wenn ich dies klar erkannte, mußte ich doch eigentlich begreifen, wie absurd das Ganze war. Der Graf: ein Mann von Welt, erfahren, verwöhnt und anspruchsvoll, und ich: ein reizloses, spätes Mädchen, das nur eine Leidenschaft kannte, nämlich die Arbeit.

Ich würde den Schlüssel dem Grafen geben und ihm erzählen, wie ich ihn gefunden hatte. Und gleichzeitig würde ich ihm mitteilen: Ich bin fast mit der Arbeit fertig und reise in Kürze ab.

Ich betrachtete den Schlüssel. Jean-Pierre besaß einen identischen: und er suchte nach dem Schloß, genau wie ich. Hatte er mich an jenem Nachmittag auf dem Familienfriedhof gesehen? Befürchtete er, ich könnte finden, was er so verzweifelt suchte? Er durfte die Smaragde nicht stehlen. Wenn er ertappt würde — Es wäre nicht auszudenken! Ich dachte an das Leid, das über diese Menschen kommen würde, die ich so gern hatte.

Also mußte ich den Smaragdschmuck vor ihm finden. Heute war kaum eine Menschenseele im Schloß. Mir fiel ein, daß ich neben der Tür zu den Kerkern eine Laterne gesehen hatte, und schwor, diese diesmal anzuzünden, damit ich richtig nachschauen konnte.

Entschlossen stieg ich dann die Steintreppe hinunter. Als ich die schwere Tür aufmachte, quietschte sie klagend. Feuchte Kälte schlug mir entgegen. Ich zündete die Laterne an und hielt sie in die Höhe. In ihrem Schein sah ich die feuchten Wände, den Schwammbelag, die in die Mauer gehauenen Alkoven und hier und dort Ringe, an denen die Ketten befestigt waren.

Ich tappte in das Dunkel hinein. Wieder befiel mich jenes schleichende Grauen. Mir war, als warne mich jeder Nerv meines Körpers: Hier lauert Gefahr! Und dann spürte ich es: ich war hier nicht allein, jemand beobachtete mich und dieser jemand wartete, wartete darauf, daß ich etwas tat; und wenn ich es tat, würde — Nein. O Jean-Pierre! dachte ich, du würdest mir nichts tun, nicht einmal um der Gaillardschen Smaragde willen.

Meine Hände zitterten, und ich verachtete mich selbst für meine Angst. Ich war ja keinen Deut besser als die Dienstboten, die sich weigerten, hierher zu kommen.

»Wer ist da?« rief ich. Meine Worte hallten gespenstisch wider. Mein Instinkt schrie mir warnend zu. Geh sofort! Und komm nie wieder allein hierher!

»Es ist nichts«, sagte ich und wußte nicht, weshalb ich laut gesprochen hatte. Wahrscheinlich versuchte ich, die Furcht zu bezwingen.

Langsam und bedächtig bewegte ich mich rückwärts auf die Tür zu. Ich blies die Laterne aus und stellte sie auf den Fußboden. Dann stolperte ich die steinernen Stufen hinauf und eilte auf dem kürzesten Weg in mein Zimmer.

Nie wieder wollte ich allein dort hinuntergehen. Ich malte mir aus, wie jene Tür hinter mir zufiel, malte mir aus, wie das Verderben über mich hereinbrach. Ja, ich mußte unverzüglich mit dem Grafen sprechen.

Es war bezeichnend, daß die Trauben in Gaillard noch auf die traditionelle Art und Weise gekeltert wurden.

»Es gibt keine Methode, die so gut ist wie die alte«, hatte Armand Bastide gesagt. »Kein Wein schmeckt so wie unserer.«

Die Trauben waren alle abgenommen und lagen einen Meter

hoch in dem großen Bottich. Die Männer und Frauen, die die Trauben zerstampfen sollten, hatten ihre Beine und Füße so lange geschrubbt, bis sie glänzten. Die Musikanten fielen mit ihren Instrumenten in den Gesang ein, und die fröhliche Ausgelassenheit schlug hohe Wellen. Das vom Mondlicht beschienene Bild wirkte geradezu unwirklich für mich, die ich nie etwas Ähnliches gesehen hatte.

Fasziniert beobachtete ich die Tanzenden, die mit leuchtenden Gesichtern und laut singend tiefer und tiefer in die dunkelrote Maische sanken. Die Musik wurde immer wilder und zügelloser, und die Musikanten standen jetzt rings um den Trog.

Ich erhaschte einen Blick von Yves und Margot; sie waren mit einigen anderen Kindern völlig aus dem Häuschen. Kreischend tanzten sie und taten so, als stampften sie ebenfalls Trauben.

Auch Geneviève war da, das Haar hoch aufgesteckt. Sie sah erregt aus, und ich wußte, sie suchte nach Jean-Pierre.

Und auf einmal stand der Graf neben mir. Er lächelte, als freute er sich, mich gefunden zu haben, und ich war lächerlich glücklich, weil ich glaubte, er hätte mich gesucht.

»Dallas«, sagte er, und es erfüllte mich mit Freude, meinen Vornamen aus seinem Mund zu hören. »Wie finden Sie es?«

»Ich habe noch nie etwas Ähnliches gesehen.«

»Es freut mich, daß wir Ihnen etwas bieten konnten, was Sie noch nicht kannten.«

Er hatte die Hand unter meinen Ellbogen geschoben.

»Ich muß Sie sprechen«, erklärte ich.

»Und ich Sie. Aber nicht hier. Hier ist's zu laut.«

Er zog mich fort.

»Es scheint sehr lange her zu sein, seit wir uns zuletzt unterhalten haben«, begann er. »Ich wollte — über uns nachdenken. Ich wollte nicht, daß Sie mich für unüberlegt — ungestüm halten, denn ich glaube nicht, daß Sie das schätzen.«

»Nein«, hauchte ich.

Wir hatten den Weg zum Schloß eingeschlagen.

»Aber erzählen Sie mir zuerst, was Sie mir sagen wollen«, bat er.

»In wenigen Wochen werde ich mit meiner Arbeit hier fertig sein, das heißt, ich werde abreisen.«

»Sie dürfen nicht abreisen!«

»Aber es besteht dann kein Grund mehr für mich, zu bleiben.«

»Wir müssen eben einen finden, Dallas.«

Ich drehte mich um. Auch wenn ich dadurch meine Gefühle verriet — ich mußte endlich die Wahrheit wissen!

»Was könnte es für einen Grund geben?«

»Weil ich sehr unglücklich wäre, wenn Sie uns verließen.«

»Ich glaube, Sie sollten mir lieber genau erklären, was Sie damit sagen wollen.«

»Ich will damit sagen, daß ich Sie nicht fortgehen lassen kann, daß ich Sie immer hierbehalten möchte, daß ich mir wünsche, daß dies Ihr Zuhause wird. Ich versuche dir zu sagen. Dallas, daß ich dich liebe.«

»Ist das ein Heiratsantrag?«

»Noch nicht. Es gibt noch einige Dinge, über die wir erst sprechen müssen.«

»Aber du hast doch beschlossen, nie wieder zu heiraten?«

»Es gibt eine Frau auf dieser Welt, die mich von diesem Entschluß abbringen konnte. Ich wußte bisher nicht, daß es sie gab, wie sollte ich da ahnen, daß ein gütiges Geschick sie zu mir schicken würde?«

»Bist du dir sicher?« fragte ich mit vor Glück zitternder Stimme. Er blieb stehen und nahm ernst und feierlich meine Hände. »Noch nie war ich mir in meinem ganzen Leben so sicher.«

»Und doch bittest du mich nicht, dich zu heiraten?«

»Mein Liebling, ich möchte nicht, daß du dein Leben vergeudest.«

»Würde ich es vergeuden, wenn ich dich liebte?«

»Sag nicht *wenn*. Sag, daß du es tust. Laß uns ganz ehrlich miteinander sein. Liebst du mich, Dallas?«

»Ich weiß so wenig von der Liebe. Ich weiß nur, daß ich, wenn ich von hier wegginge und dich niemals mehr wiedersähe, unglücklicher wäre als je in meinem ganzen Leben.«

Er küßte mich zärtlich auf die Wange. »Aber wie kannst du nur so — für mich empfinden?«

»Ich weiß es nicht.«

»Du kennst mich so, wie ich nun einmal bin, und das will ich auch. Ich würde nicht zulassen, daß du mich heiratest, bevor du mich nicht wirklich richtig kennst. Hast du dir alles genau überlegt, Dallas?«

»Ich habe versucht, nicht über anscheinend völlig Unmögliches nachzudenken, doch im geheimen habe ich trotzdem darüber nachgedacht.«

»Und du hältst es für möglich?«

»Ich sah mich nicht in der Rolle einer femme fatale.«

»Gott bewahre!«

»Ich sah mich als eine nicht mehr sehr junge Frau ohne jeden persönlichen Charme, die jedoch imstande ist, allein im Leben zurechtzukommen — als eine Frau, die mit allen törichten romantischen Ideen abgeschlossen hatte.«

»Du kanntest dich selbst nicht.«

»Wenn ich nicht hierher gekommen wäre, hätte sich seine Vorstellung bestätigt.«

»Wenn du mir nicht begegnet wärest — und wenn ich dir nicht begegnet wäre — aber wir sind uns begegnet. Und was machten wir? Wir begannen, den Belag abzuwischen, den Mehltau, du kennst die Ausdrücke besser. Ich lasse dich nie wieder fort, Dallas, das heißt, wenn du dir ganz sicher bist, daß du mich liebst.«

»Das bin ich.«

»Vergiß nicht, daß du ein bißchen töricht geworden bist, ein bißchen romantisch. Warum liebst du mich denn eigentlich?«

»Das weiß ich nicht.«

»Du bewunderst doch nicht meinen Charakter? Dir sind doch sicher Gerüchte zu Ohren gekommen? Was ist nun, wenn ich dir sagte, daß ein Großteil dieser Gerüchte stimmt?«

»Ich habe nicht erwartet, daß du ein Heiliger bist.«

»Ich bin rücksichtslos und herzlos gewesen, oft sogar grausam, ich bin untreu, leichtlebig, egoistisch und arrogant gewesen. Was, wenn ich es wieder wäre?«

»Ich bin darauf gefaßt. Doch wie du weißt, bin ich sehr von mir überzeugt, gouvernantenhaft, wie Geneviève dir sagen wird.«

»Geneviève«, murmelte er und meinte dann lachend: »Auch ich bin auf alles gefaßt.«

Dann lagen seine Hände auf meinen Schultern, und ich fühlte seine aufsteigende Leidenschaft und erwiderte sie mit meinem ganzen Sein. Doch er bemühte sich, sie zurückzudrängen, es war, als zögerte er den Augenblick noch hinaus, da wir alles übrige vergessen würden.

»Dallas, du mußt dir ganz sicher sein«, sagte er abermals.

»Aber ich bin es, ich bin es, mehr denn je.«

»Du würdest mich also nehmen?«

»Nur zu gern.«

»Obwohl du weißt — was du weißt?«

»Wir werden von vorn anfangen«, sagte ich. »Die Vergangenheit interessiert uns nicht mehr. Was du warst oder was ich war, bevor wir uns begegneten, ist völlig unwichtig. Wichtig ist einzig und allein, was wir von jetzt ab zusammen sind.«

»Ich bin aber kein guter Mensch.«

»Wer kann sagen, was gut ist?«

»Ich habe mich jedoch gebessert, seitdem du hier bist.«

»Dann muß ich bleiben, um dafür zu sorgen, daß du dich weiter besserst.«

»Mein Liebling«, sagte er zärtlich und zog mich an sich.

Nach einer Weile gab er mich dann frei und drehte mich zum Schloß um. Es ragte wie ein Märchenschloß vor uns im Mondlicht

auf. Ich kam mir wie die Prinzessin in einem Märchen vor und
sagte ihm das auch.

»Glaubst du an glückliche Ausgänge?« fragte er.

»Nicht an eine ständige Ekstase. Aber ich glaube, wir müssen
unser eigenes Glück gestalten, und ich bin fest dazu entschlossen.«

»Du wirst das für uns beide tun. Denn du wirst immer das
erreichen, was du dir vornimmst. Ich glaube, du hattest schon vor
Monaten beschlossen, mich zu heiraten. Wenn unsere Pläne übrigens bekannt werden, Dallas, wird es Gerede geben. Bist du
darauf vorbereitet?«

»Ich werde mich nicht um das Gerede kümmern.«

»Aber ich will nicht, daß du dir Illusionen über mich machst.«

»Ich glaube, ich weiß die dunkelsten Punkte. Du holtest Philippe hierher, weil du beschlossen hattest, nicht wieder zu heiraten. Was wird er nun dazu sagen?«

»Er wird auf seine Besitzungen in Burgund zurückkehren und
vergessen, daß er mich einmal nach meinem Tode beerben sollte.
Schließlich hätte er vielleicht sehr lange warten müssen. Wer weiß,
ob er nicht zu alt gewesen wäre, um sich noch darüber freuen zu
können, wenn es endlich soweit gewesen wäre.«

»Aber sein Sohn hätte alles geerbt.«

»Philippe wird nie einen Sohn haben.«

»Und seine Frau? Sie soll deine Geliebte gewesen sein,
stimmt's?«

»Zu einem gewissen Zeitpunkt, ja.«

»Und du verheiratetest sie mit Philippe, der deiner Ansicht nach
ja keinen Sohn haben kann, damit sie für dich Söhne in die Welt
setzt?«

»Ich wäre zu einem derartigen Plan fähig. Ich sagte dir ja, ich
bin ein Gauner. Aber gerade deshalb brauche ich dich, um meine
Laster zu überwinden. Du darfst mich nie mehr verlassen, Dallas.«

»Und das Kind?« fragte ich.

»Was für ein Kind?«

»Na, ihr Kind, Claudes Kind.«

»Sie hat kein Kind.«

»Aber sie sagte mir, daß sie ein Kind erwartet — dein Kind.«

»Das ist nicht möglich«, erklärte er.

»Aber wenn sie deine Geliebte ist?«

»*War*, sagte ich, nicht ist. Du fingst gleich bei unserer ersten
Begegnung an, deinen Einfluß auf mich auszuüben. Seit sie Philippe geheiratet hat, ist nichts mehr zwischen uns. Du siehst
ungläubig drein. Heißt das, du glaubst mir nicht?«

»Ich glaube dir und — ich bin froh. Ich sehe nun, sie wollte mich
nur von hier weghaben. Aber das macht nichts. Das macht jetzt
alles nichts mehr.«

»Du wirst wahrscheinlich ab und zu noch von anderen Misse-
taten hören.«

»Die gehören alle der Vergangenheit an. Ich aber werde mich
mit der Gegenwart und der Zukunft befassen.«

»Wie sehne ich den Augenblick herbei, wo du dich ganz mit mir
befassen wirst.«

»Sollen wir sagen, daß ich es von jetzt ab tue?«

»Du bist entzückend — zauberhaft! Wer hätte je geglaubt, daß
ich so etwas Reizendes aus deinem Mund hören würde?«

»Ich hätte es selbst nicht geglaubt. Du hast mich verhext.«

»Mein Liebling! Aber bitte, frag mich mehr. Was hast du sonst
noch über mich gehört?«

»Ich dachte, du wärest der Vater von Gabrielles Kind.«

»Aber nein! Das ist Jacques.«

»Ich weiß es inzwischen, und ich weiß auch, daß du sehr gütig
zu Mademoiselle Dubois warst. Ich weiß also, daß du ein gutes
Herz hast.«

Er legte den Arm um mich, und als wir über die Zugbrücke
gingen, sagte er: »Eine Sache hast du bisher mit keinem Wort
erwähnt: Meine Ehe.«

»Was soll ich dich denn da fragen?«

»Du hast doch bestimmt Gerüchte gehört.«

»Ja, das habe ich.«

»Es wurde damals in dieser Gegend kaum über etwas anderes
geredet. Ich glaube, das halbe Land ist überzeugt, ich hätte sie
umgebracht. Sie werden dich für eine sehr mutige Frau halten.«

»Erzähl mir, wie sie starb.«

Er antwortete nicht.

»Bitte!« drängte ich, »erzähl es mir, bitte!«

»Ich kann es dir nicht erzählen.«

»Du meinst . . .«

»Bitte versteh, Dallas.«

»Aber . . .«

»Frag mich nie danach.«

»Aber ich dachte, wir wollten immer ganz aufrichtig miteinander sein.«

»Gerade deshalb kann ich es dir nicht erzählen.«

»Ist die Antwort denn so schlimm?«

»Sie ist schlimm«, erwiderte er.

»Ich glaube aber nicht, daß du sie umgebracht hast. Und ich
werde es nie glauben.«

»Hab' Dank, mein Herz. Hab' Dank! Doch wir wollen nie wieder
davon reden. Versprich es mir.«

»Aber ich muß es wissen.«

»Genau das habe ich befürchtet. Du siehst mich jetzt mit ande-

ren Augen, bist unsicher geworden. Deshalb habe ich dich nicht
gebeten, meine Frau zu werden. Ich konnte es nicht, bevor du mir
nicht diese Frage stelltest — und bevor du nicht meine Antwort . . .«

»Aber du hast mir keine Antwort gegeben.«

»Du hast alles gehört, was ich dazu zu sagen habe. Willst du
meine Frau werden?«

»Ja. Denn ich glaube nicht, daß du ein Mörder bist, und werde
es nie glauben.«

Er schloß mich in die Arme. »Du hast mir dein Wort gegeben.
Mögest du es nie bereuen.«

»Hast du Angst, mir zu erzählen . . .«

Er küßte mich leidenschaftlich. Schwindelig hielt ich mich an
ihm fest, verwirrt und selig wie in meinem schönsten romantischen Traum. Als er mich wieder frei gab, sah er mich ernst an.

»Wir müssen auf Klatsch gefaßt sein«, sagte er. »Sie werden
dich warnen . . .«

»Sollen sie.«

»Es wird kein leichtes Leben.«

»Es ist das Leben, das ich mir wünsche.«

»Du bekommst eine Stieftochter . . .«

»Die ich schon jetzt lieb habe.«

»Sie ist ein schwieriges Kind, das womöglich noch viel schwieriger wird.«

»Ich werde versuchen, ihr eine Mutter zu sein.«

»Du hast schon sehr viel für sie getan, aber . . .«

»Du scheinst entschlossen zu sein, mir klarzumachen, warum ich
dich nicht heiraten sollte. Möchtest du, daß ich nein sage?«

»Das würde ich dir nie erlauben.«

»Und wenn ich es nun doch täte?«

»Dann würde ich dich in einen meiner Kerker schleppen und
dich da einsperren.«

Da fiel mir der Schlüssel ein, und ich erzählte ihm, wie ich ihn
gefunden hatte. »Ich hoffe, dir deine langgesuchten Smaragde
überreichen zu können.«

»Wenn dies der Schlüssel zu dem Geheimfach ist, werde ich sie
dir überreichen«, entgegnete er.

»Glaubst du wirklich, dieser Schlüssel . . .«

»Wir können es ja herausfinden.«

»Wann?«

»Jetzt gleich. Ja, laß uns zusammmen suchen.«

»Aber wo?«

»Ich glaube, in den Kerkern. In einer der Nischen sind genau
solche fleur-de-lis. Möchtest du, daß wir jetzt gleich nachsehen?«

Jean-Pierre fiel mir ein. Wir mußten die Smaragde vor ihm

finden, denn wenn er sie entdeckte, würde er sie stehlen und Schmach und Schande über seine Familie bringen.

»Ja, bitte«, sagte ich. »Jetzt gleich.«

Wir holten uns eine Laterne aus dem Pferdestall und gingen zu den Kerkern.

»Ich glaube, ich weiß, wo wir sie finden werden«, sagte er. »Jetzt fällt es mir wieder ein. Vor vielen Jahren, als ich noch ein kleiner Junge war, wurden die Kerker genau untersucht; damals entdeckte man diesen Käfig mit der Verzierung der fleur-de-lis. Es schien eine so merkwürdige Idee, einen solchen Ort zu verzieren. Offensichtlich mußte es einen tieferen Sinn haben.«

»Schaute man nicht nach, ob sich dahinter ein Versteck befand?«

»Nein. Man nahm schließlich an, irgendein armer Gefangener hätte diese Blumen angefertigt und sie an der Wand seines Käfigs befestigt. Wie er in der Dunkelheit hatte arbeiten können, blieb allerdings ein Geheimnis.«

Wir gelangten zu den Kerkern. Wie anders war es, diesen düsteren, unheimlichen Ort mit ihm zusammen zu betreten! Was auch geschehen mochte, an seiner Seite würde ich allem die Stirn bieten, überlegte ich.

Mit der einen Hand hielt er die Laterne hoch, die andere streckte er nach mir aus.

»Die Nische muß irgendwo hier sein«, sagte er.

Ich stieß mit dem Fuß an einen der Eisenringe, an dem eine verrostete Kette hing.

Plötzlich stieß er einen überraschten Laut aus. »Komm her und sieh dir das an!«

Ich stand sofort neben ihm und erblickte die fleur-de-lis. Zwölf metallene Blumen waren in gleichmäßigen Abständen etwa zwanzig Zentimeter hoch über dem Boden an der Nischenwand angebracht. Er gab mir die Laterne, kauerte sich hin und versuchte, die erste Blume zur Seite zu schieben. Ich verfolgte, wie er eine nach der anderen untersuchte. Bei der sechsten hielt er plötzlich inne.

»Diese scheint lose zu sein«, erklärte er. Und gleich darauf folgte ein Ausruf des Erstaunens.

Ich hob die Laterne höher und sah, wie er die Blume zur Seite schob. Darunter befand sich das Schloß.

Der Schlüssel paßte. »Kannst du hier eine Tür sehen?« fragte er.

Ich klopfte suchend die Wand ab.

»Hinter dieser Wand ist ein Hohlraum«, sagte ich. Er warf sich mit seinem ganzen Gewicht gegen die Wand. Es ertönte ein Ächzen.

»Eine Tür!« rief ich.

Er warf sich noch einmal gegen die Wand, und dann schwang eine kleine Tür auf. Ich trat schnell hinter ihn und erblickte so etwas wie einen kleinen Wandschrank und darin einen Kasten, der aus Silber zu sein schien.

Er nahm ihn heraus und sah mich an.

»Es scheint«, sagte er, »als hätten wir die Smaragde gefunden.«

»Mach ihn auf!« drängte ich.

Und dann lagen sie vor uns — die Ringe, die Armbänder, der Gürtel, die Kolliers und die Tiara, denen ich auf dem Bild ihre ursprüngliche Farbe und Leuchtkraft wiedergegeben hatte.

»Du hast dem Château seinen Schatz wiedergegeben«, erklärte er, und ich wußte, er meinte damit nicht den Smaragdschmuck.

Es war der glücklichste Augenblick meines Lebens. Doch es war, als hätte man den Gipfel eines Berges erreicht und würde sofort in Abgründe der Verzweiflung hinuntergestürzt.

Das Gefühl drohender Gefahr befiel uns beide gleichzeitig. Wir wußten plötzlich, daß wir nicht allein waren.

Lothair zog mich schnell an seine Seite und legte den Arm schützend um mich.

»Wer ist da?« rief er.

Eine Gestalt tauchte aus der Dunkelheit auf.

»Ihr habt sie also gefunden«, stellte Philippe fest.

Ich sah sein Gesicht und erschrak zu Tode, denn im gedämpften Licht der Laterne, die ich immer noch hochhielt, erkannte ich einen Menschen, den ich noch nie gesehen hatte. Verschwunden war alle Laschheit, alles Zarte. Vor mir stand ein zum Äußersten entschlossener Mann, ein Mann, der nur ein einziges Ziel kannte.

»Du suchtest auch nach ihnen?« fragte Lothair.

»Du hast sie vor mir gefunden, das heißt Sie, Mademoiselle Lawson. Ich fürchtete schon, Sie würden sie finden.«

Lothair drückte meinen Arm.

»Geh jetzt«, begann er, doch Philippe unterbrach ihn.

»Bleiben Sie, wo Sie sind, Mademoiselle Lawson!«

»Bist du verrückt geworden?« herrschte Lothair ihn an.

»Keineswegs. Keiner von euch beiden kommt hier heraus. Lothair trat einen Schritt auf ihn zu, blieb jedoch abrupt stehen, als Philippe die Hand hob. Sie umklammerte ein Gewehr.

»Sei kein Narr, Philippe«, sagte Lothair warnend.

»Diesmal entkommst du mir nicht, werter Vetter. Neulich im Wald ging es leider schief.«

»Gib mir sofort das Gewehr!«

»O nein! Ich brauche es ja, um dich zu erschießen.«

Mit einer raschen Bewegung schleuderte Lothair mich hinter

sich. Philippes böses Lachen hallte seltsam zwischen diesen unheimlichen Mauern.

»Du wirst sie nicht retten. Ich bringe euch alle beide um.«

»Hör mal zu, Philippe . . .«

»Ich habe zu oft auf dich hören müssen. Jetzt bist du an der Reihe, mir zuzuhören.«

»Du hast vor, mich zu erschießen, weil du das haben willst, was mir gehört, nicht wahr?«

»Ganz recht. Wenn dir dein Leben lieb gewesen wäre, hättest du dir nicht vornehmen sollen, Mademoiselle Lawson zu heiraten und – diese Smaragde zu finden. Du hättest etwas für mich übriglassen müssen. Vielen Dank, Mademoiselle Lawson, daß Sie mich zu ihnen geführt haben. Jetzt gehören sie mir. Alles gehört jetzt mir.«

»Und du glaubst, du kannst den Mord . . .«

»Sei ganz beruhigt. Ich habe mir alles genau überlegt. Ich hatte vor, euch zusammen zu schnappen. Allerdings ahnte ich nicht, daß Mademoiselle Lawson so zuvorkommend sein würde, die Smaragde noch für mich zu finden. Mord und Selbstmord. Mademoiselle Lawson hat sich ein Gewehr aus der Waffengalerie geholt und erst dich und dann sich selbst erschossen. Du bist mir so prachtvoll entgegengekommen mit einem Ruf wie deinem.«

»Wir haben genug geredet. Jetzt wird gehandelt. Zuerst du, lieber Vetter — wir müssen es doch in der richtigen Reihenfolge machen . . .«

Ich sah, wie er das Gewehr hob und versuchte, mich zu bewegen, um Lothair zu schützen, doch er hielt mich hinter seinem Rücken. Gegen meinen Willen machte ich die Augen zu. Ich hörte den Knall, und dann, nach der Explosion, die Stille. Halb ohnmächtig öffnete ich die Augen. Vor mir auf dem Boden rangen zwei Männer miteinander: Philippe und Jean-Pierre.

Der Mann, den ich liebte, lag in einer Blutlache.

12

Draußen ging die ausgelassene Fröhlichkeit weiter. Sie wußten nicht, daß der Graf zu Tode getroffen auf seinem Bett lag. Philippe hatte ein starkes Schlafmittel bekommen und schlief in seinem Zimmer. Jean-Pierre und ich saßen wartend in der Bibliothek.

Zwei Ärzte bemühten sich um Lothair. Es war noch nicht elf Uhr, und doch war mir, als hätte ich ein ganzes Leben seit jenem Knall im Kerker durchlebt.

Jean-Pierre saß mir mit blassem Gesicht und ratlosen Augen gegenüber.

»Wie lange sie oben bleiben«, seufzte ich.

»Quäl dich nicht, er wird nicht sterben. Er stirbt nicht eher als er will. Tut er nicht immer . . .« Er lächelte. »Setz dich«, sagte er. »Ja, ich habe genau eine Sekunde zu lange gewartet.«

Wie er dort saß, hätte er der Graf sein können. Zum erstenmal bemerkte ich die gräflichen Züge in seinem Gesicht.

»Wir sollten vorläufig so wenig wie möglich von dem sagen, was sich im Kerker abgespielt hat«, warnte er, »denn du kannst sicher sein, der Graf wird die Geschichte nach seiner Version erzählt haben wollen. Der Schuß wird wahrscheinlich versehentlich losgegangen sein. Er wird nicht wollen, daß Monsieur Philippe wegen versuchten Mordes vor Gericht kommt. Wir halten lieber den Mund, bis wir wissen, was er will.«

»Wenn er lebt . . .«, begann ich.

»Er wird leben«, erklärte Jean-Pierre.

»Wenn ich nur Gewißheit hätte!«

»Er will leben.« Er schwieg einen Augenblick und sagte dann: »Ich sah euch weggehen. Monsieur Philippe sah es ebenfalls. Ich beobachtete euch, ging euch in die Kerker nach — wie Philippe.«

»Du hast ihm das Leben gerettet.«

»Ich weiß nicht, warum ich es tat. Ich hätte zusehen können. Philippe ist ein erstklassiger Schütze. Die Kugel wäre dem Grafen genau durchs Herz gegangen. Doch dann . . . Ich sprang Philippe von hinten an, erwischte seinen Arm, aber eine Sekunde zu spät, sagen wir, eine halbe Sekunde zu spät, wenn ich jene halbe Sekunde eher gehandelt hätte, wäre die Kugel in die Decke gegangen. Ich weiß nicht, weshalb ich es tat. Es geschah ohne nachzudenken.«

»Wenn er am Leben bleibt, Jean-Pierre«, wiederholte ich, »hast du ihm das Leben gerettet.«

»Das ist schon eigenartig«, gab er zu.

»Du suchtest die Smaragde?« fragte ich.

»Ja. Ich wollte von hier weggehen. Es wäre kein Diebstahl gewesen. Ich hatte das Recht auf . . . Jetzt bekomme ich natürlich nichts mehr. Ich werde nach Mermoz müssen und mein Leben lang sein Sklave bleiben.«

»Wir werden es dir nie vergessen, Jean-Pierre.«

»Wirst du ihn heiraten?«

»Ja.«

»Also verlier' ich auch dich.«

»Du wolltest mich doch nie, Jean-Pierre. Du wolltest nur das, was er deiner Ansicht nach haben wollte.«

»Ich hasse ihn, weißt du das? Es gab Augenblicke, da hätte ich mit einem Gewehr auf ihn losgehen können. Und nun? Ich hätte es mir nicht zugetraut.«

»Wir wissen alle nicht, wie wir in bestimmten Situationen reagieren. Es ist etwas ganz Wundervolles, was du da heute abend getan hast, Jean-Pierre.«

»Etwas völlig Verrücktes. Ich hätte es nicht für möglich gehalten. Mein ganzes Leben lang habe ich ihn gehaßt. Er hat all das, was ich haben möchte, und ist all das, was ich sein möchte.«

»Und all das wollte auch Philippe haben. Er haßte ihn ebenso wie du. Es war Neid, und Neid ist eine der sieben Todsünden, Jean-Pierre. Aber du hast sie besiegt. Ich bin ja so froh, Jean-Pierre, so froh!«

»Aber ich sage dir, es war gar nicht meine Absicht. Oder vielleicht doch? Vielleicht wollte ich ihn auch nie wirklich umbringen. Doch die Smaragde hätte ich gestohlen, wenn ich sie gefunden hätte.«

»Du hättest ihn nie umgebracht. Das weißt du jetzt. Vielleicht hättest du Geneviève zu heiraten . . .«

»Das hätte den edlen Grafen aufgeregt.«

»Und Geneviève? Du hättest sie einfach als Werkzeug deiner Rache benutzt?«

»Sie ist ein reizendes Mädchen, jung und wild — wie ich — und unberechenbar. Glaub nicht, ich wäre jetzt bekehrt, weil ich heute abend so etwas Verrücktes gemacht habe. Was Geneviève betrifft, verspreche ich nichts.«

»Sie ist ein junges und sehr leicht zu beeindruckendes Mädchen.«

»Sie hat mich gern.«

»Sie darf nicht verletzt werden. Das Leben ist nicht einfach für sie gewesen.«

»Glaubst du denn, ich würde sie verletzen?«

»Nein, Jean-Pierre. Ich glaube, du bist nur halb so schlimm wie du selber glaubst.«

»Was weißt du schon von mir, Dallas!«

»Ich glaube, ich weiß eine ganze Menge.«

»Ich hatte so meine Pläne. Ich wollte dafür sorgen, daß mein Sohn einmal der Herr des Schlosses wird, wenn ich es schon nie sein kann.«

»Aber wie?«

»Er wollte doch nicht wieder heiraten, aber trotzdem einen Sohn. Darum holte er seine Geliebte und verheiratete sie mit Philippe. Nun, es wäre nicht sein Sohn, sondern meiner . . .«

»Du — und Claude?«

Er nickte. »Warum nicht? Sie war wütend, weil er sich nicht um sie kümmerte. Philippe ist kein Mann und so ... Na, wie findest du das?«

Ich dachte einzig und allein an das, was sich in jenem Zimmer über uns abspielte.

Endlich kamen die Ärzte in die Bibliothek herunter. Sie waren beide aus dem Ort und mußten also eine Menge über uns alle wissen. Der eine hatte sogar den Grafen behandelt, als Philippe im Wald auf ihn geschossen hatte.

Ich stand auf, und die beiden Ärzte blickten mich voll an.

»Er schläft jetzt«, sagte der eine.

Ich sah sie mit stummem Flehen an, mir etwas Hoffnung zu machen.

»Es war haarscharf an der Grenze. Einige Zentimeter tiefer ... Er hat Glück gehabt.«

»Er wird wieder gesund werden?« Meine Stimme bebte vor Erregung.

»Er ist noch keineswegs außer Gefahr. Aber wenn er die Nacht übersteht ...«

Ich sank in meinen Sessel zurück.

»Ich schlage vor, wir bleiben bis morgen früh hier«, erklärte der andere Arzt.

»Ja, bitte, tun Sie das.«

»Wie ist es denn bloß passiert?« fragte der erste, der älter war.

»Das Gewehr, das Monsieur Philippe in der Hand hielt, ging plötzlich los«, sagte Jean-Pierre. »Monsieur le Comte wird selbst eine Schilderung des Vorfalls geben, wenn er sich erholt hat.«

Die Ärzte nickten. Ich fragte mich, ob sie wohl beide an dem Tag hier gewesen waren, als Françoise starb. Es war mir jedoch egal, was damals geschehen war.

»Sie sind Mademoiselle Lawson, nicht wahr?« fragte der jüngere Arzt.

Ich bestätigte es.

»Heißen Sie mit Vornamen Dallas oder so ähnlich?«

»Ja.«

»Mir schien, er versuchte Ihren Namen zu sagen. Vielleicht möchten Sie gern an seinem Bett sitzen. Er wird nicht mit Ihnen reden können, doch wenn er bei Bewußtsein ist, hilft ihm Ihre Anwesenheit vielleicht.«

Ich ging in sein Schlafzimmer hinauf und saß die ganze Nacht bei ihm und betete, daß er am Leben blieb. In den frühen Morgenstunden öffnete er einmal die Augen und sah mich an. Ich war überzeugt, daß er sich freute, mich bei sich zu wissen.

»Du mußt leben«, sagte ich beschwörend. »Du kannst jetzt nicht sterben und mich allein lassen.«

Später sagte er mir, daß er meine Worte gehört und sich deshalb geweigert hätte, zu sterben.

Nach einer Woche wußten wir, daß er wieder gesund werden würde. Er hätte eine geradezu ans Wunderbare grenzende Konstitution, erklärten die Ärzte. Tatsächlich gab er *seine* Schilderung des unglückseligen Vorfalls. Sie fiel so aus, wie wir erwartet hatten. Er wünschte nicht, daß bekannt wurde, daß sein Vetter versucht hatte, ihn zu ermorden. Philippe und Claude reisten nach Burgund ab. Philippe bekam strikten Befehl, nie wieder hierher zurückzukommen.

Ich war froh, Claude nicht mehr sehen zu müssen. Auch sie hatte gehofft, die Smaragde zu finden und sich nur deshalb so für das Fresko interessiert, als die Worte zum Vorschein kamen. Sie und Philippe hatten mich gemeinsam beobachtet, sie hatte mein Zimmer durchsucht, während er mich in den Weinbergen festhielt. Hatte er vorgehabt, mich zu erschießen?

Schließlich hatte Lothairs Interesse an mir ihre Pläne durchkreuzt. Claude traute ich allerdings nicht nur Schlechtes zu.

Sie war eine vielschichtige Frau. Ich war überzeugt, daß sie zu einem gewissen Zeitpunkt Mitleid mit mir gehabt hatte und mich zum Teil wirklich vor Lothair hatte retten wollen. Sie hatte einfach nicht glauben können, daß eine Frau wie ich irgendeine Zuneigung von Dauer in so einem Mann zu erwecken vermochte — wo es sogar einer so schönen und reizvollen Frau wie ihr nicht gelungen war.

Ich war auch froh, daß Jean-Pierre von ihr befreit war, denn ich wußte, ich würde immer eine gewisse Zuneigung für ihn empfinden. Lothair hatte mir gesagt, daß die Mermoz-Weinberge von nun an ihm gehören sollten. »Als kleiner Dank dafür, daß er mir das Leben gerettet hat.«

Ich hatte ihm daraufhin erzählt, was ich wußte; doch ich glaube, er ahnte es, denn er fragte nicht, was Jean-Pierre eigentlich in dem Kerker gemacht hätte.

Der Smaragdschmuck war wieder in das feuerfeste Gewölbe zurückgekehrt. Vielleicht würde ich ihn eines Tages tragen. Der Gedanke erschien mir immer noch völlig unwirklich, so unwirklich wie mein ganzes Glück. Manchmal saß ich in dem sonnigen Garten und blickte zu den Türmen mit den Schießscharten hinauf und hatte das Gefühl, in einem Märchen zu leben. Ich war eine Prinzessin, die sich nur verkleidet hatte, um einen Prinzen zu befreien, der durch einen bösen Zauberspruch verhext worden war. Ich hatte den Bann gebrochen. Nun würde er wieder für immer in Glück und Freuden leben können.

Aber das Leben ist kein Märchen.

Jean-Pierre war nach Mermoz gezogen, und Geneviève war

rebellisch, weil er fort war. Sie steckte voll wilder Pläne. Und eine noble Tat hatte Jean-Pierres Charakter natürlich nicht über Nacht geändert. So hing ein dunkler Schatten über meinem Glück. Ich fragte mich außerdem, ob es mir jemals gelingen würde, die erste Gräfin zu vergessen.

Es war jetzt bekannt, daß ich den Grafen heiraten würde. Ich hatte ihre Blicke gesehen, die Blicke von Madame Latière, von Madame Bastide — und den Dienstboten. Und Geneviève, die darunter litt, Jean-Pierre nicht mehr in ihrer Nähe zu haben, nahm kein Blatt vor den Mund.

»Sie haben ja Mut.«

»Mut? Was meinst du damit?«

»Wenn er *eine* Frau ermordete, warum dann nicht auch die zweite?«

Nein, es konnte kein Happy-End geben.

Der Gedanke an Françoise begann mich zu verfolgen. Warum weigerte er sich, mir die Wahrheit über ihren Tod zu erzählen?

Es war früh am Nachmittag und ganz still im Schloß. Ich machte mir Sorgen wegen Geneviève und ging zu Nounou, um mit ihr über sie zu sprechen. Als ich an ihre Tür klopfte, erfolgte keine Antwort. Ich ging hinein. Sie lag auf der Couch und hatte ein dunkles Tuch über den Augen. Vermutlich litt sie wieder unter einem Migräneanfall.

»Nounou?« sagte ich leise, doch sie antwortete nicht.

Mein Blick glitt von der schlafenden Frau zu dem Schrank, in dem sie jene kleinen Tagebücher aufbewahrte, und ich sah, daß Nounous Schlüssel in der Schranktür steckte. Gewöhnlich hing er an dem Schlüsselbund, das sie immer am Gürtel bei sich trug.

Ich beugte mich über sie. Sie atmete tief und regelmäßig. Die Versuchung war unwiderstehlich. Ich lieferte mir selbst Argumente wie: Sie hat mir schließlich auch die anderen gezeigt. Es ist so wichtig, versicherte ich mir. Ich muß einfach wissen, was in diesem letzten Tagebuch steht.

Leise ging ich zum Schrank und öffnete ihn nach einem letzten Blick auf die schlafende Frau.

Dann zog ich das Tagebuch am Ende der Reihe heraus und warf einen Blick hinein. Ja, es war das Tagebuch, das ich wollte.

Vorsichtig schlich ich zur Tür. Nounou hatte sich immer noch nicht geregt. In meinem Zimmer fing ich mit wildem Herzklopfen an zu lesen.

Ich bekomme also ein Kind. Diesmal ist es vielleicht ein Junge. Das würde ihn freuen. Ich werde es noch niemandem sagen. Lothair muß es als erster erfahren. Ich werde zu ihm sagen: Lothair, wir bekommen ein Kind. Freust du dich? Natürlich habe ich schreckliche Angst. Ich habe vor so vielem Angst. Was wird bloß Papa sagen? Er ist bestimmt verletzt, entsetzt. Wieviel glücklicher wäre er, wenn ich zu ihm käme, um ihm zu sagen, daß ich in ein Kloster gehe. Das möchte er nämlich am liebsten. Aber ich muß zu ihm gehen und ihm sagen: Papa, ich bekomme ein Kind.

Es heißt, eine Frau verändert sich, wenn sie ein Kind erwartet. Ich habe mich verändert. Ich träume nachts von meinem Kind. Es wird ein Junge, denn das wünschen wir uns ja. Die Grafen de la Talle müssen Söhne haben. Er wird mich in einem neuen Licht sehen. Ich werde nicht mehr nur die Frau sein, die er um seiner Familie willen heiraten mußte. Nein, ich werde die Mutter seines Sohnes sein.

Es ist wundervoll! Ich hätte es vorher wissen müssen, hätte nicht auf Papa hören sollen. Als ich gestern nach Carrefour fuhr, erzählte ich es ihm nicht. Ich brachte es einfach nicht fertig. Er würde mich besudeln, mich mit seinen kalten, strengen Augen anschauen und es alles sehen, alles, was dazu geführt hat, daß ich dieses Kind erwarte, und nicht so, wie es war, sondern wie er es sich vorstellt — grauenvoll — sündhaft. Ich hätte ihm am liebsten zugerufen: Nein, Papa, es ist gar nicht so. Du irrst dich. Ich hätte nie auf dich hören sollen. Oh, dieser schreckliche Raum, in dem wir zusammen knieten und wo du betetest, ich möge vor der Fleischeslust bewahrt bleiben! Nur deshalb wich ich so entsetzt vor Lothair zurück. Ich muß jetzt immer wieder an die Nacht vor meiner Hochzeit denken. Ich erinnere mich noch genau, wie wir nach dem Vertragsdiner zusammen beteten und er zu mir sagte: »Mein Kind, ich wünschte, dies bräuchte nie vollzogen zu werden.« Worauf ich antwortete: »Aber Papa, sie gratulieren mir doch alle dazu!« Und er erwiderte: »Ja, weil eine Heirat mit einem de la Talle als eine sehr gute Partie gilt; aber ich wäre glücklich, wenn ich wüßte, daß du ein Leben der Keuschheit führen wirst.« Ich verstand ihn damals noch nicht und versprach, ich würde versuchen, als keusche Frau zu leben. Ich war vollkommen ahnungslos und hatte keinen Schimmer von dem, was von einer jungen Ehefrau erwartet wurde; ich wußte nur, daß es schmachvoll und sündhaft war und daß mein Vater bereute, mir eine solche Schmach nicht ersparen zu können.

Aber jetzt ist es anders. Ich habe begriffen, daß Papa unrecht hat. Er hätte nie heiraten sollen, denn er wollte Mönch werden. Ich hätte glücklich werden können, hätte lernen können, Lothairs Liebe zu gewinnen, wenn Papa mir nicht solche Angst eingeimpft, wenn er mir nicht eingeredet hätte, daß das Ehebett etwas Schmachvolles und Sündhaftes ist. Vielleicht hätten sie nicht sein müssen — all diese Jahre, in denen mein Mann sich von mir abwandte und die Nächte mit anderen Frauen verbrachte. Ich fange an einzusehen, daß ich ihn vertrieb.

Morgen fahre ich nach Carrefour hinüber und sage Papa, daß ich ein Kind erwarte. Ich werde ihm sagen: Papa, ich schäme mich nicht, ich bin stolz. Alles wird von nun an anders sein.

Ich fuhr nicht nach Carrefour, wie ich es mir vorgenommen hatte. Mein Weisheitszahn meldete sich wieder. Nounou meinte: »Wenn eine Frau ein Baby bekommt, verliert sie manchmal einen Zahn.« Ich errötete, und sie wußte es. Wie könnte ich auch vor Nounou etwas geheimhalten. »Erzähl es noch niemandem, Nounou«, bat ich. Ich habe es ihm noch nicht gesagt. Er sollte es doch als erster erfahren, nicht wahr? Und ich will es auch Papa sagen. Nounou verstand. Sie kennt mich so gut. Sie weiß, wie Papa mit mir betet, wenn ich ihn besuche, sie weiß, daß Papa mich am liebsten in einem Kloster sähe, sie weiß, was er über die Ehe denkt. Ich sprach mich bei ihr aus und erzählte ihr, was in mir vorging. »Papa hat unrecht, Nounou. Er gab mir das Gefühl, daß die Ehe etwas Schmachvolles und Sündhaftes ist. Nur deshalb, weil ich meine Ehe unerträglich machte, wandte mein Mann sich anderen Frauen zu.« »Du hast dir nichts vorzuwerfen«, erwiderte sie. »Du hast keines der zehn Gebote gebrochen.« »Papa gab mir das Gefühl, unsauber und besudelt zu sein«, fuhr ich fort. »Und so wandte mein Mann sich von mir ab. Er fand mich kalt, und du weißt, Nounou, daß er kein kalter Mann ist. Er braucht eine warmherzige, zärtliche, kluge Frau.« Nounou wollte jedoch nichts davon hören. Sie sagte, ich hätte nichts verkehrtes getan. Ich warf ihr vor, Papas Auffassung zu teilen. Und sie bestritt es nicht. »Du denkst ebenfalls, die Ehe sei etwas Schmachvolles und Sündhaftes, Nounou.« Und sie bestritt auch das nicht.

Ich glaube, ich werde es bis an mein Lebensende nicht vergessen. Es verfolgt mich. Vielleicht hörte ich auf, es immer wieder zu durchleben, wenn ich es niederschreibe.

Papa ist krank. Ich besuchte ihn heute, da ich beschlossen hatte, ihm von dem Kind zu erzählen. Er war in seinem Zimmer, als ich ankam, und ich ging gleich zu ihm. Er saß auf dem Tisch und las in der Bibel. Er blickte auf, legte das rote Seidenbuchzeichen hinein und machte die Bibel zu. »Nun, mein Kind«, sagte er. Ich ging zu ihm und gab ihm einen Kuß. Er schien sofort die Veränderung in mir zu bemerken, denn er sah mich überrascht und *beunruhigt an. Er erkundigte sich nach Geneviève und fragte, ob ich sie mitgebracht hätte.*

Ich verneinte seine Frage. Das arme Kind, es ist zuviel verlangt, daß sie so lange betet! Er meinte, sie hätte eine Veranlagung zur Unberechenbarkeit. Vielleicht wurde ich rebellisch, weil ich wieder ein Kind bekam. Ich wollte nicht, daß Geneviève eines Tages so zu ihrem Mann kam, wie ich zu meinem. Ziemlich scharf erwiderte ich deshalb, ich fände, sie sei völlig normal — so wie ein Kind sein sollte. »Normal?« wiederholte er. »Weshalb sagst du das?« Und ich antwortete: »Weil es völlig natürlich ist, daß ein Kind ab und zu etwas unberechenbar ist, wie du es nennst.« »Wer die Rute schont, verdirbt sein Kind«, entgegnete er. »Wenn sie ungezogen ist, sollte sie Schläge bekommen.« Ich war entsetzt. »Du irrst dich, Papa«, erklärte ich. »Ich teile deine Ansicht nicht. Geneviève wird keine Schläge bekommen. Keines meiner Kinder wird es.« Erstaunt sah er mich an, und ich platzte heraus: »Ja, Papa, ich bekomme ein Kind. Ich hoffe, es wird dieses Mal ein Junge. Ich werde um einen Sohn beten — und du mußt auch darum beten.« Sein Kinn verzerrte sich, und er fragte: »Du bekommst ein Kind?« Und ich erwiderte voller Freude: »Ja, Papa. Und ich bin glücklich.« »Du bist ja hysterisch«, sagte er. »Ja, ich bin hysterisch vor Freude. Ich könnte tanzen vor Glück.« Da griff er nach dem Tisch neben sich und glitt zu Boden. Ich fing ihn auf und milderte den Fall. Dann rief ich nach den Labisses und Maurice. Sie kamen und trugen ihn zu seinem Bett. Ich war selbst ohnmächtig geworden. Sie schickten nach meinem Mann. Später erfuhr ich, daß mein Vater sehr krank war. Ich dachte, er läge im Sterben.

Das war vor zwei Tagen. Nun fragt er nach mir. Er möchte, daß ich bei ihm am Bett sitze. Der Arzt meint, das sei gut für ihn. Ich bin immer noch in Carrefour. Mein Mann ist jetzt auch hier. Ich habe es ihm gesagt und erklärt. Papa wurde ganz plötzlich so krank, als ich ihm erzählte, daß ich ein Kind erwarte. Es war der Schock, glaube ich.« Mein Mann tröstete mich. Er wäre schon seit langem krank gewesen, dies wäre ein Schlaganfall, der jeden Augenblick hätte eintreten können. Aber er wollte nicht, daß ich Kinder bekam«, sagte ich. »Er denkt, es ist eine Sünde.« Mein Mann sagte, ich dürfte mich nicht aufregen; es wäre nicht gut für das Kind. Er freut sich. Ich weiß, er freut sich, denn ich glaube, er wünscht sich mehr als alles andere einen Sohn.

Heute saß ich bei Papa am Bett. Ich war allein mit ihm. Er öffnete die Augen und sah mich an. »Honorine«, sagte er. »Bist du es Honorine?« Und ich antwortete: »Nein, ich bin es, Françoise.« Doch er sagte immer weiter Honorine zu mir und hielt mich für meine Mutter. Ich saß bei ihm und dachte an die Zeit, als sie noch lebte. Ich sah sie nicht jeden Tag. Manchmal hatte sie ein langes, mit vielen Schleifen und Spitzen besetztes Teekleid an, und Madame Labisse brachte sie in den Salon herunter. Dort saß sie dann in ihrem Sessel und sagte nur wenig. Ich dachte immer, was für eine sonderbare Mutter sie doch ist. Aber sie war sehr schön. Sogar als Kind wußte ich das schon. Sie sah wie eine meiner früheren Puppen aus. Sie hatte ein glattes rosiges Gesicht ohne das kleinste Fältchen und war trotz einer winzig schmalen Taille mollig und rundlich wie die schönen Frauen auf den alten Bildern. Eines Tages hatte sie so seltsam gelacht, als könnte sie gar nicht wieder aufhören. Madame Labisse hatte sie dann in ihr Zimmer gebracht, in dem sie für lange Zeit zu bleiben schien. Ich kannte ihr Zimmer, denn ich war einmal die Treppe hinaufgeklettert, weil ich zu ihr wollte. Sie hatte in ihrem Sessel gesessen, die Füße in kleinen Samtpantöffelchen auf dem Fußschemel. Es war schön warm in ihrem Zimmer gewesen. Draußen schneite es. Sehr hoch an der Wand brannte eine Lampe, und um den Kamin war wie in einem Kinderzimmer ein Gitter. Mir fiel auch das Fenster auf, denn es war nur sehr klein und hatte keine Vorhänge, sondern nur Eisenstangen. Ich ging zu ihr und setzte mich zu ihren Füßen hin. Sie sagte nichts, doch freute sie sich, daß ich bei ihr war, denn sie streichelte mein Haar und zerwühlte und zerzauste es und machte es sehr unordentlich. Auf einmal fing sie dann wieder so komisch zu lachen an. Madame Labisse kam herein und befahl mir, sofort hinauszugehen. Sie erzählte Nounou, daß sie mich dort gefunden hätte, und ich bekam Schelte; mir wurde verboten, jemals wieder hinaufzugehen. So sah ich Mama nur, wenn sie in den Salon hinunterkam.

Als er jetzt von Honorine sprach, mußte ich wieder an sie denken. Plötzlich sagte er: »Ich muß gehen, Honorine. Ich muß gehen. Nein, ich kann und darf nicht bleiben.« Und dann betete er: »O Gott, ich bin ein schwacher und sündiger Mann. Diese Frau führte mich in Versuchung; um ihretwillen wurde ich der Sünder, der ich heute bin. Und nun hat mich meine Strafe ereilt.« Ich sagte: »Papa, es ist alles gut. Ich bin nicht Honorine, sondern Françoise, deine Tochter, du bist kein Sünder, du bist immer ein guter Mensch gewesen.« Und er antwortete: »Eh? Was sagt sie?«

Als ich heute schlaflos im Bett lag, wurde mir plötzlich alles klar. Er hatte sich nach einem Leben in Reinheit und Keuschheit gesehnt, hatte Mönch werden wollen; doch seine sinnliche Veranlagung hatte mit seiner Frömmigkeit im Kampf gelegen. Ich konnte mir jene Tage und Nächte vorstellen, in denen er sich in seiner düsteren Zelle einschloß, auf der Strohpritsche lag und sich geißelte. Er erwartete dauernd die schreckliche Strafe und Rache, *denn er war ein Mensch, der an die Rache glaubte. Armer Papa! Und arme Mama! Und was hatte er meiner Ehe zugefügt! Doch noch ist es Zeit, ich bekomme ein Kind.*

Als ich heute nach Carrefour hinüberfuhr, sagte Maurice mir, Papa hätte schon auf mich gewartet. Sie waren alle erleichtert, daß ich kam. Ich setzte mich an sein Bett. Seine Augen waren geschlossen und er nahm auch nicht viel Notiz von mir, als er sie nach einer Weile öffnete. Doch ich merkte, daß er leise vor sich hinmurmelte. Er wiederholte mehrmals: »Die Rache des Herrn!« Ich sah, daß er in großer Angst war. Ich beugte mich über ihn und flüsterte: »Du hast nichts zu befürchten, Papa.« »Ich bin ein Sünder«, sagte er. »Ich wurde zur Sünde verführt. Sie war schön, sie liebte die Freuden des Fleisches, und sie verlockte mich. Sogar als ich es wußte, konnte ich ihr nicht widerstehen. Das ist die Sünde, mein Kind. Das ist die allergrößte Sünde.« Ich sagte: »Papa, du strengst dich zu sehr an. Lieg still.« »Ist das Françoise?« fragte er. »Ist das meine Tochter?« »Ja«, antwortete ich; und er fragte: »Ist ein Kind da?« »Ja, Papa. Deine kleine Enkelin Geneviève.« Sein Gesicht verzerrte sich, und ich ängstigte mich schrecklich. Er fing wieder an zu flüstern: »Ich habe die Anzeichen gesehen: Die Sünden der Väter – O mein Gott, die Sünden der Väter! Diese Hysterie von ihr ... Und das eine Mal, als sie mit dem Feuer spielte ... Und als sie ein Feuer in ihrem Schlafzimmer anlegte und die Holzstöckchen übereinanderschichtete ... Wir fanden immer Stöckchen, die wie für ein Feuer zurechtgelegt waren, in den Schränken, unter den Betten ... Dann kam der Arzt ...« »Papa!« sagte ich, »willst du etwa sagen, daß meine Mutter verrückt war?« Er antwortete nicht, sondern redete weiter: »Ich hätte sie wegschicken können – hätte sie wegschicken müssen, aber ich konnte nicht ohne sie leben, und ich ging weiter zu ihr, obwohl ich es wußte. Und nach einiger Zeit trug ihr Wahnsinn eine Frucht. Das ist meine Sünde, und die Rache dafür bleibt nicht aus.«

Ich war zutiefst erschrocken und vergaß, daß er ein schwerkranker Mann war. Jetzt verstand ich, weshalb meine Mutter immer in dem Zimmer mit dem vergitterten Fenster blieb, verstand den Grund für unseren sonderbaren Haushalt. Meine Mutter war verrückt gewesen. Deshalb hatte mein Vater nicht gewollt, daß ich heiratete.

»Françoise«, stammelte er. »Françoise, meine Tochter.« »Ja, Papa, ich bin hier.« »Ich paßte auf Françoise auf«, flüsterte er. »Sie war ein gutes Kind, ruhig, scheu, zurückhaltend, nicht wie ihre Mutter, nicht frech, herausfordernd – verliebt in die Sünden des Fleisches. Aber es steht geschrieben: Bis in das dritte und vierte Glied. Hochmut war eine Sünde. Als der Graf für seinen

Sohn um meine Tochter anhielt, brachte ich es nicht über mich, ihm zu sagen: Ihre Mutter war verrückt. Ich willigte ein und geißelte mich dann für meinen Hochmut und meine Wollust.«

»Bis ins dritte und vierte Glied«, flüsterte er wieder. »Ich habe es an dem Kind gesehen. Es ist wild und unberechenbar und hat den gleichen Ausdruck in den Augen wie ihre Großmutter. Sie wird wie ihre Großmutter, wird der Lust des Fleisches nicht widerstehen können . . .« »Du kannst damit nicht Geneviève meinen, meine süße kleine Tochter?« Er flüsterte: »Die Saat steckt in Geneviève. Sie wird aufgehen und immer weiter wachsen. Ich hätte meine Tochter warnen müssen. Sie ist verschont geblieben, aber ihre Kinder werden es nicht sein.«

Ich war zu Tode erschrocken. Wie gelähmt vor Grauen saß ich an seinem Bett.

Es gibt niemanden, mit dem ich sprechen könnte. Als ich von Carrefour zurückkam, ging ich in den Blumengarten und saß lange dort allein und dachte nach. Geneviève! Mir fielen verschiedene Vorfälle aus der Vergangenheit ein. Es war, als schaute ich mir ein Theaterstück an, dessen einzelne Szenen alle mit untergründiger Bedeutung zu einem Höhepunkt führten. Heftige Wutausbrüche fielen mir ein; ihre Art, unmäßig zu lachen, und sie sahen sich sogar ähnlich. Je mehr ich mich anstrengte, mir das Gesicht meiner Mutter in Erinnerung zu rufen, um so mehr sah sie wie Geneviève aus. Jede kleine kindliche Ungezogenheit, die ich bisher für einen harmlosen Streich gehalten hatte, nahm neue Bedeutung an. Das Grauenvolle meiner Situation ließ mich vor Angst zittern, denn es ging ja nicht nur um meine arme kleine Geneviève, sondern auch um mein ungeborenes Kind.

Gestern fuhr ich nicht nach Carrefour hinüber. Ich konnte es einfach nicht. Ich sagte, mein Zahn täte mir wieder weh. Nounou flatterte besorgt um mich herum und gab mir einige Tropfen Laudanum, wonach ich einschlief. Als ich aufwachte, fühlte ich mich besser und erfrischt, doch bald nagten meine geheimen Ängste wieder an mir. Geneviève. Er hatte recht. Ihre plötzlichen Ausbrüche waren mehr als nur kindlicher Trotz. Mein Vater hatte die Saat in ihr entdeckt, ich sah es jetzt ebenfalls — und ich wurde von Grauen gepackt.

Als ich heute morgen aufwachte, war mein Kopf ganz klar. Wenn mein Kind ein Junge ist, setzte er das Geschlecht der de la Talles fort. Und die böse Saat des Wahnsinns würde sich wie ein Gespenst ins Château einschleichen, um die kommenden Jahrhunderte hindurch als böser Fluch in ihm umzugehen. Und ich hätte ihnen das beschert!

Geneviève hat Nounou, die für sie sorgen wird, denn Nounou weiß es. Nounou wird auf sie aufpassen. Sie wird verhindern, daß sie jemals heiratet. Aber das Kind — wenn es ein Junge ist — Papa fehlte der Mut. Hätte Papa meine Mutter umgebracht, wäre ich nie geboren worden, hätte keinen Kummer, kein Leid kennengelernt. Und so ist es auch für dieses Kind.

Heute nacht geschah etwas sehr Seltsames. Ich wachte von einem Alptraum auf und erinnerte mich daran, was für einen friedlichen Schlaf diese kleine grüne Flasche mit den gerillten Seiten mir schenkt. Gerillt, damit man auch im Dunkeln weiß, daß es eine Flasche mit Gift ist. Aber es schenkt so süßen, erlösenden Schlaf, solche Erleichterung!

Ich überlegte mir, wie einfach es wäre, zweimal — dreimal soviel zu nehmen — keine Angst mehr, keine Sorgen und Befürchtungen. Das Kind würde nichts merken; es würde davor bewahrt, zur Welt zu kommen und ständig nach den ersten Anzeichen der bösen Saat beobachtet zu werden. Ich griff nach der Flasche und dachte: ich werde kein Feigling wie Papa sein, ich stellte mir vor, so alt zu sein wie jetzt Papa; ich würde auf dem Sterbebett liegen und mir bittere Vorwürfe für all das Unglück machen, das ich über meine Kinder gebracht hatte. Ich sah die kleine Flasche an und hatte Angst, nahm nur einige Tropfen und schlief ein.

Es ist Nacht, und die Ängste peinigen mich wieder. Ich frage mich, ob ich den Mut haben werde, der Papa fehlte. Ich glaube, es wäre für uns alle besser gewesen, wenn er seinen Vorsatz durchgeführt hätte. Meine kleine Geneviève wäre nie geboren worden, Nounou wären große Sorgen erspart geblieben, ich wäre nie geboren worden. Ich glaube, mein Vater hatte Recht. Ich kann die Flasche von hier aus sehen. Ich werde mein Tagebuch zu den anderen in den Schrank stellen, wo Nounou es finden wird. Sie las so gern über die Zeit, als ich noch klein war. Sie wird ihnen erklären, weshalb — ich frage mich, ob ich es schaffe, frage mich, ob es recht ist. Ich werde jetzt versuchen, zu schlafen. Morgen früh werde ich dann schreiben, daß dies die Gedanken sind, die einen nachts beschleichen. Bei Tag sieht es dann anders aus. Ich frage mich, ob ich genug Mut habe — frage mich —

Hier hörten die Eintragungen auf. Sie hatte gemerkt, daß sie genug Mut besaß. Und so waren sie und ihr ungeborenes Kind in jener Nacht gestorben.

Die durch Françoises Tagebuch heraufbeschworenen Bilder

beschäftigten mich zutiefst. Ich begriff jetzt, weshalb ihre Ehe von Anfang an zum Scheitern verurteilt war. Dem jungen Mädchen, unschuldig und unwissend, war beigebracht worden, die Ehe für etwas Grauenvolles, Abstoßendes zu halten. Und jeder im Schloß wußte, wie schlecht es zwischen ihnen stand. Als Françoise an einer Überdosis Laudanum starb, fragten sie sich daher: Hat ihr Mann die Hand dabei im Spiel gehabt?

Es war grauenhaft ungerecht, und Nounou traf die Schuld. Sie hatte Françoises Aufzeichnungen gelesen und doch zugelassen, daß man den Grafen verdächtigte. Warum hatte sie nicht dieses Tagebuch gezeigt, das alles erklärte?

Aber jetzt würde *ich* dafür sorgen, daß die Wahrheit bekannt wurde!

Ich blickte auf die an meiner Bluse befestigte Uhr. Lothair würde im Garten sein und sich wundern, weshalb ich nicht zu ihm gekommen war. Wir pflegten immer mit dem Blick auf den Teich auf einer Bank zu sitzen und unsere Hochzeit zu planen, die stattfinden sollte, sobald er sich genügend erholt hatte.

Ich ging hinunter in den Garten, wo er ungeduldig auf mich wartete. Er merkte sofort, daß etwas passiert war.

»Dallas!«

Er sagte meinen Namen mit jener Zärtlichkeit, die mich immer bewegte. Jetzt erfüllte sie mich zusätzlich mit heißem Zorn, weil ein völlig unschuldiger Mensch so zu Unrecht verdächtigt worden war.

»Ich kenne nun die wahren Umstände von Françoises Tod«, stieß ich hiervor. »Und alle sollen sie erfahren. Es steht hier alles drin — sie hat es selbst geschrieben. Sie nahm sich das Leben.«

Ich sah, was für eine Wirkung meine Worte auf ihn hatten und fuhr triumphierend fort: »Sie führte kleine Tagebücher. Nounou hat sie die ganze Zeit gehabt. Sie wußte es und — hat nichts gesagt. Sie ließ zu, daß man dich verdächtigte. Es ist haarsträubend! Aber jetzt sollen alle es erfahren.«

»Dallas, mein Herz, du bist ja ganz aufgeregt.«

»Aufgeregt! Ich habe dieses Geheimnis gelüftet. Ich kann diesen — Beweis aller Welt unter die Augen halten. Niemand wird jetzt mehr zu behaupten wagen, du hättest Françoise umgebracht.«

Er legte seine Hand auf meine.

»Erzähl mir, was du herausgefunden hast«, sagte er.

»Ich war entschlossen, es herauszufinden. Ich wußte von den Tagebüchern. Nounou hatte mir einige gezeigt. Heute ging ich zu ihr; sie schlief, aber ihr Schrank war nicht abgeschlossen. So nahm ich mir das letzte Tagebuch heraus. Ich hatte vermutet, daß es einen Hinweis enthalten würde, hatte jedoch nicht gedacht, eine so klare — so eindeutige Antwort zu finden.«

»Was hast du denn gefunden?«

»Sie nahm sich aus Angst, den Wahnsinn auf ihr Kind zu vererben, das Leben. Ihre Mutter war wahnsinnig. Ihr Vater hatte ihr das in seinem wirren Gerede nach seinem Schlaganfall erzählt. Er erzählte ihr, wie er versucht hätte, ihre Mutter umzubringen. Verstehst du jetzt? Sie war so — weltfremd. Das kommt ganz deutlich in ihren Aufzeichnungen zum Ausdruck. Sie akzeptierte — fatalistisch, was er ihr einredete.«

»Ich bin froh, daß du das entdeckt hast. Jetzt braucht es keine Geheimnisse mehr zwischen uns zu geben. Vielleicht hätte ich es dir erzählen sollen. Wahrscheinlich hätte ich es nach einiger Zeit auch getan. Aber ich fürchtete, du könntest mit einem Blick, mit einer Geste verraten . . .«

Fragend sah ich ihn an. »Aber ich wußte doch, daß du sie nicht umgebracht hast. Du denkst doch nicht einen Augenblick lang, ich hätte solch absurdes Gerede geglaubt . . .«

Er nahm mein Gesicht zwischen seine Hände und küßte mich. »Ich denke gern, daß du Zweifel hattest und mich trotzdem liebtest.«

»Das stimmt vielleicht sogar«, gab ich zu. »Aber ich kann Nounou einfach nicht verstehen. Wie konnte sie keine Silbe sagen?«

»Aus demselben Grund wie ich.«

»Demselben Grund — wie du?«

»Ich wußte, warum es passierte. Sie hinterließ einen Brief für mich, eine Erklärung.«

»Du wußtest alles?«

»Ja, ich wußte es.«

»Aber weshalb — weshalb hast du — Es ist so ungerecht! So grausam . . .«

»Ich war es gewohnt, daß über mich geredet wurde — Gerüchte verbreitet wurden. Du weißt, ich warnte dich: Du heiratest keinen Heiligen.«

»Aber — ein Mord . . .«

»Es ist jetzt *dein* Geheimnis, Dallas.«

»Meins? Aber ich werde es allen erzählen . . .«

»Nein! Du vergißt etwas.«

»Was?«

»Geneviève.«

Verständnislos starrte ich ihn an.

Du kennst ihr Wesen. Wie leicht könnte es geschehen, daß sie den gleichen unglückseligen Weg wie ihre Großmutter geht. Seit du hier bist, hat sie sich etwas zum Guten verändert. Oh, nicht sehr viel, das können wir nicht erwarten, aber ich glaube, es treibt einen etwas labilen jungen Menschen am sichersten in den Wahnsinn, wenn man ihn ständig argwöhnisch beobachtet und durchblicken läßt, daß eine Veranlagung in ihm steckt, die jeden Augenblick hervorbrechen kann. Ich will, daß sie jede nur mögliche Chance hat, ein normales gesundes Menschenkind zu werden. Françoise nahm sich um des Kindes willen, das sie erwartete, das Leben, das mindeste ist doch, daß ich etwas Gerede um meiner Tochter willen auf mich nehme. Verstehst du jetzt, Dallas?«

»Ja, ich verstehe.«

Ich bin froh, denn jetzt gibt es keine Geheimnisse mehr zwischen uns.«

Ich blickte über den Rasen zu dem Teich hinüber. Obwohl der Nachmittag sich seinem Ende näherte und der Abend hereinbrach, war es hier noch heiß. Nur ein einziges Jahr war seit meiner Ankunft vergangen. Und doch, wieviel war in diesem einen kurzen Jahr geschehen!

»Du bist so still«, bemerkte er. »Erzähl mir, was du denkst.«

»Ich dachte an all das, was sich seit meiner Ankunft hier ereignet hat. Nichts erscheint mir mehr so wie damals, als ich euch alle zum erstenmal sah. Auch dich sah ich so ganz anders. Erst jetzt sehe ich, zu was für einem großen — Opfer du fähig bist.«

»Mein Liebling, du dramatisierst das ein bißchen. Dieses — Opfer hat mich wenig gekostet. Was kümmert mich das Gerede der Leute? Du weißt doch, ich bin arrogant genug, die Meinung der Welt mit einem Schulterzucken abzutun. Doch es gibt einen Menschen, auf dessen gute Meinung ich den allergrößten Wert lege. Deshalb sitze ich jetzt hier und sonne mich in deinem Lob und erlaube dir, mir einen Heiligenschein zu verpassen. Ich bin mir natürlich völlig klar darüber, daß du bald aus deiner Illusion erwachen wirst, aber es ist so angenehm, diesen Heiligenschein eine Weile zu genießen.«

»Weshalb versuchst du immer, dich schlechter zu machen als du bist?«

»Weil ich unter all meiner Arroganz Angst habe.«

»Angst, Du? Aber wovor denn?«

»Daß du mich eines Tages nicht mehr liebst.«

»Und was soll *ich* sagen? Kannst du dir nicht denken, daß ich ähnliche Befürchtungen habe?«

»Es ist sehr tröstlich zu wissen, daß sogar du gelegentlich ganz schrecklich dumm sein kannst.«

»Ich glaube«, erklärte ich, »dies ist der glücklichste Augenblick meines Lebens.«

Er legte den Arm um mich, und wir saßen einige Minuten still aneinandergelehnt.

»Laß uns dafür sorgen, daß es so bleibt«, sagte er.

Dann nahm er das Tagebuch, riß den Einband ab, zündete ein Streichholz an und hielt es an die Seiten. Ich verfolgte, wie die blaugelbe Flamme über die kindliche Schrift kroch.

Sehr bald war nichts mehr von Françoises Beichte übrig.

»Es war unvorsichtig, es aufzubewahren«, sagte er. »Erklär das bitte Nounou.«

Ich nickte, hob den Einband auf und steckte ihn in meine Tasche.

Ich dachte an die Zukunft, an das Gerede, das mir hin und wieder zu Ohren kommen würde, an Genevièves Unberechenbarkeit und an das vielschichtige Wesen des Mannes, den mein Herz sich aus unbegreiflichen Gründen gewählt hatte. Die Zukunft war eine Herausforderung. Aber ich habe mich ja niemals gescheut, einer Herausforderung ins Auge zu sehen.

Cordes, Alexandra
Nach all diesen Jahren
Nach zwanzig Jahren Ehe
entschließt sich Georg
Camberg einen Auftrag in
Amerika anzunehmen …
Nach all diesen Jahren läßt
er seine Frau mit schein-
barer Selbstverständlich-
keit alleine zurück. Für
Gisela Cramberg bricht
eine Welt zusammen.
240 S. [1495]

Die Buschärztin
Helga Kreuzer übernimmt
im Zululand die Praxis
ihres verstorbenen Vaters.
Aus Liebe und Fürsorge
zu Land und Leuten be-
schließt sie, Buschärztin zu
werden. 192 S. [1149]

Liebe kennt keine Jahre
Ein Roman über zwei
Frauen, die zwei Jahrhun-
derte trennen und die
doch schicksalhaft mit-
einander verbunden sind.
255 S. [829]

Das Lied von Liebe und Tod
Ein junges Paar reist nach
Portugal, um dort seine
Flitterwochen zu verbrin-
gen. Unversehens geraten
sie in eine blutige Fami-
lienfehde, in der es um
Leben und Tod geht.
208 S. [1293]

Wilde Freunde
Die Abenteuer des Rick
Hardt. Ein Roman voller
Leben, voller Unmittelbar-
keit. 192 S. [1160]

Haus der Träume
Um ein altes Patrizierhaus
kämpfen zwei, seit Gene-
rationen verfeindete
Familien. Eine Liebesge-
schichte zwischen den
Kindern macht diesem
Streit schließlich ein Ende.
192 S. [1152]

Gast, Lise
Es ist eine alte Geschichte,
doch bleibt sie immer neu
Die Geschichte eines jun-
gen Mädchens, das nach
einer zerbrochenen Liebe
einen ungeliebten Arbeits-
platz aufgibt, um an der
Seite eines älteren Mannes
zu leben. 208 S. [1438]

Heim, Peter
Frauenklinik Lenzhalde
Die Frauenklinik ist seine
Welt und sein Leben.
Frauenarzt Dr. Reinhard
wird von seinen Patientin-
nen geliebt und verehrt.
Ihre Ängste und Nöte, ihre
Sorgen und Freuden sind
auch die seinen.
224 S. [1500]

Hersch, Jeanne
Begegnung
In ihrem einzigen Roman
erzählt die Genfer Philoso-
phin in der Rückschau die
erste Liebe einer jungen
Frau, die ein Kind erwar-
tet. Sie empfindet noch-
mals die Gefühle, die sie
als junges Mädchen einem
älteren Mann entgegenge-
bracht hat. 128 S. [1312]

Hill, Rebecca
Die Blauen Hügel
Was ist eine Ehe heute
noch wert? Diese Frage
muß sich die Psychologin
Jeannine stellen, die nach
zehn Jahren ehelicher
Gemeinschaft in den
Schoß ihrer Familie im
Süden der USA geflohen
ist. 320 S. [1514]

Donner, Florinda
Shabono
Eine Frau in der magi-
schen Welt der Iticoteri.
Die Anthropologin Flo-
rinda Donner folgt einer
sterbenden Indianerin
tagelang durch den
Dschungel – bis zu ihrem
Dorf Shabono. Dies ist der
eindrucksvolle Bericht
über ihre Erlebnisse.
320 S. [1279]

Clarke, Brenda
Der ferne Morgen
Sie ist schön, sie ist reich.
Und ohne es zu wollen,
wird sie vielen Männern
zum Verhängnis. Um so
größer ist die Überra-
schung, als der alles
andere als standesgemäße
Tom ihr Ehemann wird …
448 S. [1414]

Zeit der Ginsterblüte
England zur Zeit der Jahr-
hundertwende. Ein
undurchsichtiges Gewirr
aus Feindseligkeit, Arg-
wohn und Haß trennt die
verschwägerten Familien
Read und Hunnicutt, in
das die blutjunge Emily
gerät … 400 S. [1415]

Romane